大话封神

上

陈哲洵 著

团结出版社

©团结出版社，2024年

图书在版编目（ＣＩＰ）数据

大话封神 / 陈哲洵著 . -- 北京：团结出版社，
2024.7. -- ISBN 978-7-5234-1201-5

Ⅰ . I247.5

中国国家版本馆 CIP 数据核字第 2024RQ2585 号

责任编辑：张　茜
封面设计：安　吉

出　版：团结出版社
　　　　（北京市东城区东皇城根南路 84 号　邮编：100006）
电　话：（010）65228880 65244790
网　址：https://www.tjpress.com
E-mail：65244790@163.com
经　销：全国新华书店
印　装：武汉鑫佳捷印务有限公司

开　本：170mm×240mm　16 开
印　张：72.25　　　　　　　字　数：1098 千字
版　次：2024 年 7 月第 1 版　印　次：2024 年 7 月第 1 次印刷

书　号：978-7-5234-1201-5
定　价：268.00 元（全三册）
　　　　（版权所属，盗版必究）

历史或传说人物与本书虚构人物对照表

大商

大商内服		
先祖（传说或史实）	虚构人物	史实或传说的称谓或后代
商祖、火正阏伯	亳都火正官：世代为大商五材正官，世袭先辈观测火星运行、制定节令之功以自傲，但本身神力没有提升，只沉迷于各种生火术	祭祀大火星的商族宗祝
商祖、治水官玄冥	禺谷水正官：殷都五材正官大族，来自因世代守卫北海掌管水利而被尊称为玄冥的神族 少师禺强：大商小史官，不仅是善于振魂的乐师，还兼掌巫药，但神力虽高却只想留在北海而不愿为殷都出力。	北方神、北风神和瘟神
己姓昆吾族	金正官昆吾氏：昆吾族宗主，先祖被大商击败后，在南土为大商运输金铜，身为组织开采冶炼锻造的冶炼师，神力不似其余五材正那样名声在外。但不愿意去殷都臣服，而只想拥土自重。后宗主威望被妲己夺去，内心怨恨	
箕族	木正官箕氏五材正官之一，神力没有提升箕侯：不会神术，但因尽览历代留存的"图法"，学识渊博，又是殷王父兄辈，因而受到众臣尊敬，司土、司工都是受他提拔，为大商领兵太师常驻箕国守卫北土。	箕子、东方神句芒
商祖相土	土正官：五材正官之一，神力没有提升	
大商王族	殷王：好色、聪颖、有城府，有时候易怒北族女、太保官弟子，大商常羲天官、 王后姜妲：出身大族的优雅淑女，温顺、贤惠，有时候也吃醋、骄纵 王子录：城府极深的少年小王，隐忍，可能会神术 西伯小公主、王子录夫人姬商：城府极深的优雅淑女	帝辛、纣王 羲和天官、望舒 武庚、录圣

微氏	微侯：虽远守边野，却城府颇深的年老王兄	微子
比族	比侯封父氏：骄傲、正直的中年王叔，大将，忠于大商，为此敢于违背王命，训练的田阵战力仅次于周氏； 虞族王妹、比侯妻子妫女	比干 比干妻子
大史族	大史官：原为承袭上甲微世代为史官的微族宗主，后迁到殷都为大族，多次为将击败东夷、周族，但已经年老体衰。	西周史族
	乐师子延，大史官之子：平和的中年人，不愿意为政事、争端束缚，只想沉溺于自己创制的靡靡琴音中，后在妲己的推动下上战场，成为大商顶级战力之一。	乐延
作册官	大史官族子、弟子司命官：冷静、英俊的少年近臣。为人隐忍，一切以大商为重，有时候会不择手段。身形矮小以至于能随飞剑攻击。天赋极高，后期战斗力虽然不是最高，却是神术最诡异、出手必有损的大宗师。	先秦司命神
	少司命官子褉：大商各族世子世女第一美人，却如她父亲一样冷静无情，有时候近于残忍	齐楚所祭少司命
晚商北方	太保官邘伯：世代为殷都太保族，与大史官一样年轻的时候能征惯战，为大商支柱，但神力稍低，因年老而有些自傲。	北殷氏
商代寝官世族	寝正官：殷王侍卫长，忠心耿耿，为人平和，精通相地术	
商代祝官	荼氏宗祝官：殷都大族宗主，家族精通蛊术，但因年老而神力没有进展。	周代宗伯，春官、主祭
	少宗祝荼氏：为人平和、用情专一的柔情少年，有时候容易冲动	巫祝、舞祝
商代门尹	门尹官：殷都王宫的年老近臣 郁垒氏：年轻气盛的暴躁少年，但实则腼腆	
	行人官：圆滑、懒惰的王驾臣仆	西周使者、接待官行人族
子姓邢方	田畯官邢侯：先祖为田畯官，敦厚忠心的帝辛上卿、农正、邢侯	后裔邢氏，田畯官是蜡祭之一

少昊后裔嬴姓大费族	费族首领邮氏：原籍东夷，世代为中土大族、上卿，善于阿谀奉承、打探消息、牟取利益，为王族爪牙欺压诸侯伯，主张增加贡赋，忠于殷王；	蜡祭之一
	费氏：邮氏之子，圆滑的少年	费仲
	奄侯飞廉氏：因祖父是前代王后陪嫁小臣而受到重用的帝辛风师，为人敦厚，忠于殷王、王后；	风师、风神
	方氏嬴来：外表敦厚、善于打探的风师，力大无穷，甲上装有筋线空手就能发动音速疾风。神术虽不算最高，但偷袭无人能防，足以令少司命、妲己等人畏惧。精力充沛且极为好色，却因东夷有旧族，有退路而不太尽力。	恶来，秦祖
	坊氏：擅长筑堤围田的农师，常常利用地势、风势、沟渠聚集力量反击，是周族崛起的大敌，为前期战功赫赫的大宗师。	蜡祭之一
	髳城猫虎氏：祖上南土虎方，归服大商后迁居中土髳地，豪爽、暴躁的壮汉，说话无顾忌却粗中有细，对形势看得很清。身为农师，还善于驯兽，蓄气后能达到老虎之力	蜡祭之一
	猫虎氏弟子马腹	《山海经》里的人面虎
	洛城昆虫氏：狡诈、阴险的中年宗师，因深谙田地虫群习性而成为神术最诡异的农师，既不张扬又不愿意出力，且极其记仇。	蜡祭之一
	昆虫氏弟子螯虫氏	《山海经》里的骄虫神
帝尧、祁姓豕韦族	唐国饔人、大商酒正官：先祖豕韦族投降大商后就一蹶不振，任劳任怨的殷都小族，但本身有天赋，后封在韦城拱卫殷都，为大商支柱之一，善于防守	伐纣时的卫（韦）国、西周杜国
大商在中土的诸侯		
先祖（传说或史实）	虚构人物	史实或传说的称谓或后代
子姓唐国	唐侯：封在蛮荒戎族的商族诸侯	
子姓索族	奄国索氏：善于制作绳索的飞廉臣族，曾受飞廉之命代领奄国	鲁国索氏

	成地首领、奄国水庸氏：高傲的老年宗师，有些自恃神力，既是一族的宗主，又是组织修筑水渠的多族农师，前期奉命在东夷挑起事端，对上冯夷等神力高强之辈仍能取胜。 奄国隍氏：水庸氏之子，农师、奄侯	蜡祭之一
帝尧、祁姓向族	唐国太师向氏：善于明哲保身的中年宗师，本为上古流传下来的至宝“图法”的掌管乐官，但因要为北土大国唐尧国训练士卒而成为图法的实际继承者，并因此而被封为太师。	《史记》里的内史向挚
奚仲后裔，任姓薛族	大商司工官、薛族史氏：好色但胆小的中年宗师，与坊氏一样前期因在东夷的战功赫赫而闻名，本为殷都史官，后封在东夷。但本身是薛族旁系却迎娶了薛族公主，因而受到薛国王族的制约。 薛氏任桓：司工之子、工师 司工官之妻、薛族公主薛夫人	帝辛卿氏祖伊 春秋任姓薛国
夏后族姒姓杞国 大禹后裔	杞侯：大夏族后裔，忠于商族； 杞国公主杞女：司土官弟子，学了多种神术却不精通； 大商司土官、杞国土正：与司工官一样为箕侯提拔，学识广博，并精于多种神术，为周人大敌。前期为战斗力高强的大宗师，为人有些自恃神术，又是大夏族后裔，因而在神术落后时代心有不甘。 杞娄氏：年少气盛的世族子弟、工师、农师	 春秋杞国始祖
子姓黎国	黎侯：封在黎国的商族诸侯	子姓黎氏、饥氏族
	黎国农正犁娄氏：火神黎之后，祖上随大禹治水，后迁到黎国，为主管农教的中年农师，追随伊耆氏鼓动黎侯威服中土。为前期神术高强的大宗师，但后因家族衰败而迷惘 姒疑：一心振兴宗族，甚至不惜利用男色的黎国世子，但实际上为人朴实、多情，因硬朗的长相和质朴的才能为多名女子看上。因为是大夏时代就立足中土的大族而看不起西土戎族。	大禹臣子犁娄

炎帝、伊耆氏	黎国宗祝伊耆氏、耆伯：前期神力第一的老宗师，首次出场就因有神力催动土气附身而秒杀对手。本为黎国臣子，却野心很大，不但要称雄诸侯，还图谋另立新王，阴狠、不择手段的杀人如麻，但也因此自负，虐待自己的臣下。	蜡祭创始族
	伊耆氏孙女伊耆菀愉、姜菀愉：大族世女，虽然天赋极高却因居家不出、懒于修炼而战力不高，似疑青梅竹马，是只认她的似疑哥哥的恋爱脑，为人单纯善良，无心战事，连战场上也身着锦衣。	织女
商末东夷的孟方	孟侯：阴险的南土宗主，自先祖战败投降大商后就一心想联合大族击败殷王，以成为中土雄族。	西伯所伐的邘国
	孟侯夫人饔妇、雍族公主子髻：柔顺贤惠的中年世族淑女，因有辨别百材气味的天赋而为山师，又精通厨艺，但为人柔弱，因害怕争斗而不愿修炼杀人术，后为妲己侍女、厨工	先秦灶神髻女
	鄂侯：同为要击败殷王称雄的南土孟人后裔	邘国、商末三公之一
帝舜、虞遂族	虞氏妫遏朴实勤劳、忠诚的小族宗主，土陶师，后为周族的重要支柱之一。	周初陶正
	妫满：周邦开国大将，忠于姬发	春秋陈国始祖
炎帝、四岳氏	甫国太子甫丁：在中土边缘生存的小族世子，为求壮大，暗中帮助西土各族、谋求联姻	春秋许国始祖
	公主甫桃氏：为求壮大宗族而不惜女色的小族公主，外表贤淑却城府极深，本身为木植术，神力低微，后来精于铸剑，野心很大	齐国作剑世族桃氏
己姓昆吾族苏氏	苏侯：不愿向大商朝贡的北土小族，在霍太山练得驯兽术，为苏国牧师。被击败后把振兴宗族的期望寄托在儿女身上	
	苏国太子苏子、苏忿氏：一心复兴宗族的小族世子，善于周旋于各国之间，因倾向于周族而学得田阵，训练出的田阵战力接近周氏；	周初大司寇、苏地、温地首领

	苏国公主、苏族温族宗主、王后妲己：为奴的世女，虽期盼情意却野心大，不但要复兴宗族，还要成为顶级宗师，为此不惜出卖女色。虽有着勾魂的容貌和傲然的身材，且自小就刻苦、坚毅，但也因此崇拜强者，看不起畏缩的人，且爱慕虚荣。天赋极高，本身为牧师却学得司工、司命多类神术而得以创造各种赏赐、刑具，战力虽不算最高却能令对手在发力时自伤，训练的牧阵则战意强悍，为大商第一美人，第一女宗师	帝辛宠妃、宠臣
鲧	崇国崇侯：圆滑的大族宗主，不会神术	西伯所灭的崇国
	崇国宗祝耕父：偏安嵩山、奢侈好女色的懒惰宗师	旱鬼、旱神
商代晚期的岳族	崇国雨师、毕城首领岳氏：嵩山神族，狡诈有野心的雨师，为扩大威望不择手段	祭祀中岳的创始族
夏代射手逢蒙	崇国猎术师、镐城首领泰逢：虽然忠于崇侯，但却是有野心，也有天赋的大宗师，后期为周人的劲敌。为人虽有恩必报，也桀骜难驯，占云聚雾术极其灵活，曾独力挡住一个井田阵	后羿庞姓逢族，吉神、山神
	泰逢之女庞青：单纯热情、嫉恶如仇、直言不讳的豪爽女，平日里能歌善舞，在战场上英姿飒爽、奋不顾身	先秦霜雪女神、丰收女神青女
后羿臣子，女山神武罗	泰逢之妻、武罗族宗主武罗王：大夏时代后衰败了的小族 武罗族子武罗氏：阴险狡诈、好色，不惜出卖同族谋求壮大的小族世子	西周陷阱捕兽世族罗氏
商代竹方	竹国竹侯：忠于大商却不愿屈服的边地国主 竹国世子墨达、墨允兄弟：正直善良、嫉恶如仇的青年王子，但也因此常常不能理解女人	孤竹国 伯夷叔齐、姜姓墨氏

东夷

先祖（传说或史实）	虚构人物	史实或传说的称谓或后代
子姓莱族	莱侯：封在东夷的商族诸侯	子姓莱氏

太昊后裔缙姓有仍族	任氏、任伯：原本是稳重、讲义气的太昊族青年宗主，但衰败后为了复兴而不择手段。从海物驯养悟出元气化电神术，成为东夷诸族的共主，迁居中土后通过驯兽、驯鸟、造船、捕鱼等多种技能惠及百姓，被尊崇为"东君"；	春秋任国
	风婉：骄纵自私的衰败大族公主，恋爱脑却不择手段；后期为了复仇、复兴宗族变得圆滑、善于利用女色	羲和常羲族的鸼，司日夜长短
少昊后裔嬴姓羲和族	任伯之妻羲和氏：先商封在东夷的商族诸侯，出嫁前为东夷第一美女宗主、女巫，出嫁后为柔顺却自傲的贤妻，为了夫族能称雄东夷而可以不顾情义，但本性善良	日母神
	玄股氏：追随任伯的小族宗主	《山海经》里的玄股国，驯鸟族
东海神禺号后裔嵎夷	嵎夷雨师妾：面貌丑陋却不断修炼神术，想要称霸东夷的女巫小族宗主，好男色、自私却也敬佩强大的女宗师，占风借雨术虽然不如泰逢威名，却因在海滨而独创以蜃气迷惑敌人	云神、雨师，后裔儋耳族
奢比或黄帝臣奢龙	网海氏之夫奢比尸：胆小但有野心的小族猎术师	
商代的东风神析	折丹氏：好色的小族风师，追随任伯	《山海经》里的东方神
河伯	薄姑太师冯夷氏：继承先祖河伯神的威望而自负易怒的东夷小族宗主、舟师、渔师，虽然因宗族衰败而一心要打回中土，重振雄风，但却耽于爱人情仇不能自拔	西周河宗氏、黄河神
太昊后裔风姓须句族	须句族宗主须伯：年老不问世事的小族水伯	风姓须句国
宓羲族女洛嫔	冯夷夫人宓妃、须句族公主须女：本为小族公主，自幼为冯夷族宗祝、织女，因而对族人情感深厚。本身是个重情义、有恩必报的贤惠女子，但也多愁善感、恋旧多疑、刻薄毒舌。神术天赋足以引起殷王的注意。	洛神宓妃
太昊后裔、晚商夙族	夙族宗主宿沙氏：不甘臣服大商的东夷大族宗主，身为世代在东夷晒海为盐的多族工师，要垄断海盐产出而拥土自重	海盐神
黄帝、任姓部族	斟氏弟子，薄姑猎师郭氏：重义气的小族猎术师	西周郭国

少昊联盟之一爽鸠族	薄姑猎师爽鸠氏：忠心但却因有些天赋而有自己的小算盘的小族猎术师，林间战力极强，后期可与妲己对峙	
	薄姑渔师汶水伯：平庸自负的小族渔师	
祝融、斟姓斟灌族	斟族宗师斟氏：继承大夏时代雄族威望的老宗师，山师、蛊术师。世代在泰山祭天，自负自立，有大局，一心要团结东夷人与大商抗衡	
黄帝、任姓祝氏风姓太昊族	祝国祝伯：好争斗的东夷小国宗主	西周祝国
	斟氏弟子、祝国猎师颛臾氏：重义气的小族猎术师，林间战力极强	春秋颛臾国
	祝国水正官天虞：曾威震东夷，传闻有八颗头，但实际上只是善于聚水护体而已	巨野泽水伯天虞
炎帝、姜姓逢族	逢国逢伯：善于周旋于大族争斗的小国宗主，贪财好利，要利用争斗牟利；既精于农术，又是监管琢玉制皮的工师，却从不外露神术底细	
姒姓斟灌族	斟灌族宗主，逢巫祝丑氏、亚丑伯：有天赋，有野心，自先祖投靠大商后就开始谋求扬威东夷的小族宗师，重情义却拥土自重；相貌丑陋而常陷于女子的才貌	
祝融后裔	逢国市官胶鬲氏：行事低调、善于消息的贸易官，监管皮玉鱼盐作坊。虽懂天下形势但野心不大，只想借贸易周游各地暗自获利	胶鬲，财神、贸易神
昆吾氏己姓顾族	顾国宗祝顾氏：追随冯夷、善于打理事务的小族	西周顾国
	顾国渔师巨野伯：追随冯夷的小族	
嬴姓少昊后裔	姑幕宗主兹氏：本是天赋极高、乐于助人的少年才俊，因继承少昊传统，为小有名气的东夷小族宗主、蛊术师，但衰败后不得不放低身家，变得圆滑，并通过苦练，神术有进展	春秋莒国始祖
	姑幕公主嬴媒：衰落小族的公主，想利用瞩目的丰满身材获得利益、重振宗族，为人工于言辞、颇有心计，且野心很大，但却与纯情的本性冲突，而常常纠结于此	西周登记男女婚姻的世官媒氏
商末夷方国	夷方伯录虎：豪迈的大族宗主	
	录虎之妹，夷方伯网海氏：重情义的大族公主，倾慕姜望才华	

西土

先祖（传说或史实）	虚构人物	史实或传说的称谓或后代
姬姓周族	西伯：不会神术，但知识渊博	西伯
	姬启：冲动、能力平庸的世子	伯邑考
	姬发：勤劳，有大局、城府深的世子，深爱妻子但始终以平天下为重	武王
	周氏：天赋极高、雄心万丈的俊朗世子，却不善于协调家庭关系；首创战力天下第一的田阵，认为战力还可再提升，并一直想凭此劝服妲己；	周公
	姬鲜：体魄锻炼至极致，反应力量都达到了巅峰，单人战斗力西土第一，可独自对敌一个井田阵（20人以上），也因此野心很大，要夺取王位	管叔
	姬高：善工术，心细勤劳，忠于姬发	赤松子、雨师毕公高
	宗祝官檀氏：年老的宗祝官，善于驯兽	檀公
	少宗祝檀括：镐都王宫侍卫长，善于监造钟鼓、通晓报时，占声辨气，忠于姬发	檀伯达、南宫适
	少宗祝檀利：善于招魂、傩戏，通晓各种草木毒虫异兽。为人木讷，忠于姬鲜，率领方相族臣助他以聚魂宝玉宝药锻体，本身也体魄强健	周初大祭司方相氏
晚商刀方国	召族宗主、周邦太保邰氏：先祖是世代与大商为敌的召族，祖上精于田阵，多次击败戎人，为大商平北土，后被驱逐，投靠周邦为太保。本身凭借田阵为大商劲敌，改进阵法后，好与人拼战力	
	太保官之子召氏：心思缜密、严肃少语的少年，但内心情感炽烈，常因此多心多虑	召公
黄帝后裔、晚商密须作马车的吉光	密须伯、先牧氏：本为驯兽师，从驯服多种猛兽中悟出锻炼体魄的方法，战力虽不及姬鲜，抗打力也算强悍，还兼通鼓乐；	马神先牧
	臧仆：密须伯驭手、侍卫，忠心耿耿；	良马吉光
	马步：密须国宗祝，后投靠姬鲜	马步神、瘟神
姜族	申戎王：不愿卷入中土征战的沃野宗主	后裔有西申、东申国
	姜望之妻申姜、姜貘女：沃野大族公主，出嫁前为西土各世子倾慕的沃野第一美人，一心想振兴宗族，却不稀罕繁华的农族生活，而宁愿在沃野称雄，为此常常与夫君不和。有雄心、快人快语，用情专一却心胸狭隘	

	程国伯：黄帝后裔，叛服无常的周邦属国主	马祖神"伯"
炎帝、四岳氏	吕国侯姜望、周邦太师：为各族倾轧所迫的小族，一心谋求定居中土。天赋较高，能把农牧、渔猎族的神术融会贯通，战力虽然不高却感应气息敏锐，往往能在躲开几乎所有最强阵法，包括井田阵的合击的同时还能杀伤敌人。高大英俊、宽厚重情义，善谋划，但在为人处世上却很迟钝； 姜望之女邑姜：貌美任性的大族公主，富有正义感但易冲动，非恋爱脑而会以宗族利益为重； 姜望之子、镐都虎贲首领姜伋：腼腆却感情执着的元气少年	太公 成王时期虎贲首领、齐侯
	郜城首领、大商水官挚壶氏：识时务、有城府的小族宗主，既善水术，又善用时辰之术	西周军需世官挚壶氏
	郜城农师薙氏：忠于周邦的郜城农族	西周除草农官薙氏
皋陶后裔偃姓鸟夷	阮国阮伯：忠于周邦的沃野大族，皋陶后裔阮公主、苏子之妻阮女 阮国公主、召氏之妻偃侃：邑姜闺蜜，内向，有小心思，一心帮助夫君的贤妻	后裔阮氏 周初保氏侃母
商末子姓沘族	芮伯：投靠周邦的小邦宗主、山师	
姒姓有莘族	莘国莘伯：大夏以来的大族，能辨别天下大势，既是山林之师，又是猎术师，神术融合木植与捕兽，防御力独特，一度阻挡赢来的疾风 莘国族女、帝辛夫人莘妃：和亲止战的大商第一美人 莘国大公主、姬发的大夫人莘姒妃：因不会神术而幽怨，资质一般的大族公主 莘国二公主、周氏的大夫人少姒妃：嫁到渭水后为西土第一美人，原本清纯聪慧、生活悠闲，却因不会神术而受到其余夫人欺压，后为巩固正夫人之位而不惜动用美色培植家臣势力	 西伯所献有莘氏
晚商柞方	莘国太子柞氏：资质一般的大族世子，有些蛮横	西周林木世族柞氏
大彭后裔豕韦族	钱氏：为商族所迫迁居西土的彭姓豕韦小族世子，后投靠周邦为铸造铜贝的工师，因神术独特而崛起。忠于姬发，为人腼腆，用情专一	周初铸币官

麋族	眉城麋伯：为商族所迫投靠周邦的小族	伐纣牧誓八国里的微族
己姓昆族	犬戎部落联盟昆氏：为商族所迫投靠犬戎的原中土大族，后为周人劲敌	
商代子姓犬侯	犬戎王：原商族，后为周人攻破迁徙到了沃野，为周人死敌	
商代羲族、犬戎支族	义渠戎王：姜獡女的追求者，先商留在沃野上的后裔，在沃野各族间保持中立	义渠
少昊嬴姓金天氏 嬴姓少昊后裔	羌北王：商族的沃野卫戍，虽脱离中土商族，仍会帮助大商 魃氏：羌北王男性家臣，后叛逃 兹氏之妻常羲氏：先商后裔，羌北女性五王之一	西方蓐收神 蓐收下属西方神、圆神魑氏 月母、嫦娥
夏代祭雨的巫族女丑 商代的西风神夷	弇兹氏：先周后裔，羌北五王中的第一美女，爱慕姜望，仰慕姐己，神术运用灵活； 大、少女丑氏：大夏族后裔，孪生姐妹，羌北女性五王之一，爱慕姜望 石夷氏：商族，羌北女性五王之一 江疑：羌北王男性家臣	伐纣六师之一伯弇、弇兹山西王母，今临洮 《山海经》里的女巫 《山海经》里的西方神 《山海经》里的云神

南土

先祖（传说或史实）	虚构人物	史实或传说的称谓或后代
祝融后裔有熊族	宗主鬻熊：投靠周邦的中土楚族 族子熊绎：敦厚、勤劳的腼腆少年	南海神鬻子 芈姓楚国
	霍侯服不氏：大商在南土的大族宗主 霍国宗祝壶涿氏：家臣	西周驯兽世族服不氏 西周除水蛊世族壶涿氏
	艾侯蛔氏：追随霍侯的小族宗主	西周除蛊世族蛔氏
	戏方伯：有野心的小族宗主，想取得大商王后信任，壮大宗族，仰慕大族淑女却常常因笨拙而错过 函氏：有野心的越戏国工师	商末殷人同盟越戏国 齐国造甲世族函氏
晚商曼姓邓国	邓国侯：帝武丁封在南土的后裔小族宗主，英俊潇洒、浪漫多情，不愿为大商或战事羁绊 邓国小臣，濮人巴氏：夹在大族暗斗之间的小族	春秋邓国 巴人始祖廪君
	庸伯：好色的南土大族宗主 庸国司工官凫氏：臣属 庸国猎师冥氏：臣属	春秋庸国 齐国铸钟世族凫氏 西周捕猎世族冥氏

商代卿、天官巫咸	巫咸族公主、戏方宗祝、濮人巫咸王：本为大商名臣巫咸后裔，因宗族衰败在南土运输金铜，后崛起为妖媚南土的巫女之王，有着娇小却令人喷血的身姿。身为国君，却常亲自为大族宗师起舞，以牟取利益。为人自私保守却浪漫不羁，对情感执着。本只会巫术，领悟元气后战力极强，爱慕姜望	楚国巫先神、登比山巫女之首
	濮人巫姑：拥有盐池的巫女小族，巴氏情人	登比山巫女之一、盐神
帝舜妻子登比氏	巫咸先祖登比氏：传说中的万巫之祖，为南土各族信奉的先巫圣族圣山	
先蜀神王杜宇族 先蜀神王鱼凫族	蜀王杜宇氏：西南小族宗主 蜀方宗祝鱼凫氏：臣属、先代宗主	

目录 CONTENTS

营地争夺篇

登场人物：

姜望

姜望、冯夷及其妃、众水伯

姜望与猎师

姜望与任氏、祝伯

任氏与斟氏

姜望与任氏、东夷宗师

这一天，姜望在海边组织族人一起祭祀太昊，他命众人乘船，在大河入海口的悬崖上投下熟鱼，他则独自乘舟，以钩绳钩住岸边，停在入海口的河道中央。他取出葫芦，拿出金钩，抛入海中，只见大河上游突然漂下许多家畜骸骨，河水也激起水花，不知是家畜骸骨的激荡，还是河水本身涨潮，水花越来越大，姜望一收鱼钩，从激荡的水花中钩起一只衔着鱼的金色鱼鹰。再钓，又钓出一副兽骨，再钓，一股腥臊冲天。这时，水花中现出人首鸟身的波纹，一晃便消失，姜望认得是太昊现形。他见流水继续激荡，便将鱼鹰收进葫芦，放开钩住岸边的水底岩石的金钩，让小舟入海。他仔细观看，大河上游冲下来的家畜骸骨种类又增加了。他们都知道大河上游近期必有重大兵灾发生，但不知会不会受波及，只能惶惶地聚在一起用蓍草占筮。

姜望回到屋宅，拿出葫芦，只听到鱼鹰在葫芦里游动。他一刀削开葫芦，鱼鹰在半个葫芦的水中游动；他把葫芦扔到空中，鱼鹰离开葫芦在半空中被水雾包裹着浮动，扇动翅膀；他伸手接住葫芦，鱼鹰又掉了下来。姜望心中一亮，把葫芦里的水往空中一抛，随金钩甩出，鱼鹰便在空中随甩出浮动，稍微扇动翅膀则急速飞出了茅屋的窗口。姜望牵引金钩，跟着飞奔出去，但只要稍微放松金钩的牵引，鱼鹰便没法驾驭水雾风。姜望明白了其中的道理，看来只有使鱼鹰自身具备魂力，才能御使水雾或风气而飞，但这需要长期驯养。

姜望叹了口气，知道如果按这种方法修炼，必然需要一定的时间才能成为物我两忘、遨游四海的宗师。而大河上游漂下来的家畜骸骨预示着一场大战即将在中土列国发生，普通族群、贵族大宗族、宗师，除了逃亡海外，都会卷入这场战争。以自己的修为可能已经无法等到成为大族宗师的那一天。

不久前，聚落才遭到湖西岸营人聚落的袭击，好在那一战赢了，反而抢掠了营人聚落的铜器和粮食。对方粮食不足，储存的武器也已尽失，应该不会再来侵犯。

现在要么率领族人迁居东海，可能会躲过这场浩劫；要么东去大商，投靠一方势力，可得个人间富贵。但不知道这场浩劫有多大。如果薄姑国也卷入争斗，族人被征召在所难免。在能人辈出的诸侯里，自己的聚落乡民必然成为炮灰。为了探听具体的神迹预示，姜望决定西去下游，拜访冯夷宗族。那里信奉中土的水神共工，必然会有在大商的暗谍带给他们更多与神迹相关的消息，由此再决定是否去中十大商。

姜望率领几个族人乘舟，满载一船鲜鱼，顺大河而上。姜望为加快速度，取出金钩钩住一只雄鹰，凝神抽动，使雄鹰稳稳的拖动，船快速逆水而上。冯夷宗族虽地处东夷的薄姑国，却是离大商最近的大河边宗族，想必会收到更详细的预示。

等姜望到达冯夷宗族①，已经是第二天晚上。

冯夷大笑着出来迎接，这是一个精瘦的中年男人。

姜望小心地问："冯侯，不知你们祭祀的河伯共工最近是否给予预示？"

冯夷一笑，道："我们每月的祭祀是常例，每次祭祀祖神都会显灵，保佑我们乡民捕鱼丰收，最近我们捕鱼量每月递增，这说明先祖每次都显灵了嘛！"

姜望见问不出什么情况，只好道："还请冯侯祭祀河伯神，保佑大河不发洪水，护得一方平安，我明天告退。"

冯夷哈哈大笑，说："当然！你的鱼粮我收下了。明天我要率众到黎丘捕鱼，没时间送你了。"

"本族地处东海，从未到过中土，更未曾见中土人捕鱼，可否随行，长点见识？"

冯夷沉吟一下，哈哈大笑，道："可以，明天周边家族都会率领乡民随本侯同行，你船也可随行。"

第二天，共有四个中等规模的家族随行，都是可容几十人的大船。姜望据此判断，这些家族统领的乡民可能都有上千人。姜望的小船在里面显得有些滑稽。冯夷的船则能容纳上百人，冯夷看到姜望的船被夹在这些大船中间，觉得有失体面，便叫道："上我船来吧！"

姜望正愁小船跟不上，不能见识到冯夷宗族的捕鱼利器，听到呼声，便朝冯夷的船拜了一拜，取出钩绳钩住船舷，丝绳一收，就把姜望送到船上。

一路上，冯夷只顾在逗弄他的一位美女。

---

① 冯夷氏族，是夏朝住在黄河中游祭祀河伯（即黄河神）的部族。这里虚构为迁徙到东夷薄姑国济水附近。周初有河宗氏，为新的祭祀黄河水伯的族群，迁徙到了黄河中游，今陕西。

　　船出了薄姑国界，几艘船便放下网罟，开始捕鱼。这种拦截了几百步宽的河面大网在济水是没有的。冯夷的水手看准时机，手一挥，把网收上水面，里面跳动着各类鱼虾。姜望一看，里面有许多他叫不出名字的鱼，还有盆一样大的螃蟹和乌龟。

　　突然，另一艘船的首领来报，说抓到了一只巨鼎大小的巨蟹。那首领轻轻一跃，跳到甲板上，手上拿着一只巨蟹献上："这里有只巨蟹，只不过被鱼叉夹伤了。"那首领放下巨蟹，姜望注意到他手上竟然没有湿！这意味着他虽然手顶巨蟹，却没有碰到它。又是一个有御风能力的宗师。

　　"哈哈哈哈！别吓坏了我的美人，你说如果让我的美人坐在上面，有办法不让这只螃蟹伤到美人吗？"

　　"应该没办法。"那首领脸一红。

　　"哈哈哈，螃蟹赏给你了！"

　　那首领正要去捉网罟里的螃蟹，突然感觉脸上有尘土撞击，人群也骚动起来。冯夷激动起来，喝道："有突袭！"

　　姜望等人都感到迎面的风中有黑雾出现，众人忙撑开衣服捂住头脸，但泥巴已经滴滴答答地打在衣服上，皮制衣服竟然化成了水胶状物！冯夷大叫："撒网！"水手抛出一网横拦在船头，风中夹着的泥巴都被吸附在了网上，网绳虽然也在融化，却因为能散开腐蚀泥水而一时没有断。

　　但随着泥点越来越密集，网绳来不及散开，渐渐就被腐蚀了。冯夷脸色一变，挥舞一个乌梭，乌梭被吸附在网上，高速乱窜，泥点都被吸附在旋转的乌梭上了。众人检查衣物，仍然在被腐蚀，赶忙脱下，扔进河里，而被大量泥点击中的船头也不断滴水，水手拿出布料铺上，结果麻布也被腐蚀，只好挥刀开始砍船舷。不一会儿，船头被砍得残缺不全。冯夷身上倒是没事，泥点并未近得他身。那个美女站在旁边，她身上那件渔网也没有脱下。

　　姜望暗想，看来这个美人也是御气宗师，竟然跟冯夷一样将周身之气固定了，泥点不能透入。

　　泥点御风攻击的正主出现了。迎面驶来一艘大船，船上有人高声叫道："犯我商界的，杀无赦！"声音未落，就从对方船上飞出无数条钩绳。冯夷脸上发黑，乌梭转速变快，泥点被乌梭上的绳网收去，钩绳则被弹开让冯夷麾下收了去。接着冯夷大叫："还给你们！"说着舞动乌梭，把绳网兜住的泥点撒向对方。对方船头的水手放出一只怪鸟，张开大口，把泥点都吞了下去，身子则变得更大了。

"是神农蜡祭八族的。"一位首领解释道："那条巨鸟是鱼鹰，专吃大鱼、蛇虫和河泥。即使鱼鹰没有吸掉泥浆，泥浆也伤不到他们，他们有草药。"

冯夷问道："可有弱点？"

"鱼鹰属水，火攻即可。"首领回答。

正说着，鱼鹰直扑乌梭，一口把乌梭给吞了。那位回话的首领迅速取出金钩，投向舱门的火炬，手一拉，一团火飞向半空中的鱼鹰。火团在空中借风速陡增了几十倍，大有覆盖鱼鹰之势。鱼鹰张口喷出一股带着黑色泥浆的激流，那团火迎水而灭，水势却不减，直扑大船。冯夷身旁的水手立即撑开一张渔网。泥浆是吸附在渔网上了，但水流直接泼下来，还是淋了冯夷和美女一身。

冯夷大笑道："哈哈，美人，你出浴还没换衣服吗？"姜望等人转身望去，那美人网衣贴身浸透，脸已羞红。接着冯夷向各位首领吩咐道："诸位首领，我要陪美人换衣服去了，那条鱼鹰以及对面的盗匪，就请各位合力解决，我相信各位！"

众人齐声答道："放心，尽力而为！"

那鱼鹰已返回，吐出乌梭给了对面的水手。这边首领大怒，特别是那位建议火攻的首领。

首领把金钩对准又返回攻击的鱼鹰一抛，正好勾住鱼鹰的嘴，那鱼鹰不使劲后退，而是顺风张开大口直接往船上的人扑来。首领猝不及防，鱼鹰冲力迅猛，连人带网吞了下去，甲板也被撞了一个窟窿。

"船底开始腐蚀了！"

另一位首领说："快往前开，十步之外没有腐蚀！"水手忙去划桨。这时候，冯夷从船舱冒了出来，大叫一声："我来！"他向船尾抛出乌梭，乌梭一遇水，便展开皮革飞速旋转，水流推动着大船飞速前进，但猛然一声爆炸，一只鱼鹰从甲板上斜斜地钻出，甲板粉碎，河水冲天而出。拿金叉的首领一扔金叉，正中鱼鹰，又拿出一个木桶对准鱼鹰，那鱼鹰立即掉下来，蜷缩成小鸟，装在了桶里。金叉则掉在地上。

经过这一撞，大船下沉之势更猛，河水漫至船舷，乌梭的旋转和推动力也越来越慢。旁边的大船已经陷下去，水手们一片哀号。冯夷叹了一口气，拿出一副金索连接的金钩，钩住水面浮木，将船底抵住，船的下沉终于止住了。乌梭则推不动大船了。旁边的船连桅杆也看不见了。唯有最远的大船还浮在水面上，他们的首领没有上冯夷的船，正在指挥水手们放出渔网，搭在岸边，想要上岸。大船上空，一片巨大的白雾极低，压在桅杆上空。

冯夷接着说："在岸上对付他们！赶快布置上岸！"

可突然之间，甲板齐齐崩坏，十几条鱼鹰冲出，泥浆般的河水喷出形成十几条水柱。鱼鹰齐齐喷出泥浆，向众人袭来。冯夷大怒，抛出一只金梭，只转了几转，就将喷出的泥浆全部吸附。

姜望、水手们都拿网罩身，躲过攻击，但甲板上已经布满泥浆，无法立足，冯夷等人只能跳上船舱。十几条鱼鹰随后被金梭上挥舞的绳网罩住，不停挣扎。而这时通向对岸的渔网还没有展开，船上的泥浆水柱喷涌越来越迅速，也来不及补船底。冯夷只能在船舱上张开渔网，保护众人不被泥浆腐蚀。突然，又是一声巨响，甲板上冒出一条金色鱼鹰，旋在半空一会儿，就被吸附在挥舞的金梭上。冯夷才叫了声"不好"，那金色鱼鹰只在金梭上绕了几圈，就一口把金梭吞下。

冯夷撒出金网，金色鱼鹰立即被绑，只挣扎了一会，突然口吐大量金色水蛭，密密麻麻地袭来。冯夷连忙手一伸，形成一个水球，水蛭都被水球砸的粉碎。那被绑的金色鱼鹰还在吐水蛭，众人挣扎不开，水蛭钻进耳朵、嘴巴后，整个人立即瘫软、抽搐。姜望以鱼钩钩住旗帜将自己裹起来，高速旋转，水蛭都被弹开，躲过了侵袭。首领把木桶往前一抛，水蛭都被装进桶里。水手们却大都只能挣扎。

冯夷好不容易才把水蛭清理掉。他刚把一条水蛭收入葫芦，突然意识到大船在下沉——船底浮木被人抽走了。冯夷又气又急，吩咐剩余的水手赶紧上岸。他刚要迈步，突然觉得脚下一痛，低头一看，原来是一只金色水蛭吸附在自己腿上，头也一阵眩晕。原来金色水蛭从甲板上爬来五六只，它们附在姜望等人腿上。首领的木桶也不能收去这些小水怪，众人之中，已有人晕厥。

姜望想拍掉这些水怪，却如拍铜铁，纹丝不动，只好拔出佩刀削掉，原来这水蛭有黄鳝大小，能叮至骨髓。冯夷气得发疯，他抛出一个金桶，金色水蛭以及还在喷水蛭的金色大鱼鹰，都被大桶罩住蜷缩。冯夷正要收回金桶，突然从云雾中伸出一根绳索，系住金桶便往回拉。冯夷眼明手快，双手一挥，金桶旁边的旗帜立即拧成一根树干粗壮的巨索，把金桶连带绳索捆了起来。没料想绳索突然抽动扬起，不但金桶，连旗帜化索也被撕下跟着绳索后飞。

冯夷大喝一声："休走！"朝后退的绳索扑去，但金桶和绳索已退出云雾。因为没有风云辅助，冯夷不能腾空只好折返。

众人看了都吃惊，大商宗师的神力果然不一样。

冯夷一把拉住那位美女，顺着风借渔网安全渡河，众人也恢复了神志，随后上了岸。出云雾时，众人看到那大船已退走。

姜望对众人说："看来对方是以打击入侵为名义，为了法宝而来的。在云雾笼罩中对我们的行动了如指掌，一定有法宝在附近监视。"

金叉首领说："那直绳厉害得紧，居然能接连夺走我们的法宝，拉力又大，又有灵性，居然能凭空抽动。"

没有上船的首领说："我的法宝金网也被一条金色鱼鹰夺走，水庸人一般在成地活动，为何这次会出现在黎丘？"

冯夷接话恨声道："我建议各位暂且回本乡，约定时候，咱们再联手攻击水庸宗族。"

众首领点头，就此告别，姜望也返回东海营地，约定等待消息，下月以后组织袭击。

姜望乘小船顺流而下，这次突袭，随从无一生还，他很沮丧，同时也惊异于殷人的娴熟神术和御兽术。

船接近自己的聚落，姜望谨慎地回寨。回到寨中，果然营人没有再来攻击。

姜望吩咐："用上次夺到的金铜器，为我打造一把金钩。"

又对随从说："即日命织工织出一围栏大网，把山崖下的石洞围起来，用来饲养海鸟，你说是否可行？"

"这……我们只有饲养河鱼的做法，海边东至莱国，都没有听说过这样的做法。"

"可以一试。"

等姜望回到宅中，才将之前海神赐予的金色鱼鹰跟一只普通鱼鹰放在屋后池塘。

过了几天，渔网造好，姜望看着众人把每天捕捉到的大型和稀有海鸟放入崖下的石洞中。

经过几天的相处，普通鱼鹰不再与有灵性的鱼鹰为敌，时常一同取食。随行的亲信说："不知多久才会使那些蠢物染上灵性，具有御风气腾空的本事？"

"难说，普通海鸟这一代怕是不可能了，它们的苗应该可以，这要靠更高明的驯养技术。我这次东去，收获不少，农耕氏族驯养技术确实高出我们，搞不好已能饲养出来了。"

亲信惊异道："金色鸟种不是祭祀之中的神灵赐予的吗？据说是上古氏族宗师发现的神物。"

"是啊，不过神只剩魂灵，是无法独自培育出这些神物的，应该是这些魂灵借助水、风、土等天地之材，在各种交汇共存中得到了有灵性的种。"

"这么说，中土之人已经掌握了培育灵种的方法了？"

"完全有可能，他们的神术已超古代神灵了。但他们见识少，就凭大河里的鱼种，及不上我们海滨鱼种鸟类的丰富。"

"我们只要学到他们的饲养术，就可以育出灵种？"

"可以这么说，我们优势很多，但不知莱国有没有这些驯养术。"

"莱国在东海，听说他们有能航行至大海深处的大船，也捕到了许多闻所未闻的异物，但未听说过有能够飞升腾云之物。"

"明天你打点一下，送一船鲜鱼去见莱侯，表示希望换回一些奇珍之物，可以以多换少，同时赠上书信一封，言明愿意订购航海大船之意向。"

亲信领命而去。第二天，亲信乘船，从海上去往莱国海域。姜望到崖下水洞查看，洞里已聚集了精卫、大鹏、老鹰、海龟等珍稀海上生物。

这日，姜望之前布置在通往薄姑国大路上的暗哨回来了，听说要打仗了，营人聚落首领会率军前来，不知真假。姜望忙让他继续守在大路上，又亲率暗哨前往营人聚落探听。他们看到营人正在负土筑城，知道情况不妙。姜望使出鱼钩钩住一个筑城的喽啰的嘴巴，使他不能声张，几个手下立即上前绑住。

姜望一问，原来他们首领已经去祝国几个月了，即将带兵荣归故里，特命令族人筑土为邑，以谋大业。姜望命人将其绑回去为奴，在回去的路上，姜望细细地想，突然叫了一声道："不好！营人聚落首领一定是说服了祝国，准备带兵占领我们聚落！"

手下回答："难怪暗哨守在薄姑国的大道上一无所获。"

"是啊，他们没有与薄姑联络，却去了祝国，而我们守在薄姑大路上，自然没有发现他们聚落人的往来行踪。"

"不知道他们大军什么时候到。"

"你快叫回薄姑大路的暗哨，让他们改守在祝国路上，一有消息，立即来报。"姜望留在树林，开始布置鱼钩阵。姜望知道对方一定吸取了教训，这次就把阵布树林中偏后，靠树林出口的位置。

布置完姜望回营立即派亲信联系薄姑国侯，报告祝国即将攻击营地的消息。他则带人连夜去树林挖陷阱。

第二天暗哨回来报告说敌军先锋已到，正在营地外修整，约上千人。姜望吩咐继续尾随查探，再去布置大船，做好出海准备。这边，祝伯①亲率两千人前来，以营人首领为前锋，过薄姑国。营人首领正驻扎在营地外迎接祝伯。祝伯接见，说："不用客气，这次我除了要收服姜氏，还要在营地筑城为邑，使之作为海上攻取莱国的前沿阵地。"

首领一脚残废，只能拄拐，道："希望祝伯兑现诺言，斩杀姜氏，营人聚落千口人愿意为奴。"

祝伯淡淡一笑，应道："没问题，老弱者养家，青壮年充军，负责制造出海大船。"

①　祝伯为祝国首领，夏商以来立国的黄帝后裔。

祝国大军轻敌，没有走水路，直接向树林进发。由于首领提醒可能有阵法，军士小心翼翼，走了一天才到达树林边缘。直到快出树林时，前锋族兵才踏入陷阱，首领大叫后退。命调整布置，派虎贲在前，一手持尖枪，一手持刀，预备砍树。虎贲正沿着陷阱边缘前进，两边金钩立即飞下，士卒个个眼明手快，尖枪不断拨动，挡开了飞下的金钩，一边挥刀砍树。约莫半日，终于把装置金钩的树都砍倒，而士卒只牺牲了十几名。

姜望看到大族虎贲如此勇猛，暗暗叹气，集合族人，准备在第二道阵法处决战。

祝伯把虎贲都调到后军，让步卒探路。在茅草深处，突然有步卒被茅草钩住了脚，首领立即大叫："人墙！捉姜望！"被钩住脚的步卒立即趴下，后面的步卒猛地跳出。这时，茅草中蹿出手持鱼叉的乡民，双方遭遇，长矛与鱼叉互拼。顷刻间，都死伤惨重。但祝伯军队人多，不断补充，姜望的人全军覆没。

首领看到对方人死光了，大叫："活捉姜望！"前军步卒刚走几步，突然一阵风迎面吹来，夹杂着许多泥点，泥点落在身上不要紧，衣服全烂了。众军大惊，连忙捂着脸后退，而被绑住脚的步卒没有带刀，不能砍断脚下茅草里的金钩，脸、手都被腐烂了，只能趴下卧在草丛中不敢起来。后军跟着撤退，阵脚乱了，首领大喊不要后退，结果没人理他。

这时姜望的族人大声叫喊着追赶。其实他们没有行动，只有姜望穿着盔甲，借风速向前飞奔，只一箭，借着风速，正中首领左臂。首领大叫一声，回头依稀看到有个人影，抓起自己的鱼叉，站起来猛力一抛。但他残废已久，臂力大不如前，又是逆风，姜望只用鱼钩轻轻一拨，鱼叉就掉在地上。姜望知道营人首领受伤，自己目的达到，就也不追赶，对后退的敌人大叫："叫你们祝伯，我有话说！"

祝伯见前军溃退，不知何事，又不愿再派出虎贲，只能跟着后退到了树林之外安营扎寨。祝伯清点人数，折损不过百人，但受伤者有四五百。

首领中箭，待到挖开伤口一看，不得了，箭钩勾住了骨头，要挖出的话必须削骨。首领一听，痛得晕死过去。祝伯一看，估计这首领已成废人。祝伯原本看中他准确的鱼叉攻击和水系神力，可以做师氏训练自己族人的水战能力，但这样的伤，让他示范教阵法一定会打折扣。正好有小臣报告姜望要谈判，他立即答应下来。

姜望清点族人，参战族兵全部阵亡，剩下的两百老弱是无论如何都抵挡不住的。而那只金色鱼鹰已耗尽河泥、精疲力尽。聚落内悲观气氛弥漫，亲信说："不如弃寨逃走吧，从海上可到莱国。"

"莱国首领一定已经得到消息，这次祝伯是为了开辟侵莱的海路，莱侯不会坐视不理。我们要做的就是拖，等谈判消息吧。"

果然，祝伯使者送书信来了，书上刻字是："姜氏聚落投降，全部为奴，可封姜望为虎贲氏。"

使者解释说："为奴者需要为祝伯制造大船，守卫海滨。"

姜望大怒，把书扔在地上："绝无可能！"

姜望缓了一缓，捡起书交给使者说："你先回去，告诉祝伯，我需要先同族人商量，过后再派使者以告。"使者惊恐交集，答应而去。

亲信说："可就此乘船逃离。"

"两头准备，备好出海大船，拖到莱侯援军进攻祝伯为止；再派人找到暗哨，去薄姑国求援，说如若出兵攻击祝国城邑，愿意奉上金钩一枚。"

亲信领命，安排布置两批人手去了。一连几天，姜望对派使者回复一事置之不理，只是埋头训练族人，布置阵法。

祝伯这几天都不见来使，左右护卫亲信都说："是拖延等待援军无疑，可与之相约面谈，我等埋伏而出，杀姜望。"于是再派使者。

姜望听到使者的约定说："明日午时，约在树林内围，如不赴约，挥兵而下。"姜望说准时赴约。聚落内又陷入低落情绪。这时，出访莱国的亲信回来了，报告说："莱侯收了一船鲜鱼，已经答应出兵。"

姜望问："什么时候出兵？"

"我五天前离开时，已经由有仍氏率兵一千，整装出发了。"

姜望若有所思道："五天未到，必然是在边境观望。"

"难道要等我们被打败，才出兵？"

"是的，一定是想趁祝伯占领我们的地盘，立足未稳的时候，派兵包围在海滨，杀祝伯。"

"这样我们岂不是白请求了，不如早早乘船出海？"

"现在出海，空手到莱国，必定得不到封赏，这跟投降祝伯无异。只能等待时机了。薄姑国那边的援军是没希望了，应该要等到祝国跟莱国开战，才会派兵偷袭，占据城邑。"姜望说完，就去召集族人，安排布置。

第二天正午，祝伯与亲信乘马车到树林内围，只见姜望一人来到树林跟前。祝伯问："是否答应？"

姜望回道："祝国退兵，我聚落两月内造出大船，限时交付，绝不拖延！"

祝伯大怒："竖子！我要的是乡奴！"

姜望大声说："我已经跟莱国联系好，他们的军队就在边境扎营，两日内即到。薄姑国也将攻取祝国城邑！"

祝伯知道这是实情，暗暗盘算，不如先就此抓住姜望，其聚落群龙无首，必定崩溃，再马上回师抵御。想到这里，他狠狠一声："抓！"旁边两位亲信飞身而出，后面甲士齐出，列于阵前。

两个猎师速度极快，姜望勉强抵挡，肩膀已中一箭。遁入草丛中，以茅草化墙抵挡住猎师。猎师跳入茅草却发现草木为金铜所化，挣扎不开，姜望趁机走远，拔掉箭头。等缠身金钩被砍开，墙后已经没有人了。祝伯大怒，准备踏平姜望聚落。

这时候姜望不顾疼痛，与两个亲信骑马飞奔，准备从沿海的树林突围。祝伯的军队大部分都已经朝树林内围聚集，这时见到姜望三人两马飞骑而至，大惊之下，被姜望手起一钩，一阵旋风把步卒们刮得东倒西歪，兵器全部脱手。等他们爬起来时，人马已经远去，姜望的亲信大叫："我姜望去莱国搬来军队再来报仇！"

这时候姜望想叫已经叫不出声了，只好让亲信叫出这样一句，以达到分散祝伯的注意力的目的。他中毒了，虽然之前一直在凝神牵引毒液往伤口汇集，想要排出体外，但一开始由于凝神对付猎师，部分毒液已经扩散到大脑，昏昏沉沉，难以再凝神聚集那些已经分散了的毒液。

这边祝伯汇集所有大军，正要进军，听说姜望已逃往莱国调集大军去了。

他只好吩咐两个亲信去追，另安排大军后撤至树林外，横线排成一字，以免被断了回祝国的大路。只派约三百步卒去占据聚落，目的是抢劫粮食和铜器。另外，营人也派去了族人，目的仍是只是抢到物质便与大军汇合。

祝伯怕被莱人大军切断回国的路，不敢随军去抢粮食，只到树林外等候步卒满载而归。三百人的队伍刚要接近聚落，突然听到喊声如雷，茅草全部化作一层层的铜钩，把步卒们下半身绑得结结实实，被冲出的聚落乡民砍掉了脑袋。只有一百多人走在后面，逃过一劫。逃回去的步卒连忙报告祝伯。这时祝伯已出树林，看到只有一百来人逃回，怒火中烧，却又无法再派人手去抢劫粮食。

亲信建议："不如让营人聚落过湖去抢劫，他们壮年族人仍然有两百来人，让他们与姜氏之间内斗，我们的族人只管搜集粮食，再调拨前线。"

祝伯稍微恢复兴致，再派两百族人前去督促营人聚落，吩咐道："驱赶营人在前迎敌，你们躲在后面，趁机抢粮！"

这边姜望骑马跑了半天，逐渐接近莱国边境，但毒素发作，他昏昏沉沉难以凝神。两位猎师全力借风而行，已追上他们。姜望听到马蹄声，知道是追兵来了，但只有两三匹马，他对亲信说："只有几匹马，一定是猎师，他们的神术厉害，你们先走！"亲信不忍，说："不如我们留下！"

"不，你们不是对手。"说着下了马。

亲信见姜望下马，知道他主意已定，正在犹豫之间，姜望又说："你们赶快去！记得我教给你们的话！我会把他们引到前面的沼泽地！"

他们继续追赶后看到了一片沼泽地，姜望在上面走着。猎师沿着沼泽表面飞奔，刚跑了几步，半个脚掌已经陷入泥浆里，脚下稀泥吸力极大，他们先后对天一箭，射住几只秃鹰，这才止住了下沉之势。当等到拖住不沉时，他们已经下沉至腰。姜望看他们不动了，就绕着往树林里走。一位猎师看到，拿出一根绳一头拴住自己，一头套在金箭，搭弓一箭朝姜望射来。姜望早就看到，一低头，却发觉那只箭绕着自己脖子飞速转了两圈，搭在青绳上，自己被拉住了。

猎师全力把姜望往自己身边拉，身体在头上秃鹰和姜望的同时拉扯下，斜斜倒在水滩里。姜望被捆住了脖子，为了不被勒死，只能双手紧紧拉住那青绳。原来这青绳有一道巧劲灌注，自己不但拆解不开，还渐渐被拖往对方跟前。

这样下去，不是自己被拖过去，就是把对方拉出沼泽地。姜望稍微往后使劲，对方就被拉出一点，而他们虽然被困，但有武器，姜望受伤，肯定不是对手。为了不让对方出沼泽地，姜望只好疾步靠近猎师。

就在姜望被拉的接近猎师手中的刀时，他突然往前跳了起来，不等对方的绳索拉直，就滚在水滩里，拿出金钩在水中一挥，从水流中引出腐蚀河泥，青绳被腐蚀。猎师那边看到，猛地收绳，但只拉了个空，绳索已经断了。但此时姜望却也陷入了泥潭，他刚才那一跳太猛了。他只好用断绳钩钩住猎师借力秃鹰的拉绳，总算止住了下沉。

这下姜望也懒得动了，只是匍匐在水中，两方都在凝神，一刻也不敢松弛。猎师看姜望匍匐不动，知道他在拖延时间，哭笑不得大叫："姜氏，这样下去你我都会力竭，不如你把绳索丢给我，我们互相借力拉出泥潭，如何？"

姜望只是卧在水里，一动不动。猎师知道姜望根本不信，又大声说："罢了，罢了，放你走吧，你把我们兄弟二人拉出泥潭，你可离开，我们绝不追究！"还是没有动静。

姜望这时正凝神聚集水流，他中毒导致脑袋发昏，不敢有丝毫松懈，根本没有工夫跟猎师讲条件。猎师见他不回答，大声吼道："你别以为我们没法出来，现在不答应，等到我们再拉住几头鹰，出水滩之后定将你斩首！"

此时，姜望派的使者已经在边境找到了军队。大队人马都在边境安营扎寨，一个探子在他们与姜望分别不久就发现了他们，把他们带到统帅有仍氏①的营地。两人看到任氏跪拜道："祝伯已攻破我营寨，只有我二人逃出，现我首领姜氏被祝伯亲信追杀在前方不远沼泽地，盼速救援！"

任氏问："姜氏首领是死是活？"

"不知，祝伯亲信、猎师打扮的两人正在追杀，他们行动极速，神力高强，在大沼泽追上我们，我首领不是对手。"

任氏说："我知道了，我与那二人交手多年，只要除去这二人，祝国便少了

---

① 任氏为夏商时期太昊后裔有仍氏部族建立的诸侯首领，风姓。周初继续被封为任国，祭祀东方的日神太昊和济水神。

一半战力！这下正是好机会，我亲自来！"他吩咐全军拔寨进军，目标是切断祝国军队回国的大路。他带领一队虎贲，由姜望亲信带路，乘战车前往沼泽地。

等他们到达沼泽的时候，太阳已经西沉，姜望等三人仍然被困在沼泽一动不动。任氏远远看到半空中定住了秃鹰，知道三人正在缠斗，便迅速接近沼泽地。但没等任氏看到三人，猎师已经觉察树林中的异动，只有姜望已经半昏半凝神，全然不能注意周围动静。任氏躲在树林一看，大喜，吩咐手下准备捉人，他抛出一张金网，金网顺风平直地朝二人飞去。

金网刚罩住两人，两人就只剩两头四手露出水面了。两人迅速抓住金网，金网不能被吸进淤泥在水中不沉，两人也没有陷进去。既然抓到了金网，两人双臂一用力，从泥潭齐齐翻出水滩站在了网上。

任氏看到金网扑空，下令说："冲！"一队虎贲杀出，在沼泽外围将二人团团围住。姜望是直到二人出泥潭才反应过来——绳索已经松了。他仆从将他从水中慢慢拉起来，又看到沼泽外围的步卒，知道援军到了，踉跄地绕着路向沼泽地外围走去。

猎师没有能够顾得上他，他们立足于金网之上两三步跳出沼泽地。一位猎师回头一箭，射住金网，只一拖就把金网收在手中。姜望把金钩往水里一扔，叫一声："出来！"伏在水下拖住猎师的金色鱼鹰随金钩从水中腾的冒出。姜望低喝一声："攻击！"鱼鹰忽的一下喷出泥浆，朝刚跳到岸边的猎师射去。猎师刚好手上拿着金网，便立起金网，挡住了这一击。

趁这个空当，虎贲们长戈刺来，猎师挥刀隔开，往后一跳，在半空中射出金箭。而鱼鹰那边被挡住了一击后，竟然无法再喷出泥浆。姜望知道这鱼鹰在沼泽地里牵制猎师几个时辰，已经精疲力尽了。他抛出金钩，只一钩，远远地把金网钩住拉回。那边猎师刚着地，金箭在半空中幻化作数支，射中追上来的虎贲。后面的虎贲因为被前面步卒挡住，没有被射杀。猎师正要搭弓再射，两人突然觉得脚下一痛，低头一看，原来是一条腹虫 [①]，在泥浆中迅速溜走。猎师认得这是太昊赐予任氏的蛇，剧毒无比，可以立时毙命，连忙拿出药粉，吞了下去。

---

① 腹虫名出自《山海经》，即尖吻蝮蛇，俗名五步蛇。

就在这时，任氏从虎贲后面闪出，他抛出一个银桶，在半空中变得巨大，放出大量水雾将二人罩住。二人大叫："不好！"一个猎师拿出佩刀一晃，变成一把金爪，迎着银桶一扎，抓住了银桶边缘，使自己不被罩住。另一人就地一滚，出了银桶笼罩的范围，朝姜望这边飞奔。姜望迎面把金网一抛，猎师把手中的箭朝金网一扔，把金网定在地上，他飞身越过姜望，随手又是一箭。姜望来不及躲避，金色鱼鹰飞过去一碰，碰掉了抛来的金箭。就这么一挡，猎师已经奔出了百步开外，他手一拉，金箭连带金网都跟猎师而去。

任氏看到猎师抵住了银桶，挥出一鱼叉，直刺猎师。这时猎师的双脚已经陷入泥潭，只得一扭，躲过了要害，鱼叉刺中了胁下。猎师大吼一声，银桶被抵住后退，趁机一闪，银桶罩了个空，他滚在泥地里。而腹虫已经蜿蜒而至，把他缠住，他突然没了动静。众步卒过去一看，猎师身上插着鱼叉，血流了一地，没了气息。任氏看到人倒了，连忙吩咐："用银桶把尸体装走！"说这句话的时候，任氏已经朝另一个猎师奔逃的方向追去。

姜望过来看猎师的尸体，看到步卒们正忙着取下箍紧在银桶上的金爪。

众步卒把银桶翻过来，金爪掉在地上，变成了扭曲的猎刀。众步卒正在高兴，突然一阵石块袭来，姜望和步卒们都被打倒，猎师一跃而起，往树林里飞奔而去。众步卒被打得头破血流，爬起来拿出长矛就扔。追上去一看，几根长矛钉在了树干上。这时候太阳已经下山，昏暗中看不清血迹，无法追赶。

一顿饭功夫，任氏回来了，也没追上，他在林中速度不及猎师，天色又已暗，夜晚中即使追上也不一定能赢过对方，只能快快而回。他回来一看，知道另一个猎师也跑了，气愤不已，好在俩猎师一人中毒，一人重伤，应该构不成多大威胁，还得了一把金刀，也算不亏。他们收拾了一下尸首，把姜望载上马车，出林跟军队汇合去了。

马车里，任氏为姜望解毒，他跟任氏讲与两个猎师的交战情况，透露了一些大商宗师法宝与神术。姜望问："最近宗师祭祀昊神，不知道有什么灵异预示？"

任氏顿了顿说："我们的祭祀倒没有什么异样，但听说莱侯的海祀中出现大量鱼骸骨，祭祀时连附近渔民都只能捞上家畜骸骨。"

姜望急切说："我祭祀也是，但不同之处在于浮鱼只是大河上游冲下的，海边的海鸟一切如常。"

任氏若有所思地道："原来如此。"

战车奔跑了一晚上，终于在第二天早上跟任氏汇合，这时候军队已经接近姜望聚落，姜望急切地问："可直接攻击祝伯？"

任氏说："不可，先截断祝伯回国之路。"

姜望知道他这么做是为了引起祝伯恐慌，再突袭。但这么一来，自己的聚落可能要被占领。但如果祝伯发现自己逃亡，转而放弃攻击，准备先迎战莱国，则可以逃过一劫。于是他说："不如先等探马来报，再做决策。"

任氏说："不可，不能贻误行军时间。"

大队人马走了一上午，探马回报说："祝伯军队已经在前方扎营等候。"

任氏大惊："没有去营地吗？"

探马回复："军队一字排开，应该有上千人，其余仍然没有探知。"

任氏顿了一顿，说："再探，搞清楚阵势。"

姜望心中的石头落了地，他出逃就是为了引起祝伯注意，使他不得不准备迎战莱人。他看到任氏利剑一样的目光，只得说："想是祝伯亲信已经跑回报信，祝伯有了准备。"

姜望看他犹豫，急忙说："宗师赶紧趁对方立足未稳，最强的助力又受了重伤，直接冲击他们的营地，必然取胜。"

任氏心想，如不趁他们宗师受伤而发动攻击的话，以后机会无多！这次如果打退敌军，还可趁机占领营地。想到这里，他吩咐千夫长："人马按兵不动，等待探马来报，同时派人联络薄姑国，让他们出兵夺取祝国城邑。"

姜望急着说："既然未知敌军虚实，不如让我率领百人，前往营地，伺机骚扰，使其首尾不能相顾？"

任氏一笑："首领前日不是说祝伯已经攻破你的聚落，这时候三天已过，应该早已经撤出，现主力在此，何必再去？"

姜望自知理亏，但急火攻心，发怒说："我逃出两天，惦记我族人是否有人生还，难道不能借兵让我一去，为其报仇，也可牵制敌军！"

任氏收敛笑容："这样吧，给你一队虎贲，你可潜入聚落，但不可妄动，只能等到主力开始后撤，你可趁机追击。"

姜望领命而去，带上亲信，就此出发。

祝伯这边看着受伤的亲信，心急如焚，这时候如果迎战，由于缺少宗师战力，胜负难料，如果退去，又可能会被莱国追杀。他看向亲信，问："能布阵否？"

"布阵没问题，我兄弟法宝在我这，只是他上不了阵了。"

祝伯又问探马："粮食运来了没有？"

"还没有。"

"我们现在的粮食还能够撑多久？"

"不过三四天。"

"大军在陷阱边守候，只让虎贲步卒前去挑战！"

等了半日，任氏看到探马回来说："敌军扎营排成了一字型，先锋部队正在来挑战的路上。"

"随我攻击。"

两军遭遇，任氏一看，竟然全是弓箭手，知道有诈，大声命令："击退敌军，但是不要追赶。"

祝伯跟任氏看不能轻易取胜，都有心退却，那边祝伯猎师朝天连声大吼，顿时下起雨来，雨雾罩住交战的两军。任氏看到，知道对方有退兵之意，便叫撤军。两军在浓雾中各自回营，任氏查看，损失了百来人，心中忧虑，不过估计对方中腹虫毒折损得也不少。

而这时，姜望正在骑马赶回聚落，在路上突然远远看到一队人马押着一批货物赶路。他忙跳下马，躲在一旁。这一队人马大概两百来人，排成一队，前后约有一里多路长。姜望俯首跟旁边的虎贲带队官耳语几句，商议好之后，决定在这队人马走完的时候开始攻击尾部押送步卒。

步卒们正在押送，突然路旁乱箭齐发，他们还没来得及反应就被射倒。前面的人马立即飞奔赶来，带头骑马的步卒还没到跟前，就被姜望拿起步卒的长戈，一飞戈过去刺倒。等后面的步卒慢慢赶来时，人已经不见了，只剩下地上的几十具尸首。步卒们立即对路旁的树林进行搜索，他们刚踏进树林，就频频遭遇冷箭，后面的步卒看到冷箭却辨不清方向，不敢再前进，都回到路旁。这些本是祝伯留下来抢粮食的老弱步卒，他们看到敌人神出鬼没，丢下辎重就往前路跑了。姜望等人骑着马在后面追赶，又射死十几人。姜望趁机抓住一个老弱步卒问道："你们从营地聚落来？"

"是的……"步卒害怕道。

"这是姜氏聚落的鱼粮，聚落的人怎么样了？"

"都死光了，只剩些老弱逃往海上。"

姜望发狠道："就你们这两百人干的？"

"不是，是营人聚落的两百乡民干的，我们只负责在后面运粮。"

"他们人呢？"

"也死光了，他们从湖面上乘船攻击，遭到了阻击，互相攻击差不多都战死了。"

姜望面朝海风流泪，原来自己布置的茅草阵没有用上，敌人借助营人势力从湖面上攻击，看来自己布置的航海大船把其他家族那批人救了，家奴大概都战死了。"你们杀了人没？这些都是从姜氏聚落抢的？"

"我们没有杀人，只负责运粮，这里还有营人聚落的粮食。"

姜望对虎贲百夫长说："你们快马回去报信，就说截住了祝伯的后备军粮三十车，让他快派人来运。告诉他，要快，因为有人逃回去了。"又对自己的亲信和两个虎贲说："有劳你们，把这四车鱼粮送回我的营寨了。"对亲信又说："你们去了就留在聚落，等我回来吧。"姜望则和剩余十几个步卒守在路边。

援军过来已经是晚上，姜望看到了任氏，想不到他亲自来了，只有一百来人。任氏一到，就对姜望说："这次抢粮，必定会吸引祝伯亲信过来阻击，到时候定让他有来无回！"

两人化装成普通虎贲，连夜押送鱼粮返回。才一会儿就看到前方一队人马奔来，弓箭齐发，两人跟着其他步卒四散往路旁的树林里躲了。前方人马围住了辎重，继续放箭驱赶后面的步卒。有的下马正要占据辎重，突然被蛇盘住，便大叫起来："不好，有蛇！"步卒一阵混乱，其中一个甲士大喊："不要惊慌，继续放箭！"

话音未落，为首的马车辎重中"噗"的一下钻出一条几尺长的腹虫，头戴一个人脸面具，凌空向那个呼喊的甲士扑了过去。甲士不顾普通步卒，拍马往前飞奔，那大蛇凌空跟随，甲士扭头往后扔出一个老鹰状捕兽器，头上一把钩状剪刀，迎着大蛇就剪，那蛇在空中一晃，躲过剪刀，但尾巴来不及收，被剪下一段。那蛇疼痛的一扭身，飞到后面攻击步卒去了。

甲士正要收回捕兽器，突然觉得撞到了软软的网上，连人带马被弹了回来，马翻倒在地，那甲士踩着马身，一跃跳向路旁的树林，结果又碰到一张网，软软地被弹了回来。他人在半空，正抽出金刀，埋伏在旁的步卒已经乱箭齐发，他护住头脸，几箭都射在身上，虽然因穿着盔甲，没有深入内脏，却也刺破了皮肉。

他一落地，就大吼一声，一刀砍开前面的大网，正要迈出，突然看到头顶飞起银桶，向他罩来，他连忙发一箭，正中银桶，金箭把银桶射飞，自己则朝旁边的树林猛然一跳。他落地时，已经离了大路十几步。突听脑后袭击风响，他头也不回，取出葫芦往后一扔，化作一只猛猫，他则又要迈步跳开，突然感到脚下一紧，原来是被金钩钩住了，他挥刀就砍，金钩却毫发无伤。他被这一拖就拖倒在地。

那边猛猫一口咬住射来的鱼叉吐掉，接着向放出鱼叉的任氏扑去。

这边是姜望放出的金钩，他正把甲士往回猛拖，甲士身体差点被拉扯断，就这么一缓，甲士一狠心，挥刀把脚踝砍断，不顾疼痛，单脚跳上树枝，飞身而去。姜望感到拉了个空，知道对方跑了，黑暗中也不好追赶，收回金钩一看，勾住了一只断脚。

那边任氏正放出一条巨蛇缠斗猛猫。任氏不慌不忙，拉下一个贝壳，放出一只电鳐。那电鳐趴在猛猫身上只一下，猛猫便浑身颤抖，嗷嗷的随一阵风逃去……。任氏的巨蛇也被一道疾风收回，电鳐则被任氏手下收入了银桶。那边的人面大蛇飞回来报告任氏说："已经把骑兵都撞倒在马下，毒死了！"

任氏回答："你伏在粮车上吧。"而姜望这边只能返回，告诉任氏，那甲士自废了一只脚跑了。姜望感叹道："想不到狩猎族群的宗师这么坚毅，为了逃命竟然能够自废一脚，还动作敏捷，难得。"

任氏说："据说他们的师父能接合断肢，此前我与他们交战，打断了他们一只猲狙的双腿，再交战时，竟然已经完好无损，所以不得不信。”

“他们的师父是何许人？”

“居泰山，为斟氏族宗师，但不常下山。据说夏后氏时期就开始创立典礼，在泰山祭祀昊天了，被山下的祝氏、成氏族群奉为神明。”

“这么说，他们一定会去找他们师父治伤，泰山距离这里有三天的路程，接下来几天他们肯定无法出战了。”

“我们截住了他们的备用鱼粮，他们应该支持不了多久，就是不知道他们治伤要多久了。”

“他们有没有可能直接请他们师父前来作战？”

“这就不清楚了，不过他们师父从未下山，应该不太可能。”

姜望收起金钩和断脚，回到车上，道：“我们得赶快把辎重送回大营，祝伯这次抢粮失败，肯定会再派大军过来。”

任氏也收好法宝回道：“无伤，那甲士一只脚，速度会慢一些。待祝伯派兵，我们应已接近大营，到时再派军队接应即可。”

祝伯这边接近天亮才看到自己的亲信拄着一根长戈，一瘸一拐地回来。亲信恨恨地说：“任氏就在辎重队伍里，主上赶快率兵前去截杀，不然粮草支撑不了五日。我这就去请师父下山助战！”

祝伯接了他给的法宝，命令千夫长率领主力，立即出营截粮。这时候探马来报，说薄姑国攻击我国，已经攻占了边邑，天昊氏正在阻击。祝伯知道薄姑是趁自己与莱人混战，想占点小便宜。自己的国土有天昊氏防御，应该问题不大。他命令全军按计划行军。

祝伯军才出营不久，探马来报说莱人一队人马已经出营，跟自己是同一方向。祝伯知道这是接应任氏的队伍，问：“有多少人马？”

“全是马军，几百人。”

祝伯想到千人围攻几百人应该没问题，但如果对方与任氏汇合就难说了。因为捕兽器昨夜在猎师逃离中被任氏抢去，无法对付任氏的腹虫。想来想去，要拿到粮草，应该难度很大，他随即命令大军调转头，横向截击莱人。

这时候莱人接应队伍刚上通往营地的大路，就看到一群从从①从树林里袭来，追上人就咬，弓箭手只能边跑边射。想不到随后有马军从后面赶上，乱箭齐发，正在对付从从的弓箭手都来不及抵挡，就十损七八。剩余的弓箭手只有十几名，奔去找任氏的运粮队伍了。

祝伯这边追了几里路，看到莱人马军基本上被消灭，就命令立即撤走。任氏迎面碰上残兵，颇感无奈，只得加速回营。他们才接近大营，就遭遇祝伯猛攻大营的主力。任氏让姜望率领辎重队伍回营，自己率领一队马军冲击，他先命令麾下大吼，要招来的雨雾笼罩在交战的步卒们头上，但被这边祝伯看到，大喝一声，率领麾下举起大旗迅疾往空中一抛。他也是猎户出身，有一定的臂力，这些大旗带出一阵疾风，朝雨雾吹去。任氏看到风来，知道祝伯打算继续进攻，而他人尚未到达战场，只能吹响号角招来腹虫先行制造麻烦。

等任氏赶到，命令马军放箭，马军的弓箭手搭弓上箭，每一箭射中步卒，箭上的毒蛇就继而攻击旁边的步卒。祝伯看到一条腹虫在树梢盘旋，知道任氏已经赶到，只好命弓箭手射住阵脚，全军后退。

任氏回营清点人数，又折了三四百人，全军只剩下四五百人。一连两天，都不见对方前来挑战，任氏很怀疑，就派了暗哨去打探祝伯亲信的动向。

祝伯亲信这时已经来到泰山下，派人上山求见师父。只半日，就看到一位老者乘云飞奔而来，这正是斟氏②，他白须飘飘，背上一只巨大的葫芦。祝伯亲信下车要拜，却被旁边一个中年人扶起，这个中年人是斟氏的大弟子郭氏。

"不用多礼了，我先给你治伤，然后让你师兄带你乘龙去往军营。"斟氏和郭氏一起为祝伯亲信接续好断脚，祝伯亲信才恢复了点神志，说："多谢师父，不知道我何时能学成这种补魂术？"斟氏哼道："你驾驭人身的欲望太重，尚且不能驾驭人心，何谈驾驭人魂？先跟你郭氏师兄学好凝神静气之术才好。"

"不知师父、师兄是否愿意下山，助我国打败莱人，也好报徒儿受辱之仇。"

---

① 从从，出自《山海经》，是一种奔跑如风的动物，叫声如"从从"，根据描述像是如青鼬之类的中型猛兽，能一边跑一边长距离跳跃。

② 斟氏，即夏代斟灌氏族的族名，斟姓；郭氏，即郭国族裔，黄帝后裔任姓或炎帝四岳氏后裔、姜姓，都在泰山附近。他们或为首创封禅泰山的部族之一。（据《史记》）

"我正要下山，但不是助你打仗，而是宣布我最近祭祀蚩尤上神时得到的预示。"

说完，一条飞龙从云雾里蜿蜒而至，斟氏让郭氏接他上去，先行带路，自己则御使清风跟随。不过半日，三人一行已经到达祝伯大营。祝伯出营迎接，把这位老宗师迎入上座。但亲信在他耳畔耳语几句，他立即脸色铁青，说："不战万万不可，我国与莱人常年征战，多少青壮年牺牲，怎么能反过来与他们联合呢？"

斟氏说："我近日祭天，看到莱人方向天空云雾被染成暗色，应该在大规模开荒或祭祀，从西方更是过来一大片黑云。我激起一阵清风，想驱散黑云，没想到居然下起雨来，我跟从人身上全是烟灰。而从灵龟卜得知，兵灾果然是从西而来！"

祝伯打断他说："祭祀出现兵兆是不可避免的，我今年的祭祀，水面全是家畜骸骨，也没有觉得惊奇。虽有灵龟验证凶险，更是要迎难而上，不然怎么对得起在常年征战中死去的甲士？"

斟氏不慌不忙地道："当时白云染黑，但烟灰不重，而西边来的大片黑云却导致了烟灰雨，这才值得警惕。近年来西边的商国似乎蠢蠢欲动，我们东夷诸国如不停止战争，必然挡不住他们的袭击。"

祝伯沉默了一会，说："大师可否助我这次打败莱人，也好威服敌军，使其不敢再犯我土？"

"我只能促其退兵，不能有辱任氏，否则宿沙氏①宗族近在咫尺，如果他们援手，最终胜负难料。"

"除退兵之外，条件还要包括任我军占领营地！"

"这要看明日谈判时他们的态度，尽量和解。"斟氏接着感叹说，"一切都要以平息纷争为首要目的。商国强大，就算是我们东夷诸国平息纷争，可能也难以抵御，就连祭祀中也有了烟灰了啊！"

---

① 宿沙氏，或夙沙氏，传说为春秋时期首创海水煮盐的部族，西周初期济水有宿国，太昊后裔，风姓。而西周金文有周伐东夷里的夙夷族之事。

在座的人都默然无语。

第二天，斟氏在阵前对任氏呼喊："可否容我和祝伯过去？"

双方相聚一里多路，莱人这边竟然听得清清楚楚。任氏知道这是借风传音，也把旗帜一展，借风传话："可以！"远远看到两人御使风云飘然而至。还没到近前，尚有百步远，莱人军中就有人放冷箭，只看到斟氏手指一伸，冷箭便掉在地上。众人都吃惊，姜望禁不住脱口而出："真正的宗师啊！想不到已经到了不用法宝和膂力，手指御风的境界，看来他借风云之力也没有用法宝了。"

祝伯气愤地大叫："莱人可杀！居然对使者放冷箭！"待他们近前，任氏赔礼说："请宽恕，原本没有约定正式谈判地点，而阵前本来是厮杀的地方，难以约束。"

祝伯气愤之极，道："回去再战！"

斟氏挡住祝伯，笑着说："看来太昊宗师是想试探老夫吗？"

"原本就无意言和。"

斟氏一笑，旗帜卷起一个宝鼎扔过去，说："请在此宝鼎上刻写退兵条件！"

宝鼎从高空飞下，划出抛物线，还在半空，任氏就感到一阵厚重的气息袭来，他连忙双手去接，刚到手，旋转就几乎把手骨都要震碎了，连忙松手。那宝鼎掉在脚下，只听一声闷响，地上砸出一个大坑，尘土飞扬。任氏挥手散去尘土一看，土坑大概有十步宽，宝鼎就在中央半埋着，周围土气附着。斟氏呵呵一笑，道："看来宗主是不接受和谈咯？"

任氏脸色铁青："可谈。"

"好的。"斟氏拿出一副钩挠，伸入洞中，将宝鼎轻松勾上，交到任氏手上。这回任氏感到适才厚重的岩石气息消失了，便轻轻接过。宝鼎是变轻了，他的手却在颤抖，脸色更是青得发黑了。他定了定神，说："我军占领营地，双方退兵。"

不等祝伯发飙，旁边的姜望大声抗议："绝对不行，营地本就不归属各国，此战本就伤亡惨重，各个家族上千户，怎么能就此为奴！"

任氏接过来说："是否为奴由莱侯定夺，但至少要由我方驻军。"

祝伯大叫："不可！要由我方驻军！"

任氏据理力争："这一仗我军十损七八，不可就此放弃！再说如由你方驻军，营地滨海，你要来何用？只有我滨海莱国可以治理！"

祝伯发狠道："不然那就再战！"

任氏也发狠："我已经与宿沙氏联络，他们不可能看到海盐产地落入他国军队之手！"

他搬出了宿沙氏，这是东夷有名的太昊后裔宗师，精通煮盐阵法。斟氏顿了顿，估计这样下去没法调解，只好说了他在祭祀中看到的预示，说："不如双方各退一步。"

任氏和姜望听说后，都想到了莱侯以及自己祭祀时的预示。任氏说："好吧，营地的鱼粮归祝国，土地由我方驻守。"

祝伯看到没有妥协的余地，只好作罢。斟氏接着说："但是，莱侯要承诺不得骚扰营地家族，不得拘禁为奴，若需要造船等工程，可以互相协商，如若营地引起任何动荡，我都将帮助祝伯征伐。"

双方在宝鼎刻上协约，宝鼎由姜望带回营地，各自撤军。

姜望回到自己的聚落，看到各个家族正在收殓尸首，葬在大坑里，顿时感慨万千。营地周边各国正在互相征伐。另外，在东夷外围，还有更为强大的商国在虎视眈眈，可能即将入侵，各个东夷诸国到时候又不得不联合对抗。比起这些，自己聚落的这点小恨，又不知道有多么微不足道。

想到这些，他萌生了去往中土的想法，在那里，会得到更多预示消息，还可能学到更为先进的营生技术，以及周旋于各国的策略。

莱人这时已驻扎在营地，几天后，姜望突然得到消息，说莱侯要驾临营地，让他赶快率族人迎接。莱侯是个有些肥壮的中年人，他不是像祝伯那样的猎户起家，以武力服众的首领，而是善于周旋于东夷各个氏族之间，使各个氏族首领能人都佩服他的调解能力的联盟首领，他实际上也没有如各个神力高强的氏族首领那样有威信。

姜望看到他身边的人有一个披发赤膊，估计是某个宗族的宗师；而另一人虽是甲士，肩上落着两只鸟，看来也不是普通步卒。莱侯跟姜望协议说："这一仗辛苦了，以后你们就算是莱国的子民了。驻军的粮食，就交给你们负责，军队会出钱买进你们捕捞到的鱼虾，你们的一切劳作，都会得到一定的酬劳。"

说罢，莱侯的亲信端上一只宝鼎，上面刻着条文。姜望一看，他们所有族人都被规定了要出海捕鱼，或圈养海鸟，而酬劳却并不高，姜望便推辞说："莱侯，我姜氏聚落族人丧失了几乎所有家奴，又缺乏出海经验，无法出海捕鱼，只能推辞。"

"我会派人前来指导你们的出海捕鱼技术，直到你们掌握为止，还会教给你们建造出海大船的方法。"

"我聚落青壮年丧失，族人正忙于丧葬，无法学习出海技术。"

莱侯身边的甲士摆弄着肩上的鸟说："宝鼎在此，金文已刻，不可推辞！"说完，他让鸟飞停在手上，那鸟朝姜望的茶盏扇动翅膀厉声尖叫一声，姜望只觉两道细细的热浪袭来，看到茶盏里的水迅速蒸发，一瞬间就沸腾了似的。姜望看那鸟与普通鸟无异，只是长着一条老鼠似的长尾。虽然受到如此威胁，但姜望没办法反抗，他早就知道莱人诸国宗师众多，仅凭这一项神术就能够克制自己的御水之术，小小的姜氏聚落肯定无法抵抗，只能先妥协。

莱侯安抚姜望说："不用紧张，这位是玄股国首领、驯鸟师，善于驯养鸟类。"接着转头对另一位亲信说："你去告诉任氏，让他尽快赶来营地。"

那位赤膊的亲信在一块龟甲上刻写：任氏速到营地查看姜氏的崖下海鸟驯养。他刻好字就打开门，一阵急风吹起，他一扬手，龟壳顺风被鸟叼去。姜望这才明白莱侯的目的是为了自己的海鸟驯养术，现在已经答应族人服役，自然没办法反悔了。莱侯看着姜望铁青的脸，笑着说："这位是风师折丹氏①，他们的祖先从商人先祖时期就掌管着东海极地的入风口。"说罢，折丹氏就运起大风，送莱侯和玄股氏离开了。姜望看到这位不但可轻松飞行，还可载人飞走的风师，无可奈何又愁苦不已。

第二天，任氏赶到，赔笑着说："还望倾囊相授。"

姜望说："交情归交情，原则上你与我不同宗，甚至不同地域，既然是交

---

① 折丹，《山海经》记载的日出神或风神。这里的折丹氏作为殷商时期在东夷祭祀东风神之族，甲骨卜辞有东方神"析"。

流，就要以实相告你在海滨捕捞的见识，一起提升驯养神术。"

任氏欣然答应。他们谈论了大鹏、精卫、水母等驯养的可能……

此后，任氏回有仍国试验驯养术，并祭拜祖先，派人给姜望送来电鳗等稀有海兽，供他驯养。可一个月过去了，姜望始终进展不大，只有鱼鹰、大雕可以排成阵列，其他海鸟都没法获得独立的灵性。

这时候，他去往中土的心愿更加强烈，加上莱侯留下的条约直把他们各家各户当作了服徭役的百工，每天任务很重，捕鱼之余还要学造船，无法跟从前的生活相提并论。

姜望正苦闷，这一天突然接到冯夷的快马报信，说冯侯已经在薄姑国担任师氏一职，且得到了水庸氏宗族行动的信息，让他十天之内达到他的宗族，商议袭击策略。姜望很高兴，他让使者回话说："苦于受制于莱侯的造船大计，无法脱身，希望薄姑国以驻军营地威胁莱侯，逼其修改为莱国服役的条款。"在使者临行前，他还故意带使者参观海滨洞窟的海鸟驯养地。

使者回去报告冯夷，冯夷听使者说了姜望的意思，知道姜望想借自己和薄姑国的势力让自己的聚落摆脱奴役。冯夷本来自中土大商，不在意海兽驯养，但薄姑国侯不能不密切注意莱人的强大，因为薄姑国侯力求维持莱人、祝国和自己在东夷诸国的战力平衡。他听了冯夷的报告后，说："可以派你手下的宗师前去营地查探，如果能够探到驯养术最好，如果被莱人的屯兵阻拦，就以此为借口也在营地驻军。"冯夷奉命而去。

果然，派去的宗师被莱人的屯兵阻挡，两方起了争执。姜望听说后，趁机散布消息，说薄姑国要驻军营地聚落，使当地人摆脱繁重的徭役。祝伯听到消息，虽然认为薄姑国应该不会跟莱人冲突，但听到其军队确实已经开往边境，只能命令边境军队集结，派遣营人聚落首领前去，交代他等待两军冲突再趁机驻军营地。

莱侯得到与薄姑宗师冲突的消息，知道薄姑国也觊觎海鸟驯养神术，只好派宗师前去营地，加强防卫，交代他允许营地减轻徭役，以此要求薄姑退兵。姜望这边还在散布谣言，说莱侯奴役营地百姓，斟氏即将下山帮助祝国讨伐。三国族人都在边境集结，莱人千夫长传达了莱侯的命令，说可以减轻营地百姓徭役，但此时，祝人由营人聚落首领率领，他自从营地被莱人驻军封锁后就没能再回营地，所以急切想利用这次出兵获得使祝国在营地屯兵的机会。

于是，他不等薄姑攻击，就下令发动进攻，但莱人也有宗师率领，一仗下来，双方都损失很大。他看到胜算不大，只好退兵。薄姑国也把军队撤离了边境。

姜望看到双方开战趁机拿出宝鼎，修订了刻在上面的条款。姜望看到自己单方面修改宝鼎，莱人并没有干涉，知道莱侯在任氏开始驯养海鸟后，目的已经达到，今后应该不会再为难自己的聚落，于是便跟自己聚落辞行，去与冯夷会合。他临行前嘱咐族臣和各个家族说："我们先祖从中土顺流而下迁徙至这里，跟湖对岸的营人争斗不断，可幸现在已经有了缓和。我此去中土，最多两月余，如果到时候没有返回，各位只好选我族弟为新首领了。而之前祭祀时出现的大凶之兆应该这几年就要发生，列位每月都要祭祀占卜，仔细观察凶兆的变化情况，如遇争斗，尽量回避。"众家族拜谢。

冯夷夺宝篇

姜望带上所有法宝，乘船逆流而上，两天就到了冯夷宗族，冯夷迎接。姜望看到在座有五人，连同上次看到的冯夷抱着的美女也列席。冯夷指着一位丝袍青年介绍说："这位是爽鸠氏①，是薄姑国的猎师世家，少昊时期爽鸠国的后裔。"

他又指姜望在船上见过的三人说："这三位上次没来得及介绍。这位是汶伯，这位是巨野伯，都是汶水、巨野泽很有名望的水神祭祀宗师，而这位是昆吾后裔顾国的宗祝顾氏，消息就是他传达的。"姜望认得他们依次是没有上冯夷大船的老者，有木桶法宝的中年，以及跟自己一样使金钩的壮汉。冯夷又指向那位美女说："我的爱妃上次也没来得及介绍，这是宓妃，她在我族主管编织渔网，也随同我们出战。"介绍完，冯夷点起一队虎贲，即刻出行。

路上冯夷说："这次时间紧迫，水庸氏②已经率领亲信于五天前去了攸方，顾氏的暗哨报告说是奉帝辛之命出使，联络攸方对付淮夷林方，这时候恐怕已经到了。我们的目标是在他们返回商国的路上截杀，以报上次杀我部族、夺我宝物之仇。"

姜望听说跟商国有关，趁机提起祭祀预兆的事："我之前在莱人与祝人交战时，泰山斟氏说祭祀得到了凶兆，预示商国即将进犯我东夷诸国，这次贸然挑衅商国使者，会不会不妥？"

冯夷回道："祭祀凶兆应该只是调解祝国跟莱国纷争的说辞，做不得数的。你们看，现在商国不是把目标投向了淮夷了吗？只要我们着夷方人打扮，在攸方境内截杀水庸氏，即使暴露了神术，只要不丢重要法宝，商国就找不到借口。"

汶伯则担心道："上次水庸氏似乎不在场，已经轻易夺走我们的法宝，这次他亲自出马，会不会更没有胜算呢？"

"这次我们主动，趁他们还在谈判，先在沂水布下阵法，以夺宝为主。如

---

① 爽鸠氏是上古少昊部族联盟的一族，为掌管刑律的部族，是齐地最早的原住民。爽鸠即威猛的雄鹰。

② 水庸氏为杜撰部族首领，设定为容隍氏、鲧的后裔。水庸是上古企盼丰收的蜡祭八神的祭祀对象之一，实为排泄农田积水的沟渠。其他的祭祀为先农、司农、猫虎、昆虫、坊、田畯官、邮表畷。本书出现的猫虎、昆虫、坊氏、邮氏部族皆根据祭祀事物而杜撰。

果我们被逼使用的镇寨法宝被他们拿去了，就尽全力杀人灭口！绝不能留下证据。"

三天后，众人伪装成夷方的渔猎之民，在沂水开始布阵。又五天，他们得到了水庸氏一行准备离开攸国的消息，就由冯夷和宓妃伪装成渔民乘船在河上捕鱼，爽鸠氏为猎师，潜伏在河岸，袭击漏网之鱼，其他人则潜伏于水中。水庸氏一早从沂水岸边乘船渡河，这里已经远离都城永，攸侯没有相送。船正好行至河中央，突然一声巨响，船上的人都忍不住跌倒了，只有水庸氏一凝神，双脚就定住了。这时候船停了下来，水庸氏忙问舱内水手："怎么回事？"

"主上，可能是撞到礁石了，船底已经开裂！"

水庸氏摸了摸山羊胡，道："来的时候怎么没碰上礁石？"这时候他看到对岸停着一艘渔船。

突然整个船底木板碎裂，水手连忙大叫："不好了！船底碎裂了！"

水庸氏连忙进船舱查看，只见河水涌上来，顷刻间已经漫到了船舷，他大喝一声："上木板！"众水手都跳上一块木板，旁边的船则沉了下去。突然又是一声闷响，木板顷刻间碎成片，众人全部落水，只有水庸氏稳稳站在一块浮木上巍然不动，他大叫："有阵法，你们快去岸边！"话音未落，就有两三人被拖下了水。其余神术高强的一拍水面，在水上疾步飞奔，但没跑几步，就像被石块绊住了似的，掉下水去。

水庸氏拿出一根皮带，放入水中，那皮带迅速伸长，把落水的众人都串连起来，使之不能下沉。水庸氏一扯皮带头，那皮带呼啸飞到半空，但刚把众人带离水面，就突然像被压下去一样，又掉进水里了。这时有人大喊："我们双脚被绑了重物！"

水庸氏大喝一声，挥舞皮带，把皮带挥舞成螺旋状，才挥舞几下，落水众人被拉扯出水面，在水面上像车轮一样滚动，他们脚下绑住的东西也被带出水面，原来是石块，以流水丝绳连系。水庸氏弟子放出金色鱼鹰飞过去，叼住石块丢掉。

这时，水庸氏突然感觉自己也在下沉，便急忙拿出一只金铜秤砣，牵在手中，秤砣沉下水中，水面立即凹陷下去，形成一个水洞，而他本来双腿已经沉入水中，此时脚踩秤砣入水，立即跃出水面，立在另一根浮木上，周围水流喷出一丈多高，一只宝规飞出，把绳索钉在了岸边。

那边众人已经解除石块束缚，但还没爬到岸边。

水庸氏望向岸边，正要查看到岸边的距离，这一望突然发现本来停靠在岸边的渔船已经不见了，他侧眼看到了渔船已经到了自己身后，并没有离去，知道了这不是普通渔民。

而这时候，水庸氏看到后面飞出一人，在浮木上疾走，牵着一根绳索直扑向自己的宝规，他立即将手中绳索一抽动，命令鱼鹰上前。而半空那人快一步，她手中的绳索已经连上了宝规，绳索下方系着一个金锚，那宝规立即被锚拉下，收入那人的怀里。

水庸氏正要发作，突然感觉脑后风响，知道后面假装渔民的渔师攻击到了，便凝神拿住秤砣，一扭身，他回头看到一柄鱼叉从自己胁下滑过，被自己震动带出的防御水流嗖的直冲到了半空。

他侧眼看到一股浪朝自己拿着秤砣的手边扑来，知道不好，甩出秤砣，借秤砣的甩势一跃而起，翻着筋斗跳往岸边。

这时候，鱼鹰已经扑向前面收了宝规的宓妃，把她紧紧缠住，她只挣扎出两只手。那鱼鹰裹住她后就伸出头来衔宓妃手里的宝规，宓妃忙抽出一张大网裹住鱼鹰头，使它不能咬住自己手里的宝物，两下解脱不开，鱼鹰只得带着她飞向岸边。而由于失去了宝规定住绳索，河中爬了一半的众人都陷入河底。姜望他们则游到了岸边，看着刚落地的水庸氏鱼叉、钓钩齐出。水庸氏面不改色，袍中绳索一迎，准确击中一条鱼叉，这条鱼叉和钓钩都磕碰着顺着绳索下沉射偏。哧哧几声，鱼叉和钓钩都钉在水庸氏面前地上。

姜望等人一哄而散，往树林里跑了。

水庸氏正要追赶，侧眼看到金色鱼鹰已经裹着宓妃飞到自己面前，他惦记着自己的宝物，便不再追赶。而这时候河水里面那股扑向秤砣的大浪已经化作了冯夷本人，她望见宓妃被鱼鹰裹住，在河面直飞奔过岸边来。宓妃望见，把手里的宝规及其系住的金锚往冯夷扔去，那鱼鹰连忙松开宓妃，准备扑向半空中的宝物，宓妃忙将网拉大，把鱼鹰裹住，却没有提防站在后面的水庸氏，他拿出秤砣直击向她后心，一声闷响，被打得吐血，倒在地上。幸好她内穿了铠甲，不然这一击已经要了她的命。

冯夷一把接住顺风过来的宝物，看到宓妃受伤，大吼"慢来！"就河面上借河水化作浪，直直向水庸氏撞击过来。水庸氏正准备抓起宓妃，突然感到脚被绑住，低头看到脚下茅草绑住了自己的下半身，肩膀还搭着一把金钩，把自己往后拖倒。他轻轻取下金钩，手一挥，金钩系着的绳索猛然缩短，连带着树林里牵着金钩的顾氏也被拖到了树林外，但脚下绑住的金钩却任凭他怎么凝神提风也解脱不了。原来姜望他们都没有离开，而是躲在树林的灌木里观察，这会儿一起凝神把水庸氏绑住了，直到这时候看到顾氏被凭空抛出，汶伯和巨野伯知道自己全然不是对手，才抽身便往树林深处跑了。只有姜望还在凝神绑住水庸氏。

水庸氏看到自己的下半身仍然被茅草化作的金钩绑住，知道树林里还有人，但这时候前面冯夷的裹身浪涛已到，重重地撞在他身上。水庸氏身子一斜，侧身手一扬，手中一根绳索朝身后天空伸长，冯夷附身的浪涛被滑开，不自主的顺着绳索朝天冲去。他又把绳索朝树林方向一抽，大喝一声"去！"绳索啪的一下，钩住冯夷连同裹身浪涛直射树林里的埋伏。就趁这一击，被拖出树林的顾氏丢了金钩已经走了。而灌木丛后面只剩下姜望，他看到浪头突然抖动，反折直扑向自己，站起身来就走，却来不及闪避，正撞中了手臂，而冯夷居然仍然没有收势，撞中了姜望身后的一棵树干，树被撞断，浪头泼在地下，冯夷本人扑倒在地。

水庸氏发现自己脚下的捆绑已经解除，连忙朝姜望这边走来，侧面看到宓妃爬起来就跑，想到自己的宝物还在化浪的人身上，便没有去追，而是从葫芦里取出一些黏液，顺风洒在她身上。

在树林里，他发现了手臂折断、踉跄奔跑的姜望，手一伸，绳索飞出，姜望听到脑后风响，即扑地倒下，那绳索却一抖，跟着折下，绑住了卧倒的姜望。水庸氏一拉，绳索回缩，拖着姜望跟在水庸氏后面。水庸氏刚看到冯夷爬起来，正要攻击，冯夷随手一挥，就是一道激流直扑向水庸氏，自己则往树林外的河岸边急奔。水庸氏一让，抓住激流挥舞两圈一甩，激流朝奔向前方的冯夷后心撞去，但刚碰到他，冯夷就借势随着这道水流，直直射出树林。

"附身水浪这么快？"水庸氏惊异。

冯夷随水流飞到河岸边，看到宓妃不在，知道已经逃离，就一头扎进水里。水庸氏大叫："留下我的宝物！"待他赶到河岸，水面已经和平常无异，冯夷完全不知所踪。

水庸氏只得拖着姜望回到树林，走进去一看，见地上躺着他的亲信，他们神术较高，应该是自己使神术挣脱石头捆绑逃上岸的。他连忙蹲下来一摸气息，居然已死，水庸氏大怒，突然感觉脑后有攻击气息，还来不及躲避，就脖颈一痛，居然被一根针悄无声息地插穿喉咙。

他还没来得及拔针，就感到攻击又来，一凝神，身体御风向前平移几步，感到脚上一痛，知道又中了针。他来不及回头查看敌人方向，就伸出绳索朝天暴长，他整个人顺着绳索斜着直飞上树梢，居高临下，看到对面树上人影晃动，数发针爆射过来，他牵住秤砣对准对方人影一抛，那几发针擦过秤砣就开始减缓，还没到水庸氏面前，就被他身前的一圈高速旋转的风气扭转，跟着秤砣朝发射的人影飞去。而人影那边突然闪出一张细密的大网，把秤砣和针都裹了，但却扯脱不开。

原来，秤砣的支点在水庸氏身前高速旋转的宝规中，被拉住了。

那边又是数针过来，水庸氏把手一抬，针到跟前，又被转向朝那人射过去。那人只得手一松，秤砣连网带针都回到了水庸氏手上，那人消失在树林深处。

水庸氏把手中的一把针扔在地上，忍痛扯出插进喉咙和双脚上的针，这时候他已经说不出话来了，看到地上的姜望，想杀死他，但想到这次遭袭竟然没抓到一个活口，就又洒了些黏液在姜望身上。这时候他感到一阵眩晕，知道针有毒，忙凝神把毒液牵引自伤口流出，他怕那人还在树林中潜伏，会再遭到那人袭击，只得丢了姜望，而自己脚上已经麻痹，不能走动，想起鱼鹰还被绑在河岸边，便招来一阵风送自己出了树林。他在河岸边看到鱼鹰仍然绑在金网里挣扎，就帮它解开，跨上它，腾空而去。

才两日，已经到达亳地，他在这里觐见帝辛。原来，水庸氏在与攸侯商讨好进军对策后，就已经通知了帝辛。四日后，帝辛率领大军已到了边境亳地。

行宫内帝辛见他受伤，便吩咐他坐下，说："神农族的昆虫氏在这里，他可为你治伤。"

"多谢大王，我已经检查过伤口，是普通蛇毒，敷过药了，等一下去见昆虫氏询问快速愈合的方法。"

"这次遭袭，难道是夷方所为？"

"应该是为了法宝而来，并没有要置我于死地的意思，但其中一人能凭空生水，且能身躯化流水，能达到这种境界的宗师必须继承祖师神力，还要锻炼出虎豹的力量。夷方落后，仍饥食渴饮的追逐身体满足，应该不会有这种境界的宗师。而且他们有一件法宝居然是金锚，夷方虽然滨海，似乎没听说有这么先进的造船技术。因此，我怀疑他们是东夷诸国派来的宗师。"

"我可派人助卿追查，这次征夷方本来就是为了除去东夷诸国的臂膀宗师，威慑他们，如果有证据，正好以此为借口征伐。"

"我离开的时候已经在两个匪奴身上洒下了呲鱼①气味，他们都受了伤，跑不快，如果调集猎狗追踪，一定能够找到。"

"好！我这就派猫虎氏调集猎狗，让他与飞廉②配合找寻。大军即日出发，与攸侯会师！"

猫虎氏是大商八个以神农蜡祭为族号的首领之一，他先去见帝辛的御驾近臣飞廉。飞廉知道是帝辛的命令，不敢怠慢，命人在营外起篝火，即刻祭祀风伯。飞廉看到烟雾升起，飘往东方，就拿出一张白熊皮，放在烟雾中，顷刻，烟雾即在熊皮上印出带有黑色印记的风向图。飞廉看了，指点猫虎氏说："可命人沿此三处路线搜寻，必有收获。"

猫虎氏问："据报，贼匪若向西，现在可能尚未到达亳地，若向东，则离我处越来越远，现在西风东吹，似乎对猎狗寻风追踪无用？"

"无伤，我给你的方向都是主风的线路，猎狗沿着这些线路追寻，风中寻味只要味过，猎狗必然觉察人的经过。"

---

① 《山海经》里的呲鱼可以是类似香鱼的某种鱼类，这种香鱼脊背有腔道散发香味。

② 飞廉，为东夷奄国嬴姓飞廉氏族的首领，图腾为大凤，即大风，后被尊为风师。风师是观测来自八方的八种风的祭祀人员。

猫虎氏心服口服地把驯养的猎狗交给手下众宗师，按气味向西追踪。只消两天工夫，就在一处农家找到了气味。猎狗破门而入，才听几声犬吠，就悄然无声了。门外众宗师疑惑，等了一盏茶功夫，实在忍不住，才起身破门而入。只见地上一条死狗，里面空空如也。这时门后突然展开一张大网，堵住小门，门外宗师不能进，里面的人不能出。

宗师划破大网，屋顶突然又降下一张大网把他们连人带刀黏住，急不得脱，都大叫："人在屋顶！"说着亮出飞刀，还没发出，就被粘在网上。

这时有石子从屋顶上射下，网里面的宗师伸手拿住一张木凳一格，石子正中木凳的脚，没能击穿长长的木脚，仅仅迸出火星。宗师手扬粉末，就是一团风火，借风直飞向屋顶，把屋顶击穿。这时候，屋外的人刚跳上屋顶，却看到人已经跳往屋后去了，而屋顶已被火团点燃。他们顾不得屋里的人，直追那人而去。

才跑了片刻，就追上，飞刀齐出，那人就地一滚，一张大网扑向后面的宗师。但在这开阔地，宗师一左一右，手持钩挠，钩住大网一挥，大网反扑向倒地的那人。那人又是一滚，像蛇一样在地上滑行，躲在树后，大网扑了个空。宗师把钩挠放在地上，挥动绳索使钩挠在满地树叶下蛇行，突然沿着树干而上，绑住了树干。众宗师过去一看，一位容貌姣好的女子被钩挠扯住，喘着气。正是宓妃。

几个宗师把宓妃押解到帝辛大营，水庸氏看了说："看身形就是此人，飞身夺我法宝，交给贼首，之后被我打伤。"

帝辛一看，是个容貌姣好、身材纤细的女子，便有怜惜之意，问："你是冯夷麾下宗师？"

宓妃抬头："女奴是姑幕国人氏，是姑幕国国侯兹氏麾下宗师的族女。"

水庸氏质问："我听说姑幕国兹氏是少昊后裔，祭祀凤凰，其神术怎么可能是御水之术？"

"我师是海滨渔师，与兹氏一派无关。"

"你师为何人？"

"号称鲛伯。"

水庸氏摇头："从未听说此人，你为何要袭击本侯？"

"我奉宗师之命，与众师兄弟袭击夺宝。"

"我是问你宗师听命于谁，为何袭击本侯？"

"据说是兹氏，奉命夺宝。"

"你若肯立功追回我宝，可饶你不死。"

"女奴重伤，没能与我族师兄弟联系，并不知他们去向。"

水庸氏招呼侍卫："带下去用刑！"

宓妃大呼："我真的不知他们去向，我只是奉命夺宝！"

侍卫不理，拖着宓妃就走，宓妃大呼："大王饶命！我愿意奉上法宝赎罪！"

帝辛不忍，挥下侍卫，问："你有何法宝？"

宓妃急声说："我愿意奉上法宝，投降商国，与莒侯为敌！"

帝辛正要说话，水庸氏说："大王不可心软，谅她一个年轻弟子，能有什么宝物，如不能戴罪立功，按刑法只能处死。"

宓妃大声求饶："我只是奉命行事，具体情况和众人行踪并不知情，求大王开恩！"

帝辛看她哭泣，说："按此次征伐的盟誓，宗师战俘有功可免去刑罚，你献上宝物，若得我心，可特赦你为本王麾下宗师，若不好，再用刑不迟。"

侍卫放开了宓妃，她听到帝辛如此说，知道帝辛好色的传闻属实，便心中一动，慢慢解开身上的盔甲，露出束胸——她此时内衣并非渔网，而是改穿紧身束胸，方便对敌。这时她的渔网法宝就夹在束胸上，露在外面，但她心念一转，不直接扯出法宝，而是慢慢解开束胸，露出高耸的胸脯。帝辛看到束胸解开后的旖旎，心中大动，周围侍卫都交头接耳，水庸氏看到，气得瞪眼。

宓妃解开束胸后，并不急披衣，即刻展开渔网，凝神一撒，渔网旋转带动旋风，覆盖在周围十步以内的酒盏和宝鼎上，连同里面的酒水都顺风稳稳的落在网里。接着，她迅速把网一收，酒盏裹在网里，酒水一滴不漏。宓妃上前走了几步欲拜献，突然一侍卫上前，伸手一拦，宓妃只觉经脉震动，脚不自主的后滑了一段距离。

那侍卫安静地称："超出了两步。"

宓妃暗自心惊：想不到一个年轻侍卫，看起来十几岁的年纪，竟然这么准确地让我平移，为帝辛效力的宗师果然众多。

帝辛说："莫怪，这是我的司命官①兼亲信侍卫。"

她只好就此跪倒，口称："此宝能吸附属水万物，滴水不漏，愿献给大王。"帝辛忙走下台阶，挥退司命，接过宝物，扶起宓妃说："好宝物，恕美人无罪！"

宓妃起身穿衣，低头说："女奴无礼了！"

帝辛问："美人的私名是？"

宓妃答："宓。"

帝辛手扶她的香肩，擦掉灰尘，露出雪白肌肤，感觉肌肤柔软无骨，怜惜说："美人辛苦了，今后可随我左右，为本王护驾。"

水庸氏忙说："大王，此女并不是实在之人，且吸附神力的渔网实在普通，不可用她！"

帝辛回答："宝物虽常见，但美人的御风之术确实高超，你族内可有能够借如此微风准确收宝的女弟子？"

水庸氏脸一红："暂时没有。"帝辛大笑，让侍卫带宓妃下去沐浴更衣。

第二天，宓妃要求回大邑商等候帝辛凯旋，帝辛不允，执意让宓妃随行，说："你原说要与夷方为敌，何不随我御驾上阵，怎可以留在后方呢。"宓妃只好考虑在行军途中待机逃离。

在宓妃被抓的同时，猎狗已经找到了姜望，他受伤后找到一匹骏马，骑马往雇地而去，打算在那里乘船与冯夷会合。但刚过亳都，就遭到了宗师的拦截。姜望看到几个宗师骑马，跟在几只猎狗后面，迎面朝自己大喊："前面的人停下！"

姜望忙停下马，转头就跑。

姜望记得这附近有片沼泽地，他踩着马一纵身，在半空中以金钩射在地面石头上为支撑，飞身爬过山坡去了。追逐的宗师忙跳下马，带着猎狗急追。山坡后就是沼泽地，姜望一跃跳入了沼泽地，以一副金钩钩住一只苍鹰，御风在

---

① 司命官，为杜撰，史称册命官或"作册官"，即为王册命大臣封地、赏赐的近臣。

沼泽上飞奔，泥浆没有没过脚掌。后面追来的宗师看到，不敢前进。

原来，这二人没有御风法宝，而御风之术不足以支撑他们的体重，所以不敢追。其中一位宗师连忙放出火龙，腾空来追姜望。姜望这时手中只有贴身的一张渔网，但渔网只能装属水万物，裹不住火龙的火焰。而火舌已经从火龙嘴里喷射而出。他一急，拿着渔网裹住自己往泥浆里一滚，喷射的火焰被浸水的渔网挡住，姜望躲在下面凝神牵引沼泽地下的水上升，不一会就浸没了身体。火龙喷了几喷，就自动消散了。

姜望这才起身，跑了几里路，转向了沼泽地的另一边，他筋疲力尽，正要上岸，突然看到猎狗在对着他狂吠，却没有宗师跟上来，惊疑不定之下，他只能回头跑入沼泽地深处。

姜望边跑边想，沼泽地这么大，又没有什么风，怎么猎狗这么灵敏，一下就找到了自己？他想起这些宗师是迎面追过来的，这说明他们在自己骑马飞奔的时候就已经认出了自己，一定是靠着狗的嗅觉！姜望以铜钩御风奔了十几里路，实在跑不动了，只好滚在沼泽地上休息。

他想起水庸氏在自己身上洒了些黏液，肯定是靠那个时候留下的气味。而刚才自己浸没在水中还能被猎狗追踪，说明这气味洗不掉！据说营地附近的淄水里有一种呰鱼，留下的气味会持续几年，可能就是这种了。但他不知道要怎么才能去除这种气味。

姜望很沮丧，一出沼泽地就会被狗盯上，如果留在这里，肯定会有高手来抓自己。现在最需要的是找到河流，泆水而去。凭自己的水性，才能躲过这些人的追击。想到这里，他挖开身旁的泥浆，仔细查看水流的方向，是向南流的，往南面走肯定能找到河流。

姜望起身就跑，突然一阵风过，听到传来一道震耳欲聋的喊声："不要走——"他扭头一看，远处一个小点慢慢移动，这人的借风传音距离这么远还能响声如雷，肯定是高手无疑。

姜望只得往南跑，赌一赌运气。跑了大概二三十里路，终于看到一条小溪，他猛地一下扎进水里，闭气朝东方游去，由于身上有气味，他西去必然遭到商国宗师的堵截，不如往夷方去，还能阻挡商人一段时间。这时，他在水底看到追兵已经追至岸边，那宗师身体柔若无骨，如蛇一样在沼泽地上滑行，怪不得能追上他。宗师身边还跟着一只人脸猴身兽，那兽对宗师说："这人一定水性极好，下水游走了，我们潜水一定跟不上他，如何是好？"

宗师说："待水庸氏弟子过来，让他们从沂水上游开始搜寻，一定可以截住他！"姜望暗想，看来这宗师不能如蛇一样潜水，距离冯夷那样就地化雾化浪还差一截。姜望在小溪中潜泳了几十里路，发现了大河，他估计这就是沂水，水庸氏的手下现在应该正从上游开始追击，他只能往下游东去。他已经精疲力尽，幸好是顺水流而下，不那么费劲。

姜望不时上岸休息，但不敢逗留太久，只摘些野果充饥，大部分时间都用金钩钩住顺流而下的船只，泡在水里拖着自己前行，经过水中长时间的浸泡，他脸上化的妆逐渐脱落，恢复了本来面目。过了两天，估摸过了攸方，他下船上岸，想去山上找一些香草遮住自己的气味，才翻过一座山，就在路上碰到一队步卒，领头的人看他全身湿透，觉得蹊跷，忙喝令步卒抓人。姜望大叫："我是大族宗师！"

领头的人问："你浑身湿透，莫不是洙水而来的暗探？"

姜望回答："我是遭到殷人追杀的宗师，你们看！"他一挥手，借风势抬起地上的一块石头，准确地抓在手中。他的御风之术虽然不能抬起重物，但取一块石头是没有问题的。步卒们都惊讶地交口称赞。

姜望暗想，夷方宗师很少，对宗师也很尊重……他便说："如果我有心逃跑，你们是拦不住的！"

头领连忙恭敬地道："请问宗师要去往哪里？"

姜望暗想，找到遮住气味的药草不容易，不如借助他们国王的力量，便回答："我需要一种药草，能够遮住我身上的气味，就是这种气味使我被帝辛的军队追杀。"

头领上前一闻，果然有一股味，忙说："我鄙陋，不知道有这样的药草，可带你去见我们的国王，他可以帮忙。"

头领让步卒们继续前进，他则带姜望乘马前往夷方国都。姜望在王宫看到了夷方伯录虎，他是一位壮汉，穿着华美的兽皮毛。姜望说明了来意后，录虎说："你莫不是帝辛派来的暗探，想接近我，刺探情报？"

姜望说："我身上的气味水洗不尽，几年之内不能除，如果是刺探情报，何必这么做？"

录虎心中稍宽，说："既是宗师，现在战事吃紧，可否为本王效力？"

"帝辛的军队这次真的是为了讨伐夷方？"

"据我们在攸方的暗探报告，殷人师旅已到攸国，肯定是为了进犯我国而来。"

姜望暗想，莫不是被冯夷和顾氏骗了，这次帝辛出征的目标本来就是夷方？夷方是东夷诸国的门户，自己不能坐视不管，便说："我需要先除去身上的气味，不然在阵前不好与殷人作战。"

录虎大笑："好！我妹妹喜欢结交宗师，让她助你找到药草！"

姜望来见录虎的妹妹，是一个皮肤黝黑、身材丰满的年轻女子。录虎介绍，这是我的王妹，称网海氏①。网海氏命赐酒，姜望说："我的神术也是网鱼垂钓之术演化而来的。"说着，他拿出铜钩，把桌上的酒盏勾到自己手中。

网海氏问："我族捕鱼以网为主，不用垂钓，宗师这次来，可愿做我师氏，教我族人钩钓之术？"

"可以，但我本东夷人氏，这次帮你们退兵之后，就要北上。"

"好的，我先帮你找到药草，这种气味我从未见过，只好先用艾草帮你遮蔽。"

姜望拜谢了，用艾草的汁液洗澡，总算把身上的气味换成了一股混合的怪味。

水庸氏手下没能找到姜望，回去报告说也无法再追踪姜望的气味，水庸氏暗想："难道这么快就顺水逃到东海去了？"只缴获一只金钩，虽然不能判断其产地，但可以肯定，不是夷方之物。

---

① 网海氏、录虎，即帝辛时期的夷方族名或首领名。

夷方之战篇

帝辛的军队驻扎在攸城，迟迟没有进军，让夷方伯录虎惊疑不定，又过了一个月，姜望正怀疑帝辛的目标到底是夷方还是淮夷的时候，帝辛的军队突袭了夷方边境。驻扎在边境的巡守步卒一触即溃，跑来报告录虎，说敌方用象队开路，势不可挡，攻击大象的长矛都被折断。网诲氏马上说："小妹愿意捉住这些象队！"录虎同意，开始调集主力军队。

姜望在战车上，为网诲氏麾下的百夫长，这时候他的手臂骨折已经恢复。夷方冶炼很普遍，网诲氏为他准备了三幅金钩，一副金铜丝网。

这时，殷人冲上来，为首的是一群戴着人皮面具的老虎，人面老虎十分凶猛，能将自己卷成一个球，撞飞士卒。网诲氏的士卒连连后退。姜望飞身找到网诲氏，说："应该抵挡不住了，可退入树林，我安排的铜钩阵先解决那群老虎，你们再决定是否撤军。"网诲氏只好命令退却。

殷人追击到树林，由虎群带头冲入，结果刚上前，就踏入了陷阱，但由于陷阱极深，这些老虎也爬不上来。为首的老虎头领命令士卒："后退！慢慢绕着陷阱追击！"

士卒们都分成两群，绕着十步宽的陷阱边缘，试探着慢行，他们走了大约一里多路，树上突然飞下无数铜钩，钩住士卒的脖子就往陷阱里扔，人面老虎被勾住爪子，也都被扔进了陷坑，爬不上来。网诲氏看到阵法有效，立即命令停止撤退，让弓箭手攻击分散的商国士卒。

帝辛这边的宗师由猫虎氏和昆虫氏亲自带队，昆虫氏看到老虎在阵法中被困，催促弟子去破阵！

猫虎氏则对一位人面老虎说："你的手下都困在阵里了，待他们破阵，赶紧掩护士卒去营救！"老虎头领答应一声，紧跟着昆虫氏的弟子。那弟子借风飞上树梢，口中喷烟，烟雾中飞出一群小虫。他边飞边喷，一里多路的树顷刻间都被这种小虫覆盖，这片树林的树枝逐渐都变软了，从树上飞下来的金钩似乎也变软了。殷人士卒们正进入陷坑周围，背着绳索，营救掉入陷坑的老虎。飞下来的金钩千疮百孔的搭在士卒脖子上，一扯就断，原来都是些荆棘。

姜望在不远处看到一大片树林都被虫子覆盖，知道不好，问网诲氏："可有办法火攻？"

网诲氏说："我带了一种箴鱼①，这种鱼嘴上有一根针刺，绑上火把能够使一大片树林被烘烤成灰炭。"

姜望说："好，我去解决那群老虎！"

姜望拿金钩钩住箴鱼，飞身上了树梢，他钩住箴鱼射出，只见虫群在火团中纷纷掉落，士卒们感到热气袭来，都想逃走，但四周被弓箭手逼住，只能推搡着往后退，这时候坑里的老虎都热得发昏，不一会就烤焦了。姜望牵着箴鱼在树梢上跳跃，突然一只人面虎迎面袭来，他连忙挥出金钩，那老虎被勾住了嘴巴。

姜望正要把老虎扔进陷坑，老虎一股疾风喷出，把连着金钩的绳索被疾风中的骨刀削断。姜望看到老虎力量大，往前撒出箴鱼，继续炙烤虫群和坑里的老虎。自己则跳下树梢，站在陷坑旁边。那老虎飞奔而下，刚到半空中还没落地，姜望跳上树凝神一扯一根藤条，树上的树枝齐齐弹出，数十条金钩齐齐飞下，钩住老虎的四肢，把它拉扯在半空。

那老虎左右挣扎都无法用力，便对准姜望一口疾风，姜望上了树梢，那阵疾风把地上击出了一个大坑。他有些骇然，朝前方一看，自己钩着的数条箴鱼似乎已经射住了陷坑另一端，应该把老虎都烤死了，就一边凝神扯着藤条吊住老虎，一边则跳开，离了陷坑。突然一阵密集的针雨从树梢上射下来，逼得姜望往后急躲。那钩住的箴鱼火焰则来不及取下了。

姜望看到箴鱼取不下来，无法烧死这只刀枪不入的老虎了，只得飞奔而去。原来是昆虫氏的弟子看到放出的虫群没了，放出螯刺逼走了姜望。姜望一走，老虎被松了绑腾空追姜望去了。

姜望回到网诲氏这边，看到老虎单枪匹马追了过来，网诲氏这边看到，拿起手中约有木棍大小的金针一投，那老虎在追姜望，顾不及袭击，正中左眼，痛得他嗷嗷大叫。

姜望看到老虎受伤，跳上树梢，掷下一张金网，裹住老虎，渐渐收紧。老虎挣扎不开，愤怒地吐出砂石，周围的士卒都被冲倒，没人敢上前。网诲氏连

---

① 箴鱼就是现在的箴鱼，口似针。

忙又抛出一张金网，两张金网把老虎捆得连嘴巴都张不开。

昆虫氏的弟子看到老虎被抓去了，只好飞回去报告。两军仍然在交战，帝辛这边有宗师放出一群火龙、火豹，散落在地上与士卒作战。无奈网海氏这边人数众多，他们身上又浸湿了水，火龙、火豹发出的火焰一时间都难以奏效。昆虫氏的弟子还放出大量毒蜂，网海氏这边宗师带着驯养的犰狳①，把毒蜂全部吸进嘴巴。低等的昆虫氏宗师弟子们只好亲自上阵抵抗，拿着带齿的刀与士卒近战，夷方仗着人多，丝毫不后退。

猫虎氏听到昆虫氏弟子报告说老虎被抓了，有些急，说："我亲自去！"他御风飞抵网海氏所在，网海氏和姜望正在查看对抗情况，突然看到一阵怪风袭来，树梢被吹歪了一线，知道有宗师偷袭，网海氏当即射出数针，直刺向林间那阵风。那风突然转向，躲过数针，不知去向。

突然，网海氏感到一阵风迎面直扑过来，似乎有灰尘吸入，逼得她跳下战车，一扭身，放出籢鱼，直飞向那阵风。她一定身，看到战车周围的士卒突然身体僵硬，直挺挺地倒下去了，心中大骇。半空中那阵风不知去向，而那只籢鱼也在半空中直挺挺掉了下去。网海氏看到敌方宗师躲在风中不现形，命令身旁驯养犰狳的宗师："放蝗虫！"

宗师会意，敲了一下身旁的犰狳兽，那兽迎着风一吼，一群蝗虫立即扑出，直飞向半空，凝聚在某处，网海氏命令："放箭！"士卒们乱箭齐发，但一触及那团蝗虫，就箭杆折断，掉了下来。而那一处突然凭空生出火焰，把蝗虫都驱赶开了。姜望不等蝗虫散开，拿出一金钩向网海氏一举，网海氏会意，点了点头。接着他一甩金钩，直射向那团火焰。金钩定在那团火焰旁边。这时网海氏的飞针已经出手，针这次没有落空，插在金钩定住的半空，但又迅速地在半空中移动，消失在了树梢后面。

昆虫氏这边看到猫虎氏回来，嘴上淌着血，知道事情不顺，说："想不到连你也失算！"

猫虎氏无奈地回答："单枪匹马的话，还是无法得手，即使对手只是几个神术

---

① 犰狳，出自《山海经》，"见人则眠"，与现在会装死的食虫鼠类似。

平平的莽夫，也不好占到便宜啊！"昆虫氏于是下令撤军，随即一阵吼声引下来雨雾蒙蒙，笼罩在两军交战的树林。网诲氏看到，知道对方想要退兵，想到自己只是靠人多，仍然难以抵挡，于是也下令撤军。

网诲氏回营，姜望跟她商量说："这些宗师能放出虫群、驯养的老虎，不知是什么神术？"

网诲氏回答："放虫群的应该是鳌虫氏，他是昆虫氏的弟子，传说他已经能自身化作鳌虫。那领头的人面虎是个人，叫马腹，是猫虎氏的弟子，但不知为何人面虎和他手下，以及那些象群都能抵御刀枪。"

"去问一下那只老虎便知。"

网诲氏一行人到马腹面前询问，他被金网包成了一个粽子。马腹哈哈大笑："我等祭祀兵主蚩尤，天生神力，从小到大都是铜头铁额！"

众人默然。姜望看他说得有些夸大其词，心中一动，拿刀在他皮毛上一划，鲜血立即流出。马腹看到谎言被识破，大叫："你们最好不要动我，不然我师猫虎伯破你们大军，定会将你们斩首，如果好生待我，还有活路！"

姜望笑着说："我猜你们是吃了某种药物？"

马腹不答。

姜望继续微笑："要是不说，就剖开你的肚肠，看看是哪些草药，我们自己去找！"

网诲氏一针插入他的肚子，痛得他哇哇大叫："告诉你们也找不到，是牛伤草①，在嵩高山，这边根本没有！"

网诲氏问："吃了能维持多久？"

"涂在身上一个时辰就没有了。"

"可有破解之法？"

"不清楚。"

姜望回营跟网诲氏商议："商国有驯养野兽和虫蚁之术，又能借风藏身，且

---

① 牛伤草，出自《山海经》，可能是牛膝，根入药，有助于活血通络，跌打断骨，现在兽医用作治疗牛软脚症。

今日与我军因僵持而退兵，一定会来偷袭。"

网海氏点头："之前交战从未听说过有借风藏身的宗师，这次不知该如何应对？"

"我以前曾设置过以金钩化作茅草的障眼法，敌军一触便变回金钩，但今天偷袭的宗师即使受到攻击也不现形，说明这宗师神力极高，非常灵活，但只要撒下粉尘，便可追踪。只是不知其有何种攻击？"

"今日那阵风的粉尘是一种毒粉，遭到攻击的士卒都肌肉僵硬，无法用劲，不知要如何解毒，但我们可以穿上布衣软甲，遮蔽他们放出的螯刺和毒针。"

"这样的话，我们必须躲在暗处，可设一宴会，让人坐在主位饮酒作乐，让他们误以为是我们这些宗师，还需要将马腹带上，作为他们的解救目标，我们则不露面，这样才能避免攻击，化被动为主动。"

网海氏伸手抓住他粗壮的前臂，用力一捏："就依你说的行事！"脸上泛起些许红晕。

姜望脸一红，也看着她说："这次我们定可躲过袭击！"

夜晚，猫虎氏、昆虫氏、螯虫氏三人果然潜入夷方大营偷袭。猫虎氏看到大营里灯火通明，很快就找到了师氏们聚众饮酒的场所。螯虫氏在前，以茅草遮蔽身形，靠近大营，远远看到大堂中四人坐在正中间，当中一人身形稍微纤细，估计是网海氏等四位主战宗师。螯虫氏凝神、聚气，把螯刺借一阵夜风缓缓送入大堂内，附在那四人头上。他等了一会儿，看到那四人没有任何反应，其他人也照样饮酒，全无喧闹，心中怀疑，忙叫上后面的两位师父查看。

猫虎氏把一阵毒粉缓缓送入那四人头上，仍然没有任何动静。他心中一急，在四人跟前化作四柄飞叉，刺中四人。这时候，里面喧闹声起，那四人却仍没有反应。三人急躁，猫虎氏、螯虫氏两人借风，昆虫氏则将自己藏在一群荧光里，闯入大营门内。

突然，猫虎氏和螯虫氏发现自己全身被数条铜钩钩住，不得动弹，一惊之下，二人都现了形，旁边的侍卫举着长矛直刺，但二人以周身之气御身，长矛像戳中涂了油的石块一样，滑开了。接着，侍卫大叫一声，瘫软在地。两人又复隐去身体，但这时候围上来一群士卒，一阵粉尘随风而至，落在这俩人头上。

两人顾不得粉尘，猫虎氏一扭身，身上挂钩把绳索啪啪切断。他抛掉身上的挂钩，直冲入堂内。螯虫氏却摆脱不了，被钩住不得移动，躲在暗处的网海氏手上的飞针已出，数针都钉在他身上，被螯刺碰落，有一两针钉在他脸上，插穿了脸骨。螯虫氏痛得大叫，挣扎着却摆脱不了身上的钩挂。姜望趁机一钩钩住了他的喉咙，正要往回拖，突然螯虫氏身上的钩挂全都脱落，刚刚挂上他喉咙的金钩也被抖落。姜望大惊，忍不住对身旁的网海氏低语："还有一人！"几个宗师都潜伏在黑暗中不敢行动。

螯虫氏一松绑，随即伏地，化作蛇形，借茅草掩身，迅速离军营而去。他所过之处，茅草窸窣地响动，周围士卒刚要围上，就被螯刺蛰倒，痛得在地上翻滚。网海氏这边宗师放出了犰狳，沿着响动的茅草直追过去，犰狳不怕螯刺，追上就咬，螯虫氏没能发觉身后有动物潜行追击，被一口咬得大叫，不觉地在茅草里跳出现了形。就在这时，一道冷光在大营门口一闪，犰狳被这冷光刺中登时毙命。螯虫氏趁这个机会借风遁入黑暗之中。姜望等人不敢出声。

猫虎氏冲入堂内，仔细一看，被猎叉叉中的是几个喝醉酒的俘虏，正东倒西歪地靠在椅背上，不停地叫唤。后面的是一团被金网捆得结结实实的马腹，他没有知觉，似乎是被迷昏了。猫虎氏只得出手救人。这时候，大营后面的营帐掉落，弓箭手乱箭齐发，齐齐射向猫虎氏和被捆住了的马腹。他急忙捂住脸，挡住了乱箭，但马腹被射成了筛子。他大喝一声，一挥手，掉落的乱箭全都化作长矛把士卒全部击杀，不料，后面的士卒向前，又是一阵乱箭。

这时候，一阵冷光闪过，昆虫氏借光遁形入营，他对着大营两边的灯火一挥手，从灯火发出一道荧光，光过营外弓箭手，他们被一根长矛串连起来，被穿胸而过，倒了一排。他们倒下之后，身上的长矛立即化作一道光而去。

后面的士卒不顾危险，又冲了上来，弓箭、长矛齐发，射向营内，网海氏在暗处一针射向营帐大顶，上面降下一张大网，罩住了浑身粉尘、几近现形的猫虎氏与他身边的马腹，以及营内微微闪动的冷光。网自动缩小，几乎要裹住三人，猫虎氏猛地挥手，大网立即被崩掉一个口子，落下来的网绳掉在他手上，使他感到周身疼痛，原来网上又涂了腐蚀毒液。猫虎氏拿出一个葫芦，罩住仍昏迷不醒的马腹，刚要将马腹收入葫芦内，姜望这边看到了葫芦，一举手，一条鱼叉直刺过去，夹杂在弓箭手的一阵乱箭里，全部射中身躯庞大的马腹，插在他身上，由于这些乱箭和鱼叉，葫芦虽然罩住了马腹，却无法将其收入葫芦。

而这时，昆虫氏沿着鱼叉射出的方向发现姜望。姜望看到眼前一阵闪亮，一根长矛就从脸旁擦过，插在了营外的地上。姜望一跃而起，扭身就朝营帐外而去。他身旁不远埋伏的网诲氏一急，扭身盯住了营帐外。

这时候营帐撕开一个大口，姜望扭头一看，一道冷光射出，正罩向他。网诲氏一把飞针射出，直射向那道冷光。飞针一碰到冷光斜斜飞入士卒群中。这时士卒围了上来，姜望趁这一缓扎进士卒之中。这时，一阵风从营帐内冲出大叫："夷方贼首出来！"原来是猫虎氏在营帐内无法将马腹装入葫芦，而营帐外士卒前赴后继，弓箭不断射出，马腹已经被射成了箭靶子。如果再延迟下去，马腹会流血过多而死，他只好逃去了。

姜望他们看到那道冷光从头顶闪过，知道另一人也走了，就命令士卒们回归岗位。他们检视马腹，只剩下半条命，赶紧让士卒给他包扎一下，带下去。众宗师都对姜望拱手说："这次阻击成功，全靠姜氏宗师事先的安排和谋划！"

姜望大笑道："可惜还是让他们全身而退，下次再想办法对付他们！"

网诲氏双手紧抓姜望的胳膊，脸上泛着红光，不知是红晕微起还是热情洋溢，对他说："我们下次要怎么对付他们？"

姜望心中荡漾，握住她纤细的手："你说该怎么办呢？"

旁边一位宗师插话说："最难对付的是那道寒光，似乎姜大师布置的以黑夜掩护的铜钩阵也不能触发使他现形。"

"是啊，如果他在白天突袭，又感觉不到风动，该怎么办？"另一位宗师叹道。网诲氏听了这话，松开了紧握着姜望胳膊的手。大家都默然不语。

第二天，商国军队没有来进攻，似乎在等待增援。网诲氏他们也在等待夷方伯录虎的主力到来。过了几天，帝辛的主力军队到达，猫虎氏向帝辛报告说："敌方只有几名宗师，包括网诲氏在内，有驯养禽兽的，有善于网罟陷阱的，但不知为何，还有一名宗师善使钩钓之术，而据我所知，在夷方，钩钓捕鱼并不普及。"

水庸氏插话说："莫非是上次劫夺我宝的贼匪？"

帝辛说:"有可能,据宓美人说,夷方跟姑幕国有勾结,这次肯定是姑幕国派宗师相助。"

水庸氏说:"不如让宓去认,若是贼匪,可趁劝和的机会把他拿下。"

帝辛对宓妃说:"你可愿意去?"

宓妃心想,肯定是冯夷召集的几人中的一人,冯夷不太可能,因为他不可能帮助夷方。这段时间她心口上的伤已经恢复,之所以逃不出去是因为水庸氏派人严密监视她。如果去,这可能对解除水庸氏的怀疑和严加监视有帮助。于是她回答愿往。

这几天,夷方这边录虎也率军到了,他带的士卒都是甲士,夷方铜产量丰富,录虎建立了大量冶炼基地,所以,夷方主力军队的甲士都是全身披甲,只露出眼睛。姜望看录虎在前,骑着一只戴着人皮面具的大老虎,问网海氏:"为什么驯养老虎不以繁衍后代生养出人头虎身的灵兽来呢?"

"似乎不能成功,我听说商国人所祭祀的嵩高山山神是三头神,所以,他们驯养的灵兽随身都是带有可换的两头的。"

"我在东夷时曾与太昊神的后裔交谈过,灵物与普通的海中蠢物杂处,再御使海神祖先的神魂神术,就可能繁衍出更多海中灵物。所以,只要让灵兽与普通野兽杂处,再以灵兽之气与山神之气交互,有可能培养出多种灵兽出来。"

网海氏惊喜说:"可以一试,我让兄长这就去安排圈养!"

"可眼下强敌入侵,要保证无后顾之忧才能试验。"

网海氏立即神色暗淡。大营里,录虎听说了商国的奇异神术,说:"从未听过能藏在光里的神术,但是,我族人甲胄厚重,只要发现对方,就可立即围歼,即使没有发现,也足以自保!"这时候,突然有士卒来报,说有些士卒呕吐不止,像是感染疠疾。众人忙问具体情况,说是这几天睡觉后似乎有蚊子。众人带着犰狳兽去兵营查看,果然,犰狳只待了一会,就招来了几只飞蚊。网海氏说:"冬天有飞蚊,肯定是昆虫氏放出来的。"

她对一位宗师说:"你赶快弄些芨木①喂族人,解除疠疾!"

---

① 芨木,出自《山海经》,实为巴豆,泻药。

宗师说："芰术不多了，还要用来对敌军释放疠疾，似乎不够那么多士卒吃的。"

"剩下的士卒就用苦艾熏炙吧，再布置犰狳来灭蚊！"

宗师领命去布置了。姜望说："这几天没有动静，看来昆虫氏是在一边等主力到达，一边放蚊虫削弱我军战力，破我军人多势众之便利。不如我们趁他们措手不及，就此发动攻击。"

网诲氏大叫："好，就这么做！"录虎把斧头往地上一顿，说："先战一场再说！"

姜望补充说："不过，我们应该只派出部分精锐快速攻击，试探对方实力，如果遇到高强的神术，要赶快后撤！"

众人点头。当天下午，录虎率领弓箭手骑兵从正面发动了突击。帝辛大营正在练兵解决士卒水土不服的问题，前哨报告有骑兵冲过来，忙整集队伍，由猫虎氏带领迎战。这边帝辛见报，对昆吾氏说："由你带兵出阵，正好去探一探他们铜矿的质量！"

昆吾氏[1]带领骑兵出阵。录虎带领的全副盔甲骑兵加弓箭冲击敌军，猫虎氏没了老虎助阵，象群没来得及涂牛伤草，只能让士卒冲在前面，全被冲散或射倒。由于夷方军士卒身上浸湿，猫虎氏弟子的火兽也伤不了这些甲士，只能靠猫虎氏本人御风在半空中以毒粉攻击，小范围击退士卒。录虎在后军看到，正高兴之间，突然左边冲出一队骑兵，弓箭齐发，竟然能够轻易穿破甲胄，让录虎军一片一片地倒下，一顿饭功夫，录虎骑兵就少了一半。

录虎看支撑不住了，便亲自上前，悄悄绕过敌方骑兵，坐下老虎腾空而起，一口咬掉对方的马头，自己则挥着斧头砍向对方胳膊，那百夫长被砍倒在地，但铠甲只是凹陷，并没有破碎。录虎大惊，他没想到竟然有这么坚硬的熟铜甲胄。而那名百夫长禁不起录虎这猛力一击，已经震得晕了过去。这时候，有士卒发现了录虎，围了上来，乱箭激射，录虎勇猛，挥着斧头挡下数支箭头。

---

[1] 昆吾氏，为夏商时期的昆吾族，己姓，夏代封地在今南阳，擅长制陶，商代灭国后，有在今山东的顾国、在今河南的苏国与温国。另据《山海经》，昆吾地多赤铜矿。

士卒们大喊："找到夷方伯了！"

昆吾氏飞马赶来。他看到一只披甲老虎正在乱箭之中口吐疾风，吹散士卒，便凝神搭弓上箭，那箭头上绑着木炭，在昆吾氏的凝神念咒中不断加热，不一会儿已经变得通红。只听"嗖"的一声，坐下老虎中箭，老虎挣扎了两下，死了。

随护士卒对录虎说："这箭头是烧红的……"录虎气愤跃起，挥着板斧跟士卒们博斗，正砍得起劲，又是一支快箭射到，他这回灵敏了，用斧头拨过箭头，那箭插在旁边士卒身上，插穿两个士卒。

网海氏放心不下，这时率领军队在后面接应，远远看到兄长的虎倒下了，她借茅草掩护在地上滑行，突入乱箭之中，躲在茅草丛中以飞针射杀敌军士卒。昆吾氏从远处看到箭头被挡下，便骑飞马来斗，他在马上一刀斩下，录虎斧头一格，那刀居然砍入了斧背，两下挣扎不开，这时候士卒乱箭射来，录虎空手格挡，把乱箭全部挡下，这时他的斧头开始发红，也感觉到斧头柄逐渐烫手。

网海氏伏在草丛中看到情况危急，飞针射向骑马的昆吾氏，昆吾氏伸出手臂把脸一遮，射在盔甲上的飞针尽数落下。趁这个机会，录虎松开斧头，就地一滚，在茅草里躲了。

昆吾氏命士卒后退，抛出一块砖头大小的炭砖，炭砖入草，枯草立即化作焦炭，蔓延开来。录虎在草丛中感到热浪扑来，一跃而起，在茅草丛中飞奔。昆吾氏看到人影飞奔，一箭射去，箭从炭砖放置的草丛上空飞过，凝聚了一股热气，直射录虎。录虎感到热气扑来，纵身往旁边一跳，但还是慢了一步，箭头飞过，他的脚被热气灼伤，扑倒在地。昆吾氏看到人倒下了，把炭砖一收，率领士卒追击。

网海氏看到哥哥受伤了，暗暗把网布置在茅草丛中，起身飞奔。昆吾氏命士卒分头追击，刚踏入草丛，就踩在网眼里，网越收越紧，士卒都被绊倒。昆吾氏马蹄陷在网里，随即腾空而起，直追两人。他拉弓上箭，对准网海氏一箭过去，网海氏抽出长针一格，手劲一转，那杆箭绕着长针转了几圈，向昆吾氏甩出，速度比来时还要快。昆吾氏只得止步，用弓梢挡开飞箭。趁这一机会，网海氏跟了上去，扶起录虎在草丛中御气滑行，混入了后面上来接应的军队。

昆吾氏追上来，往士卒群中扔出炭砖，热浪袭来，士卒群像波浪一样倒成一片，但他们很快就散开来开始放箭。昆吾氏虽然在半空中，但他的甲胄不怕弓箭，脸则需要伸臂遮挡。士卒的乱箭却没有停，他手遮挡不及，被利箭划伤，鲜血淋漓。他懊恼地腾空入云中，看到无法在乱军之中找到网海氏等人，只能收起炭砖退回。

网海氏带着受伤的录虎回到大营，带去的骑兵精锐竟然无一生还，接应的军队也折损不少。录虎本人双脚严重灼伤，几乎不能下地。录虎把他遇到的神术跟大家说了，众人都感到忧虑。姜望说："这次他们有这么强的铠甲和神术，肯定会直接冲击我军，不如先在野地铺好大网，在树林里布置陷阱。我族人的铠甲需涂抹油脂，也可以减少弓箭、刀枪的伤害。"众人稍微恢复了一点兴致，网海氏积极地去准备了。

果然，帝辛下令："行人官[1]，你去负责检查前方野地树林的情况；猫虎氏，你率领象队冲锋；昆吾氏，你随象队发起进攻！"安排妥当，行人官在野地里牵着一根绳索飞奔，那根绳索一直延伸，遇到土丘则翻过，遇到草木则绕过，直到夷方大军军营。

随后行人官回来报告说："敌军在野地布置了大网，在树林布置了战阵！"

帝辛对猫虎氏和昆吾氏说："你们这下知道该怎么做了吗？"两人答应一声，布置军队去了。

殷人发起冲锋，姜望看到来势凶猛，估计挡不住这一波攻击，便对网海氏说："赶快召集宗师，一起降下雨雾，凝神保持不散，遮住战场！"

网海氏让传令官去通知六名宗师一起聚力，大片雨雾落下。猫虎氏看到，叫自己的宗师弟子们一起聚神，以风吹散雨雾，但只吹散了自己阵中的大雾，夷方军那边仍然是云雾缭绕。

昆吾氏立即将炭砖绕过陷阱障碍送入夷方军中，附近的士卒们顷刻间化作焦炭，周围的士卒四散奔逃。而仅仅一盏茶功夫，就雾散天晴。姜望腾空，以金钩钩住炭砖，甩到了十几里外的沼泽地中。而他收回金钩一看，已经变形。

---

[1] 《周礼》中有为官正官、行人官，分别负责王官寝室的杂务，为王出行开路与接待来宾等。

夷方众人要再降下雨雾，可现下空中已经没有雨云，士卒们艰难抵抗一阵，网海氏下令退兵。

昆吾氏看到放出的炭砖被收走了，知道有宗师上前，便召集猫虎氏和螯虫氏前去袭击。宓妃看到召集，也跟着去了。他们绕过正在激战的士卒，远远看到战车停靠，刚要靠近，就遭到乱箭攻击。宓妃忙拿出大网，挡在几人面前，乱箭都被网吸附，隐形的猫虎氏趁机攻击，一阵疾风把弓箭手吹散。网海氏看到疾风，知道是隐形的猫虎氏，忙跳下战车，往士卒里躲了。

猫虎氏在士卒群里找不到宗师，只能撒出毒粉，士卒被逼得连连后退。后面三人趁机上前，昆吾氏抛出炭砖，士卒们只能逃散。姜望看到，暗暗抛出金钩，刚钩住发热的炭砖，昆吾氏就大喊："哪里跑！"不顾乱箭飞身上前，一道热浪袭来，姜望身旁几位士卒化作焦炭。他忙把金钩连着炭砖甩出，借士卒群藏形遁走了。昆吾氏只看到金钩炭砖飞出，看不到对方身形，又被乱箭逼射，只得后退。

宓妃看到是金钩，飞身上前，一手持大网遮住身形，一手持金钩攻击士卒。姜望看到士卒被金钩甩出，顺着金钩看到是宓妃，心下疑惑，便藏在人群中在底下使金钩钩住宓妃的脚，宓妃会意，并不挣扎，裹在网中顺着金钩的拖力滑行，士卒们让出一条路，刀斧齐齐砍下，但宓妃裹在藤网中，刀斧弹开。姜望拉住她到跟前，定神一看，二人互相对视了一瞬，就这一瞬知道了互相没有敌意。

这时候螯虫氏放出毒针射倒士卒，追了上来，姜望看到螯刺射来，忙把金钩一松，遁入士卒群中。宓妃跃起，跟着螯虫氏退出夷方士卒群。这时候三位宗师在前，她在后面扯下一小块渔网，在上面重新排了排绳结，又杀入夷方军中。姜望远远看到宓妃现身，也露出脸来，她看到，立即一飞刀射出那小块渔网，钉在树上，然后反身离去。姜望迅速拔下钉在树上的渔网，躲入人群。

三位宗师没找到夷方的宗师，两军交战多时，网海氏暗中指挥夷方军后撤。殷人师旅追击，夷方军分成多股，四散奔逃。网海氏一直逃到都邑，关紧城门，而逃回的士卒不足两成。姜望逃往都邑之前，先窜入沼泽地，将两块木炭和金钩收回，这时候炭砖已经被沼泽地里的水浸湿，不能发热，而方圆一里路的沼泽地里的薄冰全部融化。姜望到了都邑，先查看宓妃的结绳渔网，看上面说的是："让冯夷来救。姑幕国救夷方。"

网海氏和录虎神色困顿，听姜望提议联络姑幕，他们便答应派出使者。姜望把炭砖拿给网海氏，看是否有办法使用。录虎拿在手上，用火点燃，但并没有反应，便说："我拿去铜炉试试。"他负责夷方大大小小的冶炼，对此很熟悉。他把炭砖抛入铜炉，果然点燃了，周围十几步以内热浪逼人，录虎连忙浇水，还没碰到炭砖就蒸发了。

姜望以金钩钩住一池水甩向木炭，一道大浪激射过去，蒸发了一大半，终于有些许触及炭砖，炭砖立即熄灭。网海氏有些恨恨地说："看来那人一定是精于冶炼，那些坚固的盔甲，一定是他炼制的，而我们还在用木柴冶炼，哪里能不落后！"

姜望点头说："破解的话只有让炭砖接触水，才能熄灭，但热浪也会伤人！"

录虎抓住姜望的手臂，说："在士卒群中熄灭这宝，就靠宗师的努力了！"

姜望答应一声，说："可让使者带上此宝献给兹氏[①]，看他的破解之法，二位首领是否愿意？"

两人都说："理所应当！"

夷方都邑距离姑幕一天路程，使者带上炭砖，以及夷方驯养的奇珍——箴鱼和犰狳奉上兹氏，并报告了敌方的宗师和神术。姑幕国兹氏早就在关注夷方战情，这次知道夷方将亡，姑幕屏藩丧失，而对方又透露了商国神术、法宝，足见诚意，便有心来救，但苦于没有借口出兵。他安排使者回去，说自己会带领军队守边，伺机营救。

这两天殷人师旅进攻了一次，网海氏和宗师借助城门外冰冻的护城河里的冰块，抵挡住了昆吾氏的木炭热浪和猫虎氏的火兽。而城墙挡住了象群的冲击，暂时守住了都邑，但猫虎氏趁象群冲击城门时射出疾气冲击，已经使几尺厚的

---

① 兹氏即周初封在姑幕的兹舆期，少昊后裔，商末为嬴姓。少昊为发明以鸟记四季的部族首领，把玄鸟（燕子）出现、飞走定为春分秋分，伯劳出现、飞走定为夏至、冬至，青鸟（喜鹊）出现定为立春，丹鸟（锦鸡）飞来定为立冬，一年分为六节，是节气的雏形。凤鸟部族则掌管一年元月的事务，还有鹙鸟（大雕）部族掌管兵马，爽鸠（鹰）部族掌管捕盗刑律，五雉（鸡类）部族掌管百工，斑鸠族调解百姓。

城墙出现了数道裂缝。

这天暗探来报说殷人师旅转向了姑幕出击。原来，那天战斗结束，宓妃一回帝辛军中就被带到了帝辛面前，帝辛问："听说你跟夷方军中善使金钩的宗师碰到了，为什么没有劝和？"

宓妃知道是蝥虫氏看穿了她当时与姜望的对视，便说："对方并不是我的师兄弟，我和他并不相识。"

"对方善使金钩，又在夷方，你怎么不认识呢？"

宓妃一咬牙："虽然不识，但可以肯定是姑幕人氏，估计是兹氏另派的宗师来相助夷方。"

这次问话以后，宓妃趁机在军营中散布谣言，说是兹氏派出的宗师已经到了夷方，他本人率大军即将攻击我军。这时候，派出的探马正好查到兹氏率军在边境徘徊，帝辛于是立即派出使者出发，随后由猫虎氏率领一队人马出发，要先和谈再动武。

听到暗探的报告，姜望连忙提议网海氏："赶快去追击使者，不然可能会和解。"网海氏点起一支骑兵，亲自率领前往。姜望为千夫长，沿着大路追着网海氏而去，在半路追上旌旗马车飞奔的使者，也没有多问，一刀杀了，继续前进。

网海氏到兹氏军中向兹氏拜倒："夷方将亡，请方伯出兵！"兹氏扶起她，他们两国互有来往，他俩也因此有过几面之缘，兹氏知道这是个有豪气的女子，如今落难求救，心下感慨。

网海氏起身说："现在猫虎氏率军来袭，已经接近边境！"

兹氏听后惊异地问："怎么殷人师旅不去一鼓作气攻城，来挑战我军，是什么道理？"

"军队千人，可能是来示威警告。"兹氏随即命令出兵迎击。路上碰到姜望，姜望说殷人师旅快速来了，他附耳跟网海氏说："使者已除。"

猫虎氏也已经到了边境，兹氏先以风传音问："猫虎氏，为何侵犯我军？"

猫虎氏听到对方已经知道自己名号，猜测兹氏已经跟夷方结成联盟，便说："有使者相告，勿助夷方，立即退兵！"

兹氏说："我没有看到使者。"

猫虎氏回答："我在此相告也是一样，马上退兵，如若不然，踏平你姑幕！"

兹氏大怒，大叫："立即退兵，否则让你们有来无回！"

猫虎氏听到，没忍住，借风传音发布了军令："弓箭手突击，后军随我上！"

兹氏听到军令，自己亲率甲士迎击，这些甲士甲胄厚重，弓箭不能透。兹氏召唤出一群风火鸟，带着一股尸腐气，直扑敌军弓箭手。顷刻间，敌军弓箭手损失一半。猫虎氏看到，让甲士随自己上前，他弟子放出火龙，他则激起大风一刮，数条火龙变成火柱，朝兹氏的甲士激射过去。兹氏看了大笑，他把皮带往半空一抽，发动一群火鸟组成圈阵直冲火柱，破开火柱，火龙翻着筋斗飞散，弓箭手四散而逃。猫虎氏弟子看到弓箭手被火柱驱散，忙飞奔上前，收起火龙，但火鸟趁机扑来，他们拿出挠钩，勾住火鸟，拉扯在地，无奈火鸟太多，又刮起旋风，不一会，他们身上就着了火。

猫虎氏忙上前放出疾风想吹散火鸟，没想到火鸟不但没被吹走反而燃更猛，卷起飞扬的尘土，火羽如火雨般盖在士卒头上，遮天蔽日，逆风纷扬。猫虎氏呆了半晌，他虽然见过能聚起风气变大的法宝，但从没有见过能随风变大变多的火魂。他看到不妙，脱下蛟龙外袍，向身后水潭迎风招了几招，飞出几条蛟龙吹出水雾狂风，扑在落在弟子身上的火鸟，这下不但把火鸟吹飞了，连弟子身上的火也灭了。

网海氏看到猫虎氏及其弟子惶恐万状，感到了近来少有的痛快，便大叫："猫虎氏留下首级！"她对几名挣扎的猫虎氏弟子放出飞针，立即射杀。猫虎氏忙隐在风中，扑向网海氏，而毒粉也激射而出。网海氏身旁的兹氏已经从使者那里听说了猫虎氏的毒粉之术，兹氏扬起马鞭一抽，马鞭暴长，抽中了半空中奔袭而来的猫虎氏，连带其放出的毒粉也被这一鞭上的火焰烧尽。

猫虎氏被抽得眼冒金星，他在半空滚了几滚，定神张口一喷，一股夹着粉尘的风转了几圈，那股激射的疾风立即被定住了。兹氏又是一挥鞭子，马鞭裹住疾风立即被定住了。兹氏再一鞭子，马鞭带着疾风砸向猫虎氏。猫虎氏并不惧怕，在风中迎风变作虎头，迎上一口咬住鞭子，想扯走此宝，没想到鞭子又绕着他转了几圈，把他捆住。他只感觉自己像中了毒粉一样，无法动弹。

兹氏看捆住了猫虎氏，把他往地上一摔，但猫虎氏甫一着地，就伸出虎爪缓冲，四脚一蹬地，像一发炮弹一样脱出了定住他的鞭子，地上留下一个大坑。他跳入了自己的士卒人群中去，一松神，恢复了原形，借风遁走了。

殷人士卒没有了指挥，被姜望和网海氏大杀一阵，全军覆没。兹氏看战斗结束，命令大军随自己前往援助夷方守城。路上，网海氏和姜望问兹氏是怎么能够这么准确地察觉猫虎氏的借风藏身之处的，他大笑说："他这借风借得这么大，能叫借风？其实你们仔细一点，不就看到了！"姜望和猫虎氏看着这个二十出头的年轻人，互相望了一望，暗想：这少昊的后裔就是不一样，不但时常与祖神交流而有着敏锐的察觉力，而且先天优势高人一等，心中的傲气还比常人高了一头。

兹氏队伍正急速前进，刚到接近都邑的野地，突然看到前军遭到袭击，热浪一直传递到兹氏他们所在的中军。三人连忙飞马赶去，兹氏还未到，雨燕已经飞出，抓起三块炭砖就要飞走，突然几只鸟爪子一松，炭砖复掉在地上，它们自己也抽了筋似的，直直地坠下。

兹氏知道有宗师出手了，需要自己亲自迎战，便双手一伸，凭空生翅地飞出。姜望对网海氏说："我们这么快就遭到截击，帝辛大军必然已经知道了我们的战斗，估计都邑也危险，我可立即赶去营救！"

网海氏知道都邑只有几名驯兽宗师和受伤的录虎，她信任地握住姜望的手说："保护好兄长！"

姜望看着她漆黑闪烁的大眼睛，点头说："一定，我会放精卫鸟跟你联系！"他弃了马，离开大路，走小路飞奔而去。

兹氏刚接近前军，看到殷人士卒箭如雨下，虽然没有射向自己，但察觉有微小细物朝自己射来。兹氏周身发出火焰，把前方的细物烧灭，但细物源源不断地飞来，他发觉上下无处可躲，又看不见敌手，知道对方在士卒群中偷袭。他只得降下，也躲进士卒群中，抛出一个鸟笼，把炭砖罩住，炭砖的热浪立即消失。

网海氏飞身上前，经过兹氏时说："我去引出这些宗师的位置！"她刚到阵前，就跳下马伏在地上，那马继续狂奔，突然全身一软，瘫倒在地，身上插着数支螯刺。这时候，网海氏手中的大网已出，借风展开，四角各系有一重物，即将飘到殷人士卒上空，欲盖下来。那大网还没飘过去，就有一阵狂风刮出，但网绳是由轻茅草叶绞织而成的，狂风像吹到一片轻云，无法吹走，只是随着四角的重物下垂。这时，大网突然从一角开始收缩，像被吸进一个风洞一样，快速缩小至殷人士卒中某处。

兹氏叫声："看到了！"他把马鞭固定在地上，手一招，一只凤凰振翅，冒着箭雨飞向大网收缩的地方。还没到殷人阵前，就有一道热流喷出，但凤凰身子像透明似的，那热流以及箭雨都射过无痕，消失在天际。

凤凰已经飞到大网收缩处，大网突然停止收缩，继而一个殷人士卒突然飞起，被甩向凤凰，那士卒身上突然浑身长满螯刺，直摔向大鸟。凤凰伸出头，叼起这名士卒往殷人人群中一甩，顺势翻滚掉头，向前方人群中飞去。这名长满螯刺的士卒掉入人群中，仍然在不断释放螯刺，周围多人中刺，麻痹倒地。凤凰则朝前追了过去，叼住某物，那物现出原形，原来是昆虫氏。他被大鸟叼在口中，随即昏厥过去，吸附在大鸟身上，就要被带回阵前。

昆吾氏这边则看穿了大鸟，他在人群中招出一只大轮，飞到了凤凰身旁，不停地旋转，在空中化出一团漩涡。凤凰被漩涡扯住，不能前飞，逐渐沿着漩涡被吸到大轮附近。但是兹氏这边毫不担心，他安然收回鸟笼，而那大鸟被吸到大轮附近，一口吞了大轮就走。昆吾氏连忙跳出士卒人群，伸手指向地上还在发出热浪的炭砖，一凝神，炭砖平地被枝杈弹射起来，迎着大鸟飞去。但凤凰并不理会，飞到兹氏的面前后，缩成细条被收进了兹氏的玉壶。兹氏顺手挥鞭，把半空中的炭砖抽飞，一直飞往殷人士卒群中，昆吾氏只得飞身去接了回来。兹氏拿起鸟笼，罩住大鸟丢下的昆虫氏，并收起了玉壶收不了的大轮法宝，命令士卒冲杀。昆吾氏收回炭砖，乘风直接过来营救昆虫氏，他人未到，几道热浪已经扑来，士卒们倒成一片，兹氏也只得趴下。

昆吾氏拿着一把大刀，朝兹氏头上砍来，旁边网海氏手上长针暴长，接住了大刀。她一跃跳到兹氏身旁，手上一转，大刀偏向。此时网海氏的长针似乎与大刀绑住了似的，昆吾氏无法脱开，她的长针绕着大刀往下一用劲，昆吾氏不由自主地把大刀插进了地里。但同时大刀上的热浪袭来，网海氏手臂立即火烧般疼痛。她知道与昆吾氏近距离接触讨不到好，只好趁他拔刀，丢开长针往后一跳，躲入弓箭手群里了。兹氏忙只得又展开凤凰，伸爪来抓昆吾氏。昆吾氏抽出大刀，划向半空中扑来的大鸟，一道火焰划过，大鸟利爪被划开，被劈成两半，这一爪就抓了个空。

兹氏正要命令劈开的大鸟再次攻击，突然感觉腰上一痛，回头一看，腰被刺穿，不远处鸟笼的网架断了一截，而昆虫氏就在鸟笼旁。他忍痛大喝一声，脚下生出一团凤凰状火焰，展开呼呼地直扑向昆虫氏。没等火鸟来到，昆虫氏抛下利刺，藏在荧光中一闪就不见了。火鸟在人群中盘旋，没能找到昆虫氏。

兹氏拔出利刺，头晕脑胀，知道有毒。他只得召回凤凰，让它吐出一股热流，笼罩在腰上，引出毒液。另一边，昆吾氏看到大鸟来追，只得一边挥舞大刀，一边往殷人人群中躲避。网海氏让士卒冲击，昆吾氏躲在人群中，不敢出声指挥，殷人士卒无人指挥，纷纷后退。在两只凤凰的火羽压制下，兹氏大军追击，殷人士卒四散逃走，昆吾氏自己也只能随军而走。

就在兹氏击退殷人，率领大军继续追击的时候，姜望才刚刚赶到都邑，他发现帝辛的军队果然正在攻城，但这时候攻城军队已经开始撤退。待军队退了后，姜望才上城墙，一进城，士卒就告诉他录虎已经不行了。他忙跑去探视，看到录虎奄奄一息地躺在床上，忙侍立一旁，但录虎已经说不出话来了。他于是询问在旁的宗师，是怎么回事。

宗师告诉他，几位宗师只剩下他一人了。当时殷人师旅来攻城，猫虎氏派象队撞门，他们用炭砖抛下，大象被烤的四散。接着来了一个宗师，用护城河里的水浇灭了炭砖，并把热浪引向城楼，录虎大声呼喊指挥，但也暴露了。那宗师放出一个金色秤砣，迎着我族箭雨直击过来，录虎用斧头拨开，秤砣击穿地面，卡在地里。但没想到，这锁链秤砣打过来的时候撞上了我族射过来的箭。几支箭被带飞，乱射过来击中录虎，他拔下箭头继续指挥作战。但猫虎氏又藏在风中进城袭击守城士卒，我们放出了蝗虫和篦鱼去对付他，才把他逼走，但我们的篦鱼已经损失殆尽了。

后来我们只得把马腹弄昏迷，绑在城墙上，威胁敌军，猫虎氏前来营救，被我放出的蜂群蜇伤脸部，而我们把马腹用金锁链绑在几尺厚的城墙里，他不能带走，而那个使秤砣的宗师又来。他用秤砣攻击，仍然拉扯不动，但近前猛拉，终于把城墙拉垮一块，马腹被他拉走，他自己也脸部受了箭伤。殷人攻城继续，但刚才突然撤走了，不知何故。姜望看到录虎胸口上密密麻麻的伤口，知道致命的是乱箭，问："为什么不在战场上救治？"

"当时我们要救，但录虎不让，只是包扎了一下，仍然继续朝对面的宗师放箭，可过了一会他口中都在淌血了。"

姜望知道他如果撤退，没人指挥是一事，军心也必定动摇，射中胸口还撑了这么久真不容易。他热泪盈眶，紧握录虎的手说："王妹与兹氏正在跟殷人激战，我走的时候已经困住了对方的宗师，随后就到！"

录虎脸上的络腮胡微微撑开，泛起了笑容，但只隔了一盏茶功夫，这笑容就僵硬了。姜望跟宗师商量，暂时不发丧，而他也没有用精卫鸟通知网诲氏，因为现在她那边的战况未知，通知了，万一动摇了她的作战决心，是得不偿失的。姜望这时暗想，用秤砣的宗师肯定是水庸氏了，可他们为何不继续攻城而撤退了呢？

大概过了小半日，兹氏大军才进城，网诲氏看到自己兄长僵硬地躺在床上，痛苦地抚摸着他胸口上的伤痕，问是怎么回事，宗师讲述了之后，刚讲到录虎支撑着不下战场，她立即放声痛哭，声音传到了兵营外，姜望这时低声对她说："此时不宜发丧。"

她吸了一口气，止住哭声，问："可否随我刺杀宗师！"

姜望看了看身旁腰都直不起来的兹氏，说："这时候只能偷袭殷人粮草，让他们支撑不住而走。"

网诲氏怒目圆睁："我不需要他们退兵，我要让那几个宗师葬身于我国土！"

姜望下拜："此事是我没来得及赶到，不如让我戴罪立功！"

"此事与你无关，就问你愿不愿意随我刺杀！"网诲氏逼问。

网诲氏见姜望默默地摇摇头，愤怒地一脚把他踢倒在地，高叫："其他人，谁愿意随我今晚带虎贲刺杀？"

这时候兹氏才缓缓地说："我有伤在身，怕是不行，不过估计你去了也是送死。"

网诲氏知道有理，但她余怒未消，只能坐在她兄长身旁默然不语。

第二天，姜望跟兹氏前去网诲氏营帐，看她神色稍和，便说："可趁今夜，由我偷袭敌军粮草，我已有计划，待你们看到那边起火，立即拔寨突袭，即使不能打败对方，至少可以让帝辛退兵。"网诲氏看到兹氏点头，便握了握姜望的前臂，但没有紧握，也没有看他的脸。姜望看到她黝黑的脸暗淡无光，心里一凉，只觉自己对今晚带兵突袭的热情少了一大半。

这时候，帝辛麾下的几位宗师，猫虎氏脸上蜇伤，昆虫氏浑身被火焰灼伤，水庸氏旧伤才好，但脸上又添箭伤，而昆虫氏弟子蛰虫氏受了轻伤，猫虎氏弟子除了马腹半死不活，其他全军覆没。帝辛对众宗师说："现下兹氏大军已到，我方军力不足，是否该退兵呢？"

昆吾氏说："不可，夷方现在只剩下这座孤城，军力已经跟我军相当，但战力完全不是我军甲胄和长戈的对手，而兹氏也受了伤，只需一战，就可消灭夷方，运气好的话，还可抓住兹氏，为讨伐东夷诸国打开口子！"

昆虫氏说："继续作战没问题，但兹氏的凤凰是真的厉害，我当时试着化作虫牙夹碎大鸟的头，却夹了个空。我看那大鸟是神魂催动，还能放出血雾迷昏，看来兹氏本人已经具备神魂化物之术。"

猫虎氏点头说："如果那鸟是能直接攻击魂魄之物，莫非是兹氏祭祀少昊所得？而如若他本人已经能够御使万物攻击魂魄，那我等万万不是对手！"

蛰虫氏点头，但水庸氏、行人官都面无表情，也不表露自己是否能够克敌，他们知道，隐瞒自己的实力才是最重要的。

帝辛看众人不接话，知道这些宗师已经是威服一方的氏族首领，要留着性命在自己封地享受富贵，所以都不愿拼尽全力，只有昆吾氏要占据夷方更多的铜矿，不愿就此退兵，只好说："猫虎氏先去探听城内情况，那录虎今日中了这么多箭都不死，难道他也修了神术？我军修养一日，晚上进攻！"

姜望想到今晚可能有去无回猛地把酒壶一摔。他带上所有金钩宝物，率虎贲一百来人连夜奔袭，试图从树林绕过帝辛大军进入后军。他们走了一夜，才接近帝辛军粮囤积处，果然如姜望所料，军士都在粮仓外围扎营守着，半空中还有几只驯养的老鹰在盘旋。他让虎贲点燃火把躲在灌木丛后面，然后再用金钩系在火把上，总共连接了上百条火把，分散在士卒军营外围。他则跟几个虎贲扮作殷人士卒，接近在粮仓外围军营附近巡逻的殷人。

姜望看到一队士卒走近，而其他队伍恰好离开，便飞身上树，撒出铜钩，钩住了这一队士卒的脖子，都被吊在空中，说不出话来，虎贲射出飞刀，解决了这队士卒。姜望他们则大摇大摆地走出灌木丛，跟上前，继续巡逻。只走了一会，姜望便带着两名虎贲径直往军营的方向走去，其他巡逻士卒只是看了看，也不觉得奇怪。

姜望等人闪身往粮仓的方向接近，这粮仓附近只有几个粮官在外围看守。姜望找到粮官睡觉的地方，一刀了结，然后掏出金钩，用力往上一抛。原本火把的微弱气火星立即化作火焰，上百条火霎那间从四面八方如流星划过夜空，往粮仓飞来，姜望待了一会，看到四面八方的火把飞过，眼看快要接近粮仓上空时，便猛地跳到高空猛拉金钩，使火团朝地下飞来。在粮仓外围守着的巡逻士卒早就看到火把划过天空从四面八方飞过，急忙一边去通知宗师来救，一边急急地往粮仓而去。

天空中巡逻的老鹰拦下了十几个火把，但火把太多，无法尽数拦下。火把准确地落在十几顶粮仓的房上，立即燃烧起来。姜望和几个虎贲飞身跳上屋顶，各自从葫芦里取出蜡油，洒在燃起的屋顶之间，屋顶燃起的火焰立即连成一片，熊熊燃烧。而这时候士卒已经赶到，看到起火，连忙去附近的沼泽地取水救火。姜望等人这时正躲在粮仓后面，想趁乱出去，谁知刚一现身，就被发现，士卒叫："放火的贼人在这里，别让他们走了！"

姜望等人抛出飞叉，杀死几名士卒，冲了出去。后面的士卒围了上来，挠钩齐出，姜望等人立即被绊倒，姜望抖了一下被钩住的双脚，立即摆脱，但剩下的虎贲则被擒住。姜望并不站立，而是一滚躲在旁边的灌木丛中疾行，士卒们不知他的去向，只能在半身高的灌木丛中找寻，但天上的老鹰看到了灌木丛中的动静，在半空中大叫，直扑下树梢，士卒们立即跟从老鹰疾行。

姜望扭头一看，原来不是老鹰，是一只人面鸟身怪物飞身来抓他，他忙借草藏形，卧在草丛中不动，随手把身上宝物都埋在地下。人面鸟一抓抓了个空，只得又盘旋在半空。姜望趁他这一回，迅速前奔。但只几步就已经出了灌木丛，他无处可躲，只好跳上树梢，人面鸟大叫直扑下来，姜望只好又跳回地面，刚跑了几步，突然脚下一绊，摔倒在地。他爬起来就跑，然而双脚像是被脚下泥土黏住了似的，丝毫迈不出步伐。他急出一身冷汗，后面一人闪过，快到他看不清人样，一根绳索已经捆住了他的上半身，那人招呼士卒："人在这里！"

这时一位宗师骑着人面鸟从树梢滑翔飞下地，向那人说："这人刚才躲在灌木丛中，我居然不能发现，不知道是不是宗师？"

那人等士卒过来，命令："搜一下他身！"士卒们一搜，只有一个葫芦，里面装着少许火油，都说："就是这个放火的贼！"

那人看了火油轻蔑地说："即使是个宗师，也是个小角色。"这时候有士卒报告说捡到了金钩，那人一看，问姜望："这金钩是不是你的？"

姜望连忙回答："不是不是！我不懂使用的。"他知道如果自己的宗师身份暴露，自己要脱身会麻烦得多。

"那它的主人往哪里去了？"

姜望只好吹牛撒谎："那位宗师并没有随我们进粮仓，他只是在外围抛出金钩，把火带入粮仓。"

"军营外树林离粮仓有三里多路，他能这么准确地把金钩抛入粮仓屋顶？"

"小人不知，我只是奉命在粮仓内加油，并不知道他如何使用金钩。"姜望只得装傻，这样才不会被问及更多，引来不必要的麻烦。

"送入战俘营！"那宗师对士卒吼道，"再布置人面鸮① 去附近搜寻宗师！"

士卒们答应一声，把姜望一推，姜望突然能够迈步了。一群人面鸮飞到高空，士卒们则前呼后拥地返回军营，又加了一根锁链，把姜望绑在军营附近的大树上。

---

① 人面鸮，出自《山海经》，可能是猫头鹰一类的动物，为商族重要图腾。

姜望为奴篇

帝辛正攻打夷方都邑，听闻被烧了备用粮仓，只得退兵。他率众宗师从半夜开始袭击城池，没想到网诲氏早已准备好，因此并没有占到便宜。网诲氏刚在等待粮仓起火的消息，就遭遇殷人的偷袭。双方从凌晨僵持到天亮，帝辛才退兵，而网诲氏也收到了精卫鸟的报信，说粮仓起火了。但这时士卒损失大半，仅靠兹氏的凤凰守在半空，根本无力追击，也只能作罢。

帝辛来看视粮仓，大半都已经烧成了焦炭，问众人意见，都说余下粮草只能支持半个月了，就算占据了地广林密的夷方，也撑不到返回最近的领地，就连先前主张进兵的昆吾氏也只好说退守占领区。于是，殷人师旅全军启程回大邑商，姜望也跟其他战俘一起，被押送跟在军中。昆吾氏独自率领族人留在夷方负责铜矿开发、铜器冶炼和运输。

这些天，姜望试图逃跑，但无奈身上的绳索绑得他无法脱身。对姜望来说，更重要的是，他已经几天没用艾草洗澡了，之前在夷方，他两天用艾草沐浴，靠艾草的气味遮住原有的气味，这时候如果再不遮住气味，他的身份就要暴露，到时候不但要被严刑逼问，而且营地聚落也要遭殃。宓妃在帝辛身边这么久，一定知道去除气味的办法，该如何接近她呢？

姜望午饭时招呼士卒说："我曾随夷方宗师学习过行酒仪式，愿意投降商国，做个司酒仆。"

士卒首领过来看了看姜望，说："你试试看？"

姜望问取来一个盆，奉承说："可否容我解放双手？"

士卒首领训斥："不行！这次出征的规定是俘虏一个月内不能松绑！"

姜望只得把手从绳缝里伸出，拿住水壶，只晃了一晃，水立即从水壶中缓缓流出，落在盆里。姜望对首领说："此为一升水。"

首领去拿了量壶，不多不少，刚好一升水。众士卒看了交口称赞。首领对姜望说："我去报告千夫长。"

那首领回来对姜望说："现在行军途中，酒正不在此，需要回大邑商，见过酒正才能商定。"姜望想，若是等到回沫城，自己身上的气味早就暴露了，便问："可否询问随王驾左右的掌舍，先报上我的姓氏？"

"王驾在中军，我身为前卫，不得擅闯，你可待回大邑再说。"

"中军离这里有多远，可否劳驾去一趟，待我荣升，一定报答军爷。"

"中军离这一里多路，但那边有司命官麾下军士负责，我只能通报上官，不能与你报信！"

姜望既然确定了帝辛在中军，猜测宓妃一定随驾在左右，便决定硬闯。他趁众士卒吃饭，一晃身，隐于草丛中，即刻在草丛中疾行来到队伍中军，远远看到豪华的车驾，知道是帝辛所在了。他冲出草丛，跪地大叫："大王，我等夷方战俘已经几天没有饭吃，可否赏给我们一点谷黍，不然我等撑不到回商国了！"

守卫的士卒要把他架走，司命官看到喝住士卒后报告帝辛去了。帝辛正在喝酒，听说后便探出头看了看，远远看到姜望跪在尘土里，被士卒围住，仍在大声叫嚷，便说："可让粮官分出部分稀粥，俘虏如果大都饿死了，劳役必然大大减少。"司命官领命而去。

宓妃正在旁斟酒，也望了望，一眼看到姜望，便忙说："女奴自幼跟夷方人有来往，愿意去一趟俘虏军帐，劝诫这些夷方战俘，让他们不再有二心。"

帝辛应允。

宓妃自被抓就没能离开帝辛司命官及其麾下的视线，上次被蜚虫氏看到她与姜望会面之后更是被严密监视，这次也是在几名虎贲陪同下前往前军军营。宓妃看到姜望，便说："我去抚慰一下这位在大王面前申诉的乡奴。"

她走近姜望，问："你有什么本领，居然敢跑到大王驾前申诉？"

姜望会意，说："小人曾跟一些宗师学过取水之法。"

宓妃便说："可去前面小溪，我来查看。"

几个虎贲随宓妃、姜望来到附近的小溪，宓妃低声问："是否报与冯夷知晓？"

姜望说："以精卫鸟报信去了，但我被抓，没能接到回信。现在我身上气味即将显现，你是否知道解除之法？"

宓妃这才知道他中了气味才被抓，便说："这是魮鱼气味，需要用香酒才能祛除，我今晚去给你弄。"姜望在水边舀了一瓢水，对宓妃说："这里不多不少，刚好三两。"

宓妃叫虎贲拿回去就以器量，低声问："可有办法逃离？"

姜望回答："若能在大邑获得职位，我便暂时不打算离去。"

宓妃知道这人想留在中土见识神术，他刚才的准确度量，已经有了学习商国神术的底子了，便道："我先帮你除去气味，再联系你，助我逃出商国。"

第二天，宓妃又找借口去俘兵营，给了姜望香酒汁，说："连续喝十天，可除气味。"她吩咐百夫长："给他松绑，就是这位勇士在大王面前申诉，大王已经应允夷方战俘每天可以有一顿饭吃。他又会一点神术，以后可堪使用。现在可以先免去他为奴的身份，升为庶人吧！"

百夫长一拜后回答："不可，这次去夷方，大王规定的刑制是战俘需到国都才能定生杀。"宓妃叹了口气，回去了。但这以后姜望的捆绑解脱了，比其他俘虏要自由得多。

帝辛军虽然撤退，但仍然有昆吾氏跟攸侯军队守在夷方占领区，网淆氏城内士卒已经所剩无几，无法发动反击。网淆氏第二天只看到一百虎贲回营，一问姜望在何处，均说没有能够与他们会合，知道凶多吉少。她派出的暗探回来报告说殷人师旅已经撤离，姜望下落不明。

网淆氏回想偷袭粮仓前一夜，不该强令姜望随她去偷袭帝辛的宗师，如去，肯定是双双被擒，而帝辛能够退兵也全仗姜望烧毁粮仓。想到这里，她黯然伤神。但军务繁忙、夷方伯新丧，容不得她有时间懊悔，她随即派人去查探昆吾氏军队的动向。另一方面，派出录虎旧有的亲信去找寻在上次溃败中失散的士卒，想恢复起往日的军力。兹氏看到商国退兵，昆吾氏留守夷方旧地，趁机对网淆氏提出要留下军队驻守夷方，以防殷人入侵，网淆氏暗暗咬牙，只得答应。这时候，她犹豫不决，不知是否该公布夷方伯录虎的死讯，因为毕竟失散的夷方旧部还没能招回来。

她想到如果姜望在的话，一定会帮助自己做决定，她曾听他说过营地聚落是如何在祝国、莱国、薄姑国三个如狼似虎的邦国中求生存的，姜望那时顺利地使营地聚落摆脱了被莱国驻军奴役的命运。现在她却面临同样的情况，而姜望本人帮助了自己国族这么多，却生死未卜。她站在城墙上眺望着已经恢复往日平静的夷方大地，不禁流下了泪水。

而这时，她接到了冯夷的回信。姜望派去送信的精卫鸟回来了，这灵鸟按照姜望给的地图找到了冯夷宗族，却不能按气味去找姜望，它回到夷方找不到姜望，就找了网诲氏。她展开信一看，上面写着："多谢姜老友提醒，我即将前往顾地截住殷人，营救我妃，你可否随我一同前往顾地，如有夷方宗师相助，更是感激！"网诲氏心中凉如水，她打算派人去见冯夷，陈说姜望已经不知所踪之事。

冯夷这时候已经到达顾地，他从姜望的讯息中猜想宓妃应该是在帝辛左右，不然的话，被抓之后不可能丝毫无恙。想到这里，他怒气勃发，听说殷人师旅已经到达顾地，不等跟姜望会合，立即率领汶伯、巨野伯、顾氏，改装易容，准备在济水边截住殷人。三位水伯不大情愿，因为这次是对付帝辛的军队，帝辛手下一定宗师如云，而这次又没有宝物可得，如何能去，他们都说："上次在沂水劫夺水庸氏，这次又在水边截杀，是否会被水庸氏看破？"

冯夷恼恨地说："这次易容不同，再说夷方新败，帝辛在夷方仇人众多，这次扮成夷方人截击，肯定可以免除后患！"

帝辛前军过河，姜望在战俘队伍中看到一条渔船在岸边，渔民正朝过河的军队下拜。他猛然看到这渔民居然身穿夷方人的渔猎装，暗想这里已经是大商国界，怎么会有夷方人在此？而这身形似乎是……

过了一会儿，帝辛所在的中军开始行船过河，司命官已经察觉水下有人，他命令船夫加速前进，并对仍在下拜的渔船高叫："绕路！"那渔船上的正是冯夷，他并不理会，仍在下拜。司命官命令放箭，那渔人用桨拨过箭支，只往水里一划，渔船急速前进。司命投出长矛直射过去，钉在船底，那船不由自主地打转。这时候，帝辛的大船船底突然哗哗全部散架，水手大叫："不好了，船底没了！"话音未落，船舱内的帝辛及侍女、宓妃等人都掉到水里去了。宓妃知道是冯夷来救她了，潜水顺水流游走，帝辛则水性不够好，在水中挣扎浮动，却只能抓住船底浮木，始终不能起来，他大叫："船底有人！我脚被重物绑住了！"其他侍女也都如此大叫，大船船舱一时间沸腾。立在水上的司命大喝一声，双掌抚在沉重没顶的大船上只一掌，船身立即翻滚，船舱内的人都顺势摆脱了脚下重物。而宓妃这时在水中正要顺流游走，突然感觉一阵巨大的逆流吸力，她立即划不动水，双手双脚空在水中划动，却反而后退！河流水流受阻，随即掀起大浪，河水一直漫至两岸，帝辛的浮木也被大浪推上半空乱晃。

这时候，前船的行人官站在前船船头，脚一跺甲板，甲板立即伸出一块木板，把帝辛的浮木连接起来，而自己的船又跟岸上连接起来，河面总算不再被大浪掀得晃动。后船的飞廉借风飞过来，把帝辛拉出水面，接着救助其他侍女。而冯夷在渔船上看到不妙，已经化作水流冲过来。司命仍踩在翻滚的船身上要定住船身，不能去挡，行人官飞身过来，脚下踩着一根绳索，人未到，脚下绳索已经伸出，捆住了冯夷化作的水流，冯夷丝毫不能动弹，这时候水面上伸出一张金网，裹住了冯夷，宓妃在水中大叫："行人官，我来用网对付这水贼！"

行人官看到宓妃出水，便放下绳索，转而捆住宓妃的腰身，把她朝岸边拉。船的另一边，汶伯等人也借助金网浮了上来，以金钩拉住岸边，跃出水面就走。行人官正拉宓妃上岸，而宓妃故意在水中挣扎。他看到另一边水里的人上了岸，大呼士卒围住。汶伯上岸，一张大网罩在围攻的护卫士卒身上，士卒只得挣扎，刀叉都被网黏住。这时，行人官已经拉宓妃飞身上岸，他脚一跺地，汶伯等人的脚像被突然绊了一下似的，扑倒在地，行人官大喝："绑了！"谁知汶伯趴在地上，用佩刀往脚后跟下的泥土上一插，就立即切断地下传来的震动土气，双脚踏在佩刀上飞身就往河边飞奔。行人官看神术被破，急射出锥子，打伤另外俩人对士卒说："把这俩人给绑了！"接着，他脚往后一跺，脚后"嘭"地出现一个大坑，他的身体则在地上滑行，像一发炮弹一样追汶伯去了。

河里，司命官看到水下的人都被救上了岸，又察觉了一会，估计水下已经没人，便把水里的船踢沉下去，飞身上了岸。

这时汶伯正朝河岸边飞奔，看到河水已经恢复，一个鱼跃，就要跳到河里，但行人官已追至，手上绳索直射而出，捆住了他的一只脚。汶伯鱼跃腾空，还没入水，就被绳索上的金钩插穿脚，倒挂在水面上。他忍不住痛，拔出佩刀就砍，结果这绳索如竹棍一样把刀刃弹开。

行人官大笑着走了过来，汶伯知道遇上了高手，不得不出底牌了。汶伯一挥手，怀里的铜壶抛入空中，对准行人官喷出一股水流。行人官急躲时，身上已经沾了水，一股热气使他眩晕，让他感觉自己也在被吸入壶中似的，只好一伏身，抓起一块泥土往壶口一扔，泥土在半空化作塞子状，正好封住壶口，一滴水都流不出，宝物掉下地来。趁此机会，汶伯把脚上的血抹在佩刀上，挥刀劈下，借着充满劲气而变得凌厉的一飙血刃，把化为硬棍的绳索劈断，他扎入水中，逃走了。

一开始飞廉看到岸上众士卒喧闹，行人官去追，知道人跑了，连忙赶到岸边。飞廉刚要去拿住尚未逃离的巨野伯和顾氏，才走出几步，一扭头，看到被金网裹住的冯夷破网而出，朝宓妃这边飞来。他连忙回头，挥出一道疾风，化作浪头的冯夷立即扑倒在地，爬不起来。突然，地上的泥水溅起，像飞针一样射向飞廉，逼得飞廉忙借风后退，跃出了十步远。

冯夷趁机爬起来，裹住宓妃就往河里走，宓妃趁势扶住那股浪头，刚飞出几丈，突然遇到一股旋风，把他们从半空卷了下来。冯夷化作人形，扶起宓妃就跑，突然又是一股旋风，把他俩分开。飞廉跳了过来，皮鞭抽动这阵旋风，把冯夷抽到了半空。冯夷在旋风中转了数转，支持不住，便卷起地上的泥水射向飞廉，把他逼退。冯夷趁这一下旋风风势减弱，飞出旋风，扑到河里走了。

与此同时，士卒们正围住受伤的巨野伯和顾氏，巨野伯蹲下身，以佩刀划开被大浪浸湿的地面，他再一挥手，地面的水射入围上来的士卒的眼睛，众士卒都低下头。巨野伯忙一跃而起，往树林里飞奔。前面的士卒刚要阻拦，被他撒出一张大网困住，他跳上树梢走了。只有顾氏无法解脱，被众士卒团团围住。姜望也在其中，他对士卒说："我来用神术捆住他！"

说着他手指钩往软藤往顾氏身上一抽，顾氏立即被一股疾风迷了眼，随即被藤条绑住。众士卒交口称赞，出钩索定住顾氏的双脚。姜望也随众人一拥而上，趁人不注意，用脚一跺地，踩在地下乱枝上，撬开了钩索。顾氏感觉可以动了，立即挣开姜望布下的草藤，飞身跳出人群。众士卒弓箭齐发，顾氏脱下身上的襄衣把乱箭拦住，砸在弓箭手身上。士卒们大叫追出，姜望也佯装跟着一起追，才追进树林，就被顾氏撒下的金钩钩住了脚，都扑倒在地。

这时候，帝辛等人已经上了岸，看到士卒都倒下了，忙命令飞廉去追，而水庸氏、猫虎氏等人已经赶到，朝帝辛下拜。帝辛脸如严霜地说："这边距离后军只有一里多路，怎么现在才赶来？"

众宗师低声回道："传令士卒脚程慢，言辞不清。"

帝辛大骂："胡说！你等宗师如何听不到这边的喧闹？加之借风而行，瞬间即到，必然是你等轻慢拖延，应该以军法论处！这次你等取夷方的战功功过相抵，赏赐取消。下次通令，后至者斩！"

飞廉在风中滑行，追了一阵，无奈顾氏借草藏身，无法找到，只得返回。这时候大车已经备好，帝辛与宓妃跟着侍女一起上车。宓妃看到帝辛冷峻的神色，知道是她在落水一开始弃众人潜水而走的事，被察觉到了，只好暗想应对之词。姜望则趁乱偷偷溜回俘房队。他在大队人马渡河的时候就已经认出冯夷的身形，知道他要来劫夺宓妃，便趁着骚乱，打昏守卫跑过来。等看到顾氏等人被抓，姜望就知道他们肯定会招供出冯夷、自己以及宓妃，到时商国势必跟薄姑国开战，便急忙跳出来去捆顾氏。后来回到俘房队伍，便说自己跟士卒都被打晕，推掉了责任。

商国军队到达帝畿休息，帝辛问众人，可知济水袭击的水贼来历？水庸氏要戴罪立功，说："跟上次袭击我的那伙人一定是同一批，我问过飞廉了，能够飞身附在水雾水浪上，会这种神术的一定是对水流有了魂交的领悟，这是不多的。问宓便知。"

宓妃跪倒，辩解说："确是我师兄他们，这次一定是为了夷方复仇而来，我以金网裹住对方，但被他逃出。"

"但从我得到的贼伙的铜壶来看，似乎应该是东夷济水附近的方国出产。"行人官这时候说。

宓妃连忙说："这是从奄国抢夺过来的，我师原本就擅于埋伏在济水、沂水上，待打听有宗师经过，便行挑衅，再趁机劫夺其宝物。"

帝辛接着说："但他们似乎并不是为了刺杀孤王而来？"

宓妃咬牙说："定是为了谋逆之事！我潜入水下，看到他们正在拔刀，我拼命阻止，幸好有司命官掀翻大船救了大王，这伙人才四散逃出水面。"

帝辛看到众人都没有言语，知道这两下质问缺乏证据，无法驳倒宓妃，但他本身已经不信任她了。

顾氏逃回府邸，正好碰上夷方报信的使者，言说姜望在战斗中失踪之事。

顾氏告诉使者，姜望正在帝辛军中，为普通卒伍，似乎在做内应。使者欢天喜地地跑回去报告网海氏了。网海氏很高兴，数日的阴霾恢复了几分光彩，她估计等姜望探到消息，就会脱身回到夷方，于是把精力投入到搜集旧部去了。

帝辛到沫城，王后亲自迎接，帝辛介绍宓妃给王后认识，吩咐司命把她安排至别舍。帝辛进宫，试探地问王后："姮，刚才那位是东夷之女宗师，御水神术了得，王后觉得这位美人可否为妃？"

王后蹙眉娇嗔说："不可以，大王刚打完胜仗回来，随即就有诸侯来访，需要安排，不可再过多册封美人！"

帝辛哈哈一笑："王后说哪里的话，我刚解决夷方的问题，正好休息一段时间，册妃合情合理啊？"

王后抓住帝辛的胳膊，抚摸着他的胸膛说："大王需注意酒色伤身，休息期间不可过度辛劳！"

帝辛哈哈笑道："拥王后入怀，我更是要辛劳不止啊！"

王后"呜"的一声扑倒帝辛："谁让大王不带我前往出战！"两人当场翻云覆雨一番。事后，王后对翻身欲睡的帝辛说："我看那位美人，不像是刚入王宫，因王宫威严不知所措的庶女，倒像是一地之君的子女或妃子，她神色凝重，似有心事，应该不是可以久留之人。"

帝辛说："王后察人神色都要赶上司命官了！我准备让司命暗中监视她一段时间，看她有什么动作，而礼仪上的安排，就交给王后了。"

王后恨恨地说："都怪你不带我去，不然我在路上就可试探出这人的来历和想法！"

帝辛正色说："这次不让你去，主要是让你留守大邑商，处理有关四方诸侯国的情报嘛！"

王后说："盂侯①使者来了，说是来祝贺大王取胜夷方，并说盂侯要亲自朝贡，商议驻守夷方的事务。"

"真有诸侯要来访？"

---

① 盂族，善于制作盛水盛饭的盂壶，以及夹取食物的箸。

"你以为我是在要挟你，让你放弃册封王妃吗？"王后化掌为刀，在帝辛眼前迅速一划，夜明珠戒指上的亮光闪得帝辛直眨眼。

帝辛捉着她的手，亲了一口，喃喃地说："盂侯向来不愿意为我征战方国，这次看到我灭了夷方，难道是有心诚服？"

"明天看了便知，我和司命都会帮你试探的。"

这几天王宫都在大办飨宴迎接盂侯准备祭礼和飨礼。而宓妃看帝辛没来找她，估摸已得不到信任，就跑来找司命官，想帮忙操办飨礼。

"我们人手够了，请女师回馆舍等候宴请就行。"司命官缓和地说。

宓妃暗想，看来努力表现出顺从的样子还是得不到信任，急着说："我现在也无事，愿意随行司命官，以供差遣！"

司命越看她积极的样子，越发冰冷，说："暂时不用，你先回去吧！"

宓妃想，果然陷入了这种半软禁的生活了。但她看司命急速飞向了外舍，应该不会是回自己的住处，可能是去找他的师父去了。宓妃虽没有任务，但对宫内的人物关系还是熟悉了，司命官的师父是大史官①，主管星命占卜、时日记录，他应该是去问大史官，盂方使节来访有没有什么吉凶的预兆。

司命找到他师父，报告了盂侯使者的事，大史官说："我已经查过天象了，应该没有大害。只是前次年祀所预兆的兵灾怕是要应验了，可能就是以最近的事情为起始。"

"大王前次祭祀上帝祖先的预示是玄鸟羽毛散落，化作飞灰，但大鸟本身并无大碍，所预示的兵灾应该不会伤害大王本身吧？"

"确实，但兵灾应该会从最近开始，你来看。"二人来到庭院，大史官手中出现一颗珍珠，蓄气将之定在半空，他们俩将蚌珠对准西方看去，不到片刻就看到热气升腾。又将蚌珠对准东方，片刻之后，也是光热蒸腾。

"东西两面的天地气都比平日要燥热，预示着族群聚集，祭祀频繁，兵灾将至。"

---

① 大史官，即殷时的"大史"，主管记录四时、天象，还负责祭祀，甚至会率师出征。这里的大史官设定为在史上有后代投降西周、并世代为史官的微氏家族。

"但看起来似乎并没有过于激烈，与去年对今年的预示接近，而今年不过是一场小战，来年也应该不会有危及王侯的大战吧？"

"应该不会危及大商国运，其他诸侯却难说了。你回去复命吧，去探听一下风师族的暗谍报信消息，一切还得以大王的龟卜为准！"

司命拜谢说："好，我这就回去复命。师父的蚌珠已经可以随意化万物元气了吧，这比王后只能凭借夜明珠御光可要高明不少。"

大史官大笑："王后师承她们邶族的老宗主——我大商的太保官，我和他虽然都有观星的职责，但我的天象术跟他的羲和历术不同，小子不可妄断神力的高低！"

司命说："这倒是的，但要度过这次兵灾还要靠师父与太保出手了。"

大史官说："据我推算，这次有你在应该就足够了，你跟在大王身边为虎贲，身处各种险境，需要对付的情况很复杂，假以时日，对人事的感应能力应该比我这只坐着观星的老头要强太多。"

司命拜谢回去报告了。

这一天，司命官来找宓妃，让她做仆从，参与监督筹备联姻宴席。她觉得这是个可以联系到姜望的好机会，便找着人手不够的借口去了俘虏营。

姜望到大邑商一个月了还没通过那位百夫长谋得一个在沫城的职位，升为庶人。那位百夫长告诉姜望，掌舍认为会御使水流的人很普通，他人手够了，不需要再多加人。姜望暗想，这应该有不信任战俘的原因在里面。想一走了之回营地，却又不甘心。不过，他因为有些神术，在俘虏营中威信很高，看守对他也很放任。这一天宓妃突然来了，他高兴地问："可否在宫中给我谋求一个职位？"

宓妃不快，说："俘虏在宫中都会受到小司命的监视，你进了宫肯定不会比这里更自由。"

"这次你是怎么出来的？"

"我这次因为帝辛要操办接待盂方使者的宴席，才过来招录奴仆，也是他们开始信任我了。"

"不如就趁这个机会让我进宫？"

"不可，这次只是借口，我是找你想办法给冯夷传递消息的。这里有些钱财，你可去买一匹快马，就此逃出俘虏营，他们知道一个奴隶跑了，应该不会派宗师去追。你去告诉冯夷，说我一切平安，只等充分取得了他们的信任，便借机离开。"

"我不能这么逃走，我这一走，再回商地就成逃犯了，我族怕是再也来不了这边定居了。你若不愿意帮忙，我可在此立功，慢慢获得升迁。"

"商国的神术其实并不难学，我和冯夷都已经制作出了金锚，能够量度各种法宝和攻击，你回去找冯夷，自然可以学到。"

"商国的农耕博大精深，比起我们渔猎术有更广阔的扩展余地，量度之宝应该只是工具，他们对天时和地物互相融入的感应应该是更可学习的地方。"

"可你学了也终究要回营地，农耕之术你用不着。"

"我打算在这边以农耕定居下来之后，就带领族人迁徙到这里。我族本来是居住在河内的四岳氏后裔，是被迫迁徙到营地的。现在的营地既然成了东夷诸国争夺的焦点，我想不如迁走。"

宓妃看他志向远大，不能劝解，叹了口气说："但你不应该去宫中谋事的，外族人在宫中都会受到监视，就如我一般。"

"我可凭功劳升迁，获得信任。至于你给冯夷传信，是否有什么传信的物种可以借用？"

宓妃说："宫中殷人都是借风传话的，帝辛的车夫飞廉及其手下能够在风中刻字传递，我却无法借用。"

"怪不得夷方战中帝辛的大军这么快就收到了兹氏率军来袭的消息，原来是有以风传令的宗师。那殷人的铠甲为什么会这么坚硬，那位使炭砖的宗师是什么来路？"

宓妃皱眉说："是昆吾氏，他们族人擅长炼铜，你沉醉于神术也没用，在大国的互相征伐中，你一个人就算有通天的本领也保不了你的聚落。"

姜望想起来一件事，便动问说："这次帝辛是征夷方而不是淮夷，这件事你和冯夷是不是早就知道了？"

宓妃眉头紧蹙，撇过头去，不作回答。姜望心想应该是了，冯夷现在是薄姑国的师氏，如果传出去，让东夷诸国知道他们给帝辛入侵东夷的屏藩火上浇油，肯定会借口群起而攻薄姑。他又问："你刚被抓的时候，是怎么取得帝辛的信任的？"

宓妃仍然不回答，姜望想不能跟她就此关系破裂，以后同在帝辛军中，还要互相扶靠，便说："不如把钱粮给我认识的一位俘虏，让他逃回夷方，那里的首领应该已经借助精卫鸟收到了冯夷的回信，可让他们去给冯夷报信。"

宓妃松了眉头，答应了，姜望接着说："不过你得让我借这次联姻宴席得个临时职位。临时安排的话，应该不会受到长期监视，我也好趁机告诉你送信的战俘是否成功逃离。"宓妃点了点头，把钱粮交给姜望，便离去了。姜望把钱粮交给他信赖的一位战俘，趁晚上带他御风飞奔，找到一匹快马，送他往夷方而去。临走交代他告诉网诲氏，说自己一切安好，正在学习农耕之术，学好后再去看她。

第二天，飨礼仪式宴请了孟方使者及百官，姜望也作为酒奴负责酒礼，他是宓妃命百夫长放人，临时调过来的，为酒人官的手下。他得知酒正官①即将来巡视，知道这是一个获得信任的好机会，便开始表演他计划好了的倒酒术。他将装酒的大壶倒立，下面垫上一层细网，然后罩住一排酒爵，打开酒塞，酒便缓缓滴入这排酒爵中，酒正看到这种倒酒的办法，走上前去问："你师从哪位宗师？"

"小奴是夷方人，没有向宗师学过，只是在军中看过宗师倒酒，然后慢慢就会了。"

"这是你自己想出来的？"

"是的，我在夷方军中作为酒人，需要给很多酒器倒酒，于是就想出了这个方法。"

酒正笑着说："学神术的很多，无师自通的少，会用神术的也很多，但能自创神术的少啊！"他一手吸住一盏酒爵里的酒，酒还没来得及散就在他手掌中凝聚成一团水球迅速递到姜望面前，姜望闪电般的接过一口吞下，拜谢。酒正

---

① 酒正官，设定为豕韦氏，后裔封在杜国。因为商代中期开始有酒糵与酒曲分离的制酒技术。酒糵用来发酵味甜、低度数的醴，酒曲用来发酵高度数的酒，又因为传说杜康为酒的创始人，所以附会杜氏先祖为酒正官。当然，豕韦杜氏与杜康在杜水造酒的杜姓起源可能不同。

说:"跟酒人好好学!"说着走了。姜望看到酒人用金钩钩住酒樽提上来,让酒注入一个个的酒爵里,便问:"这是钩钓术,是向酒正学到的吗?"

酒人说:"不是的,这是我本人自学的,我本是捕鱼世家,家传就会。"

"但我看其他宗师的钩钓之术提重物,都不会这么轻巧稳当。"

酒人哈哈大笑:"好眼力,难怪酒正说你资质好,我这是融入了水正大人的辘轳御水之术,他善于金轮金钩运水。我们酒人在他手下,也学了些皮毛。"

"水正官大人?他也负责酒礼吗?"

"水正大人禹氏是汾水禹谷祭祀先祖玄冥的宗祝,也负责各种水源的寻找及田地水利的维护。你知道吧,玄冥就是为我们河内地带疏通河道泄洪,并因此而崩亡的先祖。所以,水正官是不会酿酒的。而酒正官的酿酒术才高超,其神术也是酿酒一脉的。而我学的是水正大人的运水术,只是基本,据说水正大人的神术已经达到了灵魂化水甚至化万物为水的境地。"

姜望心想,冯夷也会化水,但万物化水不知道他会不会。看来这些五材正官的神术只是拘泥于材质本身了。他又问:"今日酒宴负责五材的这些宗师都会到场吗?"

"只有金正官不会到场,他是昆吾族的首领,一般他都在昆吾南土忙于赤铜的开采、冶炼以及运输,没有时间来王都。其他的四位木、水、火、土的五材正官都会在场,还有司命官、寝正官、行人官、门尹官①等出类拔萃的后辈宗师也会出席,到时候你可留意他们的饮食动作,都是行云流水、天衣无缝的。"

"大商在朝为官的就数这些人神术高超了吧?"

"这就不清楚了,因为还有这些后辈宗师的师父,星象官、太保官之类的,都是不大露面的大宗师。"

姜望心想,应该都是与运用五材、有关人事的两脉神术,而农耕之术却似乎是另一脉的,他们应该都在各个地方世家里,没有入朝。他动问说:"土正大人是负责耕种的农官吗,我想学习农耕之术,将来希望在大商做个负责农事的执事小臣。"

---

① 门尹官,史上负责都城或王官的门卫守备。

"土正官是负责祭祀我们先祖相土的宗祝，一般在东南的亳都，这次来也可能有别的原因吧……"

酒人说话声低了些，继续道："当然，这也不算什么，土正大人骑马技术可是一流哦！"酒人官又恢复了底气，声音大了起来。

"你知道吧，咱们先祖相土为我族建立了第一支骑兵，而土正官一族世代为先祖相土守灵，骑马技术自然不会差！"

"哦哦……我才听说过骑兵还有首创族……"姜望附和说，"那土正大人是以征战为主，不负责农事吗？"

"不是的，大人是负责鉴别各类土方，并采集用于烧窑的泥土，而负责农耕的是农正，即田畯官①大人，他的族人就在沫城，还有就是负责征收贡赋的邮氏，他食邑原本在东夷，现在在封父国②，也因为经常联络诸侯而不在沫城，他们俩都与封父国的神农后裔联姻，在神力上自认为属于神农氏宗师。所有神农氏族只有田畯官大人的族人在沫城，而他本人很少出手，没有听说过他的神术如何。你若要学农耕，只能找他们俩的部下了。"

姜望点头称谢，就去负责酒礼了。

第二天，飞廉便报告帝辛，说是盂侯率军已到黎国地界，看来是打算绕过黎国和箕国，直击沫城。帝辛大骂："果然如此！这计谋也太没有底线了！有没有命令箕侯、黎侯和杞国的土正阻击？"

飞廉说："早已相约，如有进犯，必定截击。但据我手下报告，黎侯和杞国土正似乎有推托之词。"

"让豕韦氏准备出战，守卫沫城，并把消息告诉唐侯，说他的宗祝出战了，让他也立即出兵！"

飞廉领命而去，帝辛对司命官说："命令五材正官和宗祝召集六师，准备出战。"

姜望这时仍在收拾酒具，他听到些传闻，说是酒宴要撤了。今天又看到酒正官没来巡视，便斗胆问酒人："怎么今天没看到酒正官？"

---

① 田畯官为史上"田畯"，即监督农事的官吏，是蜡祭的祭祀对象；邮氏也为蜡祭祭祀对象"邮表畷"的杜撰部族，邮表畷即田间供农夫休息的邮舍，以及田表、道路。这里他们的封地都是杜撰。

② 封父氏，即传说封在大商内服的封父族，首封人为黄帝之师、炎帝后裔钜。

"听说盂侯军队来袭，酒正官要准备守卫沫城了。如果士卒不够的话，你们这些俘虏可能也要受征召去打仗。"

"连酒正也受征召而去，难道是宗师不够？"

"可能是吧，你在这里稍待，等下大概就有百夫长来让你回去了。"

果然，百夫长来带姜望回去了，他对姜望说："这次盂侯来袭，奉酒正官令，现在任命你为千夫长，由你带领夷方俘兵一千人，由水正官节制，守卫沫城！"姜望领命，心中暗想，看来派遣使者结盟只是盂方伯的计策了。这次的沫城保卫战不知道各个将领的态度如何，而这大概就是之前他在营地祭祀所发现的凶兆的肇始了，而自己也身不由己的卷入其中。他立即抵达俘兵营，整顿俘虏，编制为十个百夫长，让他们宣誓效忠大商，然后，他启程去见水正官。

水正官禹氏是个有风度的中年人，四十开外，穿着朝服，举止优雅。酒正官也在场，姜望首先向酒正下拜，酒正对水正官说："这个年轻人在我手下做过事，对神术能够迅速领悟，并能够自创斟酒之法。"

水正官点点头，对姜望说："现在盂方军队已经到了我大商边境，目标肯定是沫城，你可率领俘兵一千人出城，作为阻击敌人的先锋。如果败退，可引敌军至黎国，那里有将领接应你们。"

姜望问："可否为我军配备骏马。"

"不可，我沫城人马均不足。"

"如没有马军，怕是无法躲避敌人的追击。"

"我会让黎侯派兵在边境接应。"

"可否知悉黎侯的将领，我可与之联络。"

"暂时并不知晓黎侯会派哪位将领出战。"

姜望拜别，酒正送行时对他说："若是败退，记得可丢弃军队，使神术离去。"他点头。回营之后，他愤愤地骂道："这不是让我这夷方一千多人去送死吗？"他把情况告诉众位百夫长，他们都说："不如趁机会逃回夷方吧！殷人不过是拉我们这些外族人去送死而已！"

姜望说："不可，我看水正官及其下属军士都没有混乱，我们如果逃离，肯定会被他们命令沿途的诸侯追杀，我们没有战马，是逃不掉的。"

众士卒都问该怎么办。姜望说："我们先拿到武器再说，在攻击盂方军队的时候，再想办法引黎侯的军队出战，我们则作壁上观。"

只过了几天，飞廉就来报帝辛说，鄂侯也出兵了，已接近太行山，帝辛说："想不到是这个小人在联合盂方图谋我大商！西伯有没有动静？"

崇侯回复说："暂时没有军队调动的迹象。"

"告诉虞国的虞氏，让他率领陶氏宗族出兵从后面袭击其国！"

这时姜望已经率军到达王畿边境，他们根本没去硬碰盂方军队，只是出了城便往黎国而去。黎人将领犁娄氏①正率领军队逡巡于边境，看到姜望军队来访，便接待了他。姜望来不及细看便先说："盂侯的骑兵已经接近王畿，我军与之战后败退，宗师可立即率兵讨伐。"

"我军正在等待黎侯的命令，现在不敢妄动。"

"我军奉水正的命令，作为先锋引诱盂方进入王畿火正、木正、土正与酒正官的埋伏，现盂侯已到，宗师可就此率军加入大王设下的埋伏军，共同阻击盂侯！"

犁娄氏听了，有些惶恐，连忙说："我先派人禀报黎侯，军队这就出发勤王！"

犁娄氏招来一只带翅膀的马脸兽，对它说："去报告黎侯，说大王已经埋伏了军队等待盂侯，让他带兵勤王，我先参战去了。"

那白边马脸兽答应一声，就展翅腾空而去。姜望很高兴，想不到这五行正官的名头一说就有效。现在敌军已经接近王畿，透露这个消息给黎侯，帝辛也不会怪罪自己。他对犁娄氏说："这兽叫什么，用它来传信不知比飞廉大人的风语传信快慢如何？"

"叫天马②，身形小，因而飞行速度很快，至于与风相比的快慢，这倒不敢妄下定论。"

姜望看他话语很谨慎，便不再问。同行途中，姜望看他的坐骑是一只背上

---

① 犁娄氏，为传说中大禹治水时的臣子，可能为大禹后裔，姒姓。传说犁娄氏为发明牛犁的部族，但当时的犁为耒耜，而商朝则出现了 V 形的犁铧。

② 天马，为《山海经》里的一种马图腾，从外形推测最接近的是犬蝠/狐蝠等头脸如犬马的大型蝙蝠类猛兽。

有驼峰的怪牛，一问，才知道他是大禹的后裔，是黎国的农师兼土正官，坐下的牛叫领胡①，是用来耕田的。姜望兴奋至极，又跟他套近乎："原来宗师是禹帝族人，我本炎帝后裔。"

"炎帝苗裔很多，是神农氏苗裔吗？"犁娄氏似乎早已习惯这种炫耀祖上的拉关系标榜。

"在虞夏时我祖被封在中土，不知道是否是神农氏一脉，有商以来我族衰落，到我这一代被迫隐居于海滨，因而擅长钩钓术，但最近我聚落受到东夷诸国的入侵，难以生存，我才到夷方，后辗转来到大商，想学农耕之术再到中土开辟地方以定居。"姜望说着，手指成钩，从壶中凭空抓取一团酒浆，放入酒爵中，刚好满杯，递给了犁娄氏。

犁娄氏看他剖露真心，又透露神术，知道真心归顺，便说："我的农耕之术始于犁，即我的名氏，普通的农术则跟炎帝后裔一样，使用锄、耙、镰等工具，并需要修筑水沟、捕捉昆虫、熬制肥料等物事。这次倘若其他炎帝族的宗师都在，你可在军中观察他们的法宝，之后再回乡与农耕乡民为邻，必定可以学会。"

"我曾看到有炎帝部族宗师使用绳索卷取法宝，可凭抽动而随意转向，躲过敌人攻击，是什么法宝呢？"

"那是丈量土地的绳墨，能够度量万物，邮氏、田畯官、水庸氏这些蜡祭宗族都很擅长。"

"但水火没有形状，如果以水火攻击，就可破这种法宝？"

"对极了！你学神术的资质真的不错！"犁娄氏拍掌大笑，"帝辛怎么还让你这样的人为奴，率领夷方俘兵呢？"

"帝辛手下宗师众多，神术高强，已经形成各自的阵营，我孤身来到大商，没有依托，只能暂居人下了。"

"看来这一战之后，你一定可以得到爵位。你觉得这一仗的胜败如何？"

"我看商王这次不动声色地吸引盂方大军贸然进攻，已经布置得差不多了，

---

① 领胡，与《山海经》里的领胡接近的现实动物为瘤牛，这种牛汗腺多，腺体大，易排汗，头部领上有脂肪瘤，存储营养。

盂侯必败无疑。"

"好！我若这次勤王成功，必然会以你报信为念！"路上姜望跟犁娄氏讲述了他们姜姓聚落是如何在薄姑、祝国和莱国中的争夺中生存下去的，但隐瞒了他在夷方的战斗不说，犁娄氏听了很是佩服。

这时候接到探马来报，说双方已经在前面激战，互相毫不退让。犁娄氏正要命令士卒突袭，姜望拦住说："不可，现在双方激战，之所以不退兵，是因为双方都有足够的后备力量，才会导致僵持不下，这也说明双方都有宗师在场。我们加入，神力应该不会更高，也不太可能会逼退盂方。但如果盂侯发现冲不破埋伏，肯定会撤退，我们趁机偷袭撤退的盂侯军即可。如果运气好的话，我们还可能直接擒住盂侯。"犁娄氏觉得有理，便让士卒埋伏在战斗的西北方，要截断盂侯退路。

盂侯这边中了殷人埋伏，得到传令官回报说侧翼的狍鸮①伤亡很大，只有中路军突破了防卫，正在犹豫要不要先行退兵，突然报告说黎人来了，盂侯连忙命令撤退。

犁娄氏趁机突击，盂方后军没有配备狍鸮，只能靠骑兵硬拼，黎人的铠甲坚硬，盂方军队的箭头不能穿透，而黎人的箭却能轻易射穿盂方骑兵，才交战一下，盂方军队就抵挡不住。

姜望随手拿到一根黎人箭头查看，这金箭头不知是怎么炼出来的，似乎比昆吾的箭头还要锋利。盂方宗师放出一只凤鸟，飞来啄咬黎人，普通弓箭射中就滑开了，因而它得以在半空中横冲直撞。姜望便对犁娄氏说："我去对付这只鸟，你可趁机找到这驯鸟的宗师。"姜望飞身上前，一飞刀把鸟头砍下，却只削断了鸟冠。那鸟缩着脖子朝姜望扑过来，而这时侧面飞出一张大网也朝他扑了过来。

姜望手指一钩，大网转而朝大鸟盖去，大鸟急忙掉头腾空。姜望扑了个空，牵引着把网收紧只包裹住鸟爪，而它奋力一振翅，脱开姜望的牵引，飞到高空去了。

---

① 狍鸮，《山海经》里的狍鸮，与传说描述最接近的现实动物是熊猴之类的大型猕猴；狍鸮也被叫作饕餮，是为了警示贪吃而雕刻在大鼎上的兽头。传说中的狍鸮如羊那么大，有利爪，吃人。

这时，犁娄氏已经循着大网飞来的方向找到了宗师所在，他从领胡上跳起，借茅草藏形朝那个方向抛出一根耒耜，那宗师慌忙躲进人群。耒耜才钉在地上，草丛下的地面就开始出现裂缝，那宗师与旁边的士卒还没跑出多远，就齐齐被绊倒在地，周围十几步以内的宗师跟士卒都被两根粗索压制爬不起来。犁娄氏命令士卒赶紧逼近，杀散士卒，把摔倒的宗师绑起来。

姜望那边，大鸟又反过来扑向他。待大鸟飞近，他用葫芦洒水，粘在佩刀上甩出射向大鸟的眼睛，立即射瞎了它。大鸟在半空中乱飞了一阵，没有能力再缩脖子躲开攻击了。它扑腾了一阵之后，辨着方向往自己的营中飞去了。

姜望看到有几个士卒仍在看住那几个摔倒的宗师和士卒，耒耜钉在地上，他们每个人的身上被粗索鞭打的爬不起来，一直延伸到耒耜。他想，这大概就是犁地之术了，遇到这种神术，砍断绳索逃跑不知会怎样！

孟方军失去了宗师指挥，不断败退，孟侯看到骑兵四散而逃，忙叫人放出一只四翅六眼的怪鸟[1]，往天空飞去，凌空对着追来的黎人凄厉一叫，黎人都感到心跳不止，翻倒在马下。孟侯即命令让前军和中军的退兵来救。

姜望他们追击到孟侯的战车前，正碰到那只怪鸟发出尖利的叫声，被震慑住了，不敢上前。犁娄氏跳下坐骑，一拍它的屁股，这牛撒腿就在士卒人群中来回奔走，颠簸中身上竹筒喷出水雾，士卒们接受了这种水雾之后，不再怕那怪鸟的叫声，继续进攻。

孟侯忙令往后退，这时候有传令官来报，说是唐尧国和箕国的追击军队已经屯兵在郊野外，阻住了回去的路。他连忙吩咐士卒抵挡住黎人的进攻，他则跳下战车，混入了骑兵人群中去了。

犁娄氏看到两军混战，找不到孟侯，只好以歼灭敌军为目标。他吩咐众人推出石磕，从山坡上推下。这磕迎头压向孟方骑兵，被撞到的倒成一片。孟侯发现后面的骑兵都往回跑，连忙叫身边的驯鸟宗师前去迎战。那宗师上前大叫，让骑兵退走，他则把一张大网垫在石磕前面的山坡上，待石磕滚过，他拉着大

---

[1] 《山海经》记载酸与三只脚六只眼睛，"见则其国大恐"。现在有一种三趾脚、大眼的中型猛禽外形与之在外形上类似。

网飞身越过石磙，用一个锥子把大网固定在地上，石磙被大网带住，立即止住了滚动。那宗师正要去指挥士卒，犁娄氏突然在后面大叫："不要走！"说着就投出钩铙钩住宗师插下的锥子，那宗师急忙来救，但还没接近锥子，就被草丛里的粗索绊倒在地，爬不起来。犁娄氏牵动粗索猛地把锥子一拔，把石磙放下。但这时候骑兵已经往两边散去了，石磙仅仅有恐吓作用而已。犁娄氏一根藤蔓扔过去捆住被绊倒的那宗师。竟好似被气流封住一样，那宗师用力扭动也没法挣脱这柔软的草蔓。

这时候姜望对犁娄氏说："那边的雨雾降下来很久了，估计已经停战，我们要不要停止追击，等下援兵可能就要来了。"

犁娄氏说："再追击一下，等到他们援兵到了再收兵，看看能不能找到盂侯的踪迹。"于是，军队继续追击，但盂侯一直在骑兵群中没出声。犁娄氏无法找到他，一直驱赶残兵，直到援兵来时才退去。这时候，传令官说唐尧国和箕国军队从后方赶过来了，要与我们会师。犁娄氏便去见了唐侯和箕侯。

箕侯穿着拖地的朝服，不像是上战场的宗师，但他身旁的两个三十开外的中年人——司土、司工官则都是甲士打扮，但又不携带兵器，看来是神术高强之辈。唐侯是个老者，他见到犁娄氏便大声说："宗师大功啊，居然以一人之力阻挡了盂侯！"

"我也是听命于大王调遣，这里有大王派遣的千夫长望在这里，他报告于我，我才及时赶到。"

唐侯对小小千夫长倒不是很在意，旁边的箕侯则命赐座，动问说："你们跟盂侯战况如何？你们双方的斗法尤其要详细禀报。"

犁娄氏说："盂侯军中宗师神力高强，有一种怪鸟，士卒听了叫声便会被吓得心脏震颤而死；还驯养了凤鸟，也是很凶猛的吃人怪兽；再就是成群的狍鸮了。"

"是怎么破解的呢？"

"全靠我军勇猛，不惧怪兽，弓箭坚利，不但杀退他们的怪鸟，还抓到了他们的驯鸟宗师。"

箕侯看到犁娄氏不愿透露神术，只好作罢，唐侯便对二人说："我这里有飞廉差来的风师，说是大王让我们就地扎营，截断盂侯归路，而大王的埋伏师旅都已经在东西两侧扎营了。"

"不知道黎侯是否出击，据说鄂侯已经来了，不知道战况如何。"

"战况就不清楚了，只听说黎侯已经率领军队迎击，我这边的风师没有得到消息。"

两军会合扎营，箕侯趁机来到姜望营帐说："你是大王手下哪路军的虎贲？"

姜望一拜说："是夷方降卒，暂时从属于水正官大人。"

"哦？你是夷方宗师吗？是怎么对付盂方军的？"

"我本身是东夷人，流落夷方为卒伍，学到了很多神术，在凤鸟攻击的时候以水柱射瞎了大鸟的眼睛，使其不能再灵活躲避，因此获胜。"

"好主意，盂方的宗师也是你抓的吗？"

"不是的，小臣没有那种神力，是犁娄伯将他们定在地上的。"

箕侯点点头，问："犁娄氏还用了什么神术呢？"

"好像还用了神术使得士卒不再畏惧怪鸟的叫声，但不知如何出手的。"

箕侯笑着说："好好，这么说你的运水之术是在东夷学到的？"

"小臣居海滨，那里没有宗师，只是见的奇珍怪鱼比较多，水运之术是向酒人学的。"

箕侯回去对司土官①和司工官②说："你们二位见多识广，可在与盂方军交战的时候多注意犁娄氏的耕犁之术。"

司土官答应："传闻神农氏后裔医术、御土、工具物事各方面都很高强，只是听说犁娄氏很少透露自己的耕犁神力，甚至不知他是否精通井田阵法。要打听他的神力，只能找机会逼他使出来了。"

---

① 司土官，金文有"司土"，为"司徒"的前身，是主管农事、水利以及各地风俗的事务官。这里的司土官设定为杞国土正，祭祀其先祖大禹，为以大禹为社祭对象的开创者。

② 司工官，商代设有"司工"，主管建筑、冶炼、车舟等工程。这里的司工官设定为任姓薛族史官，大商司工，是首创车马、舟楫的仲奚、番禺的后裔。殷商时虽然只发现陨铁兵器，但其实炼炉发现有大量含铁炉渣，证明那时有使用块炼铁的能力。

司工官则说："其实更应该注意的是他们使用的铁器，不知道是如何炼制出来的。"

箕侯点头："铁器确实厉害，如果黎侯与我们大商为敌，胜败关键就在于这个了。"

这时候，土正官、水正官等人埋伏盂侯成功，刚要退回城郊，就有探马报告，说是鄂人在南方跟败退的盂侯会师，又打回来了！水正官大惊，对宗祝官①说："飞廉不是说黎人会迎击鄂侯的军队吗？"

宗祝拈着长须叹道："一定是截断盂侯退路后就没有尽力去拦，想看我们追击，然后坐收渔利啊！"

水正官只好命令士卒们整装迎击。两军交战，殷人疲惫不堪，根本禁不起鄂侯军队的冲击，水正官暂时用大水车挡在阵前。这联排的水车能借势旋转，把疾风水流冲击都拍回去。盂侯看到，便对鄂侯说："这肯定是水正官的部下了，我来夺他的宝物！"

鄂侯、盂侯都本是南土方国首领，不像昆吾氏、猫虎氏他们原本就在商地内服，商王为了笼络他们镇守边疆，就封了他们侯。而由于他们都是崇尚工匠的族群，所以，他们跟猫虎氏一样，也是因为神术高强被选为首领的。

盂侯拿出绳索，拴住大水车就往回拖。水正官看到，连忙抛出吊坠，系住大水车不倒。盂侯吼一声把绳索定在一侧的灌木上，折回猛拖，仍然使大水车几乎摇摇欲坠。水正官才知道是能定向的绳墨，连忙让坐下人脸豺身兽吐出水流，喷向绳索，绳索被腐蚀水流浸湿，加上水的冲力，一下子被冲断，大水车总算稳固。盂侯又抛出一张木制曲规，钩住大水车，又要猛拉使其侧翻。水正官冷静地跳下坐骑，借着昏暗悄悄附身积水伏在阵前的地面上看着，那大水车被曲规钩的侧翻，一根绳索在往士卒人群里收缩。

水正官看得真切，手中的辘轳一转，溅起一道泥水朝绳索出处射过去，击穿了几名士卒，正中盂侯手臂，当即折断。水正官又反方向一转辘轳，这一击

---

① 宗祝官，负责大商王族的先祖祭祀。《周礼》提及的宗伯官有为本族先祖招魂等事项，与宗祝类同。

便带住绳索，哗啦一下把曲规钩住带回到他手中。

水正官得意地刚要起身飞走，一条鳄龙突然出现在他左侧，鳄龙趴在地上，一伸头就咬。他急忙摇动辘轳，泥水近距离激射而出，鳄龙立即隐于昏暗之中。水正官觉得不妙，翻身跳起，附身水雾而走，鳄龙突然从地上斜刺里冲出，一口咬掉了他跃起的小腿。水正官忍着痛，附身水雾飞到自己军中去了。回营一现原形，他就冷汗不止，酒正给他以浆水擦洗伤口，以防有毒。宗祝命令士卒射住阵脚，他独自在阵前作法，洒出大量顺风水雾，接触水雾的鄂侯士卒都失魂落魄地瘫倒在地。鄂侯看到一时无法取得进展，又因为盂侯受伤，便召回鳄龙。双方开始退兵。

帝辛在沬城城中接受各官献功，门尹官抓获狍鸮驯养宗师一名，行人官俘虏骑兵数百名，寝正抓获山浑兽①一只、狍鸮百余只。他再听取飞廉报告，说是犁娄氏抓住三名驯鸟宗师，逼回了盂侯，但水正官遭到鄂侯军队袭击，断了一只脚。帝辛便说："听说犁娄氏要跟伊耆氏自立，而黎侯虽是我王族同姓，却图谋利用他们俩扩张黎国领土久已，不可信，这次他的军队延迟不到，肯定是打算趁我们不敌邀功！"

飞廉便说："犁娄氏已经跟箕侯、唐侯汇合，我可让箕侯去收买他。"

帝辛回答："好！再派田畯官去水正官军中对付盂侯的器量神术！"

---

① 山浑兽，出自《山海经》，传说其人面犬身，能投掷石块，看到人就笑，行走如风，外形最接近的现实中的动物是熊猴之类的大型猕猴。

渭水之战上篇

鄂侯、盂侯向西边大道逃去，他们速度快，只有唐侯跟箕侯的骑兵能跟上，但他们并不着急追赶，因为他们只是负责阻截盂方北去的路，西面则有黎人阻击。

帝辛才准备庆功，就有飞廉传来消息，说西伯发兵入侵崇国，崇侯请求救援。面对意料之中的战事，帝辛决定全力出击。他派飞廉发布烽烟令，会同王畿的邮氏、封父氏、坊氏①族地，以寝正官、门尹官为将，率三个师亲征西伯。

司命作为虎贲，也随帝辛在中师出征。他在队伍发现宓妃也在，便私下问帝辛究竟。帝辛说："宓听说王后也随军出征，便自荐愿意随驾保护。"

"是否监视她此行的意图？"

"你可将她带在左右一段时间，如没有异动，可以派给她任务。"

殷人师旅虽然也是往西，但却不打算追击鄂侯盂侯，他们已收到了黎人要阻击鄂侯、盂侯的消息，因此并不急，要等黎侯跟他们两败俱伤再给他定功劳。

败走的鄂侯看到黎人拦路，连忙大叫："黎侯可放我们西去，我们愿意纳贡称臣！"

黎侯回答："混账话！我乃大商属国，怎么能自立为王，接受你们的纳贡？你们最好投降，可免死罪！"

鄂侯愤怒，两军混战一触即发。黎人士卒铠甲坚固，箭不能透，鄂人的甲胄却挡不住黎人的刀剑，节节败退。盂侯只好在人群中冒出头，命令小宗师抬出大水车，又使出水正官丢下的辘轳，用来袭击宗师，总算展开了攻势。

正在这时，黎人中突然冒出数条绳索，借风穿越于鄂人骑兵之中，还冒着白烟，鄂侯正要砍断绳索，突然绳索冒出白烟笼罩住骑兵，霎时间，鄂人骑兵队伍一片烟熏火海。鄂侯躲避不及也被点燃，他连忙命令鳄龙喷水灭火。这时，黎人趁乱杀了过来。盂侯急忙喷出水柱解救，但还是晚了一步，灭火之后，大水车变形而无法转动。盂侯独力难以支撑，便请动雨雾笼罩住士卒，顺便灭火。但黎人那边把前军冲散大半，只剩下后军士卒身上的火给灭了。鄂侯干脆命令鳄龙冲击黎人，百条鳄龙上前，总算挡住了黎人的攻势，但黎人那边的宗师始

---

① 坊氏，为杜撰部族。坊为蜡祭八祀里的蓄水池，即灌溉或排洪的水利设施。

终没有露头。

两军又僵持了一会，已经是晚上，便各自收兵。两军仅隔一里路扎营。

孟侯回营对鄂侯说："黎人兵器坚硬，我军根本不是对手，又有这种可以着火的绳索，不知是什么神术，实在难以抵御，不如明日跟他们和解，谈条件。如果不行，两军相隔如此之近，正好偷袭。"

"黎人的伊耆氏①既是神农伊耆氏的后裔，主持蜡祭祭祀神农的黎国太史，又是黎国农正，而他麾下黎人又是火正祝融后裔，一定是炊鼎烹饪、土方水利、土陶冶炼、昆虫鸟兽无所不通；而犁娄氏是大禹治水时的臣属后裔，其族至今仅仅传承夏后族的开荒耕地之术，所以这种取自腐草为萤火的油绳之物肯定是伊耆氏制作的。只要我们除去绳索上的白烟，就可提前灭火，明日再战，肯定不会重蹈覆辙。"

孟侯哀哀地说："可是伊耆氏本人还没现身，不知道有什么更厉害的神术，明日殷人肯定可以赶到，到时候我们腹背受敌，如何是好！"

"不用再管殷人，明日如果谈判不成，以鳄龙打头阵，趁乱让士卒发力猛冲，绕过他们的宗师，直接突围！"鄂侯狠狠地说。

孟侯看到鄂侯决心一战，只好默默退去。

第二天，鄂侯使者到了黎人营帐，说愿意割让土地，乞求黎人假意再战，趁机放两军突围逃去。黎侯不允，说除非全军卸甲投降，别无出路！使者便出了营帐，他刚到门外，数十条鳄龙从地面突然冒出，喷出水柱，射倒士卒，朝大营内攻入。这时使者借地隐形，借风传音大叫说："进攻！"原来他是鄂侯假扮，弓箭手忙着对付鳄龙，也没能顾上攻击他。鳄龙正在攻击士卒，突然营帐内出来一宗师，挥手扬起尘土，直扑几条鳄龙，它们眼睛被射瞎，顿时不知所措，张开大口无法动弹，像泥塑般不动了。剩下的在攻击的鳄龙也如此，身上布满尘土，匍匐乱走。

这时孟侯率领的突袭人马还没来，鄂侯也并没有远离，他看到这种尘土

---

① 传说伊耆氏即炎帝，是首先祭祀农事的部族，名为蜡祭，并有咒语流传，内容是企盼田地杂草不生、青苗不淹等。

术，默默思考破解之法。而这时黎人士卒们已经集结，鄂侯也不敢再独自贸然闯入，只得后退回到盂侯率领的士卒里。

盂侯率军到达，两军又是对等作战，但这回鄂侯的鳄龙已经少多了，难以抵挡黎人的攻击，便且战且退。这时，传令兵飞马来报，说是殷人已经到达后军，正在进攻。盂侯这时赶来对鄂侯说："挡不住了，不如弃了军队，绕过黎人营帐而走！"

鄂侯回答："只能如此了！"

两人留下骑兵跟盂方的宗师殿后，率领亲信宗师和精锐虎贲绕过黎人营帐，往西而去。但他们刚过黎人营帐，对面就冲出一彪骑兵拦住去路，鄂侯催动坐下鳄龙，水柱喷出，对面宗师拿出一根绳索顺着水柱扔出，对准鄂侯抽动，啪的一下却被他闪开。鄂侯连忙催动鳄龙上前噬咬。突然发现身旁的盂侯不见了，他大惊之下，弃了鳄龙往山上而走。

但宗师又抛出绳索。鄂侯感到后面绳索快要到了，翻身一挥大刀，绳索还没来得及抽动就被砍断。他正要反身逃走，前面的茅草突然紧贴着自己的身体包裹起来，仿佛进入了一个密闭容器。他既挣扎不开，也无法藏身，而尘土已经扬起，眼睛都睁不开。鄂侯暗想糟糕，肯定是对付鳄龙的尘土神术，他趁双手还能活动，刚拔刀在手，但随即茅草藤索收紧，就已不能动弹。

鄂侯察觉有人过来，焦急地凝神，刀尖弹出，穿透一条藤索，然后用力一挣，身上的神力禁锢解开，只有双脚仍不能动弹。但这时突然尘土飞溅，将他眼睛打瞎。他拼命挥刀砍断绳索，但绳索冒出白烟，尘土也已经把他点燃。茅草堆烈火熊熊，只过了一会，鄂侯身体即化作焦炭。

盂侯亲信这时已站在一旁，并不与黎人厮杀，他们看到鄂侯已死，向那宗师高叫："伊耆氏大人，我等这就回去报信！"

他点头答应。原来这宗师就是伊耆氏。

鄂侯宗师反应过来，原来盂侯早已投降了黎人！此时他们主上已死，只好夺路而逃，但被那宗师尽数以绳墨引导一阵旋风挨个抽倒、捆住，在地上挣扎的被黎人上前绑缚住。

盂侯趁鄂侯不注意脱身而去，一到战场便命令盂人骑兵停战，黎人将领也下令停止攻击。这时候亲信来告知鄂侯死亡的消息，盂侯便借风传音大叫："鄂侯已死，鄂人还不缴械，随我盂侯投降大商！"鄂人士卒惊疑不定，但看到盂人已经停止攻击，又无人指挥，只能下马投降。盂侯向黎侯一拜，率领盂人骑兵绕路往西方而去。黎侯到阵前接受鄂人投降。后军的盂方军队也投降土正官率领的殷人。

这时，伊耆氏亲信对黎侯说："不如趁机把盂侯拿下，把他的军队吞并！"

黎侯摆摆手："算了，他是向帝辛送信约定的投降，帝辛既然没有命令，我们不必多此一举，以后吞并了鄂国，还怕他一个盂国不受我们节制吗？"

帝辛三个师跟土正官士卒汇合，黎侯及众宗师都来拜见。帝辛记下各个将官功劳，待讨伐西伯之后再论功行赏。他命令有功之人土正官跟木正官回大邑商守卫沫城，等待封赏，赏赐黎侯、犁娄氏、伊耆氏以鄂侯国土地及鄂人士卒为奴，再命令无功之人水正官随军出征，而唐侯、箕侯各回本国。

听到这种安排，箕侯首先反对："大王不可尽数赏赐鄂国土地给黎侯，虞氏奉命在后攻取鄂国土地，也有功劳，应该分而制之，鄂人士卒也应该如此分配。"

黎侯马上回答："虞氏只不过趁虚而入，没有战功，怎能受到土地封赏？战俘更是不可能赏赐！"

帝辛沉吟不答，王后看他犹豫不决，便说："我也赞同土地和战俘由黎侯、虞氏分而占有，且可派出司土官随军去丈量土地，计算井田数量，而这次征伐西伯，也可用得着他，箕侯你意下如何？"

帝辛连忙说："不错，司土官可去记录鄂国井田数量，至于土地和战俘，可两国均分。"

箕侯便说："司土官暂留在箕国考察鸟兽草木及风土，可另派土正官前往。"

司土官便说："小臣在箕国事务未完，暂时不能前往别处。"

黎侯立即说："不用丈量土地！按照军功，我黎国对敌鄂侯首功，土地和战俘均归属我国，待记录井田数量之后，我亲自呈报大王！"

黎侯说话斩钉截铁，丝毫不顾礼仪，帝辛感到不快，但他看到众首领都不敢说话，连箕侯也不再言语，虞氏又不在这里，便只好说："那就按黎侯说的做。"

唐侯这次出征没有得到任何好处，心中不快，便说："这次出征听说我豕韦氏无功，是否能暂时推托在大邑的酒正职务，跟我回北土唐地？"

帝辛不悦："正因为酒正官豕韦氏这次无功，更应该随军出征，再立战功，不能跟你回去！"

唐侯只好作罢。

这时，犁娄氏看重要的事已毕，便上前说："前次我偷袭盂侯，在于一位千夫长袭击盂方军队后，探知盂方军队阵列，通风报信，才能成功，可以封赏。"

"哦？是哪位千夫长？"

姜望从末位出列说："是小臣。"

水正官看到姜望居然没死，还完成了说服黎人偷袭盂方军的任务，连忙邀功说："这位是我的麾下，是我让他去袭击盂方军，然后与黎侯汇合的！"

帝辛看到无功的水正官就有些恼怒，说："你为何只派遣一个千夫长去袭击盂方军，我三师迎战盂方军都只有两翼能阻挡，火正官都吃了败仗的！"

水正官低声说："这千人是夷方战俘，主要是用来侦查情况，然后给黎侯报信。"

帝辛听说是夷方战俘，便说："既然是夷方士卒立功，可随我出征，回来之后若是对我大商忠心，便行封赏。"

犁娄氏便说："这千人既是夷方奴隶，可否赏赐给我麾下使用？"

"不可，战俘需要对我大商绝对忠心才能赏赐给其他诸侯，仅凭一战不能定论。"

之后是对盂方宗师的处置，他们都被帝辛安排在各军，随军征伐西伯，姜望一军被安排在坊氏麾下。

帝辛行军不快，他要等西伯、崇侯两败俱伤再去交战，因此不急。

王后偎依在帝辛怀中说："西伯不是好对付的。据说崇侯去年的年祀中所预示的兵灾前所未见的严重。"

"各个方国中以盂方、黎侯、西伯最为强盛，现在一个灭亡，一个暂时归附，只要解决掉这一个就可震慑诸侯！"

帝辛在嵩山跟崇侯军队汇合，这时崇侯已经丢失了渭水两岸土地，退到了桃林塞外。帝辛问崇侯："你们双方战况如何？"

"请大王助我夺回渭水土地！西伯怪我不该向大王报告他的军队动向，攻击我军，趁机夺取土地。我发兵拒敌，他联合麇国打败我军，迫使我军后退至这里。"

"西伯怎么知道你将他的动向告知于我？"

"小臣并不知晓，据说是麇人告密，或通过盂人谣言得知。"

"又是麇人，这小小国土跟我大商为敌很久了！传令飞廉，告知芮伯，攻击眉地！"帝辛又转而问崇侯："为何你会败下阵来，西伯军中可有哪些神力高强的宗师？"

"周人宗师最强的是邰氏①，他是周人太保官兼农师，擅长农耕之术，世代都是周邦太子太保；还有宗祝官檀氏，他擅长驯养之术，但前次战斗他没在战场。现在抗拒我军的是邰氏跟西伯的儿子姬启。"

"听说你有嵩高宗师的弟子在场，怎么会输了呢？"

"西伯联合麇人，而程人也帮助他，供给舟楫，因此战败。"崇侯转向他的将领泰逢②说："泰逢，你来说明策略！"

泰逢说："小臣泰逢，是嵩高山宗师耕父弟子，邰氏的神术难以破解，每逢作战，他手下甲士举起长戈冲刺，便出现万道疾风，飞沙走石，我军或被刺倒或被划伤。如果他们以耒耜铲地，地上便出现深沟，我族便被打翻一片。这时他们冲杀过来，我军被践踏、砍杀至死的不计其数。我是猎师出身，不懂农耕之术，因此无法破解。既然大王亲自征伐，可就此去嵩高一趟，请出我师耕父下山助阵，他有令土地水旱变化之功，若能来，定可破农耕之术！"

帝辛便说："可以，你就先去请你的师父下山，我可派飞廉代我随你去。其他将领还有什么策略？"

邰氏便说："我已经知晓邰氏的神术了，明日即可破解。"

---

① 邰氏，即封地在邰城的部族，是首先祭祀后稷的地方。后稷是为周祖，不但是传世蜡祭里的"司农"神，还是稷祭里的祭祀对象，而其先祖炎帝烈山氏柱则是"先农"神。而另据西周流传的《月令》，最早西周开始有四季十二节气。

② 泰逢，出自《山海经》，为能操控天气的山神，传说出入湖水浑身发光。

封父氏也出列说："我也有了破解之法！"

帝辛很高兴："明日就以你们二人为将，司命官和宗祝为辅，攻击西伯军，水路上以坊氏带领部下绕至西伯军队后面突袭！"

第二天，帝辛亲自出阵，让门尹官对阵前大呼："西伯，你怎么敢随意侵犯我属国！"

对面姬启借风传音回答："大王，小臣姬启，是西伯之子，因崇侯在大王面前挑拨我父与程国、麋国的关系，还说我父要联合西方诸侯相助孟侯、鄂侯，进攻大商，这实属污蔑，所以要联合麋伯，攻取渭水土地，把崇侯赶出桃林塞！"

帝辛不悦，说让西伯出来说话，要求退兵。门尹官理解帝辛之意，便大呼："小儿下去，让你父西伯出来回话，限你的士卒两天内退出渭水，维持原来的疆界，否则我大军一出，你等俱要被斩首！"

姬启年轻气盛，心下愤怒，当下邰氏劝阻说："不如先退兵，听说帝辛手下宗师极多，我们怕不是对手！"

微伯也说："帝辛刚刚战胜孟侯跟鄂侯，兵势正旺，不如先报与西伯知道，让他裁决！"

姬启便说："先战一场再退不迟，帝辛根本没把我们放在心上！"于是他回答说："既然大王不听我忠言实告，唯有一战！"

两军交战。帝辛三师列阵齐头并进，果然看到周人排成一排，整齐挥出长戈，但殷人这边有门尹官转阵前草木泥土为门墙，长戈挥出的砂石不能透过，一接近殷人门墙就散去。邰氏看了，命令接近殷人阵前十步开外，然后变阵，士卒齐齐以耒耜铲地，地上立即现出数千道沟渠，一直往殷人阵前推进，阵前的士卒被土石弄翻在地。周人又抛出钩铙绳索，往回猛扯，翻到的殷人士卒双脚齐齐被切断。看到门墙后排的士卒也开始被砸伤，邰氏连忙吩咐求下雨雾，终于止住了进攻，只有立为门墙的阵前草木都被齐齐割断，泥土掀翻。

而另一边，在封父氏的阵前，由于他早已经施法，以一只金铲横着加固了一条土夯，周人进攻仅止于这条路，到不了殷人这边，因此他们无一伤亡。

麋伯看到有大雾挡住，便说："这肯定是门阵，应该就是借助附近草木所化，我来用火油对付它！"

他让士卒带上火油分布在阵前各处，将火油倒在地上，他麾下弟子同时凝神挥臂，挥动疾风催动火油在地上蛇行，直到推进被门阵挡住的地方，使阵前草木都猛地燃烧起来。西伯军队这边立即变阵，士卒举起长矛逼近冲刺，门阵被破，带着火焰的疾风射向殷人，殷人阵前士卒伤亡颇大。门尹官只好抛出炭砖，烧硬门阵下的泥土，临时垒土为门，挡住攻击。而封父氏那边，周人火攻则仍然无法透过。封父氏麾下士卒没有伤亡，他等不及对门尹官说："不如就此展开反击了吧？"

门尹官说："再等等吧，让你们多看看对方的神术。"

这时，周人这边的麇伯在一旁说："这次草木少了大半，门阵肯定是临时以泥土煅烧而成，可趁煅烧没有坚硬，赶快破门！"

邰氏立即指挥士卒以长戈为掩护，以耒耜不停地铲土。门尹官通过感知门阵的震动，估计守不住，心下焦躁，封父氏又过来说："门阵守不住了，不如冲锋！"

门尹官答应一声，于是叫声"全体攻击！"弓箭手首先上前，士卒正在铲土，躲避不及，被弓箭手射倒一批，急忙后退变阵。但司命官已经看穿了士卒的动作，提前对邰氏说："这次周人要变阵冲刺！"

邰氏即命弟子："放毕方[1]！"

后排弟子放出一排鹤鸟，尖叫着飞到阵前，不但周人士卒被震得瘫倒，鹤鸟投下的火团也开始熊熊燃烧。邰氏立即在中军命令："变阵点地！"

士卒随即以耒耜刺入地下，地下钻出一个个深坑，土石砰砰砰射向半空的鹤鸟，从半空俯冲下来的毕方被震得纷纷掉地，士卒恢复行动。司命官连忙对邰氏说："要变阵收割了！"

话音未落，邰氏已经跳到阵前，大叫："我亲自来！"

他手上三根绳圈已经抛出，士卒人群中三堆人即被绳圈罩住。绳圈落下，把三群士卒捆了起来，士卒顿时瘫软无法动弹。邰氏对弓箭手大喊："冲杀过去！"

---

[1] 毕方，出自《山海经》，传说能引起火灾，其实是因为有种传说的鹤鸟常常衔着树枝投入院落，容易引起火灾。

弓箭手边前进边放箭，趁乱把剩余没有被捆的士卒逼退。郃氏连忙命令："百夫长带领分散！"

士卒迅速分开，散成几群，列阵继续攻击，郃氏又要使出绳圈，但这次士卒分散，凑不齐绳圈能捆住的数量，只能靠弓箭手继续逼进。

封父氏那边由于弓箭手外围有夯土神力护住地面，无论姬启指挥士卒如何变阵，攻击都是止于阵前，没办法触及慢慢逼射的殷人弓箭手，只得慢慢后退。姬启焦躁地边喊边退，封父氏看周人后退，便亲自上前，以一面宝镜发出强光，一扫士卒。宝镜扫过，土石居然热浪蒸腾，士卒手软耒耜陷入泥土无法拔出。姬启看了大惊，他从来没有碰到过这种情况，旁边的麋伯说："这宗师神力深不可测，跟我们不是一个境界的，不如先退。"

姬启定了定神，说："继续点地！"

众耒耜士卒急忙刺地，但手脚却被草木灼伤，这被照过之后的草木居然变得跟炭火一样，士卒们一片哀嚎，姬启连忙传令撤退。

封父氏看到周人队伍混乱撤退，大笑："在我面前摆出农耕之阵，你们还早呢！"

殷人快速逼近，随意砍杀在草丛中混乱的周人士卒，而因为他们都穿着甲胄，所以不容易被灼伤。周人麋伯这边也叫放出毕方鹤，冲入混战之中。结果，冲过来的殷人跟周人士卒都被鹤鸟上掉下来的火团与热浪灼伤。

封父氏看了又笑："你们不要自己的阵了，我来用！"他扯下宝镜，挥手让弟子们抛出大鼎，倒出大量水流，弟子们凝神借风喷洒在草木上和地上，草木被水浇上之后，热浪稍退，毕方鹤投下的火团也灭了。

姬启看敌人运用阵法比己方还要熟练，即下令马军上前，步兵后退，全军退出布阵区域。一彪彪马军飞奔而至，他们骑的都是头上绑着利刃的驳马①，野性又大，与殷人弓箭手近战能狂暴戳死对方马匹，两军混战。麋伯命令放出一

---

① 驳马，《山海经》里的驳马是传说中头上长角的马，但可能仅仅是驯化不足的野马，这样的话，头上的角可能是装饰。

大群魆雀鸟①，从半空飞下来吃人，它们趁马军放箭或拼杀的时候飞下来一下子抓伤人头。封父氏在中军以宝镜照射魆雀鸟，不一会儿，就有几只鸟被强光灼伤，羽毛化作灰烬。殷人宗祝则借土藏形突入周人阵中，想找到魆雀鸟的来源，捕杀宗师。

麋伯看到魆雀鸟即将被杀尽，便出声让身边的宗师放鸟，这被潜伏一旁的宗祝听到。宗祝立即凝神，那放鸟的宗师鸟未离手，便失魂倒地。麋伯也感到身体下坠，知道是移魂之术，他抓住一只魆雀，踩着众人即腾空而去。宗祝立即朝飞出去的魆雀挥出混有玉粉的尘土，麋伯只觉一阵窒息，魂魄要坠下鸟身上去了，连忙拿出一个小瓶，嗅了一下犰狳的气味，总算稍微摆脱幻觉，头一歪瘫倒在魆雀身上，往后军飞去。宗祝看那宗师倒在鸟身上，正得意要走，却不意刚才奋力借风挥出尘土，已经从尘土中现形，被旁边的士卒一剑刺来，宗祝忙不迭地脱身伏地，晚了一点，头部被削中受伤。他带伤借草木藏形而去。

两军正胶着之时，传令官来报姬启说，殷人击破渭水防线，绕至后军攻击。

这是坊氏军队已经成功绕至后军。之前坊氏与水正官率军本想在渭水偷袭，无奈周人乘船，严阵以待，殷人船只慢慢驶近，刚到百尺范围内，就遭到河底鳄龙攻击，船底被击穿，船只慢慢被拖下河去。水正官连忙抛出一尊镇水玉碑，定在船舱甲板上，土气黏附，舱里渗进的水被止住了，虽然没有木板来填补孔洞，水却不能渗进。

两军近距离交战，弓箭来往，僵持不下，坊氏对水正官大喊："你的镇水碑我用了！"他挥舞金钩钩住元龟镇水碑转了两圈，带起滔天大浪抛向了周人大船，镇水玉碑在浪中粉碎，大浪一下把周人大船冲退了好几十步。

姜望暗暗赞叹，这农耕宗族的宗师居然可以随意借物蓄力释放，如果还能不限于水力，那就真的超出我等不止一个境界了。周人士卒尽数被冲下河流中，但这些士卒水性极好，仍然在水中放箭射击船上的殷人，坊氏等人竟然不能前进，姜望这时说："不如由我率领部下上岸，沿岸而走，这样一来，船上的人必

---

① 魆雀鸟，是《山海经》里的一种传说中吃人的鸟，外形上最接近的是兀鹫，能在高空借风滑翔的大型猛禽。

然来追，敌军兵力分散，即可破。"坊氏高兴地说："好！"

姜望甩出数道铜钩，部下夷方降卒攀绳索滑过河到岸边，被酒正官看了，心中惊讶，心想这人怎么才一个月不见就会了钩钓术？周人看到岸上积聚了人，知道殷人要从岸上袭击，周人急忙让几艘船靠岸，只留水下的人阻击殷人大船。弓箭手也开始射击攀绳索的降卒。但酒正官定住一些云雾，以酒曲混合，朝对方大船移动，使周人士卒大片咳嗽不止，自顾不暇。姜望降卒到了河岸，即沿着河岸疾走，准备绕道去周人后军攻击。前去阻击的船上周人则因被酒曲云雾阻挠无法立即上岸，只得先后退，以求云雾飘过再上岸。殷人趁机推进，坊氏将身后大船逆流破浪前进的船头木板划开拆下一块，绕着百步宽的大河挥动了数圈，猛然投掷到对方船上。

木板累积巨大的冲力，顺着风力，迎头的大船立即被击穿，后面船头也被击穿漏水，几个宗师拼命躲在船底凝神顶住，几艘大船才没有沉没。殷人立即杀了过去，周人且战且退，退了一里多路。

以姜望一群人首先突击岸边周师的后勤，坊氏率军随后杀至，周人大乱。姬启先退往林中，邰氏在后以农田阵法发号施令，止住了后军的溃散，姜望等人从未见过这种阵法，眼见砸伤了一些人后，都不敢前进，任其往侧翼退去。

封父氏因为宗祝受伤，也不去追，只有邮氏贪功，一直追至林中，被一群化草木为刀剑投掷的怪猴挡住。宓妃即以一张网遮住身体，跳跃至阵前一阵旋转，投掷而来的草木化刀被吸附在她周围飞舞的藤网上，又反射回去，群猴大乱。宓妃立功心切，以网裹身突入群猴，追杀驯猴宗师而去。司命官看宓妃使出了真本领，心下对她的警惕松了许多，看她一个人突入，倒担心起她的安危来，也跟了上去。群猴一乱，果然有宗师呼哨，让群猴上树，宓妃寻声而去，也飞身上树，一看清对方位置，就射出手中飞针。那宗师扔出手中树枝，化作飞叉，把飞针挡掉，射向宓妃。她挥舞藤网又是两转，把这把飞叉和群猴射来的小飞刀都挡了回去。

这时宗师一刀削断一根碗口大的树干。司命官忙飞到她身旁说："从树下攻击！"宓妃会意，飞身下去了。宗师把巨大的树干投掷过来，在半空中化作巨型大刀，树枝化作无数小刀，朝刚上树的司命官射去。司命官则甩出手中树枝，把巨型飞刀撞得歪斜。就这一刹那，巨型飞刀连带其小飞刀都变作一副张开的巨盾，停在空中，反而挡住了群猴射来的飞刀，哗哗落地。

宗师在地下看小小树枝居然能有如此弹力，暗暗吃惊，宓妃在下面趁机抛出大网。那宗师以佩刀隔开大网，而司命官已削下一些树干推了回来，复化作大刀跟无数小刀朝宗师射来。宗师迈步就跑，突然感觉双脚沉重，不能移动，低头一看，原来是刚才格挡掉落的大网上的网坠系在了脚上。他大吼一声，接住司命推来的大刀，大刀小刀即又化作树干树冠，但他手上已经鲜血淋漓。宓妃趁机拔刀砍断地上草木，又是化作飞针射来，他躲避不及，大都插在了身上，只以口接住射往脸上的一支。他奋力吐出，射向宓妃。宓妃躲开飞针，飞奔而至，佩刀在他脖子上一划，那人慢慢瘫倒在地。司命官飞身下树，两人相视一笑，司命官看到合作制敌后宓妃那带着妩媚的笑容，心中一动，这是他第一次看到她的情感表露。

另一边，邮氏继续追杀周人溃退的士卒，他拿出一只金杵旋转抛出，以沉闷的金刚气在地上嘭的一下震出百步凹坑，周围逃跑的士卒都感觉脚下震颤，一时形容痴呆被乱军所杀。邮氏一直追到树林外，看到士卒散乱奔逃，才收兵。

帝辛这时已经来到战场，各个将领都来报功。坊氏摧毁船只三艘。水正官则因镇住大船不沉有功，官复原职，依旧率领旧部。姜望的功劳由坊氏呈报，因没有战绩，帝辛并不注意。宗祝受伤，被他追杀的麋伯不知下落，帝辛没有给他算功劳，看他受了伤，便吩咐他回后军休养。邮氏报告说："击溃敌军农耕之阵，追击敌军杀死宗师四名，全军杀散。"

帝辛便说："据说你破阵损失了两千人，可是属实？"

邮氏只好说："敌阵难破。"

"但听说封父氏破阵仅损失几百人，这是怎么回事？"帝辛又转向封父氏，"你说一下具体情况。"

封父氏便向帝辛邀功说："以聚光破解了敌军的农耕之阵，消灭四千人马，杀死驯蛇宗师两名，又因隔断敌军阵法，我军伤亡五百人。"

帝辛接着问邮氏："你与封父氏系同出一类神术，为什么没能隔断敌人阵法？"

邮氏回答："我是司农官，身居要职，不常下田照看农地，因此生疏。"

这时候封父氏趁机说："大王，邮氏脱离我神农氏族很久了，他只修习谷物计量神术，而不察天时，不顾地力，对于谷物生长情况的好坏、收成的多少不闻不问，因此根本无法定出每年顺应天时的合适田赋。还请大王仔细，以当年的谷物丰收情况来定下田赋。"

邮氏恼怒地说："每年田赋是根据大王所需而作的定额，怎能依照天时随意更改？"

帝辛沉吟不决，良久才说："还是按照惯例来吧。但是，邮氏你虽为田赋官，也应要考量谷物生长情况，正因荒废了农术，才会有今日之败！"

封父氏便说："邮氏为官，不察天时和地力，根本无法进一步修习这些神术，今日破阵，损失如此之大就是例证。"

邮氏马上强说："我已修习了谷物计量神术，应该不会落后，今日追击，杀散敌军就是我神术力量的印证！"

帝辛便说："既然你已经有了神术修炼门路，我便不再干涉，只希望你日后能够减少兵力损耗。"帝辛命崇侯在前探路，三师追击，依旧水陆两路分进，目标是消灭周人在渭水的势力。

才一日，崇侯就来报告说："檀氏率兽群来了。这人是西伯的寝正官，善于驯养剑齿猪。"

果然，阵前一群剑齿猪冲杀过来，被门尹官的门阵挡住去路，殷人正等着剑齿猪继续冲击，结果它们只是在阵前休息，并无进攻动作，邮氏便说："看来他们接受了上次的教训，是不愿意摆阵了，可就此冲击！"

门尹官便放开门阵，两军首先以马军弓箭手冲锋，但剑齿猪群浑身都敷有泥土，绑着尖刺，不怕弓箭。弓箭手们只好退下，门尹另派出步兵以长矛冲刺。殷人刚刚列阵，突然听到嗯哨，剑齿猪一阵急速冲击，殷人一百先锋虎贲竟然顷刻间所剩无几。

邮氏抛出了金杵在半空中，又听到一声嗯哨，剑齿猪立即以嘴拱地，土石飞溅，殷人人仰马翻倒下一片。金杵砰的一声震荡，却没有对剑齿猪群造成影响，它们沿着地上拱出来的沟渠滚冲，几乎冲破了门阵。中军的宗师们刚刚反应过来，都狠狠地想，想不到居然驯养剑齿猪来借田阵神力冲击！它们一直到达邮氏跟前，才被邮氏及其弟子抛出绳圈，一群群的捆住。宓妃看到剑齿猪朝她袭来，便抛出大量丝线，把剑齿猪团团裹住，剑齿猪停止进攻，只在里面乱转，她上前以棍搅住丝线，连带剑齿猪本身也被带起，朝剩下冲来的剑齿猪一扔，两只剑齿猪碰在一起，鲜血迸流。但剑齿猪一个个的冲上，宓妃只得后退，不断撒出丝线。司命看了，迅速横向飞奔，随手以数根树枝射向漫天飞舞的丝线，这些丝线被树枝一带，结成一张大网缠住剑齿猪群，宓妃惊异说："你也懂织网之术？"

司命淡淡的一笑："只是借你布下的阵势而已，没有偷学。"

宓妃脸一红，急忙挥出手中飞针攻击剑齿猪，以防自己分心。

封父氏那边，士卒仍然以金铲锤击土夯，虽然剑齿猪的拱土裂地攻击不能冲破土夯，但土夯却也挡不住剑齿猪的滚冲。封父氏拿宝镜照射草木，化作利刺，但剑齿猪有泥土裹身，不怕利刺，弹跳碾过草木、越过土夯边界，继续攻击，只是稍微拖延了而已。封父氏看到周人不用阵法，便自己来用。他以水罐在阵中喷出水雾，再以宝镜扫过烈日下的滚滚热浪，剑齿猪群立刻行动迟缓，无法再飞速攻击。旁边的宗师趁机以炭砖抛入，剑齿猪大多都无法挣扎，僵硬直至被烫得后退。

这时，又听周人阵中唿哨一声，剑齿猪在地上湿泥里打滚，继续沿着地裂冲破水雾。猪群立即恢复前冲，又变得如疾风一样快，殷人士卒只好以盾牌抵住。

而对已经冲入中军的剑齿猪，众宗师不得不放出法宝阻挡，封父氏自己也拿出一根长竹片，引的剑齿猪冲过来，绕着竹片左冲右突不知所措。

这时，周人士卒看到剑齿猪已经被困住或被杀得差不多了，只好以马军弓箭手发起了冲锋。殷人前军几乎覆没，抵挡不住，只得后退。

渭水上，坊氏的水军进军途中没有遇到周人，姜望便说："前次我们进军被堵截，这次反而没有，周人后军必定有埋伏。"

坊氏便下令靠岸，从岸上行军绕至周人背后。不料他们刚靠岸，周人便杀至，弓箭齐发。酒正连忙喷出水雾，笼罩在岸边，逼迫周人后退，而水正官附身水雾埋伏在岸边，准备以辘轳猎杀对方宗师。但周人弓箭手并不后退，只以箭雨射住阵脚。坊氏便说："这些士卒肯定受了阵法约束，不要轻易进攻，且让我来试探一番。"

他以一块木板挡住射来的弓箭，待木板受了许多弓箭之后，木板顺风削去，嘎吱粉碎，断箭顺数道疾风射出。姜望在一旁暗想，看来这宗师确实已经到了借用万物蓄力的境界了。这时，人群中果然传来一声大叫说："翻倒！"弓箭手全部翻倒在地，半空中的数道断箭立即化为无形，散去在人群四周去了。埋伏在一旁的水正官寻声而至，滚扬起的水柱激射而出。出声命令那人正是邰氏，他看到水柱袭来，双手持刀朝水柱一挥，水柱立即散去。不但如此，就连水正官连同辘轳一起，也被绳墨扯了过来，朝两边撞去。水柱在半空中被旋风分散于四周，可怜水正官，连人带法宝还身在半空，就被邰氏身后的一排士卒乱刀挥舞绞杀，散落在地里了。

坊氏看到折了水正官，连忙命令后退。姜望心惊，如果自己碰上这阵，会完全不知道诀窍，也像这样丧命，而回头看坊氏，也在摇头。周人则守在岸边，直至殷人退去，才收兵而去。

兵将回到大营，帝辛在营帐中问众人："周人的阵法运用灵活，作战又顽强，你们可有对策？"

众宗师都摇头，皆被水正官的阵亡震慑住了，怕自己出头落得相同的下场。只有寝正官上前说："小臣观察邰氏阵法多日，已经有了破解之法。"

帝辛信任地点点头，崇侯则出列说："周人勇猛，但宗师少，不能带领士卒分散，如果联络西方各方国骚扰他们后方，一定可以分散其兵力。且现在西伯仍没露面，一定在岐山、邰城还有保存实力，我认为可联络密须、阮国这两个在岐山西北的方国袭击周人大本营岐山，再联络渭水上游的申戎配合我们袭击邰城，便可使其首尾不能相顾。"

帝辛叫好说："崇侯，我派遣风师一名与你一同前往密须、阮国，让他们即刻出兵；坊氏，你可选派一名宗师从渭水去往上游，出使申戎，许诺战俘跟土地封赏，必要时可以以神术示威。"

众宗师领命而去。坊氏回来对姜望说："大王要联络申戎袭击邰氏，我看你懂一些作战策略，可派你前去。"

姜望便说："西北戎狄不归附大商，如果申戎不答应如何是好？"

"首先允诺土地、人口，必要的时候以神术示威，我可派一名风师与你同去，随时传来情报。"

"不如让我先到西戎，然后由一名千夫长带领本军绕路前去。如果西戎不愿出兵，我可带领本军偷袭郜氏，也不枉走一遭。只是如果分散前往，需要大量马匹来化装成牧民。"

坊氏答应了，拨给姜望上千马匹，姜望点了一千人，由十名百夫长带领，化装成普通牧民，渡过渭水，往南而去。他自己则与一名风师洑水前往申地。

第二天，飞廉跟泰逢回来了，言说耕父①不肯下山，只派了他的弟子岳氏②到来。帝辛恼怒地说："这个老家伙，本王屡次派人请他下山，他都不愿意，这次年祀预示兵灾如此频繁，还是不肯！这次征伐回去路过太岳，本王一定要亲自威逼！"

阶下岳氏便说："大王不必如此，小子已从飞廉上卿那里得知郜氏阵法，能即刻破之，先报大王相请之恩，不用劳烦请动我师下山了！我还带了些鲐鱼③肉过来，可与众宗师吃，其鱼油涂在甲胄上还可以暂时抵御刀枪攻击。"

不似殷人这边摩拳擦掌，周营则人心惶惶，昨日探马来报，说是芮伯攻击眉地，麋伯只得连夜赶回，他前日以犬猱气味假死，使魂魄附在身体附近，昏昏沉沉地飞回大营，从而躲过了宗祝的神术。而且两战下来，他发现殷人宗师众多，因而本就不想再战，这次刚好以此为借口，带领本族人马离去。姬启忧心的对檀氏说："这次父亲派你前来，可还能增兵？剑齿猪损失殆尽，以这点兵力的话，怕是挡不住了。"

檀氏忧虑地说："没有了，麋伯带走了投石块、火把、毕方鹤和朱厌猴，我

---

① 耕父，为《山海经》里的旱鬼，这里杜撰为嵩山附近的部族首领。

② 岳氏，可能为殷商时期嵩山或太行山附近部族名，那时候的岳祭是祭祀某座大山，主要作用是求雨、丰收。

③ 鲐鱼，仅有滋阴补虚、健脾开胃的药效，但其在《山海经》里叫作鱼，传说可以抵御兵器损伤，"食者无蛊疾，可以御兵"。

们可用的野兽就只剩驳马，剑齿猪已经从郆城全部调集到了这里。如果这一战失败，我们就只能退守岐山。另外，西伯还让我们想办法联络商地的楚子鬻熊，让他试着出兵沫城，壮大声势，以试探大邑商侯服地域的诸侯国，看有没有趁机攻击沫城的。"

姬启则说："楚子鬻熊地处昆吾氏附近，我怕他还未出兵两日就会遭到攻伐，其他诸侯哪里敢随他攻击呢！"

郆氏便说："世子先不用太过担心，楚子那边我派人去联络，即使事不成，让帝辛分心一下也好。这边我们可先不出战，拖延时间，且就在军营中布阵，所有军马都入阵，只等待殷人来闯，万一失败，可就此弃营而走。"

姬启默默地回答："也只能如此了，渭水上的船只仍然留在水上巡逻，以防殷人从后面偷袭，断绝我军退路。"

郆氏派遣了朱厌猴去联络楚子鬻熊。

这下，一连两日，周人都只在营内，任凭殷人以小股兵力骚扰，也闭门不战，只等待殷人攻击大营。这两日，姜望已抵达渭水上游的申戎宗族，去见他们的首领申戎王。姜望说明了共同出兵袭击郆城的来意，说自己的军队随后就到。申戎王则问："你们这次带了多少人马攻击西伯，现在跟郆氏战况如何？"

"我大王率领三师，联合三位氏族首领，总共六万人有余，这次足以踏平岐山，现在已经将郆氏团团围住，不日可破。"

申戎王立即满脸惊慌地说："郆城虽然与我申地很近，但我族人不习农耕，要来土地也没有用处，只是跟随大国军队出征，获得些许财物即可，土地人口俱不敢接受。"

姜望这才领悟，刚才吹嘘殷人过度了，反而令申戎王害怕殷人趁机劫夺他们的人口，不敢派兵深入占领郆城，便说："申戎王不用慌张，只需派兵占领郆城，阻挡周人回岐山的败兵即可，如不要人口土地，财物可尽数归你所有。"

申戎王强硬地说："不行，我既明说了不要土地，就不会占领郆城。既然你允诺财物归我，我只派兵随你出征，不负责长期守住郆城。"

姜望看到申戎王态度坚决，想先劝他出兵就好，占领不占领可再商讨，也算完成了任务，便只好说："好说，既然申戎王答应出兵，可立即安排作战对策。"

申戎王便说："好，我派遣长女随你出征，你可与她商议。"说着便让人去请自己的女儿。

姜望暗想，申戎王只派遣一个女儿为将，他跟儿子守住宗族，自然是为了提早做准备，防备自家宗族卷入战祸。这时，一个身着绸衣、明媚动人的少女风一般地走了进来，坐在姜望对面便说："我是申戎王女，可率军随你出征，你带有多少士卒？"姜望看她虽然身穿绸衣，却用绳索绑住裤腿和腰身，看来是为了方便骑射，便说："马军千人左右，过两日可到。"申女斟上一杯羊奶，一挥手朝姜望的桌上抛掷过去，但姜望没有接，那杯盏滑过桌面，正要掉落，被她细线一拉刚好扯回到桌子边缘。她本来细长平直的眼睛和眉毛变得更细长了，嘴角翘起说："只是试一下你们中土人的神术，别无他意。"

姜望手指朝酒盏勾了一下，里面的羊奶便化作水球，还没散去便被他一口吞下，微笑着说："没有问题，我以前跟人见面经常以神术为礼仪，但是，我并不是中土人。"

申女疑惑地说："看你这运水之法，难道你是捕鱼族人，是西方哪族的？"

"我原是东夷人，在海滨，因此善于钩钓术。"

"哦？这么说你会驯养海里的奇物？"

"会的，我最近还在寻求一种使普通蠢物具有灵性的驯养之法。"姜望话一出口，才发觉自己说的太多了，但他望着那张明媚动人的殷切笑脸，便不住地想说。

"是怎么驯养的，你说说看？"

姜望立即闭口不语，申戎王看到姜望沉默，便对女儿说："小女，先探讨出兵策略！"

申女看着姜望直直地笑，姜望避开笑容，定了定神，说："申戎王，你愿意派遣多少人马？"

申戎王便说："只是出兵攻击邰城，按照我们以前的经验，只需要两千人。"

"这次不同，邰氏正在前方作战，邰城肯定是有重兵警戒的，至少需要五千以上，否则不但不能获得财物，还要折损人马。"

申戎王笑说："据我暗探回报，邰城现在的人马都调拨去了渭水前线，邑内不足千人，两千人去足以劫夺财物。"

姜望暗骂，这个老家伙，原来早就有了趁乱劫夺邰城的企图，这次只不过是想借我的手帮他抢劫而已，罪名还归在大商头上，真是狡猾！他又想，如果申戎王不出兵，就凭他自己去偷袭邰城还是有风险，不得不跟申戎王合作了，便说："可以，但申戎王必须出兵接应，因为岐山如果收到消息——增派援兵，这点人马是不够的，可别折损了两千人马，还把你女儿也赔进去了。"

申戎王严肃地说："放心，我会派人侦查岐山动向，随时把情报送与你。"

这两天，姜望在申地住下，聚齐人马，但他故意拖延出兵时间，想要等待风师收到邰氏兵败的消息才出兵，这样才能使申戎王的兵马不得不对上周人败兵，这一趟出使才不会白费力气。

渭水之战下篇

邰氏与姬启一连三日都闭门不出，在营内以弓箭手阻挡殷人的挑衅，帝辛等不及了，命令六师齐出，分三路进攻周人大营。宗师领头冲锋，邰氏麾下弟子拿出大量绳墨拦在阵前，射箭都被绳墨格挡，沿着绳上的旌旗转射偏。殷人趁机向前，占领外围。宓妃以大网推进，不但吸附箭支，还把弓箭手罩住，士卒趁弓箭手混乱冲入营地内。封父氏则拿出一只稻草人掩护，结果射出的箭都被阵地上的茅草吸附，射不到殷人。但周营中放出火油，蜿蜒蛇行到阵前茅草上，立即燃起火焰，殷人阵中寝正官弟子抬出一块块草泥板抛入火焰，被遮住的火焰顿时化作浓烟弥漫，殷人趁浓烟冲入周营。南侧泰逢和岳氏招来大片雨云，空中水汽附着在士卒身上以及弓弦上，使士卒浑身沉重，难以举弓射箭，射出的弓箭也无力。岳氏则放出化蛇①，这些猴子通人性，带着水盆密密麻麻地口含射出大量水柱，周营士卒手上武器都被准确地射掉，手脚沉重。坊氏忙命令突入周营。

宓妃等众宗师涂了鲇鱼油，不怕普通刀剑，率先冲入周营，但立即发现越往里走，步履越是沉重，脚都难以抬起，士卒勉强投出的长矛也无力，但周人攻击却没有问题。司命官大叫说："这是农田阵法，注意不要往中心走，只在边缘活动！"他话音刚落，就有一柄飞铲朝他攻击过来。宓妃在前，看着飞铲抛出了一大团丝麻顺风而至，裹住了飞铲。司命把剑挑了几下，丝麻散开成大网，张在士卒前面，为他们挡住了营帐内射出的箭，飞铲就此透过，缓了势头，被他轻巧接住。宓妃看到心想，自己到底怎么了，明知道他神力高强，可以躲过攻击，为什么还要惊怕地出手呢？

司命把飞铲扔出挡掉几支箭，正要迈步，突然脚不能动，低头一看，原来脚下用力过猛，陷在深沟里拔不出来了，难怪士卒长矛无力，他连忙大叫："不要近前攻击，有定身的神力在上面！"

话音未落，营帐内飞铲、飞矛、飞耙齐齐飞出，宗师们急忙退后躲避。这些法器钉在地上，在地上连成一排屏障。

---

① 化蛇，《山海经》里的化蛇，"人面而豺身，鸟翼而蛇形"，据此形状动作可能为形似鳄或猕猴的猛兽。这里设定为形似猕猴的猛兽。

邰氏刚到营门口，看到士卒们跨越法器阻拦的屏障就被射翻爬不起来，急忙命令士卒后退，感叹："想不到邰氏这几天闭门不出，就是把阵摆在士卒营里了。"

这时，宓妃及众小司命都遭到了营帐内冲出的士卒的攻击。司命官看了，急忙挥舞一只玉圭，一鞭斩断地上沟渠，一道深达一尺的痕迹朝前面一直延伸到周人大营。宓妃等立即踩着痕迹的方向飞跃而行，感觉双脚轻松，反击也有力了。但是，营帐内不断抛出铲、耙，造成障碍，宓妃等人无法攻进去。

南侧泰逢、岳氏等人也碰到了这种攻击，他们就冲在众宗师当中，不少宗师都被定在地上，泰逢大叫："不要用水，用火消耗阵内水汽！"

一群带翅毕方呼啸向前，但一进入周人大营上空的浓雾，飞不多远就掉下地去，但浓雾外的地面还是被火团烤得发硬，热浪袭击周人营帐。周人众宗师与士卒跟在化蛇后面喷水，才稍微缓解。

岳氏看到前面热浪逐渐消退，知道草丛中有法阵，只有舍弃自己最重要的法宝了。他拿出一只火红的金铜凹面圆盘，举到周营上空，圆盘光束划过雨后太阳底下的半空，聚起的热气扩大，照到周营正上方的时候，已经是金光万丈，浓雾里的周营宛如晴朗天空。但随着天空中雨云遮蔽，光线又在逐渐暗淡，周营也变得模糊。岳氏便大叫："趁早攻击！"

这时大雾中的宗师、士卒们已经活动自如，冲杀进营帐内，但刚进入各个营帐就被捕兽器给钳住双脚，而营帐内居然遍地都是蜿蜒蛇行的捕兽器，檀氏等宗师跟士卒则在角落以弓箭射击，双方混战。须臾，帐内的士卒，包括檀氏在内，都被俘虏，檀氏看到周围殷人士卒太多，便装作普通士卒投降了。

而在此之前，中路虎贲由封父氏带领冲到营寨前，以金铲在地上推平陷泥筑起土夯。邰氏便在帐内命令士卒朝他们投出巨斧，把土夯嘭嘭的劈开，又在地上拖出一道道泥沟，使封父氏族兵又双脚陷地。封父氏正奇怪怎么自己以金铲拍出的坚实夯土会被破，他拿出佩刀划开斧头，才发现划口锋利无比，原来不是石斧而是金斧，难怪如此威力。而他的佩刀是昆吾氏赠送，比普通金铜要坚硬，因此能够斩开巨斧。但这时候箭雨已经趁机扑来，受到阵法狂风的加成，速度极快，陷入泥土的普通士卒抵挡不了，倒下一大片。

寝正官看到封父氏抵挡不住了，便开始准备破阵，他麾下宗师在阵前布满飘扬的旌旗，他则对着箭雨随手抛出一块木板，箭雨立即在半空中被吸附钉在木板上。邰氏见状，则命令士卒朝天空放箭，寝正官大吼一招手，落下的箭雨被虎贲挥舞旌旗挡飞，顺着正前方齐齐射出，直射向在营帐外放箭的士卒，都被射倒。

邰氏正在疑惑为何自己布下的耕犁阵法会失效，他借着遮天旌旗的昏暗闯入殷人阵地前，往地上一看，只见土地板结，摸了一下，居然几近于光滑了！他只好飞回营帐，吩咐以巨斧开沟。只两斧，便开出一道深沟，士卒便在营门外守着深沟射箭。周人士卒从几条沟内射出箭支，令殷人骚动。

寝正官看到巨斧与箭支从一个大营内轮番轰击，知道有神力高强的宗师在里面，他一边命令士卒将各个营帐团团围住，一边独自飞上这个营帐，在草泥顶上穿破一口。不等里面箭支立即朝他射出，洞口就灌入一股狂风，把营内士卒压制在地上喘不过气来。

这时，进入营帐的寝正官正准备开出多个洞口，使自身免受风压，突然一支金箭往自己头顶刺来，这时他双手吊在屋顶无法借力，金箭正好掠过头顶，幸亏营内风压极大，只是撞得头晕，而没有受伤。

原来是邰氏顺手攻击了寝正官。但他看到一击未中，知道无法取胜，从地下通风口借风走了。

寝正官晃了晃脑袋，稍微清醒，看到自己正被几名士卒拉弓指住，他手指一动，牵住玉圭顺风刺穿了这几名士卒的心脏。

他的几名部下宗师飞身而去。这时候，由于岳氏所布置在空中的圆盘发出热浪，阵中浓雾减少，这些宗师的行动变得快了起来。剩下的士卒则在封父氏的带领下冲入周营核心地带。

北侧的司命官早已率领虎贲进入大营中心区域，不再有软泥深沟了，再加上能看得清敌人了，不多时就跟混在普通士卒中的姬启短兵相接。姬启一人对宓妃等小司命，居然不落下风。他绕着一把插在地上的王旗跟他们缠斗，宓妃射来的飞针统统没到他跟前就被王旗风挡下，而其他小司命虽然进攻速度极快，却都被他以手中一柄大刀挡了下来，宓妃的大网也被他挥刀割碎。

这时司命官则突入了中心地带，要破坏阵中枢纽，但被赶到这里的邰氏拦住了。邰氏以葫芦洒出毒水，只一挥手，毒水便洒至司命官脚下，司命官虽然闪身，但在被聚拢的水雾之内，行动不快。这样一来，以邰氏为中心的阵法就已经形成，司命向邰氏发出的攻击被动起来。

而这时，定在半空中的圆盘由于雨云遮蔽已经暗淡，大雾聚拢，殷人士卒和宗师又开始不知所措了。

王后看到阵中的发光圆盘逐渐暗淡，便在绸服上面穿上甲胄，借风飞行，来到雨云外的太阳下，取出一面凹面宝镜对准远处上空暗淡的圆盘，宝镜收集的热流立即使阵中温度提高，原本扩散的浓雾又慢慢在消失。

阵中核心区，邰氏看司命行动被动，便朝他射出佩刀，但被他取出一颗水雾环绕的圆珠定在跟前空中，飞刀划过他身边之时，司命借圆珠照亮水雾，陡然加速朝邰氏奔去，手中剑指直刺过去。邰氏急忙以玉圭挥动毒水洒出，要趁势把急速而来的司命官刺穿在阵中，却看宝珠发光发热，阵内水汽环绕清清楚楚，不但毒水没能击中他，风雾反而聚在司命官后面推动，难怪比平时速度反而更快。

邰氏吃惊不小，连忙蹲下，以玉圭猛地弹出，终于在司命的剑到他跟前时把他拦下。司命官躲开的同时手腕一动，剑脱手直刺向邰氏，但被他一撇头，划伤脸部，向下斜刺在地上。邰氏站起来，举起玉圭就朝地上的司命刺去。但他动作还是没司命快，刺了个空，地上留下一道被绳鞭打碎的泥土。

邰氏趁机抬头一看，原来是东边一道亮光射住了大营正中间的圆盘，提升了热流，而笼罩的浓雾已经在消失。心想这下可不能再跟殷人相持了，便撇下司命官，飞身朝士卒群里躲了。司命手中飞出玉圭，在远处方向不辩，只刺中一个周人。

邰氏赶到北侧，正看到姬启等宗师被宓妃等人围住，无法脱身，便以土地藏形，混入人群中，玉圭挥出，迎头就是宓妃，她看到寒光一闪，急忙一转身，玉圭刺中宓妃手臂，但力度被护身网罟消解大半，而这一转之力也使绳索捆绑之力消解，邰氏御使玉圭的绳索脱手，被宓妃抢在手上。邰氏一击未中，不敢多留，对姬启叫声："走！"说着，往宓妃后退留出的空隙中突破而去。后面的姬启也挥出大刀，逼开众人，飞奔而去，边跑边以风传音发了撤退令。

小司命们大喊："他是姬启，快追！"但被周人一拥而上，挡住去路。

这时，司命追击郆氏赶到，正要去追击姬启等人，突然看到宓妃捂着手臂，便停下来问："你受伤了？"

宓妃说："郆氏以定阵玉圭为武器，因此抵挡不住，划破了手臂。"

司命下意识地拿住了她的手臂一看，有鲜血冒出，但只是皮肉伤，便说："我帮你上药！"

宓妃忙说："这伤应该不用上药吧？"

司命拿葫芦的手停在空中，猛然醒悟宓妃也是身经百战之人，这伤实在不需要上药。宓妃也僵在那，两人越不说话越脸红。

司命定了定神说："这样吧，你先回大王身边去请功，这玉圭是郆氏布置农田阵法的法宝，你立了如此大功，可不必再犯险追击郆氏了。"

旁边的小司命连忙对司命官使眼色阻止，司命官会意，顿了一顿，但他还是挥手放开宓妃说："没事，你去吧。"

宓妃想，司命官究竟是试探自己还是真的对自己放心了，犹疑而去。司命官则带着小司命去追赶郆氏，但就这一缓，姬启他们已经到了周营西侧，躲藏在士卒群体中召集军队。司命他们没能找到姬启及众宗师。周人也逐渐在这里汇合杀出。这时候殷人刚刚恢复行动，没有聚集在这里，司命官他们反而被周人团团围住。于是，剩余的周人也就比较顺利地飞奔出营而去。

宓妃骑马，没多想就绕过帝辛在周营门口的军队，然后从大路往东而去。司命官让她拿着玉圭向帝辛报功，这似乎是取得他们信任的绝好机会，但她又想，既然已经有了离开的机会，何必还需要获取他们的信任？她看着手上的玉圭，想如果能够留下此宝，钻研神术，也不枉困在大商半年之久。但一路上，她又在想，如果司命官只是试探自己，现在已经来追了，看来他是真的对自己放心了。想到这里，她骑马慢了下来……

由于留守大营的周人奋战阻止殷人追击，姬启得以两千余人脱身而去。众宗师只得押着俘虏到帝辛车驾前请功，途中檀氏趁押送宗师不注意，脱缚走小路躲进了树林，押送宗师看到俘虏走了，以为是普通俘虏，只有几人去追，没能追上。

司命到了周营东侧，没看到宓妃，便问众人，都说没看到宓妃回来请功，他身旁的小司命连忙说："莫不是趁机逃走了？"

司命官脑袋轰隆一声，回答："我的过失，我去追！"他骑马由大路东去，结果才跑了两里多路，就看到宓妃一人一马慢吞吞地在路边走着。他跳下马，拦住宓妃的去路，她倒是很镇定。司命对她吼道："你在这里干什么，难道想逃跑？不是让你去请功吗，封地和爵位在等着你，难道你还念着回东夷故土？"

宓妃看他一边大吼一边还露着笑意，也带着笑意无礼起来："我只是过来看看有没有逃兵，与你何干？"

司命急忙收敛笑容，正色说："我知道你一直有趁机逃回东夷的打算，你可就此坦白，你到底是什么身份，是不是东夷侯伯的女儿？"

宓妃也收起无礼，悠悠地说："我只是一个小小水伯的女儿，现在并不想回故土，只想着怎么才能攀上大王，坐上王妃的位置。"

司命顿觉茫然，恭敬地请她上马，说："先跟我回去吧，你有此大功，大王定会封赏，亲近你。"

他们回来时，帝辛正在记录各个宗师首领的功劳，而这时小司命已经把宓妃可能逃走的消息告诉了帝辛。看到宓妃被带回，他有些讶异，因此对她的功劳不好表明态度，便说："美人能有此大功，全靠司命官及众小司命通力合作。司命，你暂且记下，待回大邑，再行赏赐。"司命官看到帝辛已经不再信任宓妃，心下一喜，扶起宓妃退下去了。

帝辛与众宗师商议："姬启败逃，肯定是逃往邰城，据城墙而守，我已经与申戎取得联系，他们愿意出兵从西侧攻击邰城，我军可速速以马军追击。"

姜望这边的风师收到了邰氏败逃、殷人师旅追击的消息。姜望便让他回复说："三千人马。待大王到达邰城东侧攻击时，才从西侧攻击。"风师以手指在空中划出这些字，然后点燃一种粉末，燃起大火，便凝神使这阵烟借风而去。

姜望拜退了。这两天这个风师不间断地放出风烟，守在那里观测风向，他也没法接近细看，便只在申地等候帝辛进攻邰城的消息。他看申地庶人以养马为生，却不耕犁，神术大概是从此演化而来。他想要接近牧场查看申女驯养马匹、训练士卒，却被她挡住，而问她饲养戎马神术的诀窍，她也只是笑吟吟地看着他说："这边有一个大湖，我们去湖边看你展示钩钓术可好？"

姜望心中一动，但大战在即，不好分心，便说："我们可商议占领郜城，到时候不但我的捕鱼钩钓术倾囊传授，还可学到农耕之术，你们申地一定可以更加兴旺！"

申女没等他说完，就撇撇嘴，走了。

帝辛的追击军队到了郜城城邑外，但郜氏据城而守，闭门不出。泰逢、岳氏制作了一根巨大的木锥，与司命、寝正、门尹官等众宗师一起使其化作一把利剑，用两轮车载着让士卒在车后推动，直插城门。但郜氏以木炭施法，把门墙夯土烧硬，又把玉圭埋入墙体和墙根地里施以农田阵法，使撞击力分散于土地和各面墙体。这样一来，巨型木锥无论用来钻墙，还是钻门，都不能钻破分毫，连裂缝都没有。

帝辛感叹说，看来郜氏是想拖时间，逼我们粮草殆尽，自己退出啊。他问寝正官："你上次破解了郜氏的阵法，这次不能削弱他的城墙吗？"

寝正官回复："小臣确实有神术瓦解城墙城门，但我只能在城墙外施以攻击，而现在城墙已经被郜氏布阵，我便无法破坏城墙内侧。"

飞廉便说："上次派遣崇侯联络密须、阮国攻击岐山，密须、阮国已经同意出兵，只是他们想索要西伯的更多战俘，不知能否答应？如果答应，便可就此约定进攻日期，郜氏必定弃城去救，我们可趁此攻击。而西侧的申戎虽然只有三千人马，也可约定同时攻击。"

帝辛便说："战俘的允诺可以答应，你立即传信。"

门尹官又说："之前程国因为为西伯提供马匹、船只，所以现在畏惧我军威势。可也允诺以战俘跟渭水土地，让程人从郜城北门阻截，以防止我们进攻时，郜氏向北逃往岐山。"

帝辛高兴地说："风师去联系。"这时风师报告说："还有一件小事，大邑商刚刚传信来说前几日楚子鬻熊率军渡河，突入了王畿，但由于昆吾氏与杞国出兵袭击其地，被迫退回。"

帝辛哼着说："这必然又是西伯主张，不用理他！"

这时，姜望已经收到帝辛兵临城下的消息，便与申女率军一起出征。但是，申女一路上并不愿率领马军飞奔，只是慢行。姜望便说："现在殷人已经准备攻城，我们可赶快急速行军过去，配合攻击，不然错失机会，可能不是城内守军对手！"

申女慢悠悠地说："不急，现在邶城还可以撑一日，等城破我们再攻击。"

原来他们早就收到邶城战况，想等城破再进城劫掠。姜望心中焦急，却又无可奈何，心想，完了，城破他们必然不愿追击邶氏，这次出使白来了，倒是为帮他们抢劫来了，自己真是小看这些戎狄之人了。

密须那边，密须伯收到帝辛允诺岐山、邶城两地战俘的消息，大喜，急忙点将出兵，阮伯也开始出兵。密须、阮国都与岐山相距不远，半日就到，即展开攻击。西伯这时手下无宗师可派，只有刚刚逃回的檀氏，向他报告了战况。檀氏便说："城里现在只有五千人，又没有宗师，只好用鸢鸟暂时抵挡一段时间，拖延至邶氏来救了。"

西伯答应，黯然说："可让邶氏与帝辛谈判，说愿意放弃渭水土地，只保留岐山一地。"檀氏派遣了几只朱厌猴①去传信，这猴灵巧，能在密林中借风跳跃，还可轻易攀上城墙，行动极快。

密须军队以驳吾②冲锋后军跟上，立即开始攻城，阮人③虽然军队也已经到达，却不愿派宗师出力攻城，只有阮伯在督促军队围住岐山。密人的这驳吾比普通驳马要高大威武，看人便咬，而因为裹着兕甲，普通刀剑不能伤，西伯军队只一会就被逼入城中。密须伯看到周人闭门不出，亲自上阵，凝神往半空一抽马鞭，驳吾群立即狂怒，群体以铜头触门，一下下把城门撞出了一道道裂缝。檀氏急忙放出鸢鸟，几只大鸟在城墙上盘旋，叫声平和，扇出一股刺鼻的杜衡草气味。清风一过，狂怒的驳吾立即安静下来，就连士卒们也气血平和，手上武器也松开了。密须伯看了大笑："又用鸢鸟拖延时间！"

---

① 朱厌，出自《山海经》，白头猴，从形象上看相当于现实中的白眉长臂猿。

② 驳吾，是《山海经》里的千里马。

③ 偃姓阮氏族，皋陶后裔。传说皋陶是黄帝大臣，善于刑断，首创了各种刑具。

他命放箭，这下鸢鸟只能往城里飞，躲避着箭雨，损失很大。

邰城这边，邰氏正在专心守城，突然收到了朱厌猴的消息，便与姬启商量说："这次先向帝辛商议谈判，说愿意投降，待我军出城后，便反悔说保留岐山一地，这样不管他们是否答应，我们都先行去岐山！"姬启答应。他们刚派出使者，就看到探马飞奔来报告说："程伯率军到了北门徘徊。"

姬启说："一定是帝辛允诺了土地。"

邰氏说："不用理他，等一下使者尽量在东门拖延时间，我从北门突破，跟程伯周旋，你从西门突破，绕路去岐山。"

帝辛见到使者，说愿意在城下商议投降事宜。帝辛便说："投降可以，但要邰城、岐山两地全部士卒缴械为奴，且西伯要保证今后兵器限制在三千以内。"

使者看到条件苛刻，便开始拖延时间："我可奏请西伯，士卒撤出邰城以及渭水等地，但士卒为奴之事，可否容我们先撤兵，再商议留下多少士卒为奴？"

门尹官叫道："大王说定了的事，你怎么敢讲条件，答应便罢，不答应便战！"

使者又唯唯诺诺地说："既然大王主意已定，可否容邰氏率军到岐山与西伯汇合，再整编士卒受降呢？"

帝辛便说："可以，你可回去安排。"

使者又说："是否可先让程人退兵离开北门，因为我们只向大王的军队投降，不愿其他邦国干涉。"

就这样，正在商议之间，突然士卒来报，说北门有军队突围。帝辛起立，质问使者："怎么回事！"

使者发抖："小臣不知，按照商定的是等我回去之后再出城回岐山。"

帝辛厉声说："不会是你在这里拖住我军吧？"

"小臣真的不知！"

"拖下去看管起来！众军去北门！"

帝辛亲自在东门坐镇，查看进攻状况，然后派遣军队去北门拦截。这时，飞廉又来报说："申戎在西门传来消息，姬启已经从西门突围而去，申戎跟姜望没有拦住，但率军占据了邰城城邑。"

帝辛气愤地说："果然是使者拖延时间，去，给我把使者斩首！大军准备征伐岐山！"

这时，果然，东门城上的守军只剩老弱，大部分向殷人投降。

而之前在西门，姜望与申女率军在离西门不远埋伏，看到城门打开，姜望急忙对申女说："快进攻，殷人击溃郐氏，他们败逃了！"

但申女仍不为所动，姜望便抓住她的手臂，看着她的脸使劲说："现在抓捕宗师正是时候，如果立了功，你我都会得到封赏！"

申女听了这话，看着姜望满脸激动，便吹响了进攻号角，他们率军挡住了出城欲向西北而去的马军。姬启认得是申戎骑兵，便下令："停下布阵，冲刺！"前排马军停下列队，站成一排，然后齐头并进地举戈刺杀。

姜望远远看到骑兵列队，猜测可能是阵法，急忙叫住申女，说："别上前，这是农耕之阵，会扑倒的！"

申女回头看他满脸紧张，嫣然一笑说："别担心啦，你看我们破阵就好！"

姜望迟疑了一下，急忙率军尾随，申女也下令齐头并进……两军交战，周人是普通马匹，被驳马以金角刺伤而狂跳飞奔，不能阻挡。姬启看是驳马骑兵，申女亲自出阵了，定是帝辛召集而来的，随即大叫："后面的不要对敌了，随我去！"

姜望听到叫声，知道周人要退回岐山，急忙率军朝北而去，要阻拦他们，申女对姜望说："骑人面马的是姬启！"姜望点头会意，凝神借风飞奔，迎头看到一人果然骑着人面马，姜望使金钩脱手，飞向姬启，那人面马变作马头伸头咬住，但被姜望手一抖，金钩脱开挂住了马腿，那马顿时翻倒在地。

姬启飞身跃起，看到了姜望，又见他人马不多，便挺刀来砍。姜望不等他靠近，又甩出了手中金钩，姬启急握住大刀往地下一插，金钩立即被定在了土里。他抽空大喊："你们先走！"

姜望趁这一喊，立即凝神扯动地下草藤，姬启周围的草丛立即钩住姬启双脚，无法动弹，他急速拔下草枝化作飞刀飞去，但未及姬启，就跟金钩一样被定在地下。姜望急叫士卒："上去围住他，绑了！"

士卒还没到姬启身边，他便拔出佩刀已经斩断草钩束缚，而士卒们也被大刀挥舞的草枝击中经脉，感觉手脚沉重。姬启趁机挥刀杀死士卒，朝密林中飞奔去了。后面的殷人骑兵也直追而去。姜望过去，拔出插住金钩的大刀。他想自己过去也不一定能赢姬启，便叫停追击的骑兵，回邰城西门去了。

这时，申女已经进城劫掠，姜望也率军入城。而北门邰氏逼退了拦截的程伯军队，径直北去岐山，程伯也不去追赶。殷人师旅未及进城，就直接率领三师朝岐山进发。

西伯守城坚持了一日，密须伯暂时退去，第二天，邰氏跟姬启便都赶到了岐山。西伯听他们说了战况，便对邰氏说："你现在就离岐山，独自先去犬戎地界避难吧，我跟姬启在这里向帝辛投降。"

邰氏惊讶地说："为何我独自离去，我在这帝辛不会把我怎样的。"

"你杀死了水正官，且是农耕之阵的布置者，杀死了帝辛这么多士卒，又身怀高强神术，帝辛一定会杀死你。所以，你不如去戎人地界避难，带上朱厌猴，我们随时保持联系。"

邰氏拜谢："留下君侯一人承担，是我的过错！"说完便收拾一下，带着亲信去避难了。

这日，西伯率领众军打开城门，迎接殷人师旅进城。西伯跟姬启赤膊而入，朝拜帝辛。帝辛问："你可愿接受投降条件？"

西伯便说："接受，不但全部士卒都俯首为奴，而且我族人里的有才之人，都愿意奉给大王为奴，宝物也尽数交于大王。"

说着，侍从领着一个高挑袅娜的女子进来，后面跟着的侍从奉上宝盒。西伯说："这位是有莘氏，是我结发妻子的旁支族属，现为莘伯支族长女，可就此献给大王为奴。"

帝辛看那女子不但身姿袅娜轻盈，面容也端庄，他立即心中大动。虽然她跟西伯身边的正妻同为莘女，却风姿更胜，便知道西伯心诚，说："好的好的，你起来吧，既然你这么顺从，我便接受你的投降了！"他大笑着牵起莘女白玉般的手，坐在一旁。

西伯便说："可否请岐山城内士卒卸甲为奴，就地耕田犁地，作为庶民，这样就不用他们再背井离乡，去往他处了。"

帝辛还未回话，阶下的密须伯、阮伯跟程伯已经表示反对，密须伯说："不可，大王已经答应我跟程伯，要送战俘给我们为奴了。"阮伯、程伯也附和。

西伯便说："这些士卒原本都是耕地的农夫，密须与程地都是以养马为生，他们去了必定不能习惯，而如果我岐山缺乏了这些庶人，便有大量土地无法耕种，今后几年都无法为大王缴纳贡赋了！"

阮伯便说："可由我国接收这些战俘，我本耕地之国，可为大王监督这些士卒，使其安心种地。"

西伯手下宗师立即争执："大王，我们是向大商三师投降，并非是向密须伯、阮伯、程伯投降，他们并无半点战功，之前的允诺是不能算数的！"

崇侯这时趁机说："这些战俘去密地和程地为奴，确实不妥，他们都是农耕之夫，去养马实在浪费，不如交给我跟阮伯。我可迁到渭水，派军队监督他们耕种，使之不敢再造反。"

西伯便说："渭水距离岐山遥远，岐人战俘去了，怕是会跟崇人发生冲突，不如将之前的邰城战俘留置渭水，而岐人战俘则就地安置，还望大王准许。"

这时，王后对帝辛耳语几句，他听了便说："这样，岐人战俘迁至阮地，由阮伯派兵管理，两地接近，族属之间的冲突可以随时由西伯前去协调，应该不会有问题吧？邰城的战俘则安置在渭水一带，崇侯派兵监督，其他诸侯因为没有战功，又不善于监督耕人，就不赐予战俘了，你们还有什么话可说？"

众人都没有说话了，西伯也不再言语，帝辛便说："还有，邰氏人呢？把他交给我。"

"邰氏没有回到岐山，据说邰城失守之后就不知去向，他本是邰城之人，现在族群聚落失守，他大概已经逃亡了。"

帝辛见西伯如此说，只得作罢，隔日便率军启程回大邑商。宗祝随驾说："前次破农田阵法一战俘虏达八千人，王师带走三千剩余五千在渭水，而岐山俘虏又有四千人，阮国人少，不一定能管束这么多战俘，崇侯留守则容易引起冲突，不如留一些驻军在渭水监督？"

帝辛说："我也有些担忧，但派何人留下呢？"

"岳氏是因为此战大王亲征而下山的宗师，可以委派重任，不如派他常驻渭水，他又跟崇侯手下的泰逢是师兄弟，可以用来牵制崇侯。"

"但他是山中猎户出身，不懂农耕之术，一人似乎不够。可再派酒正官留下，还可负责粮食酿酒，你看如何？"

"大王高明，另外，小臣认为，水正官在渭水战死，他手下宗师一定会尽心尽责监视西伯降卒，亦可留下。"

帝辛点头答应，这时飞廉又说："这次征伐获得田地仍需丈量分配，不如借此机会请司土官前来渭水，也好就此将他调离箕侯身边。"

帝辛大喜说："确实是个好机会，之前如果不是箕侯找借口留住司土官，这次征伐有他在，破邶氏的农田阵法也不会损失这么多人马！"

帝辛驾临邶城，便召集酒正官、岳氏跟崇侯商议渭水驻军的安排："我欲派岳氏在毕城驻军，酒正、崇侯分别在邶城、骊山驻军，监视西伯降卒，你们有何看法？"岳氏接到帝辛任命，大喜，满口答应道："小子下山即受大王任命，感恩不已，必定全力以赴！"

崇侯便说："毕城是我麾下泰逢驻地，用于监视程人，可否让岳氏驻军骊山，对付骊山戎人，而泰逢熟悉程人动向，不宜换守别处。"

帝辛便说："这样的话，可让泰逢、岳氏二人共同驻军毕城，你可另派宗师驻军骊山。"

崇侯虽然极不情愿，但知道这是帝辛惯用的制衡之策，也只好拜谢。酒正官这时便说："还有姜望及夷方降卒军队千人，缴获姬启大刀一把，率先攻入邶城，是否安排留下还是回沬城接受赏赐？"

这时水正官的下属宗师挚壶氏①说："姜望受命出使申戎，结果申戎非但没有阻挡住姬启逃走，反而入邶城抢劫财物。现在邶城铜器、兵器及粮食都被一抢而空，各个世家大族怨声载道，因此不可受赏。"

帝辛便说："既然是这样，只能是功过相抵，率夷方降卒留在邶城抵御申戎便是。"

---

① 挚壶氏，为《周礼》记载行军时管理水源的职官，也操作滴漏作为计时法。

帝辛安排事毕，便径直去了有莘氏下榻的驿馆，有莘氏急忙惶恐拜倒，帝辛扶起说："我既欣赏于你，何必惶恐行此大礼。"

"我为西伯及自己族人赎罪，荣辱感沉重，因此不得不大礼迎接大王。"

帝辛怜惜说："我知你身为有莘氏长女，身负族人荣辱安危之责，但我既然已经宽恕西伯，你就不需负罪感太深，以我的近臣身份相待即可。"

有莘氏再拜说："我会慢慢调适自己，摆脱责任，多与大王亲近。"

帝辛看她仍然心下沉重，便打消了与她同寝的念头，改为与她饮酒解闷。

姜望订婚篇

姜望这边接到酒正官安排，心中也乐意。他带兵到城郊的一家百人宗族地安顿下来。申女那天带兵劫掠邲城，所有世家大族都被一抢而空，殷人千辛万苦占据了一座空城，而城内传言都说是他引入申戎抢劫的，因此名声受损。大户世家都不愿意接待侍奉他的军队，更有水正官下属排挤，所以只能去城郊的中等田地安置。帝辛在邲城停留了两日，姜望知道宓妃也在，便去找她，问一下她今后的打算。

姜望这时已算是一个军官了，出入帝辛驿馆很方便，便将宓妃叫到城郊，两人在渭水边畅谈。

"听说你夺得邲氏宝物，立了大功，现在应该可随时回东夷了吧？"

宓妃点点头，问："前次你报信给夷方伯，她有没有派精卫鸟送信给你？"

"精卫鸟只能找到指定的一个城邑，我身在渭水，去沫城千里之远，精卫鸟来找到我的机会几乎没有，肯定错过夷方传来的消息了。"

"那你有什么打算，还回夷方吗，或者回东夷？"

"我肯定不会回去了，现在既然任命我在此驻军，我打算经营此地，发展农耕与捕鱼之术，之后再迁徙族人过来。"

"这样也好，听说薄姑国、祝国与莱国趁帝辛讨伐西伯，联合劫掠了黎丘，帝辛这次回去，如果不肯罢手的话，下一场兵灾可能就在东夷，你们营地聚落肯定会被征调上战场。"

姜望惊吓说："有此事？你是怎么得知的？"

"我听司命官说的，说是飞廉传来的消息。"

姜望喃喃地说："看来得提早迁入族人才是，上次冯夷劫夺你不成，难道是他说动薄姑国侯趁此机会报复？"

宓妃低下头闷闷地说："你知道我对外消息全无，怎么可能知道？"

"你老实说，之前冯夷化装成夷方人劫夺水庸氏，是不是为了加深帝辛跟夷方仇怨才决定下来的，而还要故意装作不知情？"

"冯夷当时是奉薄姑国侯之命袭击使者，让帝辛以后入侵东夷时绕夷方、姑幕而行，不要从薄姑借路而过，更避免了被帝辛征召人马。我取得帝辛信任的时候也是嫁祸给了姑幕。"

"怪不得你在夷方之战时劝我向姑幕求援……那这次为什么薄姑又要参与劫夺呢？"

"这就不知道了，也许是看准了帝辛没法再进攻东夷，要跟殷王翻脸了吧，再说这次是东夷三国联合进击，薄姑国有恃无恐。"

姜望感叹："今年赶不上回去年祀了，不知道明年兵灾是否就在东夷…"，他看宓妃不答，便问："你打算什么时候回东夷找冯夷？"

宓妃纤手一抬，从渭水的水花中飞出一只鱼来，稳稳地落在她跟前，挣扎乱跳，她盯着鱼说："先回沬城再说了。"

"你回去后记得报信与我，告知营地情况，以及东夷诸国在年祀中的预示。我听说岐山有一种朱厌猴，可通人言，善于找人，我驯养之后便给你送信。"

宓妃答应了，两人分别。宓妃刚到自己的住所，就看到司命官在等她，说："你去见那个夷方降卒了？"

宓妃看他一个人来，没有带兵，便无礼地说："你居然跟踪我？"

司命听到无礼，立即沉沉地说："你是不是跟他商量要回东夷，或者是夷方？"

"没有，他说他原籍在姑幕国的海滨，我只是问了一下他的近况。"宓妃听到他声调沉了下来，只好认真应付。

"他原籍明明是营地，现在属于莱人范围，而你报告大王说你是姑幕人，你们的故地相隔千里，会有这么多可谈的吗？你一听我说起薄姑、莱人攻击黎地，就去找他商量，你们可是来自这两个地方？"

宓妃咬牙说："不是的，我是来自姑幕。"

司命官说："如果你想回东夷，可以据实相告，我一定会准许的。"

宓妃坚定地说："我不想回东夷。"

司命心中闪过一阵喜悦，但立即被堵住了似的，心中不快，便丢下一句话："你要记住你今天说过这句话。"便着急走了，帝辛马上要启程返回，需要护送。

帝辛日夜兼程回到沬城，群臣都来献功，帝辛当机立断，分给封父氏多些战俘，然后趁机劝邮氏把族人迁至沬城，邮氏沉吟了一下，还是拒绝了。

帝辛封赏完毕，就宣布立即为有莘氏举行王妃册封仪式，王后便说："有莘氏作为战俘刚到我大邑，未知其心，还需经过监视、考察品行才能封妃，大王可不必急于此，可先处理东夷诸国劫掠黎地之事。"

"我一路上跟莘女畅谈过，她现在执念于族人的荣辱兴衰，都不愿与我同床，而要等与我相知，抛开族人责任之后才与我亲近，可知其心公私分明，王后大可放心。至于东夷，本王连盂方、西伯都打败了，还怕他东夷吗！待我军恢复元气，再另择时候征伐。"

司命官便说："宓妃在渭水之战中立功，据我考察，她应该不会叛逃东夷了，是否趁此机会也立她为妃？"

帝辛叹谓说："我倒是有此想法，但她心不在我这啊。前次我与莘女饮酒作乐，让她过来一起游玩，谁知她心不在焉，我看她似乎还惦记着故土吧！"

司命官微笑着说："小臣明白了，这就安排人手，为大王筹备。"

帝辛退入内宫，急忙往有莘氏住所去了，高叫："莘女，哦不，莘妃，仪式过两天举行，这下你总该愿意跟我同床了吧！"

有莘氏娇羞地说："大王如此厚待一个战俘，就不怕破坏祖制吗？"

帝辛去她身旁亲了她一口说："你我既然有情有意，制度自然随我们情意而变啰！"

"我看你对那个小司命更有情意，她神术高强，还可作为你的护卫，时刻在你身边，而我未曾习得神术，身体娇弱，只怕你今后就厌弃我了！"

帝辛猛地把她提起，一手撕开她的衣服，吓得她大声呻吟。帝辛随即把她轻放在床上说："我就喜欢你的娇弱了！"两人当即在床上欢好，之后帝辛拥她入怀说："我之前喜欢的女子个个都是身怀绝技的，王后、宓妃，但也因为她们会神术而总让我觉得她们随时可以抗拒我，只有你是可以完全属于我的。"

莘女立即把帝辛紧紧抱住，两人相拥入睡。

司命官负责纳妃仪式的侍卫工作，他让宓妃作为小司命负责宫闱安全。仪式结束后，帝辛与莘妃回到内室休息。宓妃则在外室守候火烛，司命官巡逻至此，递给她一壶酒，问："一天没有休息了，喝点酒吧。"

宓妃摇头说："大王与莘妃的内室烛火尚未熄灭，等熄灭之后我再喝些酒。"

"这次有莘氏先于你成为大王宠妃，你是否心有不甘？"

"是啊，但不过没有关系，我既然为小司命，自然有时间陪在大王身边，赢得大王宠爱。"

"但我听大王说，你在回国的路上回避了他的邀请，他说你其实无心于他。"

宓妃听到这话，夺过司命手中的酒壶，猛的一口喝完，她喘着气，两人沉默了一下。

司命在她通红的耳畔低声说："其实我在大王见有莘氏时就看到你当时完全没有着急的神情，你说要当王妃只是个借口，对吗？"

宓妃见他挑明，满脸通红也不说话。司命看她的瘦削脸在烛光下娇艳欲滴，被滑下的渔网头饰半遮低眉，不知是酒劲还是情欲。这时候内室的烛火突然熄灭，司命忍不住一把将她抱住，扯下她的绸服，把她推到外室的坐床上。宓妃急速呼吸，眼看衣服就要被扯下，她急声说："大王会听见！"

"你现在能听到莘妃的叫声吗？"

宓妃激动地抱住他，两人旁若无人，也不停歇，门外的凄风从大开的门口吹进来，烛火使劲地摇晃。

月色洒入，两人被凄风吹得清醒了些，这才发现，他们赤身正对着大开的房门，便急忙穿好了衣服。司命对宓妃说："你先回去吧，我巡逻一会，完了就去你的住所。"

宓妃柔柔地点头。司命正待要走，她一把抓住他的手说："你不是一直想知道我的来历吗，其实我是太昊宓羲后裔须句氏①的女儿，那次的沂水袭击是薄姑国国师冯夷带领的，有顾氏、汶水水伯、巨野水伯几位参与，目的是夺宝，以报前次水庸氏杀死一位冯夷手下，并夺取其法宝之仇。"

"真的只是夺宝，没有其他目的吗？"

宓妃紧贴着司命手臂娇媚地说："真的没有啦，私仇而已，你想知道详细情况来我房里我再跟你说。"

司命微笑说："好，我信你。"

第二天，司命官向帝辛报告了水庸氏被袭击的事情原委，帝辛便说："原来

---

① 须句，为上古封在济水的太昊或宓羲氏后裔，周初继续封在原地，祭祀太昊和济水河神。伏羲族流传有风姓、宓姓等。

水庸氏猜得没错，就是冯夷，为了报前次水庸氏弟子袭击他的夺宝之仇。"

"冯夷贵为薄姑国师氏，他报仇决不仅仅是个人恩怨，不知道大王对东夷诸国袭击黎地这事怎么看？"

"据说黎地的劫掠使用的都是神术，士卒没有参加，应该是炫耀武力的，使我国不敢轻易进犯，而冯夷袭击时化装成了夷方人，自然是想转移我征伐东夷的进军路线了。"

"大王明鉴，不知是否对于进军东夷的路线有了主意？"

"还是从夷方进军吧，让奄国做先锋，去试探东夷各国宗师的实力。"

司命官答应一声，正要告退，帝辛把他叫住："对了，虽然现在宓美人对我大商是忠心的，但不知以后与东夷开战，她是否还能保持忠心呢？"

司命严肃地肯定说："绝对忠心，因为她已经是我的人了。"

帝辛大笑着走下台阶，抓住司命的手臂说："司命官啊，你果然跟我一样是性情中人，只是不要这么严肃嘛，这一点却又太不像我了！"

司命官低头微笑："是的，大王。"

郃城，姜望自帝辛大军离开之后，就开始经营所分得的一小块土地，他跟城郊的蒍氏合作，每天他手下的夷方士卒除了巡逻郊野、监视战俘耕作之外，还让蒍氏教会这些士卒耕作之法，在蒍氏的田地里做一些农活。

这日，酒正官来到姜望领地，说是司土官近日已经丈量、辨别好渭水的田地等级，要来重新分配田地，让他借机拉拢郃城的世家大族，以阻止崇侯在郃城大族中的影响力。姜望便说："大人尽管放心，郃城的大族宁愿跟我们合作，也不会信任崇侯。况且我有一法，可以借以获得更多田地。我准备让夷方士卒在监管战俘耕作的同时，在田地沟洫里驯养鱼鹰之类，这样一来可以肥地力，二来可以产出更多，你看是否可行？"

"好主意，你本来就擅于水养之神术，正好可以借此分得更多田地管理的份额。"

姜望拜谢。

第二天，司土官召集众人，聚集于郃城，分配田地。还包括崇侯、岳氏等首领，而姬启也被西伯派来听候分配。姜望听司土官分配田地的多少是以将领管理的战俘或拥有的农奴数量来定的，知道自己只有几百部下，管理的战俘也少，肯定分配不了多少田地，便提出了自己的鱼鹰养殖之法，把在田地沟洫里驯养的想法解释一番，请求多挑拨一些士卒，挚壶氏、崇侯等人都反对。司土官为打破僵局，只好强行让挚壶氏调拨五百人给姜望，让他试行一年再说。

姜望回去之后，姬启来访，却是为了这渔水养殖之法，并承诺与薅氏沟通，让他展示农耕之术，除草之法。

临走时，姬启对姜望说："我看挚壶氏他们似乎对司土官的分配不满，宗师要在邰城立足，赢得望族大户的支持，必须首先去掉引入申戎抢劫的恶名啊！"

姜望看姬启算是个实诚人，便使劲点头说："明白，多谢提点！"

几日后，姜望向薅氏问及除草神术，他果然倾囊相授，使姜望不得不感叹西伯在邰城的势力真是根深蒂固。

姜望自己也慢慢了解了耕犁、播种、除草、蓄水等人事，便自己试着以鱼鹰驯养神术破解之前所见到的农田阵法。而对于申戎，姜望则想通过神术交流去要回一些上次邰城劫掠所损失的财物，想到这里，他便派人联络申戎王。

申女亲自出来迎接他，笑吟吟地说："你在邰城驻扎，怎么这么久才来看我！"

姜望望着她轻轻巧巧的笑容，脸红说："我刚在渭水这边驻扎，事务繁忙。"

申女立即咯咯地笑个不停，姜望听她笑容有异，正色疑虑说："你们是不是早就知道我的来意了？"

申女微笑说："先进去再谈吧。"

姜望觐见，说明了来意，申戎王便说："神术本人并不在行，但即使不了解农田阵法，我们也有驭马破解，而我族惯于养马，不会大规模使用耕犁之技。"

姜望劝解说："农耕之阵还有更复杂的，我见过御使巨斧的耕犁之法，可以封住一切刀兵，还可御使阵内的一切刀兵，而驭马这驱兽践踏的做法是破不了这种犁锄所布置的阵法的。"

"这样的话，你可跟小女商议，她对神术有兴趣，或许可以退回一些财物给你，换取情报，而我觉得最好是能够与邰城恢复贸易，这样才是两厢受益之举。"

"恢复贸易的话，还是需要你们让步，退回部分财物，因为那次你们劫掠财货过多，邰城望族很不愿意再与你们通商互市。"

“可以，你跟小女商议，但我认为长期不恢复贸易对你们来说肯定也是不好的。”

姜望望向申女，只见她板着脸说：“你要以更厉害的农田阵法威胁我们吗？可惜郃氏在逃，你们应该不会这种阵法吧？”

“这样吧，我可与你演示一番，你若能破阵，便不用退回财货。”

申女说：“好！”以佩剑往地上一划，一道泥沙划开地面直到姜望脚下，他急忙一跺脚，借水雾风移动身形闪开了攻击。申女便说：“到野地里去！”

姜望来到野地，以佩刀插地，便说：“我只会驾驭阵内的风气，但我相信你肯定是攻不进来的。”

申女更不答话，手中飞刀射出，还没到姜望跟前，就被他御使一阵风射偏在地下，而这时她已经跳跃至阵内，踢飞定在地上的飞刀，手中一只驳马的金角也已经刺出，但她脚却突然深陷泥土，几乎无法动弹。她只好手腕再动，连续射出手中数支尖角。这边姜望以手勾住射到面门上的尖角，几只尖角立即射偏，分两边射在地上。

这时候，阵外的几匹驳马看到申女身形下蹲，吼叫着飞奔过来，但前面奔来的驳马一接近姜望便双腿陷地跪倒，后面的驳马则踏在倒下的马身上，跳起来以金角来抵。角未到，姜望已经感受到犀利的疾风，他挥舞大刀散去疾风，但由于他对于阵法并不熟练，对于驳马亲身的撞击无法化解，只好挥刀猛力一格，隔过这只驳马的抵触，但另一侧的驳马后至，以角抵触，顶飞了佩刀，马头重重地撞在姜望身上，把他撞飞十几步之外。此时，申女已经可以活动，她急忙叫住驳马，但没来得及，这时候她飞奔过去，扶起姜望。他被撞到胸口，口中吐血。

这几天姜望就被安置在申戎驻地的帐篷内，申女来看他说：“好些了没？幸好只是马头，不然你的胸口已经刺穿。”

“可以了，上次劫夺郃城的财物，是否可以奉还部分？”

申女仍然不肯松口：“你的阵法不是被我破了嘛！”

“我对运用绳墨分散攻击力的神力不甚熟悉，若是换作郃氏及其弟子，你的驳马连人带马都会被扯过，撞入土坑。前次征伐西伯，我亲眼看到水正官连人带武器被扯入阵中，尸骨无存。”

申女撇撇嘴说："你又不能做到，谁知道你是不是在吓唬人。"

"我神力不熟练，但演示给你看的话，你应该懂得，这是农地里沟洫的分水蓄水之法，没有绳墨你的飞刀都会偏转飞入泥土，有绳墨的话，驳马自然也不在话下。"

申女自知无理，向他笑吟吟地说："等你能做到了，再来演示给我看，我再还你财货。"姜望只好跟她说实话："现在邰城望族大户都认为是我引入的申戎劫掠财物，崇侯跟其他宗师都趁机排挤我，使我现在无法在邰城立足，不如你还回些许财物，让他们知道申戎有求和之意，我再从中斡旋，让你们通商互市，你看如何？"

申女握住他的手，欣喜说："既然你受到排挤，不如带兵转投我申人吧？"

姜望望着她欣然的脸，张口想说却说不出话来。申女接着说："我说真的，你本身是东夷战俘，不需要这么效忠于大商，而在渭水，你又没有什么可以依附之人，这样你是无法立足的。"

"但是我来中土是为了找个地方以农耕之术定居，才好把远在东夷的族人迁入，你们申人游牧，不习耕犁，似乎不太合适。"

"为什么你要执着于农耕呢，我们的驳马驯养术以及你自己的捕鱼之术不好吗？"

姜望叹口气说："我从东夷漂泊，去到夷方，又被殷人俘虏，再转战渭水，海滨术、渔猎术、农耕术，还有畜牧术，都见识过，还是觉得农术可扩展性极大，慢慢修习，今后不可限量。若要在战乱中立足，不沦为奴隶，族人必须精于一种更为精密的生计，而我也必须从中悟出更精妙的神术才行。"

申女有些沮丧，便点头说："在我们渭水，西伯也是靠着农耕和蓄养才壮大起来的，才出现了邰氏这么强的宗师。"

"不如你们申戎也随我修习农耕吧，就沿着渭水上游开辟荒地，如何？你可带领一小部分人先试，我可在邰城城邑外划定一块林地，那里有战俘在开垦，你可率领一批人先加入他们，我也会驻扎在那边的。"

申女听了有些高兴，说："可以的，我这就禀报父王。"

"但是，申戎王首先要还回一些财物，只有这样，邰人才不会有敌意。"

"没事的，我派部分人到邰城城郊开垦荒地，反正你也是在管理战俘，传出去，就是多了些申戎战俘而已，只要你能保证好好待他们就行了。"

"我自然好好待他们，但毕竟你们申戎在邰城的名声不好，再说你已经答应我演示给你看你就退回财货。"

申女瞪着眼睛笑着说："就不给你了。"

姜望看着她似笑非笑的眼睛，沉默了好一会儿。

第二天，申女向申戎王撒娇，要来了千人，让姜望带领回到邰城郊外开垦。姜望对外说则是申戎为了补偿上次劫夺财物的不敬之举，特意送过来的奴隶，以求互市。姜望除了安置申人开垦之外，还联络邰城的望族，要求他们派人去教授申戎开垦农地，并同意与申戎互市，但结果望族大都答应互市，愿意派出人手的几乎没有。姜望发现这些世家望族大都与西伯交好，少部分人则与崇侯有亲缘，而商王的名头在这里根本没有什么号召力，他们这些驻军则是表面敷衍，暗中排斥。

这天，姜望收到了姬启来送信的几只朱厌猴，猴子学着人话说："西伯与世子请你有空去岐山做客。"

姜望问："关于联络各大望族的事有说吗？"

猴子说："没有，就只说了这事。"

"你们以后就留在这帮我送信吧？"

"听候吩咐。"

姜望现在有一千士卒，妇女人口不足，却还要管理两千战俘，实在管不过来，不如做个人情，暗地里送出些战俘，以换取些种田能手。于是，他送给薙氏两百战俘，薙氏立即高兴地拨给他几个开垦能手。两人约定，对外只说是申戎奴隶。由于不能去岐山赴约，姜望便让一只朱厌猴回信说暂时不便，有机会一定去。这猴子答应了就要去，姜望一把抓住它的脖子，掐得它喘不过气来，问："如果有人这样要杀死你，你会说出你要传递的消息吗？"

那猴子只乱叫不说话。

姜望心想，看来传说是真的，这猴子其实只会主人教的一些话。

姜望安顿好郊外的申戎之后，申女便过来查看，她一眼看到姜望身后跟着的朱厌猴，便说：“这是西伯的传信猴子吧，看来你跟西伯也交好嘛。”

“算不上交好，他们控制了郜城大部分望族，让我很难找一些开垦人手来教你的士卒耕犁。”

申女笑吟吟地不回答，姜望听到异样，便问：“你们早就知道我的状况？”

“郜城有与我们有亲的望族。”

“怪不得，这么说上次我的来意你们就是这样知道的？”

申女盯着他的脸笑着说：“嗯，其实父王是不可能把财物给你带回去的，他只是顺势试探一下你会不会把神术透露给我。”

姜望暗想，这申戎王可真不能小看，我已经栽在他手上两次了，他又问：“你们是怎么传信的？”

“用朱厌猴啊。”

“你们的也是西伯给的？”

“不算给的吧，是我们跟西伯互市换来的。”

“我还以为你们是水火不容的敌对关系呢！”

“不是啦，我们跟郜氏、西伯、崇侯都是时战时和的，西伯祖母就是我们申戎女子，西伯世子姬启还向我父王纳采提过亲呢！”

姜望盯着她的俏脸问：“真的？”

申女也望着他的脸眼睛含笑说：“但是我父王不愿意接受西伯的农耕化提议，姬启只好娶了程伯之女。”

姜望略微幸灾乐祸地说：“看你们年纪相仿，都这么小，怎么不偷偷相恋，抗争一下呢。”

申女听到他话里的讥讽，便瞪眼看着他：“郜城、毕城很多大族世子都找过我父王提亲，我干吗要只跟他相恋？”

姜望高兴地说：“他们都只看重你的美貌，不值得你交心的。”说着，大胆地牵起她的手，申女不但不回避，还喜笑颜开地说：“走，我们去渭水边看你抓鱼去。”

姜望突然想到，便问：“哦对了，你还没对手下这些申戎士卒训话吧？”

申女立即摆出一张生气了的笑脸，一甩手说：“我一个人去河边！”说完，借风急速飞奔，一眨眼就不见了。

姜望着急："别走啊，要不我在这里教你耕犁之法？"也借风飞奔跟上去。

他追了几里路，赶到渭水河边，并没有看到人，心想时间还早，她也不会去别的地方，就在这等一下吧。他为了引申女出来，便用金钩钓上来一只巨大的螃蟹，在河边烤着，再以金钩钩住烤螃蟹挂在有入林风的树上摇荡，要把香味送到树林里去。

想到烤螃蟹的香味一下就会把申女吸引出来，姜望便自鸣得意起来。这时，他看到金钩从树林里飞了出来，还带着一把青萁草。姜望疑惑地接住一看，原来是一捆挺直的干萁草，可能是用来喂马用的，但不知为何，仍然是青绿色的。这时，申女从树林里借风飘然而至，说："送你的礼物还喜欢吗？"

姜望说："这草枝中的含水是怎么去除的？"

"这就是以后我们要努力去做的事情了，想想，如果耕犁土阵里的草木、泥地被压制或疏散了水流，这阵法会怎样？"

姜望恍然大悟："原来是调节水分之法，这是你们从喂马的草料中演化而来的神术吗？"

"是啦，也可用于谷物种植哦！"

"果然含水调节之法是沟通各种神术的基础，你们申戎以养马为业，为何会着力探寻这些草植之法？"

申女不高兴地说："申戎就不能探求草植神术吗，更何况我祖先在大禹时期本是四岳官。"

姜望欣喜地说："原来你们也是从中土迁徙到边鄙的炎帝四岳氏之后，我也是啊，所以才姓姜。"

申女叹了口气说："怪不得你有志于定居中土，从事耕犁，只可惜我们的族人在耕犁术上却落后了。"她想到她们申戎祖上其实是极西的羌人，祭祀与图腾都只是向渭水之滨的姜姓四岳氏宗族学的。

姜望握住她的手说："这没有关系嘛，你煞费苦心送我这捆干草不就是为了联系起羊马畜牧与谷物耕犁之术吗，这就是我们今后共同的目标！"

申女望着他激动的笑脸，第一次羞红了脸，姜望看着她羞涩的娇容，心都要化了，伸手把她揽入怀中，良久，申女松开他紧紧箍着自己的手臂，笑吟吟地在他脸上亲了一口，两人相拥着离开了河岸。

几天后，姜望向申戎王提亲，送来了一只朱厌猴和一副金钩，还有一匹网布为聘礼。这匹网布有极强的吸附性，放于泥土里可吸附掉土地里的水分，而置于草料上可迅速吸收含水，将草料变成青干草，算是帮助申戎制取、存储养马草料的神术奥妙。

申女出嫁之时，只有酒正官、挚壶氏来了，邰城望族来的也并不多，他们都在考虑姜望与申戎联姻后会不会联合抢劫邰城，威胁到自己的财物。挚壶氏只是过过场就回去了，酒正官则提醒姜望要安抚申戎："你本来在邰城就有暗通申戎的恶名，现在又娶了申戎王之女，崇侯怕是会借机向大王报告，诬陷你，甚至革你的职。"

"我早想到了，但只要堵住邰城大户的口就行了，申戎出售的良马、牛羊价格比程人低得多，我只要把持了申戎与邰城互市的价格，就可以在邰城望族里有分量。"

姜望婚后，立即去拜访邰城大户，暗示自己可以劝说申戎降低互市出售马匹的价格，一一拜访之后，邰城的闲言碎语果然少了许多。西伯也派朱厌猴来向姜望祝贺，他传来的消息，意思是让姜望离开邰城，到申戎定居。姜望心想，看来西伯还在想拉拢自己这些受到排挤的军官，为他今后东山再起做联络。如果自己现在就完全倒向申戎，不但会荒废将族人迁入的打算，而且可能引来驻扎在渭水的殷人进攻申戎，是没有半点好处的。他便回信严词拒绝了西伯，说自己身为大商的驻军将领，有义务保障申戎与邰城的互市，不能弃邰城而去。

西伯看到姜望没有上套，自己想挑拨申戎与邰城，制造混战，趁机浑水摸鱼的计划便暂时放下了。而由于申戎出售的马匹、牛羊价格确实便宜，崇侯也不好向帝辛告状，只得作罢。

由于申戎王按照与姜望的约定暂时不劫掠邰城，便只能向西发展，进攻犬戎。姜望则照联姻时的约定，每逢申戎王出征，必须为将，随军征伐。这次申戎王决定劫掠犬戎宗族，姜望也得随军。申姜在大婚之后，本来与姜望一道住在邰城郊野，管理申戎士卒与战俘的耕种，但因为姜望要出征犬戎，怕他不谙牧术，会出事，便执意要随军一起去。姜望只好把管理职责交给了几名百夫长。

　　申戎王跟姜望、申姜一起进军，约定碰到犬戎拦截时，申戎王立即后撤，绕路前往犬戎宗族后方劫夺牛马，姜望与申姜则往东侧且战且走，引开骑兵。行军路上，姜望问申姜："我们出兵路过密人和共人的地盘，他们会不会向犬戎报信？"

　　"不会的，我们前次出兵袭击犬戎，这两个族群都没有报信，密人是黄帝的后裔，他们善于辨别草木、增肥地力，储备草料的方法比我们还要好，因此能够长期定居在一个地方而不必游牧，也就不会来抢占我们的地盘，而我们也轻易不会去抢占他们的地盘。共人是他们的附庸，这两个族群交好，一般不参与其他西戎跟犬戎的争斗。"

　　"那为什么不直接劫夺这两个部族？犬戎势力广泛，万一聚集起各个宗族，怕我们不是对手。"

　　申姜笑着说："这你就不懂了，犬戎本来是生活在渭水的大商子族，后来被周邦攻破，如今很多宗族分散迁徙，短时间内不能聚集兵马相助，也不一定会互助。所以，我们只猎取一个宗族的话，其他宗族是来不及救援的，而密人、共人是宗族聚集在一起生活的，宗主只要一召唤，牧民农夫马上就能聚集，我们狩猎他们会麻烦很多。"

　　一日后，他们的骑兵路过密人宗族，姜望远远看到那些牧民骑马飞奔而去，心中怀疑，便问申姜："不去找密须伯打个招呼吗？我总觉得需要见个面，看看密须伯的脸色和态度才好。"

　　"没用的，密须伯狡猾得很，从他的表情上你根本看不出他的意图。"

　　姜望笑说："就像你父王当初试探我透露神术给你一样，都是狡猾的西北牧人吗？"

　　申姜怒容满面，一挥手，姜望坐下的驳马陡然前脚腾空，差点把他颠下马去，但他趁机一跃，跳到旁边申姜的马背上了，一把把她抱住。申姜笑着训斥他："看你还敢藐视我们牧羊人，你嘴里吃的，坐下骑的，要走的路，都捏在我手里呢！"

　　"好啦，我只是因为水土不服发泄一下而已，会尽快融入你们戎人生活的。"

　　申姜甜甜地笑着，扭头亲了他一口。

行军接近要劫夺的宗族时，一彪军马冲出，姜望便照约定率领军马朝东北方飞奔而去，而申戎王一部在后军，则暂时退去。姜望与犬戎军马且战且走，大约走了上百里路，后面的军马还在追击，姜望奇怪地问申姜："怎么这军马追出了自己的领地还对我们穷追不舍？"

"我也觉得奇怪，按往常的惯例，这军马早就应该停止追击，反而需要我军去拖住他们了。"

"肯定有诈，不如我们不要北行了，现在就绕西边回去吧？"

申姜吸了一口气说："好的。"

姜望立即率军往西而去，后面的追兵突然有人借风传音大叫："申戎转西去了，快去西边拦截！"

姜望对申姜说："不好！中计了，前面的人马肯定更多，不如就对付后面的少部分人马算了！"

申姜答应一声，两人率军掉头冲击后面的追兵，追兵不多，一下就被冲散了，但有人大叫："布阵！"立即就有一群猴群长啸着呼应围攻上来。姜望才听到叫声，金钩就已经脱手，就这一瞬间，姜望感觉自己竟然不由自主地朝着脱手的金钩方向被扯了过去，他才一蹬坐下驳马，整个人就已经凌空被扯到侧面犬戎军队中去了。姜望急忙抖手松脱金钩，再以金钩另一头钉在地上，才止住了拉扯之势，掉下地去。他立即追上驳马，骑上就走。

而这时，申姜的前军已经被一群在灌木丛间跳跃着的猴群迅速追上。驳马并排朝猴群撞击过去，但猴群聚成一排，挡在前面，驳马立即慢了下来，直至不能移动。申姜在后面看到驳马蹄印深陷土地裂缝、粉碎草木，知道是猴群布置的耕犁阵法。她往前抛出丝麻包布，压在草地上，草地被包布压平，后面的驳马才得以飞奔越过耕犁阵，但前面的驳马仍然无法动弹，只能挣扎着被一群猴群撕咬。

姜望这时正在后军抵御刚才冲散的犬戎骑兵的追击，他还因为刚才被吸走而发怵，水正官被吸走的情景浮现在他眼前。但杀了一阵，对方人马几乎被杀光都没见到那神力高强的宗师露面，他又担心前军的申姜，便急忙率军上前。他看到申姜压平了地上的茅草，但驳马还是跳不出来，活活被猴群围攻撕咬，连忙凝神撒出金钩，拖动猴群脚下的茅草为钩，把它们绊倒在泥土里，驳马才慢慢移动，拖着脚出了阵。士卒则趁机上前，把前面围住的猴群全部斩杀。而其他驳马则仍然被猴群围攻，姜望只好又飞奔过去，捆住剩余的猴群。

这时申姜看姜望已经制住了拦住他们的猴群，便来到他面前说："怎么办，父王那边肯定也中了埋伏！"

姜望边凝神边说："他们人少，让军马突破先走，去救你父王，这里的阵法我来暂时挡住一下！"

申姜便呼哨一声，让千夫长带领几千人马从姜望捆住的猴群的阵法口子上突破。护卫人马走后，申姜又率领几个虎贲来到姜望跟前。姜望察觉她没走，头也不回地大吼："你怎么还不走？"

申姜大叫："你一个人连个照应的人都没有，我怎么能逃脱！"说着便在一旁帮他砍杀被捆住的猴群。

姜望听了心里一阵激动，砍杀被困住的猴群更起劲了。

这时候，少数殿后的申戎人马也已经被杀光，猴群和犬戎骑兵齐头并进，长啸声声闻数里，发出数道砂石，朝姜望夫妇而来。姜望急忙凝神挥舞金钩引导，射来的砂石全部被折向射入泥土。但姜望这一松神，地下没被杀死的猴群挣脱朝他扑来，他对申姜叫了声："走！"几个人骑马向南飞奔而去。猴群虽然在后面追来，但速度不及驳马，无法追上。

姜望他们跑了一阵，扭头看到后面黑压压一大群骑兵跟在猴群后面追击，里面仍有人大叫："别走了宗师！"姜望便对申姜说："糟了，大军越来越近了，我们这样向南逃回去跟你父王汇合的话，肯定会被追上，还要连累你父王被两面围攻！"

"往西南逃，把他们引过去！西南的申首山是我们申族的岳神，我熟悉那里的地形，等追兵全部过去之后，我们再上山躲避！"

两人一边走一边回头看追兵有没有跟过来，果然，全部追兵都跟着他们朝西南方向来了。他们驱马沿着山脚往西边而走，但追兵逐渐近了，追在前面的是一群山浑兽，也就是那群巨猴。

申姜说："摆脱不了了，只能上山了！"几人驱马上山。待他们上山之后，姜望却看到后面的追兵停了下来，便说："他们一定是发现我们的军队不可能上山而走，这里只有我们几个人，要回师追击你父王了！"

申姜叹了口气说："我们走吧！"

"但这里是石头山，驳马怕是上不到山顶的。"

"这就可以弱化他们使出的田阵，而且这山上多玉，我们可采集一些用来布阵，这样即便他们用金器攻击，也不怕了。"

果然，山脚下大队人马慢慢离去，而一彪猴群互相招呼着飞奔而来，他们急忙驱马沿着陡峭的山路缓慢前行。由于驳马不善于爬山，他们很快就被追上，申姜扭头一看，说："糟了，是山浑兽，这猴速度比风还快！"

"要不就在这里一战，我这就布阵！"

"先让驳马挡一下吧，我们去那边悬崖！"

他们下了马，朝陡峭的悬崖石山飞奔过去。驳马留下，齐头并进，以金角抵触，数道疾风朝山浑兽射去，逼得他们急忙散开。但是，他们只有几匹驳马留下，而猴群有上百只。猴群只留下几只与驳马缠斗，大部分都越过驳马阵追击而去。姜望感觉身后风响，知道有攻击袭来，来不及到悬崖了，便以佩刀插入石头缝弹射。冲上来的山浑所扔出的石块刚接近姜望，就被挡下。其中一只山浑大叫说："是田阵，行动！"数只山浑散开在姜望两侧，要找到入阵的风气，来突破姜望的风道分解攻击。

申姜这时候已经到了悬崖边上，看到姜望摆出阵法，立即绕到姜望侧面，要从后面突袭感应风道的山浑。姜望侧眼看到申姜的行动，立即会意，便对面前的山浑大叫："这是我的钩钓阵法，没有入阵通道！"

正在试探风路的众山浑刚抬头看他，便被侧面的申姜持佩刀突入，划过他们的脖子，倒下而死。剩下的山浑急忙放弃找突破口，朝申姜飞扑过来，但被申姜手下虎贲拦住，两边搏斗，申姜趁机贴地飞奔，划过他们的脖子，解决了它们。一只山浑兽大吼："围上去布阵！"

数十只山浑来围攻申姜，前面的排成一排，口吐疾风石子射来。申姜急忙以佩刀在自己跟前划开地面飞溅石子，挡住了这一击，但几名手下被射成重伤。姜望在不远处看到虎贲倒下，知道情况危急，连忙拔出佩刀，几只守在阵外的山浑看到，立即狂啸着也口吐疾风扑来。姜望贴地而行，躲过疾风，同时甩出金钩，钩住一只，甩向围住申姜的猴群，即时撞倒几只猴子，打乱了阵势。姜望趁机接近正在布阵的猴群后面，以刀插地。猴群急忙掉头朝姜望扑来，但他一挥刀，数道疾风石子射出，射倒迎面扑来的山浑。剩下的猴群急忙跳开，姜望拔刀朝申姜飞奔过去，顺手几刀，解决了射翻在地的几只山浑，申姜也挥出佩剑，逼开仍欲上前的山浑。

姜望至申姜身旁，说："你怎么还不上悬崖，这里我挡着！"说罢复以佩刀插地弹出，飞扑而来的山浑在半空中接近姜望时被石子射中，摔在地上，头破血流，被申姜手起剑落，解决掉了。申姜边砍边说："先杀散这群猴再说！"

剩下的山浑立即散开，继续在阵外狂啸吐出疾风，不断试探入阵的风口，啸声在谷口回响。姜望持短刀，申姜持短剑，急忙上前攻击试探沟洫口的山浑。但姜望速度不够，近前时它们已经散开，只有申姜以短剑挥出疾风，割断了两只山浑的脖子。姜望又使出金钩，被山浑兽躲开。几只山浑趁机跳到侧面吐出疾风，姜望心里暗叫："来得好！"他以金钩定在跟前舞动，疾风石子便被甩飞，疾风来到便被分散得无影无踪，而吐出疾风的几只山浑也被吸了过来，摔在地上，被他以短刀解决，剩下的山浑被乱风逼开，只好跳开伺机突破。

姜望与申姜正在阵前逼退山浑，无奈猴群太多，沿着阵前到处试探，终于，一只猴子突入时朝姜望吐出的疾风没有射飞，知道这就是入口，立即大叫招呼，然后飞速突入到阵中心去了。

姜望看到猴群沿着突破口进袭入阵，急忙飞身过去，挡在沟洫口，以一张大网拦截就近冲击自己的山浑兽，网收紧，把进入阵中的几只山浑包裹成一团。后面入阵的山浑兽跃过包裹成团的山浑，要突入，被姜望以另一张网挡住。待它们口吐疾风，又被姜望挥舞金钩挡住，石子啪啪引向在阵内试探靠近姜望突袭的山浑，把它们击倒。

而这时，进入阵中心的那只山浑正在跟几位倒在地上受伤了的虎贲搏斗。他们拔出短刀，死死抱住山浑，拖住它，以刀插入猴子的腹部，但始终还是挡不住，那山浑回头口吐疾风，把他们的首级射飞，它摆脱阻碍，朝姜望飞奔过来。

姜望正在阻挡阵内缓慢行动、吐出疾风骚扰他的山浑，感觉脑后风来，急忙以短刀插地，然后扭身一挥金钩，疾风分散，扑来的山浑兽也被金钩这一挥摔在地上，被他复拔出短刀解决。

但就这一缓，在突破口的山浑兽群已经口吐疾风砾石，撕破大网，突破到了阵中心，姜望看到，急忙对申姜大叫："撑不住了，去悬崖！"申姜看到占领阵中心的猴群从她身后扑来，急忙飞身朝侧面奔出阵外而去。姜望短刀拔出，射向在后追击申姜的山浑，插穿两只。

剩下的占领阵内的猴群都朝姜望扑来，他立即朝悬崖抛出金钩，借这一抛之力，脚下生风，飞身凌空朝悬崖去了。他这时的凝神借风之力已经可以支持自己的体重，但申姜还不能，只能依附悬崖攀爬。后面的山浑兽则因为身体庞大，不能爬升悬崖，只能在山崖下吐出疾风飞石。申姜听到身后风来，急忙挥剑朝身后划出，火光闪出，飞石被这一斩击抵消，但申姜手腕被石子划伤，手中短剑掉下地去。而她的头部被疾风扫过，两条环额的细辫子松开掉下，挂在双颊。

姜望这时正在借风飞向悬崖，看到申姜短剑落地，急忙转向，拦在申姜下面，连接金钩钩住身体，倒挂在悬崖上，接着以金钩划破悬崖石壁，设置了一路坑道，下面的疾风攻击大都沿着这坑道散去。下面的山浑又以投石攻击，被挡在这坑道旁的灌木丛里，无法伤到姜望。

这时，一只山浑拿出一只金针，对几只山浑说："用这个！"

姜望看到叫道："不好，他们用金器攻击了！"申姜在上面听说，急忙爬上悬崖，在峭壁上借风滑行，在找峭壁上有没有碎玉。

悬崖下的十几只山浑一起使劲，口吐疾风，把这根金针射出，姜望只得拿着那金钩在手，奋力一格，金钩金针相碰，火花四溅，都变形撞飞出去了。虽然大部分疾风被金钩划出的坑道分散力道，姜望仍然感觉脸上如刀割，被划得火辣辣的痛。山崖下的山浑兽看到金针被撞飞，都循着方向跑乱石堆里去找针去了。姜望丢了金钩，看到下面的猴群都去找金针，便问申姜："你还有佩刀之类的武器吗？"

申姜短剑丢在山崖下，只有一把佩刀用于攀爬悬崖，便拔出丢给他说："接着！"姜望看到那是她用来攀爬悬崖的短刀，便说："不要了！"

申姜接住姜望丢回来的佩刀，看到下面的山浑兽在拔姜望插在地上的大刀，便急忙飞身而下，拦在姜望跟前说："它们用你的刀了！"

这些山浑从侧面对姜望吐出疾风，避开了姜望之前以金钩划破石壁的坑道，让几只猴子合力甩出大刀，朝姜望和申姜袭来。姜望急忙夺过申姜手中的佩刀，凝神划开石壁，飞石撞向飞射而至的大刀。但大刀射偏飞来，他手上佩刀把持不稳，又被大刀撞飞。

申姜看姜望没事，松了口气，继续在悬崖上攀爬找碎玉，但她没了佩刀，爬得很慢。姜望看所有武器都丢了，急忙拉着申姜，以金钩扯住头上峭壁，一收缩绳索就要往上爬，说："糟了，我先带你往上爬！"

这时山崖下的山浑兽已经找到了金针，重新聚集在姜望下面。申姜看到，急切地说："来不及了，你快上去，找石壁上的碎玉，这一击最多使我受伤！"

姜望说："我还是给你挡一下，我有神力分散攻击！"申姜着急，知道他空手是挡不住这么猛烈的疾气和金针的，必然受伤，而他一受伤，能不能攀爬上山顶都成问题。这时她突然看到眼前就有一块碎玉嵌在石壁里，欣喜地用手抠出，丢给姜望说："找到了！"

这时，下面的山浑兽已经朝姜望射出了金针。他接过碎玉，凝神在自己身下一划，金针跟疾风的劲道都被飞石打偏，金针与碎玉相撞，由于不及碎玉坚硬沉重，一下被碰飞。姜望虽然没有受伤，但这碎玉没有经过炼制成形，无法挡住疾风，因而还是被疾风划伤头脸。他回头，迅速拉起申姜就往上攀爬，等山浑兽再次找到金针的时候，他们已经离开悬崖底很远了。

由于申姜没了佩刀，而姜望一个人带两个人的重量，极其吃力，从天黑一直爬到半夜，他们才爬到山顶。这里的峭壁覆盖着冰雪，使他们借风沿着石壁往上滑行的速度慢了下来。因为雪水融化非常容易打滑，他们又没有了短刀固定自己，常常刚爬升几尺又随雪水滑落下去。半夜到了山顶，他们才松了口气，两人依偎在一起，抵抗着山顶的寒冷，申姜搂着他问道："你身体怎么会这么热？"

"我可以凝神让自己周身的血脉流动加速，让自己发热。"

申姜以头撞击他的胸口说："你为什么不凝神让我血脉加快呢？你根本就没有考虑到我！"

姜望惶恐说："我这神术还不熟，一时间没有想到。"

"我之前不是给你那一束干草了吗，让你修习调控含水，你怎么还不会？"

姜望油滑地说："需要时间嘛，再说这段时间在凝神想你的美貌，就退步了，这不，刚才还在想你的美貌，一时间忘了你冷了。"一边说一边亲昵地借着月光下的雪色把她松开掉在双颊的两条细辫子拨开。

申姜暗中凝神，一手成爪，抓住一股寒风往姜望脸上里猛吹，他脸上立即结冰，弄得他满脸都是融化的冰水，她哼着说："看你还有时间凝神只想着我的容貌不！"

姜望急忙用手一擦，把水吸附在手掌上甩掉了，申姜一摸他的脸，没有半点水珠在上面，她突然叫出声来，说："你的脸受伤了？"

"被疾风刮伤的，没事，你不会就此嫌弃我了吧？"

申姜认真地说："当然不是，你是男人嘛，但这伤是仇恨，要记住的。"

姜望便劝说："好嘛，先别管了，你抱紧我！"

不一会儿，申姜就觉得全身发热了，对姜望暖暖地说："之前在悬崖上的时候真危险，我还以为你会受伤掉下去呢。你若掉下去了，我迟早也会被打下去，我们俩就一块死在山崖下了。"

"放心，就算被金针插穿，我也还有余力带你上一段路。"

申姜嗯了一声，说："你当时为什么不凝神用金针压制山浑体内的血脉，让他们无法攻击？"

"我现在只能压制近我身前之物的血脉流动，不能对付这么多的猴群。"

"当时我抛出皮革，压住了地上的草木，竟然没有半点效果，真不知道这是什么耕犁阵法。"

"这是猴群在用草木限制驳马行动，不止有地陷，任你铺平地下软泥也是没有用的。

而且你注意到没有，猴群是一排排守阵的，即使你切断了前面一群猴子布置的草藤束缚，后面的猴子可能扯动草藤仍然能束缚一些马脚，这就是农族田阵的真正威力所在了。"

申姜叹道："我听说西伯以田阵训练的士卒都是做过农人的，但连这些没有灵性的猴群也被训练出阵法了，难道是有农耕氏族的宗师在犬戎？"

"你猜对了，肯定是郘氏，我当时杀散那一彪追兵时，曾以金钩攻击一位宗师，反而差点被一股力道拉走，这种程度的吸力，我只在水正官被郘氏杀死的时候看到过，肯定是他。"

申姜忍不出寒颤说："你怎么逃脱的啊！"她听说过大商水正官被杀一事，郘氏就是凭此战在渭水被传闻有凌驾于大商上卿五行正官的神力。

"我当时钩住了地面，借了田阵之力，这种吸力虽然强悍，其实也不过是借田阵绳墨而已，只要松脱金钩，自然可以摆脱。"

申姜松了口气，转而疑惑地说："他是逃到犬戎宗族避难的吗？"

"是了，他的阵法杀了大商那么多兵马，还杀了水正官，自然只能逃到犬戎这里了，而我们一到犬戎宗族，他就出现在追击我们的那一彪骑兵之中，所以我们这次遭受犬戎埋伏，很有可能就是他报的信！"

"但他没有理由知道我们申戎的行动啊？"

"应该是密人和共人，郘氏逃到犬戎宗族，自然也会联系密人，密人靠近阮地和岐山，正好可作为他观察岐山动静的耳目。只是没想到，这次顺便密报了我们路过密人劫掠犬戎宗族的行动。"

"密人和共人一向不参与沃野各族的纷争，这次居然会为犬戎报信，必然是郘氏允诺了什么好处，让犬戎跟密人都合作起来了。"

"应该是西伯想借助这些戎人宗族复兴岐山的事情了，西伯这人野心不小，居然被限制了行动，还在拉拢像我这样的渭水驻军。"

申姜恨恨地说："这次回去之后定要揭出郘氏下落，让驻扎在渭水的殷人进攻犬戎，以报此次报信埋伏之仇！"

姜望点头："连犬戎的猴群都训练得会农耕之阵了，这是最为明显的证据，郘氏是逃不掉的。"

"也不知道我们的军马有没有及时赶到，父王中了埋伏没有。"

"没事的，你父王机警，不容易中埋伏的，更何况有我们的骑兵去救，就算有埋伏，也可以造成混战，你父王一定可以趁机逃脱，只是我们这次带出来的七千人马怕是回不了故乡了。"

申姜听了很是悲戚，紧紧地靠在姜望怀中，两人昨夜几场大战，差点丧命，此刻一放松，都一下就睡着了，就这样一直偎依到天亮。待他们被寒风吹醒，抬头一看，周围已是一片白雪，一个脚印都没有，纯洁无瑕。

申姜兴奋的借风在雪地上滑行，扭头对姜望说："来呀！"姜望也借风直立飞奔，他不忍破坏雪地的洁白，便凌空而行，跟在申姜后面。

申姜对他说："你怎么凌空飞行呢，我们都一天没吃饭了，这样多费力气！"

姜望嘻嘻地说："这雪地就像你一样纯白，我不忍在上面走呢。"

申姜撇嘴说："我才不纯洁的，我现在一心想着振兴我申戎族人，为此，我会毫不留情地劫杀其他的草原宗族。"

"这是没办法的，还记得我跟你说的我在东夷的年祀预示兵灾吗？我们既然要在方国战乱中生存，只能如此的。"

"嗯，不过我看到这一片洁白也是心醉，特别是在昨天跟你一起摆脱与猴群的恶战之后，更是莫名的心醉。"

姜望柔声说："你要是没有这份激情，我们刚认识的时候还是敌对方，怕是根本就不会像今天这样结合在一起呢！"

申姜听了激动地扑在姜望身上，弄得他身体沉重，跌到地上，两人在雪地里滚了一路，才停下来。两人静静的一身雪躺在地上，申姜满脸羞涩地吻着姜望，说："要不我们就在这里……过一会再下山，好不好？"

"这，你不觉得我们应该先找点吃的嘛，这石头山……"

申姜生气的以双手紧贴地面，凝神吸附在地上，借力使劲压在姜望身上，姜望则借雪土推动自己弹起翻身，两人在雪地里又调笑了一会才起身。

天亮后，两人下山，山下便没有雪了，申姜说："申首山在我们这里是终年冰雪不化的，因此少有人来，在我们这些战乱频繁的戎人中间算是一片净土了，可惜我们必须马上离开这里。"

"你是说猴群会另寻他路找上山来？"

"嗯，从别的地方上山的话，一天时间足够了。我们不能往南走，往西去义渠宗族吧，他们是犬戎的宿敌，让他们送我们回申地。"

"你不怕义渠也因为郘氏而跟犬戎宗族有联络，等我们一到就把我们抓起来？"

"不会的，义渠一向在西北活动，不像密人与阮国、岐山交界，郘氏没有必要联络他们。"

两人朝西行走了一日，总算下山，以野兔充饥，然后去了义渠宗族。义渠王是个高大魁梧的汉子，很高兴地接待了他们。他盯着申姜，毫不掩藏地说："想不到你居然嫁给了中土人，我原本以为你如果不嫁到我这，就会嫁给渭水的农耕氏族，没想到你最后嫁给了商国人！"

"我弟年龄还小，我们申戎只靠我父王一人支撑，我当然不能远嫁别的氏族，只能招一个能够帮助我们申戎壮大的女婿进来。"

义渠王欣喜地说："这么说你当初不答应与我联姻不是因为我们本身不相配啰，你当时还是对我有意的，对吧……"

他还想继续说，但被姜望打断了。"我夫人不会对你有意思的。"他伸手握住申姜的手继续说，"她现在嫁到郘城，跟我住在一起，并没有回申戎宗族，这足以证明我们是真心的！"姜望对申姜的阻止眼神视而不见，理直气壮地说。

义渠王大笑说："好吧，好吧，既然你有了归宿，我也不强求了。只是没想到商国人也有这么直爽的人，我还以为比西伯、郘城那些人还要圆滑呢！"

姜望缓和说："我是东夷国人，只是在大商为官而已，我本人是不喜欢为了邦交而以礼仪来掩藏情感的。"申姜听了，眼睛闪烁地望着姜望的脸，紧握着他的手。

义渠王便说："原来都不是礼仪之邦族，怪不得说话这么粗犷，听说你们这次遭到了犬戎埋伏，损失不小，打算怎么报仇呢？"

申姜回答："这次与犬戎交战，发现郘氏在帮助犬戎训练农田阵法，现在连猴群都被训练得能够布阵了。你们以后劫掠犬戎宗族一定要小心，我建议我们联合，你们提供消息和部分兵力，一起进行劫掠。"

"农田阵法？听说郘氏新败，原来是逃到了犬戎宗族，如果他们用各种兽群，创制新的阵法，那我们宗族可就会被逼迁徙了。"

"所以我们有互通消息的必要，你现在派兵送我们回申地，好让犬戎得知我们联合的消息，以至他们不敢妄动，我再派朱厌猴来联系你，待确定劫掠计划之后，再一起出兵。"

"好的，你先说一下这阵法的威力，我会即刻安排人马送你们启程。"

申姜只好对义渠王详细说了阵法的战况。

路上，姜望对申姜笑说："怪不得你要来义渠宗族，原来是找旧情人帮忙来了。"

申姜不满地说："都怪你沉不住气，不然我凭自己的容貌就可以把他迷得服服帖帖的，诚心送我们回去，哪需要透露这么多关于阵法的事情！"

"我怎么可能让你利用自己的情意呢！"姜望顿了一顿，跳到申姜马上说："你说实话，你是真的对义渠王还有一丝情意吗？"

申姜扭头，笑得脸上开花，说："看到他粗壮的手臂的时候，确实有那么一点……"她话没说完，姜望便紧抱住她，在她脸上狂吻。

申姜笑着挣扎，说："这也是没办法的嘛，我怎么说也是戎人，怎么会不对强壮的男人有些动心呢！"但姜望还是不肯停，申姜连忙说："好了好了，这点动心跟你是没法比的，你一定要相信我，还记得我们在悬崖上的事情吗？"

姜望停住了，说："这么说你之前没那么对我有意，只是在悬崖上才开始的？"

申姜认真地说："从见到你第一眼起，我就对你有意了，我也不知道为何，可能因为我们都是姜姓吧！"

姜望软了下来，两人就这样在马上，不顾周围士卒的视线，旁若无人地抱着。一路上他们路过犬戎宗族，也没有遇到敌军，快马行军了两天，终于回到了申地。申戎王已经回来了，问起，说是回师偷袭犬戎族地的时候遭遇了阻击，而他们正要离去，却发现后路已经有军马拦截，苦战一个时辰，才有大队人马从外围突入，两军会合突围，他才带着千余人马回到宗族。

申戎王听说邰氏可能在犬戎军中，马上对姜望说："你赶快去报告你上官，说如果殷人愿意出兵犬戎，我申戎全力配合，还会联络义渠加入。"姜望答应一声便带着申姜回邰城了。不料，他刚到住所，就看到百夫长领着薅氏来了，说是有要事相商。姜望跟申姜见了薅氏，薅氏说："这次将军随申戎王征伐犬戎，可顺利吗？"

"别提了，中了埋伏，这次回来一定要告知酒正官，调动渭水的商人共同征伐犬戎。"

"哦？酒正官有驻守郃城、监视西伯的任务，他会分拨人马出兵犬戎吗？"

姜望得意地说："会的，我们虽然中了犬戎埋伏，但发现了大商感兴趣的神术阵法。"

薙氏吃惊地说："难道将军是发现了犬戎宗族竟然有大商想要动请任用的宗师么？"

姜望听他话中有异意，跟申姜对望了一眼，便缓缓地说："当然，这位宗师的神术，整个大商乃至大王都对其求之不得久矣。"

薙氏沉默了一会，便望向姜望跟申姜说："既然如此，我就直说了吧，郃氏之前跟我联络过，说如果申戎王跟将军能秘而不宣他的行踪，愿意以财物补偿。"

申姜听了立即说："绝对不行！郃氏布阵埋伏，害得我们申戎损失勇士五千余人，这可不是财物能够补回来的！"

姜望便说："郃氏愿意补偿多少财货？"

"因为申戎这次有事于犬戎，主要是为了财货，郃氏说他愿意劝犬戎王奉献那个宗族的所有财货，而五千勇士有三千俘虏，可立即送还。"

姜望便说："这需要跟申戎王商议，是他主张联合殷人和义渠进逼犬戎的。"

薙氏下拜说："好好，如有回音，我会通过朱厌猴联络郃氏，回复他。"

薙氏走后，姜望跟申姜商议说："你觉得这事是郃氏个人请求还是西伯的调解之策？"

"还不清楚，这要看郃氏能说动犬戎王赔偿多少财物给我们。"

"我也是这样想，奉献一个宗族的财货，就凭现在郃氏在犬戎的功劳，应该就可以说动犬戎王，但如果我们还要更多，就要看西伯在犬戎身上寄托了多少了，是只为西伯劫掠财货，还是要劝犬戎出兵瓜分阮国，迁回岐山的周人。"

"我是这口气咽不下的，只认定西伯会力劝犬戎出兵阮国，毕竟西伯有五千族人困在阮国，我除了要拿走一个宗族的财货、还回战俘之外，还再要两千犬戎奴隶！"她摸着姜望脸上的伤，决断地说。

"不如少要些奴隶吧，毕竟这次来往之后，以后还可以合作。"

"不行，我们此战损失了两千勇士，一定要全部讨回来。"

他们把消息告诉申戎王，他倒是很开通，说只要战俘还回、财货送来，一千两千奴隶都没问题。

姜望说了条件，过了几天，薅氏来了，说只能奉献一千奴隶，再多就没有了，只能战场上见。申姜立即说："你回去禀报，说大商愿意出多少兵马换取一名水正官、数名宗师，以及上万殷人亡魂！两千奴隶一个都不能少！"

又过了一天，薅氏回来，说邰氏劝犬戎王答应了申姜的要求。姜望夸申姜说："你算得真准呢，想不到西伯和邰氏居然愿意付出这么多换取这个秘密！"

申姜翘着嘴角说："西伯、姬启这些人我知道的，野心不小，又能忍耐，肯定是在为攻伐阮国做长远打算，既然能答应一千人，就可答应两千人。"

"看来我们以后应付邰氏要小心了，西伯有这么大的野心，邰氏仍然跟邰城望族沟通如此频繁，我们必须要一面应对殷人驻军宗师，又一面应付西伯邰氏他们了。"

申姜收敛笑容，两人沉默了好一会儿。申姜突然回头亲了姜望一下，说："好啦，以后再说吧。我问你，倘若西伯与大商和解，渭水驻军要撤走，你会为我留下吗？"

姜望知道申姜因为她弟还小，不能离开申戎宗族，自己若离开肯定不会随自己而去，便回避说："大商怎么可能这么快放过西伯，这不可能吧？"

"你还记得有莘氏吗，莘伯把她留在岐山，本来是给西伯幼子姬发婚配的，但西伯投降时把她割舍给帝辛了，她可是我们西方沃野的第一美人，听说如今在商国为妃了。我觉得有她在，帝辛与西伯和解、撤军是迟早的事。"

姜望若有所思："这么说，这次西伯答应你的条件也是知道自己不会与大商为敌，怪不得这么苛刻的条件也容允，原来有着复国的信心。"

申姜嗯了一声，追问："你还没回答我的问题呢！"

姜望认真地想了想说："如果大商这两年不撤军的话，我一定会把我在东夷的族人迁徙过来，定居于渭水。"

申姜知道这是他在她与自己的志向之间最大限度的调和了，便甜甜地笑着，吻着他。

　　几天后，申戎王与申姜带兵与义渠联合进军来到犬戎宗族附近，犬戎王派人送来了财货跟战俘、奴隶，两下订立不侵犯的盟约。义渠王不知犬戎王为何做出这么大的让步，他却没有得到一丁点的便宜，只得带兵气愤地空手而回。

　　这以后，申姜因为怀孕，也搬来郇城城内，受到姜望照料。他们仍然每日交流神术，监管下地的奴隶。但申姜只愿意修习贮藏粮草的四时术和骏马气血操控术，不愿意花心思修习耕稼，姜望则还要修习沟洫修筑、鱼鹰养殖的神术。

　　这一年，姜望所尝试的沟洫鱼鹰养殖也获得了丰收，上交了比其他上等田地更多的谷物和鱼粮，于是郇城大户望族也纷纷请求姜望教授养殖方法，只有挚壶氏因为与姜望争功，不愿意尝试。

　　而那一千申戎士卒耕种的收获没有上交郇氏归大商所有，而是被申戎王收走了。挚壶氏趁机在收租官郇氏面前进言，说姜望的一千申戎奴隶没有上交田租，肯定是被申戎收走了，这等于姜望是在向申戎透露耕稼之术。郇氏立即命令姜望上交申戎奴隶的耕种收获，不然的话以沟通戎人的罪名，军法处置。姜望愁容满面地回去，这时郇城的大户都来劝解，劝姜望不要上交申戎的田租，因为那是归自己跟申戎所有的。

　　姜望知道，这些人都是按照西伯的意思，劝自己离开大商、投靠申戎的。他只好向申姜请求："现下的形势紧逼，你可劝解你父王放弃戎人耕种的田租，让我上交大商了吧！"

　　申姜悠然地说："我可管不了，你知道我是希望你投奔我申戎的，现在正好，干脆一不做二不休，把你手下的夷方降卒都带到我申戎宗族去。"

　　"你不怕大商进攻你宗族吗？到时候西伯、犬戎可能也会趁机进攻，如何抵挡？"

　　"不会的，你手下都是夷方降卒，大商不会为难你的。实在不行，你就一个人出逃便是。"申姜捧着他的脸柔声说："就算商国真的借口征伐，我们便一起应对，游牧至别的地方去。"

　　姜望吻着她的手说："还是不行，你现在有了身孕，不能作战的，我们何必冒险呢？"

　　申姜叹了口气说："好吧，我便去劝父王。"

申戎王听了女儿劝说，还回了申戎士卒耕种所得收获，邮氏收到姜望补给的申戎田租之后，又说："以后每年都要上缴全部收获，以证那千人确实是申戎奉献的奴隶，否则就把那些申戎奴隶调往河内，分给诸侯伯。"

姜望诺诺地答应，回来告诉申姜，她气愤地说："真的把我的勇士当奴隶了吗？我现在就命令他们返回宗族！"

姜望急忙劝阻说："不行哪，你这一劝回，刚好证实了这些人不是奉献的奴隶，这田租不就白交了吗！"

"那你说怎么办，我们的士卒不可能再辛苦一年，毫无所得的！"

姜望默默地说："慢慢来，不着急。"他想起了宓妃，本来答应得到朱厌猴就给她送信的，现在不知道她情况怎么样了。此时想起，姜望立即让朱厌猴带口信去了沬城，让它去王宫外等候宓妃，并叮嘱它不要惊动殷王的护卫和小司命。

数日后，朱厌猴躲在王宫外的里巷探听到宓妃已经跟司命官成亲，住在一起了，便每日在王宫大门守候，终于被宓妃认出。宓妃听它说了来意后，便找司命说了。司命听说是为了前次的夷方降将，便去找了田畯官，言说了姜望在邰城实施了沟洫水养鱼鹰之法。田畯官自己是农师出身，听了这种养殖之法，大喜说："这么做可能会增肥地力，不知他们这次收获多少？"

司命官便说："确实收获多些。"

田畯官便说："好的，我去安排，再让大王下令在王畿田地里尝试。"

月后，姜望得到了酒正官的通知，说是为了表立鱼鹰养殖之功，可将他新开垦的田地封给他自立，收取申戎奴隶的田租自用，只需缴纳西伯战俘的田赋即可。姜望告诉申姜这个好消息，她便说："我劝父王再拨两千人在邰城郊野开垦荒地，年后不如我们也以监督奴隶为名，都搬迁至郊野，就在渭水边筑城，你看如何？"

姜望谨慎地说："人可以先调过来，但筑城的事慢说，不然邰城会有恐慌。"

"怕什么，你既然与沬城的高官交好，即便自立门户，也不会有什么关系。"

"其实我跟宓妃关系一般，这次主要还是靠田畯官对我鱼鹰养殖之法的信任。再说，就算帝辛亲自任命我爵位，长远来看，也需要应对渭水诸国的敌视，无论是邰城望族，还是他们背后的西伯跟崇侯，都是难以应付之人哪。"

到了第二年春，申戎王派来的两千人跟原有的千人会合，开始开垦土地。姜望已经提前夯土筑屋，为这些士卒提供居住地，但因为申姜有孕，他需要留在邰城照料，便没有搬来居住。而这时正值年祀，姜望已经两年没有回营地了，不知道那里的年祀预示有哪些变化，想到这里，便派遣了一只朱厌猴去往营地探听。他问申姜："不知你父王今年年祀有何预示？"

"我问过了，与往年差不多，我们火烧草木设坛杀羊的时候，就有很多秃鹫在头顶厉声尖叫，这预示着战乱将持续。但其实我们申戎去年并没有遭受什么损失，反而还得了许多财货。我们祭祀的牧羊神，密人、程人，还有其他戎人也在侍奉，但去年遭受损失的大概只有犬戎跟义渠宗族了，他们互相征战都损失不小，所以，祭祀并不能预示今年的兵灾是否是降临在我们头上。"

"不知道西伯、崇侯侍奉的是什么神？"

"西伯跟邰城一样，祭祀的是祖先谷神后稷，崇侯侍奉他们的祖先水神鲧，但他们都紧守预示的秘密，外人不得而知。你可试探一下薤氏他们，虽然他们的祭祀不如侯伯的盛大，但也可粗略看到一些预示。"

姜望说："我已经试探过了，说是跟往年一样，仍有兵灾，但看不出严重到什么地步。"他接着感叹："我已经两年没有回故土了，不知道今年年祀如何，听妃说帝辛已经在准备出兵东夷了。"

申姜欣喜地说："不如我陪你去一趟东夷，这就将你的族人迁徙过来吧？"

"嗯，是该准备了，最迟明年，就迁他们来这里。"姜望凝聚水汽，弄了申姜一脸水，明知故问地说："我接我族人，你这么高兴干吗呢？"

申姜气得隔空往姜望腹部上一按，姜望顿时觉得胃部翻涌，差点呕吐，急忙定了定神，奔过来抱住她，抹掉她脸上的水珠，说："你有孕在身，不要凝神过度啊。"

申姜翘着嘴角说："你的御水术怎么还不及我啊，还真差点呕吐了？"

姜望说："谁让你突然下重手，这力度怕会伤到胎儿吧。"

申姜靠在他怀里说："没事，等我生下孩子，就随你去迁徙族人，到时候我们就在渭水边筑城。待我修习骏马驯养和存储草料之法，就不用游牧至其他地方了，我们就在邰城定居，让我父王定期来回游牧就行了。"

"真要如你所愿就好了，可惜我看西伯这几年内肯定要联合邰氏复国，邰城周边免不了刀兵四起，到时候我们两族会不会遭到攻击呢？"申姜听了便不说话了。

两个月后，申姜生下一名女婴，而姜望派去东夷的朱厌猴终于回来了，说是营地聚落安然无恙，年祀预示也跟往年不同，没有兵灾预示。姜望心想，难道帝辛不打算征伐东夷了，还是预示有误？

司命官与须女篇

宓妃在沫城，她已经打算留在大商，不再回东夷了。这一天，帝辛与司命官议事，说打算派使者去跟薄姑国侯订立不相侵犯的和约，使殷人在接下来的征伐东夷之时，无需担心薄姑国出兵帮助其他东夷邦国。帝辛说："这次我打算以行人官为使，你跟须女作为副使，到时候薄姑国侯跟国师冯夷见了你们，自然心虚，会尽快答应我们的要求。你在出使的时候尽量在当地，以及周边邦国逗留，试探一下冯夷他们的神术有什么进展。须女的族人在薄姑，正好可以让他们出面去接触东夷的宗师。"

司命官回来告诉宓妃，宓妃迟疑地说："你不能告诉大王，另派人前往吗？我是不去东夷的，我曾跟你说过。"

司命察觉有异，当下便说："若你执意不肯与我同去，我便回复大王，另派人了，你可安心在这等我回来。"

宓妃心下稍宽，说："不要逗留，早回。"

过了两天，司命来跟宓妃告别，宓妃问帝辛是否因为自己不出使东夷而恼怒，司命说："那倒没有，但因为你不愿意迁徙族人过来，大王怕冯夷对你的族人不利，决定派出寝正官跟飞廉前往。这次出使后，由他们俩暗杀冯夷及汶伯等人，以清除所有知道你在大王身边的人。飞廉跟冯夷交过手，知道他的神力路子，应该没有问题的，你尽管放心。"

一席话把宓妃说得暗暗叫苦，她激动地说："冯夷与汶伯等人俱跟我族交好，你们完全不必这样！"

"这可不一定，现在是我大商出使与薄姑结盟，可以稳住薄姑国一阵子，而一旦大王进攻东夷，即使冯夷不出手，顾氏、巨野伯是顾国人，也肯定会向东夷诸国宗师告密，利用你族人来要挟大王。"

宓妃只好反悔说："这么说还是把我族人迁徙到大商来吧，你们暗地里把他们接回来就好，千万不要声张。"

"这样也好，你给我信物，我亲自去请，在迁徙的时候聚集起冯夷他们，寝正官他们则埋伏起来，全部当场杀死，你看此计如何？"

宓妃恼怒地说："既然我族人可以安然迁徙过来，为何还要杀死冯夷他们？"

"大王既然下了命令，不得不执行，再说这次可是削减东夷宗师实力的绝好机会。"

宓妃颤抖地点了点头。

司命官一行即刻出发去薄姑国，到了之后，冯夷迎接，他跟行人官与司命官照面之后，表情略微怪异，但瞬间即恢复正常。行人官与薄姑国侯商议两国结盟的具体事宜，他故意拖长商议时间，趁这段时候，司命率领潜伏在使者队伍中的寝正官跟飞廉前往济水去见须伯。

司命在前往济水途中，飞马离开寝正官他们而去，说是有要事要办。他一人接近济水的宓妃族人聚落，借夜色藏身，潜入大屋，看到宓妃正在让她的族人收拾财货，商量着要离去，便用手指挥出一道细风，让宓妃面前的烛火随风前移了一下。须伯大惊，出了房门大叫："是哪位宗师？"

宓妃已经猜出来了，便劝住他说："我的一个朋友，你们放心，我去去就来！"

"是大商的宗师吗，竟然有如此高明的神术？"

宓妃嗯了一声，便急急地出门，顺着推动烛火移动的风向去了。她在林中见到了司命，便说："想不到还是被你看穿了。"

"现在你总该跟我说实话了吧？"

"你是怎么知道我到了济水的？"

"你别岔开话题，你自己偷偷地潜入薄姑，想在我们利用你族人汇合冯夷他们之前，迁走你族人，是不是不想冯夷他们有事？你跟冯夷绝对不是简单的部属关系吧，不然前次他也不会在沂水，目标不是刺杀，而是专门为了救你？"

宓妃舒了口气，说："好吧，我本身的名号宓妃，是冯夷依照上古洛水神女宓妃给我取的，以掩盖我得冯夷亲传神术的事实。我11岁就在他宗族为少宗祝，负责祭祀和网罟编织。我族与冯夷族世代都是亲族，当然前年也成了他的夫人。你有什么怨气就发泄吧，我的确不该瞒着你这么久的。"

司命听了，手一扬，起了一阵风，并不迅疾，刮起落叶朝宓妃打去。宓妃看这劲风并不猛烈，知道他留手了，便起身转了几转，把这落叶送了回去。这是他们平日里惯常的神术修习方法，目的是把落叶以合适的力道，准确地送到对方身旁。司命问："这神术原本是你在冯夷宗族里，他教你的？"

"是他给我启发，我自己修习的。"

司命突然单手化刀，一挥掌，宓妃的绸衣扬起的衣袖突然变得锐利，在她腕口上划出了一道口子，立即有血流出。宓妃惊疑地等着他更猛烈的攻击，但他并没有，只是走过去，看着伤口深吸了一口气，握住她的手腕说："这是我给你留下的伤痕，你要记住。"

"这么说你不生气了？"

"其实我并不气你跟冯夷的事情，只是恨你隐瞒，尤其在我们成亲之后，甚至我来薄姑接你族人之前，还在撒谎骗我。"

宓妃紧紧抱住他说："你知道吗，我很早就跟你说我这辈子都不再回东夷了，就是为了下定决心与冯夷断绝联系，为此，我宁可不见我族人。但你这次出使，打乱了我的心绪，使我不得不为冯夷考虑，跟他在一起的往事又涌上心头，我只好继续隐瞒……"

司命叹了口气说："我知道你心乱，想隔绝往事，但既然事情已经紧逼你了，你就应该坦然面对，不该再隐瞒了。"

宓妃冲着他憨笑说："我跟你回去见冯夷吧，我想现在我可以坦然面对往事了。"

司命以手掌隔空轻抚她的伤口，为她止住了血，说："不急，寝正官他们正在赶来济水的路上，等你介绍他们给你族人，商量了怎么打探宿沙氏的行动之后，我们再回薄姑都城。"

"寝正官他们不是计划杀冯夷的吗，怎么去找宿沙氏了？"

司命微笑着说："他们此行本来就是去试探宿沙氏跟泰山斟氏的神术的。之前大王听说你不愿意去薄姑，这样就没法试探出冯夷的神术进展，只好另派寝正官他们去试探宿沙氏了。说他们去杀冯夷是我顺口说出，用来试探你的。"

宓妃在黑暗中盯着他的脸，满脸都是忧虑。司命柔声安抚她说："你也不能怪我，是你执意隐瞒我在先。"

宓妃叹了口气说："以后我们应该再也不用互相猜疑了吧，这样心好累。"

司命笑着说："你忘了吗，我们不就是因为大王派我监视你，这样互相防备才走在一起的吗？"

宓妃噗嗤一声笑了，突然一跃而起，消失在树梢上，传来一阵声音说："那我又要逃走了哦！"

司命笑着追上去说："你在月光下，这么明显的影子，还怎么借树枝藏身？我们这一年的神术都白练了吗？"

他们一路说笑了一会，到了须伯的聚落，等到第二天早上，寝正官他们到了。须伯迎接了他们，说："你们如要找宿沙氏的话，是很容易的，他经常奔波于诸莱及东夷诸国的宗族之间，与他们商讨海盐贸易之事。"

寝正官便问："有没有办法让他来济水聚落呢？"

须伯呵呵笑着："这可不行的，他只与各个都城的大族名门来往，像我们这种小地方，他只会派遣弟子前来。"

飞廉说："那最近他会前往哪里呢？"

"应该就在他氏族附近的逢地，与逢伯商议与诸莱以外的东夷邦国互市之事。"

"听说逢伯擅长集市贸易，他也是宗师吗？"

"逢伯是四岳氏后裔，逢国是东夷诸国唯一的以耕种为主的邦国，因此一旦我们这些渔猎氏族要换取五谷的时候，就需要来他设置的集市上以鱼粮换取，他还把五谷卖给诸莱换取海贝，只有他们才有贝壳出产。所以，逢伯聚集了大量的诸莱货物及贝壳，当然也包括宿沙氏的海盐，而一旦我们没有贝壳，就要与他协商易货，换取他的五谷或诸莱的货物。但只听说过他精于贸易，不知他擅长神术，逢国与东夷诸国交好，从不参与战争，因此未曾见过他出手。"

寝正官问："听说泰山斟氏是大禹后裔、东夷的第一宗师，他最近的活动是？"

须伯说："这就不知道了，斟氏和他的族人极少下山，只在上次祝国与莱国争夺营地的时候下过山，平日里实在踪迹难寻。但他的弟子郭氏现在就在薄姑国为猎师师氏，你们可以去试探一下他。"

司命官便说："郭氏、冯夷由我跟宓妃去试探，二位请分头试探宿沙氏跟斟氏了。"

两人都点头。

司命官又对须伯说:"须伯父,你们现在请立即随寝正官他们带来的人马引路,迁入我大商,他们会安排一切。"

须伯唯唯诺诺地答应。

司命官又说:"须伯父,小婿还要说一句,我们这次潜入薄姑,是奉大王之命,不能有半点闪失,你应该可以保证不泄露出去吧?"

须伯呵呵笑着说:"领会得,小女昨夜已经明说,即使我要告密,凭几位宗师的神力,就算冯夷他们亲来,也是留不住的。而我的族人都已经隐瞒,只说是前次小女随冯夷办事失踪,与之交恶,要迁入大商另谋兴旺。"

商谈完毕,司命跟宓妃便快马赶回了薄姑国都,他对宓妃商量说:"之后在都城见了冯夷,你不必多说,只让我来试探他的神术。"

"冯夷嫉妒心强,又性情刚烈,我真的不知他会跟你发生怎样的冲突。"

"我会把握好,既试探出他的神术,又不让你为难。"

这时候,行人官跟薄姑国侯仍然在商谈盟约的具体事宜,司命便邀请冯夷、郭氏、汶伯、爽鸠氏等到郊野狩猎。他们一到猎场,看到宓妃出现在司命官身旁,容颜未改,只不过把披发梳了髻,都大惊失色。冯夷的脸色更是极其难看,但司命官故作不知,向冯夷等人介绍说:"这位是须女,我的夫人,他本身是须伯的女儿,你们可与他熟识?"

汶伯见司命没有打算拆穿他们沂水袭击帝辛的事,便讨好地连忙说:"须伯,当然认识,在我们薄姑也是小有名气的,他的女儿则只听说是位大美人,未曾见过。"

爽鸠氏也附和说:"是的,我也是没有福分见到。"

司命见冯夷不说话,便问:"冯夷氏可曾与我夫人有缘得见?"

汶伯等人看到冯夷脸色已经变成青铜色,他干笑两声,说:"我确实是见过的,但并不是很熟悉。"

宓妃实在是按捺不住了,目光锐利地射向司命,他扫了一眼宓妃的目光,便说:"这就好,大家既然都是半个熟人,围猎中就不会觉得尴尬,我们开始分散吧。"

各人分头行动,宓妃并不愿意与司命、冯夷在一路,独自走了。冯夷却尾随宓妃而去。宓妃走了几里路，察觉后面有人跟踪，便回头说："你出来吧。"

冯夷这时正藏在水雾中，便显形，强压怒火地说："你之前应该不知道我能够藏身于水汽，这敏锐的觉察是他教你的？"

宓妃点头说："这次我是来跟你断绝关系的，我族人也要迁往大商。"

冯夷怒火冲天，藏身于浓雾，一股水柱向宓妃冲去，她拔出佩剑一划，水柱折向地面而去。突然，她手上佩剑变得沉重，只见冯夷在她的佩剑上出现，不由得手一松。冯夷趁机取下她的佩剑，架在她的脖子上。

宓妃说："你不要这样，我已经决定了，杀了我也没用的。"

冯夷愤恨地靠近她的脸，两人均呼吸沉重，说："你为什么要这样？我前次还冒险营救你，想不到你居然这么快就忘情了？"

"你不必说了，我虽然曾经煎熬过，但现在已经过去了！"

"你信不信我这就杀死你？"

宓妃轻蔑地说："如果你是为了泄愤的话，我劝你还是先为薄姑国与大商的盟约考虑一下吧。"

这时，司命正追踪郭氏而去，他看到郭氏正在跟一只猛虎嬉戏，那虎在他身旁跳跃、嘶吼，每次跳跃扑袭，头上都会留有鞭伤，却仍然不能接近他。司命便趁机向郭氏身边射箭。那箭其实是以一阵疾风送出，正好顺着老虎扑袭郭氏的方向射飞他的长鞭，那虎便就此破阵而入。

郭氏稍微一惊，即侧身一让，手抚虎头，那虎立即像块石头一样落在地上。郭氏趁机跳开，那虎又活泼乱跳起来，司命这边又是一箭，射死老虎，他跳出来对郭氏下拜说："刚才我原本以箭射虎，但差点误伤了郭伯，就此赔礼了。"

郭氏便说："没有关系的，刚才一箭射偏，我并未受伤。"

"但我看刚才这只虎扑袭宗师，突然不动，不知是何神力？"

"只是驯兽之术而已，我原本是猎户出身，普通蠢兽伤不了我的。"

司命见问不出什么，便飞身走了。他又试图接近爽鸠氏，但这人感知极其灵敏，他尚未靠近，爽鸠氏就如鸟雀一样飞身藏在林中，随即就从林子里传来逼视的杀气。他又试图找汶伯，但汶伯似乎根本没有按之前的方向前进，而是改了方向，他一路急奔，都未能找到，只好回来寻找宓妃。

司命官悄然接近，正好看到冯夷跟宓妃仍然在争执，便现身说："原来你们走在一路了。"他上前拉住宓妃的手对冯夷说："不过我夫妇二人打算同行狩猎，冯侯可自行转投别处。"

他拉着宓妃走了几步，看身后冯夷没有反应，便又回头说："听说前路林中有猛禽，我可陪我夫人上云霄追逐，不知冯侯可会借风飞行？"

冯夷再也忍不住了，吼道："据说司命官是帝辛身边第一宗师，以前没有机会交手，可愿与我一试神术？"

司命微笑一下，不顾宓妃阻拦，说："愿意比试。"

冯夷更不说话，化身一阵水汽直扑而来，司命脚踢地上尘土，即挡住了水汽的进击，但只这一缓，空中尘土突然聚集成团，朝司命围困而来，司命身体一转，尘土跟水汽都被吸附，绕着他周身旋转几圈被拍飞。冯夷被抛飞，在空地上化为原形，站立不稳，连连后退。司命手上则多了一抔泥土。冯夷便说："既然知道了宗师神术，我便先离去了。"

司命官看冯夷要走，急忙说："比试尚未尽兴，为何离去？"

冯夷头也不回地说："我为薄姑国师，有要事在身，便暂时不打扰了，你们可继续围猎。"

司命忙说："冯侯刚才所见其实并非我本人神术，而是我夫人教的，我与她一同修习，把这梭织之术改进成留所愿留、去所欲去，这应该比我夫人原有的神术要高明些了。"

冯夷听到"我与她一同修习"，身上颤抖，立即停步，回过头来说："那就继续比试，让我看看宗师原本的神力！"

冯夷话音未落，已经有一阵尘土扬起，向司命扑来，司命立即发觉自己呼吸开始变得沉重，急忙掩住口鼻。而这时候，冯夷已经化为水雾，直直地冲击过来。司命官虽然自身被扬起的尘土封住，左右移开也无法摆脱，但右手早已握有玉尺，指向离娄星次，引风抽掉了头上聚积的尘土，总算可以呼吸。这时他便暗自勾手朝宓妃射出丝线把她牵扯过来。

宓妃看这一冲击凶险，自己身体又被司命牵引而动，只好顺势扑来，张开网罟挡在水雾冲击的前面。冯夷看宓妃来了就已经开始收势，这一撞刚好撞在网上，这网原本有一定的吸附水雾的能力，却是禁不住冯夷的冲击的，只是他收了势，便挡住了这一击。随着冯夷化作人形，司命四周的尘土禁锢也解除了，司命打着哈哈说："幸亏夫人急忙来救，否则我就死在冯侯这一击之下了！"

宓妃脸色极其难看，撇过头去，不看两人。冯夷看着宓妃来救，愠怒更盛，胸口被堵住了似的，也做声不得。司命看戏演得差不多了，就连忙跑过来，拉住宓妃说："我们走吧。"

冯夷听了终于禁不住怒火中烧无处发泄，随即紧握拳头，招呼也不打，就先自飞身化浪走了。

宓妃看冯夷走了，松了口气，甩开司命的手说："你刚才拉我来为你挡住袭击，万一冯夷不收手呢？"

司命轻松地笑了笑："没事的，他不会伤你的，更何况即使他收不住势，我可附身右手玉尺，借星次之力暂时摆脱尘土，再按住冲击你的水汽，肯定不会伤到你。"

宓妃知道他有这种本事，便说："你明明有办法摆脱他的禁锢，为什么还要拉我进来，就是为了试探他的神术，同时又保留自己的实力？"

司命肃然说："大王的交代最重要，别忘了我们不久就要跟东夷开战了。"

宓妃心里陡然一凉，既感受到了司命的阴鸷，又认清了他对自己的情分极其有限，也为这一下失去了往日的依恋而悲哀。他们俩慢慢走在路上，都不说话，在跟郭氏、爽鸠氏等人会合之后，便匆匆互相道别。路上，司命官打破僵局，问宓妃："你知道冯夷使出的以尘土禁锢人身的神术是什么来由吗？"

宓妃欲言又止地说："我并不是很清楚。"司命看她有些不情愿，便暂时作罢。

与此同时，飞廉去了泰山，潜入斟氏的居所，暗暗观察他的神术，但尚未靠近，便被他觉察，直接高声叫道："哪位宗师来访，可否现身？"

飞廉不理会，只是潜伏，他飞身到了半空，俯视丛林，接着一道疾气突然射向飞廉藏身之处。飞廉只好起身，藏身林间之风而走。斟氏按下云头，仔细观察那阵缓和微风的去向，却并不追赶，只是点头。

寝正官则去了逢国，潜伏于逢伯宫中。他到达的时候，逢伯正与宿沙氏在大堂议事，他分别以门墙、厅柱为掩护，躲在这些屏障之后，这些屏障影子在他身前延长、变宽，遮住他的身形和影子，躲过了来往的侍卫和奴仆，最后藏在宿沙氏身后的屏风后面。逄伯他们虽然因伸长一段的屏风影子而看不到他，但他能够看到逄伯与宿沙氏交谈。

逄伯跟宿沙氏聊了一些与薄姑、祝国等国的鱼盐贸易量的事宜，然后谈到了可能到来的战争，逄伯说："虽然现在诸莱与东夷诸国的鱼盐互市在增加，但国侯之间并不互相来访，也没有任何约定，不知道一旦商国开始征伐，东夷诸国会不会群起抵抗，还是坐地旁观？"

"难说，听说薄姑国侯正在见商国使者，我猜一旦开战，这个东夷的叛徒肯定不会帮助其他邦国了。"

"不知帝辛会从哪里开始进攻，若从夷方开始打开口子，薄姑国就肯定不会插手了。"

"现在商国既然与薄姑国和谈，自然不会从薄姑国这边进攻，是从夷方进攻无疑了。"

"宿伯，你可要注意了，如果帝辛进攻东夷，首先为的就是你的盐业，到时候东夷诸国能不能共同对敌，就看你是否能够振臂高呼，聚集各国了。"

"是啊，如果我地遭受攻击，逄伯你可要出手哦！"

逄伯打着哈哈说："一定的，如果有我和我族人能对付的神术，我一定派我巫祝丑氏①赶去相助！"

宿沙氏严肃地说："我是说你应该亲自带兵前来与东夷各国军队会合。"

逄伯干笑一声："好的，看战况再定。"

两人的场面一度尴尬，逄伯见谈话陷入沉默，正急着找话题，突然发觉自己宫中的屏风似乎比平时要长了些，他朝宿沙氏瞟了一眼，说："我觉得我打仗可能并不擅长，主要用处在于做些财货供应，以及粮草看护事宜……"

他正说着，手里拿出一只贝壳，朝屏风后扔去。那屏风影子立即消失，露出了后面已经转身逃走的寝正官。贝壳在半空中张开，里面有一颗蚌珠照住逃

---

① 商末在薄姑、齐地的部族，有说为夏代的斟灌氏族后裔。

走的寝正官。寝正官只觉得背后灼伤、震颤，又搞不清是什么法宝，只得拿出一只玉圭，射住大门打开，一阵清风吹入缓解了疼痛。

宿沙氏大叫："哪里跑！"手中一扬，扔出了桌上的一只陶罐，在正要飞出大门的寝正官的身体周围就已被一阵清风粉碎，但尖利的碎片还是划伤了他。

宿沙氏与逄伯刚要追击，就觉得被门外涌入的狂风压制，两人连忙双手下按，定住身体。宿沙氏拔出佩刀，朝寝正官射去，那刀被清风挡住，斜射钉在门脚。

逄伯对侍卫大喊："关门，拦住他！"但侍卫还没有来得及关上大门，就被撞开，寝正官往门外而去。

但寝正官并不急着逃走，他还想看看宿沙氏与逄伯的真正实力，便一挥手中短剑，借清风加速朝屋内的二人飞去。室内逄伯被短剑射中胸膛，后退至墙角，但似乎还能起身；宿沙氏身前地下则突然扬起尘土旋风，使短剑射偏。

寝正官看没有得手，正待要走，半空中突然洒下雨滴，急速射向他。寝正官急忙挥剑划开雨滴，他刚要迈步飞走，突然感觉双脚如入泥沼，低头一看，脚下的泥地出现裂缝，原来是耕犁阵法！这时雨滴落在地上，宫内的侍卫都着了魔似的，张牙舞爪地举戈就刺，霎时间朝寝正官刺出了数道疾风。寝正官急忙双脚震荡，震断了地下的耕犁泥水粘附，飞身跳往石板路，并凌空在自己周身划出一个阵法，布下旋风挡住了周围的攻击。侍卫们又都腾空而起，从寝正官头顶攻击，他搞不清这些侍卫为何能如宗师附体一般振奋，只得在自己头顶挥舞玉圭，无论雨滴，还是侍卫的凌空斩击，都被浑厚结实的风气弹开。

这时，宫门外有一人飞身前来，以斧头划开地面，斩向寝正官。寝正官看那人头戴面具，不知是谁，又看这一斧头力大，知道自己的阵法抵挡不住，便闪身躲开，趁机飞向半空，他自身也借着这一道泥沙巨斧的劲气飞身而去。

等寝正官借风飞去，宿沙氏跟逄伯才追出门外，问那人说，"丑氏，你也没能留住那人吗？"

丑氏便说："此人阵法极其熟练，刚才他借我的攻击走了。"

逄伯说："这人能够藏身在我宫室内的门、墙、屏障等物，一定是擅长宫室土夯的宗师。"

宿沙氏思索："我猜是大商的寝正官，听说他在对西伯之战中大破郐氏的农田阵法，只有他有这种程度的神力了。"

"看来帝辛身边的宗师都潜入这里了，战争的传说恐怕是真的了。虽说今年的年祀并没有兵灾的预示，但你还是赶快回国禀报莱侯，联络各方宗师做好打仗的准备吧。"

"现在帝辛派人来东夷，应该只是试探我们的神术，这次让他逃走，下次如果再有谍匪来此，又当如何？"

逢伯认真地说："你放心，这次帝辛都派人来我宫中探路了，实在欺人，你们且去，一旦再发现可疑的探子，我会派我的巫祝丑氏配合抓捕，他现在也会把此人的神术告知你们诸莱的宗师！"

宿沙氏拜谢去了。司命官正在薄姑国都等待寝正官和飞廉，他们一到，行人官便结束了与薄姑国侯的谈判，众人回国。

帝辛看到他们出使归来，问了东夷诸国宗师的实力。

司命官、飞廉、寝正官等人便说了对冯夷、郐氏、斟氏、宿沙氏、逢伯等东夷诸宗师的神术、法宝的了解，并商议了针对之策。

帝辛便说："众宗师可跟弟子相谈破解之法，都回去准备吧。飞廉，你先回你的奄国，发动奄国侯积极准备足够的粮草，到时候我会告知你开战日期。"他又对门尹官说："最近西伯有没有什么举动？"

门尹官说："渭水驻军传来消息说没有什么动静，岐山的士卒基本上没有出过城邑。倒是北边的苏国在与盂方残余势力联络，欲扩大自己的地盘。"

帝辛哼声说："有苏氏之前在盂方入侵的时候就不听我号令，去截击盂侯，现在果然在向北方扩张，扩大势力，你们认为在征伐东夷之前有必要率军擒住苏侯吗？"

门尹官说："不可，有箕侯在北方镇守，我们不必出兵，不如专心准备东夷战事。"

帝辛跟众宗师商谈完毕，便径直去了莘妃处歇息。

王后听说司命官出使归来，还是带着须女一起回来的，便召见他说："听说这次须私自回故土迁徙族人被你撞见，这么说她把自己的身世经历都告诉你了？"

司命官微笑着说："不瞒王后，她其实是有夫之妇的。"

"你不恼怒吗？"

"现在不了，我把她之前的情人狠狠地羞辱了一番，还逼她与前夫彻底断绝了关系，便不恼怒了，顺便还完成了大王的任务。"

王后取笑他说："你呀，看上去冷静，背地里却总想着报仇泄愤。你有没有想过这次激怒了冯夷，他会不会在以后的东夷之战中趁机报复殷人？"

"这……倒是没想过，不管怎么样，我肯定会出征杀敌。而且，我夫人肯定会跟我一起承担，这就足够了！"

王后甜甜地笑着："你跟大王一样，都是性情中人呢！"

姜望夫妇回东海篇

姜望在渭水收到宓妃以朱厌猴送来的消息，说帝辛已经在准备征伐东夷了，便跟申姜商量准备去往营地迁移族人。

这年秋收，不但姜望的郊野聚落获得了丰收，邰城尝试鱼鹰养殖的大户世家也都上交了更多的田赋。这下，毕城的崇侯也开始尝试这样的农法，而挚壶氏也不得已向姜望请教这种农法，调拨了五百人作为交换之礼。姜望这时也收到了东夷营地自己族人送回来的消息，说是暂无战事，现正在准备舟楫牛车，盼望能够早日迁徙。

于是，他布置好粮草储备之事，就与申姜一同出发，商量先顺路去沬城寻宓妃，以答谢她报信之情，再前往东夷。

两人走得很慢，因为营地传来的消息说是没有要大战的氛围，族人也没有被整编成军队，便认为暂时不会有刀兵。申姜说："听说洛地的青要山有一种荀草①，可以让肤色更细腻，我们先去采一些吧？可以赠给宓夫人，让她跟司命官在帝辛面前为你说好话……"

"你应该用不上吧？"

申姜翘着嘴角说："我当然用不上啦，我有申戎宗族为后盾，你敢抛弃我吗？"

姜望凝神朝申姜坐下的骏马一挥手，她的马立即躁动，慢了下来，他说："弃你当然不会，但你不怕我神术高强之后，受到赏识去殷都做官，另取美人吗？"

申姜大怒，凝神一击让姜望坐下马一腿软，瘫倒在地，姜望飞身往申姜的马上一跳，顺手牵住金钩，钩住住了她坐下骏马，使得她的马也腿软，差点瘫倒。申姜急忙凝神弹震，使自己坐下的马恢复血气流通，但这一恢复，姜望瘫倒的骏马也随即爬起来了。

这时候姜望已经跳到了申姜身后，她问："怎么你的马也恢复了？"

姜望得意地说："我用钩钓把两匹马的血气连起来了，你神术落后了哦！"

申姜哼着说："你会高强神术也没有用，帝辛手下这么多高人，他们神术提

①　《山海经》里的荀草，"服之美人色"，相当于覆盆子，含有雌激素。

升更快，你是难以受到赏识的。"

"跟你开玩笑的啦，我俩神术修习已经有默契，提升神术怎么离得开你呢，况且上哪去找比你神力更高强的宗师做夫人啊！"

申姜想也是，若论神术，西方诸国，乃至大商，竟然没有比她更高强的年少女子了，大多数侯伯之女都没有修习神术，连她自己也是因为自己幼弟还小，暂时要为自己宗族征战而苦练的，而如果没有姜望，她恐怕也不会去想提升自己的神术了。她突然想到，便问："你说那个宓夫人的神术提升到什么地步了，她跟随司命官这么久了，他们俩的神术会不会提升更快？"

姜望有些丧气地说："是啊，不只是宓妃，其他宗师为了应对东夷之战，恐怕都在拼命修炼吧。"

"这次我们去采苟草，正好赠给宓夫人，让她跟司命官在帝辛面前为你说好话，给你一个爵位。"

姜望恍然醒悟，欣喜地说："原来你一早就打定主意赠苟草给宓妃了？"

"当然啦，你要封了爵位，我申戎自然也多了助力，你以为我当真反对你自立门户？"

姜望亲了她一口说："看来你这辈子就只能跟在我身边了。"

"你别高兴太早了，只是赠苟草而已，又不能保证一定能让你做官！"

姜望皱眉说："是啊，宓夫人现在怀孕了，应该不太管俗事了，我们这次与她会面应该不会有什么帮助了。"

"这又要靠我啦，我跟宓夫人都是女战士，上战场多了皮肤会变差，正好用苟草赠礼拉拢关系，不然她现在什么都过得比你好，你能有什么可拉拢她的？"

姜望拨开她的秀发只是亲，她笑吟吟地扭头说："好啦，好啦，我们走快些，我想多留些日子待在海滨，早听说东方有比草原还要辽阔的大海，我还从来没有见过呢！"

姜望得意地说："这你放心，我们不但可以在海上泛舟，还可让你看看我驯养的一些海中奇珍，保证是你从未见过的，免得你老是说放牧生活最好。"

申姜皱眉说："其实是我父王认为放牧应该为本，耕作、渔猎只能为辅，以我自己来说倒是挺喜欢捕鱼的。"

两人便去青要山上找到了方形草茎的荀草，这时正值深秋，荀草结出了红色果实。他们采了之后，姜望想到一件事，便说："我听宓妃说过，前面嵩山地界有一种牛伤草，吃了可以抵御刀枪，你现在怀有身孕，不如我们先去采草，以防此去一路上有事发生？"

申姜答应了，两人又赶往嵩高山，在山腰找到了带有青刺的牛伤草，正要采集，却冷不丁碰到一只口称"要守护嵩高之物"的人脸猴化蛇阻止，一番争斗，好不容易采摘到手，又遇见一个嵩高宗师，交手之后，两人狼狈飞奔下山。

看到后面宗师并没有追上来，姜望舒了口气说："想不到一年过去，连一个普通的嵩山猎师弟子都可以破我的农田阵法了，这种阵法在两年前的渭水之战中，可是连嵩山大弟子岳氏跟泰逢联手都破不了的。"

申姜说："看来我的担心是对的，前几年渭水之战中的田阵太出风头，各国宗师都受到刺激，暗自提升实力，为今后更大的战争做准备。"

姜望接着说："只是没想到提升如此之快，一个嵩高弟子都能御风腾空，还能这么长距离操纵云雾！"

"这不奇怪，看那宗师有四十岁了吧，在渭水，郜氏、崇侯麾下的一流宗师，修炼到四十岁能腾空的很多，而泰逢新娶的夫人武罗王，据说已经能腾空了。"申姜又转而笑道："你应该高兴啊！你在东海的那些打猎、捕鱼的老对手，可还不能如你这般御风之力吧？"

"我只是觉得这些宗师都有自己的修炼路数，有神力提升捷径，若是以我们俩现在的修炼门路，怕是四十以后也不过是个好一点的一流宗师！"

一句话说得申姜也忧虑起来了，两人都很沉默，想到即将到来的东夷大战，便急急地往沫城去了。

宓妃高兴地接待了他们，对申姜说："前次姜望大哥来消息，说是已与申戎王女成婚。现在看来，果然装束英姿飒爽，还是个标致的大美人！"

申姜虽然习惯了这样的赞扬，但看对方也容貌殊丽，又想到她神力高强，便笑着回应。他们又看宓妃挺着大肚子，都问："是不是快要生了？"

宓妃喜气洋洋地说："快了，可能就这个月。"

姜望从没看到过宓妃这种喜悦之情，便说："看来你真的找到安心的地方了，不会再回东夷找冯夷了，是吗？"

宓妃悠悠地把之前出使薄姑的事情说给他们听了，道："我是决意不再上战场了，也不管大商跟东夷的纷争，只安心在沫城生儿育女。"

姜望惊讶地说："接下来的东夷之战你不去吗？这可是你们夫妇建立功勋的大好时机。"

宓妃又转而忧虑地说："是啊，接下来大王会征伐东夷，薄姑虽然不会参战，但冯夷这个人我知道，他既会隐忍，又善于报复，前次他报复水庸氏夺宝嫁祸夷方你是知道的，这次肯定会利用东夷之战报复殷人，我真不知道该不该再上战场了！"

姜望见宓妃完全不考虑建功立业之事，只为感情之事伤神，只得默然。申姜趁机说："姐姐，我觉得身为女子，确实应该少上战场，多保养自己的身体和容貌！"说着她拿出了荀草，递给宓妃。

宓妃惊喜地说："我常想派人去采，一直忘了呢！妹妹真是知我心意，居然就送来了。"

申姜绘声绘色地道："有了这些草，姐姐只需每天在家等待司命官回来就好，不用去想那些烦心事，建功立业都是男人操心的事，像姜望不是整天都想着能在一场大战中立功，在渭水获得爵位嘛。我们女子不能老上战场，行军打仗日晒雨淋，很伤皮肤的！"

姜望听了不悦，插嘴道："你别乱劝，别人刚才都说还没有决定要不要去参加东夷之战！"

申姜瞪了他一眼，扭头赔着笑脸对宓妃说："我只是就女子出嫁之事而论，求个安稳而已，没有顾及太多！"

宓妃会意地笑道："我知道了，看来妹妹这辈子是既可以上战场，又用不上这些荀草的了，是吗？"

申姜脸一红，随即盯着姜望哼着说："这可难说！"

宓妃大笑着对姜望说："看来我真的要帮你一把，才能减轻你们俩的压力呢！"

笑过之后，姜望又问："我们来此之前还采了牛伤草，遇到看守的嵩山宗师。"

宓妃想了想说："我听司命说过嵩山宗师精于山野雨雾之术，但其破解之法，却是不知。"

"我记得之前岳氏也破不了邰氏的农田阵法，那嵩山弟子却对我布下的阵法了如指掌，看来这些宗师都在闭门苦练吧。"

"嗯，渭水战后，许多宗师确实在苦心修行。但因为农田阵法在渭水之战中杀人太多，现在大商这里的宗师几乎人人都了解了些。"

姜望跟申姜都相视点头。

临别前，宓妃对姜望说："我会将你的事告诉司命官，上次只是田畯官出力免你的田赋，并没有告知大王，这次我可从中周旋，让大王知道。"

姜望感谢地说："多谢了，关于你的事，我因为没有这种经历，也不好说。我只是觉得，无论男女，只要能够受封一地，其他的事就可有回旋余地了。"

宓妃认真地点头说："嗯，我会考虑你的想法的。"

他们正要告别而去，突然看到背后站着一人，正是司命官。宓妃有些着急，连忙介绍姜望跟申姜给他认识，但隐去了姜望一行的目的。司命官打量着申姜说："申戎之女？"又对姜望说："我记得你是东夷之人，但你近期最好不要回东夷，前次我们的人去试探过东夷宗师的神力，被发觉了。现在东夷宗师都很警惕，严防宗师暗中潜入。"

姜望听了急忙答应，拜谢去了。宓妃问司命："你怎么回来了？是又在监视我吗？"

"你多想了，只是外舍门人认识姜望，告诉我的，我便来看看。这个姜望故土在营地，与你的故乡济水不远，他可是与你一起在沂水袭击之人？"

"不是的，只是与他在夷方之战后相识，才发觉彼此是算是近邻而已，他这次是来谋求爵位的。"

"暂时不予。他娶了申戎之女，虽然稳住申戎不侵犯我西土的商族有功，仍需要查看一段时间才能受封。"

姜望两人一路上慢行，申姜说："我觉得司命这人眼神锐利，要把我看穿似的，此人一定会拿我的申戎身份做借口，成为你今后受封的阻碍。"

"可能吧，他是大王身边的侍卫官，以前宓妃就是受他监视的，但他既然娶了宓妃，说明这人还是挺有人情味的，这不，还向我们透露了东夷严防大商宗师。"

"我现在真担心你族人会把你去那边的消息传出去，这样你作为殷人臣属的身份去东夷就有危险了！"

姜望听了也有些无奈，说："已经快到了，无论如何都要闯一闯了。"

两人心急，快马加鞭往营地而去。在接近营地的时候，两人都服下了牛伤草。姜望带着申姜沿着湖滨从密林中接近聚落，他们看湖滨上的渔船来往悠然，没有任何异样。他们出了树林，正觉得一切顺利的时候，突然看到地下钻出了许多蛇来，姜望大叫："不好！这是电鳗蛇！"

申姜拔剑一划，周身数条电鳗蛇毙命，突然一阵水汽随风扑来，她顿时感觉全身麻痹。姜望立即以金钩划地，飞出砂石止住了疾风水雾。"姜望老友，你神术果然提升不少呢！"有仍任氏从风中现形，旁边还跟着三位宗师。其中两位姜望认识，就是以前跟随莱侯与他定约的折丹氏跟玄股氏，另一位赤膊左衽，背着巨斧，是个彪形大汉，正是丑氏，但他不认识。

"果然是你们，"姜望冷冷地说："有什么要求？"

有仍任氏笑着说："只是要留住你们夫妇俩而已。你知道，现在商国随时准备入侵我东夷，你姜望既然在商国为官，不可不防，你们需要留此直到大战结束或危机度过，你俩才能离开。"

"我是渭水驻军，不管东夷之事，且现在虽然名为大商驻军，实际上已经与申戎合并，独自收取田赋，仅将部分田赋纳贡大商而已。所以，我是万万不会泄露你们军情的。"

玄股氏便说："这可不是你说了算，你即使投靠了申戎，或为商国的外服属国，也有可能卖我东夷军情与商国。"

任氏又说："老弟，你看看脚下这些电鳗，这就是军情啊，谁能保证你不外泄给殷人？"

"我可以赌誓，且要泄露早就泄露了，但直到现在殷人也不知道这些灵物是如何驯养的。"

任氏无奈地说："这么说吧，老弟，现在这种情形是必须留你在东夷一段时间的。且我们有四人在此，你是无论如何也走不了了。"

丑氏露齿而笑说："农田阵法而已，我来破！"他拿出一只扇贝，对阵内撒出水滴，使他发现了水滴撒得比较远的地方，说："突破口就在这里了！"说着接住贝壳，飞奔上前。

任氏这里一挥手中鞭绳，他身后空中一群老鹰从灌木丛中现形、飞起，折丹氏刮起一阵风，但由于姜望连续弹出砂土的攻击太过密集，这些老鹰才艰难飞到姜望跟前，就毫无抵抗的被他以金钩钩住，被水汽旋风飞撞在地下，羽毛纷飞。折丹氏又带起一阵疾风从地上往姜望跟前卷去，地上的草叶被带了过来，姜望顿时感觉遭到电击麻痹，迫使他停止分散老鹰攻击，先以大刀挥舞疾气攻击草丛中的电鳗。

阵法一角，丑氏沿着风口突破入阵，被申姜挥剑逼退。丑氏看她是个美貌女子，便抛出一只酒爵，放出一股水汽，要将她罩住。申姜急忙扬起丝麻披风遮身，短剑凌空打出草枝。酒爵喷出的气流转往她身后去了，而草枝的牧草之气卷起的冲击把酒爵弹飞。

丑氏大怒，立即以扇贝撒出水滴，被申姜抛出的披风把射出的水滴都吸附了去，接着披风展开，里面朝上直扑丑氏而来，他顿时觉得头晕眼花，全身气血下沉，只好尽全力挥斧头将压下来的披风劈成两半。但是，这披风的压制力并不受到影响，仍然使丑氏气血下沉，还划伤了臂膀。

此时玄股氏已经赶到，挥鞭往半空一抽，几只鼱雀扑入阵中，把压制丑氏的披风叼走了。丑氏恢复神智，立即射出密集的水滴。申姜挥剑，却来不及抵挡，有几滴水射在地上，她顿时觉得意识分散，似乎要被周边的草木拉走。她知道这是刚才射出的水滴作怪，急忙借势下蹲，扬起背后短披风捂住口鼻，意识分散之感立即止住了。

姜望正在防御阵中折丹氏刮来的尘土，他每分散一次草叶攻击，都要遭到一阵电击，而这一麻痹，他挥刀使出的攻击就被地上的电鳗蛇闪躲了去。而他从侧眼看到申姜突然蹲地，知道不好，急忙一手甩出金钩，钩住她朝林中抛去，道："先走！"

丑氏看到申姜没有瘫倒，正要撒出更多水滴，但姜望这一抛，使他撒了个空。他看到申姜被救走，便以巨斧往地上一斩，划破泥土，大叫："阵法已破，可以攻击了！"说完他就追击申姜去了。

果然，姜望无法借风分散这阵泥土攻击，不得不闪躲。老鹰趁机直直撞击过来，一只冲在前面的张口咬住了他的手，幸亏他吃了牛伤草，不然这一咬已经使他断指。姜望手一震，脱开了老鹰的噬咬，并收回了地上的金钩。身后老鹰成群地顺着风口撞上来，他拉开大网，老鹰都撞在网上。他趁机借风朝林中奔去。折丹氏看到，急忙以一束疾风冲击把网撕开，朝高空方向吸走，使老鹰摆脱捆缚。

申姜被抛入林中，才跑几步，就被赶来的鳷雀鸟发现，在空中大叫。玄股氏骑着大鸟飞来，几只大鸟凌空吐出钩绳，捆住了申姜，把她往回拖。申姜手脚被绑，只有手腕能动，她挥起利剑指向空中，斩断一根钩绳，但立即又被另一条扯住。而就这一挥，空中的鳷雀鸟立即倒撞下来。

申姜趁机斩断其余绑缚，飞奔躲进灌木丛。但这时，丑氏已经赶到，对着灌木丛洒出了水滴，申姜只能捂住口鼻，却又被灌木丛里的草木之气绑住。丑氏一勾手指扯起藤索，申姜双手不能动弹，像是被人移动双脚似的，不自主地被拉出了灌木丛。

姜望这边刚进入树林，就被后面赶来的老鹰追上。这些海生自驯养成为灵物之后，居然在空中速度比风还快。姜望知道躲不过了，只能以金钩挥舞击飞树梢，使树枝化作钩挠射出，这些老鹰虽然能够灵活躲避，但也因此变得行动缓慢，不能突破。姜望趁机飞奔逃走。

姜望还未逃到林子边缘，就听任氏借风传音说："老弟，你夫人在我这里，你不用逃了！"

姜望只好停住，偷偷回来查看，果然看到申姜站在任氏一行人的身旁，但没有任何禁锢。申姜扭动身体，像是被绳索吊住了手脚，不能大幅度移动。姜望以金钩藏形茅草飞出，一股草木气贴地不动声色的把她整个人扯了过来。但眼明手快的丑氏抢在申姜飞过去的前面，飞出手中斧头，顺着茅草气"乓"的一声斩在地上，绳索被巨斧切断，弹射开去。接着丑氏拉回斧头，架在申姜脖子上。

任氏又叫："别躲了，你夫人在这里，你还要走哪里去？"玄股氏也已经架起鹔雀鸟在半空盘旋，使姜望只能潜伏，不敢妄动。突然，半空中飘下一阵急雨，他突遭电击，才挣扎一下，就头晕目眩。玄股氏发现后，直扑下来，叼起姜望丢在了任氏面前。

姜望两人被押至营地聚落，他们俩腰上被丑氏绑上了一根青藤，手脚虽然可动，但似被人抓住了一样，不能大幅度活动。路上，姜望问申姜身孕是否有损，她说应该没有。

姜望路过聚落，看到族人都被莱人士卒羁押了，与申姜两人互望，都叹了口气。申姜说："看来我是看不到海了。"姜望只能苦笑。他们被带到兵营，任氏在营帐里说："老弟，我来介绍下，这俩人你应该记得，而这位是丑氏，是逢伯手下的宗祝，幸亏有他，不然合我们诸莱的三人之力怕是还擒不住你呢！"

姜望便说："你们留住我做什么，我可以答应不泄露你们的实力。"

任氏哈哈大笑说："当然不是留你在营地钓鱼了！近期帝辛如果征伐东夷，你必须留在东夷跟我们一起带兵上阵！"

"帝辛征伐东夷实乃不确定之事，不如你先放我夫人回去，她是申戎之女，实在没必要参与大商与东夷之争，而我可留在此处等待战事起。"

玄股氏便说："这怎么可能，你夫人若回去，你还会尽力为我们带兵打仗吗？"

任氏说："你夫人必须留在营地，跟你族人一道，不能去往别处，直到战争结束为止。"

申姜便说："我留在营地便是，你可放姜望族人西去，遣人带他们到渭水。"

任氏摆摆手说："不行，族人西迁，必定引起商国注意，你们都不能走。怎么样，老弟，如果考虑好了便马上放了你？"

姜望便说："容我考虑一下。"任氏笑着说："那行，你们先在这里委屈几天，但可别趁机逃走哦。"他走过来抓住姜望手臂说："老弟，也多亏了你，我才驯养了大量的海中灵兽，现在我已经东夷的任伯了，莱侯之下我说了算，你加入我们诸莱的话，肯定会给你封地，绝对不比帝辛给你的渭水卫戍封地要差！希望还能跟你并肩作战。"

任伯一行人走后，姜望两人被虎贲牵引到兵营里休息。姜望趁士卒在兵营外看守，便说："这青藤看似柔软，想不到会限制我们的行动，连快跑都不行，不知是什么神术？"

申姜说："想不到你在东夷还与伯侯有来往，如果任伯给你封地，你会留在东夷吗？"

姜望张着口，说："啊……先把我们自己救出去再说吧。那个还早呢，说不定这仗打不起来呢！"

申姜瞪着眼说："你现在就说！"

"先留在东夷吧，封地到时候再说，能熬过这段时间就是万幸了！"

申姜沉默着，好一会，姜望才笑着低声说："骗你的！我当然要回渭水啦，为了你嘛！"

申姜脸红着娇笑："你真的一点都不严肃！"

姜望接着说："我如果留在东夷的话，大商肯定不会放过我，而且女儿还在渭水啊！再说我们辛辛苦苦在邶城郊野开辟的田地就要荒废了。"

"女儿可以由我来带的，看来你还是担心你的农耕基业，其实东夷这边也有农耕的族群，与我们交手的丑氏，他用的就是农法，你大可去逄地开垦荒地。"

姜望大悟说："也是哦！丑氏是逄伯手下，逄地确实是东夷唯一的农耕宗族呢，但因为逄伯从来不外传他们的农法，我甚至不知道他的宗祝会神术，以至一直没想到去逄地。对了，他是怎么擒住你的？"

"他将水滴射在地上布阵，当时我只觉得意识分散，像是要融化分散在周围的地上一样。"

"真是闻所未闻，即使是绳墨钩铙撕扯，也只是撕裂身体，而不能直接把魂魄撕开散去，怎么几滴水就能使意识散乱了呢？"

"任伯刚才说他是逄地宗祝，会不会是农祭之类的神术？"

姜望思索说："有可能，如此一来这人既能耕种，又善于借尸，看来是有办法招来或驱散谷物、草木的魂魄了。"说到这里，姜望突然跟申姜对望了一下，两人齐刷刷看着环在他们身上的青藤茎秆。两人会意，同时凝神找来蛤蜊灰撒上，一下就把青藤中的含水去除，滴出水而变得枯黄。果然，两人都能活动了。他们一齐凝神射出断枝，门外两名虎贲的气血循环顿时停止。申姜从蛇皮袋中取出两根针，插在他们身上，再把他们打昏，两人便借风而去。谁知他们刚飞进树林，就感觉恶心，想呕吐，两人急忙飞下地去，姜望问："你还好吧？"

申姜回答："还好。"她抬头，看到树梢上空漂浮着一只人脸钩嘴小鸟的一双大眼死盯着她，只好脸色苍白地说："不要跑了，再跑怕胎儿保不住了。"

姜望认出这是如人面鹗的鸥鹗类的鸟，其扇动翅膀的速度就已经堪比最快的海燕，现在御风气应该还能快数倍，便说："好吧，我们回去。"

那鸥鹗鸟看着他们往兵营而去，也在身后远远跟着。姜望他们回到兵营，他怕申姜奔波了半夜，睡不好，便没有探讨这鸥枭的攻击术就睡下了。

第二天，他们去兵营见任伯，任伯一脸愠怒地说："我是相信你们才让你们留在兵营，给你们活动空间，没想到你们居然还是要跑，这下我驯养的秘密灵种也被你发现了，现在你们必须归降，否则就不是头晕呕吐几下这么简单了！"

姜望也有些歉意，便说："好吧，这些天我夫妇二人就留在营地，随时听候调遣。"

任伯转喜说："好的老弟，嫂夫人身孕没有事情吧？我也是已婚之人，明白家族后代是很重要的。"

姜望便问："原来大哥已经成婚，我前几年并不知晓。"

任伯笑着说："也是这两年的事，是羲和氏①族的女首领，有机会再引你与之相识，我过两天就回有仍国去了。"

姜望也不好问昨日的鸥鹗是如何攻击的，他怕任伯生疑，倒是申姜大方，直接问说："不知兄长昨日用来巡逻的鸥鹗是什么灵物，竟然让我呕吐不止，差点伤到腹中婴儿。"

任伯笑脸凝固，只得说："嫂夫人见谅了，那是鸥鹗，姜望知道的。等你们为我莱国助战的时候，自会看到此物横扫殷人师旅的。"

任伯走后，姜望跟申姜的活动范围倒是自由很多，但他们也不敢走出林子，只在聚落周围活动。因为并没有探问出鸥鹗的攻击方式，不敢以腹中胎儿

---

① 羲和氏，出自《山海经》，记述了羲和神祭祀十个日神的场面：为十个太阳洗澡，她也是传说中的日母。羲和是上古时期观测天象的世官名（《尚书》），实际上羲和族是发明了甲、乙、丙、丁等十天干的部族。

来冒险。他们这两天闲来无事，便决定去海滨崖下看姜望很早以前留在这里的灵物驯养。路上，姜望说："记得几年前与任伯一起对付祝伯，那时他防住斟氏二流弟子的攻击都费劲，想不到这几年过去了，他竟用灵物驯养海兽，驯出了这么多厉害诡异的灵物，这样一来，帝辛若征伐东夷，胜败难说。"

申姜笑着说："你之前还说农法最强、最有扩展性的呢，现在怎么不说了？如果你当年就留在海滨苦练，现在怕是跟任伯一样，早就在自己的封地里，怀抱着哪个方伯大族的美人首领了吧！"

姜望憨笑着说："确实有些后悔，但我始终认为，这些灵物一旦被人知道其攻击的秘密，就没什么用了。不然，任伯也不会知道我们见识了他的鸥鹩攻击就着急了。而农法却因长期看护青苗、保持水土而导致用法微妙，熟练之后，一定会变化多端，难以破解。"

"那你说这场东夷之战到底是哪方会取得胜利啊，"申姜突然欣喜说："要不，我们去看看你养的海鸟，从中找些……"

"走，你不是说要看海吗，我们先去看海吧？"姜望忽地打断她说，申姜觉得有些奇怪，以前的姜望最是喜欢谈论神术与战争胜败的了，这次怎么突然转性了。

两人来到海边，申姜看着白云下的海天相接，顿时觉得神清气爽，对姜望说："这比我们那边的草原还要更能够激起我的理想！"

姜望从身后抱住她说："我们去海浪上吗，在那里你才会觉得自己就是旷野的骏马！"他话音未落，申姜便牵起他的手，飞奔朝海面去了。姜望从海中钩出一只海豚，金钩扯住鱼鳍驾驭着，耳边风呼呼的在海面上急速飞行。才飞了几个时辰，岸上的岩石就成一条线了，申姜深吸了一口气，大声说："这大海实在太辽阔了，我在草原还能够看到自己聚落的帐篷，还有高山辨别方向，这里居然就只有天边跟海边，真像是永远在原地徘徊一样，我真有些害怕了！"

姜望瞥了一眼远远跟在后面的鸥鹩，一脸坏笑说："你想知道什么是更让人敬畏的深不可测吗，那就是海底了！"说着把她往下一压，两人齐齐跌下水去。姜望知道她自小在渭水河边长大，水性很好，因此放心。他们一直潜泳至海洋深处，姜望才抓住她的手，示意她先暂停，接着用手在宁静的水中比划着，凝神固定这些水痕，跟她对话："我怀疑任伯能够借用鸥鹑偷听我们说话，之前他居然说我们头晕呕吐了，这明显是他知道我们逃走了，当场下命令控制了攻击力度。"

"所以你才到海底来躲避？"申姜也比划着。

"这样吧，我们先去探视崖下我留下的驯养海鸟，再做打算，你千万不要在路上提及任何关于鸥鹑的攻击由来。"

申姜点头答应，两人浮出水面，依旧腾空，姜望对她说："我说的得没错吧，大海虽然辽阔得让人敬畏，只要我们提升了神力，它再辽阔都不过是我们的嬉戏之所而已。"说着，他顺手勾起一只大雕，借风撑起它的体重，两人骑在大雕身上，申姜甜蜜地靠在他身后。两人乘鸟御风，划破海面，激起海浪滑行，飞回了海岸边。

他们进入崖下石洞，姜望看里面仍然跟以前一样，是那几只海生，只不过当年的鱼鹰已经长成骏马大小了。它们已经不太认识姜望了，看到姜望来也没有反应。他俩还是与鸥鹑、金色鱼鹰等练了练手。

他们俩回兵营之后，看到任伯还在，任伯说："你们俩去崖下石洞看鸥鹑去了，是想寻求破解鸥鹑攻击之法吗？"

"没有的事，我只是随夫人来海滨的心意，去探视我之前驯养的海物化灵的情况而已，与我夫人交流驯养神术不算泄密吧？"

"这倒是可以，但你夫人最好在东夷危机过后也留在这边，与我们共同对抗商国。我今天就回有仍国了，你们不要再试图破解鸥鹑攻击逃走了，我已经让鸥鹑把你养在石洞的那只鸥枭带走了。"

任伯走后，姜望计上心来，便对申姜说："我们明天再去石洞看视驯养之物，谈论驯养神术吧。"申姜会意，点头不语。

两人第二天又来到崖下石洞，这次只随意谈及了借助神魂驯养灵物之法。过后，他们便进入了石洞深处，躲在石洞缝隙里商量说："看来任伯不是听到我们说了什么，而是看到了我们的举动。"

两人悠然地驾着金色鱼鹰，又去了浅海潜泳，鱼鹰驮着他俩一会潜入海底，一会躲在珊瑚礁后面，不一会儿，他们就远远看到一个小点在后面，他们猜就是那只鸥鹑。他们上来换了口气，就又潜入水中，这样反复几次，鸥鹑终于没有出现在水里了。

姜望注意看视了偶尔游过来的豚群，发现他们并不撞击一些小鱼虾，而是在不远处就能把它们击晕，再上前觅食。他游上前干涉时，突然觉得身体震动，看来它们就是以这种震动攻击了。姜望拉起申姜，两人出了水面，远远看到鸥鹑浮在海面上，看来这鸥鹑监视范围也就一里多路而已。它们回到石洞里，藏在深处，姜望说："豚鱼靠强烈震动把小鱼虾震昏，类似的攻击，只要有石壁挡住，就可破解鸥鹑。"

"你要冒险一试吗？这种海鸟反应很快，你是跟不上的。"

"但你有孕在身，不能冒险，我且去试一下，如果发觉杀不死它，便会收手。"

两天后，姜望通过亲身体验鸥鹑所发出的震动攻击，摸清了它们发出一次攻击所需要休息的时间，便向驻扎在营地的莱人士卒要来一个护盾，说是去林中狩猎。他独自前往林中，由于有树木遮蔽，他侧眼并不能看到后面跟着的鸥鹑，他便故意飞向树梢，在树林上空急速朝林外飞去，身体则卷曲在盾牌后面。

果然，还没飞出树林，他就觉得身体随着盾牌震动不已，几乎要麻痹。他急忙飞入树林，躲在大树后面，才一会儿，就感觉树干噼里啪啦作响。他偷眼看到鸥鹑已经接近，正在盯着他所藏身的树干。他便以最快的速度飞身出来，闪入另一棵大树后面，但就这一瞬间，他仍然感觉到了盾牌所传来的震动。姜望叹了口气，看来自己跟不上这鸥鹑的反应速度。他又借盾牌闪入另一棵树，这次居然没有受到攻击，看来这鸥鹑发出震动后需要恢复体力。他便闪身往回走，那鸥鹑也不躲，只是盯着他看，见他一直往营地方向走，便也跟着他回去了。

姜望回去以后，跟申姜躲在石洞深处，低声对她说："这鸥鹑攻击一次后需要时间恢复，我们要不要趁此杀死它逃走？"

"可你有把握躲开它的攻击吗？"

"不能，但是有盾牌保护，应该可以避开。"

"还是不要冒险了，我现在有孕，怕是跟不上它的速度了，等开战以后，应该有机会逃走。"

姜望叹道："其实鸥鹑现在是御使自身之气在空中行动。本来我几年前就察觉了那尾金色鱼鹰借风气而不借翅膀飞行的奥秘，可惜一直没有时间修习……"

申姜也叹道："看来任伯自己也能如此飞行了。我在西戎草原这么久，都没能驯养出这样的驽马。"

"比灵兽更能，因为我们从先祖开始就在一代代的积累！你们侍奉的牧羊神只是驯养野羊的，而我们祭祀的太昊则是捕鱼、造船、航海、驯养鱼鹰等无所不会的。任伯本就是他后裔，传承了他的造船、驯养等神术，而借先祖神魂驯化出的海生，自然能如大船航行一样在空中遨游。"

申姜睁大眼睛："我原以为祭祀神灵只是为了得到预示，乞求吉兆，原来还能驯化兽群吗？"

姜望轻轻笑着："神魂不是摆设，是我们先祖首创的农术牧术这些，只是他们死后便化在了万物之中了而已，如海神禹号的神魂现在就与海域的万种生灵、潮流、日夜冷热相交融，只要东海族人继承了先祖禹号流传下来的驯养神术，随时随地可以用来驯化出灵兽。"

申姜着急地说："那你现在能借神魂驯化自己，也像鸥鹦那样以自身之气来飞行吗？"

姜望皱眉说："没有试过，我只在几年前试过驯养，当时认为只有驯养到下一代生灵后，才能彻底脱胎换骨，但现在既然无事，可以一试。"

申姜激动地借风浮起一块石头说："如果我们成功，不是摆脱了借风飞行了吗？好像郐氏也不能做到呢。不，我还没有见过不借风就能飞行的宗师！"

姜望弹出尘土，弹开那石子说："我倒是见过不用借风、无声息藏在光里的宗师，任伯不知道会不会，这下只能在战场上看到他的身手了。"

他们俩就在营地每日谈及神魂驯化，遇到鸥鹦之事则回避开来。几天后，士卒跑来报告说是网诲氏来访，姜望惊讶地脱口而出说："她怎么会来了？"申姜连忙问是谁，姜望便说："夷方的女首领。"

网诲氏进了营帐，看到姜望微笑着说："别来无恙啊？"

姜望兴奋地说："你怎么会来这里，你不是远在夷方的吗？"

网诲氏看他兴奋的样子，张着嘴笑说："看来你还没有忘了我呢！"她当自己家一样，就坐在姜望旁边，看了看申姜说："这就是你在申戎迎娶的申戎王女儿吧，看装束就知道也是位能征惯战的宗师！"

姜望介绍申姜给网海氏，便说："你怎么有时间过来东夷呢，你现在应该是夷方伯了吧，应该忙于军务才对。"

网海氏爽朗地笑着说："来你的故土看看，不行吗？"这时她看到申姜犹疑地盯着她看，便缓和说："我已经嫁给东夷海滨的奢比尸①氏了，夷方现在大部分都被昆吾氏占据着，迫使我们夷人只能往海滨发展，从海上跟东夷取得联系。"

"哦……你在夷方那边情势紧张吗？是否听到帝辛进攻的消息？"

"是了，我就是来告诉你现在得到的军情的，夷方的昆吾氏已经在囤积粮草了，听说奄国也在屯粮，看来不出两个月，帝辛就要大举进攻。"

"看来帝辛要征伐东夷的消息是真的了。"

"我得知你虽然身在商国，还没忘本，要为东夷助战，所以是来与你商量夷方的军情的，是否可请你夫人暂且回避？"

姜望张着口，没说话，网海氏又说："毕竟涉及夷方军情，而且我听说你夫人是不会留在东夷的，是吗？"

姜望僵了一会，申姜跟他对望了一下，轻松地说："我只是有孕在身，不能参与此次作战而已，但我是留在东夷的。"

网海氏朝申姜礼貌地点头，对姜望说："这就好，但既然不参战，我们还是出去谈吧。"

两人离开军营，来到林子边缘，从阴差阳错断了联系，谈到各自成婚和不得已的选择，还有网海氏的动情与再婚暗示，姜望拒绝了。当谈及夷方的形势，姜望答应开战后会去夷方前线帮她制定作战策略。两人回到兵营，网海氏没有进营帐，便匆匆告辞。

姜望回到营内，申姜着急地问他谈了些什么。姜望便说了他在夷方对网海氏动情之事，并说了她在交谈时的动情和再婚暗示。申姜啐道："想不到你在东夷还有旧情人！"

"这有什么奇怪的，你才长了不过十六七岁，渭水诸国的侯伯之子不是也

---

① 奢比尸，出自《山海经》，为东夷部族侍奉的祖先神，在今山东南部。

都认识你吗？"

"你说她已经成婚为妇，为何会突然来访，劝你与她复合联姻，就是为了帮助任伯留住你吗？"

"我猜是前次我假装狩猎，与鸥鹁在林中周旋之事，任伯可能以为我要弃你而去，独自逃走，他便差遣网诲氏来找我叙念旧情，想代替你，让我彻底留在东夷。还有可能的是，他大概已经猜到我试探出了鸥鹁攻击的破解之法了。"

"这下你拒绝她，看来任伯以后会怀疑你留在东夷的决心。你以后就要像我们在营帐中应付网诲氏那样，坚定地说我会留在东夷！"

"可我刚才已经对网诲氏表明心迹，说应该是留不住你的。"

申姜忍不住大叫："你怎么这么笨哪！"在意识到自己的声音太大之后，又小声说："这下她肯定告诉任伯了！"

"我一不小心就表明心迹了，不过她应该不会透露出去吧？"

申姜气得按住他的头，使他气血下沉，说："你还敢表明心迹！"姜望立即拼命抵抗，两人都凝神过度，气喘吁吁，姜望说："好了好了，腹中胎儿要紧！"

申姜松开他说："这下开战之后，任伯肯定会派人监视我，到时候就不能趁乱逃走了。"

姜望抱住她，轻抚着她挺起的肚子说："都怪我一时心软，怎么办，这下恐怕会害你这辈子都回不去申戎宗族了。"

"等生下孩子再说了，东夷败了还好，胜了的话，怕是真的只有跟你留在这边了。"

姜望惊喜地说："这么说你会为我留在东夷啰？"

申姜脸红地说："只是迫于形势而已，腹中孩子要紧。"

姜望亲了她一下说："对了，刚才说起网诲氏对我有旧情的时候，你神情似乎并不怎么紧张？"

申姜慵懒地说："因为她没我漂亮嘛。"

东夷之战上篇

登场人物：

姜望、网诲氏与土正官、司土官、昆吾氏等

坊氏、寝正官等与东夷各宗师

一个月后，春天将至，宗祝在年祀中发现云端有着大量烟灰，预示着严重的兵灾，恐怕要以全军覆没为代价，便向帝辛询问，到底要不要征伐东夷。帝辛也有些顾虑，便找了司命官询问。司命官说："我去年就已经询问过师父大史官，他观察星象，认为大商的国运在最近几年将是鼎盛时期，但有得必有失，而鼎盛之后便意味着衰落，所以还请大王谨慎抉择。"

帝辛便说："看来与祭祀的预示一样，但既然有所预示，就要迎难而上，扫平四方边患之后，才能四海太平，军力下降也是正常情况，没有什么好担忧的。而现在最应该考虑的，就是怎么减少损失。"

"可调集各个诸侯出征，我看除了留箕侯在北方防备孟方余孽和有苏氏之外，其他各方都没有边患了，都可召集出兵。这次还可趁机逼箕侯派出司工官带兵出征。"

帝辛大喜说："好！这就出兵，留门尹官在大邑商坚守，水庸氏跟飞廉先在奄国守城，待我们突破夷方之后，再与之会合！"帝辛点火、土、木三位正官为将，分别以寝正官、司土官与行人官为辅，宗祝、司命官为护卫，领后军，以四军朝夷方进发。宓妃已生下女儿，也随司命官前往。

太保官、大史官似有忧虑，便决定和王后留守中土，以应对四方势力，特别是要防备黎侯。他们准备待东夷决战的危急时刻再暗中上战场。

待殷人师旅到达攸方时，会合的各诸侯有猫虎氏、昆虫氏、坊氏、封父氏、邮氏，还有唐尧国的酒正官、杞国侯的杞女都率军而来，以及箕侯率司工官前来。

营地，姜望夫妇在练习激发自身对四周元气的反应来行动，练了一个月，但进展不大。这时，任伯到来，请姜望随军出征。但防止申姜趁战乱逃走，便让已有身孕的她留守营地，留下驻军跟鸥鹣监视。姜望前次答应过网海氏，如果帝辛从夷方突破，就前去为她献策，于是前往夷方阵前去了。

此时，猫虎氏、马腹已经驱使象队与昆吾氏会合了。

昆吾氏便分配任务道："就请虎贲随同象队突袭网海氏，我等随后接应。"

网海氏驻扎在营帐里，并不首先迎击，马腹率领象队长驱直入夷方军营，网海氏才命令精卫鸟飞上天空，收紧事先铺在地上的大网。马腹看到脚下网起，便长啸一声，象队立即停止前进，齐齐以脚踏地，发出沉闷的巨响，刚飞上天空的精卫鸟便被震昏，掉下地去。

网海氏被震得心慌。马腹冲上前，带领人面虎一起长啸，夷方前军士卒倒成一片，都被震得七窍爆裂。奢比尸氏便命令虎豹兽群戴上面具，冲在最前面。这些虎豹群体数量庞大，又有面具套住头部，暂时可以抵御马腹的长啸冲击，两下兽群搏斗在一起。

猫虎氏在中军看到马腹与夷方兽群混战不前，长啸一声，命令象队向前冲击，马腹只好让出一条路。象队一冲击，网海氏便命令夷方军后撤。

象队刚前进了一里路，便被地上的草木捆住四脚不能动弹。网海氏即率领夷方士卒杀回来，朝象队投出炭砖，把它们烧的逃散。猫虎氏赶到，看到马腹仍然在跟兽群纠缠，而前面象队正在遭受攻击，便大骂着亲自率领骑兵前去迎击。他换作虎头，长啸一声，击倒围住象队的夷方士卒，便让象队士卒一边烧掉草木，一边占领了象队周围的草地。

网海氏听到有宗师长啸，便趁乱去往殷人象群后面，发现是猫虎氏正以长啸开路，便擎着手中长针一晃，数根几乎看不见的丝线缓慢飞出，悄无声息地缠住了猫虎氏。待猫虎氏发觉，手脚已被困。

这时，网海氏挥动手中长针，收紧丝线，把猫虎氏撂倒。众士卒连忙用刀割断丝线，解救猫虎氏。网海氏趁士卒割丝线的时候，拔草木化飞针射出，解决了众士卒，猫虎氏刚刚跳起来，就被飞针射瞎一只眼，痛得大叫，发出的啸声震慑住不远处的网海氏。她被震得头晕，只好撤退。

马腹杀死了全部野兽，但自己的弟子也损失了七七八八，他看到猫虎氏受伤，象群阵地又被夷方骑兵占领，只得命令退兵，剩余象群被夷方军带走。

帝辛大军来到，见猫虎氏受伤，虽然已杀散夷方军，但象队阵亡，没有占到便宜，便决定放弃立即进军东夷的计划，先灭夷方。

这时，姜望已经从海路赶到夷方都邑军中，得知军情，猜想可能是遭遇了与鸥鹑类似的攻击，而知晓夷方军损失颇大后，便说："我也不知道如何破解猫虎氏的长啸，你们可边战边退，以阵法拖住殷人，我可去海滨准备逃离的大船。"

奢比尸氏便说："昆吾氏有火阵厉害，草木会被烧尽，如之奈何？"

"我可将农田阵法布置在城中，从半空中接入云层输入水汽维持，但殷人能人太多，我的阵法一下就会被看破。"

网海氏便说："拖延一下也好。"

"其实我认为你们不应该拼全力拖住殷人，他们在渭水之战中的威力你们应该有所耳闻，与其硬碰硬，还不如让出路来给帝辛进攻东夷，你们则保留实力在海滨东山再起，趁他们进击东夷之时，再骚扰后方。"

网海氏感激地说："你说得不错，那现在该如何撤退？"

"我就在城中布阵，你们不要恋战，直接撤往海滨。如果殷人追击的话，就只好真撤走了。"

姜望将四个金钩插入都邑内大路的四方地里，连接藤索指出头上云层，教给网海氏配合此阵的破敌之法，便去往海滨准备大船了。

此时，昆吾氏跟木正官、行人官作为前军，大举进攻夷方军的都邑。城外昆吾氏已在骑兵盾牌的掩护下把带有炭砖的金刺插入城门脚下，偌大的城门竟就此烤成焦炭，城楼上热浪滚滚，射箭的士卒们只能躲避。木正官抛出绳索玉坠，运来一根巨木，沿着绳索飞出，立即撞开半碳化的城门，在绳索的指引下，巨木在乱军中横冲直撞，城门外的殷人趁机攻入城门。网海氏看到抵挡不住了，便命令军队后撤，她待奢比尸氏指挥军队从东面海滨方向撤出大部之后，便暗地里将金钩连系无数藤索埋入城中中心大道，冲进城来的殷人立即步履维艰，阵内暗器发动，射杀了大量殷人。网海氏看控制住了形势，又忍不住止住了撤退的后军，命令骑兵放箭，趁其大乱射杀他们。

行人官看到殷人被暗器搅得混乱，便大声命令中间的士卒散开，让出一条路来，他以金滚铲为先导，从地面上滚过。随着泥土草木被压平，阵前正中铺出了一道平滑的道路。果然，前军不再受到疾气冲击，又开始压倒网海氏的后军，逼得她只好命令后撤。昆吾氏知道有农田阵法，便抛射金刺炭砖于阵前大道一路，发出滚滚热浪，以此开路。但城内前方士卒仍然行进缓慢，不断遭到暗器袭击。昆吾氏觉得奇怪，照理应该除去了阵内部分水汽，田阵就可破解才对。

这时，土正官与司土官一行正绕着夷方都邑行军，要阻击夷方出海道路。司土官看到城邑上空的云层似乎有缩小之状，便对土正官说："看来木正官他们被雨阵困住了呢！"

"何以见得？"

"你看都邑上空的云层不是在缩小吗，一定是有人借云引水了。"

土正官仔细看了，果然云层在变化，便说："我去叫宗师吹散云层吧！"

"不需要费力，我们现在快到南门了，等到了我再来破阵，并收他法宝。"须臾，他们到了南门正中的大道，司土官望了望云层停留的地方，便下马将一支芽形金针插入地中。这时，城内的殷人，除了中间大路上可以通过行人官铺下的道路追击之外，两旁的殷人也不受疾气阻碍了。但在行人官金滚没有滚过的后半段大路，士卒们的行进仍然步履艰难，木正官跟昆吾氏站在半空中看了，都觉得奇怪。

这时，司土官拔出金针，上面粘钩着一只金钩，土正官问："怎么，是钩钓阵法吗？"

"看来不是，这金钩是埋在土里播种深度的，应该是农田阵法，只是此人应该也善于钩钓。"周围众宗师都对司土官夸赞不已。

金钩拔出，司土官凝神聚力，拽住金钩大吼一声，一阵哗哗声，把十里大道地下的藤索全部扯出。而此时云层不再降雨补充水汽，大道上的殷人行进快了。木正官与昆吾氏带兵击退夷方剩余士卒，须臾，城内外两军就在夷方都邑的东门顺利会合，继续追击，直到网海氏的军队且战且走，退到海滨。姜望看到殷人师旅追击而来，问先退了的奢比尸氏道："怎么追上了，城内的阵法完全没能拖住殷人吗？"

"应该是拖住了一阵子的，我撤退的时候殷人正大乱呢。"

姜望抬头看城内水汽云层蒸腾，只有中间一处恢复原状，便说："看来遇到高人了，阵法中间的枢纽都被找到，拔出来了。我们尽力接应网海氏吧。"

奢比尸氏便说："我只好牺牲自己的宝贝了！"说着他从贝壳中放出一只一脚兽，姜望问："这是？"

"是雷兽鼓，名叫夔！"

姜望点头，奢比尸氏放出雷兽鼓到高空中，擂响那兽鼓，震动着周围大片云层，然后藏在云层飞下来。云层随即对着殷人阵前闪电，从天空到地面顿时雷鸣电闪，追击的殷人被掉下南门巨鼎的一阵闪电击退。木正官连忙抛出绳墨，要横向挡住，引导闪电，却一下便被击毁。

昆吾氏急忙以一根金刺藤索暴长至高空，射到地上的闪电都被引入到这金刺上，殷人开始追击。然而就这一缓，网海氏已经上了船，留下没有上船的大部分士卒在岸边与殷人混战。奢比尸氏又御使贝壳，将雷兽鼓立即转移到海边，对着向海边靠近的殷人继续放出闪电。

土正官身边的宗师都围着司土官说："不知道吸取云层的为何物？宗师可有办法除去空中闪电？"

"应该是海中的雷兽鼓，我游历东夷的时候曾听说过，只有这种兽的骨头做成的鼓一旦擂响，就能吞云吐雾，化为闪电。我可将闪电引回到它身上，便可让它自己承受。"

土正官看到众宗师都围着司土官，极其不快，这将他这个一军统帅至于何地？他这时便说："司土官，你既然知道破解，就赶快上前，不要只顾着说话！"

司土官也有些不悦，他本为夏后氏后裔，又是在杞国负责祭祀大禹的宗师，性情高傲，哪里受得了这种责难，便恨恨地飞身上前，看着闪电袭来，迅疾地抛出金丝。这金丝在闪电里飘动，一直把闪电引回至雷兽鼓处，把它击成灰烬。奢比尸氏在海上高空看到贝壳掉下来了，知道雷兽鼓已消去魂气，回到大船悲怆地说："果然有宗师在场，竟然让我的雷兽鼓自身死于闪电雷鸣中！"

大船上，网海氏跟姜望都安慰他，姜望对她说："你怎么没能摆脱殷人？奢比尸氏不是说殷人被阵法困住了一阵子吗？"

网海氏抱歉地说："我看到殷人被阵法压制，一时复仇心起，命令士卒不退死守，结果殷人迅速破阵，我们反而被追杀。"她看姜望不说话，知道他不高兴，便有些歉意地问："这次你夫人参战了吗？"

"他被任伯留在营地了。"

网海氏只好说："待你在这次战役中立功，我一定劝说任伯给你们夫妇二人封地。"

"先别说这个了，安然逃离才是最重要的。"姜望心想，这大概是我最后一次帮你了，也是为了当年在夷方并肩作战的念想，之后我便不再多出力。

殷人没有船只，行人官便让弟子放出精卫，他则挥动风烟引导鸟群在海面上行走，铺出一条路来。小宗师们一路踩着精卫鸟御风行至海上。木正官、土正官跟司土官三人则直接飞过海面，迅速赶上了网诲氏的大船。奢比尸氏急忙打开贝壳，把腥鱼抛入空中，招来几只老鹰，推动几艘大船加速而行。

精卫鸟群铺路的速度追不上大船前进的速度，小宗师们追了一阵，只能望洋兴叹，但三位宗师赶上了。木正官拔出背后的大斧，就砍向大船，这斧头在空中变得如大象一般大小，黑压压的对准船头扑来。网诲氏感到压迫力，急忙投出大网罩住，使大斧追近变慢。大船疾转躲过，大斧砍中水面，激起大浪。土正官已经抛出陶罐，拖得大船速度减缓，几乎停止，而一阵黑烟喷在大船上笼罩。黑烟附在网诲氏等人身上，使他们呼吸急促、手脚沉重。突然一股大浪从海中扑出，把土正官的陶罐卷入海中。而船头木正官虽然划破大网，飞出的大斧也被另一股大浪卷走。

网诲氏等人正在惊讶，三人也在犹疑之间，突然三股大浪把凌空的三人都卷入海中。他们三人只觉双脚被人拖住似的，木正官忙取出木柱，变大，自己附在上面，摆脱了水中的牵扯束缚，他趁机浮在半空，挥舞削尖的木柱朝大船射出。

网诲氏以丝线团拉扯住木锥，手中长针绕着丝线收紧，想减缓冲击，但木锥还是将大船头撞了个粉碎。网诲氏下意识地看了看自己四周，发现姜望不见了。

水中，司土官凝神将海水聚集成梭形水球，聚起丝织气高速旋转，一下腾空飞出海面，要把拉住自己的锁链扯出。旋转绞住锁链不过几下，锁链却突然断开，司土官只感到用力一空，绳索绞了个空，只好就势收去绳索、散去水球，立在高空。他看到土正官还没有出来，而大船已经走出海岸，便不再追赶。

这时，土正官被扯入海底中，他憋着气，索性凝神下沉，抱起海底土石，旋转甩出，绞断了身上的锁链束缚，再借力一蹬，像一发泥弹一样射出水面。

就在这时，奢比尸氏已经聚集了更多老鹰、海兽拉着大船飞速前进，摆脱了三位宗师。网海氏这时看到姜望湿漉漉地从船舷外跳上，便问："这水阵是你设下的？"

"嗯，木正官、土正官与司土官三位宗师都在，他们都是大商的大宗师，如果不突袭，我们是不能侥幸逃脱的。"

"为何不趁机留在阵里，除去三人？"

"不行的，司土官看穿了我的钩钓阵法，他化作水球用绞索发力，差点把我吸出水面，幸亏我及时断开锁链，不然我整个人都会被扯出。"

网海氏暗想，就算你被扯出也无所谓，正好与他们较量，你应该是害怕被他们认出你吧。

三位宗师虽然没受伤，也不至于狼狈，这下行船已远，只能看着网海氏等人远去。这时，帝辛的火正官大军与各诸侯首领已经继续向东夷进军。姑幕国兹氏不敢阻拦，让出国土，让他们通过。帝辛军在莱国边境遇到了莱侯率领的宿沙氏跟任伯的军队，两下扎营，帝辛派遣使者箕侯跟司工官前去谈判。

箕侯提出要求："封宿沙氏为夙沙伯，管理海盐炼制。莱人退出包括营地、奢比尸氏聚落等南北海滨地区，这些地区及其族人归属大商，条件是教给宿沙氏宗族井盐获取及提炼之术。"

莱侯大怒："我诸莱宗族向来统一，不可能将宿沙氏、奢比尸氏宗族分割出去，况且我莱人惯于以海盐为业，不需要取得井盐之术！"

箕侯便介绍司工官说："这位司工官是我大商精通百工之第一人，他可教授你们井盐之术，以及制陶、炼铜、麻纺、丝织等术，只要你们东夷归附我大商，必然毫不吝啬，倾囊相授。"

司工官拿出一只瓷瓶，伸手一抓风气，瓷瓶闪电般到了莱侯手边的桌上，完全没有震颤，他说："这是我大王赠送给莱侯的瓦器，你们东夷应该是没有的吧。"任伯看有低声风破，怀疑这是御风之术，任伯虽说是海神后裔，却没有见过如此迅捷的排风运物。莱侯看这瓷瓶光滑润手，不知如何炼制，便递给宿沙氏查看。宿沙氏划开瓷瓶光滑的表层，见里面是陶器，便摇了摇头，表示不知如何炼制。莱侯便说："我诸莱可让出营地，作为大商海盐提取之地，还可让宿沙氏教授海盐制取之术，甚至其神术也可传你殷人，但其他地方绝不可让。"

箕侯便站起身说："你们诸莱首领可以一起商议，如有不同的看法，可随时派人或送信与我大商任意一位将领联系，我们等待五日，如不答应我们任何一项要求，便挥师进击，到时候士卒尽数为奴！"

莱侯拳头紧握，怒从心起，这不是明摆着离间我诸莱宗族吗？宿沙氏等众首领也有怒意，觉得这是在以高强的神术威吓。

箕侯走后，莱侯问众位宗师首领的看法，宿沙氏首先反对说："不可听信箕侯之言，我东夷诸国以海盐互市，已经够用，无需再学习井盐制取之术！"他不想自己在东夷制盐技术的垄断地位因被商国传开技术而动摇。

任伯也发话说："诸莱宗族向来不可分割，让出海滨地区是不能的，商国必然会役使占领区的莱人，为他们制陶、冶炼，这会侵犯我们原有的海滨渔猎生活！"他自然是不想凭借驯养灵兽在东夷树立的威信被大商的高明神术所削弱。不过他这话倒是引起了玄股氏、雨师妾氏的赞同，因为他们都是以海滨渔猎为生计的宗族。其他偏远宗族，折丹氏则没有说话，帝辛的要求里没有提到会侵犯他宗族所在的海滨，羲和氏虽然为任伯妻子，但她宗族偏远，本不愿参与与大商争斗，也没有说话。奢比尸氏则还没有到场。

莱侯便说："现在有四位首领不愿与商国妥协，可就此决定与之开战！"

任伯便说："等到五日期满再动手，待我把大鹏招来，必定让殷人知道我们莱人的威力！"

这几天，奢比尸氏与姜望等人赶到，莱侯便问奢比尸氏说："前日帝辛使人来议，要占领营地、奢比尸氏族等海滨，还允诺教授冶炼、制陶等术，你的意下如何？"

"殷人势大，我跟夷方联手，十日内便被逼退海滨，不如答应让出这些海滨地区，两国可互市互利。"他本是夷方迁徙而来，对莱人族群认同的感情不深，因此愿意妥协。

但网海氏立即说："殷人骄横凶恶，占领我们之后必然役使我们为奴，我们夷方族人被昆吾氏压迫，为他们炼制金铜便是例证，怎么能顺服他们！"

莱侯既然问明了他们的立场，便否决说："任伯、宿沙氏等首领已经决定与之一战，你们宗族也需要配合作战，这两日需随时听候调遣。"

奢比尸氏默然不语，姜望心想：莱人保守，不愿接受商国的生计与神术。其实即使商族不入侵，这些首领自己也役使族庶，跟商族役使没有区别，只不过由商族来役使，他们原有的神术就没那么有威慑力了，在当地的威信也会下降。

莱侯走后，网海氏还在训斥自己的丈夫："我们若投降商国，两族众世家大族必然觉得委屈，我们自己则会受到商国那些神力高强的宗师欺压，怎还有抬头之日？"

这两天，斟氏受莱侯邀请下山，去了祝国觐见祝伯，他探得了殷人粮草是由奄国提供，莱侯要求他出兵围困奄国，但祝伯不愿意，说是殷人势大，前次灭西伯盂方、破农田大阵，威震天下，自己国弱，不敢贸然出兵。斟氏弟子颛臾氏在祝国为猎师官，便私下说："祝伯其实要看帝辛与莱人胜败再决定帮助哪一方。"斟氏只好又去见顾国侯，顾国侯也如此说。斟氏便来到姑幕国，觐见兹氏。兹氏带着敬意说："老宗师，商国如今势力强大，据说这次有八国出兵与之会合，十日内便灭了夷方，这跟我几年前与之相持数月已经大不相同了！"

斟氏又说："东夷诸国以海盐与海贝为根基，如果被商国占据，东夷各国的根本必将动摇，到时候姑幕国的海滨产出也将受制于商国主导的海盐贸易。"

兹氏便说："这个我是明白的，但如今殷人与莱人交战，胜负未知，我国不可就此出兵，惹祸上身，只能趁殷人实力受损或败退，我才能出兵断其后路。"

斟氏心中长叹，看来其他诸国也是在等待殷人与诸莱的胜败了。

两日后，任伯主持分配战力，以玄股氏、折丹氏、羲和氏与姜望、网海氏为大鹏护卫，雨师妾氏率领军队，奢比尸氏率领兽群在地面冲击，宿沙氏为后军，布下沙阵接应。① 姜望看阵容强大，心想，看来诸莱强大，果然不是其他东夷邦国能够与之相比的，原本任伯未驯养出灵物，羲和氏没有加入的时候，祝国、薄姑还可与之一争高下，但现在看来，这些东夷宗族已经远不是对手了，怪不得莱侯敢不答应商国条件。

---

① 玄股氏、折丹氏、羲和氏、奢比尸氏、雨师妾氏，都是根据《山海经》杜撰的部族。玄股国为《山海经》里以养鸟捕鱼为生的部族；雨师妾族可能为东夷中的嵎夷，东方神、东方族群的雨师禺号的后裔，"妾"可能为传抄造成的错误。

帝辛也听了各个军官和氏族首领的阵容，他对火正官和寝正官说："听说任伯驯养了大量海中灵兽，有许多我们从未见过的奇珍，你们为前军，不知能否抵挡？"

寝正官便说："我已经在前军布置了阵法，可攻可守，只等莱人率领野兽群来闯。"

帝辛稍微放心，他又说："杞国侯女的军队怎么安排在后军了？就连箕侯都在前军冲锋的嘛！"

杞女便出列说："臣女神术低微，不比司工官他们，只能排在后军。"帝辛看到了杞侯女的容貌，便叫上前仔细一看，此女端庄雍容，所穿的软甲也蒙着华贵的鹿皮毛，清高堪比王后，便上前扶起她说："想不到杞国侯居然有这么美丽的女儿，你是使哪一类神术的？"

杞女低头说："臣女虽然师从司土官，但并未精通哪一类神术，只都懂一点，完全不堪大用。"

"哦，神术高强的女子本就不多嘛，须女那样高强的可遇不可求啊！"帝辛高兴地望了宓妃一眼，说："你既然像司土官那样知晓各家神术，可愿意留在我身边为侍卫官？"

封父氏早已忍耐不住，便出列说："小臣已经跟杞侯联姻，预定了纳娶日子，杞女怕是不便在沫城为官。"

帝辛心中不快，暗想：怎么在这么多人面前把此事说出来！他只好说："既然你与比侯联姻，我不便强求，可在此战中立功，我必然为你二人封赏！"帝辛看杞女面无表情而退，心想此女必然不满与封父氏联姻。杞国乃夏后氏之后，虽亡国多年，仍只记着大夏国威服诸侯的荣光，自然瞧不上这些非王族的首领。

第二日，火正官等人便紧守阵前，只等莱人来攻。寝正官看到左边一群野兽、右边一群持龟壳盾的步兵冲击到阵前，心想：莱人果然过于依赖兽群驯养，不注重百工！他在前军命令说："开门！"

军队让出几条路来。无论奔过来的野兽还是步兵，都被放入几条让出来的路中，殷人左右士卒一起放箭，野兽尽数被射杀，莱人步兵只能用龟壳盾抵挡，殷人又换持戈士卒上前刺杀，莱人损失颇大。

这些持龟壳盾的步兵是由雨师妾率领，她在步兵群中暗自凝聚水汽，聚集成云雾，以风推动，朝殷人士卒让出的路中袭来，但一进阵内，水雾便被寝正官引导改变方向，直指阵前上空散去了。

正在这时，火正官提醒寝正官说："你看那是什么？"

寝正官抬头一看，空中有一只庞然大物急速朝这边飞来，这时，箕侯那边的司工官大叫："注意了，这是海中的大鹏！"寝正官等人都没有听说过，都无法作出举动。待那东西急速靠近，众人才看到是一排长约十几丈、宽达百丈的人字形鹏阵以堪比骏马的速度凌空飘过来，周围还有一些小鸟围着。那大阵刚停在阵前，火正官笑着说："这么大的目标，不是给我们当靶子吗？"

寝正官虽然觉得没那么简单，也不敢多说，毕竟比起五行正官这些老将，他只是后辈，虽然渭水一战名扬四海，却更是引起了这些前辈的嫉妒。火正官便命令放箭，齐刷刷的箭雨还没射到大鹏，就被旁边的鸱鸮衔了去，这些鸱鸮速度极快，能跟得上弓箭的速度。剩余大部分箭都被折丹氏发起一阵旋风，用风帆卷走，而剩下少量的箭射在大鹏人字阵头部，滑开。原来，这些大鹏身上被玄股氏涂上了一种鱼鳞油，箭头不能轻易射入。

火正官见箭头不能起火，只好飞身云端，撒出磷粉，但被玄股氏放出的魃雀吹走，他便发出火团与魃雀搏斗。这时，司工官也飞身上了高空，对着旋风中心投下了几根律管，律管在呼呼旋风中发出各种音调的巨响。他擎着律管往旁边的大鹏只一甩，就把旋风金砂甩到了大鹏身上，大鹏不住地跟鸱鸮一起，在风中混乱了起来，慌得折丹氏赶去维持阵形。

司工官正要下去，突然几只鸱鸮冲了上来，未及跟前，司工官便感觉全身震动，口吐鲜血，他急忙拿出一块宝玉，定在身前，立即消除震动。但随着那几只鸱鸮飞近，宝玉震动更是剧烈。司工官大惊，急忙凝神甩出铜壶。不远处的鸱鸮还没飞近他便被铜壶里射出的水柱定住，但它们仍然在发出震动攻击，宝玉经不起急剧的震动，一下便被震碎。而此时司工官已经以铜壶迅速将鸱鸮罩入壶中。

那边火正官正在挥刀发出火焰跟魃雀搏斗，冷不防一只鸱鸮靠近，发出攻击，火正官立即被震的吐血，掉了下去。司工官急忙带玉防身，飞了过去，以丝线扯住了火正官，将他吊在铜壶下，而鸥鹑发出的攻击又使司工官定在身前的玉震动不已，他不敢恋战，只好带着火正官飞下地去。

同时，在地面，折丹氏收了风帆，箭雨立即又射向大鹏，只见那些大鹏抖身就能躲过，并开始齐齐倾斜变阵，而护身鸥鹑则都飞向高空让开。太阳底下，变阵的人字阵大鹏翅膀上涂油映射的强光立即笼罩箭雨及地上士卒，寝正官急忙命令士卒布阵"关门！"

士卒都朝几条让出的大道中集合起来，并以盾牌护体站立。空中强光虽然令人头晕目眩，但士卒由于寝正官阵法保护，热浪不能透过旗帜而没有受伤，只是被强光晃得刺眼，不能作战。

强光扫过的地上草木都热浪横流，寝正官等人在阵法内已经觉得置身于蒸笼一般了。他看到阵法外地上，由于热浪被旗帜风转移过去集中在那里，飞虫都已经被烤死了。

大鹏阵慢慢倾斜又恢复，重复两次之后，又低飞面对阵前，齐齐反向对着高空拍动翅膀，顿时产生一阵强大的吸力让寝正官的宫室阵法神力消散于无形，遮天的旌旗纷纷抛扬坠落。紧接着，士卒成群地随着地下尘土被吸入空中，寝正官看不对劲，只得大叫："后退，分散！"他自己也只能手持玉圭，将自己定在地上，不至于被吸走。地上尘土飞扬。

酒正官边大叫分散一边撒出酒曲，以风气慢慢送入大鹏口中，但被半空中御风巡视的折丹氏闻到异味，以风帆聚起大风刮走。几只鸥鹑听到宗师叫唤，即飞来攻击，酒正官看到鸟群飞来，抛出一根长勺拍出，就化云雾而去，留下的长勺还未来得及旋转，就被一道道震动震断，旁边的士卒也被碎片刺倒几名。前军的大乱早已惊动中军的将领，坊氏已飞到阵前，他在中军观察大鹏多时了，看到它开始扇动翅膀，便飞来前军，穿梭在逐渐被吸走的士卒群中，以金削在地上绕着整个前军阵营划出一个框，然后投出绳墨串连所有旗帜，并以玉圭大旌旗插在四个角上，然后隐藏在士卒群体中等待。

看到阵前大乱，司工官带着火正官飞下，以丝线拉起正逃往阵外的箕侯就飞走。他来到中军，将他们放在邮氏处，大声说："你们别带兵了，快去对付那些大鹏！"邮氏他们都看到了大鹏扇动翅膀带起的尘土，但都不知道该怎么办。

封父氏在另一边听到，便大叫宗师指挥士卒以农田阵法上前，对着大鹏冲刺，自己则冲往前军。

顷刻间，大鹏已经把前军士卒吸飞了三分之二了，阵前只剩下寝正官等几个神力高强的宗师在抵御。寝正官等人正躲在王旗定住的小阵法里面，虽然没有被吸走，但由于鸥鹃轮番攻击，定在地上的四支玉圭已经被震得有些裂开了。司工官一行人飞来，他抛出一张布包，遮天蔽日的展开在大鹏上空，他大声说："我们大家一起凝神，把大鹏装入布包！"

寝正官等宗师，邮氏、封父氏、坊氏，还有躲在人群中的酒正官都飞到高空，暗暗凝神展开布包，突然一起朝藏形于漫天尘土里的大鹏遮天蔽日的盖去。玄股氏骑着鬿雀在高空，使鬿雀群要扯住布包叼走，却不能移动分毫；折丹氏刮起的旋风呼呼，却也不能刮走布包，他只好把风帆移动到地上，要刮走地上的宗师，却被地上士卒田阵刺穿风帆。

与此同时，网海氏悄悄来到宗师附近，要以丝线偷袭，但被田阵飞沙走石打的无影无踪，而冷不防封父氏随手抛出金铲，这一缓她来不及躲避，金铲正中肩膀。虽然她借势一扭，还是被铲断手臂，手使不得长针，掉在地上。她只得奋力蛇行一滚，出了金铲布置的一路神力范围，贴地而行钻入草丛去了。

天上，眼见布包把大鹏包裹起来，使它逐渐缩小，却在布包上空出现了一道光束。羲和氏藏身日光，对着布包下面抛出一颗蚌珠，这时，太阳上射下的光束使布包穿了孔，与羲和氏布下的蚌珠光束连接。她暗暗牵引布包下的蚌珠移动，太阳射下的光束在布包上也跟着移动，在上面划出一道裂口，逐渐切开布包烧毁大半，随即解开了布包对于大鹏阵的压制，大鹏纷纷从布包里哗哗掉落的扬天尘土里飞出。

尘土还未消散，空中的大鹏就又开始恢复原来的人字阵。而布包一毁坏，地上的宗师看救不了士卒了，都各自逃往后军。羲和氏在高空牵引明珠转动，太阳射下的光束连接蚌珠，蚌珠上射下的一束光随着羲和氏的牵引转动，向守在高空的宗师扫射。他们只好各自四散，逃往后军。

司土官等宗师退走后，阵前只剩下坊氏因为大鹏阵还没有再次组成人字阵聚集风力发动一击，要守住插在地上的玉圭旌旗，不能离开。他以旗帜上的玉圭分散蚌珠扫过来的强光和大鹏的吸力，因而不会受伤。前军士卒基本上已经逃到中军，混乱的互相践踏。于是大鹏这时也开始往中军移动。

封父氏看到自己麾下士卒都顾不上对半空射箭，开始逃散了，只好大叫："中军分散！"但士卒们哪里还顾得上封父氏命令，他们看到头顶的巨鸟群像一块黑云一样遮着阳光，四处快速移动，将自己周围的士卒吹飞或吸飞，都顾不上散开的军令，都真的四散而逃了。

这时，雨师妾氏与奢比尸氏率领军队杀到，雨师妾放出的雨雾像箭雨一样直扑仍然留在前军的坊氏，奢比尸氏则放出雷兽鼓，坊氏的田阵玉圭承受不住，定在地上旌旗上的玉圭开始碎裂。

而这时，雨师妾与奢比尸氏已经率军突破直至后军，但被退到后军的司工官等人挡住。邮氏与封父氏让后军士卒发动农田阵法，土卒以绳火驱动的箭雨挡住了莱人的冲击，却又遭到高空中盘旋的雷兽鼓不断擂鼓，放出雷鸣攻击。

司工官忿怒地飞身上了高空，但还没接近雷兽鼓，就被围上来的魌雀鸟扯住了手脚。他便自身高速旋转起来，把绑住手脚的绳索绕结在一起，然后一把拖过来一群魌雀，那群魌雀急忙丢下绳索要走，被他伸出绳墨化丝织旋风，一把将这群魌雀绑在一起。

但羲和氏也在高空，她聚起几颗定在高空的蚌珠，光束扫向司工官，但被他身前的水纹玉璜反射光热，不能伤他。

酒正官也已经飞身上来，要凝聚羲和氏身边的云雾偷袭她。羲和氏只感觉一阵眩晕，四肢瘫软，急忙让蚌珠放出强光，自己在强光中掩身而去。酒正官聚集身边的云雾，挡住强光刺眼，便牵着金壶罩向高空中正在雷鸣的雷兽鼓。那雷兽鼓等他接近，雷鸣越来越震撼，但被他金壶收去，雷鸣不能伤。而这时雷兽鼓被金壶就近罩住放出雷鸣，雷鼓支起来的骨架随即震碎掉了下去。

玄股氏仍然在驱使大群魌雀与司工官缠斗，司工官想只有擒住玄股氏才能驱散鸟群，便拿出一只纺锤，抛在鸟群之外。几只魌雀急忙以绳钩围攻，但那纺锤绕着绳钩旋转，不但那几只魌雀，连整个鸟群也跟着搅动，司工官趁机脱出鸟群包围，以一只金削射向玄股氏。他来不及防备，被射中肩膀，但穿的甲胄上涂有油脂，金削滑开。玄股氏看圆滑的甲胄表面还是被削平了，慌乱地急飞而去。司工官把被搅成乱麻的鸟群挂在铜壶下。

地上，大鹏还在追逐四散奔逃的士卒，不断甩下石子，并开始重组人字阵。帝辛在后军看到大鹏突破前军，又在中军肆虐，心中焦急，司命官便问："要不要退兵？"

"再撑一下，刚才坊氏来报告说他有神力可以破阵！"他便命令昆虫氏与杞女说："你们去中军指挥士卒，阻止他们逃跑，看到大鹏阵法被破之后，就带兵杀回去。"坊氏这时早就在中军暗中串连所有殷人留下的旌旗，他看大鹏开始从中军朝后军进发，后面的莱人士卒也拨开了尘土，只等大鹏重新组成人字阵开路就要中军阵地，便以人影遮身，穿梭于殷人士卒中，拔出了事先留在地上的玉圭旌旗。

当他拔出角落里最后一支旌旗的时候，连成一片的旗帜开始在中军阵地上扬起，而就在此时，大鹏阵也对地面发动了聚力一击。嘭嘭嘭的巨响，半个中军阵地的遍地旌旗呼呼飞扬，带起遮天的尘土，一股巨大的吸力把排列整齐的大鹏及其护卫鸥鸫吸入地下，撞上扬起的旌旗。大鹏纷纷吐血，一些鸥鸫被压死在地上，另一些摔在地上，昏厥过去。而占据中军阵地的莱人士卒都被扬起的风沙吹倒，晕了过去。随着旌旗塌陷下去，大鹏砰砰砰地摔在地下更是压出了大坑，扬起的尘土遮天蔽日。

这时，羲和氏与玄股氏仍然守在高空，没有被吸到地上去，网海氏受伤退到了后军，姜望趁机跟到了后军，只有折丹氏化风在维持大鹏人字阵，被吸往地上狠撞一下，差点晕厥。而奢比尸氏跟雨师妾则仍然在后军阵前跟田阵对峙，躲过一劫，他们看到大鹏没了，身后漫天尘土看不到人影，都开始急急后撤。

任伯一直在冲锋士卒后面，远远靠着感应鸥鸫的震击，让鸥枭指挥大鹏行动，现在看到大鹏坠地，知道遇到了宗师发动的风力反冲，急忙率领一群老鹰杀过去，刚好在中军塌陷阵地外围遇上了喝止逃散、聚拢士卒的昆虫氏、鳌虫氏跟杞女。昆虫氏看到老鹰在士卒群中横冲直撞，便命令鳌虫氏放出虫群。老鹰一接触虫群就瘫软而逃，但接着几只老鹰张口就把虫群吸入了嘴中。

看到虫群被老鹰吞噬减少，昆虫氏大喝一声，手持一支金针，藏在一道冷光里，在阳光下无形无声地击穿一只老鹰，他在老鹰群中穿插，几只老鹰都被插穿心脏，掉在地上抽搐。

任伯看到老鹰群受损，连忙让鸥鹑攻上。它们能够在刺目的阳光下发觉昆虫氏所藏的冷光，瞬间作出攻击。昆虫氏虽然行动迅疾，仍然被震伤，现形掉在地上，他急忙爬起来往士卒群里躲。螯虫氏看到师父现形，手举盾牌飞出挡在昆虫氏前面，口喷螯刺，结果被鸥鹑的攻击震得头部碎裂，瘫在地上。这一阻拦之下，昆虫氏已躲在士卒群里。

只有杞女仍在跟老鹰战斗，她手持短剑把攻击过来的老鹰引到地上撞伤，然后被士卒刺死。但老鹰越来越多，她只好退到士卒群里。这时，她看到昆虫氏停止了攻击，猜是败退了，便也率军往外侧退去。任伯杀散杞女的士卒，便往殷人后军阵地进发。

任伯带人离去后，倒在地上的螯虫氏才从脖子里伸出一颗头来，他虽然被击碎头颅，实际上却是个戴面具的假头，这时已急速往飞扬的尘土里躲了。任伯在尘土中找到的全是大鹏和鸥鹑的尸体，只有少数被震昏了的才被同类激醒。任伯带着它们继续在尘土中突击。

而雨师妾等人已退到飞扬的尘土中躲避，封父氏与邮氏杀入尘土中，以阵法卷起漫天尘土朝莱人士卒攻击，正好遭遇任伯带来的老鹰群。邮氏指挥士卒发动田阵，挥动尘土射穿这些老鹰。任伯看不能前进，只得率鸟群离去。邮氏等人也不追赶，收兵返回。

东夷之战中篇

帝辛命退兵十里扎营，他来看视火正官时，火正官已奄奄一息。众将官都聚在大营内清点人数，发现损失两万人以上，火正官一军只剩千余人，箕侯、酒正官也只各剩两千余人。到第二天，中军邮氏、封父氏、坊氏军队才有两千余士卒逃回。这样看来，总共损失士卒也接近两万，中军三首领总共只剩下七千余人。

帝辛与众宗师商议如何破解对方的大鹏列阵、鸥鹑防御，决定在猫虎氏赶到之前，以阵法紧守大营，引诱他们的灵兽来攻，慢慢觉察其弱点，到时再议破解之法。

莱人大营中，任伯清点伤亡，倒是不多，大都是在地陷的时候被压死，或震昏了杀死的。他又逐一追问各位宗师的战况，唯有姜望没有战绩，便心下不悦。他又说："现在大鹏死光了，鸥鹑的攻击难以透过殷人的定阵旗帜，如之奈何？"

折丹氏建议奇袭。众人又对坊氏的蓄力之法、昆虫氏的冷光、酒正官的水雾等难缠神术商讨出应对之策，姜望也赶紧出谋划策。任伯则派人联系祝国、顾国和薄姑、姑幕等国出兵……

任伯最后命令："今晚以鸥鹑保护，以雨师姜、奢比尸氏为先锋，水母为中军，宿沙氏、姜望率领军队在营外布阵接应，玄股氏为高空接应，今晚偷袭，目标是尽可能消耗殷人士卒！"

当晚，殷人士卒大都在兵营里睡觉，只有少数轮流巡逻。突然，电闪雷鸣，下起大雨，睡觉的殷人士卒发现头上、脸上在冒血，随即大叫起来，还没叫两声就一命呜呼。帝辛忙问怎么回事，邮氏报告说："天上的云雨被人布下阵法，雨水都化作尖刺射下，兵营内的士卒都被杀死了！"

帝辛跌足大叫："你还不快去布阵！"寝正官、封父氏、坊氏已经在布阵，之前只是在兵营外布阵，所以在灌木丛间与树下巡逻的士卒反而没事。这时，闪电直接射到地上，雨水渗透各大兵营，被刺伤惊醒的士卒又遭到电击而死。而各个宗师的兵营则事先布下了旗帜阵法，雨水化作尖刺没能刺穿皮革旗帜。

待各个宗师布置好阵法，奢比尸氏看到闪电已经不起作用，便让雨师姜停止放出密封在旌旗中的雨水尖刺。他们正待离开，司土官、司工官、木正官、酒正官已经飞了上来，拦住去路，他俩急忙躲入云中。

几位宗师才跟着入云，就感觉手脚被蚊子扎了似的，并感到眩晕。司工官最先根据螫刺射来的方向躲开，他运动气血，吐出毒液，大喝一声抛出纺锤。云层连带藏在云层中的水母都被卷入，吸附在纺锤上，被一条绳索扭结。其余的人只有木正官不能逼出毒液，便要退下去。这时云层中有攻击袭来，司工官定在身前的玉器震动，他急忙大叫："鸥鹑来袭了！"

木正官正擎着大斧，就感觉手颤，大斧掉落。一只鸥鹑飞速袭来，他顿觉全身震动，急忙取绳墨射在地下，附身而走，没想到就这一下慢了，鸥鹑已经接近，被震得头晕目眩，从半空中掉了下去。

上面的酒正官被震伤，附身云中借水汽走了。司土官尝试以短刀引开震动攻击，结果手骨被震碎，他急忙借风吹着云雾遮身而去。

地上，寝正官等人刚刚布置好阵法，突感身体被看不见的东西扎了，他急忙以一阵风鼓动帐篷，附在上面走了。封父氏等人下蹲以手下按，扎他们的东西立即下沉到地上去了。他们以耒耜划地，把沉下的东西定在地上，士卒们聚拢火把，才看到一只巨大的气泡定在地上。

寝正官这时已经站在兵营上空，一手持火把朝天一指，几个兵营上空出现数个气泡，火把扔处，半空一大团火焰燃烧。

其他兵营没那么幸运，士卒在宗师赶来之前便被这些看不见的螫刺蜇死，殷人乱成一团。昆虫氏不顾受伤未愈，飞到兵营上空，只有他能感应这些幽灵般漂浮的水母。他放出虫群，吸附在水母周围，展开一张由蛛丝线连接组成的巨网，罩在兵营上空，把仍然漂浮在兵营上的水母震破。

司工官下来，他看到司土官受伤，便递给他一粒玉璧说："可用来防身，引去鸥鹑攻击。可别透露给帝辛手下的其他军官知道了。"

司土官想到土正官的嘴脸，便说："帝辛手下军官骄横，不能容人，当然不会告知他们！"

"真不知这些漂浮物是何时降落在我们兵营上空的，居然躲过了人面鸮的巡逻。"

"人面鸮是在兵营外围巡逻，这些气泡一定是从云层上吊落在兵营上的，才能既躲开巡逻，又不受阵法影响。"

"箕侯应该没受伤吧？"

"他与大王的营帐都布下了寝正官的阵法，应该没有问题。"

司工官叹道："自上次大鹏一败后，箕侯就不敢出声。这样下来，我们俩此战后怕是要留在大邑了。"

正在谈论间，他们听到兵营外围宗师以风传音说莱人来袭。他们赶到外围时，邮氏、寝正官正在阵内带兵以箭雨攻击，坊氏也在一旁。面对夜空中漫天飞舞的水汽尘土，箭雨还未到莱人跟前，就随着阵前热浪滚滚的尘土而落，邮氏连忙命令停止射击。

宿沙氏看到殷人紧守不出，便命令士卒逼近。邮氏又命令放箭，他抛出一只铜罐，要吸附尘土破开一条视线，但铜罐跟箭雨一起，仍然随阵前尘土降落。寝正官便上前抛出玉圭旗帜，要定住尘土，但毫无用处，旗帜仍随着热气尘土翻腾跌落。

司土官虽然没有见过此阵，但知道与海盐淘沙制取有关，阵内地上需要足够的草灰维持，他便使一金鼎变大，借夜色藏形抛掷半空，要罩住阵内以水汽散去尘土。宿沙氏从插入地上的竹竿变绿，察觉沸腾的尘土中飞扬在减弱，便将五丈竹耙插入地底，搅动尘土上来。他又看准尘土丧失之处，刮起疾风使尘土推进，疾风扬起，便遮蔽住司土官的金鼎，夺走缩小，裹住被抬走了。司工官看到无法破阵，便大叫："不要放箭了，紧守大营！"

宿沙氏听到叫声，推动一股尘土朝司工官袭来，被司工官撒出磷粉生出火焰，不但封住尘土，还把阵内的热气尘土吸附了。宿沙氏急忙朝火光方向推出疾风，但这时尘土已经聚集成墙，被火烧硬，牢固不可移动。宿沙氏看到不再放箭了，便命众宗师挥舞竹耙，地上顿时扬起尘土，厚厚的如沙尘暴一般向阵内殷人冲击。

虽然有田阵旗帜阻挡使沙暴减速，大部分士卒仍然被射倒。司土官因为靠前，躲避不迭，虽然头胸腹有司工官给的玉璧护体，但整个脚被射穿了，只能顺势飞走。而司工官则趴在泥墙后，虽被部分击碎，但总算没有受伤。邮氏和寝正官在阵后，也没有受伤。

宿沙氏即大声命令士卒跟在这阵沙尘暴之后推进，阵内司工官看司土官倒了，又听到命令声音，愤怒地寻声从高空而来，凌空聚集起飞扬的尘土，一击打在宿沙氏身上。宿沙氏顿觉身体沉重，委顿在地。他急忙举起一只连接地下阵法的开口竹筒，把随后袭击过来的尘土都收了去。

姜望在一旁看到宿沙氏倒了，便暗中在周围树木间布下了田阵。这时，司工官又在空中抛出一只虎头形状的大钟，钟一响，虎口就把飞扬的尘土冲击过来。姜望的田阵分散不了这么强的攻击力，尘土被树木振动弹开一些，还是直喷向宿沙氏。虽然竹筒上的土封被冲破，但冲击力还是都被竹筒吸收，同时他身后十几步之外竹筒出口的尘土一阵飞扬。姜望在一旁暗暗记下，看来传说中淘沙阵法之所以有巨大蓄力，就是因为竹筒、竹耙的长巨了。

而这时，空中的玄股氏便聚集魟雀群来围攻司工官，被他削掉一块土范砸在领头的大鸟上，粉碎、散附在后面的魟雀身上，使这些大鸟都僵硬得跟泥塑似的，沉重地摔了下去。地上，宿沙氏收去攻击，便给竹筒加上推杆，对准虎头钟打出飞石。嘭的一声，大钟被竹筒打出的飞石击得破烂。宿沙氏又对准司工官一击，但只嘭的一下撕裂了旗帜，飞石被皮革旗帜包裹，甩飞到高空。

这时，封父氏也飞到了半空，以金铲袭击，姜望在一旁猜竹筒肯定打不了旋转的金铲，便躲在士卒群中以金钩接住金铲，掉在一旁。宿沙氏身体仍然沉重，被身旁的宗师抬走，混入了士卒群中。莱人以尘土阵殿后，退走了，玄股氏也以魟雀群挡住了封父氏与司工官，自己骑着魟雀走了。

殷人收拾残兵，治疗伤员忙了一夜。第二天，帝辛检视，又损失万人。更不幸的是，有近两万士卒受伤，都是刺伤，包括双脚被刺穿了的司土官。帝辛怒火中烧地说："东夷竖奴，竟敢这样偷袭！"

司命官便说："这种偷袭确实是前所未有，但只能使一次。化雨云为针的神术，其实就是以尖刺沙砾增强了雨水的下坠力而已，祭祀各大山神的宗师都会使，并不稀奇；需要注意的倒是鸥鹆，一直无法对付，致使两位五行正官都丧生其手！"

帝辛便说："猫虎氏今天能到吗？"

风师便说："需要明天。"

这时又有风师来报说："祝国、顾国发兵攻击奄国，已经到达国境了！"

帝辛长叹说："一定是冲着我们的军粮和武器去的，可惜我们的将领或损失、或受伤，这两天是派不了援军去了。"

莱人大营中都在欢庆胜利，任伯见姜望又没有战绩，便说："姜望老弟，你似乎是在回避使用神力吧？"

姜望惶恐说："我的田阵在中土的神农氏族宗师面前实在不值一提，因此没能取胜。"

"既如此，你可有良策消耗帝辛士卒？"

姜望只好说："帝辛如今闭门不出，必然担忧粮草，他们的风师使用一种粉末燃起风烟传信，只要在奄国距此各地之间识别那种粉末烟雾使雾气变形的密图，多找两天就可截断他的风烟，以防他调取粮草或去大邑商搬兵。"

任伯大喜说："知道粉末就能找！你可知道是什么粉末？"

"不知。"

任伯喜道："没事，这不外乎是传信鸟兽身上之物，只要告知斟氏便知，他熟知鸟兽！"又说："我已经接到祝伯、顾伯攻击奄国的消息，等奄城一破，帝辛必定退兵，到时候我们再联合东夷诸国追击，必定击破中土！"

玄股氏便说："我在空中查看帝辛营中，因为雨师姜的雨云覆盖有一半的军营，估计他们有一半士卒非死即伤，再加上奢比尸的闪电，震颤，殷人肯定不知医治，存活可能性不大。这样一来，帝辛的王师及各诸侯军队就只剩下一半兵力了。"

任伯大笑说："这下他们只有紧守兵营，布阵不出了。接下来即使我们攻不破他们大营，也可以拖到奄国城破，使他们断粮！"

众人都举盏喝酒、大笑。任伯又说："这次雨师姜首功，奢比尸次功，等占领了中土，他们的封地肯定是最大的！来，我们轮流敬酒！"

过了一天，帝辛终于等到猫虎氏赶来，他已经治好了眼伤，听了众宗师对鸥鹆的描述，便说："我猜这应该是一种我们听不到的声音，我的虎啸也有这种震动攻击，我可试试能不能抵消。"司土官虽然不能动弹，也御风过来说："我听说西北有一种一目猫，叫作玃，可以消除声音，不知道能不能除去这种攻击。"

猫虎氏点头说："我也听说过这种猫，可惜没时间去找。"

司工官便说："其实我的虎头钟也能声音震动伤人，但只是增强冲击，却不似鸥鹁的震动剧烈。"

猫虎氏说："我去看了便知。"

但这两天，莱人没来挑战，他们因为攻不破农田阵法，索性等待奄国城破。

这一天，雨师妾邀请奢比尸氏去喝酒，说："你看殷人还能坚持多久？"

他兴奋地说："我觉得奄国一破，他们就得退兵，我们即使无法攻占商地，也可获得大量奴隶！"

雨师妾靠着他，摸着他的手臂说："这样一来，我们俩的封地和人口就可要成为东夷最大了！"

奢比尸吃了一惊说："不可，我与夫人彼此都是诚心相待！"

雨师妾灌了他一口酒说："你怎么不往长远想呢！殷人一败，网海氏肯定回夷方复国，怎么会留在东夷？你是要跟他去夷方呢，还是与我的封地合并？"

"这……"

"还想什么呢。若不是夷方灭国，网海氏怎会委身于你？在东夷的女首领中，羲和氏高傲，你攀附不了。你不跟我合并，壮大势力，更待何时？"雨师妾说着把衣服一脱，两人便交缠在一起。

帝辛看莱人不来战，便也学莱人，以坊氏、酒正官从空中以雨云化针偷袭，猫虎氏、邮氏、封父氏带领兽群在地上接应。当晚，坊氏和酒正官刚刚从高空接近莱人大营，就遭遇鸥鹁群飞上云端拦截，酒正官化云雾而走，坊氏手中的盾牌震动不已，看鸥鹁飞近，急忙放出聚集了雨云的大壶，雨水爆炸似的放出，鸥鹁群急忙散开。一只鸥枭从下面袭来，坊氏把盾牌朝它一扔，盾牌震响声呼呼，震动增强了冲击。把那只鸥鹁撞碎，其余鸟群震颤。他趁机走了。

地上，猫虎氏等人仍然以布置了田阵的虎群突击，虎啸声得到天地气加成，击破了巡逻士卒，但随即就有遮天蔽日的尘土滚滚而来，把冲击力卷了去。阵法后面的莱人都听到的是普通的虎啸声，没有受伤。邮氏与封父氏急忙叫停虎群，让它们退去。宿沙氏也不追赶。

第二天，帝辛听说夜袭受挫，便问该怎么破阵和破鸥鹁。

行人官便说："那鸥鹑并非借风，而是借自身元气飞行的，据我所知，其实昆虫氏就会。"

昆虫氏急忙说："我是藏在冷光中御风的，并非靠元气，如果能行，就不会被鸥鹑追击受伤了。"

帝辛看他似乎有所隐瞒，就说："昆虫氏，现在情况危急，你若知道鸥鹑飞行缘由，可立即道来。"

众宗师这时候也言辞激烈，尤其行人官大声呵斥说："我军损失已经过半，岂能仍拘泥于门户之别，隐瞒神术？"

昆虫氏惶恐说："我所藏的冷光是一种萤虫留下的粉末自然发光，我苦练了多年才使飞行所带起的风依附在光里而不散开，因此才会不被发觉。"

帝辛看他惶恐，便没有再劝。

司命官便说："莱人占优势，却不出战，必然是在等奄国城破，断我军粮草。不如趁现在他们不来进攻，派遣宗师去往奄国运送粮草过来。"

帝辛说："我也有此意，只是我决定派行人官加上你和宗祝前往。"

司命官大惊说："大王身旁岂不是无人保护？莱人随时会像上次一样夜袭！"

帝辛淡然说："我想过了，在你们回来之前，我且移到士卒兵营去住，只要我营房有寝正官布下阵法，应该不会有事。"

司命官回来，对宓妃说："大王派我去奄国运送粮草，并协助守城，你也去吧？之前你在沂水袭击水庸氏，现在去帮他守城，也算是与他和解。"

宓妃眼看殷人就要战败，想自己也该出点力了，便答应了。

而这时，任伯已将帝辛的风师之法告诉斟氏，他回信说自有办法拦截。

奄国城下，奄国侯索氏①正在与飞廉、水庸氏守城。祝伯率领水正官天昊、斟氏弟子颛臾氏②在北门攻城，顾伯则与顾氏、巨野伯在南门进攻。

祝伯发兵时与任伯约定，只要破城，不但奄国国土战俘归他们所有，还分给他们部分殷人战俘。冯夷也暗中过来帮助，他是在薄姑国侯默许的情况下，

---

① 索氏族，为史上殷民，子姓，世代为制作绳索的工匠部族。

② 颛臾氏，即济水边颛臾小国，祭祀先祖太昊、济水神与蒙山山神，一直存续到春秋时期。

没有带兵，只带了亲信宗师前来，待城破，他可从中获得部分战俘和兵器法宝。

天昊首先率领豹群欲爬城墙而上，但才到城门附近，平地升起一股旋风激流，豹群都被冲翻在地。天昊在后面看见，大胆飞身尝试，一接近就有旋风升起，城墙上水庸氏的秤砣已经袭来。天昊人在半空不好躲避，只能口吐激流，抵住秤砣，借撞飞之势急速退走。水庸氏收了秤砣，以金钩勾住那几只被冲翻、定在地上的野兽，抓上城墙，绑了起来。天昊退回之后，与颛臾氏、冯夷商议，颛臾氏说："难道是借来了附近的河水之力？"

"即使是河水之力，也要有进口与出口，不然怎会维持如此迅疾的冲击力。你明天率军佯装挑战，请冯夷太师和我，再与巨野伯、顾氏约定去探寻河口，封堵住，你便率领军队进攻。"

冯夷便说："我暂时不跟你去探寻，只注意水庸氏动静，再行偷袭。"

天昊大声叫好。

第二天，颛臾氏便去挑战，只是喊叫，却不进攻。城墙上的水庸氏察觉有异，急忙朝进流口跑去，他看天昊已经跟几个宗师试探出了西门附近的进流口。巨野伯放下一尊石碑，镇在入流口上，并放出魃雀去报信。水庸氏急忙叫亲信去报告飞廉，自己则飞出手中秤砣。

天昊感到袭击的杀气，扭头化作虎形浪涛，一口咬住秤砣往回拖，巨野伯手中鱼叉已经出手，但鱼叉刚接近水庸氏，就转向朝天昊射去，却被他咬住秤砣拉直绳索。水庸氏叫声好，猛然撤去高速旋转的宝规。天昊正要回拖，结果感觉秤砣一松，鱼叉却加快袭来，把浪涛上的虎头插碎。

而水庸氏刚从城墙上跳下，落地，就被脚下的茅草钩住双脚，他并不惊慌，只是以绳索吊坠直击石碑，巨野伯以渔网挡住，但那绳索绕过渔网，将石碑击碎一角。

天昊这时又化作蛇形大浪冲来，口中吐出秤砣激射过来。水庸氏以一曲规定在身前，秤砣绕着尺规一转，复射向巨野伯，水庸氏调整曲规角度，蛇形大浪也被曲规带起的高速旋涡转向，射向顾氏，顾氏转身一逃，水庸氏脚下随即松绑。

这时，躲在后面的冯夷暗暗牵动水汽尘土附在曲规上，使其缓慢下沉，水庸氏忙以鞭抽使曲规加速，平衡下沉之势。而冯夷已经化身水汽直冲过来。而滚滚尘土，附在水庸氏身上令他呼吸困难。他一边憋气一边要走。但冯夷的水汽尘土已经绕开他身前的旋涡吸附，朝他本身蔓延过来，却正好撞上秤砣，嘭的一下散开，秤砣被推动撞在水庸氏身上，撞得他口中吐血。

水庸氏倒在地上，一时不能动弹。冯夷急起，正要以佩刀攻击，这时飞廉已经赶到，平地生风，把水庸氏送走。风吹散了附在水庸氏身上的尘土，他稍稍能动，急忙伸出一根笔直的绳索，上面系有玉坠，朝石碑阻拦的方向于半空飞去，他自己则被钩绳带到了城墙上。飞廉附身沙尘旋风直扑冯夷的水汽，数根律管齐声大响，吹散冯夷扬起的尘土，他大叫："冯夷，司命官早已将你的神术告诉众宗师了，尽早投降，不要来掺和奄国之战！"

冯夷大怒，贴地卷起尘土和草木紧紧困住旋风，要附身飞廉，但飞廉只凝神一散，旋风就齐响散开，把附在旋风上的尘土和草木也吹散，之后却又从四面出现数道疾风袭来。冯夷看飞廉在风中躲藏攻击无形无向，想来定不住他，只好退去，躲开了疾风散击。这时，天昊又化作水兽来攻，飞廉的旋风一时吹不散凝聚的流水化兽，只好退避。

天昊正要攻上城墙，突然看到后面一股潮水涌来，巨野伯借风传音大叫："河水直接被引入阵中了，士卒快退！"天昊扭头看到一根笔直的绳索引来一股潮水，冲倒石碑，往城墙四周奔流而去，只好退走。

这时，颛臾氏率领士卒早已看到空中�雀攻城多时，而他本人已经攻上城墙，但这股潮水涌来，把正在撞门的士卒冲翻在地，陷入地下，不能行动。颛臾氏一人孤立无援，被城楼上的箭雨逼退。城墙上箭如雨下，把陷入地下的祝国士卒都射杀。绳索绕着城墙不断伸长，直到绑在城墙上一周，水流则顺着绳索急速绕着城墙流动。

由于这股潮水不停绕城流动，祝国与顾国军队这两天都没能冲破奄城外的壕沟防护。颛臾氏便说："我师父斟氏此时窥探我们攻城多时，这就请他来与你们商议破阵。"斟氏这时即到，说："我探得帝辛有宗师过来，猜必然是押运粮草，我可助你们劫夺。"

这两天司命官一行也已经到来，飞廉便向宓妃询问破解天昊的水兽之法，宓妃说："天昊只是他的称号，其实他是朝水水伯，听说有八颗头颅，七颗备用，不知他已损伤了几颗。"

飞廉说："我看他身上带着一串八个人头雕像，是没有损失过头颅吗？"

宓妃便说："不然，他可能会掩饰。"

水庸氏看宓妃提供了情报，便神情缓和，并告知她冯夷突然出现之事。司命官与宓妃对望，都想，果然他还是趁机过来报复殷人了。

宓妃催促司命说："我们还是准备好军粮上路，我不能再面对他与大商对阵了。"

"现在我只是担心他是暗中来助阵的，会不会发觉我们运粮。"

"放心吧，我们这次来奄国连士卒都没带，应该不会有人发觉，而且只要不露身份，即使遭遇，他也不会针对我们。"

半夜里，司命官一行人押运粮草出城，司命官与宓妃化了装，行人官以绳墨探知路前没有法阵之后，以金铲在前面开路，使地变得光滑，运粮马车跟在后面悄无声息地慢行。

但粮队才绕过郊野大泽，就受到大泽里发出的水流冲击。马车和宗师被水兽扑倒，士卒则被水化钩挠拖倒在地。宓妃旋转身体，让过水形巨兽，撒网把它装入网中，水兽跳动几下便散了。但她还没落地，双脚便被水浪化作的钩挠拖下地去，她心里暗叫，是冯夷的水阵！

一旁的宗祝官趁机挥出玉粉，撒出数道火焰砂石，把水流中的兽魂尽数烧散击飞。众宗师都没有受伤，但脚下都被浸湿，沉重的被水化钩挠绑住。行人官以金铲划过众人头顶，水流冲击都顺着金铲从众人头顶甩飞去了。司命官等宗师都把脚上的草钩积聚在手上扔掉了，士卒则只能以刀斧砍断水化钩挠。

这时，粮队头顶上突然掀起大浪把金铲打翻，水流像石头一样重重砸下，一些士卒被水流砸伤，水上被砸出一个大坑，以及无数小坑。宗祝大喊："快上天，这是移体之术！"

话音未落，宗祝就感觉要被吸到水里去。他知道叫声暴露了位置，急忙拿出一根五彩玉杖在空中划了一道圈，移魂气带来的昏厥感恢复，而士卒们已都倒在了水泊中，站起来的就只有司命官等几个宗师。由于在黑暗中，敌人的位置无法看到。

司命官等人忙着闪避滚石似的下落水花，没有提防被抽魂，刚刚感觉意识下沉，幸好宗祝挥舞玉仗散开水汽，抽魂的麻痹气味才传不过来。众人得以恢复。身在半空的行人官趁机挥舞金铲拍击，把半空中的水流引回大泽。

众人刚要飞身上天，就觉得头好像碰到了尖刺似的，他们所过之处其实早已被人布下阵法。幸亏宗师都吃了牛伤草，护住眼睛就不会受伤。宗祝又对众人叫道："从这里飞出去！"他以桃木盾挥动，把附近半空中的尖刺刚气全部转移到护盾的彩玉上。

众人脱开水流，腾空飞行正要过来，突然感觉身上沉重，连宗祝在内，都被扬起的尘土困住，窒息不好动弹，一股大浪朝宗祝袭来。虽然宗祝蓄气削弱，但移体之术还在，这股大浪还没到他跟前，就被他护盾震散，水花四溅散开。

司命已经从尘埃定身术知道是冯夷，他借星次之力吹散头部尘土，刚从甲衣里脱出，解脱尘埃跟随，一股豹形大浪又朝他咬来，他只好抓住那只水兽，顺势扔了出去。

而那边冯夷的化浪一时被宗祝散开之后，行人官稍微能活动了，俯身贴地飞速滑行，一转眼就消失在草丛中。斟氏在半空中看到，飞身过去，以金刺插地，将附近大片草木化为刀剑阻止他，并要移去他的魂魄，但行人官以滚铲平滑刀剑之间的空隙，在锋利的草木上面继续滑行，一路去了。

那边宓妃刚一解脱流水冲击，又在半空被尘土围住，她知道是冯夷，不愿意久留，便趁冯夷投出大浪这一缓，顺着随即扑来的尘埃之势往后贴水面扬起水雾，凝神借微风使尘埃沉降，不再扰动着依附自身，她一下得脱，便贴着草木飞开。冯夷这时刚发动猛力袭击，正在山坡上喘气，看到宓妃破了他的定身术，以为又是司命官泄露他神术所致，气血上头，便拔出佩刀，腾空朝身前的被尘土窒息的宗祝劈去。此时的宗祝也要扬起水流驱赶附身尘土，但不得其法反而慌乱窒息，毫无抵抗。头上监视的斟氏看了大叫："留活口！"冯夷哪里肯听，一刀划破了宗祝脖子。宗祝惨叫一声，身体瘫软在地。

这时司命正在跟水兽缠斗，那水兽被扔出之后，在半空中化为水蛇，延伸过来，缠住了他。他看到宗祝大叫一声倒了，怒气上升，按住水蛇一跃出了缠绕，水蛇则被定在半空，虽然挣扎却不能移动，他挥剑几下，把水蛇劈成几段，碎成浪花散落在地。

司命去救宓妃，原来她没飞几步就被暗处的颛臾氏以草木化刀剑刺来，她只得躲避。司命飞剑出手，直射颛臾氏，逼得他急退，就地移过来一丛草木化刀剑挡开飞剑。司命附在飞剑上，趁被挡时现形，拔出佩刀直砍颛臾氏，他惊慌之中将盾牌移于胸口甲胄上，佩刀划过，火星四溅，但手臂上没有保护，被划伤至骨。颛臾氏急忙跳开。

司命官身后上空，斟氏放出坐下的领胡牛，它一边大汗淋漓、瘤子缩小，一边喷出热浪袭击。司命扭头，短剑挑动草枝，把热浪引向跳开数丈之外的颛臾氏。同时，宓妃正要飞奔离去，却没注意冯夷从身后袭来，逼得她转身让过，正要以乌梭转动之法把冯夷甩出，没想到他却吸附在她身上。她吃了一惊，而冯夷也呆了一下，手中的佩刀没有砍下。宓妃趁机飞身而去。

斟氏看到这俩人都甩开对手，快要跑出他视线，急忙射出两块木炭，发出热浪袭击。司命受到后面热浪炙烤，没处躲避，便扭身以短剑挥出草木打中炭砖，便挡下了炭砖。两块焦炭擦过他们俩射下地去，钻出两个深不见底的大坑，烟雾尘土弥漫。司命与宓妃都骇然，想幸好没有亲身格挡，不然会被弹中。他们即加速贴地飞走。

司命夫妇二人回到奄国，言说了遭袭一事，飞廉便说："凭空将刀刺借风移至你们头顶，这肯定是早有准备。刀刺的细密刚气可不是那么容易空中施放的。看来是你们来时就被发觉了，且知道你们要走郊野大泽运粮。"

司命说："我也这样想，袭击我们的除了冯夷还有一人，善于移体之术，你可知是谁？"

"必然是斟氏，他虽然从来没在战斗中露面，但这次你们运粮给大王，他当然会出手。"

"这次善于移魂的宗祝也阵亡，你们可有破解斟氏之法？"

飞廉、水庸氏均摇头，飞廉说："我们若看到能随意移体的高人，只能防御了。但想不到连宗祝也不是斟氏对手。"

司命官狠狠地说："宗祝并非丧生于斟氏之手，是被冯夷定住而杀的。当时斟氏高叫留下活口，但冯夷不听，一刀毙命。"

水庸氏与飞廉都听说过冯夷与司命官夫妇的情感纠葛，这时水庸氏望了宓妃一眼，叹道："冯夷本是个喜怒无常、善于记仇之人，我与冯夷宗族在黎地比邻而居，就互相夺宝、偷袭不断，你们若是得罪于他，他必然会很长一段时间内都怒气难平的。"

宓妃懊悔地说："都是我没有告知你们冯夷尘埃定身法的来由，至于宗祝不敌，其实此法是以河中沉沙堆积的息壤为神力由来，以水汽疾风搅动尘土，你越是有所举动，含水的尘土就越是沉积在你身上，令你运气发力受限。我昨晚便是靠调匀周身的风动，顺势后退，才脱离尘埃纠缠的。"

水庸氏恍然："怪不得只有飞廉老弟才能借动细微之风，不被他定住。"

司命便问行人官下落，说是没有见到回奄城，司命便斥道："一定是回大王身边了，此人极善于趋利避害，前次征伐西伯便借功劳不愿随大王征伐！这次因大王没有派遣我们来此守城，自然顺势回去了。"

水庸氏与飞廉点头，都说："我们再让大王派援军过来守城，招他前来！"

司命官夫妇回到住所，司命说："你说冯夷在攻击你时突然收刀，他必然已经猜出你的身份，我自然也暴露了，他必然愤恨，以后在战场相见，我们都不应该留手了。"

宓妃说："不如由我劝他回薄姑，不要参战了。"

司命冷笑："你还在记他对你收刀的情意吗？"

"我只是想避免他嗜血，造成殷人士卒和宗师更多损伤而已。"

司命面无表情："行，你去劝吧。"

宓妃看到司命冷漠的表情，心中悸动，她跟司命在一起几年了，知道他定然不会就此罢休，但她所能做的只有尽力保住冯夷性命而已。当然，形势上殷人是无法打败东夷了，所以冯夷性命应该暂时无忧。

冯夷回营，问了斟氏，说是因为截获了殷人情报，知道运粮军官里有行人官一行人到来，他不能确定宓妃是否在里面，但据斟氏说，能分散他木炭冲击力的必然是御力高手，这除了司命这种侍卫官之外，别无他人。第二天他就收到了人面鸮空投下来的布包，上面写着冯夷二字，还画有绳结。冯夷一看便知是宓妃用来编织渔网的绳结，几个绳结代表的字是："我独自来奄，是为消除仇恨，你若念及情意，可退去不战，以不违邦国前约。"冯夷看这次是她独自来，便结绳说："我为战利而来，若念情意，你返故土，我便去。"宓妃看到人面鹙带来的回信，叹了口气，知道冯夷仍然心中怨恨难平，而现下殷人势弱，绝难以劝服。

第二天，冯夷让人把宗祝尸首送来，奄侯大叫："为何入侵我奄国，请祝伯出来答话！"

祝伯便叫："奄国不顾我东夷同宗之谊，帮助殷人入侵我东夷海盐产地，断我根基，不得不伐！"

"可否退兵，我交出部分存粮！"

"交出全部存粮，由我军入城收取！"

奄侯虽有心妥协，但也有些不甘。水庸氏暂时断开绳索，停下水流，让他们把尸首靠近城墙，缓缓上升。突然，城墙另一边一块巨大的长木板迅疾从空中而至，司命、宓妃立即飞身而上，司命挥舞短剑，宓妃抛出丝线，散开了长木迅疾的冲力，伏在上面的冯夷卷起尘埃朝他们扑来，他二人只得后退。

天昊则化水兽扑了过去，司命以剑卷起水兽就甩出。这回，他二人都没有化装，冯夷看到司命官在，想到宓妃欺骗自己，怒火冲天，聚集起尘埃直扑司命官，逼得他只得停住周身的风，脱开甲衣跳到地下去。冯夷附身水雾，朝他冲了过去。宓妃在一旁急忙抛出丝线，冯夷撞上，立即被丝网吸附缠住，散开冲力。司命趁他冲力减弱，短剑直刺，冯夷被裹在丝线里不能躲开，便聚集尘埃，打在剑上，使之沉坠下去。司命感到尘埃要击穿武器，急忙脱手，松开剑柄后退至城墙内。冯夷摆脱丝线，就要继续冲击。

这时，水庸氏听到袭击，已经恢复了环城的激流，冯夷一下就被激流扑下地去。他急忙化作浪涛，摆脱水里的束缚走了。就在他们交战时，斟氏带着长木出现，"呼"的一下已把长木朝城墙甩出。长木呼啸下坠，如一道闸门似的直插地下护城水流。"嘭"的一下水流扬起波浪，木板深陷进地下去了，只有几丈露出水面，架在岸上。

斟氏长啸一声，城门那边的颛臾氏便开始架桥攻城。水庸氏急忙伸出一根系有玉坠的绳索，钩住木闸门。士卒架上木板就被拖翻。颛臾氏看又损失了一些士卒，只得撤退。司命与宓妃回城，都觉得执念于纠缠冯夷，以至不能及时趁机袭击斟氏，懊悔不已。

帝辛看到仅行人官一人逃回，心下不悦，而后营来报说姑幕国兹氏已率军来战，更添忧虑，之后又收到奄国求援，并报告宗祝阵亡的消息。帝辛与众宗师都嗟叹不已，便说："现在我军粮草支持不了多久，而奄国又被围困，我欲调遣王后及大史官等前来，你们看如何？"

行人官怕再派他前往奄国，头一个说："王后来的正是时候。"

帝辛于是让风师传信。

兹氏军一到，就与任伯前后夹攻，但他放出的魂化鸟群仍然不能靠近殷人田阵。鸟群刚从高空接近阵中间位置，就被打飞纷纷飘散。兹氏只好让凤凰火鸟在阵外扇出火焰，但由于阵内宗师不断用竹筒挥舞放出水流，阵不能破。而由于宗祝不在，阵内士卒的攻击也伤不了兹氏的魂鸟，两下只好收兵。

一连几天，任伯都在联系逄伯跟薄姑国侯，让他们派兵出征，但两人都不予理会。这几天，网海氏发觉自己的丈夫在训练兽群之后都晚归，觉得奇怪，她将一根丝线留在丈夫身上追查，探听出奢比尸和雨师妾的打算，果然是好上了，还当场抓个现行。网海氏赶上去以针化草木为鞭，对着奢比尸发泄了一顿，便打定主意，找任伯去了。

她告知任伯说奢比尸与雨师妾要趁战功称霸东夷，第一个对手就是任伯，并说了他们觊觎任伯神力的事。任伯本来不太相信，但转而想到她是奢比尸妻子，不到万不得已不会透露这种让自己丈夫不得翻身之事，便找来他俩对质。奢比尸与雨师妾只承认私通之事，坚决否认要联手称霸东夷，任伯便劝他们回去了。

雨师妾当晚便劝说奢比尸与自己结婚，让他审时度势。奢比尸想到殷人退兵在即，胜利在望，便答应了。网海氏倒是没有再恼怒，平静地搬离了奢比尸的营帐区域，回到夷方士卒的兵营去了。姜望嗟叹，奢比尸看起来实在，想不到也会为了壮大自己在东夷的势力而不顾姻亲之情。

等了几天，帝辛都没能等到王后的回信，有些诧异。他召集寝正官与风师："我怀疑我们的传信被截取了消息。"

风师便说："我已经与飞廉大人互通，他也说至今没有收到大邑商传来的消息。"

寝正官便说："消息被拦截不是没有可能，我们所用的烟雾是人面鸮羽毛所化，这人面鸮守卫在我们大营上空，已经被俘虏不知多少了，而我们的旗帜上到处都有人面鸮图案，莱人有见多识广的宗师，肯定能够猜出来。"

帝辛恨恨地说："看来只有派飞鼠传信了，我记得孟方投降宗师有驯养的。"

"飞鼠去了怕是要五六十天才能到，其实敌军既然截获了我们的风烟，必然在我军与大邑商一路的途中设下了观测风烟形状的暗哨，只要我们另选一条风烟传路就可再连通消息。"

帝辛想了想，便叫风师传信给昆吾氏，让他派遣风师送信到大邑商。七天后，帝辛收到王后的消息，说她前后发了多次消息，都没有收到帝辛回信，这次打算改用罗罗鸟①的羽毛化烟。而她已经与大史官、太保官与少宗祝一起暗中前往奄国，先解围再来与帝辛会合。帝辛看了信，愤怒地骂道："果然是东夷贼人作祟！"他随即让风师把到来的罗罗鸟给奄国、夷方的昆吾氏都送去几只，吩咐以此作风烟传信。

奄国由于水庸氏的壕沟围城，司命官等人不分日夜的绕城警戒，连斟氏也找不到解除神术的空隙。几天后，王后终于到了，司命等人迎接，告知了攻城宗师的情况，王后便说："应该是斟氏拦截了我们的风师传信，他为泰山大宗师，鸟兽草木皆识，而你们的运粮队伍之所以遇袭，也是他事先知道了消息，不怪你们。"

飞廉便说："我们所惧唯有斟氏及其弟子的移魂移体之术，不知王后及两位宗师有没有办法破解？"

王后便说："少宗祝此次就为了对付斟氏而来。"

少宗祝是宗祝官的孙儿，现在仍然未满二十，司命看他脸色严峻，知道是为他爷爷被杀的事情，便说："其实宗祝大人并非为斟氏所杀，而是冯夷为之。"

少宗祝心平气和地说："我来并非为了报仇，战场上的杀戮我是懂的。败之

---

① 罗罗鸟出自《山海经》，吃人，是类似吃腐尸的秃鹫的大型猛禽。

于人，无可追究，只是专为了对付斟氏，以及兹氏的魂鸟而来。"

司命官又说："斟氏实际上与宗祝官即使在战场上也是惺惺相惜的，他在冯夷出手杀死宗祝时，还高叫'刀下留人'，可惜冯夷不听，仍然挥刀杀人。"

少宗祝听得脸色发青，飞廉等人知道司命官要借战事报怨，都暗自叹息。大史官看少宗祝气得发晕，怕他失去理智，便发话说："少宗祝，你明日待太保官击溃敌军之后，再随我擒住敌方宗师。"

少宗祝看得了擒住冯夷的支援，脸色稍和，拜谢了。宓妃暗想，若是司命的宗师们出手，冯夷一定抵挡不住，但自己又不能劝说司命放过冯夷，这样他会更恼怒，只能待他们出手的时候再让冯夷逃走了。

王后便说："众位宗师都不用着急，明日听候两位宗师差遣便是。"

第二天，太保官看天上无云，只有一轮太阳，大笑说："今日便是天助我破敌军！"但整个上午，祝伯都没有派兵出战，飞廉便出战引敌军来攻。斟氏近日都没有拦截到殷人师旅之间的风烟联络，猜测是帝辛发觉并换了传信通路，他估摸着王后他们可能到了战场，心中不安，正好看到奄国主动挑战，便不愿出战。只有冯夷急着要与殷人交战，便由他出击试探。果然，殷人刚与祝人接触，就后退至城门，冯夷看城墙下的水流没有发动，极其奇怪，便尝试攻城，殷人只以弓箭射击，并不发动激流。斟氏等宗师便带领军队接近环城水流范围外查看，看到绑在城墙上的绳索仍在，玉坠在缓缓的浅水中摆动。

正在众宗师觉得奇怪之际，太保官看日已西斜，便迅速上前，以玉尺指向西偏北方向，牵起丝绳，松开了他昨晚定在东侧水流中的绳墨玉坠。城墙东侧缓缓的水流突然爆炸式上涨，稍微偏西的朝祝国军队横扫过去，激流比绕城的时候要剧烈十倍，除了冯夷、斟氏等宗师迅疾腾空之外，其他宗师，以及普通士卒，都被横扫过来的水流冲走。只一瞬间，激流与西侧的一半士卒都消失得无影无踪，东侧的军队都惊呆了，看着空荡荡，连草木都被冲走的积水不知所措，半空中的冯夷等人也失了应对。

司命官等人飞下来，城门内殷人士卒涌出，开始攻击剩余的祝国军队。祝伯这时仍然在后军稳住军心，没有下令撤退，斟氏朝司命撒出卵石，他们不敢去接，只分散石头的冲击力。

冯夷仍然不退，推动尘埃滚滚而来，被飞廉一阵旋风吹散，少宗祝朝冯夷投出飞箭，冯夷根本不屑，直接挥手放出水浪冲开飞箭，藏身水浪直扑司命官。但就在他接触飞箭瞬间，魂魄便被飞箭吸走。冯夷急忙稳住刺痛的心神，借着翻腾的水花冲掉飞箭上弥漫的刚气，痛得几乎消散的魂气随即平复。接着，飞廉又是一阵旋风，把他放出的水浪连同魂魄卷入。冯夷在旋风中无法摆脱，取出一副金锚，从风眼甩下去，这一下沉之力便使他恢复神智，往士卒群里躲了。

斟氏这边刚用卵石逼退司命官夫妇，就遭到水庸氏的绳墨袭击，但绳墨一接近他，就变重坠了下去，连水庸氏自己也觉得突然变重，被拖下地去。水庸氏爬起来，放出金色鱼鹰攻击，被冲上来的天昊化作水兽一口咬断。水庸氏只好以秤砣攻击。

斟氏则正要退走，突然被头上一道光罩住，但在强光聚集下，他身上居然没有烧化。他急忙骑牛躲开光罩。上面王后转动夜明珠，继续罩住他，斟氏只好腾空直扑夜明珠，王后知道他要靠近移泥土附着夜明珠，急忙退走。

太保官这时便飞到斟氏下方他的阴影处，以一副玉尺擎在手中。虽然他没有攻击，但斟氏仍能感觉到他在无声接近，而由于其站位怪异，心中已然觉得不妙。这时，西斜的太阳朝自己射出一束强光，斟氏只觉自己身上移来的护身盾牌都要化掉了，幸好坐下领胡牛一张口，吸收了部分热浪，身上顿时大汗淋漓。

斟氏闪开强光，绕着朝地上的太保官袭来，要靠近他使出移体之术。但太保官又取出天地气玉坠，牵着丝绳朝地面猛然挥动。斟氏刚到地面，就觉得头顶盾牌重压增加了数倍，他连人带牛都被压在地面。但他一接触地面就把盾牌放下，四肢活动才恢复了正常。

这时，一道强光从王后手中夜明珠斜射过来，他的盾牌被烧毁大半，只有靠坐下领胡牛吸收强光热浪，才一瞬间，他头顶就被烧焦。斟氏急忙招来一阵旗影风，藏身其中走了。领胡牛承受不了这么多光热，一下就瘫软倒下。

太保官正要用葫芦收取斟氏附身的那阵旗影风，就遭到天昊化作的水兽攻击——他已经逼退水庸氏，便朝太保官攻了过来。太保官急忙抛出葫芦收取水兽，但那水兽突然化作两条大蛇，避开葫芦，分左右袭向太保官。太保官只好以玉坠迎击，这玉坠早已蓄满地气，与左边水蛇一撞，两下都被震得后退。

太保官趁机躲过右边水蛇的攻击。王后在半空中以夜明珠强光指路，投出一把飞刀，顺着强光把右边的水蛇劈成两半。天昊收拾起剩余浪涛，合在一起，扭头就走，王后顺着强光罩住他，一支飞箭射去，浪涛被射穿，剩余的浪花往士卒群里去了。

飞廉能认出斟氏藏身的那阵旗影风，便刮起一阵麻绳风要掳走，但被两军混战中的颛顼氏看到，他一边带兵，一边旁观宗师斗法多时了。他急忙抛出金钩，把旗帜风猛地拉回到士卒群里去了。

就在斟氏这边激战之时，司命官看冯夷往士卒群里躲了，便也到了两军混战的士卒群上空，故意在半空中挥剑攻击祝人士卒，冯夷哪能放过这个机会，他躲在人群中出手，便以尘埃定住了司命。他看到得手，即射出网坠捆住司命衣甲，以防他如前一样抛开甲胄脱出，随后自己也飞身撞来。

宓妃这边早就盯住司命的行动多时了，看冯夷出来攻击司命，急忙扯丝线把司命往后面一拖，自己以乌梭挡在冯夷的水浪攻击面前。冯夷大怒，一下卷起尘埃把绕身乌梭打飞，自己附身水雾一击，乒的一声击得粉碎。他刚要追上宓妃，就被迎上来的少宗祝以数支飞箭射来，他只好分散水流，避开不接，转而在半空中聚合在一起，先解决少宗祝的飞箭。

少宗祝欲再射出飞箭，却被猛然聚拢附在周身的尘埃定住，气血压制。大史官急忙从后面上来，短剑划过，一道疾风飞击过去把冯夷的冲击力分成两半，天地气的旋风使一半水流上升，另一半水流则因裹着法宝而飞速下沉，被大史官投出短剑，定在地上去了。少宗祝才感觉尘埃脱落，周身可动了，便飞身而上，要收取上升水流中的冯夷本体，但一接近，又被冯夷凝神聚集尘埃困住。此时冯夷虽丢弃了大量的聚水聚土宝物和佩刀，还是趁机一撞，把他撞得吐血。

宓妃看到，正要去救，没想到被尘土玉坠困住的司命这边已经来袭。之前他在尘土附着时早已暗中把一只手脱出了甲衣，因而并未被玉坠捆绑，此时趁机借风上前。冯夷刚撞过少宗祝，司命趁机一剑，刺穿了冯夷附身的水浪。

宓妃大喊一声，但已经迟了，水浪泼洒在地下。司命扯动绳索抽出飞剑，正要挥舞再刺，宓妃已经到了，她侧身以佩刀撞开司命的剑，再以大网困住他。

司命只好对少宗祝大叫："快去，他要拿宝物了！"少宗祝受伤，他抹了一把口中的血，便射出飞箭把地下移动的水流钉住了。

大史官正要上来劝解饶了冯夷性命，却有传令风师来报说奄侯抵挡不住了，顾国士卒已经攻入城门。他只好往南门去了。

之前，南门的巨野伯等人看到护城洪水发动了，便大举进攻，顾氏等人已经涌入城中，与奄人混战。

大史官到时，顾人已经占据了城门口。大史官看到巨野伯正牵引巨网坠下，要困住殷人，便以佩刀对准巨野伯所在，刺在网绳上，网绳另一头立即变得坚韧，冷不防一下把巨野伯的手弹伤。巨野伯不顾疼痛，急忙跃到半空，刺出巨型鱼叉。大史官反应更快，以佩刀搅动大网，这下不仅飞来的鱼叉立即被大网拉到地面上，巨野伯本身也不由自主地被大网缠住，扯到地上去了。

鱼叉落地，几个殷人士卒被撞开，巨野伯跟着摔在地上，感觉网绳重压，爬不起来。殷人士卒趁机上前，乱戈刺死。顾氏看到，急忙率领士卒退出城门。索氏率军杀出，追了几里路，杀散顾人才回。

宓妃以网套住司命官，看水流被少宗祝定在地上，正要飞身上前解开，却被司命挥剑搅散了她周身之风，使她无法借风移动。宓妃愤怒地以丝线牵住飞针定在地上，就要拖自己下地。司命连忙丢掉短剑，从后面一只手抱住她的腰，任其挣扎也不松手。得了这空隙，少宗祝已经飞身下地，拔出地上的飞箭，看到水流中没了魂魄。等积水哗哗流散，他再看自己飞箭与大史官短剑所定在地上的流水，已经化作衣物尸体，他便收了衣物尸身回城去了。

司命看到流水流尽，少宗祝带走尸身衣物了，便放开了宓妃。宓妃下去，看着地上因没了聚水法宝而汩汩崩碎的流水，捧起来抹在自己脸上。司命下来，看宓妃满脸是水，他只想到这是一脸泪水，愠怒地便要强行拉扯她起来，但被她愤怒地聚起水汽甩开，差点击中司命格挡防御，差点把他推倒。

司命这才发觉自己还没解开身上的网坠，无法行动，而他那只没被定住的手则多了一把玉圭，这时候借星次之力削下网坠后，他便捡起短剑，心情稍微平复了些。他看宓妃蹲在地上久不起身，想给她些时间，而看这时颛臾氏已经带兵撤退，便先独自回城去了。

颛臾氏率领败军退了十几里路，一路上看到那阵激流冲刷过的地上寸草也无，都心有余悸。奄国士卒没有追远，便回城去了。王后一回城，还没欢庆胜利，就与大史官等人准备往帝辛驻军处而去。宓妃一直不跟司命说话，司命便对她说："当晚少宗祝要祭祀他的祖父，我们去看吧？"

宓妃转身吼道："你为什么要杀人，你放他而去，他就不会再来对付殷人了！"

"不会的，他积怨已深，得了前次押运粮草时偷袭的好处，定会再次出手。"

"有王后和宗师在，他怎么敢来，分明就是你不能容人！"司命听了，也不再辩解，便让人过来传达王后之命，让宓妃随队押送粮草前往殷人师旅驻地。

斟氏直接往任伯驻军而去。一见面，任伯看他头皮已经烧焦，正敷上草木移魂治伤，忙问战况如何。斟氏说："大商王后与两位天官来了，不知使用什么方法蓄力，调动了护城流水冲击我军，损失一半士卒，因此大败。"

斟氏叹息着与任伯、羲和氏商议了如何应对天官的神术，约定与羲和氏配合，查看其神力来由。宿沙氏提议让雨师妾聚起云层削弱其神力。

"他们似乎不止会借日月潮汐，我与一位天官交战，感觉不到他靠近时的风动，他似乎亦能如鸥鹑一般在空中滑动，"斟氏有些沮丧的说。众宗师都大骇，营帐内一时寂静。任伯默然一顿，然后打破沉寂说："明日便由雨师妾在空中收集雨云，奢比尸为前军，带领兽群冲击，宿沙氏布阵在后接应。"这时任伯已听信网海氏之说，对雨师妾与奢比尸的联合有了忌惮，欲耗损他们的兵力。

王后到达帝辛军中，帝辛手扶王后而坐。众宗师都夸赞两位天官在奄城之战中的高超神力。大史官便说："据说你们这次遇到的最大对手是海中的鸥鹑，虽然我不知其攻击如何，但据你们所说推测，其之所以能不借风而动，应该是以全身元气对外物反应而动，你们今后可尝试增强自身元气的激发，假以时日，自然可以不再借风力，只凭元气布置于大地即能腾空，布置于风即能前行。"

众宗师大悟，都道："感谢宗师指点。"

大史官又说："昆虫氏，听说你能自行激发荧光，应该已会激发元气了吧？"

昆虫氏连忙说："我只会激发荧光，是凭借荧光遮住周身风动，才能不为人察觉而动。"

王后便说："我为常羲天官，在王宫执掌火烛禁令，只知道火光增强疾风，却从未听说可遮蔽风动。"

昆虫氏低声说："荧光非热光，是一种虫类所藏的冷光，因此可以。"

帝辛听了不悦。众宗师散后，私下里议论纷纷，猫虎氏毫不忌讳地大声说："我看昆虫氏一定是有意隐瞒！"

司命官听了，便去拜访他师父，看到王后已经在那了，大史官便说："你来得正好，坐吧，其实我今日若不揭露鸥鹑行动之法，任伯必定凭此术欺人，这就是我在出征前跟你们提及的，我二人若出手，必然是有利有弊，今后大邑商内服各个诸侯的神术比拼肯定会更激烈了。"

王后便说："为何宗师不隐瞒起来，自凭神力退敌呢？"

大史官叹道："我既出征，必然要显露身手，是瞒不住的，众宗师一定会暗自摸索、打探，索性我来公布，大家一起修炼提升神力，也好过任伯仗着神力独门独户，欺我中土。"

司命官便说："这一公布，偷袭可就更方便了，看来要随时布置阵法防御才行。"

大史官说："我猜黎侯这次之所以没有举动，也是因不知我二人近年来的神力底细，这次我们在此显露，今后一定会被伊耆氏他们看穿的。"

司命即道："我会去注意战场上的可疑宗师。"

东夷之战下篇

第二日，两军对峙，天上乌云密布。人面鸮报告说是雨师姜在空中兴云，且有鸥鹑保护，猫虎氏正在对敌。

大史官便对人面鸮说："告诉猫虎氏，不用刻意阻止她，只全力捕获宗师即可。"

太保官已经飞身上了高空查看，而地上奢比尸刚与殷人接触，就急急往后退，要保存自己族人的兵力，任伯在中军看了大骂，催促他继续上前。但这次推进，殷人却避而不战，反而后退，奢比尸则被逼着一直追击到殷人营前。太保官在空中看到莱人中军已经跟上，即带领昆虫氏、酒正官、司土官、司工官四人下降到士卒上空，以旌旗聚风使草木摇曳。昨夜殷人已经暗地在草木上绑着大量的丝线玉刺，此时莱人经过的草木立即随狂风摇曳，草木嗖嗖晃动，士卒群无法躲闪，一片片的被刺伤身体，阵势立即混乱。

阵后没被刺穿的莱人急忙对他们放箭，太保官看了叫："来得好！"他只继续挥舞旌旗、扬起玉刺，并不理会，放出嗖嗖的箭支都被铺天盖地的旗帜牵扯到空中收去，又抛向地下被刺伤的士卒。五人经过处，士卒伤亡不计其数，哀嚎遍野，只有宗师能以神术力化解。中军的宿沙氏大叫："快点躲入我阵中来！"阵法中由于尘土卷起，散去了草木喷出疾气之力，附近的士卒们都聚集在阵中，姜望御风化自己周围的草木为飞舞的钓钩，也没有受伤。

玄股氏与折丹氏围攻这些飞来飞去的宗师，却一时无法跟上。鸥鹑行动更快，可以跟进，但发出的震动被这些宗师周身的盾牌挡住，减少了大部分震击。太保官手举玉璧朝鸥鹑冲击，一路散去了鸥鹑攻击，引得一大群鸥鹑尾随他攻击，但他手脚有玉瑗，胸甲有玉璧，无需护盾便可无虞。他看尾随的鸥鹑多了，便突然急速下降，他待接近地面时，以一根金刺插地，迅速移开，身后的鸟群立即受到一面旗帜包裹，重重摔在地下，挣扎不起。

任伯在后面看损失了大群鸥鹑，大吼一声，率领老鹰围攻太保官。太保官刚拿起金刺要走，就发觉自己被水汽包围，一阵震颤，他急挥舞金刺散开水汽，冲过来的老鹰一靠近，也被金刺引动摔在地上。任伯正附在老鹰身上，他又趁机以土色做掩护，附在地上蛇行，缓慢靠近太保官，聚集水汽，突然攻击。太保官只觉从双脚开始，全身震颤不已，急忙擎出一把玉尺，那玉尺自动朝向西偏北上空借风气。而任伯已经射出手中飞箭，太保官一动，却迟了，被射中了腰身，但他倏的一下就朝玉尺所指的方向退去百丈之远。任伯看抓不住他，而阵前坊氏与寝正官率军追击过来，鸥鹐又损失颇大，便回军准备退兵。

另一边，斟氏将土壤移体于四周的草木上。草木负重扑地，因而他周围的士卒都没有受伤。他便指挥士卒追着宗师放箭，司工官恰好接近，看到被神力保护的士卒，便扔出一块木炭，但士卒们散开躲过了木炭的热浪，继续朝司工官放箭。他不予理会，拿出一只虎形大钟，准备攻击。箭雨射在他周围，被他挥手挡开。突然，他觉得手脚沉重，一支箭不但没有被挡开，反而重重地把他手插穿了。他整个人也如一块铁一样从空中坠了下去，摔在地上砸出了一个大坑，爬不起来。

原来这是斟氏与虎贲士卒合力射的宝箭，弥散着精铜刚气，使人沉重无法摆脱。他看到司工官下坠，急忙上前，看着奄奄一息的司工官，正要绑缚。正在对付折丹氏旋风的司土官，看到司工官坠下去，急忙挥鞭一抽，要挡开冲来的旋风，但旋风反而扩大。酒正官连忙过来，以酒曲散落在风中，总算逼开了靠近的折丹氏，旋风又缓和下来。司土官急忙赶去救司工官，人未至，手中飞箭已射向斟氏。但飞箭离斟氏越近，就越沉重，被挡在脚下草木外，陷入泥土没顶。

斟氏正要抓司工官，刚跨出一步，脚下就被草藤绊倒。他急回头一看，那没顶的飞箭已经化作一棵矮树直立在土里，周围有着几道浅浅的沟痕。就这一缓，司土官已经到了司工官身旁，看他陷进泥土，手上的箭也插入泥地，便知道是移体之法，要拔出箭支，却无法拔出，便起手砍断箭支。此宝受损，立即丧失神力，变得轻了许多，他便拔出，带着昏迷不醒的司工官要走。

斟氏虽然被绊倒，但仍然投出飞箭，司土官正蹲在地上，不敢去接，只挥手以田阵分散飞箭于地下。司土官又以金钩刺地，顺着草藤猛扯，划伤了斟氏的脚底。此时斟氏已然跳起，短剑划开草藤气，一杆大常旗迎风一展，吹出一股腥风。司土官又以金钩抖动，顺着草脉刺伤了斟氏的脚底。斟氏痛得大吼一声，以短剑划断草脉，即以一杆大常旗迎风一展，吹出一股腥风。司土官顿觉意识恍惚，只觉魂魄被腥风吹散，他急忙附在地下滚滚尘土中走了。斟氏正要抛出大常旗追击，而由于鸥鹁已经被猫虎氏驱散，王后已经从空中赶到，她以夜明珠聚光照射大常旗，顿时起火，而另一边羲和氏殿后，也以蚌珠放光袭击王后，但被夜明珠吸收，反而以增强的强光加倍回射过去，烧融了她的软甲。但羲和氏软甲上镶嵌的两颗蚌珠立即吸收了剩余热流。

由于雨云遮蔽、日光不足，羲和氏的蚌珠聚光不够，她终究难赢对手，只得退走。王后追击了一下，她看羲和氏行动敏捷，没有风动，想果然莱人宗师已会激发元气而动。

这时候，坊氏、寝正官已经率军杀至，坊氏救下司工官，寝正官则以藤索把对敌的斟氏连人带旗扯入灌木。斟氏在灌木中本来感觉如鱼得水，正要招取身旁寝正官魂魄，却反被他伸手一木梆敲击灌木，震得斟氏头晕目眩、无法脱身。他急忙下蹲要从灌木下蛇形而出，一边要移动土石于寝正官双腿，却感觉地下草叶光滑并无土气，施法无效。寝正官走过去，斟氏拔出佩刀却由于才受震击而变得缓慢，被寝正官轻松地挡掉他的刀刺，以木楔刺穿他的手臂，他顿时手脚木讷，无法举动，一推而出。斟氏滑过草叶，寝正官让士卒绑缚起来，先押回大营。

宿沙氏此时正与邮氏、封父氏对阵，阻止了他们的推进。大史官观看宿沙氏的淘沙阵法多时，但因不知风沙何处扬起，无法破阵，只认出了主导阵法的宿沙氏所在位置，只好先来袭击宗师。他直扑宿沙氏，以短剑刺出。宿沙氏感到神力扰动，急忙以竹筒吸收刺出的短剑。

待大史官抵达，宿沙氏即调转几丈长的竹筒，甩出一股激烈的砂土，逼得大史官边退边分散风沙，退出了十几丈，但他随即直接折转，又从侧面接近宿沙氏。宿沙氏与旁边的姜望都大吃一惊，想这人居然跟鸥鹁一样可以随意转折行动而不借风力。大史官接近宿沙氏，手中短剑插地，钉住宿沙氏竹筒。姜望在一旁以田阵发动草木袭击逼开大史，宿沙氏得以稍稍缓解。他附在竹筒上，往士卒群退去，并随手在身后扬起滚滚尘土。大史官被遮天蔽日的尘土挡住视线，待他以青玉牵动草木吹散尘土后，姜望也已经往士卒群里躲了。宿沙氏随即在莱人士卒中大喊撤退。

大史官指挥身后的殷人，沿着草木风分开的尘土追击。司命官冲在最前，他看到莱人士卒中一人不往后退，却朝西侧急速去了，知道是伪装普通士卒的宗师。他也急速追赶，那人发觉后加速而动。司命看追不上了，就射出短刀，蜷缩附在短刀上飞出。那人一回头，短刀被折向射入地下，司命从短刀中脱出，正要举剑砍出，突然觉得风气扑面，脑内气血下沉，一缓，剑砍了个空。他急忙调整气血，而那人已经远去。司命回头看地上一条微弱的草藤断痕，知道这人在借农田阵法提速，而他周围没有风动，显然是在凭自身元气御天地气而行。

空中的玄股氏与昆虫氏交战多时，鳷雀群被昆虫氏以蛛丝线网络连接在一起，全部被注入毒液，坠了下去。玄股氏躲在鳷雀群后面，得以逃生。雨师妾早已被猫虎氏的虎啸震退，马腹在空中驱散云雾。帝辛后军拔寨而起，杀散了后退的莱人士卒，没有散去的莱人随任伯等宗师退回宿沙卫的宿沙氏聚落去了。

帝辛回营，记下各位将领功劳，却找不到被俘的斟氏，问士卒，说是押回大营的时候才发现押送斟氏的士卒自己手上被插着木楔回来，而他们都没发现斟氏已经不在了。寝正官便说："是我的疏忽，没有防备斟氏的移体之术，更没想到他还能迷魂。"

司命便说："我在宿沙氏阵法旁发现一名士卒往西侧逃走，那人既懂农耕之法，又能操作人身血脉，还会激发元气而动，会不会是黎侯派来的谍探？"

帝辛叹道："不管是否是黎侯麾下，光凭这行动神力就高于我方大部分宗师了。看来以后要以士卒的军纪严防这些暗探。"

众宗师纷纷议论，都为今后军中混入神力高强的宗师，突然袭击自己而发愁。邮氏便说："大王不必烦恼，我们可凭此战消灭东夷各国势力，免除后患。现在我军有了足够的攻击力，可趁此攻灭祝国，再劝降逄国，南灭姑幕国，消灭东夷各国宗师，才不负此前我军伤亡！"

帝辛犹豫说："我军刚刚得势，怕是分不出宗师去对付这些邦国吧？"

邮氏夸夸其谈说："现在各国中顾国不堪一击，逄国本身是不与我国为敌的，所以只以劝降为主，不用派宗师去，而姑幕国只派一名宗师，然后让昆吾氏袭击其后即可，唯有祝国难破而已。"

帝辛大喜说："这个想法很好，少宗祝，你去对付兹氏的魂鸟。逄国的话，箕侯、杞女，你们去与之商议。顾国我会让奄国出兵。至于祝国……昆虫氏，由你出征！"

昆虫氏忙说："小臣一人怕是无法胜任！"

帝辛不悦："听说你今日破敌却未能擒住敌方宗师，现在你去灭国，尽力杀敌，不得推辞！"众宗师都出列说："昆虫氏是灭祝国之最好人选！"

昆虫氏知道这些宗师已对自己隐瞒神术不满，只得忍气吞声。

姜望在宿沙卫守城，想到殷人师旅势大，即将逼近城邑，担心之后围城无法再与申姜联络，便与任伯商量调她来宿沙卫，参与作战。任伯细想了一下，仍然怕万一城破，申姜会趁乱逃走，就答应由鸥鹑护送她去逢国，因为只要逢伯不参战，一定不会有事。姜望想在逢伯那里，鸥鹑与逢伯麾下宗师可能会冲突，申姜逃离鸥鹑监视的机会可能会多一些，便答应了。任伯随即派遣鸥鹑前往营地。姜望也暗地里派朱厌猴前往，这朱厌猴已经与姜望夫妇熟识，应该不会叛变。

鸥鹑带着申姜，一日不到即抵达逢国。申姜感叹这鸥鹑凭天地气而行，速度之快，耐力又久。若能把驳马驯成这样，申戎士卒一定能称霸渭水。这几个月她没能习得鸥鹑神力，却以驯马之术与鸥鹑交好。虽然仍然不会让她离去，但已经能顺从地带她腾空了。姜望派朱厌猴告诉她，任伯果然能够如鸥鹑般行动，这激起了她刺探神术情报之心。申姜被逢伯安排在大宫外寝，鸥鹑跟随。她想，既然仍然没法摆脱，只好想办法劝逢国出征。她去找丑氏，劝说道："殷人现在逼退莱人，逢伯为何不出兵帮助，迟了恐怕宿沙卫不保！"

丑氏也算与她有一面之缘，便对她说："逢伯此人古板守旧，虽然与东夷各国互市，却从不愿意动刀兵，也不显露自己的神力。"

"难道他想在莱人兵退后与殷人互市？到时候殷人提的条件怕是没那么好接受！"

"我也如此认为，但逢伯不听我提议。"

申姜劝诱说："你既然有主张，为何不像冯夷那样暗中帮助，这样在战后总能得到些好处。"

丑氏便说："我倒是想如此，可惜我为宗祝，行动隐秘，与东夷各族都没有来往，如能像姜望老友与申戎王女一样，联姻某个族群首领，独立出兵，获得封地，便都不在话下了。"他说着眼睛放光，龇着牙笑着说。

申姜连忙转移话题说："你可与逢国其他宗师商量，看他们是否愿意劝逢伯出兵，到时候可一起建功封爵。"

丑氏深思后，说："逢伯麾下胶鬲氏应该也对封闭自守不满，但他司职互市、通财，平日与我来往甚少。"

"我可与你同去试探，看看他对战事的态度。"申姜说着朝他嫣然一笑。

丑氏连忙点头答应。

他们来到粮仓，胶鬲①正吩咐下人搬运储存的海鸟去边境互市。丑氏向他介绍申姜说："这位是申戎王女，恰逢帝辛征伐，所以她与她丈夫滞留在东夷。"

胶鬲便说："我听说过此事。"申姜便说明了来意。胶鬲正低头在竹简上刻字，头也不抬地说："我只是逢伯麾下的市官，打仗之事不归我决断。"

申姜看此人比丑氏难说话多了，便从货车上拿起一条鲜鱼，去除其中一定量的含水，说："商贾之事与战事紧密相关，岂能不管？再说，男儿就应该在大事前有所主张，你身为商贾，游历诸国，应该希望有更多历练吧？"

胶鬲接了半干了的鲜鱼，仔细思索着，笑道："夫人应该是牧马氏族，想不到还会保存鲜鱼之术。"

申姜微笑说："我身为一族王女，不得不多懂些神术。"

胶鬲便笑着说："我这几天要去送货，夫人若需要鱼粮、奇珍，我可亲自给你送去。"

申姜答应着走了，丑氏问："胶鬲氏这人态度并不明朗，看来不会答应劝说逢伯。"

"没事，若真到了紧急关头，他可给你助力。"申姜有把握地说。

但几天后，箕侯与杞女的军队到达了逢国城下，箕侯、杞女与逢伯面谈。逢伯说："我与大商从未互相侵犯，为何一朝来伐？"

箕侯说："莱人式微，我大商决议与逢伯联合讨伐，战败莱人之后，土地战俘可分与逢伯。待我军接管宿沙卫之后，逢伯可与我大商互市。"

---

① 胶鬲氏，商周时期的人物，后世传说为财货之神。

逄伯便说："本国国力微弱，只有一都邑，实在无力出兵。"

"可派遣宗师暗中相助。"

"我国无宗师，无法相助。"

"我军曾派宗师游历东夷，据说在逄国见过神力高强的宗师。"

逄伯心想，果然是殷人派出暗谍来了我大宫潜伏，居然还这么毫不知耻地提起，真是没把我国放在眼里，便说："我国宗师与大商宗师相比，不值一提。"

箕侯看没有劝说的余地，自己兵又少，不能威吓，只好告辞。丑氏送他们离去，他一直盯着席上的杞女，这时便趁机向她献殷勤说："听说杞国乃是夏后氏后裔，小臣虽然未曾到过中土，也时常仰慕大邑礼仪。"

杞女见他言语粗鄙，形容丑陋，便不愿意搭理，朱唇一动，轻飘飘地走了。丑氏看她面容庄重，身姿飘逸，一派圣洁的风姿，心中大乱。

第二天，杞女率军队来挑战，逄伯不愿意自己显露身手，只派出丑氏出击，丑氏事先以水洒在阵前，殷人士卒大都无法动弹，未战就乱，杞女忙大叫退走。丑氏寻声而至，正是杞女，大喜，便以草木魂拉扯住她胯下骏马。那马便只顾停下吃草，杞女左右不能驱使，这不是攻击，猜测是魂气牵扯，便挥剑划过四周，搅散了草木之魂的侵袭。

丑氏看杞女神力不弱，心中更是大动，随即发力扯住她的上半身。杞女虽然神力微弱，却见多识广，她松开手中短剑，驱使周身风力牵动短剑劈断周身束缚，飞身下马而去。丑氏紧追不舍，兴奋地大叫，才接近杞女，就感觉步履沉重，原来是地下藤索牵绊，已经拖出一道痕迹。丑氏看她不但会御风，而且会耕阵，激动地以草魂抵消束缚，追了上去。杞女躲不过，挥剑回砍，但她御使风力很弱，被丑氏以大斧震开。

丑氏突然感到脚下一紧，双脚已被钩挠捆住。杞女借着震开的势凌空而去，顺手扔下一支金钗插地，定住钩挠。丑氏心中急切，脚下凝神一踩，脚踏地气，震飞插在地上的金钗，摆脱束缚，挥舞大斧劈向杞女。杞女一架，短剑震落。丑氏看大斧就要劈到她脸上，急忙收势，不由自主地后仰，翻倒在地。杞女慌乱得满脸通红，急忙躲入士卒群中去了。

殷人在此以劝解逄伯出兵为主，所以并不紧逼，只守在城外扎营。而逄伯知道殷人兵少不敢出击，却也不愿意多惹是非，只闭门不出。倒是丑氏迫切想擒住杞女，以殷人威胁为由，要劝逢伯出兵，但他不允。

申姜叹道："看来逢伯是决意要自保，等殷人与莱人分出胜负，再与胜利者来往互市了。"

丑氏恨恨地说："若是莱人胜利，倒是与从前境遇没有不同，而等到殷人胜利，别说箕侯的战俘许诺没了，逢人大族百姓还要为殷人服役！"

杞女回营之后，告知箕侯丑氏放过自己一事，箕侯点头说："此人是逢伯宗祝，又精通农田阵法，必是此前寝正官暗探东夷时遭遇的宗师，他若对你有意，我军获得助力便可成就一半。"

箕侯便派人与丑氏联络，但丑氏心下犹豫，逢伯肯定不会容忍自己暗自相助殷人，还可能会与莱人合力追杀自己，便回信说："若是能得杞女为夫人，获得伯爵封地，我才会全力助你，保证可以出兵袭击宿沙卫。"

箕侯大喜，劝解杞女说："他若是建立功勋，肯定会受命伯爵，你与他婚配，与封父氏相比无差；他若失败，与你何干？"

但杞女嫌弃丑氏面貌不佳，始终不愿意。丑氏则因为逢伯始终没有松口派遣自己出兵援助，心下焦急。

此时，殷人师旅已开始攻城，由于兵力不足，无法围困所有城门，只能以宗师率领主力集中突破，但无论是放箭还是宗师突击，冲击力都被城墙四周一阵阵扬起的尘土所蓄积，无法攻入城门内部。这是宿沙氏早在大战前就已经在四周城墙布下的淘沙阵法。虽然殷人师旅被迫退走，但任伯已经没了鸥鹨，有些担心。斟氏便说："放心，这次不比在郊野，上次是他们预先在野地布阵，造成我方伤亡，这次在城中，他们如何再向草木借力？"

羲和氏担忧地说："如果天官再引水流来攻，不知此阵可否蓄积得了这么巨大的冲力？"

宿沙氏正待回答，斟氏有把握地说："帝辛天官的神力应该是岁星之术，但与他对战时，他用玉圭指向现在岁星的离娄位置借力只是幌子，实际上只是善用天地气交汇而已。这两天东风大盛，所以我们只要以宗师探查东门附近，就可防止他们借力天地气！"

众宗师皆赞赏不已。

果然，第二天，即有暗探宗师来报，说看到东门野地山林有人驻扎。斟氏不顾伤势未愈，带领任伯、折丹氏和奢比尸去了东门野地山林，果然看到几位宗师在守着一根削尖的巨木，还有一把长长的青色玉尺指向城门，看来是在等待士卒拉紧竹林蓄力。他们刚要靠近，却因奢比尸神力较低，响动太大，大史官已发觉。他以手上短剑刺地，奢比尸藏身处立即有震荡冲出，震伤了脚。他急忙跳开，大刀一挥，砍断地气。但大史官调整方向把短剑射入地下，震动仍从地下传来，逼得他飞身上了半空。

土正官已经飞身而至，奢比尸只觉尘土迎风扑来，他忙脱去面具聚起皮幪变大，尘土都被面具遮住，但面具也随即像石头一样往下坠去。接着他被四周聚起来的尘土打的不知所措。这时除了斟氏飞身出来，以大常旗招出一阵风刮向仍在地上的众人之外，任伯跟折丹氏都只伏地不动，没去救援。

奢比尸被封住，感觉身体被尘土灼伤，疼痛不止。他脑袋轰隆一声，正绝望之际，在空中接应的雨师妾下来了，射出一阵雨水罩住他，雨水在他身上化蛇，钻透了泥封。奢比尸这时正在下坠，感觉稍微能活动了，即借风走了。

土正官便撒出尘土来封雨师妾，被她以细碎的雨滴震退了尘土，又化作尖刺洒向土正官，土正官以泥范挡住。羲和氏聚光罩了下来，唬得土正官急忙把泥范推向雨师妾，自己下地去了。雨师妾以周身雨云中的细密水滴把泥范射穿，使其失去了沉封作用，被她推开，掉下地去。

这时坊氏已经上来，羲和氏的聚光和雨师妾的雨刺都被他以一面铜镜吸收挡住。坊氏一路上去接近两人，逼得他们俩不断后退，坊氏把铜镜一摇，发出的强光和水刺罩住两人。强光虽被羲和氏的蚌珠吸收，但水刺不能吸收，她的手臂被划伤，但因她飞行迅疾，带着轻伤一路去了。雨师妾只能借风而逃，强光射入她周身的雨云，沸腾散去大部分热流，但全身仍都被灼伤。坊氏正要追赶，被羲和氏放出的一只鸥鹓发出的震动挡住，他只能稍微后退。就这一缓，鸥鹓与羲和氏急急返回。她们凭借元气飞行，坊氏追了一阵，无奈追不上。

地上，斟氏招出的招魂风被大史官挥动衣袖散去，行人官以金铲在风中铺路，先独自退到了山林后。司土官以短剑挥舞，把吹向自己的风沉降在地上，又放出一飞箭射住身前的树。这下斟氏招出的散魂刚风都不能进入大树周围，被摇摆的树枝弹回。

大史官观日，看巳时将过，午时即到，便挪移至斟氏的东偏南方位，蓄积了一束长长的风气。斟氏看到暗叫不好，周身移来厚重的盾牌全力防御。大史官抛出玉尺刺出，在半空中化作短剑，极其迅疾，饶是斟氏身前有移过来的多重土石盾牌，仍然被刺穿，只不过被他移土石于短剑，剑锋稍微下沉，刺中小腹。他大叫一声，要使短剑移尘土负重，但短剑复在空中化作玉尺，被大史官以绳索抽回，斟氏随即卧倒。

这时，折丹氏以疾风卷起大常旗冲击大史官，逼得他急忙散去疾风，冷不防任伯借土色掩护悄无声息靠近，聚拢水汽使大史官全身震颤，而任伯的金箭也随着一道水汽射出，还未接近就让大史官感到全身麻木。他躲过金箭，顺势附在水汽上而退，但又是一阵猛烈震颤，他如遭重击，几乎昏迷过去。大史官急忙撒出玉粉护身，强行脱开水汽粘附，昏沉地退走了。

两人要追击，刚跨一步，就掉下地来，陷入泥坑。原来是迈进了司土官在地下定的耕犁泥阵，司土官的金刺也已袭来。任伯急忙蛇行退出，折丹氏则化风走了。

任伯欲从空中攻击，正好碰上下来的土正官，便从贝壳里放出一条电鳗去对付他，自己继续飞下去攻击留在地上的司土官。电鳗还没击中土正官，就被他以尘土封住，掉了下去，任伯只好停下来对付他。一阵尘土朝任伯扑来，任伯射出金箭穿过尘土，被土正官挥剑挡开，但金箭上带有水雾，黏住了他的剑，土正官立即感到全身震颤，甩脱不得。他想聚起土范包裹住自己，但无奈水雾扩散太快，已经渗透进甲胄。任伯这边也被尘土封住，热浪灼痛，但他随即身体弹起，震掉了土封。待他脱出一看，土正官已经被金箭上储存的电力电的昏厥，裹在水雾里掉了下去。

这时高空的坊氏刚退回，便以铜镜照射，任伯急忙退走，临走时回以金箭，坊氏以铜镜接收，谁知刚接触就全身震颤不已，铜镜黏住后甩都甩不掉。他只好散神，散去了之前蓄积在铜镜上的尖刺和宝物，铜镜也脱手，掉下半空。

与此同时，地上宿沙氏赶到救下了受伤的斟氏，推动滚滚尘土挡住了司土官的攻击，并与麾下宗师开始布置阵法，顿时竹林前尘土汹涌。大史官急忙上前，不顾蓄力未足，对准城门方向飞出玉尺，削断两根主索强行释放巨木。但果然，随着竹林齐刷刷弹射，巨木才跃起，就被尘土卷入地上，四周百步的沙尘暴中都在嘣嘣嘣发出连声巨响，双方顿时都被遮蔽天空的尘土遮蔽。周围一片灰暗，大史官、司土官跟坊氏一时无法散去尘土，又看到宿沙氏阵法连蓄力许久的冲击力也能挡下了，只好退走。行人官本来一直在寻找突袭机会，看到宿沙氏来了，早已先行走了。

任伯回城，看连自己妃子在内，众宗师都受了伤，斟氏小腹重伤，仍然坚持出来议事说："经此一败，殷人宗师仍然会在山林中布置巨木攻击我城墙上的勇士，我之所以受伤，也是因为天官所借星力太过迅疾，以致四重盾牌也被击穿，如让木锥蓄力，必然可以洞穿城门。所以你们还要不辞辛苦，继续派宗师坚守东门。"

玄股氏便说："不如我军退往海滨鄙远之地各国自保，殷人应该不会追击。"

斟氏怒斥："宿沙卫是我东夷海盐产地，为我东夷之基本，如果落入殷商之手，今后各大世家大族岂不任其宰割？"

众宗师皆默然不语，但都暗自敬佩。姜望想可以挖井取盐，过于依赖海盐并非族群兴旺之道，但看众宗师都噤声不语，便也不敢言。

雨师姜与奢比尸夫妇都受了灼伤，奢比尸想起此战他受到威胁，任伯等人竟然都埋伏不出，如果不是自己夫人出手，他已经丧命，便恨恨地说："任伯已与我夫妇二人生隙，不如我们弃城而去，紧守海滨，帝辛应该不会来攻！"

雨师姜说："现在退往海滨还嫌早，毕竟宿沙卫有阵法护持，殷人难破，且斟氏老宗师说得有理，若退往海滨，我们称霸东夷就要化为泡影。"

奢比尸愤恨地说："现在哪里还能称霸？任伯神力高强，行动如鸥鹥一样迅疾，而殷人势大，哪还有我们立足之地？"

"我们可趁他们激战的时候再离去自保，到时候回来看他们胜败如何，再与胜者联合吧。"

帝辛看到不但没有破城墙，反而折了土正官，连大史官也受了伤，心中忧虑。这时收到了箕侯的消息，说了杞女的事。帝辛便召集司命官来商议。司命便说："这是个好机会，我们只要派遣箕侯去觐见逄伯，提出与丑氏联姻之事，以此逼丑氏诛杀逄伯，便改命他为伯爵。若事成便好，若事不成，可正好枉送了箕侯性命。"

帝辛大喜："就派你去箕侯那里，协力诛杀逄伯！"

司命官说："请允准我与夫人同去。"

帝辛大笑说："好好，不过记得凡事以国事为先！"

司命把杞女之事与宓妃说了，他夫妇二人自奄城之战之后便没有说话，这时司命说："我们可去成全这对佳人。"

宓妃冷笑说："我听说杞女已经接受封父氏纳采，你不知她是否合意于丑氏，怎能说是成全他们？"

"丑氏若是愿意为杞女背弃故土，诛杀自己主君投靠外国，足见其心，杞女与之合婚，自然合意，为何不能成全？"

宓妃想到自己为了司命，背离故土，迁徙族人于大邑商的事实，心下动摇，便答应了。

箕侯这时已派使者告知逄伯，说杞女蒙前次战斗败兵不杀之恩，愿意与丑氏结亲，以结两国之好。逄伯看了大怒，训斥丑氏说："你前次不杀杞女，是不是看她美色，沟通殷人？"

丑氏慌忙否认："我确是迷恋杞女容貌，但绝无结亲之想，这是箕侯之策！"

逄伯便说："再战你不必理会对方，也不要得罪殷人，只等宿沙卫胜败，再做决策。"

丑氏回去找申姜诉说："逄伯果然是在等待殷人与莱人胜败。"

申姜便怂恿："到时候胜负一分，逄伯和你都没有用处了，逄人必将受到殷人奴役！"

丑氏便说："看来只有答应箕侯之策了，但不知胶鬲氏之意如何，怕有变数。"原来，箕侯已告知丑氏，将借出使的机会，让杞女及其手下宗师协助，诛杀逄伯。丑氏便把事情与申姜说了。申姜想这可是策动逄国出兵的大好时机，她拍着丑氏手臂，挤眉弄眼地轻笑着说："你一定不会后悔的。至于胶鬲氏，你我再去试探一番便知。"

申姜让人去找胶鬲送来能防止刀枪的鲇鱼，胶鬲果然亲自到了，他看丑氏也在，便说："不知二位需要这鲇鱼有何用？"

申姜说："听说这鲇鱼吃了能破刀枪、毒物、热气，这种鱼必然珍贵，是为逢伯专供的吗？"

"正是。"

"吃了能保多久呢，逢伯每天都吃吗？"

"能保一日，逢伯自从帝辛征伐东夷以来，每日都吃。"

"可有不足之处？"

胶鬲微笑道："涂在甲胄上，但面部、颈项则无法抵御刀兵。吃了鱼肉的话，一般毒物都可以排出。而若受热气攻击，则只可化解金铜化水以下之热。"

申姜也微笑说："据说这鲇鱼是殷商大邑之物，箕侯即将出使我国，你届时可将此进献于他，以示与大商结好之心，你以为如何？"

胶鬲点头答应，便离去了。申姜自信地对丑氏说："到时候有他相助，此事必定可成。"

丑氏犹疑地说："胶鬲氏态度仍然不明，是否可以信任？到时万一事情不成，我可带杞女退走，你可是难以躲避。"

申姜便说："欲成就此事，必然要冒险，这两日我们无事，胶鬲氏便可以信任。我二人只需近日严防即可，我有鸥鹁保护，行动迅疾，不会有事。"

果然，一连几天，申姜他们都平安度过。到了这日，逢伯接待箕侯来访。丑氏看箕侯队伍里并没有杞女，心想，殷人真狡猾，告诉我说杞女会亲自来助战，结果不来。不过他转念一想，这样也好，她便不用犯险了。箕侯提出："若丑氏与杞女结亲，便不用逢伯出兵，只是遣使丑氏暗中相助便可。若战胜，战俘仍然可分与逢伯。"

逢伯便说："不可，丑氏乃是我下属，他是否出战，需听我号令而动。"

箕侯便起身告辞。这时，胶鬲进来，让侍卫抬来一筐鲜鱼，说："使者既然要回，可收下我们的鲇鱼为礼，战事紧迫，可用来抵御刀枪。"

逢伯一愣，便训斥胶鬲："我没有吩咐你送礼，谁让你进来送礼了？"

这时，他身后的丑氏拔出背后的大斧，飞步过来就砍，逢伯躲避不及，被砍中脖子，整个人飞出去，撞在一边的桌子上，压碎了桌子，大斧上的水飞溅在他身上，立即放出药力，使他爬不起来。丑氏惊异，平时这猛力一击，头颅立断，整个人都会飞出十几丈，怎么这才只压碎桌子？

定睛一看，才发现逢伯脖子上一根肋骨晃来晃去，应该是被此物滑开了。

逢伯趁这一愣，一边以珠贝撒出玉粉，驱散药味，顿时恢复，跟没事似的爬起来，一边大骂："反贼，果然是你！侍卫安在？"他珠贝一扬，萦绕玉粉的魂气随风反扑缠住丑氏，但被他一挥大斧震开。

这时，箕侯躲往墙角去了，侍卫蜂拥而入，被宓妃抵住，司命官持剑击出，逢伯取出一只玺印朝墙角交界处一照，起身便走，却因速度不够快，仍然被司命刺中大腿。但他身上软甲只被刺得凹陷闪光，有玉粉掉落，却并不能透。逢伯负痛大叫，但就这一瞬，只见墙角交界的雕龙玉柱上一阵闪光，司命被迫躲开，而他已经趁机从右侧墙移到大堂正面墙壁去了。

司命暗暗吃惊，朝逢伯投出短剑，而丑氏也举着大斧冲过来朝逢伯脸上砍来。逢伯又以玺印当面一照，金光万道，司命短剑只击中玺印，丑氏大斧则砍飞了短剑，而逢伯已经逃到门口去了。丑氏的大斧又粘着玺印碎片和短剑拿不下来了。

丑氏不顾吸附在大斧上的短剑、碎片，一斧击飞身旁的案几，碎片朝逢伯撞去，但被他举起玺印投出挡下，就又移动到左侧墙去了，而丑氏已然借风卷起碎片转向朝他撞去。逢伯一移动到丑氏身后，便以玉玺照住他下半身和下方掉落的金壶，丑氏随即感觉被定在地上，腿上粘着金壶，而一迈开腿便觉得全身瘫软，大斧则粘住手上法宝金贝，扯不开。

这时司命官躲在案几下面以金刺刺案几，逢伯随即被案几碰飞手上的玺印。他急忙避开疾气飞身去夺玺印，却被司命冲出，定住他周围之风。逢伯立即拿出珠贝，张开一下罩住司命，把他定在地上，珠贝张口处蚌珠光芒闪烁，使司命眼花缭乱，一时竟然分不清自己是否握住了法宝。

这时，宓妃已经击退侍卫，朝司命这里飞来，以金梭挡在司命面前。但在蚌珠闪烁中，金梭的旋转没能弹开珠贝，反而飞旋渐缓被珠贝收了去。宓妃只好举剑聚起水雾甩向逢伯，不料反被他玺印一照，把她与司命吸附在一起，不但他们俩身上法宝粘结，她举剑聚起的水汽也似乎只在萦绕，身体沉重。而丑氏那边虽然不好挥大斧，却趁逢伯对付司命官的空当，凝神聚起地上的案几碎片，包裹在水雾里朝逢伯砸去。

逢伯知道这水雾能伤魂，从珠贝中取出一副绣有神农氏像的锦图裹住身体口鼻，他本人立即朝门外的神农氏雕像飞去，大声叫侍卫。但就这一瞬，早已经等在门口的胶鬲以一副绣有百谷的锦图扬起，噗的截住使逢伯在门口包住，而他身后的碎片跟着袭来，砸在他身上，散发的气味立即使他魂魄散去。不一会儿，逢伯就意识麻木，肢体也软下瘫倒。

这时候，司命跟宓妃仍然被二人的法宝气息笼罩贴在一起，迷乱不已，而只觉得稍微挣扎就会被身上法宝撕下皮肉，而丑氏也仍然不能走动。

胶鬲过去，边掂量着用玉针刺在司命身上头上，把他俩分开，边说："你们是被定下了质剂迷魂术，法宝与你二人魂气交融，不区分法宝与人魂，就无法分开。"他又在丑氏周身以金刺刺击说："逢伯的甲胄也是镶碎玉金骨的定质剂之物，刚才你的大斧被定质剂之后，他如果不是怕死，其实就可以用迷魂术突袭你们了！"

司命与宓妃此时都有些脸红，他们俩想起刚才紧贴在一起，比起随时会被逢伯攻击的惊惧，都不但感觉他们就是彼此的法宝，还有不能区分彼此的甜蜜。这下一松劲，想起适才临死关头的甜蜜错觉，不由得相视而笑，毕竟自从奄城之战以来两人就没有再亲近，如今终于解除芥蒂。

丑氏挥手制止一拥而入的侍卫，走去脱下逢伯的甲胄，紧抓住胶鬲的肩膀，龇牙笑着说："胶鬲氏，这次能除掉逢伯，你是首功，不知道你是否愿意随我讨伐莱人？"

胶鬲笑说："我只是司市官，打仗还是你去吧，等此战终了，再举我之名于大商商贾之间，使我能与其互市便好。"

申姜在外寝，派鸥鸹来看，早得知逢伯已死，她便想摆脱鸥鸹随殷人而去，但仍然被鸥鸹盯住不放。丑氏则与箕侯商议，准备封锁诛杀逢伯的消息，再出兵前往宿沙卫。

于是，在丑氏与胶鬲氏杀死逢伯亲信之后，便与司命官等人先来申姜住所，御使魂气把鸥鹑麻醉，丑氏趁机一斧子劈死了它。

屋内，申姜急忙跑出来说："屋内这只鸥鹑已经被我驯化，可以不用杀之！"

司命官上来说："你们果然在东夷，这次是我安抚了西土卫戍，不然已经引起猜忌！兽类不可信，必须保证消息不能外泄！"说着就要进屋动手，宓妃急忙上前阻止说："只要把鸥鹑暂时羁押就行了，不必杀死。"

申姜便说："我可规劝它暂时接受绑缚！"

丑氏便说："我来困住它吧。"说着，他进了屋，申姜急忙跟进去以手示意鸥鹑，它便伏下不动，让丑氏以枝条绑住它。

司命官对申姜吩咐说："你与鸥鹑都必须留在此处，等城破方能返回渭水，你丈夫在何处？"

"被关押在宿沙卫城邑中。"

司命便说："你若能与他传递消息，可使他为内应。"

"我与他只能以鸥鹑传信，平日无法联络。"

司命看套不出话来，便与丑氏离去了。宓妃留下来与申姜叙旧，想试探姜望是否已经投靠任伯，但申姜介于东夷和殷商仍然未分胜负，始终不透露任伯、网海氏与姜望的交易，只说他被困在宿沙卫做人质。

宓妃只好缓和说："妹妹快生了吗？"

"就在这个月了。"

宓妃又说："妹妹安全最重要，但看这鸥鹑反应灵敏，竟然可以不借风动而行，我大可放心。"

申姜见她提到鸥鹑，正好转移话题，便说："姐姐可知这鸥鹑是凭何而动？"

宓妃微笑："大王身边的老天官已经揭示了，这鸥鹑是以激发自身元气而动，驯兽的任伯也会的。"

申姜兴奋地说："我和姜望都猜到了，其实任伯的驯兽术还是姜望教的呢！"

宓妃盯着她说："哦？不知他是怎么驯出这鸥鹑的？"

"这就不知道了，不过听说，他以前想过调动神魂来驯兽。"申姜正想如何讨好宓妃，去救姜望，便把姜望以前的话说了。

宓妃高兴地说："好，妹妹可暂时留在此处，姜望的事你不必揪心，我们破城便去寻他。"

申姜万分感谢了，待司命等人离开逢国，她暗自派遣朱厌猴去宿沙卫向姜望报平安。

祝国那边，昆虫氏带兵攻城，他与弟子蝥虫氏用了十日，聚集驯化了大量蚊虫。此时正值初夏，他们把蚊虫聚集在纪邑上空，慢慢散在下面城邑中去。过了几天，祝国城内开始发生疠疾。而这时，顾国的顾氏投降了殷人，水庸氏与飞廉便带兵过来与昆虫氏会合。

昆虫氏先威逼祝伯投降，祝伯因为殷人攻城手段卑劣，大骂。于是，昆虫氏便以顾氏为先锋，水庸氏辅助，开始攻城。飞廉与蝥虫氏看到城墙上空有一朵云浮的很低，还不断发出箭矢，袭击攻上城墙的顾氏士卒，两人便飞身上去，要擒住里面的宗师。

谁知他们刚进入云层，就手脚麻木，里面的颛臾氏即以机弩射击，飞廉化风以云雾遮身逃开，蝥虫氏放出蝥刺挡住。飞廉要飞出云层，却发现云层内茫茫一片，他只好擎出短剑，凝神察觉，准备御风运水汽猛力一击。颛臾氏急忙拿招魂旗在手，欲散去飞廉魂魄。飞廉氏身裹旌节定住魂魄不散，并聚起云中水汽，化旌节为箭，直冲颛臾氏。在逼他急躲时，飞箭插穿云层，飞廉受飞箭化风指引，果然到了云层外面。

飞廉看蝥虫氏仍然无法出来，便又以旌节化箭，试探云层，拉住蝥虫氏身体猛地回拖。蝥虫氏找到方向，借旌节助力冲出，颛臾氏急忙以长矛挥舞刀剑封锁云中的蝥虫氏，蝥虫氏刚冲出云雾，就被浓雾中猛然飞来的刀剑切断。

飞廉守在云层外，看着蝥虫氏半边身子掉了下去，惊怒不已。但颛臾氏并不出来，只在里面以机弩射击，飞廉便以玉管砸向云团，放出蓄积的狂风，把云团往下推出，朝城楼上的祝人急坠下去。云团砸在城楼上，祝人士卒眼前一片模糊，城楼一片混乱。殷人士卒趁机攻入城门，天昊只好亲自化水兽攻击殷人，却被水庸氏以绳墨引导，重重地撞在地上，砸出一个大坑。

昆虫氏趁机伸出蛛丝线十几丈之远，连接天昊注入毒液。天昊急忙压制毒液，从自己身上分离出去，往后退去。昆虫氏立功心切，放出一道冷光追击，罩在天昊所化水兽周围。天昊大吼着急速飞逃，但昆虫氏的毒粉已经随冷光嗖嗖射在水兽身上，立即融入水兽身体。由于有冷光罩住，热气沸腾，天昊即使排掉毒液也不会有用，他只觉身体被毒液充斥，浑身僵硬。

颛臾氏看到，急忙以机弩朝水雾里射击，但昆虫氏藏在冷光中逃去。水庸氏趁机以秤砣攻击颛臾氏，却被挥舞玉璧，移入草木之气减轻重量，轻飘飘收了去。水庸氏大怒，以绳墨直击，到了近前，又被他变软，拿在手里。昆虫氏趁机从侧面靠近，悄无声息的扬起尘土，以冷光罩在他身上。颛臾氏认出这冷火是萤火，只要散去尘土里的虫魂就能脱身，随即以手臂上的大常旗挥出一阵艾烟，把虫魂散去，自己则借这一阵风要飞走。无奈还是慢了，上面的飞廉已经狂风压下来，他没能飞出几步，就重重摔在地上。昆虫氏上前，用透明蛛丝线网住。祝伯与亲信在士卒中奋战，终于不敌，受伤被俘。颛臾氏投降。

昆虫氏大胜，占领了祝国，并报告帝辛擒住颛臾氏，以及鳌虫氏阵亡的消息。帝辛听了暗想：你连自己弟子都不传激发元气的神力，以致不能抵敌。这时，少宗祝传信来，说是已经占领姑幕国，兹氏逃亡海岛。

之前，少宗祝与兹氏对敌，想以大常旗散去魂鸟魂魄，但两只凤鸟、凰鸟不但不散，反而聚集风力冲击，少宗祝飞箭也不能散其魂。他便以飞箭插入自己手臂，再射出。果然，血在凤凰双鸟的身体里散开，应该是坚韧薄膜类的东西。少宗祝便下令火攻，把大魂鸟都烧光了。剩余的护卫群鸟被昆吾氏取出一只大风囊，皮囊一张，放出灼热的炭粉尽数逼走。兹氏只得弃城而走，退往海岛。帝辛便传信招他们会合，准备集合各方军队围住宿沙卫。而薄姑国侯看祝国已亡，便也传信与帝辛，愿意出兵攻打宿沙卫。

宿沙卫城内，任伯秘密召集宗师商议，告诉了他们祝国、顾国、姑幕国相继被攻陷的消息，以及斟氏安插在逢国的风师报告说逢伯被刺的消息。众宗师都震惊，斟氏沉痛地说："如今没有退路，只有凭借宿沙卫与帝辛一战！"

奢比尸急忙说："万一帝辛聚集所有兵力围城，断绝粮草，又该如何？"

斟氏训斥："不可胡说，动我军心！如今只有勉力撑住，在此期间伪装成士卒袭击殷人宗师，殷人必然不支！"

宿沙氏对着斟氏一拜，涕泪对各位宗师说："请各位一定努力向前，以保我东夷共同基业！"

当下任伯便分派伪装殷人士卒的任务，但各位宗师都有推托之意。网诲氏从大宫会议回来，立即去找姜望说："刚才任伯秘密召集宗师，说是东夷各国败亡，逢伯被刺了。"

姜望大惊："不知道丑氏准备投靠哪一方？"

"丑氏是投靠殷人的，但就是不知你夫人卷入了没有。"

姜望知道若是投靠殷人，申姜应该有机会逃走，但若是参与刺杀，她可就生死难料了。他默然不语。

网诲氏叹道："你最好想办法离开这里，任伯在大宫召集众宗师唯独隐瞒你，就知道他已经对你戒备，现在没有了你夫人作质，定然会派人监视你。"

"我会想办法，你呢？现在殷人势大，你不能回夷方了，万一城破，你有什么打算？"

网诲氏看他关切自己，又想到现在申姜可能难保了，便近前说："我正打算在城破之时逃离，你不如跟我一起出城，之后再等你夫人消息吧！"

"不行，我明日就要找机会出城，不能等城破的！"他顿了顿，看网诲氏若有所思不搭话，便问："你一个人能逃出去吗？"

网诲氏不愿接受怜悯，朗声说："放心，即使城破，我还是能够逃离的，之后我会退去海岛与兹氏会合。"

姜望想去城墙边等待看有没有朱厌猴的消息，果然发现自己遭到了监视，只好返回。

当晚，奢比尸与雨师妾商议说："如今殷人即将围城，迟了肯定出不去了！"

雨师妾便说："我们可这两日调动士卒，准备开东门趁夜出城！"

谁知，第二天丑氏就带兵到了。这几天，丑氏整编逢国军队，杀掉不服者，对内自封为亚丑伯，与殷人会合，留箕侯、杞女守城，与司命、宓妃向宿沙卫进兵，两城很近，半日便至。丑氏对着西门守军大喊："我奉逢伯之命，前来援助，赶快开门！"

宿沙氏在城楼上大笑说："宗祝既然来了，不如直接去南门袭击殷人，我随即发兵配合！"

司命知道已经走漏了消息，便让丑氏布阵攻城。

不过须臾，任伯就听说逢人已经攻入城门，与莱人守军混战。他急忙率领众宗师去西门增援，而传令官突然来报说："雨师姜与奢比尸率军从东门出城去了，斟氏正在追赶！"任伯愤怒，让折丹氏赶紧去追，以斟氏替换宿沙氏去西门对付丑氏。

原来，雨师姜夫妇听说丑氏一早到了西门，知道必然有一战，便决定趁机逃走。他们跟东门守军说奉斟氏之命去东门搜寻，要阻止敌军以巨木蓄力突击。守军怀疑，来报斟氏，斟氏大骂雨师姜，便起身去追。但这时雨师姜夫妇混在士卒当中，并不露头，斟氏只喝住了小部分士卒，大部分都已出城而去，他便也追出了城。

姜望收到西门撑不住了的消息，而东门有人出逃，城内守军混乱，也趁机击倒监视宗师，趁乱从西门出城去了。

南门殷人收到丑氏攻破西门的消息，大史官率领宗师全力从南门攻击，但玄股氏麾下士卒身着鱼鳞甲，涂有油脂，刀剑滑开不能伤，挡住了一时，只有大史官等宗师从空中突入了城内。

折丹氏藏身云雾化风疾行，追上了斟氏，让他放弃追击去西门破阵。这一来，雨师姜夫妇便一直去了。他二人还未赶到西门时就听说丑氏是驱使牛群布置田阵，攻入宿沙氏的阵法的。等任伯等人赶到时，只看到城西区域遍地水流，水雾卷起尘土弥漫。但这片尘土因被丑氏布置的藤索气息笼罩，已经不再能凭巨型竹耙卷起草灰冲击。逢人士卒随后攻入城门。宿沙氏这时候以竹筒连接城门内的阵法，已经蓄积了足够的冲击力，他以竹筒对着殷人甩出，扫倒一大片刚刚突入的殷人，又把他们赶到城门边。丑氏迅速以大斧劈来，同时以药水撒出的魂气缠住宿沙氏。

宿沙氏急忙附在周身尘土上而去，躲过这一击，随即在不远处以竹筒喷出蓄积的巨大冲力还击。但药水生效，他魂气削弱意识跟不上，再加上丑氏身上穿着逢伯的甲胄，冲力被质剂之法减缓，这一击只把他推出百步之外，摔在地上。

另一边，任伯被司命夫妇发现，两人联手引导他周围风力，想困住他，却被他毫无顾忌地冲出，射出金箭。司命夫妇认出是任伯的招数，便不敢接金箭，只把金箭冲力散去，丢在地上。

任伯随即借地蛇行，藏住身形，只有元气气息急速而动，朝他俩袭来。他俩感到杀气，一边后退一边一起蓄积出一道天地气，挥剑以风沙把任伯逼退。

这时，羲和氏飞身而上，聚光亮起蚌珠，宓妃感到头上光亮，急叫："头上！"司命官忙以剑刺离娄方向护头。一束光被吸附在剑上，光热都聚在上面挡住，然后剑指射回，被蚌珠吸收。羲和氏又把光束划向宓妃。宓妃无法聚光，只得以金梭挡住，躲入围上来的逢人士卒群里去了。

司命便飞身上去，司命蜷缩附在剑上接近羲和氏，突然下来，一刀挥出。羲和氏定在身前的蚌珠被削掉，而她本人已经激起元气退走。任伯这时已经冲了上去，击出金箭，司命措手不及，以短刀投出，击飞金箭。而宓妃在下方趁机以金梭袭来，任伯刚挡开司命短刀，就觉得头重脚轻，一下被拖了下去。他急忙绕着金梭蛇行一圈，脱开颈上束缚便走，临走射出几只金箭。司命夫妇知道之前就是这金箭打伤大史官的，因不知其厉害，只能连退。

斟氏两人正往西门赶去，就在半空中遇上了潜入城内的大史官等人，大史官借风传音大叫："斟氏等宗师在这里！"他要聚集已分头攻击的进城宗师，一起来对付斟氏。大史官移动到斟氏东侧，蓄积一束天气甩出玉尺化剑刺出，刺穿了斟氏布置在身边的五层草木盾牌。但斟氏已闪在一旁，释放出聚集起的一丛刀剑尖刺刺出。大史官在刺眼阳光下看不到刀剑，却感到风来，便举起耀眼的白玉挡在身前，并顺着这丛刀剑的疾风后退避开，化解了其冲力。

而太保官已经到了斟氏上方，以玉坠刺出，斟氏头顶上的盾牌虽然挡住了这一击，但他也被这玉坠蓄积的天气压下地去，砸出一个大坑。与此同时太保官却被折丹氏集中一束疾风，射出金箭偷袭，退了十几步，总算因胸口有玉佩格挡，没有受伤。坊氏赶到，以盾牌接住折丹氏凌厉的持续金箭，并甩出盾牌回击。但折丹氏化风绕开，御使两道疾风卵石飞旋左右反袭，逼得坊氏急退。

突然，折丹氏化风的周围聚集起尘土，不得不停止御风流动。原来是司工官赶到了。折丹氏左冲右突，不断被司工官聚集的尘土击中，身上到处是灼伤，只能大声叫唤。

地上斟氏听到折丹氏惨叫，附身草木从下沉天气的重压范围内移开，重新引天地气流动朝司工官抛出大常旗，却未提防坊氏冲了下来，朝他射出一支急速旋转的金箭，这箭还未至斟氏跟前，就羽翼飘零，一道凌厉射穿斟氏身前的五层密合的草木盾牌，击穿他小腹。

大史官看现在是午时，便以青黄玉刺撒在地下，牵出数道青黄藤索，绕在斟氏身上，把他扯住，想要困住他。太保官也飞身而下，以玉坠来打，斟氏怒吼一声，挥动旗帜散去周围发出的草木之魂气，附身尘土往草木里而去，但没行十几步，就被大史官跟上，以黄玉打在他脚下，使他附身的尘土震荡，他身形则从草木中被发觉。他复现出人形，急速朝西门而去。行人官在一旁看了多时，看到斟氏重伤，他要立功，便在地上滑动跟随而去。

大史官等人正要去追，任伯夫妇从空中赶到，正好听到折丹氏的惨叫。羲和氏转动蚌珠，一道疾风随光束扫过众人，把他们都逼退，唯有太保官凭玉璧散热抵住，以玉尺冲击过去，一击击碎了羲和氏身前蚌珠。

羲和氏激发元气提前退走，任伯则急忙射出金箭，但被大史官以苍玉玉坠格挡压下，任伯自己也被迫急速下坠躲避无数的苍玉飞袭。任伯在空中蛇行，卷起羲和氏摆脱玉坠压制范围而走，折丹氏则急怒地卷起旋风朝太保官扑来，被赶上来的司工官以量壶罩住，射出水流定在空中。任伯看到形势不利，一回头射出数支金箭，众人都被逼退。司工官忙以皮鞭飞旋，金箭靠近只被皮鞭打飞，一支箭被他一抖手，飞射正中任伯大腿。羲和氏抛出蚌珠化作光障，以刺目的光亮和热浪挡住众人，带他负伤而去。

行人官追着斟氏一直到了西门，斟氏挥出大常旗变大，遮天蔽日飘荡起伏，把地上缠住莱人士卒的迷魂气都吹散了。行人官趁机以旌节偷袭，插在斟氏附近，把他双脚钩住定在地上，旌旗上交龙飞出，绕着他喷火。斟氏身上着火，大怒之下，一挥大常旗，那旌节当即折断，交龙立即化飞灰消散。这阵风过，行人官只觉魂魄飘荡，连忙在地上滑行，把魂魄附在地上而去。但斟氏已摆脱脚下定身追上，从地下移来一把大刀，凌空飞下，刚利的疾风正中行人官脖颈，他倒撞在地，慢慢失去了意识。

丑氏这时已经以田阵把大常旗扯碎，收入地下，并继续指挥逢人围攻莱人士卒。他看到了斟氏施法对付行人官，随即赶到，挥舞大斧劈来。斟氏移开，以大刀劈他，但斟氏被溅上了大斧上的药水，立即有魂缠住，意识模糊，刀砍得慢了。丑氏听到头上风响，大喝一声，挥舞大斧隔开飞来的大刀，洒出药水发动田阵，把大刀上的魂风都散去。

"叛徒！"斟氏从药水味得知对手就是逢国巫祝，与他同宗的丑氏，"你带领我斟灌族下山也就由你了，想不到今日居然帮助殷人攻击东夷群宗，实在是恬不知耻！"

"老宗师，跟你这不下山的猎师根本不必多话！"丑氏狂笑大喝，"训练田阵、投靠殷人才是壮大我斟族的做法！"

斟氏早知他之前能凭田阵在逢国立足，现在就能为封得一国之君而投靠殷人，是劝不住的。趁他答话的工夫，斟氏张口一喷，把缠住自己的魂气以药草风喷散，却被赶上来的丑氏大斧砍中身前土石盾牌，把他震飞出去。丑氏追上，又照头一斧劈下，被斟氏以金杵捶地，大斧也被金杵压住，猛力则转移到丑氏身上，并加上了大地震击的千钧之力。丑氏只觉腰部以上突然重了百倍，像是手上遭到巨石一击，大斧坠地，陷入泥土。而他不顾腰痛，急忙腾空，但没法蓄气，他上半身像铁块一样下坠，砸出一个大坑，头颅陷入摔得晕厥。

斟氏挣扎着冲过来，从四周移来几把大刀，正要劈下去，但此时他身上盾牌破损，又一时情急忘了加上盾牌防御，被陷在地里的丑氏凝神，以脚上玉琮发动农田阵法，一道天地气砂石挡下斟氏劈下来的大刀疾气，玉琮横穿几把大刀的空隙，击中斟氏头颈，身躯倒在地下了。

由于之前的药魂气又冒出来，弥漫阵中缠住了莱人士卒，逢人和殷人士卒都进逼上来，把莱人杀退，救起了丑氏。

这时，南门已经被攻破，莱人士卒都被杀退，玄股氏骑着鹣雀正要从云中退走，被猫虎氏赶上，一声虎吼，震下云端。玄股氏爬起来正要混入士卒群中，被马腹从后面赶上，一吼把他震得昏死。邮氏、封父氏与司土官跟在后面杀入城中，一直打到城邑中间，任伯夫妇带着几只鸥鸹，与网海氏从东门逃走，只有宿沙氏仍然留在城西区域抵抗，他能在水雾卷起的尘土中附着移动，还可吸收阵中力量攻击，司命夫妇都奈何不了他。

司工官此时已经赶到。太保官从空中以玉坠王旗压下，要擒住他，但被他附在受重压滚动散开的尘土上移开了。宿沙氏一现形，司工官便以量壶罩住，宿沙氏连忙以竹筒喷出砂石，射穿量壶，又随尘土移开不见了。这时，猫虎氏与马腹赶到，马腹要争功，对着宿沙氏消失的地方虎吼一震，把他连同周身的尘土都震飞十几步。宿沙氏趴在地上不动了。马腹冲上去便要收起，陡然反被宿沙氏以竹筒甩出，喷出砂石射穿了身体。

猫虎氏大怒，正要虎吼，司工官急忙大喊："他的竹筒能够积蓄砂石攻击！"猫虎氏便收住，宿沙氏冲上去，大吼着放出砂石朝他喷射，猫虎氏只好藏身风里朝空中去了。

宿沙氏便来攻击大史官等人，这时，司工官悄悄从后面接近，以透明丝带伏地飘出，粘住了他。宿沙氏发觉身后有热气冒出，忙附着尘土离开，但仍被粘住摆脱不得。待他藏形于尘土，却觉得被黏住的甲胄已发软，还冒出热气，连身上皮肤也在脱落，急忙斩断丝带，但已经晚了。此时不止他的身体，断掉的丝带附近的尘土都在冒出热气，他如同陷入蒸笼，而又全身瘫软，不一会就在沸腾的水汽里不动了。周围维持沙尘的弟子宗师来救，悉数被大史官、司工官以玉刺打伤俘虏。

诸侯上篇

登场人物：

姜望夫妇、亚丑伯、胶鬲氏

姜望夫妇、申戎王

姜望、司土官、田畯官、姬氏兄弟、程伯

司命官与须妃

王后、大史官、太保官、司命官等与刺杀者

帝辛与王后来到宿沙卫，便吩咐追击任伯与雨师姜等人。昆虫氏等人也陆续到了。几天后，大史官追击任伯到了海滨，他们退到了海岛，麾下士卒则逃散到了密林里，无法擒捉聚集。莱侯请求投降，于是退兵。雨师姜夫妇则因为之前已经混入士卒里逃散，不知所终。

帝辛在宿沙卫大封功臣，丑氏首封为亚丑伯，拥有祝国与逄国土地，宿沙卫则由司工官管理，战俘除了分给奄国与夷方的昆吾氏之外，全部带回大邑商。经此一战，帝辛带来的五万人马仅剩一万，而王畿的农地已经缺少氓隶耕种，急需战俘去填补。帝辛又质问薄姑国侯说："你带兵过来，未见寸功，之前又有你国师冯夷暗中相助祝国围攻我商奄，你如何说？"

薄姑国侯即下拜说："我愿割让冯夷氏领地，及其族人四万之众全部交由大商处置！"

帝辛满意地点头。宓妃便出列说："大王，冯夷宗族与其临近的成地水庸氏部族冲突已久，这次怕是不能屈服，请派遣我前去，持王命，训诫他们，我作为冯夷旧部宗祝，愿意替王服之！"

帝辛犹豫不决，他看了一眼司命，发现他脸色铁青，便说："冯夷氏宗族归降，最好先由临近薄姑的水庸氏受命，至于是否会有叛乱，可容后再议。"

宓妃又说："冯夷之前就自封为冯侯，妄自尊大，麾下叛逆之心很重，不得不慎重。"

帝辛摆摆手说："我会考虑的。"

大会后，司命抓住宓妃说："冯夷已死，你为何还要回他宗族？"

宓妃和颜悦色地说："不是为了冯夷，我只是发觉，此战之后，各国宗师会拼命提升神术，今后战争会更加频繁，只有留在自己的封地上，周旋于各国之间，才会有免于身死或为奴的下场。"

"荒谬！在大王身边，留在我身边，不就是最好的屏藩吗？"

"大王以后派你出征，你命由你吗？大史官透露了激发元气的神术之后，刺杀会越来越容易，你的安危能由你吗？"

司命一时语塞，宓妃温柔地说："放心，我真的只是去安抚冯夷族人的，毕竟我在那里当了五六年宗祝，不忍割舍，我去的话，迟则一年，一定回来。"两人拥抱了一下，携手回去了。

亚丑伯这时便提出与杞女婚配，邀请她一起回到封地，但杞女仍然不愿意，封父氏趁机觐见帝辛说："战时允诺杞女婚配是不得已的，此时亚丑伯已经受命伯爵，可推托掉无妨。"

帝辛因为已经打败东夷，便不愿决断，只招来亚丑伯告之，亚丑伯大怒说："破宿沙卫我是首功，如何能不履行战时允诺？况且我祖上斟灌氏原本就是夏后氏旁系，只不过流落逢地而已，怎么能欺我不能与杞女相配呢！"

封父氏恼怒说："我与杞女联姻在先，还望大王定论！"

帝辛看亚丑伯坚持，怕不答应的话，他在东夷，远离王畿，日后会反叛，便对封父氏说："不如拣选我王族女子，另配于你，你看如何？"

封父氏一拜："小臣纳采在先，况且杞女也无意于亚丑伯，大王明鉴。"

帝辛便说："我意已决，你可另外聘娶好女！"封父氏含恨退下。

之前，姜望到了逢地，找到逢伯大宫，与申姜拥抱在一起，两人分离三月之久，都心潮澎湃，姜望回过神来之后，笑着对她说："我说了的吧，不用牺牲婴孩，就可以平安回到渭水！"

过了几天，申姜生下了一个男婴，便与姜望一道，启程回渭水。亚丑伯与胶鬲都来送行，亚丑伯说："你们放心回去吧，我已经跟司命官、司土官说了，全靠你夫人首倡，我才能杀死逢伯，渭水驻军不会为难你们的。"

姜望谢过，申姜笑嘻嘻地对亚丑伯说："你现在有杞女为妃，又受命伯爵，我当时劝你冒险是对的吧？"

亚丑伯龇牙笑着不说话，申姜又对胶鬲说："你现在得与大商互市，别忘了来我渭水，与我申人互市哦！"

胶鬲微笑着点头说："我若得到大商封赏为司市官，自然会与你申人长久来往。"

申姜正要祝贺他，亚丑伯却插话说："无论胶鬲氏是否去中土为官，都要回东夷搜集鱼盐货物，满足你们申人的海盐供应是没有问题的！"

申姜看亚丑伯急着插话，知道他不愿少了胶鬲氏这个宗师助力，她又不便干涉，只好对胶鬲氏说："说的是，你出入各国都自如，一定可以结交不少朋友，历练多着呢！"

胶鬲氏会意，道了谢。姜望一行人便去了营地，带领族人浩浩荡荡往渭水去了。

一个月后，帝辛回到大邑商，门尹官留守大邑，带来间师官查点王畿人口的消息说："王出征六个月，王畿周围的大户望族少了五分之一，全都迁徙到了黎国。"

帝辛忙问怎么回事，门尹官接着说："之前黎国散布消息，说大王征伐东夷丧失了全部族人，东夷人即将占领大邑商，因此大户都逃散了。"

帝辛大骂："想不到黎侯居然这样谋我大商，真是比攻伐我城邑还要可恶！"

田畯官出列说："大户都迁走还有一个原因，就是黎侯允诺为他们提供耕犁，并教授使用耕牛犁地之术。之前渭水一战，农田阵法天下皆知，因此犁娄氏索性传授耕犁之术，以至于现在投奔黎国的大户仍然不断。"

帝辛便说："将东夷战俘分散安排在王畿各地，以低价卖给各大户，以安其心。"

田畯官又说："是否降低田赋？黎国田赋很低，所以大户都依附于他们。"

"不行，田赋需要用来招募军力，这次我师丧失大半，连维持卫戍大邑的人马都不够了。万一黎侯趁机来伐，如何抵敌？"

门尹官又报告："渭水驻军传来消息，犬戎袭击了阮国、程国和毕城，摆下田阵，以一群天马冲击我军，但没能进城，只劫掠了郊外的大户而去。"

"犬戎怎么会田阵？"

"传言郜氏在犬戎，听说他们阵法运用熟练，一定是他在才有可能。"

"犬戎没有袭击西伯吗，有没有查明他们与西伯勾结？"

"西伯也遭到袭击了，但不知损失多少，而郜氏在犬戎军中始终没有露过面。"

帝辛便说："可惜我军兵力已不多，只能派宗师去了。田畯官与司土官，你们二人即刻前往渭水，去查明西伯是否跟犬戎勾结！"

箕侯急忙说："现在苏侯在北，勾结鬼方，趁机劫掠我箕国，司土官需要调往箕国镇守，可让田畯官一人去渭水。"

帝辛训斥："你箕侯在东夷之战中未立寸功，白白损失了一军，且我出征东夷之前就跟你说让你镇守箕国，以防备苏国，你坚持要来，这难道不是你的过错吗？"

箕侯没有办法回应，司土官只好答应受命。

怂妃这时出列说："大王，大邑商既然卫戍士卒不足，可派我前往冯夷氏宗族，待安定其心之后，可训练士卒，送来王畿，以充作士卒。"

帝辛目视司命，司命便微微点头，帝辛随即应允。

怂妃出发前往冯夷宗族，司命为她送行说："你说在大王身边容易遇刺，实际上冯夷氏与东夷接壤，而任伯夫妇与雨师妾在逃，难保他们不偷袭你。"

怂妃轻笑着说："任伯他们刺我，毫无用处，倒是在东夷张扬神力、杀死了众多莱人的你的师父们要担心。而且如果除掉了这些宗师，帝辛便再无力远征东夷了。"

"你可早些返回，来看望女儿。"

怂妃温柔地说："我一定会的，你在大邑商要担心黎人派遣宗师刺杀大王，他应该不会满足于只扩张人口而已。"

姜望一行人回到渭水，看郐城郊野的小邑已经紧靠渭水建起了城墙，都十分高兴。申姜等姜望安顿好族人之后，便带他去了申戎宗族，申戎王拥抱女儿说："半年过去了，也不派遣朱厌猴来给我个消息。前些天才听渭水驻军说你们在东夷立了功，要回来了。"

申姜心酸地说："我们被人抓住了，在最危急时刻连舍弃腹中婴孩的打算都有了！"

姜望在一旁笑说："您老放心，那个时候獏獏宁愿舍弃婴儿，都要奔回申戎宗族来哩！"

申姜气得不想说话，申戎王只好打着哈哈说："没事就好，我看你们不但平安，好像还在驯兽上有收获吧！"他绕着申姜身旁的鸥鹝说。

申姜便把他们的遭遇说了，申戎王便说："这边的宗师神力也都提升了！犬戎用天马蝠飞入程国城中布阵，杀死了很多程人，你们这次带来的这鸥鹝，若照此修行，至少在速度上不会输给他们。"

姜望便说："我听百夫长说崇侯要驻军程国防御犬戎，是有这回事吗？"

申戎王说："邰城确实有这种谣言，由于上次犬戎来袭，只有程国受劫掠最严重，阮国虽然与犬戎交界，反而受损小，而岐山和毕城都没有什么损失。阮国受袭后，西伯便以保护在阮国的周人战俘为由，出兵驻扎在阮国了。崇侯大概是怕西伯再次崛起，便也争着出兵程国，要侵吞程人土地。"

姜望跟申姜对望，都想：西伯果然忍不住了。三年过去，帝辛无力在渭水增派驻军，邰氏要开始挑起事端了。申姜说："阮伯是皋陶后裔，本就会农耕之术，西伯怎么会威胁得到他呢？"

"阮伯被犬戎的昆氏打伤，西伯便以密须会趁机入侵的借口，打着保护周人的旗帜，出兵占领了部分阮地。"

申姜便说："发现了邰氏没有？"

"没有，犬戎人马一直由昆氏率领，而昆氏原本只是中土昆吾氏流亡到西土，投靠犬戎的一个宗族首领而已，可听说现在的神力已经可以跟邰氏比肩了，出手就伤了阮伯。"

姜望问："渭水驻军没有怀疑西伯吗？"

"当然有，邰城、毕城都传说西伯联络邰氏袭击渭水诸国，但邰氏没有露面，也就无法怪罪于西伯。但是，崇侯便一口咬定西伯跟犬戎勾结，要出兵保护程国。"

姜望又问："按照三年前的协定，西伯应该只能常备五千戈矛，他如何能攻占阮国土地？"

"听说西伯减轻了小户田赋，庶人及氓隶都争着为西伯效力。但这个我也不是很清楚，不太知道农耕族群的田事。"

申姜便对姜望说："崇侯出兵程国的话，邰城与程地必将恐慌，我们可趁机吸引这些地方的望族大户迁徙到我们的小邑垦荒。"

申戎王吃惊地看着女儿，申姜便对他说："父王，我这次去东夷，觉得不派遣部分族人农耕、筑城定居，是没法壮大我族群的。"

申戎王坚定地说："游牧是我族根本，决不能丢！别忘了你自小修习的是牧马神术，如果现在去学耕犁，恐怕赶不上其他西戎宗师。万一他们来袭，如何应付？"

申姜解释说："我只是要以耕犁扩张我族基业而已。父王你想，如果我族能够吸引其他族人来此定居，为我族提供谷物、鱼盐、金铜，岂不是省去我族与各国互市的必要，这样就不用被压低价格，受制于人了嘛！"

申戎王犹豫地说："但是外族人与我族事业不通，怕是不能和睦。"

申姜轻松地说："没事的，在东夷，胶鬲氏便是能以互市沟通各国的商贾，我们只要筑城，有能力保护迁徙之民不受侵扰，便可以让本族与之互市互利。而在神术提升上，我自会专心于本族的牧马神术的。"

姜望这时说："在神力上也不必精于某种神术的，农耕、游牧其实高下差距不会太大，只看是否能够破除其复杂的法条，只修习真正能够一击杀敌的神术。"

申姜睁大眼睛望着他说："什么是能一击杀敌的神力？"

姜望抚摸着鸥鹑说："待我们修习到能躲过鸥鹑攻击的时候，自然就练成了。"

申姜斥道："怎么可能！"

姜望两人住在渭水边小邑，开始以三年免田赋的条件招徕人口，但因为司土官与田畯官已经到达邰城维持秩序，所以从两地迁徙过来的大户并不多。而这时候，崇侯却不顾司土官反对，执意出兵程地。姬启便派人传信给司土官说："程伯我敬之如亚父，如果崇侯敢出兵程国，我周邦必然伐之！"

司土官便回复："现在邰城、毕城都在传说西伯跟逃到犬戎的邰氏勾结，劫掠渭水诸国，你们周邦需要征伐犬戎，以证明你们是无辜的。"

西伯便派使者过来邰城说："西伯愿意派出两位世子，会同渭水驻军和程伯、崇侯等被劫掠的邦国，共同征伐犬戎，夺回前次抢夺的财货。"

司土官便与田畯官商议，二人刚来渭水，若不带头打败犬戎的话，不能服众，便答应了。他们对渭水各国都传递了消息，但只有程伯和阮伯响应，崇侯、毕城岳氏都不愿意。西伯使者大骂崇侯不能与渭水诸国共进退，田畯官安抚他说："西伯这次如果立功，我可请大王封赏。"使者才罢，回岐山复命去了。

田畯官便去找姜望，让他带兵一同前往征伐。姜望说："听说前次犬戎劫掠，用的是田阵，几乎可以确定邰氏就在犬戎，而他在邰城的势力又根深蒂固，大人此去不怕中埋伏吗？不如只让西伯带兵攻伐便是。"

田畯官便说："我刚到渭水，需要立威，不得不去。"

姜望便答应了。他回到郜城郊野小邑，跟申姜商量说："虽然这次犬戎可能跟西伯勾结而设下埋伏，但因为田畯官前次免我们田赋，此去可报答于他。"

"前次是你凭功劳免租的，犬戎没来进攻我们就很好了，其他诸侯唯恐避之不及，你怎么还要去招惹他们呢？"

"有恩不报怕是会声名受损，这次他亲自来找，理应跟从。"

"如果你这次出击犬戎，惹来他们伐我申戎怎么办？"

"不会的，这次是三国与渭水驻军联合进军，犬戎不可能只独独找申戎报仇。"

"那我也跟你一道去，听说阮伯也被天马蝠阵打伤，我去了可以助你破畜牧之术！"

"我已经有破阵的法器了。"姜望说着取出一把金针来说："这是我找郜城的冶炼工炼制的空心针，我再多加锻造，赋予灵性，便可使用了。无论天马如何俯冲，只要压制了地面戎人的气血甚至战意，空中下来的攻击就会不起作用。"

申姜讥笑说："这是你一直在说的一击制敌之术？"

姜望认真地说："不是的，这只是帮助我们攻击敌人脉络、压制敌人气血的宝器而已，至于那种神力，我还要继续观察鸥鹉的。"

"好吧，但你遇到难对付的敌人，要及时退走，不要想着去救人什么的。"

"这……其他人还好说，如果是田畯官受袭，我不能不救啊。"

申姜急着说："你出手救了，你们俩肯定都会受伤！"

姜望吻着她说："没事，只要兵马不被围困消灭，就算受点伤也躲得过的。"

十日后，出征犬戎的军队在阮国边境会合，大军分三路，田畯官与姜望一路，西伯世子姬启、姬发一路，阮伯受伤没有来，程伯带领两国军队一路，约定各自去劫掠一个宗族，能运回多少财货就运回多少。姬启便说："我们率军去最远的宗族吧，你们去近一些的昆夷诸宗族，如果犬戎王联合其他宗族派救兵来与昆氏会合，我们可为你们挡住一阵子。"

其他两军都同意了。田畯官一路刚进昆夷地界，就看到天马蝠群从空中扑来，田畯官在中军挥舞大旗大叫："冲刺！"士卒一齐举戈朝天空挥出，数百道飞砂冲向天马蝠，但接近时已没什么攻击力了，被疾风散去，或兽群一起扑扇翅膀就消散了。兽群冲入殷人上空，虽然田阵在空中的效力减弱，但他们并不因此减缓速度，为首的天马蝠发出尖利的叫声，兽群随即停下，各自分散，都口吐砂石俯冲下来，冲力虽然不如在地上布阵的士卒，却比普通士卒要强许多。

田畯官看到兽群停下，早已大叫："盾牌！"射下来的砂石便被士卒举盾牌挡住，但由于冲力实在太强，士卒竟然被压趴在地上。几群天马蝠朝田畯官所在的中央位置俯冲下来，先口吐砂石切断田畯官周围的旗帜风护阵，再冲击他本人。

田畯官暗叫不好，旗帜在地面划出沟洫，要把砂石散到大阵中去，但大部分攻击都只散在大旗周围的护阵范围内，旗帜被撕裂，旗杆也被压断，只有少部分沿着旗帜划出的疾风通往大阵，散在士卒群里去了。田畯官跟姜望紧接着挥出佩刀，散开砂石，但仍然觉得脸上被刮得疼痛，方圆几尺内尘土飞扬、嘭嘭作响。

这时，天马蝠群又轮番俯冲而下，逼近他们攻击，田畯官大喝一声，跳在空中，佩刀朝自己周围划了一道圈，笼罩在他周围几十步以内的飞砂都被玉柄大刀上所蓄积的阵法之气弹飞，但这个范围之外的士卒却被压倒在地，有的甚至腰椎断裂，爬不起来。

姜望看前军喊杀声四起，知道敌人从地面突袭了，便说："我去前军布阵挡住！"他一到前军，便以一簇金针刺入地下，骑兵刚靠近，就开始连人带马跪倒在地，他们刚要爬起来，就觉得头晕目眩，只得小心缓慢前行。

这时有人大喊："布阵前进！"只见骑兵分成小股，由各自为首的骑兵挥舞着旗帜，冲入姜望布下的阵中，这些小股骑兵既没有翻倒在地，也没有再受到阻碍，如入无人之境地冲击上来，姜望急忙大叫："冲刺！"殷人士卒举戈刺出，但飞砂一冲至小股骑兵面前，就被盾牌分散在他们周围去了。

两军迅速接触、混战。犬戎骑兵分成小股作战，各个小群由中间举旗士卒带领，一齐挥矛刺出，力道虽然不强，却是有阵法加成的，整齐有力，殷人一下便溃败。姜望收了金针，回到中军对田畯官说："敌军杀过来了，不如我们撤退吧？"

田畯官便下令撤退，他和姜望以阵法殿后。姜望待军队撤出一半之后，即以金针刺地。但犬戎骑兵仍旧既不受田畯官旗帜定阵迷惑行动，又绕开了姜望金针所在，继续杀了过来，姜望跟田畯官只能各自以神力挡住。

程伯率军遇到同样的情况，但他之前受袭时已见识过天马蝠群的空中阵法。他命令骑兵环绕急速飞奔，空中兽群射出的大部分砂石都落入阵中草地上去了，伤不到周围快速绕行的骑兵，但留在中间或外围的阮伯军队由于没有受过这种阵法训练，都被压倒在地。

程伯正自得意，这时犬戎骑兵冲杀过来，程伯急忙下令："左右持戈！"中间阵前的持戈骑兵立即分成两队，迎着敌军往两侧队列突击，在左右侧形成两个大圆环，留在中间的骑兵则只是弓箭手。这样，在三个圆环上，他们骑马飞奔，越来越快，带起的疾风分散了犬戎小股骑兵投过来的飞砂。但是，他们的长戈挥出的飞砂也没能伤到犬戎骑兵，而是被犬戎小股队伍各自的阵法分散在士卒周围。

两军僵持，突然从犬戎骑兵里冒出大量草藤来，在草地上迅速滑动，从骑兵空隙中穿过草地，把他们脚下绊倒。

程伯所属骑兵只好转向草地上群蛇一样窸窸窣窣的草藤，划出疾风斩击。犬戎骑兵趁机杀入，截断了环绕疾行的骑兵。但这些骑兵训练有素，立即分成两个小圈，继续紧贴着攻入阵中的犬戎骑兵环绕而行。但犬戎阵中突然冲出一群狍鸮，程伯骑兵大恐慌，顿时乱了阵脚。这群狍鸮不惧飞砂攻击，冲上来就咬，程伯看脚下草木逐渐殆尽，命令马军变阵，骑兵们冲出阵地，借草木之气驱使战马急退，狍鸮无法赶上。

姜望这边，田畯官挥出大刀，破了犬戎骑兵的农田阵法，却被众多骑兵混乱围攻，轮换攻击而不散；姜望这边则以金钩定地，猛力抽周围地上草藤，田阵被破，骑兵被绊倒一片，混乱中变成了普通攻击。两人拼杀了一阵，看大部分殷人士卒过了自己身边，才飞身从云中而去。而在空中守着的天马蝠群又立即围攻上来，这时云中突然响起了一阵木铎铃声，使兽群惊恐不已，震落几只后就都退走了，田畯官与姜望才得以飞走。

姬启兄弟那边只遇到普通骑兵。周人以马拉战车突击，每辆战车上有六七个士卒，有弓箭手和持戈士卒。都被战车周围盾牌的疾风化解，无法伤到士卒。

而且，进入战车群与周人混战的犬戎骑兵大都被长戈钩倒，突破变得缓慢，就连骑着山浑兽的犬戎驯兽宗师也无法突破到中间位置去袭击宗师。那里的姬启兄弟毫无顾忌地大呼，鼓励士卒。

前军的犬戎骑兵被阵法的金砂刺穿，纷纷落马，随即便被冲散。待他们重新聚拢，围攻进入了族地里的周人时，姬启兄弟便驱马进入了战车群中央位置，在那里指挥后军向后护卫，层层战车使想要从后面截断周人退路的犬戎骑兵步履艰难，突袭失去作用。而因为有着战车群的护卫，周人从容地把宗族里粮仓内的财货都搬到战车上，又冲散犬戎骑兵，回去了。

田畯官、姜望回到邰城，才听说崇侯趁他们出兵占领了程国，司土官却没出来阻止。一问，才知道司土官去了战场未回，他俩对望一眼，都想：看来在空中惊走天马群的就是司土官了。这时候，田畯官亲信报告说司土官回来了，不一会儿，司土官飞身入宅说："我去监视姬启兄弟，以及暗中侦寻邰氏的下落了，所以不能给你们援手，你们要见谅。"

田畯官忙说："这个自然，看到邰氏的踪迹了吗？"

司土官摇头说："我去了程伯、你们以及姬启兄弟的战场，都看过了，没有看到他的踪迹，倒是发现姬启兄弟使用的农田阵法居然跟犬戎的可以互通！"

田畯官忙问："是什么？我一直想不透犬戎的阵法来由！"

司土官缓缓说："姬启兄弟使用战车，以一群群战车为阵法中心，又在战车群中央位置定阵，不但可以挡住前面以麋鹿冲锋的犬戎骑兵，连进入阵中混战的骑兵也会因遭到两边夹击而行动缓慢。犬戎则是以一群群麋鹿骑兵为阵法中心，各自为战，与周人相比只是少了定阵的中央位置，因此也就只能各自抵御、攻击，没有以两侧夹击拖住你们。"

田畯官思索说："姬启兄弟和犬戎骑兵既然以小股骑兵为定阵中心各自为战，就应该只能将我们的攻击分散在一股骑兵周围，但这点防御、几匹马如何就能承受我们强力的冲击？"

"这便不知其中缘由了。看来只有等我们会盟，他们来辩解了。看他们怎么解释与犬戎骑兵阵法雷同的事实！"

姜望便说："这么说姬启他们劫掠到犬戎的财货了？"

司土官说："是的，他们轻易就把财货装上战车走了，所遇到的骑兵也并不如你们遇到的昆夷骑兵那样精通阵法。"

此战使姬氏兄弟的阵法在渭水传开，都说是西伯的减免劳役之策使周人的阵法成为虎贲之阵，立时声名大震。

姜望带领士卒回到郊野小邑，申姜迎接他说："没有受伤便好，听说你要在此实行西伯的减免劳役之策？"

"西伯、犬戎阵法即来自于此，不得不让我族加紧训练。"姜望把会盟的事告诉了申姜，又说，"看来不仅是西伯要复国，岳氏、泰逢也在想借此策壮大兵力，获得采邑。"

"你还不快趁此机会跟这些人联合，与司土官他们保持距离！西伯一复国，帝辛肯定撤走你们，到时候你别说受封采邑了，还会被逼与司土官他们交战，白白损失人口！"

"放心，现在既然知道岳氏等人都有独立的野心，便不怕开战了！"

申姜抱住他说："倘若真的开战，我必定劝父王，全力支持你。即使战败，也可随我申戎退往沃野深处。"

姜望说："就怕你父王劝我放弃土地人口，以免大商讨伐！"

申姜忧虑地说："这也是个问题，如果到时候形势不利，西伯、崇侯甚至有莘国都来讨伐，父王一定会放弃这个小邑。"

"应该不至于，我会看情况而动，绝不先表露获取爵位之心，"姜望拉着申姜出门，说："走，去找鸥鹑耍去，以神力建立威信才是最根本的！"

申姜讪笑说："我才不信你真能躲开鸥鹑攻击呢！"她在草地上借牧草之气迅速滑行，草木一路跟在她后面笔直扑倒，一眨眼就到了百步之外，笑着说："你连我都赶不上！"

姬启兄弟回到岐山，即与阮伯来到阮地周人战俘耕作地，开出沟壑，将战俘开垦的耕地平分，并铸造宝鼎，立约共同监督。

之后半年，邰城、毕城的各族战俘宗师和小户百姓都要求实行西伯之策。岳氏、泰逢趁机带领战俘到郊野开垦荒地，招揽人口。司土官也没法禁止，只能在田赋自治的问题上不妥协。但这样一来，姜望反而没能吸引多少人口迁来他的小邑。

第二年年初，帝辛准备去大邑郊野举行郊祀，由于宗祝阵亡，少宗祝一人不能完成，只好请出大史官与太保官主持祭祀。大队人马牵着牲口，战车上举着大常旗，浩浩荡荡去了郊野。在郊野摆好祭坛之后，少宗祝、大史官与太保官三人在祭坛主持，帝辛左边王后、右边莘妃，司命官、门尹官随行，在一旁战车上虔诚肃立。王后对帝辛说："这次由宗师主持祭祀，即使如去年年祀一样出现兵灾凶兆，也一定可以当场找到应对之法。"

帝辛还没回答，莘妃就插嘴说："大王去年战胜东夷，四方边患已平，还有什么凶兆嘛！"

王后气得瞪眼说："我在提醒大王要有忧患之心，你插什么话！"

吓得莘妃急急缩在帝辛怀里，口中连声叫："大王！"帝辛连忙抱住她俩，劝止说："好啦好啦，不必争吵啦，两位美人一人助我征战杀敌，一人与我取乐分忧，都是我少不得的心肝！"

祭祀开始，少宗祝带领祭坛周围的士卒手举火把，点燃了燔柴，然后站在一旁。大史官与太保官上前将玉璧悬挂在牺牲身上。就在青烟上升于天空之时，一阵怪风突然吹得青烟歪斜、火把跳动，大史官与太保官虽然觉得奇怪，但认为可能是一种杀气弥漫的凶兆，都密切关注。

突然，燔柴中的火焰轰的一下冲出两条火龙，近前正在往火中投入牺牲的大史官与太保官两人根本没想到躲避，瞬间就被火龙击穿。两人虽然都重伤，却仍然灵敏，急忙往后跳出祭坛。燔柴上的火焰突然也青黄光芒四射，遮住整个祭坛，两人刚跳到半空，就觉得全身被光拉扯住一样，居然被定在半空，无法御使天地气跳出祭坛，而亮光刺眼，又根本无法查看周围。

少宗祝也被困火光中，他虽然离燔柴很远，但觉得全身发热，像要爆裂似的，急忙要附体在地上逃走，刚走了几步到草丛中，没能出火光的范围，浑身就被草丛中伸出来的藤索绑住，无法动弹。

太保官拔出玉尺，突破青火指着天空星纪方向，便要疾行而走，却仍被火光热浪围困，无法提速；又试着蓄积地气借下沉冲出火光，仍然不济事。大史官也是如此，但他察觉仍旧无法移动，便急忙握住聚积了时辰气的玉璧在手，克制住心火，四肢猛地一振挣开了火光束缚，附身玉璧移动到了火光之外。太保官却只能射出短剑，以元气牵引自己出去，而就这一缓，燔柴中冒出一条人脸连体大雕，一前一后。前面那只前爪化尖刀，一刀划断了太保官的脖子，使其瘫软在半空中。

火光之外，门尹官已经切断帝辛及其王妃周围的草丛地气，布下门阵防御。王后飞身半空，朝火光抛下夜明珠，把火光吸去大半，火光范围开始缩小。而逃到火光之外的大史官则遭到了从燔柴里冲出的人面火龙的喷火冲击，虽被他以玉璧散开火力，但仍被火龙身上发出的黄白火光罩住，又一次无法移动，浑身要炸裂一般。这时他才看清楚袭击的火龙是两头连体大雕，一前一后用数根绳索连接，四只翅膀挥舞着火光，绳索也随身挥舞，宛如带翅的上古应龙一般。

这次虽然是黄白火光笼罩，但大史官已经知道怎么摆脱了。不等火龙利爪接近，他就以玉璧指向正北鹑首星次方向蓄积火力，而非当下季节的天地气流动方向，一下冲出火光，落在地上。但这一用力，他伤口发作，禁不住口吐鲜血，火龙随即跟上来，从头顶扑下，黄白火光先把他罩住。他只好举起玉璧指向正北鹑首星次当空的火龙头，玉璧化短剑刺出，火龙躲过头部，身体还是被击穿。

大史官附在短剑上，越过火龙，正要回到地上，一个在祭坛边的士卒突然飞身而上，手持的火把化剑直刺而来。但附在草地上多时的司命官早已看在眼里，他也借地气上升之力附在剑上刺出，那人完全没注意地上的突击，被刺中腰部，却刺不进去。

那人被这一推退到了十几步之外的高空。他反应过来，手中火把伸长丈余，化剑挡开司命短剑，那剑也被尘土击中，直坠下去，司命则已经离开短剑，以佩刀刺出。那人大喝一声，全身一振，青黄火光化作黄白，司命感到炸裂之气扑面而来，如万刀穿身一般，手中佩刀当即被震飞。他急忙顺着这炸裂之力急退，分散力道，坠到地上去了。

这时大史官已经在地上移动到了帝辛处，那火雕连起来的火龙则受伤而逃，只有下等宗师率领士卒去追；王后在高空以夜明珠指引，射出金箭，但那人根本不理会，直接朝帝辛所在处俯冲下来，尾随他扫过来的强光照在他身上，反而被他身上所发的光芒吸收。黄白光芒更加耀眼。

门尹官在地上以旌节立地，加强了门阵防御，那人的剑也只能刺入移来附近土壤所化的门墙，悬在高大深厚的树篱中，不能刺穿浑厚的土气防御。那人便大喝一声，短剑火光四射，剑上的热气透过土壤门墙传递到门阵之内。帝辛与门尹官顿时觉得全身灼热，帝辛抱住大哭的莘妃，急切大喊："王后！司命！"

门尹官急忙一抖旌节，上面的羽毛化作一只罗罗鸟，展翅把热浪带到空中，然后飞身下来抓向阵外那人，但刚一近前，就被那人身上瞬间发出的火光炸飞。

这时，王后把一颗双头玄鸟珠射入门阵旁边，她在高空催动夜明珠聚光射向那人，门阵外地上这宝珠也发出光束与高空的夜明珠连接，并引出一道强光射向那人，成为三角光阵。两道强光汇聚在半空中那人身上，他虽然凭浑身火光呼呼散了热气，但仍然痛得身躯扭曲，移动也无法甩开。他随即取出苍玉将两道光束引接在一起，再以苍玉化飞箭，以地下光束引导、借天气下沉之力，挥手射向地上的双头珠，把它击碎。

门阵外的大史官不顾身上流血不止，趁机以飞玉投掷，钩动门阵后面的几面王旗，将附近的冬日地气引入门阵内，立即使阵内热浪消散，帝辛则喊："好了！众宗师不要走了刺客！"

此时大史官正好在那人身后的东面，便移动到天上星纪位置对面，以玉璧化剑，聚一道天气急速朝正西方刺出。那人已经看到阵中热浪被灭，便以剑复化为火把，投掷于地，借这一坠急速飞身上空，躲过了这一击。大史官一击未中，剑钉在门尹官所布下的门墙上，他自己则被脚下沟壑和草木的火焰热浪困住，气喘吁吁。

这时，那人打在地上的火把散开，纷飞的火焰驱散了地气，所过之处，门阵周围的草木也都烧毁了，地上喘气的大史官则被热浪压制，即使借蓄积地气的宝玉也没法冲开。他和帝辛等人都被压在地上，抬不起手来，只有王后在空中仍然以光束跟着那人，虽然伤不了他，但也在持续引爆他身上的火光。那人虽然身上火光大涨难受，也顾不上去攻击王后，只在半空持佩刀，便飞身而下要袭击大史官，突然斜下方有数道杀矢刺来，他手中佩刀不稳，被击落。

原来是司命官趁他火光失控，偷袭他，随后又以身体撞来，把他撞飞到高空，自己则借这一撞弹开，避开了他身上的火光炸裂。而少宗祝早已恢复行动，这时在半空中以大常旗迎风变大，朝那人盖来，但他浑身火光，风不能透，自然也就无法入侵魂魄，众人只能望着他从容从云中远去。

宗师带领罗罗鸟追了一会，回来报告说那人似乎并非御风而行，只有罗罗鸟能追上，但被他击杀。门尹官听说那人走远，便出了门阵，扶起门阵外奄奄一息的大史官，吩咐急速送回救治。王后扶起司命，看他手骨、脚骨被震碎，不能举动和行走，便问："是热气灼伤吗？"

司命官思索着说："应该是夏气，此人精通天地气、冬夏气的御使。"少宗祝让士卒抬来太保官尸体，对帝辛摇了摇头。帝辛叹了口气，将怀中昏迷的莘妃放入战车中，命急速带回宫中。司命、王后都守在重伤的大史官身旁，他心脏被贯穿，只以自身神力调节气血勉强维持运行，少宗祝在一旁以白药为其止住流血，再用薰草①香气引魂治疗。王后问："此人既通天时地气，又精于运火术，还能激起自身元气而动，到底是何方宗师？"

大史官缓缓地说："看他御使的火雕藏身于燔柴、火把，应该是以取火之术为根本的，但为何会精通四时之气，这就不知其来由了，我等天官并非通达驭使天地星辰之气的唯一途径啊！"

司命便说："师父您精通的十二辰之气，似乎此人无法破解？如若不是师父没有带上蓄力之宝，此人哪能逃脱！"

王后说："此人果然是冲着两位宗师而来，会不会是任伯？"

大史官叹了口气："唉，难说啊，此人虽然不懂时辰之气，但既精于取火，日后便有可能调节冷热，转换四时，变换时辰自然不在话下。我二人在东夷战场杀人既多，又多次显露身手，迟早招致杀身之祸，只不过没想到会这么快。"他转向王后说："可怜你师父连今年的预示都没有等到，就差那么一点就可得知发生在自己身上的凶兆了！"

---

① 薰草出自《山海经》，气味如同藤芜（香草），佩戴就可以治疗疬病，可能是罗勒之类的香草。罗勒全草药食两用，香气强大，可以活血通络、治疗消化不良。

王后听到这话，止不住地抹了一把泪，良久，才对少宗祝说："祭祀未完，可看出什么预兆吗？"

少宗祝说："祭祀不完成，大常旗无法聚集神魂，玄鸟也无法招来，以示众人。"

大史官便说："无论吉凶，都可从刺杀越来越容易来推知今后可能之凶兆，特别是在有些宗师激发元气之术大成之后。"

帝辛召集祭祀在场的人，以及寝正官来大宫论事。寝正官便说："我已知此事了，今后通晓凭元气而动之人会越来越多，只能以阵法事先觉察杀气，然后防御，而祭祀之中二位宗师之所以没能觉察杀气，就是因为误以为那阵怪风是祭祀的凶兆，才没能戒备。我会在宫中设置木铃，以警示有杀气之人出入。"

帝辛便道："如果在外，又该如何是好？那人能扮作士卒，如果在军营中，杀气本来就极盛，又该如何防御？"

寝正官说："这……我的阵法不能移动，在外只好由我和司命官亲自守在大王身边了。"

帝辛便说："辛苦你们了，我即刻差飞廉前来，以策王宫安全。"他对司命官说："可察觉刺客究竟何人？"

司命便说："最大的可能就是任伯、伊耆氏。任伯是会激发内气外放的，而伊耆氏则通取火之术，当然，也不能排除昆虫氏等诸侯首领。任伯不知所踪，不好追查，至于伊耆氏，大王可以对外发布消息，说找到了伊耆氏刺杀的痕迹，召集各个诸侯出兵讨伐黎国，以看各国反应来决策。"

帝辛便说："好计谋！"当下便发布帝辛遇刺消息，要召集各国军队讨伐黎国。年祀则由少宗祝主持，仍然在郊野继续进行。祭祀中发现烟火聚集了一大片的乌云，而飞来的玄鸟肚里飞虫居多，鸟群聚集了好一会才散去。

少宗祝便回禀帝辛说："虽然没有兵灾，但不可不防，如果刺杀频繁，国运可能也会受到影响，小臣驽钝，不能觉察神魂中所包含的对于大王、众卿，乃至诸国的更多预示。"

刺杀消息传出，昆虫氏、封父氏、猫虎氏等所属各国都以东夷之战刚结束，兵力没有恢复为由，不愿出兵讨伐黎国。

而这时，宓妃回来了，两人一番亲热，她因局势不明朗，因司命的伤劝他别参加征战了，司命不从，宓妃气得要带着女儿离开大邑商，司命找各种理由挽留。宓妃还是没有多待，带着女儿走了。

各国不愿出兵讨伐黎国，帝辛无奈，即命令司土官与田畯官带领卫戍士卒都轮番下田地训练，暂时不回渭水。

黎侯继续在大邑商招徕人口，与孟侯、昆虫氏等各个首领来往密切，并与他们一起发出消息，准备会盟诸国，共同商讨年祀遇刺一事。而这时，渭水的岳氏听说司土官在大邑商训练士卒，估计他们不能再回渭水了，他即传消息到大邑商田畯官处，说要在毕城郊野营建丰城，请求赐命作为自己的采邑。

就在他传来消息之后，郜城的挚壶氏也跟着传来消息，说请求赐命郜城作为自己的采邑，以便常驻渭水。帝辛听说后怒气勃发，说："黎侯胆大妄为，竟然借商讨遇刺之事会盟，而我大邑商这里正是用人之际，这些渭水卫戍居然想常驻渭水，受封采邑，真是些无耻之徒，回复他们，说不予受理。"

田畯官便说："我在渭水，知道岳氏这些人常有迁徙战俘，开垦荒地以自立之心，现在不答应他们的话，怕他们会就此自立，不回大邑。不如把他们调来这里卫戍，以防他们有异心。"

帝辛便说："他们在渭水监视西伯，怕是不便撤退吧，不如再等一年，看西伯会不会趁黎侯动乱而有所动静，再决断不迟。"

岳氏与挚壶氏听说受命采邑的提议被帝辛否决，暗自恼怒，加紧迁徙人口到郊野开垦荒地。崇侯手下泰逢也趁机迁徙人口到毕城以南，降服当地戎人，准备筑城。而泰逢一迁出，岳氏便把崇侯在毕城的部分与之来往密切的驻军收为己用。崇侯得知，也无可奈何。

诸侯下篇

一个月后，黎侯会盟，但由于帝辛暗中传信以出兵征伐相要挟，只有昆虫氏、封父氏、苏国、孟国等几国到场，其他邦国都没有到，只得草草收场。帝辛松了口气，派军队逼近位于王畿的封父国，封父氏只好密告帝辛黎侯的会谈内容，帝辛才退兵。这时，渭水驻军便以自己没有答应黎侯相邀为功劳，相继称爵。泰逢这时已经带领所辖士卒迁至别处。岳氏则把崇侯的军队逼降，独占了毕城，并在丰城加固城墙。泰逢命令士卒迁至加固城墙了的镐城，而他把毕城的冶炼工匠都迁入了镐城，姜望以郃城郊野为吕邑，挚壶氏则独占郃城，自封为郃邑伯。

帝辛听后大怒，司土官、司命官、门尹官等人正商议时，却有飞廉来报说："西伯命其世子率军讨伐渭水驻军将领，说要请命逼迫他们取消采邑封号。"

众人都吃惊，帝辛问众人："你们说这次西伯主动请命，是为了趁机夺取渭水各地，还是真的在合我之意，只是逼迫他们取消采邑？"

司命官说："这要看西伯在战后是否占领渭水各地，才能判定，不如就命崇侯跟莘伯会合西伯一起征伐，让他们互相猜疑。"

帝辛神色稍微恢复说："此策可行。"

姬启姬发军队这时已经到达渭水边，待得到帝辛王命，立即发消息给莘伯与崇侯，让他们率军会合，先攻泰逢所在的镐城，但莘伯推辞，而崇侯则要求先征伐岳氏。姬启便回消息让他进攻毕城的岳氏，自己则率军渡河。

渭水对岸的泰逢早已得到消息，他布下阵法，姬启军队刚行至河中，就看到河面上水雾弥漫，但每艘船上都有阵法，水雾丝毫不能阻挠船只，船只一破入水雾，就以擂鼓旌旗开路，把水雾分散在周围，吸入船底去了。

河对岸的宗师只好变阵，只见水雾升腾，湍急的河水突然整体抬升，波浪把船队几乎推到了几丈的高空，但这些船只有虎贲以巨木撑住左右，依然稳稳在河面航行，波浪被破开，从船只两边喷向高空，分成数道水流，哗哗地落在了船边，像水帘一样。

泰逢在河对岸看到周人巍然不动，只好亲自动手，他浑身火光，飞身入渭水上空，手一伸，从河面上的太阳倒影中飞出一面巨大的铜镜拿到他手中。铜镜解封河面，河面上的太阳倒影随即扩大至整个河面，几乎通透，河水被煮沸，蒸汽弥漫，快到对岸的船只都开始焦躁。眼看大群周人要被灼伤，姬启、姬发这时跳到天空，挥舞交龙旗帜，四条苍龙水雾冒出，在河面上空游动，引天气下沉，把热浪冲散。

泰逢惊讶，没想到姬启神力已经能役使天地气了，他裹在火光里冲向二人，以铜镜扫出，光束划过处，交龙水雾被强光拦腰穿透，扫过的船只一片哀嚎。但姬启姬发仍旧挥动旗帜，又有四条交龙水雾飞出盘旋于上空。泰逢恼怒，以铜镜直射二人。但这次他刚扫过，河面的日光就突然反而会聚在他手上。恰似一股强力刺中他手。他一松手，铜镜掉到河里去了。这时，整个河面上骤然水汽沸腾。

泰逢呆了半晌，便飞近河面仔细查看，却被士卒放箭射住，饶是他有火光护体，仍然被顺着阵法天地气的箭支射中，幸亏铠甲挡住，他只得返回。

姬启大叫："泰逢不要走，我们是来跟你和谈的！你既破不了我军阵法，可容我们过河一谈！"

泰逢只得喝退作法宗师，让周人靠岸，姬启姬发便在河岸与泰逢见面。这时，在河岸草丛中已经查看两军神术较量多时的姜望夫妇便起身退走，姜望说："看来西伯早已打定主意，先以阵法威服各个采邑，再胁迫他们让步。"

"嗯，真不知道你的金针能不能挡住他们的阵法。"

"你放心，现在经过改良，能在方圆百步之内随意操控布置位置，而周族的田阵仍然是各自为战。你刚才也看到了，船舰的鼓震与旗帜只能破开眼前的大雾。"

"但刚才的交龙旗帜似乎可以引动大范围的风气，居然还能镇住河面水雾热浪？"

"估计是一种蓄气压制之法，之前东夷之战中只有大商国的老天官才会的，现在看来泰逢与姬启他们都会了，这说明修炼这种借气之法不仅只有观星象这一条路。"

"刚才你注意没，泰逢的铜镜脱手，好像士卒中还有宗师？"

"嗯，我也看到了，如果是郐氏就糟糕了。"两人默然一会，便决定回去探听泰逢与姬启兄弟的谈话。他们虽然修习激活元气之法近一年，却只能短距离行动，速度也不快，因而并不实用，当下便缓慢从草丛里接近河岸边的军队。

这时候，周人已全部靠岸，一字排开，泰逢与姬启兄弟就在阵前相会，他们俩附在草丛中藏身接近，原本只有申姜才能依附于草木，但姜望慢慢也跟着学会了，由于没有借风，两人缓慢接近，没有被觉察。

但当他们距离泰逢等人百步之遥时，士卒中有人朝他们附身草木处投出了石子，泰逢最先反应过来，朝他们藏身处投出了金质杀矢，姜望夫妇只感觉热浪袭来，急忙飞身逃走，但杀矢插在草丛里，数条火绳鞭地，姜望夫妇飞身而上的下面草木都起火枯焦。姜望自己脚下也被烤焦，急忙以金针拨开火绳。他一勾手，牵引收了金针，与申姜飞上高空走了。

泰逢正要追赶，姬启便说："算了，估计是来打听战斗情况的，以后在战场上再找他们算账！"

泰逢便取了地上杀矢，收起说："刚才你军中有人预警这两个暗谍，是哪两位宗师？"他脸色难看，刚才如果那人袭击的是他，他一定难逃毒手。

姬发便说："是普通宗师，与间谍离得近而已。"

这时姬启说："泰逢宗师，我们也是老对手了，虽然你神力提升，却仍连我族人都不能接近，不是吗？"

泰逢发怒说："你们到底有何打算？"

姬发急忙劝说："泰逢宗师不要恼怒，我们此次率军前来没有要占领镐城的意思，只是宗师取消了封号，我们便可退兵，但宗师要保证维持现状，不可再迁入渭水其他地方的人口到镐城。"

泰逢便说："我便不同意，又当如何？"

姬启便说："连宗师亲自动手，都无法破我军一兵一卒，更何况未经阵法训练的士卒！"

姬发则说："我们来此的目的只有劝和，宗师其实不必有爵位称号，若要保有镐城，即使没有被赐予爵位，也可实际占有此地，何必拥有空名呢！"

泰逢展眉说："好！既然二位世子不来与我争夺土地，我便放弃爵位称号，保证维持现状！"

姬启姬发两人高兴地率军离去了。临走前，姬发说："如今宗师的旧主，崇侯正在毕城征伐岳氏，宗师是否愿意随我们前往相助？"

泰逢急忙拒绝说："我已经脱离崇侯，不便再去。"

姜望夫妇御风而行，姜望问："你脚烧伤了没？"

"只是鞋烤焦了，脚没事。"

"躲在士卒中的人居然能觉察我们，渭水这里除了郐氏，怕是没谁了。"

申姜便推他说："你躲过鸥鹚攻击的一击必杀呢，激发元气这么久了，还是跟我一样一次只能移动几步。别说郐氏，就连姬启兄弟都挡不住！"

姜望苦笑道："我想过了，即使我们练到元气延伸百步之外，也不能躲过鸥鹚攻击，毕竟它的元气也会延伸这么远，就像刚才我们在百步外就被觉察一样。"

申姜说："你知道就好！现在只能靠我申戎了。"

姬启姬发之后又在毕城威服了岳氏，浩浩荡荡渡过渭水，朝郐城进发。挚壶氏早听说周人连破泰逢、岳氏，先自恐惧，便开城迎接周人。姬启姬发在郐城修整数日，便要进攻姜望的吕邑。这时，申姜早已调集申戎大军列阵，准备迎战。姜望对申姜说："听说西伯二子在毕城也是刚攻下城门就与岳氏开始谈判了。"

"所以我们只要以申戎军队吓退他们即可，但这两日他们入驻郐城，看来是将以前的周人降卒入驻，趁机占领了。"

"我的意思是不如我们也放弃吕邑称号，这只是个名而已，我已经获得了吕邑的田赋使用权，没有称号也无所谓。"

申姜不悦："不行，吕邑是我申戎勇士参与建立，本就属于我申戎下辖国境，别说他西伯，就算是帝辛出兵征伐，也要先问过我申戎的戎马弓箭！"

姜望心下有些不安："但是我炼制的金针有限，而申戎仅靠驳马进攻，怕是会损失惨重。"

"只能这样了，称不称吕邑侯伯无所谓，但不能仍为商国的卫戍，而要约定归属于申戎，如不这样，到时候帝辛要撤走你们了，不但把你麾下士卒带走，还把我申戎勇士给带走了。"

两军对阵，姬发对姬启说："姜望有申戎做靠山，怕是不会如岳氏那样轻易屈服，可借谈判机会擒住姜望夫妇，以避免损失。"

姬启则说："没事，我与申女是旧相识，申戎战法我也清楚，只要不用戎马对阵，就不会有太多损失！"他便在阵前传音说："二位别来无恙，你们应该听说了只要你们服……"

申姜打断他说："不必多说，你们只有两条选择，要么退兵，要么承认吕邑归属申戎，姜望便可放弃爵位！"

姬启大声说："孟姜！我与你乃是旧相识，可否容我们在阵前细谈？"

申姜直接说："不用了，开战吧！"

姬启只好命令军队列阵向前，但申姜率军并不迎战，反而后退。姬启怕是事先布置了阵法，便让军队从旁边绕行，谁知刚推进到一半，士卒就遭到金针围困，倒下一大片，申戎骑兵则突击而来，周人大乱。姬发这才知道阵前中间是故布疑阵，根本没有阵法，便大喊："列阵随我来！"他率领布阵士卒从阵前中间朝申戎骑兵冲来。姜望正躲在骑兵群中冲击周人，想要顺便将大路两旁的金针重新再拖动到大路前，一发力，却感到牵动金针的藤索已被切断了。这时，后面的周人如潮水般涌来。

姬发正率领步兵朝阵前冲锋，申戎以驳马阵列挡住，草木飞射，但全被分散在周人阵外，骑兵立即整齐地投出长矛，齐刷刷地插在阵前。周人士卒一迈入这道矛阵，草木便化为尖刺绊索，进入的士卒都被插穿腿脚，周人急忙后退。姬发知道是牧阵，急忙跳至上空挥舞交龙旗帜撒出火团，在阵前大声命令："进军！"这回周人迈过矛阵时都以旗帜火把开路，草木化作的尖刺都变软被砍断，但这样一来，他们的攻击也变弱了。

申姜飞身出来，以丝麻披风展开，反面朝阵前上空的姬发盖过来，姬发顿觉气血下沉，急忙把旗帜迎着头上盖下来的披风刺出，立即恢复精神，就要逃入士卒群中。这时，申姜对着披风抛出木刺，披风随即缩成一条，包着木刺化剑，一下挡开姬发刺来的旗帜，反朝他刺去。申姜则从后飞身赶来，周人弓箭齐发，被她裹在披风中滑过，一下追上姬发。披风化剑被姬发闪身避开，刺在地上，复化为披风散开。姬发随即被披风上散射的金针刺中脉络，有些头晕。披风散开挥出绳鞭，把姬发捆住。

申姜刚上前，便被士卒齐力用盾牌挡住，但她只以短剑在盾牌上划过，便散射出棘刺，刺中众士卒头脸经脉，都头晕倒下，她金钩绑缚姬发，牵引他腾空而去。突然，申姜感到身后有一股旋风扯住，她回头一抛披风，披风却连同被绑的姬发一起，都被钩绳扯入周人群中，而连她也被扯得后退。申姜忙朝身后挥剑断开身后的绳索拖吸，但仍然止不住被扯之势，倏地一下，她被拖到地上，被天气重压，动弹不得。

姬发这时已然清醒，便高声叫道："姜望快投降，你夫人已经被擒！"

正在交战的申戎骑兵有宗师指挥："夺回夫人！"族人并不后退，仍然凭阵法与周人混战。

姜望那边正把剩余的金针插在地上，这次他插入得较深，不在播种的土壤深度，因而没被收走，但这样也就只能威吓周人，不能布置出田阵阻击。他随即命令申戎骑兵后退至金针埋伏之后，分成小股成小田阵法，各自以盾牌守住。他则从两军的混战中潜入阵前中间，听到申姜借风传音大叫："夫君救我！"

他寻声而至，看到姬发正让一名士卒捆住申姜，疾步从士卒让出的路退往后军。姜望便以金针插地，布下阵法，再急取针朝士卒射去，没想到那士卒一扭头，挥一根草刺化短剑朝姜望一指，金针被剑吸附格挡，就连姜望也被一束风气卷了过去。姜望急忙拉住定在地下的金钩，想拖住自己，却仍然被一股强大的旋风裹挟而去。那人则朝他投出草枝化为飞剑。姜望眼看就要撞上飞剑，在一旁不能动弹的申姜忍不住大声惊叫。

姜望被申姜的尖叫一急，手上猛力用劲，索性钩出定在地下的金钩。嘭的一下泥土掀翻，他借这一拔之力，甩出金钩，疾风中化作短刃，加速刺出。

而就在姜望提速的时候，他突然觉得不受旋风裹挟了，速度也瞬间快了一倍多，反应也变快了，金钩在撞上飞剑时咣的一下双双击飞，不但短剑复化作草枝碎成碎片，连士卒也猝不及防，自己也被姜望撞飞到半空去了。

姜望有些收不住势，慌急扯回金钩牵起申姜往自己阵中一抛。这时周人已经围了上来，长戈齐出，而他身后的姬发挥剑打出飞刃来刺。姜望更急，借那一抛之力借风一跃，朝金钩抛出的方向飞走了。

姬发只得大叫："可先停战！"

姜望已到自己军中，听到姬发大喊，便也命申戎宗师停战，两军后撤。姜望看申姜被族人救走放在马上，没有被绑住，只是头颈上有一条藤皮箍住，她说："是这青藤，我气血被压制手脚都抬不起，快取了它！"

他知道是柔韧的草木气，便去揭，没想到坚韧的不能揭下，他一想，便吸出枝条的含水，没想到仍然坚韧，申姜便说："削掉些！"

姜望削薄了枝条，果然轻轻揭下，他一边说："是邰氏无疑了，幸亏我一击成功。"

申姜能活动了，抱住他说："刚才真的吓死我了！"

姜望感慨地说："我也以为我必死了！"

这时，姬启在对面阵前大叫："我们势均力敌，这样下去必然有伤，不如来谈一谈怎么样？"

申姜便对姜望点头说："我还是认为要和谈，只能将吕邑划入我申戎宗族，不过可以先看他们有什么说法。"

两人便来到阵前，与姬启兄弟面对面。姬启首先说："两虎相争，结果必然不会向好。我与二位也是老相识了，不如我开个条件，只要你们答应去掉爵位，归附大商，我便让出邰城的五千战俘由你们御使，如何？"

姜望夫妇互相望了一下，都没想到姬启会给出这样的条件，申姜说："如果我们的采邑归属大商，而姜望又被帝辛调回大邑商，我们岂不是什么都没有得到！"

姬发笑着说："夫人不必过虑，现在帝辛忙于黎国发难，无暇顾及渭水。并且，如果帝辛要撤军，挚壶氏、岳氏必定反抗，你们可联合起来。若你们还不放心，周人降卒可让你们迁往郊野小邑。"

申姜听了缓和地说："可行，只要你们保证不派宗师或军队驻守邰城及郊野，一切好说。"

姬启便说："好！就如孟姜所说。"

申姜直勾勾地盯着他说："你们可别暗地里派遣宗师驻守邰城，如果被我发现动静，别怪我报告帝辛邰氏就在你们军中之事，到时候首先不会放过你们的就是泰逢！"

姬启的笑僵硬在脸上，倒是姬发微笑说："夫人放心。"姜望夫妇便去邰城拣选了一些周人降卒迁往小邑，并看着周人离开邰城。

路上，姬启对邰氏说："在渭水南岸那次果然是姜望夫妇，他们早就盯上你了。"

邰氏便说："这个先不说，姜望此前袭击我的那一击比我的反应还要快，到现在我还没想明白他是怎么发动的，不知他激发自身之气而动有没有提升，如果提升，我潜伏邰城就不能威胁住他了。"

姬发说："他的自身之气若真如你灵敏，我们跟泰逢讲和的时候就不会是你先觉察他了。他若留在邰城，而又不与我们合作，你可随时除掉他。"

姬启便笑说："我看姜望还有一个软肋，就是申女，他之前既然舍命潜入我军救走申姜，就说明他们夫妇感情很好。邰伯，你可找机会潜入小邑，对她下手。"

姬发连忙说："此法更好。"

邰氏则说："嗯，姜望此人沉湎女色，以至于眼界狭小，放着邰城不占据而偏安于小邑，不会有太大作为。"

他们到了岐山，邰氏便把姜望袭击的情节告诉了西伯，西伯深思了一会说："上古伏羲氏曾留下阴阳之法，可惜当今宗师荒废了此法，以至于神术无法大成，我曾想把天地之气、四时之气归为阴阳变化之法，姜望很可能就是以阴阳盈缺的变化之法借了你的攻击加倍于你身。"

邰氏便问："这阴阳乃是古人所臆想的盈缺道理，天地四时谷物攻守各有规律，如何能用阴阳强加于它们的互相变化呢？"

"这个我还没能想到……但看来姜望此人神术可能会有很大的提升，你们今后若到了邰城，要注意拉拢此人，与你们一起征伐。"

姬启兄弟都点头答应。

西伯又问："其他宗师的神术提升到什么地步了？"

邰氏则说："泰逢最强，懂得借用天地之气，岳氏次之，跟猫虎氏差不多，挚壶氏则没有出手。"

姬启便说："挚壶氏连跟我们一战的勇气都没有，就开门迎接我们，想应该只是个二流宗师罢了。"

西伯点头说："可惜泰逢虽然自立，我怀疑他仍然是崇侯的人，其余几人都可拉拢。"

姬发说："泰逢应该是崇侯的人，他自立而崇侯反应不大，就可看出，他迟早要受崇侯暗中差遣，突袭我们。"

众人都点头称是。

姜望回到小邑，对申姜说："这次虽然有惊无险，却留下了一个最棘手的问题，就是邰氏这个顶级刺客。"

申姜不寒而栗说："你是说邰氏会以刺杀来要挟我们？"

"很有可能，他两次觉察到我们，其凭反应而动之术远在我们之上。这次西伯算是利用我们得到了帝辛的信任，下次当他们因为要复国而逼我们撤走时，我们肯定会与邰氏直接冲突了。"

申姜靠着他说："实在不行，就放弃小邑，你到时候逃回申戎宗族就好了，毕竟保命要紧。"

姜望亲吻着她，有把握地说："你别担心嘛，我已经有防御邰氏这种级别刺客的修炼办法了。"

申姜猛地抬头说："真的？"又噗嗤一笑："这次真的能躲过鸥鹓攻击了？"

姜望猛地移动，申姜靠了个空，他哈哈笑着说："到时候你可就连我的手都摸不到了！"

申姜急着追出，说："你的速度本就不及我！"一下就追上了。

姜望认真地说："别闹了，以前我们的修炼目标是不对的，无论我们怎么训练自己激发元气，也不可能躲过鸥鹓攻击，因为鸥鹓的震动攻击既无形又是瞬间发生的，即使咱们四周都布满元气，也是躲不过的。而如果能调控对方的攻击之势，就能加倍借用，就肯定会比对方快了，我昨日能够袭击邰氏，就是靠这一点。"

申姜瞪大眼睛说："你说的调节攻势是？"

"有简单的如疾风，有复杂的如农田阵法，不着急，我们去摆出各种神术的攻击方式，再来慢慢修习吧！"

三位渭水驻军将官与泰逢取消封号的消息传到大邑商，帝辛汇聚众宗师商量说："想不到西伯仅凭两位世子就劝降了渭水军官，而且并没有驻军于渭水各地，现在不得不封赏他了，你们可有什么好的提议？"

司土官说："西伯能战胜各个驻军将官，是因为其对井田阵的改良，此阵若是再融入人事，一定会有更多变化，到时候怕是渭水诸国无人能战胜，小臣认为不可不防。"

司命官便说："西伯之前就凭邰氏横扫渭水，现在再次崛起，如不全力征伐，怕会成为第二个黎国。我认为可以派遣所有宗师会同渭水军官征伐，限制其师旅人数为三千以下。"

门尹官则说："征伐有功之人，于理不合，黎国一定会借口在半路上截击我们。小臣认为不如撤走渭水驻军，这样一来可以用来防守黎人，二来若驻军军官不愿离开渭水，便命西伯攻击，可致使他们两虎相争。"

帝辛喜悦："好计谋！就命撤回渭水驻军，待他们争斗再行出兵征伐！"

司命又说："司土官提议也需要考虑，以壮大我军。"

帝辛便说："司土官，你是否开始以井田阵的变化之法训练我士卒？"

司土官惶恐："暂时还没能想到。"

会后，帝辛高兴，来到莘妃宫室里，莘妃迎接说："听说大王要从渭水撤军，恢复西伯爵位了？"

帝辛笑着说："爱妃消息这么灵通，我只是允许渭水撤军而已，对于西伯的军队人数限制并没有取消。"

莘妃急切地撒娇说："大王真会磨人，既然撤军，为何还要限制西伯？"

帝辛搂着她叹道："唉，你不知形势，西伯士卒虽少，却依然能逼降渭水驻军，这是隐患哪！"

莘妃便说："大王为何总不信任西伯呢，之前西伯主动请命，逼降渭水驻军，足见其忠心。我想如果西伯强大，一定能为大王对抗黎人，这是好事嘛！"

帝辛则说："你说的也有理，不过……谨慎些总是好的。"

"既然大王仍然提防，不如派遣有莘国与之结盟，让他谈论对西伯的看法，这样大王也会更加了解西伯的为人，而有莘国一直在各国中立，一定不会有偏颇。"

帝辛高兴地说："好主意，不过你的族人自守其土，不管外事，前次对我的出兵命令毫不理会，怕是没那么容易啊。"

莘妃则说："这次我亲自下命令，莘伯一定肯听。"

"你只是莘伯远亲，并非他亲生，如何能劝得住他？"

莘妃微微一笑："大王放心，我既然为王妃，又与西伯、有莘国都有亲，一定能为大王分忧。"

帝辛点头："但是，我还得暗地里派风师报告周人行动，也好及时得到消息，来与莘伯报告给我的看法对照。"

就在帝辛遣风师到有莘国给莘伯下命令的同时，莘妃派遣了玄鸟飞去有莘国送信，莘伯看到西伯世子逼降渭水各地，自然确认了岐山确实有镇住渭水诸国的能力，就此答应了结盟。但这玄鸟告知莘伯之后，又去了岐山，吐出帛书给西伯看，密告了他帝辛会派人监视周人动向之事，西伯大喜说："我们可以复国了！"

姬启便说："帝辛并没有取消我们的士卒数目禁令，如何复国？"

"前次小旦探知莘伯应该会在我们有了横扫渭水的实力之后与我们结盟，现在莘妃又来信劝说，自然是最好的时机，我们便可与渭水诸国联合进逼，在郘城扶持我们的势力，便可以驻军程地！"

姬发说："莘伯守旧，怕是只会派遣少量士卒与我们会合。"

"让有莘国出兵只是名义而已，我们再联合麇国、阮国军队，他们受惠于我们提议的改良井田阵法已经半年了，一定愿意出兵，到时候赶走崇侯的军队，占据程地！"

姬启姬发便在程国外与莘伯、麇伯、阮伯三人率领的军队会合，崇侯早就听到消息了，急忙会合猫虎氏、泰逢于程国，质问说："我军驻守程国已经一年之久，为何突然征伐？"

姬启大声说："你之前趁渭水驻军征伐犬戎，强占程国，一年以来，白白享受程人军饷，却未见寸功，因此我渭水诸国要联合讨伐！"

两军开战，泰逢、猫虎氏都不能破解周人阵法，只好撤退。姬启姬发便留姬鲜率军驻守程国，他们则率军进攻毕城，先问岳氏是否愿意撤离渭水，岳氏当然回答不会撤离。姬启便说了些场面话，就撤军前往郘城了。到达郘城后，姬启召集姜望与挚壶氏会谈。

姜望来之前，申姜高兴地对他说："看来西伯不打算征伐渭水驻军，我们之前是多虑了！"

姜望也松了口气："这次让我去一定是商讨郘城的驻守将领，我倒要看看西伯会不会就此将郘城的田赋据为己有。"

"郘城的田赋收获你无论如何都要拿大份……不如我作为你夫人与你同去吧。"

"不可，你申戎身份太显眼，去了反而会让我拿不到更多的田赋份额。"

姜望一到郘城，姬启姬发便亲自迎接，姬启说："姜望兄，孟姜没有同来吗？"

姜望一脸不高兴："她在渭水小邑处理农事，无暇顾及郘城。"

姬启忙说："我是说郘城商量田赋收取事宜，她应该可以参加。"

姜望一笑："她原本是申戎族人，虽然懂得农法，却不便参与。"

姬启略尴尬，便转移话题说："这次会谈主要是商议执掌田赋收取，挚壶氏常驻郘城功大，理应由他执掌，你说呢？"

"无论谁执掌田赋，应该都要按时上缴给郘氏吧。"

"不了，现在既然大王命令渭水驻军撤走，自然就不会上缴了。"

"这样的话，我作为郘城驻军军官，应该执掌一半户数。"

"但是姜兄长期驻守郊野，这样分配似乎不合情理。"

姬发这时说："其实我认为掌管郘城不仅要懂得田赋掌管，还要能理会渭水诸国动向，要在诸国有难的时候能够出兵征伐，取得军功！"

姬启则说："如我周人便是如此，与麇伯、莘伯等名望，征伐崇侯这样的险恶小人、防备犬戎这样的宿敌。"

姜望会意，连连点头："理会得。"

他们说着便到了宫中，经姬启介绍，姜望得知来人不仅有挚壶氏，还有麇伯、莘伯和程伯，在他们的监视下，挚壶氏答应派手下宗师率领三千原渭水殷人回大邑商，而他自己则愿意留在郘城为官。姜望便答应让郘城他下辖的几百士卒回去，而自己小邑的原夷方战俘则仍然驻留。谈到田赋，挚壶氏便说可以执掌所有的田赋收取事宜，姜望则要分得一半，姬启这时说："这个嘛，要按照对于渭水诸国的功劳大小而定。"他转向莘伯与麋伯说："如果不能参与维护各国利益，就没有资格执掌郧城，二位说对吗？"

三位首领都点头，姜望这时说："我也同意。"

姬发便说："我认为最好是暂定为两位常驻郧城的宗师各领一半的郧城户数，等年底再商量明年的郧城执掌。"

各位首领都同意，姬启姬发便撤离郧城，各个首领也各自回国。西伯便如实汇报给帝辛，说毕城岳氏、郧城姜望、挚壶氏都不愿撤离，只能遣送士卒三千余人回国。姜望回到小邑，把情况告诉申姜，她急道："你可真笨哪！西伯他们是让你为他们征伐啊，为了郧城的这点田租，值得这么做吗？"

"我知道，其实我是觉得以我夫妻二人的神术，应该可以纵横渭水之滨了。再说征伐越多，获益就越多，不然守着这个几千人的小邑，有什么用？"

"那你得与西伯商议好获益再出征，以免到时候损兵折将什么也没得到。"

"放心，你看这次麋伯不就得以在程国驻军了吗？"

帝辛这些天一直在通过莘伯身边的风师监视周人动向，这天听到郧城会谈的经过，心中恼怒，却又无处发泄，他召集众宗师，对门尹官发难说："你的馊主意！这下不但没有撤回宗师，反而把郧城的田赋收获白便宜那些小人了！"

门尹官只好说："既然岳氏还没有撤军，正好可以作为征伐借口。"

帝辛便问："司土官，你可愿意率军前去讨伐？"

司土官则说："前次岳氏败于西伯之手，其实西伯二子足以对付他，可西伯现在却想拉拢他们，收为己用，其心可诛。而我们只要派遣一名宗师代表王命督促他征伐，西伯如果抗命，我们再借口讨伐！"

帝辛听了说："现在撤军命令已经发出，做什么都为时已晚，只能先这样了。"

过了两天，西伯来信说："小臣因为兵力上有禁令，所以难以攻克毕城，而即使攻克，岳氏手下的三千驻军也可能会阵亡，得不偿失。"

帝辛看了，长叹一声，知道西伯要以解除兵力禁令作为攻伐岳氏的条件，他问众宗师意见，司命官说："现在只能转而扶持岳氏等人了，给他们采邑封号，利用他们来制衡西伯，同时又不给西伯解除兵力禁令，以维持渭水均势。"

帝辛便说："也只得如此了。"

田畯官这时候说："邰城现在是由姜望、挚壶氏执掌，这俩人该如何受爵？"

帝辛便说："据说姜望娶了申戎王女，已经投靠了申戎，此人不可信，让挚壶氏受封吧。"

田畯官又说："但是，挚壶氏已经遣送士卒回大邑商，他已经没有兵权，怕是随时会被姜望攻灭。"

"这样的话，还是受封姜望吧，以他的申戎势力，更能阻挡西伯在邰城的扩张！"

一个月后，得到帝辛受命，岳氏受封丰城伯，泰逢受封镐城伯，姜望受封邰邑伯。岳氏、泰逢都很高兴，心想终于名正言顺了，姜望则对申姜说："帝辛明知我已经投靠了申戎，还让我受封，一定是想借我去对抗西伯。"

申姜不在乎地说："不用管这么多，你坦然受封就好，如果西伯来征伐，再权衡利弊退出邰城就行，反正殷辛既没给你金铜，又没派给你士卒。"

姜望高兴地搂着她说："我既然受封，你就可以名正言顺地留在这里了！"

申姜也兴奋地说："我去把申戎骑兵调入邰城！"

姜望刚把申戎军队调入邰城，就引起当地恐慌。姬发姬启这时来到邰城，与姜望夫妇会谈说："吕姜兄，你虽然受封，但调申戎骑兵于此，引起邰城恐慌，怕不是妥当之举吧？"

申姜即说："既然这是受命于大王，自然应该全力尽责守卫。"

姬发说："但是邰城属于大商地界，由申戎骑兵来守卫，似乎于理不合，不如你们撤至郊野，由周人降卒来守卫，他们本是邰城庶民，更可尽责。而且我们之前就有约定，邰城的周人降卒可听从你们调遣，你们不必怀疑。"

"既然听凭我们调遣，可就撤至小邑，由申戎骑兵守卫邰城。"

姬发严肃地说："我们之前在邰城会谈还约定过，邰城守卫官要以渭水诸国利益为重，你们这样安排，不是让原本属于邰城的庶民不能守卫故土，反而让戎人占据他们的国土吗？"

申姜则辩说："他们可复为耕夫，由申戎来守卫。"

姬发与姬启对望了一眼，互相点头。姜望与申姜正怀疑，突然，姜望身旁案几上擦手的帕子上一动，上面绣的花叶无声息地飞出，划过姜望的脖子，他没有感觉到风动，根本来不及躲避，只得急忙捂住脖子，只有一道血痕。

这时，门外有人闪过，申戎士卒守卫急忙追了出去，申姜大叫："是谁？"说着人已经到了门口，她听到身后姬启说："是我属下宗师，不用追了！"

申姜察觉那人行动并不带风，知道是借元气而行，自己即使追上也不一定打得过，便叫申戎守卫回来。

她进大堂对姜望说："有毒的吗？"

姜望正低头查看射在他身后墙壁上的叶片，却发现已经碎成了渣，嵌在墙体里，便说："好像没有的。"

姬启便说："放心，是没有毒的，只是告诉你们，我们周人能人辈出，随时都可取你们性命！"

申姜愤怒，拔剑朝姬启姬发挥出细刺，但他们俩完全没有头晕迹象，姬启大笑："孟姜，自上次与你们一战都这么久了，你以为我们还会没有看穿你的神力吗？"

申姜看他们头上都有叶形发簪挡住重要经脉，看来是早救有所防备了，便走近他们说："你们以为能轻易走得出这里吗？"

姬启笑着说："其实我们既然打过一仗，最好是不要再试着较量了，这样对我们双方都没有好处，你们还是考虑怎么答应我们的条件吧！"

姜望这时便朝申姜摆手说："好吧，我们会把申戎骑兵撤往郊野的。"申姜这时也只好点头。

姬发又说："这样才能避免邰城百姓恐慌，其实申戎骑兵可用于防御犬戎、崇侯，大有用武之地。现在既然大王命姜望为邰城伯，田赋便由你们掌管，但今后的执掌分配，则按照我们约好的，由军功来定，待我周人召集之时，还望你们能够迅速率军来会合。"

姜望便点头答应，姬发姬启二人起身离去了。他们在回去的路上，姬启说："这次虽然警告了姜望，但今后他若神力提升，可能不受我们控制，特别是有申姜在，他更可有靠山。"

姬发回答："放心，以后邰伯、昆氏亲自来战，会给他点厉害的，即使降不住姜望，还有申姜、申戎王呢，他不可能不顾他们吧！"

"只是可惜了殷辛一道命令，原本挚壶氏那一份田赋收获我们便拿不到了。"

"殷辛这样法令随时更改，大商在渭水诸国心目中的威望便没了，我们自然就有借口招募兵力，这比起郐城收获，不是重要得多嘛！"

姬启恨道："我还是觉得没了郐城田赋太可惜了，等明年蓄积了田里的士卒，一定要赶跑姜望！"

"嗯，但今年可先别张扬，只让我岐山耕夫在自己田地附近训练，千万不要聚集。"

郐城宫室内，申姜对姜望说："你事先没察觉这大堂中有阵法吗？"

姜望摇头："没有，屋内风气与平日没有不同。"他拿起布帕细看，上面少了一只绣花树叶，说："我怀疑是郐氏通过大堂天窗以元气分布于整个大堂，而这树叶事先以农法蓄力，他只要轻轻触发，就可用来攻击。"

申姜想了想，说："其实也不用怕他们，今后我们只要在室内布阵，即使他事先布置好这种蓄力的东西，也会射偏。"

姜望摇头："这可难说，郐氏运用农法远比我们熟练，他既然能蓄力，就能在田阵中借力，我的阵法怕是会反被他所用。"

"那我的鸥鹩应该可以事先觉察吧？"

"这倒是，不过也防不住他加强了的蓄力。"

"那只好清查一遍我们的住所了，以免他偷偷放入蓄力之物。"

"唉，这就难以防备了，即使屋内好了，可我们总不能不出去吧，在有草木的地方岂不是处处危险？"

申姜泄气地说："听说大商两位老天官遇刺之后，大邑商的宫中遍布阵法，人人自危，我们也要过这种生活吗？"

姜望则说："只要我们能随周人出征，便不会有事。"他顿了顿，思索着说："渭水之战的时候还不见郐氏会内气外放，看来他就是从那以后开始修炼的。"

"看来是被渭水之败逼出来的，不知老天官比他们如何？"

"老天官在战场上从未用过内气外放之法偷袭，他们既是天官，所用的都是日月星辰之力，中规中矩。但郐氏为农人，就既察天时，又要尽人事，且更重于事物，自然更善于运物偷袭。"

申姜鼓动他说："没事！我们若在调节攻势之法上有所长进，应该就不用怕他了！"

"嗯，应该如此。去修炼去吧，我们现在管理郘城、小邑两地，神术可不能落后了！"姜望说完，拉着申姜飞身去了郊野。

第二年，由于黎人继续以牛耕与耕犁之法吸引大邑商的族群迁徙至黎地，大商王畿出现了很多迁徙和谣言。帝辛听了田畯官报告之后，便召宗师商议："黎人连续两年招徕人口，再这样下去，我怕连卫戍军队都不能补充兵员了！"

司土官出列说："北方有苏氏在鬼方之地扩张已久，吸引了大量人口。可说服他们迁移一部分至大邑商空缺之地，以免人口迁走的田地白白荒芜了。而且，大王击败苏氏，下降的威望自然恢复，而把苏氏人口分散，也可少了北方边患。"帝辛便说："可行！苏侯与鬼方勾结，又屡次拒绝与我会合征伐，我早有征伐之意！司土官，你属下士卒训练好井田阵法没有？"

司土官便说："已经能够作战了。"

帝辛说："好！以司土官、田畯官为将，寝正官、门尹官为辅，召集各个诸侯首领，一起征伐有苏氏！"

过了几天，各国首领只有亚丑伯与邮氏答应前来，其他诸国都说东夷之战未曾恢复兵力，神术也没有大进，不宜出征。帝辛不悦，对王后说："自黎人刺杀之后，诸国都不愿出征了，看来不与黎人一战，大商不能恢复往日荣耀！"

王后安慰他说："只要得苏人补充了人口，便可与黎人一战，我随你出征吧，这次一定能顺利取胜！"

帝辛与王后率军到达箕国边境，与箕侯会合，箕侯说："已经按照大王要求出使了，苏侯坚决不允，说最多只能迁入部分鬼方战俘。"

帝辛叹道："那就只有一战了，不知苏侯神力如何？"

箕侯说："苏侯曾在霍太山随狩猎师修行多年，精通驯兽之法，他所驯养的狍鸮已经可以借助灌木丛腾空了，且能一口咬死人！"

"可有抵挡之法？"

司土官便说："虽然未曾与此种怪物对战，但狍鸮大抵是靠不顾自身受伤的勇猛咬人，即使驯化为可以飞身弹跳，也只是更没有顾忌而已，只要加强阵法，便可困住。

箕侯又说："此外，苏侯一对儿女虽然年龄不大，但据说近些年也修炼了高强神术。"

帝辛思索说："苏侯近年来才驯化出狍鸮，难道是去年与黎侯会盟的时候，伊耆氏他们教会的？"

司土官说："还可能更早，如果是东夷之战的时候他们就开始联络，苏侯本人很可能也练成了激发内气外放。"

帝辛问："众宗师可练成老天官所教导的激发元气术？"

司土官便悠然地说："小子不但已经能激发自身元气，还能以宝玉号令士卒、布置田阵。这次外有沟壑为界，中有井田阵，内层再加上寝正官的宫室阵法，这次狍鸮势必难逃厄运。"

寝正官则说："怕是除了我跟司命官之外，其他宗师虽有小成，但不能用于战斗，而飞廉则不愿修炼此术。"

帝辛便说："那明日就以你与司土官为前军，田畯官为中军，亚丑伯与邮氏、酒正官各为左右侧翼伺机突击！"

苏氏兄妹篇

登场人物：

苏侯对司土官、田畯官

苏女对门尹官、酒正官

苏氏兄妹与司命官

苏女与司命官夫妇

苏女与少宗祝、郁垒

第二天，司土官与寝正官逼近苏国都邑，在郊野布阵，只等狍鸮来攻。邮氏与亚丑伯则埋伏侧翼，躲在土丘之后，果然看到密密麻麻的狍鸮直直冲往前军阵地，而后面的军队尾随而至。亚丑伯看到蝗虫般密集的狍鸮，暗想此战输赢难料。另一侧，探马来报邮氏、酒正官说："苏侯军队已经继续前行，苏侯太子与苏侯女则驻军等候。"

邮氏奇怪地问："你如何知道等候的是苏侯太子军？"

探马回答："驻留军队竖起多面大旗，上书'苏侯太子、苏侯大女'。"

邮氏回顾酒正官笑着说："苏侯虽然是赫赫有名的昆吾族后裔，但久居北方荒野，连要隐藏将领身份这种基本的道理都不懂了！"

酒正官则谨慎地说："但孟侯之前偷袭我大邑商时也没有树立旗号，这苏侯这样做怕是有别的用处。"

寝正官看到半空中密集跳跃的狍鸮群，担忧地说："从半空中撞过来，怕是外围的沟壑就失去作用了。"

土正官则说："还有两重阵法，难道抵挡不住？且他们总要率军从地面来攻的。"

等狍鸮群飞近，他们才看清原来除了狍鸮，还有山浑兽、穷奇犬①和毕方鹤鸟，待它们飞奔近阵法上空，司土官便命令发动阵法，士卒齐齐朝天空刺出，数千道疾风直射上去。

但狍鸮群中响起铙声，穷奇犬齐声大吼，疾风都被震散。同时那鹤鸟口衔着着火的油团丢了下来，使得宫室阵法外围的草木都燃起了大火。司土官连忙让化蛇喷水，他指挥士卒挥舞干戈，喷水化作水雾覆盖在草木上，但他们带来的化蛇不多，野火仍在蔓延。

司土官只好命令士卒持续冲刺，穷奇的犬吼要休息才能发动，因此都被疾风射伤。只听又是一阵急促的铙声，狍鸮挡在前面，抵挡了大部分疾风。

这时，司土官觉得地面有滚滚热浪袭来，原来是毕方鹤贴地飞至，他急忙命士卒朝毕方鹤冲刺。这些鸟群还没有接近宫室之阵，就被箭棘刺穿身体，

---

① 穷奇为上古传说的四大凶兽之一，据《山海经》里的描述，可能是藏獒之类的大型猛兽。

死在地上。但这时空中鹤鸟也丢下火团袭来，士卒周围草木上的水都被烤干，阵法减弱，一阵铙声，狍鸮俯冲下来，但一接近士卒，就被甩出他们头顶上空，然后被推往阵外，摔在地上。士卒大喊着刺出，狍鸮浑身是伤，却仍然不死。

趁士卒对付狍鸮的时候，沟壑外守候已久的苏侯看到野火把阵里阵外的草木差不多都烧尽了，便开始进攻。驳马骑兵分为数队，每队一列，为首的骑兵手举旗帜，上面除了有苏侯字样，还绣有驳马，齐声大声喊着冲了过来。他们越奔越快，突破了沟壑与井田阵范围而没有减速，到接近处于内阵的士卒时，驳马几乎腾空了。

司土官感觉不对劲，急忙命士卒朝驳马骑兵刺出。为首的骑兵胸腹都被射穿，却仍然举着大旗，厉声大喊着直冲内阵。寝正官还没来得及喊撤退，士卒就被冲倒，阵法则没有起作用，骑兵一直钻进阵内，在殷人士卒群中撞出一道路来，直通中军去了。狍鸮顺着这道路进入阵中，大肆撕咬士卒。后面的山浑兽也飞跳着俯冲下来，手中投掷飞箭射杀士卒，殷人顿时大乱。苏侯在后面，趁机率领大军冲杀过去。

这时，邮氏已经与苏侯女师交战，苏侯女师先以野火烧尽阵法草木，然后同样以驳马骑兵冲击，杀出几条路来，后军跟着冲杀而去。空中则有一群四翅六眼的怪鸟，叫声让冲刺的殷人士卒恐慌，顿时混乱。邮氏大叫不要乱，但根本止不住，连他自己都心神不宁，忙以阵法散去周围的鸟叫声。

乱了的士卒居然在苏人的冲杀下跪地而倒。苏人身上都系着一只木铎，边攻击边放出铃声。殷人士卒听到怪鸟叫声，又听到铃声，都失神倒下。酒正官这时飞身上空，布下的酒曲慢慢笼罩怪鸟群，怪鸟一个接一个地瘫软掉下地去。

突然，苏人士卒阵前飞出一只金铎，怪鸟一听铃声，立即振奋，一只怪鸟把四周带有酒曲的水汽全部吸进腹中，其余怪鸟围住酒正官厉声尖叫，但他全然不惊恐，撒出酒曲，自己则化身水雾而去。这时，后面一个小女孩追酒正官而来，头戴皮盔，穿着软甲，浑身铃铛作响，警醒了要昏倒的怪鸟群。她朝酒正的藏身水雾抛出一块锋利石板，化作一块嘉石击中水雾坠下地去。由于邮氏已经退走，殷人散去，嘉石落在了苏人阵中，把仍裹着水雾的酒正官打昏在地上。

小女孩飞身下来,浑身铃铛作响,刚要把酒正官收入蛇皮袋,就被周围酒曲吸附过来,一阵窒息后,就眩晕倒下了。而铃铛声一停,酒正官立即奋力振作,脱离去了。围上来的苏人急忙把小女孩叫醒,她勉强排出体内粉末,率领士卒追向殷人。

另一侧苏人仍然使用驳马骑兵先行冲击田阵,但由于被亚丑伯所释放的魂魄迷住,冲击力并不大,进入阵中的驳马骑兵都被魂气缠住。僵持了一会后,苏人只好退去。亚丑伯从东夷带来的骑兵数目很少,也不敢追击。而退去的苏侯太子则率军与冲破敌阵的苏侯军会合。

这时阵法已经破了几个口子,殷人士卒不是被狍鸮咬死,就是被半空中的鹤鸟丢下的火团烧死。寝正官、司土官只得以阵法保护周围的士卒,周围的狍鸮和鹤鸟,或被定在地上,或被散在土壤之中。

苏侯看阵中的狍鸮越来越少,阵外的士卒却仍然被外围阵法与农田阵法困住,行进缓慢,进阵的很少,只好冒险去偷袭大商宗师。他看司土官在消灭狍鸮,便突然跳出,以金铙一鼓,"锵"的一声,对方顿时萎靡,而他则以金铙一击削了过去。

司土官虽然萎靡,但仍能激发元气躲开,并散去金铙疾气,反而把金铙吸地射偏,掉下地去。苏侯又对着地上金铙一下震击,那掉地的金铙动起,迎着苏侯手中的金铙回响了一声,震得司土官瘫倒。司土官急忙摇起金铎,警醒自己,瞬间退到百步之外。而围上来的狍鸮则对着司土官一拥而上,却被听到铙声的寝正官赶来,尽数用木梆震响,定在地上。

司土官则把金针插入地中,苏侯便拔不出掉在地上的金铙。寝正官以玉圭震击,苏侯顿觉脚上生根,全身麻痹,急用金铙一拍,震裂手掌,这一响也震开了寝正官的神力。寝正官正要退走,被苏侯冲上来以金铙一削,玉圭被锋利的金铙削断。寝正官退出十几步,附近的山浑兽听到铙声,朝他一拥扑上。

这时,中军的田畯官循着铙声,赶来接应。他一路过来蓄积地气之力已久,便以大刀带起宝玉朝苏侯砍来,苏侯却一拍金铙,蓄气和宝玉尽散,田畯官连人带刀被震开,退了几步,大刀插在地上。但田畯官这一击威力不小,苏侯手骨骨折,金铙也变形。他奋起再以金铙来削,田畯官忙抽出蓄力的大刀一格，宝玉被打散，连带苏侯的金铙都被碎玉射穿。苏侯暗叫不好，只得忍痛以金铙拍打手臂，发动震击，但接着被田畯官一刀砍来，金铙被砍碎。幸亏有震击弱化这一刀，苏侯得以急退。

田畯官以玉璧聚在刀上，蓄气追上来就是一刀，苏侯则拔出身后的大刀，以手掌上的血擦拭刀刃，迎着这一刀一格，田畯官只觉蓄力全无，反而被震得魂魄弱化，浑身酸软。而大刀带起的宝玉水雾飞溅则被打飞，与血雾混合变得猩红。苏侯大喝，再凌空举刀劈下。

这时，地上的草木突然连根拔起，苏侯只觉似乎砍中了水流一样，力道全无，而周围水汽升腾，一股刺鼻的腥味弥漫，周围草木洒下一片，田畯官趁机退走。

苏侯抬头看到司土官以一只金壶罩住了他及其身旁草木，在散发草木魂气罩住自己，便一挥大刀砍中金壶。金壶却没有被撞响，还消失在半空水汽的激烈震动中。苏侯心里一空，急忙朝阵外飞去，司土官看他不能激发元气而走，便射出金针，被他闪过，但金针既然着地，飘带上的细刺发动，腾空而走的苏侯即被刺中数根，急得他一声怒吼。

寝正官已经趁机从后面接近，以玉圭定地，苏侯想爬起来，却觉难以支撑，复摔倒在地，手脚也逐渐麻木。正好田畯官复以刀来砍，被苏侯手中大刀一格，"铛"的一声，苏侯立即振奋，摆脱寝正官束缚朝阵外奔去，田畯官则又被格挡声震飞。

头上的司土官看到苏侯要逃，连忙调节阵内草木，使苏侯在草木间磕磕碰碰，行动变慢。这时，一只怪鸟朝司土官冲了过来，脖子上挂着的木铎铃声不断。司土官不防，被鸟叫和铃声惊得手脚麻木，金壶掉落，但他也顺势射出玉圭，凝聚一道水雾把怪鸟射落。随后只见一少年骑着一只罗罗鸟飞奔而来大喊："父侯，快上来！"

寝正官这时以木梆震晕了围攻他的山浑兽，看司土官阵法被破，急忙上前，以手中木梆打来，苏侯大叫："还敢来！"手中大刀一格，木梆与大刀疾气一撞，这回寝正官没有被震飞，苏侯大刀反而落地，被闷响弱化魂魄，手脚麻木。

半空中司土官急忙变大金铎来镇压，苏侯被金铎的当啷声震得委顿在地。

苏子看到父亲倒了，急忙以金箭投掷，射穿了巨大的金铎，摇动的当啷声立即变成闷响。苏侯精神一恢复，立即起身，双手硬接住了罩在自己头上的金铎，对苏子大叫："你快走！"

而寝正官已经上前，以玉圭化飞剑，甩出把苏子拖住，不住地后退，眼看就要撞上地下的剑尖。苏侯大喝一声，把头上金铎朝寝正官扔出，逼得他挥剑格挡金铎。金铎被他飞石打的转向，朝苏子撞去，撞得吐血，但这一撞也瞬间松脱了玉圭绑缚，使他摆脱了寝正的吸力，趁机往罗罗鸟飞去。

苏侯连忙捡起大刀，照着寝正官砍去，被他玉圭一晃，化作木棚一格，一声闷响，苏侯如同砍中软泥，大刀又坠地，被寝正官一挥木棚，打得头破血流。寝正官正要上前擒住他，苏侯捡起大刀一拍满是血的胸脯，大刀沾了血，立即发出当啷一响，他随即奋起，转身朝司土官砍去。

而这时司土官看到苏子受伤，正要上前以金壶罩住他，斜刺里看到苏侯扑来，急忙转以金壶罩住苏侯，水流喷射，苏侯手脚如同软泥，无法举动，他只得对苏子大叫："快走！"

苏子忍着痛，爬起来就上罗罗鸟，寝正官急忙上前，要以玉圭拦下他，被苏侯投出手中大刀，逼得寝正官只好化作木棚去格。

而司土官这边，金壶已经一摇，把苏侯罩在地下。苏子则趁寝正官去格大刀这一缓，已经上了罗罗鸟，急速奔出阵外而去。寝正官带人杀光了狍鸮，但殷人士卒仍然伤亡很大，苏子则带着骑兵和空中的剩余兽群退走了。

与此同时，苏女杀散邮氏的少量埋伏士卒之后，便从土丘后绕过正在厮杀的前军，转入中军奇袭。守卫中军的门尹官看到苏人骑兵从侧面冲杀过来，急忙布下门阵，但他临时在灌木丛布阵，范围不大，苏人数队驳马骑兵举起旗帜，急速冲向殷人。门尹官以临时布下的灌木门阵挡住骑兵，随着地上的隆隆巨响，苏人被反弹撞飞，而其他只有田阵防御的阵地则被冲出路来，殷人士卒顿时混乱，而田畯官去了前军，无人指挥，门尹官只好大声命令："朝侧面冲刺！"

但苏人骑兵一队队地冲杀过来，空中又有怪鸟厉声尖叫，门尹官根本无法止住士卒混乱。苏女听到命令声，飞身到了空中，朝门尹官投出嘉石，被他合拢门阵的密集树枝挡住。苏女又一扬手，发出一支金箭，在半空中一分为二，一支朝地上射去，地上的草木被切断，射往门尹官的则毫无阻拦地穿过门阵。

门尹官丝毫没有想到普通的金箭会射穿门阵，猝不及防，金箭正中胸膛，但被身上移来的厚厚土石挡了下来。

门尹官急忙持金铲在手，苏女手中短剑再射时，则扬起尘土击落。投出的嘉石虽然沉重锋利，却也被拍射的土石挡了下来。

苏女稍微一思索，随即想到了破解方法，她在短剑上涂上玉膏，然后聚起水流，亲身借冲力朝门阵冲杀而来。短剑挥出水流的一瞬间便毫无阻挡地透过门尹的泥土，射穿金铲。而此时苏女已经射开门阵缝隙，附在水汽上滑入，一下子就到了门尹官跟前。

门尹官根本没想到有人会进阵，自然也没想过要躲避，因为这种借灌木丛设置的巍峨门阵可是连伊耆氏都破不了的，而瞬间他胸口上已经多了一柄短剑，血流如注。苏女开心地以嘉石捆住门尹官，对着正在败退的殷人大叫说："你们的首领宗师被擒，还不投降！"殷人有宗师看了果然是门尹官，都率领士卒退往后军。

这时，田畯官回来了，他看到苏女旗号，赶过来大叫："苏女，你的父侯被擒，还不率军投降！"说着赶来，他蓄力一刀下去，被苏女拿门尹官一挡，疾气砍在门尹官身上，但他移来了土石护胸，没有受伤。田畯官一看，居然是个小女孩，便放下刀说："小孩，你父侯闯前军阵法被擒，你还不赶快放掉门尹官，率众投降赎回你父！"

苏女大叫："凭什么相信你！"说着挥鞭一抽半空，一声响，几只怪鸟朝田畯官袭来尖叫，被他挥出大刀散去叫声。田畯官便拿出苏侯大刀说："你看这是什么？"

苏女认得她父侯大刀，愤怒地尖叫："殷人快放了我父侯！"

田畯官便说："你也逃不掉了！"只命令士卒摆出阵势，殷人在他指挥下又摆出田阵，杀退苏人，即将苏女包围。苏女看士卒被殷人整齐的冲刺逼得节节败退，便带着门尹官飞身往士卒群中逃去，田畯官急忙飞身追了出去。苏女带着人逃不快，看田畯官追来，索性将插在门尹官身上的短剑刺入没柄，然后拔出，往田畯官一扔，叫道："还你了！"田畯官急忙接住，一看，才知道门尹官身上之前被插了一把刀剑，现在已奄奄一息，只得放弃追赶，带着他飞身回后军。

帝辛收兵，来看视回到军营的门尹官，他已经断气了，心中烦恼。众宗师听说门尹官被一个十几岁的小女孩破了门阵，都暗暗称奇。帝辛带着众人来俘虏营看苏侯，说："你女儿杀死我军门尹官，只要你交出女儿，并依照我们原来的要求，率领族人全部迁徙到王畿，就饶了你！"

苏侯头部受伤，一吸血腥味，大吼："哈哈哈！杀得好！但想要我们族人迁徙是绝无可能的，我女儿天资聪颖，一定会兴旺我族！"

"你兽群已经丧失大半，接下来只能退守都邑，你觉得你们还能抵抗吗？"

"我都邑若是被攻破，鬼方军一定来救，你们这点军马，到时候都要被拖住，葬身在这北寒之地！"

"有你被擒在这，你儿女会不投降？"

"哈哈哈！我儿女聪明绝顶，怎会看不穿你的把戏？他们将来神术一定在我之上。帝辛，你就等着他们联合诸国灭你大商吧！"

帝辛大怒，命令手下用刑，直到他愿意投降为止。帝辛回营，对众宗师说："苏侯怕是不肯投降，诸位可有良策破苏国都邑？"

司土官便说："苏侯此人所练神术本身就是凝聚意志之法，刑罚怕是对他没用。而苏人冲破我军大阵的驳马骑兵其实也是将士卒意志用旗帜凝聚才得以蓄力，再对敌时，我只要事先御使阵地上的草木之气，就能以草木之力减缓他们的骑兵冲击。"

邮氏等宗师都纷纷交头接耳："怪不得苏人军中布满旗帜，上面还有主将名号，原来是凝聚意志之用。"

酒正官则问："苏女与我对战，她浑身铃铛响，使我魂不守舍；抛出一块石板，我以为是短剑，结果格挡了就往我头脸飞，这有何来由？"

箕侯回答："听说苏侯一对儿女善于以定制刑法来匡正苏人的行为，这叫嘉石，是处罚罪犯的警示之物，有花纹恐吓迷惑人，被他们兄妹炼制后有锋利的锯齿，不要格挡即可。"

司土官则轻松地说："嘉石再难破解也需要铃铛配合迷惑人，应该与我木铎一样是警示罪恶之用，诸位只要随身携带我的木铎，即使被石板迷惑双眼，也可搅乱铃声脱身。"

众宗师都称赞、感谢。

苏子退到了都邑内，对苏女说："父侯被擒，我军只能退守这座孤城，不如投降算了！"

苏女恨恨地说："不行，怎么能轻言投降呢、，不如我们趁殷人各行军的时候刺杀帝辛，顺便救走父侯！"

"这样很冒险的，不如投降，迁徙到王畿并不是什么坏事，还可保住我族人性命。"

"总要冒险一番才好，我昨日就轻易杀死一名宗师，据说还是帝辛的亲信，门尹官，我猜想行军之中帝辛身边应该没什么宗师保护的。"

"唉，可我遇到的宗师可是连我与父侯联手都无法对付的。"

苏女瞪着丹凤眼说："怕什么？那只是三个宗师以三敌一，算什么英雄！想起这个我就咽不下这口气，若是我在场，肯定可以刺穿一个！"

他二人让驯兽宗师守住都邑，带着一个苏侯弟子赶往帝辛军中，约定由苏氏兄妹去刺杀帝辛，引起混乱之后，再让宗师弟子去营救苏侯。苏氏兄妹借风在空中而行，远远看到殷人师旅朝都邑拔寨而出，则飞下来，从草木中靠近长长的队列。苏子对苏女和苏侯弟子说："帝辛应该在后军，战俘则会在最后面，等我们引起混乱之后，你便去后面找到父侯营救！"

他们等了一会，终于等到了有荣盖的战车，两人从草地上蛇行接近战车。司命官护卫，已经感觉到了百步之外草木中的杀气，他射出手中杀矢，苏女飞身而出，让过杀矢，朝冲过来的司命官抛出了嘉石。

司命官仗着身上系着木铎，把迎面而来的嘉石按在地上，刺出短剑，但苏女身上金铎铃铛作响，仍然使他心神意乱，疾气不稳，被苏女轻松闪过，而脚下嘉石随着铃铛声起了作用，司命官顿时被定住。苏女手起，三支金箭分别朝司命官头、胸、腹射来，他虽然被定住、神散，却仍然能以元气外放牵扯自己微微移动，稍微侧身，三支金箭都滑过身上的软甲而过，射在地上，复变成一支金箭，另两支是树枝。司命正要借星次之力摆脱，却被苏女以短剑插在他肩膀上钉住魂魄，就又飞身来杀帝辛。

苏子在看到苏女与司命官交手之后，已经潜入帝辛荣盖战车附近，正要攻击，被飞廉以一阵狂风突袭，定在地上。在半空盘旋的罗罗鸟群就俯冲下来吃苏子，但被他手指一钩，射出飞线缠住接近的两只鸟，身上铃铛作响，两只罗罗鸟魂被牵引反而扑向帝辛的荣盖车，飞廉急忙丢下苏子，便以疾风射飞那两只罗罗鸟，帝辛便叫："我这边有王后，快去抓捕刺客！"

苏子这边被罗罗鸟围住，他不能动弹，被咬伤头肩。这时苏女已经困住司命官，赶到，三支金箭把罗罗鸟打下来，但飞廉已经赶跑袭击帝辛的罗罗鸟，出手就以狂风冲击苏女，她连忙以嘉石甩出，使狂风偏向，顺势退到十几步之外。苏女看飞廉又要射出疾风，索性以疾气牵住司命官肩膀上的短剑拔出，大叫："放了我哥，不然我杀了他！"

飞廉正在犹豫，王后已经飞身到了半空，夜明珠强光刺眼，就在苏女以短剑遮掩之间，王后已经绕到了她身后，顿时她定在半空中的夜明珠一道强光射穿苏女肩膀，与她手中的夜明珠连接起来。苏女剧痛难忍，昏倒在地。铃铛声一停，司命官随即摆脱嘉石下来，惶恐地对王后说："多谢王后救命了！"

王后妩媚一笑："想不到连你也有被困住、需要救的时候。"司命官便扶起躺在地上的苏女，看她手臂、手腕、脚腕以及颈胸腹上都满系着铃铛，便上去解开，这才知道她身上的铃铛是纯金炼制的金铎，怪不得自己身上的木铎不起作用。

帝辛让把苏女叫醒，押着苏子问："你们可是苏侯一对儿女？"

苏子惊惶地说："是我们，虽然行刺，还望大王饶了我们，我们愿意率领苏邑举族投降。"

帝辛说："饶你可以，但她却饶不得，不但杀死我门尹官，还伤了我司命官。"

苏女现在剧痛难忍，便哭叫："阴险狡诈的殷人，不能凭本事，只会以多欺少，还偷袭！被你们这些小人杀了，我死也不服！"

王后、司命官和飞廉听了倒是都有些惭愧，若不是众人一起动手，还不一定能擒住她，而看她哭叫，不过是个十岁左右的小女孩而已。

这时，酒正官把苏侯与其弟子押了过来，原来，酒正官因为受伤，留在后军看守苏侯及苏人战俘，这名弟子一到后军就被他擒住，逼问之下，才知道苏氏兄妹来偷袭帝辛，便连苏侯一并带来交给帝辛发落。苏侯看到一对儿女被捕，颤声说："你们怎么这么傻呢？在都邑里等着鬼方军队来营救不好吗，为什么要跑来救我？"

苏氏兄妹都低头不语。

帝辛便说："苏侯，这下可由不得你不投降了吧，现在不但要把你们迁走，还要将你女儿赐死！"

苏侯听了急忙跪倒说："大王！我儿女是为了救我而来，并非有意行刺，可否看在我女儿年幼不懂事的份上，饶她性命！"

"不可饶恕，杀我卿大夫门尹官，一定要刑法处置！"

苏侯看不能以情说服，索性大骂："帝辛，你殷人难道不知廉耻吗？先是以三位宗师困住我，现在又以众位神力高强的宗师抓捕我一个未满十二的小女孩，你讲不讲道义！"

帝辛听了也觉得处死一个小女孩似乎有些过了，便说："你女儿年龄虽小，但是行事毒辣，再加神术高超，不能留下后患。"

苏侯又磕头说："若能留下我女儿性命，我愿意遣送她为奴，她修习神术的天资在我族人中无人能及，以后长大，必能为大王效力！"

帝辛犹豫，司命官便说："大王，此女能破伊耆氏也被挡在外面了的门尹官之门阵，确实了不起，可收在我麾下为奴，我会驯服她的。"

王后也说："处死一个好苗子，是可惜了。"

帝辛看到苏侯又磕头，便说："好吧，虽然饶恕你女儿性命，但要在宫中为奴，身体不得自由，且终身不得回你族人领地。而你族人，就随我迁入王畿吧！"

帝辛大获全胜，留箕侯守住苏地，这时苏侯因为受刑，已经身体残废，不好行动，便派苏子集合苏人，举族前往王畿。在战俘营中，苏女看着苏侯手脚残废，便哭着说："帝辛如此用刑，待我以后在宫中得到机会，一定再行刺杀！"

苏侯哀声说："女儿啊，现在不能纠结仇恨了，之前我不肯投降，是因为你与你哥哥天赋极高，又有鬼方军在北方虎视眈眈，这样即使不能打败帝辛，也可保存实力，以图日后。但现在你们兄妹二人被擒，殷人势大，这就只能投降顺从他们了，以图日后为我族兴旺打算。"

苏女说："可我还是咽不下这口气，他们只是凭人多而已！"

苏侯又说："唉，你年纪还小，老是争强好胜，其实在神术上你肯定是无人能及的，可你只有一人，神术再强也没用，一切都要为族人兴旺考虑！"

苏女边点头便哭诉："父侯，我已经很多天没能洗浴了！"苏侯抱住她，泪流满面地说："唉，你以后在宫中可更是要受苦了！若不能忍耐，怕是还会有性命之忧！"

司命官随帝辛大军一回到大邑商，宓妃就来了，司命高兴地去迎接，出门一看她只带了一些东夷侍卫，女儿并没有随行，高兴被浇灭了一半，冷冷地说："看来你这次还是不打算久居，是吗？"

宓妃淡淡地说："我此次是为大王送来训练好的东夷士卒的。"

"那你现在可以走了。"

两人沉默了一会，宓妃看他左肩没有带肩甲，便咬着嘴唇说："你伤好了没？"

司命讥笑她说："你不会每次来都是为了问我伤好了吧？"

宓妃心一软，靠着他说："我虽然不甘心与你久居在这里，但是会担心你的安危。"

司命冷冷地说："那就应该留着不走，比我们夫妇二人神术高强的宗师屈指可数，有什么是不能应付的？"

宓妃轻轻地说："好吧，待这几年你们有了对抗黎人的实力，宫中不再危机四伏之后，我便搬回来住。"

司命听了缓和下来，把她迎入内屋，两人一年未见，激烈地翻云覆雨了一番，宓妃躺在床上，抚摸着他受伤的肩膀说："看来我离开之前跟说你的都应验了，在大王身边要随时高度警惕，你看，连一个小女孩都可伤了你。"

"你不用劝了，我是不会离开大王的，尤其在这时候，二十余万苏人迁到王畿，正是用人之际，绝无可能离开。"

"但这也是黎人最有可能对大王行刺的时候，这下你无论在宫中还是外出行军，都是很危险的。"

"放心，我和寝正官都会内气外放之法，现在王宫中连一只罗罗鸟都飞不出去。我等一下还要去监视那个行刺的苏女，你去看一下就知道，如她这般天资聪颖的小姑娘，也破不了宫中的阵法。"

"你还把行刺使你受伤的女孩给收在王宫中了？这不是养虎为患吗？"

"她只是个十岁左右的小孩，虽然她跟你一样，也是背着故土的仇恨作为女奴羁押在此的，但我一样会把她驯服成大商的人！"

宓妃感叹地说："你不用再用旧情绑住我了，我说了，这几年过去了，形势好转，我就会回来。"

"那你去不去呢？"

宓妃点了点头。他们来到王宫内舍，等候寝正官，要同他一起去看苏女。宓妃得知有寝正官在，心中暗暗失望。寝正官到了，看宓妃也在，一愣，便笑着对司命说："嫂夫人回来了？真要祝贺了！"

司命略一皱眉，寝正官立即会意，说："我们还是去看苏女吧，任务要紧！"

寝正官故意落后，偷偷对司命说："她还要回冯夷宗族吗？"

司命怅然点头，寝正官便对他说："你为何不劝说大王把冯夷宗族迁入大邑商附近呢？"

司命不在乎地回答："让她去吧，冯夷宗族也算是我大商防备东夷的重要屏藩，我不可能因私废公。"

寝正官认真地对他说："这就是你的弱点了。"

司命听了点头会意，接着怅然若失。这时宓妃回头，给了他们一个漠然的眼神。

苏女到了大邑商之后，一连几天都被关在宫中内舍，她所在的宫室被寝正官以宫室阵法连接小司命处的木铎，只要她一走出宫室，木铎就会发出铃声，她只尝试了一次走出室外，被赶来的小司命抓住，用刑打得皮开肉绽，之后就不敢再逃走了。司命等人把她叫出大院，看她手臂上有伤痕，便问她："听说你逃过一次，是不愿留在这里吗？"

苏女本想脱口骂人，但想到苏侯的交代，便委曲求全说："我只是贪耍，想出去透口气，一时忘了你们的警告。"

司命看她脸上还有不服的神气，便说："我看你还是不太服气，你说和你父侯被擒是因为我们以多欺少，今天就来单独比试一下如何？"说罢，把她的铃铛软甲和短剑递给她，又让小司命递上嘉石和宝玉，问："这个需要吗？"苏女撇撇嘴说："不用了，我看你们也没带法宝，就这样比试本身的神力吧！"

司命便说："好！"他指着寝正官说："这位是擒住你父侯的寝正官，而我是大王身边的有司官，你说要挑战谁，只要你赢了，可放你回去与你族人相见。"

苏女盯着司命说："这只是你说的还是殷王的意思？"

司命回答："虽然是我说的，但可以保证大王会同意，对吧，寝正官？"

寝正官便点头，苏女便当即答应。

司命又说："如果你输了，又当如何？"

"我可誓死为大商效命！"

"好，你说要挑战谁吧。"

苏女心想，司命官见过我的神力，还是与寝正官比试机会大一些，便对司命官说："你没有把我的神力跟这个人说吧？"

司命微笑："我是没有说过的，而之前军前讨论过用木铎破你神力，但似乎没有作用。"

苏女高兴地说："就他了。"

苏女持短剑在手，朝寝正官猛然刺出，立即三道疾风射向他，但其中一道疾风是射向他脚下的地面的利刃，切开了石板。寝正官刚往半空中导出两道疾风，但第三道疾风一着地，他便觉有些失神，急忙后退，脚下猛地踏地震动，化地为阵。

苏女看寝正官瞬间后退了十几步，急忙追上，又要射出疾气，却突然觉得全身被震荡的有些发软，她急忙朝寝正官脚下踏地处射出短剑，却被寝正官一脚踢开短剑。随后，苏女被寝正官一伸手，拖了过去，稳稳地接住，举在头顶，问她："服不服输？"苏女虽然浑身铃铛乱摇，却发不出声音，丝毫不能动摇寝正官，只好服输。

司命笑着对苏女说："怎么样，你明白了吗，不是我们打不过你和你父侯，只是互有克制而已，若死战，一定可以互相牵制，而你却因年纪幼小，躲不开我们的神术。"

寝正官放她下来，她说："你刚才也说了，你们讨论过我的神力了，他才能及时退走，这做不得数的。"

司命认为她既然想过破解寝正官神术，自然是仍想逃跑，便对她说："这样吧，这位是须女，我的夫人，她刚从东夷回来，从没听过你和你父侯的神术，而且你们都是女子，与她比试可否作数？"

苏女便拿了自己宝物，响亮地回答："好，就这么说了！"

宓妃便说："我先出手吧，以免你会觉得我看过了你的神力，你却不知道我的神术路数。"说着她卸下了法器。

苏女不回答，她手持短剑，正在蓄力，全身铃铛作响，听得宓妃有些失神，她急忙散开魂魄，藏身水雾，朝天空挥动网罟，慢慢蓄积天地之力。宓妃聚起水流，直接朝苏女撞了过去，苏女尖叫一声，迅速让过，飞身上了高空。宓妃正要撒网，却随着苏女浑身刺耳的铃声，力不从心坠落于地，但她顺势旋转，以水雾震荡压制了被扰乱的心神。

苏女在半空看到，挥动嘉石朝水汽旋转中心射出疾气，宓妃以水汽旋转滑开这一击，却被嘉石翻转击中头部。幸好有藤网护头，弹开了嘉石，而这时候宓妃已经蓄积了足够的水流，虽然头晕，网罟仍然出手，罩住苏女周围的风，使她身上铃铛无法响动，扑倒落地。宓妃随即卸下她的短剑。

司命、寝正官都抚掌说："两位都是好神术！"

司命官对苏女说："我夫人是东夷人，原本不懂我们大商的神术，但她刚才用网罟蓄风力的神术是我教她的，所以说你若跟我们一起修炼，日后一定大有成就，可为我大商尽心效力，你族人也可感到光荣。"说罢，向宓妃瞟了一眼。

宓妃会意，扶起苏女说："我其实之前也是作为东夷俘虏到大商做女奴的，且也是行刺大王被捕。后来大王宽容，放过了我，再后来我便与司命相恋与婚配，你若是愿意在大商长居，这边人才济济，肯定会有个好归宿，之后你便可与你夫君尽心为大商效力。"

苏女点点头，答应了，司命便说："既然你答应效忠，我们就与你解开屋内的阵法，但你只能在大院内活动，抓紧时间修炼内气外放之法，若被我们发觉出了大院，可别怪我们对你施以极刑。"

寝正官等人嘱咐完便离去，路上，宓妃对司命说："这小孩之前对自己逃离遮遮掩掩，现在又含糊答应你们，看来不是个耿直的人，你们要注意她的欺骗手段。"

司命便说："我早已布置好了。"他转而对寝正官说："这小孩已经在思索破你的宫室阵法了，你在院内的布置怕是会被破解，而我已经在大院内把多棵大树的元气连接起来，让小司命予以监视，再来看她是否会逃离。"

第二天，宓妃便要离去，她说："我这次回去是训练士卒，待送来所有训练好水阵的五千人之后，我想冯夷便可偿清在东夷之战中对大商的蓄意报复了。"

司命质问："你留在冯夷宗族是为了帮他还清杀孽？你需要这么上心吗？"

"我只是为了心安而已，毕竟……"宓妃没有说下去，便离去了。司命知道她想说什么，心中很不是滋味。

司命等人刚走了一天，苏女正在屋内安心修习内气外放之法，突然门缝里射出一支金针。由于她正试着把元气遍布屋内，因此提前感应，轻轻躲开了，但随后又有一支金针飞来，比刚才的快一倍以上，饶是苏女有元气感应，也没能躲开，擦着脖子而过，钉在墙上。苏女急忙拿起短剑，朝门缝射出疾气，而木门却不能被射穿，她大感吃惊。这时门猛然一开，短剑也被弹回，被苏女以短剑往回一划，收入怀中。这时，两个少年闯入，其中一个正是少宗祝。苏女便问："你们是谁，偷袭算什么英雄！"

其中一个十四五岁的少年说："小妖女，我们之所以进门来，就是为了跟你堂堂正正较量，让你死个明白！"

少宗祝便说："这是郁垒，你所杀的门尹官之子，而我是少宗祝官，我们便是来为门尹官报仇的！"

苏女恨恨地说："哼！战场上本来就是刀剑无情，何来报仇之说，我父侯是被三名宗师围攻打伤，我岂不是更要报仇！"

郁垒大怒："早听说你这小妖女手段狠辣，想不到言语也恶毒，你受死吧！"

少宗祝便拦住他说："等一下！"又转向苏女："既然你说我们以人多欺你，便让我来跟你较量如何，到时候你可死而无怨？"

苏女轻蔑地笑道："这倒是可以，你若赢了，任你处置！"

郁垒不悦，对少宗祝说："现在不是比试神术的时候，况且我要亲手杀死她！"

少宗祝便说："我来帮你擒住她，到时候你来动手杀她，她便死而无怨！"

郁垒便退下，少宗祝拿起一支大常旗一招，风过苏女，她顿时感觉魂散，急忙捂鼻飞身去拿系满铃铛的甲衣。郁垒大喝："别想用法宝！"佩剑一划，地上划痕过处，就地竖起一道尘土门阵。

苏女飞身过去，手指才越过地上的划痕，便被郁垒挥起尘土划伤手指。她急忙缩回，以受伤的手指血抚短剑剑刃，然后朝少宗祝一划，铮然一声响，不但振奋魂魄，还挥出血滴剑刃把大常旗洞穿一线，但被旗后少宗祝躲开。少宗祝急忙拿出玉敦甩出细针钉在苏女伤口一吸，苏女手上、脖子上的血顿时飙出，被扯着吸了过去，魂魄也要随之散去。

苏女狠狠地以短剑切断细线，吸血细线与剑刃相碰，铮然有声，她得以暂时振奋魂魄，随即以内气外放朝墙脚移动而去。但她这样强行摆脱，顿时血流如注，伤口被拉扯得有碗口大小。

苏女移动到墙脚，朝少宗祝投出短剑。三道短剑射来，一道射在地上，闷然有声，少宗祝登时行动迟滞。这一迟缓，虽然他挥剑挡住了一道剑，但手中玉敦被另一道打碎。郁垒看到少宗祝输了，急忙上前要攻击，被少宗祝拦住说："算了，是我输了！"

苏女蹲在墙角，脖子上和手上被血染红了一大片，血腥味使她发昏，几乎不能说话。少宗祝从来没有遇到过意志力如此顽强的人，居然不顾出血，强行摆脱玉敦吸力，而且还是个小孩，便抱歉地问："你还好吧！"

苏女不答，听到郁垒对少宗祝大声说："她已经重伤，为什么不杀死她？"

"你刚才阻止她取法宝已经是以多欺少了，现在我最强的法宝都被她打碎，应该算是我输了，不能不遵守承诺！"

苏女因失血过多，有些发晕，她闻着血腥味，想到殷人背信弃义，昨日刚刚劝自己效忠，今日就有人要报仇刺杀，心中愁苦万分，又想到父侯、长兄都远在王畿，不禁流泪。少宗祝看她暗自抽泣，便说："我们不杀你了，你不用担心！"

苏女听了，转念一想，不如趁此机会，尝试出大院逃离沫城算了，即使大院有阵法，自己因触动而被抓，也不能怪自己。想到这里，她止住哭泣，恢复精神说："我可没时间跟你们两个小孩玩了！"说罢，飞身钻出屋顶去了。

郁垒大怒，叫道："小妖女，死罪可免，活罪难逃，你走哪里去！"说罢追了上去。

苏女以内气外放之法而行，一晃就出了大院，她出大院之时，以自身元气感知，果然感到了微微颤动感，便心领神会，继续朝城外奔去，郁垒在后面远远赶不上她。但她虽自行止住了血，终究之前失血过多，不能持久借风，才到城门就已经被赶来的司命率领小司命追上，被定住周身的风，擒住。司命把她带回，训斥了少宗祝跟郁垒，然后吩咐医人为她上了药，问："这伤口是你自己强行拉扯出来的？"

苏女应了一声，司命官赞许地点了点头，在医人上药时帮她扎起披散的头发，表示了对于她顽强意志的佩服，又对她说："虽然你是被他们刺杀所逼，但既然他们要放过你，为何还要逃走？"

苏女大声宣泄："你不是说要收容我为大商效力吗？怎么第二天就有人要报仇！叫我如何能信你！"

司命严厉地说："这是另外的情况，少宗祝他们会被处罚！我现在问你的是为何违背我的禁令！"

苏女默然，司命接着说："据说你以前在苏国也是参与制定了刑律的人，应该懂得有禁令就必须严格遵守的道理吧？现在你故意借刺杀试探大院阵法，该当何罪呢？"

苏女只好说："我并不是有意要逃的，是怕他们不守信用，我已经失血过多，不能留在屋内了。"

司命大喝："还要狡辩！你完全可以大喊叫人，小司命就在附近！"

"当时头绪纷繁，没能想到这些。"

司命缓和说："事已至此，说这些也没用了，现在你已经触碰到了院内阵法，自然不能留你在这里了，等你伤好了之后，就送你到典丝官手下为奴，这样你将不能再使用神术，与其他战俘一样，等三年期满，确定你不敢反叛之后，再放你出来，为大商效忠！"

苏女立即大声申诉："凭什么我要为奴，是他们要刺杀我在先，我是被逼的！"

司命喝道："还敢以言语取巧，你的出逃之心，人尽皆知！"

苏女随即软了下来，跪倒哀求："能不能放过我这次，下次我不敢了！"

司命叹息说："你已经触碰阵法，我们对你的试探就已经结束了，再加上大商的惯常刑制，宗师战俘必须为奴三年才能获得自由。"

苏女听了，瘫倒在地上。司命扶起她说："你也不用过于担心，你的天资我们是知道的，这三年你安心些，等释放之后，我再教你神术，为大商效力。当然，你也不用再想着逃走了，你若逃脱，大王必定拿你父侯顶罪。"

听了这话，苏女就流下泪来，司命官怜爱地为她抹去眼泪，抱她入怀说："我知道你为一国侯女，而为奴的生活起居比这里差，你可能会挺不住。但你既然修炼意志力之术，自然要学会忍耐。"

苏女啜泣地点点头，司命官欣然对她说："三年很快就会过去！"

过了几天，苏女便被送到了典丝官手下，作为丝线制作的女奴，周围不但有罗罗鸟监视，还有大树之间连接起来的元气。因为她会神术，脖子上便被套着金圈，上面系着木铎，一御风便会被金项圈拉紧、木铎振响镇魂，金项圈会把皮肉撕扯得疼痛不已。

作为女奴，苏女感觉又回到被擒之后在行军途中的那一个月的生活了，不能洗浴，饮食极差，也没有行动自由，她浑身尘土，弄得对自己身体都开始厌恶。现在虽然身上干净了不少，却仍然与她作为侯女的身份天差地别，几乎无法适应。但她想到父侯的交代，只得隐忍。

少宗祝来看过她一次，告诉她："你放心，门尹官之子并不知道你被安排在这里，他虽然还想杀你，却无法找到你了。"

苏女很不高兴地说："你跟我说这个干什么？"

"我有些内疚，毕竟我们为了报仇，围攻伤你，太有违道义了。"

"哼！我在这里只有你知道，命在你手里，你不说出去就是万幸了！"

少宗祝叹了口气："看来你还是不愿意相信我，其实我是看你意志坚强才为你解围的，并不图什么。"

苏女没有再说话，事已至此，她不想再多添烦恼，少宗祝便悻悻离去了。

姜望夫妇扬威篇

帝辛出征苏国回到大邑商一个月，二十余万苏人仍然没有安排好住处，而两万王师驱使这么多人口有些应付不过来，司土官、田畯官，甚至司命官都去了王畿监管，而黎人则以人口迁徙引起的田地纷争为借口，出兵王畿，占领了部分田地，让之前迁到黎地的殷人占据使用。帝辛知道了也不敢出兵，因为这时，二十余万苏人近在王畿，如果与黎人开战，他们随时会趁势造反。

这时，风师来报说："犬戎劫掠阮国，邰氏现身，西伯出兵征伐了。"帝辛随即找众宗师商议："邰氏这时候现身，看来之前对西伯的怀疑是对的了。你们是否有办法制衡西伯？

飞廉说："西伯宿敌有崇侯、密须，而密须以犬戎为后盾，只要在西伯征伐犬戎的时候让这些邦国进攻西伯即可。"

司土官又说："犬戎王其实并不会田阵，之前田畯官与西伯世子一起劫掠犬戎的时候，我发现只有田畯官所袭击的昆氏宗族有田阵，所以，我怀疑邰氏所投靠的是昆氏，犬戎王则并没有得利，这一点可以利用。"

帝辛点头："好，那就让风师传信给犬戎王，让他注意邰氏与西伯勾结之事，另传信给崇侯、密须伯，可一起出兵救援阮国。"

在渭水小邑，姜望刚收到西伯传来的消息，要求随同征伐犬戎，便问申姜："这次申戎要不要出兵？"

申姜仰着脸说："当然要去！西伯肯定是想借征伐收降邰氏，不过他既然喜欢拿军功来框定我们，我们就给他来真的，劫几个犬戎宗族！"

"那我随军，你去劫夺财货？"

"当然，若是一起出征，西伯定然因为不敢过于得罪犬戎，会约束我的行动——到时候你只说我去找义渠联合进攻便好了。"

姜望高兴地说："我们的借法之法已经有了小成，这次就算遇到邰氏，也不怕他了。"

姜望便率领部分原周人降卒来与西伯世子姬启姬发会合，来会合的方国还有阮伯、莘伯与麇伯，姬启便问："孟姜怎么没来？"

姜望答："她要联系义渠一起进攻犬戎。"

姬发急忙说："不可擅自行动，我们这次只征伐劫掠阮国的昆氏宗族，不可涉及其他犬戎族人！"

姜望装傻说："但她已经去了，我传信给她，让她进攻昆氏后方吧！"

姬发急着又要说话，被姬启拦住说："算啦，那你去传信吧，"他嘿嘿地笑着说："义渠王以前曾是孟姜的追求者呢，姜望兄，你可要注意了，我看最好是亲自去与她会合。"

姜望忍不住说："应该没有关系，我只在这里等她消息就好。"

五师约定一起行动，除了麋伯因为没有训练士卒阵法，作为后军之外，其余四军以井田阵法齐头并进。姬发这时对姬启说："你干吗要阻止我说服姜望？申女去攻伐犬戎，肯定是劫掠去了，前年我们抢回了犬戎掠夺渭水诸国的财货，犬戎王已经很生气了，这次若是再被申女劫掠财货，犬戎王肯定会跟邰氏翻脸，到时候邰氏怕是不好脱身。"

姬启轻松地说："放心，没事的，我们让邰氏去通知犬戎王和昆氏就好了，他们布下重兵，拦住申姜，邰氏不是立了功？"

姬发急着说："怕就怕申女猜到我们的计划，要趁机取利，以骑兵迅速劫掠的话，传信都来不及啊！"

姬启也有些慌了："那要不，现在马上传信？"

姬发则说："事已至此，如果被申女截取了财货，只能顺势让邰氏与昆氏翻脸了！"说完，他便去传消息给邰氏了。

果然，邰氏传信给昆氏和犬戎王的时候，申姜的骑兵已经接近犬戎宗族了，而这时，犬戎王大军尚未调集，昆氏大军则都聚集在阮国这边，后方一片空虚。犬戎王随即与昆氏临时调集人马往后方宗族救援。他们到达时，申姜与义渠王已经运载了几个宗族的财货上车，分头准备离去了。昆氏辨认申戎旗号，便对犬戎王说："你去对付义渠王，我来对付申女！"

申姜在空中早看到昆氏来救了，便命令驭马骑兵留下，掩护财货兵车撤退，她自己便下去插入金针布阵。

昆氏骑兵一到，两军各以阵法混战。犬戎骑兵以旗帜带风调节风气聚力，申戎骑兵则一人一马佩戴金针，地下草木也有金针埋伏，不但能飞射定住敌军气血，还能借草木气打出。昆氏看自己的骑兵在打斗中气血不济，知道是地下金针作怪，急忙命令麾下宗师以金铲把金针扯出一大片，总算突破了防线。但接下来两军混战，即使申戎兵少，仍然坚持抵住了进攻，因为申戎骑兵打出的金针搅乱了农田阵势，而金针钉在地下所聚起的网索之力又将敌人的草木冲刺搅乱了，由此犬戎骑兵的冲刺力减弱，而申戎骑兵则攻击范围扩大。

昆氏看到犬戎骑兵一时不能前进，只好大叫："申女，前次还你财货、与你战俘和解，如今又来劫掠，是何道理？"

申姜仗着自己最近神术精进，飞身上了高空大叫："怎么样，你要比试吗？"她话音未落，昆氏骑着山浑兽激发元气，将蓄积了十步的飞玉附在长戈上冲刺甩出，申姜早已随水汽风移动到一旁，短剑顺着飞玉冲刺过来的反方向挥动，她身后迅速聚起大量疾风。一块巨石被她引来与这道强劲的飞玉相撞、炸裂，地面上的士卒吓了一大跳。碰撞的余波随即袭来，逼得申姜急忙避开了这激烈的撞击。

昆氏呆若木鸡，他这一击没想到申姜不但正面迎击，还能有力量御使大石在空中拦截自己蓄积最大力量打出的飞玉，这个女人力量居然能超过壮汉！

申姜挥舞短剑，以草刺直刺过来，昆氏急忙以农法散去她短剑上的草刺，申姜刚接近他，就感觉周围风乱、如入软泥。但她已经借风回旋，左手持佩刀牵起身后的金砂，往昆氏脑门上划过。

昆氏正在散去草刺，不能分神，但他坐下的山浑兽感觉金砂一到，急忙伸头一扬，大吼拦截。但申姜牵引的金砂太剧烈，不但"嘭"的一声，抵消它口吐的草刺，还把猴头打烂。昆氏反应过来，弃了山浑兽，以元气疾行，躲入士卒群中去了。

申姜剑指不舍，挥出一道疾风呼呼跟随，就在昆氏刚落地的瞬间，疾风加速撞在他背后，使他口中吐血。如果不是甲胄上系着黄玉弹开部分攻击，已经被杀。昆氏急忙借地藏形，躲在士卒中，随即命令军队撤退。申姜则被士卒朝半空刺出的草刺逼退。她也因为要指挥士卒和财货战车离开，对方又人多，不便缠斗，便也指挥战车撤离了。

犬戎王那边，与义渠王势均力敌，两下互相争夺，无奈犬戎人多，义渠王只得留下财货车辆，保护了自己的骑兵空手离去。

姜望他们这时与郜氏率领的犬戎步卒布阵交战，郜氏命令步卒以盾牌防守为主，聚在阵中，因此四军得以将犬戎步卒包围。才酣战了一盏茶功夫，姜望等人就听到姬启姬发大叫："郜氏被擒，你们犬戎还不投降！"接着，姜望、糜伯等人看到姬启将郜氏绑缚在空中，犬戎士卒看了都倒戈投降。

姬启姬发接着带领五师去劫夺了昆氏一个宗族的财货，得知昆氏援兵到了，只好急着返回阮国边境。而这时，昆氏才带着骑兵赶到，听士卒报告说我军被包围，郜氏被擒的事，大怒道："随我去袭击周人！"

昆氏带领骑兵追击，在阮国边境追上，两军又是混战，犬戎骑兵虽然人多，但也一时无法推进。昆氏不顾有伤，上得半空就大吼："姬启姬发即刻出来与我较量！"但除了有从军中蓄力的草刺攻击之外，宗师并未露头。

昆氏大骂了一会，看没人出来，而军队又不能推进，只得命令士卒撤退，与刚刚赶到的犬戎王军会合。军营中，犬戎王与昆氏商议说："郜氏神力高强，怎么可能这么容易被四国师旅所擒？"

昆氏一刀插进案几说："一定是故意投降的！郜氏这厮，虽然三番四次跟我保证不会再回周邦，想不到还是借机回去了！"

"前些天殷王传来消息，说让我们注意郜氏会与姬启勾结，果然是这样！"

昆氏越发愤怒道："郜氏之前还保证与我们合作，劫掠渭水诸国的财货，现在看周邦得到了其他各国支持，便马上叛逃了！"

犬戎王则说："但他战前提供的情报倒是对的，我们果然遇敌，我则抢回了财货。"

昆氏连忙说："大王不可被他迷惑，此次我们正好集合兵力，劫掠渭水诸国，夺回财货！"

犬戎王答应说："就怕各国阵法难破，可再联络密须，就以帝辛的名义，说周邦与郜氏勾结，借此劫掠！"

姬启姬发率领残余士卒进入共地修整，这一仗虽然获得财货，以及犬戎战俘，却在撤退的时候因抵御昆氏消耗殆尽，战俘都无法看管。各国首领就在阮国，姬启对跪在地上的郜氏说："郜氏，你逃亡犬戎，现在是否愿意为我渭水诸国效力？"

郜氏急忙回答："我本周邦将官，不得已逃亡犬戎，愿意再为周邦效力。"

姬启则顾视莘伯等人，他们皆说："只要郜氏今后愿意对抗犬戎，便可收留。"

姬启便说："这次夺得犬戎财货，全仗各国配合，现在所得战俘与财货，我周邦俱不拿取，就分给大家吧。"

莘伯等人大悦，点头称谢。这时，暗哨来报说："昆氏与犬戎王会合，已经朝我国边境行军，而密须伯也传信来说要发兵，抓捕郜氏！"阮伯急忙对姬启说："世子，我早说不该劫夺犬戎财货的，现在两面来袭，如何是好！"

郜氏随即出列说："阮伯放心，我熟悉犬戎骑兵阵法，我去退兵！"

姬启则说："密须伯借口入侵，实在可恶，姜望兄，你可愿意去迎敌？"

姜望便点头答应。这时又有传令官来报："崇侯说周邦与郜氏勾结，与芮伯联合占据了程国，还说要出兵麋国。"

麋伯急忙站起来说："恕我不能随军出征了，要赶回国去查探。"

姬发便说："麋伯回国，需要与程伯、岳氏联合出击，若他们不愿出兵的话，则只好坚守待我们前来相助。"

麋伯便说："理会得。"

姬发送麋伯出营之后，在营外大声号召："各位将领士卒，现在我渭水四位首领联合，夺得了犬戎战俘和财货，决不能再被犬戎夺回，不然，不但阮国土地人口丧失，今后我渭水诸国都要被犬戎侵扰，胜败在此一战！"

姬启姬发与郜氏、莘伯、阮伯发动共地的周人降卒看护犬戎降卒，率领所有士卒到达边境，与犬戎大军阵法交错、混战。郜氏看己方人少，逐渐支持不住，便对各国首领说："我熟悉犬戎宗师和首领的所在位置，愿意混入敌军偷袭！"

阮伯最急，这一仗若是失败，阮国很可能就此灭亡，他急忙说："赶快过去，不然我军撑不住了！"

莘伯也急道："得手了立即迫使犬戎退兵！"郜氏便以犬戎士卒装束，混入没有阵法的犬戎王大军中去了。

不多久，他便找到了犬戎王所骑的戴着一目面具的巨蛇，但犬戎王身旁的山浑兽立即嗅到了他的气味，口吐砂石，狂奔着朝他藏身处冲了过去。邰氏一路以天地气蓄力，已经蓄积了足够的冲击力，他以黄玉迎着砂石一招，数只山浑兽都被黄玉砂连着草刺打坏、刺穿。周围的士卒也鼠窜散去。

犬戎王大惊，看到侧面狍鸮和犬戎士卒突然被一阵旋转飞舞刺穿，倒一大片，只邰氏一人持剑朝他刺了过来。他坐下大蛇反应极快，腾空绕着射过来的黄玉，张口直扑邰氏。黄玉缠在它身上，减缓了冲力，犬戎王趁机往左右宗师群里要躲。邰氏短剑被大蛇在空中咬住，他本人则凭元气感应朝地上移动，躲过大蛇，以佩刀钩住草木，众宗师，包括犬戎王立即被脚下绊倒。大蛇在半空中收不住势，从邰氏头上掠过摔在地下。邰氏顾不上大蛇，只以佩刀蓄力，看准犬戎王的所在一划地面，对面站着的宗师被打翻，犬戎王陷在泥土里的地方猛地草藤飞扬，把他震飞。

众宗师急忙去扶起他一看，双脚血肉模糊，在地上大叫："不要管我，快去杀了邰氏！"宗师们急忙放出法宝，半空中一块狗皮朝邰氏盖了过来，前面则有数块烧红的石。

邰氏仍然被石块飞过发出的热浪灼伤，毒气侵袭也使他头晕，待他划开头上的狗皮，宗师又投掷出石块，使他不能腾空。山浑兽也越来越多。

邰氏奋力压制体内毒气，将黄玉猛然举起冲破头上狗皮，山浑兽投掷而来的石块则被他挥舞的旋风抛向上空。邰氏趁机从半空中飞走，他边飞边大呼："犬戎王重伤死了！"

犬戎王大怒，挣扎起来说："不要退兵，我誓要杀邰氏！"但众宗师都说："大王双脚没了，全身出血，不如先退去治疗！"

犬戎王恨恨地答应一声，犬戎骑兵便开始撤退。昆氏那边看到犬戎王撤退，也只好退去了。而这时，阮国举国兵力都已经丧失殆尽，看到犬戎军撤退，士卒都欢呼雀跃。

这时，在密须与阮国交界的西南边境，姜望正在与密须伯对峙，密须伯隔着阵前大叫："姜望，你既然是大商之人，不可维护邰氏，那是大商罪犯！"

姜望便说："邰氏已经投靠我渭水诸国，密须伯你若是愿意，可分你部分犬戎战俘和财货，你可就此退兵！"

密须伯哈哈大笑："我既然带兵来了，定要擒住邰氏而归！"

姜望心想，我的士卒少，以阵法也不能维持多久，不如先降服密须伯！他想着急忙飞奔而出，朝密须伯急速奔来。

密须伯看姜望一人来袭，大笑着让几匹骀吾上前冲击，从三面朝姜望奔来，但被他迅速腾空避开，而骀吾居然收不住势，加速撞在一起。密须伯大惊之间，姜望已经冲过骀吾阵。他急忙对着姜望挥出手中马鞭抽中身前路鼓，半空一响顿时三方鼓声回应，姜望一震，不自主地跟着这鼓声震击朝鞭子冲了过去而收不住势，身下大片草木都在擦擦闷响。

这时密须伯手中已经亮出剑尖要朝姜望飞出，旁边的骀吾嘶吼着，都朝姜望扑了过去。而姜望既然因身体节节震动而无法大幅度用力，也就无法射出金钩钩住草木，来借柔韧气逃开，而两边骀吾已经扑来。姜望只好钩动手指射出金钩，钩中左边飞奔而来的骀吾，奋力微微拖动，使其稍微斜向加速飞奔。这骀吾飞奔顿时快了一倍，抢在撞上姜望之前飞奔过他面前，撞向右边飞奔而来的骀吾，把它撞飞，而姜望也在骀吾相撞爆响，就在这鼓声吸力弱化了的一瞬间能活动了。他急忙大力钩住身下灌木，牵引自身甩往密须伯阵前。

密须伯及其左右宗师看了都惊得目瞪口呆，就在他们失神的时候，姜望已经俯冲到密须伯头上，以蓄气的大刀砍下，左右宗师急忙出手，一边使镰刀暴长伸长到半空格挡，一边使马头刀迎击。

姜望下砍的大刀与镰刀相撞，被钩住脱手。镰刀一缩，把大刀拉到地下去了，而他这一砍的疾气也与马头刀的疾气相撞，在密须伯身旁"嘭"的一声巨响，地上的密须伯等三位宗师都被震开，他们坐下骀吾都震颤得软脚倒在地上。

半空中的姜望大刀刚脱手，左手所持佩刀，顺着大刀挥动轨迹早已划出，集聚了一股与之前同样强的斩劈朝密须伯飞出。密须伯这时正被震下马去，失去平衡，根本来不及躲避，被佩刀砍中手臂，嵌在半个上身上拔不出。姜望大刀则已掉入士卒群，也不好继续袭击，看到得手，定住身体便飞身退了回去。

密须伯旁边的宗师急忙扶起他上马，急急退兵回去了。姜望回去领功，正好与击退犬戎的三国军队会合。这时，姬发已经收到姜望得胜，前来会合的消息，惊讶地悄悄对姬启说："想不到姜望居然能击退密须伯！"

姬启也骇然地说："我也是刚刚收到探马来报，说是姜望一人去会密须伯军，在阵前把密须伯砍伤，不知用了什么神术！"

姬发黯然说："姜望有此绝技，怪不得他夫人敢独自带兵去劫掠犬戎宗族，而他也敢这么爽快地答应独自迎击密须伯。这样下去的话，郃氏怕是很难收回郃城了！"

姬启便恨恨地说："只有先维持现状了，唉，我郃城田赋不知什么时候能够收回！"

众位首领领功，阮伯因为损失了兵力，要求获得大部分财货，战俘则由郃氏与莘伯分得大部分，姜望则分得了部分财货，他笑着对姬启道："世子，这次我击退密须伯，保证了阮国与众位首领没有后顾之忧，凭此军功可以管理郃城吗？"

姬启只得勉强笑着说："姜望兄作战勇猛，当然可以。"

姬发则说："宗师能击退密须伯着实不易，密须伯是先牧氏的后裔，若以牧马之术①来说，他和他的手下在渭水沃野无人能敌，我竟不知宗师还精通牧马之术！"

姜望便说："我只是靠阵前袭击，侥幸取胜，其实我也中了他的神术，差点被杀，就在生死一线间！"

姬发与姬启对望一眼，便说："首领果然是奋勇争功，令人不得不服！"

姬启姬发便带着郃氏回到岐山，西伯亲自迎接，对郃氏说："六年啦，宗师终究回到故土，不容易啊！"

郃氏也下拜泣道："西伯为了我能堂堂正正回到故土，运筹帷幄，终于一战成功，其中艰辛，实在是只有我能体味！"

西伯笑说："好好，能安然回来就好。"

姬启便说："郃伯既然只身击退犬戎，这下帝辛不会再来找他问罪了吧。"

---

① 先牧氏为根据先牧神杜撰的部族，不一定就是密须国这一脉的黄帝后裔。据说先牧是一个首创骡化野马的部族。

西伯便说："虽说如此，但我们与犬戎可是成为宿敌了，现在我岐山士卒消耗殆尽，而渭水诸国又都不愿抵挡犬戎骑兵，这可如何是好？"

姬启恨恨地说："这次都是申女劫掠犬戎惹的祸，他申戎得到财货，我们却要为他们顶罪！"

姬发则说："听说昆氏追击申女，也被打伤，姜望夫妇到底修炼了什么神术，如此厉害。"

西伯便说："应该是在继续之前阴阳之法的修炼，这个姜望既然有如此悟性，你们便要注意拉拢他，最好是让他成为我们麾下。"

姬启说："姜望依靠申戎，怕是没那么容易投靠我们的。"

姬发则说："也不尽然，申女劫夺犬戎，而姜望又打伤密须伯，这下只要我们稍微挑起事端，犬戎就会与密须联合征伐申戎，到时候姜望只得向我们求救。"

姬启抢着说："对！趁机逼他们退出邰城！"

西伯点头："嗯，姜望本身兵少，只要打败申戎，他就没了兵力来源，到时候再让他给我们带兵就行了。"

邰氏说："兵力方面，岐山原本在自己田地里训练的耕夫应该可以使用了，我们这一仗消耗极大，就算是帝辛怪罪下来，我们也无所谓了。至于邰城，我会让我的长子给姜望帮忙收取田赋，他聪明伶俐，定能帮我们传递消息。"

西伯点头。

姜望喜气扬扬地回到邰城，对申姜说："你没受伤吧？"

申姜笑着抱住他说："嗯，躲开比我们平时修炼的时候还轻松，不过昆氏的攻击可比平日里我们互相攻击的大多了，那撞击，当时整个战场交战都被镇住了。"

"那就好，可我却差点又像去年遇到邰氏那样撞上剑尖了呢！"姜望把事情说了一遍。

申姜惊讶地说："你怎么这么不注意呢，出击前先像邰氏那次一样以金针布下阵法呀！身外没有阵法凭靠，你中了神术怎么能脱身呢！"

"谁知道密须伯一声鞭响竟然是法阵呢！"

"密须伯为先牧氏族裔，应该是振鼓驯化野马之术，除了宝玉蓄力压制之外，借的则是你周围的多面大鼓之力，但你若是会牧阵，身上便可以早与身下的牧草一路连系，就算中了神术不能动弹，也可震起牧草扰乱震动，甚至脱身、御使草藤还击。"

姜望大悟点头，申姜突然掐住他的腰，使他气血加快，全身发烫，说："看你还不愿意学我的牧法！"

姜望趁全身燥热一把紧抱住她，使她也气血翻腾，他说："这不就不用学了！"

申姜气急，虽然全身燥热情欲翻涌，却强行镇住，继续用劲。

姜望自身先不能忍，只好开始镇住气血，说："好啦好啦，今后一定学！"

申姜松开他，喘着气说："这还差不多，对了，我们这次抢了这么多财货，用不完怎么办？"姜望还没来得及说话，申姜便说："拿去互市！去找胶鬲氏互市，你说呢？"

姜望说："也好，多换些金铜之器，你们申戎不产金铜，这可不是我轻视你们哦！"说着就飞奔出去。

申姜大叫着追了出去，说："你还想吃苦头哦！"

姜望上了高空，回头大笑说："在空中你不能借力牧草，而借力天地气之术你只跟我学了皮毛，你怎么可能赶得过我呢！"

帝辛收到了西伯、犬戎、密须和崇侯的消息，与众宗师商议说："这下西伯又要开始恢复六年前的实力了，是该扶持还是该压制？"

司土官说："只能扶持了，再找借口限制有功之人，无法使渭水诸国信服。"

司命官则说："这样一来，我大商在渭水就没有任何影响力了。我有预感，不出三年，西伯就会重新征服渭水，这样的话，不如加紧扶持崇侯、密须等国制衡西伯。"

帝辛说："好吧，那就取消对西伯的限制，同时送以海盐、金铜等器鼓励崇侯、密须，允许他们征伐西伯。"

帝辛解除对西伯的禁令，岐山便立即集合原本在各自田地里耕种的庶人，把他们编入郘氏、姬发、姬启、檀氏的麾下，分四师，共得万余人。驻扎在程国的姬鲜也赶回来分派士卒，问西伯说："父伯，我何时能够率领一师？"

西伯便说："你现在的任务是把莘伯的次女迎娶回来，有没有问题？"

姬鲜高兴地说："多谢父伯支持！"

姬发在一旁听了说:"父伯,在少姒女为我夫人送婚之时,季弟周氏与她极为合意,所以才会问出莘伯对结盟的想法,请考虑让他去有莘国。"

姬鲜立即大声说:"父伯有命,怎么能违抗?况且长幼有序,哪能乱了伦常!"

姬发便说:"可问季弟心意。"

西伯便叫周氏来,他即说:"父伯,我去的话,一定能够娶回少姒女,而三哥前次去了,却未能将她娶回,我想为了结盟大局,请务必派我前去!"

姬鲜待要说话,西伯打断他说:"你们俩同去,多一个人多一些胜算。"

于是,周氏、姬鲜一起出发前往有莘国,他们各自带亲信骑快马前往,互相都不愿意说话,周氏看快到有莘国了,便对姬鲜说:"快到有莘国了,父伯既然派我们俩都来,可先不必向莘伯提请联姻之事,可等莘伯问起再提请。"姬鲜哼了一声,答应了。莘伯出宫门迎接,先由姬鲜拜见,等他退下后,周氏再来拜谢,他一拜后,向莘伯献上青玉圭配上锦帕,说:"小子在有莘国期间将我随身法宝青玉交予伯父保管。"

莘伯奇怪地问:"这是何故?"

"我平时以此法宝蓄力,为戾器,因此做客期间交予伯父保管,可将锦帕展开、包裹,与伯父法宝置于一处。"

莘伯看了一眼锦帕,上面用草叶编织着一株薰草,当下会意,微笑说:"好,就由我暂时保管了!"

后面的姬鲜只是听到对话,却不知道青玉有什么特殊作用,又不愿意问周氏。莘伯便让他们进宫,自己则将周氏之玉带到密室,他取出一支飞箭轻轻一扔,结果感觉气血充沛,飞箭随即插穿墙壁,便心下会意,出来吩咐设宴在宫中款待两人。周氏、姬鲜看到少姒女坐在对面,已经长成少女,端庄秀丽,举手投足气质高雅,顿觉满堂都被她照亮了似的,而她只抿嘴浅笑,似看非看地注视着对面的两位世子。周氏看姬鲜仍然目不转睛,便定了定神,朝莘伯说:"伯父,此次我们前来,主要是为了邀请伯父和少姒女前往岐山参加我们的治兵礼的。"

姬鲜听了不甘落后,忙说:"是的,少姒女前年曾经与我同往岐山送婚,这次正好去看望她大姐。"

莘伯笑道："西伯复国，我一定会去观礼，但不知二位世子现在麾下已经有了多少人马？"

姬鲜便说："小子虽然没有单独带兵，但是驻扎在程国的渭水驻军将领之一，前次还击退了崇侯芮伯对程国驻军的偷袭。"说罢，朝少姒女自信地笑了笑，少姒女也回了他一个浅笑。

周氏则说："小子暂时没能带兵，但正在炼制能够鼓舞士气的法宝，有了此宝之后，激励士卒将可不再局限于借助天地草木土肥之气，还可激励其元气。"

莘伯饶有兴趣地说："哦？照你说，井田阵也不如你的法宝了？"

周氏滔滔不绝地说："革新的井田阵其实已经在御使人气了，或以小股士卒各守其旗帜聚力，或听命于中师将领聚起或散去攻击，都是以士卒或凝神于旗帜，或凝神于命令而举动，这其实不在于草木之力，而在于他们对号令的严格遵从。但若是士卒过于凝神于草木、土石，则实际上是在浪费了士卒平日在井田里训练的合力了，其若能为阵前所用，可大大强过法宝临战借助的草木之力。"

莘伯思索着说："你倒指出了一条神术修习之路，可即使是邰氏这些精于井田阵的宗师，好像也只是以号令聚积水、土、草之气，而不会以号令宝玉向士卒本身借力。士卒毕竟不是宗师，你让他们配合号令施展体内之气，还不如驯养猛兽实在。"

周氏大声说："我们勇士身上所藏潜力绝对不会弱于猛兽甚至灵物！我岐山前几年以小田阵法革新井田阵，是为了充分发挥后排士卒守护前排虎贲的互助能力，已可看出士卒本身的潜力；现在若还小看士卒，则必然退回过于依赖猛力和速度的狩猎氏族之间的战斗去。"

"你可炼制了法宝？"

"暂时还未大成，但可小范围一试。"

姬鲜在一旁早就不耐烦了，说："既然还未能练就，何以说明能够使士卒训练得比猛兽还强？"他朝莘伯一拜说："小子有祈福之法，可献给伯父及诸位。"他说完朝天井处射出一支箭，然后以迅速拉回，天井顿时缓缓涌入微风，姬鲜手持着箭绕着大堂牵引着微风，使其慢慢充斥着大堂，而室内火烛的熏烟都被置换出去了，众人顿觉一股香甜之气笼罩，神清气爽。

莘伯抚掌说："好神力！居然能够引入天气与草木魂气，我渭水诸国的宗祝神力都不高，看来世子的魂术大概可以与大商的宗祝官媲美了！"

姬鲜一拜说："我来的路上看到宫外有一片丹木林①，便借来此树林之魂气，让芳香充斥大堂，应该还有促进食欲的功效。"

在场众人都议论纷纷，都说："居然能从这么远的地方借魂，一般只有遮天蔽日的大常旗才能做到！"少姒女朝姬鲜注目，甜甜地笑着，姬鲜顿觉神气更加劲爽，兴致满满地回到了座位。

莘伯便说："好了，今天暂且散了宴席，两位世子留住，过两天再为两位送行。"姬鲜听了有些发呆，自己明明占了上风，莘伯为何还不宣布许婚给自己？他望向少姒女的时候，只见她收敛笑容，刻意回避。

这两天，周氏、姬鲜也没能见到少姒女，只能四处闲逛，莘伯则仔细查看了周氏寄留的青玉，发现这青玉不但能催人发动更猛烈的冲力，而且能使蛇群提升攻击。

两天后，莘伯为姬鲜他们送行，便让少姒女亲自去请周氏赴宴，周氏看到少姒女娇羞地来叫自己赴宴，知道自己赢了，便欣然前往，在路上与她说了不少情话。而姬鲜来赴宴的时候，看到周氏居然与少姒女一同到场，心中便有不祥的预感。

宴席上，莘伯说："既然二位世子亲自来邀请，我便随二位去岐山，而这两天少姒女与世子周氏情投意合，我准备将少姒女许给周世子，不知世子意下如何？"

周氏连忙离席，到大厅中间下拜说："小子与少姒女自岐山一别就甚是想念，这两天才知道她也与我合意已久，现在伯父许婚，实在感激涕零！"

旁边姬鲜紧握拳头，敢怒而不敢言。周氏带着少姒女与莘伯同行离去前往岐山，莘伯奉还青玉给周氏说："世子此宝原物奉还，我不能领受，但相信世子今后一定能开创一路神术，名满天下！"

---

① 丹木，《山海经》里的丹木果吃了可以不怕饥饿，可能是柿子、槭树果等含糖量高的果树。

周氏自信满满地说："多谢伯父吉言，小子若能开创一番事业，一定不忘伯父今日的信任！"姬鲜在一旁，仍然一副不屑的表情。路上，亲信问莘伯："宴会上明明是姬鲜展示了高超的神术，为何要嫁女给周氏呢？"

"我试过周氏的青玉了，他并没有空谈，我隐约觉得他说的神术修炼路子是有可能实现的，而一旦用来训练士卒，不但会革新神术，其建立起来的师旅怕是连延续了六百年的殷商都能革除！"

"那为何不向他索要此宝呢？"

"蠢奴！青玉只是普通的法宝而已，关键是要知道他这法宝如何炼制，以及如何训练士卒，我们现在训练士卒阵法已经很费劲，真不知道他要怎样调动起这些庶人氓隶耕种蓄积的勇力。"

几天后，西伯在岐山举行治兵礼，并周氏大婚，莘伯、麋伯、阮伯、程伯、毕城岳氏、邰城姜望都受邀前来参加。而之前胶鬲接到申姜互市的邀请，回复说他受邀参加西伯的治兵礼，之后再去邰城。

在周氏婚礼上，姜望夫妇见到胶鬲，问："你之前就与西伯有货殖来往吗？"

"没有，这是第一次来岐山，之前只与崇侯有来往。"

申姜问："这么说你没有交易过西方沃野的货殖啰？"

"戎马、骨器、角器我一般会通过北方的箕国、苏国换取，但现在苏国南迁，可能会与渭水诸国增加互市。"

姜望便问："你与黎人也来往吗？"

"当然，我是商贾之人，不会卷入战事。"

"这就难怪帝辛不会重用你。"

"是啊，我差不多就只能与鱼盐为伍了。"

申姜便问："西伯找你，应该不单纯是为了海盐吧，你身怀高强神术，他是要留你做官吗？"

胶鬲淡淡一笑："他确实想拉拢我留在岐山，不过……"

申姜忙问："怎么说？"

胶鬲没有回答，便借口要离开，申姜追问："那西伯是向你换取什么货殖呢？"

胶鬲便说："是玉石，需要的量很大，这个，我就先离开了。"

等他走后，申姜思索着："难道西伯要炼制大量法宝？"

姜望说："应该是，不管怎么样，西伯要与胶鬲氏合作无疑了。胶鬲氏来往各国，若论打探消息，怕是没有比他更合适的人选了。"

申姜漫不经心地说："胶鬲并不与渭水各国来往，西伯是借他探听大商或崇侯的消息吧，我们不必多虑。"

"这倒是，不过西伯有什么能给胶鬲的呢？"

"我猜是莘妃，听说她现在得宠，胶鬲要留在大商，自然得靠她帮忙。"

"嗯。"姜望指着少姒女说："我看这位少姒女不但美貌，还姿态端庄，应该是从小受过严格训练的，难怪不但帝辛，连渭水诸国的世子都抢着与有莘氏女婚配。"

申姜眯着细长的眼睛对他说："你不知道吗？有莘氏女的家风严格是很有名的，娶了她们即使不能得到有莘国援助，至少可得一个贤内助，你后悔了吧？"

姜望也眯着眼睛盯着少姒女说："我只是觉得你渭水第一美人的名号拱手让人了呢！"

申姜气得挥手在他眼前一晃，指引水汽连续不断地切断他视线，说："看你还好色不！"

姜望轻松散去案几连续上来的水汽，随即恢复视觉，哈哈地说："我只是说你不及她美貌，这个事实而已。"

申姜娇笑说："那更要罚你了！"说着以元气在腾腾热气上映出自己的头影，绕着姜望围了个遍，姜望视线被切断，他前后左右，满眼都是申姜的重影。姜望连忙小声说："好了好了，别泄露了我们内气外放之术的功底！"

申姜随即收起元气，众人只看他们俩在热气里调笑，没有注意到他们的神术。姜望正色说："照你的意思，西伯与莘伯频繁联姻，是为了拉拢莘妃吗？"

"当然啦，所以西伯之前才肯严守禁令，坚决不招募士卒。"

"但实际上西伯解除禁令才三个月，就建立了四师，说明他早在训练士卒了，只不过没有聚起来。"

这时，邰氏过来敬酒说："姜望老弟，我们算是见面很多次了呢，是吗？"

姜望哈哈笑道："确实如此，小弟确实佩服宗师的神力。"

"唉，其实大家的神力相当，不必多礼，以后若是我去郐城，还望能够互相比试。"

"当然，只要首领来，我随时奉陪。"

"不过因为我刚为一师之长，去郐城的机会有限，而我妻儿都在郐城，老弟若是愿意，可与我儿切磋。当然，若有田赋之事，也可请他帮忙，他虽然年少，但已经深得我神术传授五六年之久了。"

姜望一顿，便说："原来如此，我会去寻他。"

回郐城的路上，申姜对姜望说："郐氏还是没有放弃夺回郐城田赋收取权力呢。这次以神术为交换，不知他想怎么获得好处。"

"可能是获得部分田赋收取权吧，这要看他儿子怎么说才行。"

申姜便说："可别透露了借势之术哦。"

姜望点头说："理会得。"他们俩找到郐城一户普通望族，看到了郐氏之子，不过十一二岁的年纪，便问："你叫什么名字？"

那少年平静地说："名召氏，我父亲已经交代过了，我可帮助姜伯收取田赋，还可交流神术，而收来的田赋我全部上交，并不求得份额。"

姜望申姜对望一眼，都想，看来这小孩年岁不大，却已经有些城府了，说这些话都不动声色。姜望便聚起一团水球，对他说："你既然敢这样说，必然是身怀高强神术了，能散去它吗？"

召氏笑着说："这些田阵神术都是过时了的，我既然为姜伯手下田赋官，自然要致力于保证田赋上缴的公平，不但要精于计量，还要明察地力和收获。"说着，他拿起一根草茎，蓄力往水球上划过，水球散去，草茎刚好折断。"这样百姓才不会抱怨收成不好，发生纠纷。"

姜望夫妇心想：看来西伯并不打算对自己隐瞒神术了。申姜便问："你似乎已经练成了估量阵法威力之术了？"

召氏憨笑："我对大户分配役使劳力之事还不熟悉，因此还不能估测战场上的井田阵。"

申姜说："好吧，留下你了，看你不出几年，就会悟出阵法变化之法了。"

召氏连忙答应："小子一定尽心做事。"

回宫的路上，申姜对姜望说："西伯让这少年为你做事，看来是想拉拢你呢，你可不许投靠他了哦。"

姜望得意地说："放心吧，现在我二人神术不比郐氏差，加上你申戎兵多，足以与西伯抗衡，怎会投靠他呢！"

申姜搂着他说："我们可趁西伯扩张，多去战场试探各国宗师的神术，到我们熟悉他们的路数之后，吞并密须、共城等国也不是难事。"

西土朝贡篇

一年后，西伯兵力已经扩张到了八师两万余人，而这时岳氏、泰逢等人都在各自经营丰城、镐城，不与西伯为敌，只有犬戎、密须和崇侯与西伯时而发生小冲突，但都攻不破西伯士卒的阵法。消息传到大邑商，帝辛忧虑地召集群臣说："西伯两年就恢复到了渭水之战之前的兵力，而渭水诸国都不愿遏制他，众卿怎么看？"

司命便说："这些渭水诸国都想独立保守封地，自然不会去遏制西伯。现在倒是有个机会，岳氏、泰逢、姜望等人封地三年，却没有来大邑商朝贡，而西伯等渭水诸国也没有来，现在大王可利用朝贡的机会，把他们聚集在大邑商，视情况进行扣留或刺杀。"

帝辛叫好："就让飞廉传令，责令西伯、岳氏、泰逢、姜望、阮伯、莘伯、崇侯、麋伯、芮伯、程伯都来大邑商朝贡，否则兴师问罪。"

消息传到，只有西伯首先回复说愿意去大邑商朝贡。西伯随即发信给各国，敦促一同去大邑商朝贡。

各国虽然不愿意，但还是答应了，只有岳氏、泰逢因为怕会被帝辛责怪自立之罪，仍然不愿意。西伯随即派兵，并集合姜望、程伯、莘伯征伐岳氏和泰逢。姜望夫妇则没有带兵配合，而只是暗中窥探战场。崇侯也率军到达毕城附近，他的出兵名义也是讨伐违抗帝辛命令之人。

西伯大兵压境，因这一两年就训练出了能激发士卒元气的阵法，泰逢、岳氏根本抵挡不住，很快投降，答应同去大邑商朝贡。

姬发、周氏等人与岳氏、泰逢、崇侯在毕城谈判，商量接下来的驻军事宜。姜望夫妇也参加了，但因为没有参战，而没有提出驻军要求。

商议完毕，西伯先与阮伯、莘伯、崇侯、麋伯、芮伯、程伯等侯伯一同前往大邑商朝贡，岳氏、泰逢、姜望等渭水军官则另择吉日前往。

帝辛闻说西伯与渭水侯伯到了，便以礼召见，帝辛问起西伯扩军之事，西伯便说："都是因我施行小户各耕其田，减免大田劳役之策，耕夫都愿意参加阵法训练，因此得以在一两年之内招募士卒、重建起师旅。"

"听说你来之前出兵占据了毕城？"

"毕城岳氏不愿前来朝贡大王，举兵造反，因此需要驻军以抑制其扩张。"

崇侯这时候便说："岳氏兵力微薄，且与岐山、与我崇国都相距不过百里，其实不需要驻军的，西伯此举怕是有侵占领地之嫌！"

西伯立即反驳说："小臣是与莘伯、程伯一同驻军，以三国首领共治毕城，不像崇侯，自行驻军镐城，毫不顾忌他作为泰逢旧主的包庇之嫌！"

莘伯、程伯都跟着赞同西伯，帝辛听了也只好调解了事。朝拜之后，西伯便去拜见莘妃，莘妃涕零道："我虽然为有莘氏女，却只是莘伯远亲，渭水一别六年，只有伯父与岐山最是想念！"

西伯便笑说："不用伤感，听说大王最是重情之人，你在此处应该不至于失落吧。"

莘妃收起眼泪说："这也还是靠伯父举荐之功，可惜我在深宫，又不懂神术，不能为伯父和岐山复国出力。"

"没事的，只要你记住我送你来此时叮嘱的，一切以调解大商与周邦之间的冲突为念，期许两国和平，就足够了。"

莘妃点头答应，又问："二世子没有随同吗？"

西伯笑着说："发儿是懂事之人，明白你现在的身份高贵，不愿意来，以免勾起你的想念，况且他也与姒女成婚了，实在不便。"

莘妃点头说："听说二世子已经是中大夫，率领二师之兵了？"

"是啊，发儿在毕城一战还立了大功，岐山也恢复以前的实力了，你就放心吧。"

西伯与各个侯伯便在沫城小住几日，期间，帝辛与司命、寝正官等商议说："这次西伯来，似乎找不到能扣留他的借口。"

司土官便说："听说毕城一战，西伯世子两个师在井田阵被淹的情况下，还能以阵法攻击，这应该是平日号令士卒，战时再凭号令向士卒强壮体魄借力之功，其战力强大今后怕是不可限量。"

"可有破解之法？"

司土官摇摇头："他这相当于每个士卒都能顺着天地气冲击，而不只凭借合力，真的无法破解。"他顿了顿说："其实我也在试着悬挂教象来训练士卒，然后炼制教象为号令，但一直进展不大，没想到西伯世子居然已把士卒训练出来了！"

帝辛听了忧虑："这样说的话，杀了西伯也没用啊，周邦的扩张不是没法阻止了……"

司命便说："事已至此，只能冒充黎人杀西伯，挑起纷争了，我们可在西伯路过黎国的时候偷袭他们！"

"嗯，你与寝正官去，应该没问题吧？"

"寝正官的阵法要保护王宫，不可暴露神力，还是田畯官、须女、折丹氏与我去吧。折丹氏刚刚被释放，他是东夷人，更可搅乱邰氏他们的猜想。"

宓妃这时候已经到了大邑商，薄姑与大邑商相去不过五天路程，她因此得以经常前来。而这次西伯朝拜，司命跟她说可能会有刺杀行动，她便来了。她在冯夷宗族的士卒水阵已经训练好，而司土官也已经把阵法训练好，既然有了与黎人抗衡的实力，她便连女儿一起带来大邑商，就此定居，不再两地奔波了。

西伯与各个侯伯一路疾行，司命等人则化了装，守在黎国边境，等待他们出现。司命对宓妃等人说："我之前与邰氏交过手，所以只能尽量不出战，至于你们，可尽量以阵法掩护，宁愿放弃目标，也不要暴露身份！"

西伯一行人的马车一到，躲在树上的田畯官立即启动阵法，树枝四射。邰氏急忙拔剑，散去西伯马车周围的树枝。其他侯伯看只有西伯马车周围有树枝冲击，便也不惊慌，只在一旁停下来看。

田畯官从树上飞下，大刀朝西伯马车砍来，但被邰氏迎上，散去攻击。他待要拖住田畯官，突然感觉身体上尘埃聚起，逐渐举动不灵，田畯官聚气直刺下来。邰氏虽然不能动弹，但他以全身聚气黄玉，地气膨胀，嗙的一声巨响，把田畯官的聚气一击撞飞，田畯官见自己蓄满元气的飞玉冲击不如他，只好就势朝东面飞走。

邰氏随即下沉，滚到草木之中，暗自布下耕犁阵法，并以滚动卷起的草木之气脱去身上尘埃。他正要站起，突然感觉地下有杀气移动，便起身以宝剑一划，却被西伯马车周围虎贲挡下。这时，又有一阵狂风朝马车袭来，而他自己则又被尘埃迷住。莘伯在一旁飞身而起，拿出巨斧挥出一道疾气，与狂风的冲袭撞上抵消，余下的疾风在马车周围的大树上划下痕迹。

折丹氏看对手不弱，稍微迟疑，聚起狂风正要继续突击，突然周围树枝猛烈摇晃，四面八方发出吸力，把狂风尽数散去，折丹氏只好化云雾风向东去了。邰氏只被尘埃定住一下，随即发动玉佩，借草木之气吸去尘埃，他看莘伯已经护住了马车，而这时由于耕犁阵法发动，在雾中发动尘土的宓妃在松软的土里留下痕迹，他便顺着地上的痕迹以青玉聚气一剑刺去。

司命官早已暗中观察多时，这时移动到他西面，以玉尺化剑急速借大火星次之气刺出，"嘣"的一声，不但撞散他的飞剑，还朝他直刺过来。邰氏周围虽然有耕犁阵法阻挡，又持刀挡住了大部分金砂冲击，但仍然无法挡住玉尺化剑，被刺中胁下。他忍痛高举玉坠引动天气砸下。司命来不及刺穿就顺势划下，从他胁下一直划到大腿，然后伏地退出天气重压的范围。

司命正要朝西伯所在马车飞去，却被身后的麋伯偷袭，射出犰狳油雾，顿时使他魂散，但他随即把周身油雾聚在剑上，反身朝麋伯刺出，却被麋伯引导为旋风，又朝他缠了过去。司命看人多难缠，只好往高空飞走了。

之前就退走的宓妃因在灌木下化水雾移动，却因移动缓慢，她察觉司命出手之后，便脱身而出，又冷不防被守候已久的阮伯以耒耜束缚在地上。她越旋转要逃离，绳索就拉得越紧，地上的坑也越长。麋伯立即又以网罟罩住，宓妃只得咬牙拼命旋转，吸收地下地气，加上金针绞住网罟，"嘭"的一声，耒耜被绞断，她借灌木冲上高空，往东去了。

莘伯看刺客都走了，便过来扶住受伤的邰氏，见地上留下都是些深不见底的细细沟壑，便说："那人刚才一击足有击穿你佩玉之力，而被你阵法所阻，只有轻伤，已经万幸了。"

崇侯赶过来看了大叫说："刚才有飞砂刺穿西伯马车，是农田阵法！肯定是黎人在我们来之前要求西伯去黎国而不成，报复来了！西伯，你要记住此仇啊！"

西伯颤巍巍地从马车出来，定了定神说："此事不可就此论断，会农田阵法的宗师很多，很难说是不是黎人所为。"

邰氏便说："是了，现在农田阵法几乎各国都有宗师会用，而这些人中明显有精于御风、御使尘埃的神力路数的宗师。"

崇侯大声呵斥说："西伯！我好意相劝，你不听，真是难为人了！"

莘伯便说："崇侯，你不必多猜，事情总会弄清楚的。"

西伯便与各侯伯去黎国质问，黎侯坚决说自己没有派人袭击西伯，并说这一定是殷辛所为，要挑动周邦与黎国敌对。回去路上，邰氏对西伯说："从最后袭击我的那一重击来看，可能真的不是黎人所为，因为犁娄氏和伊耆氏都是农田阵法的高手，如果是他们，一定会先破了我的耕犁阵法再攻击。"

"嗯，从黎侯表情来看，是殷辛了，他大概是想挑起我与黎侯的争斗。"

"我们还要继续效忠帝辛吗？"

"当然，殷辛现在军力恢复，与黎人正好两强相争，我们则可置身事外。大商胜了，我们可趁机出兵攻黎；败了，我们可借效忠伐黎。黎国与渭水较近，无论取得土地，还是战俘，都比征伐大商更有用。"

这时，姜望等渭水军官也往大邑商而来，在沬城朝拜帝辛。帝辛质问岳氏、泰逢说："你二人违抗我命，不来大邑，如今有何话说？"

岳氏便说："小臣愿意献上圆盘铜镜，可送与大王为宝。"

"你发兵拒敌，损失我大商原来的驻军不少士卒，怎么能以一件宝物抵偿？"

岳氏急忙说："此宝就是在渭水一战中大破邰氏田阵的那件，大王应该记得。"

帝辛听了便转怒为喜说："如此，我便收了，定你无罪。"

帝辛又转向姜望说："听说你原是夷方战俘，现在我虽然把邰城封给你做采邑，但不知你是否与申戎勾结，欺压我邰城百姓？"

"小臣虽然与申戎交好，但申戎骑兵都没有进入邰城，现在守卫邰城的仍然是原来的周人降卒。"

帝辛便说："你既然无兵，不如在我大邑商留用，如何？"

"大王，小臣现在肩负维持申戎与渭水诸国平等互市的任务，不能来大邑商，还望大王谅解。"

"你又无兵，怎么能对抗申戎，不如在大邑留用，以免日久，投靠申戎！"

"我虽然兵力不够，却因娶了申戎王女，把她留在邰城，因此能保证申戎不劫掠邰城，我若一走，申戎必然侵犯。"

宓妃这时便出列说："臣女与邰邑伯及其夫人都熟识，知道他们夫妇情投意合，因此能维持渭水和平，使申戎近几年都没有劫掠邰城，大王也是重情之人，应该可以宽恕。"

帝辛看宓妃出面，又朝司命望了望，见他点头，便答应了。而对泰逢，帝辛只是随便问问，并没有过多质问。姜望心想，一定是崇侯与泰逢暗通，在帝辛面前说了些承诺，才使他免于被质问。

姜望一回驿馆，宓妃便邀请他俩来宫中作客。席间，宓妃问："姜望，自四年前沫城一别，你们就已经坐拥邰城，获得爵位了，真是可贺！"

姜望高兴地说："还多谢宓夫人在大王面前为我说情，不然我的爵位顷刻化为乌有。"

宓妃摆摆手，欢快地说："小事，不过前年听说邰氏又归降了西伯，他都没有跟你争夺邰城吗？"

申姜得意地说："当然有啦，邰氏还曾暗地里威胁要行刺我们呢，想起那段日子，提心吊胆可真不好过，不过我们现在已经不怕他了。"

宓妃提起精神说："哦？难道是妹妹神术大进，能与邰氏对抗了？"

申姜抿嘴而笑，并不说话，姜望怕得罪宓妃，便说："是的，我们确实有了一定的修炼，但能不能打得过邰氏不好说，至少不怕他偷袭了。"

宓妃随即皱眉说："唉，不瞒你们，其实我这几年都不在大邑商，而是回冯夷宗族了，就是为了躲避刺杀。"

申姜瞪大眼睛说："你回冯夷宗族了，为什么偏要回那里呢，是你们二人心生嫌隙了吗？"

宓妃正待说话，在一旁一直不说话的司命这时便微微笑着，稍微咳嗽一声，宓妃不理他，说："这个时候我既然决定回来了，也就不用不好意思了。其实在黎人刺杀的时候，我为了能劝他一起去东夷躲避一段时间，跟他吵了不知多少回了，当时我既担心他保护大王受伤，又怕女儿遭袭，真是苦呢！"

姜望便说："你们在宫中，应该可以布置阵法，不用怕啊？"

宓妃叹道："虽然如此，但刺客总是有优势的。我们虽都会凭借自身元气感应刺客行动，但刺客也会，这就不一定挡得住了！可惜没有什么确切的神术能够躲过刺杀。"

姜望与申姜对望了一下，沉默了，宓妃又接着说："唉，可怜就这几年，他就受伤三次。我是这个月才下定决心把女儿带来这边的，不知能不能平安度过黎人猖獗的这一段日子。"

姜望听了便要揭露自己的神术，申姜急忙赔笑说："说实话，其实我们也是怕偷袭的，只不过熟悉邰氏攻击，才能躲过。你们若是熟悉了黎人神术路数，应该不怕的。"

宓妃说："好吧，既然妹妹如此说，我只好再带着女儿在此坚持一段时间了。"

宴席一完，姜望申姜便告辞离去。路上，姜望说："我猜司命官肯定知道我击退密须伯一事，或是你劫掠昆氏之事，才想问出我们的神术来由。"

"当然啦，可能连宓姐姐今日在帝辛面前替你说话都是为了讨好你哩！"

"唉，这就是在外国有相交的麻烦了，想要保守神术秘术，就要有损旧情。等过几天帝辛的回馈飨礼一完，我们就赶紧回渭水吧！"

第二天，姜望夫妇刚醒，就有人来报说莘妃娘娘有事相商。姜望二人面面相觑，都觉得奇怪，因为他们与有莘氏女并无交情。他们一到，莘妃便说："免礼了，哦，你就是姜望吗，果然是仪表堂堂。"

申姜便笑着问："莘女……哦不，是莘妃娘娘，你来找我们是？"

"我昨日接到西伯传来的消息，说是犬戎、密须与羌北商族联合攻伐申戎了！"

申姜大惊，忙问："是什么时候起兵的？有多少人？"

"这就不知道了，是风师传来的消息，可能大王那边也收到了，不过应该还没来得及告诉你们。"

姜望便说："看来等不到大王给我们飨礼了，我们这就走吧！"

莘妃说："你们别着急，风师传信到这里只需要一天时间，而西伯关于犬戎的消息灵通，一定是出兵就传来消息的。"

申姜急着说："可我们不在，父王又不会神术，两天都撑不住啊！"

姜望连忙安慰说："你别担心，申戎可逐水草而散，一定可以逃过，最多只是损失财货而已。"他转向莘妃说："多谢莘妃的消息，我们便就此离去了！"

莘妃微笑说："小事，我与孟姜姐姐从前也有一面之缘，她是我们渭水第一女勇士，一定可以打败犬戎！"

姜望夫妇出了王宫，回到驿馆嘱咐了亲信，就要离去，申姜说："不如我们以元气飞行吧！"

"不好，我们元气外放不够纯熟，也挺不过一两个时辰，还不如借风！"于是，他们立即找来骍吾马，以神力御风催动加速前行。才奔出了沫城，就听到司命和宓妃在后面大喊："不要走！"

姜望大喊："申戎遭到袭击，不得不先走了！"

司命回应："大王飨礼没有举行，天大的事情都不能离开！"他二人内气外放纯熟，突然激发，迅速赶上姜望他们。司命眼看快接近他们头顶，便以玉尺蓄积巳时之气急速刺向姜望。但他刚发动，就看到姜望身后旋风四起，推动他一人一马急速朝前飞奔，陡然提速使这一击打了个空。而司命发现越接近姜望，就受到一股旋风压力使他的速度变得越慢，而姜望周身则旋风增速，推动他越跑越快，周围树叶发出"噗噗噗"的撞击声。

等司命从高空再次跟上姜望，他的骍吾已经加速到百步之外了。申姜便以剑背划出，以一股推力要把追上来的司命往后抛出。但司命在变慢的时候就握着指向大火星次的玉尺，这时申姜剑压推来，立即撞上这股推力，使之转偏往星次方向射去。借此机会，司命靠近了些，要凝神搅乱她周围之风。

谁知司命刚一制造出旋风扰动，申姜就急速从旋风一侧被推出了旋风的范围，而司命则不由自主地被吸入旋风。他急忙趁势手举蓄积天气下降的玉坠朝申姜打下。申姜不耐烦地剑扫玉坠，啪的一下把玉坠斜撞而飞。司命则被这股撞击余波抛向后面，摔在地上滚出了老远。申姜丢了一句："不要再追了，再追别怪我不念情谊！"说完便加速去了。

宓妃急忙移动过来，扶起司命说："这怕是你最耻辱的一战吧？"

司命憨笑说："是啊，除了伐苏国时被一个小孩刺伤，就数这场战斗最受辱了，不过，这恐怕也是我收获最大的一战！"

"怎么说？"

"走吧，去大王面前说。"司命不顾满身尘土，便拉起宓妃走了。

帝辛在王宫看司命浑身尘土，问："听说你去追姜望去了，怎么战败了？"

"大王，姜望夫妇的神力似乎已经不是凭元气意动了，而是凭神力本身而动，我们大商怕是无人是他的对手！"

司土官等人听了都震惊，齐声说："战况如何？"

"当时我使出时辰之气，姜望没有回头就直接以金钩抛出，我的攻击便被转化为旋风推动他的马加速。而申女不但躲过我的旋风之术，反而利用旋风把我吸了过去，这……唉，怕已经不是借风，或借气，或以自身元气而动了，而是凭神力本身而动啊！"

司土官则说："从未听说过有此术，会不会是他们事先在周围布置了阵法，比如用元气布置，这样一来，你的攻击一到，他便立即有所反应了？"

司命说："这也是有可能的，这要看姜望他们的元气流动范围有多大了！"

王后便说："若有机会，我可以去试探他们一下，我若以强光在千步之外攻击，他们的元气术再怎么纯熟，也是无法躲开的。若是真能躲开，便是司命所说的神力了。"

司命接着说："姜望此人不能放他离开，如若不能重用，便要趁现在申戎遭袭之时，杀了他！"

帝辛点头说："那就派你夫妇二人去渭水一趟吧！"

宓妃这时出列说："大王，据我对姜望的了解，他既与族人定居渭水，应该不会听召唤来大邑商了，而若他真有此术，我们也暗杀不了他，我看不如留他在渭水，收买他抵御西伯就好。"

帝辛便说："好吧，也由你们去办，不管是对付西伯，还是让他过来对付黎人，总之就是别让他投靠申戎或西伯就行了。"

回去的路上，司命便与她商量去渭水一事，说："我觉得还是应该去一趟渭水，现在申戎遭袭，正好拉拢他们。"

"你还没看出姜望是个什么人吗？他偏爱申女，一定不会迁来大邑商，而申女是牧人族群，不会舍弃族人。与其拉拢他们，我看还不如自己提升神术！"

司命叹道："但我们不知道他是如何炼制凭借神力的法宝的，更不知如何修行，如之奈何？"

"难道激发元气到极致也无法破解吗？"

"若是对手事先有凭借，任你如何迅疾都会被躲开或化解，除非是先行破他们所凭借的阵法，便可破解。"

宓妃笑着说："这不就简单了，姜望为水术，我了如指掌，申女也不过就是牧术，以后遇到他们，注意破解就行了，需要这么大惊小怪吗？"

司命便说："我只是一时惊叹，况且也怕他们与西伯等人联合。"

"这样吧，我们传消息过去，说愿意提供金铜之器，并让大王封他为伯爵，条件是让他暗中与西伯较量，不就好了？"

司命点头。

姜望夫妇运起神术，累得气喘吁吁，过了两日才到达申戎宗族，远远看到申戎宗族附近插着周人旗号，顿觉不妙。他们一下马，即看到郘氏、姬启迎接说："两位终于回来了！"

申姜忙问："你们怎么在此驻军，我父王呢？"

姬启笑着说："孟姜不用担心，你父王好着呢，你进去一问便知。"

申姜进大营，看到申戎王正为手臂疗伤，忙冲过去抱着哭道："父王你没事吧？"

申戎王拍着她的肩膀笑着说："只是骨折而已。"

申姜便问了战况，申戎王苦笑说："囤积的财货都被抢光了，勇士们也被带走大半，现在只剩五千人马了。"

"是被带走的？怎么会呢？"

"三天前犬戎军与密须、义渠联合羌北的商族来袭，我率军抵挡了一日，想你们不在，肯定是挡不住的，便投降了。犬戎条件是带走所有财货，我也只好答应。没想到这时周人从犬戎后面截断了他们的后路，犬戎军大怒，以为是我假意投降，不但把财货运上车，还把投降的士卒都带走，去抵抗周人了。犬戎与周人交战一日后谈判，周人把财货给劫了下来，犬戎便带着战俘回宗族去了。"

申姜听了很不高兴，说："西伯真无耻！居然趁机跟犬戎做交易，这把我族人置于何地！"

申戎王便说："不止如此的，姬启把劫夺的财货都还给我们了。但周人趁机在此地驻军了，他们只要回财货，却不顾我们的族人跟兵器，显然是为了削弱我们申戎的势力，好控制我们！"

申姜听了即刻就拔剑，要出营去，被姜望抱住说："等一下，不要冲动！"

申戎王急道："你去杀了他们也没用啊，我们无兵，西伯来报仇我们岂不是要灭族？"

申姜脸色发青，喘着气，姜望卸下她的剑，说："对了，郜城没有发兵来救吗？"

申戎王说："郜城周师没有动静，郊野小邑的申戎士卒和你的士卒倒是来了，可攻不破犬戎阵法包围，便退回去了。"

姜望叹道："看来我在郜城训练了周人一年多，他们还是会受到周人控制。"

申姜便说："走，我们找姬启理论去！"

姜望拦住她说："你别冲动啊！"

申姜说："我没冲动，只想看看他们能说出什么话来！"说罢便找人去叫来姬启和郜氏。姬启一入营，看申姜手提宝剑，满脸发青，姜望一脸逼视，便知道不好，哈哈地说："怎么，各位还在为遭袭一事伤感吗？放心，我们会帮助你们重建族群的！"

申姜冷笑着说："你们与犬戎好交易啊，你们放他们带着战俘离去，他们还回财货给你们！"

姬启故作认真地说："怎么这样想呢？我们是好不容易才与犬戎以阵法相持，迫使他们交出财货的。"

申姜怒道："我父王已经投降，正在与犬戎和谈，你们为何趁此时候阻击？"

姬启无辜地说："我们是真不知道啊，一听说犬戎来袭，而你们不在，就派人送信给莘妃了，紧接着率军前来，一日便至，因为行军急切，也没有看情况，便与犬戎开战了。"

一席话说得申姜说不出话来："你……！"

姜望便说："郜城周人与这里较近，为何不派他们来援？"

郜氏回答："郜城没有风师，并不知道申戎遭袭的消息，也不能传递消息过去，而我们是最早知道的，犬戎出兵一日我们就知道了。"

申姜恨恨地说："那你们现在还不撤兵？"

姬启故作惊奇地说："孟姜，我们好歹也使犬戎退兵了，帮你们申戎抢回了财货，怎么就这样让我们离开呢？"

申姜冷眼看他说："我申戎之事不需你们周邦多管，可分给你们部分财货，撤军吧！"

姬启便哈哈大笑地说："孟姜，你看现在你们申戎兵力不足，若是犬戎再次来犯，你们如何抵敌！要为你族人考虑嘛，财货我们就不要了，我们驻军于此，为你防范犬戎，还要让你们提供军粮呢！"

申姜冷笑说："分你们财货都不要，就这么想在我申戎驻军吗？"

姬启脸色难看："这……"

申戎王便说："我王女说得对，犬戎趁我王女不在偷袭我申戎，可见他们是有所顾忌的，实在不需你们驻军。"

姜望便说："大世子，我郜城还有周人，可否调拨部分过来驻军？"

姬启说："当然，既然你们坚持，我就不勉强了。"

姬启、郜氏随即带兵撤离了申戎国。姜望与申姜忙着在各个聚落安抚百姓，他们忙完后，便坐下来休息，申姜看着原来满野的牧羊和牧马现在空荡荡的，不禁伏在姜望身上涕零："这下我们申人百姓连像样的壮汉都找不到了！"姜望连忙安慰："坚持这几年吧，等少年们长大，就又人丁兴旺了。"

这时，帝辛派来的一名风师来访，说了司命的意思，要封姜望为伯爵，配给兵器，并让派来的风师驻扎郜城，随时联络，暗说对付西伯之事。姜望便问："你为风师，点风烟所用为何物？"

风师惶恐："这……因为我为飞廉手下，没有他允许，恕我不能透露给郜伯。"

姜望便挥手让他下去，对申姜说："看来司命对我们防备心仍然很重，这风师不就是派来监视我们的嘛！"

申姜便说："帝辛跟司命官也真小气，封你个空头伯爵，却没有划定宗族支配，叫我们如何对抗西伯！"

"这倒不能怪他们，大商也是因苏国迁徙过来，才恢复一些兵力，之前据说连卫戍沫城的兵力都不够。"

"可现在你在郜城的驻军是周人，而我申戎又只有几千人可用，别说西伯，犬戎来了都挡不住！"申姜愁容满面。

几天后，一名风师从岐山来，说是西伯派遣其留在邰城，且知道这次袭击致使申戎兵力大减，西伯要亲自来邰城，与姜望商量赠送兵马给他之事。姜望问："周人何时也有了风师？"

"我们是檀氏大人手下。"

"你们起烟为何物？"

"这我们不能透露，但若邰伯能与我西伯见面，由他准许。"

风师下去后，姜望便笑说："西伯怕是知道帝辛拉拢我，要拉我投靠他了。"

申姜说："哼，他看我们申戎败落，就来趁人之危了！"

"事已至此，我们若要抵挡犬戎、密须，只能跟西伯合作了。"

"我们就算以邰城驻军，也可自保，还真需要他的兵了？"

姜望叹道："都怪我当初砍伤密须伯，惹来祸患，而我们空有一身神术，却又不能训练士卒，到现在需要借人之兵的地步，且看西伯怎么说。"

西伯来了邰城，姜望没有看到邰氏和周世子，便问："西伯没有宗师随行吗？"

西伯微笑说："我虽然从未与将官谋面，但早已听说过你是个正气凛然之人，因此不用带虎贲宗师护卫！"

姜望便要引他入宫，西伯又说："宫中人多眼杂，去郊野吧。"

姜望知道他要回避帝辛的人，便以马车载他到了郊野渭水边，西伯说："听说将军以钩钓之术为本，可否容我一观？"

姜望便说："我自当尽力，"说着以一金针抛入河水中，随即勾出一条鱼来，西伯看金针插进了鱼嘴，便问："你这金针可不止引一两条河鱼吧？"

姜望坦诚地说："确实，操控百步之内的阵法都没有问题，其实我与邰氏交手正是用了此物。"

西伯大笑："哈哈好，将军果然是坦诚之人，邰氏曾跟我提过首领的奇异神术。其实我认为首领如果以伏羲氏所创八卦的六十四般变化为依据，就可调和首领奇术与田阵，这就可以用于战阵了！"

姜望专注说："八卦历法的六十四般变化我是听说过的，但据说只是一些零散的卜筮结果，可请赐教如何用于调和各类气息。"

"八卦的六十四般变化当然只是春夏秋冬天地变化的零散模仿，若是借一年四季的天地气、四时气而动，那是先天神术，只能算是巫术；只有炼制法宝寒暑往来一整年，再以名附这些自然之气，得出规律，才是上乘神术的修行之道，我想，可称之为后天神术！"

"听西伯一席话，受益匪浅，但万物之气自先天以来就各有其法，调节不好，便会冲撞。"

"嗯，我多年来仔细参详了八卦的六十四般变化，总结出了这些变化的名称，只要阵法按这些变化而动，阵内之气就不会冲撞自损，还能在互相调和中长出各种力量、演化出各种宝物。"说着，西伯便向姜望演示了六十四卦的诸种名称及其在人事、天地变化上的气息作用。

姜望惊疑地问："西伯你有此绝技，为何你自己，或没有让子弟照此修习呢？"

"我生性疏懒，不愿从事农事或牧事，我子弟中只有小子周氏能领悟此法，他知道驾驭人之元气实际上就是预测士卒元气，以此为据调节阵内的气息变化，不至于互相冲撞，所以就此训练出了士卒，毕城之战就是他练兵之功。"

姜望恍然说："怪不得，我一直在思索我的神术如何用来练兵，想不到西伯有如此天赋之子。"

"首领能领悟就好，其实气息变化在于人事，若能驾驭人的元气，比驾驭天地、草木之气要强得多，不知将军需要多少兵器人口？我可即刻调遣，并让四子周氏前来传授御使元气的练兵之法。"

姜望笑着说："西伯如此慷慨，可有条件？"

"我敬首领首创以阴阳相冲克敌，与我惺惺相惜，兵器可赠送，只是希望今后在渭水，若我周邦出兵，将军照以往带兵会合就好。"

"好！西伯如此坦荡荡，我便交你这个朋友，可运送五千兵器人口前来，我会依照世子之法练兵的。"

"希望将军练兵之后，不要与我西伯为敌才好，其实以将军神术造诣，若能与我周邦合兵一处，别说威服渭水，就算打败黎人，收取中土人口也不是难事。只是，将军需要眼光长远，不要局限于申戎、邰城才好。"

姜望若有所思地点头。西伯走后，姜望便与申姜商议，她霍然站起说："你还真答应他了吗？你忘了他是怎么借犬戎入侵算计我们的，这样的小人怎么能信任！"

"这不能算是小人，这是一个侯伯身为一国之君应该有的举动，你不也趁渭水诸国讨伐犬戎的时候，白白劫掠了犬戎财货吗？"

申姜气得说不出话来："你……"

姜望看她生气，抱住她说："好啦，这只是一时之计，等你们申戎恢复实力，我再依法训练申戎士卒，这样即使再与西伯为敌，也可自保嘛。"

申姜缓和说："那你可要记住，不要全力帮周人征伐中土，还有，要在征伐的时候安插自己的亲信！"

姜望应承了，叫来西伯风师问："你起风烟之物是？"

"是獥獥①的肉翅灰。"

风师下去之后，姜望问："獥獥是什么？"

"是西域的一种蝙蝠，狐面、飞的极快、一般地方很少见，不会与其他烟雾混淆。"

"我说了吧，西伯还是可以信任的，他连这种稀有灵物都告诉了我。"

申姜点头，感叹地说："你还记得吗，我跟你第一次见面的时候你就提起你会驯养海边灵物了。"

姜望想起说："哦，确实，转眼就过了四年！我那时都没想到我们居然几个月后就结婚了。"

申姜甜蜜地说："我那时也没想到呢。"

"那你是什么时候开始想的呢？"

申姜羞涩地说："有什么好问的！"姜望紧抱住她，使她喘不过气来，她只好说："就在得知你在邰城名声不好之后。"

姜望恍然，笑着紧紧箍住她的腰，说："你这个坏女人，居然这么早就在算计我了！"

---

① 獥獥出自《山海经》，根据形状可能是狐蝠，翼展能达两米。

申姜止住他，学着他的腔调说："这是我作为一国之君应该要考虑的，更何况还关系到我未来的夫君！"两人随即开始打闹。

十天后，周氏便带小族人口迁来了，与姜望见礼，开始教姜望训练士卒。

周人进驻郃城的消息传到了大邑商，帝辛大声责令司命官："你怎么办事的，我不是说了别让姜望投靠西伯吗，怎么才一个月就投靠他去了？"

司命惶恐说："应该是申戎刚刚被打败，缺人马，而我们却不能提供人马给姜望，所以才逼他投靠西伯。"

帝辛无奈地说："可还有救？"

"只能以风师暗中离间他和西伯了。"

帝辛点头，这时司土官报说："东夷司工官传来消息，说任伯与雨师姜氏都露面了。原来莱侯手下聚集的人马这几年都是由他们召集的。司工官准备刺杀他们，向大王请求派宗师相助。"

"现在宗师要防备黎人，可有能派遣的宗师去东夷帮助司工官？"

司命便说："有投降的折丹氏，他本东夷宗师，熟悉任伯位置，现在已经为奴三年期满，可去摸清任伯底细。"

帝辛答应了。

少年姜望

裘衣

藏玉葫芦

猎购

台笠

龟壳护肩

金钩

腰带

三棱鱼叉

佩刀

金角发簪

申族公主、少女姜蟆女

短剑

剑鞘

玉圭吸水丝袋

藏金针丝带

金铜护手

羊皮藏玉袋

羊首配刀

玉猴玑发簪、玉尖尺

藏玉丝巾

玉圭、玉璋

藏玉腰带、绑带

大商史官、少年司命

玉猴玑棱剑

尖刺铜泡

天地之璧

须句族公主宓妃

护身芒草渔网

水獭裙甲、
藏玉扇贝

网坠、玉璜

玉梭耳饰

玉锚、玉月等

绳牵金针

大话封神

中

陈哲洵 著

团结出版社

©团结出版社，2024 年

图书在版编目（CIP）数据

大话封神 / 陈哲洵著 .-- 北京：团结出版社，
2024.7. -- ISBN 978-7-5234-1201-5

Ⅰ．I247.5

中国国家版本馆 CIP 数据核字第 2024RQ2585 号

责任编辑：张　茜
封面设计：安　吉

出　版：团结出版社
　　　　（北京市东城区东皇城根南路 84 号　邮编：100006）
电　话：（010）65228880 65244790
网　址：https://www.tjpress.com
E-mail：65244790@163.com
经　销：全国新华书店
印　装：武汉鑫佳捷印务有限公司

开　本：170mm×240mm　16 开
印　张：72.25　　　　　　　　字　数：1098 千字
版　次：2024 年 7 月第 1 版　印　次：2024 年 7 月第 1 次印刷

书　号：978-7-5234-1201-5
定　价：268.00 元（全三册）
　　　　（版权所属，盗版必究）

目 录 CONTENTS

妲己崛起篇

司命出了大厅，便径直去了王宫外舍，在那里找到了为奴三年的苏女，要带她出来。他找到苏女，看到一位亭亭的青涩少女出现在他面前，司命便说："你还记得我吗？才不过三年，想不到你已经长成少女了。"

苏女微微点头，司命便为她解除神力禁锢，说："你可以出去了，先随小司命去外舍居住吧，这几天你先多练一下神术，过了这个月我来接你，大王会派你去东夷作战。"苏女沉默地点点头，便下去了。

任伯这几年与黎人宗师来往频繁，已经了解了不少关于田阵和天地气的神术，而他与雨师姜仍旧在莱侯的协调下各自招募、率领自己族人的士卒，但直到最近，士卒恢复到之前的数目时，才对外宣称自己就是统帅。司土官怕任伯他们威胁到自己所辖的海盐产地，便请求帝辛派宗师援助，想要擒住任伯这些宗师首领，以绝后患。司命安顿好苏女之后，对宓妃说："听司工官说任伯已经会运用天地气了，还会破解田阵，估计是跟黎人有来往所致，派折丹氏去怕是没什么用了。"

"不如再派遣大邑商所有宗师去东夷，迅速打败任伯，再回来？"

"可能不行，任伯既然与黎人有来往，若宗师一走，黎人便会攻打。"

"实在不行，我便去一趟，即使不能擒住任伯他们，至少可以防住雨师姜的云雨术。"

司命便说："不如这样，你先去冯夷宗族，把他们迁徙到你的故土——济水，这样即使杀不了任伯他们，也可做长期抵御的准备。"

宓妃立即板着脸说："不行，冯夷宗族已经挑拣了五千壮士到此，不能再侵扰那里的族人了。"

"现在东夷动荡，随时威胁到大商的盐业，冯夷宗族人也是大商百姓之一，怎能不为国尽忠？再说让他们守卫你的故土，也算是报恩。"

宓妃冷笑："你说得好听，还不又是想护卫你大商奄国，要借莱人消灭冯夷族精锐！"

司命冷冷的背过去说："我只是在想国事为大，又可使你不必长驻东夷，既然你要这么想，你便去吧！"

宓妃哼着说："要我不长驻东夷哪里需要迁徙冯夷氏？我只执行两次刺杀任

务，之后任伯既熟悉了我的神术，我便回来，再替换司土官或寝正官去便可！"

司命听了并不作声，两人不欢而散。

一个月后，司命来王宫外舍接苏女，准备派她跟随宓妃去往东夷司工官麾下，宓妃随行。司命让苏女出来，问她："你神术可曾恢复好？"

苏女一双勾魂的丹凤眼盯着他笑说："好啦，司命大人！"

司命便出手试了一下她的身手。才一个月，苏女不但恢复了神力，内气外放之法也纯熟了。

司命便介绍宓妃与苏女认识，两女去东夷，听候那里的司工官调遣。允许苏女返回时可回苏国看望父兄。苏女又央求可否先给父兄传递消息。

宓妃这时便上前拉住她说："时间紧急，现在就要出发。有什么话可让风师传递。"

苏女被挡，只好说："那我去收拾一下。"

等她出来之后，司命便走近她，对她说："对了，你可有名字了？我可帮你传消息。"

苏女立即兴奋地挨着他说："我出来时父侯来大邑商为我庆贺，取字妲，你叫我妲儿就好！"

司命笑着说："太阳当空，真是个使人振奋的好名字！"

宓妃在一旁看了，瞪了司命一眼，司命只好正色说："好了，你去吧。"

妲己看到宓妃眼色，故意靠着司命说："你还没问我要传什么消息呢！"

宓妃在一旁气得发抖，司命被妲己娇声弄得痒痒的，只好定住心神，说："你尽管说。"

妲己便说："就说司命大人对我很好，不用挂记，他还想亲自送我去东夷呢！"司命看到宓妃怒容满面，便正色说："好了！我知道了，你快跟我夫人走吧！"

妲己受到冷落，只好退到一旁，宓妃便拉上司命去院外等折丹氏会合，她说："看来我这一去，还要担心你是否会另娶他女，是吗？"

司命笑着说："不会的。"

"不然你怎么连一个黄毛丫头的诱惑都抵挡不住？"

"没有的事，我怎么会看上她？"

宓妃看他不自然的模样，心中升起隐约不快，便没有多说话，等折丹氏到了，便与妲己一起骑快马往东夷去了。

他们虽然各以神术驱动戎马，却并不着急赶路，因此行进迟缓。宓妃虽然有时与折丹氏谈及东夷旧事，却并不与妲己说话，折丹氏则因这次被大商重新启用，踌躇满志，但却为自己的夫人们远在东夷海滨而烦恼。

他本是东夷偏远海滨的渔猎之人，现在看到两位身裹丝帛的绝色女子，心中起伏不定，但宓妃是司命官夫人，又神力高强，他不敢接近，对于这位刚被释放的青涩少女，则少去许多顾忌。他趁大家在野地路边休息，妲己去河边取水时，就化一阵灌木风尾随。

妲己随即抛出嘉石，以金铎一摇，狂风即被嘉石打下地去，折丹氏被石头打伤。妲己讪笑着收回嘉石说："就这点本事吗？"

谁知她刚收去嘉石，身上立即被绳索随一阵疾风定住，折丹氏随即从灌木丛现形大笑："小美人，要定你了！"说着就扑了上去。

妲己虽然手脚都被扯在草木中，但手指却没有被定住，她手指朝折丹氏脚下一弹，石子铮铮碰撞，立即把他定在地上。妲己趁折丹氏这一愣就脱开绳索，系着金铎，飞身到半空说："我两次劝你不听，依法当受鞭刑！"说着取出一根马鞭对着刚缓过神的折丹氏一鞭下去，顿时散出数条鞭丝气，朝折丹氏猛抽。

折丹氏虽然浑身包裹着风，却仍然被马鞭带起的草枝抽得生痛，不禁大叫。

宓妃在路边听到叫声，连忙跑过来说："这是怎么回事？"妲己便停手说："夫人，这个蠢奴想要侵犯我！"

宓妃便说："你先放开他。"

妲己一收金铎，折丹氏便恢复了神志，身上都是鞭伤，听到宓妃问起，便说："我只是向她求欢而已，她居然对我动刑，请夫人评理！"

妲己大声说："我有说答应你吗？"

宓妃不知为什么，就是不想帮妲己说话，这时就只说："好了，她既然不答应就算了。"又对妲己说："你也不该动刑！"说完便回路边去了。

　　妲己心中不快，想宓夫人还在恨着自己勾引司命官呢。她便讪笑地对跟着的折丹氏说："你连内气外放都不会，怎配向我求欢？像司命官大人这样的宗师才配得上我！"折丹氏听了，只能强压愤怒。

　　他们过了四日才到宿沙卫，司工官看妲己是个娇艳无比的美人，便问宓妃是谁，宓妃便说了。他对妲己说："原来是苏侯之女，想不到已经成人。我与你父侯对阵的时候，早听说他有个能定刑断案的女儿。"

　　妲己随即乖巧地上前靠近司工官说："伯父原来早听说过我了，以后还望多照顾小女！"

　　这突如其来的举动，让司工官惶急后退，急忙说："好的好的，当然如此。"

　　妲己并不收敛，司工官急忙躲开她勾魂的眼神，对众人说："得到暗探消息，任伯过几日要到玄股氏族招募士卒，因为他宫内、城内都有阵法，所以只能趁他出城之时动手。你们稍待一下，等与亚丑伯会合，我们再一起出发。"

　　等亚丑伯到了，五人便骑着快马往有仍氏族而去。路上亚丑伯早就注意到了妲己的美貌，便趁休息时问宓妃说："夫人，那位美人也会高强神术吗？看她如此美貌，枉送了性命就可惜了。"

　　宓妃忙说："你可别打她主意，连折丹氏都是吃了亏的。"

　　亚丑伯听了便来了兴趣，他一向对神术高强的美貌女子感兴趣，便向折丹氏询问，折丹氏恼恨妲己拒绝他，这时便说："亚丑伯，你最好别惹她，她说司命官这样的宗师才能打得过她，也才能跟她相配。"

　　亚丑伯听了气血上涌，兴奋得不顾众人在场，呲牙对妲己说："美人，听说你爱神术高强的男人，不知我亚伯可能配得上？"说着对妲己脚下一伸手，她便感觉双脚被草茎抬起，背后被托住，身子轻飘飘的坐在空中。

　　妲己看到他丑脸就不舒服，只好娇声招呼司工官说："大人，你看这个丑伯对我无礼！"

　　娇声把司工官弄的心痒，便过来，运地上尘土混合漆液封住草木气息与气味，妲己随即清醒。她扑到司工官怀里说："大人，多亏了你，我差点就受伤了！"

　　司工官看众人都盯着他们俩，便急忙推开她回避说："先别这样。"

　　妲己其实早注意到了众人的目光，便故意装着难为情说："哦。"

司工官便对亚丑伯说："她不愿意，你不要勉强。"

妲己从一脸丧气的亚丑伯旁边走过，对他视而不见。等众人离去，亚丑伯又要对妲己献殷勤，宓妃便对亚丑伯低声说："你就算神术高强，她也不会对你有意，你能找到杞女这样的大美人，应该满足了。"

亚丑伯想也是，只好放弃了。一路上妲己便一直缠着司工官讨教神术，司工官禁不住她花容央求，只好言无不尽。

他们到达有仍氏族之后，司工官便布置任务，以他与亚丑伯先行困住任伯，须妃隐于半空中袭击，妲己与折丹氏埋伏路边阻断任伯逃跑路线。日中，任伯率领一队人马出城，往大路直奔而来。任伯正行之间，前面士卒的戎马突然跪倒在地，任伯看到，随即大叫："前面有阵法！"话音未落，他坐下戎马也跪倒在地上，任伯自己则飞身上了半空。

这时，地面上汩汩冒出水来，士卒都被扯下马来，没有被扯下来的士卒也开始东倒西歪，他们身后留下一道道深沟。司工官手中擎着虎头大钟已经对着任伯了，"铛"的一声巨响，金石从虎口射出，任伯急忙取出一长条形护臂盾牌迎着冲力拨开，借这一拨之力，反而急速俯冲下来，射出金箭。司工官急忙连续敲钟，连续地放出金石冲力，把任伯及其射出的金箭都震飞。但他趁机借势往上空去了，司工官随后追上。

亚丑伯看任伯上天，自己的阵法便不起作用了，也只好拔出大斧跟着上去，突然感觉周围云雾迅速聚起，还混杂着一股怪味，他急忙在自身周围布下阵法，阻止怪味接近自己。而这时，脚下倒下的戎马突然脱皮，从里面冒出鸥鹋来，使他立即感觉从头到脚震动不已，幸亏有田阵水雾散去震动，才不至死。他随即手持盾牌，转头扑下来与鸥鹋战。

而空中，司工官追上任伯便又是一击，却被冲上来的鸥鹋挡住，虎口钟震击与其攻击相撞，鸥鹋也被震碎。但司工官脚下鸥鹋扑来，使他脚上佩玉震动不已。他只好放弃追击，持盾挡住。任伯正要下去袭击司工官，被附身一阵轻雾的宓妃带起地下尘埃困住。趁任伯窒息慌乱、大声吼叫，宓妃已经化水雾朝他冲击过来。

这时，高空云中一束光照下，罩住水雾，水雾撞入光罩即被压到地上去了。原来是羲和氏一直藏身在高空云中，此时聚光并引一股天气下压。宓妃刚着地，就旋转水雾，聚起地气反冲，摆脱压力走了。但她刚要上天空而去，就被鸥鹑发现，围了上来，虽然护身化雾散去了鹑群的大部分冲击，仍然感觉周身震动不已，只好快速旋转水雾，弹开鸥鹑攻击，再借旋转之势发动一道水雾朝它们冲了过去。但这些鸥鹑极其灵敏，根本无法击中，亚丑伯大声说："把它们引到阵法中去！"说着便手持盾牌从半空中下去了，宓妃也以水雾跟着下去。

而在高空，云雾已然渐浓，任伯依仗上空有羲和氏的光罩，一边往司工官身上聚起水雾，一边冲上来就射出金箭，司工官知道他金箭上有电，不敢去接，只得换盾牌把金箭抽了回去，并把围上来的水雾借风吹散。羲和氏这时看他收了盾牌，即以强光罩了下来，司工官有盾牌引风，不会被轻易压制，但对于强光的热浪却只好以虎头钟去挡，钟被融化。

而这时，任伯正好冲上来袭击，司工官即以染料聚在虎口，"嘣"的一下闷响，冲力射向靠近的任伯。虽然冲力因为热浪融化大钟而减少，但任伯仍然猝不及防，盾牌拨开大部分染料，仍有染料喷在身上，红的、黑的、青的都有。司工官看得手，收了大钟，一手持盾，一手持铜镜照住任伯，聚光顿时使他身上的红色染料如火一般燃烧，他急忙聚起水汽，镇住疼痛，朝云雾外奔去。

司工官要追，又怕云雾里有阵法，只好也走了。

而在云雾外面大路旁，妲己与折丹氏埋伏了一会，只看到云雾升腾，不见战况，但知道肯定是中了埋伏了。而突然看到任伯出来，折丹氏随即化狂风推动木锥撞去，被任伯持金钩钩住木锥便往后甩出，自己借这一甩之力往前走了。妲己急忙激发元气追了上去。这两人都是元气感应而行，快慢竟然接近，妲己不能追上，而甩在后面的折丹氏也化狂风赶去，速度不慢于他们。

任伯这时已经以水汽镇住了身上红色染料的疼痛，但染成黑色的皮肤上却因水汽过多，腐蚀溃烂，他忍痛飞往一片沼泽地，贴地飞行，妲己也贴地跟随，折丹氏认得这是沼泽，想任伯不走大路，偏要来沼泽，定然有埋伏，便只远远尾随。

果然，任伯看妲己跟紧，唿哨一声，沼泽里猛地钻出几只触手，把妲己拖住。妲己是北方牧人族群，没有见过沼泽，只当这是普通地面，因此没想到会从里面钻出巨大的触手出来，她随即被拖到地上去，但她手起一剑，砍断了触手。而沼泽里突然又冒出水流，把她扯住，忽地拖下，双脚就陷在沼泽了。而触手上的刺把她蜇伤，毒液随即使她发昏。任伯在前，看得手了，便冲上前要擒住她，被她把金铎抛在空中，任伯飞过，顿时刺耳眩晕，掉下地去，定在地上，双脚也陷进去了。

任伯手举金钩，妲己也拔下玉簪，头发披散地手举玉簪，两人都要借天气上扬摆脱淤泥束缚，但地下冒出一只巨型章鱼，以触手绑住妲己，使她不能脱出，但她摇起金铎，要使任伯也不得出。那金铎一响，任伯神一松，掉回地上陷入沼泽。他及时回过神来时，半个身躯都陷入泥浆，他又奋力举金钩，聚起天气上扬，但被妲己看到，切断绑缚自己的触手，摇起金铎，又使他失神，委顿在地。妲己得势，射出手中短剑，一道疾气射穿章鱼头部，一道击穿任伯胸膛，自己则振奋而出。

任伯负痛，大吼一声，借痛振作精神，抛出一只金锚，压在刚刚摆脱沼泽的妲己头上，在她被压制慌乱中，金铎也掉落，陷入沼泽里去，再不能响动了。妲己待走，颈上锁挂着金锚，不但不能飞行，连趴在地上慢行都要小心翼翼，以免沉入沼泽。

金铎铃声一停，任伯顿觉恢复精神，忍痛拔出插在右胸上的短剑，便提剑走近妲己，揪着她便要杀，但这时看清她的容貌，艳丽的脸上虽然蒙尘，却有一双勾魂的大眼楚楚可怜地望着自己，喘着气，便不忍下手。任伯把金锚改为定在妲己背后，便使她身体轻便，却双手都不能举动。

妲己看他不杀自己，便说："我本是苏人，你若肯放我离去，我便不与你为敌。"任伯淫笑着说："放你回去可以，但你刺我一剑，我心不能平，现在便与你交合，再放你走！"说着便要拔下她身上的绸服。

妲己看他脸上黑色、红色的溃烂，形容可怖，而自己手脚又不能动，只好咬着牙，任他解开衣服。

这时，羲和氏从半空找到了他们，下来说："你这是在干什么？"

任伯尴尬，便说："一个战俘而已。"

"就是因为是战俘，才更加可耻，我怎么能让这样的女人玷污我夫君身体。"

任伯赔笑着说："这女子刺我一刀,我当然要解恨。况且这女子容貌非凡,一定不是普通人家的女子。"

羲和氏大怒说："你果然是还想自此谋取此女!"

任伯急忙辩解说："绝对不会,我只是因为今次没能抓住司工官他们这些宗师,心中烦恼,要一时泄愤而已!"

羲和氏转头看了妲己,见她虽然衣服散乱,头发披散,但容貌确实震人心魄,便说："好了,这不怪你,先带回去吧。"

两人带着妲己在半空中过了沼泽地,折丹氏看到,忌惮两人神术,不敢靠近,便先走了。他在半路上碰到追击任伯而来的司工官,告知了妲己被抓之事,司工官便说："你先扬起大风冲击他们,我趁机救人。"

折丹氏便化狂风朝任伯夫妇撞了上来,但羲和氏早有反应,以光罩住狂风,立即引疾风把风压制下地去,折丹氏趁机逃走了。

妲己趁任伯凝神聚气,飞身急走,任伯察觉,放出定在他们周围的一支金箭,朝妲己射去,但被妲己抖动身体,躲开金箭走了。

这时司工官已经到了,以龙头钟敲响攻击,被任伯双手持长盾划开,同时催动周围的数支金箭射来。但金箭被龙头钟一口吸去,挥舞几圈,又铮铮几声吐出射回。任伯展开招风幕布,跟在他们后面收了金箭,而龙头钟喷出的冲击力也顺着斜向上的幕布被滑开。司工官见了,便不追赶,反身追赶妲己而去。

司工官赶上妲己,妲己身体僵直,急着说："快帮我解开!"司工官试着拿走金锚,却无法移动分毫,妲己急道："你不是百工之首吗,怎么,不识这法宝吗?"

司工官便说："这是用于大船的锚定,我虽然懂得百工,却没有监管过造船。"

妲己瞪着眼说："那你快想办法救我!"

司工官便拿出一轮系住金锚绳索,轮一转动,随即把金锚绳索绞断,顺利取下。妲己浑身顿时轻松,媚笑着说："我就知道你有办法。"

司工官浑身一震,抱住妲己就亲,妲己推开他说："你先允诺要教我神术的。"

司工官一愣,说："你不是对我有情的吗?"

妲己笑着说："但你已经有夫人啦!"

司工官上前搂住她，急着说："我愿意立你为夫人！"

姐己低头默然一顿，便抬头笑着说："日子还长，不用急，我们先一起回去再说。"

司工官召集众宗师商议，看能否趁任伯不备，再次袭击。宓妃便说任伯应该已经发觉了司工官刺杀的谋划，才会在沼泽布置埋伏，因而多留无益，便要启程回大邑商去，被司工官苦劝留住。而亚丑伯则因没法得到姐己，不愿久留，便回去了。

司工官留不住他，又苦恼任伯等人的士卒越来越多，而自己兵马却没有增加，怕自己守不住宿沙卫，便与姐己、宓妃饮酒谈及战事。

姐己便说："你再去找其他宗师过来相助嘛，只是相助一时，应该不会耽误他们的执事。"

"昆吾氏守夷方，但不知他是否愿意相助。"

"无论是谁，必然会缺你东夷之盐，自然会来啰。"

"嗯，美人说得极对，我这就去邀他。"

宓妃则说："水庸氏在奄国，也可相求，即使他不来，东夷之战之后顾氏投降，一定可以唤他来，等他们来了我便离去了。"

司工官只好点头。

昆吾氏本来在夷方守卫，专事冶炼，看司工官相邀，不好得罪这盐业的专营官，便答应帮忙。水庸氏则让麾下顾氏前往，自己则推托了。顾氏迅速赶到，昆吾氏则月余才到，等他到了之后，司工官便邀请他们会合，宓妃、姐己和折丹氏陪同。

司工官便说："我最近探知雨师妾与奢比尸已经回雨师族聚落嵎地去了，此前我们跟他们交手，除了他们驯养的灵兽更强了之外，神术并没有什么提升，我们这次正好趁雨师妾他们分开，袭击他们。"

昆吾氏便说："这么说他们的灵兽能以元气而动了？"

"奢比尸所得雷兽鼓原本就能凭元气而动，其他灵兽被驯养出这种本事也不足为奇，但他们本人仍然不能。"

昆吾氏笑着说："除去这等人又有何难。"

"好！我们准备两天便行动，这次入宫偷袭，我来试探阵法，以昆吾氏为空中首攻，妲己、顾氏辅助，折丹氏在地上接应。"

会后，顾氏便跟宓妃招呼："夫人好久不见！"

"听说你在奄国，是刚从土牢出来不久吗？"

"是啊，我在水庸氏麾下，被他弟子记旧仇，欺压我，日子不好过啊，听说夫人就在冯夷宗族训练水军，可否容我去相助？"

"你神术可曾提升？"

顾氏苦笑说："刚出土牢一年，没能得到提升。"

宓妃看他老实不浮夸，便答应了："好吧，你这边完成任务之后，便去冯夷宗族找我，我在那里的。"

顾氏多谢了。

司工官带着众人到了雨师妾族宫外，看宫中上方有鸥鹢群在半空中巡逻，而宫室很大，雨师妾与奢比尸的住处难以找到。司工官便说："我先去打探他们的住处，等下你们会看到两种情况，一是看到我从宫中房顶飞身而出，这表明我被发现了，你们便助我袭击他们，另一种情况是某处的房顶被掀翻，里面的人被抛出，你们便死盯着被抛出的人攻击。"

妲己便说："你要如何混入宫中，不被发现呢？"

司工官笑道："偌大的鹿台都是我监理修筑，他这区区十几座宫室如何不能附身进去？"说着便附身石板地面而去，月光下不见阴影，众人都赞叹。留下的众人除了折丹氏化草木风贴地进入宫内之外，其余人都飞身上了高空，俯视那一大片住宅。

司工官附身内墙进入宫内，找了半夜，找到了雨师妾他们的住处，发现他们是分房而睡，相距十几间宫舍，但同样的是都有云雾阵法保护。司工官暗中解开他们屋宇的梁檩涂油滑动，并以黄黑玉坠分别置入他们的屋顶，待到快天亮之时，房梁才开始在玉坠的重压下松解滑动，只听"嘭嘭"两声，两间房的屋顶先后被掀翻，冲到高空去了。

昆吾氏他们看到屋顶被抛到高空之间有人影闪现，便分别朝两处冲了过去。奢比尸早已准备宝物，他在空中感到身体逐渐被尘埃封住行动，急忙把小妾抱住，以被褥遮住两人，被褥一分为二，其中一个直坠下地来，另一个则往其他宫室飞去。

这时，顾氏已经赶来了，和司工官一起飞近掉下来的这个，司工官一剑挑开被尘土封住的被褥一看，原来是个惊慌的女子，便交给顾氏看好，急着朝另一个追去。但另一个并没有飞远就掉在地上，司工官拨开被褥一看，是奢比尸模样的人却发出了女子的呻吟。司工官脑中一沉，心想中计了！急忙把他收入壶中，急叫："看好那一个！"便去追了。

这时，那被尘埃定住的女子以面具一口咬住顾氏，飞身而逃。顾氏一下被咬断手臂，痛得大叫。司工官寻声而来，在空中发现了一个人影在骚乱的士卒群中急奔，便急飞赶上，虎头钟对着一响，"铛"的一声，金石把那人影及其周围的士卒都击的撞倒在地。司工官下去一看，赤身裸体的人骨肉模糊，是个男身，他又放出装在壶里的人，已经变回了女身，确信是奢比尸的面具变化术无疑了。

在另一处被掀翻的屋顶，雨师妾丢下男宠，自己化水雾往人群里飞去，昆吾氏与妲己飞近，看到水雾已经下地去了，但不知所踪。昆吾氏在废墟上空手持风囊一吹，周围侍卫都被热风吹得东倒西歪。但他刚要追近水雾，周围突然聚起大量云雾，混淆了视线。昆吾氏暗叫不好，风囊虽然能够吹开云雾，周围的云雾却在越聚越多。

昆吾氏急忙要走，但周围尖刺已经纷乱袭来，昆吾氏急忙挥舞风囊挡住，并放出热浪，蒸发周身的云雾，再以疾风吹散妲己周身的云雾，对她说："快走，尖刺越来越多了！"

妲己与他一起突破云雾要走，但却被四面八方的尖刺压制，掉了下来，昆吾氏猛地投掷大刀开路，大刀刚飞出几十步，竟然消失的无影无踪。妲己一把夺过昆吾氏身上大刀，让他以风囊鼓风并以炭砖灼烧，急速的浓雾风力与蓝色火焰的大刀接触，不断发出铮铮的巨响，响彻云雾之中。风囊朝周围喷出热浪，尖刺袭击果然少了，而不一会，云雾就大大缩小，大刀上凝聚水雾，冒出哗哗的水流。昆吾氏惊喜地说："你居然会为刀剑淬火？"

"司工官教我了。"

　　昆吾氏想连自己这冶炼官都没有想到用此术，这女子才学了就会用，其运用神力的天赋真是令自己汗颜。眼见云雾迅速被大刀吸收完，他们俩附近的云雾突然凝成雨滴化针朝妲己刺来，但被她手中大刀挥舞，针雨被蓝火烧尽。

　　眼见一击失败，雨师妾在大片风雾草刺化针的掩护下，现形往云雾外士卒中飞奔而去。昆吾氏大叫："不要走！"以金凿朝她飞奔方向投掷而出。

　　金凿刺地，热浪飞溅把雨师妾击伤，她浑身被热浪包围，而周围士卒都恐惧而散，不敢来救。雨师妾只好随即大量喷出云雾，熄灭热浪从地下走了。

　　昆吾氏与妲己追出，但被围上来的士卒缠住，他们俩杀了一阵，士卒越聚越多，无奈只得走了。

　　众人会合，回到宿沙卫，司工官设宴款待众宗师，他高兴地说："这次虽然让雨师妾跑了，但也使她重伤，而没有了奢比尸，他们的军队就好对付了！"

　　昆吾氏说："我能反败为胜，重伤雨师妾，还是靠苏女对于刀剑淬火的神术运用熟练哪！"

　　司工官听了兴奋至极，借酒醉涎着脸看着妲己，妲己也有些醉了，享受着男人们如火的眼光和赞誉。折丹氏便趁机大赞司工官："首功还是司工官大人，居然能够在那么多房宅中找到两人的住处，还掀翻了他们的屋顶，真是奇术！"

　　妲己也兴奋地问："是了，你究竟怎么认出他们的？"

　　司工官有些不情愿，便敷衍说："他们住处都有牌匾的，"接着转移话题，趁兴说："接下来你们随我征伐雨师妾族人，必然一战成功！"

　　众人都满口答应，只有顾氏既受伤，又差点放跑了奢比尸，觉得没趣，便在宴席后向司工官辞行，司工官看他神力低微，便不多留。众人也都一一辞行，妲己住所就在司工官宫中，便留在后，司工官见众人散了，便走过来要抱住她说："美人能否多留一会，陪我饮酒？"

　　妲己看他目光如火，也情欲涌动，便说："我在这里，你能把持得住嘛！"

　　司工官听了急忙抱住她亲吻，被她推开说："刚才连神术都敷衍，不肯告诉我呢！"

　　"唉，当时这么多人，当然不能透露，私下里你想学什么都依你！"说着又抱住她。

姐己心中一动，便顺从他怀抱，说："你说说看。"

"其实宫室是为人居而建，居住久了就有主宫之气与从宫之气之别，依此便可辨识是侍卫仆从所居，还是侯伯所居，而他们之所以着急掀翻屋顶，也是我以黄黑玉璧松动屋梁故布疑阵，令他们认为屋顶上有御使宫室气的宗师所致。"

"你倘若他们俩打开房门聚集士卒，岂不是更难识别他们的身份？"

"不会的，房门一开，屋内宫室气必然震动惊起屋顶，他们便会错失偷袭先机，不会这么傻的！"

姐己听了，亲了他一下说："我以为你只会埋头筑屋造剑呢！"

司工官兴奋地说："其实我正在尝试能以刀剑宫室车马等百物牵制元气的神术，能成的话，像虎头钟这样的乐器法宝一定能更具摄魂之力。"

姐己听了靠近他耳边吹气如兰说："那你一定要教我哦！"

司工官捧着她柔若无骨的身体，着急的剥开绸服。姐己媚眼如丝的瘫在他怀里，喘着气说："慢点来！"两人当下便坐在案几旁边欢愉，激烈地连案几也不小心被推倒。事后，他们俩喘着气抱着休息了一下。

司工官抱着怀中的温软说："美人，择日便立你为夫人，可好？"

姐己红着脸，心醉着"嘤"了一声。

这两天司工官夫人得知他与姐己之事，也不好多说，只好劝他早日立她为臣妾，司工官便来跟姐己商量立臣妾之事，姐己听了双目圆睁说："不是说好封我为夫人吗，怎么变成臣妾了？"

司工官张口不能说话，只好说："好好，美人别生气，我便立你为二夫人，其实这只是个名义而已，你始终是我最爱。"

姐己赌气不说话。司工官便与她夫人商议，薛夫人便说："我与你夫妻二十年，不说恩爱，至少能以薛国族人支持你为东夷首领，而现在一个女子才与你认识不过数月，怎么能就此为夫人之位？"

司工官听了烦恼，他怕失去薛国支持，因为他的亲信宗师和侍卫都是薛族人氏，若是他夫人在薛族诋毁自己，真的可能会失去他们的人口和财力支持，便只好又回来跟姐己商议。没想到这回姐己淡然说："其实你既然爱我，立不立我为夫人无关紧要，而你又在乎名誉，不如就这样暗地里来往，这样对大家都好。"

"这……但是始终要给你名分才好啊。"

妲己仰头一笑说："没关系嘛，我是不是你夫人，都可以在此助你平定东夷。"

司工官总觉得有些不妥，却又说不出话来，妲己便欢快地拉着他出去说："走吧，别想了，去教我神术去！"

过了月余，司工官便率领昆吾氏等宗师突袭了雨师妾与奢比尸族的族兵，这时雨师妾浑身烧伤刚痊愈，神术没有提升，也没能组织阵法，军队一触即溃，但她早就给了任伯消息，告诉他这是袭击司工官的好机会。

任伯便率军前来阻击，但在接近司工官师旅大营附近郊野受到阵法阻击。领头的骑兵被草藤和灌木连人带马绊倒在地，后面的骑兵要退走，却仍然不自主的撞了过去，骑兵本来已经跳下马往回跑，却还是被草藤拖入阵中，乱成一团。但与此同时，另一边的骑兵的领头人马却被草木拦腰打翻，后面的骑兵则被草木推了出来，依旧乱作一团。任伯与羲和氏在空中仔细看了骑兵状况和周围地形，商量说："两股力量相反，这一定是司工官的巨轮，只要找到中轴就能取他法宝。"

羲和氏用蚌珠射出的光束比了一下说："这里、这里，与那边的灌木肯定就是中轴了。"说着她靠近最近的一株灌木，射出强光，灌木化焦炭，露出了树干里面的青玉圭和牵动锁链。

任伯正要去夺取，云中一声钟声，金石冲力激射而至，他只好以盾牌拨开。司工官飞身而下，以土封盾挡住羲和氏的强光，连声敲钟，而土封后突然闪出妲己，顺着钟声冲力发出数支短剑，短剑沿着冲力朝任伯两人射来。这时任伯已经展开引风幕布，躲在后面，无奈数支短剑是一根绳索牵引所发，互相牵扯，连续击中幕布，使其洞穿。两人均被击伤，幸好幕布仍在，司工官不能看到他们逃离方向，他们得以混入士卒群中，随即下令退兵。

司工官这一仗不仅消灭雨师妾与奢比尸族军队，还逼退了任伯军，军队带着战俘一回，便设宴庆功。宴席结束，昆吾氏便去军营分得战俘，要押送他们回夷方，司工官与妲己陪同，昆吾氏一高兴，便说："战俘我可得多分点，你夫妇二人神力高强，以后训练士卒以阵法取胜，无需过多士卒，正好给我带回夷方，以免他们逃回莱地。"

司工官脸上一脸尴尬，妲己却满不在乎地说："金正官大人多想了，司工官大人他可没有想过要娶我呢！"

昆吾氏哈哈大笑说："其实以苏侯女你如此美貌和高强神术，别说为君侯夫人，就是为大商王妃，也不是难事！"

司工官脸色极其难看，妲己看了看他的脸，高兴地问："大王不是有莘妃了吗，听说恩爱非常，不是吗？"

昆吾氏便笑着说："这你可不知道大王为人了吧？"

妲己急着说："如何如何？"

昆吾氏看司工官脸色发青，便看着他为难说："这……"

妲己急忙对司工官说："你先去交代百夫长去！"便赶他走。

昆吾氏待司工官走后，便悄悄对妲己说："怎样，我说话有没有击中要害啊？"

"多谢金正官大人了。"

"其实我是说真的，以你的天资和美貌，成为王妃不是问题，宓夫人你认识吧？她之前就因为神术出众令大王着迷过一阵子，而你即使光凭美貌，就可以了，更何况你还有神力呢！"

妲己脸上放光，翘着上唇说："知道啦，大人如此捧我，是要得到什么吗？"

昆吾氏赔笑着说："你既为有苏氏，就是昆吾氏后裔，与我同姓，想侯女今后若是得势，能向大王进言把与我同姓的顾国作为我的食邑，让我永守昆吾鄙地，不要再征召我回大邑商就好了。"

"大邑商物产丰富，可供役使的人口众多，为何不愿意去呢？"

"唉，现在黎人进逼，战争即将来临，谁愿意去啊！"

听了这话，妲己心中倒开始为已经迁徙到黎人与大邑商之间的苏人担心起来了。

过了月余，黎人已经开始经常在边境上以小股族人进入安顿不久的苏国田地，挑起纷争，帝辛便召集司土官商议，让他召集正在训练的军队，准备开往黎国与苏国郊野。司命官则召宓妃和妲己速回大邑商参战。

宓妃在冯夷宗族，便留顾氏在当地治理日常事务，自己赶往大邑商。

第二天，妲己出发去大邑商，但她不进城，却绕着去了苏国，苏侯偷偷去接她说："女儿，你此来可不能被人察觉，传出去你便违反了不能回族地的禁令。"

"放心吧，父侯，我是奉命进大邑商的，只是顺便过来看望您一下就走。"

苏子在一旁说："现在黎人入侵，征伐即将开始，你还是跟在帝辛身边的宗师一起行动为好，不然被黎人宗师抓住可就糟了。"

"我就是来打听战事的准备情况的。"

苏侯便说："我与你兄长就要奉命随军出征了，跟随的是田畯官为将的师旅，这一军的士卒大都是从我们苏人征召过去的，另外两军分别由司土官和邮氏率领，帝辛为后军。"

苏子则恨恨地说："帝辛这几年征召了我族人大部分壮士去了大邑商，致使我国只剩下些老弱了，连耕种、放牧都缺乏劳力了！"

妲己便说："我这次从东夷来，学了司工官不少神术，正好借帝辛征伐带回我族人士卒！"

苏侯急忙说："不可，现在黎人压境，只能全力配合帝辛征伐，不然，一旦帝辛因此败退，我族将会被殷人和黎人瓜分。"

苏子也说："是啊，妹妹，我苏国处于两强之间，只能暂时投靠其一，才能图谋复兴。"

妲己听了便放弃了借率军把苏人带回苏国的打算，苏侯又说："你在这次征伐中可多结交宗师，立下战功，以图解除殷辛对你的限制，回苏国来。"

妲己回到大邑商，见到司命官，他正色说："怎么七天前征召你，现在才到？"

"因为司工官相留，因此迟了。"

"胡说，司工官跟我说你接到消息的第二天就走了。"

妲己心一横，便说："我去了苏国看望我父侯兄长。"

妲己说着，不敢抬头，正在等待惩罚，没想到司命官缓和说："嗯，这次就算了，下次不要擅自去苏国了。"

妲己抬头盯着他说："怎么，你不是最会严守禁令而罚的吗？怎么这次不罚我了？"

司命便轻描淡写地说："听司工官说你这次在东夷立下大功，所以赏罚抵消。"

不知为什么，妲己听了这话却高兴不起来，正要快快而去，司命官叫住她说："你现在准备一下，我命你为千夫长，明日便拿着虎符去邮氏军营报到。"

"我从司工官那学了许多工匠神力，可去田畯官那里，配合他阵法使用。"

"不可，那里有你苏人士卒，你要避嫌。"

司命官便过来扶着她肩膀说："这是大商祖训如此，不能不遵守，此战之后，我一定全力举荐你带兵，且让你回苏国。"

妲己轻笑着说："其实只要我愿意，我想什么时候回苏国都行，凭我的美貌和神力，不但可以为王妃，还可以博取大王信任带兵！"

司命呆了半晌，说不出话来，他只好回避妲己逼视而来的锐利目光，口里说着："好了，你快去准备吧。"

妲己便去了邮氏军营报到，邮氏一看，急忙亲身过来给她赐座，说："早听说苏女在东夷立功，想不到居然是位大美人，这下我军可是有了助力了。"

妲己习惯了男人的热情，淡然地说："好了，大人，你回自己座位上去吧。"

邮氏忙嬉笑着说："不知苏女是否有私名，可否容我知道？"

妲己不耐烦地说："没有，大人请回吧！"

这时，少宗祝过来，对邮氏说："大人，我们还是谈军情吧。"

邮氏没趣，只好回到座位上去了，在座的除了他们还有酒正官，他说："这次出征，在司土官、田畯官与我军中，只有我族人阵法不熟，而黎人阵法威力极大，不知邮氏官大人打算如何迎敌？"

"放心，大王心中有数，阵法对阵的肯定是其他二军精锐，我军应该只执行迂回偷袭和追击败兵的任务。"

"但听说黎人全民皆会阵法，又有铁质兵器，怕是连追击败兵我军都没有胜算。"

"这就要靠各位宗师努力向前，以神术树立军威了，喂，宗祝官！"邮氏喝住正在一直盯着妲己看的少宗祝说："你的魂阵能奏效吗，连东夷蛮族丑氏都能在田阵里随意借魂的！"

少宗祝急忙定了定神，调侃他说："放心，我虽然不能借你田阵之气，却能随意借草木之魂。"

邮氏遭到抢白，只好岔开话题。

会后，少宗祝便急急拦住妲己说："苏女，你不记得我了吗？"

妲己看他惶急的样子，娇声逗他说："小哥哥，看你的模样，难道你是我以前在苏国养的小奴？"

少宗祝失望地说："看来你小时候对我印象不好，也怪我那时出手击伤你，给了你不好的印象。"

妲己噗嗤笑出声来，少宗祝便说："你笑什么，你认出我了？"

妲己看他惊疑不定，笑的声音更大了，少宗祝便说："我伤了你你还笑，这么说你觉得那次的事没什么啰？"

妲己强忍着笑，说："跟你一起的那个少年呢？"

少宗祝惊喜地说："你果然认出我来了吗？他现在田畯官麾下随行征伐。"

"你这几年炼制了什么法宝了没？"

"额，有一些，都是继承我爷爷宗祝官的，可惜神术没有什么提升，听说你在东夷立功，一定提升很多吧，真没想到才几年就变得如此美貌动人！"

妲己抿嘴笑着不说话，便要回营休息，少宗祝叫住她说："我这里有一块彩玉，可以物移防御、避气振魂，你可带在身上，防止黎人在战场上趁乱移你魂魄。"

妲己越是看他眼神炽热，就越不想接受，便把随身金铎取下给他说："这是我用来定住人魂的金铎，给你换吧。"说着接过了彩玉。

少宗祝有些失望地说："我还没教你使用呢？"

"我自会些振魂之术，你放心吧。"

少宗祝见她要走，急着说："可我不会用你的金铎啊！"

妲己便笑着说："好吧，等征伐结束我再教你。"

伊耆氏上篇

两天后，帝辛率三师到达边境，这时黎人已经扎营驻军多日了。他让司土官对黎侯借风传音说："黎侯，为何侵犯苏人边境，现在又在我大邑王畿驻军！"

伊耆氏便说："帝辛，你之前强行迁徙苏人，现在据说又在训练苏人精壮为自己所用，实在是有违我各个侯伯与我先祖长久以来所定下来的伦常祖制，因此这次要以先祖的名义讨伐，劝你解除对苏人的役使，放他们回去。"

这时，帝辛便让苏侯答话，"黎侯，我苏人已经迁徙至大邑王畿，苏人虽然被征召，但过几年便会遣回苏国，你大可不必出兵征讨！"苏侯借风传音说。

"不行，这不仅关系到你苏国之事，更攸关于大商与各个侯伯的伦常，我黎国绝不会让有损各个侯伯利益的事情发生！"

帝辛听了大骂伊耆氏专横无理，便让司土官说："黎侯和伊耆氏，你们黎人专横无礼，这次没有会合一个侯伯，还敢说为了各个诸侯利益，真是不知耻，最好速速退兵，否则杀尽你们黎人！"

伊耆氏大怒说："殷辛，你忤逆先祖，妄自称帝，收取诸侯贡赋扩军反过来威胁诸侯，使其不敢出征，如今反倒说侯伯不愿会合，真是颠倒黑白！"

帝辛不再说话，命司土官与田畯官两军以阵法齐头并进，冲击黎人阵地。两方都各自以农田阵法发动冲击，长戈挥出的飞砂呲呲作响，但一靠近双方士卒，就倏地散去，阵地上则发出隆隆之声，两军周围地上的草木都被划断成碎片，乱划出的沟壑则越来越深。两方仅以疾气互相冲击，并没有短兵相接，但黎人却在不断靠近殷人阵地，而司土官发现，随着黎人靠近，定田阵的玉圭开始碎裂了，便对寝正官说："快发动你的宫室阵法，快撑不住黎人的冲击了！"

"但若发动宫室阵法，土肥草木之气便不能借用了，对黎人的冲力会减少！"

"顾不了这么多了，反正即使有草木之气，也攻不破黎人！"

寝正官便辗转于士卒中去设置阵法，总算止住了维持草木土石田阵的玉圭的碎裂，但黎人仍然在逼近，在宫室阵法之外的阵前殷人士卒都因不能抵挡黎人攻击，被杀死了。

这时，田畯官军则因为没有宫室阵法保护，玉圭大都碎裂，而用于替换的玉圭却不足。飞廉看到玉圭支撑不住时，早已化尘土风到阵前，以一己之力借灌木风散去黎人的一阵冲击，田畯官、宓妃和郁垒也各自以阵法、水汽、门阵挡住黎人冲击。帝辛在后军，得知田畯官军守不住了，便让苏侯的驳马队冲击黎人阵法。

苏侯随即组织驳马队在田畯官阵中分七队，每队每位士卒都竖起旗号，急速冲向逼近的黎人，犁娄氏这时在前军，看到密集的旗号，猜测是苏侯的驳马队，便下令"让路！"

士卒训练有素，对着几支驳马队让出几条路来，驳马队势不可挡的冲入阵中，但是，首先旗帜就被草刺撕得粉碎，随后士卒连人带马都被导向长戈两边，被钩刺得血肉横飞，倒在地上爬不起来，身后留下一道道深沟。苏侯与苏子看驳马队失利，只得自己上前，跟其他宗师一起，抵住黎人冲击。

此时，邮氏率领的军队已经翻过土丘，迂回到了黎人后军，看这里士卒没有布下阵法，便率军以阵法发动突袭，刚接近他们，就感觉一股酒肉的香气袭来。邮氏不顾，继续让士卒混战，但士卒虽然有阵法加持，却举止无力，反倒是黎人士卒却奋勇当先，杀得殷人开始后退。邮氏自己也突然觉得饿得头晕，急忙发动阵法散去香气，但他一人之力，杯水车薪，而士卒则因为头晕目眩而不能被组织起来以神力散去香气。

这时，空中一宗师仗剑袭来，逼得邮氏急忙抛出金杵去压，自己后退。那人剑指压下来的金杵，转了几转，便甩了回去，滚在地下。邮氏正要去接过金杵收了，定睛一看，认得是盂侯，便大叫："盂侯，你居然不树旗号，是为了暗中相助黎人反叛吗！"

盂侯喝道："我盂人与黎人为邻国久矣，无须通报你们就可互相支持！"

"你忘了大王在盂方之战中饶你不死之恩吗！"

"少废话！"盂侯仗剑直扑而来，邮氏正要举金杵还击，却感到自己金杵脱手，被扯了过去，虽然有耕犁阵法的绳墨牵住身体，但他身后地上的深坑已经在不断喷出土壤了。他看盂侯宝剑的护手呈宝鼎状，知道是此宝发动了吸力，便急忙抛出量壶罩住扑来的盂侯，一股粉末顿时把他与周身水雾罩住。但盂侯剑上发出热气，在空中一搅动，粉末沉降、回射，量壶在空中被打穿。而邮氏趁这一击，已经以金铲护身，逃到士卒中去了。

这时，少宗祝与妲己闻声赶来，少宗祝射出金箭，这金箭蓄积了大量草木之气，轻盈迅猛至极，但被盂侯拿剑一引，便急速的射向身后的妲己。妲己手上短剑一挥，朝盂侯射出三道疾气，一道打飞金箭，一道射在盂侯脚下，还有一道被盂侯格挡化解。少宗祝这时已经借草木扯住盂侯双脚，而妲己身上金铎作响，也发动阵法，使盂侯神散。但盂侯剑上的热气立即延伸到身上冒出，连附近的草木都在冒出热气，散去的魂便被振奋，而少宗祝和妲己都感觉热浪醉人。

少宗祝又取出玉仗划地，沟壑延伸过去，要以泥土冲击把盂侯迷魂，只见盂侯以剑划过挡开泥土，随即发出一道热气，"铮"的一声响，少宗祝用于牵扯盂侯魂魄的玉仗被热浪冲飞，热气蔓延到他本人身上，使他醉醺醺，差点呕吐，委顿在地。盂侯剑气直指过来，突然一根长勺匕首飞旋地刺入少宗祝跟前。持续的热气被不但被格挡，还反而催动长勺搅动旋转，旋即散去了剑气。原来是酒正官飞身而下，带着少宗祝就往士卒里走。

盂侯正要追赶，妲己已经趁机往他脚下抛出嘉石，自己则已经跳到上空，挥起玉铎鞭聚起四面八方的草枝朝盂侯刺来。但盂侯此刻浑身热气，连嘉石也被热气翻滚冲开，草枝都从他身上的热气滑开，他以数支剑往空中的妲己投来，热气也蔓延而至。妲己便抛出木轮旋转，格开利剑，散开热气。但飞剑搅动的热气随即发出火光，大木轮起火折断。

盂侯便追上来，剑上发出热气也蔓延过来，妲己慌忙挥出短剑划出疾风，但这一格虽然吹散热气，热浪却仍然缠住她，连她自身魂魄都被熏醉。幸亏她身上金铎早已振响，尚能定神，但金铎只振响几下，便冒出热气，系绳断裂掉落。妲己知道是迷魂之术，急忙取出少宗祝的彩玉抛出，彩玉在接近盂侯时被他一抖剑尖，立即炸裂，但妲己趁彩玉混合盂侯剑上热气的空隙，自身振魂，反身进士卒群中走了。

邮氏军无人指挥，四散而逃，但因香气追袭，他们饥饿难耐，力气不加，大都被黎人擒住，只有宗师能够散去周围香气，不至于被捕。

在田畯官军那边，因为只有几名宗师抵挡黎人阵法冲击，没有宗师挡住的阵前士卒则或被杀死，或被逼退。就在这时，黎人军中突然冒出一只大鼎，不断变大，由数十只大雕吊在低空，朝田畯官军罩住，一股带着肉香味的巨大吸力立即把田畯官军的士卒都引向大鼎。

田畯官等宗师急忙飞身而上，要夺取巨鼎，但巨鼎后面闪出伊耆氏与犁娄氏，朝巨鼎发出的冲力都被他们挡下。飞廉首先化云雾风冲入巨鼎周围，运起风力把伊耆氏犁娄氏二人困住，但伊耆氏与其坐下赤龙发出的火光迅速膨胀，风力反而刮向众人。田畯官将蓄力已久的大刀射出飞砂，但被犁娄氏以镰刀撞上，"嘭"的一声巨响，撞击在空中，余波朝田畯官压下，逼得他几乎掉到地上去了。

犁娄氏随即又挥舞镰刀追了过去，镰刀伸长几尺，朝田畯官砍来，田畯官也以刀带风劈出，两下相撞，又是"砰"的一下巨响，田畯官大刀断成两截。犁娄氏又是一劈，田畯官急忙抛出断刀，急剧朝地下退去。但犁娄氏镰刀暴长几十丈，不但挡开飞来的断刀，还朝田畯官拦腰劈下。

地上的司土官已经飞身而至，迎着镰刀以玉圭挥出，随着玉圭上蓄积的飞砂射出，镰刀随即缩回。玉砂被犁娄氏坐下领胡牛伸头一口接住，它身前身上附着的土气随即发出砰砰砰的连声巨响。

另一边，伊耆氏转移飞廉狂风之后，以火光罩住飞廉，而看宓妃化作的水流已经扑向巨鼎，立即挥剑发出火光把水流罩住，烟火弥漫。宓妃急忙在空中卷起漩涡，烟火都消散，她自身化一道水柱逃去。飞廉则取出律管，引出厉风，肃杀之气一下扑灭火光，一直延伸至伊耆氏。

伊耆氏狂笑一声，剑上青黄火光一引，剩余的热气随即冲淡厉风的寒气，寒暑气交汇，反而把飞廉罩住，不能动弹。伊耆氏即催动坐下赤龙，仗剑直刺过来。飞廉被青黄火光窒息，挣扎着又以律管放出巨风，炽热的风立即破除自己身边的青烟，又朝伊耆氏袭来。但伊耆氏此时浑身黄白色火光，他剑上火光与赤龙扇出的火光一下冲破飞廉的热风。经过这一下冲撞，他身上余热的青黄火光随即笼罩飞廉的化风，又使他窒息。

伊耆氏飞至，一剑把飞廉的化风劈成两半，四件律管被青色火光包裹、另四件以及其本体被黄色火光包裹。

伊耆氏正要带着两团火光回去，一支金箭随强光射下，把伊耆氏与赤龙逼开，原来是王后到了。司命飞身而至，以两根玉尺拉住飞廉，朝大火星次的对面一路引风，急速把飞廉拉出了火光，烟火散尽，法宝也收回在一起，伊耆氏则被逼开。而飞廉皮甲成了焦炭，但因吃了清热的鲐鱼，没有灼伤，只是魂气被青黄火光窒息太久，奄奄一息的回不过神。

王后又要朝巨鼎射出光束，但刚照住巨鼎表面，就被赤龙的长翼挡住，宓妃则暗中以尘埃困住赤龙，但被它火光冲破。伊耆氏看对方人多，而这时地上的田畯官军的士卒其实已经被肉香引得失魂，都被抓住，便招手让群雕把巨鼎带往黎人后军，他自己则与犁娄氏飞身下地去了。

众宗师并不敢追赶，只下地继续抵挡黎人阵法冲击，这时司土官一军侧面也被黎人阵法冲击，只能靠宗师各自施法抵抗。

黎人看暂时不能攻入宫室阵法，而士卒又因为殷人宗师众多，被杀伤杀死过多，也只好退兵。

殷人扎营，帝辛看田畯官一军，都是训练了好几年的士卒，一战都因巨鼎被俘，痛心不已，便问巨鼎来由。

邮氏便说："应该是盂侯的法宝，他在后军守卫，与我们交战，他们士卒人人背负饭盂，里面装有食物，用食物香气加强他们士卒战力，同时使我士卒饥饿，力气不加。"

司土官便说："盂侯善于造盛煮食物的大鼎，这巨鼎应该是由此炼制的法宝，只要是需要取食之物，都逃不过这巨鼎的散魂，更何况我军支持半日，士卒腹中饥饿，自然轻易就会丧失战力。再战之时，只有尽全力损伤这巨鼎了。"

帝辛黯然说："那如果再战，你们可有战胜的把握？"

司土官摇摇头："此战全靠我宗师人多势众，挡住黎人士卒的冲击，我们已经疲惫不堪，如果再战，只怕耗尽了我宗师体力，最终还是黎人获胜。"

寝正官便说："黎人阵法可能是以铁器定阵，我族的玉圭则禁不起土石磨损，与黎人僵持便会碎裂，现下玉圭已经快用完了，如果再战，只能再添能比肩铁器坚韧的好玉来定阵了。"

"想不到我军训练士卒四五年，竟然败在黎人铁器之利上！"

王后便说："现在只能先以寝正官阵法抵挡黎人，再命人去封父氏、坊氏、亚丑伯处借用好玉炼制的法宝了。"

帝辛黯然点头，派遣风师去传消息。司命官则说："这些天我们坚守不出，正好混入黎人军中行刺，他们只有三位宗师，即使能刺一位，也能动摇军心。"

帝辛便命司命官去组织。这些天，帝辛军便扎营严守，黎人挑战，却不能攻入，只能撤退。司命官来看飞廉，他化风之时被劈开，又被火光中的秋气侵袭身体，导致魂魄不调，因而仍然虚弱。他说："想不到我刚练成以律管储存东西南北风，就被打败，难道真是我风术本身不敌御四时之气的农术吗？"

"不是这样，伊耆氏本身是黎人的火师，又是神农氏后裔，你若跟他拼暑热之气，一定不是对手，只能在寒暑气变化中求胜了。"

"可他能以寒暑气交汇侵袭我身体，似乎已经精通四时之气的变化了。"

"这就是我要向你打听的，他是黎人火师，以热气驱逐寒气没问题，但不知他是否能生寒气驱逐热气呢？"

"这就不知道了，不过我以厉风寒气杀他热气之时，他并未趁机扩大寒气，以此来定住我，而是以春火窒息我的。"

"嗯，我知道了，你好好养伤，少宗祝也受伤了，他可留下为你治疗被夏气造成的魂魄灼伤。"说完，便离去，准备召集妲妃他们组织刺杀了。

少宗祝在战场上中了盂侯神术，至今还胸腹堵住，呕吐不止，不能进食。妲己便来看他，一进营帐，看到一少年在场，一眼认出他便是四年前要行刺她的郁垒，便装作不认识，给少宗祝打招呼。郁垒一看妲己，便惊讶地问："你是哪位侯伯之女吗？"

妲己笑而不答，对少宗祝说："多谢了你的彩玉，我才逃过盂侯的吸魂。"

少宗祝挣扎地爬起来，喜笑颜开说："你能来，我就满足了，你没有受伤吧？"

妲己乖巧地点头，坐在一旁问："怎么你的伤治不好吗？"

少宗祝叹道："唉，医人官来看了也说治不好，当时中了热气之后，便觉压抑，而现在还似堵住了一样，不能进食。"

"为何我中了热气，却只是被迷魂，没有你的病症？"

"酒正官认为这热气是煮食之法，呕吐便是因此法而伤了魂，他用薰草煮熟帮我疗伤，但仍不见好。"

郁垒便盯着妲己笑说："妹妹你可说一下当时你身上的法器，看会不会是有克制盂侯神术之器呢？"

妲己轻笑一声，便埋头仔细思索盂侯神力，她随即说："你把薰草给我，我来试着以煮丝之法来为你治疗吧！"

少宗祝惊道："你还会煮丝？"

妲己甜甜地笑着："嗯，司工官教我的，再说我本身也在典丝官手下多年，你不记得了吗？"

少宗祝急忙说："记得记得，不过你得司工官教你提升了神术，真让人羡慕。"

郁垒看自己有些多余，便起身告辞。待他走后，少宗祝问妲己："你认出他是谁了吗？"

"嗯，行刺我的郁垒嘛，第一眼就认出了。"

少宗祝泄气地说："没想到他变化这么大，你都能认出，却不能第一眼认出我来。"

妲己抿嘴笑着说："我认出你了啊！"

"那是我提醒你了。"

"不，我第一眼就认出你了，只是在故意取笑你而已！"妲己嘻嘻笑着。

少宗祝惊喜的一把抱住她说："原来如此！"但他忽地觉得妲己身子有些僵硬，看她脸上有些尴尬，便只好松开，说："我只是一时兴起。"

妲己便说："你好好歇着吧，我去拿法器为你治疗。"说着就要起身离开，少宗祝一把抓住她的手说："我想向你父侯纳采，娶你为夫人！"

妲己不好意思地笑着，说："其实……我只对神术高强的宗师有意，像司命官、司工官那样的……"

少宗祝说："可神力高强的宗师大都已经有夫人了。"

"我不在乎这个的。"

少宗祝呆了半晌，心里思绪纷飞，妲己便去拿法宝去了。过了一会，妲己拿来一团丝，上面系着数颗宝玉，一边缠绕薰草一边对少宗祝说："这是我新炼制的法宝，能振奋士卒，还没有用过，给你试一下吧。"

少宗祝嗫嚅着不说话，妲己便聚起水汽，发动神力，丝团和薰草都冒出热气，热气从薰草传给了少宗祝身上，他顿时觉得轻松了许多，胸口也不再压抑了。妲己看他轻松，欢喜地说："看来有效哦？"

少宗祝也高兴地说："嗯！果然不再有堵住的感觉了。"

妲己让冒着热气的薰草放在少宗祝胸口，说："你忍着烫。"

少宗祝忍着烫热，不禁抓住了妲己的手，妲己也不回避，任他紧握。热气蒸腾，少宗祝感觉轻松多了，便说："应该已经可以了。"妲己收了神力，热气逐渐消散，她高兴地说："看来我这法宝用来克制别的神术是没问题了！"

少宗祝也开心的问她："你这法宝是怎么炼制的，连精于煮酒的酒正官都没有办法。"

妲己翘起上翘的嘴唇，得意地说："酒正官酿酒之法只会让你更加迷糊压抑，如何能振奋你呢！"

"这么说你是以美丝华绸之物来激发人魂的，可你是怎么连系这煮丝与人魂的呢？"

妲己正色说："这可不能告知你哦。"

少宗祝这才感觉到他们俩之间的距离还是挺远的，便丧气地说："想盂侯也是以煮热之气控制人魂的，而你似乎已经可以克制他了，这样下去，不出几年，你自己就会成为司命官他们一样的宗师，而我就更不中你意了。"

妲己便劝他说："我只是跟司工官学了些皮毛罢了，神术驳杂得很，哪比得了你专精于魂术呢！"

少宗祝突然盯着她说："你说只有意于司工官这些神力高强的君侯，你在东夷一年，是不是已经跟他有情了？"

妲己坦然地说："嗯，不过我发现我并不爱他。"

少宗祝直勾勾地盯着她追问："那你有意于谁，司命官、寝正官？"

妲己低头沉默了一会，便笑说："好啦，别问了，你休息吧，我先走了，我还得跟我父侯他们会合去黎人营地。"

第二天，司命官、苏侯、宓妃与妲己一队，司土官、寝正官、田畯官、苏子一队，化装成黎人士卒进入了黎人驻地。他们约定，不管是哪一队先找到首领宗师，便行突袭，而另一队听到骚乱，便守候在营外突袭赶来支援的宗师。谁知他们进入黎人驻地，刚要分开活动，就有一队巡逻士卒上来喝住司土官一队，盘问说："你们是哪位宗师手下，哪一师哪一田的？"

司命官听到，灵机一动，也率队上前喝问："快说！"

司土官便说："我们是犁娄氏军，丙师，辛田的。"

那队巡逻士卒脸上变色说："这里是犁娄伯军，戊师，丁田的巡逻地界，你们怎么会在这里？还有，你居然称犁娄伯为犁娄氏？"

司命官在一旁说："对！必然是来探听的奸细，快把他们绑了，带到有犁娄伯那里去审问！"

巡逻士卒便叫手下把先他们绑了，再套上枝条，又问司命官："你们是丁田的吗？怎么这么眼生？"

司命官便说："我们是戊师庚田的，路过这边。"

那巡逻士卒没有怀疑，一边叫抓人，一边说："虽是同一师的，但也别乱走，以免乱了平日训练所定下的军纪。"

司命官便赔笑说："既然抓了间谍，我们也去做个见证。"说着便押着司土官他们去了军中犁娄氏大营。路上，司土官使绳索紧绷，一下便崩得快断了，田畯官以神力用汁液浸润身上的绑缚粗索，不一会就把粗索绑缚弄得松动，寝正官和苏子的绑缚则被司命官暗地里弄松了。

犁娄氏听说抓了间谍，便来到大营，叫带上来。巡逻士卒刚带司土官等人进大营，司土官就取出教象，铺在了大营帐顶上。整个帐顶顿时布满教象文字发光，而他们左右士卒都在光下眼花缭乱、失魂落魄瘫倒了。

犁娄氏则早已觉察杀气，镰刀已经取出，朝司土官砍来，却被帐顶文字光芒中射下尖刺打飞手中镰刀，而他自己则被教象散发的魂气压在地上，若不是地上有草木魂气护身，他已经瘫软，而教象直接压制魂魄，因而即使有阵法的地气抵御，犁娄氏仍然爬不起来。

田畯官与苏子左右冲出来，他俩头上发簪都挂有金铎护体，因而教象的光无法伤害他们魂魄，一个取下士卒大刀，借营帐内的农耕阵蓄力劈来，一个取出嘉石抛出。犁娄氏便朝前扑出，一下不见了。田畯官感觉地上有气息移动，便蓄力劈了过去，但只见草席掀翻，地上被击穿，气息却移开了。

寝正官便以玉圭旗帜定在地下通风口上，要布置宫室阵法，操控宅气压住犁娄氏，哪想玉圭一碰地上草席，便断成两截，他这才知道这营内地下室通口外有铁器布阵，他已经无从下手了。

营帐内展开激斗之时，司命官等人已经随营帐外侍卫出去了，侍卫宗师都借风传音去叫人，不一会儿，伊耆氏就从空中飞身赶来了，他浑身火光，正要从帐顶下去，司命官手中大刀已经变成玉尺，绕至他西面，一路引出大火星次方向风力急速刺出。伊耆氏反应快捷，身上火光炸裂，但玉尺还是冲开火光插入他的腰部，鲜血迸出，司命官则及时退开，没有受伤。他失了玉尺，又要以一把普通大刀冲过去，无奈赤龙赶到，扇出火焰，他只好凭刀牵制风火，与之缠斗。

伊耆氏正要拔出玉尺，苏侯已经举刀朝他砍来，疾风与火光相撞，"铮"的一声巨响后，火光并没有被压下，而是变成青白焰火状喷出了几丈远，苏侯反而连人带刀被这阵焰火缠住炙烤。

妲己在地上看到，急忙以夺过的长戈挥舞草木冲刺过去，草木气牵起火焰从苏侯身上移开。伊耆氏看到，撒出尘土要封住妲己，但被她一伸手收去尘土，反而射回扰乱了伊耆氏火光。伊耆氏大怒，朝妲己冲了过来，但头上宓妃已经卷起水汽形成巨大的漩涡，把伊耆氏困在水汽中，火光顿时黯然。伊耆氏只好停下来对付宓妃，他身上火光吸收水汽，顿时变得青黄，散出烟火笼罩宓妃。她不但没能减弱他的火光防御，自己反而窒息。

伊耆氏又挥剑刺出青白火光，朝妲己射去，被苏侯以大刀挡住，但青白火光穿过大刀，化为青黄，分数道划过苏侯身体，妲己一急，以丝帛包住苏侯抛下地去，又以长戈绕上丝团，发出热气，迅速蔓延至青白火光，使青白火光也冒出热气，一直延伸至伊耆氏，使他骨头发软。

伊耆氏惊喝："好小子！"朝妲己猛扑过去，身上青黄火光也转为黄白炽热，扑灭热气，照亮了地面。司命官突然感觉头上亮光倍增，回头一看，知道会炸裂，暗叫不好，丢了赤龙，聚起午时辰气在大刀上，直刺扑向妲己的伊耆氏，伊耆氏不防，被刺中胁下，但这次由于辰气聚积不足，只是轻伤，但也把他推开一丈远。司命官则在伊耆氏的炸裂火光前止住，却不防尾随他而至的赤龙跟了上来，以一道青白色火光把他背后刺穿。

这时，被困在青黄火光里的宓妃因伊耆氏受伤暂时得脱，她感觉是丈夫受伤，奋力提气，聚起大量水雾尘埃，聚积编织成水网罩住伊耆氏和赤龙，把他们定住，身上火光也暗淡下去。就这一瞬，司命逃下地去，妲己也躲过赤龙火光，飞身扶住了刺穿腰部的司命，在地上与苏侯一起抵挡围上来的士卒的田阵。司命这时看到宓妃已经脱困，便大叫："退！"带着众人飞身从布阵的士卒头上越过，司命与宓妃绳网挥舞，散去了士卒射来的草刺疾气。

伊耆氏与赤龙正待追击司命官他们，营帐内的司土官赶到，以教象挡住，伊耆氏魂魄被教象上的光压制，不能击穿。犁娄氏与孟侯随后追到天上，也被教象挡住，攻击虽被弱化，但热气还是使教象卷曲。司土官趁机收了教象急飞从云中逃走了。

原来之前，营帐内的司土官等人一直没能击中凭屏风草席附在地上东躲西藏，偶尔突袭的犁娄氏，只是击伤了他，而有教象镇住犁娄氏，他无力腾空，也逃不出营帐。这时，孟侯从营帐外破教象而入，宝剑挥舞，热气充斥着营帐，司土官等人知道失了教象，一定没法挡住犁娄氏，便各自飞身朝营帐外跑了。

黎侯来看视犁娄氏和伊耆氏，两人都受了伤，便说："我们已经用巨鼎俘虏了近万苏人，已经得势，不如先退兵，等养好伤再战？"

孟侯便说："我看殷辛手下宗师太多，大邑商一时难以攻灭，不如转而攻取虞国、昆虫氏、苏国，多取得人口。"

伊耆氏双目圆睁："你的神力正好对付司土官的教象，你怎么反而退却？"

黎侯便说："这样吧，我们先占据苏国，看帝辛是否营救，如若不救，正好离间帝辛与苏侯，这样至少可以减少帮助大商的宗师，如若营救，我们再战。"

其余三人都认为此计最好。于是，黎人拔寨而起，转而朝苏国而去。

司命官等人回来，只有他与苏侯被刺穿身体，伤了魂魄。妲己听说黎人拔寨而起，正在退兵，心中松了口气，急着去照顾苏侯，他虽然浑身几个地方灼伤，但都伤得不重，便与苏子商量，找来飞廉生出厉风，向苏侯灌输寒气，以促使灼伤愈合。飞廉施法之后，苏侯有了好转，姐己便问："司命官伤势怎么样了？"

"不但被刺穿了腰部，魂魄也被削掉一些，我引凄风抵消他所受的锐利之魂伤，再配合薰草活化他的身体，应该可以痊愈。"

姐己听了，急急地去看司命了。她看宓妃正在运起水雾为司命疗伤，朝她看了一眼，眼神锐利。姐己也顾不了这么多了，到司命床前问："你伤怎么样了？"

"没事的，下半身活动不顺而已，已经好多了。"

姐己听了，轻松了些，便噘着嘴说："都怪我了，让你以身犯险，还特地飞身上来救我。"

宓妃脸上顿时难看，司命便说："我当时只是感觉到炽热的白光，才反应过来，要趁机偷袭而已，当然，想你也会趁机配合我攻击的。"

姐己心下稍微不满，但立即欢快地说："让我来试试吧，我的煮丝之术治好了少宗祝的魂伤，你应该听到消息了吧？"

司命笑着点点头，说："你在司工官手下果然学到很多，而且还有进益，真是了不起！"

姐己笑得红了脸，便说："我去拿法宝了？"

宓妃在一旁冷冷地说："你要考虑好，是让她来治疗，还是我来给你治。"

司命看到宓妃冷若冰霜的脸，又看了看姐己自信的笑容，便对姐己说："不用了，你父侯受了伤，你先去照顾他吧。"

姐己被这话听得心里一震，没有再多说话，失望地走了。姐己一走，宓妃紧绷的心放松下来，轻快地说："看来这位苏侯女有意于你呢！"

司命闭了眼，享受宓妃在自己身体里输入的水汽的凉爽，说："你放心吧，在我眼里，她还是那个桀骜不驯的十岁小孩。"

宓妃急忙转移话题说："你说这次黎人会不会就此退走？"

"应该不会，黎人虽然宗师受伤，但他们仍然可以盘踞在苏国边境，掠夺苏国人口，而我大商训练的苏人士卒都被巨鼎吸走，自保都堪忧。"

宓妃也忧虑地说："黎人若入侵苏国，我军无力营救，大商在侯伯之间的威望又要折损了。"

"现在只能再调集人口迁入王畿，以补充兵员了，而司工官刚刚平定东夷，东夷无需防守，你可去把冯夷宗族迁入大邑商，用来补充士卒。"

宓妃听了恼怒说："你怎么还在想着迁走冯夷宗族？我人都已经在大邑商了，你还想怎么样？"

"你多想了，就是因为你在我身边了，我才不会计较冯夷之事了，现在迁入冯夷宗族人，只是为了救我大商于危难而已。"

"不迁，我都说了冯夷氏已经不欠大商了，你要迁便去找司工官迁入祝国人口！"

"祝国人口要留守对付莱人，任伯虽然不振，但莱人人口众多，祝人不能迁走，当然，你若可说动司工官，让他交出战俘，自然就不用迁来冯夷氏了。"

宓妃知道司工官族人都在东夷，早有称霸东夷之心，自己无论如何都不能说动的，便撇过头去，说："你明知我是做不到的！"

"那还有一种办法，就是我去笼络苏女，让她去说服苏侯，不至于他们在黎人占据苏国之后反叛我大商。"

宓妃大怒，对司命说："好啊！原来说了这么半天，你就是在威胁我？如果我不迁入冯夷宗族人，你想怎么做？"

司命冷冷地说："我只是告诉你，事情有利必有弊，利于国事，便要有损于夫妻之情意。"

宓妃猛地转过头来，问："你说有损夫妻之情是什么意思？"

"我说的是苏女。"

宓妃气得说不出话来，猛然冲出去，说："那你去娶她吧，我走！"突然站住，又丢下一句："现在你的偏爱，昭然若揭！"

司命默然躺在床上，心想是太急着要求迁入冯夷氏了吗？

妲己默然回到自己营帐，心中酸楚，这时，少宗祝来了，高兴地对她说："我伤全好了，真是全靠妹妹奇妙的法宝了！"

妲己看他满脸喜悦和崇拜之情，便说："看你比我大几岁，怎么还像个小孩一样。"

少宗祝说："你的煮丝之术我仔细想过了，一来丝织之物与粗麻相比更有聚魂之功，二来煮丝术的热气能软化体魄，这相比于我们宗祝官只能以香酒、桃木气味提振魂魄而言，就更胜一筹了，是吗？"

妲己媚笑着靠在他身上，说："嗯，你真的挺聪明的。"

少宗祝有些慌乱的惊得退缩，妲己越发看他可爱，便靠近他的脸，对他一吻说："你要教我聚魂散魂之术哦！"说着便脱下他的外衣，边脱便施法，绸衣上冒出热气，使他全身燥热。少宗祝亢奋得不能自制，迷乱地脱下妲己衣裳，把她抱上床，妲己一翻身，把他压在身下……

少宗祝在床上紧抱着妲己，要吞下她似的吻着她说："明日我便向你父侯提请婚期，好吗？"

妲己正在享受着青壮年的粗犷气息，听了这话，又心下沉重起来，她心下烦躁地推开他，穿衣起来。少宗祝惊讶地看着她态度转变，说："你怎么了，现在不好请婚期吗？"

妲己穿上衣物，回头抱着他的头一吻说："别提请婚期什么的了，你只要记得教我魂术就好啦。"

少宗祝急道："可我们才……这怎么……"

妲己甜甜地笑着，抚摸他的胸膛说："你什么时候想要，都可以的哦！"

说着便把他推出了营帐。少宗祝闷闷不乐的刚回到营帐，郁垒便进营帐，着急对他说："听说苏女就在军中，还加入了行刺伊耆氏，你知道吗？"

少宗祝苦笑着说："就是你之前看到的来为我疗伤的那个美人。"

郁垒脸上一阵青一阵红，随即走来走去，像无处发泄似的大声说："我是真的没有想到，仇人居然与我并肩作战了！不可思议！你怎么不早点说！你在故意隐瞒怕我报仇，对不对！"

少宗祝看他激动的样子，便笑着说："你已经不想报仇了，是吗？"

他嗫嚅说："看她为你疗伤的份上，便算了！若她还是跟以前一样暴戾，我肯定不会放过她！"

帝辛正等着暗探回报黎人撤退去向的消息，王后来报告说："亚丑伯来消息说他不用玉布阵，推托了，坊氏也是如此，封父氏则坚持要邮氏率军离去，他才会奉玉。"

帝辛叹道："果然如此。"

王后便说："你不如让邮氏暂时离去，赚得封父氏宝玉再说。"

"邮氏侍奉我俩多年，前几次出兵他都是争先率军赶来，我不忍弃之，更何况现在黎人既然退兵，求玉之事便可暂缓了。"说罢，便召集宗师来大营商议。

司土官一来便说："箕侯带宝玉来了。"

帝辛与王后互望，都觉奇怪，看箕侯入营，便问："你怎么来了？"

箕侯说："臣下得知大王缺宝玉，便飞马而来，一日便至，而其实臣下早知黎人铁器厉害，早已存储了许多宝玉，质地胜于铁器之利。"

帝辛便说："可惜你这些宝玉应该是没有炼制过的吧？炼制法宝需要时日，这就恕我不能给你记下功劳了。"

箕侯笑着说："臣下此来，献上宝玉是其次，目的是为了与司土官商讨训练士卒之法。"

帝辛连忙说："司土官自在王畿训练士卒，不劳你费心了。"

箕侯坚持说："可留臣下在王畿一段时间，让司土官依照我定之法训练，必能重振我军，而摆脱兵源不足之患。"

帝辛便问："你要怎么训练士卒？"

"现在司土官是教令士卒遵守井田的准则，以至于黎人可大量使用铁器，我军玉器则无法跟的上供应，这是过多依赖田地草木土石，宝玉不能承受的缘故啊。要训练士卒，必须以他们自身所望来训练他们，他们所望的有长寿、富有、健康、德行好、善终，只要允诺这些，士卒才会被激励。所以，只要司土官照这些允诺炼制法宝蓄力，便可不依赖于天地气蓄积草木、土肥气，而直接提升士卒元气，这才是胜过黎人阵法的关键所在啊。"

帝辛听了，望向王后，看她点头，便问司土官。

司土官回答："我已经与箕侯探讨过了，我的教象法宝之所以不能抵御盂侯的神力，就是因为只有压制力，缺乏以士卒真正的欲求来激励或压制他们的元气。因而可以一试。"

"是了，"箕侯笑说："仅凭教象的压制力不能服众的，还要有刑制，但刑制也应该与士卒福利相联系。士卒如果冲锋陷阵，自然要大加赏赐，但如果私自殴斗、私自劫掠，就应该受刑，而这刑罚则可以用财货来抵消，此谓上古句芒之政。依我之政令训诫族人，可关涉族人福祉，司土官职责不止于教化农事，还可制止内耗，保证族人上下一心，不如改称司徒官更贴切。"

司命官、寝正官等都交口称赞，帝辛便准许了留下箕侯，并吩咐司土官、田畯官带宝玉下去炼制法宝。

过了两天，探马来报说黎人退到了苏国西边界，侵占了苏国国土，帝辛召集宗师商议，司土官等都说不如不救，他也只好作罢。宗师散后，苏侯即来拜见说："请求大王率军保护，否则我苏人就不能再响应大商征召，为大王贡献兵力了！"

帝辛安抚他说："众卿刚才已经决断，我军只有一万训练士卒，且不能攻破黎人阵法，即使去救也会败绩。"

苏侯拜倒说："我此战与黎人对阵，现在黎人占据我国土，必然报复于我百姓哪！"

帝辛说："你放心吧，黎人需要你苏国供养驻军，不会屠杀你们百姓的，若是他们真的随意屠杀，我军这两年之内，一定出兵为你报仇！"

苏侯没能劝动帝辛，只好退下，并辞别帝辛归国。

苏侯与苏子要离去，妲己趁机送行，想就此离去，司命官便出现了，对她说："可以了，你回去吧，准许你送行已经是违反律令了。"

妲己听了发狠说："我若真要离去，哪里用得着借送别！"

苏侯听了连忙说："好了好了，妲儿，你回去吧，我们先走了。"

妲己不舍说："可我实在担心黎人会对你们不利。"

"放心吧，黎人需要我们提供军粮和劳役，会忌惮我父子在苏人中的威望，不会伤我们的。"

妲己目送他们离开，司命在一旁说："你逃去了也没有用，伊耆氏他们神力高强，多一个你不但不能改变什么，还会连你也被迫为黎人效力。"

妲己恨恨地说："我去了自然顺从黎人，为他们立下军功！"

司命急忙扶着她柔软的肩膀，看着她的脸说："你就不能留下来，和我一起为大王效力吗？"

妲己转过头，一脸惊讶地看着他说："你说什么？"

司命柔声说："其实在问你小字的时候，我就有意于你了。"

妲己睁大眼睛看着他柔和的脸和含情的深目，她自十二岁认识他之后，从未看到过他这样的一张脸，简直不能相信自己的耳朵。

司命继续解释说："我前两天拒绝你也是应该的，毕竟我与我夫人相识多年，虽然这些年因为某些原因聚少离多，已经冷淡不少，但怜惜之情还在的。"

妲己随即压住喜悦，噘着嘴说："我才不信你呢，等你看到你夫人，又拒绝我，那我该怎么办？"

"如果她不离开我的话，你就做我二夫人吧。"

妲己听了心里一甜，扭捏地说："我才不当你夫人呢！"

司命抚摸着她的脸颊说："走吧，我们去找我夫人说去。"

妲己红着脸，任他牵起她的手去了。他们来到宓妃营帐，宓妃看到他们俩牵着手，冷笑地说："我说没错吧，你早就计划好了，是吧？"

司命说："我确实有爱妲己之心，你可以接受她做我二夫人吗？"

宓妃撇过头去，嚅嗫说："你选谁做二夫人，不关我的事，反正我在沬城的时候也不多。"

司命靠近她，对着她的脸低声说："就是这个了，你若是在大邑与我一起为大王效力，好好按我的话去做，我自然不会再娶她人。"

妲己察觉司命语气有异，便上前，司命连忙拉她走，丢下一句："你若不接受，我还是会娶她。"

司命一出营帐，妲己便质问说："你刚才说的是什么意思，你似乎在要挟你夫人。"

司命看她机敏，只好说："这些年她与我关系冷淡，我想借机会刺激一下她，让她不对我这么冷漠。当然，无论如何我都会娶你的。"又跟她说了宓妃这些年都会回东夷的事情，但隐去了冯夷宗族不说。

妲己心下不悦，扑到他怀里说："你若真心爱我，就应该不顾你们的夫妻情分，而顺其自然，其实我是敬你才容许你来找她的，可你怎么能去主动修复你们的关系呢！"

"好，我答应你，仅此一次了。不过你也要答应我，既然你愿意与我婚，就要留在大邑商跟我一起侍奉大王，一切以大王之命为重。"

妲己抬起头，吻着他点头。

帝辛率军回大邑商，司命官、妲己都在军中，一起回去了，而宓妃则另外飞马先赶回去了。她一到大邑商，就开始收拾什物，准备离开去冯夷宗族，而对于司命新娶夫人之事，她已经有了决断。司命单独来看她，说："你已经决定要走了吗？"

宓妃和颜悦色地说："好让你跟你的新夫人在一起呀！"

"那我要废除与你的婚亲吗？"

宓妃身子一抖，回过头说："不用麻烦了，你就对外宣称她是你的正夫人吧！"

司命看在眼里，扳过她的身子说："我们俩真要为冯夷宗族断去夫妻情分吗？"

宓妃便说："这么说你只是为了要挟我，你不是真的爱苏女？"

"不，我从她告诉我名字的时候就爱她了。"

她吸了口气，说："其实你不用这么爱苏女的，她在东夷名声很不好，住在司工官官宫中，到处都是她与司工官的传闻，连司工官夫人也敢怒不敢言。"

虽然宓妃投来直勾勾的逼问眼神，司命还是回答："没有关系的，只要她允诺留在大邑商，我就会爱她。"

宓妃心中愠怒，以蛇皮袋收去法宝，收拾好的什物也不带了，扭头就走，走出门时，回头大声说："我并不在意冯夷宗族，我不喜欢的是你做事的手段，无论在冯夷氏，还是在立夫人这事上！"

宓妃一走，司命便觉得心中冷清，他想是否自己的要挟贬低了她的自尊，既然她现在愿意回到大邑商了，为何自己还总要在乎冯夷留给她的阴影呢？但他转念一想，既然她知道自己爱她胜过苏女，却丝毫不愿意向自己低头，实在可恶，想到这里，他心下一硬，又不愿意去找回她了。他来到庭院，看妲己正在逗自己的女儿玩，看他来了便迎着他说："她走啦，有说与你断绝夫妻关系吗？"

"她没有说便离去了。"

　　妲己抚摸着他的脸说："怎么，你不高兴吗？她这是在故意留下与你的名分，好让我们被外人指指点点！"

　　"不可胡说，她不是这样的人！"

　　妲己脸色顿时难看，说："你爱她还是胜于爱我。"

　　司命只好劝她说："这毕竟是与她有这么多年的情分在啊，好了，我跟你说一件事，你真的愿意留在大邑商跟我一起效忠于大商吗？"

　　妲己奇怪地看着他说："当然啦，你怎么这样说呢？"

　　"今天风师传来消息，说黎人软禁了苏侯父子，占据了整个苏国。"

　　妲己担心地说："怎么会这样呢，"她猛地反应过来："这么说你不愿意跟我去救我父侯吗？"

　　"不是不愿意，大商的兵马一定是不够的，而如果去营救他们的话，我受伤未愈，怕是力不从心。"

　　"这可怎么办呢！"

　　"现在只能劝说黎人接受苏侯他们投降了，你是要亲自去调解吗？"

　　"我当然要亲自去，那是我父侯和族人，我怎么能放着不管。"

　　"但你去的话，黎人可能会留你为将换取释放苏侯，而你允诺要效忠大商，可不能食言。"

　　"放心吧，我去了的话一定为你做内应。"

　　司命点点头，抱着她说："能直接劝和最好，不能的话再留在黎国，但切记你是大商的人，不可真的为黎人做事。"

　　妲己坚定地答应着。第二天，司命便来送她去苏国，这时他们看到少宗祝远远的过来了。司命微笑着对妲己说："你们谈吧，我先回避一下。"

　　妲己点头，等少宗祝过来，他说："这就是你一直有意的人吗？"

　　妲己悦然说："嗯！"

　　少宗祝心下一横，抓住她就亲，妲己急忙推开他说："你干什么！"

　　少宗祝喘着气说："你不是说我随时可以向你求欢吗，你要失信于我吗？"

　　妲己感觉他在用药草气味弱化自己魂魄，使自己酥软，便一跺脚，"砰"的一声，震醒自己，脚上聚集地气，一脚踢中他小腹，使他退开，说："下一击我就不客气了！"

他们俩默然站着，等少宗祝冷静了，妲己说："那是一时怜惜，现在我有所爱，你若是来搅扰，我不会留手的。"说着便走向不远处的司命了。

司命对她说："算了，他还年轻，且都在朝中为官，不要招致尴尬。"

妲己看他泰然处之，不悦地说："他对我动手动脚呢！"

"年轻人吗，谁没有不犯错的过去！"

妲己想到自己与司工官亲热的事，心下黯然，只好收拾好心情，两人依恋了一番，妲己便飞驰而去。

少宗祝在远处目送她离开，他回到营帐，郁垒看他一脸丧气，便问："怎么，她没能回心转意吗？"

少宗祝闷闷地答应一声，郁垒大声呵斥："这小妖女从小就野蛮暴戾，长大了就把野性撒在了男人身上，根本不值得你难过！"

少宗祝沉闷地说："别这样说，确实是我强求了。"

郁垒坐在他身旁说："我这不是在鼓励你嘛，对付她这种女子只有用强，且要比她更强，打得她服软！"

"再过几年，怕是我们俩一起也不是她对手了！"

郁垒顿时也有些泄气，呼了口气说："慢慢修炼吧，我们还年轻，怕什么！"

姜望建吕篇

渭水的郃城，姜望收到西伯风师消息说密须与犬戎联合攻伐阮国，让他赶快带兵前去拦截。姜望便说："报仇的机会来了。"

申姜却并不是很高兴，说："检验你手下士卒是对你忠心，还是对西伯忠心的时候也到了，如果这次战胜，西伯把战俘都交给你训练，趁此收回之前训练好的士卒，你该怎么办？"

"应该不会，如果西伯要跟我长期盟约，不可能就此剥夺我兵权，而一直合作下去的话，士卒自然听我指挥了。"

"好吧，你多注意就是了。"

姜望夫妇率领军队出征，召氏为千夫长随行，在岐山与姬启、姬发、郃氏、檀氏四师会合，姜望与檀氏军去阮国截击密须伯，而姬启、姬发、郃氏三师会合阮伯、程伯、岳氏去犬戎地界拦截犬戎军。申姜在路上对姜望说："这次你可别像三年前那么鲁莽了，听说这几年密须伯手下的臧仆和马步为犬戎宗族袭击西羌人立了大功，应该都提升了神力的，你遇到他们应该不会像三年前那么幸运了。"[①]

"这次不到不得已我根本不会出战，以士卒阵法冲破他们就是了。"

"这些年渭水谁不知道田阵的威名？密须应该会用骁吾出战，这些骁吾皮厚甲硬、刀剑不伤，正好抵挡你的阵法。"

他们到了阵前，果然看到密须伯军全是骁吾群，没有士卒，朝他们直冲过来。姜望连忙在阵中指挥"水汽！"百夫长齐声大喝，挥动挂着丝帛的旗帜，后面士卒立即收积大量泥水。士卒们则推动竹筒，水汽迅速聚集射出，待骁吾群接近，只见嘭嘭嘭嘭数声巨响，领头的骁吾瞬间被击飞，后面的骁吾一跟上，也迅速被打飞，一个接一个，全都倒在泥水中，撞击的巨大水花朝姜望阵前扑面而来，士卒不由得都举盾防护。

但这些骁吾随即跟没事的一样，又站了起来，缓慢地奔向周人士卒。姜望等骁吾群接近定阵的范围，又命令士卒"刺地！"自己也以玉柄大刀刺地，连

---

① 臧仆为虚构，据《周礼》定为负责为密须伯驯马驾车与祭祀马社神；马步即马步神，是瘟疫之神。

接起黄玉挥出，士卒齐齐以长戈刺地，靠近的骀吾本来都被陷在淤泥里，想跳跃前奔却立即被土石打倒，挣扎不起。

等了半晌，姜望又命令"土力震击！"士卒们齐齐以大斧震动大地，正在挣扎的骀吾各个周身都被震得晃来晃去，周围泥土则不断扬起。

但这种震击并不能持续，因而只有少数倒地不起，大部分都只受了轻伤。

檀氏在一侧，等姜望阵中士卒退后，立即率领剑齿猪群，在阵法中凭借獠牙冲击刚解脱定身的骀吾群，把它们撞飞。待剑齿猪群一过阵前，姜望趁机喝令士卒前进，向密须伯的骑兵逼近，迫使他们节节后退。但这时，被剑齿猪逼退的骀吾群又都组织列阵，起来冲击剑齿猪群，剑齿猪阵法则因前冲力在消散而抵不住骀吾御使草刺的冲击，又退到姜望军两翼。姜望只好命令停止前进，让士卒面对侧面冲击，帮助剑齿猪抵住骀吾攻势。

这时，申姜独自飞身到了密须军阵前，要引出宗师来攻击自己，虽然她飞的很低，但密须伯等宗师都从昆氏那里得知申女厉害，都不敢出头，士卒都眼睁睁地看着她从头上飘过。

突然，申姜对着士卒中某处一挥剑，一阵草刺过去，冲散了一阵急速而来的雾气，随即使雾气散在士卒之中。申姜知道有宗师出手了，便飞近过去，但那宗师放出更多雾气，消失在士卒中。她只好返回。

姜望看对面密须军拉下了云雾，密须伯高叫说："郜邑伯姜，我与你仇怨不深，前次你砍伤我，后来我劫掠了申戎，两下抵消，现在既然我军旗鼓相当，可否就此退走，我亦不再入侵阮国！"

姜望正待回答，姬鲜过来说："不可答应，密须伯与犬戎勾结，劫掠渭水各国，由此分得财货，这次不能放过，一定要讨伐密须国！"

姜望知道西伯要利用密须与申戎仇恨，才特地让他带兵拦截密须伯的，应该是要借机占据国土了，便说："这次我奉西伯之命，与渭水诸国联合讨伐你密须与犬戎，除非你们投降，否则不会罢兵！"

密须伯恼怒，便要命令组织穷奇犬冲击，申姜从云雾中现身，她是寻声而至的，听到姜望拒绝，便立即聚起牧草之气，从云雾中攻击。密须伯挥鞭对着草刺抽出，马鞭一声响，草刺全都被抽入地下，还把申姜从云雾中震出。她正觉得耳鸣失神，要被钩绳扯下地去，勉强挥剑打出前后两阵草刺，这回密须伯挥鞭打击处，砰砰砰一路巨响，都是草刺碰撞之声，不但密须伯的挥鞭震击被缓冲，散射的草木之气还把密须伯逼退。一些疾风冲上天空十几丈高，附近的浓雾都被冲散。

密须伯虽然没能躲开，散射的草刺却没能刺穿他，被他趁机后跳，往士卒群中躲了。她听到另一边宗师急忙叫撤军，寻声过去一看，却已经找不到人，只好返回。

姜望看申姜回来，而密人撤走，想一时也难以抵住骍吾攻势，便收去阵前定阵的黄玉，也撤军了。姜望回营，与众宗师商议破敌之法，姬鲜便说："骍吾虽说强壮可以抵御刀枪，但我从来没有见过这么耐打的，居然连阵法加持的飞石都不能刺穿，一定是吃了什么奇物，凭此增强了魂力了。"

檀氏便说："听说这穷奇是密须伯从西羌人手中抢到一种能震慑魂魄的刺牛，会不会是驯养这种牛聚集强化了骍吾的魂魄？"

申姜说："密须伯看来也是有了这种抵御伤害之神力，连我蓄气一击都伤不得他。"

一少年出列说："既然密须伯本人也能如此，必然是聚魂之术，密须伯擅于化马为骡、化马掌为虎爪，便是精于聚魂术所得，看来这两年穷奇已经被他驯养成能震慑驳马魂魄的猛兽了，终于不通过生殖就可把驳马驯化为有强力聚魂的强壮骍吾了。"

姜望便问："这位是？"

檀氏便说："这是我小儿，名叫檀利，现为我师千夫长，他也是我周邦的少宗祝。"

姜望便问："我只听过移魂抽魂之术，从未听过聚魂术，你可有办法破解？"

檀利说："小子散魂之术虽然还不精，但仍然有办法封住骍吾群，而即使对敌密须伯也可尝试破之。"

众人散后，申姜突然说有些头晕，姜望急忙扶她到小营帐休息，医人过来一看，说是有疠疾，给她配了药。申姜说："应该是我在密人士卒头上飞过时被马步暗算了，虽然我消去了他的雾气，但看来我们的去攻势之法是不足以消去疫病之法的。"

姜望点头："疠疾发生本就无形，有神力推动应该借微风就能蔓延，但我们借神力攻击和防御都是无法防御无攻势之法的，自然无法抵御，看来只有泰逢、伊耆氏这样能发动火光护体的宗师能抵御了。"

申姜叹道："周邦先有召氏神力惊人，现在一个少年宗祝又敢破先牧氏魂术，我怕以后渭水又会是西伯称霸了。"

"嗯，我猜西伯早已猜到密须伯骊吾厉害的原因了，才会特意派遣檀氏父子与我一起征伐，他这次不肯罢兵，看来是决心要灭密须了。"

"这倒无所谓，我们趁机分得土地人口就好了，他西伯若称霸渭水，我申戎则可趁机称霸渭北沃野了。"

姜望再与申姜多聊了几句，便急急地去找医人要草药，再去让士卒发动阵法，把草药散在阵内。

第二天，密人又以骊吾群出战，姜望并不进攻，只是守在阵前，之前檀利已经在阵前撒好了黄玉粉，埋在浅土中。骊吾群一过，掀起水雾，搅动黄玉粉发动、释放出冬日的封闭之气，骊吾群不但被耕犁阵法拖慢冲击，它们的身上也开始结霜，都速度减缓下来，禁不住的卷曲身体。姜望随即命令士卒聚集地气冲刺，草刺飞石瞬间刺穿骊吾身体，骊吾群一大片的倒在地上，哀嚎遍野。

密人阵前密须伯、马步已经飞身出来，密须伯一挥马鞭，震天一响，骊吾后面的穷奇兽群冲了过来，而马步则抛出一只鼓囊囊的蛇皮袋，在阵前炸开，放出大片水雾，热气蒸腾，聚集在阵前不散。檀利急忙飞身上前，大叫："马步要驱散寒气，赶快去拦截！"姬鲜、申姜先后去了，姜望则命令士卒逼近。

檀利以蓄积好地气的玉圭化剑刺出，密须伯抢上前，马鞭伸出，震响之下，引导飞砂抛出，檀利也顺势到了高空，聚积天气下压，把密须伯的马鞭"啪"的一声压到地下去了，震击檀利之力也消失。檀利则继续集中天气压下，申姜在后面看了，高叫："小心播散疠疾！"

檀利听了，想自己虽然服了药草，却不知马步使用何种疠气，便仍有些忌惮，只好止住自己，只任天气往密须伯与马步头上压去。他们俩顿时觉得魂魄要被压到地下去了，都运动地气往上推。

这时，地上突然发出嘭嘭嘭之声，地气瞬间上扬，不但止住密须伯两人的下坠之势，还有一道凌厉把檀利逼开。姬鲜知道地下有宗师，交龙旗一招，两条黄龙沙尘穿过驺吾群飞过地面，不但震动周围的驺吾无法动弹，还卷翻茅草，把地上那人逼了出来。但后面的穷奇犬随即张口大吼，把两条黄土龙卷吸入口中。密须伯等三人便退至穷奇犬群，姬鲜不敢追，只在阵前驺吾群头顶驱散云雾。姜望看雾气散了，便继续推进，攻击驺吾群。

密须伯看姬鲜畏缩，趁机一马鞭打在一排大鼓上，鼓声齐振，巨响使得姬鲜一震，不自主的掉落阵前。檀利在高空都被震得有些恍惚，他急忙射出玉圭，要击穿大鼓。大鼓旁的臧仆看了，迎着玉圭挥出镰刀，将刚猛的驯兽气随镰刀划出，玉圭被劈断，草鞭则一直往他身上扫去。这一扫极为迅疾，眼看檀利就要被扫中，突然他感觉自己被一道迅猛之力拉开。一条草鞭扫中大腿，打断一只脚，他被申姜止住。原来是申姜赶到，借草鞭气的流散拉开了他。而申姜虽然勉强救人，仍然惊疑自己的以阵法避阵法之术居然会变得迟缓了。

这时，臧仆虽然砍断玉圭，但砍断的玉圭化作大量玉粉，撒在三人头上，使他们差点窒息，惊慌不已。密须伯随即鞭鼓，一声响，惊醒三人，魂魄镇定下来。但申姜随即从高空下来，带来天气重压，三人刚清醒一下，猝不及防，都被压倒在地。但臧仆以镰刀镢地，立即聚起地气，扬起尘土冲开天气重压，往半空中的申姜扫去，申姜便扬起水流滑开。

但她这一让居然没能完全避开，被飞石扫中肩膀，六层软甲都破损，饶是她吃了牛伤草，也被划伤。她负痛咬牙，手中短剑牵引飞砂，加上感应臧仆这一扫聚起来的疾风，猛力往三人打去。只听她身后不远处"砰"的一声巨响，这一击的飞砂被臧仆等三人挥舞飞石挡下，劲风却随即扫下。虽然因为这是之前一扫的反向聚积的气流而不够集中，但三人中除了密须伯之外，都仍然被压得吐血，委顿在地。

姬鲜在后面看到得势，急忙冲了上来，抛出旌旗，裹住三人，禁住魂魄，不能再施法。而此时，姜望已经指挥士卒分批杀散驺吾群，檀氏父子则逼密人驯兽宗师收去穷奇犬，密人尽数投降。

姜望率军押解密人战俘回到营地，便与姬鲜、檀氏商议处置战俘的问题。姬鲜便说："这次全仗申夫人凭一己勇力，擒住三人，依我看，战俘可由我们均分，而密须之地则可让郃邑伯尽收。"

檀氏则奉承说："郃邑伯姜夫妇神力高强，阵法勇猛，理应分得密须之地，但我儿也有功劳，可否分些战俘与我们。"

姜望夫妇互望，便说："理所应当。"

姬鲜便解开密须伯身上的大常旌旗，让他恢复神智，对他说："密须伯，我周邦只以仁德服众，你若是投降，还可依旧封你为伯，让你协助伯姜管理密须之地。"

密须伯便说："这是自然，感谢世子不杀之恩，我一定为郃邑伯效力。"

在犬戎边境，昆氏与犬戎王也是以魂术加强了的山獝兽攻击，这些山獝兽不但可以禁得起周人阵法冲击，还能以长啸加强阵法的草刺还击。但只相持了一阵，虽然郃氏、阮伯、岳氏军士卒与之仍然相持，但周氏却在中军发出长啸，配合战鼓齐鸣，使姬发军士卒振奋，草刺冲力猛然增加数倍，冲破了山獝兽阵势，把它们击伤在地，小股士卒随即分头追击，山獝兽四散而逃。犬戎军大败，周人押送战俘而归，并与各国首领在共地会盟，商量战俘分配问题。

姬发先说："我周人会盟各国首领，两战击退犬戎、击败密须，而各国因袭我西伯仁德之策，以小田使小户获利，以小田阵法训练士卒，使各国军力增益，崇侯再也不能骚扰，不知各位对此有无异议？"

众首领都说："西伯仁德之策高明，而周人士卒阵法强悍，确实是我渭水诸野的一面大旗！"

姬发又说："既然如此，我周邦打算推行农耕之法，惠及现在仍然以游牧为业的邦国，以增强我渭水诸国整体上的民食和军力。我决定先迁入阮人至程国，与程人共处，教会他们农耕之术，阮地则由我周邦守卫，以防止犬戎劫掠；再让郃邑伯改封在密须，以教会密人耕作，而郃城则让郃氏管理，诸位是否有异议？"

申姜仗着军功，首先说："我家夫君攻占密须，而我力擒密须三师，得到密须土地理所当然，为何反而减去了郃城？"

姬发便说："郃邑伯与申夫人虽然军功卓著，但檀氏父子、姬鲜也有功劳，自然要分去战俘，这样一来，你二人麾下的士卒就不足分兵去守卫郃城，到时候如果密须伯联合犬戎再次反叛，你夫妇二人即使勇猛，但兵力不足，如何抵挡？所以不如让邰氏领邰城，你二人集中兵力守卫密须国。"

申姜便说："但我申戎有战功，却白白丧失邰城，又当如何补偿？"

"这个首先要问过参战各国，既然各位首领都有功劳，自然不能特别偏向于你们。诸位，你们可认为申戎这次应该分到更多财货？"

程伯便说："申戎前些年多次劫掠我渭水诸野，只是邰邑伯来了之后，才安分了，现在既然已经得到密须一国土地了，何必计较邰邑一地呢！"

其余首领都交口称是，申姜要待说话，姬发抢先说："是了，申夫人，你可在会盟之后与各位首领继续互辩，而我周邦所能做的只是举荐邰邑伯于大王，封他为方伯而已——其他首领对我提议可有异议？"

阮伯、程伯都点头答应，会盟结束。姜望便单独找姬启姬发说："这次虽然让出邰邑，但若是受命伯爵，应该不会有任何问题吧？"

姬发笑着说："伯望，你现在率领我周人士卒，我父伯自然会在大王面前举荐于你，相信渭水诸国首领也不会有反对的声音。"

姜望笑说："好好，密须与阮国都接近犬戎地界，听说周世子之师再次击败犬戎军队，立了首功，今后在边防之事上，还要多加互通才是！"

姬发立即肯定地说："当然！伯姜既然有此心，必然可以多加互通，只是你夫人那边可要好言相劝了，男儿志在四方，不应该太惧内的。"

姜望笑说："这是一定的。"

姜望飞马赶回邰城，安排撤出所有驻守士卒的事，申姜看他忙得不亦乐乎，便趁他修书时对他说："我们立下大功，反而损失了邰城，你怎么会这么高兴？"

"怕什么，密须国有二十万人口，损失一个几万人的邰城有什么关系？"

申姜便靠近他说："你在会盟之后跟姬发谈了些什么？"

"没事的，只是在防御犬戎的事情上提醒一下而已，周氏这次怕是阵法又提升了，不能不与他们相交。"

"我跟你说，我们虽然得到密须国土，但不能跟周邦深交的，我这就去调集申戎骑兵卫戍密须。"

姜望放下刻刀，抬头正色说："这怎么行？申戎骑兵肯定防不住犬戎的，只能与周人联防！"

"这不是把密须拱手让给周邦？"

姜望搂着她，笑说："不会的，我准备奏请帝辛，受命为吕伯，以密须为国都，你便为我正妃，以后即使周邦称霸渭水，我们也不用怕，你说是吗？"

"密须与我申戎同为养马之地，自然要并入我申戎，这样也能防止周邦蚕食我们辛苦得来的国土！"

姜望不悦，说："密须养马怎么能壮大？只能变畜牧为农耕才是，而申戎现在区区几千骑兵，即使调往密须也会被密人排挤！"

"不派申戎骑兵驻守也可，但万万不能变为农耕，这样的话迟早要被西伯渗透。"

姜望坚持说："不行，我意已决，一定要在密须推行农法！"

申姜气极，扭头就走，两人不欢而散。但申姜手中没有兵权，只有申戎的几千骑兵，既不能阻止姜望把郐城士卒带走，也不能派出骑兵，强行要求驻守密须。她突然发觉姜望现在即将受命伯爵，成为一国之君，再也不用倚靠她申戎之势了，而她申戎却相反，不但士卒数目仍然没有恢复，连阵法也不是姜望麾下士卒的对手，怪不得姜望现在敢违拗她了！想到这里，她有些失落，这两天都没有跟姜望说话。姜望心情愉快，查点人马之后，便与郐氏父子交接，启程往密须国而去，临走对申姜说："我要出发了，你是要随行吗？"

申姜快快地跟着上战车，姜望便蓄地气蒸腾上升伸手一拉，要一把把她拉上车，但申姜自己神术高强，很不习惯，便双手搅动牧草之气钩住，无奈此时早春，草木之气脆硬，被姜望扯断草木拉上车抱在怀里，说："好啦好啦，你都是要成为一国之后的人了，怎么能因为这点小事这么不高兴呢？"

申姜向他皱眉说："你知道吗，你现在连跟外人商议都不带上我了，你以前从来不是这样的！"

"你是指会盟之后的事？其实我也是怕你大闹，毕竟你对申戎获利看得太紧。但你现在既然为我夫人，就要开始与申戎割舍了，今后要把我吕姜氏之邦的事情放在第一位。"

申姜叹了口气说："现在我申戎没落，不能成事，若是这两年西伯不蚕食密须国土，待我申戎人口恢复，一定要出兵驻军！"

姜望听了很不高兴，说："你别老是怀疑西伯，渭水诸国百姓、甚至沃野边缘以农事为本都是大势所趋，你也说过西伯会称霸渭水了，你申戎若要发展，只能是向西称霸了！"

申姜竟然不能反驳，这一路像是才出嫁、要被迫离开故土的新娘一样，此时距结婚不过几年，当年得到郎君振兴申族的喜悦历历在目，此时只是暗自神伤。

妲己在黎人军中为将，征伐虞国，她想念司命，便让人快马送信过来说："一切安好，即将率军伐虞，只是我父侯不愿意暂时投降黎人，而是真要依附。我苦劝之，他们却允诺如果我为帝辛王妃，换得大商出兵，他们便假降，你快想办法，速回之。"

司命知道大商兵力不足，除非西伯出兵，才有可能两面夹击，击溃黎人，他便急急报告帝辛。帝辛早知道了苏侯归附黎人的消息，听司命催促，便召集众宗师商议说："这下又少了一个属国，千辛万苦把苏人迁入大邑商，倒是双手奉上给了黎人，真是得不偿失！而听说昆虫氏也归附了黎人，如之奈何？"

司命官立即出列说："有消息说黎人要伐虞国，而虞国与渭水的有莘国已经接壤，看来下一步黎人就要与西伯争锋了。不如礼遇西伯，让他伐黎，这两虎相争，我军才可趁机出击。"

帝辛忧愁地说："只怕西伯与黎人沟通，稍微试探就互相罢兵，又当如何？"

"不会的，西伯此人其志决不会止于渭水，一定会跟黎人开战到底。"

司土官则说："听说西伯前次截击犬戎，一声长啸之下，士卒冲击瞬间翻倍，其与黎人铁器正是对手，估计结果一定是两败俱伤，此计对我大商而言绝无后患。"

帝辛稍微高兴，便答应传令封西伯为周侯，征伐黎人。

西伯接到帝辛受命，笑着与众宗师商议说："帝辛终于按捺不住要借我们的兵力了，你们如何看伐黎一事？"

姬发首先说："此时还不能答应，应该等帝辛赐金钺彤弓，使我们获得随意征伐各国的权力，才能答应。而现在黎人正在伐虞国，我们可借此机会先与黎人交涉，争取虞氏、芮伯等人的支持，再行征伐。"

姬启则说："不可，就应该趁现在黎人伐虞国，我们突袭，才有胜算，等黎人占领虞国，岂不失去良机？"自上次会盟，姬发凭借击退犬戎的军功主持大会之后，姬启开始感到这位二弟所带来的压力，常常暗地里跟他较劲。

邰氏则说："上次黎人凭铁器击败殷人，我军虽然积存了大量好玉，但借寒暑风的白玉是肯定不如铁器的，若要持久战，单靠水土之气怕是会抵挡不住黎人，"他又笑着说："当然，周世子若另有高明神力，可说来听听？"

姬启便说："对！季弟，自三年前你毕城立功之后，一直不愿意透露你的神术，现在我们要一起对付强悍的黎人，你总该说了吧？"

周氏笑着说："其实我的神力早在出访莘伯的时候，便已明说，这个姬鲜可以作证，外人尚且透露，岂有不告自家兄弟之理？"

姬鲜便说："你说蓄积人力能胜猛兽，我只当你为了讨好莘伯大放厥词，并不知道这与你所训练士卒有关系。"

周氏说："现在你总该相信了吧，毕城一战，我的士卒借的是他们共耕大田的团结一心，所以能在水淹之时，也能整齐的打出草刺；而犬戎一战，借的是士卒对于君侯分封田地的忠诚，因此能在钟鼓的命令下集中冲击。"

姬启连忙说："季弟果然天赋异禀，可否也为我军训练士卒？"

"训练是没有问题，但在军制上我为二哥副将，若又带领大哥士卒，那大哥士卒是否要归我统帅呢？"

姬启听了，知道他想向自己调拨士卒，以自立一师，自己心下顿觉不舍得，只好默不作声。

西伯这时说："行了，周氏，现在即将要对敌黎人，你就如教姜望那样，为姬启、邰氏军训练十日，之后的事，若是姬启你们仍然不能领悟，要让旦儿继续为你们士卒训练，那就只能在训练好之后分拨士卒给周氏，让他带兵了！"

姬发便说："姜望军现在也能对付黎人，不如让他为前阵，与黎人较量。"

"嗯，姜望军虽然能借势增力，但从他对敌骀吾来看，力量仍然不及你军，到时候你们要随后跟上，重挫黎人。好了，我们先会合侯伯于虞国边境，等帝辛赐我们金钺，获得征伐权力，便行伐黎！"

帝辛看到西伯回复，说自己没有征伐侯伯的权力，无法出战，只推荐胶鬲氏为司市官，以垄断海盐来抬高黎国的盐价，借此遏制黎国及其依附国。帝辛问众宗师，司命官说："赐予金钺只是礼仪而已，随时可以撤销，待西伯伐黎，若是战胜，我们再拉拢黎人就是了。只是胶鬲氏，虽然他是东夷人，但既然由西伯举荐，似乎不妥，最好还是推辞掉。"

飞廉便说："胶鬲氏周游各国互市，通晓各地人情，正好利用他来打探消息，而对于他，只要让司命官防备好就行了。"

帝辛诰命传到渭水，西伯受命周侯，姜望受命吕侯，岳氏则受命丰侯，邰氏受封邰伯，渭水各个侯伯都来祝贺，西伯说："我姬昌此时受命于大王，虽然称作周侯，但我小邦周方圆不过百里，兵力又衰减，实在无力称侯为王事奔劳，愿复称作西伯，这样既不僭越爵位等次，又表示不扩张土地！"

各个侯伯都议论纷纷，姜望便暗自对申妃说："西伯真的即使征伐也不打算侵吞土地吗？"

"不是的，西伯的祖上季历就被封为周侯了，只不过周人一直不愿意称侯，以示称臣于大商，而宁愿为大商的外服方国，而说不侵吞土地是不可能的，我猜他会扶植邰氏这样的同姓宗族宗师，在战败国驻军，索要贡赋，而周邦本身对外却还可说是仅岐山一邑而已。"

"你是说程伯、阮伯、丰侯这些西伯驻军的邦国都会被逐渐削弱？"

"如果这些侯伯财货不足，自己族人又实力不涨，应该会的。"申妃思索着说。

"不会连我吕国也会被借口驻军吧？"

"我早说过了，不能太接近周人，尤其不能学他们的农法。"

姜望稍微放松说："这就好多了，我既然以借势之法训练了士卒，应该不会被周人渗透。"

"西伯还有一种渗透吕国的办法，"申妃有意味地笑了笑。

"是什么？"

"以后等快要发生了的时候再跟你说。"申妃轻笑一声。

诸位侯伯议论过后，仍然称颂西伯仁义，直到仪式结束。

十日后，姬启姬发郜伯六师，会合姜望、岳氏、阮伯、麋伯、程伯，开始朝虞国边境进发，岐山与共地则以召氏和檀氏留守。姜望临行前对申妃说："你上次对敌密须伯手下臧仆，居然没能躲开而受伤，不如这次你不要去了，伊耆氏神术高强，怕你单独上前，又被打伤。"

申妃便说："我问过臧仆了，上次是因为他用的是牧术，借力土石草藤而没有引动天地气，加上那时暮冬，天地气缓慢，我借力其攻势自然因力量不够而没能躲开，而土石在冬天又坚硬无比，水汽也无法润滑。但若是对敌伊耆氏，他们的农术都会借动天地气，我可随意借势躲开的，反倒是你，与伊耆氏同是借力农田阵法，若是他蓄力比你强上太多，你便躲不开的。"

姜望思索着点头，答应一声，又近前抚摸着她的脸说："但是，我看你最近脸上粗糙不少，可能是最近随军太多的缘故吧，不如这次就留守吕国帮我负责调解百姓。"

申妃心中郁结，含泪说："你现在已经开始嫌弃我的容貌了吗？"

姜望"这……"

"之前商量受封伯爵之事就不与我同去，现在又不让我随你出征……而我申戎至今人口凋敝……"

姜望头一次看她这样无端就流下眼泪，只好安慰说："好吧，我们一起出征，待我们打败黎人之后，我陪你去青要山采集荀草吧！"

申妃听了才高兴，伏在他怀里说："现在我申戎不振，我心中本就烦闷，你可不能惹我生气。"

伊耆氏下篇

这时候，苏侯等人会同孟侯、芮伯已经占据了虞国，虞氏妫遍投降。所以，渭水诸国联军首先向东越过麋国，袭击汭水后方。由于芮伯这时仍在虞国分得战俘，所以国内空虚，迅速被联军占据。姬启让麋伯留守汭水，然后率军继续东进，芮伯不敢单独对抗周人，只能让苏侯与孟侯一起出面在阵前谈判。

姬启等人便与苏侯孟侯等人在阵前问话。芮侯大叫："周人为何占据我国土？"

姬启回复："我们是渭水诸国联军，会合征伐奸逆之国，你芮伯与虞人争地，借口占据虞国，不得不伐！"

"虞人无礼，与我争夺土地，孟侯苏侯助我伐之，何罪之有？"

"我奉殷王之命，可征伐各个侯伯，你虽然不是殷王属国，却占据了殷王内服附属虞国，因此需要征伐！"

两军交战。姜望与邰伯为前军列阵，向阵前逼近，苏侯则以驳马队冲击，冲入邰伯阵前，邰伯命士卒让出路来，驳马队纷纷倒撞在地。而姜望军那边，驳马队刚刚近阵前，前面的骑兵便人仰马翻，爬起来的则被阵前一阵阵土石震荡击倒，昏昏沉沉。苏侯父子与妲己面面相觑，想驳马队虽然被挫败数次，却从未如此无力，都又惊又怒，而士卒骚动，都有退走之意。苏侯便飞奔过去对孟侯说："周人阵法厉害，军心动摇，我们还是撤走吧？"

孟侯淡然说："不急不急，尝试几次再退不迟。"说着命芮伯率士卒身负巨木冲击敌军。

妲己这时便飞身而去，说："我去试探！"苏子要阻止已经来不及了。妲己飞至姜望军上空，申妃早已上前拦截，飞砂击出。妲己以短剑引开，朝姜望奔来。申妃随即从头上以披风重压，妲己不得已朝上抛出嘉石，振响身上金铎。披风四周顿时"砰砰砰"风气碰撞作响，随着嘉石碰撞被抵消，金铎声也被披风压制住，仍然朝她压去。

妲己大惊，只好运起煮丝之术，浑身绸服上热气蒸腾，顿时软化压下来的披风。披风周围发出滋滋之声。妲己随手一挥，一道热气冲破软化了的披风往申妃蔓延，但申妃早已感应妲己的行动多时，此时手中短剑一挥，这道热气刚接近她就被引来的反向冲力与天气压力止住，散开在天气之中，随后才慢慢朝申妃扩散。但妲己这时候已经到了姜望的中军，对他说："你可是姜望？"

"正是，你是？"

"这里有你的传信。"说着一支裹着帛书的羽箭射出，姜望不敢去接，只以阵法散去羽箭冲力，掉在地上，他打开帛书一看，上面有字，便对申妃摆摆手，申妃便让妲己去了。姜望看上面写着："姜望兄，唯送信人是苏侯之女，已效忠大商，只有苏侯父子不从，你可约她为内应，以为刺探、行刺、破解神术之事，小子也会盯住伊耆氏，寻机刺杀。商。若信任此消息，便停战后来郊野河边。苏女上。"

孟侯苏侯看不能破阵，便撤军而去，准备等伊耆氏到了，与渭水联军谈判。姜望回营，对申妃说："原来司命官来信，说苏侯之女可为内应，让我去赴约。"

申妃说："这女子神力诡异，若能为内应，必然对我们有利，只是不知这次与你约，是否可靠啊！"

"放心吧，信上有司命私名，应该不假，"姜望又笑着说："不过真不知他是怎么跟这苏女联络上的，信中说苏侯父子都不服从帝辛，唯有苏女效忠，难道是因为她与司命官有情？"

"不会吧，司命官看起来与宓姐姐情意极深，不像是会另娶他人的人。"

姜望笑道："这可难说，这苏女一身绸服，宛若女娲降临，我才看了一眼就震动不已，而其神术高强竟至于不穿甲胄，司命官很难不动心！"

申妃气呼呼地拍着案几，姜望并不来劝，只是笑着不说话。申妃看姜望不像往常一样过来劝她，猛地起身走过来看着他说："你怎么变得这么好女色了？"

姜望惊讶说："怎么了，我只是说司命官而已？"

"你以前似乎没有这样好女色过嘛！"

"有的啊，周氏大婚时，我不就目不转睛地看着他的少姒女吗？"

申妃一时找不到话，但不知为何就是很生气。

姜望夫妇赶到时，妲己已经在河边了，她说："我时间不多，你们要快些问，耆伯马上就要到了虞国了。"

姜望便说："你以内气外放之法赶路，应该没有人能够跟踪你吧？"

"但是我若归营迟了，其他将领会怀疑。"

"你父侯也没有告知吗，他们父子为什么不愿效忠于大商？"

姐己不悦，勉强说："他们要大商出兵才会投靠。怎么，你们不是想要得到情报吗？"

"伊耆氏与犁娄氏的神术如何破解？"

"耆伯操纵冬夏之气，且善于变换，他坐下的烛龙也是如此。那烛龙就是袭击大史官的凶兽，实际上是用长绳绑着的连体大雕，身上系着蓄积四时之气的宝玉。碰上他们，需要精通四时之气的变换之法。而犁娄伯附身于草木土地，无影无形，应该也精通四时之气的，擒他或是破他阵法首先要有胜于铁器的好玉。还有盂侯，善于以一口宝剑伤人魂魄，是煮食之法，要有增强意志的法宝才可超过煮食法的操控。"

姜望默然点头，申妃便说："你身上的热气也是煮食法吗？"

"我的是煮丝之法。"

"是靠调节热气来伤人魂魄的吗？"

姐己笑而不语。申妃便笑着说："妹妹，看你年纪不大，这法是司命官教你的吗？"

姐己笑着点头，申妃又说："妹妹别见外，我跟姜望都是司命官的老朋友了。"

姐己轻轻笑着说："你们跟须女是老朋友吧，司命官大人可跟你们来往不多，听说你们上次来沫城还仗着神术奇特羞辱了他。"

姜望与申妃互望，都想，这件令司命官难堪的事她也知道，看来两人关系不一般。姜望便说："这么说你若出手，便可在煮食法之上，除去盂侯？"

"我只能帮你们袭击盂侯了，耆伯等人则不是我能对付得了的。这两天耆伯就会来跟你们谈判，之后应该是你们阵法对决，若你们能击溃黎人阵法，我再趁乱协助你们袭击盂侯。"

姜望夫妇谢了，姐己又说："黎人士卒虽多，但最强的宗师只有两个，你们若是能联络黎国北面的甫氏国与唐尧国出兵袭击黎国本土，可以乱他们军心。还有现在虞国为臣下的虞氏，他似乎对于周邦很尊崇，你们可在城破之时救他出来为你们做事。"

姜望夫妇回来，就接到姬启消息，耆伯要与他们在虞国会盟。伊耆氏与犁娄氏在苏国边境战胜帝辛的军队之后，就各自称耆伯与犁娄伯，但只有昆虫氏、孟侯来贺，而这时听说帝辛赐命西伯专征伐之后，昆虫氏也不出兵了。各位侯伯心里清楚，若是西伯与帝辛联合，黎人应该会吃败仗，因此都等待观望。犁娄伯之前在渭水诸国与苏侯驳马队对阵之时，已经暗中查看过姜望与邰伯的阵法，觉得姜望阵法诡异，邰伯士卒阵法熟练，暗自心惊，便与耆伯、孟侯商议退却议和之事。

耆伯说："姜望阵法不过是用轮换之法倍增冲击力，不足为奇，听说他的战法也是借对手攻击倍增战力，但我四时之气变化莫测，我不信他能破之，而至于邰氏，最多与你阵法相当，即使铁器法宝不能坚持，我便在空中聚起夏气，袭击阵中指挥士卒的宗师，不愁不破！"

犁娄伯则回答说："但是西伯世子姬发还没有出战，不知底细，听说他们不久前对敌犬戎时军中闻得一声长啸，士卒冲击力随即翻倍，犬戎一触即溃，连阵法都无法散去，看来是聚积了农法之外的力量了。若与之对敌，怕是连撑到你袭击宗师都撑不住。"

"这就只有以你的四时之气侵袭周人士卒身体了，就算他们得胜，也要让周人不能再战！"

孟侯在一旁惊异说："还有这种神力？我倒是未曾看过犁娄伯出手。"

耆伯大笑说："你不用担心，凭我们的阵法，就算赢不了周人，也不至于输，你好好配合我们作战就行了。"

犁娄伯便离开虞国，回黎国布置士卒去了，耆伯带着孟侯迎接参加会盟的姬启姬发、姜望、程伯、阮伯、岳氏一行人，耆伯首先说："各位既然来参与我黎国会盟，就应该知道这些年殷人衰落，各国完全可以不必再向帝辛纳贡，我们各自获得田赋、财货，不比不得不配合帝辛出兵征伐，年年纳贡要好得多？"

姬启说："殷商这些年虽然因征战东夷兵力耗损，但其制止争斗、普及农耕的壮举仍然维持，因此不能不效忠。而你黎人擅自攻伐虞国，为自己的盟国劫掠人口，实在是侵犯，而非普及农耕之举，我渭水诸国不能信服。这次只有黎人退出虞国，发誓效忠于大王，我们才会退兵。"

耆伯狂笑两声，须发飘扬说："好大口气！其实你们近些年的征伐我都暗中去看过，已有破解之法，若是你们现在退兵，相安无事，若是不从，必定身死此地！"说罢，他脸上闪过一丝嗜血的狰狞。

姬启怒不可遏，心想从未见过如此狂妄之人，居然无耻的承认自己去战场偷窥！他怒极反笑说："只怕你去战场偷窥到的只是我们前几年的阵法了，你伊耆氏好歹也是炎帝正统后裔，不要玩火自焚才是！"

耆伯霍然站起，正要发作，但还是忍住了，丢下一句："你们走吧！"

姬发便在一旁对孟侯、苏侯说："你们二位还没有说话，现在殷商与我渭水诸国合谋，一起维持侯伯之间的秩序伦常，你们二位的邦国就在我军与大商之间，位置重要，希望多考虑一下百姓的安危。"

孟侯、苏侯都面有难色，想到大商随时会与周人夹击，心中忧惧，但耆伯随即训斥："小子，哪轮得到你来教训我侯伯之决策！"

姬发等人便起身离去，刚出宫殿，姬发就对姬启低语："伊耆氏在我们临走时面露杀气，怕是会在路上埋伏，我们不如与众位侯伯从空中离去！"

姬启肃然点头，便与姜望等几位侯伯耳语，几人一出城门就飞身上了高空。这时，空中云雾一阵尘土出现，朝他们急速压下，而他们前面也有尘土聚集遮蔽了眼前的视线，姬启大喝："不要怕，是陶土阵，跟着我冲过去！"

他说着取出大刀聚水雾对着尘土搅动，然后挥舞大刀划开，顿时把挡在前面的尘土散去。他这才察觉众人都没有跟他上来，而自己跟前尘土刚刚散去，就有一道火光包围了他，逼得他急忙挥刀要散去火光，但已经被灼伤魂魄。

这时，岳氏大叫："让我来！"手中葫芦在高空突然炸开，出现一片大水，迅速变得如一片云一样巨大，迎着压下来的尘土喷涌而出，顿时稀释尘土。姜望以大刀一引，一片大水把包围姬启身上的火光变成青黄，蒸汽冒出暗淡下去，大水则全都浇灌到地下去了。众人正要继续前行，被耆伯骑着一只身上挂满玉饰的烛龙拦住。姬启感到浑身灼痛，说："伊耆氏，我们会盟，你竟然行刺！"

耆伯大笑："你们在城内，我们是会盟，出了城我们就是敌人，受死吧！"他立时身上发光，又对着坐下烛龙头上的火炬喷口气，烛龙身上也是火光迸发。①

---

① 烛龙为《山海经》里祝融及其后代族群的创世神，能操控世间明暗冷暖，其实原型是火把。

众人急忙都下地去了。

姜望待众人刚下地，便大叫："有阵法！"而飞砂已经乱舞。他取大刀震动地面，这时大水浇地，土地浸湿，他这一震，顿时使水流涌出，破了布置好的耕犁阵法。

众人则要贴地飞走，刚飞到半空，就有一阵热气袭来，岳氏急忙运起水墙，把热气吸附。空中耆伯追击而来，数道青白火光先到，姜望借水阵，一路水花飞溅，在火光罩住自己的瞬间已闪到百步以外，而聚起自己飞奔所凭借之水流，已经朝飞下来的耆伯击出。

岳氏则身上裹着大水附在地上走了，火光不能透，姬启姬发与阮伯飞至半空，借田阵水雾散去火光中的热气的同时各自聚风气飞奔而去，但都被青白火光中的春暖气灼伤魂魄。只有程伯为牧马神术，此时大水漫地，不能借草木遁走，只好以大刀在头顶划出一圈，借水汽散去部分火光，但仍然被青烟窒息、草刺刺穿倒在水里。

在空中，耆伯浑身一振，火光迸射，把姜望飞击过来的水花推开，便掉转头朝姜望射出火光。姜望不躲，早已逆着火光冲击方向以蓄积水汽的大刀止住火光，犀利的青白火光立即在大刀前暗淡下来，罩住姜望时已经没有攻击力，转为微弱的青黄火光，其冲力则在空中受阻炸开，耆伯从未见过能如此迅速地止住火光，似乎早已预料到了自己的攻击一样，吃惊不小。

姜望这时已经蓄积水雾，正要冲上去趁机压制，突然地面一股热气冲击袭来，他急忙借水雾滑开，孟侯挥剑袭来。姜望看姬启姬发与阮伯、岳氏已经先走，自己不能以一敌二，便借孟侯这一击之势急速飞走了。耆伯下来训斥孟侯说："怎么不早上天空阻击他们？"

孟侯惶恐："我在地面埋伏，谁知道他们一出城就上高空，便只在地上等他们被逼下来了。"

"想不到这次竟然被他们察觉了，真是可惜！"

"杀得一人也可震慑渭水侯伯。"

"废话！这次周氏没来，主要就是杀姜望，杀其他人有用吗？"

孟侯急忙一拜。耆伯看着程伯尸体，狠狠说："姜望运用阴阳相克抵消攻势的敏捷超乎我意料了，在战场上，一定要有连续出击！"

姬启姬发回到大营，言说遭袭一事，邰伯看了说："应该是被春夏之气伤了魂，可涂些牛伤草汁软化体内锐利之气。"

姬鲜便说："牛伤草只是防御普通兵器的，要治疗还需要以散魂之术疗伤。"

邰伯点头，姬鲜便叫来檀利，他看了说："这就为各位疗伤。"说着他握住黑玉一用劲凝神，玉粉撒向众人，他们随即感觉伤口不再灼痛，只是浑身火热，身体周围热浪滚滚，过了一会才凉爽下来。姬启便说："檀氏大人的儿子居然有如此天赋，你若上阵对抗伊耆氏，应该也可擒住他吧？"

檀利腼腆地说："我只会些许聚魂散魂，挡不住伊耆氏火光的冲击力的。"

邰伯便直了直身子，说："可惜这次我没有去，不然可抵御住他的冬夏变换之气，你们可趁机袭击他。"

姜望回到营帐，申妃告诉他说："你上次送信去劝唐尧国和甫氏出兵，唐尧国回信说会配合大商出兵，甫氏则知道我们跟他们同为四岳官之后裔，愿意派宗师暗中相助。"

"大商现在迟迟不出兵，看来是要等我们跟黎人两败俱伤啊！"

"这也难怪，周氏和你的阵法本就可以跟犁娄氏阵法一拼，大商现在出兵，岂不是打破了平衡？"

"大商不出兵，这些邦国就不敢出兵了，甫氏这次派宗师来相助，战败可以不用得罪黎人，若战胜又可得到好处，这是惯用伎俩了。"

"能派来人就不错了，看会来什么人，再来定论他们诚意够不够吧！"

第二日，两位全身兽皮甲胄的男女青年来拜见姜望，口称："我们是河内甫伯之子女，是应约来相助的宗师。"

姜望看他们俩甲胄精致，相貌不俗，想应该是侯伯之子没错，便笑着说："我与你们都是四岳氏之后，虽分属各宗，也算是有牵连吧，希望你们这次来助我们战胜，便可与你们河内甫氏缔结盟约。不知该怎么分辨二位名称？"

甫氏便说："我是太子甫丁，这位是我妹妹，唤作甫桃氏。"①

桃氏便以眼瞟姜望，款款下拜说："我因以种植桃木为神力来由，因此为桃氏，早得知吕侯屡次击败强敌，且游历各地，精通各地神术，不知我神力可否值得为将军效力？"

姜望看她对自己有意，又崇拜自己神术，便大笑过去扶她说："当然可以，我虽然游历各地，却没能一见木植神术，你若愿意，必然可以助我！"

桃氏仍然低头，只是更靠近姜望了一些，说："我得知将军神术奇异已久，若能留在将军身边，感恩不已。"

姜望听到称赞一高兴，便得意地说："你若跟在我身边，必然得知我神术路数，就不会说我神术奇异了！"

申妃在一旁早已忍耐不住，走近前说："二位若要见识神术，可在战场上看到，现在时间紧迫，先回营休息，再到大营商议作战布置吧！"

桃氏便不做声了，甫丁则一拜说："我们此来虽然答应相助，但恕我们不能接受任何职务，或带兵任务，只是随军协助防御偷袭，或袭击黎人宗师。"

姜望听了也不便强迫，便答应了。二人走后，申妃说："他们看起来只是想偷学我们的神术呢！"

"也不尽然，我刚才看桃氏似乎对我有意，可以长久相交。"

申妃盯着他笑说："如何相交，为你夫人吗？"

姜望哈哈笑着："也未尝不可。"

申妃压住不快，说："不行，你难道不念及我们夫妻情分了吗？"

姜望便嬉笑说："你若不同意，便不谈此事啦。"

申妃听了才稍微舒缓，两人便聊了些闲话，等待去大营商讨对敌布置。过了一顿饭工夫，大营内便聚起了众宗师，姬启首先说："现在犁娄氏已经到了虞国，应该明日就会一战，我想以吕侯、邰伯、姬发三师布阵冲击敌军，我军在后接应，马步再趁两军混战之时，散播疠疾。阮伯、丰侯、先牧氏集结程伯军队从两

① 河内甫氏，是封在今吕梁山附近的甫国或称吕国，祭祀先祖炎帝四岳氏。甫桃氏为杜撰支族，原型为《考工记》里世代制作宝剑的工匠桃氏族。

侧围攻虞国都邑，再以申妃、檀利，趁攻城袭击敌方宗师，各位可有异议？"

丰侯岳氏便说："可惜留下虞国都邑没有占据，不然至少可让犁娄氏他们无险可守了。"他怕一旦战败，白白损失兵将，而占据虞国至少可以获得财货战俘而归。

姜望则说："我们留下虞国不占据，正是与黎人在国土外决战，这样才会使他们对帝辛入侵自己国土有所顾忌，况且犁娄氏是不会守虞国都邑的，因为这发挥不了他们的农田阵法，我们大可不必担心。"

众位首领都交口称赞，席上桃氏朝姜望投来直勾勾的笑意，姜望正要报之以笑容，被申妃双眼逼视止住，岳氏便说："听说吕侯新招来了两位甫氏国宗师，可否容我们相见？"

姜望便示意甫氏兄妹出面，岳氏说："你二人既然没有带兵前来，如何证明能为我们效力，若不受我们调遣，你们岂不是随时可以行刺？"

甫丁说："我二人只与吕侯约定来暗中相助，你若是不能信任，我们可就此离去。"

姜望心中一惊，想这倒是个问题，自己从未到过甫氏国，他们单身而来，随时可以行刺然后逃走，而虽然没有看到他们使用内气外放之法，但这也有可能是装出来的！这样的话，连自己都有危险了。

姜望正要提议让他们离去，周氏起来说话了："甫氏兄妹勿疑，你们留下吧，只要把自己随身携带的蓄气之宝留下一块就行了！"他又转而对众人说："放心吧，我祖父曾与甫氏国共同征伐过邢方，他们虽然地处戎狄之地，却是值得信赖的。"

甫氏兄妹便出列，双手奉上一个装有青色玉圭的竹筒，说："这是我们二人平日蓄积宝玉之气的宝物，可送与周邦。"

周氏接过，查看一番竹筒里面的青玉磕碰，知道了其大概的冲击力，而且应该是随身携带经常勤练的，便说："不用送的，你们只将此物留在大营，待你们参战之时，再奉还给你们。只是切勿对我们有疑虑才好。"

甫氏兄妹谢了，姜望心想，留下护身宝物，既可知其诚意，又可知其一般情况下的神力上限了，确实是好礼法。

第二天太阳刚升起，黎人就早早地守候在虞国郊野列阵，要趁早以温湿春气调和蓄积的水土草木之气，也并不急于进攻，而是等待周人到达。他们在郊野背靠虞国都邑，横向排开长达一里多路，而周人的三路军人数不够，只能分开对阵。郜伯对周氏忧虑地说："黎人是趁太阳出来时来到的，难道他们的士卒也跟我们这些宗师一样能够聚积四时之气调和水土草三气了？"

周氏点头说："果真如此，他们的冲击力可能会比一般的阵法要强数倍，你可要注意了。"

郜伯没有说话，心想：你当然不用担心，你士卒的冲击力自然比他们强，而知道我们不能抵挡，却仍然不表露助我们训练士卒之意！当然他没有明说，只是说："若是黎人以蓄积的春夏气攻击，又调和了草木水土之力，我们不但第一击挡不住，随后也要被动。"

周氏没说话，他知道现在说什么都晚了，只好等这一仗结束再说了。

黎人以犁娄伯率军，一看到周人接近两百步之内，就以蓄积一早上的草刺土石冲击，周人也发动第一击对攻，他们虽然也蓄积了许久，但却缺乏春夏气聚合。所以，郜伯军的还击被黎人冲破，即使有阵法对攻阻挡，郜伯前军士卒还是被刺倒一大片，郜伯在中军，不但感到压迫力，还感到自己军中一阵热气袭来，想糟了，黎人不但能把春夏气聚积起来攻击，还能伤魂，即使土石能散在周围，但这些热气笼罩不散可能会伤士卒之魂。

姜望那边则如往常一样把黎人攻击拦截在阵前，他命令军队不断推进，而阵前则不断发出砰砰砰的巨响，黎人攻击不能到达姜望阵中，而姜望军发动的飞砂则不断射向黎人，当然也被对攻散去冲击。姜望知道不与黎人近战，自己士卒的冲击便会被阵法散去，不足以伤敌，但由于黎人拦截攻击使得阵前不断有撞击爆炸的余波，姜望士卒不得不以盾牌遮蔽，以至于前进缓慢。

而姬发军那边，虽然迟缓，却也抵住了黎人的第一击，但周氏感觉到热流扑面而来，蔓延至自己军中，便对姬发说："这些热气没有冲力，无法被阵法散去，积聚久了，可能会伤害士卒魂魄，我们必须猛力一击，然后迅速推进！"

于是，二人分别发布命令，两师士卒齐声大喝："丰～扬～伯～休！"立即把水土草木气凝聚为合力，齐齐刺出，此时正值初夏，阵前草木茂盛，但却遮不住双方的冲击疾风。这种以族命聚起的人的元气所调和的合力比黎人纯粹春气调和的合力要强一倍以上，两边草刺飞砂相撞，随即砰砰砰砰砰砰数声巨响在阵前空中炸裂，余波则继续射向黎人阵中。不过须臾，黎人定阵用的铁刀、铁刺和铁旗杆等物都磨损，定在阵前士卒的盾牌等防御甚至有些裂开几段，不能使用。

犁娄氏随即大叫："换法宝！"他手下宗师便各个将变形的铁器换下，继续抵抗。但邰伯军这边则只相持不到半个时辰，便撑不住了，阵中白玉玉器损毁，而黎人的春气聚力又比己方要强，阵前士卒损伤严重，邰伯军只得后退，让出空位使黎人去承受姬发军侧面的冲击。姜望与姬发军则在不断逼近黎人。

姜望正在中军发号施令，突然云中一道火光射下来，把他罩住。他被火光困住，感觉有些被锐利所伤，便借水汽滑开，青白火光瞬间被水汽暗淡，变青黄，他得以挣脱。但火光随即移动，又把他罩住，他只好命令士卒暂停推进，而这时黎人对面伊耆氏独自一人浑身火光冲了过来。

姜望身边的护卫有甫氏兄妹和臧仆三人，臧仆看到前面火光，知道是伊耆氏，急忙钻入士卒群里躲了，姜望看了只能心中暗骂。甫氏兄妹听姜望说过伊耆氏的火光神力，两人不敢怠慢，取出一只削尖的巨木，两人合力附在上面，朝冲过来的火光急速刺出。

耆伯毫无顾忌地大叫："给我让开！"竟然不避，直接朝巨木撞上去，他宝剑一挑，剑上青黄火光牵起巨木甩出，被甩到头上去了。但甫氏兄妹附身于上，立即强迫巨木朝耆伯回射。耆伯大怒，便剑指发出黄白火光，巨木被射的崩裂，却没有完全被击碎。眼看巨木飞近，他急忙变青白火光刺出，巨木飞至他跟前时被青白火光削成两半，露出里面的玉圭射出。而甫氏兄妹看耆伯厉害，这时都躲到士卒中去，让士卒朝耆伯放出飞砂。但飞砂完全不能透过耆伯身上火光，他也并不理会射来的玉圭。那玉圭射在他身上，被青黄火光格挡掉了下去，而他手中短剑上的青白火光已经朝姜望射去。

姜望这时仍然被不断跟着他的火光罩住，他知道这是烛龙在高空想以火光罩住他，只是离得远，火光不强而已。他正想飞身而上除掉烛龙，但正面耆伯射来的青白火光已至，他只能一边引起阵内水汽抵住火光，一边往后军退去，但他又不能离开阵法而逃，还得不断闪避空中罩住他的火光。

他抬头看烛龙从云端飞下，不断靠近自己，而火光的热力越来越大，借水汽躲开愈难。他这时已经移到后军地上，再退就是阵法之外了，只得举刀使头上青黄火光暗淡，又以佩刀挡住耆伯射来的青白火光。

但这时，姜望头上青黄火光突然变成金黄，由于他挥舞的大刀随即引来冷风抵住变色的火光，金黄火光仍然在射过他时变得暗淡，只是他周围对冲金黄火光的寒气越来越重。姜望看他周围的士卒都散去不敢接近，正考虑要不要逃到士卒中去，以阵法避开，但又怕耆伯借阵法攻击他，这样他在阵中反而避不开了。还有一种办法就是逃到阵外去，不顾指挥士卒了，但这样一来，其他宗师都不能指挥他所训练的士卒，而申姜又不在，一定会溃散。

正在犹豫之间，耆伯火光突然化作寒气，但姜望还没等自己被冻僵，佩刀就已经跟上，引入阵中春寒气抵住，寒气过他佩刀由此稍稍变暖。但这时，原本罩住他变得暗淡的金黄火光突然增强，阴热开始使他全身发软，骨头都要化掉了似的。原来，他抵住寒气所引来的春寒气暖化了他抵抗金黄火光引入的寒气；而没有了冬寒气，金黄火光带来的阴热则会增强，饶是他吃了抵御热毒的鲐鱼肉，也不能承受，他全身大汗，连软甲都开始冒出热气，使他禁不住为全身发软不能撑住而大声长啸。

耆伯与烛龙原本不敢接近，怕逼近了的话，火光在他们与姜望之间相撞会变得严重，会伤到自己，但现在看烛龙火光逼得姜望长啸，便随即持剑扑了过去。姜望正感觉自己全身骨骼已不能支撑身体，突然一阵寒气袭来，总算使自己撑住没有倒下，金黄火光又变得暗淡，但耆伯那边袭来的寒气则使他开始冻僵。原来，这寒气是桃氏导入，她这时从士卒中飞身而出，一手持竹筒发出寒气罩住姜望，一手持金铲抛出划断耆伯寒气，瞬间把姜望扯入竹筒。而甫丁也同时飞身而出，巨木射向耆伯和烛龙，他们不得不挥剑挡开或躲避。

桃氏正要逃走，愤怒的耆伯打掉巨木，转而朝她射出寒气，却被她身上的竹筒吸收，但仍然冻僵了半个身体，只得靠半边身体借风逃入了士卒群中。但烛龙随即升至高空，发现她的踪迹，以火光罩住她，被甫丁赶到，抛出藤索，上面攀着毕方鹤，缘着火光而上，吸收火光热气，使她趁机逃开。

但这时，由于无人指挥，黎人逼近，冲击使士卒都开始四散逃走，桃氏也只好跟着往后军逃去。烛龙发出炽热火光吞掉藤蔓和毕方鹤，它与耆伯没能发现桃氏，又不肯放过杀姜望的机会，便恨恨的一路往渭水联军驻地兵营追着逃散的士卒而去，桃氏看到他们从空中去往军营方向，便不敢回去，只得朝野地林中逃走。

与此同时，犁娄伯与孟侯看姬发与周氏军即将击溃自己，便命令苏侯父子与他们飞身去袭击宗师。犁娄伯带着大量蓄满春夏之气的宝玉，从空中而至，挥舞镰刀便砍，姬发附近的千夫长训练有素，号召麾下士卒对着空中长啸刺出，犁娄伯不得已闪开，他这稍微一缓，手上慢了，那一击发动的飞玉便被姬发躲开，战车被击得粉碎，地上出现极深的坑洞，而周围士卒都被疾风刮倒。姬发躲入了士卒群中，犁娄伯不敢靠近地面阵法，只得在半空中寻找。周人虽然没有指挥，却仍然在千夫长的号召下一边对付宗师，一边继续攻击黎人，只是没有再推进了。

孟侯这边，由于他热气攻击缓慢，则几乎不能接近周氏，就被士卒田阵逼回，苏侯父子本就不想作战，也趁机回去了。

邰伯听到姬发那边巨响，想到姜望那边因为抵御伊耆氏而停下来了，如果姬发他们又被刺，周人就要溃退，便飞身过去，正好碰上犁娄伯。他蓄积的春夏之气随剑挥动，以一大片草刺朝他压去。犁娄伯感觉到了面前一片草刺，避无可避，又不想耗费宝玉与之对撞，只得边散去疾风边急速后退。邰伯看犁娄伯后退，以为他挡不住自己的蓄气冲击，便冲了上去。

犁娄伯看敌人接近，猛地以春夏气接连划出数刀。邰伯被逼得停下，连避带挡，砰砰砰的几声巨响，但避开还好，每挡住一击，散去飞玉，就感觉撞击过来飞玉连余波也使自己半身冷、半身热。他暗想，这犁娄氏居然能够划开春夏之气的寒暑冷热吗？这样下去即使不受伤，也会伤了魂，他急忙飞身上了高空，聚起天气压下，却被犁娄伯引地气上升，砰的一响抵消，邰伯趁机回自己士卒阵中去了。

犁娄伯想到空手而回，心下忿怒，正待继续追击，突然看到自己军中后军骚动，原来是虞国城中出来的军队开始攻击自己了。他想可能是虞邑已经被占领，急忙往回飞去。

之前，申妃等人率军从两侧攻入虞国，虞国内只有芮伯在，使双铲朝第一个飞身上城墙的申妃两边击出袭来，却被她双手短剑横扫，引出两道疾风抵住，砰砰两声抵消。申妃只觉得自己左右两边一边被风吹得骨头酥软，一边被刮得疼痛，心中吃惊。她便不敢怠慢，右手水雾袭来，芮伯右躲，却被申妃左手持短刀对着他躲开之势挥出草刺，草刺攻击顿时加速对他一击。但芮伯手中两只铁铲交叉挥舞，挡住了这一击，急忙转身就逃。

申妃剑指追击尾随他的逃离轨迹射出宝玉，芮伯刚落地稍缓停，背后就遭到宝玉加速重击，扑倒在地。她追了上去，不料芮伯翻身，临近申妃以两条铁铲划出两道飞石。申妃这次便以水汽滑开，同时水柱飞射，芮伯顿时被打翻，骨骼酥软瘫倒在地。檀利上前，以草条捆住，定住魂魄。阮伯上前把他押走了。申妃与妲己会合，占领了虞国，问她"你这就随我们回周人吗？"

妲己说："不了，我仍然回犁娄伯那里去，找我父侯。"

申妃想她应该是想投降大商吧，也不勉强，随即让先牧氏看好妲己麾下的士卒，自己与阮伯从正门出兵袭击黎人后军。但黎人训练有素，后军顽强抵抗，凭阮伯的士卒阵法无法突破。

犁娄伯看虞国被占，而姬发军队仍然在逼近，只好命令全军撤退。姬发军队追击，黎人边退边散去草刺，后军不断有士卒倒下，损失很大，却因为撤退整齐，仍然得以退走。但马步则得到机会，趁机伏地跟着黎人，对着阵法施放轻雾，将疠疾散播在阵中。这时，周人只有姬发军能战，除姜望军溃散之外，郜伯军也损失了半数士卒，无力继续追击。姬发率军追过虞国，已经是午时，士卒用力过度，疲惫不堪，而黎人仗着人多，仍然能够抵抗，只是一路上留下了一大片黎人尸体。

申妃在黎人开始撤退时，看姜望军已经溃散，就急着去了阵前止住逃散的士卒，正好遇到迎面而来的耆伯，一道青白火光刺来，在申妃周围变得暗淡，耆伯惊讶，原来她就是姜望夫人，怪不得也会这种奇异的护身神术。他便与烛龙各自发出寒气与金黄火光。申妃双手持剑挥出疾风反击，但自己左右两边的寒气与春寒互相侵袭，她顿时觉得全身冷暖交替、骨骼软化，却又被冻得僵直，不能动弹。

这时，邰伯赶到，发动聚积的春暖之气调和水土草木之气朝着耆伯刺去。耆伯认得是邰伯，不敢怠慢，急忙也以青白火光刺出，两道草刺疾风相撞，砰的一声巨响，邰伯不但被青白火光罩住，还遭到冲刺过来的草刺刺穿。饶是他以阵法散去部分草刺，还是胁下洞穿，他激愤大喊："伊耆氏在这里！"

而这时，申妃因为耆伯停了寒气，身体得以活动，金黄火光也随即减弱，她振奋着脱开金黄火光，挥剑在烛龙周围寒气外围引出一道旋风把它与耆伯冻僵，耆伯忿怒的浑身黄白火光四射，顿时消除寒气旋涡。申妃惊惧。

檀利、姬鲜、阮伯闻声而至，阮伯挥牛尾鞭抽出无数疾风草刺朝耆伯划过，檀利、姬鲜射出杀矢，虽然被耆伯火光推开，但火光一触杀矢，就热雾弥漫暗淡下去，他本人也感觉魂魄要散。申妃又趁火光减弱刺出金针，然后挥剑加倍冲力，双倍冲力顿时击穿火光，虽然被耆伯身上的土封挡住，但随即感到浑身气血被堵住在金针的位置上了。耆伯急忙聚起火光推出金针，才恢复气血流动。他看对方人多，而黎人又已经退走了，只好急速朝前冲出。岳氏迎面以大水切割，被他冲破水墙而去。这下虽然没有被大水切开或裹住，身上火光却也大减。但岳氏也不敢多拦，让他去了。

邰伯看这么多人都拦不住耆伯，露出自嘲的笑容，姬鲜便问："以邰伯之战力，仍然受伤了吗？"

邰伯惭愧说："刚才与伊耆氏以蓄积的春气对攻，确实是我输了。"

阮伯惊异："你们二人既然都能以春气调和水土草之气了，蓄气上限应该差不多才对，为何他比你高这么多，还能击伤你呢？"

"一般人蓄积的春热气都会随早晚时辰变化有所消散，而他以火光蓄水土草气，在攻击时可保持热力不散，因而加快了天地气流动，他冲击力上限比我高应该就是多了这部分了。"

众人听了都说受教了，且惊叹不已。

申妃便问邰伯："你看到姜望没有？"

"刚才伊耆氏去了吕侯军中袭击，听说只有甫氏兄妹挡住，并不知胜败，而伊耆氏在此，却不能猜测姜望下落。"

申妃听了便愈发着急。

这时，桃氏已经带着竹筒逃到林中，她在树梢远望，野地上的混乱没有了，她估计是周人打败黎人了，不然战场不会安静下来。她取出竹筒放出姜望，只见他全身已经冻僵，便以竹筒吸取林中树木的春夏之气，输入姜望身上，过了半日才使他苏醒，问："多谢你了，伊耆氏人呢？"

"应该是被周人逼退了，战场上战斗停止了，我是躲避他逃到这里的。你怎么样了？"

"我现在全身骨头刺痛，无法举动，完全不能动弹。"

"是那时的金黄火光吗？看来是秋气呢！"她一边说一边往竹筒放上青玉，再飞身把竹筒放在树梢摇动，说："我来聚起现在的早春寒气帮你恢复吧！"

姜望看她一只手瘫着，便问："伊耆氏把你打伤了吗？"

"嗯，寒气冻伤了半边身子，刚才以桃木香炙烤，软化许多了。"

姜望便感动地对她说："多亏了你了，我们认识不过一天，你居然就愿意冒死前来救我！"

桃氏下来，对他嫣然一笑说："你以后记住我们认识的这第二天就好了。"

姜望当下仔细看她面容，虽然称不上殊丽，却也端庄恬静，笑容虽不泛起任何波澜，声音却全是情意，便说："你真的对我有心吗，可我是有夫人的，且我很爱她。"

桃氏笑容不止，手一招，使竹筒对准姜望，一股湿冷罩住他缓缓流动，一边扶起他说："先别说这些吧，我只知道现在要赶快把你治好。"

"等一下，春寒气恐怕不能克制秋火的魂伤的，"姜望一边说，一边费力的打开葫芦罩住自己。葫芦放出粉末随一股暖流而出，周围草木飞舞。草木泥土裹住的姜望只觉如裹貂皮，身上的热毒开始被吸出，酸软的骨头也开始硬朗。此时，桃氏也没有多说，只是握着他手上的穴位，查看他热毒的流动。姜望的汗水流到她手心，心中泛起涟漪，便问："你在甫氏国，怎么没有与其他诸侯联姻吗？"

"前些年我还小，可就在这几年，黎人扩张，威胁我父伯，而大商又处处进逼，我父伯便不好决断。但我倒是常常听人说起你在渭水击败犬戎、密须，建立吕国的事情，真可为我们四岳官后裔的榜样！"

姜望想自己封爵位、建吕国不过是上个月的事，她这话虽然崇拜之意确实是没法遮蔽的，却不免有谄媚之心，便转移话题说："你当时为何能看穿伊耆氏的火光变化呢？"

桃氏微笑说："我也是凑巧，在你挡住烛龙的青、金、黄火光和寒气之时，我正在一旁，发现你周围有一股寒气呼呼朝你汇积，猜想你需要的就是这种气，便以竹筒收集。想不到虽然赶跑了火光，却使你冻僵了。"

姜望感动地说："原来你是一直跟着我到了后军，守在一旁，才得以收集到大量冬寒气！"

桃氏禁不住脸红说："开始我与我哥没能挡住伊耆氏，而看到连你也退走，我心中着急，便跟了上去。"

姜望这时受夏气笼罩，身上魂伤稍微恢复，加上动情，暖流涌动，便缓缓抬起双臂圈住桃氏腰间，桃氏周到的扶住他双臂绕在自己肩膀，以免他撑不住，然后嘤了一声，柔顺的把头靠在他怀中。良久，姜望手脚稍微能举动，便以元气而动，牵着桃氏要回大营去。桃氏便说："不如我扶你借风去吧，到大营再放下你，以免被你夫人看见。"

姜望说："没事的，你救我有功，又对我是真心真意，我夫人明理，不会怪你的。"

桃氏便说："也好，即使你夫人不愿意，我离开你便是。"

姜望朗声说："只要我们正大光明，不用怕的。"

两人牵着一起飞向大营，路上，姜望说："你为何没有学元气外放而动呢？"

"我和我哥都是这两年才听闻此术，还没能练成。"

"你若肯留在我身边，我可教你。"

桃氏没有说话，只是抱紧了姜望。两人到了大营，远远望去一片废墟，近前一看，是被火烧光了的，桃氏便说："一定是伊耆氏找我们不到，一怒之下烧了大营，而周人应该已经攻下虞国都邑，进城去了。"

姜望正要回答，申妃突然从高空飞身而下，抱住姜望说："你没事就好！"

姜望被她抱得全身疼痛，连声叫唤，申妃连忙说："你受伤了？"

"全身骨骼被秋气侵袭，软化了，多亏了桃氏以夏气调和，才恢复了些。"

申妃便感谢了桃氏，然后急忙说："快回去，我来帮你治疗！"说罢，抱住姜望便往虞国飞了回去。

桃氏在一旁听了，觉得自己有些多余，一路上申妃不断跟姜望说话，她则觉得气闷非常。

姜望一行人到了虞国都邑，申妃便去找来檀利给他治疗，姜望对桃氏柔声说："你先回去吧，我伤好了便去找你。"

桃氏柔顺地答应去了。申妃听了很不舒服，但她要去找檀利过来，也没有来得及多说。檀利到来，便让姜望浸入水池，里面放着牛伤草，以此借魂为他疗伤，申妃作陪。待檀利走后，姜望便以水池中的水卷她过来，她也不抵抗，任他把她卷入怀中，姜望便说："其实桃氏救我确实是真心，这你要承认，而她想学神术也是事实，但既然她确实对我有意，不如收她做了夫人，一家人的话，我吕国也能多一份助力，你说行吗？"

申妃只听到夫人二字，脑袋便轰隆一声，她沉默了一会，便说："那你留她做夫人助你吧，我则离开一阵子，我申戎人口仍没有恢复，需要我去掌管。"

"你怎么能离开呢，你也是我的助力啊，吕国百姓争执繁多，正缺人手呢！"

申妃听了这话便不高兴："你吕国需要人手，我申戎人口三年没能恢复，随时会遭到犬戎袭击，我难道不该回去吗？"

姜望很不高兴说："什么你的吕国？你身为我吕国的妃子，怎么能随便离开？我早跟你说过从现在开始要把我吕国之事放在第一位了！"

申妃大怒说："密须袭击我申戎，导致人口锐减，而我帮你占据密须，使你受封吕侯，我申戎反而没得到一点好处，你还连让我申戎驻军都不让，现在还想让我留在吕国帮你，凭什么！"

姜望恼怒，大声说："你既然出嫁为我夫人，将我的事放在第一位难道不是应该的吗！还有，若不是我教你调节神力之法，你们申戎可能早就被西伯给赶跑了！"

申妃看他挖出神力之事了，又没法反驳，全身气的发抖，发狠说："既然你这样说，那我便从此不再用你教的神术！"说完，扭头就走。

姜望伤好，便去找了桃氏，说要立她为妃，她关切地问："你夫人同意了没？"

姜望不高兴地说："不用理她，她没有什么说话的余地的！"

"但是她既然留在你身边，就总是要说话的呢！"

姜望不耐烦地说："这个你别管了，你安心做我的妃子就好。"

桃氏便不好再问下去，脸上虽有一些忧虑，也只能默默顺从，而姜望要立桃氏为妃之事便传开了。这几天，周人都在虞国修整，姜望搜集战时逃散的残兵，只得到千余人。而因为黎人春夏之气的侵袭，邰伯军士卒都被伤了魂，士卒大都全身到处红肿，热毒不散，姬鲜和檀利为士卒疗伤，从早忙到晚。只有姬发军没有什么损失，而姬启军，因为安排在后接应，所以也几乎没有损失。这些天黎人也没有来进攻，据暗谍报告，黎人士卒大都得了疠疾，不能作战。

姬启得到消息后，赏赐马步，便与姜望商议，把马步调到自己麾下，而以一些兵马作为交换，姜望因为得了甫氏兄妹，欣然应允。待邰伯军士卒伤好了之后，姬启主持会议，商讨进军黎国之事。姜望首先说："现在我麾下士卒还剩千余人，单独作战肯定不是黎人对手，而二世子军虽然冲击力强，却仍然会被黎人阵法化解。但若是让我麾下千人在阵前配合，则不但可以抵消黎人攻击，还可使二世子军攻击倍增，你们看如何？"

姬发高兴地说："吕侯愿意摒弃国族之别助我，自然是好，只是千人是否足以调动我军攻击力，使其倍增呢？"

姜望自信地说："只需前排士卒的人数而已，我阵法要诀在于轮换前排攻击，在抵消敌方阵法的同时发动进攻，所以只要我定阵玉器够用，黎人战力不超过我方前排占地的蓄力上限就行了。"

邰伯则说："但还需要阻挡伊耆氏的偷袭，可让吕侯夫妇一起引来伊耆氏，然后大家埋伏在士卒中，突然攻击。"

申妃面有难色，说："我旧伤未复，怕是挡不住伊耆氏，我只跟随众宗师在士卒中袭击吧。"

邰伯以为是她故意逃避，不愿出力，便说："夫人，现在是与黎人决战的关键时刻，你与伊耆氏交过手，不能不让你去引出他来。"

申妃焦灼，一时不能回答，姜望在一旁无动于衷，心中哼着想：看你还能撑到几时。檀利便跟邰伯耳语说："听说姜望因为甫桃氏跟他夫人闹翻了。"

邰伯心中不悦，想这个时候怎么还能让私情搅乱战事，便对姜望说："吕侯，看你是不是需要与你夫人配合，才能挡得住伊耆氏，众人在士卒群中袭击，可能需要你多撑一段时间。"

姜望便说："臧仆前次在伊耆氏来袭时，居然躲在士卒中不出，这次便让他与我引诱伊耆氏立功罢。"

臧仆急忙说："小子神术低微，实在不能胜任，而吕侯夫人神术高强，理应不得以私人纠纷推辞！"

申妃大怒说："你在前次战中未立寸功，反倒逃跑，而我力擒芮伯，你怎么有理来训斥我！"

臧仆只得不说话了，这时虞氏妫遏出列，他刚刚降于周人，急于立功，便说："伊耆氏除了火光防身之外，甲胄上还有一层泥土做的土封防御伤害，我可在阵中上空布阵，破了他的这道防御，你们的袭击就能伤他了。"

邰伯便说："好了，就由吕侯、臧仆和妫遏在阵前空中引出伊耆氏，我与姬鲜、甫氏兄妹袭击，申夫人、檀利、先牧氏断其后路。"

姬启接着说："待姬发军击溃黎人阵法后，我便与阮伯、丰侯、马步率军截断其退路。"

姜望补充说："你们若是遇到一位不着甲胄、身穿绸服的女宗师，便要留手，她是苏侯之女，前次送消息过来说无心与我们作战，因此不会伤害各位的。"说罢他便展示了妲己传来的羽箭帛书，众人看了都答应。

姬发军便为前军，经过两日行军，到达黎国边境，与犁娄伯率领的军队交战。这时已经是下午申时，两军都聚积了足够的井田阵法之气，犁娄伯看到是姬发军，便首先发动攻击，但姜望在前军指挥士卒拦截，震天价的一声巨响，犁娄伯蓄积的春夏气就在两军中间撞击炸开了。黎人士卒盾牌都挡不住撞击的余波，前面的士卒都倒在地上，爬不起来。而姬发军则因为姜望指挥士卒以排列的盾牌挡住了撞击弹回的余波，所以能无恙。

原来，姜望这边的攻击士卒有两排，后排士卒是站在排列好的战车，以盾牌、幔革防御的，他们的冲击与前排士卒刺出的疾风汇合冲向黎人，自然所向无敌。黎人前排士卒还没来得及站起来，就被刺穿或击倒了。不过须臾，阵中玉器纷纷崩裂，铁器变形断裂，士卒与旗帜等物都被带起的暴风吹到了半空。

前排指挥的犁娄伯在半空举着盾牌，一边散去疾风，一边急速而退，直到后军才止住，下半身还是被划出数道口子。耆伯与孟侯苏侯等则因为还在后军，没有受伤。姬发命令士卒推进，这次是一阵箭雨，而黎人刚刚换上铁器。这次攻击，黎人阵法虽然消去部分冲力，但前面几排士卒仍然被射倒。犁娄伯在后军对耆伯说："怎么办？周人阵法中有姜望在指挥吗？这种布阵使冲击翻了一倍！"

耆伯脸色极其难看，发狠说："上次让姜望跑了，这次一定要杀死他，"他转而对苏侯父子三人与孟侯说："你们都一起去阵前，合力杀死姜望！"

苏侯父子虽然不情愿，也只得随耆伯飞身去了阵前，姜望远远看到火光，便飞身到了半空，继续指挥士卒，故意大声激励士卒，虞氏妫遏则在阵前布下尘土阵法。耆伯冲在最前面，一进阵法范围，尘土就旋转起来，他只觉身上的土封突然封住自己行动，无法动弹，且开始全身灼热。苏侯父子与孟侯在后，虽然一进入阵法圈就开始被自己身上的甲胄压制行动，却因为见识过虞氏的神术，苏侯父子以身边金铎振响，尘土被扰乱，衣甲顿时松弛，他们便到了高空；孟侯则浑身热气吸附旋转的尘土掉了下去。而这时，邰伯、臧仆蓄积已久的土石发出，而姬鲜投出杀矢，甫氏兄妹投出伏着毕方鹤的藤蔓，一起朝耆伯袭来。

不料，上空烛龙早已飞近，一道水寒气罩住耆伯，不但吸附尘土使耆伯手脚活动，土石和杀矢也被水流冲刷的散去大半，只有藤蔓顺着水流缠在了耆伯身上。但耆伯既然能够活动，便以黄白火光炸开缠住的藤蔓，又以聚积了多时的春夏之气随一道青白火光朝在半空的姜望、臧仆和妫遏扫来，而姜望已经挡在前面，引风拦截止住，火光随即大减。

但上空的烛龙这时又扇出金黄火光朝三人罩去，姜望急忙借农田阵法退到了百步之外，妫遏因身上有聚起厚厚的土封包裹，并与阵法连接，因此火光冲击都被尘土散到地上去了，他趁机退走。只有臧仆被光罩住，全身顿时发软，盾牌脱手，但他迅速以镰刀插地弹射尘土，把木刺的冲力和秋气都散在土里，

并扯出镰刀，要以蓄积土肥之气的镰刀防御。耆伯却已经靠近，发出的青白火光与臧仆的土肥之气相撞，镰刀上砰的一声巨响，断成两截，他带的黄玉也碎掉，身上则被草刺洞穿。

�遏又急急上前，以铁削在耆伯周身大力挥舞，又使尘土就地旋转。耆伯心中恼怒，想还来土陶之术？真不知死！但他这时似乎仍然能随意举动，没有被困住，便发出寒气止住尘土转动，又朝妫遏一击，寒气扑来。邰伯看臧仆已死，便飞身而出，剑上聚起春气"嘭"的一下推散寒气水雾，继续朝耆伯袭来。耆伯看清楚是邰伯，不想硬接耗费蓄气，便借地气上升走了，这时他突然觉得身上土封碎裂，一片片脱落下来，才知道刚才的尘土外旋原来是解封之术，要除去他身上土封防御。

妫遏这时大喊："伊耆氏身上土封防御除掉了！"话音刚落，邰伯的金箭与姬鲜的杀矢已经袭来，耆伯想这么多宗师守在这里，看来是预谋已久了，便不抵挡，飞身高空与烛龙会合，让苏侯殿后，便要离去。

邰伯急追上了高空，一边大叫："快断他后路！"

申妃等人便飞身上了高空，先牧氏马鞭朝耆伯一抽，使他浑身震动，不自主的缓下来。但他身上青黄火光随即罩住先牧氏，使之窒息，又随即化作青白火光一下切断马鞭，并朝先牧氏袭来。

虽然先牧氏骑着的鸥鸟吸去了火光中的春夏气，他们本身却仍然被火光中的草刺击穿。鸥鸟在前，重伤下坠，他则受了轻伤，趁机坠下地去逃走。申妃在一旁，虽然手持盾牌，却浑身发抖，她第一次在战场上感到如此巨大的压迫力，就像一个病重卧床之人面对一个冷血杀手一样。巨大的压迫逼得她禁不住就要使出移法之术，但自尊心最终还是超过了压迫感带来的恐惧，仍然使她强忍，隐而不发。

这时，檀利在他们头上已经以一只捕兽笼放出杀气，罩住耆伯，使他的魂魄摇曳。但虽然耆伯身上火光稍微减弱，他剑上聚集的火光却还是扫来，巨笼被利刃切断，连带檀利挡在面前的盾牌也被划开，但幸好他及时散去了火光中的夏气，魂魄没有受伤。

姜望这时正在与邰伯和姬鲜围攻烛龙，突然看到耆伯火光就要扫向申妃，而她却只是在空中发愣，只好丢了烛龙，朝着耆伯袭来。苏侯父子虽然在耆伯身旁护卫，却只是挥着大刀朝他砍出一道不重的疾风，妲己则根本没有动，姜望看疾风不重，便轻轻闪过，金针已经射向耆伯。耆伯只好剑指转向姜望发出青白火光，但罩住他时已经暗淡，这时火光又已经化作金黄，里面的木刺挡住了金针。但金黄火光也随即暗淡，姜望又连发几针，耆伯一边退走，一边变换火光，冷不防檀利射出杀矢，且申妃卷起一束丝麻布包射来。

耆伯这时却发觉苏侯父子没有袭击姜望，恼怒大呼："苏侯父子在干什么！"一边挥出短刀，刀上火光打飞杀矢，倒是布包接近了他身上火光，使他气血不畅，但也迅速被火光烧掉，随即恢复。

就这一瞬，耆伯已经退出到了百步之外，苏侯父子听到耆伯命令，便朝姜望举刀砍来，被姜望聚积反向的疾风横截金石，却铛的一声巨响震得姜望全身发软，苏侯父子则随即快了一倍，逼近来砍。姜望倏地借天气下沉躲开，苏侯父子则从头上砍下，这次姜望以大刀导入地气之后便以佩刀挥出土石，随后便只听到一声"嗙"的闷响。这回苏侯父子的大刀不但被反弹，上升地气的一束推力还把他们逼到高空，他们便趁机走了。

妲己本来与檀利交手，檀利看她竟然不穿甲胄，只有一袭白绸裹身，散发热气，惊艳不已，便只是用大常旗抛出来裹，被她振起身上金铎，然后主动卷在旗帜里，只翻了个身，把大常旗拿在手里，便朝后方急退而去了，申妃也没有阻拦。耆伯这时停在百步之外上空，苏侯父子对战的一幕都被他看在眼里，但他看到黎人早已被击退，地上全是周人士卒，便只得懊恼而退。

烛龙这时候虽然被邰伯、姬鲜与甫氏兄妹围住，但他们的疾气和兵器都不能接近火光，甫氏兄妹的藤索虽然可以顺着青黄火光而上，却被烛龙变换成黄白火光烧掉。而由于邰伯他们都有盾牌，又不是会魂术就是会借四时之气的，烛龙的火光虽然切断邰伯盾牌，但急切不能伤，若是全力一击，它又怕护身火光不足被偷袭。僵持了一会，它看主人已经走了，便也退走。

早先，留在地上的盂侯与妫遏对阵，他热气被土封吸收，但他冲过来用宝剑剑指搅动，妫遏身上的土范便被宝剑上的飞刺击碎，妫遏只好逃入士卒中。盂侯追了下来，接近士卒，被周氏命令士卒发动草刺冲击，饶是他有热气护体，也没能化解全部冲击，浑身都被划伤，只得退了。

而姬发军追击黎人，迫使他们一直撤退，这时姬启等人便率军截击黎人退路，危急时刻，犁娄伯以巨鼎为掩护殿后。岳氏、姬启、阮伯等人冲上半空，朝巨鼎投出兵器，但都被犁娄伯以聚积的藤蔓布满在巨鼎周围，把兵器挡住了。犁娄伯随即俯冲而下，以镰刀来袭，岳氏附身地上积水被压出的波浪逃走了，姬启、阮伯蓄力不及犁娄伯，只能勉强撑住不倒，但这时地上积水，不能借力田阵草木土石，只能硬挡犁娄伯镰刀。阮伯手中铜鞭被打飞，但随铜鞭划出的飞刺也划向犁娄伯，把他逼退。阮伯又抛出飞旋金钻，犁娄伯格挡时居然感到心中震痛，知道是被伤了魂，他被激怒，恢复周身气血止住心痛，正要上前，又有一阵清风吹来。

随着清风从天下来一人大声说："我乃密人马步氏！"犁娄伯知道他就是施放疠疾之人，这时报名，应该是来恐吓他的，但他事先早已吃了药草，并不怕他清风中的疠疾，便朝马步划出一刀。

马步急忙聚起春夏气挡住，犁娄伯看他难对付，便后退走了。

姬启、阮伯逃得性命，与姬发军会合，把剩余黎人缴械。他们清点士卒才知道，这些都是苏人，犁娄伯以巨鼎首先掩护黎人撤退，投降的苏人则被留在了后面。

犁娄伯回了都邑，等耆伯回到都邑，便与黎侯一起召集众宗师。耆伯怒斥苏侯父子说："你们三人是否与周人通敌？在我遭到姜望袭击的时候居然没有从后面袭击他，而后来与他们相斗之时也一击便退？"

苏侯便说："实在是姜望厉害，居然破解了我父子的震魂法，确实尽力了。"

"你的金铙怎么不用？钩挠的魂魄牵引术呢？"

"以大刀撞击振响若是没用，金铙自然无用，而听闻姜望善于钩钓术，勾魂岂能不被他躲过？"

"你们若是从他身后袭击，总会有胜算！"

"我们之前见过姜望怪异神术，怕被他反击，自然不敢轻易动手。"

耆伯恼怒说："好，可以！明日便由你们三人在周人行军途中袭击，若不带回敌军宗师人头，便军法处置！"他又转向妲己说："还有你，你之前允诺会说动大商少宗祝来投靠，怎么至今未能前来？"

"实在是被与周人作战耽搁了，但我提供的情报确然是真的，不是吗？大商要等我们与周人分出胜败之后才会出兵，果然到现在都没有动静。"

耆伯怒道："这情报现在有什么用？你若不能招来少宗祝，便如约嫁给昆虫氏，换来他出兵解救！"

犁娄伯对耆伯说："可现在就将苏女许给昆虫氏，情况紧急，先换得昆虫氏出兵，其他事情以后再办。"

耆伯则说："但大商少宗祝怎么办？他若能带出一个师的士卒，便能削弱大商实力。"

黎侯这时说："现在这种情况，大商若真出兵，还不一定会针对我们，因为我们若被击败，西伯便是大商的头号强敌，帝辛会容忍这种事发生吗？"

犁娄伯说："这么说，我们不如现在就向大商求和，派兵共同对付西伯？"

"嗯，以殷人现在的阵法，我们以后即使重新归附他们，仍然不至于被击败，但若是向西伯求和，我们则只能俯首称臣，难有出头之日。"

耆伯、犁娄伯都点头称是。妲己听了最是高兴，便说："不如让我出使大商，我可劝他们出兵！"

耆伯大声说："不用你去，你与苏侯父子都去准备偷袭周人，若是没能得手，便嫁给昆虫氏抵罪！"又转向苏侯父子，露出一丝杀意狞笑说："我会在后面突袭或接应你们！"

妲己听了黯然，她与苏侯父子回来商议说："不如我们趁机逃走，等待大商与黎人议和吧？"

苏侯愤懑地说："你母亲和族人都在黎人控制之下，我们能逃吗？再说我身为国侯，若是被迫逃离自己的国族，还不如一死！"

苏子便说："我看不如在此战之后投降周人，周人阵法的冲击力我们都看到了，怕是大商与黎人联合也不是对手！"

苏侯便说："周人离我国遥远，如何能保全我国百姓安危？"

"周人此战之后，若是得势，必然占据黎国，到时候便与我国接壤了！"

苏侯说："这就要看此战胜败了。"

妲己说:"总之就是不能降于周人,哪有联合远方异族灭自己近邻的道理?"

"那你此战之后想办法与帝辛婚换得他出兵啊?大商迁徙我们于此,本就是为了征召我们的青壮,这些年我们的壮士都被拉走,哪里还能如在北地的繁荣!"

妲己无法反驳,只得不高兴的生闷气,她想起司命官至今还没劝帝辛出兵来救,而自己马上要被逼与昆虫氏婚,心中烦闷。

帝辛在大邑商收到黎人惨败的消息,召集众宗师说:"现在胜负已分,应该可以出兵了吧?"

司土官说:"出兵是可以的,但应该帮助黎人,而不是周人。我去看了周人阵法,冲击力是黎人的三倍以上,连余波也无法散去。若是我们帮助周人,那今后根本无法挡住这样的冲击,必然会沦为第二个黎国,所以只能转而帮助黎人。"

帝辛不悦说:"不行,伊耆氏杀我天官,辱我大军,怎么能相助于他们呢!"

司命官便说:"我可前往阵地查探,趁机相助于周人除掉伊耆氏,到时候黎人可能会再败,势力更弱,再出兵帮助黎人不迟。"

司工官出列说:"小臣既然率军会合,可先去阵地查探黎人和周人神术,再随军征伐不迟。"他这次从东夷赶来是因为帝辛征召合兵伐黎,而他之所以愿意前来则是因为妲己被困在苏国,没能如约回东夷。

帝辛答应了,说:"好,等你们回来报告,我们便出兵阻拦周人灭黎!"

渭水联军这时正在往黎国都邑行军,他们战胜黎人之后,虽然伤亡不多,但士卒疲惫,只能休息一夜之后再行军,而步行速度也不及犁娄伯,因此仍然在路上。姜望与姬发军在前,姜望有甫氏兄妹护卫,申妃则在姬发军作护卫。邵伯与先牧氏自上次埋伏伊耆氏一战,都在责怪申妃没能出手截断伊耆氏退路,以至于先牧氏被打伤,但看她仍然不回到姜望军,都暗自猜测她与姜望关系恶化的严重性。先牧氏便找机会过去对申妃说:"夫人,你怎么没有护卫在吕侯身边呢?"

申妃没好气的说:"是我要求在这边护卫的!"

"听说吕侯要立甫桃氏为妃,今后我们吕国可又多了个宗师相助了吧?"

申妃紧缩双眉没有回答，先牧氏看她表情，认为自己猜得没错，便急着说："夫人若不嫌弃，可与我交好，若教得我神术，我二人便可一起辅助吕侯，而即使要复兴申戎，也不是难事！"

申妃讥刺笑着说："密须伯，你若习得我神术，是复兴我申戎还是密须国呢？"

先牧氏用低沉的声音怒道："前次你在对敌伊耆氏的时候，居然都不肯使用神术，你以为我没有看出来吗？"

申妃听到威胁，怒道："你以为我真的不敢用吗？"

先牧氏狡黠一笑，马鞭抽动，抽出草藤卷起申妃使她无法动弹，便要把她扯过来，申妃受到屈辱，却仍然不肯使用借势之法，挣扎着勾手挥出短剑，地下一排草木化草刺如雨般射出。但这阵草刺却既不能划开草藤，又不能刺穿先牧氏，反被他坐下穷奇犬给喷去了。申妃知道他在他自己身上聚起了魂魄，所以一般的草刺冲击伤不了他，但她仍然坚持不愿借阵法逃走，而就这一瞬，她被先牧氏扯了过来，抱在怀里。申妃只好大喊，周氏在后面远处，听到叫声，便飞身过来看，已经明白了八九分，便说："放开申夫人！"

先牧氏只好放下申妃，申妃随即大叫："先牧氏对我无礼！"

先牧氏急忙说："你之前没有施法拦截伊耆氏，害我受了伤，我只是教训你一下而已！"申妃脸上涨得通红，着急的不能说话。

周氏便说："申夫人若能拦截伊耆氏，又怎么会被你擒住，若不能拦截，你何必责怪？快向夫人道歉！"

先牧氏听了，只好向申妃一拜，申妃不理会，只飞身上了自己的驳马。这时，队伍最前面传来宗师借风传音大叫："有黎人宗师袭击！"申妃知道前队是姜望队伍，担心起来，便飞身前去了。

周氏便对先牧氏说："你也去看看！"他也只好跟着去了。

安排袭击队伍前面的是苏侯父子。伊耆氏的策略是，让他们先袭击队伍前面，待宗师来救，便一个一个地袭杀，他又让烛龙藏在随行宗师弟子的火把里，这时太阳已经落山，周人士卒也都点着火把行军。但苏侯没想到前军正是由姜望率领。姜望一挥刀，拦下了苏侯父子的攻击，又一击扫倒了随行的宗师弟子。就这一刹那，藏形周人行军的火把上空，借火把之气藏住元气的烛龙便俯冲而出，一道火光使姜望猝不及防，但仍借水雾掩护退到了几十步之外。

这时申妃和先牧氏赶到，申妃看到火龙，依旧不敢出击，只是以盾护住自己，便在一旁看姜望与烛龙缠斗。苏侯看到申妃在，不敢上前，只朝先牧氏砍下，妲己和苏子则与甫氏兄妹缠斗。

先牧氏看只是苏侯，便催动坐下穷奇犬，挥动马鞭拍响半空，苏侯的震击都被抽散，土石飞射，他本身也被鞭响震得有些麻木。但他身上金铎随即振响，摆脱马鞭震撼，擎出双刀，相互拍刀背，铛铛数声震得先牧氏身体发软，但他坐下穷奇犬随即张口大吼，淹没了铛铛声振响。先牧氏趁机朝苏侯射出金箭，但苏侯得到刀背振响的助力，反应变快，大刀挥出，正中金箭，乓的一声，金箭击飞，他则更加振奋，飞身跳到先牧氏头上，集合天气一起朝他砍下。

先牧氏急忙顺势借天气下沉，滚到一旁，坐下穷奇犬却被砍成两截。苏侯又一刀朝先牧氏划去，被他躲开，地上划出一道沟壑，发出铮铮铮连声脆响，虽然先牧氏及时挥动鞭响提振自己，没有被震软，但他起身跃过沟壑时，脚一踏地，却发出铛的一声，他一下被震软，倒在地上。

原来沟壑附近地上也已被苏侯划出金粉，聚积了刀兵之气，受到震动便激发震荡、弱化魂魄。苏侯趁这一缓，正要挥刀砍来，突然看到斜刺里飞来一块赤璧，朝先牧氏袭来。先牧氏急忙手举马鞭，把赤玉引向苏侯。这时，一道黄白火光把半空中的赤玉罩住，赤玉刚飞到先牧氏与苏侯之间，受到火光便突然炸裂，发出爆炸的黄白火光，苏侯被炸飞，先牧氏被炸得陷在地上大坑里。

苏子与甫丁缠斗，正以金钩钩住他双手，使他无法攻击，这时看到苏侯被炸飞，急忙丢了甫丁，飞奔过去。妲己则尖叫一声，正要摆脱桃氏去救苏侯，就在这时，几块赤玉朝甫丁和桃氏兄妹飞来，司命官突然从地上出现，他附身风中已久，这时看赤玉飞向正在缠斗的妲己与桃氏，便一剑挑飞了赤玉。藏在青烟漂浮在附近的司工官也现形，以短剑把另外几块赤玉弹了回去，然后持虎头钟朝光罩过来的方向急飞而去。

耆伯看到司工官飞来，也不惧自己暴露了，他剑上发出青白火光，不但把司工官虎头钟发出的震动冲击冲散，还把虎头钟击穿。司工官躲开冲击，但耆伯火光随即扫来，挡在了他身上的皮革之外。司工官便朝耆伯附近地上射出玉圭，冷不防烛龙从斜刺里杀来，他只得又抛出大轮，在自己一侧把烛龙扇出的青白火光格挡折断，但大轮也着了火。

原来，烛龙正在与姜望缠斗间，看到耆伯暴露，便飞来助力，发出一击，但同时姜望跟在后面，剑指追踪烛龙一击，再加上他金针刺出，顿时穿过火光刺进它体内。烛龙气血随金针洪水般外泄，半身瘫痪，顿时愤怒吼叫，身上寒气冒出，顺着金针射过来的绳索把姜望冻住。它勉强擎出赤玉，寒气扩大朝姜望扑来。姜望刚引导疾风推动金针攻击加倍，却没料到烛龙会先用寒气顺着攻击扯住自己，因此没能事先抵消寒气，只得临时感应寒气避开。

但就这一缓，烛龙已经抛出几块赤玉，朝姜望激射过来，而它身上也随即朝赤玉发出黄白光束。这时，申妃猛然挡在姜望面前，以青玉聚气甩出，火光暗淡，赤玉被急速打飞，并被反推，朝烛龙飞溅，一接触火光，立即炸裂。一声巨响，烛龙碎片被黄白火光吞没，刺眼的火光和气浪也把申妃与姜望吞没。但由于他们周围有申妃聚起的寒风拦截，只是被余波推到了十几步之外，却没有受伤。

姜望看着挡在自己面前的申妃，她知道他正在凝视她看，红着脸，头也不回地说："别看了，快去抓伊耆氏！"

伊耆氏看到烛龙被杀，激愤的大吼："盂侯快出来！"飞近司工官就是青白火光一击，但司工官事先定在地上的玉圭发动，方圆百步地上草木伏地，灌木被飞速轮转的竹刀切碎，不但火光被散在周围呼呼的旋转中，耆伯身上火光也减弱，他急忙抽身上高空而去。

刚飞上半空，就有司命官以天气重压而下，但耆伯不惧，以蓄积的地气和青白火光准备硬扛。司命官早料到他会这么做，手中聚积酉时之气的玉圭化剑刺来，耆伯的青白火光被酉时辰气渗透，火光变淡，连同自己身上都被化为金黄火光。而在冲击力上，耆伯仍旧更胜一等，司命官被击退，一边散去疾风一边到了高空，但此时的耆伯也被酉时气软化身体，不能及时恢复暗淡了的火光，勉强附在地上逃走。盂侯这时已经出来，急忙以宝剑扫出热气，蔓延至司工官身上，把他逼开，掩护耆伯就退，却被苏子兄妹拦住。

之前，苏子和姐已在地上找被炸飞的苏侯，却只能找到尸体碎块，两人悲愤大哭了一阵，正好看盂侯和耆伯要走，便奋起飞身去拦。但耆伯这时趁被救走这一缓，吸收赤玉夏气，祛除了体内魂伤，从地上一跃而起，身上青白火光扬起，排除湿热气，便要朝妲己击出。司命官高空下来赶到，一路以玉尺指实沈星次朝他化剑刺出。耆伯身上火光还没完全恢复，这一下连同土范都被刺穿。他虽然身上洞穿，仍然扬起少许黄白火光，把从玉尺上下来要取他首级的司命逼退。

司命有酉时辰气吹散火光，没有被扬起的火光炸伤，这时越过耆伯挡住了他的去路，而苏氏兄妹正从后面赶上，耆伯只好狠狠地取出赤玉朝司命挥出，声嘶大叫："一起死吧！"司命急忙玉尺顺着赤玉投来的方向，连接实沈星次方向的风气，一股吸力顿时让赤玉一下飞出了百步之外，同时耆伯剑上火光也已经罩住了飞去的赤玉，赤玉在百步之遥炸裂，发出黄白火光，照亮了周围的漆黑。妲己趁机从后面赶上，怕他身上还有赤玉，这时已经以嘉石打中了他腿上经脉，耆伯顿时委顿。苏子则钩住了他魂魄，妲己上前，一刀划断他的脖子，倒在地上。

会盟篇

　　孟侯看耆伯已死，便附在地上要走，苏氏兄妹在看着耆伯尸体，都没阻拦，但姜望夫妇已经赶到了他前面，导引孟侯前行之风把他挡住，使他仿佛撞上一堵墙似的，被止住在地上。孟侯凌空手起一剑，热气朝姜望扑来，但被一股寒风抵消散去，金针随即把他刺穿，钉在地上，气血哗哗流出。后面甫氏兄妹赶上，放出毒蛇藤索捆住，顿时被咬瘫倒了。司命官这时看后面有宗师飞来，不想与周人碰面，便对妲己说："黎人已灭，跟我回大邑商吧！"

　　旁边的司工官听了一惊，妲己便说："走吧，带上耆伯尸首！"又对苏子说："哥哥，你也跟我们回大邑商吧！"

　　苏子回答："好，我把耆伯尸首带走！"

　　甫氏兄妹拦住他们说："耆伯尸首必须留下，还有，你们是什么人？"

　　姜望便止住他们说："他们是大商宗师，人是他们杀的，尸首让他们拿去吧！"

　　司命官朝姜望一拜："姜兄，解释就拜托你了，后会再向你道谢！"四人便迅速飞身去了。

　　周氏、檀利、姬鲜赶到，问了战况，知道耆伯、孟侯已死，心下快适，又问姜望，说是司命官前来袭击伊耆氏了，都暗自心惊。他们便吩咐甫氏兄妹带着孟侯尸首回去庆功，全军原地扎营休息。邰伯等人来看躺在地上的先牧氏，虽然被炸伤，奄奄一息，却仍然有气，檀利便说："这大概是他常年举行聚魂仪式聚集了多人魂魄的缘故，而在聚魂仪式中肯定献祭了不少熬不住的人。"

　　姬鲜则说："聚集魂魄需要献祭者本身情愿，不然便会化作厉鬼，即使练就了铜头铁骨也会有害自己身体的，死的应该都是他的亲信虎贲吧。"

　　周氏心想，看来你也这样做过，现在恐怕也有不坏之身了。姜望与申妃走在后面，慢慢步行，因为伊耆氏已死，黎人式微，都心下宽松，姜望调笑说："我早知道你迟早会用神力的！"

　　申妃低头说："我现在真后悔，让你被炸死算了！"

　　姜望抱住她说："好啦，你的担心，你的心意我都明白，我是缺不了你的！"

　　"那你还要另立妃子？"

　　"你说不立就不立了嘛！"

申妃笑出声来说："你怎么这么没主见呢！"转而又幽幽地说："你之前的话真伤人，你记得吗，我们俩是以修习神力定情的，而现在我俩神术都已经大成，若不能用，别说建功立业，就连往日的回忆和情意都冷了。"

姜望紧抱她说："是啊，谁叫天选定你做我的爱妻啊！"

申妃把头埋在他怀里，咕哝说："之前行军的时候先牧氏看我不能用神力，还想欺负我，图谋复国呢！"

"怪不得他被炸伤，之后再找他算账！"

两人互相解开了情结，回到大营，姜望便去找到桃氏，说："之前我说立你为妃，但我夫人她还是接受不了，她毕竟是我爱妻，我们之间以神力定情……"

"好了，我知道了！"桃氏打断他说："没事的，我这次来虽然有结亲之意，但主要还是来分得战利品的，等攻下黎城，我便回去了。"

"你兄妹二人这次杀盂侯，立下大功，一定可以分得许多财货。"

桃氏低头轻笑说："杀盂侯主要还是靠你把他定住，我们才能得手，属于你的功劳我们不会拿去。"

"这……其实既然你救我一命，功劳全部归你，也是可以的。"

桃氏沉默不语，姜望知道多留无益，便一拜之后走了。桃氏想起申女违背自己盟誓救下姜望的一幕，又想自己其实也舍身救了姜望，也是肯为他舍命之人，可凭什么自己连个侧妃都得不到呢？心里越想越气，只好去战俘营训斥战俘来消气。

司命等人一路兼程，赶回大邑商。路上，妲己闷闷不乐，司命便安慰她说："你父侯虽然一战身亡，但也换得伊耆氏之死，可以说没有你父侯，我们就不能事先觉察伊耆氏的赤玉，是他救了我们大家。"

妲己抹了一把泪，说："嗯，我知道了，你回到大邑商，一定要跟帝辛说是我父侯杀死伊耆氏，还有，要让周人归还之前的我苏人士卒，让他们回到我苏国。"

司命拥她入怀说："这是一定的，你安心吧。"

旁边司工官看到，再也忍耐不住了，走过来对妲己说："你们这样的话，我跟你的回到东夷之约呢？"

姐己看到司工官冷峻的脸，抱歉地说："我怕是不能再跟你回东夷了，其实我在去东夷之前就是偏爱他的。"

司命官这时便说："史伊兄，其实你让姐己回东夷不过是为了多一个宗师助力，我可以教你以玉尺借星辰之气，作为补偿。"

司工官恨恨地说："你别跟我说这个！你也太狡猾了，来之前一路上对于你跟姐己的定情之事丝毫不提，却又有意无意的提起苏侯可能有危险，是让我来帮你救苏侯一家是吗！"

"我提起苏侯不过是为了激励你，更好地去刺杀伊耆氏，完成大王交代的任务，并没有刻意讥刺你之意，而隐瞒我与姐己定情，是因为这本就是我的私事，尤其不能那时候提起来，阻碍我们的任务！"

司工官竟然哑口无言，只得转向姐己说："小姐，我与你有约在先，你不可忘记，别忘了我与你有过的欢娱。"

姐己听了满脸通红，迅速瞟了司命一眼，看他表情没有变，便说："我早跟你说过了，我一直都是对司命官有意，他在我十二岁时便开始为我安排、指点我神术，我一定要与他婚不可的！"

司命又说："我为了姐，夫人离我而去，这个你比不了的。"

司工官只好扭头就走，独自坐在一旁生闷气。但这时候大家都围着篝火休息，没处可躲，都觉得有些尴尬。司命便对姐己耳语几句，她走到司工官跟前坐下，说："伊大哥，我看你刚才没有吃多少饭，似乎是之前中了孟侯的煮食之术，被伤了魂，我来为你治疗吧！"

司工官没好气地说："你想来教我神术补偿吗，可我之前教你这么多，这是你能补偿的吗？"

"之前真的算我抱歉，我现在只是想为你做点什么，我心里能好受些，你也安心点嘛！"

司工官便叹道："你若不能跟我回东夷，我既不能得到宗师助力，情意也失去，你就没什么能帮到我的了。"

姐己只好跟他解释了煮丝热气之法，以及用以克制煮食之法的道理，说："这是根据你说的百物牵制元气启发而成的，但现在我只能说谢谢你了。"

司工官想起他与妲己缠绵的回忆，又想到她天赋如此之高，却不能回东夷相助自己，心中更是难过。妲己便起身走开，苏子把她拉到僻静之处说："你真的要跟司命官婚吗？"

妲己坚定地点点头，苏子便说："其实你如果想一下现在的形势，就应该知道我族人战俘都在周人手里，而司命官只会听命于帝辛，所以，你要么与帝辛婚，要么就与周人联姻，才能要回我们族人士卒。"

妲己斥道："乱说，司命官为帝辛心腹，怎么会劝不了帝辛，逼周人还回我苏人士卒呢！"

苏子着急说："能要回自然好，但若是要不回来呢？"

"要不回也没事，现在黎人颓势，大商兴旺，我苏人自然不会受到侵袭，没有那万名苏人士卒，也不用怕。"

苏子坚持说："我还是认为你应该想办法与帝辛婚，这对我们苏人复兴是很好的助力。"

妲己不耐烦地说："你别说了！"扭头走了。

第二天，司工官没有跟他们继续上路回大邑商，而是去了黎国都邑，说是要上战场查看周人阵法。苏子也说要回苏国照顾母亲，也离去了，只剩司命与妲己同行。

两天后，他们俩赶到大邑商，司命官向帝辛报告了伊耆氏已死一事，帝辛大喜说："好，既然苏侯立功，这就派兵保护苏国，并立苏侯之子即位侯爵，然后阻挡周人灭黎国。"

这时，姬启等人率军已经到达黎国都邑，都邑没有筑高墙，只有矮矮的土夯和遍布的灌木茅草，犁娄伯以田阵在土夯后的灌木丛里以士卒不断轮换来坚守，一步不退，挡住了一日，但损失了不少士卒。

而由于土夯城墙厚实、草木茂盛，周人也没法突破黎人阵法。就在这时候，双方便都接到了帝辛风师传信，说要双方安排和谈，各自撤军。黎侯收到帝辛消息，当然是千百个情愿，姬启等人得到消息，本不情愿，但此前收到岐山来的消息，说是昆氏出兵劫掠阮国和岐地，檀氏和召氏正在率军抵挡。他们便商议，这次即使挡住了，也会损失兵力，而没有后续兵力，一时便不能灭黎，于是也答应和谈。

等收到姬启、黎侯都应允了的消息，帝辛便召集众宗师，说："这次和谈，我们应该开出什么条件？"

司工官便说："这次我去看了周人阵法，其借助的是崇奉先祖的人之元气，这就既可以牵制人力，又可激发人力，而我军和黎人仍然局限于借助水土草等自然之气，战力大大不及。照这样下去，别说黎人，就是我大商也会受到周人威胁。"

帝辛笑着说："你的担心也是对的，不过我大商既然遵照天命护佑百姓万民，万民自然不会抛弃我大商，你不必多虑。"

司土官接着说："小臣愿意领军前去黎国，威慑周人。"说着便朝司工官使了使眼色，他便不再多言。

司命官便说："这次和谈我们的目的就是尽量减少周人多要战俘，以免他们军队壮大。首先之前被俘的苏人就可要回，把黎人士卒换给周人，这样，若他们再要来攻灭黎国，黎人降卒不会与自己族人互相残杀，自然会首先溃散。"

帝辛大喜应允，这时飞廉又说："封父氏传来消息说，可派兵随行，以兵力威慑周人及昆虫氏。"

帝辛奇怪说："封父氏多年都不愿率军与我会合，这次怎么这么积极？"

飞廉说："他前几年娶了虞国侯妠遏之妹，所以能够在为虞国争得财货战俘上说得上话。"

帝辛便说："虞国若争得更多利益，也可削弱周人和黎人。"随即答应，派司土官、司命官领军前去与封父氏会合。

司命官随即整装出发，妲己便要随行，司命说："不如你就等在大邑商吧，我会为你苏国争得好处的。"

妲己笑着说："怎么，我不能去吗，你不会还在怕我一去不回吧？"

"那倒不是，只是你长得太惹人注目了，我怕又来了个司工官。"

妲己噘着嘴说："你现在才发觉吗？从我去东夷开始就一直有小人向我求欢，这次在黎国半年，差点就被逼与昆虫氏婚了呢，你却从来不来看我！"

司命带着歉意说："其实我在黎国郊野安排了风师，即使没有去找你，也对于黎人动向一清二楚，你不会出事的。"

"哼，这次伊耆氏派我们去行刺，我差点就如我父侯一样被炸死了，你风师有用吗！"

司命汗颜，惭愧地说："我这不是赶上了嘛，就是知道黎人败了你才会出事，黎人若得势，你怎么会出事呢！"

妲己转过身去，仍然不高兴，说："知道你聪明，但万一呢？说了半天你还不是在考虑趁黎人与周人两败俱伤才出兵！"

司命便从身后抱住她说："一定不会有下次了，若再有任务我一定随行，保我爱妻周全。"

司命思索说："伊耆氏虽然死了，但他这种以火光调节四时气之法可能会被一些人学会。我最强蓄力是借星辰之力，但总因为时辰气之间的抵消，无法蓄满法宝，而伊耆氏则能以火光维持某一时节之气，宝物能在火光中持续几个时辰蓄力天地气，发动后不但能以气息侵袭，还能达到最大攻击力。他的赤玉就是达到了使宝玉崩碎的蓄满之力了，若还有人练成此术，我便不能抵敌。"

妲己思索着说："我想起来了，伊耆氏有个小孙女，在黎人中传闻是最有天赋的，只是她生性宁静，不愿意上战场，若是她得到伊耆氏传授，以后找我们报仇的大概就是她了。"

"我也听风师提起过，据说她只作丝织，不会耕地，得到伊耆氏传授也没有用，最多只会用丝帛激发元气而已。"

妲己笑着说："我已经开始领悟司工官所说的人之元气了，只要把盟誓用的珠玉金铜碾碎加上药液重新炼制，再串起来，应该可以得到蓄满各种元气的宝玉，"她抬头摸着司命的脸说："我若练成，就由我来保护你吧！"

司命心中一惊，想这女子真是会给人新鲜感的人哪，自己从她十几岁开始认识她，却还不能完全熟悉她呢。

司土官率军与封父氏合兵一处，便对他说："比侯，听说你的士卒早在东夷之战归来就开始在比地训练阵法了，不知可否与周人阵法一战？"

比侯傲然说："这可不敢说，不过我认为要有与周人一战的实力，光靠人事可不行，要真正爱护青苗的士卒才能做到。"

司土官听了虽然不受用，却也知道他在提醒自己，调动士卒元气首先需要士卒的护苗之心，也在暗示应该与他合作，才能把士卒训练好。但他为祭祀大禹的宗师，自认为精通九州各地、各门类神术，因此放不下身段，便说："士卒既然为王征战，首先在于尽人事，至于田事本身，则应该居于其次。"

封父氏听了只哼了一声，不再说话，司命官在一旁，怕他们误了大事，便说："现在周人势大，我们的阵法要有绝对的战胜把握，才能降服他们，至于阵法的路数，倒是其次。"

妲己也在一旁，便说："只要修改律令，从重赏罚，无论师长或士卒，自然努力向前，无论人事还是农事，都可发挥到极致。"

封父氏与妲己隔着几个人，只听到声音，便怒道："大王都不敢轻易这样号令，谁人敢如此说！"

司命官急忙说："比侯不必动怒，这是苏侯之女，也是我的心腹之人。"

封父氏看了一眼妲己，看她容貌殊丽，便缓和说："我为一族之长，自然要对众多族人百姓负责，可不能受律令限制而失了进退和变通。作战上也是，各地都有各自的风俗，神力也各有所长，若以法令强迫，反而压制了各自擅长之术。"

妲己很不高兴，她在苏国，一向以严格的律令治理邦国，但现在也不好直言反驳封父氏，便没有做声。司土官则说："这一点我倒是与比侯合谋，严格的律令是不如各地因袭民俗以教化万民的。"

待休息时，司命官便过来对妲己说："我知道你们苏国有自己的传统神术，封父氏我不知道，但司土官以教象鼓励士卒修身，为自己的福寿而战，我去看了，确实威力极大，你的赏罚激励之策怕是只能使士卒反感。"

妲己睁着丹凤眼说："连你也不信我的修炼策略？"

司命不愿与她争执，只说："我们别说这个了，你又不训练士卒的，我只是怕你得罪了这些宗师，以后碰着尴尬才说你的。"

妲己便缓和下来，嗯了一声。

"我来教你察言观色、试探人心之法吧，免得你以后冲撞别人。"

妲己欢快地点头。

司土官率军，到了黎国都邑，先与黎侯、犁娄伯密谈，约定了共同打压周人之后，便与姬启一行人在都邑和谈。渭水这边除了姬启、姜望等人之外，虞氏也来参加，大商这边则有苏子过来加入。

姬启首先说："我渭水诸国既然奉王命伐黎，终于成功，就要主持把战俘和财货分配给诸位侯伯，包括虞氏和战死的程伯在内，共有六位侯伯，因此需要盂人黎人战俘万人，再加上之前俘获的苏人战俘，并要得到黎人财货武器法宝作为这些战俘的军饷法器之用。"

苏子便说："我苏侯杀伊耆氏有功，按理应该归还苏人战俘与我国。"

姬启说："这样的话，便需要黎人交出更多的玉器法宝和财货来补偿。"

司命官马上说："伐黎是为了剿灭伊耆氏，犁娄伯的法宝与财货不好交出，既然要与苏人战俘相抵，便给出同等数目的黎人士卒吧。"

姬启随即反对说："不用黎人士卒，黎人顽固难驯，多了无益，我们只要财货和法宝！"

黎侯马上反对说："耆伯战败，交出抵抗之黎人士卒，我无话可说，但法宝乃是我黎国立国之本，财货是百姓所献，恕我们不能交出！"

姬发则说："既然这样，就用两万黎人士卒来抵偿苏人战俘吧！"

黎侯又反对说："也不行，我黎人士卒现在总共两万之众，若是都做了战俘，我黎邦何以立国？"

姜望笑着说："攻打黎城时我去城内查看了你们士卒数目，只守城的就有三万之众，难道另外一万人战死了？"

黎侯顿时惶恐，犁娄伯便说："那些应该是我临时发动的农人，但西伯既然以王命征伐，我黎人战俘便要送一部分战俘给大商，这便会倾尽我黎人所有。"

姬启冷笑说："恕我直言，大商士卒寸功未建，怎么能得到战俘呢？"

司命官立即喝道："你是小邦周之世子，怎么敢这样忤逆大王！"

黎侯趁机说："小子仗着军功无礼于大王，要谋逆了！"

姬启气急，想自己刚奉王命败黎，殷人就居然跟黎人串通好来对付自己了，便大喝："我军就在城外，不怕一战！"

司土官这时也忍耐不住了，说："我军刚训练好士卒阵法，也不怕对决！"

姬发这时便起身说："各位侯伯上卿少歇，这样吧，其他侯伯都还没有发言，不如让我们这些侯伯都各自谈好了，再来做决定，如何？"

司命官便说："可以，但都不可擅自离开，暗中去调集兵马。"

犁娄伯便说："宫外有一片田地，里面布满了阵法，一离开就会触动警示，我们可去那里细谈。"

众人便来到宫外田地，姬发与周氏便劝说姬启："其实答应他们以黎人换取苏人士卒也没有关系，我们只要再用黎人战俘换取麋伯、丰侯、阮伯所原有的战俘就好了。"

姬启说："不行，黎国未灭，黎人战俘无论分给哪个侯伯，只要下次参与了伐黎，都必然造反，而估计我们这次抵御犬戎又要损失士卒，不得不只取苏人战俘！"

姬发见劝不动姬启，便说："你去跟司土官谈吧，他是训练殷人阵法的主帅，若是我们能打得过他所训练的人马，便可争取到更多战利品。"

姬启心中激愤难平，说："我当然要去了，帝辛利用我们刚战胜黎人，转头就跟黎人合作，哪里咽得下这口气！"说着便去了。

司命官先过来对苏氏兄妹说："你们是苏国之君，可去试探各位侯伯的态度，"他又对妲己笑着说："不过可别太过哦！"

妲己对他妩媚一笑，便拉着他哥哥走了。

苏氏兄妹找到姬启，看他还在与司土官说话，便往姬发与周氏这边过来，苏子说："刚才令兄言谈激烈，幸亏有二世子缓和气氛。"

姬发笑着说："好说，这位就是战场上的苏女？"

苏子说："正是小妹。"

周氏连忙说："战场上仍旧一袭白衣，真是如天女降临一般。"

苏子笑着说："凭神力任性而已，其实在战场上我们并没有为难各位，这一点大家应该都清楚的，所以关于苏人战俘一事，还望归还我苏国。"

姬发微笑看着妲己说："虽然我大哥姬启坚持不愿意归还苏人，但其实还是可以有劝说的余地的。"

妲己便挨近他，笑弯了丹凤眼，说："你就是二世子？打败黎人的阵法是你训练出来的吗？"

一旁的周氏急忙说："是我训练的，不知苏女是否成年，取了名字没有？"

妲己甜甜地笑着说："取字姐，你可以叫我妲儿。"

姬发笑呵呵地说："不如你们俩去那边谈吧，我跟苏子说一会话。"

周氏急忙拉着妲己就走，边走边说："好名字，我取字为旦，跟妹妹同名呢！"

妲己兴致很高，激动地说："真的吗，我跟旦哥哥真是有缘！"

周氏看着头上的阳光说："我父西伯之所以取旦字，就是希望我能像太阳一样突然从山头冒出，所以在我知道父亲的期许之后，便开始思索革新邰伯的农田阵法，因而有成。"

妲己微笑着说："这我就跟你不一样了，我父侯取此字是希望我能够像升起的太阳一样普照万民。"

"旦字意思是已经升起的太阳吗？"周氏奇怪地问她，又说："哦，你在北地，使用的是殷商文字吗？"

"嗯，我们的旦字是上日下田。"

"这也难怪了，我周人旦字写法是日地相连。"

"其实我也喜欢你们旦字的含义，因为你确实实现了阵法的变革呢！"

周氏听了，兴奋一跃上了高空，对着跟上来的妲己说："你看，我们若是来到天空，田地就变得无比渺小，你说，当你期许一个士卒一片广阔的天空时，他的努力程度会是在田地上的多少倍？"

妲己思索着说："可是如果你的期许不能实现呢？"

周氏自信地说："若是我用法宝和口令训练士卒的战斗，让他们每一次进攻和防守都懊悔自己的渺小，再让他们知道法宝、战鼓、祭祀、命令等有着如天空一般博大的力量，作为我族的一员团结起来可有巨大的力量，即使不能实现也能感觉到我族的无穷力量！"

妲己皱眉说："可我总觉得这样有些虚伪，还不如以战功论赏罚，让士卒皮肉知道王命能保佑他们，促使他们奋进来得实在。"

周氏不悦说："怎会是虚伪呢？你看，"他说着以一块青玉朝前抛出，然后撕下身上甲胄上的玉龙与凤鸟两片相连的皮甲对着青玉旋转弹出，一声铛的炸裂，妲己顿时感到青玉的春气侵袭与一股元气的撞击余波扑面而来。周氏收回青玉给妲己看，上面裂纹满布，而凤鸟图丝毫没有受损。他接着说："我甲胄有十二章玉为皮甲蓄气，所以能以柔软击碎宝玉。"

妲己不服气地说："我来试试你的十二章图！"她用手上衣袖拂过周氏身上甲胄，十二章玉热气冒出，须臾，图案开始变软，妲己翘着上唇看着周氏。

周氏摸着软绵绵的皮甲，惊讶说："真难得妹妹居然有此神力！"

"我这是以煮丝术加于皮革，能软化皮甲，即使有十二章玉的调和散去部分热气，皮革也免不了要变软而被轻易刺穿，而如果你用金丝金片做甲就会避免攻击，这就是赏赐贵贱的根本差别！"

周氏便呵呵笑着说："妹妹不但神术了得，还深通赏罚，实在令我惊异，不过美玉金铜既然贵重，一旦赏罚不合理，就容易导致怨恨不是吗？各地风俗不同，恐怕不会那么容易就遵循刑制的。"

妲己想起自己对封父氏的冲撞，点头说："这倒是。"

周氏看她服软后娇容上一双大眼闪烁，忍不住拉住她的手说："妹妹有如此神力，其实若能辅助我族严明赏罚，等我周氏子孙遍及各地后，就能助我镇住各地百姓纠纷，必然可以在各地都受到尊崇，互相支持成为望族了！"

妲己媚笑着，牵着他的手，紧贴着他说："哥哥若是肯归还苏人战俘给我，我自然感激不尽！"

周氏有些激动，立即答应说："好！只要你答应，我们就是一家人，我这就去找我大哥二哥商议。"便拉着她飞身下地去，这时姬发正与苏子谈及如何团结侯伯之策，姬发说："其实若是我周邦没有井田阵法支持，渭水诸国也不会顺服，并如此奋勇与黎人作战。"苏子急忙点头，这时看周氏妲己牵手下来，苏子眉开眼笑对妲己说："对嘛，这才是正途嘛！"

姬发听了察觉苏子话中有异，还没来得及问，周氏便拉着他去找姬启，说："走吧，二哥，去劝服大哥归还苏人战俘！"

姬发便在路上拉住周氏，低声说："你确实跟苏女谈好了吗，她另外没有婚约的吧？"

周氏迟疑了一下，回头一看，只看到妲己冲着自己的阳光笑容，便说："不怕的。"

姬启这时与司土官争执了半天，各自吹嘘自己的阵法，周氏拉他过来说："大哥，你跟司土官商议如何，我们阵法能击败他们吗？"

姬启骂道："那人真的会吹嘘！居然说每位士卒都能以教象蓄气，集合起来每一击都能把铁器打成粉末！"

周氏便说："不要理他，但司土官能用教象训练士卒确实是事实，若真的开战，我们人少，恐怕会吃亏，不如把苏人还给苏国吧。"

"你怎么突然这么要求？是收了哪位候伯什么好处吗？"

"是这样的，苏国的苏子愿意与我们结盟，这样一来，归还苏人便还是对我们有利的。"

"结盟也不能归还啊，苏国就在王畿，几年后他们再投向大邑商，我们能如之奈何？"

"这样吧，你若是肯答应，我便帮你训练士卒阵法。"

姬启听了心中大动，想如果得到季弟训练士卒，自己军队就可以跟姬发军比肩了，总算不用再被当做名义上的统领上大夫了，他随即答应。周氏急忙回去告诉妲己，她一高兴，便拥抱了一下周氏，但还没等周氏抱住她，她便拉着苏子走了。姬启这时候过来，笑着说："原来是为了她，季弟，你有了少姒女这渭水第一美人还不够吗？"

周氏呵呵笑着说："少姒女虽然贤惠，却不懂神术，不能为我助力嘛。"

妲己拉着苏子来找司命，苏子路上拉住她说："你允诺了周氏，就应该跟司命官说清楚！"

"我没有答应他什么啊，是他自己要找姬启劝说的。"

苏子着急说："你这样一定会引起周氏他们不满的！"

"没事的，他们得到黎人战俘，不就补偿了？到时候劝劝他就好了。"

苏子看着飞身朝司命而去的妹妹，心中着急，思索着得罪周人的补救办法。

司命这时正在与姜望夫妇叙旧，为了避免他们之间今后可能的敌对冲突，司命特意挖出了他与宓妃分开的事情来谈，姜望夫妇听了都唏嘘不已，申妃尤其不满，她说："宓姐姐也真的是能忍耐，你知道吗，她应该是在等你与苏女感情稳定下来或破裂呢！"

司命急忙说："这么说她要等什么时候才会回大邑商来呢？"

"应该会等到你正式纳娶妲己，如果那时与你仍然相处不顺，就会再离开你一阵子，等到下次有事发生。"

司命若有所思，申妃便搂着姜望说："你若是纳妃，我也会这么做，你还记得我跟你说过要回申戎宗族一段时间的话吗？"

姜望抱着她点头说："知道了啦，其实我当时是认为你是为了复兴申戎，不顾我了呢！"

"当然也有这个意思，你们若是真的很相爱，而我又不能忍受的话，我自然会以我申戎复兴为第一要务。"申妃翘着嘴角。

姜望听了又开始不高兴了，申妃急忙说："好嘛，现在都过去了，我们别提这事了，好吗？"

这时苏女过来对司命说："姬启他们答应放苏人回国了！"

司命看她兴奋的样子，便说："这么轻易答应你们，你没有允诺什么吧？"

妲己会意，吐了吐舌头，贴着司命说："我只是展示了煮丝神术，周氏就同意了。"

申妃一边慢行一边对姜望说："你看此女，居然利用自己美色让别人为她办事，司命居然抛弃宓姐姐，喜欢上这样的女子！"

"你之前不是这样的吗，义渠王那次你不记得了吗？"

申妃一惊，确实如此，是因为自己这些年管不住姜望而变得多心了吗？她随即感叹说："岁月逝去了啊，我问你，如果苏女爱你，你会不顾我反对立她为妃吗？"

姜望坚定地说："会。"

申妃叹了口气说："看来你爱我之心就仅止于此了。"

姜望紧抱她说："不过，我即使立她为夫人，也不会像司命官那样轻易放你走的。"

申妃笑着说："因为我俩以修炼定情，其中的成长是不可替代的，是吗？"

姜望悠然地说："是啊，想当年你的神术若是如苏女一样高强，我可能就不求上进了，也不可能悟出借法之法了。"

申妃喜笑颜开，说："还是我最好吧，你有我就够了！"

姜望又嘻嘻地说："不过说真的，你没苏女神术高强也就算了，要是能有她的美貌也好啊！"说着笑开了。

申妃笑着双手手指摸着他的脸，突然按住他脸上的经络，气血流动立即阻塞，姜望边笑边合不拢嘴，急忙移开她的手，却被她飞身躲开，双手仍然钳制住姜望的脸庞。姜望合不拢口，只得蓄气震开，两人追赶着。

这时，司土官已经把放苏人归国之事传开了，黎侯与犁娄伯便与甫氏兄妹、虞氏相谈，乞求他们向周人要更多的黎人战俘。封父氏与其妃子也与虞氏妠遏谈论，妠妃对虞氏下拜说："哥哥，这次我们特意来帮你讨要黎人战俘的。"

妠遏呵呵说："你们是来遏制西伯的吧，但我既然是周人营救出来的，自然不能不听从他们，而虽说姬启答应了归还苏人，但我虞国靠近黎地，周人应该不会把黎人战俘交给我的。"

封父氏便说："虞氏，你应该争取，现在虽然周人强大，但你们与黎地接壤，自然要亲近黎国，而获得黎人战俘的话，一旦你被周人欺凌，便可投向黎人。"

妠遏思索着说："我尽量请求吧。"

姬发则聚集阮伯、糜伯、岳氏、姜望夫妇商议交换黎人战俘之事，申妃说："我们吕国本就兵少，这次又几乎全部阵亡，只能用财货跟你们交换了，而以我们战功，要大部分战俘应该没有人反对吧？我可以把他们带到申戎宗族去放牧，防止他们造反。"

姬发点头。郐伯这时过来对姜望夫妇说："刚才看到姜老弟与司命官说话，不知他是否还在以旧情劝你迁回大邑商啊？"

姜望呵呵笑着说："没有劝了，只提到了他自己的一些私事。"

郐伯便放心了。

午时过了，众人回到宫中继续和谈，随即铸鼎立约。渭水诸国分得盂人、芮人战俘共万数，黎人士卒万五千。和谈之后，便由司土官主持，大宴各位侯伯和宗师，周氏这时便想跟妲己单独亲近，无奈她始终与苏子坐在一起，并不移动，因而无法接近，心中顿时升起一股凉意。这时，姬启半醉，去姜望案几去敬酒，他通红着脸，哈哈笑着说："吕侯，你虽然神术奇异，足以纵横渭水，又娶了申女，却不如我季弟有福，他不但娶了渭水第一美人，还要迎娶大商第一女宗师，你服不服？"

姜望与申妃面面相觑，姜望便说："你说的大商第一女宗师是苏女？"

"是啊，"姬启嫉妒的讪笑说："我们不服都不行吧？"

申妃便说："不可能的，苏女有心爱之人，现在就差请婚期了，周世子是不是听错了？"

姬启呵呵笑着："这下可就麻烦了！"他乐呵呵的转身去告诉周氏了。周氏一听，才想起妲己确实没有直接对自己表态，而自己却忽略了问她是否已经有了合意之人。当然，她应该是看出来自己的爱意的，只是故意含糊，在利用自己而已。他一急，便要去质问妲己，姬发在一旁拦住他说："可先问问姜望，苏女中意之人是谁，看是否有挽回的余地。"

周氏低沉声音说："怎么可能？她若是真心有意于我，现在已经坐在我身旁了，哪会只顾着与他哥哥在那里饮酒庆功！"

姬发说："这事慢慢来，我先陪你去找姜望问个清楚。"他们俩把姜望夫妇叫到宫外，姜望说："是司命官，据我所知，他们俩定情已经一年多了。"

周氏这时便要去找妲己，姬发拦住他说："先把事情传开再说，让苏女理亏，自己来找你吧。"

果然，宴席还没有结束，各位宗师之间就传说苏女同时允诺西伯的周世子和司命官婚期的流言，姬启、姬鲜两人都在不遗余力地传递消息。妲己听到流言，问苏子怎么办，苏子哼着说："我早跟你说会得罪周人了，你不听！现在才想到找我帮忙了吗？"

妲己淡然说："我能做的只有去道歉了，流言我是不在乎的。"

苏子怕跟周人关系闹僵，只好说："你先去道歉吧，不行我再想办法。"

宴席结束，妲己找机会对周氏使了个眼色，两人便飞到了屋顶上的高空，妲己说："旦哥哥，可能你会错意了，我其实早就有意于司命官了，所以我当时只是跟你聊神术而已，并没有与你定情的意思。"

周氏冷笑说："就这些了？"

妲己奇怪地看着他，应了一声。

周氏惨笑说："如果你肯承认你是在利用我帮苏人归国，我还会原谅你，可你这样说，岂不是还在欺我对你有情，想第二次骗得我原谅你吗！"

妲己回头就走，一边说："总之我即将与司命官婚了，事情就是这样。"

周氏在后面大声说："你还说我神术虚伪，你自己就是总想着勾引男人，却不愿承认的虚荣之人！"

妲己听了心下忿怒，便一直往宫外自己住所飞去。

但是，就在姬启等人回到军队大营，清点好黎人盂人战俘之后，他们拔寨就走，并没有要归还苏人战俘的意思，黎城还盛传苏女假意答应与西伯的周世子婚，骗得苏人归国的流言，妲己大怒说："临走还要玩虚的，周人真狡猾！"

苏子说："我说了吧，你道歉是没用的，得罪周人还得我去劝。"

苏子赶到黎城郊野的周人大营，对姬启说："不知世子何时准备归还我苏人士卒？"

"这我可不清楚了，苏人战俘是我二弟监管。"

苏子只好又去找姬发与周氏，他赔礼说："之前我小妹无意中得罪了周世子，我这里赔礼了，但请如约归还我苏人士卒。"

周氏在一旁说："合约并没有说何时归还苏人，苏子不用着急，我先帮你训练好士卒之后，再带回与你。"

苏子着急说："若能归还，我苏国愿意归附。"

姬发便说："我季弟因为偏听，损失了一位好女，而且还是一位得力的宗师，这个很难补偿的，苏子你若是真心称臣，可留在我周邦带领苏人士卒，我季弟会教你训练之法，这样可好？"

苏子沉思了一会，说："可以，但是可否就将士卒留在虞国，这样也免去士卒跋涉？"

姬发高兴地说："当然没有问题，只要苏子答应，我们便可以来往，"他对周氏说："我们虽然损失了一位女宗师，但复得到一位宗师支持，不算亏嘛！"

周氏勉强点头微笑，苏子便欣然应允。等他走后，姬发对周氏说："看来苏子确实是可以拉拢之人，黎人此次一败，却有大商联合，我们下次打到河东，怕是更难，不如趁现在多与河东诸国联络才好。"他们正说着，甫氏兄妹过大营来了，前来拜辞。

甫丁一拜说："多谢前次周世子不疑，藏我玉璧，现在特来领回。"

周氏笑着说："也是姜子不疑，才能成此宾礼，我这就奉还。"待周氏走后，甫丁便说："这次流言四起，我已经听说，确实为周世子惋惜。"

姬发说："没关系的，方才苏子已经与我们约定，要归附于我周邦，留苏人士卒在虞国训练士卒，所以虽然走了苏女，却依旧多了一位宗师嘛！"

甫丁随即说："我小妹其实也仰慕周世子练兵之法已久，若是能如苏子一样，得到训练士卒之机，愿意派遣我甫氏国勇士往西，接受周世子的训练。"

姬发喜道："二位稍待，可等我季弟出来，你们可谈。"

周氏出来，姬发便说："甫氏小妹也愿意派兵接受阵法教训。"周氏笑吟吟地说："可到虞国，与苏人士卒一起训练。"他正要把宝玉奉还给甫丁，桃氏便迅速上前，接过宝玉，稍微颔首说："妹妹在战中见到周世子阵法威力，仰慕已久，现在得知世子愿意教与阵法，实在感激不尽！"

周氏高兴地抬起她的脸颊说："妹妹多大了？"

"十七。"

"听说妹妹阻挡伊耆氏，后又擒杀盂侯，没想到如此年轻！"

桃氏仍然低头说："若能留在世子身边，一定能够追随世子步履，与世子一起增进神力。"

周氏便说："当然可以，不知妹妹是否愿意就此随我军西去，让你哥哥回甫氏国调集士卒？"

桃氏红着脸点头，甫丁一拜说："我这就回国调拨，小妹就拜托世子了。"

苏子回都邑，妲己听说，很不高兴地说："现在黎人殷人联合，你怎么反而投向周人去了？"

"暂时的嘛，其实能换得我苏人训练周人阵法，使我苏国强盛，就算真心投向也值得！"

"那帝辛封你继任父侯之位，你不去大邑商受命了吗？"

"你去代为说明，迟缓几年就好，侯爵子爵只是个封号，你不与帝辛婚，他又不会给我国财货宝玉封赏，这哪里比得上提升神术来得实际。"

这两天，司命官留在黎国都邑，妲己问他为何还不回大邑商，他说："孟侯无端被周人杀死，他的妃子怨恨，之前她提出说要去大邑商觐见大王，在殷都找宗师修炼神术报仇，现在便是在等她。"

妲己疑惑说："她既然没有参战，应该是不懂神术，如何能学成报仇？"

"她既然派人联络，有志于此，自然是有天赋了，可以培养。她要学的神术来由应该与孟侯相近，你可留下来看她。"妲己答应了。

两天后，小司命带来一位中年美妇，司命官看她长相恬淡温雅，实在不像是能上战场杀敌之人，担心白白花精力教她，便问："雍妃，你既然为我大邑商王畿雍地侯女，而孟国已灭，为何不就此回到自己的故土，躲避冲突杀戮呢？"

雍妃哭泣说："我得到消息说夫君是被制住后杀死的，确实死的冤枉，我虽然不懂神术，却知道杀死被擒之人，肯定是无义无德之小人，而现在我孟国族人一片激愤，使我坚定复仇之心，决心苦练神术。"

"我是说你若是神术不够，是报不了仇的。"

雍妃止住哭泣说："这个司命官大人可以放心，我与孟侯婚十几年，他的神术我一看即会，当然，因为无心修炼，没有伤人之力。"说着她单手搅动，然后朝妲己一伸手，司命官随即嗅到一股浓烈的妲己身上的体香，妲己则惊异地对司命官说："我闻到你身上的汗味了？"

司命官点头说："我这里则是你身上的气味了。"他想自己精于内气外放，却不能操控嗅味，而雍妃操控嗅味没有风动，若是有毒，则连懂内气外放的宗师都逃不过。而妲己已经问出："你运动嗅味为何不用借风？"

雍妃微笑着说："我搅动时已经能感知天女身上有辛味与甘香二味，司命大人身上有辛咸味，这些体味本就互渗，我所做的只不过是顺它们流动回转禁锢或加强它们互渗而已。"

司命官看向妲己，说："这跟你的赏罚之法类似，你来跟她说吧。"

妲己看自己为吸引司命而刻意打扮的体味被识破，急忙掩饰脸红说："确实，夫人根据气味辨别物性的五味术与我的分物性定等级之法相通，我最近在以此法炼制玉串法宝，可教你一二，而你夫君的死我也很惋惜，本来是可以留他为我麾下的。"

雍妃便说："愿闻我夫君被何人所杀。"

"是甫氏兄妹，当时是姜望把他定在地上，本来已经受伤不能举动，甫氏兄妹大概是要争功，赶上去用移魂之法把盂侯杀了。"

司命官又加了一句说："甫氏兄妹本来在北地，暗中南下帮助周人应该是为了趁机获得财货法宝，因此要争功。"

雍妃这时忧郁的脸有些抖动，说："甫氏在北地，本来就是狄夷的贪婪嗜血之人，待我学得神术，可否与宗师一同前往刺杀啊？"

妲己说："我们要回大邑商，最近应该不会随你去，你放心吧，姜望虽然是难以得手，但甫氏兄妹看上去不到二十，神力有限，你一个人就可以。"

司命官又说："雍妃此后可留在大邑商，以后周人若是进犯，可上战场杀敌。"

雍妃便说："若得教与神术，自然如此，更何况我也是与大王同姓族裔，而既然盂侯已死，我便不再是雍妃。其实我的神术来源于我的厨技，因为我厨技好，夫君生前都叫我为饔妇。"

妲己皱眉笑着说："那我就封为你饔氏官吧，你以后就留在我左右。"她一听说饔妇厨技好，就想留在身边。

"而我私名为髻，可称我为髻女，"饔氏也有些乐意。[①]

"髻女，我会教你神术的！"妲己飞身下来，牵起髻女的手往外走说，"你跟我来！"

司命官等人正要启程，甫氏兄妹便已经收到雍妃被人接走的消息，来找他们索要雍妃了，甫丁对司命官说："我得到消息说有人从盂邑把盂侯的雍妃接走了，特地来向司命官大人打听。"

司命官便说："这事我并不知道，但雍妃是雍地侯女，盂国既亡，自然是被她族人接回王畿了。"

---

① 据《庄子》载，髻女"状如美女"，为传说中的灶神，而更早的灶神名为"先炊"，为某个宗族宗主的大夫人主持。《周礼》的厨官为内饔外饔，而没有饔氏，不知道是否有传承。

"只求大人回到王畿，能够命雍地族人归还雍妃，她是败亡之国的重要亲眷，不能随意去往他国。"

妲己轻笑说："雍妃既然没有参战，自然是不懂神术的，你们这样急着追究一个弱女子，是何道理？"

桃氏听出了妲己的讥讽之意，更由此怀疑雍妃是他们藏起来了，便笑着说："现在盂国族人仍然有反叛之心，我们只是怕他们被人煽动，再次反叛，行袭击之谋，苏女，之前和谈之时都在传闻你与旦哥哥几乎定情，你也不想看到旦哥哥遭人忌恨，至于被刺吧？"

妲己听到"旦哥哥"，知道桃氏是在表明周氏已经移情于她，而顺便又讥讽了自己，心下恼怒说："你们既然担心自己被刺，去雍地寻她便是，何必来找我们！"

甫氏兄妹只好告辞。他们走后，司命官见妲己还在气鼓鼓的，便说："周氏说你虚荣也没错，你既然不爱他，为何还要受桃氏挑拨？"

妲己稍微平复，过来假依司命说："唉，你知道我名字为妲，父侯自然希望我能受万人拥戴，我也由此心生信念，这……免不了的嘛！"

司命应了一声，便另起话题说："周氏愿意与甫氏婚应该不是为了气你，只是为了填补不能拉拢你的空缺而已，苏子也是。"

妲己答应一声，却还在想她与周氏的事。甫氏兄妹在路上，商量说："你说雍妃有没有可能就是司命官手下带走的？"

桃氏没好气地说："肯定是的，苏女既然出言不逊，就泄露了他们因藏了人才会有的自信！"

"但是雍妃不会神术，他们特地藏她，有什么用呢？"

"这个雍妃应该懂些奇异的神术的，只不过不能上战场而已，现在盂国族人都在指责我俩杀死盂侯，不得不防。"

甫丁点头称是，说："看来让你与周世子结亲是对的了。"

之后，司命官、司土官和妲己一行人便启程回大邑商，临走时，司命官告诉妲己说："我这两天派小司命去找伊耆氏孙女的下落，但没能找到，只打听到可能是被犁娄氏保护起来了。"

姐己这时颈项上戴着刚炼制好的玉串，随口答道："没事的，那个女孩我见过，是个安静柔弱的小妹妹，不用担心她的，"她又轻巧地对司命笑着说："你看我有什么不一样没？"

司命抚摸着她雪白颈项上的玉串，笑道："你在战场上穿白绸已经够引人注目了，又戴上玉串，是在提醒男人们你是美丽而致命的吗？"

姐己翘着嘴嬉笑着说："你怕了吗？以后多注意看好我就是啦！"

司命有些不满她的虚荣，便说："这祭天的玉串不能累积不同元气而蓄气，碰上能调和、累积两种以上元气的宗师，你在施法时很可能会被反制！"

司命以为姐己会说与自己合力便能抵敌，没想到她不服气地说："我很快就能用赏罚之术调和宝玉皮革等物，就算碰到伊耆氏那样以累积三类不同气息攻击，也能防御！"

司命听了暗自心惊，想若是她能练成，她之前说要保护自己的话便不是一时的娇气了。姐己看他脸色凝重，便拿着他的手绕在自己腰上说："你别有负担嘛，我成就再高也不会离你而去，你只要好好宠着我就行了！"

路上，司土官看司命官与姐己一路上耳鬓厮磨，便趁休息对司命官说："听说苏子离去，姐己要代他觐见大王，是吗？"

"确实如此。"

"大王对于美貌女子从来都是容易动情的，你可要小心，最好不要让姐己觐见。"

司命官一震，想确实如此，他看着姐己喜滋滋的在吩咐千夫长做饭，一脸幸福的模样，而又想起即将而来的可能变故，心中犹豫不已。

司命官等人还没有率军回到沫城，帝辛就听飞廉报告说是周人反悔，没有归还苏人，而苏子与之和解，在虞国训练士卒去了。帝辛大怒说："司土官他们怎么与周人协商的，这下不是既没拿回苏人战俘，又把黎人土卒白送给周人了！"

飞廉便说："据说周人只是答应帮苏子训练士卒，训练完了就送回苏国。"

帝辛说："这不就给了周人拉拢苏人的机会了吗，苏子既然拒绝回大邑册封侯爵，此人偏向周人之心若揭！"

邮氏趁机说："小臣之前提到的苏女，现在便是大王迎娶她，用于安抚苏人的最好时机。"

帝辛沉吟说："苏女之前曾因为黎人囚禁苏侯，奔黎为其带兵，应该与苏子一样也是有叛逆之心的，且听说她神术极高，留在身边一定会是祸患！"

司土官等人到了沫城，便一起前去觐见帝辛。在去王宫之前，妲己为了求得帝辛对苏子不来受命的原谅，特地穿上官服，以示自己能暂时执掌苏国，对大商效忠之意。司命官来接她，看她身着官服，便说："你为何不打扮一番，或者穿上你战场上的一袭白绸也行。"

妲己笑着说："怎么，你想让我去诱惑帝辛，求他原谅我哥不来朝拜吗？"

司命装作漫不经心地说："没关系，你去诱惑吧，我对你放心的。"他说出这话时自己心里也一惊，都不知自己说的是否真心。

妲己冲着他噘着嘴说："看你这无所谓的样子就不舒服！我早跟你说过，我若真有意，立时就可为王妃，让你只能做我臣奴！"

司命听了这话，反倒有些宽慰，他本来是想跟妲己明说出自己的担心的，劝说她不要觐见，至少也要有跟她商量让她自己做决定的，但听了她这话，便可以认为她为了王妃的虚荣是能够抛弃自己的，也就免去了暴露自己那一切以帝辛的意愿为念的本心。

他们到了宫中，帝辛只看了一眼妲己容貌，顿觉心中一动，便问："你就是苏女？你哥哥既然没有应呼来大邑商受命，你可不能再有叛逆之心！"

妲己答应一声，甜甜地笑着说："大王放心，我在司命官麾下多年，不但不会叛逆，还会牵制我哥，不让他有奔周之心。"

帝辛又看到了她闪烁的大眼，刚才的心中一动顿时余震不已，而她的笑容扑面而来，更是忘了回应之词，只是待在那里。妲己早已习惯男人这种眼神，便更是妖媚一笑说："大王若是信我，便可让我代兄执掌苏国，且我本人还可留在大邑商，侍奉大王。"

帝辛缓过神来，急忙走下台阶，绕着妲己的脸庞和云鬓看着，一边说："美人真的是……"

司命在一旁，心情低落，想该发生的还是发生了，妲己则没有去看司命眼神，仍然昂着头，噘着嘴，享受着帝辛和群臣倾慕的眼光。这时，邮氏恰如其分的出列说："大王，我早先便向你举荐苏女，这时她既然已经声明效忠大王，就应该摈弃她之前的过错，纳娶她为妃。"

帝辛大声说："如此美人能有过错吗！"又柔声对妲己说："听说美人还神术高强，果真如此吗？"

妲己才听得邮氏说了纳妃，很不高兴，现在便只站着不回答帝辛。邮氏怕冷场，急忙出来说："苏女神术确实极高，应该可堪比伊耆氏等顶级宗师，此前虽说是苏侯打败伊耆氏，但最终杀死他的却是苏女。"

帝辛听了激动不已，又看苏女一脸不悦的模样，只好近前扶着她柔肩，朗声说："美人若愿意为我联婚，我大商社稷一半都将托付于美人！"王后在王座上，本来以为只是多了一位宠妃而已，这时听了这话，不得不认真盯着妲己细看，越看她殊丽的容貌越觉得不妙，心中隐忧蔓延。

妲己这时也有些感动，便禁不住看了一眼司命，见他不敢抬头，自己顿觉孤立无援，心中有些急躁，便没好气地说："臣女已经与人定下婚期，恕不能与大王婚！"听了这话，群臣顿时骚动，心想从未见过大王如此低声下气，也从未见过敢如此顶撞大王之人。

帝辛心中激动，急切问："是哪位臣属？"妲己听了欲言又止，他便大声对群臣说："美人神术既高，杀死了伊耆氏，又愿意效忠我大商，试问除了成为一国之妃，还有什么地位才能配得上她的荣耀呢！"

群臣中知道妲己与司命官之事的只有司土官、寝正官与少宗祝和郁垒，司土官他俩看司命官没有出列说话，也都不敢出来。司命官听到帝辛这话，更是不敢出列了，少宗祝则心中虽然仍怪妲己拒绝于他，却不愿意多事，只有郁垒仍然记仇，忍不住说："小臣曾看到司命官私自同意苏女回苏国，且亲自为她送行，这才致使苏女投靠黎人，为他们领兵攻城，一定是他对苏女有私情无疑！"

帝辛听了激动稍微平复，司命官是他最为爱护的近臣，这令他极其为难，只好斥责郁垒说："胡说！司命官怎么会私自放跑受监视之人，定是谣言，此事容后调查了再说！"

说罢，帝辛便转向苏国事宜，确认说可以容忍苏子暂时不在苏国，让妲己代替，之后便是赏赐司土官、司工官、司命官、妲己等人的联合黎人与杀伊耆氏之功。召见结束，帝辛便让司命官去了后宫，他说："你真与苏女有情，已经定下婚期了？"

"是的，半年前定情，为此我夫人离我而去，私自放走苏女也是我，当然除了与她有私情之外，为了笼络她不至于叛商也是缘由。"

帝辛听了长叹，说："我知道你肯定不会是那种为了自己私情而荒废国事之人，但既然你连自己夫人也可弃之，我便不夺你所爱了。"

司命官犹豫了一下，还是说："大王既然爱苏女，便可取之，大王之妃也不会离去，而苏女若离了我，我夫人便会回来与我一起辅助大王。这样来看，最好的办法还是苏女为大王妃。"

帝辛大喜说："你能如此想最好，我俩虽然同爱一女，但最终便应该以有利于国事来抉择！"

司命官回到住所，妲己已经在等他了，问："你在跟帝辛谈我的事？"

司命不敢看她，低着头说："不，我在跟大王谈国事，谈若是你能够为王妃，不但能够使你效忠，还能让我夫人回来为大商效力。"

妲己气得不行说："好啊你，果然如我所料，你果然还在思念你夫人，不但如此，还把我转手送给帝辛！"

司命仍然低着头，却大声说："我再说一遍，我在谈论国事，你若为王妃，我大商可多两位宗师！"又低声说："至于私情，我仍然爱你。"

妲己大叫说："那你就是个孬种！连帝辛都不敢争，还配说爱我！"

司命猛地抬头说："你还记得我们定情之时我说的条件吗？"

妲己一脸愤怒，用询问的眼睛看着他，司命便说："我说你要与我一起，必须首先忠于大王，为大商效力，所以我的决断自然以大王意愿为优先——现在既然大王爱你，我自然要让！"

妲己回想起来，确实记得这话，自己当时误以为是他为了强迫自己留在大邑商的情话，不但没有深思，反而心中甜蜜，这时恍然，气却不能消，只好大声说："总之你就是对我情意浅薄！"

两人沉默着，良久，司命才坐下，惨然说："之前我夫人离我而去也是因为我过于执念于职责，所以你这么说也对，我确实用情不够深……"

姐己轻蔑地说："你别装可怜了，你夫人听说我走了，自然就会回来，随你尽责效忠，最终结果还不就是借帝辛把我撵走了，你承认吗！"

姐己看他不回答，便走到了门口，又站着不动，想等司命挽留她，但现在司命心中一片茫然，他想挽留，但这便是破坏了他与帝辛的约定，这是他万万不肯做的事，只好呆在那里，等姐己自行离去。姐己站了一会，不见说话，愤怒的离去了。

过了几天，帝辛便在宫中设宴，请姐己前去赴宴，为了避嫌，特地不让司命官在场，而是改派飞廉护卫。姐己心中要报复司命官，便直挺挺地去了。但在场却找不到司命官，心中更是恼怒，对于帝辛的问话也爱理不理的。帝辛只好央求："美人，我大商为诸侯伯之长，你若为我王妃，便不但可复兴你苏国，还可代我东征西讨，效仿妇好，建立威服四海之功业。"

姐己冷笑说："我凭自己神术，即使不为王妃，照样可以带兵打仗，建立功勋，凭什么一定要为王妃呢！"

帝辛便说："当年妇好本来和你一样，是北地小邦子国之侯女，一直没能壮大其族人，而自从与武帝婚后，便开始主持祭祀、结交宗师、出使诸侯，才成为被人称颂至今的榜样的。"

姐己笑着说："不就是不给我兵权，怕我反叛嘛，现在我哥哥在周营训练士卒，我苏国复兴在望，这就够了，而我在大邑商，即使不为王妃，也可以军功来获得大王信任，不是吗？"

帝辛只好说："其实如美人这天女般的姿容，我仰慕不已，若能得到美人爱怜，此生无憾！"

这下王后坐不住了，脸色极其难看，但帝辛也顾不上了，只盯着姐己凝视，姐己听了这话，也觉得高兴，便说："若要我答应也行，但必须效仿妇好为王后。"

王后这时再也忍不住了，站起来说："后辛是在后戊去世后才立为王后的，且后辛多次独自带兵打败羌方、鬼方，你虽然杀死伊耆氏，但没有一次单独为大王带兵征伐，凭什么跟后辛相比？"

姐己笑着说："我并不想跟后辛相比，大王不答应便是，我自回我苏国，照样能为大王征伐。"

帝辛急忙憨笑着说："美人，你就不能服软吗，你知道不可能同时立两个王后的，其实只要你答应为妃，我一定爱你敬你，给你王后一般的礼遇。"

王后听了这话，脸色更是铁青，一旁伺立的飞廉从未见过帝辛如此，也禁不住为他的谦卑而惊讶。

宴席上一时尴尬，飞廉便说："不如这样，让苏女与王后比试神术，若是赢得了王后，再来封后。"

帝辛正愁纠结于与王后的旧情，没法打破僵局，这时大喜，手舞足蹈说："好主意，就这么办，若是王后输了，就降为妃，若是赢了，则美人委屈为妃，可好？"

帝辛看王后妲己都不做声，顿觉事情不成。而这时王后看妲己仍然在犹豫，便打破僵局，提出说："可以，但是如果苏女输了，我便要她重回司命官麾下为奴。"

妲己死盯着王后，心想这王后真不简单，居然想利用自己爱司命官，迫使自己心软，自行败给她。想到这里，她反而忍不下这口气，便想先赢了比试再说，反正既然赢了，到时候推托不当王后也可，便说："好！既然王后如此恨我，我便答应挑战，与王后做个了断！"

帝辛急忙说："美人千万不要这样想，王后没有恨你之意的。"他怕妲己以此为借口反悔为妃。妲己则故意挑衅王后，拉大仇恨，故意恨道："我本为侯女，居然一次比试便要为奴，这不是恨意是什么？"

帝辛随即对王后说："你赶快收回你的话。"

王后哼笑着说："苏女原本就是司命官麾下女奴，现在虽然立功，但既然要挑战王后，输了的话我便将她赏赐给司命官，虽不至于为奴，只交还给他便是了。"说完，不顾帝辛在一旁，绑起身上白绸，飞身掠过，一眨眼便到了屋外大院。妲己听了这话，虽然感觉不舒服，却还是知道王后心意的，但她却仍然不服输，心想会给她好看的。帝辛被王后掠过，根本来不及反应，心中狠狠地想：这个王后，仗着神术大进，越来越放肆了，居然不顾自己意愿一心要把苏女推给司命官！而她神术越高，自己就越没有安全感了。

这时他便看向飞廉，飞廉也不好回应，因为现在若是帮了王后，妲己便会回到司命官身边。但是，帝辛等妲己飞身出去了，居然低声对他说："帮王后。"飞廉便点点头。

王宫一旁是一片灵兽苑，帝辛率众人到此，此时太阳正烈，又是盛夏，对于王后来说是有优势的，帝辛便对王后叫道："千万别用强光！"

王后不高兴地说："苏女从小便野蛮行刺你，你怎么不怕她伤了我？"

帝辛只好憨笑说："我只是希望美人与王后都不要太用强，两位都是我爱之人，千万别太看重王后名分。"

妲己此时听了觉得别扭，一副不耐烦的神情，帝辛只好怏怏退开。王后首先出击，她绕至妲己南面，想以夜明珠对准鹑首星次，朝妲己发出冲击。但是，妲己早从司命官那里知道按星次方向的蓄力，还没等王后移动到她南面，她就稍微移动躲开，避免与王后处于连接鹑首星次的直线上。这样一连三次，王后都不能占据合适的位置，她只好移到妲己正西方，以手中夜明珠发出光罩，借潮汐之力发出推力，当然，她既然不能以强光聚集伤妲己，就只能以光罩来推压她了。

妲己这时正要靠近王后，以手中的玉柄短剑，裹着光晕，分两道，一道击夜明珠，一道刺地袭来。但她没料到王后会在自己西面也能借力，两道攻击都被潮汐之力减弱，她自己也被强压压得后退，但幸好身上有珠串及其热气散去推压，而这时尚未到朝时，所蓄潮汐力不大，她也没有受伤。此时射向夜明珠的玉刺被潮汐压力压下，但地上仍然被切开，热气顺着玉刺蔓延至地上，而随着妲己身上金铎铃响，顺着切开的地面而来的热气顿时使王后魂弱。她着急要飞身高空，却因为妲己金铎铃声不断而被定在地上，无法用力。

但这时，妲己正被推的后退之间，王后手上发出夜明珠正面袭来，倏地还牵动妲己南侧的一颗夜明珠，突然发出光罩罩住她。原来，之前王后虽然没能移动到妲己正南方，却暗中在那里定了一颗蓄力鹑首星次的夜明珠，这时便顺着鹑首方向的风气朝妲己袭去。妲己只觉耀眼中两股比刚才强几倍的压力推来，她胸部没有玉串保护，此时像撞上石尖，一股血腥味涌上喉咙。但这时她脖子上箍着的玉串发出光晕气息笼罩，总算使她凝聚意志，手中短剑强行抬起，朝一侧袭来的夜明珠挥出，光晕中一道闪光过去，把夜明珠击的裂开。

她这时也已经被强压推动退至几十步之外，金铎铃声减弱，王后也因此得脱，飞身追了过来，在高空蓄积天气以夜明珠打下。因为王后身在高空，妲己玉串热气无法触及，便扯下玉串防御。她正要感应周围风压而动，却只觉身子都要炸裂了，而重压又至于她完全无法举动。妲己只好挣扎着以剑插地，要推动自己移动，但王后夜明珠已经打下来了，把她头上珠钗打掉，披发飞舞。

帝辛这时急忙跑过去说："好啦好啦，就此止住了。"王后便帮妲己拾起珠钗。帝辛看妲己身体陷入草木中的泥土里，急忙赶上去扶起她。妲己这时脸上身上布满尘土，口中血腥味还在，尖声叫道："飞廉，你过来！"

飞廉急忙飞身过去，一拜说："王妃有何吩咐？"

妲己气急，对着王后说："刚才我在天气重压之时周身元气一股热风尽数散去，这应该不是你的神力吧，而能熟练操控风的除了飞廉还能有谁！"

这时帝辛和飞廉看妲己动怒，都不敢说话。王后被这一骂受激，忍不住说："飞廉，是你暗中出力的吗？"

飞廉便一拜说："确实是小臣。"

王后又说："即使飞廉散去了你的热气防御，但你被我重压困住也是事实，这场比试仍然是我胜！"

妲己看飞廉承认，稍微缓和，这时便讥笑说："王后，你的夜明珠都被我击坏了，还会躲不开你的最后那夜明珠一击吗？你之前随我移动，想要累积两颗宝玉的星次之力制住我，这应该是你最大的蓄力了吧？"

王后知道这是实情，便不再做声。飞廉这时便说："虽然王后的星次蓄力确实可以被王妃破解，但那是因为王后怕伤了王妃，不敢聚起强光束，否则，王妃根本来不及反应，根本不用提躲开或击碎夜明珠了。"

妲己想起小时候被王后击穿肩膀，那时的剧痛至今仍然是阴影，但她仍然不愿意屈服，瞪着丹凤眼说："谁是你王妃？强光能否伤我，那是下次比试，这次我确实击碎了夜明珠，凭什么就应该判定是我输！"

帝辛看妲己满脸尘土的怒容都楚楚动人，又兴奋又卑下地对王后说："王后，我们比试确实不应该用强光，这次就算你输了，好嘛！"

王后从没有见过帝辛如此哀求自己的表情，便叹了口气，说："就算我输了，你改封苏女为后吧。"

帝辛高兴至极，急忙转向妲己，但妲己这时却不好按此前所想，先赢再推辞做王后了，因为是王后主动请她做王后的，她只好支支吾吾说："其实也不能算我赢，王后的强光我是知道的，确实来不及反应，若是在战场上，其实是胜负难料的。"

帝辛知道妲己在回绝，只好垂头丧气地说："王后虽然谦让，美人其实更是宽宏，我大商有你们二位宗师相扶持，确实是我之福了。"

妲己便告辞而去，飞廉这时对帝辛低声说："刚才王后以夜明珠猛击苏女，她脏腑应该已经受了伤的。"

帝辛急忙过去拦住妲己说："你刚才是不是被星次之力撞伤了？"说着便要去扶她。妲己漠然说："没关系的，我回去调理一下就好。"

"我这就请宫中医人为你治疗！"帝辛急着传令去叫医人官。但妲己坚持不受，独自出门，飞身走了。帝辛只能站着发呆，飞廉便说："大王也不要怪罪，苏女既是侯女，又曾为奴三年，自然变得有些固执。"

帝辛说："我不是怪她，只是看她虽然一身蒙尘，高贵的身姿却丝毫不减，真是越发让我欲罢不能！"

妲己赴宴回来才过了些日子，宓妃便从东夷回来了，司命官看她笑吟吟的，便问："你是听说妲己的事了才回来的吗，是谁告诉你的？"

"进去再说。"宓妃丢了一句就独自进屋去了。

一进内室，她就勾着司命脖子说："有在想我吗？"

司命笑着说："你之前去一年，都没那么多情意，这次只去了半年，怎么会有如此兴致？"

宓妃罕见的甜甜一笑说："我这次来便再也不离开大邑商了，当然，妲己的事我也听说了。"

"这么说，你果然是故意离我而去，等适当的时候再回来阻止我跟妲己的？"

宓妃脸上带着笑，说："是谁这样猜的？妲己吗？"

"是申女，她说你在我与妲己婚的时候会回来，视情况而动。"

宓妃笑逐颜开说："看来我这个妹妹没有白交，关键时刻还助了我一把，至少在你纠结之时提醒了你还有我在遥望着你，我说的对不对呢？"

司命只好点点头，宓妃笑容不断，便要脱他衣服，说："现在黎人的威胁没有了，妲己的事情也过去了，我们之间还会有什么阻隔呢？"

司命拉开她的手说："大王现在还没有纳妃，事情还没有完。"

宓妃笑容依旧说："你的性格我还不清楚吗，大王纳妃是迟早的事。"

司命从她身旁移开说："可我要等妲己定下来，现在实在没心情。"

宓妃便跟着，贴住他说："我可不能等，我此来的目的，以及这半年来的心意你还不明白吗？"

司命说："我明白，但是能不能等过一段时间再说。"

宓妃笑容凝固，说："你为什么老是这么倔强呢，你明知道你是不可能悖逆自己对于大王的忠心的！"

司命听了这话身子一震，宓妃急忙抱住她说："好吧，我会陪你的。"宓妃抱住便不动了，良久都不放开。这些天，宓妃每天都紧跟着司命官，不管是宫内巡逻，还是去王畿巡守卫戍军队，才不到两天，她回到大邑商的消息便在飞廉、司土官等上卿中传开了。

妲己自然也听到了消息，这两天帝辛不断邀请她去宫中赴宴，但都被她回绝了，而她也没能等到司命官主动来找她，心中着急，连修炼神术也暂停了。髻女这些天不见她来教自己神术，便主动去她住处寻她说："侯女这些天没有来找我修炼，是有什么不顺吗？"

"我自心中烦恼，过些天便去。"

她与司命官的事情，髻女也听说了，这时便劝解说："侯女别怪我多言，你既然神术高强，完全可以受封王妃，到时候建立自己的领地，成为一族之君也不是难事，何必纠结眼前呢。"

妲己盯着她说："你也听说了吗？"

"大王在群臣面前所说已经震动整个沫城了。"髻女顿了顿，看妲己没有不快，便接着说："其实我便是因为不懂神术，不过问国事，又不能得到自己族人的支持，而备受我夫君奚落。"

妲己动问道："你之前不是说要为你夫君复仇吗？"

"那是为盂人百姓所逼的，我自己从未上过战场，哪里敢来，只是盂人既然逼我，倒也使我感到了自己的软弱，因此便坚持过来请教神术，以图有了威慑，能够得到自己的封地。而我以前，除了婚后几年，我夫君对我还算尊重之外，之后几乎完全被冷落在一旁，每日只能自顾自怜，这都是因为没有什么能使我为盂国获益的缘故。"

妲己听到"获益"二字，灵机一动，说："你是说使大商获益，是吧？"

髻女点头笑着说："确实是，凭你的神术，又有苏国为支持，应该很容易做到的。"

妲己高兴地说："多谢你提醒了，髻女姐姐！"

髻女一拜说："我在都城没有亲族，只要妲己妹妹能够待我如族人就好！"

妲己便过来拉住她的手，笑着点头应承。

这天，妲己在司命官巡守卫戍军时去找了他。她看宓妃跟着司命远远过来，深吸了一口气，迎上去说："我们定情之事就这样算了吗？"

司命吸了口气，回答说："一切仍然以我之前跟你说的为是。"

宓妃这时便搂着司命，对妲己说："其这个人很顽固，之前我也是顺从他的顽固而暂时离开的，苏妹妹不应该过于留恋。"

妲己心想：他夫人果然是看准时机回来的，这个"暂时离开"真是能忍啊！她这时便轻笑着说："夫人既然回来，就不用再回去了，我还可以劝回我哥，大家都留在大邑商，为大王效力，如何？"

宓妃知道妲己的意思，便和颜悦色地说："只要妹妹能够劝回你哥，自然立功，可趁机请求大王封赏，而只要大王同意，我便留下。"

妲己知道帝辛不会仅凭劝回苏子就放弃自己的，这时只好看向司命，他看妲己质问的眼神，便让宓妃暂时回避，说："我夫人刚才所言其实有道理，我也是这么想的，现在既然与大王有了约定，除非大王准许，不然我不能背约，因为我负责保卫王宫，若与大王后妃有染，便会流言四起，这与我夫人或你能为大商增添多少战力没有关系。"

妲己看到仅凭"约定"二字就把自己的盘算一扫而空，怒火又上来了，大声说："你说这些对于你我来说，结果有什么不同吗！结果不还是你仍然与你夫人一起，而我则被迫放弃！"

"有不同的，至少会让你怪我的执念，而不会责怪我的无情，或去怪我的夫人。"

"好！你的执念，那我就去做王妃，来使唤你的执念！"说完，妲己便飞身出军营而去，而这时由于妲己大叫，已经引来了一些军官围上来，指点议论，少宗祝和郁垒也在里面。司命看妲己飞身而去的背影，怅然不已，但又想：其实自己确实还没能看穿妲己是个怎样的女子，如果她那句话不是气话的话，也许她做了王妃之后，真能确立自己的使命，到时候自己真的要被她使唤了，想到这里，他反而觉得不那么难受了。

妲己刚出了军营，到了郊野，便看到少宗祝从天而下，拦住了自己，说："你这就要去找大王，答应册立王妃之事吗？"

妲己余怒未消，讥笑说："你要劝我放弃，与你结婚吗？"

少宗祝忍住不快，说："我只是听说大王有可能打消册封你为王妃的念头。"

妲己立即说："现在是我要做王妃！——让开！"

少宗祝丧气地说："我只是担心你，不如让我随你左右吧！"

妲己这时已经越过了他，听了便回头说："你若是想与我结婚，或是跟随我，只要你能打败我就行！"

少宗祝听了振奋地说："好，我愿意一试！"妲己等他刚说出口，便飞身靠近，项上玉串就发出光晕，瞬间把他罩住。少宗祝投出彩玉，但他炼制的彩玉仍然没达到一颗宝玉之力，因此被妲己玉串滑开，拿在她手上。彩玉发出的迷魂气也被玉串气息消去。妲己得了彩玉，连玉串朝少宗祝布下的盾牌门阵一击，啪啪两下两玉连击，少宗祝手中用来定阵的桃木盾被击得裂缝，碎玉朝他飞溅。他还没反应过来，妲己已经趁机以猎钩把他捆住，倒在地上。妲己看身下的少宗祝说："服不服？"

少宗祝这时既为妲己神术提升而高兴，又很不服气，激动地大声说："我会再相约你斗法的！你只要肯等我就好！"妲己看他因执着对自己的情意而激动的样子，想起了自己这些天对于司命的执着，心中发狠，将他的双手推至脑后用猎钩定在地上，便开始脱他的甲衣。少宗祝被这突如其来感到吃惊，待赤身裸体后，羞涩不已，问："你为什么要这样？"

妲己喘着气说："你赢了，我为你夫人；输了，你便做我奴仆！"少宗祝在妲己身下，感到一股异样的兴奋，妲己看他很享受，便放开他的束缚，他随即把她抱住，要脱她身上白绸，却被她挡开了手。过了一会儿，妲己便从他身上下来，躺在草地上，喘着气，看着天空上的流云。少宗祝便穿上甲衣，在妲己身旁轻抚着她，妲己这时有些疲累，便任他轻抚，之后便起身离去。妲己刚回自宅，䯄女便来拜问，妲己便说："我才知道他是个如此顽固之人，居然耽于君臣尊卑，不愿爱帝辛所爱之人！"

"那你可以拖下去，等帝辛放弃，到时候以他之名将你赏赐给司命官，不就不会遭人议论了？"

"我当然可以等，但让我不能忍的是他在帝辛面前的软弱，不仅如此，还把自己的软弱说的信誓旦旦，实在不是一位大族宗师该有的举动！"

"这也不能怪司命官，他在沬城为帝辛臣奴，不比你在苏国为一国之君来的自由，但也正因为如此，他才会时刻检查自己品行，战战兢兢，而不会如诸侯伯那样放纵，以至于妻子成群。"

妲己听了默然不语，她仍然觉得只要司命官稍微努力，就可以无忌人言的迎娶自己，而若是这点冒犯都不敢，便不配为自己夫君。

但就在第二天，妲己收到苏子罗罗鸟送来的消息，说是知道了司命官拒绝与妲己婚的消息，很恼怒，让她来投奔周人，周氏仍然有爱于她。妲己看了信，确实升起了离开大邑商之心，但一时仍犹豫不决，少宗祝这时过来，她便说："你觉得周人凭他们的阵法，有没有称霸的可能？"

"不好说，虽然能打败黎人，但司土官的阵法已经在黎人阵法之上了。"

"周氏跟我说起过周人阵法的来由，他们以扬王休来鼓励士卒，既威力巨大，又使士卒绝对忠心，这样下去，打到河内，称霸河内河外不是问题。"

少宗祝不服气地说："司土官以教象教训士卒希冀自身福禄，这不比周人实诚的多？扬王休……周人对大王都不尊敬，还能得到自己族人称扬么，不过是表面虚伪罢了！"

妲己摸着他的脸颊笑着说："你也觉得周人阵法很虚的吗？"

少宗祝呵呵憨笑着，摸着她手便过案几对面去，挨着她坐下说："我觉得只要我可以陪在你身边，这样下去，总有一天你会答应与我婚的。"

姐己岔开话题说："但我并不认为教象能教好士卒，士卒的自身福禄很难实现的，若没有建立一套赏罚律令让士卒感受到实际效果，不可能真正发挥士卒的阵法威力。"

少宗祝急忙抱住她说："你若愿意，我会奏请大王推荐你带兵！"

"可我不愿意留在大邑商，与司命官共事。"

少宗祝疑惑地说："难道你有投奔周人的想法吗？"

姐己笑着点头，少宗祝随即说："若你真去了，我便随你去！"

姐己看着他诚恳的脸，调笑说："你怎么不去报告帝辛，反而这样呢？"

少宗祝坚定地说："你既然愿意信任我，透露你的心思，我自然愿随你而去！"

"可你们荼氏①一族世代在大邑商为官，你这一去不是为你族人所耻吗？"

"我觉得你训练士卒的想法一定能成大事，所以只要你允诺让我留在你身边，无论是否婚嫁，我都愿意跟随你！"

姐己有些感动，吻了他一下说："那好，你随我先回苏国，然后再去虞国与我哥会合。"

这天，他们俩收拾好法宝什物就随即暗中离去，谁知骑马刚出城门，就被王后和郁垒从天上下来，拦住去路，说："你们这是去哪里？"

姐己便说："我回苏国。"

王后说："大王有规定在先，苏子未归，你不能离开大邑商。"

少宗祝大声说："郁垒，我与你亲如兄弟，你为什么要监视我！"

郁垒说："兄弟对不住了，我与苏女仇怨未了，她要叛逃，我不得不跟踪你，密告阻拦！"

姐己自信地说："王后，你是要试一试用强光可以拦住我吗？"

王后微笑说："不，若是要与你动武，我便带寝正官、司土官一起来了，这次只是来为我上次比试借飞廉之力赢你道歉的，当然也带来大王的心愿，他希望你能够回去，即使不能为他王妃，也能为大商效力。"

---

① 荼氏，根据神荼杜撰的部族名，神荼郁垒传说为商末的门神，善于驱鬼、除瘟疫。

妲己心想确实如此，若是她带了寝正官等人，自己一定会被擒住，再次软禁，当下便又有些犹豫。王后便走近他们，接着说："妲己妹妹，只要你愿意留下，这次你们逃离大邑商便可不予追究，而大王对你念念不忘，并不只是因为你的美貌，还有你神术上的天资，至于我，飞廉助我赢你其实我是事先知道的，特此求你谅解！"说罢，她当即跪倒在地。

妲己看她那高贵雍容的身姿突地俯身接触地上草泥，在她低下身子的一刹那便顿时心软，扶她起来说："王后过于卑下了。"

王后起来希冀地望着她说："那你愿意留下吗，大王一定会让你带兵，给你你所需要的兵权的。"

妲己想起帝辛在群臣面前对自己的许诺，知道此言不虚，便点点头，随王后回去了。路上，王后对她说："恕我多言，妹妹若肯为王妃，大王一定会更高兴。"

妲己睁大眼睛说："王后你不怕我争宠吗？"

王后幽幽地说："我只是从来没有看到过大王思念你的那副模样，之前的莘妃和须女，大王虽然喜爱，却能以政事推开，并不至于留恋，而能使他无法分开政事与私情的，就只有你了。"

妲己心想，这应该要归咎于自己在神术上能帮助大商强大吧。妲己到了王宫，帝辛出门迎接，邀请她住在宫内玩耍。几天后，妲己便答应了帝辛的纳妃请求，帝辛兴奋地为妲己举行了盛大的纳妃仪式，还被册命为苏地、温地所有己姓昆吾族的宗主。百官都来祝贺，司命官虽然是帝辛的册命官，却只推托有疾，改派大史官族子去册命，飞廉为护卫。妲己看司命官不在场，心中既喜他对自己仍然有情，又恨他的固执，却也不愿意主动再去寻他。

消息传到虞国的苏子那里，他对周氏说："我妹妹不但没能过来，反而为帝辛王妃了，还被册命为苏温两族宗主。"

周氏忧虑地说："你与你妹妹神术相比如何？"

"怕是不如她，之前大商司命官、司工官、少宗祝都教过她神术，后来在黎国的时候我又发现她有自己独特的神术修炼方法，可惜我当时忙于调解苏人与黎人冲突，没时间向她请教。"

周氏便盯着他问："如果今后你与你妹妹兵戎冲突，你会迎战吗？"

苏子知道他的意思，诚恳地说："我苏国现在得到世子练兵，应该会用于自保，不会参与侯伯争斗。"

周氏便笑着说："忿侯，你果然还是善于与人为善啊，阮伯你知道吗，他是皋陶后裔，他的獬兽正是善于调解之物，此间练兵之后，你可去阮国一趟。"

苏子虽然点头答应，却也知道这样的话，就更加与周人交好了，虽说到时候如果帝辛与周人冲突，可以不出兵，但如是妹妹有危险，就可能会逼得自己与周人冲突，想到这里，他不由得顾虑重重。

伐崇之战篇

这时，驻扎在阮国的召氏等人刚刚抵御住了昆氏的攻击，没有遭受劫掠。之前，昆氏趁周人主力伐黎，以骑兵组成牧阵向周人阵法推进。召氏看穿了昆氏阵法中戎马排列的疏密，由此估计了其借力草木所能发挥的冲击，让士卒在阵前野地适当位置集中攻击。而多余的召氏士卒在城门外环绕三面，使昆氏不能攻城。昆氏只好率领骑兵进犯吕国，召氏便尾随追击，在后骚扰，使犬戎骑兵没能攻下吕都。一部分天马蝠群飞去岐山，从空中进犯岐邑，被檀氏和赶来的莘伯率军击退。

姜望回到吕国，得知密人驱使骓吾布阵，坚守城门，支撑到了召氏来援，没有被犬戎骑兵攻破，便感谢了召氏。他对申妃说："这次幸亏有周人，不然吕国的财货不保，你以后可不能再有疑了。"

申妃仍不服气说："现在我申戎衰败，当然只能顺服西伯啦。"

姬启在岐山主持分配战俘，姜望分得八千黎人，而这时先牧氏伤好，却借口与申夫人有隙，离开姜望麾下，准备留在岐邑。西伯便以宝玉换取先牧氏，趁机劝姜望在岐山多留几日，分配战俘，并设宴款待。姜望把这八千黎人士卒分五千让申妃派到申戎地界为奴，正在案几上修书传令，申妃在一旁，他对她说："这下你们申戎人口多了一倍，你再也不用为申戎衰败而忧虑了吧？"

申妃笑着说："虽说如此，但黎人懂放牧的不多，不能训练阵法，而我又不懂耕犁穑稼，他们这样得不到训练，会荒废变得如普通氓隶了啦。"

"你可以把他们跟义渠、密人等宗族士卒交换。"

"换来义渠士卒的话，他们又容易逃散回去，还不如黎人呢！"申妃又亲密地对他说，"你愿意分这么多士卒给我申戎，我已经满足了，就教习他们慢慢适应放牧吧！"

姜望便说："那你可别回申戎了，要在吕国帮我调解争利的百姓。"

申妃不悦说："多给我一千士卒就换得我在你身边，你真会计较啊。"

姜望赔笑说："不管怎么样，我总是想你在我身边嘛！"

申妃听了这话高兴，只好笑着说："每次都是我因为情意而让步。"

"我也是怕你在牧场上风吹日晒，皮肤粗糙嘛，这些天用了采回来的荀草，好多了吧。"

申妃"嗯"了一声，便过案几，依偎着他说："这些天在岐山听说丰侯岳氏纳娶了西伯之女，你不会答应西伯，也娶他女儿吧？"

"我没有对桃氏动心，自然就不会对西伯之女动心。"

"你真是越来越好色了，西伯的几个女儿虽然称不上殊丽，但她们不懂神术，也不用上战场，皮肤不会变差呢！"

姜望哈哈地说："好色也有好处嘛，至少我不会如岳氏一样被迫逢迎西伯。"

"听说苏子也要来阮国，看来西伯又要嫁女来笼络他了，再加上甫氏兄妹的话，西伯的称霸野心已经伸向河内之地了。还记得我之前跟你提到过的西伯吞并各地侯伯的另一种方法吗，就是这个了。"

姜望恍然说："原来是这样啊，不过这跟联姻没有区别嘛！"

"对于军队战力强大的邦国当然就等于是联姻，但你觉得甫氏、岳氏这些侯伯麾下战力能跟西伯战力相比吗？"

姜望点头说："确实，西伯既然有如此野心，与大邑商起冲突可能就在这两年了，看明年年祀的预示便知。"

第二年年祀，姜望从渭水河上的激流中勾出许多鱼骨，心中大骇，对申妃说："去年还是激流冲击而过，后来便听说虞国人在黄河里捞出不少鱼骨，果然就有了伐黎之战，今年是我们吕国要遭殃了吗？"

申妃自信地说："应该不会，应该是西伯要伐泰逢、崇侯他们，打开进军河内的水路了。"

姜望点头说："还有一种可能就是西伯联合岳氏、崇侯他们攻伐我们吕国和申戎，如果我们不随他们征伐的话。"

申妃思索着说："这么说我们只能随周人征伐了？"

"嗯，谁让我们族小兵少，又没能拉拢岳氏、崇侯他们呢！"

果然，召氏来吕国找姜望说："吕侯，不知今年年祀预示如何？"

"渭水怕是有兵灾，你们岐地呢？"

"檀氏说招魂旗风过乡邑，有大量腥风召回，是兵灾的预示；而田地里的土肥气被大风吹干，地面板结，今年可能会有灾荒，是到了轮换土地、开垦荒地的时候了。"

姜望与申妃对望一眼，都知道西伯是要扩张土地了，姜望便说："我族人已经训练好，应该可以应对渭水兵灾。"

召氏高兴地说："好！吕侯果然有雄心，相信若与我周人一起，不但可以克服渭水危机，像去年伐黎一样，威震河内诸国也不是难事！"

召氏走后，姜望对申妃说："看来伐崇侯就会赶在今年秋收之前了。"

"若是周人占据渭水以东，我们除了得到人口之外，毫无益处，不如这次只坚守阵中，可别再像伐黎那样丧失如此多训练好了的士卒了。"

"放心吧，这次是对付崇人，又不是黎人，应该是以宗师偷袭战为主，不会损耗士卒。"

召氏回到岐邑，报告郜伯以及西伯，他这时与姬启、姬发等人聚集在此，由西伯主持商议伐崇之事。

西伯对姬发说："这次伐崇，仍然由你军和周氏军与姜望军混合列阵，作为前军，姬启军配合丰侯，去截断泰逢的救援，而郜伯军与檀氏军则事先去河渭之地阻击崇侯退路，并率军追击至河东，其他军随后跟进。"

姬启这时说："我们灭崇侯，夺回渭水之地的主导权，诸侯伯和帝辛应该不会有异议，但若是追击崇侯到河东髳人猫虎氏的地界，怕是帝辛会联合黎侯出兵救援，而犬戎和昆氏可能也会再次劫掠我国。"

西伯坚定地说："据胶鬲传来的消息，商师士卒训练的时候与黎人演练过，其威力比黎人阵法高不了多少，所以我军人数虽少，只要坚守，就可以逼退帝辛与黎侯的联军。"

"既如此，我便在逼走崇侯之后，率军镇守岐邑、阮国，以防犬戎突袭。"

周氏出列说："渭水这边有召氏与阮伯镇守，既然大哥士卒已经由我训练好了阵法，为何不带头征伐呢？"

姬鲜随即说："出兵河东已经有了三师人马，何必再让大哥合兵，况且河东的虞国还有苏子和虞氏可以调遣，还怕什么？"

西伯知道姬启想保存自己兵力，而他是长子继承人，需要保留最多的兵力支持，才能有威信，这时也只得说："你们大哥这样提议也有道理，就这样安排吧！"

商议之后，姬启与姬鲜同行，对他说："本来想拉拢季弟，但这次议事看来，他虽然帮我练兵了半年多，似乎并不愿替我说话。"

姬鲜立即说："周氏自恃帮三师练兵功劳大，现在又独自得到两个师的士卒，自然不愿帮大哥说话。"

"我现在虽然获得父伯准许留守，但如若姬发这次进入河东得到功劳，把我压下去了，而周氏又不肯支持我，可怎么办？"

姬鲜说："放心吧，我这次是在檀氏麾下，自然不会与敌军正面对敌，这样便可趁机袭击宗师立功，所以只要大哥帮我留住崇人俘虏，我一定可以独立带兵，支持大哥！"

姬启高兴地握住他的肩膀说："好兄弟，夺取姬发与周氏功劳就靠你了！"

之后，姬发与周氏便邀请姜望率军合兵一处训练，练兵一开始，姜望就听到中军传来鼓声，顿时觉得振奋，问："这鼓声是用来凝聚士卒意志的吗？"

姬发笑着说："不瞒吕侯，这大鼓本是密须祭祀上天时炼制的法器，只可惜他们没来得及用于蓄积士卒元气，用于阵法，我跟我季弟改进了此鼓，有天命之威严，现在便可用于田阵了！"

姜望心想：没能笼络先牧氏等人的后患啊！这下密人的这些祭祀法宝都被周人给用去了。

姬发聚起众人，召氏这时说："冲击可以摧毁城墙了，对于能借四时之气的敌阵，则不但可以消灭一半的敌军，还可以瞬间粉碎部分定阵的铁器。"

姜望便动问说："那号角和黄钟是如何炼制的？"

周氏说："号角是犀角炼制的，可以以王命聚集士卒意志，黄钟则是祭祀后稷时的乐器，由檀伯之子檀括炼制，是集合众士卒阵法之气，整齐出击之宝。"

申妃则问："那号角也是来自祭祀乐器吗？"

周氏顿时脸色暗淡，不好回答，姬发便："犀角是苏子向大商朝贡所奉献的法宝，现在大商式微，除了有苏氏、黎人，四方诸侯伯都不去朝拜，但以王命为威严的朝贡仍然不能舍弃，这次我们伐崇以及出兵河东，也就是为了恢复朝贡所应有的威严，你们说是不是呢？"

召氏凝神静听这番话，只稍微点头，姜望则会意点头说："河东诸国各自为政久矣，确实缺乏能恢复王命威严的大族了。"

申妃不以为然，正要讥讽，姜望阻止她，把她拉走了。他们俩在休息时，申妃说："周人明显有占据河内乃至于大商王畿的野心，你若赞成他们，可能只会损耗自己兵力，去帮助他们完成野心了。"

"放心，河东诸国仅大商就有近百万人口，周人没法占据的，最多只是掳掠人口来渭水服役而已，我们肯定是能够得到好处的。"

"虽然如此，但周人若是真称雄西土，我们便只能做臣属或称雄渭北，你甘心吗？"

"只要他们不干涉我吕国，又有什么关系。"

两个月后，周人十师与姜望、麇伯相约在毕城会合，攻伐在骊邑的崇人。崇侯在城墙上大叫："无罪！"

姬启回应说："崇人至今没有免除小户劳役，以至于万民争利诉讼不断，不可不伐，崇侯尽早投降，接受我邦屯兵为是！"

崇侯答："如果退兵，我愿减免小户劳役！"

"要把族人交由我屯兵师旅训练，以保证小户百姓获益！"

崇侯大怒："欺我不能一战耶？"

周人有姜望和姬发的三个师合兵一起，前排士卒在钟声响时聚合木锥一击，城门瞬时洞穿，城门后的士卒也被木锥砸伤砸死不计其数，地面两侧尘土飞扬，一望过去，全是地上丢弃的武器盔甲。姜望姬发军刚冲入城门，就遭到埋伏在两侧的毕方飞在半空丢下的火团阻住，姬发指挥士卒以阵法分散热气，姜望则命士卒各自攻击，毕方被一一击落，剩下的逃散，周人士卒周围泥土都被烧硬、房屋也被烧毁，浓烟弥漫。待周人冲出火海和浓烟时，崇侯已经率军从南门撤走了。

这时，姬启已经到达丰城，与丰侯军会合，得知泰逢早就离开镐城，前去骊邑救援去了，急忙动身，出兵阻击。他们以战车急速追赶，结果在半路遭遇泰逢麾下阵法阻拦，两军对阵。泰逢麾下虽然也是田阵，却仅仅以春气调和各气攻击，不及姬启的阵法，才支撑不到半个时辰，就被姬启军逼近。这时，丰侯跑来告诉姬启说："我们被拖住了，泰逢的战车队伍已经先走了，这部分人是拖延时间的，快让你的战车队去追击吧！"

姬启忙问："往哪里去了？"

"以战车前驱，据说载着辎重，应该是要逃走的！"

姬启跌足说："原来泰逢早有逃走之心！"说着便调集中军和后军的战车群，追击泰逢去了。岳氏军因为是步兵，便留下来收编战俘。姬启追了一日，已经追到骊邑，仍然没有追上，探马来报说泰逢果然没有进入骊邑，而是直接东去了，便急忙命令军队掉头，着急地往回赶。他想这一去肯定追不上了，而岳氏在丰城看管战俘，若是被他抢先占据了镐城，便更加得不到人口了。等姬启赶到丰城，便接收岳氏看管的战俘，岳氏虽然不满，却也无可奈何，他手下兵力不够，又不是姬启战车群的对手，只好忍了。姬启接收好战俘后，催促岳氏赶快去毕城与大军会合东征，自己则带着战俘占据镐城去了。

崇侯的骑兵一路奔逃，但他们其实逃的并不快，而郐伯与檀氏军虽然先走，却是步兵，所以崇侯骑兵还没到达河渭地界，便在半路上与他们遭遇了。郐伯与檀氏军拦下来，杀了一阵，却只见到普通骑兵、驺吾群和虎群，没有找到宗师，更不用说崇侯了。檀利和姬鲜专门飞在半空，在两军混战中寻找发号施令之人，却只找到几个神术低微的驯兽宗师，丝毫没有看到崇侯身影。郐伯便与檀氏商量，崇侯可能故意慢行，还没有到来，也可能是绕路走了，便押着俘虏准备分头在林中巡逻。

这时，郐伯收到姬发风师传来的消息说骊邑的财货都被带走了，一定要注意去河道上阻击。郐伯这才恍然，急忙传令给檀氏，他们分头去渭水沿岸征用船只，再派探马赶去渭水边打听消息。果然，过了一日，等他们赶到河边时，探马报告说这两日除了有船队通过之外，河岸林中还留下一堆战车。他们急忙丢下征用到的船只，商量以郐伯、檀利和姬鲜骑马先走，檀氏率领大军步行在后追击，赶去黄河边。

郐伯他们骑马，沿着河岸跑了一日，终于赶上，看到渭水中绵延两里路的大船船队，上面满载着士卒和财货。他们要引出崇侯和泰逢，便开始放火烧船，果然，一火起，河水上便水柱冲天、大雾弥漫，顿时灭了火。他们在浓雾中更加找不到宗师，只好散去一些浓雾，但雾气源源不断，反而越积越多。

邰伯便飞身到了浓雾上空，短剑一扫，分开天地气，然后拍在船帆上，哗啦一阵，雾气果然缓慢下压，逐渐分散到河岸边去了，船队逐渐露了出来。

檀利看得分明，看到在一艘大船旁边不断有浓雾冒出，他手中玉圭已经刺出，朝浓雾冒出的地方攻了过去。那里顿时火光冒起，泰逢飞身而出，他躲开了穿刺，杀矢已经射来，逼得檀利以盾牌挡住，杀矢钉在盾牌上。但那杀矢蓄积了日气，随即发出黄白光晕，把檀利罩住，他只觉身体要爆炸了似的，急忙把盾牌朝泰逢抛出，接着玉圭也射向他。

泰逢一剑划断玉圭，玉圭立即化作了玉粉扑面，纷纷扬扬附在他身上，要散去他魂魄。但他身上风火膨胀，玉粉顿时被推开，这时盾牌已变沉重，朝他重压过来。

原来这盾牌本就从头顶顺天气而下，上面杀矢的日气光晕又热浪腾腾，泰逢打出蓄积地气的黄玉格挡不了。他只顺势坠入水里去了。盾牌劈开了大船，整个船都开始下沉。

姬鲜在后，跟上来便射出金箭，前面突然跳出猫虎氏，虎吼迎风发出，挥手把金箭震断，姬鲜迎面碰上这阵虎吼，水面都被震起水花，他居然只是被震退，仍然敏捷退走。猫虎氏正在惊讶之间，邰伯却认出了浑身披着长毛兽皮的猫虎氏，想着既然连他都逼出来了，就应该不会再有崇人宗师现身了，便不再驱散浓雾，也飞身下来助战。他举剑释放出蓄满春气的尖刺刺来，但猛烈的疾风还没到猫虎氏跟前，就被他双手一推，两边相撞，在空中炸开，而剩余的疾气则被他张口吸去了。

邰伯吃了一惊，想难道猫虎氏也会了姜望的神术了？他还没来得及多想，就看到猫虎氏更加活跃，逼近直接撞了过来，逼得他边退边刺，结果余波全部被他张开双臂收拢吸了去。他看猫虎氏吸了气，身后也没有气被导引出去的撞击声，想难道是被他身体给吸收了？邰伯越想越怕，只得干脆放弃，全力退走，就在此时，猫虎氏喷出一股剧烈的旋风，大吼双手一推，吼出了刚刚收集到的邰伯发出的春气。邰伯早料到他会发出聚起的春气，才感到身前元气震动，便倏地一下坠入河面，藏在浓雾中走了。猫虎氏又要追击姬鲜和檀利，他们早已看到猫虎氏能吸收邰伯发出的春气，都从高空飞走了。

崇侯赶出来对猫虎氏说："幸亏有兄弟相助，看来这次你的神术确实是更上两个台阶，连邰伯也不是对手了！"

猫虎氏吼一声，自豪地说："自从多年前的毕城一败，受到岳氏羞辱，我便苦练神术，这些年去各个战场查看周人、黎人阵法，终于被我找到了破解他们阵法的门径，今日打退邰伯还是小胜，来日破他周人大阵给你看！"

崇侯便说："只要能击退周人，我这一路船队上的财货便都交到挚地保管了！"

泰逢也说："理当如此，但不知宗师是否有望帮助我们复国呢？"

猫虎氏骄傲地说："放心，我虽然一人之力难以帮你们复国，但我已经收到大王风师传来的消息，说会调集宗师帮助你们阻击周人东进，到时候，有大商阵法配合，加上我的秘术，怎能不复国！"

帝辛这时早已经收到崇侯报信说周人入侵，召集众宗师说："与周人决战的时候来了吗？"

司土官便说："不忙，现在周人刚刚逼迫崇人到了大河边，就要接近挚地了，我们可趁机发动坊氏、昆虫氏和黎人相助于猫虎氏，大肆宣扬周人要灭掉河洛诸国，他们必定奋起抵抗，到时候我们再出兵，这就恢复了我大商会合诸侯伯征伐的壮举。"

帝辛点头说："那现在要不要派宗师相助呢，我们总不能看猫虎氏他们单独抵抗周人吧？"

邮氏便说："现在我们可暂时不用派宗师，除了猫虎氏、昆虫氏他们之外，还有嵩高的耕父，可以威吓周人要夺他牛伤草和鲐鱼，让他下山助战。"

帝辛说："耕父贪生怕死，从不愿意过问战事，现在他的两个弟子都在敌对了，他也丝毫不顾，怎么可能请得动他呢？"

妲己这时出列说："臣女愿意亲自去一趟，用刑法和赏赐逼这个人出战！"

帝辛忙说："爱妃在大邑商带兵就好，为何要亲自去呢？"

"我近来在我麾下族兵中严令赏罚，制定了一些刑制，希望在大商征召诸侯伯盟誓的时候施行，现在正好用在耕父这种贪生怕死之人身上！"

帝辛暗想：你为我爱妃，制定了刑制我居然这大半年都从未听你提起过，现在反而先在群臣中说出，真是没把我放在心上啊！他想了一下，说："这……是否还没有得到完善呢？"

"在我族人中已经有了成效了，他们的攻击力翻了两倍以上。所以我想趁这次援助崇侯，在以后每一次征召大商诸侯伯的时候加以推崇。"

司土官便说："可先说来听听。"

妲己以缓慢而又高昂的声音说："以前我大商征召诸侯伯征伐的刑制本分为鞭刑、墨刑、鼻刑、阉刑、刖刑、大辟，这些刑罚本来是天帝所定，但自从乙帝、大王为上帝之后，很多侯伯都不愿意顺从这些刑罚了。而如今为了使这些侯伯重新归附大王，我设置的是鞭墨之刑、烤墨之刑、凌迟之刑、肥遗之刑、炮烙之刑以及蹯刑。这些刑罚如烤墨之刑用强光炙烤施以墨刑，如果罪人甘愿受刑，能忍住不动，说明他有天帝护佑，而不会因乱动而毁焦面部，如果不能忍，则会近似于鼻刑；再如炮烙之刑，将罪人置于烧红的铜柱，下面有烈火，如罪人能安然走过，则只烧毁双脚，相当于刖刑的惩罚，如不能忍而掉入火中，说明是天帝认为他有罪，令他死去，则直接执行了大辟死刑。而如果直接反抗上帝之命，就是天帝不可饶恕之刑——闹市剖心。这样，罪人是否会受到惩罚便是天意，而不会因受刑而怨恨。封赏也是类似，以肉食、丝帛赏赐族人，但肉食只赏赐不足，只有没战死的人，才能被认为是有天帝护佑，才能得到足够的肉食以及丝帛赏赐。诸侯伯也是如此，金铜、贝朋、宝玉分等级赏赐。只有这样，族人与诸侯伯才能认大王为上帝，天帝之子，为大王效命。"

司土官第一个站起来反对说："不可，严刑峻法只能使族人怨恨，不能使他们遵从大王为上帝，而这种玩弄人的刑罚和赏赐更是会激起族群内讧，若用于百官诸侯伯则会众叛亲离，人人自危，大王，千万不可采纳！"

箕侯也说："族人只有得到各族首领以占卜决定的赏赐才会效忠，那才是天意，而酷刑是作为杀一儆百的威吓作用的。不但不应该有这样徒增痛苦的规定，还应该有以财货代替刑罚的句芒之政；至于各个侯伯，更要视情况才能动用这些酷刑，且决不能施行这样的赏赐，因为侯伯本来就各有其政，各尊其法，如果不谨慎，就会使得人人猜忌，人心离散！"

妲己安然说："但是我在我的两个师下施行此法，战力确实大增。我想至少是可以在各自族人中间试行的，至于诸侯伯，可以等我降服耕父之后再来定论。"

少宗祝便说："我也知道苏妃的族人确实提升了战力，我觉得可以一试。"

但接下来邮氏、寝正官、田畯官都反对，帝辛便说："好吧，这事先不谈，等爱妃降服耕父，迫使他下山之后再说。"

议事之后，邮氏与司土官他们议论说："想不到这位苏妃天女般的容貌，却有着这样诡谲的心思，竟然想出如此折磨人的刑罚。"

司土官不忿说："不管怎么样，我的麾下决不允许这种训练！"

田畯官则说："但据说苏妃麾下族人确实提升攻击，我觉得族人可以训练，只要不在诸侯伯中实行就好了。"

邮氏则说："我倒是觉得对于诸侯伯是可施行的，特别是那些各自为政，不从王命之侯伯。"

司土官听了不悦，愤愤地走了，田畯官便对邮氏说："你若要劝大王施行，司土官和箕侯他们肯定不会同意的。"

邮氏轻松地说："我看这位苏妃不一般，她若有心施行，大王必然言听计从，哪里需要我去进谏。"

帝辛这时便召妲己入内宫，王后不悦说："苏妃看上去娇艳亲人，却想出这样刁钻的刑罚，大王不应该多亲近她的。"

帝辛正要回答，妲己过来了，他急忙拉住她说："爱妃既然有此提议，为何不事先告知，我好为你安排支持你提议的小臣。"

妲己对帝辛一笑，说："我暂时还没有把握能有效施行，但若完善，你再来支持我吧！"

王后听到妲己语词不敬，便说："妹妹如此般的人物，为何会想出这种近乎毒辣的刑罚，这似乎不合一国王妃的身份？"

妲己笑着说："王后你虽然会神术，常常出征，却没有带过兵，而我虽为王妃，但在军营，我必须严苛军纪，而若以军纪来管理百官，你想，百官和诸侯伯哪里有不服从的呢？"

帝辛大笑说："爱妃好策略！真有当年妇好的风范，我早就受困于诸侯伯不从王命了，百官且不论，对于侯伯一定要慢慢开始施行此刑制！"

王后看帝辛如此说，此时也只好不再多言，妲己在王宫住了一晚，便回军营去了，她临走对帝辛说："我不在，大王可去看望莘妃，现在要与周人对敌，要去探问她的想法了。"

帝辛凛然，便去了莘妃宫室，莘妃已经得知帝辛要与周人为敌的流言，这时看到他来，惶恐地迎接说："大王是为周侯之事而来的吗？"

帝辛扶起她，保持距离坐下说："确实，现在周人有意入侵河内，我不得不派宗师助战。"

莘妃惶恐说："我虽然与西伯有旧日抚养之情，但已经为王妃十余年，既然王命伐周，我自然不会再与周侯联系。"

帝辛说："这就好，你要记住现在周人是你的敌人，且要时刻提醒自己不可说出有益于周人的话。"

莘妃连忙说："自当如此。"

帝辛安慰了她一下，便要离去，莘妃拦住他说："大王自苏妃之后，虽然照常来我宫室，但竟然不再有往日的亲近，连扶我起来都保持了距离，实在令我不能释怀。"

帝辛便说："哦？这……周人最近势大，我心中对你仍然有隙，等过了这一阵子再说吧。"

帝辛一走，莘妃便流下眼泪，她隐约知道帝辛并不是因为周人崛起而不太愿意与自己亲近，而是因为那位册立不久的苏妃的缘故。她回想起自己往日受到的宠爱，越发不能止住感伤，良久，才想着要做些什么能有助于国事，好挽回自己在帝辛心目中的位置。

妲己带着髻女和少宗祝，以及一个风师前往嵩高，她问少宗祝："听说耕父的岳氏宗族弟子都早早下山，为一方侯伯了，他为何还躲在这里，忍受独自祭祀大鲧的清苦？"

"嵩高这里有牛伤草和鲇鱼可以贸易，所以他过得并不贫苦，我在这里祭祀时曾看到他每日宴席上都有酒有肉，还有成群的臣妾侍候，过得并不比侯伯差。"

"看来就是个经不起风霜变故的庸人，对付这样的人就容易了。"

他们找到耕父的住宅，并不是很大，藏在丛林深处，看来此人虽然奢靡，却仍然在尽力不被人发觉。看到妲己等人，耕父眼睛一亮，问少宗祝来意。但待他说明之后，就不客气地说："你们请回吧，别说是王妃，就算是帝辛亲自来，我也不下山的。"

妲己便说："率土之滨，莫非王臣，大商现在是非常时期，新定下了征召各族合兵的盟誓，征召宗师有傲慢者，鞭墨；抵抗者，烤墨；伤人者，凌迟。"说着她把自己定下的六种刑罚说了一遍，又说："当然，若立功，可获得与王平分功劳的赏赐。"

耕父不耐烦地挥挥手说："我在此已经富足，不需要赏赐。"

妲己微笑着说："早知道赏赐对你来说没有用的，那就接受刑罚吧！"说着手一挥，多了一根鞭子，朝半空一抽，她身上的金铎顿时响起，屋内烛火摇曳，冷风从中雷处灌进来，嗡嗡作响，屋内钩绳、绊索等阵法都被发动，众人躲过。耕父只觉被鞭响震得萎靡，无法发力。这时，妲己对着他一鞭下去，说："拒绝王命者先受鞭刑！"

耕父虽然萎靡，但竟然觉得自己仍然可以躲开，可他刚刚闪过，就觉得十几道鞭随着金铎急响而袭来，啪啪啪啪，自己一下便身中十几鞭，痛得他大叫。旁边弟子想去救，却自身也萎靡。但妲己没有对他们用刑。耕父恼恨得奋起，勉强挥出蓄了春气的玉璧，一击打中屋顶，顿时弹出一张大网罩住众人，还捆住了妲己身上的金铎，且使他们几人感觉被遒劲生长的藤蔓绑住了似的，无法举动。他顿时恢复精力，大笑着说："女宗师再强也不过是取巧而已！"

他走向妲己，正要抚摸她的脸颊，而妲己则扭动了一下身子，脖子上的玉串反射屋内火光划过耕父的脸，顿时使他疼痛大叫后退。而就这一声大叫的时候，便使得屋内火光变大，光晕笼罩屋内，耕父顿时全身发软。妲己等人从容松绑，她说："既然你抵抗，那么就需要接受烤墨之刑。"

她说着，身上玉串上的反光已经射出光束把耕父的脸部罩住，他像蠕虫一样无力的挣扎，光束却始终跟随，丝毫不离头脸。惊恐之中，耕父发动身上蓄积春气的金粉，要散去屋内光晕中的杀气。但此时，屋内火光却开始越来越大，竟至于熊熊燃烧，耕父则觉得身体震颤更加剧烈，更加无法举动。妲己这时说："还有神力吗，没有的话，我动刑了！"

她稍微侧身，脖颈上射出的光束便开始加强，使耕父越来越痛，他只好勉强举起玉璧挡住，魂气弥散使自己头脑昏重，才止住疼痛。

少宗祝这时已经察觉，笑着对妲己说："他宁愿去了魂，也不愿意受痛哩！"说着抛出一面小旗，把耕父玉璧收走，使他立即疼痛大叫。

妲己劝说："不要乱动，否则脸上就花了，再也去不掉了哦！"但他实在忍不住要不住的摇动脸部，便大叫说："我答应下山了！"

妲己仍然不停手，说："你不摇动脸部避开，才承认你是真心答应从王命！"但耕父仍然止不住的摇摆头部，旁边的弟子这时则跪着不住地哀求。

妲己看光束已经在他脸上留下刺字，虽然由于他摇摆，印记有些歪斜扩大，却也算了，便收起光束，说："你的意志力连你弟子都比不上，你服气吗？"

耕父瘫倒在地，喘着气，没有答应，妲己知道他还在蓄力准备偷袭，便说："你就别想偷袭了，你的神力连我第二种刑罚都破不了，后面还有四种刑罚呢，你怎么赢我呢？"

一句话把耕父说的心里暗淡，不能回答，良久，他只好站起来说："多谢王妃及时止住刑罚，我受教了，愿意从王命下山。"

妲己回答说："好，你现在就收拾好法宝去找猫虎氏吧，周人快要到了，还有，既然你答应从王命，我刚才说的刑罚和赏赐便继续有效，你若立功便好，若是对于猫虎氏派给你的作战任务不肯出力，又造成损失，就要继续接受刑罚，像你这种过惯了安逸富足生活的人，后面的刑罚可是你绝对无法忍受的哦！"

回去的路上，少宗祝对妲己说："看来这个耕父一直没有提升神术，现在连猫虎氏神术都大进了，他却仍然自守，以至于连你第二种刑罚都破不了，让他上战场有用吗？"

"其实我刚才是借了屋内地利而已，若是在屋外，墨刑的强光会很快就被天地气、茅草气等自然之气搅乱，像他这样擅长御使田阵的人，是可能逃脱的，所以他其实没那么差的。"

过了几天，他们便到了虞国，这时苏子仍然在这里操练族人，看到妲己来了，吃惊地说："你怎么来这里找我也不在信中告诉我一下？"

妲己直接说："我是来找你助战崇侯和髳人的。"

苏子犹豫说："这……族人是周人帮助训练的，如今还没有训练好，转而帮助崇侯抵抗周人，似乎不妥。"

妲己立即逼视说："难道你要在此战帮助周人？"

"我应该会以族兵没能训练好推托掉，两边都不帮。"

"那你觉得此战哪一方会战胜？"

苏子便拉着他妹妹坐下说："妹妹，你看你这么老远从大邑商过来看我，却这么肃然，不如让你的侍卫先退，我们兄妹私自多说说话吧。"

妲己便坐下来说："这两位都是我亲信，对我的私事也很清楚，不用回避的。"说着，便让髻女和少宗祝都坐下了。

苏子只好说："好吧，让我实说的话，周人阵法怕是在四海之内没有敌手的，前次胶鬲氏来此贸易时提起过，说是司土官训练的族兵其实威力不比黎人高出许多，且还不能持久，这样下去的话，大商怕是连我苏人都敌不过，因为我教训的族兵以赏罚严明军纪，意志力比周人族兵还要顽强。"

妲己笑着说："大哥，你在军中制定了什么样的刑制了吗？"

苏子得意地说："我训练士卒阵法之时，在每一队族兵中都有绳索连系，如果谁进退不整齐，就不但会使他受伤，还会破坏阵形，使冲击力偏差，这样训练多年以后，自然人人努力。"

妲己知道这种训练术确实能激励族人，但她必须炫耀些自己的神术，以防哥哥完全倒向周人，便说："我已经改良了刑罚和赏赐，可用于激励族兵，嵩高的耕父已经被我施法劝诱下山了，足以证明我的刑罚不但可以激励族人，还可以威服首领宗师。"

苏子暗自吃惊，想连那个从不愿下山的老宗师都被她逼出来了，到底被改成怎样的刑罚了？他开口欲问神术，妲己打断他，接着说："这次不但耕父会助战，犁娄伯、昆虫氏都会帮助守住髳地，你还觉得周人能取胜吗？"

苏子只好再次重申说："妹妹放心，我留在虞国便是。"

妲己便站起身来要走，苏子拉住她说："你怎么就要走吗，我二人半年未见了，何不多住几日？"

姐己便笑着说："你前次信中提及有意于阮伯女，是要与之婚吗？"

苏子有些彷徨地说："确实，不过因为他父伯说要延后一段时日。"

"那就希望兄长尽快把嫂子接到苏国。"

苏子又问："你被迫为王妃，若是觉得委屈，就来苏国也好，我这方国侯的职位可以让给你。"

姐己立即说："放心吧，殷王偏爱我，而我手上还有兵权，没人能欺负我的，"她顿了顿说："必要时，我还会带兵去苏国巡视。"

苏子暗自会意，知道这个妹妹不但不愿意再回苏国，还要帮助大商结交周围侯伯对付周人。姐己说完便离去了，苏子送走她后，就开始隐约着急，因为倘若自己帮助周人，迟早会与自己的妹妹敌对，而她却已经连对自己都不愿意透露神术了。

姐己等人骑马上路，少宗祝便问："为何不多留两日，试探一下神术呢？"

"我哥既然仍然未决，肯定问不出什么来，多留只会被其他宗师试探神术的。"果然，他们刚出城门，便遇到虞氏拦住去路，说："苏妃娘娘，既然来了怎么不多留在我国一会呢？"

姐己便说："是我哥告诉你我来了吗？"

"不是的呢，是我都邑城门守卫看到你这天女似的人物进出，急忙跑来报告我的。"

"那你让开吧，我们要离开了。"

"不可，现在战乱，为了防止有人对王妃不利，需要我派兵护送，你们请回吧！"说着便靠近，双手聚起疾风推动他们转身，姐己身上热气光晕齐出，使他立即缩手。少宗祝却刚擎出彩玉，但却突然被尘土围困窒息，被迫转过身去。他大怒叫道："虞氏，你敢对王妃不敬！"

髻女则因为从来没有对敌过，慌乱的忘了施法，也被尘土定住。姐己只好发动热气逼开虞氏。而这时他们身上热浪环行，尘土在衣甲上已经划出了痕迹，虽然能举动了，却使不出力。少宗祝奋力举起玉仗，一道沟壑划地而过，但还没到虞氏跟前，就被尘土闷声止住，同时沟壑发热，连同少宗祝手中彩玉都开始烫手。他只好顺势化剑射出，但刚及出手，就被转向，掉在地上。

　　妲己这时已经朝虞氏扑了过去，颈项上的光晕扩大，罩住他，压迫力随即袭来，妲己一剑三道疾气射穿了站着不动的虞氏。只是三声响，虞氏身上被射穿三个洞，倒在地上变成了碎土。妲己吸附飞扬的尘土飞身赶到，站在碎土旁边，看到借尘土遁去的虞氏，也不追赶。少宗祝赶过来说："怎么不就此杀了他，也好除去周人的一个助力？"

　　"虞氏的土陶是普通泥土制作，并非神力临时聚合，所以我御使的金珠杀气只能击穿土陶本身，不能顺着土陶追击到他本人，而刚才我怕暴露自己的六刑术，一犹豫，就让他跑了。"

　　妲己让风师向帝辛报告了苏子情况，然后他们一行人便往髳地而去。

　　邰伯、姬鲜等人自从渭水边退走之后，檀利过了两三日才伤好，他们也追击到了猫虎氏族所在的髳地，姬鲜便要进攻，邰伯说："上次我们都看到猫虎氏的神力了，若是他能布阵吸去我们士卒冲击，则我们必败，还是等二世子大军吧。"

　　姬鲜不悦说："现在趁猫虎氏他们刚回，正好出击，若是等我们大军来了，黎人和殷人必然会前来相助，到时候我们取胜会更难！"

　　檀利则说："猫虎氏神术，即使是吸吐疾气也不外乎来由于在田地里穿梭自如的野兽，只要让我父伯驱使剑齿猪试探冲击，邰伯阵法随后跟进便可。"

　　檀氏也附和赞同。

　　清晨，檀氏趁猫虎氏士卒蓄力不久，率领剑齿猪群奔入阵前，邰伯在空中看到阵前土坡的草木上到处撒有断掉的禾苗，便下来劝檀氏先以少数剑齿猪群试探。檀氏便前驱几只剑齿猪冲锋，果然，剑齿猪过处，撒下的禾秆都连起来了，把剑齿猪都绊倒在地纠缠不开，檀氏急忙让驯兽宗师砍断绳索解开剑齿猪。这时，猫虎氏已经率虎群冲上来，而邰伯则喝令族人向前，士卒挥动草刺，把阵前草木都吹飞，但被虎群吸去。猫虎氏看周人并不进攻，便喝令虎群冲锋。邰伯士卒蓄积的草木土石冲击并不多，此时被虎群吸去又冲上来放出更迅猛的冲击。邰伯军阵内虽然以盾牌挡住些，前排士卒仍然损失很大。檀氏便命令剑齿猪侧面冲击虎群，才把它们逼退。

在激战时的空中，猫虎氏留泰逢督军，自己化日光风寻找宗师，而耕父则在高空伺机下来接应。檀利便与姬鲜约好，两边突然冲出，同时对猫虎氏所化阵风袭击。猫虎氏察觉冲击，只好现形伸手来接收姬鲜的春气冲击，另一边檀利的巨笼则被他发动聚气的宝玉，还没到跟前便被打碎。

两人看袭击失败，急忙往后军逃去，猫虎氏追着姬鲜吼出疾风金砂，正中背部，但不能伤，他反而趁这股冲力加快走了。耕父这时已经俯冲下来，他早已暗中操控半空的云雾，使檀利身边有云雾显现，使他被云雾中的虫魂气迷魂。檀利虽吸入草魂气使自己振奋，但他还要对付这云雾的操纵者。他只握住手中苍玉借云雾风挥舞，就使云雾另一端的耕父魂散。

耕父急忙挥动玉圭，散去周围云雾，索性撒出虫魂粉，随云雾往地上周人纷纷落下。地上邰伯急忙指挥族人挥舞旗帜散去虫粉。虫粉虽然散去，但云雾却缓慢地笼罩在士卒阵中，使他们不好举动。邰伯这时已经命令士卒在以长戈拍打地面，云雾迅速被散到阵外去了。

耕父看自己神术被破，只好先走了，而猫虎氏看这时地上虎群已经被阵法逼退，又被逃走了宗师，便也只好回到阵前去收兵回营。

之后几天，邰伯守住山坡不进，阵法在山坡上发动，不但前排士卒，后面士卒直至中军都可以发动冲刺，所以威力稍微大些，虎群虽然吸去冲击，但无奈不能防御侧面的剑齿猪群冲击，只得败退下来。姬发等人大军已经赶到，与邰伯军会合后，姬发主持议事，商讨伐占据髳地之策。

他首先说："前次我兄姬启没能拦截住泰逢，以至于他把镐城的冶炼工都搬到了这里，所以我们这次出战一定不能再让这些工匠逃出髳地了。"

邰伯便说："我可率军堵住东门，檀氏在北门，防止大商和黎人率军来救。"

姬发则说："但檀氏麾下师旅不够，如果抵挡不住黎人阵法，如之奈何？"

姜望出列说："我军阵法在山地的茂盛草木中可以比平地更能发挥威力，可派邰伯率军埋伏在北门附近山坡上的路旁，借茅草掩护，等待袭击。檀氏则率军在嵩高山下埋伏，伏击接近东门的军队，还可顺便保护山上的牛伤草，以防止他们逃走时烧毁。"

姬发点头说："此计甚好，我军便从西门、南门进逼，如果猫虎氏退走，两路埋伏也要注意伏击。"

妲己潜伏在战场上，已经看到了邰伯与猫虎氏的对决，她等周人后续一到，便进城见猫虎氏等人，被他们恭恭敬敬的邀请上座，说："我看过邰伯军的战力了，猫虎氏，你的虎群连邰伯军的冲击都只能勉强吸收，肯定不是姬发军的对手，不如现在就从东门撤退，到嵩高去利用山地优势坚守。"

猫虎氏还没有回答，崇侯就说："但我军财货粮食都在城内，如何来得及运到山上去？"

"只能烧掉了，总比被周人拿去了要好。"

"只要坚守城门，就可削弱田阵威力，小臣愿意一试，等城破再烧毁也不迟。"崇侯打算城破便献出财货，投降周人，所以不愿意再转移到山上去，徒增困扰。

猫虎氏这时仍然信心十足说："王妃放心，城门城内都已经布置了吸收田阵冲击的阵法，周人即使攻入内城，我军也有时间后退，小臣既然前次逼退邰伯，这次也一定可以保住财货！"

妲己看劝不住，也不愿多管，她想到时候只要撤到洛地就可以抵挡周人了，那里已经集结了司土官的大军。她便转而鼓励说："那你们一定要坚守，可别到时候投降了周人！"

猫虎氏捶着胸膛说："王妃放心，我一定坚守至最后一个勇士倒下！"

妲己点头，但她看崇侯与泰逢不说话，又问他们俩。崇侯急忙答应，泰逢则傲然说："我有化云之术，不可能被擒的。"

相比泰逢，妲己对崇侯的回答则怀有疑虑，她又转向猫虎氏说："耕父在你麾下，作战可曾懈怠？"

猫虎氏说："不曾，前次降下云层挡住邰伯军推进的正是他。"

妲己便对耕父点头说："很好很好，这次抵挡周人宗师就靠你了！"

耕父急忙下拜感谢，在一旁的泰逢看他畏畏缩缩的样子，也不顾师徒之情，只轻蔑一笑。这时，士卒报告说司命官来到，猫虎氏便出去查看，果然是他带着宓妃来了。他们俩进来宫厅，正好看到妲己坐在中间，司命压住尴尬，向妲己拜了一拜。自妲己为王妃一来，他们俩从未当面礼拜，这次见面，虽然早有预料，却仍然觉得心中悸动不已。妲己便问："怎么只有你们俩，司土官、飞廉没有来吗？"

"他们正在洛地与昆虫氏合兵一处，还没有来得及赶过来。"

猫虎氏急忙问："何时能够赶来？"

"刚到洛地会合，再过三四日就可到达，黎人也在来的路上了。你们能坚守得住吗？"

"司命官大可放心！"

商议完毕后，司命官找到妲己说："我看了郜伯与猫虎氏对阵，怕是撑不了三日了，城破的时候就不要跟周人宗师对阵了，赶紧往东门逃走。"

妲己冷笑着说："你既然知道坚守不了，为何不劝猫虎氏撤走？"

"猫虎氏如果提前撤走，黎人和昆虫氏、司土官便不能突袭追击猫虎氏的周人了，一定要他们坚守才行！"

"我留在此与他们共同对敌吧，能撑久一些，你放心，我神力已经提升了。"

"姜望的神力你知道的，你肯定挡不住，还有周氏，虽然没有出手，但应该也是难以对付的吧。"

妲己怀疑他是故意提起周氏好让自己答应退走的，同时还引起了她的难堪，便没好气地说："说了不用你担心了，我正好拿他们试一下我的神力！"

司命立即强硬地说："不行，你必须在城破时退走，不能跟他们斗法！"

妲己听了，靠近他说："为何呢？"

司命自知情绪太过，便说："我为大王虎臣，要负责你的安全。"

妲己叹了口气，说："好吧，到时候我看情况再说，我现在不想多说了。对了，崇侯可能会投降周人，你在城破时要注意他。"

妲己走后，宓妃在一旁对司命官说："看来你还没有对她忘情。"

司命官回答："你知道这无所谓的。"

宓妃没有再说下去，她心里想着：她其实也没有对你忘情，但她不敢说。

第二天周人并没有来攻城，而是为了给郜伯与檀氏军留下行军时间，推迟城内士卒的败退，不至于使猫虎氏他们发现郜伯的埋伏，所以等到了第三天才开始攻城。司命官和妲己虽然都觉得奇怪，但这既然有利于救兵赶来，也不多在意了。

周师在鼓声、号角声激励下一击便击穿城门，后面的士卒和虎群也被击穿倒地。猫虎氏的虎群和城门城墙里埋藏的玉圭虽然吸去部分冲击，但两道城门仍然被冲破，司命官和妲己目瞪口呆，都没想到周师阵法的攻击力又提升了，之前还估计至少要撑一日，等虎群阵亡才会攻破城门的，现在看来，半日都撑不了了。

周师士卒分小股，一边涌入城门，一边冲刺，虽然被从城墙上下来的虎群吸去部分冲击，仍然能逼的髳人连连后退。泰逢、耕父和猫虎氏只好亲自在城门内阻击士卒，他们升起云雾，笼罩城门内，士卒则散去云雾，两下对峙僵持。

岳氏这时上前，混入士卒群中，撒出黑玉粉，一阵寒风过去，云雾随即化作水滴，被士卒戈矛挥舞，化作细针朝泰逢等三人和虎群散射过去。泰逢随即发觉岳氏的位置，以铜镜聚起日光一照，饶是岳氏周身有雾气护身，也似浑身要被炸裂了一样，身上所系黑玉发光，不停抖动。他急忙抛出一块防身黑玉留下，自己则借水雾逃出罩住的日光，但一块黑玉本就不能抵住强光中的日气，顿时被水雾风卷飞。泰逢等人正要追击，士卒对半空齐齐射箭，把他们逼退。

姜望也在前军，看到铜镜日光，便出来取金钩射出，泰逢随即罩住姜望，但强光在半空中已经被拦截水雾暗淡，姜望在刺眼中伸出金钩钩住铜镜轻易拉回。耕父这边以宝玉蓄积春气朝姜望袭来，也在空中就已经被夏风阻击炸裂，他自己则被姜望金针刺中，气血偏移，坠下地去。涌入城内的士卒们挥舞长戈发动春气，缠绕藤蔓把他擒住。泰逢失了铜镜，一支杀矢裹着云雨气朝姜望袭来，但已经被他用大刀挥动引导的水雾风拦截打飞，泰逢只觉周身附近的云雨气在急速聚起，把自己身前身后困住，行动滞涩，而姜望已经射出大刀。

突然，他觉得自己被身后一阵热气传来，身上软甲紧缩，被猎钩往后拉去了。随即一袭白绸飘下，原来是妲己到了，她身后髻女与少宗祝，一个散发魂气削弱周人战力，一个划地飞溅土石挡住周人，并把刚被擒住的耕父救走。

姜望这边看泰逢被妲己光晕热气罩住吸走了，急忙赶来追击，他正要射出金针，突然觉得脚下震颤剧痛，急忙移开。他猛然看到妲己在远处以短剑指住自己，而袭来的热浪滚滚此时才感应到，触发护身阵法移开。但是，双脚却仍然疼痛不减。他自练成借法以来，除了魂气渗透，从未遇到过反被敌人追踪，不能提前感应到气息冲击而避开的情况，脑袋轰隆一声，觉得不妙，只好大刀指住头上，借地气上升，迅速飞至高空。

姐己随后跟上，短剑依然指住姜望。他脚下仍然剧痛不已，只好大刀后指向前划过，反冲寒气聚积前冲，暂时消除灼热，金针也随着寒气放出。姐己看金针破热浪袭来，身上金铎剧烈跳动，手中短剑飞出，变得巨大，刺向姜望。

姜望则已经引导身后、两旁的足够疾风，挥出金针撞向巨剑，只听"铛"的一声巨响，巨剑被拦了下来，随即散成数道碎片，朝四面八方射出。不仅如此，从巨剑被阻断停在空中那处开始，一连串的火花爆炸声朝姜望袭来，他这时大刀虽然继续引导疾风拦截这串爆炸，但仍然止不住连续地爆炸朝他延伸过来。姜望只觉从身后导过来的疾风也如刀割一般了，知道不好，急忙移开大刀，展开蓄积的浑厚天气旋风为风幕。爆炸迅速延伸过来，对天气风幕的压迫力也加强，风压带着姜望加速躲过，爆炸迅速延伸过来，对天气风幕的压迫力也加强，带着姜望加速躲过，移到了下面半空去了。

但姜望还没止住下坠之势，司命官便从下面城墙上聚起降娄星次之力，短剑朝上袭来，姜望正在借天气下坠躲开，但这次身子却没能迎着司命袭击迅速移开，反而突然在原处急速旋转起来，幸运的是，司命官依旧刺了个空。

姜望只感觉司命官从自己身旁猛然掠过，惊得他一身冷汗，而司命官已经从玉尺上下来，举剑朝他刺来。姜望急忙发动身上宝玉的春气，以宝玉光芒耀眼，铛的一下格开了司命短剑，趁势退后了几十步。疾气从他身旁掠过。这时，高空中一连串的爆炸声虽然停止，但早已惊动周氏、桃氏、岳氏等宗师飞身上来查看，周氏看到高空中的白绸飘动，激动大喊："谁若是擒住姐己，我给他一个师！"

岳氏听了便飞身上来，以热气散发的铜盘朝姐己罩了下去。

桃氏听了则很不高兴，但也只得跟着周氏上前，伺机行动。

姜望这时才抬头看清楚是司命官袭击他，而下面城墙上站着宓妃，不用说，刚才搅动天地气和水汽，使自己借法紊乱的就是她了，他于是大叫："司命官，你既然偷袭，就别怪我不留情了！"

说着猛扑过来，大刀后指，聚起天气和自己这一扑之力袭来。司命官内气外放比姜望更灵活，他急忙闪到姜望东面，以玉尺一路蓄积降娄星次方向之力朝他侧面袭来。但姜望已经以佩刀在侧面挥舞，大量疾风开始朝他冲刺的方向汇积，司命官陡然觉得扑面而来的疾风倍增，暗叫不好，急忙收住冲刺，才觉得扑面而来的疾气减缓。

但他收住势的一刹那姜望已经冲到他前侧，被姜望趁机大刀砍下，他玉尺断裂，一边收住前冲之势，一边散开散射过来的飞针往下躲避，一直退到城墙。但他一停，姜望另以佩刀搜集他后退之势的风压，这时便已经聚风力压了过来，他刚停住，来不及分散，被强压压入城墙望楼，地面压得碎裂，他掉了下去。姜望正要下来追击，宓妃抛出乌梭拦住，立在半空哀然看着他，他看到她用乌梭这种普通的法宝来拦他，知道宓妃在让他感念旧情，便以大刀顺着乌梭搅动几下，挑起乌梭扔给了宓妃，自己则下去指挥士卒去了。

宓妃松了口气，正要把司命官拉上来，突然一只凤鸟朝她袭来，鸟未到，火焰已经喷到她身上，魂魄都要随火焰散去，但她只一举大网，火焰便都随地气上升聚在她网罨上了。这时，网海氏突然出现，以长针拍打望楼地砖，一声当啷，整个石砖地板裂开，垮了下去。

宓妃担心下面的司命官，愤怒的导引火焰朝网海氏射来，却被她长针挑开火网，宓妃则已经绕到她东面以玉尺刺出，一道水汽借离娄星次之力朝她袭来。水汽未及网海氏，凤鸟已到，一口吞下她，却浑身顿时火光暗淡，水汽不断从宓妃手中玉尺射出，凤鸟整个身体都开始暗淡下去。

兹氏这时现身，又放出两只凤鸟，一只与那只凤鸟重叠，顿时抵住了宓妃的水汽冲击，另一只朝宓妃扑来。宓妃玉尺上的水汽蓄力已经用完，只好化身水汽漩涡散开，使凤鸟不自主的转动撕裂，但宓妃所化水汽也被凤鸟身上火焰挥发，致使她被风火弄得魂散。

网海氏便举着金壶甩出火焰，要连水汽漩涡中的宓妃魂魄与凤鸟都罩住，突然觉得全身膨胀灼烫，只见自己站的地方咔嚓几声响裂开，而周身也热气扰动。她与兹氏急忙飞身到了半空，司命官这时从望楼墙洞里跳了出来，短剑聚起申时之气朝他们俩挥出，兹氏急忙又从贝壳中放出一只凤鸟挡住，那凤鸟吸入火焰，顿时膨胀巨大化，直至被司命申时之气吹散。兹氏与网海氏看了，自知不是对手，急忙朝周人阵中飞走了。

司命官剑指水汽漩涡疾风射出，把定在漩涡里的凤鸟吹飞，化作灰尘胀大消失掉，宓妃现形，看司命官满身尘土，说："你没有受伤吗？"

"吐了几口血，但没有外伤。"

"刚才我用乌梭向姜望示弱，他便没有再追击了。"

"错过这次，下次应该没那么好了，最多会使犹豫，但哪怕只有一瞬间，也已经是杀他的好机会了，只是需要我俩配合而已。"

宓妃听了有些黯然，她本来想提议今后碰到姜望夫妇就互相回避的，没想到司命会提出这么冷酷的策略，这勾起了她想调解冯夷与大商仇恨，却被司命借仇恨报私仇的往事。

这时在高空，妲己看连自己的最强刑罚阵都让姜望逃去了，便收了短剑要走，无奈岳氏赶到，以铜盘聚热，强光连带下沉天气朝她压下，她只好以玉串吸收强光，但刚散去天气风压，要抽身退走，就被周氏拦住。

周氏抛出日、月两块玉璧，左右袭来，妲己顿觉身体被压迫扭曲，不但身上热气都急速散开，连颈项上的玉串都勒着脖子转动起来，桃氏抛出的藤蔓也蜿蜒袭来，上面射出蓄满春气的宝玉，因此迅猛至极。妲己以金铎短剑挑动，使飞射过来的宝玉藤蔓分三道冲击射偏，朝她身后散射开，同时挥舞另一把短剑沿着日月双璧压力的分界线放出金粉，随着金粉散开，暂时引开了双璧调和之力。她急忙退走，引得周氏和桃氏来追，而他们刚稍微接近妲己，身上便震颤灼热不已。

周氏暗叫不好，他知道既然自己身上的以朝贡兕皮炼制的十二章甲胄也无法挡住这种热浪，便是不能破解妲己神力的，是以及时退后。桃氏这时已经痛的叫出声来，他急忙把日月双璧拉回，聚在桃氏身上，牵引她后退。

而岳氏看到妲己后退，就运起她身边的云雾，要困住她，但周氏既然移去了日月双璧，她身上光晕恢复笼罩，随即逼退云雾。她借铜盘天气压下之力正要下地而走，突然上面一道强光把她头上铜盘射穿，聚光在她身上，幸亏她身上光晕已经笼罩头顶的铜盘，以至于颈项上的玉串把部分光热散射到铜盘上去了。饶是如此，她仍然觉得颈项灼热不已。

同时，任伯突然从铜盘上下来，朝妲己射出了金箭，她急忙在光晕中把金箭引向铜盘，顺着光束往上射穿铜盘去了。她自己则急急朝地上飞去。

桃氏这边得了周氏救护，不再疼痛，但看脚下时，皮靴已经焦烂，血肉模糊，她大汗淋漓催促周氏"快去追！"

周氏过来扶着她说："我破不了她神术，回去再说。"

任伯这时过来对周氏说："我是有仍族任伯，特来助你们周人伐商的。"

周氏笑着说："原来是东夷宗师首领，既如此，不如现在随我下去擒捉猫虎氏他们？"

这时，羲和氏从铜盘上下来，她刚才偷袭妲己未成，反被她导引金箭射碎了聚光的蚌珠，这时看到妲己走了，便也不追了。任伯看她来了，似乎受了伤，就对周氏说："我们这次来没有带来海物灵兽，不能多留，而我夫人也受了点伤，只能下次相约再来相助了！"

周氏知道他们只想趁大商宗师受困时偷袭，不愿露面围攻，便笑着说："早听说任伯的海物在东夷之战中打垮帝辛上万人马，其实不必带来，只要能留在东夷，借地形熟悉，定能牵制住大邑商，而我们则在西面攻伐，必然打垮殷人！"

任伯见他只提了让自己在东夷作战，似乎没有强求自己过来帮忙的意思，自然也应该是不愿去东夷相助自己了，随即告辞，两人往髳城内飞去了。

姜望这时到了地上，看甫丁以巨木开路，指挥士卒齐齐攻击猫虎氏，而泰逢和耕父仍然在以云雾与士卒对峙，但被先牧氏挥动马鞭，不但震散云雾，还使他们的魂魄摇摆欲散，幸亏少宗祝以彩玉围住，扬起尘土与阴浊气笼罩帮他们挡住散魂气，而泰逢蓄了日气的杀矢和耕父聚积的春气都不能伤到先牧氏，只被他抖身滑过。髻女则看到泰逢的杀矢烤的地上草木冒烟，先牧氏却在烟火中安然无恙，惊恐得不敢来战，只在一旁分散士卒的草刺冲击。

姜望便先挥刀斩向猫虎氏，猫虎氏正在双臂顶住甫丁的巨木，蓄积春气要推回，此时迎着姜望斩击便大吼吼出疾风，一声撞击之后，姜望以佩刀蓄积余波的斩击已经越过撞击处斩下，并射出金针。

猫虎氏又是张口一吸，一口咬住金针，但金针放出的棘刺仍然发动气血压制，使他顿觉气血滞涩，急忙吐掉金针。但姜望已经到了他跟前，金钩先到，钩住他的脖子，扯翻在地上，甫丁的巨木没了抵抗，重重地撞在他身上，使他口吐鲜血。姜望把金钩化作金箍，卡住他的脖子，气血不能上升，他顿时四肢瘫痪，只有头部清醒。

那边泰逢好耕父看到姜望一来就把猫虎氏擒住，丢下先牧氏他们，飞身便走。少了宗师云雾和热浪支撑，髳人士卒和虎群顿时溃退，猫虎氏这时虽然被擒，下身不能动弹，看到泰逢从半空走了，急着高叫："泰逢你们这些怕死的小人，我告诉王妃一定处死你们！"

妲己这时已经下来了，她看到姜望在，而泰逢已经退走，急忙对髳女他们大叫："走！"一边以短剑一扫地面，地上草木顿时焚烧殆尽，士卒们刺出的草刺都被地上滚滚蔓延过去的热浪吸去，百步之内正在蜂拥而来的士卒们双脚灼热，大叫不已，停下来的士卒则整个人都震颤，跪倒在燃烧的草木中，惨叫声连连。而这时髳女和少宗祝听到妲己大叫，就知道她要施法了，先就已经退走了。

先牧氏看到妲己，想起周氏之前在空中的高叫许诺，便仗着自己身上有聚魂皮硬，挥鞭从半空冲过来，要震慑妲己。但他还没接近妲己，脚下就开始灼痛，幸好他因为身体有聚魂而能忍住，挥鞭震天一响，直奔过来。饶是妲己有光晕保护，仍然被震得魂魄有些动摇，便急忙后退。她看先牧氏竟然不顾脚上疼痛，追了上来，便投出短剑，化作巨剑刺来，先牧氏一鞭挥出，把巨剑挡飞，继续来追。

然而，就在他挡开巨剑的一瞬间，突然手上一震，无数道金粉射向马鞭，巨剑上也有无数金粉朝地上草木和周围人群散开激射。

接着，先牧氏本人也只觉四周杀气爆棚，急忙飞身而走，但他身上已经开始有无数道金粉汇积，身上聚魂宝玉都被击碎，他没飞多远，就大叫一声，七孔流血掉下来，僵直倒下。他附近的士卒虽然布阵，却反而因受到巨剑散射震击而变得更狂暴，却大都遭到震动反噬，声嘶力竭，草木也被杀气震击撕成焦炭，火花闪动。

　　周围士卒都吓呆了，停下来不敢上来，连姜望都惊异之余，暗自庆幸，自己刚才在空中若不是及时聚起大片天气下沉，吹散追袭而来的金粉，已经跟先牧氏一样的下场了。甫丁押着猫虎氏，也看呆了，猫虎氏这时吐了几口口中鲜血，哈哈大笑说："好！见识到我们王妃的神术了吧！你们还不赶快投降！"

　　姜望正要过来追击，妲己已经趁机退到掔人中，吩咐千夫长组织士卒拦截，千夫长被这位美丽的王妃使出如此嗜血的神力震慑住了，气血上涌，吼声答应，妲己让他坚守至战车运送物资离开东门，自己则又在士卒群中施法抵挡了一阵，才离开朝宫邸走了。

　　这时，在猫虎氏的宫厅中，司命官和宓妃已经在那里了，他之前在城墙上看到了妲己逼退姜望，因此放心，想起她提醒说崇侯可能会投降，便先赶到这里来查看，而髻女少宗祝和泰逢耕父也聚集于此，少宗祝要按照妲己命令，指挥士卒押运财货撤离，崇侯则反对，要让他们在此袭击周人。司命官一到，即喝令说："为什么还不把财货搬运上战车？"

　　崇侯说："司命官大人，我们决定留在这里袭击周人！"

　　"周人在西门，有阵法削弱他们，为何要在这里设伏？"

　　"这里的宫室也有猫虎氏设置的法宝，而财货法宝也聚集在此处，正好等待他们来取的时候袭击。"

　　司命官看崇侯一副慢悠悠的自信表情，察觉他缺少面临与周人决战的坚定和恐惧，便缓和说："这样也好，但我有一计，可派一个人假意投降周人，说这里有埋伏，引周人宗师来此，我们剩下的人则设伏袭击他们，这比引来周人士卒要好得多！"

　　众人都赞叹，司命官便问："谁愿意去假意投降？"

　　宓妃说："我去吧，我认识姜望，可取得他信任。"

　　崇侯怕自己被逼袭击宗师，自己神术不够，反而丧生，便说："还是我去吧，我神力最低，埋伏怕反被周人宗师发觉，还不如去引周人过来。"

　　司命官立即说："好！崇侯既然愿意冒险，我等自当努力！"

　　于是，他们商议好埋伏地点，崇侯便离去了。等崇侯走后，司命官对泰逢、耕父说："你们俩认为崇侯会如约引来周人吗？"

泰逢默然，耕父则说："这可不一定了，我看还不如我们带着财货先走，不要再冒险袭击宗师了！"

司命官又转向少宗祝两人说："你们认为呢？"

他俩便说："王妃早已察觉崇侯要投降周人，所以不可信。"

泰逢、耕父听了恍然，都想看来司命官和苏妃在设套让崇侯钻无疑了。司命官看泰逢仍然犹豫，便对他说："崇侯神术低微，主要作用在于调解侯伯之间的冲突，而既然现在周人势力已伸向河洛，周人其实并不需要他这样的人了，所以他才会极力主张守住财货，这应该是要献出财货，并拖住你们，来讨好周人得个采邑。"

泰逢想既然渭水之地已经被占领，自己也就没有必要再坚守与崇侯的盟约了，于是他下定决心说："好吧，我们带上财货走！"

正在司命官等人指挥士卒把财货装上战车之时，风师来报信说是昆虫氏族人在嵩高附近遭到周人埋伏，司命官急忙压下消息，他怕泰逢等人趁机投降周人，便只对宓妃提及。宓妃着急说："这样的话，就算出了羁城，泰逢他们也可能叛离呀！"

"没事的，我们既然知道消息，到时候趁混战袭击周人就好，但现在切不可被泰逢他们知道。"

等他们要离开时，妲己也到了，问司命官："崇侯怎么不在，已经投降周人了吗？"

司命官便问："他去引周人宗师来这里了，你没看到他吗？"

妲己摇摇头，泰逢这时便过来说："崇侯之前确实对我提及要带财货投降周人，现在去引周人是不可信的。"

司命官、妲己都点头，泰逢一拜妲己说："战场上多谢王妃及时把我拉回，现在我自然与崇侯决裂！"

妲己手上聚起热气催动振魂气弥散，亲手扶起他说："宗师神力来由其实还可有很大提升，只要忠于大商，神术上以后可与我解疑。"

泰逢感到了热气使自己甲胄软化，急忙兴奋的拜谢。司命官看了，既为妲己能够笼络人心而高兴，又觉得有些失落，他趁泰逢离开，看着妲己颈项上渗出的血痕对她说："谁的攻击，怎么连你的玉串也没能防住？"

妲己大眼含笑盯着他说："中了聚光，应该是羲和氏偷袭，聚热一时散不开。"

"怎么，东夷人竟然暗中相助周人来了？"司命惊奇地问。

妲己没好气地丢下一句"是了！"便走开了。

妲己等人押送着财货，带着百工大族百姓，乘坐战车开往东门。这时，周人仍未攻破髳人借助阵法的防御，因为周人中的几名宗师都被崇侯带着去袭击司命官等人了。崇侯引姜望、周氏等人到达宫室，周氏正准备从房顶袭击，突然远远看到宫室后面长长的车队，知道崇侯被骗了，他破房而入，大叫："不要埋伏了，战车押送财货已经走了！"

姜望等人与他急忙出门追击，在空中看到妲己、司命官等人在半空中拦住，周氏知道既然偷袭不能，斗法便是没有结果的。崇侯在周氏身旁惶恐说："司命官这厮骗了我，说是等我来引你们过来，结果自己丢下我先走了，他们如此待我，我怎能不降于西伯！"

周氏知道崇侯想向自己表忠心，挽回自己的过错，便冷笑着说："既然崇侯如此仇恨殷人，之后若是追上了他们，你就在阵前借和谈引诱他们出来吧！"

崇侯听了冷汗直冒，只得勉强答应，周氏就与姜望他们回去攻打髳人士卒了。他们回到西门，姜望大喊："髳人听着，你们王妃和大商宗师已经逃走了，你们还不投降！"千夫长听到王妃走了，知道自己任务已经完成，便率领士卒投降了。接下来，周人虽然迅速占领了整个髳城，但城内大户和财货却所剩不多，而他们这时接到邰伯风师传来消息，说是已经击退黎人了。

之前，邰伯埋伏在离北门不远的路边山坡，由于犁娄伯在中军，所以没能察觉路边山上的杀气，黎人前军经过，还没有来得及布阵便遭到一阵早已蓄满的冲击，以至于一击就几乎全部阵亡。犁娄伯忿怒地命令中军停止前进，临时调整阵形，对准一侧山坡防御。但邰伯军并不出来攻击，只守在山坡灌木里不出来。犁娄伯因为前军覆没，不甘心就此退走，他命令士卒上山坡列阵与周人对阵，但立即遭到已经埋伏好了的周人从侧面袭击，他们只好退回，绕路上山坡。

邰伯没等黎人列阵，就与芮伯飞身出来，对着因正在指挥而暴露了位置的犁娄伯左右袭击。犁娄伯早已察觉他们，这时命令周围的士卒发动草刺抵消了他们俩的攻击。士卒虽然行动缓慢，但由于有犁娄伯提前下命令，两人的冲击被轻易冲散，同时犁娄伯已经飞身而出，朝郐伯和芮伯分别刺出一道春气。

郐伯格挡开之后，不但感到寒气与热气的侵袭，还有尘土气侵袭使双脚麻木，水气使身上发软，草木气则有如针刺。由于他有了之前在伐黎之战中有对阵犁娄伯的教训，已经练成了调和起寒气与热气之法，却不防犁娄伯已经能够把春气调和了的水气、尘土气等气息加强，用以分别侵袭。这时虽然身上只是被撞击余波扑面而来，却已经几乎不能举动，他只好急急后退而去。芮伯这边虽然以双铲牵引寒暑气冲散犁娄伯攻击，却也不能抵御对方冲力中的三气侵袭，也身上麻木，双铲掉落，着急退走了。

犁娄伯并不追赶，继续指挥士卒布阵，两军对阵了一会，犁娄伯看不能取胜，只好带着士卒退走，郐伯既然已经阻击了黎人，也不追赶。

而在嵩高山下檀氏的埋伏则没有那么的顺利，由于昆虫氏率军在前，檀氏他们的埋伏提前被察觉。昆虫氏大声命令士卒布阵，两军以阵法对阵，但昆虫氏麾下在路旁，地势低，不及檀氏他们在山坡上呈阶梯状布置的冲击力，仍然溃散。

申妃这时已经乘胜接近昆虫氏，他急忙展开透明蛛丝线，连接士卒阵法，并朝申妃延伸过去，但申妃已经借士卒阵法蓄积的草藤，阻断了蛛丝线吸取阵法之力，朝自己射来的蛛丝绳也被草藤纠缠。申妃根据地上阵法的扰动察觉蛛丝绳蓄力的中心位置，继续接近，一剑扫去。蛛丝线本来已经被地上阵法之力所阻，这时一扫即散断，昆虫氏急忙藏在荧光躲开。

申妃只见前面的宗师首领突然就消失了，也不见有化作风烟雾，才想起这大概就是姜望提及的能藏身荧光的昆虫氏，她急忙停下来，屏息察觉。这时她左侧元气浮动，她即翻身指住左侧，只见"嘭"的一声响，离她十步远的空中发出撞击声，但接下来就没有任何动静了，她仍然不能发现昆虫氏的任何行迹。而前军后面的颛臾氏已经跟进，招魂旗展开。而机弩射出的同时，申妃已经轻轻移动躲开，招魂风也在半空中便撞击散去。突然，申妃感到自己周身被飘过来的蛛丝线束缚，手脚已经有些不能举动，而自己一侧已经元气大动，杀气袭来。

申妃正慌乱间，玉圭从背后伸出，就在她侧面不远处"铛"的一声，杀气顿时退去，而一阵玉粉火星飞来，她感觉束缚在自己周身的蛛丝线也被扯断散去了。

她回头一看，原来是檀利到了，便随即振奋精神，穿过颛臾氏射来的数支羽箭，朝他袭来。颛臾氏急忙移来地上的土石竖起挡住，但申妃感到前面有物破草木土肥而起，随即跟随挑动剑尖，土石移来，还没竖稳就飞到空中去了。

申妃的金针没有阻挡地刺来，颛臾氏在这一瞬间无法举动，被刺穿胸膛，她正要靠近擒住，却被一阵暖风逼得后退，原来是飞廉从中军赶到了。他边飞边大叫："不用跟宗师纠缠，快去布置阵法！"

这时昆虫氏刚被檀利逼退，姬鲜便从地上草丛中现身，蓄积的春气爆发袭来，但昆虫氏周身都已经布置了蛛丝线与草木连接，冲击一接近便随疾风散在草木地上去了，地上周围，包括姬鲜藏身地方都发出低沉的爆裂声。姬鲜看不出这防御的来由，不敢恋战，便附身草木回去了。昆虫氏小心地现身，在自己周围布满蛛丝线网阵，才安心地回到地上指挥士卒。

颛臾氏这时则被飞廉救起，一阵风抛到后面，由跟随的宗师接走了。飞廉认得是申女，他从司命官那里听说过她与姜望对阵伊耆氏的战况，这时不敢怠慢，取出三支律管，分别发出凄风、滔风和间阖风。

风气刚一发出，申妃就觉得一边吹得自己发软，一边则凌厉无比，而脚下还有一股风让自己双脚不能举动。她知道若是聚起身后风气撞上去，各类风气一定会弥散开来，仍然侵袭身体，便只好聚起对流风气移到高空走了。她身后的檀利也已经感到风气属性区别，但看连申妃都不敢对敌，也跟着往高空去了。

申妃看飞廉没有来追，心中缓和，想刚才幸亏檀利挡住了昆虫氏一击，不然就要死在这里了。而这借法之术的弱点也出来了：过于贪恋斗法就会耽误了借法避开的最佳时机，且还不能对付有阴阳变化的攻击，姜望不在，真的危险啊！而她这时看到檀利上来了，便对他一笑说："刚才多谢挡住那一击了！"

檀利笑着说："夫人勇猛在前，我等不能不在一旁护卫，再说我以前也被夫人救过一次呢！"

申妃笑着点头，想自己每一战都冲锋在前，姬鲜可没有救护的意思，便亲切地对他说:"对了,刚才你怎么这么远还能知道昆虫氏的位置?"

"哦,那人就是昆虫氏吗?我能够通过玉圭粉末的飞散感觉到魂气,因此侥幸了!"

"嗯,我们先回去,再伺机偷袭吧,飞廉的阴阳变化法我一个人是没办法对敌的。"

檀利答应一声,跟着回山坡上去了。

飞廉急着要下地去指挥士卒,这时埋伏的周人已经在檀氏的指挥下击倒了一些前军士卒,无奈昆虫氏士卒队伍很长,所以损失并不大,而在后军司土官的带领下,殷人士卒已经上了山坡,从侧面包围上来了。檀氏听到侧面遭到殷人阵法攻击,急忙命令士卒对着侧面防御,同时下令让剑齿猪冲击正在布阵的中军士卒,把他们冲散。

这时飞廉在中军一路上生起几股狂风,把冲到大路上的剑齿猪推回山坡,士卒们趁机布阵。而一旦殷人布置好阵法,檀氏军便没了优势,特别是司土官麾下,其冲击凌厉堪比姬发军,檀氏军虽然得到周氏训练,但殷人有黎人铁器支持,蓄力法宝用完了还可替换,所以开头几轮攻击,檀氏军前排士卒几乎阵亡,被削断的灌木残迹上躺满了周人尸体。

檀氏焦急地看着前排士卒一排排倒下,叫喊说:"往山上退,边退边防御!"

飞廉已经闻声靠近,一阵滔风凌厉地袭来,檀氏喊叫的时候已经奔出了几十步之外,他周围的士卒都被刺伤,但他们随即朝空中刺出,无奈飞廉周身有飓风护体,无惧士卒草刺冲击,他继续追逐檀氏在草木中的动静而去。这时申妃和檀利已经下来,檀利看到自己父伯被追击,急忙大叫说:"飞廉,我来斗你!"

说着玉圭已经刺来,但不但没有伤到飞廉,反而从玉圭上传来一股尖刺般的疾风,申妃在一旁,感应并拦截疾风,在半空中嘭的一响,甩出的玉圭也断成好几截。申妃已经趁机朝飞廉所化之风袭来,还没接近就感到两股不同的风气迎面而来。但她张开披风收集飞廉疾风余波迅速移到他头上,跟疾风一样快,张起披风来压。飞廉速度虽然也快,却没想到她能瞬间提升到与自己发动的风一样迅疾,因此不防,被披风包裹起来,气血飞溅。飞廉在披风里,虽然被吸走气血，但他急急运起干冷的间阖风，披风顿时被吸走含水，变得脆硬。紧接着，他发一束疾风冲破披风便逃。

檀利看到飞廉败退，随即赶上，抛出捕兽笼来吸取他的魂魄，却被飞廉身后一张巨幕扬起，发出光芒罩住捕兽笼，瞬间被割的粉碎。原来是司土官听到撞击声，持教象赶到了。檀利看笼子被巨幕包裹割碎了，不敢再上前，急忙伏在草木里藏身。申妃看檀利躲了，自己无法对付两人，也藏起来了。

飞廉看他们都躲了，便转身而回，与司土官一起在半空中监视宗师动静。这时，周人士卒边防御边退，已经损失大半。檀氏虽然被申妃檀利救了，却只伏在草丛里不敢动，飞廉他们不能发现。但随着殷人进逼上山，檀氏看马上就要推进到自己藏身处，心内焦虑。他看剩下来的士卒都还在边走边退，想退却这么慢，落在后面的士卒肯定都逃不了，便冒险大喊："后军听令，往山上逃散！"

他边喊边让一头田猪前蹿，自己则匍匐在灌木中不动，飞廉的化风急追田猪，但他越过檀氏藏身草丛时感觉到了身下有元气，便急忙停下。檀氏也察觉飞廉的化风停下了，知道自己暴露，急忙附身草木疾行。半空中飞廉识别草丛中的借风，这才肯定藏身者，大叫："檀氏不要走！"

他发出的滔风瞬间追上檀氏，尖刺把他双腿刺穿，檀利这时已经冒出，发动草木把飞廉和司土官扯住，但司土官教象一扫，光芒过处，草木断开伏地，檀利被压迫力推出十几步之外。光芒过申妃处，则随即飞刺射偏热气消散。她射出三支金针，两支被司土官以金壶罩住，收了去，一支击中在他们脚下草木，顿时带动草鞭抽在他们腿上，气血一时滞涩。但飞廉不顾气血被扰乱，化灌木风逼近仍然在草木中移动的檀氏，间阖风发动，风过处草木都僵直倒下，也不再有动静了。

檀利这时急着奔向他父伯的所在，但被飞廉以滔风尖刺刺穿盾牌，幸亏他一边急奔一边在发动草魂气，因此能够及时散去滔风凌厉的伤魂。虽然魂伤被止住，但浑身都被划伤，他不顾受伤刺出玉圭，但仍如之前一样，玉圭上的粉末被疾风刮散，他本身也几乎被冻僵。姬鲜从茅草中出来，拉住他便走。飞廉在后，发动两阵疾风来吹，全部打在姬鲜背上，他只觉半边软化，半边如刀割，但由于有聚魂，仍然能够忍住，飞奔去了。飞廉看袭击无效，惊异不已。而司土官这边，申妃看檀利被救走，转头飞身藏在草木中疾行逃走，司土官随即追上，金壶罩住，但喷出的激流不但没能阻止她，反而嘭的一下被冲开，被她借力加速走草丛去了。司土官看了，惊叹地收起法宝，指挥士卒去了。

飞廉捡起草丛中的檀氏，身体从里到外都僵硬，已经断了气，便收在葫芦里回去了。周人前军已经基本上阵亡，中军虽然仍在抵抗，却已经不能支撑，后军则听从檀氏命令往山上四散逃走了。

这时夜幕已经降临，而髳城过来的妲己与司命官等人已经在山下与昆虫氏的队伍会合，司命官听说正在追击周人残兵，便急忙让昆虫氏叫司土官他们下山防卫，因为髳城紧随过来的追兵也快到了。昆虫氏看到司命官带着众多战车，又听说周人大军在紧追，怕自己的族人抵挡不住。而族属是步兵，又不好撤退，便想要夺走战马，他说："既如此，你们押送财货先走，把战马留下给我族，好跟周人对阵！"

司命官听了大怒说："财货百工大户都在战车上，靠戎马飞奔躲避周人追击，你拿了去，如何能逃得过周人？"

妲己也说："昆虫氏，你步兵在此正好迎战周人，要战马何用，方便逃跑吗？"

昆虫氏也发怒说："我士卒在此抵挡檀氏军已久，疲惫不堪，万一不能战胜周人，正好骑马退避回洛地，保存实力，怎么能说是逃跑呢！"

妲己呵斥说："你本从王命在此阻击，自然要战至一兵一卒，怎能去保存实力？你若不听，我就以违抗王命对你用刑！"说着，泰逢、少宗祝等人都围了上来，他们都是知道妲己说用刑就是要以神力降服，因此都上来准备助战。昆虫氏看他们要以人多欺压自己，顿时愈加愤怒，他并不知道妲己神力，还当她是那时黎人为了劝自己出兵的一个美人而已，这使他依旧轻视妲己，心下奋起，陡然藏身荧光往自己士卒中而去，一边大喊："勇士们，挡住这些人！"

他麾下千夫长随即命令士卒举戈布阵，妲己这时虽然已经追了过去，挥鞭搅动冷风，要罩住荧光，但风一过士卒头顶就被士卒阵法散了去。

司命官急忙上前劝妲己说："等一下！"他在半空中拦住妲己，"周人追击就要到了，这时不能起冲突的！"

"我先去对他用刑，很快的，你让开！"

"你若对他用刑，他残废了怎么去抵挡周人？若不残废，你的神力能降得住他吗？"

妲己稍微犹豫，只好说："那我们一起去擒住他！"

司命官摇摇头说："即使擒住他也不能够使他顺服，结果还是少了一位能作战的宗师，让我来说吧！"他转而对昆虫氏大喝："昆虫氏，周人就要赶到，而我们的战马不能给你的，你再这样跟我们耗下去，不但不能保护财货立功，也逃不了周人追击！"

昆虫氏躲在士卒中大喊："没有战马，我们肯定逃不过周人追击，在这里的士卒都回不了洛地了，既然知道会如此，我不如趁现在先撤离一部分士卒！——勇士们，你们说是不是！"

士卒们都齐声大吼。妲己便要攻击昆虫氏，司命官拦住她说："算了，给他们战马吧！如果他们不抵抗周人，我们有戎马也会被追上的！"

宓妃便说："那让大户百工都推着战车藏到山后面去吧。"

泰逢说："是这样了，反正如果昆虫氏他们战败，我们没有了戎马，再逃跑都会被追上。"

昆虫氏得了战马，便如约在路旁布阵，而司土官士卒则在他们阵前的山坡上埋伏。司命官、妲己等宗师则在司土官军对面山坡埋伏，他们要等周人追兵应付司土官军的阵法冲击时，趁机从后面攻击宗师。

他们刚布置好阵法藏好，就听到一片马蹄声，周人到了，但却不见他们进入埋伏。这时，他们听到姬发借风传音叫道："我是西伯世子姬发，前面火光处可是昆虫氏之师？若是，可否容我们一谈？"

昆虫氏便回复了，姬发又说："我们这次只追回崇侯和猫虎氏财货人口，不会入侵洛地，你们可撤军让路！"

昆虫氏便说："我奉大王命令，在此阻止你们周人东进，不可再与我多说！"

接下来姬发便让崇侯出阵，在阵前言说周人要还回他财货，因此需要追回车队，若昆虫氏答应，可以分他部分财货和人口，如此说了良久。司命官伏在路旁，感觉崇侯说的太多，不是周人作风，便冒险以风送一根叉字形枝条过去，示意昆虫氏不要再与崇侯和谈了。昆虫氏会意，便不再答话。

但姬发看昆虫氏不愿多说，又与周氏押着崇侯到阵前，一起劝昆虫氏出来，商议一同占领挈地的条件，崇侯被两人押着，怕他们随时会抛下自己，一边说一边暗自心惊胆战。

又约莫过了一顿饭工夫，司土官在山坡上大叫："这边有突袭，快攻击！"他话音刚落，一股强劲的冲击便在两百步之外朝司土官军埋伏扫了过去，所过之处，草木纷飞，司土官军没有接到防御命令，侧翼顿时倒下一大片，伤亡一直随冲击延伸到阵法中间。这一击虽然由于夜间士卒元气耗散，不算姬发军最强攻击，但也有穿破城门之力，如果不是相隔较远，殷人很有可能全军覆没。剩下的殷人士卒急忙在司土官与飞廉的指挥下调转长戈朝向侧面防御，而周人则在姜望带领下开始迈步接近。

就在司土官叫出声来的时候，司命官已经飞身而出，妲己则从地上匍匐蛇行，朝接近昆虫氏阵前的姬发等三人刺来，周氏抛起崇侯往妲己扔了过去，身上突然发出一道光束，与自己阵前一处的光束连接，他便顺着这道光束带着姬发倏地一下移动到自己阵中去了。妲己贴地洒出去的肥遗兽油脂刚刚受激发热缠住他们的双腿，就被他们摆脱走了，而崇侯这时却像一发炮弹似的朝地上伏行的她袭来，逼得她只好发出光晕要滑开他。没想到崇侯并没有被光晕射偏，反而被吸附过来直接撞在妲己身上。她奋起借草木蛇行滑过，才没有受伤。

崇侯摔在地上，因及时借力草木减缓冲击，而没有摔伤，但他肩上被周氏事先插了一把杀矢，正是靠它来抵消妲己的玉串光晕防御的，这时使他剧痛不已。他拔掉杀矢，正要附在草木上逃跑，却被草丛里的髻女搅乱草木之气，立即使草木摇曳混乱，磕碰使他倒撞在草木上。他又要爬起来就步行而走，泰逢已经赶上，运动水雾射出，渗透身体使他瘫软，他急忙说："泰逢，我是你旧主，我们之前一起称霸渭水，放我回去罢！"

泰逢说："你狡诈多变，只会趁乱谋利，而现在商周对峙格局已经显现，不能让你再挑起诸国争端了！"说着聚起水汽裹住他，不一会就被闷死。

妲己立威上篇

这时，姬发已经命令周人推进，与昆虫氏展开阵法对决，妲己虽然有光晕护身，毕竟挡不住士卒阵中几十块定阵玉璧的草刺冲击，只得退走。而昆虫氏军战力本就不及周氏军，在夜晚重新蓄气又被剧烈削减，才对阵一顿饭功夫，前排士卒就阵亡甚多，他虽然以蛛丝线铺在周人阵前，连接了山坡草木，把一部分冲击转移到山坡上去了，却由于布置匆忙，大部分冲击还是不能散去。

司命官、妲己等人只好绕去周人阵后袭击，但周人士卒训练有素，只凭百夫长指挥，就能分小股对逼近的各个宗师刺出草刺，泰逢、宓妃布置的云雾也被散去。妲己则趁士卒朝半空阻击宗师放出蛇行热浪从草木中偷袭士卒，大部分士卒只顾对付空中云雾和宗师，没有注意地面，只突然感到双腿灼热，都跳了起来，结果越挣扎热浪蔓延更快，下体都被灼伤。

士卒们疼痛难忍，阵法顿时混乱，甫氏兄妹在中军，看外侧士卒哀嚎不断，瘫倒者甚众，只好大声命令后面的士卒不顾前面的伤兵，直接在地下借力土石散热，结果外侧伤兵都被自己后面士卒挥出的土石打伤。妲己一边挥剑散去士卒草刺，一边后退，少宗祝则以彩玉挥舞，挡住士卒攻击，周人士卒则边刺出草刺边往前追上。这时，风师跑来报告说昆虫氏人马都撤走了。在空中吸引士卒冲击的司命官这时下来对妲己说："昆虫氏开始退了，现在可以擒住他逼他就范了！"

妲己怒声说："现在他都要跑了，怎么还能逼他迎战！"

司命官下来贴近她，拉起向前飞奔，一边说："他既然已经怕死惶恐，又不顾殿后士卒，自然就好用严刑峻法逼他了！"

妲己听了稍微缓和，宓妃、泰逢他们也跟着后面，从山坡上朝昆虫氏军飞身而去，只留下髻女和少宗祝继续骚扰周人后军。这时，昆虫氏正在自己前军布置殿后的士卒，而千夫长很不情愿，他便大声训斥，企图直接指挥士卒们坚守，看到司命官等人空中袭来，他藏在荧光里往自己后军退走了。

司命官看到荧光闪烁，知道昆虫氏已经跑了，焦急万分，附在玉尺上借离娄星次之力极速西去。但这时的风气在西偏北的离娄方向，因此，他虽然借这阵气流赶上昆虫氏闪烁的荧光，却偏在了远离他的北侧。他又凭辰气借离娄风对准昆虫氏射出玉尺，要附在上面去追，但才接近就因风力不继缓了下来，只看到荧光闪烁几下，昆虫氏又朝前去了。这时，他已经追上了昆虫氏撤离的人马了，却只能望着荧光远去，他急忙对正在撤离的士卒大喊："你们的首领逃走，现在由我来指挥！"

但这些族人只听昆虫氏命令，只顾往前飞奔，司命官一剑将一个奔逃的士卒连人带马劈翻在地，大喊："停下！"

但族人都各自绕开他，四散逃走。司命官这才意识到昆虫氏的内气外放在自己之上，可以随时逃离，而之前若是按照妲己的意思擒他，即使被他逃了，他麾下士卒没有戎马，还能逼他们抵挡周人一阵子，而这时则完全不能了。妲己与宓妃等人追来，问："没能追上吗？"

司命官说："我们去阵前吧，至少还可以挡住一阵！"

妲己看着底下逃散的士卒，心中焦急，大喊说："我是王妃，都给我转头去阵前！"说着一剑在路上划出一道沟壑，热流从中升起，后面的戎马一跃过沟壑就马嘶人翻，倒在地上，士卒们爬起来一看，马腿都被烧焦，只在地上翻滚嘶喊，都吓得往路旁山上逃去。妲己尖叫说："再敢逃跑者跟戎马一样的下场！"说着一剑扫过山上草木，燃起大火，照着朝山上奔跑的士卒们惊恐的脸。

随着后面的士卒纷纷在沟壑翻倒在地，都被妲己驱赶着往阵前而去，宓妃、司命官等人也帮着喝令士卒。但此时前军千夫长看昆虫氏跑了，已经投降周人，正领着周人追了过来。

宓妃看到前面火光渐浓，对众人说："还是撤了吧，这些人无心恋战，怕是挡不住周人的，不过是送死而已。"

妲己看了看山上被逼得四散而逃的司土官军，也只好放弃驱赶。

山坡上的司土官军之前已经因姜望军进逼而伤亡颇大，后来申妃、姬鲜等人听到喊杀声，知道是援军到了，便下山从一侧袭击已经疲惫不堪的殷人。司土官察觉宗师下来袭击了，只好命令士卒撤退，并在阵前树木中暗暗埋伏一些金铜田表，使姜望军越过沟壑时被弹出的树枝打伤，只能缓慢出树林。

姜望看士卒行动缓慢，猜想应该是司土官独有的田表阵法，但此时夜黑，他估计只能找到些纠缠树枝的绳索，找不到定阵的田表，只好只身来袭击宗师，正好碰上申妃等人与司土官的教象对峙。姜望趁他们对峙，从空中以天气下压，并把舒展的皮质教象一刀划破，但飞廉的滔风也朝他刺来。申妃认得头上人影，便要威吓飞廉等人，大喊："夫君，我们避开攻击一起擒住飞廉！"说着越过张开的、却因被划开口子而压制力削弱的教象，从空中袭来。

只好只身来袭击宗师，正好碰上申妃等人与司土官的教象对峙。姜望趁他们对峙，从空中以天气下压，并把舒展的教象一刀划破，但飞廉的滔风也朝他刺来。申妃认得头上人影，便要威吓飞廉等人，大喊："夫君，我们避开攻击一起擒住飞廉！"说着越过张开的、却因被划开一道口子而不再发光的教象，从空中袭来。

飞廉听到，知道若两人一起袭击，自己真有可能被擒住，便同时发出巨风、凄风和滔风、间阖风，分别朝头上两人袭去。申妃才感到巨风热气，就借其对水汽的冲散之势移到了其侧面，借风一边追在飞廉身后，一边收集他身后的散风。但这时飞廉已经化林间风逃了，姜望听到妻子叫唤，感到了凌厉和闭塞之风气，才明白其意，便不拦截，而感应流动并滑开两股风气，急追飞廉。

申妃赶在前面，积聚飞廉化风疾走的散风甩出飞针。飞针有飞廉本身化风之力和申妃蓄气的推动，得以迅速赶上飞廉化风把他射穿，气血顿时被飞针吸走。他又惊又怒，没想到他们借法之术打出的尖刃能赶上自己飓风般的速度，只得压制被吸走的气血，总算维持元气，往茂密的树冠里走了。申妃本身则赶不上飞廉的风速，只得退回对付司土官。

司土官教象被姜望划破，拿出金壶罩住姬鲜和檀利，反身便走，两人刚以甲胄上的交龙突破金壶的水汽迷魂出来，就看到一只巨大的金铎连续响动，交龙随即震得抖动无力，檀利立即瘫软掉下地去。姬鲜虽然有聚魂之身，也只能勉强射出杀矢，把金铎击穿。司土官则趁机下地附身走了。

这时，地上殷人无人指挥，已经逃散，姜望等人便分头去逼降士卒，不过在黑夜灌木丛中，能搜集到的士卒不多。申妃对姜望抱怨说："你怎么不让姬发多给你些护卫宗师，这就你一人率军对付司土官军，还要与飞廉对阵，这下连能搜罗士卒的宗师都没有！"

姜望说："还不是因为你逼走了桃氏，现在甫氏兄妹都被周氏拉走了，不愿意跟随我军护卫。"

申妃看他提起往事，便不再敢说什么，只好岔开话题说："我觉得我还是得留在你军中为你护卫，你看刚才如果能两人一前一后追击拦截飞廉，飞针一定能令他气血衰竭。"

姜望点头说："嗯，不过飞廉居然也学会了用伊耆氏的方法来对付我们，这我是真的没想到的。"

姬发军这时不等与姜望军会合，直接就去追赶昆虫氏军去了，但他们只追到妲己设置的沟壑那里，便停止了。姬发看着沟壑的余热，问擒住的昆虫氏士卒说："你们王妃在此逼你们干什么？"

"因为昆虫伯逃走了，王妃让我们回去列阵。"

周氏这时便说："二哥，别追了，他们自己现在起了内讧，我们不该逼得太紧了。"

姬发又问："你们王妃他们最后有没有提起押运的财货送去哪里了，还会送去洛地吗？"

士卒说："没有提起，但他们在战前就把戎马让给我们了，却不知道往哪里去了。"

姬发与周氏相视而笑，他们便吩咐甫氏兄妹开始在前面山中搜索，并借风传音让姜望他们帮助寻找。桃氏因为积极，去的最远，她在一处山谷听到树下的人声，果然从树冠后面隐约看到了拉着财货的战车，但她刚冲入树冠，就被卡在了茂密的枝叶中浑身无力，只觉身后火热，而身前阴湿阵阵。

这时，守在战车财货旁边的大户百工已经惊慌骚动，惊动耕父飞身凭蓄积春气的宝玉袭来。桃氏这时正在以竹筒强行震动，她周围的树枝震动连成了一片，被拉扯的朝她弯曲，终于松开了绑缚。

耕父随后金刺一击，顿时击穿她留在树梢上的定阵竹筒，竹筒粉碎，以春气绞结的树冠则被冲开一个大口子，树枝飞扬。桃氏看对方熟稔林木阵法，便不再回去，而是一边飞一边大喊："财货在此，快来围攻宗师！"

耕父惊恐不已，他想若周人宗师就在附近，财货肯定保不住了，想若是自己现在就逃，必然会被妲己责罚，不如擒住这个宗师，即使丢了财货人口，也可立功。于是他招来化蛇在后急追。虽然他和桃氏都不会内气外放，但他借风远比桃氏快，不到一里路就追上了，他擎着彩玉柄剑挥出玉粉迷魂，并抛出猎钩要把她扯了过来。桃氏一感到后面疾风来袭，就紧握周氏的玉璧在手，顿觉身后疾风松动，转身便散开玉粉走了。

但就在这时，她突然看到前面一袭白衣在树梢闪现，顿时心中大骇，急忙大叫着救命，转向飞逃。妲己哪里能放过这个机会，她留髻女在身边，再吩咐少宗祝等人去押运财货，然后紧追，而短剑刺出的一道热流已经追上了桃氏，顿时使她双脚融化，血淋淋地随着热流的四溢在空中飞溅。

桃氏痛得咬紧牙关，拼命举着玉璧拔出双脚，吸附于天气上升而去。妲己正要急追上去，突然一对日月双璧呼啸赶来，朝她压下，逼得她短剑挥动，两道金粉分别射出，撞上双璧，其后顿时留下一连串的火花炸裂，但双璧缓慢旋转，之间光束相连，后面的炸裂还没延伸到桃氏便消失了。

妲己知道是周氏到了，她立即念动咒语，激起短剑点亮，发动了自己的最强刑罚。短剑嗖的一声朝桃氏飞出，接着砰砰两声巨响，周氏日月双璧还没来得及旋转调和冲击力，就在四射的杀气中应声粉碎。在妲己的大喝下，她身后的髻女和耕父也一起朝周氏袭击而来。

双璧一击粉碎，赶上来的周氏只好再擎出一对日月双璧，一边让桃氏先走，一边挡住了侧面耕父的草刺。周氏急退百步，操控双璧急速撤退。妲己正要不断激起身上宝玉，御使短剑追击，却看到申妃大叫呼啸而至。

妲己知道这申妃与姜望神力接近，有她在可能反而要被周氏所擒，就急忙大叫让耕父和髻女两人撤退，并借风传音告知周人宗师就在附近的消息。申妃追上，却被妲己铺下一道热流袭来，她立即感应热风，反冲寒气早已聚积。即便如此，她仍然感觉脚下剧痛，便停止了追击，她之前得到了姜望叮嘱，不敢接近妲己死战，便随周氏退走，继续去找财货了。路上，她对周氏说："妲己用的是什么神力，你没有受伤吗？"

"应该是刑罚之术，此战之前苏子在虞国的风师向我提到过，我的阴阳之术都没法完全化解，双璧居然一碰即碎！"

司命官和泰逢等人听到妲己大叫说周人宗师到了，便不敢多留，葫芦装不走财货，便只装走了一些未炼制好的玉器法宝，飞走了。

姬发随后赶到，接收了剩余的人口和财货，便不再向洛地推进，率军回辇地了，而此时天已经开始发亮。路上，桃氏坐在战车里由周氏护送，她忍着痛，怜惜地看着自己以白药止血的双脚说："此仇一定要报！"

她这时便紧抓着周氏腰间摇动说："这次你既然得到战俘，等我伤好了之后，便由我来率领一师，好不好？"

"可以，不过要由我来训练好，再交给你，还有，你出兵要经过我允许，可不能随便答应去相助你哥，或者帮助姜望去了。"

桃氏把头埋入他怀中说："我是你夫人，当然以你为重嘛，不如你教我发动日月双璧之法吧，我带兵助你时也好为你护卫。"

"不用，你学这么多神术干嘛？等我教你训练士卒之后，你帮我指挥士卒就好了。"

桃氏心下暗淡，想果然没法劝他教给自己神术，西伯一家从未有过会神术的夫人，周氏娶自己怕是也是为了拉拢甫氏国，得个训练士卒的助力，她只好说："那你给我日月双璧防身吧，不然再被妲己那个贱人袭击可怎么好？"

周氏犹豫地说："有月璧防身足矣，妲己若真祭出了她的短剑，日月璧在身上的话，也难免要使自身连带受伤。"

桃氏听到周氏言语里有敬佩妲己之意，便垂泪说："妲己之所以没有对我发动短剑，就是为了废我双腿折磨我，她内心本就阴暗狠毒，下次看到我一定也会再用刑罚之术折磨我，到时候我可怎么办才好呢……"

周氏看她哭泣，只好答应。

周师在路上，姜望夫妇这边，正坐在战车里，在高兴的谈起这次的战利品，突然看到四个宗师从天而降，原来是任伯夫妇，还有网诲氏和兹氏。姜望看到故人，大感惊喜，便邀请他们坐上战车同行，对网诲氏说："我听西伯世子说任伯来了，但没想到你们俩也到了！"

网诲氏也很高兴说："我们在辇城城墙上看到你对阵大商的司命官，便在你走后出手袭击他了，只可惜仍然惜败，没来得及跟你会面。"

任伯便对姜望说："姜望老弟，东夷之战一别，就这几年你已经是一方侯伯了，真是可喜可贺啊！"

"任伯，你这些年在东夷崛起，神术也应该大进了吧？"

"不曾不曾，我在东夷这些年，都传言姜望老弟与西伯世子布阵，有一击击溃全部敌军的威力，这次亲眼看到，果然如此，"他又叹息说："唉，可怜我们在东夷，屡屡遭到司工官和亚丑伯的欺压，却没有高强神术能与之抗衡，与老弟相比，确实是相形衰败啊！"

姜望这时已经不愿意多管东夷之事，便说："其实我可以去一趟东夷，暗中相助任兄的，但是今年我们要准备攻伐犬戎，所以暂时是不能够了。"

羲和氏这时早已经忍耐不住了，说："夫君，我们别央求人家了，神术这种事还是求助于自己所专擅的才好！"

气氛一时尴尬，网海氏急忙圆场说："其实我们共同的敌人是大商，这一点是肯定没错的，对吗，而至于神术相助嘛，也不必着急，姜望，以后若是我们陷于危难，你应该不会不来营救吧？"

姜望肯定地说："这个当然，你们是我老朋友了，若是大商真的大举进攻，我怎么能坐视不理？"

兹氏便说："好，有姜望兄这句话我就放心了，我们这次来虽然不听你们调遣，其实也是暗中相助袭击宗师。"他又转向任伯说："不管怎么样，有大商这个共同敌人在，我们总要联手的嘛，对吧，任伯？"

任伯点头说："确实如此，还望姜望老弟到时候能够带领同仇的宗师前来相助！"他然后对羲和氏说："我们这就回去吧！"羲和氏脸色稍缓，两人告辞，飞身从空中走了。

网海氏这时便说："姜望，你们也别见怪，任伯以及我们这些年在东夷确实很艰难，急需宗师的相助。"

"你们俩现在还在姑幕吗？"

网海氏叹道："唉，已经困守小岛了，姑幕现在被奄国所占，而我夷方旧土仍然被昆吾氏占据，他与飞廉、司工官等人都是神术高强之辈，我们现在只能凭借海中的风浪之气阻挡他们的船只靠近。"

姜望点头，申妃便问："在东夷之战时听说你弃了奢比尸氏，现在有与谁婚了吗？"

网海氏笑着说："当然啦，就是我麾下的一个夷方宗师。"

姜望又问："那奢比尸和雨师妾还在莱地抵御大商吗？"

"奢比尸前几年就被偷袭死了，雨师妾仍在自己的族地带兵。"

姜望与申妃都吃惊说："怎么死的？"

"被司工官偷袭死的，当时昆吾氏、亚丑伯与他联手偷袭，任伯夫妇也是因为那时一战之后就再次衰落了，而当时大商苏妃也在，雨师妾说就是她破了她的云阵，使她重伤。"

申妃对姜望说："怪不得那时司工官会从东夷过来杀伊耆氏，大概是为了救妲己了，这个妲己现在能有如此高强的神术，看来司工官也是与她有情，教了她神术的。"

姜望点头说："司命官也与她相好过，现在又为王妃，带兵打仗，看来以后大商神术最强的就是她了，而她既然还与司工官也相好，你们在东夷可要注意她了。"

兹氏便问："我们到这里，听说这个妲己神术又高强又残忍，到底是什么来路？"

申妃便说："我听说是刑罚之术，其阵法之气可以随意追袭、侵犯对手阵法，确实厉害。"

网海氏便说："现在东夷全靠任伯夫妇和雨师妾守住边境，若是他们被攻破，东夷人口可就都要被掠夺去大邑商服役了。"

姜望与申妃对望，心中都各自一震，都在想这样一来，大商的兵力可就要大大增加了。姜望便说："放心，若是大商大举进攻，我会劝说周人去暗中相助的，周世子的神力能够克制妲己的神术的。"

网海氏又跟姜望夫妇叙了一下旧，就跟兹氏起身告辞走了。

妲己、司命官等人没有回洛地，而是直接往大邑商而去，这次大商出兵五千，既全军覆没，又没能保住财货，还跟昆虫氏交恶，都丧气不已。一路上，妲己都在呵斥司命官，说如果听从自己的话，逼昆虫氏就范，也就没有昆虫氏军溃逃之事，说不定还能挡住周人，至少不会让财货被周人劫走。司命官丧气的默然不语，只是藏在心里暗暗隐忍。妲己则一直训斥，这时连宓妃都看不下去了，插嘴说："其也没想到会这样，而且昆虫氏逃跑如此之快，这还真不一定能降服他！"

妲己立即丹凤眼吊起说："昆虫氏敢走吗？他走了还怎么威服族人？我的刑罚利用的就是他的一些软肋，一是他在族人中的威信，二是他对大商的屈服，三是他对自己现在爵位的留恋。他逃过我的追击很容易，但若是我刑罚确立了威信，他还敢丢弃他的爵位，逃到山野鄙远去吗？"

宓妃一时也不好说，只得支支吾吾说："只要逃到鄙远，就不会参与周人争斗，在那里获得一个采邑，自然也可富足。"

"那是庸人的做法！当然若是逃到东夷这些地方去，做个庸人，庸庸碌碌一辈子，也是一种活法。"

宓妃知道妲己在暗指她多年前离开大邑商，又要劝司命官到东夷避难之事，张嘴欲反驳，但又想她说这话已经没有什么妒意了，由此就闭口不谈。

帝辛在大邑商，已经收到战报，又听说西伯宣布册封姬鲜为河右使，驻军髳地，监视髳人，而周氏则驻军虞国，邶伯驻军汭水，心中大怒，对王后说："西伯经过此战，居然明目张胆的学我大商做法，设置使者驻军监视诸侯了，真是大胆至极！"

"唉，既然司土官军这次败于西伯姜望军，河内各个侯伯自然就有了判断，现在我们要做的只能是尽力去拉拢坊氏、昆虫氏他们，防止他们也投靠周人了。"

帝辛叹息说："悔不该当初纠结于黎人威胁，一时心软便撤去了渭水驻军，才有今日之祸。"

"大王也不要自责，谁都没想到西伯军居然能够这么轻易地打败黎人。"

"听风师说这次苏妃收了耕父，还杀死一名肉体不能伤的宗师，她之前提出的赏罚刑制应该可以考虑吧？"

"万万不可，现在我大商新败，在侯伯间的威信大大削减，而周人又在河洛之地与我们对峙，这正是拉拢诸侯伯的时候，怎么能反而动用严刑峻法威吓他们呢？"

"可苏妃既然收了耕父，这怎么好不遵守之前的约定呢？"

"之前只说可在族人中施行，而没说在百官和诸侯之间施行，众卿对此都是反对的。"

帝辛只好说："那按军功给苏妃扩军，应该没人反对吧？"

妲己等人回到大邑商，便去朝拜帝辛，商议对策。帝辛先问司土官："这次你所率领的两个师竟然没人能够逃回，这是怎么一回事？"

司土官惶恐说："下臣没能预料到姜望军居然趁昆虫氏阵前和谈，从山上突袭我军侧翼，没来得及以阵法防御，因此不敌，如若平地对阵，我军不一定会输。"

妲己出列说："司土官军即使与周人正面对抗，也不能战胜，因为周人有一击击穿城墙之力，不如将司土官麾下万人交给我，以盟誓严令军纪，坚定族人作战意志，必然可有与周人对阵的实力。"

帝辛高兴地正要答应，司土官急忙说："不可，我所训练的族人是以士卒自身福禄来激发斗志的，若是再强加与刑罚，士卒必然丧失之前所训练出来的战力，前功尽弃了！"

帝辛不懂神术诀窍，转向王后以目光询问，看她点头，便问妲己说："爱妃，司土官训练士卒五年之久，不能尽弃，不如先交给你田畯官麾下五千，合兵一万让你率领，如何？"

妲己说："我至少需要增加一万士卒，现在周人占据河洛之地，时不我待，训练两年之后，可能就要开赴鄪地与周人决战了，大王要相信我！"

帝辛犹豫说："这……少宗祝和郁垒，你们俩不如交出兵权，给苏妃麾下吧！"

郁垒急忙出列说："不可，我与少宗祝负责训练的五千人现在已经都能听我号令移魂，而他们都忠于我主持的招魂祭典，如果再施加严刑，必然导致军心动乱。"

少宗祝则出列说："这可不一定，招魂仪式要求士卒敬畏鬼神，而王妃的赏罚只是防止他们懈怠，并不会损害鬼神在士卒心中的威望。"

郁垒又反对说："我所训练的士卒不可对其施加刑罚，若是换了指挥官对他们不加体恤，必然有损军心。"

帝辛不耐烦地说："郁垒，你本与少宗祝共将二师，你们俩商议看怎么把士卒交给苏妃带领吧，还有，寝正官你们所带人马中也派出些士卒分给苏妃，总之要直到满足苏妃要求为止。"他又对司命官说："听说因为你的失误，不但导致丧失了财货，还与昆虫氏交恶，你有何话说？"

司命官说："确实是我疏忽导致财货丧失，不过我并未与昆虫氏交恶，是当时他的麾下实在不能抵挡住周人攻势，只得溃退，我未能阻止士卒逃散而已，现在下臣愿意出使洛地，劝服昆虫氏继续对抗周人在髳地的驻军。"

妲己立即出列说："大王！昆虫氏为人平庸自守，才至于溃退，而司命官当时决策错误，把戎马让给昆虫氏，以至于财货人口不能逃走，此罪司命官不得不承担，我想不如把司命官麾下五千交给我就好，少宗祝那边则仍由他带领。"

帝辛犹豫了一下，他不想司命官与妲己再牵扯联系，司命官已经说："大王，我所犯的是丢失财货之错，不应该调离我麾下士卒来抵罪，况且他们是后军护卫，并不善于前军冲刺，可让苏妃另外调拨人马！"

帝辛便说："司命官说的对，爱妃还是让少宗祝、寝正官麾下调拨人马吧。"

妲己坚持说："后军护卫更要接受严格的军纪训练，以免在出征时惯于跟在后面，疏懒不能作战。这一点王后也是后军护卫官，也应该很清楚。"

帝辛便望向王后，殷切的希望她拒绝妲己，但王后铁青着脸，很不情愿去介入妲己、帝辛与司命官之间的纠缠，尤其是帝辛因惧怕妲己跟司命官走得太近来哀求她的眼神，令她很不舒服。但她沉默了一会，还是说："司命官说得对，后军士卒不便调拨。"

帝辛松了一口气，便对司命官说："好啦，司命官，你去劝服昆虫氏，要保证劝他与周人为敌，可不能如前次让你去劝姜望，反倒使他一个月内就投降了周人。再这样的话，与丢失财货之罪并罚！"

司命官唯唯诺诺答应，妲己这时又出列说："司命官之前就劝说昆虫氏失败，不应该再用他了，而依臣女看，昆虫氏是个反复无常的小人，之前就投靠黎人，这次即使拉拢，也难免不会投靠周人，只有用臣女所制定的刑罚才能降服。"

帝辛想这倒是不会使他们亲近，便说："好！我也正有推行爱妃之策的打算，这次就派爱妃前去与昆虫氏问罪，若是这几年昆虫氏能随我出征，便在大商百官及内服推行此策！"

箕侯急忙出列说："大王要慎重，现在正是周人与我大商对峙的关键时刻，严刑峻法只能逼迫诸侯伯向周人靠拢啊！"

帝辛说："不要再说了，若是爱妃之策对昆虫氏有效，寡人还有什么可担忧的？"

群臣便都默不作声了，姐己又说："既然我奉命去与昆虫氏问罪，那么司命官就需要受罚，按照大商刑律，应该受鞭笞三百，不然就要拿其封地全部田产人口充公。"

帝辛想：这是大商刑律规定，又是你所爱之人提出的，你应该不会有怨言吧，便随即允准了，司命官也只好拜谢。

朝拜之后，姐己宽慰地看了一眼司命官，并稍微扬手示意，意思是她可以帮忙免于受罚，但只见他装作不见，回避之后，便由侍卫跟着，和宓妃一起出去了。

寝正官主持对司命官的鞭笞之刑，但就在这时，姐己来了，姐己轻轻笑着"我们大家都是宗师，对于宗师以神术逃避惩罚之事，谁都知道这已经是约定之俗，而现在大王既然要我来革除旧刑律，自然要在此监督，以破除此私情请托之弊！"

司命则笑着对姐己说："王妃既然疑虑，何不亲自动刑？"

姐己只觉得他笑里面有嘲讽之意，心中怒起，便要亲自动手，宓妃这时着急了，三百鞭刑虽不至于残废，却会留下疤痕，而姐己的鞭墨之刑更可能留下去不掉的印记。她急忙低声劝姐己说："其与你一样，是个心硬之人，不要跟他斗气。"

没想到这话反倒激起了姐己因为司命执念放弃自己的旧恨，她推开宓妃喝道："让开！"说着便扬起皮鞭一抽，顿时有丝丝疾风利刃般袭来，抽在司命身上，但由于他纹丝不动，因此在鞭痕中没能留下墨迹，但他这时深情地看着姐己。姐己不理会他的眼神，认为这是他在借旧情向自己求饶，奋起重重地又是几鞭。司命虽然仍然不动，但已经脸上变色，沉声叫道："慢来，我有话说！"

姐己便停下鞭笞，司命说："我愿意捐出所有田产充公，来免于刑罚！"姐己一脸鄙夷地看着他，对寝正官点了点头，寝正官便让虎贲释放司命官，宓妃连忙扶着他，看着他胸腹上血肉模糊的沟壑，心疼地说："你怎么不早点说，现在免罚有什么用！"

司命笑着说："这点小伤不算什么，重要的是看清一个人的底线！"

宓妃抬头盯着他的笑容，若有所思。妲己在一旁，也听到了这句话，她恼怒地想：是你自己不能忍受痛苦，还想反而怪我不给你留情面吗！

司命官回到家里，宓妃问他："你刚才临走的时候说的话什么意思，是在试探妲己是否仍然对你有情吗？"

"也不尽然，只是看她愿不愿意法外容情而已，可惜她仍然拘泥于自己的理念，不愿留手。"

宓妃叹道："唉，你早就应该知道她是个心硬之人，又年轻气盛，哪里会懂得你的意思呢，她怕是连现在都在蔑视你，认为你不能忍受刑罚呢！"

"没关系的，在她小时候，我也害她受刑，这次就算还她的罢！"

妲己率领她麾下的五千人马，带着少宗祝、髻女和泰逢，前去洛地找昆虫氏问罪。妲己在阵前先宣布了她制定的六种刑罚，然后宣布昆虫氏弃自己士卒逃走，不能体恤部下，按理应受烤墨之刑。昆虫氏当即拒绝，还鼓噪士卒不要听信妲己的挑拨，于是两军对阵。

妲己让骑兵持戈分成十几队，列成排冲击昆虫氏阵法。昆虫氏军看到骑兵小队冲了过来，急忙发动冲击，但飞砂碰到骑兵盾牌就发出砰砰砰之声，如同撞上了墙壁，人马都纹丝不动，而骑兵队一旁的草木都被掀翻，留下一道道的沟壑。

昆虫氏急忙命令士卒让出路来。骑兵冲入阵中挥舞长戈，两旁的草木泥土都被掀翻，骑兵身上都系着金铎，振动使周围士卒瘫软，而他们朝两旁举戈划过，疾风扫过阵内，由于士卒浑身发软而没能及时格挡。

就这么一扫，阵中靠近骑兵冲击的士卒长戈都被冲断，倒了一排。骑兵小队继续冲锋，直到冲出了昆虫氏军，到了洛地城门口，才止住，调转头准备再次冲击。这时，妲己与泰逢、少宗祝已经飞身到了混乱的昆虫氏军上空，妲己大喊："昆虫氏，出来投降，可以减少你士卒伤亡，不然全军都要尽死！"

阵中士卒顿时大乱，昆虫氏便出来说："妲己，你若再相逼，我就率领族人投降周人去了！"

妲己大喝："就算你能逃走，你麾下士卒一个都逃不掉！"说着她挥出五把短刀朝昆虫氏射来，被士卒阵法击碎，在空中散成五个方向纷纷扬扬，分别飞往昆虫氏军阵中地上去了，其中只有一把射往昆虫氏。

虽然昆虫氏看到短刀来得缓慢，却也不敢去接，躲在荧光里钻入士卒群中去了，短刀则化金粉散在半空尘土中。但他一到士卒中，就被纷纷扬扬的金粉困住，刺眼的亮光几乎无法抬头，而只见周围士卒身上也放出光芒，使他浑身发软，周围风沙飞扬。

他急忙挣扎着要飞身而去，却刚到半空就被扯了下来，同时他周围的一些士卒倒了几个，他才明白光芒已经使自己与士卒都牵扯在阵中了。这时妲己在他头上大喊说："你不要乱动，你越挣扎，你周围的士卒就越多伤亡！"

士卒们趁妲己靠近便齐齐朝头上发动冲击，但都被泰逢在他们身边布下的云雨气散去，颛臾氏埋伏在士卒中，这时便突然射出机弩，但被少宗祝以玉仗接住，随即朝士卒划下，疾风过处，几个士卒都魂魄移出而亡。妲己便以玉串朝机弩发射处射出光晕，顿时牵动颛臾氏身上发出光芒，而他射出的羽箭居然牵动自己和周围几名士卒跟着摔了出去。他爬起来要飞走时，却仍然一飞离阵中，就牵动周围士卒抛向半空，愈飞吸力越强，被牵动的士卒也越多，因而不能逃脱。

妲己这时便聚起玉串光芒指在昆虫氏脸上，烤得他剧痛不已，他越是愠怒，沉声怒吼，正要使出飘带偷袭，不远处颛臾氏朝他下拜大喊："主君，不要再施法了，神力都让士卒们承受了！"他听了只得作罢，大声命令士卒都不要动，以恢复自己的威信。妲己这时看昆虫氏军中稍微安静了，便下来说："你不要乱动，不然你脸上就要永远留下花墨了！"

昆虫氏虽然能忍住疼痛，但想到自己身为侯伯，却在自己部下面前受到如此侮辱，仍然不顾妲己劝告继续挣扎。不一会儿，妲己看他脸上已经布满条纹，叹了口气，收了短剑，问他说："你认不认罪？"

昆虫氏低头不答，妲己大喝一声："千夫长百夫长们，你们觉得你们的主君该不该因为临阵脱逃受刑？"

几十个千夫长百夫长们犹豫了一下，都在士卒群中对姐己下拜说："王妃，我们愿意代主君受刑！"

昆虫氏趁机对阵中士卒呼喝："我在挚地之战中不顾你们逃走，确实该罚，但我不能容忍被我族群以外的人主持刑罚，你们说对不对！"

千夫长百夫长们都哀声，不敢回答，怕得罪姐己。姐己这时便说："既然你已经承认罪过，我就放了你，你回去好好考虑形势，准备与我和谈！"说罢，她停止放出金粉，阵中风沙光芒随即消失，士卒也安静下来了。她飞身回自己军中去了。

第二天，姐己便带着髻女、泰逢他们去洛城与昆虫氏和谈。泰逢问："我们去洛城会不会被昆虫氏因忌恨而偷袭？"

姐己笑着说："不会的，昆虫氏我知道，他不会不考虑站在我们身后的大王和大邑商的。"

他们到了昆虫氏宫中，只见昆虫氏脸上蒙着丝帕，恭恭敬敬地请他们坐下。姐己说："既然你认罪，不管你是否接受我的刑罚，至少你是能遵守军纪的，所以我们便来约定一些刑律，重要的几条是，你昆虫氏负责练兵，颛臾氏负责调兵，各司其职，如果有谁不能尽责，造成不来合兵征伐者受炮烙之刑，迟来合兵者凌迟，若是投降周人者，其部下和族人尽皆蹈刑至死，若有告密者，与立功者接受相应赏赐。"

昆虫氏想这不是剥夺了他的兵权了吗？他立即说："颛臾氏是我留在身边的东夷罪犯，在军中威信不够，恐怕不能尽责调拨兵马。"

姐己说："很好，那我派遣泰逢率领五千兵马驻军于洛地，与颛臾氏一起负责调兵。他之前是镐城首领，虽然被周人赶走，其实在渭水的威望仅次于西伯，应该可以胜任吧？"

昆虫氏心中忿怒，不能回答，颛臾氏也不敢作声。姐己继续说："昆虫氏，如果你答应，就此定约，泰逢驻军两年，负责监督，若你们两年内没有触犯刑律，就撤军；如果你们不答应，就由我大商接管洛地，以防御周人。"

昆虫氏此时心中虽然恼恨，还是忍着气，想自己这点兵力连姐己都打不过，更不用说殷人了，投降周人又怕他们在渭水，不派主力来救，熬过这两年再说吧，便转而嬉笑，点头答应。颛臾氏看他答应了，急忙答应说："王妃创制刑律，严明职责，革除了徇私的弊端，实在是我大商天命的化身哪！"

妲己笑着对他说："你只要与泰逢宗师好好合作就行了！"

颛臾氏急忙下拜不起，直到妲己去扶他，昆虫氏在一旁看到，心中恼恨至极，只是想：等了这两年过去，肯定废了你！

会盟后，泰逢便率军入驻洛地，然后给妲己等人送行，他说："王妃只允诺了驻军两年，怕洛地人心会不稳。"

"两年已经足够你向昆虫氏军安插自己的势力了吧，到时候夺走他的兵权就是了，那个颛臾氏可以帮你传递消息的。"

泰逢心满意足说："还是王妃有见地。"

"你还要看昆虫氏弟子中有谁是有资质的，可培养为自己的宗师，我早就听说昆虫氏对待弟子都有所保留，不传与他们厉害神术，你可趁机拉拢。"

泰逢一拜，目送妲己上马走了。因为昆虫氏的事情总算了结，他们觉得轻松，在路上骑马慢行，少宗祝担忧地对妲己说："泰逢新降，万一他转投周人怎么办？"

"不怕的，泰逢既然能亲手杀死崇侯，足可认为他是偏向于我们的。"

姬发这时率领大军刚刚回到渭水，听说妲己用严刑降服了昆虫氏，在洛地驻军，便与周氏商议河洛形势。周氏说："妲己神力高强，泰逢又与我们为敌，檀利在挈地自守都很难，别说继续征伐了。"

"我也是这么想，眼下我们要准备征伐犬戎，最好是利用泰逢跟昆虫氏的矛盾，让他们内斗，但就怕妲己让苏子从旁威慑，昆虫氏不敢作乱啊！"

周氏点头说："确实，我在虞国，会趁苏子还没离开，撮合他跟阮伯女，尽量让他保持中立吧。"

"好，你就留在虞国，放心去做吧，像妲己这样对于诸侯伯也施以严刑，肯定不得人心，我们会有机会在河洛扩张的！"

姜望回到吕国，他这次得到了挈人崇人殷人战俘近万人，部分安置在吕国，部分放在申地。而申妃要押送战俘回到申人营寨去，姜望便为她送行，路上，她不舍地说："我这一去安置俘虏可能要几个月了，我不在这边，你又禁锢着猫虎氏，可要担心他反叛了！"

"放心吧，猫虎氏孤身一人，能做什么，你这次如愿振兴申戎，不用再愁苦了吧？"

申妃见他记得自己之前的愁苦，愉快地说："嗯！我安置好俘虏，就回来帮你！"

姜望回到宫厅，首先去看在押的猫虎氏。这时他仍然被姜望以金钩箍住脖子，全身都是瘫痪的。猫虎氏看姜望来了，大骂说："姜望你这个叛徒！此前在我大商麾下为千夫长，想不到十年不到就叛逃，反而助周伐我大商，实在是不知耻！"

姜望说："猫虎氏，大商惯例，宗师战俘需要为奴三年，但我敬你是个勇士，你若是归降我，只需为奴半年，就在吕国给你封地，如何？"

"我宁死不降，老实告诉你，我一有机会便会逃回大商，在王妃的带领下夺回我在髳地的宗主位置！而你姜望凭什么能服我？"

姜望哈哈一笑说："妲己的最强阵法都被我躲过，你那天是看到了的吧，所以我明明是能与你所崇拜的妲己一战之人，你凭什么不能服我呢？"

猫虎氏知道自己一时激愤只图口快了，但他仍然不愿意屈服，这时便说："你把我送去为奴吧，反正我是不能投降的！"

姜望没法，只好说："如果半年后你仍然不答应投降，就困你三年，到时候如果大商已经帮你的亲族夺回髳地，你就可以回去了！"说着以四把金钩套住他的手脚，使其气血滞塞，手脚绵软，并确认他身上没有蓄气宝物了，然后吩咐把他送去土牢服役。

几个月后，申妃回吕国，与姜望一起率军在阮国边境合兵，准备威逼犬戎王与西羌归还之前掠夺的申人，而因为犬戎怕申人报复，已经把大部分申族人安置在羌北的商族，所以他们此战击溃犬戎其次，逼降羌北的商族是真。他们与义渠王约定，牵制犬戎王的同时，发兵往羌北而去。就在申吕骑兵慢行之时，义渠王那边已经几次与犬戎王军遭遇，却都没有占到便宜，只得过来与姜望军会合，以借姜望军的威势来取得财货。义渠王在行军路上见到申妃，恭恭敬敬地说："与王女一别，已经十年，现在沃野上无人不知王女神术高强之名了！"

"嗯，你是来讨要财货的吧？"

义渠王谄媚笑着说："仅凭我军当然不能击败犬戎王，但若是以我军卒长率领你们的士卒，提升了戎马奔跑，不就可以追击犬戎了？"

申妃想确实如此，要论战马的奔跑，还是义渠他们宗族因为有血气旺盛的好马，会比申人周人的矮脚马要快一些。而有好马领路，自然可以激发自己骑兵座下戎马的奔跑速度。义渠王则望向姜望，他也知道其中的关窍，点头说着："可以，不过你打败犬戎王若是还不能逼降他们，就不要再追击了，还是等我这边逼近羌北商族再说。"

申妃答应，便去挑选士卒去了。申妃和义渠王带着申吕骑兵，一遭遇犬戎王军，就布阵发动冲击，犬戎王骑兵顿时溃败而逃。申人在后面追上，继续发出冲击，犬戎王后军死伤不少，但仍然保持阵形不散，一直往北逃去。申妃穷追不舍，追了几天几夜，直到犬戎王军往羌方地界去了，才回师。义渠王对申妃说："想不到犬戎王溃败也不投降，这次我们只能得到些财货了！"

"能得到财货已经不错了，羌北戎比犬戎还要顽固，还是等姜望到来再说吧！"

义渠王这时便拉着马靠近她说："这么多年不见，王女还是美貌依旧，而现在神术又是渭水第一，实在令我甚是想念！"

"你别说这些了，其实若不是我夫君，我也不能以神术称霸渭水，所以就算你那时娶了我也没用。"

义渠王只好谄媚笑着说："其实我也没有什么非分之想，只是现在我儿子已经长大，若是能与你结亲，我们两家一起称霸渭北，岂不甚好？"

"这个就不一定了，我一对儿女都还没有成人，而渭水以东的宗师又多……"

义渠王忍不住自己神术落后所遭到的鄙视，嗯哨一声，一位只穿兽皮裙的宗师飞身上来，恭敬的下拜，义渠王问他："魄氏，依你看，申王女麾下最大战力如何？"

魄氏答道："相当于方圆九十里沃野的秋气。"

"申女本人蓄气比我如何？"

"可能稍有不如。"

申妃听了暗暗吃惊，虽然不知他猜测的自己麾下的蓄力是否属实，但自己的蓄气上限确实跟义渠王差不多，义渠王这时得意地对她说："这位是魂氏，为少昊金天氏的族裔，能观测光晕风云乃至于人元气，孟姜，我可是只对你透露了哦。"[1]

"你怎么找到他们族人的？"

"他们与羌北王发生矛盾，被我救了，因此甘愿服我。所以说与我族联姻，你们申戎一定不会吃亏的。"

申妃只好说："我可以考虑一下，但其实能推测战力的人很多，比如说邰氏之子召氏十二岁就能。"义渠王听了非常不满，想申戎现在要壮大了，居然就不把自己的宗族放在眼里了，他想了一会，便快快退去。

姜望命令全军扎营，为申妃庆功，高兴地对她说："犬戎王和昆氏都逃走，接下来就能得到战俘，并你们申戎的勇士了！"

"这么说，羌北王来消息了吗？"

姜望点头说："嗯，说是犬戎军就在他们西北面驻军，愿意劝他们放回我申人。"

"犬戎王他们终于屈服了！"

"这功劳在你和义渠王追击犬戎王军，令他们不能游牧而击啊！"

申妃则有些忧虑地说："其实我觉得我们俩虽然能够防御躲开任何神术，但可惜的是我们本身元气实在是一般，这么多年都没有想过去修炼，是不是太依仗借法之术了？"说着她把义渠王之魂氏窥破她蓄力上限之事说了。

"这倒是个问题。"姜望皱眉说，"但其实只要能杀死敌人，就不必太纠结自身一下能蓄气多少，因为毕竟只有我们能倍加冲击，而能如伊耆氏那样能制造天地气流动，以四时之气累加三块宝玉冲力的，几乎没有。"

"可是一想起我蓄气还不如义渠王，我就浑身没有安全感。"

姜望搂着她说："没事，现在因为我们俩忙于吕国事务，才没时间去修炼，等收降了些宗师，可以帮我们时，再得闲来提升吧。到时候你可要开始修习耕

---

[1] 魂氏为《山海经》里的负责通过日落时候的云象计时的部族。

犁了哦，现在你知道农术与畜牧术蓄气的差距了吧！"

申妃知道自从伊耆氏、犁娄氏和邰氏这些首领率先以四时之天地气调和水土草木之气后，就有一击击碎三块宝玉的战力了，比只能调动草藤土石的牧术高了三倍以上，但她仍然觉得牧术如果能调和骑手元气、草木与戎马之气，一定不止发挥两倍的蓄气，毕竟她之前有过驾驭驳马践踏田阵，击败耕犁之术的经历，所以这时听了，仍然不服气，但也只是默默不语。姜望看她并不回答，知道仍然在纠结自己一直以来以农耕氏族优势数落她们游牧氏族的看法，便安慰说："当然，有我在你身边，沃野上应该已经没有敌手了！"

申妃知道他有些生气了，亲近他笑着，转移话题说："我可没想这些了，之前义渠王向我请求，让我们女儿与之联姻呢！"

姜望喜道："我正在想我们的女儿这事呢！你看中谁了？"

"你觉得召氏怎么样？他做事稳重，不似我俩这么冲动，一定可以配我们的女儿，而他守吕国的时候也与女儿见过几面，似乎印象不错。"

"嗯，不过现在女儿还小，先看召氏待她如何，过几年再来对召氏提及此事吧！"姜望高兴地笑着。

妲己立威中篇

两个月后，西伯便已经把岐邑、阮国、崇国的大部分人口都迁徙到了丰城，定为都邑，而他在西土各邦的宗主宗师百官的拥簇下称王，并邀请渭水各方国前来毕城参加祭天仪式。消息传到大邑商，帝辛大怒，召集群臣要讨伐周人，说："我想让司土官和苏妃率军分别攻伐附属周人的虞国和黎地，你二人以为如何？"

司土官说："虞国有周氏驻守，其邻近的汭水还有郜伯，而下臣麾下现在只有万五千人，怕不是他们对手。"

"可让黎人合兵一道攻伐。"

"黎人自去年救援猫虎氏受阻之后，就守边自保，怕是不能轻易动动。"

箕侯这时说："如今周人兵力鼎盛，而我大邑商周围宗族封国又不能听凭调遣，确实暂时不宜出兵。"

妲己便说："若要我出兵的话，当需按照我的提议在大商内服诸国规定新的盟誓，待他们屈服之后，便可调遣其兵马出击。"

箕侯随即反对说："下臣认为苏妃提议不必再讨论，其结果只能引发诸国反叛，没有可挽回的余地。"

帝辛见事情僵持，只好说："苏妃提议暂且不议，但如果不出兵，难道眼看着周人称王，把我内服诸国一个个地纳入他们的版图吗？"

群臣都不做声，良久，箕侯才说："权宜之计只能是派遣宗师去说服没有周人驻军的侯伯，让他们不要归附周人，这样至少可以减缓周人的拉拢扩张。"

飞廉便说："现在北方归附周人，却又没有受到其驻军控制的诸侯是有莘国、唐尧国和甫氏国，甫氏常常听从周人呼唤合兵，可能难以拉拢，唐尧国则从未配合周人征伐，暂时不必着急拉拢，最需要争取的就只剩下有莘国了！"

帝辛便说："那就派司土官为使者，去有莘国劝解！"

司命官则说："如果大张旗鼓地出使，一定会被周人抢先拉拢，不如派宗师暗中前往，与之口头约定之后，再派遣使者。"

帝辛答应，便让司土官前去，司土官则说："我是领兵师长，去了可能有威胁之嫌，身份又不如苏妃尊贵，不如改派她前去，更能代表王命。"

帝辛便问："爱妃可愿意去？"

妲己自信地说："我不但可以前去劝解，还可代替司土官去征伐虞国，但是，既然让我前去，就要让司土官麾下五千人调拨给我训练，以实施我的刑制。"

司土官受激，反驳说："现在说这个还过早，若想要我麾下军马，首先要王妃娘娘确实劝服莘伯了再说！"

妲己轻蔑地说："是以刑罚威服，而不是劝服，可惜司土官你连劝服都不愿意领命。"

箕侯说："好，王妃娘娘既然有此气魄，我赞成你的提议，只要威服了莘伯，便可得到司土官麾下王师！"

帝辛虽然答应，却为妲己是否能顺利劝服莘伯担忧，因为莘妃这一年都在不断与莘伯沟通消息，要劝服他不要归附周人为其提供便利，但实际上周人追逐崇侯的时候便借道有莘国，现在因为虞国汭水都有驻军，周人更是在有莘国国土上往来频繁，有如在自己国土上一般。而她这几天要劝莘伯放弃去参加西伯称王祭天，也得不到答复，估计是不能阻止了。他想着这些，便在朝拜之后把妲己唤至内宫与王后、莘妃聚在一起，对她说："莘妃近年来都在联络她的母国，尚且不能劝服，爱妃这次怕是会无功而返啊！"

"放心吧，大王，我既然能降服耕父和昆虫氏，就能降服莘伯。"

"有莘自夏后氏开始就是大国，这些年自守从不参与诸国争斗，神术和兵力却足以自保，他对于自己宗族的荣耀和自负比昆虫氏要强得多，你的刑罚怕是不能奏效。"

王后也说："我也是这么想的，征召侯伯合兵征伐的时候，不应该实施太过严格的盟誓，他们都有治理百姓的重担，你对他们用刑，这让他们的威望何存？"

"刑罚确实不够威服侯伯，但我实施刑罚不是最终目的，而是为了慢慢剥夺他们的兵权，把他们的军队收归大王亲近的臣子所用，不然，如果任这些侯伯自守，或各自为战，迟早要被周邦一个个吞并。"

帝辛大声赞同说："好！爱妃所想与寡人不谋而合，我早就有向各个封国的军队渗透，夺取他们兵权的打算了，这次等爱妃回来，一定要协助我实施此策！"

姐己笑着说："看来大王比我还更愿意实施我的刑制。"

帝辛搂着她说："当然啦，自东夷之战之后，这些封国就不来与我军会合了，以至于先后被黎人、周人欺辱，都是由于各个首领权力太大的缘故，而若能在盟誓的时候定下这些刑制，至少能削弱这些首领的威望，扶持支持我们的宗师掌握兵权！"

王后看帝辛赞成，只好说："既然大王这么说，就从邶国开始吧，我会让我的邶族人带头遵守大王制定的法度，让他们直接听命于大王。"

帝辛高兴的又搂着王后说："就这么定了。"又转向莘妃说："莘妃，你把贡品和传信交给爱妃，让她先去威服莘伯吧！"

莘妃看帝辛左拥右抱，唯独没有自己的位置，又听到他叫自己莘妃，心下酸楚自己的宠爱不复，只能黯然地向姐己恭恭敬敬地递上帛书，自己慢慢退到案几对面。几天后，姐己便带着鬓女、少宗祝前往有莘国，他们从热闹的市井宅邸偷偷接近宫厅，傍晚看到莘伯回宫，便上前拦住。少宗祝亮出身份说："莘伯，我是大商宗祝官，现在有事与你相会。"

莘伯毫不惊讶地说："宗祝官大人为何没有使节通报，就只身前来？"

"我本要去犬戎国出使，路过此处，顺便与你一会。"

莘伯便呵呵的请三人入宫，姐己立即扯去斗篷，露出一袭白绸，莘伯笑道："原来是王妃娘娘来了，为何如此打扮，只身前来呢？"

姐己看他毫不惊讶，有些奇怪，还是说："正是为了周邦妄自称王之事而来，你既然知道我为王妃，应该知道我已经把我制定的六刑公布于诸侯伯了，你如若顽抗不从，偏要去丰城参加祭天，就准备接受刑罚吧！"她刚说完，颈项上玉串中的刀璧便发出光晕，屋内火光随即跟着摇曳，她接着问："你有何话说？"

莘伯大笑说："王妃你也忒狠，一上来就用烤墨之刑对付我，我为一国之君，你若真让我面目全非，我还有何面目见一国百姓，这不等于把我逐出有莘国吗！"说着大吼一声，屋内震动。

姐己看他毫不惊慌，又大吼一声，猜他可能早已布下埋伏，在呼唤自己的侍卫，便着急要威服他，她晃动身子，周围火光暴涨，与颈项上的刀璧光束一起聚合，直射莘伯。但光束到他跟前，却没有凝聚，只看到光束散成了一个亚字形光芒，照在屋内。妲己大惊，而髻女已经发觉了屋内的阵法气息，她大叫："有阵法牵扯！"说着取出葫芦洒出香酒之气，果然看到屋内有四处射出光束连接，但被髻女洒出的酒气使得三人振奋，周围则光芒模糊。

妲己已经朝莘伯脸上射出了一柄短剑，并分四道尖刺散射出去，分别朝向那四处光束，但短剑碰到莘伯额上玉璧却如同撞上铁壁，当啷一声，碰掉到地上。而既然短剑攻击受阻，那四处光芒随即被牵扯短剑的猎钩抓了过来，暗淡下去。而少宗祝的彩玉虽然也已经出手，却被莘伯挥手吸附，被他拿在手中。他依稀看到有两道光芒从莘伯手上发出，知道能这么轻松的吸附攻击的只有阴阳之物了，便大惊对妲己说："快走！他有日月双璧，周氏可能也来了！"

这时，屋内八道光束连接，把妲己三人压得不能起身，屋顶光芒晃动，穿破下来两人，正是周氏和桃氏，而屋外冲出侍卫，为首一人大叫："父伯，你没事吧？"

莘伯唤他们进来说："围住他们，准备擒住妲己！"

周氏一边大喝："妲己，你投降我吧！"一边飞身而下，用身边聚起的十二玉压来。还没等周氏压下，妲己这时颈项上的光芒迸发，她尖叫一声，挥手朝莘伯、周氏和侍卫撒出三把短剑，劈开光束网朝他们射去。射向周氏的短剑一接近他周围的十二玉璧，就牵动其中一块玉发动拦截，射向莘伯的那柄短剑也被另一块玉飞出拦截，而由短剑牵动起来的十二玉杀气与十二玉的玉粉气互相碰撞，发出砰砰砰的炸裂声。

但射向侍卫的短剑却"铛"的一声巨响击穿领头的莘伯世子大斧，那大斧上面的杀气被引出，数道金粉飞射，却被与十二玉发动的玉粉吸附相撞，发出数声巨响。虽然杀气与十二玉聚气暂时抵消，但那位世子随即还是被短剑射中胸口，大叫一声，鲜血迸流。而因为这时玉粉都聚焦在他身上，使他跟前光芒刺眼，妲己等人周围的玉粉压制力则暗淡、减弱。趁这一缓，妲己已经感觉压迫力减小，便运起玉串光晕罩住三人，推开玉粉压制，拉着他们就飞身出门而去。桃氏着急地对周氏说："还不快用聚气杀了妲己！"

周氏急忙凝聚十二玉之气，只见十二玉串起来转动挥舞，玉片裹着聚气已经射出，瞬间击穿妲己的光晕笼罩，把少宗祝胸膛击穿。少宗祝背上和手上擎着的彩玉都承受不住此一重击，瞬间粉碎，他大叫一声，几乎瘫软。妲己只觉得聚气一击的余热被散在光晕中，烫的自己颈项发痛，而余波则如刀般割自己脸庞，但就这一缓，她也已经与髻女以光晕裹着少宗祝出门而去。

周氏和桃氏在他们身后急追，周氏一边大叫："妲己，你再不投降，就跟宗祝官一样的下场了！"一边聚起十二玉围了上来。妲己头也不回，抛出一支短剑发出杀气变大，立即把十二玉吸附在周围，巨剑瞬间朝周围十二玉射出无数金粉，与其射出的玉粉相撞，巨响不断，余波把随后赶到的周氏二人逼退。

周氏想移开十二璧，但巨剑与十二玉互相牵扯，不能移动分毫，只见十二玉之间光束不断闪动，巨剑不断发动射出的金粉冲击在这些玉璧之间激烈的调和，过了好一会，才使巨剑完全消耗掉。周氏看着已经远去的妲己，心下嗟叹。

妲己三人逃到密林中休息，少宗祝身上的伤口已经用他随身带的药草止住血了，但他仍然没有知觉，妲己只好用他教给她的移魂之法用药草为他疗伤，促进伤口愈合。髻女则在一旁调和药草之气和魂伤，良久，她才松了口气说："魂伤愈合了，但他还不能适应，应该要过一会才能醒来。"

妲己说："多亏了你有心，在我们被压制的时候就在我们三人周围聚起了香酒水雾，才能减弱那十二玉的聚气一击。"

"可惜十二玉中的百米、火、水藻和龙凤虎六种玉的冲力都无法减弱！"

"已经够幸运的了，这可是十二种气息的合力！如今既然西伯已经在西土称王，以后若是把这种十二玉合力术传授给其余的西土亲族，你们碰上，怕是难以抵挡了！"

"我们跟着娘娘，不要紧的，只是可惜娘娘你炼制了半年的巨剑就这样浪费，以后对付十二玉又要重新蓄气了，"髻女又缓缓哭道："如不是怕我们拖累不能逃走，娘娘早点出那柄蓄积了足够杀气的巨剑的话，就算杀不了周氏，至少可以杀莘伯！"

妲己摸着她的脸安慰说："你们俩都是我最宠信的人了，怎么能不留下保护你们的利器呢，更何况没有你的香气保护，少宗祝受了那么重的一击，哪里能活。"

髻女听到妲己夸赞自己的贡献，笑着说："我只是尽我的努力了，要是周氏一开始就出那一击的话，我也没法布下浓厚的香气。"她顿了顿，又嘻嘻地说：

"周氏发动一击之前，还是他身边的桃氏提醒的，你说之前会不会是他留手呢，我的王妃娘娘？"

妲己笑出声来说："你真的会乱想，都过去两年了，周氏哪里还会对我留情？"

妲己突然想到，说："周氏应该不会是那种会留情的人，怎么他对少宗祝的聚力一击会射偏心脏了呢？"

髻女骄傲地说："我察觉了身后有多股调和而成的聚气冲击而来，便抛出玉勺挡了一下。"

妲己高兴地搂着她，把她的辫子抓在手中，嗅着上面萦绕的香气说："我就知道我宠你是没有错的！"

妲己他们回到大邑商，进内宫对帝辛言说遭埋伏一事，帝辛忧虑地说："难道是有奸细，会是谁呢？"

王后则说："朝臣这么多，传出去是很容易的事，以后有这种密事不该在宫厅里提起了。"

帝辛又问："但只有周氏埋伏……为何周人不把驻守在有莘国附近的郜伯、姬发等人都聚过来袭击呢？"

妲己则说："周氏驻军虞国，这是离大邑商路程最近的，所以我猜大邑商这边的人是用灵兽或人力传递消息，而不是用风师的，所以才会是周氏首先赶到，其他人则来不及赶去了。"

帝辛思索着："此人不用风烟传递消息，确实是小心谨慎，到底会是谁呢？"

妲己说："会是司土官吗，他一向反对我的提议？"

"司土官虽然与你有隙，却为人高傲，应该不会去暗通敌军来除掉你。"

妲己说："不管怎么样，百官中有倾向于周人的臣子是可以确定的，这都是周人势力鼎盛的缘故。"

帝辛抱住妲己说："唉，妲，这次你没能劝降莘伯，百官可能又要反对你对诸侯伯实施新盟誓了，而司土官也不会把士卒调拨给你了，不如我从氓隶中挑出五千人给你训练吧。"

妲己说："那些氓隶本是东夷降卒，不会耕作，他们的习俗是孤身渔猎，虽然善于骑射，但却难以被军纪约束，还是依旧把司命官麾下士卒交给我训练吧。"

帝辛不悦说:"司命官与须女合练士卒,他们夫妻同心,不可轻易移交他人。"妲己听了便不说话了,一时屋内静悄悄的。

帝辛便望向王后说:"姮,你可有好想法?"

王后知道有须妃在,司命官不会跟妲己有复合的可能,便说:"东夷奴隶虽然战力不强,但可以人多取胜,现在东夷任伯和雨师妾族都衰败,可派兵讨伐,把东夷人都迁到大邑商来,可作为长期备战周人的准备。"

帝辛笑着说:"还是王后有办法,姮,你可愿意出征,就此立威?"

妲己说:"没问题,我在东夷的时候与亚丑伯和司工官都熟,还可调集昆虫氏过去,让他们率军堵截任伯逃亡海滨,一定可以抓捕他们!"

帝辛又说:"你的哥哥苏子不能随你合兵前去吗,你们苏国接近我大邑商王畿,想到他倾向于周人,我就如骨鲠在喉。"

妲己叹道:"我哥的族兵是周人训练的,他为人我知道,有恩必报,我虽然为苏族宗主,却不常在族地,怕是劝不动他。"

王后则说:"苏妃,你既然要在侯伯间实施你的盟誓,但倘若连你自己的邦国都不能劝服的话,你制定的新盟誓还会有别的诸侯身上有效吗?"

妲己听王后话里有讥讽之意,生气地从帝辛怀里坐起来说:"在诸侯伯之间建立法度是大王的意思,我只是希望在自己麾下士卒实施赏罚而已,王后怎么能借我亲族嫌隙来贬低我的新法呢!"

王后不甘示弱地说:"我只是劝你不要姑息自己的亲族而已。"

妲己大声说:"倘若盟誓加入我的刑制在诸侯伯间实施,我自然不会姑息自己亲族!"

帝辛急忙抱住妲己,劝说:"好了好了,爱妃你不要急,现在你的刑制既然没有实施,就先不要考虑这些,王后其实没有讥讽你的意思,她也是说出了你的刑制在侯伯之间盟誓的话,可能会遇到的困难。"

妲己这才稍微消气,说:"好了,不管怎么说,我先集合士卒,把东夷人都迁过来再说!"又挑衅地对王后说:"王后,你要随我去吗?"

王后有意味地说:"我若是去了,不就只有司命官一人保护大王了吗?"

妲己听出了她是要故意在帝辛面前挑起自己对司命官的留恋,便说:"王后没有独自带兵出征的经历，不敢上战场，却拿司命官做借口吗？"

王后知道这是妲己在有意提起之前自己为保住后位，贬低她的说辞，想凭此战威胁她的王后之位，受激怒道："可以，我便出征！"

与帝辛、王后商谈完毕，妲己便出宫而去，她计上心来，不走正门，而是飞身跳上屋顶，从空中而去。她正隐在云中一会儿，司命官就跟上来了，看到是她，松了口气说："王妃为何要飞身出宫？你知道王宫内是禁止宗师元气飞行的。"

妲己轻描淡写地说："我不想花费时间去寻你，就干脆飞在空中引你出来了。"

司命官有些恼怒："你也是重视赏罚刑律之人，为何自己都看轻王宫禁令？"

"我只是想告诉你，这条禁令是有漏洞的，如果等在这里的是姜望或周氏，你就已经被杀了。所以王宫安全有寝正官的阵法保护就行了，你不如随我去带兵打仗，更可多立下功劳。"说着，她把帝辛的决定说了一遍。

但司命回答："我早就跟你说过了，我执念于保护大王安全，以及帮助大王监督百官，我自身性命或功劳并不重要。"

妲己叹了口气说："这么说你不愿跟我一起出征东夷了？"

"既然王后去了，我便只能守卫王宫，祝你顺利迁徙东夷人，立下功劳！"

妲己不满他语气平静，便说："这次我去薄姑，帮你和你夫人把冯夷宗族迁徙过来，怎么样？"

司命轻松地说："我夫人不再会去管冯夷宗族之事了，现在迁不迁徙都已经无所谓了。"

妲己看自己提起的旧事不但没能挑起司命夫妻的嫌隙，反而听到他坚定地诉说，心中黯然不快，转身就要急飞而走。司命叫住她说："我查过了，在你去有莘国之前，胶鬲氏正好派人去了虞国送货，而百官中只有他的麾下能够不受禁止的在诸侯之间送货，当然，我还没有证据。"

妲己停下来听了一会，也不说话就直接走了。

妲己回到大营，让风师与苏子联络，让他带兵前来会合。接到了消息，苏子以士卒要卫戍苏国为由推辞，只答应自己只身前来相助。妲己又来看视少宗祝，看他是否能调拨族人随她出征，却正好碰到郁垒在屋内看望他。郁垒一看妲己进来，有些尴尬，便起身要走，少宗祝知道妲己来意，便叫住他说："慢走，王妃既然已经在这了，你又何必回避？"

妲己便笑着对郁垒说："怎么，少门尹官仍然对我耿耿于怀吗？"

郁垒原本低着头，这时便挺身望着她说："你现在虽然为王妃了，但你杀我父亲之事仍然没有对我补偿，我自然不愿理会你！"

妲己这时不想跟他争论，便径直走到少宗祝床边说："你现在能走动了吗？"

少宗祝回答："可以了，只不过会牵扯疼痛而已，"他又对郁垒说："兄弟，你过来吧，我跟你话还没说完呢！"

郁垒不情愿地走近，少宗祝便说："现在王妃奉命征讨东夷，而我卧床不起，你可代我带兵出征吧，一来王命不可违，二来你也好与王妃一起杀敌，消除芥蒂。"

郁垒瞪着他说："我麾下族人要卫戍大邑商，而王妃与我仍然有杀父之仇，如何消除隔阂？"

妲己便说："把小时候的事放在一旁的话，我们一起出征，可在神术上互相沟通，这是对我们都有好处之事，有什么不可为的呢？"

少宗祝也说："妲小时候自然不懂事，她现在为王妃，又制定新的盟誓降服了几个宗师了，这已经不是过去那个顽劣的小丫头了！"

妲己不满地迅速看了少宗祝一眼，对他贬低自己过去很不高兴，因为她至今仍然认为在战场上杀敌是没有罪过的，但这时她有求于人，也只好点头，期盼地看着郁垒。

郁垒避开妲己期盼的眼神，说："好吧，看在大王和你救了我兄弟的份上，我就带兵与你合兵前去吧！"

妲己高兴地说："小哥，这就对了啦，薄姑有山猎师郭氏，对付他的移体移魂之术就只有靠你了哦！"

郁垒不习惯她叫自己小哥，只是板着脸说："我只能尽我本职！"

妲己分不清他是真的不愿意出力，还是一时之气，不好作答，便起身告辞了。等妲己会合自己麾下、郁垒麾下族人以及昆虫氏和泰逢军之后，便与王后约好，她先去奄国与飞廉一起带兵，等自己的兵马到达薄姑之后，再配合自己出兵东夷。出兵前，妲己先对自己麾下的耕父军，以及昆虫氏军、泰逢军和郁垒军宣誓说："这次出征，无论爵位官职大小，全凭军功，军功大者回来之后多给战俘、多得士卒，多给人口和财货，军功小者减少人口土地，赏罚则依旧按照军纪施行！"

宣誓完毕，妲己率军出征。经过半个月的行军，他们接近了薄姑都邑，髻女问："王后到奄国多时了，要不要让她率军配合攻伐薄姑？"

"暂时不用，不可惊动了任伯等人。"

"那要不要先让王后和司工官他们先出兵围困任伯？"

"也不用，到时候我再安排。"

这时，泰逢飞过来报告说："前面的路延伸到山中去了，路旁都是密林，恐怕有埋伏！"

妲己说："传令让苏子留守，其他所有宗师都前去探路，发现埋伏后，会田阵的士卒在两侧保护骑兵，遇到埋伏就朝两侧逼近，宗师也上山搜寻，抓到宗师的立功！"

泰逢领命而去，妲己便对身边的耕父说："你也去探路吧，你虽然为我麾下，不会减少麾下士卒，但若不立功，分得财货土地就不会增加。"

果然，前面传来骚乱声音，泰逢等人刚一接近树梢，就感觉魂魄低迷，泰逢身上冒出火光，避开了树林瘴气迷魂，耕父则以周身水雾聚起药草魂气，使自己振奋，郁垒和颛臾氏则有玉器护体，魂魄稳固。而这时躲在林中的郭氏已经朝泰逢这边接近，朝他周围射出金箭，钉在树枝上，顿时使枝叶挂在他身上，举动不适。而他随即感觉一阵魂气袭来，身体突然沉重，禁不住树枝树叶的压力，像石块一样坠了下去。发现了他们的东夷士卒也开始朝他们射出羽箭。在路旁的妲己听到骚动，让髻女指挥士卒继续行军，自己则往密林里飞去。

这时郭氏正要用移来的刀剑朝坠在地里不得动弹的泰逢扔出，颛臾氏和郁垒已经寻声赶到，郁垒以符节划断泰逢周围草木，颛臾氏则朝郭氏射出了机弩。郭氏移过来的刀剑还没击中泰逢，就当啷撞上郁垒布下的断草门阵，弹飞去了，而泰逢周围的草木纹丝不动。机弩接近郭氏，便坠了下去，但颛臾氏已经认出郛氏，他大叫："郛氏，你我同为师兄弟，投降大商一起做官吧！"说着网罟和机弩齐发。

郛氏刚移体使机弩羽箭坠下地去，就觉得被头上网罟压迫，魂魄都要坠下地去了，但他趁势使身体坠下，刚落地就借助草木之气抵住网罟下坠之势，自己则钻出草木缝隙蛇行移开，并顺手压弯草木聚积草木之气把网罟弹向泰逢。

泰逢这时已经以身上火光烧尽压制自己的树枝树叶，却刚跳了起来，就被网罟罩住，裹住魂魄不得动弹，又倒在地上。火光无法烧毁这浸了水的网罟，反而被水雾散去其中的日气，逐渐熄灭。

围上来的东夷士卒都四散逃了，郛氏蛇行刚要窜入密林而逃，前面闪出郁垒，倏地持符节朝他甩出，他扭动身体躲开，但身边草木都被划断，他突然感觉自己进入了一个石罐似的，不但无法举动，魂魄也要被削弱了。但他身上铠甲经过炼制，魂魄被甲胄上的龙凤图案散出的魂气定住。他开始以猎钩推开错综的草木空隙突破。

这时郁垒接近郛氏，察觉了能振魂的龙凤魂气，便急急的划开地面，要再以土石攻击，却感觉身后有飞针袭来的风动，他急忙卧倒，但还是迟了，这飞针如毛发般细小，却能插入他甲胄，使他手上脚上都插满了细针。

郁垒刚要挣扎而走，密林里闪出爽鸠氏，牵动他身上的细针晃动，他周围的草丛顿时回应，与他身上的细针连接成网罟交错，封住了他的行动。颛臾氏赶到，机弩朝逼近郁垒的爽鸠氏射来数箭，耕父则刺出春气猛烈冲击。爽鸠氏极其敏捷，以金叉牵动射来的羽箭和春气玉粉都抛到高空去了，自己则已经后退十几步，但他落地的周围也已经布满了机弩射在地上的箭支，使他被网罟绊在地下。但他行动更快，还没等对面冲击再来，插在地上的两支箭反被他以自身蓄气拔出，抛向颛臾氏和耕父，逼得他们急忙侧身躲开。箭支刚过他们侧身，之间突然连成细绳，朝他们横切过去。颛臾氏和耕父躲避不迭，被打翻在地。

爽鸠氏看到得手，已经从两支箭空缺的角落突破，飞身过来，数发细针先到，但接近颛臾氏时被他移来土石挡住，都坠落在他脚边。但这些掉落的细针又随即与周围草木连成网罟，罩住颛臾氏头颈，两层细线网罟使他纠缠不开。耕父被细绳勒翻倒后，也被细线网罩住，越挣扎越觉得魂魄被草药魂气散去。

爽鸠氏刚朝颛臾氏和耕父脸上射出杀矢，突然有两道草刺射来，一道挡掉金针，一道射向刚出草丛的爽鸠氏的脸上。爽鸠氏急忙以手中金钩牵引扑面而来的草刺抛出，自己则随即匍匐。

但就在他抛出草刺的瞬间，挡掉金针的草刺突然破裂射出金刺，吸收掉金针杀气加速朝他扑面射去，他这时已经匍匐，但躲避不迭，射穿了大腿，急忙咬牙附在草木中蛇行逃走。射出草刺的妲己已经从草丛中现身，她发动身上热气随短剑刺出，草木一路窸窸窣窣的地方都被热气追上，草木软化。妲己刚追上，草丛里就射出一丛细针，虽然被她身上光晕减缓冲击，却仍然连成网罟盖在她身上。

但这时，草丛里面匍匐的爽鸠氏也已经被热气追上，他顿觉骨头酥软，不能举动。妲己热气既不能腐蚀，也冲不破这罩住自己的竹丝网罟，却反而被一阵草木风波浪散去到周围十几步之外的草木林中，软化了地上草木和大树。她这才明白这网罟连接了周围的密林草木，自己激发热气光晕的冲击只会被这周围草木之气承受，只得擎出短剑劈斩，一串火花从网罟延伸出去，生出火焰来把网绳烧焦，网罟才裂开口。

妲己从裂口蛇行得脱，立即追上爽鸠氏，他这时正把热气散在周围草木中要走，被妲己抢先用丝帛裹住，使他不能再打出细针。她随后返回，以短剑切断颛臾氏和耕父身上的网罟与草木树林的连接，使他们一挣得脱。

这时，郭氏已经用猎钩以蛇形术在草木之间游动，才隔断层层断枝，得以脱身而走。但之前郁垒也已经聚起玉粉魂气，慢慢散开使草木变脆，被他突破而起，朝郭氏追去，大喊："不要走！"一边射出一支断针。

郭氏背后早已移来了厚厚的土石盾牌，断针碰落掉在地上，但郁垒也凭手中断针的另一半牵线，扯了过去，加速追上郭氏，展开大常旗，上面的日月图像飞出，以天气朝郭氏压下，顿时把他压到地上去了。但郭氏头上也有旗帜防御，不减慢的蛇行脱离重压范围，随手朝后面扔出一面小旗，在树林里刮出一阵风。小旗定在灌木丛中，绳索使摇曳的树枝与草木连接成网挡住郁垒。郁垒刚以宝剑划断树枝，一边要跃过灌木丛，就被弹起的树枝抽中，坠下地去。

妲己这时从后面赶来，人未到，热浪先冲破烧尽了树枝成网和小旗，接着朝郭氏延伸赶了过去，使他顿觉脚下灼烧。但他随即用力双脚震地，移来泥土包裹双脚，止住了热浪侵袭。妲己趁机赶上，射出两道草枝，但被郭氏移来的大量土石挡飞，他回头朝妲己脚下扔出一支杀矢，上面冒出魂气迷住妲己，但随即被她借光晕推开。但就这一缓，郭氏已经远去。

郁垒这时已经把压在自己体内的重压移到地上去，追了过来，妲己对他说："算了，去救泰逢，收捕士卒去吧！"

这时泰逢身上的网罟已经被颛臾氏解下，但他和耕父被细针草木吸去了一些魂魄，有些瘫软，反被泰逢搀扶着。妲己过来说："放冷箭的士卒被你们击退了？"

泰逢想自己第一个被擒，之后完全不能作战，惭愧地感谢说："多亏了王妃，及时来救，不然我们可能都要被擒了！"

颛臾氏和耕父也轻声感谢。妲己挨个紧握他们的肩膀说："可别轻敌了，虽然这些东夷人神术一直没有什么进步，但在密林中有地利呢，连我都抓不住他们！"

郁垒保证说："放心，王妃，等出了这阵林子，他们都逃不掉了！"

妲己看他斗志高昂，对他嫣然一笑说："少门尹官果然是尽职尽责之人！"

郁垒想起出征前自己说的敷衍话，脸有些发红，回避朝前去了，妲己看他回避，更确定了他之前对自己的敷衍是装出来的，这时笑容不减，计划着如何才能收他为己所用。这时，昆虫氏和髻女率领士卒上山追捕东夷人，把他们杀散，却只擒住不足百人。妲己质问昆虫氏："我命令所有宗师都上山追捕宗师，为何就只有你没有来？"

昆虫氏连忙说："我怕前面有宗师来袭，苏子一人不能应付。"

妲己回头问苏子："我们去了之后，有东夷人攻击你们吗？"

苏子轻蔑地看着昆虫氏说："开始还有一些冷箭，之后就完全没有了！"

妲己又训斥昆虫氏说："连士卒都没有来骚扰你们，你为何不肯前来？"

昆虫氏只好低头不语。颛臾氏趁机说："昆虫氏既然自认为擅于留在军中防守，就继续安排他带兵好了，各司其职嘛！"

妲己知道颛臾氏意思，握住他的手臂说："要奋力作战哦！"没有再理会昆虫氏就走了。殷人到达薄姑城下，此城居然有护城河环绕保护，妲己问为何有这种防护，颛臾氏答道："以前东夷之战之时，水庸氏首创引附近河水入壕沟绕城防护，之后东夷诸国就都开始在城外沟渠引入激流，谓之护城河了。"

"不会有水庸氏的水流冲击神术吧？"

"不会的，薄姑只有汶伯精通水术，但我记得在七八年前他四十几岁之时还不能借风飞行，应该不会再有长进了吧。"

妲己听了便放心了，这时，薄姑侯在城墙上说："殷人为何无端入侵我国？"

妲己回答："我大商本来长途跋涉，来此驻军，何故未到都邑，就遭到你们埋伏？"

"那是宗师在守卫国土，如果有冒犯，还望宽恕，但驻军是万万不可，我薄姑地在鄙远东夷，不事耕种，不通礼仪，不值得大商驻军！"

"正因为如此，你族群不得不改变习俗，接受我大商教化！"

薄姑国侯没有再说话，这时郭氏大喝："大商若再要相逼，可就此决战！"

妲己想总要打一仗才好和谈，便命令骑兵冲击。谁知骑兵刚冲到城下，便收不住冲击之势，岸边塌陷都被冲入沟渠中去了，妲己有些惊讶，担心是水庸氏一样的沟洫神术，急忙命令骑兵减缓攻击，让颛臾氏、泰逢等人去查看。他们接近城墙，看水面平静没有流动，除了骑兵掉入水中激起的水花外没有任何异样。

这时，郭氏在城墙上对接近的宗师抛出了一张巨大的网罟压下，但被泰逢一举大刀搅动，一阵风过，卷起大网反而罩向城墙。郭氏急忙以葫芦吸取，要收起大网，但这大网已经附着了大量的尖刺，无法收取，直接张开压了下去。眼看城墙上的士卒都要被刺伤，郭氏只好亲自上去，挥刀划破大网。而泰逢这时要一洗前耻，奋勇地独自靠近，在郭氏周身聚起水雾并射出强光。郭氏发动甲胄上的龙凤旗帜，搅动冲破周身水雾强光，随即脱身。他正要下城墙而去，已经被泰逢铜镜照住，日气增强了云雾流动，龙凤旗帜顿时在光罩中烧毁，又使他困在半空，头晕目眩。

这时，郁垒已经朝大网射出飞针，牵引大网压下包裹住郭氏和城墙上不断放箭的士卒，封住他们的魂魄，包裹住扯了过来。城墙后面的士卒虽然上前补充，继续放箭，但由于宗师被擒，已经没有战意。

颛臾氏与耕父冒着箭雨接近沟渠，都抛出金钩，勾出两根巨木出水，却拉扯不出。颛臾氏知道有宗师在水下，他朝水下射出金箭，等水下变色后，再与耕父合力使金钩借水浮力把巨木拉出水面，丢在阵前，只见巨木下面附着一人，身体僵硬，正是汶伯。等汶伯也能活动了，颛臾氏用金箭射住他，移入土石绑在他身上不得脱。

妲己这时正在阵前等着，两人便收了法宝宗师前来献功，而这时薄姑国侯也在城墙上大叫愿意投降。

妲己率军进入薄姑城，将爽鸠氏、郭氏、汶伯带入宫中，以招魂旗裹住下身封住神力，对他们说："你们虽在东夷，应该听过我在大商内服诸国中宣扬的新盟誓，而现在既然为我所缚，就要遵守我制定的刑律，待为奴期满之后去我大商诸国带兵，以后所得爵位一定不会比现在低！"

众人都有些沮丧，他们风闻这位王妃刑罚严厉，因此宁愿在东夷为官，不愿去大邑商，郭氏便说："请问王妃，是否可以留在薄姑为大商守卫东土？"

"我实话告诉你们军情吧，我们此来就要消灭任伯等东夷余孽，所以你们已经不需要在薄姑守卫了，只有去我大商为官才是你们的前途！"说着便以目视颛臾氏。

颛臾氏会意，说："师兄，我之前被擒，为奴三年后在洛地带兵，本来为昆虫氏麾下，但后来多亏王妃给我兵权，让我能够与昆虫氏平起平坐，独立带兵，你若是肯降服，自然可以和我一样，这不比你在薄姑做要差吧？"

郭氏考虑了一下，便说："好的，既然有师弟富贵在前，我便听凭王妃安排！"

看到郭氏愿降，爽鸠氏和汶伯也都表示服从。既然他们投降，妲己便命置于宫中看管，刚要离开，爽鸠氏急着说："王妃，我既然投降，就一定效忠大商，可否为我松去神力禁锢，我可现在就为大商图谋任伯！"

妲己回头说："大商刑制，被俘宗师需要三年为奴，但你可以说说看，有什么策略？"

爽鸠氏便说："有仍氏和雨师妾族之所以一直没有被抓捕，是因为他们的国土背靠密林，只要亚丑伯或司工官征伐，他们就可退守密林，无法抓捕，所以只有先派人围城，才能俘获他们的士卒，这样他们就不得不顾忌士卒而受降。"

妲己笑着说："确实是好计策，等我按照此策施行，如果立功，我便向大王对你宽恕。"

爽鸠氏又说："我熟悉在密林中追捕宗师，如果现在释放我，万一任伯退入密林不愿投降，就可为王妃追捕，现在任伯号称东君，雨师姜号称云中君，他们在东夷的号召力极强，即使这次全军覆没，也很容易就重新聚起士卒，所以他们很有可能是退入密林，坚决不降。"

妲己皱眉问："你这么急着脱困，是否有什么放不下的吗？"

爽鸠氏谄媚笑着说："我只是急切要为王妃立功而已！"

妲己轻笑着说："大商刑律在前，恕我不能为你破例了！"因为她自己曾为奴三年，所以看不起受不了苦的人，便不愿出力特赦爽鸠氏，说着便与众宗师离开了。

路上，妲己笑着对颛臾氏说："这次你破了铜鉴法宝，抓捕宗师有功，照此下去，将来前途应该会在昆虫氏之上哦！"

颛臾氏会意，想自己今后赶跑昆虫氏，独占洛地有望，急忙答应说："还要多谢王妃才是！"

妲己军在薄姑修整两日，在此期间，王后风师发来消息问何时与她所率领的奄国兵马会合，妲己则只让王后率领宗师前来，军马暂时不动。

王后收到消息，认为可能是妲己轻敌，但她也不在乎这么多，毕竟这次如果失败，妲己就没有威信来与自己争夺后位了。她便率领水庸氏、飞廉暗自去了薄姑，妲己整顿好军队，就出发征伐有仍氏族而去。路上，王后问妲己："为何还不调集亚丑伯和司工官军马一起围攻？"

"先不要惊动任伯他们，在我们与之酣战之时再调集军队堵住他们退路，以防止他们退入密林，不好抓捕。"

王后听了才知道妲己谋划，心中暗自佩服。

这时，任伯早已收到妲己军破薄姑的消息，正在准备撤退，听探马报告说奄国、亚丑伯与司工官都没有出动，只有妲己一军而已，便打算继续留守，羲和氏奇怪地问："妲己怎么没有率领司工官他们的军队一起征伐呢？"

任伯说："这有什么好奇怪的，这位王妃这些年在大商诸国之中以刑罚严峻著称，各国自然都不愿意与她合兵征伐了。"

"但前些年她在东夷时，传说司工官跟她有情，他都不愿意去合兵吗？"

"这些情事不用去探问，没有派兵会合就是结果了，对了，姜望他们什么时候到？把这个消息告诉他们，这可是擒住妲己的最好时机！"

義和氏说："之前他以罗罗鸟传信说他在妲己出征之时就筹划过来了，但如果现在传消息给他怕是找不到他的。"

"让罗罗鸟去最近的虞国，一定要把这消息及时送到，周人听说了一定会为擒住妲己而来！"

姜望夫妇这时与邰伯已经到达东夷，之前得到妲己东征的消息，周人不愿意多管，因此只让邰伯来相助，以图暗中袭击宗师。姜望等人在雨师妾那里得知了只有妲己一军出征的消息，都觉得是擒住妲己的好机会，便往北朝有仍族而去。而妲己军经过三四天行军，也已经到了有仍城外，准备攻城，但任伯夫妇坚守城门，并不出战。

妲己、泰逢等人接近城门，看到城外有河水环绕，而浮桥已经被拆除，城墙上空有鸥鸮老鹰悬浮。妲己对泰逢说："看来任伯准备守城，等到我们退兵都不会主动出战了。"

泰逢说："先去试探一下护城神术再说！"说着与颛臾氏、郁垒飞身去了，郁垒贴近地面飞行，刚到城门附近，就察觉地上草木有蓄气，他以旌节旗帜挥舞，变大往草木上盖下去。

果然，旌节旗帜刚朝地上压下，草木间就啪啪啪的发出炸裂声，草木焦枯，热流冲击而上，把旌节旗帜刺穿烧毁，一直冲入半空中的众宗师之间。泰逢一边闪避，一边急忙朝地上抛出葫芦，啪的一下被热流击碎之后，放出一大团云雾，顿时把冲击宗师的热流散去。而这时云雾中震动不已，鸥鸮冲了进来，但泰逢随即挥刀搅动，把前面集中射过来的数道震动都散在云雾中。

妲己在阵前，看到城门前草木差不多都被烧毁，热浪散去，便命令骑兵轮番冲击城门，一道道木锥冲刺着城门，发出咣咣的巨响，任伯听了心惊，怕这城门支撑不了多久，又见云雾已经蔓延至城墙上了，便要去引诱他们更加接近城墙。他扬起巨幕，牵引延伸至城墙的云雾散去，但泰逢看了并不在意，而是继续挥舞大刀，搅动云气，任伯的巨幕虽然吹开云雾，却反而翻转几下，被剩余的云气牵扯拉过泰逢那边，被他收了去了。

任伯看宗师不接近城墙，而冲上去的鸥鹆又都被搅动的云雾迷得到处乱窜，被颛臾氏的捕兽笼收了去，心中焦急，只好飞身过去要与他们斗法。姜望夫妇隐在城墙后面，看到在东夷之战中逞威的鸥鹆群这时如同二流宗师一样被禁锢住，毫无反抗的被收了去，都感叹不已。

地上，一道城门已经被妲己麾下的骑兵经过轮番冲击而粉碎，妲己便跟王后一起上前去查看过河的可能，她们到了护城河边，看到浮土，妲己想难道又是水下安置了巨木？随即以强光射入水中试探，却并没有察觉到任何蓄气，而水面平静，看不出什么异常。王后则突然想到羲和氏，马上对着上空宗师大叫说："不要靠近城墙，水上可能有聚光聚热发出！"

任伯这时正在用盾牌拨开泰逢的云雾缠身和颛臾氏的机弩，一边后退，要引诱他们靠近。但一听到王后叫声，泰逢等人随即望了望云雾下的护城河，止住不追。邰伯听到女声，对姜望夫妇说："定是妲己来了，快去偷袭！"

姜望说："这不是妲己声音，不过你可先去挑战，我和我夫人随后暗中袭击！"

邰伯即飞身下去，聚积好春气的宝玉已经穿过云雾朝王后射去。但她身边环绕的夜明珠早已照亮射过来的宝玉，在疾风中躲开。她夜明珠也吸了春气中的部分热气，这时两道强光朝邰伯射去，虽然被他周围水雾田阵吸去部分热浪，但挡住光束的大刀却已经有些融化。

邰伯迅速落地，把跟随自己的强光热气都转移到附近草木上去了，他看到王后和妲己，大叫："妲己、王后，你们投降于我罢！"说着以大刀镢地，拔出扬起一阵尘土乘着聚积的春气朝两人飞溅过去。

王后夜明珠罩住冲击，自己急退大叫："邰氏，你们周人不要多管！"

妲己则迎着尘土投出短剑，如劈竹似的破开春气朝四面八方射出，往邰伯射去。由于双方相距在数百步之外，又有浓雾阻挡，邰伯得以急退躲过短剑上的杀气追袭。他挥动大刀牵引炸裂过来的金粉导入尘土而去，阵中顿时风沙乱舞，两边草木泥土被翻出沟渠。妲己知道有邰伯身边有田阵，一般的杀气追袭都会被尘土、宝玉散去，而浓雾里又不能确定他的藏身位置。她便放出几道蛇行热流，从草木空隙里四面八方追踪邰伯气息，扑了过去。

邰伯已经察觉蛇行的热气从草丛里追袭而来，自知很难以尘土散去，只好一刀划出沟壑，置身于阵外，就要离去，王后已经在半空朝他头上射出强光，而他附近地上的夜明珠也朝他连上光束，使他顿觉多处灼痛。

邰伯急忙运动周身水雾，但高热却已经使他浑身灼伤，实在不能抵挡，只好举刀连带蓄积的春气宝玉朝头上的王后刺出，反身便走。王后以光罩急退，躲开了宝玉，邰伯却被铺天盖地的一张招魂旗压下来。他大吼一声，以聚积的春气把旗帜劈开，并吹散两旁，但还没钻出来，就被几根金针穿过旗布射中。原来是郁垒听到王后叫声，赶来助战，在旗帜之后感知邰伯魂魄所在，透过招魂旗袭击成功。

邰伯魂魄随即被金针吸走，整个人昏迷坠下地去。妲己这时看到，以短剑聚起蛇行热气朝他击出，但从河面上冲出姜望，热气早已被拦截散去，他附身于水面多时了，本来要待机袭击妲己，但看邰伯躲不开这一击，就现身了。

申妃则从河边草木中出现，以牧草聚气突然朝妲己击出，逼得她往后急闪，但申妃已经聚起了妲己退后的风气。妲己只觉得刚退出几步就被压迫的不住的往前，而迎面的风气又已经扑来，她感觉行动滞塞，干脆不退，以短剑劈开草刺，短剑接着便朝申妃投出。

申妃知道妲己短剑厉害，并不迎击，她借草枝气闪开直接逼近妲己。妲己被刚才的神力禁锢惊得冷汗直流，便不敢再与她近战。她正要后退，却只觉得仍然行动滞塞。

这时申妃已经趁机到了妲己跟前，以牧草阵法把她绑缚住，但这草木之气的绑缚在妲己发出毒热中早已软化，她颈项上的玉串已经罩住近前的申妃，她短剑一招，就要发动金粉把申妃吸住。但申妃也已经指住了她的金粉吸附的轨迹，一阵风散开后，借力加速冲了过去。

还没等妲己反应过来，她就"嗖"的一下闪到了妲己跟前，一剑劈飞她手中抛出的短剑。但短剑受激，立即发出一阵杀气追袭的炸裂，一连串砰砰砰火花四射，一道金粉集中随着短剑甩出，一道金粉朝申妃手中短剑聚积，啪的把短剑震飞。申妃被这金粉杀气炸裂掠过，吃惊不小，急忙猛地退后。而申妃一退，妲己便发觉自己能急退了，她急忙一边附身草木而退，一边暗中放出两股蛇形风。

这时妲己刚觉得身体自由，急忙退走，但才退出十几步，又被半空中的申妃紧追不舍，而才一稍微接近，又使她急退变得滞塞了。申妃正要以天气压制她，突然感觉左右寒风和软风袭来，知道是飞廉的攻击，急忙后退躲入草木里去了。飞廉也是听到王后叫声赶来的，他一逼开申妃，接着就朝姜望出击。

之前姜望救下郰伯，以金钩扯出刺中他的金针，但随即遭到王后强光罩住，虽然光罩在他身边随即被寒风减弱，但郁垒金针随即射来，逼得他钩住自己和郰伯朝城门甩出，但在半空中又被强光跟随罩住。他只好以金钩射地，止住抛去之势，并闪过强光，朝这时扑向郰伯的郁垒刺出一击，却被郁垒随手用大常旗以天气压下。郁垒则借铺天盖地的旗帜掩护朝郰伯坠落的地方飞去。却不知姜望的另一只手中的佩刀则已经引导聚起地气撞击大常旗，把旗帜撞碎，郁垒虽然在急速飞过，仍然被穿破大旗的金削打中双脚，脚掌骨折。但他负痛咬牙朝郰伯掉落的地方飞去，不愿放过杀死郰伯的好机会。

姜望急飞跟上而去，而这时飞廉运起的两道风气也朝他袭来，他只觉身后灼热、凌厉，两股风气朝他压迫而至，而救人又急，只好聚起袭来之风的前推之势，借推力加速，迅速到达郰伯掉落的地方，捡起收在水壶中。他正要离去，看到半空中郁垒金针已经射到，急忙闪过，并以大刀朝他冲击，但这时飞廉又飞近，操控疾风来围攻姜望，而王后也在河对岸以强光照来。

姜望看大商人多，只好闪避，他一手引风削弱强光，一手借地气上扬闪避风气，但由于葫芦里还装着郰伯，负重而不能一次性借地气移到高空，他在两道交龙似的朝他袭来的风气中闪过几闪，才躲进了高空的云雾中。

飞廉要追，却又被后面的申妃赶来拦住。

高空这时已经被泰逢以云雾笼罩，之前任伯虽然吹去了部分云雾，但仍然觉得行动受到云气和风气阻塞，一举一动都很费力，而泰逢却在不断朝他靠近。任伯只能以金箭射入云雾，使电击遍布，把泰逢逼退，而他自己只得以护臂盾牌划动后退，一边对高空的羲和氏大叫："不要下来，这附近的风气是受控的！"

而颛臾氏则趁机连发机弩，他不敢接，只得不断闪避，羲和氏在高空，想以强光清除云雾阻碍视线，但云雾不断涌现，她又不敢接近，只得大叫："回城墙去！"

任伯知道她的意思，凭引风幕布挡住羽箭，自己猛地划动护臂盾牌，同时借风和激发元气，飞身回到城墙去了。幕布虽然挡住机弩羽箭，却也在倾斜导引羽箭瞬间就被移入重物掉了下去。泰逢则察觉到任伯正在急速摆脱自己控制，便急追上去，但他刚接近城墙，就被笼罩在一阵眩晕的强光中。原来是羲和氏在护城河中布置了光阵，水面强光满溢，聚起周围的阳光笼罩了城墙周围，正好把追上去的泰逢罩住。

虽然泰逢身上火光受激发热，但因为他周身又有云雾散热，没有受伤，只是被强光中的天气压了下去。幸亏他身后的颛臾氏手快，以金钩钩住了他，把他往上抛出光罩。但他们随即迎着刚上来的姜望，大刀朝他们劈来，颛臾氏急忙抛出玉砖变大，移来山石之气挡在身前。看刀劈竟然只能在玉砖上划出痕迹，不能断开，姜望只好躲开，顺手聚积玉砖的下坠之势，使其脱离颛臾氏控制，加速掉了下去。

颛臾氏看姜望接近，射出了机弩，但反被姜望导引羽箭去势，把颛臾氏拉的倾倒，姜望趁机接近，迎着他一刀劈下，砍在他移到头上的多重盾牌上，不能透过。而姜望一击不中，颛臾氏正要丢开盾牌逃回，却突然觉得浑身滞塞，原来是他头上的泰逢趁机运起他周围云雾气封住了他的行动。

姜望想借风云气操控颛臾氏，并牵动自己退开，却只能随泰逢操控的云气和风气在原地转圈。他只好挥舞大刀，引一道风云气朝地上射出一道金钩，把自己拉下地走了。申妃这时刚摆脱飞廉，要躲入云端，却正好看到姜望被逼了下来，她便大声对羲和氏喊："快放开光罩，让我们进去！"

羲和氏这时却不愿意放开光罩，宁愿逼姜望与妲己他们死斗。姜望下来，寻声而去，正好与申妃碰面，但飞廉也寻声过来，以三道云气逼了过来，颛臾氏的数支羽箭也射来。

姜望与申妃俩人刀剑相碰一用力，立即根据各自用力的方向就知道了彼此所想到的后退之法，便都指住三道风气中的间阖风袭来所推开的风雾移动，两人不约而同地移到呼啸而至的间阖风的一旁，顺便躲开了数支羽箭和其他两道风气。虽然闪过间阖风的侵袭，但由于他们借动风雾不多，只移动到风气一旁，寒风仅从他们身旁掠过，仍然使他们觉得全身冻僵。他们急忙再聚积身后寒风，推动他们跟随这道往光罩而去的寒风，急速穿过护城河上灼热的光罩，到了城墙，而他们几乎冻僵。

过了强光光罩，间阖风损失大半，他们俩滑开推动寒风，冻僵的身体才开始恢复，姜望对申妃说："你没被冻伤吧？"

申妃愠怒的飞身而去，说："还好！去找任伯他们！"

妲己和王后这时也已经寻声到了云雾中，刚好跟找过来的飞廉和颛臾氏碰面，妲己问："发现姜望没有？"

飞廉说："刚才我一击，他们便隐入云雾中，现在我没感觉到他们的气息了，应该已经去光罩对面了。"

妲己便对王后说："你能破这光罩吗？"

"应该是宝物在，才能维持聚光，而光罩发动后水面上波纹似乎整齐了些，强光笼罩可能与这波纹有关，只要找到法宝所在就行了，这需要我绕着城池慢慢找，才能觉察聚光较多的地方，也就是法宝所在了。"

飞廉便说："我可以放出间阖寒风，送士卒通过，其实聚光主要在城墙附近上空，我们宗师从高空也可以偷袭入城的。"

妲己对飞廉点点头，然后笑着对王后说："你去找法宝，但慢慢来，找到了也不要立即拿走，等我号令吧！"

王后很不满妲己对自己的命令，便说："你什么意思，这不是延误战机嘛！还有，你应该尊称我为王后！"

妲己严肃地说："既然我带兵，你就得听我号令。"然后对泰逢说："我们先回去再说。"

王后正要发作，飞廉急忙对她耳语几句，她听了仍然面带怒色，低声说："有了策略也不能对我如此无礼！"

这时泰逢已经驱散云雾，把受伤的郁垒扯上来，与他们回去了。地上，自光罩出现后，髻女就已经命令骑兵退后，不再冲击城门了。

妲己与泰逢牵引着受伤的郁垒慢慢飞行回营，她对郁垒说："你虽然没有擒住郤伯，但击伤了他也是功劳，我会给你记功的！"

郁垒泄气地说："可惜就差一点了，被姜望抢先把人给救了！"

"算了，毕竟对手是姜望。"妲己又笑着抚住他的胸膛说："我总算知道你应该算是这战场上最拼命最尽责的了！"

郁垒脸有些发红，但随即伸手推开了妲己的手，说："与姜望、邰伯较量，我当然会出全力！"

妲己看他拒绝，便岔开话题，转而对泰逢说："你操控大片的云雨气，应该使姜望不能借法逃走了，怎么仍然没能困住他呢？"

泰逢惭愧说："云雨气本身因不稳定而束缚力太弱，只能有扰乱之功，当然也就禁不起姜望借云雨外的天地气流动冲破阻滞。"

"看来这种神术只是辅助，你还是多修炼蓄积云雨气，提升冲击力吧！"

泰逢笑着说："这是自然，不过这神术也使我受益匪浅，还是要多谢王妃的指点！"

"这主要是髻女的气味神术，我也是从她那领悟到的。"妲己顿了顿，看着他笑着说，"髻女既是位美人，又精通烹饪，现在又还能带兵打仗，你说哪位主君娶了她，不就得了助力，又可飨食美味了？"

泰逢笑着说："现在我妻子武罗王放下族中事务，在家帮我料理事务，她和她武罗族人还可帮我调解洛地的纷争，这样就很好的，冒着风雨露宿打仗是男人该干的事。"

妲己听了，想对于泰逢这种安于一地之君的人来说应该会这样想，如果遇到司工官、周氏这样想扩张势力的人来说，女宗师便可娶来作为助力了，她便不再多劝。妲己回到大营，质问苏子说："你之前听到王后叫声，连飞廉都来了，你为何不来相助？"

苏子惶恐说："我看飞廉去了，便……"

妲己冷笑说："若是连飞廉都不来，我怕是已经被姜望夫人给抓了！——你是听到周人来了，不敢现身吧！"

苏子只好点头，妲己阴沉地说："你再这样夹在我跟周人之间，我俩兄妹之情迟早要被冲淡！"说完便离去了。苏子有些失落，想着该如何立功才能挽回兄妹情。

妲己立威下篇

姜望夫妇见到任伯夫妇，申妃大骂说："羲和氏，为何不关闭光罩，让我们进去，你想我们被困死在外面吗！"

羲和氏有些不镇定，但还是振振有词地说："光罩守卫的是整个有仍族的百姓士卒，怎么能仅为你二人就随意开闭？"

申妃轻蔑地说："如果我们在外面被围攻逃走，或被杀死，光凭你们二人哪里救得了这个城里的人！"

羲和氏终于忍不住羞怒地说："我们大不了就带着百姓士卒退守东边的密林，哪里用得着你二人！"

姜望这时也忍不住了，说："先别说你们逃不逃得了了，就看你们如此不看重旧友的援助，就没有人愿意帮你们！"

羲和氏一时说不上话，只好憋着气，任伯便缓和说："这是我们的过失，确实应该关闭一下光罩的！"

羲和氏大声说："再关闭光罩我们放置法宝的位置不就暴露了吗，如果王后她们派人围追我，哪里还有重新开启光罩的机会？而殷人趁机攻伐，有仍邑哪里守得住？"

任伯便对她说："至少应该劝他们逃走或往高空回城的，说一句总应该的吧？"又转向姜望夫妇卑下地说："还希望二位不要在意我夫人的话，她也是看大商宗师厉害感到着急而已！"

姜望便说："我说句实话，现在既然连飞廉和王后都来了，你们很难守住城邑的，况且你们用光罩封住城邑四周，这样查探不到外面的军队动向，万一他们围城怎么办，你们不就连带着百姓逃走的机会都丧失了吗？"

任伯虽然嘴上卑下，却还是对于姜望夫妇的指责不服，认为不开光罩姜望夫妇也逃得过追杀，他说："没关系的，我会时常的在高空查看殷人动向。"

姜望又说："这城邑四周都是高山密林，殷人如果从林中潜行，偷偷围城，你们是看不到的。"

羲和氏则说："我们可以带暗探飞出去，让他们带着精卫鸟给我们报信。"

姜望见劝不住，他知道东夷人就是这样，猎师本性，一家人独来独往，对自己的实力过于自信，便对申妃说："我们走吧，邰伯还没救醒呢！"

申妃走的时候，轻笑着对任伯夫妇说："邰伯可以算是最能为你们拼命的人了吧？"

羲和氏又羞又气，不能说话，任伯在姜望夫妇走后，劝她说："算了，忍着气吧，等他们帮我们退走密林之后，就不用再看他们脸色了！"

姜望放出邰伯，他被金针吸去了一些魂魄，处于昏迷之中，姜望便用青玉配合牛伤草释放草木之魂把他救醒。邰伯醒了，看着姜望轻声说："多谢吕侯救命了！"

"别说这些，我们远道而来，不可能就让你葬身异乡了嘛！"

"现在战况怎么样，妲己他们没有破城吗？"

姜望把情况说了，又说了任伯夫妇不愿关闭光罩之事。邰伯便说："看来任伯是守不住了，现在最要紧的是，为了防止任伯投靠大商，先下手杀了他！"

姜望跟申妃对望，吃惊不小，姜望便说："还没到这个地步吧，他们可退守密林的，再说他们还没投靠就杀人，是不是太不讲道义了？"

邰伯叹道："知道你们念旧情，不敢杀人，但如果他们投靠大商，率领麾下东夷士卒，一定会是我们的祸患，所以不如趁早杀人！"

看姜望和申妃都迟疑，邰伯就说："还是等我好了，我来动手吧！"

一连几天，任伯夫妇要送暗探出去都被大商宗师发觉，他们想既然监察这么严密，就算送了暗探出去，送信的精卫鸟也飞不回来了，便求姜望夫妇一起出城探查妲己军的军粮还能支撑多久。就他们刚飞出城外之时，妲己、飞廉等五六个宗师就追了上来，妲己大声说："任伯，投降我们吧，我可以让你们继续带领东夷士卒，看颛臾氏便是！"

颛臾氏也说："是啊，任伯，有王妃在，我们东夷人即使在大商也可凭功劳得到封地！"

任伯夫妇不答，他们躲入密林中，妲己便大叫："别追了，回去占领有仍邑！"他们便从高空往城内飞去，但在半空遭到了鸥鹑袭击。各位宗师都有宝玉护身，并不惧怕，泰逢聚起大片云雾困住这些鸥鹑，飞廉聚起多股风气、妲己放出多股热流，把鸥鹑逐一除去。正在鸥鹑伤亡殆尽之时，任伯他们又回来了，在云雾中以带电的金箭攻击宗师，逼得众人只得推开各自身边的云雾，而趁此机会，任伯他们已经躲入地上去了。

姐己等人跟着下去，却发现城内到处都是捕兽器，有化作石柱的，有附在草木上的，有树梢上的，还有路上泥土中的，稍微扰动就会被切断脚或炸裂，士卒们则躲在暗处放箭。姐己看不派大批士卒进城就不能抓住他们，只好率领宗师退走了。

任伯等人不敢回宫，只聚集在混在百姓中的普通宅屋，姜望对他说："看样子姐己他们军粮充足，就算没有，可能也会有办法补充，你们还是退守密林吧！"

任伯只好说："只有这样了！"

第二天，羲和氏收去拦河法宝，城门附近的光罩立即削弱，而刚把浮桥搭在东门，就听到对面杀声震天，原来是亚丑伯率军到了。任伯一急，大声命令"冲出去！"但士卒刚保护百姓过桥，就被从草木中冒出的迷魂气软倒，列阵缓慢，而亚丑伯前排士卒的阵法冲击则使他们伤亡惨重，任伯只好命令士卒后退。直到他们全部退入城中，羲和氏才重启光罩，姜望这时过来报信说："南北两门也都有士卒，我们被包围了！"

任伯听了阴沉着脸，一边以尖利的呵斥命令士卒去城墙守卫，一边不理姜望，飞身上高空找羲和氏去了。郐伯这时候过来了，他本来是想尾随任伯队伍出城，要混在队伍里斩杀任伯的，但任伯躲在队伍里一退，他便找不到人了，而刚听到任伯命令声，就赶过来，正好看到姜望。他便问："任伯人呢？"

"上高空去了。"

"必然是去与羲和氏会合，我伤刚好，现在仍然凝神迟缓，不如我们一起去斩杀他们夫妇？"

"还是等我夫人过来，一起劝他们投降我们吧！"

"现在殷人马上就要攻进来了，任伯他们带不走这些百姓士卒，必然会投降大商，而不是投靠我们，等你夫人过来就一起杀吧！"

"好吧，但若能擒住，可残废他们，留下性命吧！"

郐伯答应了，两人便等申妃过来会合。任伯找到在城墙边上启动光罩的羲和氏，对她说："这次百姓士卒都带不走了，不如投降大商算了，姐己那天确实有意劝降我们的！"

羲和氏说："只能这样了，但姜望他们怎么办？他们不可能会容许我们投降大商的！"

任伯一咬牙说："我找你就是跟你定计的，偷袭他们，不能成我们再先往城外逃走！"

羲和氏惊异地看着他说："连我都不敢这么想，在光罩那事的时候我还以为你比我还要愧疚……"

任伯打断她说："别说这些了，你去把姜望夫妇引到妲己他们那里去，我去偷袭邰伯，即使不能杀了他，至少要重伤，才好在投降大商后有地位！"

他们正密谋着，光罩突然消失了，王后出现在他们俩对面的护城河上。原来，之前王后已经找到了羲和氏放置拦河宝物的地方，她隐在河岸不动，看着她躲在光罩中止住宝物后，又打开了光罩。这时看攻城开始，就飞近护城河，以玉尺伸长，把光罩中的拦河宝物取了出来。她飞过护城河，大声说："任伯，你全城百姓都逃不掉了，投降于我大商罢！"

任伯便过河，跟王后说了引出姜望夫妇的密谋，她轻蔑地说："好吧，你把他们引到这里来！"说着便让手下宗师放出罗罗鸟去叫妲己、飞廉等人过来，自己则伏在河岸草丛里，准备等宗师过来，随时开启光罩。任伯和羲和氏便去了，他们在城内半路上正好碰上姜望夫妇和邰伯过来找他。姜望首先大叫："任伯，带上亲眷跟我们去渭水吧！"

羲和氏吃了一惊，任伯则笑着上前说："好！我宁愿弃城去渭水帮你们，也不会甘心向殷人俯首的，不过我们刚才发现大商王后刚在护城河边收了光罩，正独自等待援兵，我们可先擒住她，立下功劳再走不迟！"

说着对羲和氏看了一眼，她便上前说："姜望大哥、夫人，你俩随我去吧，邰伯可先由我夫君护持，保护亲眷退走，我们在南门会合！"

邰伯隐然一笑说："申夫人跟任夫人去，足以擒住大商王后，姜望可就随我们先去南门吧！"

任伯死盯着邰伯的脸看着，但他脸上没有表情，看不出什么破绽，他便着急说："别犹豫了，邰伯，我们先走吧！"说着便来拉他，但邰伯随即拉上姜望，两下拉扯不开。任伯看邰伯坚持，才知道他也是有预谋的，便放开他，拉上羲和氏就飞走，头也不回地对姜望他们说："那就由我夫妻二人先去擒住王后，你们先去！"

邰伯大叫："慢走！我还有话要说！"一边急追上前，但任伯夫妇飞得更快了。邰伯看他们加速，知道事情败露，便大叫："你们回来罢，投降大商不如投降我们！"姜望也说："是啊，任伯，我们不会伤你们的，我们一起在渭水建立基业！"

但任伯不答，飞得更快了，姜望看说服没用，便跟申妃使了使眼色，两人各自朝任伯、羲和氏发出一道金针，然后元气感应他们身后的疾风。任伯夫妇察觉后面冲击，都各自闪躲，但他俩往侧面这一躲一停，随即被侧面反推过来的疾风撞得失去平衡，身子歪在一边，飞行速度也减缓。

姜望夫妇趁机赶上，冲击先到，任伯只好停下来放出迎风幕布。但他们指住幕布表面，金针还没滑开，就发生撞击，幕布嘭的两下被疾风撞裂，姜望夫妇冲过碎裂的幕布，迎着任伯夫妇就是猛力劈出。羲和氏急忙躲开，并布置三颗蚌珠在身前，强光追随姜望夫妇罩住，但他们在被罩住瞬间已经闪开。

申妃射出布束，但随即被强光烧毁，强光罩住申妃，热度减弱，而她的金针却迎着强光刺眼从光束中穿过，击中羲和氏，顿时使她瘫软。申妃随后接近，搜去她身上的宝玉和蚌珠，再以藤条捆住，收在葫芦里。

任伯这边则布置下了数支金箭，他操控这些金箭跟踪姜望，使之不能越过金箭范围。姜望只好抛出金钩，把金箭都勾在一起甩出。但趁这一缓，任伯已经飞走。任伯激发元气在他们俩之上，申妃和姜望眼看追不上，在他背后大喊："你不顾你夫人了吗？"

任伯只顾埋头而走，直到城墙，他随即越过护城河，在城外等姜望夫妇。姜望正要过河，看见任伯在河对岸突然停了下来，便止住申妃说："可能有埋伏！"

申妃也觉察任伯一人停在河对岸半空，确实蹊跷，便要挟说："任伯，你夫人在我这，你再不回来，我就对她不客气了！"

任伯丝毫不惊慌，说："你们过来，我跟你好好说，再放了我夫人！"

姜望看任伯巍然不动，拉着申妃回头就走，这时，河对岸草木中冲出妲己等人，大叫："姜望休走！"姜望夫妇急忙加速飞走，路上碰到邰伯迎面过来，对他大叫说有埋伏，三人便趁城内混乱，下地躲了。妲己等宗师在地上找了一下，这时百姓士卒混乱，没能找到，只好离去，率领入城的军队去了。

三人正要趁乱出城，恰好碰上率军入城的亚丑伯迎面而来，他发觉地上有人隐形附在草木上飞行，知道是宗师，便以大斧划向三人，却在半空发生水汽疾风撞击，只在地上留下沟壑。姜望夫妇这才看清是亚丑伯在半空中阻拦他们，申妃离开附身草木，现形飞身上半空，大声说："丑氏，你要拦我吗？"

亚丑伯看到申妃清丽脸庞上双眼逼视，心中一软，随即说："你们俩可以走，但那个人要留下！"

这话伤到邰伯自尊，他大怒说："我邰伯的田阵难道会怕你吗！"说着聚气一击，但却被亚丑伯身边聚起的草木气息轻易散去攻击。亚丑伯随即下地，大斧朝地上一路往上一劈，一道沟壑延伸过去，被邰伯聚气草木挡住。一声巨响之后，亚丑伯则已经到了半空，挥舞大斧，以洒下的药水聚起魂气，邰伯伤未好，魂魄不集中，来不及反应，这时已经发现自己被四面八方的草木围攻而来，既锋利又夹杂着高热。

但姜望已经移动到他头上，大刀一扫，聚积地上散风把那些如刀剑锋利的田阵魂风都拦截了下来，空中当啷砰砰之声不断，姜望周围土地草木都因四周风气剧烈聚集而粉碎。邰伯趁机跳到半空，与姜望、申妃一起往城外飞去。亚丑伯看着他们远去，没有追赶，他想：这次因旧情放了他们，自己可就少了一份重要的功劳了，占据有仍城之后免不了要跟妲己争夺财货人口。

任伯沮丧地迎着妲己的军队入城，妲己对他说："你不用着急，既然你如此真心投靠我们大商，可让你夫人先投降姜望，我们以后与周人交战，带她过来便是。"

任伯勉强答应。这时，亚丑伯和索氏各自带领的军队已经与妲己会合，妲己安排好他们之后，便派苏子带领低等宗师带领军队随任伯去玄股氏族等地去搜集青壮年。

两天后，风师传信说应该能得五万人。妲己高兴地在宫厅里聚集众宗师说："这次围攻东夷，颛臾氏、泰逢、耕父和郁垒四人都有战功，这五万之众理所当然要分给他们，诸位侯伯没有意见吧？"

亚丑伯不快说:"王妃,我围城有功,不应该分得一些劳役吗?"

"我之前在诸国侯伯之中宣布了我所制定的刑制,规定了赏罚律令,劳役土地只赏赐有功之人,你虽围城,却未能获得一件法宝,或一位宗师,怎么能获得赏赐?"

亚丑伯不悦说:"按照大王之前的规定,只要攻下了城池,就有功劳!"

妲己便对诸位宗师说:"你们认为亚丑伯的功劳足以获得赏赐吗?"

颛臾氏首先叫道:"任伯是先向王后投降的,亚丑伯只是随我们进城而已,怎么能分得战俘?"

泰逢也说:"接下来亚丑伯驻守莱地,不但可以垦荒,还可获得人口劳役,还需要计较赏赐吗?"

众人都附和,只有昆虫氏说:"没有亚丑伯和索氏率军前来,任伯不会投降,应该分得赏赐,赏赐应该按照大王所定律令,攻入城池便有军功!"

妲己便问飞廉、索氏:"你们认为奄国应该分得什么赏赐?"

飞廉便说:"奄国本就是为大商的东夷卫戍,只要取得薄姑土地,监视东夷人即可,无需人口赏赐!"

妲己便对昆虫氏说:"昆虫氏,奄国作为攻城军队之一,飞廉又逼退姜望有功,他们都没要求赏赐,你昆虫氏虽然从洛地长途跋涉带兵前来,却未见寸功,你和亚丑伯能要求封赏吗?"

昆虫氏和亚丑伯只好作罢。

议事之后,妲己便在宫中宴请众宗师,并让勇士在宫厅里持干戈舞,鼓乐声大作,屋内震动,热闹非凡。众人熏熏半醉之后,妲己向王后敬酒说:"多谢王后之前在宫厅中没有为昆虫氏和亚丑伯说话!"

王后看她叫自己王后,心中暗自高兴,说:"只要苏妃对我以礼相待,我自然为大王着想,要为大邑商留住更多的劳役!"

妲己乘着酒兴说:"放心,我在外自然要一言九鼎,在王宫就尊称你为王后便是啦!"

王后听了又开始不悦,暗想你这不是暗指我没有实权嘛,便严肃地说:"你虽然握有重兵,可别忘了各个宗师都是要听命于大王的。"

妲己不想跟她多说，转身离开找髻女去了，气得王后浑身不舒服。妲己向髻女敬酒说："这次我没有给你封赏，让你独立带兵，你不会怪我吧？"

"我既然是为王妃左右，就不需要独自带兵，泰逢他们分得劳役人口就好！"

妲己知道她在暗示泰逢与她之事，因为这次调拨泰逢出征东夷之前髻女曾拜托她试探泰逢是否对自己有意，妲己这时便低声对她说："我问过泰逢了，他只对他夫人那样的不会神术的女子有兴趣。"

髻女顿时沮丧，黯然说："多谢王妃了，不过这样也好，我便可以陪在王妃身边了！"

妲己看她郁郁的样子，知道她还是渴望再嫁，但自己又舍不得她离开自己身边，就低声说："泰逢不行，还有少宗祝嘛……"

髻女盯着妲己媚笑的脸，有些惊异地说："这…不好吧，少宗祝官对王妃…"

妲己露出诱惑的笑容，说："少宗祝一直跟在我身边助我共谋大事，却顾不上他家中有妻子守望，而你若是能跟他婚，你们俩不就可以一直留在我身边了？"

髻女本来就面带羞涩，这下酒劲一上，满脸通红，又惊又喜的不能回答，妲己便笑着，握了一下她的手，然后才走。接着，各位宗师都来向妲己敬酒，轮到郁垒时，妲己半醉地拉着他的手说："现在司工官已经把雨师妾逼进密林去了，明天我打算率领宗师去帮助司工官追捕，你伤好了吗，可否随我去？"

"已经好了，我随王妃去吧！"

妲己得到满意的答案，高兴地笑着说："那你就跟在我身边护卫吧，不用带兵了。"

郁垒听了有些不自在，便转移话题说："不如带上任伯吧，若是他熟悉雨师妾惯于藏身之所，追捕她也会快些。"

妲己想起之前爽鸠氏说的话，便点头答应着。宴席散了之后，妲己便去找到任伯一问，任伯立即答应帮忙，但与妲己相约，如果找到并劝降雨师妾，就免除他的三年为奴之罚。妲己想现在正是用人之际，而任伯既然因顾及他族人和士卒而降，定然不会逃跑，便答应了。

第二天，妲己便增派飞廉、索氏等人在莱地迁徙人口，自己则带着任伯、泰逢、郁垒，并王后率领骑兵出发，他们打算先前去雨师妾族地追捕，然后再等昆吾氏围剿兹氏的消息。他们一路出发,一天后才到达雨师妾族聚落,这里到处是山丘,山上长满密林,云雾缭绕,也没有路可行,怪不得司工官虽然屡次击溃雨师妾,也没能抓到她。任伯因为之前跟雨师妾有联络,知道她惯于藏身的地方,他便带领众人前去。骑兵驻扎在密林外,宗师则进密林而去,半日便找到了雨师妾所在。任伯指着树林中的云气说:"这就是雨师妾常用的云阵了,你们先随我进入,待我与她会面,你们可趁机擒住她。"

他手臂戴上条形盾牌,小心的划开两旁云雾和缠绕的树枝,滑入雾气弥漫的树梢下,因此没有触碰到树枝上布置的警示,众人也尾随而入。任伯找到了雨师妾,她看到是任伯,急忙运起云雾风把石块压在他身上绑住,使他负重匍匐,说:"听说你的有仍城被攻破,你怎么来此了?"

任伯笑着说:"我自然是来劝降你的!"

雨师妾呵斥说:"荒谬!我士卒都在密林中,司工官都找不到,我凭什么投降,你一人来……"她突然想到任伯不可能只身前来劝降,心中一惊,止住说话,急忙朝任伯投出杀矢,转身就逃。但泰逢已经暗中接近多时了,他操控云雾风把雨师妾挤压住,然后抛出金壶灌迷魂水汽把她罩住。而任伯则已经被泰逢松绑,他打出青玉压制杀矢钉在地上。由于杀矢附带的汁液尖利,把地上射成马蜂窝。任伯的青玉是以海水下的水藻编织炼制,因此不但能格挡杀矢,还能扰乱尖利的汁液尖刺,使其射偏。

他刚要上前,这时却察觉泰逢所罩住的雨师妾在阳光照耀下有些飘忽,便急着对泰逢大喊:"那是个假身,雨师妾还在云雾中!"

王后听到,已经从树梢上聚光扫过雨师妾逃去的方向,而妲己和郁垒随即从草木中冲出来,接近聚光照住的方向,果然察觉到一阵云雾中有魂魄在移动,被聚光热流烤的颤抖。郁垒射出断针,把云雾钉在树梢上,妲己则以热气蔓延至树梢压制云雾。雨师妾便现了形,全身瘫软的被郁垒以另外半截断针甩出,连人带断树捆住。妲己问她:"你服不服输?"

雨师妾看了看她,又看了看任伯,说:"只要你们愿意放过我,让我跟任伯一样投降后不用为奴,我便投降,向你们效忠!"

妲己面有难色,说:"任伯不为奴,是因为他帮忙擒住了你,你有什么立功的办法，可以说来听听？"

"我可以帮你们去海岛擒住兹氏和网海氏！"

"可以！不过如果没有擒住，你便仍然要为奴！"

雨师妾犹豫地说："这……如果我帮你们聚集起密林中所藏士卒，可不可以作为免罪赏赐？"

妲己想这样便可一举得到所有雨师妾族人，而不必再分给司工官了，便高兴地说："也可以！"她随后又对她说："你刚才用的什么神术？泰逢吸入金壶的是什么？"

雨师妾便谄媚地说："是我以蜃气凝聚而成的形状，会随我而动，此法来由是海中蜃楼，大商应该无人知晓，可以助王妃杀敌！"

任伯怕之后受赏被雨师妾抢了功劳，便说："我也知道此术，只要循着蜃气出击便可追击擒获一里路之外之敌！"

妲己笑着对雨师妾说："你若是立下功劳，任伯就是你的榜样，赏赐一定不会少的！"

妲己便让郁垒和泰逢牵住她，在密林里巡回大呼，果然，两天就聚集了大部分士卒。妲己让骑兵押着这些百姓、兵卒驻扎在城邑郊野，然后与王后商议去一趟海岛看视战况。王后说："风师传信说是姜望夫妇把兹氏给救走了，我们应该不用再去了。"

"昆吾氏这些年从来不来率兵勤王，这次正好利用这次败绩来警告他，让他不得违抗来大邑商勤王的命令！"

王后勉强答应，说："你可不能随意对他们动刑，否则昆吾氏在鄙远的南土，那里到处都是高山密林，我们大商抓不住他的。"

妲己答应，便带着郁垒跟王后一起骑马飞奔朝东海海滨而去。一日之后，他们在岸边碰到了正在上岸退走的昆吾氏。昆吾氏看到王后王妃驾临，高兴地迎接说："苏妃娘娘，上次东夷一别，我没说错吧？你果然成为王妃了！"

妲己浅笑着，问："这次宗师围剿海岛，收获如何？"

昆吾氏听了带着责怪说："王妃啊，你怎么不早些带兵来呢？本来我们已经突破了兹氏的海浪阵法，却没想到杀出姜望夫妇来，海浪突然变得极其猛烈，我们的大船都瞬间被掀翻，只好退兵，我跟戏氏和蜀王杜宇氏袭击又被姜望击退，只好在阵外海面上围困，但这两天才发现他们已经走了。王妃你如是早来，也不至于擒不住宗师！"

说着，便介绍身旁的两位犀甲披风的宗师说："这两位便是戏氏和蜀王杜宇氏了，一个为我昆吾氏邻邦国君并是为我负责在南土采集金铜的友邦，一个在西土称王。"

妲己扫了一眼两人，这俩人从开始就一直盯住自己和王后目不转睛地看着，这时戏氏便朝她一拜说："原来你就是大商的苏妃娘娘，之前就传闻你威服昆虫氏，现在又占据东夷，今日才知道是位天女般的人物！"

杜宇氏也附和："我西南鄙远小邦得见天女容颜，振奋不已！"

妲己早已习惯这种恭维，她看这两人都身材矮小，也只有杜宇氏长相俊朗，便笑着对他说："蜀国我听说过，今后如果愿意与我大商交好，可先前来朝贡！"然后她转向昆吾氏，轻蔑地说："我记得我对你的命令是在我出兵有仍国之时围攻海岛，那时姜望没有到来吧？为何你那时没能攻破海浪阵法？"

昆吾氏听了有些惶恐，他还没来得及回答，妲己又训斥说："必然是你不愿在海浪阵法中损失兵力，要等我派兵与你会合，想借我的军队降服兹氏，而这些天听说我收了雨师妾，知道我会带走宗师战俘，才只好独自进攻的，是吗？"

昆吾氏有些怒意，因为这位王妃居然完全不念旧日交情，还在两位方伯以及王后面前训斥自己，实在是丢脸！就连戏氏和杜宇氏也在因这位王妃的犀利语气而有些不满。妲己看他不说话，就定论说："现在既然战事结束，也就算了，但既然你擒住宗师失败，反而让周人多了两个宗师助力，我本来要以鞭刑罚你，但既然王后在，我便只给你警告，以后如果不率军勤王，按照我公布的刑律处置！"

说着，她捡起一根草枝，借草木之气朝身旁一棵盘根大树抽去，大树咔嚓咔嚓几声，连续被草木、草枝切出几道深沟，轰然倒下。

戏氏和杜宇氏都惊讶不已，没想到这位王妃果然如传闻一般，借气如此熟练，昆吾氏则脸上阴沉，但他怀疑自己已经不是妲己对手，只好默然答应。

王后看昆吾氏脸色，怕他反叛，这时便安慰他说："苏妃的刑律确实严厉，但大王并没有准许在侯伯之间实施，所以金正官你也不要惊慌，而这次你虽没能擒住宗师，但也不算有过，只能算无功，应该不至于受罚，况且即使我们及时赶到，也不一定能留得住姜望他们。”

昆吾氏便拜谢王后，戏氏和杜宇氏也都称赞王后雍容大度，妲己这时便要跟王后离去，戏氏便对王后说："我戏方近年新发现一山多有金铜，想向殷王觐见获得三千户的人口，不知可否与王后商议此事？"

妲己想连兹氏的阵法都破不了的宗师不值得来往，便不耐烦地说："我与王后都要赶回雨师妾族地带兵，你们今后可自行前来！"

王后看戏氏目光如炽地对自己相邀，想到自己总算有一次在妲己面前赢得男人们的敬慕了，便欣然答应，对妲己说："我去去就来，不急的。"说着便跟戏氏去兵营了。

昆吾氏也不理妲己，直接跟着去了兵营，妲己只好跟郁垒在路旁等待，杜宇氏看她一人被留下，便转回来跟她攀谈，目不转睛地看着她说："王妃娘娘为何在军中仍然不穿甲胄，这一袭白绸是有什么神力吗？"

妲己笑着说："是煮丝之法，早听说蜀地善于丝织，蜀伯也应该精于此术吧？"

杜宇氏看她不难接近，便靠近她说："我蜀地男耕女织，祭祀先蚕，王妃巫术既高，运用又灵活，再加上如此美貌，称为我蜀人的先蚕女神也不为过！"

郁垒这时急忙上前挡住他靠近说："不可过于接近王妃娘娘，也不可随意谈论王妃！"

杜宇氏看妲己身边的这侍卫目光逼射，想大概是这位王妃相好之人，而她既然为大商王妃，自己得到她的机会微乎其微，只好作罢。

大营里，王后对戏氏说："刚才苏妃对你们似乎太过严厉，你们不是大商属国，不要太介意。"

戏氏盯着她说："王后既雍容高贵，又宽厚待人，我小土国君真的只能五体拜服！"说着跪地深深一拜。

王后内心欣喜，她自从北地嫁到王宫，除了随帝辛出征便很少出宫，更少感受到男人炽热的情欲，这时便不由得有些飘忽，忍不住伸出玉手去扶起他，戏氏趁机抚摸王后手臂，惊得她急忙缩手，但也不责怪。戏氏看她并不责备，便说："我在南土，实在少见如王后这般高贵不可亵渎之人物，若能得到一位如王后一般华贵的国母，真是此生无憾！"

王后听着情话听得心惊肉跳，她面红耳赤地说："我既然为大商王后，自然不能再有其他想法，不过你如果愿意忠于我大商，以后能带兵与我们会合，成为我大商属国便是。"

戏氏立即下拜，呼号说："只要王后一句话，我即刻带兵前去会合！"

王后看他答应这么快，知道是真心，欣喜的扶起他说："这样就好，不知你的神术来由，看我们是否可以交流？"

"我用十二星次的木刻或丝帛为法器，可用来镇住人魂。"

"哦？"王后惊喜说："我用的是聚光神术，借力十二星次我亦能通，但十二星次风气风向不同，会互相抵消蓄气，如何能同时发动呢？"

"其实我也不知道，但我炼制的串绳符画互相连成网状，比单用某个星次的符画要强很多。"

王后想这些蛮族运用神力倒是灵活，只是仍然停留在巫术使用上，完全不通借力星次的来由，以至于无法提升，她便说："那你们怎么没能抵住姜望呢？"

戏氏叹了口气说："这个姜望果然如传闻一样巫术怪异，我串起的符画刚接近他，就突然被一阵怪风揉成一团，我还被他宝玉击伤；蜀王的田阵和水流冲击也不管用，昆吾氏的风橐刚蓄积炭粉要放出热浪，就被姜望夫人不知使了什么神术，突然炸了，唉，那位夫人真是位精致的美人，你们大邑诸国的女宗师实在是一个比一个令人赞叹！"

王后点头说："看来你们果然尽力了，但昆吾氏真的如苏妃说的有故意拖延的意思吗？"

"不敢瞒王后娘娘，他开战之时确实没有派出全部兵力，不然也不会碰到姜望才被战败。"

王后便说："这也是诸侯伯一盘散沙所致的一个大问题了，好了，我该回去了，等你来大邑商朝贡之时，我再接待你！"

戏氏恋恋不舍地说："王后不能多留一会吗？"

王后甜甜地笑着说："你既然为一地之君，身边应该没少见到美人才是嘛？"

戏氏不无嗟叹地说："唉，其实我近年遇到的一位你们大邑的宗女就既殊丽非凡，又能歌善舞，但可惜她在平日里就如战场上一样放荡野蛮。虽然她们咸族也来自大邑商，却完全比不上王后这样既是英武的女将，又可以是端庄的淑女。她在我邦为宗工，监督我族人采集金铜一年，我不但求而不得，去年她还把我族人带走了五百户，远逃到荆蛮的巫咸国夺取王位去了。"

王后嗟叹说："既然你知道我大商乃是礼仪之邦，我自然也会受到伦常攸序的约束……"

戏氏默然点头，送王后出大营时急着问："我能知道王后的私名吗？"

王后嫣然笑着说："我小名姮，以后你来大邑，私下里可以叫我姮女。"

大营外，戏氏目送王后等人离开，杜宇氏得知他没能亲近王后，便对他说："大商的大宗族女不好接近吧？这都源于那个咸氏女的叛逃，之后我派兵与昆吾氏联合，一起占据巫咸国便是！"

戏氏说："只怕一逼，咸女便投靠了庸人，对了，你没能接近那位苏妃吗？"

"唉，看来这位苏妃也是个放荡之人，跟她身旁的侍卫宗师眉来眼去的，即使娶回我族也不好管束的。"

"嗯，据说这位苏妃不过是一个小邑的族女而已，跟与商王同为大族的王后没法比，言语傲慢却有过之无不及！"

"但听昆吾氏说商王后已经年近四十了，这不比你还要大？"

"真的？但她看上去只有三十出头而已，这就是以伦常修身的好处吗？"

妲己、王后回到雨师妾郊野的驻地，正整顿好士卒准备出发，司工官突然带兵前来，在大路上拦住了队伍的去路，他只身一人过队伍这边而来，对妲己说："王妃，怎么这么着急走呢？"

"司工官大人怎么在此？要与我一同回大邑商吗？"妲己笑着说。

"我只是听说雨师妾被王妃抓到，想问问可否让我留她在东夷？毕竟我有逼退他们，占据城邑的功劳。"

"既然是我抓到的人，自然归我，你怎么好来要人呢？"

司工官便说："雨师妾是东夷人，她自然愿意在东夷归降，雨师妾，你是愿意留在大邑商，还是在宿沙卫呢？"

这时雨师妾正被郁垒绑住在马上，听到司工官呼喊，急忙应答："我和我麾下士卒都愿意留在东夷，为司工官效劳！"

司工官得意地看着妲己，说："王妃，这下你不能为难她了吧，就算你强留她，她也会逃离大邑商吧？"

妲己轻笑着说："好！雨师妾归你，但她的族人百姓和士卒都要归我，让我在大邑商安置！"

雨师妾听了沉默不决，司工官也有些犹疑，怕雨师妾哪天为了家人族人逃回大邑商，他只好过来靠近妲己，低声说："你之前离我而去，使我在东夷少了重要支撑，现在为何又来跟我抢夺宗师呢？"

妲己回头瞟了一眼身后的郁垒，笑着说："那你想怎么样？"

"你跟我过来谈谈吧，总要给我留下些，比如你身边的某个宗师？"

妲己答应，飞身随司工官而去，在半空顺势对身后的郁垒示意，然后跟着司工官飞到路旁密林中。妲己刚落地，司工官随即就急着要脱她衣裳，口中说："你知道我多么想你吗？"

妲己任他脱去衣裳，待快要脱完之时，尖叫一声，叫声并不大，刚刚够郁垒听见，他这时正埋伏在一里路之外跟着，这时就随即赶了过来，看妲己衣不蔽体，怒从心起，大喝一声，手上断针飞出。但司工官听到妲己尖叫，就在惶急地穿衣服了，这时猛地把断针打掉在地上，但他随即被断针另一头缠绕周围草木，封住了行动。

郁垒急忙跑过来把衣服递给妲己，妲己笑吟吟地接过衣服穿上。司工官这时已经取出一只玉辘轳旋转，扯住断针与他周围草木之气快速旋转，拔起断针、草木扭断，他脱身便走。郁垒赶上，射出两支断针，但被司工官身后玉辘轳消去冲力，在半空中不住的旋转，后面的郁垒牵绳的手腕被绞得扭曲，连同脖颈也被牵绳绞住，这样拉扯使他痛得大叫，几乎要被断头。妲己急忙赶上，用短剑搅动郁垒周围草木，都翻腾着绞住断针拉绳，啪啪几声绞断，郁垒则瘫在地上。

看司工官走远，妲己扶起他说："算了，他只是一时情急而已。"

郁垒勉强站起来，却只能激发元气半悬浮在草木上，脚掌不能用力抵地，妲己吃惊地问："你脚伤不是好了吗？"

"刚才被扯住脖颈，脚下用力弄得旧伤复发了！"

妲己看他双手只是被磨破，没有重伤，猜想是否之前他是骗自己说脚伤未愈的，她靠近搀扶着他，亲密软语地说："你为我这么拼命，不再计较我是你杀父仇人了吗？"

郁垒镇定地说："王妃遇到危险，我当然要制止，这是常理。"

妲己并不是很相信这是他的心里话，她嬉笑着，更挨近他说："我先扶你回去治疗吧！"郁垒顺从，他一低头，正好看到妲己绸衣前襟敞开下的雪白，急忙避开，妲己嬉笑着说："那你等我先束好衣襟。"

郁垒转移话题问："司工官等下在众人面前会不会再要跟我们谈条件？"

"应该不会，他是个很注重自己声誉的人，这会怕是已经溜走了！"

郁垒疑虑地看着她自信的笑容，问："王妃让我跟随，是故意让我撞破他试图侵犯你吗？"

妲己微笑着不答，过了一会才说："我曾跟司工官有一段情，所以他才想用旧情绑住我，向我要人，等下你可不能对众人张扬此事哦！"

郁垒点头，妲己又说："若是消息传了出去，大王向你提及，你要怎么做呢？"

郁垒肃然说："放心，王妃，我绝不会透露半个字！"

妲己嫣然一笑说："我相信你！"

妲己回到行军队伍，司工官果然已经带着麾下士卒走了，妲己也没有提及此事，便吩咐继续行军。

待他们接近有仍邑的时候，两位传令官过来向妲己报信，被泰逢拦下，泰逢问："你们是谁派来的，怎么是两个人一起传信？"

"小子分别是飞廉大人和亚丑伯派来的。"

泰逢并不熟识亚丑伯和飞廉的亲信，也不多疑，便吩咐亲信宗师把他们带到妲己面前，其中一人，看着妲己正要下拜，突然扔出一只葫芦，定在妲己身前，日光顿时聚集在她头顶，玉砂水雾之气聚起，亚字形光芒把她压制在驳马上。妲己虽然光晕激发，还是只觉身前身后压迫紧贴自己，几乎无法使力。郁垒在她身后不远，急忙抛出大常旗挥舞，在妲己身前形成避障，布下门阵隔断压迫，才使她觉得稍微轻松，同时彩玉飞出击中葫芦。

这时，葫芦炸开，出现十二玉环绕妲己压下，但妲己此时已经知道是周氏神力，趁郁垒的门阵减缓压迫，她大喝一声："你们都躲开！"说着擎出四把短剑，射向自身四周。随着四方短剑定阵，她周围士卒和草木都被光芒笼罩，一连串的火花炸裂在光芒中延伸过去，瞬间把十二玉的压迫转移到周围去了，附近草木泥土被肃杀风掀翻、虫群炸裂腥气弥漫，来不及逃跑的士卒都骨折瘫软在地。郁垒则已经到了半空，朝两人射出两支断针。

这两人这时也都到了半空，躲开了扫过的杀气疾风和郁垒的断针。妲己翻转身子射出短剑之后，已经把头上一侧的十二玉推得后退。她刚退走到地上士卒群里，十二玉璧突然挥舞连成一串，合力朝她袭来。妲己身前顿时金粉乱舞，郁垒设置的旗帜门阵则被击穿。

妲己躲避不迭，十二玉串击中她手持短剑。当然，这十二玉合力虽强，却早已被金粉光芒中掀起的肃杀之风散去大半，而周围草木泥土之气和士卒人群的元气都被弹回来的金粉疾风撞上，发出一连串的炸裂声，而周围士卒手中的兵器都因这疾风金粉撞击而变形。

虽然十二玉的这集合一击大部分冲击都被短剑聚积杀气扩散到周围士卒元气和草木泥土之气中去了，但短剑仍然禁不住冲击而变形，随即她持剑的手也骨折。

但也就在短剑抵挡的这一缓，妲己也得以一直后退到了十几步之外的半空。

这集合一击是桃氏突然从百步外草丛中现身发动的，一击耗费了十二玉璧一半的蓄气，扮成传令官的两人则是周氏和虞隧氏妙遏。周氏被桃氏的突然出现吃了一惊，因为他原本是安排她阻击来援的宗师的，万万没想到她竟然会打乱自己计划贸然袭击，更没想到她竟然学会了激发自己的十二玉。

桃氏看妲己逃走，恨恨的扯回十二玉，挥舞着朝妲己追去，并又一次放出聚积的玉粉蓄气。而这时郁垒看妲己退走时手臂下垂，知道她受伤，已经扶住她，一边往地上退去，一边在地上连续布下数道大常旗防御，并射出彩玉。但地上嘭嘭嘭几声巨响，草木泥土纷飞，几道门阵都被玉串一击击穿，彩玉也被打飞。

郁垒急忙抱住姐己，附身在地上草木而退。在空中的周氏妠遏正要追击，泰逢已经闻声赶来，聚起云雾要困住他们，周氏看姐己就要退往路边密林，对桃氏大叫："不要追了！"

桃氏哪里肯听，推动十二玉急速追击姐己和郁垒，但她这时已经消耗完十二玉的玉粉蓄气，只能凭自身元气挥舞玉串攻击。郁垒护着姐己，两人一起忽左忽右的闪躲，直到退入密林，地上草木泥土飞溅，留下一个个深坑。

留在后面的两人中的虞氏则发动土陶阵法，大片尘土随即旋转，连泰逢也不住地跟着旋转，还被自己的盔甲紧紧地箍住，如入火坑，他只好后退，并聚起云雾穿透盔甲，使里面的灼热散去。二人则已经趁机往桃氏那边追去。

他们到了密林，看到桃氏在密林中找不到姐己二人，正在彷徨，周氏便迅速赶上，收了十二玉，顺手给了桃氏一巴掌，说："你居然背着我偷学我神术！"

桃氏只觉脸上火辣辣的，而找不到姐己使她更加恼怒，大喊道："快去找姐己，我们在这里站着她随时会偷袭我们！"

周氏这时看到身后密林中云雾涌入，不由分说，命令虞氏一起用力拉着她，倏地往天上飞走。他们刚出树梢，就碰上了赶来的王后和任伯，聚光和金箭袭来，周氏以十二玉连接光束网，聚光和电流都不能透过，被散在光束网里散去，一边牵住十二玉急退。王后任伯看十二玉能互相调和，估计再大的冲击也不能透，只得放弃追击。

躲在密林灌木丛里的姐己和郁垒看周氏等人离去，都松了口气，郁垒看着她鲜血淋漓的手说："你手还能动吗？"

姐己笑着说："即使能动，其实我最后一支短剑变形不能用，也敌不过他们了。"

郁垒看着她淡然的笑容，回忆起小时候她不顾大量失血而躲开少宗祝的一搏，叹道："你真是少有的意志坚定的女子。"

姐己轻盈地起身说："我本来就是修炼聚散意志的神术的嘛！"

"对了，那个是周氏吗？他怎么多出了这么多的玉璧，连你聚起周围十几步以内的士卒杀气和草木之魂都挡不住？"

姐己与他一起飞出密林，一边说："周氏以前只是祭天的双璧，但现在有十二玉了，囊括日月山林水火之气，攻击时蓄气可以层层推进累积战力，累积到亚形和钺形飞玉时，怕是已经接近十二种气息的累加战力了，不算时辰不同带来扰动的话。这次我只伤了手，真的算是幸运了！"

郁垒听了点头，又问："但周氏为何不在拜见我们的时候聚起十二玉之气冲击啊，若是那时冲击，我们可都逃不了哪！"

妲己望着前方说："大概是要留着我，去为周人助战吧！"

郁垒有些碎碎念地说："我听说你之前曾与周氏有过情意，是他因此而留手的吗？"

妲己回顾他，翘着上唇笑着说："有可能哦，"她又嫣然对他说："怎么，你不高兴他因有旧情而放过我吗？"

郁垒连忙说："我只是替大王着想，怕你投靠了周人去。"

"那你要去向大王报告这个消息吗？"

郁垒又嗫嚅说："这只是个猜测，我当然不能随意禀报！"

妲己笑得更开心了，她毫不客气地对郁垒说："你这两天在行军路上把你那断针的符节之法教我吧！"

郁垒不假思索地答应一声，随即有些后悔，觉得自己答得太快了，但幸好妲己没有注意，她这时已经朝前飞去与迎面过来的泰逢会面了。泰逢迎面说："王妃受伤了吗？"

妲己回答："小伤，不碍事。刚才另一人是谁？"

"是虞氏，幸亏我用王妃教的热气御使术，引云雾穿透了自己盔甲，不然已经被灼伤了！"

妲己笑谈着随他拥簇而去。郁垒一个人在后面跟着，有些失落，想妲己麾下已经聚集了泰逢、耕父等几位宗师了，现在又笼络了任伯、郭氏等人，而自己只是其中之一而已，是否教她神术其实都引不起她的多少重视的。妲己在他眼中从仇人变成同僚，又变成主君，到现在变成朋友，甚至自己的崇拜对象，他越想越繁乱，更加不知如何面对她才好。

妲己率军回到有仍邑，众人得知王妃有惊无险，都来祝贺，只有苏子默然不敢上前相贺，因为他在这几仗中寸功未立，妲己也只看了看他就从他身边过去了。过了两天，妲己便押着抓捕到的七万壮年，五万妇孺，共十来万东夷人，浩浩荡荡的回大邑商，薄姑国土则由奄国派宗师和亚丑伯分别占领。

姜望夫妇和邰伯带着逃出海岛的兹氏和网诲氏及其亲眷回到渭水，邰伯回到汭水治伤去了，余下的人则到了吕国。姜望在宫厅招待众人，便问网诲氏该如何处置羲和氏，她说："听说任伯没有被妲己囚禁，还帮助她降服了雨师妾，这样下去的话，他肯定能够在大邑商带兵，而如果放出羲和氏，她一定会逃回去与他夫君会合，所以不能放走。"

姜望便说："这样的话，我们不是不能用羲和氏了？"

"先看她态度再说吧！"

申妃便放出羲和氏，这些天她都被搜去法宝，以藤条压住气血，关在葫芦里，每天只投喂食物，这时放出来，身体发软。姜望问她："羲和氏，你和你夫君欺骗我们，我们只能把你当作战俘，要罚你为奴三年，你有何话说？"

"我夫君现在怎么样了？"羲和氏缓缓地说。

申妃说："你们不是早就预谋投靠大商了吗，他现在自然在大商为奴，你又何必多问！"

姜望又说："你如果愿意为奴三年，到时候便可给你带兵，让你立功，在这边得到封地！"

"随便你们吧，确实是我欺骗你们在先，现在既然丧失东夷国土，为奴也是罪有应得！"

网诲氏看她忏悔，便说："你既然到了渭水，就没想过放弃过去的基业，和我们一起在此建立功勋吗？"

"我本东夷人，实在不能够在别的地方封土封爵，只是既然我有负于姜望夫妇，可以相助你们。"

姜望听了便笑着说："既然你记得我们情谊，我也还你情谊，你可不用为奴，但要禁锢神力，就留在我宫中，半年后让你带兵吧！"

羲和氏惊喜说："多谢姜望旧友不计前嫌！"她随即一拜，姜望扶起她说："不用不用，我说了我要还你旧情，我们就可平等相待，不必多谢！"

网诲氏高兴的劝她说："我们本来都是东夷人，而共同的敌人都是灭我们故土的大商，现在正好一起在此避难，以图日后击败大商，重回故土！"

兹氏也分析说："其实现在周人的战力已经超过了商国，就在这几年击败大商都是有可能的，而任伯到时候倒戈就是了。"

羲和氏听了，终于有些笑意，点头应允。兹氏和侍卫宗师带她下去之后，申妃对姜望说："还有猫虎氏呢，这个更难说服！"

姜望自信地说："我们一起去劝降吧！"猫虎氏已经为奴半年以上，姜望便如实告诉了他现在的形势，并告诉他现在妲己要安置带回来的东夷战俘驻军，没有时间再去夺回髳地，即使夺回，也会有东夷宗师驻军，与髳人分享军权。猫虎氏沉吟良久，说："我愿意投降，你放了我吧！"

姜望便要放人，网诲氏看他语气简单迅速，拦住姜望说："还未可信！"

姜望笑着说："没事，现在髳地有姬鲜驻守，他逃回去也没用了！"说着取下钩住他手脚的金钩，恢复他身上滞塞的气血，又交还他蓄气宝玉。

猫虎氏接过宝玉，不慌不忙地舒展了一下筋骨，趁姜望对他交待情况之时，突然就在姜望跟前聚起元气突袭。但他刚打出宝玉，风气一到姜望身上，姜望便顺疾风移至一旁。

申妃和网诲氏大怒，左右两边蓄气宝玉和长针齐出，但猫虎氏却伏地拜倒不动，申妃见状，急忙散去抽动风势，偏转了大部分的宝玉。但网诲氏长针却因为距离太近来不及收回，只偏向了些，还是刺中猫虎氏肩膀。申妃发出的部分疾风宝玉被猫虎氏挥臂格开、咬住，因此他只受了肩伤。姜望奇怪地问："你为什么不逃走？"

猫虎氏抬头说："我刚才一击不成，说明我没有办法偷袭得手，是真的服你了，刚才就算是我发泄这半年来的怨气吧，而我既然服你神术，今后自然效忠！"

姜望大喜扶起他说："果然是个直率的勇士！"

网诲氏也轻松下来，笑着说："想不到大商礼仪之邦还有这样的耿直之人！"

申妃则说："刚才你没有被我蓄气击伤魂魄吗？"

猫虎氏下拜说："申夫人刚才及时散去部分风气，我是知道的，不然我半年没有修炼，是无法接住这么多的飞玉，肯定会被打成蜂窝的。"

申妃便握住他的手臂说："重情守义，有些我们戎人大族的风范！"她又恳切的下拜说："我戎人以草木之气激发戎马的冲击，但一直没能激发戎马自身元气，宗师既然能反过来把夏气蓄积到自己身上，若能使戎马也提振元气，必定可以使我申戎的勇士和戎马都能摆脱蓄力草木的上限，获得踏平田阵之力！"

猫虎氏想确实如此，自己的神术路数其实是更接近于发动牛马虎豹之力，而非青禾沟洫的，这时便说："就凭夫人刚才收回攻击，就知道是个爱恨分明的女勇士，小子一定全力相助！"

申妃高兴地说："好！你过些天就跟我去一趟申戎宗族，在那里养伤，然后尝试训练士卒吧！"

猫虎氏答应而去。姜望在一旁有些不满地说："猫虎氏新降，他最想的应该是归附姬鲜麾下，好回到他的髳地得个带兵的差事，现在他这么轻易答应你去申戎，恐怕会对你不利！"

申妃分析说："应该不会，现在姬鲜重兵驻扎髳地，大商很难攻取，他归附姬鲜便罢，何故取我性命呢，难道要去献给姬鲜？"

姜望仍然坚持说："就怕他不回髳地，直接去大商献功，不如还是留他在吕国，由我二人共同监督，他便无法偷袭。"

申妃皱眉说："现在他既然失去了封地，投靠大商与在我们麾下有什么区别，他又何必冒险？你别老是计较我申戎笼络宗师嘛！"

姜望看她猜中自己心事，心中不悦，只板着脸不说话，网海氏在一旁，急忙打圆场说："看你们夫妻，只不过多了一位长相稍微过得去的手下，就开始互相猜忌对方是否会生情！"

姜望申妃听了都知道网海氏是在用情意劝和自己，姜望便放松笑着对申妃说："不要去太长时间哦，不然我会派人监视你们俩的！"

申妃会意地笑着说："夫君放心，我会不间断地偷偷回来查看你有没有在私会的！"

周氏等人回到虞国，这次他们接到任伯消息，虽然没能赶上大战，周氏却想到了扮成传令官袭击妲己之计，只可惜还是功亏一篑，不但没所得，还挖出了桃氏偷学自己神术的烦心事。所以周氏一回宫，就把气发泄在桃氏身上，逼问她是如何学到他神术的，桃氏只说是自己从日月双璧中悟出来的，坚决不肯承认她曾偷看周氏修炼，还怨周氏对妲己手下留情。

周氏听到她发泄怨恨，更认定是她偷学，便搜去她法宝，以十二玉压迫她的四肢，她只觉双手双脚的骨头都碎裂了，却拼命坚持，仍然不肯承认。周氏看她手脚血流如注，只得收起法宝，说："你回甫地去吧，什么时候认罪，并保证不再偷学我神力，我再召唤你回来！"

桃氏瘫软在地，气若游丝的休息着，心中虽然还在自认为自己多学神术是为了帮助周氏称霸，并没有错，但也只得认了，想过一段时间等周氏气消了再想办法回来。

而这时，西伯在丰城则接到了帝辛对他们派出宗师帮助东夷人的指责，他便回复说帝辛侵略东土，带走人口，造成东夷土地得不到开垦，是重罪，不得不干涉。于是双方都扬言要出兵讨伐，封父氏急忙让妠妃联络她的哥哥虞氏，来劝和商周两方，昆虫氏、坊氏、唐尧国，甚至汭水和丰侯岳氏都纷纷支持和谈，胶鬲则上奏请求两国联姻，得到了封父氏他们的支持。

帝辛想这也是个好办法，毕竟之前文丁帝曾将挚仲氏女与西伯季历婚，他便对王后说："这个先例可以遵循，希望能像文丁帝一样役使西伯历一段时日，延缓西伯现在的锐气吧！"

王后却说："但文丁帝曾杀西伯历，联姻怕反而会勾起西伯昌的旧恨哪！"

"没别的办法了，"帝辛转向妲己说："爱妃，现在你麾下的东夷人有反抗情绪吗？"

"任伯和雨师姜下辖的旧部还好，而薄姑的庶人士卒则有暴动情绪，我想让少宗祝和耕父去安抚。"

帝辛便说："只能先联姻了！现在王子录也快成年，让西伯嫁女，以示双方诚意。"

西伯接到消息，问姬发姬启等人，他们都说："现在东夷庶人都在大邑商，人心不稳，正是伐商的大好时机！"

但西伯还是说："现在各个侯伯都在劝我们与大商和解，如果违背他们而伐商，必然失去支持，这样即使强迫他们出征，他们以王命支持的田阵神力也可能要被削弱，看在我先母挚女的情分上，答应殷人便是！"

于是，西伯把自己的小女儿改名为商，与帝辛王子录约定婚事。帝辛便按照司命官提议，趁机派遣胶鬲氏前去，要他向周人求取姬发军的定阵宝玉作为嫁妆。司命官准备暗中监视胶鬲氏，以寻找他通敌西伯的证据。但一得到消息，西伯便坚持不允，说只有让莘妃前来迎娶，才送上宝玉。帝辛知道莘妃不会神术，根本看不穿是哪种宝玉，但由于西伯坚持，也只好答应。

妲己这时便来跟少宗祝商议，让他把麾下族人训练的事务交给郁垒，抽身去帮她监督东夷庶人，少宗祝则试探说："把士卒交给郁垒一人，王妃可以放心吗？"

妲己知道这是试探她和郁垒关系，便坦然说："你放心去吧，我跟郁垒已经和解，他现在很听我的话的。"

少宗祝随即盯着她说："我知道这是王妃魅力大，但还是不要随意亲近于郁垒才好，他对你再好，总会有嫌隙，毕竟杀父之仇的事实本身是没法消除的。"

妲己没有深思，取笑他说："你不高兴吗，那我少跟他来往便是。"

少宗祝急着说："这不是我高不高兴，我是为了郁垒……"

妲己没有听出他的意思，打断他说："好啦好啦，既然你没有不高兴，那我问你，如果让髻女与你婚，你可不可以接受？"

少宗祝愠怒带着惊讶说："你这是什么意思？"

"只是想这样你二人就都可以留在我身边了嘛！"

"我是问为什么非要与她婚？"

"你看嘛，髻女一个人孤零零的，总要再嫁才能安心吧，与其嫁给一方侯伯，被迫离开我，还不如与你婚，这样不好吗？"

"不行！我不能这么随意婚娶的，况且我对她没有情意！"

妲己便过来抚摸他的脸庞说："就不能帮我留住髻女吗，髻女本身也是个美人，又擅长炊事……"

少宗祝触电般跳开说："你怎么能用情意来劝我，还劝我另娶女子！"

妲己不悦说："你还记得你答应过我什么吗，你说要跟在我身边追随我，而无论我是否对你有情的，怎么你这就反向我讨要情意，而不肯听我的话了吗？"

少宗祝听到讨要二字，怒从心起，反身就走，丢下一句说："我追随你，但你也不能掌控我的私情！"

姐己看他离去，叹了口气，只得作罢，她招来髻女告诉她少宗祝的态度，髻女便说："不怪少宗祝，只怪王妃娘娘太有魅力了，他自然没法接受在敬爱王妃的同时还容忍一个与自己有肉体亲密的人在身边晃悠。

姐己回想起这些年少宗祝与自己合欢之时，确实都是毕恭毕敬的，少了第一次与自己交欢时的狂野急躁了，便点了点头。

髻女又继续说："我想少宗祝这些年都极少回去看望自己妻子吧？"

姐己回答说："好像只回去过一两次……那你怎么办呢？"

髻女高兴地说："既然知道王妃关心我，我便能安心留在你身边的，放心吧！"

姐己看她的高兴仍然是整理过表情才做出的，便仍然放心不下，而少宗祝对自己太重情也让她担忧能否协调好她与这两人的关系，而这事若是传到帝辛耳中，可就更是糟糕了。

几天后，莘妃带着迎亲队伍出发，去往丰城。莘妃见到了西伯等人，涕泪说："伯父不愿意与大商和谈，我好苦啊！"

西伯怜惜说："女侄受苦了，但我们与大商既然为敌国，就不得不回绝你的请求，这都是为了族人兴旺啊！"

莘妃只好说："我自己受苦不算什么，只盼两国就此和睦，不要再有冲突了！"

西伯则说："联姻其实是不能保证绝对没有冲突的，大商若是再挑起与周围封国的纷争，我大周不得不征伐，"他又缓和说："你若是觉得焦虑苦闷，不如这就留在故土了吧！"

莘妃呆了半晌，不好回答，良久才坚持说："大王待我不薄，我不能离他而去的！"

西伯心想：果然，女子，特别是不会神术的女子，嫁出去三五年开外就会忘掉父族或亲族的荣誉，看来姬商以后也难逃背叛我周邦的时候啊！

迎亲仪式开始，王子录肃然的走向迎亲队伍，接走新妇。姜望在路旁看了，对申妃说："这位王子虽然年纪不大，却也知道这是一场政治婚姻，心中似乎有些苦闷哩！"

申妃则说："王族的婚姻，只有在愿意与一地首领以下的大户婚的时候才是为了情欲。"她抚摸着姜望的脸，笑着细长的眼睛说："就像我俩一样！"她多年来都没能像以前刚招姜望入赘一样抚摸他了，因此心中感怀不已。

姜望也有些怀念，但却嬉笑着说："你那哪里是情欲呀，就是征服欲嘛，当时不但不帮我赢得在邰城的声誉，还设计让我去郊野小邑，老想着让我脱离大商，归附你申戎！"

申妃想起那时的刁蛮，又听得姜望这话满满的情意，心满意足地靠在他怀里。姜望见她不再像以前一样跟他打闹了，便转移话题说："你说商周的这场联姻能维持多久？"

申妃这时正沉浸在感怀中，随口回答："不知道，今年预示没有就是好了嘛！"

"你还相信预示？去年西伯祭祀后稷说是土肥气稀薄，有灾荒，结果根本没有发生灾荒，只是他因探查到地力不足而要扩张土地的借口而已。而且，就算年祀真的预测了灾荒，也可通过扩张土地而减少灾荒损失，伊耆氏之后，可以不用再完全相信年祀的预示了哩！"

申妃听了认真地问："怎么说呢？"

"伊耆氏能以日气调和制造出热度不同的火光和寒气，由此衍生出有着四时变化的火光团，既然四时都可以由人制造了，祭祀的预示就只是参考，更应该做的是以神力的威望说服众人，让他们不必过于相信凶兆了！"

"其实就是提升神力、壮大族群嘛！"申妃用力靠着他，撇嘴说："现在周氏的十二玉不就是伊耆氏一样，制造这样一个能蓄积、调节万物之气的循环，你有办法破解吗？"

"我这不是怕你老是只限于迷信崇拜你们牧羊神嘛！"

申妃嫌他死心眼，催促说："你就说有法子破解没！"

"当然可以破解啦！"姜望自信地说，"十二玉之间是通过互补来蓄气或调和的，既然有互补就有相克，所以只要在其攻击前引导相克之气冲撞就行了。"

"嗯，但不知这十二玉是怎样互通的，万一是多块玉璧互相连接补充，我们最多就只能削弱，没法摧毁了。"

姜望点头说："那就要我俩一起，使双手配合了！"

"可惜周氏很少出手，我们都不知其法，据说就连桃氏也没有学到其神术，自东夷回来之后，桃氏便被周氏赶回甫氏国了，你说他们会不会有了神术上的争执哦？"

"很有可能，桃氏这人看上去很宁静，其实内心很固执要强，他们北土之人都是以彪悍著称的，与周氏的少姒女这类贤惠女子相去甚远呢！"

申妃点头说："西伯以后在向东扩张中如果有乱，可能会是祸起于兄弟相争，或是亲族背叛吧！"

周氏虽然在虞国驻扎，却也回来丰城为小妹送别了，他比姬商大很多，因此与之关系一般，而其实是来看望少姒妃的。因为有桃氏在周氏身边，少姒妃一直没有跟随他去虞国，而是留在丰城，现在既然桃氏被赶回甫氏国，他便有意把少姒妃接到虞国，并让她出面劝说她的兄弟、莘伯之子柞氏去虞国帮他督军。[1]周氏一说，少姒妃便赌气说："现在知道我的好了吗，你在虞国一年都不肯顾我！"

周氏只好说："我好不容易独立获得封地人口，开头一年忙嘛，但你若是劝得你哥哥来帮我的话，留给我俩相处的时间不就多了吗？"

少姒妃赌了一会气才噘着嘴说："只要夫君别再招呼那个甫桃氏回来，我就答应帮你劝说我哥！"

周氏连说带哄的应承了。谁知一天后，柞氏明白的坚持说要学十二璧的神术，才肯答应去虞国帮忙，周氏无奈只得含糊答应。他回去问少姒妃，只见她在屋内穿着露胸的褒衣迎接他，而原本清秀厌俗的脸上却多了娇艳的妆容，欢快地问："你们谈好了吗？"

周氏生气地说："你是怎么跟你哥说的，为何他坚持要以学我神力为条件？"

少姒妃惶恐地说："我一说让他帮你，他便说莘氏与周氏两家是一家人，飞快地答应了……我自然就欢欢喜喜的来告诉你了。"

周氏气恼地说："之前我用十二玉对抗妲己，保你父伯和你家兄弟性命，现

---

[1] 柞氏出《周礼》，世代为伐木的工匠氏族，商代的柞是个诸侯。

在你兄弟不但不回报，还想趁机要挟学我神力，这跟甫桃氏有什么区别？"

少姒妃听了拉下脸来说："你怎么能把我莘族与甫桃氏相比，我莘族有你母亲、你嫂子嫁到这里多年，是她甫氏一个刚联姻的北地蛮族能比的吗？我族人即使学了神力也只会壮大你周族，看我父伯在妲己严刑要挟下仍然选择参加祭天就知道了，你还有什么可害怕的呢？"

周氏看她说得有理，只得默然说："好吧，但我只教山、水藻双璧，其余的与你有莘氏的木植神术无关，即使学了，你哥原本的神术也不会有进益。"

少姒妃听了便伏在他怀里，仍然不高兴地说："你别老是把我家宗师当外人，他们学了神力以后一定会对你有所助力的，甚至会帮你孤立姬鲜、姜望他们。"

周氏看她不但思路清晰，还有为将来的考量，完全不像是对柞氏提出学神术的要求毫不知情的，便不悦地拉开她肃然说："我当然放心你兄弟的，毕竟他最美的妹妹在我这！"

少姒妃听了，虽然身子猛地一震，表情却仍然平静，接着周氏的话，摇着他撒娇说："你知道我是渭水最美的就好了，我听说你居然还对那个妲己留手了，你快说到底是她美还是我更美！"

周氏听了这话便有些缓和，说："当然是你更美，她在外征战久了肤色肯定不如你的！"

少姒妃这会撒娇更起劲了："你这不是在贬低我不会神术嘛，我就看你这会神术的有多大能耐！"说着就开始脱周氏外衣。周氏看着此时的妻子与平日里的秀丽脱俗不同，却变得娇艳放荡，也心中大动，随即把她抱上床。

两天后，王子录便把姬商送上车，要往大邑商而去，莘妃临走前望了送行的姬发一眼，姬发转过头去不看她。莘妃觉得心内失落，她想这两天姬发一直在故意回避与她说话，看上去似乎不只是因为他有了妻子而躲避的，他现在驻军镐城，已经是雄踞一方的侯伯了，麾下军队又是大商劲敌，自然要避嫌，不会跟大商王妃有接触。想到这里，她只叹总角之情到现在居然变得连碰一碰都不能，默默上车而去。姬发望着远去的马车，却在为另一件事发愁：如果大商与周邦和解，长久不战，他何时才能在赫赫武功上树立威望，以至于孤立姬启，甚至获得父王承认？

在迎亲队回去的路上，王子录与姬商很少交谈，他们二人都身负着商周两国对彼此的猜忌，而只能言辞谨慎，完全不愿意向彼此透露些什么。王子录想到这次迎亲没能完成父王交代的刺探神力的任务，而虽然莘妃不懂神术，他却跟着自己的王母苦学过祭祀和星次神力，便趁在密林中小憩时对姬商说："此去一路经过黎国，凶险异常，不知王女是否有护身法衣或玉璧法宝呢？"

姬商一听便知他在试探周氏的在祭天中炼制的护身法衣，她谨遵西伯嘱咐，微笑着说："小女不懂神力，即使佩戴法宝也不能发动，而我父王知道黎国与大商交好，不会行刺我的。"

"但黎人与你周人仇恨甚深，不知王女是否参加祭天、祭社，可否说一下预示情况？"

"父王临行前卜卦，无往不利，至于祭祀的预示，也显示我族人没有凶兆，所以我此去应该吉利。"

王子录看她言辞的意思概括，不肯多透露半点多余情报，只好拐弯说："但既然要进入黎国地界，预示可能不准，愿闻年祀的奏乐、服饰、牺牲等礼节，好让我知道后稷之祀与黎国供奉神农氏的差别？"

姬商虽然不懂神力，却也知道周氏的大部分玉璧，以及田阵的号令法器都是在各种祭祀中炼制，而说出预示详情则可能暴露檀利的魂法，她只能装天真说："我只知吉凶，不知详情，虽然参加祭祀也不太注意人事，夫君既然知道黎人祭祀礼节，可否让我知晓，好为我修炼神术做基础？"

王子录当然不知道黎人祭祀细节，他也知道姬商是在故意撞破自己的试探，他脸色有些发青，不快地说："女子不该多修炼神力的。"

姬商看他明确拒绝，便借故不搭理他，以保守自己族人的修炼秘密和将领的动向。王子录也不好再多试探，想既然问不出什么，以后只把她悬置一旁就好。

半年后，软禁的羲和氏得到释放，不久便在一次东去挈地的出使任务中，被姬鲜告知任伯并没有被大商监禁三年为奴，而是凭功劳直接在大邑商沫城监管东夷旧部和族人为奴。她看着姬鲜狡黠而又幸灾乐祸的笑容，想这近一年来都被姜望夫妇给骗了，如果不是姬鲜跟姜望不和，她可能还要被蒙在鼓里。她当即就想只身往大邑商而去，但姬鲜在她身后冷冷地说："夫人，我告诉你这个消息是为你牵挂亲戚族人着想，但你若是就此离去投奔大邑商，我们可不会轻易让你出髳地的！"

羲和氏猛然一惊，想姬鲜虽然与姜望不和，故意泄露消息给自己，但对于大商等敌人，却仍然会跟姜望一条心，就凭这一点，在东夷之战中各自为战的东夷各方伯就是不能比的，看来周人能轻易打到河洛之地不是没有理由的。她稍微喟叹，转身笑着说："河右使大人放心，我既然与姜望兄定约，便不会背离，想我夫君虽然投降，应该也不会全心为大商效力，而始终会以复兴东夷旧地为念的。"

姬鲜上前笑着说："其实早就猜到任伯有复兴旧族之意，不如夫人就留在我髳地，我们一起谋划与你夫君里应外合，策划让驻扎在沫城的东夷氓隶逃亡，我派兵阻击殷人，让他们无暇顾及追逃，夫人以为如何？"

羲和氏回头看着姬鲜满脸殷切的希望，知道他想把她从姜望麾下拉过来，而沫城在大邑商腹地，别说有妲己驻守，族人逃到髳地这边至少要过黎和洛地，要成功到达几乎可以说是空谈。当然，只要自己和任伯归附姬鲜，他的目的便达到了，哪里顾得上自己百姓族人的死活。她听到姬鲜用的是"氓隶"来称呼自己族人，心中不快，便回绝说："沫城有妲己驻守，右使大人若是策划暴动，怕是不能轻易逃得了吧？此事可容我禀报吕侯再做商议吧！"

姬鲜听羲和氏完全不计自己透露消息之情，执意要投靠姜望，心中不忿，沉下声音说："夫人大概是对我神力不太了解吧！"说着他对旁边的檀利点点头。

檀利拿出一颗青玉刀璧对羲和氏说："此玉璧蓄满了草木夏气。"然后递给姬鲜拿在手中，拳头一握，激起玉璧中的夏气。

只听一声振聋似的巨大闷响，姬鲜拳头缝隙发出嘶嘶热浪，屋内顿时变得燥热似熔炉一般。面朝羲和氏袭去的几丝热浪被她身上的扇贝吸去，没有受伤，但那扇贝已经被这几丝热浪的冲击的有些裂缝了。更让羲和氏惊叹的是，这屋内明显布置了法阵，不然周围的他们几个人早就被夏气侵袭燥热眩晕了，她于是忍不住问："我感觉这屋内有魂气游动，是这些魂气消解了夏气吗？"

　　姬鲜看她服软，知道显露神力奏效，檀利便说："是我布置了一种鬼魂，是它们散去了这些冲击中的夏气，其实这屋内的举动都在我布置的魂气的控制之中。"说着他朝案几上的酒爵一招手，里面的酒水被凭空招来在他手上。他手指在空中比划出一串咒语似的文字，半空中的酒水随即结成一个"来"字。羲和氏暗暗吃惊想，确实是御魂，不然不会凭空完成如此复杂的形状。姬鲜继续说："夫人，你觉得以我们的实力，足够救出你族人吗？"

　　羲和氏想到姬鲜的拳头居然能承受如此巨大的爆裂冲击，不知是何种神力，自己又不好问，因为姬鲜的劝解总是让她感到一种逼迫，本来看到神力她就想答应，但东夷人倔强自立的本性一涌动，便又犹豫了，这时她只勉强说："好吧，等你们定好计划，我再参与。"

　　姬鲜阴阴地笑着说："这便好，但希望这是我们与夫人之间的约定，可千万别透露给吕侯或其他侯伯了，不然消息泄露，归罪于谁就不好了！"

　　羲和氏答应，便要离去，檀利补充说："我们有了决定之后，会派我哥檀括去找夫人商议，他就在岐山，距吕国不过百里。"

　　羲和氏知道自己可能看上去诚意不足，只好朗声答应了一声，拜辞而去。她走后，姬鲜对檀利说："虽说有你哥探查情况，但他御兽之术没有大成，是不能近姜望这些元气术高强之人的，我怕羲和氏仍然会把我们的打算透露给姜望了。"

　　"我看羲和氏这人既然能重视与姜望约定拒绝我们，就应该会遵守她在我们面前的承诺，更何况此事关系到她与她夫君的安危，是不能轻易泄露给人的。"

　　"但东夷人总是不可信的，尤其是她这种在异族他乡的东夷人。"

　　"放心吧，主君，就算姜望知道，他也不至于破坏我们的计划，这次只是试一试羲和氏的为人而已。"

　　羲和氏回到吕国，阴沉着脸去见姜望夫妇，却没有提及她得知任伯没有为奴之事，倒是姜望大方的主动提及说："夫人此去挈地，除了打听大商与各个侯伯动向，有得到关于任伯的消息吗？"

　　羲和氏见问，便盯着姜望的从容笑笑说："听得任伯没有为奴，一直在妲己麾下监管族人。"

姜望看着申妃笑着，她便大方地说："我先为我之前说的道歉，当时因为我们仍然是敌对方，自然要欺骗夫人，以安你心。"

姜望接着说："是啊，不能怪我夫人的，我们打算让你半年后得知此事，这次派你去髳地，就是这个意思。之后我会传消息给任兄，让他知道你在此处平安。"

猫虎氏也在一旁说："对了！申夫人的为人我最清楚了，对于我这受降的人都毫不隐瞒的谈论神术，这一年来让我提升不少呢！"

申妃笑着说："姜大哥别这么客气，其实你不但对我倾囊相授，对于邑儿也都尽心教授神术，看来确实是把申地当作自己的家了啊！"

羲和氏看两人轻松的调笑着，想到猫虎氏居然满足于亲戚家族迁徙到申地，而没有再去谋划回到髳地，哪怕是成为姬鲜麾下也好，真的令她难以理解，可能申女果真是有着什么吸引人的性格吧，又或是他们之间确实在神力上可以互补？羲和氏没有想太多，毕竟眼前的谈话氛围令她感到温暖，使她不禁想起她与任伯唯一的女儿来了，便缓和地回答说："既然姜兄已经做了如此安排，这事我也不好多怪夫人——对了，你们的大女儿不是才十二三岁的年纪吗，怎么就取了名字了呢？"

申妃回过头来笑着说："我女儿虽然尚未成人，我却已经准备把申邑封给她了，现在给她取"邑"字，以提醒她已经是一个拥有一个数万人口小邑的主君了，以免她继续贪玩。"

姜望便笑吟吟地问："任兄之前比我早几年与夫人婚，不知女儿现是否成人？"

申妃听了不悦地瞟了一眼姜望，但他却没有注意，仍然沉浸在自己的怀念中。果然，羲和氏听了这话，原本她打算感恩姜望安排，将姬鲜之事透露给他的，这一提及自己女儿，便又勾起了她至今不能与夫君家人团聚的恨意，透露事情的打算也随之散去了，她沉着脸说："我们仍城破时，她才十三岁，因此没有取字。"

姜望这时才意识到说错话了，只好说："夫人放心，既然已经知道任伯一直为官，女儿一定过得很好，说不定任兄已经为她取好名字了呢！"

羲和氏勉强回应着，下去了。

申妃不悦地看着姜望说："你如此说，万一羲和氏投奔走了，我们不是白忙了嘛！"

"没事的，我看羲和氏既然得到消息还能回来，就不会因为我的一句谈笑断然离去的。"

猫虎氏也在一旁附和说："夫人，这一点你就不如姜望兄看得清了，若是羲和氏连这点伤感都无法承受，还指望她以后上战场为我们杀敌吗？"

申妃笑着对猫虎氏说："我也只是怕羲和氏冲动，毕竟她不如姜兄这样有家族子女在此，又是个女子，不如姜兄懂得以大义和承诺为最重。"

猫虎氏接着朗声哈哈说："夫人说的也是，如夫人这样对于亲近之人把话说开了的女子真的不多见！"

姜望看他们俩一人一句附和着，有些不耐烦的插嘴说："对了，邑儿怎么不在宫中吗？"

申妃感到了夫君的不快，飘过案几来靠着他说："邑儿一直都贪玩，现在还在阮国跟偃女游猎呢！"

"她们神力高强，普通猛兽有什么好捕猎的？一定又是去捉弄宗师去了，万一碰上昆氏族的宗师，可如何是好？"

"她去之前暗示我召氏会跟她们一块去的，你这该放心了吧？"

姜望想到召氏为人沉着，又是久经战阵之人，便放心地说："只怕他忙于守卫边疆，防御犬戎，没闲暇去护卫这些小孩。"

申妃笑着说："这两个女子对于召氏来说，已经不是什么小孩了哦！"

姜望会意说："你暗示召氏了？"

"他当时便面带羞喜，要知道，他那时与邑儿不过只有几面之缘呢，在偃女之间，他选择我们邑儿的倾向会大得多吧！"

姜望点头，猫虎氏则粗声粗气的插嘴说："你们女儿若是没有嫁出去，就嫁给我儿子吧！"

申妃与姜望大笑，姜望满意于猫虎氏的诚恳联姻，随口取笑他说："等你儿子长大些再说吧。"

申妃看猫虎氏对于姜望的轻慢有些不满，连忙说："我也觉得应该等你儿子过十五岁，再与我家小女儿谈婚配，毕竟男人迎娶年纪较小的女子才更牢靠。"

猫虎氏听了才恢复常态，姜望则收敛笑容说："我倒是觉得可以趁此机会得到召氏的支持，让羌北商族和义渠臣服我们，这样渭水以北就只剩下我们与羌方各自称雄了！"

申妃不高兴地说："你以为羌北人会跟我们和平相持于渭北吗？羌北王是商族封在羌地，监视羌人的商族人，都是祭祀商族西方神西母的商族女子称君，跟我们戎人习俗不同，虽然我们申人祖先原本也是北地羌人，但已经与沃野上的各个宗族有了共识，就是只以夺取财货为主，夺取了人口也不会虐待，而她们羌北商族人则只会不断掠夺人口，且劳役极其繁重！"

"那现在不可能放任周人扶持义渠和羌方吧？你的称霸渭北的雄心哪儿去了？"

"此事待我和猫虎氏训练好我族骑兵再说吧，召氏那边，就算再过些时候也不会有什么变故。"

猫虎氏在一旁附和说："是了，在这两年内就可以让我和申夫人训练的骑兵如灵兽一样勇猛，我都不着急的，姜望兄何必急于此时呢！"

羲和氏回去之后不久，就接到檀括传来消息说是暂时不策划氓隶出逃了，原来姬鲜与姬启商议，觉得此时氓隶出逃之事都发生在殷人近臣治下，而任伯和雨师妾治下的东夷人没有出逃事件发生，这说明东夷氓隶的情绪尚属稳定，策划暴动可能难以奏效，便暂缓了。羲和氏听说，虽稍微安心，却又焦虑不能与任伯相见。而数日后，姜望传信给任伯，他回信说多谢姜望照顾自己夫人，若有要求，可随时向他提出。这意思就明显是他愿意与周人合作做内应了，但信中却并未明确提及还回自己夫人。羲和氏看他居然丝毫没有要求换取自己前去河内大商的意思，心中愠怒，她原本暗自去大邑商与任伯相会的打算也就暗淡了。

沫城潜伏篇

两年后，洛地仍然是由昆虫氏、颛臾氏和泰逢三人监管。这期间，泰逢本来如约撤出洛地，但颛臾氏随后即上报妲己说昆虫氏要夺他兵权，妲己便以此为借口，让泰逢回到洛地驻军，且调拨走了昆虫氏的大部分士卒，与颛臾氏联合掌握了洛地实权。昆虫氏心怀怨恨，却又无处申诉，又不敢抛下族人投向周人，只能暗地里向在挈地的姬鲜提供情报，亲近他们以为自己留条后路。

申妃在申地和猫虎氏训练了一支万人骑兵，使渭水沃野诸国震动不小。姜望看时机成熟，便与申妃商议拉拢召氏和邰伯，让周人放弃扶植羌方和义渠，为申戎和吕国西征开辟道路。

申妃便让人去呼邑姜，让她去劝解召氏。须臾，亲信宗师慌慌张张飞进门来报告说："王女飞身上高空去了！"话音未落，大宫顶的草泥被拨开，射下几点阳光，照着一条喷烟般的水雾涌了下来。

姜望看着水雾，不慌不忙的等水雾完全入室，抛出金钩顺着室内风气投向水雾。金钩才发出，邑姜就感应到风气过大，收缩了的细长身子在水雾中现形大叫："父侯留情！"

申妃笑着，早已弹出一块戎马青玉，急速飞去碰上金钩掉落，依旧被姜望接住在手中。邑姜周身得以松动，下来弯着细长的眼睛娇笑说："我若不叫，父侯金钩就真要把我钩伤了！"她此时不过十四五岁，虽然与她母亲一样身裹豹皮裙，但却稍微娇小，头上的牛角装饰则看起来更加可亲可爱。

申妃笑着说："你父侯既然能驱使宅气把你定住，自然早就感知到是你的元气，又怎么会下杀手钩伤你呢！"

姜望故作严肃地说："早跟你说凝聚水汽，收缩身体这神力纯粹好玩，没有实际用处，别说我们，只是量壶就能把你给收了去！"

邑姜这时正要延展手臂气血，迅速伸臂，挥动钩绳去夺姜望案几上的酒壶，听到父亲这样说，便拿起酒壶迅疾抛给申妃。酒壶劈面而来，使申妃不得不以水汽缓和冲力，稳稳接住。邑姜这时收敛笑容说："谁说我玩了，我刚才难道没有试探出你二人的神力高低吗？"

姜望兴致来了，叫道："好！那你说凭刚才一击，孰高孰低？"

邑姜背书似的说："父侯用的金钩最多牵动这个宫厅的宅气，而母亲的青玉除了父亲发动的宅室风气，还有自身元气，自然是母亲大人的法宝更胜一筹。"

姜望啐道："叫你只知道神力道理，却不看实情！青玉既然能与金钩恰好碰撞相抵，金钩便不止借助宅气那么简单了，还有，你若是对敌，不用考虑你自身的情况，以及屋外天气流动的情况吗？"

邑姜吐了吐舌头，她原本想试探父母神力，然后卖弄一番，没想到反被噎住了，只得强说："我又没上过战场！"

申妃笑着故意激她说："好啦，我们不用你上战场的，你只安安心心做你的申邑之君，以后嫁个君侯就好！"

邑姜果然不满，她明丽的面庞拉长，立即脱去了脸上的娇俏，说："前次抓捕犬戎暗谍不是我的功劳吗？上战场又不等于指挥战阵的！"

"好啦好啦，那现在就给你一个任务，你去考虑一下，该怎么劝解你的召氏哥哥，让邰伯父子都支持我们西征犬戎！"

"召氏哥哥还要劝吗，我稍微提一句就可以了！"

申妃看她轻浮的脸庞，严肃地说："你要仔细，你劝的是邰伯父子，不是你的召氏哥哥……"

申妃等着看邑姜怎么回答，但她有些支吾地说："是要提联姻的事吗？"

申妃对于自己女儿的聪敏很满意，说："要谈及的是联姻之后的事，这样才会显得诚恳，而同时要注意的是不能拿任何有损我申吕之事做妥协，你明白其中的道理吗？"

邑姜收起剩余的轻慢笑容，肃然地点点头。申妃便说："好了，过两天你召氏哥哥来参观我练兵，你去迎接吧！"

邑姜刚收好的笑容立即又在脸上开花了，说："看来我本人要做妥协了，不然申吕两国的神力奥秘都会不保咯！"

一句话气的申妃取出青玉就抛出，说："你等一下！"但青玉还没来得及压制住邑姜，她早已经把白玉握住，照亮周围水汽，加速飞出去了，留下一串咯咯的娇笑在屋内。

几天后的练兵实际上是姜望为了杜绝各国偷看申戎战阵的暗谍，索性借召氏参观来展示其战力的精心布置，这样就可以夸大战力，搅浑各种传闻。此时，召氏在共地与阮伯一同防备犬戎劫掠，而每过一段时间，姜望麾下的网诲氏、兹氏等人都会带兵前去共地协防。但是，此次原本由网诲氏带兵前去就可以了，姜望却亲自前来督促，自然是打听到了申戎的万人骑兵已经训练得差不多了，想劝说他改派申戎骑兵去布防。

邑姜只带了几个亲信宗师出城迎接，他们都是姜望安置在她身边的，但她远远看到车马飞驰过来，便只身飞奔过去了。召氏在车上看到，急忙飞身到半空去迎她。邑姜看到他上来，满意地笑着说："你来啦！"

召氏却沉沉地说："是吕叔舅特地派你出城迎接我的吗？"

"是啊！"邑姜没有注意到他的不快，爽朗地说。

召氏似有隐忧地说："其实我这次来恐怕有不好的消息要带给你。"

邑姜这才收起笑容，狐疑地看着他，召氏正要继续，突然看到飞驰而过的车马里飞来一人，正是偃女，他便没有再多说。邑姜吃了一惊说："你怎么没跟我提起就来了？"偃女有些尴尬地说："我听说召氏哥哥要亲自来这里调兵，我便顺便陪他过来了。"她知道召氏偏爱邑姜些，所以有些畏缩。

邑姜没好气地说："那你也该让风师传个信嘛！"她突然想起召氏的话，转向他说，"观看练兵可是需要受邀的，你答应她陪你来的？"

召氏有些不自然。

偃女忙说："是我央求他的，我不会偷看练兵的！"

召氏只好打圆场说："好啦好啦，我们三人来往两地也是常事了，先进城再说吧！"他又转向邑姜说，"邑儿，你即刻引我去见吕叔舅吧！"

邑姜爽快答应，但偃女听这话是要把她放在一旁的意思，不是很自在。

"我实话跟你说吧，对于申戎练兵接近成熟，西伯与各个侯伯似乎都不赞许，他们应该还是会与义渠和羌方结盟，以维持渭西沃野的均势。"

"那如果我父侯强行出兵呢？"

"这个后果会怎样不好说，其实这次我是来劝你父侯改派申戎骑兵布防的，就是得到了西伯的暗示，要使申戎战阵暴露在犬戎面前。但我想一旦强行出兵的话，西伯不好说，姬启和马步为了他们在渭西的威望，可能会出兵阻扰。"

邑姜叹了口气，低头说："那你说这会不会对我们两家联姻有妨碍呢？"

召氏沉思良久，突然抓住邑姜的双手，眼睛发亮地说："如果我们有夫妻之实呢？"

邑姜顿时羞红了脸。她觉得一股热流从被握住的双手蔓延开到全身，都在闷热得发烫。她不禁问："这就是你父伯最近创制的天时节律之法？"

"嗯，我父伯的此法可更快的蓄积四时之气，而不至于像四时区分那样粗略，而使蓄气因违反天地气流动规律而流失。所以现在虽是冬日，调制的冬火热气也比一般的冬火蓄积要多得多。"

邑姜看他诚恳透露神力，便嘤咛一声，倒在他怀里。召氏有些颤抖，打算抱着她从空中返回驿馆，突然看一位姜望亲信出现在半空中，弯腰对他说："世子这是去哪里？吕侯已经在等候了。"

邑姜急忙下来。召氏镇定地说："好，邑邑有些不舒服，我本想送她回驿馆，但既然吕侯已经在等候了，我就送她一起去吧。"

姜望夫妇入宫来，这时亲信已经告知召氏入宫前的举动。召氏惶恐，哪敢再提及改派兵马之事，直接说邰伯会在近期来访，以向吕侯纳采，聘娶邑姜。姜望说："我虽然曾有过两家联姻之念，但因为申戎骑兵最近已经有所成就，我欲举事于犬戎，所以此事只能推后。"

召氏便委婉地说："吕侯申夫人的骑兵，大世子他们也有所风闻，但他们现在都专注于如何进军河洛之地，因此对于西征犬戎是帮不上什么忙了！"

申妃接过话头说："世子们支持还是反对我不管，申戎骑兵下个月就出兵犬戎，到时候还望你父伯能够支持。"

召氏知道这位夫人一向决断利落，只好说："吕侯与我父伯相交多年，应该知道他是个实诚人，如果没有联姻之实，他是不会出兵相助的，而犬戎虽然不难攻伐，但一旦有临时变故，只凭申吕两国之力，怕是难以应付。"说着他望向邑姜。

邑姜立即接着说："是啊，母亲，联姻之后，不但邰伯父可以出兵，他劝二世子出兵也都顺理成章了！"

申妃看女儿帮外人说话，很不舒服。召氏也没有办法，便起身告辞。

邑姜怏怏地去送召氏，刚走出大宫，想起父母交代的任务，便质问说："你为何不答应先去劝你父伯出兵，再以此为聘礼前来纳采？"

召氏怕她先跟自己闹翻，忙说："待你父侯出兵犬戎后，我肯定会劝我父亲出兵相助的，只是这事不到接近出兵之时不能明说。"

邑姜又说："侃姐姐在你身旁，我不放心。"

"嗨，她心机确实深沉了些，但你俩既然是好姐妹，她应该不会过于接近我的。"

"这可不好说。"邑姜抛下一句话就往回走了。

召氏看她不飞走，便对着她的背影说："这段时间，我会把天时节气之法教与你作为聘礼！"

邑姜回头甜甜一笑，继续悠然慢行而去。

正在申吕两国备战犬戎之时，羲和氏却收到了姬鲜准备策划沫城暴动的计划。原来，这两年内，妲己安排分散在大邑商王畿的东夷人之中氓隶逃亡之事不断发生，她便向帝辛请求提前赦免郭氏、爽鸠氏等人，让他们去管理其薄姑旧族人。因为这两年任伯和雨师妾治下的莱人都没有逃亡之事，帝辛特赦了正在为奴的郭氏等人。妲己便让郭氏、汶伯、爽鸠氏三人与耕父率军监督氓隶，少宗祝则被撤回协助她练兵。

赦免东夷宗师的消息在大邑商内服诸国侯伯中传开，昆虫氏便有了具体计谋，并在去往挈地的互市货物中传递消息给姬鲜，告知在王畿沫城开垦田地的东夷氓隶布局和看守宗师位置。姬鲜接到昆虫氏的谋划，心想如果此时东夷人逃亡，不但可以谋刺宗师，嫁祸给刚释放的东夷宗师，还可能招徕到逃亡的东夷氓隶。于是他便传信给姬启，让他派马步、羲和氏前来助力。过了两天，姬启居然亲自带着马步、羲和氏前来，姬鲜疑惑地问："大哥怎么亲自来了？"

"这次的好时机不能放过，削弱帝辛在侯伯间的威望，我必须亲自参与，好在父伯面前邀功，挽回前些年姬发凭战功抢去的风头！"姬启恨恨地说。

羲和氏此时本来正准备随姜望申妃西征，但既然接到姬启调遣，她便推托有疾，希望留在家里。姜望以为只是不愿出力，也就没有深究，因此她得以趁夜飞身出城，往丰城与姬启、马步会合，一起到挈地。

羲和氏在任伯的接应下，顺利进入沫城。姬启、姬鲜等人在任伯的安排下，被调到薄姑人里去，这样就可以诬蔑刚被释放、上任监督的郭氏等人。羲和氏却突然被任伯留下，对手下说是充作女奴，这令姬启、姬鲜惊怒交集，因为他们之间在谋划时并没有提到把羲和氏分开的计划。但是，姬启等人都不敢声张，这毕竟是在殷人的地盘，除了东夷降将和耕父麾下的五千人马之外，妲己等宗师距离此处不过几十里地。

混入东夷氓隶的当日，他们先以在东夷被俘的中土战俘身份取得周围东夷人的信任，然后马步则开始在耕夫里散播棘鬼，这种宝玉的蓄气性阴湿极寒，能使住所湿冷聚集，侵袭身体，导致人染上疾病。

任伯得知了马步等人的详细计划后，便带着乔装过的羲和氏回沫城去了。这样做，一来可以免除自己在马步散布恶鬼造成瘟疫上的嫌疑，二来羲和氏近三年没有看到自己的独女了。任伯的家人和亲戚都被妲己安置在王宫外寝，作为对于任伯的牵制。路上，任伯问羲和氏："你觉得姬启其能成事否？"

羲和氏随口答道："你既然把我跟他们分开了，能不能成事有什么关系。"

"如果成事，郭氏等人必然被杀或被怀疑，我们以后在中土得到封地就可少些对手。"

"你不打算等商周互伐，相继衰落后回东夷吗？"羲和氏惊异地问。

"不了，这两年在大邑商，我结交了不少侯伯，既然我们族人都在此处，何不就留在这里裂土封侯？"

"既然你已经决定要投靠殷人，何不现在就告发姬启等人？"

"我不是说了吗，等郭氏等人被杀，我受封会更快！"

羲和氏默然，她对自己夫君的残忍心思已经不惊讶了。

两人来到王宫外寝，在小司命监视之下，任伯一进门就抓住女儿，以眼神制止她的举动，说："婉儿，我今日从东夷旧部里找到了一位旧识，你可认得？"

风婉一眼就认出来人是多年不见的母亲。[①] 她一边禁不住掉下泪珠，一边谨慎地说："哦，她长得与我母亲有些相似，是我族人远亲吗？"

---

① 风婉名取自《山海经》在羲和（常羲）国观测日月运行、记录日夜长短的人名"鹓"。传说鹓是一种从南往北迁徙的凤鸟，能在海上刮起大风；而在商代，鹓指北方，鹓风就是北风。

"不是，只是一位旧友的臣妾，来与你相见是看是否合适做我的二夫人罢了。这两天我会再派人从沫城挑选合适的羲和氏族人过来伺候你，以免你思念母亲！"

风婉聪明异常，已经听出了这些天会有事发生，想到母亲就要表露身份，破涕为笑说："好吧，我等你消息。"

几天后，东夷人成群地染上痢疾，他们治好了几个人，然后借威望趁机散播谣言，说帝辛刚释放郭氏、爽鸠氏等东夷宗师来监督，遂人就爆发了痢疾，这一定是天帝降下惩罚，只有罢免刚上任的宗师才能得救。随着得病的人越来越多，郭氏、耕父等人也只能派医人来到沫城，却没法禁止谣言。妲己听到谣言后，带少宗祝过来查看，问医人病因，说是地穴湿冷不调所致，而既然瘟疫已经发生，需要把氓隶分散居住才好。因此时马步已经收去了棘鬼，所以就连少宗祝也没有发现真正的病因，妲己只得质问郭氏等人。

"请王妃不要相信谣言，据说这两年虽有逃亡之人，却没有因居住地穴潮湿拥挤而致病的，此时突然发病，一定是有人暗中破坏！"郭氏等人据理辩解。

妲己点头说："有什么神术是能致病的？"

"鬼魂能够缠身来致病，但小臣虽然能招魂，却是不能招来大群鬼魂使这么多人同时染病的。"郭氏回答。

"我相信你，你们这些天就辛苦你为氓隶拔除晦气了，其余四位也都去帮忙清除地穴阴湿吧！"

众人答应而散。"你也留下来帮忙吧！"妲己回沫城之前，对少宗祝说。

妲己刚回沫城，就碰上任伯前来拜访，请求她准许自己女儿前去沫城，以聚光法清除地穴阴气，因为只有女儿学到过羲和氏的聚积日气神力。虽然任伯此时提出帮忙并无可疑之处，但妲己认为此时释放他女儿有些不妥，便先答应了任伯，然后让郁垒扮作士卒，潜入沫城暗中去监视任伯、雨师妾等人动向。

这两年西伯身体已经大不如前，而这时姜望西征已经是麻烦事了，如果姬启再出事，或是暴露身份，挑起商周攻伐，可不是好时候。此时在丰城王宫陪伴西伯的只有幼子姬高，他进谏说："二哥他们如果都去了髳地，又无法劝回大哥他们，那姜望西征的事岂不是没人阻拦了？"

西伯对召氏喜爱邑姜之事有所耳闻，只随口说："你跟召氏去吧，能拖一阵子也好。"

姬高会意地答应了。姬发、邰伯等人接到西伯风师的命令，都急忙聚集在了髳地。

当姬高提起西伯的命令，暗示说："如果警示劝不住吕侯，可就要苦了兄长了！"召氏一听便知是要利用他与邑姜的关系，先稳住姜望。他当下脸色很难看，但无奈只好答应。

在姬高的催促下，趁着召氏前往吕国教邑姜神术的日子，邰伯父子与姜望夫妇正式定下婚约。姜望夫妇此时正在怀疑，既然姬启等人早已听到他们申吕要出兵的风声，为何完全没有警告的举动，这时听到邰伯父子保证不会出兵干涉，自然欣然答应婚约。

订婚宴席散了之后，邑姜欢天喜地地抱着召氏亲吻，但他却感觉不到多少甜蜜，因为姜望大军半个月后便要出兵，而姬启等人如果那时从沫城回来，又要讨伐申吕，他便会遭邑姜憎恨。而由于这半个月不可能与邑姜婚，这意味着他不但得不到所爱，还要背上欺骗的骂名。他这时望向离席的姬高，对方却正襟直视前方，装作不知。

在沫城的邮舍聚落，任伯父女清理好地穴后，风婉就此留在军营了。但待郭氏等人安定好氓隶后，檀利却又开始放出能使人消沉的哀鬼，使大群氓隶精神崩溃。郁垒此时扮作普通士卒，虽然不在哀鬼肆虐的薄姑人群中，却还是察觉到了有魂气作祟，他便与少宗祝会面，告知其自己的怀疑。

"此事暂且不要声张，可能会与之前散播瘟疫的魂气是同一群人所为，我这些天会在氓隶中巡察。"少宗祝说。

自从姬启等人到达沫城后，羲和氏和任伯都没有再出现了，这令他们恼怒不已，因为按照约定，此时任伯应该露面商议一起逃离沫城之事了。这日，一个士卒趁他们下田耕作之时接近，透露了郭氏等人的住所，并说任伯会在自己女儿生日那天以赐肉为名调开汶伯与爽鸠氏麾下士卒，并在夜里协助他们暗杀郭氏等人。

等姬启等人晚上回来商议，"看来任伯是决意不会跟我们一起逃了，他只杀郭氏等人自然是为了除去有碍自己晋升的人，而到现在他似乎都没把自己族人混在氓隶里。"檀利首先说。

"我们不如先杀耕父吧，至于郭氏等人，留给任伯他们互相猜忌便是，只要有万人逃走，便足以令帝辛震怒了！"姬鲜说。

"好！等我们回去，再把罪名放在羲和氏头上！"姬启压着对任伯背信弃义的忿怒很久了。

"据吕侯说任伯和羲和氏当初就是因为不愿意放弃族人而降的，早知这次我们不能救出他族人，就不应该信任的，这下可连有风烟处一事也泄露了！"檀利忧虑地说。

"放心，风烟处我的人和昆虫氏都在，别说难以找到，即使找到，正好使帝辛猜忌昆虫氏，我们好借口讨伐！"姬启说。

姬启等人到达一个月后的一天夜里，在哀鬼日夜不停地纠缠下，姬启姬鲜等人终于暗中取信于多个东夷的小宗族长，通过他们联络了有一万氓隶，在姬鲜等人的带领下决定逃亡。这天傍晚，任伯先借分拨多余的肉食调开了汶伯和爽鸠氏麾下监督的殷人，姬鲜姬启等人再杀死在城外的巡逻士卒，然后让氓隶向西边和南边密林中分散逃亡，使殷人士卒不好追赶。

入夜，任伯、羲和氏和风婉分别守在郭氏、汶伯和爽鸠氏三人的住所外，想要确认姬启他们是否前来暗杀。但氓隶刚开始逃亡，任伯就看到一人飞身来到郭氏大营外，向守卫表明身份入营了。出来的则是郭氏开始调集兵马，准备追击氓隶，这使任伯暗叫不好，急忙飞身离去。郭氏等人察觉有人在草木中疾走，几声大喝，一人飞身去赶，但没能追上。

接着，耕父也被叫醒，他刚出大营，准备集结士卒追赶，按计划埋伏在耕父的大营外的姬鲜飞身而出，大刀划过，移魂的疾风朝他扑来。耕父躲避不迭，趁势下坠，吸入地下附身尘土蛇形而去。

任伯回来，与自己妻女商议，既然已经有人发觉逃亡，报告了郭氏等人了，索性借追赶氓隶，在途中杀郭氏等人。

少宗祝收到任伯消息，看羲和氏叛逃，他却不押解人来，而只是派人前来告之，知道其中有鬼，却没有多说什么，只吩咐让任伯等人去追。他此时联络不上郁垒，只好一边派人连夜赶去沫城报告妲己，一边亲自赶去任伯大营，跟在他们后面。

郭氏等人则追了一晚上，由于得到消息及时，在密林里抓捕到大批氓隶。

妲己在第二天清晨才听说此事，当天上午才带着髻女赶到，看耕父受了魂伤即问。"被移魂之术所伤，但羲和氏报告的几个周人似乎都会，可惜黑夜没看清是谁！"他说。

髻女便说："这自然是周人要嫁祸郭氏等人！"

妲己点头说："也可能是任伯，我们去追，追到了姬启姬鲜他们才算功劳！"由于此时少宗祝、郁垒，以及郭氏等人都追赶逃亡氓隶未归，她便亲自带着髻女分头追赶。她们进入密林分手，姬启、姬鲜等人远远看到一袭白绸飘忽，认出是妲己。这一晚姬鲜他们看追兵几乎把氓隶都抓回去了，这一个月的潜伏几乎白费！都把消息泄露怪罪到任伯夫妇头上。于是他们红着眼绕路回沫城大营，计划守住归途，伏击郭氏、任伯，以及昨夜未能杀死的耕父，不想却在密林入口碰上妲己。这时姬启热血上涌地说："此时不合力擒住妲己，更待何时？"

四人突然从草木中飞出，三道蓄满宝玉的木刺和一道秋气调和水土草木之气袭来，妲己早已察觉，划出短剑，顿时发动一连串的炸裂，金粉在双方之间飞舞散去了冲击，但其中檀利和姬鲜的蓄气却使得余波含有某些魂气，风过而使妲己魂散，连身上金铎也被金粉余波干扰而有些哑然。妲己意识飘忽，身体一软，从半空掉下地去。

四人中姬鲜一个人就承受并引开了延伸过来的火花。他们随即抛出招魂旗、捕兽笼并发动阳鬼来困住她。这种阳鬼散发的气息无色无味，专门附身女子，使她们产生幻觉、身体瘫软。妲己刚以光晕驱散缠绕自己的散魂疾风，就被檀利射在地上的面具中冒出的阳鬼魂气悄悄附身。光晕热气虽然能散去魂气，却无法驱散阳鬼魂气，因为这阳鬼以无味的魂气附身，而妲己的玉串等赏赐之术发出的魂气不但不能封闭性欲，还会鼓动欲求。妲己被附身后虽然无法举动，还是勉强靠热气引导摸到了身上另一支短剑，以光晕推动变成巨剑朝四人袭来，碰上已经到了自己跟前的招魂旗和捕兽笼，立即被撞得炸裂散开，把逼近的宝物扯得粉碎，接着一片火花炸裂一直往四人延伸而去。

姬启等人早觉不好，急忙发动蓄气拦截，并迅速急退，姬鲜则迅速挡在姬启身前，檀利以面具拦在身前。但这巨剑金粉刚碰上众人的四道拦截魂气与疾气，就引导这四道冲击回旋，瞬间散射至四人。

姬鲜在前，不但拦下了射向自己的短剑，还双手伸出玉圭阻拦了射向其他人的金粉，因此承受了大部分的杀气攻击。但随着杀气引动他聚魂神力，反噬在他身上持续，他皮甲上百余聚魂宝玉都碎裂，而这一连串的炸裂穿过他身体而去。

姬鲜猛地抽身闪到一旁，但剧烈的炸裂仍然持续，即使他由于聚魂而意志坚定，却也禁不住开始发出吼叫，并挥刀把缠在自己身上的金粉都转移到草木上，使他周围一片地上草木掀翻焦灼，出现一片光秃秃的空地。

后面的檀利已经在急退，虽然聚起周围草木气挡在身前，仍然被飞溅的碎片割伤，他一路退去的地上都杀气火花四溅。姬启和马步则一边急退，一边被炸裂的金粉追击，一路震颤不已，倒在地上后，仍然因身上持续的震颤而挣扎不起，失去了知觉，他们身后周围草木都化作焦炭，出现一片空地。

姬鲜这时虽然由于转移杀气，身上已经停止了炸裂，却甲胄尽碎、浑身是伤，口中淌血，已经难以举动，只勉强维持视力。经过四五年的聚魂于身，姬鲜身体已经相当于聚集了上百意志最坚定、最忠心的死士魂魄，才能抵住妲己巨剑一击中的大部分冲击，保住性命，但这一下被金粉穿身而过，把护身的聚魂宝玉也给毁了。

这时他勉强激发元气，凭魂气觉察到姬启位置，把他收在葫芦里。檀利则因为在草丛里聚着周围草木树木魂气，及时扩散了杀气，虽然浑身刺伤，却还能勉强用面具收起马步。檀利起身便要飞走，姬鲜拦住他说："抓住妲己再说！"

妲己则仍然卧在地上，爬不起来，发动的光晕和热气虽然能维持知觉，却因阳鬼缠身而情欲亢奋又不能自主举动，而自己越是用热气光晕把阳鬼驱散到草木中去，就越是觉得亢奋而无力，反倒使身旁的草木都朝自己身上缠绕过来。

她正觉难以抵制性欲亢奋之时，看到姬鲜过来，惊得一身冷汗，稍微清醒地大叫一声。鬐女随后出现，她本就与妲己分开不远，听到了爆炸的巨响就立即赶来了，这时又听到妲己叫声，急忙飞过来，短刀对着两人劈出。一道水汽过去，两人看并不猛烈，挥手便要散去。但就在被挡瞬间，水汽分三道散开，使姬鲜两人顿觉身上魂魄要被这三道水汽拉扯而去，魂不守舍不知所措，惊得他们急忙退出十几步，凝神聚集魂魄，才止住散魂气味的迷惑。

髻女拦在他们身前，姬鲜看她柔弱，扬手便要挥出杀矢，檀利止住他说："算了，其他人再赶来就糟了！"

姬鲜醒悟，两人便朝绕路飞走了，这时他们身上宝玉都碎裂了，只能勉强凝聚自身元气，附身树梢悄然去了。髻女扶起妲己，却连她也看不出是什么神力，只能急着问："王妃你这是怎么了？"

妲己红着脸，喘着气勉强说："他们是如先牧氏那样的身体……不能崩坏……更是居然抵住了我一年多的蓄气……应该是姬鲜！"

"我先扶你回去吧！"髻女只好说。

此时，追击氓隶的将领们正押着他们在返回途中。汶伯听到爆炸声，便赶往爆炸声发出的地方，但他并不是很关心妲己安危，所以仍是跟平常一样慢行。羲和氏在空中巡行，以铜镜扫过整片山林，发现了其一行人的踪迹。任伯便假装过来找他有事相商，羲和氏和风婉则埋伏在他身后。汶伯和几名亲信看到任伯招呼，正要过去，风婉急切，也不等自己父伯闪避，就先于羲和氏一跃而出，手中撒出四颗蚌珠，以日气御使从三面射过去。这些蚌珠与头顶太阳，以及互相连接成聚光网罩向六人。

除了汶伯外，其余五人都没来得及闪避就被光热网划过身体，虽然没有被切断，却留下一条深黑的烧痕，瘫软在地。汶伯虽然及时闪避，身上又有聚起的水汽散射，还是被切割出一道痕迹，他待张口借风传音，被风婉心急，以铜镜对准他脸部，张大的嘴巴顿时被强光烧穿，没能发出声音就倒下了。站在后面的任伯不得不聚起蜃气把射来的光束都引导到周围草木散去。

"你怎么完全不顾你父伯在后面？"羲和氏跟上，斥责风婉说。

"父伯难道还躲不开我的神力吗？"风婉不在乎地说。

羲和氏没有再多说，她想这女儿之前很和顺，怎么两年软禁后变得跟她父伯一样自顾自己，不择手段了？

"算啦。"任伯一边以大刀切开死者伤口，一边说，"只是婉儿你也太不谨慎了，聚光会在地上留下烧痕，你不知吗，若不是我在身后用蜃气散去，这片林地就四处都是我们暗杀的痕迹了！"

"父伯教训的是！"风婉一拜，认真地说。羲和氏心中喟叹：看来这女儿以后会如她父伯一样阴狠无疑了。

少宗祝听到爆炸，赶得最急，他第一个赶到妲己出事的地方，远远看到半空中髻女向他招手，便飞了下去，扶起妲己一看，认出是厉鬼缠身，他忙要以玉敦把她身上毒血散去，但这阳鬼魂气已经侵蚀妲己魂魄，少宗祝不能认出这是什么毒物在迷魂。他着急说："我也不知这是什么鬼魂，先送你回沫城吧！"

妲己听到说要送去沫城救治，实在支撑不了了，而少宗祝到来使她彻底放松，一下便被体内欲望吞没，细细地说："快脱我衣物，我要！"

少宗祝这才知道可能是一种激起性欲的聚魂在作祟，便划开妲己手指，试着以玉敦吸取她血液，要放走她身上的鬼魂气，问："好些了吗？"

"……"妲己立即痛的额头渗汗，勉强地摇摇头，说不出话。

少宗祝没法，只好解下妲己束带，脱下短裙，释放体热，然后背着她急速在林中飞奔。虽然此时凄风呼呼，但妲己却仍然觉得身体燥热绵软，一路轻声叫唤。髻女此时正在树梢招呼赶来的宗师，她偶然下望，看到下面少宗祝解开了王妃的衣服，虽然感到难堪，却也只能回避，跟着下面的两人穿梭在树梢护卫。这时，郁垒迎面赶到，髻女便拦住他，暗示他往下望。他从树梢只下望一眼，心中立即震荡不已，此时只能与髻女一起藏在树梢跟踪护卫。

"是中了什么神术吗？"他定了定神，问身旁一起飞奔的髻女。

"我也没能看出来，看起来少宗祝没能治好，王妃吩咐你们赶到这里就马上去追，姬鲜他们都受了重伤。"

他两人正谈论间，迎面看到郭氏赶到。他们慌忙上前拦住，"王妃在下面，你们绕路吧！"

"什么伤？为何不让我帮忙呢？"郭氏觉得奇怪便问道。

"是疾风刺伤，对了，姬鲜和姬启他们被王妃重伤，不能举动了，你可只身去追！"郁垒怕精通魂术的郭氏追问，只得让他去追姬鲜。

这时任伯一行也赶到了，他远远看到郭氏一行人被盘问，以为是刚才袭击汶伯的事，顿时怯弱，便吩咐羲和氏藏在灌木中潜伏过去查看，自己则与女儿则回沫城了。他因为偷袭郭氏不成，随后转而和风婉偷袭击杀了汶伯，所以着急回城做好逃离的准备。

羲和氏藏身光亮的日气，在斑驳的树影下接近髻女附近，才接近就被守在树梢里的髻女发觉，她尖声叫道："是谁！？"

而此时，羲和氏却已经透过灌木看到草丛间妲己衣不蔽体地趴在少宗伯身上，顿觉尴尬，只好就势潜行而去。

她到了沫城，任伯问羲和氏情况，她便说了。

"一定是中了姬鲜的鬼魂聚身术，然后这两人做了苟且之事，"任伯大笑着肯定地说，"这下即使姬启等人挑拨，妲己也没法治我们的罪了！"

"你要揭发此事让帝辛知道吗？他宠爱妲己人尽皆知，只怕会反过来问你的罪！"羲和氏惊恐地说。

"揭发只是为了自保，少宗祝得宠于妲己谁不知道，只是帝辛还蒙在鼓里罢了，我们今日得罪了他，只能借帝辛来还击了。还有，你之前不是说姬启他们在大河边地布置了风烟传递吗？既然现在姬鲜他们重伤，我们若是去风烟暗哨处抓捕他们，不就又在帝辛面前立了一个大功？"

"那我们三人都去吧！"羲和氏孤注一掷说，她最怕的就是她一回来就导致了灭族的梦魇。

姬发等人本在大河边地风烟处守候，但过了约定暴动的日子后两天，都不见姬鲜他们回来，而昆虫氏派去的暗谍回来说是氓隶都被抓回去了，几乎没人成功逃脱。这下他们慌了。

"我去传信给髳地派人！"邰伯愠怒地说。

"来不及了，不如就在边境附近搜寻，惊动了黎人和大邑商边鄙的军队都不是好事！"周氏中肯地说。

邰伯无法，三人商议沿着边境在三个方向搜寻。而昆虫氏则借口有百姓纠纷撤走风师回洛城去了，只被邰伯再三挟下留下一辆驳吾骏马拉车。

三人在密林里逡巡了一日，在东北向搜寻的邰伯没遇到姬鲜，却碰上了在林中疾行赶来的任伯三人。邳伯看到旧人，哈哈大笑。

"邳伯别来无恙，我与夫人羲和氏刚逃出，你可曾见到大世子他们？"任伯还要狡辩。

"受死吧！"邳伯笑得更响了，根本不信任也不愿理会，直接冲杀过来，一阵疾风先朝三人压迫而至。任伯在之前的周人灭崇之战中就听说邳氏此人极其偏爱与人硬碰宝玉蓄积之气，此时他当然不愿意遂他的意。

风婉则趁机到了高空，与羲和氏一起，两面铜镜已经罩住邳伯，把他逼退。任伯此时则推动引风巨幕向前，大叫："追击！"三人以巨幕为掩护，冲上前去。

邳伯身上虽然有足够的宝玉定阵，发动草木挡住了罩住自己的大半光热，但因为同时被两面铜镜追着罩住，不能持久，只得下降到树林里躲了。三人追了上来，却被邳伯随手一刀，划出疾风把巨幕击得粉碎。幕后三人都没想到，根本没有躲避，被干冷的疾风吹得几乎僵硬，都瞬间丧失了肢体感觉。

任伯、羲和氏都大骇，他们得到地上，才发现周围折断的树木都已经变得枯黄，其实一碰即成碎片，想若不是三人都有铜镜护身，已经变得跟这些树木一样了。

羲和氏撒出十几颗蚌珠，挥动扇贝，以日气驱动在枯木杂乱中穿梭，蚌珠之间连接起来的光束网划过枯木，到处燃起大火，逼得邳伯在火里发出一声借风传音的狂啸。

任伯、羲和氏两人带着风婉迅速飞走了。

邳伯此时附身在树梢，隐约看三人走了，才出来，而不多会，姬发和周氏就赶来了，都因这一片火海惊讶。他们看到邳伯现身，便过去跟他说话。

"是任伯和羲和氏，他们果然没有归附我们的意思。"邳伯拍去身上烟灰说。

"这火海是羲和氏的神力？"周氏问道。

"不仅如此，他们居然还有法宝可以抵挡我大寒宝玉的蓄气，我想这样下去自然没有胜算，只好呼唤你们来相助了。"邳伯眉头有些紧锁。姬发他们都知道这位邳氏这两年来好不容易突破四时的藩篱，把上古传承的一年八节演化为二十四节气，不但使得蓄气的上限提高，还会带有燥湿寒暑的变化之功，虽然可能比不上伊耆氏那样在火光中蓄天地气累加战力，但在持农术修行的宗师当中应该是没有敌手的了，却想不到今日对敌，对手居然毫发无损，自然泄气，宗师的尊严尽失。

等三人遇到姬鲜与檀利时，已经是三日之后，二人一到，立即因凝神延伸元气过度而失去知觉。虽然他们比任伯离去要早，却是绕路而走的，路上又时常歇下来恢复，以至于慢了两日。姬发等人急忙用驺吾马车以田阵加速，把他们带回羴地，回来看姬启时，已经全身溃烂，没有气了。只有檀利稍微恢复醒来。

而在沫城，少宗祝、嫛女和郁垒三人把瑶草、玉敦、桃木符节、艾草、香酒等都用上了，都没能散去聚起在她身上的鬼魂。[①]而谣言传到帝辛耳中，他急怒地来到妲己别宫探视，王后知道会有不好，也跟着去了。帝辛来到床前，看到妲己脸红气喘，更是愠怒不止。

"你是怎么给王妃治伤的？"帝辛厉声对在一旁的少宗祝训斥。

"聚魂术其实与我族聚散意志之术类似，臣女正好可以支撑！"妲己此时挣扎地说。

"我们当时在一旁守护，看到王妃确实能够支撑。"郁垒急忙进言说。

帝辛便望向王后，看她点了点头，"国中有谁是会聚散魂术或聚散意志之术的？"帝辛又问。

"司命官应该会。"王后趁机说，她此时想正好把妲己推给司命官，"我记得他提起过王妃教过此法与他。"

"司命官不行，他怎么……连王妃自己的神力都不够，他怎么行！"帝辛本能的否决。

"王妃不能是因为她是女儿身，魂魄交缠无法摆脱，但男人就可施法。"王后据理力争。

"好，去请司命官！"帝辛恶狠狠地说，"治疗的时候你们这些人都在一旁

---

① 瑶草，《山海经》里传说为帝女瑶姬死后所化，"服之媚于人"，是催情药，但可能只是香蒲，没有这种作用；又据考证可能是有毒的灵芝之类的植物，因致幻而催情。

看着，若是还有传闻，罪加一等！"

司命官听闻妲己受伤不能痊愈，本来有些焦急，但又听说是欲鬼缠身，便缓了口气，这时看髻女奉帝辛之命来请，便带了法宝赶去了。妲己看到是司命官，原本这些天没能褪去的亢奋又因放松压制喷涌而出。

"你们先下去吧！"她急急地喝退在一旁看守的郁垒、少宗祝和髻女。少宗祝有些犹豫，但髻女却拉着他跟郁垒出去了，一边带着笑意说："王妃都说了，怎么不听呢！"

我是用星辰之气为你放血……"司命官走到床前说，他刚坐下，就被妲己拉着他的手放在自己火热的小腹下，潮红着脸更加娇艳无比，喘着气说："我快不行了，你先帮我……"她这两年都不太理睬司命，仍然是怪他之前不能忍受鞭刑，尤其是还爱着自己的时候却不能忍的事，但此时情欲涌动，就完全推翻了理智上的嗔怪了。

司命官却不慌不忙地就势按在她小腹上，手握玉蝉一边强行把妲己体内血气散出体外，一边以甘草汁液输入，直到脸色潮红的妲己跟周围宅气调和，变得一样的静谧。

司命官开门放髻女等三人进去，少宗祝和郁垒都只能察觉屋内散着令人燥热的鬼魂气，忙着把这魂气各自收入葫芦里，而髻女却还察觉到屋内还有一种气血之味，便一边问："这是王妃飘散出来的血气吗？"一边以薰草挥动，把满屋的血气引回妲己体内。

随着薰草把房间里的妲己血气引回她体内，她也就恢复了些精神，但她记起刚才司命官的拒绝，便冷冷地说："如雍女这样既能上战场杀敌，对男人又柔顺的好女子，哪里才有能配得上她的人呢！"

司命则知道妲己指的是他，他怕她仍然会借病纠缠自己，便对她说："我倒是认识一人，是我宗师的儿子郜氏，现在王宫为乐官，他的琴音有平复欲念之功，可让他来为你恢复血气，还可顺便与雍女认识，你看如何？"

妲己听出这话在讥讽她适才欲念冲动，本就嗔怪的心便转为厌恶了，卧在枕头上一言不发。

第二日，髻女便请来了乐官子延，他是前大史官的儿子，却不乐于祭祀，只专研琴技，兼通钟鼓之声，因而只做得乐官。髫女看他四十岁上下年纪，虽然身材高大，却一脸恬淡，先自有七分欢喜，便低头恭恭敬敬的请他入房，却在他进门时故意低头紧跟，头便撞在他背上。"看你是个柔顺大方的女子，没想到还会在生人面前紧张的么？"子延似笑非笑地看着她，有意无意地点穿她的心机。

髫女这下脸更红了，"小女刚才一时心急，之后一定更注意礼仪！"她此时埋头却是真心的低头了。

子延进屋，却发现已经过了未时，妲己却仍然熟睡未醒。

"王妃一早是醒来了的，却不知为何又睡到了现在。"髫女看到，慌忙对子延说，"可烦请乐官大人稍等！"其实是她今日因为要去请乐官而兴奋不已，忘了去看望妲己了。

"没有关系的，"子延露出了宗师才有的自信说，"我的琴音可以在不打扰王妃熟睡的情况下为她恢复精力。"

他们俩正在谈论之际，妲己被他们吵醒了，她正要发作，却一眼看到髫女握住了那个乐官的手臂，便想这俩人似乎情意有所相投，当即转喜呵斥说："你们俩愣着干什么，快过来为我疗伤！"

"小臣这就为王妃调理！"子延朝妲己一拜，就坐在远离妲己的案几后，开始弹他的五弦琴。

"你坐那么远，琴音都听不见，怎么为我疗伤？"妲己皱眉说。

"娘娘放心，乐官大人要调和你身体和魂魄的调性，是不需要大动的。"髫女抢着插嘴解释。

子延便不再多话，开始弹奏一曲《朝歌》，琴甫一奏，妲己顿觉气血身体与魂气都在震颤，却又说不出的和谐，随着琴音在宫调和羽调之间徘徊，不止她身上的震颤，就连整个屋子也仿佛在一起以同样的动作群舞似的，全身上下与屋内的静谧融为一体，丝毫不互相抵触。一曲下来，由于气血与魂气调和，妲己伤好后一直软绵无法举动的四肢，此时居然立即就能坐起。髫女慌忙上前帮忙盖住被子，一边称赞说："娘娘，我说的没错吧？乐官大人适才在用抑扬有序的音调操练你的体魄、魂气在体内调和，这才能使身心互相促进，而恢复得这么快！"

"可适才我听到琴音抑扬起伏极大，为何反而能调和魂气呢？"

"适才曲子里低音，我命名为宫调，主君王，高音为羽调，主万物，宫调久之就要适当的以羽声为凭依，如同君王不得不依仗万物一样，这样王妃的高贵魂魄也就能与身体气血互相促进了。"

"乐官大人有没有想过在战场上施行此术，必然可以群杀敌阵士卒的？"她恭敬的试探说。

"我仅仅是奏乐而已，声响都有限，何以能有肉体损伤之效！"子延显然不愿意参与战事，且把不满表露于外。

"但现下周人步步紧逼，这次居然混入了我大商王都郊野来了，倘若下次又来我王畿，恐怕就不是行刺那么简单了哦。"

子延知道她故意提起行刺，以迁移到自己父亲遇刺之事上去，想激起自己斗志，虽然有些反感，但却也不得不承认要为万一中的商周决战做准备的。"我的琴技确实有可能加以改进，为杀敌之用，只是我本乐官，实在无心于此，"他缓和说。

"这才对嘛，男子既有神力，哪有不肯从王事之理？"妲己起身下床，散着长发，走路一踮一提的，拉着髻女并肩向他走过来，笑着对他说："乐师，以后可请你多来，为我弹奏《都里》，我还是喜欢我故土之音。"

子延看她俩近前，略微抬头看到两位丽人，想这妲己果然如传闻中般美的动人心魄，此时加上髻女陪衬，更是如两朵摇曳怒放的牡丹，耀眼于撒进屋内的阳光中。

"小臣遵命。"他心下一软，便脱口了。

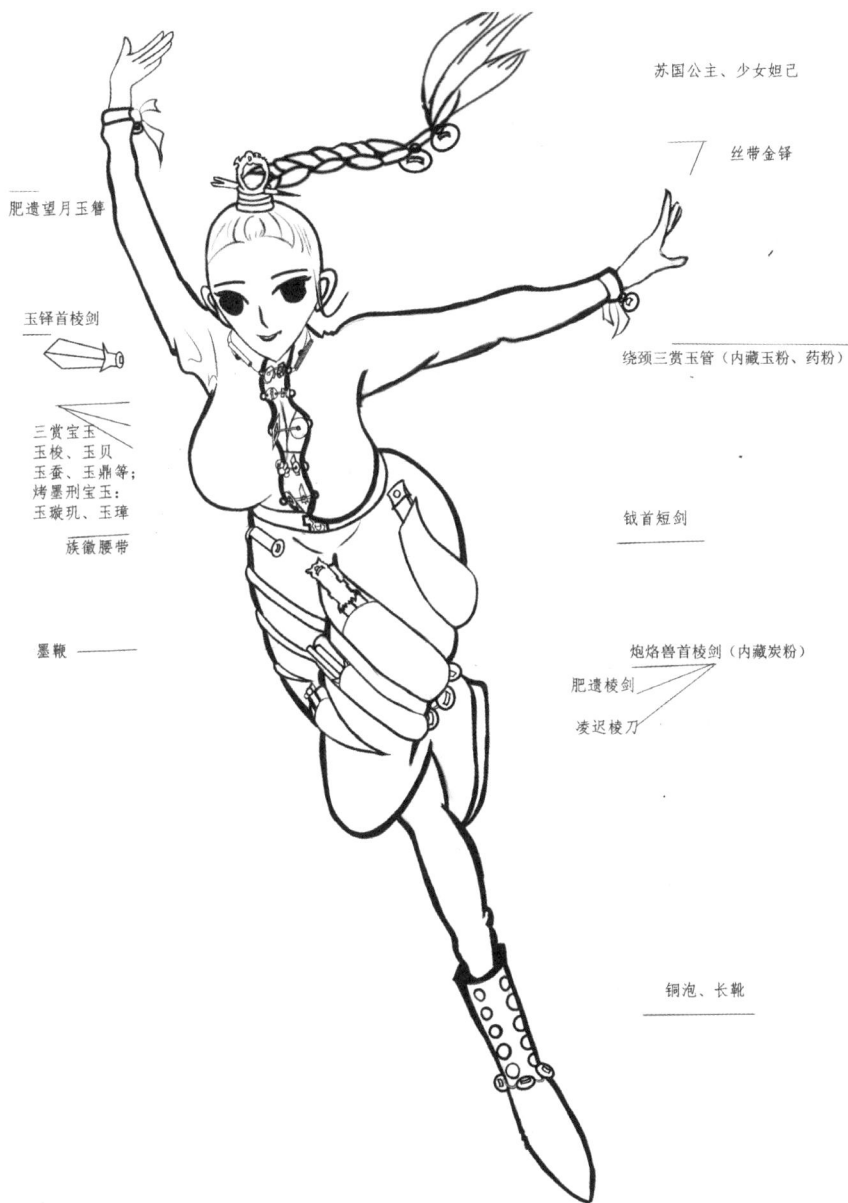

苏国公主、少女妲己

丝带金铎

肥遗望月玉簪

玉铎首棱剑

绕颈三赏玉管（内藏玉粉、药粉）

三赏宝玉
玉梭、玉贝
玉蚕、玉鼎等；
烤墨刑宝玉：
玉璇玑、玉璋

钺首短剑

族徽腰带

墨鞭

炮焰兽首棱剑（内藏炭粉）

肥遗棱剑

凌迟棱刀

铜泡、长靴

265

护身宝玉渔网

冯夷族宗主宓妃

玉梭耳饰

御水涡纹玉粉丝带
腰带

藏玉扇贝

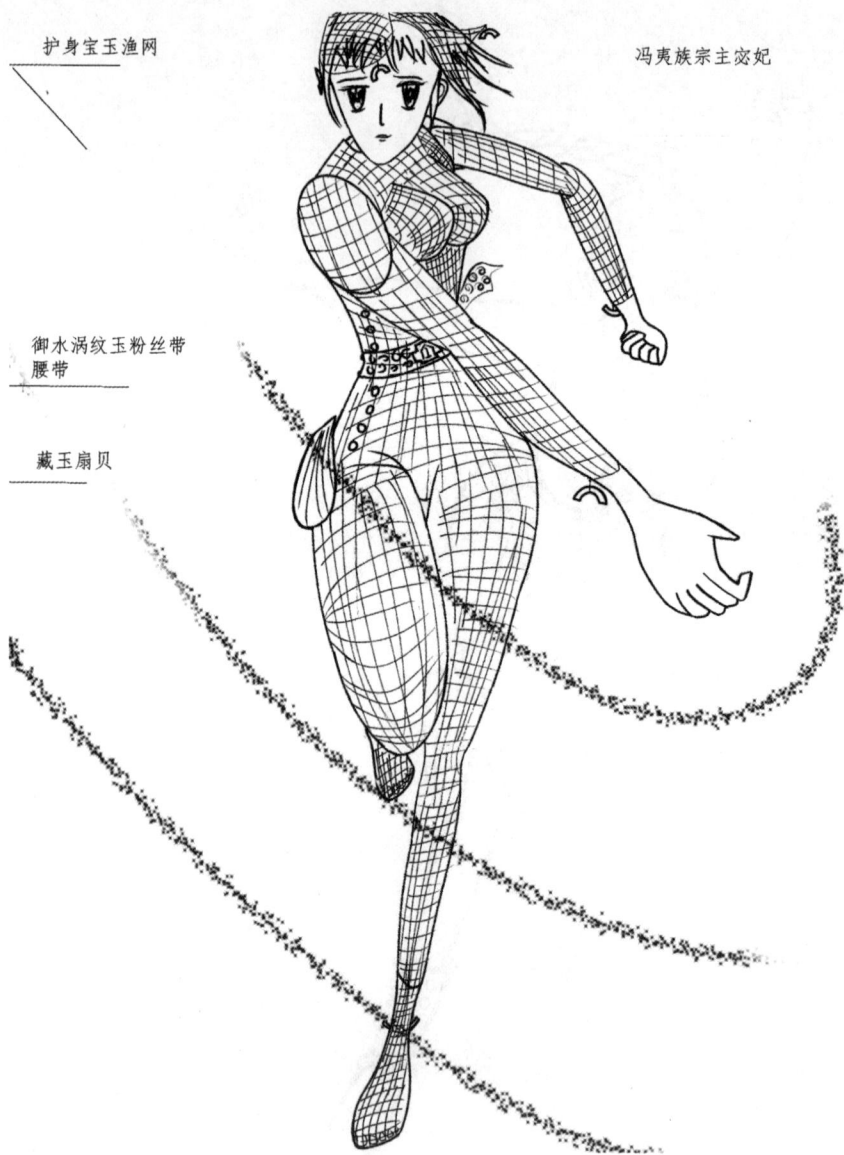

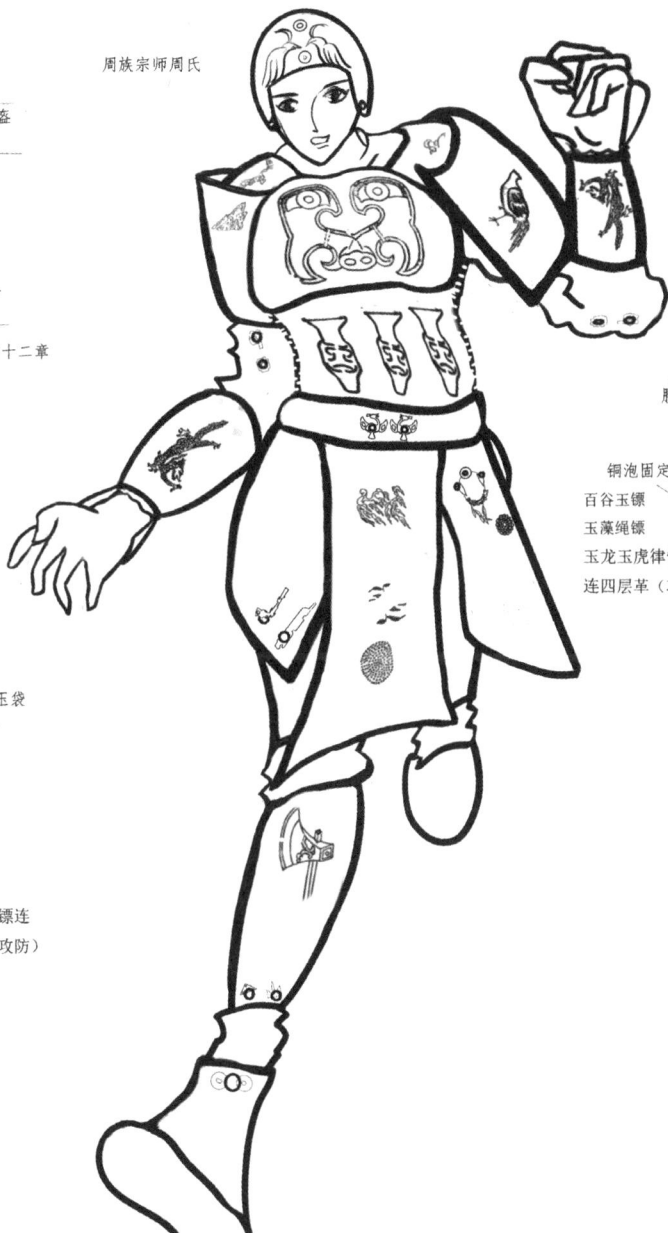

周族宗师周氏

日月双璧头盔

绑带护臂

胸甲

护身十二章

腰带、玉宗彝

铜泡固定玉亚、玉斧

百谷玉镖

玉藻绳镖

玉龙玉虎律管

连四层革（攻防）

裙甲内藏玉袋

玉星玉山镖连

两层革（攻防）

周族宗主姬发

日月双璧、凤尾饰头盔

护体十二章

大小双钺

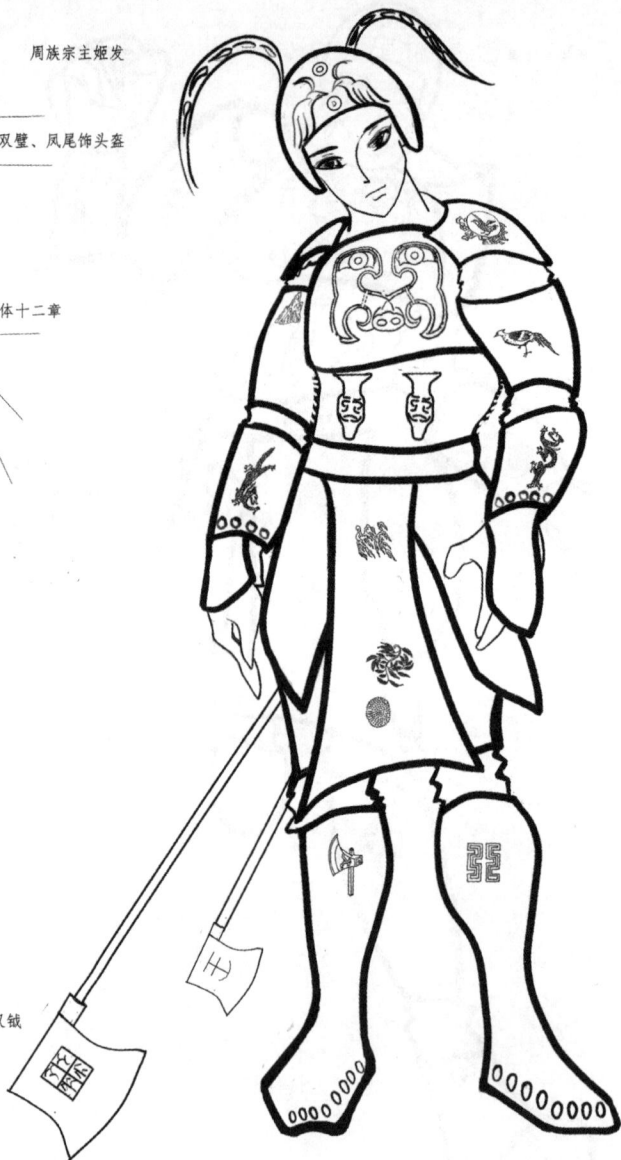

大话封神

下

陈哲洵　著

团结出版社
UNITY PRESS

©团结出版社，2024年

图书在版编目（ＣＩＰ）数据

大话封神 / 陈哲洵著 .-- 北京：团结出版社，
2024.7. -- ISBN 978-7-5234-1201-5

Ⅰ. I247.5

中国国家版本馆 CIP 数据核字第 2024RQ2585 号

责任编辑：张　茜
封面设计：安　吉

出　　版：团结出版社
　　　　　（北京市东城区东皇城根南路 84 号　邮编：100006）
电　　话：（010）65228880 65244790
网　　址：https://www.tjpress.com
E-mail：65244790@163.com
经　　销：全国新华书店
印　　装：武汉鑫佳捷印务有限公司

开　　本：170mm×240mm　16 开
印　　张：72.25　　　　　　字　　数：1098 千字
版　　次：2024 年 7 月第 1 版　印　　次：2024 年 7 月第 1 次印刷

书　　号：978-7-5234-1201-5
定　　价：268.00 元（全三册）
　　　　　（版权所属，盗版必究）

目录 CONTENTS

邑姜婚事上篇

姬启之死的消息传到西伯处，他口吐鲜血，一病不起。

姜望此时正遵照与召氏的约定，暂缓出兵，却听得大邑商传来姬启等人策动氓隶叛乱，而羲和氏报信有功，被帝辛册命为师的消息，同时丰城传来姬启已死的消息。他与申妃皆大怒不已，立即召集麾下将领商议西征事宜。

"主君之女与郜氏之子的婚约，此时又该如何？"兹氏说。

"不如加紧劝婚吧，这样反而可以牵制郜氏！"网海氏突然说。

姜望觉得是这样，随后，他便开始与众宗师部署西征。

聚议之后，兹氏悄悄留下，对姜望夫妇说："如果召氏要私底下与侯女见面，而侯女又要回避的话，可由我大女代为传达。"两人同意了，兹氏与其大女儿长期驻扎在郜城，与郜伯熟识，可作为传达沟通的最好人选，万一邑姜脾气上来了，也不至于婚约就此废掉。

果然，郜伯与召氏不日便来到吕国拜会，他们一来是解释之前对于姬启的隐瞒，要继续以婚约绑住申吕，二来是召氏要挽留与邑姜之情，但自然吃了闭门羹。召氏此时便向侍卫请求通报邑姜，希望与之见上一面。此时邑姜自然明白了那时候召氏的忧虑，而想到他那时候就打定主意隐瞒姬启的事情，利用婚约拖住自己的族人西征，就气不打一处来。这时候闭门不见，虽然有些忧虑情意已绝，但仍然怒气未消。

邑姜与兹氏嬴女略作交谈后，打定主意，待召氏请求见面时，她便让嬴媒出去与之传话。召氏在门口，望着大门墙上侍卫看管、专供通报宗师出入的高台苦等，却看见门内飞出一位比邑姜略为丰满的女子，认得是兹氏之女。

"郜伯世子有何吩咐，可告之于我代为传达给小邑。"嬴媒虽然飞出，却仅落在门口，而不直接飞至召氏跟前。她扭动着纤细腰肢下的丰臀，轻盈的点地跳着向召氏几步飞过去，带起的微风扬起她身后的五色羽毛披风，宛如展翅滑行的鸾鸟。

召氏看她步行而来，胸脯在隆起的五色羽披绸服下面跳动，心中一动，便虚视之，"邑邑可有话说？"他急着问。

嬴媒看他没有首先提起自己，直接问询，便收胸站定，"小邑说让你记着婚约便是，待西征之后再来听取你的道歉，你可不能有负于她哦！"她虽然在硕大勾人的身姿上收敛，却仍然一脸含笑。

在一旁的邰伯听了，便知道这一定是姜望的主张，看来从姻亲之情来阻止姜望出兵是没可能的了，他此时便回到马车上去了，"走吧！"

但召氏仍然不肯走，"可否再传音一声，就说如果记得欺骗之前的以神力定情之事，便可出来一见！"召氏紧张地说。

嬴媒听了，有些似笑非笑地答应而去。"他怎么说？"邑姜看她回来，着急地问道。

嬴媒满脸郁郁，"他说如果除了记得欺骗，若还记得以神力定情之事，便可出来见面。"

邑姜一听就火冒三丈，"这简直就是赤裸裸的要挟！还居然说得这么无赖！"

"我看邰伯就在世子身后，他这么说可能也是因为父命难违吧！"嬴媒叹息说，"你不再回复一下吗，真的就让他这么离去了？"

"还回复什么？"邑姜恨恨的说不出话，"就说我在战场上不会用他所教的神术便是！"

嬴媒便去传话了。召氏听说，长叹一声，呆立在原地不知所措，旁边邰伯没有走远，听到此话，大怒说："走了，姜望他跟他女儿都是锄头脑袋！"

嬴媒回到宫中，看邑姜还在生闷气，便陪她静坐。"他走之前怎么说？"邑姜缓缓问了这么一句。

"他只叹了口气，就跟邰伯走了。"嬴媒叹息说。

就在姜望进军犬戎之时，西伯病重不支，自知大限已到，便聚集诸位世子和诸侯伯，留下遗嘱说："死后葬在毕城，那是我周邦开始兴旺之地，立姬发为王。"他又单独对姬发说："这次大商杀死姬启，其事小，效仿成汤灭夏而灭商，其事大！"姬发会意，这是让他镇住流言，安心即位，并完成他代替大商为华夏之首的遗志。

姜望夫妇听说此事，感于出兵犬戎，周人没有任何阻止，便也受邀到了丰城，来往看望西伯。西伯单独对姜望说："我的大世子不幸去世，而流言四起，渭水诸国恐怕又要起纷争了，这都是以家治国的弊端啊！所以单靠一家是不能治理好四方的，如果几家联姻，那就不一样了，渭水诸国是这样，河洛诸国，乃至大邑商也是这样，家内的争端要靠家外来解决啊！望之，望之！"

姜望听了感慨，答应说："西伯放心，周家跟我妻申人一族本就是世交，这我们是不会忘记的，而你在河洛之地的志向，也会由我家跟世子们来实现！"

西伯听了，安详地合上眼睛，他费了气力说话，只能要靠静养才能恢复。

姜望出门，申妃问："西伯交代你什么了？"

"说家内争端要靠扩张来解决，确实是啊！"

"但我申戎扩张的方向可不一样哦！"

"那就联姻吧！"

几天后，西伯逝世，姬发主持了葬礼，并给他建立宗庙，但他也不敢称王，只以操办葬礼将众侯伯聚起。除了姜望夫妇回到西征战场去了之外，诸世子、莘伯、郐伯、阮伯、丰侯岳氏、麋伯、芮伯、虞氏遏和甫氏兄妹都到场了。

姜望西征犬戎王与义渠王、羌北王，就在他们扎营休息的时候，一个纤瘦高挑的女宗师飘下，迎着独自在营寨外休息的姜望便略微躬身，是羌北的宗主弇兹氏。

姜望听她认出自己，还来不及吃惊，这时看清她的容貌：身材高瘦，虽然头上尖角和身上铜片甲胄与一般羌族首领无异，但却生着一双圆大的眼睛和紧贴着的直眉，鼻梁高挺，完全不似普通羌人的壮实和细眼淡眉。他悦然说："弇兹氏不但神力高强，一下就能找到我，居然还是位殊异非凡的美人，竟与西羌族人容貌完全不同！"

"我族是羌北以西之地弇兹山迁徙过来的，因此与西土的羌人与中土的商族人容貌殊异，至于为何找得到吕侯，自然是因为吕侯果然是个魁梧又有灵气的男子！"弇兹氏毫不遮掩的以双眼打量着姜望，她为宗族之长多年，早已习惯欣赏男子外表。[1]

姜望却误以为这是对他的倾慕，便高兴的靠近说："弇兹氏族应该是上古的河渭之地族人后裔吧，怎么会是西海迁徙过来的呢？"

---

[1] 弇兹氏为《山海经》中的西方神，此书与《穆天子传》里的弇兹山在今甘肃临洮，在周初有西王母国。

"我族并非从河渭之地迁过去的，而是来自极西之地的大宗，"弇兹氏大胆地抚摸着姜望脸颊说，"吕侯若有兴趣，可跟我回营慢慢讲述我族渊源！"

姜望上次被抚摸脸颊已经是三年前的事了，他为一国之君多年，申妃早已不敢这样抚摸他了，因而此时觉得别扭。"那我们走吧！"他便抓住弇兹氏的手说，"看看你的麾下骑兵，谈谈我们结盟之事！"

此时弇兹氏只觉得全身被捆住了似的，无论四肢如何前后举动，都被阻滞，无法大动，而又没有感觉到风动和魂气迷乱。她动了几下不能挣脱，没法只得任姜望牵住往大营而去。她这才意识到眼前这人不能跟她族群的那些卑微的俊男相提并论，而是位叱咤渭水的宗师。

到了弇兹氏刚搭建好的大营，姜望看西羌人甲士都跟弇兹氏一样，身穿牛革缝制的甲胄，便猜她擅长的是缝织之术，并在迁至西鄙之后，以此术威服了那里的蛮人。"可以松开神力了吧？"

姜望看弇兹氏此时原本白噗噗的脸蒙上了暗沉，才反应过来不该在她麾下众人面前羞辱他们的首领，便随即解开神力。

弇兹氏全身刚可活动，一只犀角就朝姜望射来。

姜望一勾手蓄积散风，就要止住冲击、接住她手中犀角，却发现犀角在急速旋转，与姜望勾手蓄积的散风相抵，竟然射出火花，逼得姜望只好感应疾风让开。

姜望往下看到地上被飞溅的火星击穿，在乱糟糟的草木中出现一个个深洞，想幸亏是滑开了冲击，自己去接的话身上就成了蜂窝了！

"怕是女宗长意在试我吕国实力吧？不知是否够分量与你西羌人谈判呢！"他有些不快地说。

弇兹氏默然一躬身，两人入营。"其实吕侯应该清楚，你们若要攻打犬戎王，现在周人及其盟友羌方会来攻打你申吕之师是事实，而你们若要避免这种情况，我羌北王的条件是必须分得所有义渠和犬戎战俘，留你们占据犬戎王的土地，不知吕侯能允与否？"

"这绝无可能！犬戎和义渠战俘我们抓到的当然归我们，而你们西羌人拦截到的则归你西羌人，而我可助你们抓捕其余的犬戎士卒，作为交换，在周人威胁上，你西羌人应该与我共同对敌！"姜望强硬说。

"不可，"畲兹氏摇头笑着说，"我西羌人若是宣布与周人为敌，便会结仇，与助你对敌无异！"

姜望起身便走。畲兹氏慌忙在他身后说："我的神力吕侯刚才看到过了，而在我之上的首领至少有三位，你可回去仔细抉择！"

"还有，我也是姬姓之族，本族与周族同出一帝哦！"后面传来了提高了的声音，姜望停留了一下，仍然没有回头地走了。他想渭水诸邦师旅应该不会真的为了阻碍申吕称霸而与自己开战，因而暂时不必向西羌人低头。

但是，姜望骑兵还没接近羌方，就在路上遇到孤身一人骑马飞奔的召氏。他下马径直来见姜望，而他没想到邑姜就骑马跟在姜望身边，顿时有些惊慌。

"拜见吕侯。"召氏深吸了一口气说，"小臣这次来是为周邦宗子姬发及渭水诸邦君来劝解申吕骑兵罢兵的！"

"我申吕征伐渭西戎人，正是为渭水诸侯伯扫平骚扰，为何反过来劝我罢兵？"姜望试探说。

"这是周邦新主君姬发的意思，且得到了渭水诸邦的赞成，包括我和我父伯邰氏在内，不得不执行！"

"先不说其他邦君，"姜望听到"邰氏"，恼怒地说，"我与你邰氏两家刚定下婚约不同一个月，之前你又来求我维持婚约，现在你邰氏族如何肯来与我对敌？如果难免一战，我也可奉陪，"姜望也很强硬，这两年他的借法之法贯通了大部分的周人、殷人甚至东夷人的神术，正在威望高涨之时，哪里经得起一个小辈的挑衅，"我现在放你回去便是，绝不现在擒你！"

召氏没有抬头，"小臣知道吕侯及夫人骁勇善战，但征伐是士卒和阵法之间的较量，而且还会卷入百姓国人！"召氏孤注一掷。

"召氏！"邑姜在一旁再也忍不住要骂了，"亏得我跟你婚约不过一月，你怎么这就肯来以我族人威胁！早知你是这种人，我就不该亲近你，居然还差点被你轻薄，难怪你之前能说出那样的话来要挟！"

召氏依旧不肯抬头，"既然吕侯答应放我，我便先离去备战了，至于婚约之事，等吕侯答应罢兵再来考虑吧！"说完，埋头骑上马飞奔而去。

这时申妃和猫虎氏闻声过来，先看到邑姜脸上淌着泪，"这是怎么了？"姜望便向申妃说了情况，她倒是没有恼怒，反而疑惑，"召氏应该不是这样的人，难道是姬发的主意？"

"是否如此，还要看姬发意思才能确证，"姜望望着阮地的方向说，"可能难免要与周人的阵法较量一次之后才会和谈！"

于是姜望命骑兵放弃围攻羌方，转而朝共地奔去。而召氏单人匹马，一路激愤的以田阵催动，比申戎骑兵快得多。邑姜所说的"能说出那样的话来要挟"这句话一直在他脑中回荡，会不会是嬴女在传话时误解了自己的意思了？他禁不住乱想。

夜晚，邑姜这边正骑马巡视，突然觉得从昏暗的夜空中吹来一阵凄风，居然使自己半边身子感到冷热不调。这才想起召氏交给自己的节气之法，她一跃往北斗星斗柄指向下的沃野飞去，不到一里路，果然看到召氏站在野茫茫的星空下。

"你找我过来做什么？"邑姜冷冷地说，"不会是怕我一气之下把节气之法用来给申戎骑兵布阵吧？"

"嬴女跟你传话时是怎么跟你说的？"召氏上来抓住她的手说。

"不记得了。"邑姜虽然反感，但还是耐着性子听下文，因而没有松手。

"我猜你可能误会我了，昨日你生气的时候说要挟，"召氏急切的继续说，"但其实我意思是请你记起在姬启事发前就愿意以节气神力定情了！"

邑姜这才意识到嬴女可能听错了，但她仍然不愿原谅他，"你邰氏已经决定要讨伐我父侯了，你觉得就凭节气神力，我父侯就肯再与你恢复婚约吗？"

"我来就是告你此事的，"召氏看有救，轻松多了，"现在诸侯伯打算派兵驻扎在申国郊野，要挟你们放弃征伐，丰侯岳氏现在已经去往申地了，但其实诸侯伯认为不到万不得已，不会开战！"

"你保证诸侯伯不会与我父侯动武？"邑姜疑惑地问。

"姬发已经对我承诺过了，他说他会提醒丰侯，带给他我邰氏族的告诫，而偃女也答应我劝他父伯反对开战，我自然会以婚约劝我父伯的，这下你总该放心了吧！"

"那其他侯伯呢？"邑姜神色缓和了下来。

"这个暂时没有保证，但你想，檀氏兄弟刚刚得到姬启的兵马，得以独立为军，自然不愿意损耗在与申吕两国为敌，这种结下仇怨的讨伐中，更何况檀利受伤未愈，不会主动请缨；而莘伯则只会跟你父侯和谈，最多只要求你们在战俘上让步而已，其他世子没有军权，不用提及。另外，就算丰侯劫掠人口心切，他一支人马，是不一定能打败申戎王子的。所以只要你暂时对你父侯保密，在和谈中只需让出些战俘给莘伯，可能就成了。但是你若是现在就透露实情，你父侯必然仗着我们不敢开战，而大肆要求我们让步，这就反而会激起诸侯伯反感。"

"但我怕我父侯母亲担忧嘛……"邑姜噘着嘴说。

召氏高兴的紧握她的手，拉着她入怀，"在和谈之后就好了，你若现在就告知，你父侯就不会让步，万一逼得那些侯伯突然改变态度，开战就难以预料了。"

"你是特意奔来告诉我的吗？"邑姜把头靠在他胸口，甜甜的问。

"本来按照我的预料，有渭水诸侯伯共同施压，不用开战你父侯就会罢兵，而你们双方兵力相当，你父侯在和谈上应该不会吃亏太多。但我得知姬发突然派丰侯去申地了，就知道情况有变，为了不至于真的开战，惹怒你父伯真的放弃我俩的婚约，我只好先来告你此事了。"

邑姜感动的忍不住主动亲吻他，两人不觉都动了情欲，隔着软甲抚摸着各自的身体。邑姜对着召氏耳朵吹气如兰，"如果我俩今夜……我父侯应该就不会反对了吧！"

两人缠绵了一夜，第二天日出，召氏便骑上快马离去了，邑姜喜滋滋地回到军营，她昨夜已经交代过营帐护卫，因此得以隐瞒自己彻夜未归之事。在路上她说起召氏传来音信，澄清了之前召氏传话的误会，告之姜望和申妃，并暗示郜氏父子可能有意在真的开战时置身事外，而其他侯伯的态度则隐瞒不提。姜望夫妇听了都很高兴，心中便又多了一份不让步的坚持。

但他们一到营地，姜望就看到魃氏飞过来，姜望叫来申妃，邀请他入营而谈。

"我这次是受周邦宗子所托而来的！"魂氏一拜说，"现在丰侯和阮伯陈兵申吕边境，只有宗子可以调解，让他们退兵！"

姜望申妃都吃了一惊，想不到魂氏居然投靠了姬发，"宗子有何要求？"姜望追问，他不习惯白得外人好处。

"只要与吕侯结为姻亲就好。"魂氏露齿笑着说，"这样的话，宗子不但不会阻挠，还会帮助吕侯西征。"

两人又是一惊，都没想到姬发竟然有此意图，之前从来不见有所表露，"此事可不是仅凭你一句话就能决定的，要宗子有诚意才是！"姜望谨慎地说。

"这个当然，只要吕侯现在承诺与邰伯退婚，且约定纳吉之日，明日便可收到丰侯停止进攻的风师消息，然后我们再传音信给阮伯，他自然退兵。"

姜望想若与姬发结亲，便是与周人联合，此后在渭水，诸邦君自然不敢再说话，这确实比与邰氏族联姻要利于自己在渭水的壮大。而对于姬发来说，有了自己支持周邦王位就自然稳固了，所以不可能不厚待邑儿的。这样一想，他便要答应，申妃看他脸色，便附耳跟他说起邑姜可能不会忘情的麻烦。

魂氏看他们俩犹豫，便说："吕侯要仔细思量，一旦开战，即使邰氏军队旁观，申吕二国与渭水诸邦君也会结下仇怨。"

申妃看姜望还在犹豫，便附耳对他低声说："可答应姬发，待申吕边境的兵马退走之后再放任邑儿，让她自己选择夫君。"姜望听了便答应了魂氏的要求。两人约定明日一早便让风师传信给阮伯，威吓他的袭击，而姜望则放弃征伐羌方。

商谈完毕后，"既然你在此，义渠王也在姬发麾下营帐中吗？"姜望动问。

"义渠王还在极西荒野中，只有我在此为宗子效力，"魂氏笑着说。

"你何时投靠姬发的？"

"自三年前你们联合征伐犬戎时就暗地里为宗子效力了！"

姜望点头，想魂氏既然说得清楚，与姬发结盟应该不会有诈。魂氏走后，姜望夫妇把事情跟邑姜提了，她当时就泪如泉涌。

此时，邑姜只能一边抽泣，一边自怜自艾，想不到渭水诸国的纷争居然全都压在自己小小的婚姻上，她深吸了口气说，"我跟召氏已经有夫妻之实了！"

这回轮到姜望夫妇呆住了，三人站立良久，"还是照实回复姬发吧，"姜望说，"倘若他真的有心于我们的支持，有心于邑儿的话，就不会改变主意。"

"是了，"申妃接着说，"如若不然，再拉拢邰伯一战便是！"她转而又对邑姜说，"你也别太烦恼，这是你选择好夫君的最好机会！"

邑姜点点头，她虽然表面答应姜望夫妇，情绪平稳下来了，但自然还是向着召氏的，不可能有意于只有过几面之缘的姬发。

此时虽然帝辛被妲己的谣言弄得吃不下饭，但听说西伯病亡，而姬发与诸侯伯西征姜望，总算宽心了些。他原本想剥夺少宗祝兵权的打算也放在了一旁，只派人传令妲己准备征伐周人。但小司命回复说妲己以重伤未愈推辞，而少宗祝则觐见说了谣言原委，让他下令惩处任伯，还自己和妲己清白。帝辛当时便愠怒不已，但此时正是用人良机，不得不忍着气，喝退少宗祝。他没法，只得找来司命官和王后商议伐周之事。

司命官想如今妲己杀周人大世子，逼得周邦大乱，立下如此大功，怎么可能容忍留下削减她兵权的隐患呢？此举可能很难奏效，但他想帝辛现在怒气未消，也不便劝告，只转移话题说："东夷人逃亡，除了羲和氏突然逃回之外，据小司命探访，那日之后昆虫氏也从郊野归，只是尚不能查明他从何处回到洛城的。"

"你的小司命连洛城都去探访了，为何没能事先查出周人混在氓隶中了？"帝辛看他有意无意地提到羲和氏突然逃回可疑，就知道他还在为妲己开脱，有些刁难地说。

"大王并没有命令我监视苏妃活动，因此沫城不在小司命的监视之下。"

"从现在起，连苏妃和任伯一起监视！"帝辛怒气浮现于脸，但也顾不上隐忍了，直接下命令说。之前他怕司命官与妲己来往过密，又因为她为人骄傲而放心，因此没有让司命官监视她，但谣言之后，即使周人大世子死亡而妲己立下大功，自己仍不愿奖赏她……这裂隙既然已生，就只能依靠司命官、司土官等人制衡她了。

但这次帝辛的命令仍然毫无效果，妲己依旧称受伤未愈，而少宗祝则仍然要求出征之前要严惩任伯，消除谣言，才能正军心。帝辛收到小司命回复后，既愈加忿怒，又实在不想放弃伐周机会，便索性顺着脾气而动，派司土官率王师与泰逢在洛地会合，攻伐驻扎在髳地的姬鲜，再命任伯、雨师姜归入邮氏麾下，带兵与黎人会合，阻击周氏。对于其他王畿内的诸侯，酒正官豕韦氏、坊氏、封父氏，昆虫氏，帝辛也都下了命令，而因此战重在奇袭，就没有从东夷三国调拨兵马，只要求驻守在东夷的宗师飞奔过来参战。

到了出征的时候，帝辛才接到风师消息，说坊氏、昆虫氏、酒正官和泰逢都推托不愿出兵，说是兵力准备不足，只答应派宗师作战。而封父氏则与以往一样，坚持邮氏出兵自己则不出兵。帝辛则只好与司命官留下，只派飞廉作为司土官的副官出征。

反击篇

司土官、飞廉、箕侯带兵两万战车精锐，一路来到鄈地，击溃鄈地边鄙的周人防御后，迅速抵达鄈城城下。此时阳光下的鄈城四周格外耀眼，城外已经效仿水庸氏，引入了湖水绕城。司土官看四面城墙上都爬满了蒺藜，而壕沟中水平如镜，并没有导入河川的激流，就知道姬鲜打算坚守甚至诱敌了。

封父氏虽然不愿意与邮氏一起出征，但此时周人大乱，他不会放过这个好机会，也就只身前来司土官军相助了。"虽然我不知道姬鲜如何聚魂于肉身，但却知道若没有加强的阳光和水土，草木再锋利也构不成威胁的；你们看城墙上空似乎比平日更加耀目，就知道有聚光的法器，而护城河中的水雾也在为城墙上的蒺藜助力，只要破坏这两处，田阵即使不破，也没法再聚气伤魂了！"

司土官听说，高兴地拜谢了，"若是如此，我便来破阵！还烦请飞廉上卿协助引出姬鲜！"他胸有成竹的命士卒列阵从东门涉水而过，因为虽然壕沟有十几尺，那水却只有齐膝深，正好横向列阵群起围攻。

而他则与飞廉飞身上高空，抛出教象，要引出姬鲜等宗师袭击。司土官发动教象上的戈矛聚光，反射了大量东门城墙上的阳光。刺眼的光芒使城墙上的士卒缓不过神来，墙上箭雨的冲力也变弱了。

城下的千夫长们齐声发喊："防卫！"箭雨终于被士卒们挡在了盾牌之外。

司土官看引不出宗师出来偷袭自己，就故意大声指挥，命令城下士卒一边涉水，一边把周围猛地升起来的水雾散在四周和身后。但虽然现在是仲春，士卒们却感觉水中异常冰冷刺骨，周围水雾也似乎在吸入自己体内似的，只觉全身哆嗦。

但总算士卒都涉水过了壕沟，开始布阵冲击城门了，而周人聚集在城门的士卒也越来越多，长矛如雨般的落下，士卒忙于布阵防御，一时使士卒无法冲破城门。司土官焦急，飞过去以木铎变大摇动，亲自指挥士卒，"冲击！"

此时千夫长百夫长身上的木铎也都跟着振动，而城墙泥夯土本身也跟着这一片振响而闷声和鸣不止。士卒们齐声大吼，一击发出，一下冲破第一道城门。但只听城墙上姬鲜大喝："聚气冲击！"

城墙上手持长矛的士卒一起投掷，一阵矛雨，把刚冲击城门，而没有防备的士卒都击碎骨肉，倒在泥泞里。司土官身前的木铎也被长矛击穿，但他在阵前的教象，把射向他的长矛都卷起收了去，"姬鲜休躲！"他在教象后面看准了姬鲜声音传来的位置，凭量壶飞身上城墙来罩。

但姬鲜随即躲入士卒群里，只有一片箭雨朝司土官射来，他的量壶收不了这么多士卒借田阵的箭雨，"咣"的一声射穿，司土官则后退指挥士卒去了。

后面涉水的士卒在飞廉的指挥下继续跟上，但由于城墙上的周人士卒越来越多，没能突破第二道城门。姬鲜这时混在士卒群里，看殷人都集中在水池壕沟里，而自己的弓箭快耗尽了，便大声说："殷人听着，水池里布下了厉鬼，你们此番回去一定会染上痢疾！"

司土官自己才想起刚才飞过水雾的时候也觉得壕沟上空的湿冷浸入脊骨，刺的发痛，觉得姬鲜应该没有说谎，只好下令退兵。周人也不追击，只在殷人退走后偷偷出城拾取箭支和长矛。

"看来姬鲜所言非虚，"司土官一边以薰草烧烟吸入体内，一边说，"那水池上的水雾确实除了是水气在推动，似乎还有鬼魂气在流动！"

"现在就去收集治疗疠疾的药材吧！"箕侯说，"至于姬鲜，等其他宗师到了再一起入城偷袭！"

"薰草可以防御痢疾，只是要派人去南土密林之地收集！"

"可派人去南土找霍侯索要，虽然他国土地处蛮夷丛林，久不来往，但毕竟是我大商属国！"封父氏便说。[①]

第二天，王后与泰逢、昆虫氏、坊氏等人都陆续赶到了，泰逢本来接到妲己命令不理帝辛之呼的，但他这些年神力陡增，觉得这是擒捉姬鲜等宗师的好机会，也就只身过来了。但他们听说了战况，又得知士卒已经开始发冷，就知道无法再进攻了。

"我与飞廉氏带兵去南土之国收集药材吧，"王后下令说，"你们几位宗师可去城内偷袭姬鲜等人！"

"可去历地霍侯那里，王后亲自前去，他不敢不给！"司土官进言。

---

① 这里的霍侯是殷商时期的古霍国首领，并非春秋姬姓霍国，不知其姓，后文的艾侯也是不知其族的古国。

"霍侯久居蛮地，与我大商来往甚少，而戏方伯最近归附，我还是去那里吧！"王后想着前次没有与戏氏亲近，看他离去时郁郁，这次就想到了他。

众人答应。

第二日晚，在司土官的带领下，坊氏、泰逢、昆虫氏等人便趁黑夜混入城中，要找到宗师突袭。他们在入城的路上，泰逢先以律管预测，等大云层到鬶城上空时，他已经释放烟雾使云层聚积收缩，凝聚为小雨，对众人说："我布置的云雨气有混淆视线之效，可以随雨水送我们到猫虎氏的大宫附近，我想诸位应该没人不能依附于雨雾的吧？"

众人皆称赞，"我们进入大宫之后，如大家遇到埋伏，也不要惊慌，我有神力可以软化突袭，护住各位身体！"酒正官也进言说。

于是，他们各自凭附在濛濛细雨中，无声无息地降落到了大宫屋顶。司土官和酒正官便要根据宅气和人酒混合气味来找姬鲜的内室，但他们刚在屋顶飞了几步，便突然被脚下草泥缠住，陷了下去。昆虫氏一被缠住，脚下就发出冷光，草泥立即点燃枯焦。他只觉脚下松动，就藏在冷光中飞走了，也没有留话，似乎跟没有与众人一起似的。其余的人正要各自以田阵、水波气、雨云气、地气上升等摆脱草泥飞走，却无奈一时间竟然难以挣脱，还没来得及再做反应，就都被挠钩拖沉了下去，掉入宫中。

他们掉下去以后，朝头顶看时，只见草泥筑成的屋顶都已经变成了草木树枝和蒺藜，原来整个屋顶的草泥早伪装成了田阵！而一往下看，宫中居然早就已经聚集了士卒，水泄不通，地上则铺满了落叶。

这时，众人已经降落到被士卒包围着的大宫中，都在加紧施法摆脱满身的猎钩钩铙束缚。坊氏看司土官先削弱了脚下钩铙草木，而酒正官又撒出粉末软化了宫里地下落叶中的束缚草藤，他便大喝一声："随落叶冲出窗外去！"周身抖落的玉粉随他蓄气猛地扩展至周围落叶上，与宫中散发的酒香混在一起。这一下众人不但在落叶包裹中朝四面八方激射而出，空中蓄积的刺眼酒香也随田阵冲击朝四周爆发了。

士卒都被玉粉落叶击倒，封闭的窗户被击穿，从一个千疮百孔的缺口中露出了墙外火把光亮，而宫内的灯火自然早已被击倒。司土官挣脱束缚早，趁着室内漆黑第一个附在激射而出的落叶上从缺口里冲了出去，颛臾氏也早已移刀剑气于捆住自己的草木，割开钩绳卸了绑缚，随射出去的落叶冲出墙外；泰逢则周身火光，没有借落叶冲击出去，而是冲出屋顶洞口飞出，把屋顶缠绕的树枝草木烧去不少。

坊氏最后一个飞出墙外，外面是无数的火把把天空照的发亮，玉砂阵法冲击也朝他袭来，但都被他聚引在身上宝玉和胸前护心铜镜上滑开。可周围有上百人布阵，玉砂冲击稍微剧烈，护心铜镜即首先承受不了而碎裂，幸好他手中玉圭挥舞，冲击都随玉圭射偏钉在背后墙下去了。他一边朝侧面飞奔，一边以数支玉圭散去身前玉砂。此时，他没找到司土官他们，而酒香仍然残留，估计是被酒正官拦下冲击，藏匿而去了。

等士卒的阵法发动一两次冲击以后，坊氏已经飞上屋顶，倏地以金钩伸出，抽出那定在墙角的数支玉圭，地上和墙壁立即发出隆隆巨响，泥土草木翻腾，大宫墙壁碎成块状轰然倒塌，从中发出双倍于士卒阵法蓄气的冲击朝士卒身上压去，一阵草木泥土疾风后，大片士卒都被压倒，火把也被土扑灭不少。

坊氏趁黑待要飞走，后面布阵的士卒大吼的以盾牌顶住了疾风，举戈朝半空中的人影刺出一阵狂暴的草刺，而坊氏则刚飞在半空，玉圭已经断裂，无处借力散去冲击。就在他觉得身子如刀割，惶急自己性命不保之时，突然感觉周围旋风加快，使他立即借旋风升起，嗖的一下退到了十几步之上的高空，而他身上变得湿漉漉的，周围也都凝聚了云雾和雨水。他抬头一看，头上的云层中雷声隆隆，自己已经有些酥麻，急忙推开周身水汽，往城外飞走了。而留在地上的士卒则明明觉得发动阵法时一阵狂风扫过，却只消失在对面半空云雾下的呼呼声中，而这时大宫上竟然下起了小雨。

司土官与酒正官等人此时正在高空等待，他们看泰逢和坊氏脱险后，随即一起赶回大营，这时留守大营的箕侯和封父氏都早已准备接应，司土官即与箕侯到自己的营帐内，说了偷袭遭到埋伏的战况，两人商议对策。

"按你说的战况，只有昆虫氏先走，虽然他藏身于虫光的神力正好克制田阵蒺藜，但他竟没有出声，最有可能就是他偷偷报信了！"箕侯沉沉地说，"只是他逃回来之后倒没什么异常，如实告诉了我跟封父氏你们的情况。"

司土官点点头，"但其实也有可能是颛臾氏，他虽然从头至尾都跟我们在一起，但他是东夷降人，不可不疑。"

"颛臾氏跟你们一起被泰逢救走时，他没有自己逃走的举动吗？"箕侯心思细腻，在摇曳的火光里看着司土官说。

"我们刚掉落，就被酒正官撒出粉末腐蚀了草藤禁锢了，他当然无需再自行逃走的了。"

箕侯放松下来，"这下就只能对颛臾氏和昆虫氏两人监视了，"他又感叹，"酒正官怎么能以酒香味软化绑缚你们的青藤呢，此时的青藤又没有大熟，如何这么快就被酿酒之料软化了？"

"小臣也不解，"司土官说，"可能是酒正官事先撒下的粉末是异草炼制而成，其实泰逢救走坊氏时，竟然化如此庞大士卒群体的田阵冲击为云雨，更是不知如何做到的！"

箕侯这下更是叹息，"先有伊耆氏的四时变换之术，后有妲己的刑制神力，光这俩人的神力就已经超越武丁帝时的最强宗师的神力了，而现在连酒正官和一个嵩高弟子的神力都可随意化解田阵冲击，我们这一代的宗师确实可能会成为革旧的一代啊！"

"是啊，周人革旧的田阵怕是连冢宰巫咸氏和太傅说大人都无法取胜，我们这以教象为导的阵法会败，也在情理之中！"

"别说武丁帝的傅说，就连前些年的两位老天官若在世，把他们的星力和辰气御使用于田阵，也都没法取胜吧！"

"这个不好说……"司土官低声说，"据传司命官这两年神力似乎提升不少，他修炼的地上云雾异常。"

第二天，众人便商议要查出走漏消息的奸细，箕侯和司土官稳住众人，说此事不忙，当下最紧迫的是等王后回来，治疗好士卒之后，再行偷袭，这样才有进攻的底气。

王后此时与飞廉到了戏方，听说此次王后独身来访，戏伯大喜迎接，便要安排王后在宫中多住，当然首先就被飞廉拦下，以军情紧要推托掉。

"上百车的薰草我国也一时不能凑集，要去南土密林里捕猎，这些天还望王后留在我宫中等待。"戏伯之前一直逢迎的笑容这时已经有些凝固。

王后看到他脸色转变，怕耽误事，就想答应，但看到他邀请自己入住的所谓宫室就是在树林中以木桩撑起来的十几栋大大小小错落相连的木屋，实在不想自己在这样的环境与他欢娱，便推辞了，"我这两天还是跟着你的巫术师去收集薰草吧，这样也会快一些！"

"那我去呼唤猎师，王后留在我宫中饮酒，欣赏我族春祭之舞吧！"戏伯还要央求。

王后看他眼中又恢复了之前的欣喜和情欲，便仍然拒绝，"军情无法耽搁，我现在便随你去召集驯鸟猎师！"

"王后若跟随驯鸟猎师捕猎，那么就请这位小臣回去召集一个师的士卒前来，我可为他们穿上犀甲，我们的犀甲不但可以防止刀兵，还可以散去阵法冲击。"戏伯盯着他们俩，扬起嘴角说。

飞廉目视王后，就要以神力制服此人，逼迫他就范，被王后制止，"临阵甲士怕是不能撤走，另从洛地就近调拨千人，以试穿甲胄可好？"她柔声说。

戏伯看他们答应，唤来函氏，说是制作犀甲一族的首领，并派马车百辆让飞廉引路而去。[①]

函氏邀飞廉与他并肩坐在头排战车上，飞廉看他面容和双手白皙，应该是跟戏伯一样，跟那些双手粗糙的渔猎宗师神力来由不同。他担心王后孤身一人不敌戏伯，便问："听说我们王后教过戏伯神术，可有此事？"

函氏不答，只取出一只铜酒壶，手中一捏，递给飞廉。飞廉接过一看，铜壶犀甲上面湿漉漉的，还已经变得如丝带一样软，猜想应该是鞣制皮革之类的神力。他喝了一口酒，想这人虽然对其主君忠心，不肯透露口风，却还是忍不住炫耀自己神力，以后若是能给他封地，他必然背叛。

飞廉一走，戏伯立即一把抱住王后，在自己麾下守卫的众目睽睽之下，腾空往他的宫室——筑屋门内飞去。

王后虽知道蛮族野性，但却没想到他这么猴急，只好弹出夜明珠打在他经

---

① 据《考工记》，函氏为世代制作甲胄的工匠部族。

脉上令他气血酸麻摔在地下，她的身子也借这一推飞到了树梢。

良久，树林里才传出声音，"方伯无礼，不得不藏身，只待你收集足够的薰草之后，我再出来相见！"

"薰草我国有足够储备，只求王后出来，便可齐备交予！"戏伯知道凭刚才的神力碰撞，已经不能再轻易擒住她了，只得交代底细。

筑屋屋顶阳光突然增强，王后从中现身，脸色愠怒稍微缓解。戏伯看她可随意藏身于阳光下，自己一定抓不住的，只好恭恭敬敬的让人去取薰草，果然，须臾就送上来了。

王后到军营时，不少士卒已经开始发病，众人急忙作法，让士卒在阵法中吸收薰草的烟气，但因疠疾传染人数众多，一时难以治愈，反倒耗尽了火材。箕侯趁间隙对王后低声提及了他们对昆虫氏的怀疑，并提出谋略，王后会意点头答应。

申时，昆虫氏只身走出营帐，往郊野而去，待到巡逻士卒走开，他猛地藏在冷光中消失在阳光下。埋伏的颛臾氏急忙追着他的元气而去，但他一追进树林，昆虫氏就凭自身元气对于林中飞虫震动的感知，察觉有人在身后追踪，急忙现形，然后就地布置阵法练功。颛臾氏便要上来搜查，被昆虫氏刮出一阵疾风大刀逼开，喀喇风过，击断了颛臾氏身后的大树。"昆虫氏，让颛臾氏搜查，不得反抗！"司土官怕颛臾氏降不住昆虫氏，只好和泰逢现身，已经以玉圭在树林布置下了封田之阵。

昆虫氏一踏地要飞，就察觉林中树枝紧箍有杀气，便又下来了。他想同时对付司土官和泰逢，必然逃不过，便说："你过来，看你要的东西是不是这个！"说着拿出一条轻纱抛向颛臾氏。

颛臾氏看轻纱飞得缓慢，就一把吸住扯过来，哪知刚拿到手上，轻纱就发出一团冷光烧焦，冷光发出一团萤火把他和他身后的司土官、泰逢团团围住。不但热浪激烈，颛臾氏手上已经渗入毒液，软绵无力。萤火在司土官就地布下的田阵草木中蔓延，司土官却无法借阵法分散。但泰逢及时发出火光，热浪把萤火里的虫魂烧尽，萤火也随即熄灭。众人仍然被些许烧伤。

昆虫氏趁这一缓，伸出蛛丝线连接罩住林间大树，即止住了树枝弹射，藏在光里就走。

这时众人才摆脱火焰。司土官放出香草烟雾，救下地下奄奄一息的颛臾氏，“都怪这个东夷蛮子！”司土官骂道，“不然我们趁昆虫氏报信不察的时候袭击，早就拿获他了！”

“算了，”此时王后从空中下来，她也感应不到昆虫氏，说，“总算查出一个奸细，以后征伐也少了顾虑。”

众人回到大营，正赶上飞廉从戏地赶回，听说此事，对王后说：“为何不等我回来再谋划，我的风速之快，怕是没人能逃得过，司土官等人也不至于受伤！”

“箕侯跟我说的急，我随口就说了在今晚夜探髳城，”王后有些脸红，“又想我有两位宗师相助，擒一个人应该足够。”

泰逢听了有些愧疚，但飞廉没有意识到，而继续与王后谈论。而司土官，他想自己比泰逢、王后他们大，被王后尊称宗师没问题，而泰逢则完全是这次夜袭救出众人被传闻称赞，王后才称他为宗师的。可刚才在昆虫氏神力面前自己满身划伤，以后一定会被传闻神力逊于泰逢！想到这些，他只觉飞廉的话每一句都在刺痛他。

众人在大营商议对策，箕侯看司土官和颛臾氏受伤，而周人又多了一个昆虫氏相助，便萌生退兵之意。司土官随即附和。王后看司土官赞成，怜惜他们受伤，也尽力了，就答应退兵。而此时飞廉说风师传来邮氏与黎人进攻周氏的消息，说是也没有胜果，司土官就更加坚定退兵了。

在黎国边境，邮氏率领任伯一家，及雨师妾、鄣氏与爽鸠氏，与犁娄伯合兵一处，而东夷则只来了水庸氏，亚丑伯想妲己没有出战，擒捉宗师的机会不大，就没有受命奔来。黎人原本早到，可犁娄伯不敢独自进攻在虞地的周氏，只等邮氏前来。大营内，任伯居然看到一位脸贴面纱、一袭白绸的淑女立在犁娄伯身旁，他差点误以为是妲己来了，吓了一大跳，仔细一看身材，才发现不是妲己。

这个女子比妲己身材略矮，透过面纱可以看到容貌虽不及妲己惊人，却也双眸顾盼黑白分明，甚是动人。她身子靠着旁边立着的一位红脸青年，不时地跟他低声载笑载言，都要紧贴他的盔甲了。

集齐众人后，雨师妾要立功，首先献策，"我可这两天聚起雨云，趁夜放出大雨，化针袭击周氏城池！"

"不可，此计在十年前的东夷之战中已经引起传遍四海，如何再能奏效！"邮氏在出征前为了激励雨师妾和任伯出力，允诺谁若是立功，会在大王面前赐予封地，因此任伯要争功。

爽鸠氏与郭氏刚被释放不久，近三年没能修炼，又对于农田阵法不熟识，因此其实并无好法，他只想等任伯和雨师妾被打败后，再证明自己有先见之明而已，"我虽没有见识过周氏田阵，但也知雨云化针之法断不可行，只能击穿营帐，铠甲都不能透，如何杀伤据城而守之兵？"

"你既然无计可施，何必来否定我的计谋神力？"雨师妾冷笑说。

"行了！"那位青年出列大声说，"没有谋划的就不要干涉他人计策，雨师妾，你可依计行事，我会配合你施法，让周人士卒失去战力！"

他身旁的女子这时则抬头冲着他直直的笑，但青年毫不回视，只等众人反应。

邮氏此时觉得训斥自己麾下，有伤自己尊严，便问犁娄伯，"这位少年是？"

"是我大子。"

"我虽然年轻，但愿意守住空中，地面攻击则交给众位宗师了！"犁子转为谦虚地说。

他此话一出，雨师妾即应和。

任伯看雨师妾定下计谋了，只好抛出自己早已准备的奇谋，"小臣虽然没法突破周氏城池，但认为可以转而挥师攻伐河内甫氏，我探得甫桃氏为周氏夫人，在此守城，她得知甫地遭袭，必然回救，这样我们便可擒住她，幸运的话，甚至有可能擒住周氏！"

"好！就带两个师去吧，犁娄伯，虞地就交给你了，倘若我看到周氏、甫桃氏，立即在甫地给你消息！"邮氏喜道，他又转向水庸氏，"就请君侯率领爽鸠氏跟郭氏率领我余下的士卒配合犁娄伯迎敌！"

水庸氏答应一声，他此次赶来是估量众宗师神力提升到何种地步的，观战的兴趣大于参战，因而对于众人的倾轧很淡然。

会议结束，邮氏便走到犁娄伯面前，与他攀谈。

"这位淑女也要上阵杀敌吗？"邮氏问，"我猛地一看，还以为是苏妃在此呢！"他打着哈哈说。

"这是伊耆女，她得到过伊耆氏的传授，神力可能不在苏妃娘娘之下！"犁娄伯想若是伊耆女能得到帝辛宠幸，大商可能会全力帮助黎人抵挡周人侵袭。

邮氏看此时伊耆女吃吃地看着犁子嬉笑，但犁子却仍然板着脸，低眉顺从地跟着自己父亲，"我看伊耆女容貌温婉大方，应该是个良女，若此战立功，我会特意上报给大王！"邮氏态度暧昧地说。

此时任伯看邮氏走开了，也跟着犁子和伊耆女来到大营外，嬉笑的接近，"刚才就看到这位美人装束好似我主君苏妃娘娘，此时近前，更像了！"他看到伊耆女头上戴着薄纱扎成的桑椹，以长针斜插着，心动的呷着嘴。

"哦？妲己姐姐是大人的主君吗？"伊耆女嘻嘻地笑。

"是啊，苏妃娘娘此次因伤不能出征，才派我前来！"任伯也陪着她笑，"伊耆女是与妲己娘娘有着类似的煮丝之法吗？"

"嗯！"姜菀愉双眸黑白分明的闪烁，"姐姐还教过我神力呢，纺轮之法……"①

"姜菀愉，我们走吧！"姒疑打断她，拉起她就要走。

姜菀愉不从，"这位大伯伯是妲己姐姐臣下呢！"

"是啊，伊耆女若有话带给苏妃，我可代为传达！"任伯看被打断，又另起话题，"不知妲己娘娘此前在黎国，除了你，还教了哪些哥哥神力呢？"

姜菀愉正要回答，却被姒疑强行扭头，"苏妃居我黎国时间不长，只教了姜菀愉妹妹一人！"姒疑丢下一句话给任伯，就带着她飞过几个营帐而去了。

黎国与北土的甫氏仅两日路程，邮氏由于得到帝辛宠信，麾下士卒都配备了战车，两日后至于甫地。这甫氏本以采集树木和畜牧为生，但自投靠周人之后，也开始种植麦黍。有着木植为基业，甫氏族很快就接受了农法，特别是甫桃氏被周氏赶回去后，不但以田阵训练了一支师旅，还以夯土作城，只是过于

---

① 姜菀愉名字取自汉初祭祀蚕神，先蚕神的称谓传说是菀窳妇人。这里设定她为伊耆氏与商族之后，为传说中的丝织女神名，伊耆姓或姜姓。商代甲骨文有蚕神祭祀，但那时候的蚕神就是蚕虫，还没有人格化，牵牛星与织女星名字最晚于西周末期出现（《诗经》）。

低矮而算不上城墙而已，而其民所种植的桑树、漆树和桃树、枣树则都在城墙外围，一直向西延伸至吕梁山脚的密林。

邮氏命战车突进，甫氏的土夯墙在田阵冲击下几乎一碰击溃，甫丁虽然在后组织阵法，却终因其士卒农事经验不足，始终不能激起最大冲击，因此完全不能抵挡殷人。

待邮氏的兵马完全占据甫地之后，任伯才看到羲和氏、风婉赶回，她们是守卫在北面袭击宗师的，说是在路上遭遇了甫丁带着百姓亲族逃走。原来，甫丁在殷人接近夯土时，就知道自己的士卒由于不善农耕，抵挡不了殷人的阵法，那时便率领族人从北面逃走，正好遇上独自守卫的羲和氏。

"为何没有擒住，是遇上周氏了吗？"任伯急切地问。

"不是，可甫氏似乎学会了周氏神力了！我和婉儿布置的光网不但被他以两根金叉甩出水雾模糊了聚光，丝毫不能伤，而我的蚌珠也反而被他引导的杀矢吸附、击碎几颗！"羲和氏惭愧地说，"他把我们逼退后，车队往吕梁山的密林里去了，我跟婉儿都来不及调兵追赶！"

周氏在虞地，本来准备迎战黎人的，但两日都只得到黎人在边境徘徊的消息，正在奇怪，却得到了风师传信说邮氏突袭甫地。桃氏听说急忙要周氏一起，去相助自己的哥哥，但周氏以要防备黎人为借口，不答应。

桃氏看着周氏肃然的面庞，转身就要离开，却被周氏以神力禁锢行动，"你这是做什么？"桃氏不怒反笑地问。

"为了防止你去甫地，这两天只能委屈你，直到你哥投奔至此！"周氏平淡地笑着搜去了她身上的法宝，并唤来少姒妃，对她说，"黎人可能会攻城，你何不去百姓宅屋去住？"这是战时首领亲族避难的常用方法。

"不去，"少姒妃撇撇嘴，"百姓宅屋狭小，炭火取暖又不足！"她想到自己夫君麾下士卒田阵名传四海，黎人哪里能攻入城中来。

周氏早知道她从小娇惯，住不惯小户宅屋，就指着桃氏头上的刀型玉璋对她说，"你唤侍卫宗师押着桃氏去宫厅，过两天，万一袭击到了大宫，就取下她头顶玉璋和脖颈束缚，让她出门迎敌，你自己则藏在宫厅下的地穴里！"

"你的阵法天下无敌，难道黎人还真能攻入大宫吗？"

"三年前的确如此，但现在谁知道会有什么变故！"

而自邮氏赶跑甫丁及其百姓，占据了甫地，就不再愿意回去相助犁娄伯了。犁娄伯得到邮氏传来消息说要守卫甫地，等候周氏分兵来伐，忿怒说，"大商虽然人才济济，却不想人人为己，白白浪费了击败周人的好机会！"他多年以来的复仇周人之望此时顿时觉得崩溃了一半。

"父伯放心，"姒疑却信心满满，"我跟雨师妾已经定好攻击策略了，开战以后，一定可以令城内大乱，以策应父伯！"

"是呀，犁娄叔舅，"姜菀愉也附和说，"我们神力都提升不少哩！"

犁娄伯看着少男少女的乐观苦笑，想虽然这些年自己逼士卒苦练，杀伤力提升不少，但多年前自己与邮伯交过手，自己四时气侵袭的伤身术可能已被周人知晓，周氏岂会没有防备？

犁娄伯军刚兵临虞国城下，就遇到周氏和虞氏率军出城迎战，他对自己阵法颇有自信，因此不似姬鲜那般畏缩。五年后两军再次交手，果然还是黎人抵挡不住。

眼看犁娄伯的士卒在退后，而水庸氏率军侧翼袭击也被逼退，周氏突然看到头上有大片乌云急速朝自己城内飞去，忙对虞氏说，"我才忘了雨师妾投降了大商，你快去城内指挥，别让宗师乱我城内士卒！"

虞氏飞到城墙上，想有周氏在阵前，这里无需守卫，便带着士卒去城内了。乌云中藏着的是雨师妾、姒疑和姜菀愉，驱使乌云须臾便覆盖了半个城池，"世子，这次我们可要让你父伯和周氏他们震惊了哦！"雨师妾得意地说。

姒疑脸上露出出奇制胜才有的笑意，他取出盂侯的大鼎，变得如高山一样巨大，跟姜菀愉一起抬到高空，从里面倒出大量蕴含春气草刺的疾风在乌云之中。

虞氏此时正与守城的柞氏一起，把士卒都调集到了大宫和百姓宅屋附近守卫，只听嘭嘭嘭嘭的几声闷响，翻腾的乌云发出了隆隆的雷电声，无数尖刺随雨点落下。

虞氏暗叫不好！此时士卒们猝不及散开，被击倒一大片，哀嚎遍地。

虞氏知道是犁娄伯的春气侵袭术，大声命令士卒伏地或入室，躲避云雾之内的气息。但此时云雾已经笼罩他们，既有电击震颤，又有水土草木之气侵袭身体，大都没法还击。

而柞氏那边则因为大片士卒事先被闪电击倒，几乎没人能够站起来调和气息，他没法，只得率领宗师守住大宫，驱散弥漫在那里的雨雾。城内其余地方则军民大乱，大批人往西门涌去，要逃出虞邑。少姒妃早听到雷声隆隆，急忙出来看时，只见屋顶下黑压压的雾气翻滚，而吵闹声遍地，但幸好周围士卒都还是自己人，才放下心来。

少姒妃便回到宫厅，准备按照周氏的吩咐在紧要关头放出桃氏。

桃氏舒活一下气血，"多谢姒姐姐了，夫君也太小气，教给了姐姐激发玉璋防御之法也好，否则哪里用得着我来护卫！"

这可是少姒妃的心病，桃氏会神力使她得以亲近夫君，而自己却因没神力，到了战场就完全是个累赘，"不可这样说，我为夫君打理好祭祀和宾客之事就很满足了！"她仍然严肃地说。

桃氏便过去拉住她握着玉璋的手，"激发此物紧锁或用来防身都不难，无需要有农事或望气经验，我来慢慢教姐姐！"她脸上笑意十足。而就在此时，门外传来撞击声和柞氏大喊："妹妹快躲起来！"

原来是柞氏与姒疑缠斗。姒疑本和姜菀愉附身在云雾中伺机袭击宗师，看到这里守卫着大量布阵的士卒，驱散了周围雨雾草刺，就知道有重要的人在此。他飞身过去对着柞氏一击。柞氏不敌，则对宫门内大叫一声后，藏在云雾里走了。

这时桃氏听到柞氏叫声，对少姒妃说："快给我法宝！"

少姒妃听桃氏提醒，急忙抛出藏在身上的葫芦扔给她。桃氏刚接到葫芦，就被冲入的姒疑一击把葫芦击碎，她连人带里面的宝玉都飞撞在堂后的门上，撞出一个大洞出去了。少姒妃只觉土墙粉尘扑面而来，惊吓的娇声大呼。姒疑近前看她畏缩不攻击，就知道没有神力，便一步上去要一刀割了她的头。

"我是西伯世子夫人，不要杀我！"少姒妃看着挥过来的短刀，用尽力气颤抖地说。

姒疑听了便要掳掠她而去，扯出青藤绑缚。少姒妃被缚住，知道暂时没有性命之忧，头脑也清醒了些，"我是西伯世子夫人，莘伯之女，你若绑我而去，他必然认为我已经受辱，他日周氏攻破黎地，必然尽力杀戮、全力报仇，而你若饶我性命，周氏便会记下此德！"

姒疑这时才看清她容貌，如姜菀愉般惹人怜爱的眉目中透露着更清扬厌俗的不可侵犯，就软了下来，转而去追击桃氏。但等他到后墙，却不见人影，知道是逃走了，心中恼怒，复回来要把少姒妃带走。而姜菀愉此时已经以旋转的纺轮封住入宫的小股士卒的阵法冲击，并放出丝线把士卒衣裳连同身体绞断，然后赶过来看，问："这是谁？"

"我是西伯世子夫人，好心的姐姐救我则个！"少姒妃急着大喊。

"虞氏快来，犁娄伯世子在此！"

这时宫外传来柞氏传音叫唤，姒疑拉着身旁的姜菀愉说，"好吧，我们先去别处袭击宗师！"两人飞身从屋顶去了。

周氏在城外阵前，已经把黎人冲击的七零八落，却听到城内乌云中雷声隆隆，而又不见虞氏妗遏来报，就知道城内乱了，他不得不放弃追杀犁娄伯的好机会，命士卒往城门奔。但他们刚撤退回城就听到北门发出了震天价的一声巨响，周氏急忙且不顾城内大乱，又焦急的率军往北门而去。

原来，之前侧翼被击退的水庸氏一师等到雷声响起，就折返绕到了北门。水庸氏一边大声命令千夫长百夫长准备冲击城门，一边取出绳墨连着秤砣，待士卒开始对城门发动冲击，他猛地把秤砣抛出，跟士卒的冲击同时撞上城门，咣咣的一声巨响，城门登时粉碎。城墙上有赶来的宗师飞身而下，要趁隙偷袭，无奈反被绳墨甩动，牵引士卒草刺甩出，把他们刺伤后，连人带斧都顺着绳墨急速拖到城外阵前，被士卒就地射死。

水庸氏随即收去秤砣，指挥士卒攻入城门，刚进入城门就遇到周氏领军堵截。水庸氏看士卒抵挡不住冲击，猜测是周氏亲自到了，只好大声命令撤退。周氏听到命令声，跳上半空就以十二玉连成一线朝发声处射去。

水庸氏身经百战，既然发声，自然猜到了会引出周氏袭击，他要看看这传闻的周氏到底厉害到什么地步了。他出声就已命令身边的千夫长组织阵法冲击，自己则以绳墨指住前方，随着士卒齐声大吼，挥矛朝半空的周氏袭去。而这边的十二玉璧是连成一串合力推动，冲击力是玉璧环绕攻击的数倍，但却撞在绳墨引导的士卒冲击上。放在第一位蓄满元气的斧形玉片经不起前后压迫，立即粉碎。但后面的玉片竟然突破绳墨引导的士卒冲击，逆疾风射入，砰砰砰的撞击声一声接着一声，玉片跟飞石都在撞击中粉碎。当最后一块玉璧粉碎时，水庸氏则已经丢下只剩几块玉坠了的绳墨一端，挥舞粗索散去扑面而来的撞击余波，不觉惊得一身冷汗。半空中的周氏呆了，没想到敌人竟然能把士卒阵法冲击集中起来抵挡自己的十二玉串的合力一击，失去了十二玉璧，他竟一时不知如何是好。

但此时周人士卒的冲击已经冲破了殷人阵法，阵前遍地都是殷人士卒尸体。水庸氏此时怕周氏还有十二玉，只抽身躲在士卒人群里，不敢再出声，而是任由千夫长指挥撤退。而周氏既然失了法宝，赶走水庸氏后，也不敢追，就命赶来的虞氏率领士卒紧守城门。而原本在城内徘徊的姒疑看到没有军队能够进入城内，也只好偷偷地从空中跟藏在云雾中接应的雨师妾一起飞回。城外的犁娄伯则早已搜集逃散的士卒，拔营回黎国边境去了。

帝辛在沬城，收到了邮氏和黎人的捷报，以及昆虫氏叛逃、司土官率军返回的风师音信，与司命官一起商议对策。

"我刚得到风师传信，说任伯占据甫地、雨师妾破敌立功。论功行赏的话，册命任伯驻扎在甫地，雨师妾在盂地，在那里聚集他们的族人，以作为周人的屏障可好？"

司命官这才知道帝辛是为了堵住他偏袒妲己、惩罚任伯之悠悠众口，但这时也只好就事论事了，"这……他们既然为苏妃旧部，就至少要在调拨人口上先问过她的意思。"

"你怎么越来越偏袒苏妃了呢？"帝辛怒形于色说。

"苏妃杀死周人王子，逼得周人大乱，若没有与此功勋相当之人，实在无法令她服软！"

帝辛想确实如此，邮氏占据的甫地不过北土边鄙，而雨师妾也没能杀死宗师，司土官更是无功而返，"那你说谁的功勋能令苏妃服软？"他缓和地问。

"要制约苏妃，只有百官一致才好，小臣认为可以战事结束为由，苏妃至今无子为名，劝她回王宫居住，换得留给她少宗祝不裁撤。当然，对于任伯，一定要施以虚行的小惩，并驳斥谣言，这样百官的悠悠众口才会堵住，苏妃也才会答应与大王和解。"

帝辛看他说的周详，又看司土官等人功勋都不足以对抗妲己，而他自己在心底自然也不愿意谣言扩大，就答应了。司命官下去之后，王后从墙后出来，"我看司命官酝酿此计应该很久了，既然此时他希望苏妃与大王和解，接苏妃入宫应该不会有事。"

"对了，"帝辛稍微放心，"禄儿娶得的那个周人女子如今怎么样了，还在为我伐周之事哀怨吗？"

"是呢，但禄儿一心只放在神术提升上，都不去理睬她。"

"这样不好，"帝辛担忧地说，"你去跟禄儿说，在表面上还是需要去安慰周女，不能冷落了她！"

"你在担心什么吗？"

"此次司土官和黎人趁周人内乱去讨伐，却居然连一个受伤的姬鲜都没能拿下，以后周人全力来犯，我怕……"帝辛有些哽咽。

"这次苏妃不也没有出征嘛！"王后急忙劝说，"还有诸侯伯的军队也没有调动，我们真要会合了诸侯伯，不一定会输！"

任伯在甫地，接到风师消息，说虽然立功，但谣言之事不可不罚，必须施以鞭刑，然后留在当地等待人口迁徙。他知道帝辛这是要与妲己和解的意思，想虽然受刑，但至少得以远离妲己，获得一方封地，也算满足。邮氏临行时，他千恩万谢，说他早听说妲己与少宗祝有情，自己此时愿意为大局而不再理会，只希望邮氏能在大王面前多提及自己的苦心才是。

而雨师姜则命留在盂国故土，监管当地，邮氏、犁娄伯都赏赐宝玉和人口。他们接到帝辛命令之后，又看周氏亲自率军在虞地边境巡逻，知道再无力攻入，就退回黎城去了。

妲己接到帝辛之命，说决定对任伯施以鞭刑，以惩戒他散播谣言之罪，而为了平息谣言，召呼自己入宫，待谣言平息再出宫。而这时少宗祝、郁垒都觐见帝辛返回，妲己即邀他们来自己的别馆一聚。

"我入宫后，你们俩即驻扎在沫城，教授鄣氏魂术，和爽鸠氏刑罚之术，只因他俩耽误了三年修炼，而至于此战没有立功受封，必然怨恨任伯和雨师妾，可以扶植！"妲己对少宗祝和郁垒说。

两人答应，"颛臾氏不听你命令，出征受伤，还放跑了昆虫氏，要不要把他调回沫城，给他警告？"少宗祝说。

"他和泰逢都不听我命令，自然是去寻求立功，只是泰逢凭此战其神力名传大商，他却不但没能立功，反而有过，留他在洛地制衡泰逢是最好之策了！"

邑姜婚事下篇

周邦姬发与诸侯伯军此时仍然留守在阮地，虽然之前周氏风师来消息要求增援河内，但姬发只派遣郜伯军前去，而其他侯伯都因为还没有得到与申吕和谈的战俘之利，自然都不愿意率军空手离去。

三日后，姬发、姜望与阮伯、莘伯师旅行军到达犬戎北地，羌北王亲自率军与之对峙，此时她们已经逼降犬戎万余骑兵，但听说姜望与周人联合之后，却故意给犬戎王让出一条路，让他率领残兵西去。之前魖氏已经在路上把西羌人神力最高强的几位宗族首领都说给众人了：诸宗族宗主神力与他相当的有五个，以蓐收氏族的羌北王神力最高，她号称红光，能藏身日光中袭击，并驯养一种无头展翅的混敦兽，能聚集或化解光热。其次是弇兹氏，她神力来自纺织，善于操控麻线，据说还保留有钻木取火与冶炼术。另有常羲氏善水，石夷氏善御风，女丑氏善翻云覆雨。他还提及石夷氏族里有名为江疑的男子似乎有脱离西羌人自立一族的意思。①

既然知道了西羌人神力底细，姜望觉得在阵前与羌北王就好劝降了，"羌北王，魖氏在此，你们的神力来由我们都尽皆知晓，你和你的宗族首领可就此答应向我称臣，再把骑兵交给我们来训练，如果不答应，可约定一战，倘若攻不破我们的农田大阵，凭约定归降！"

"姜望，你与我地羌人先祖同姓，但到如今已经各自为生，习俗有别，为何不能并立友好，而非要干涉我族呢！"

"为了我西土结盟所有大族制衡大商，不得不如此！"姜望又回头对众人说，"一战之后再劝降吧！"

---

① 都是出自《山海经》的神名，这里为氏族名。常羲是发明十天干纪日法的日母羲和的倒称，为月母，也是发明酒的部族（常仪），族徽为蟾蜍。《山海经》记述常羲为十二个月亮洗澡的祭祀场景，实际上常羲族是十二地支的首创部族。后羿射日即变历法，终结了以十天不同的太阳来计算天数的历法，改为观测一天的太阳出没，而他的妻子是嫦娥（嫦娥、姮娥、望舒都是由常羲一名讹传而来的）。女丑神为求雨的女巫；江疑神则可能也是观察云雾的巫族。石夷神为殷商时期殷人崇拜的西风神，即甲骨卜辞中的西风神"夷"，《山海经》里的"石"字可能是抄写错误；蓐收为西方神，史上有商人先祖王亥，因其为商族向西方开拓的首位先祖，后来被殷人俘伏的部族都被称作西方神，实际上是为殷人保卫西部边陲的部族。混敦神，据《山海经》为帝鸿氏，或中央神，可以解释为日晷或三足乌等与太阳形象有关的事物。

姜望与姬发、申妃与檀氏兄弟便率领各自的兵马列阵开始突击。魋氏看到此时云层逐渐变厚变黑，对姬发说，"云上一定是女丑氏要运大水淹我田阵，我负责去擒捉她，守住高空！"

姬发答应，呼号各位宗师准备开战。果然，魋氏才飞身上了云端，就传来那女丑氏在空中大吼，乌云从魋氏脚下喷涌而出，大雨已经倾盆而下。

魋氏正要以铜镜逼近女丑氏大吼处照射，并聚起她周围云层反射聚光，突然一阵狂风起，把他逼开。对面出来的是石夷氏，她趁机迅速升至魋氏头顶斜侧，从面朝太阳直射方向抛出长矛，矛头在阳光下闪闪发光，化作万道尖刺袭来。魋氏急忙往下躲入自己布下神力了的云里，长矛随即被他躲过。

而田阵在乌云下面，虽然被数股大水冲刷，淹没战车半个车轮深，其草刺冲击仍然整齐有序，威力不减，继续快速向羌戎逼近。而驯兽宗师此时也放出大群金色鱼鹰，把积水都吸入腹中冲击。

虽然姜望十年前所创制的田地养殖鱼鹰在渭水诸国广为采用已久，但能依托田阵吞吐水流的金色鱼鹰仍然是猫虎氏到来后才驯养出来的，而至此战才开始配在田阵之中。

有了鱼鹰调节水汽，周人得以继续飞驰追击，而羌戎的蛟龙和猛虎虽然还在被一波一波的草刺猛攻，却仍然伤痕累累的回来，完全不顾受伤，继续冲击。

姜望看了感叹："我只知盂方的狍鸮是如此，但其实狄族所驯养的灵兽都是如此不顾伤痛的！"

正在魋氏以为西羌人要放弃之时，散开的云雾里出现了数只混敦兽，由于吸聚阳光而发出强烈刺眼的黄白色光罩，宛如十几个太阳从高空坠了下来。他虽然周身有云层反射光热，却仍然觉得要融化似的，急忙退到地上去，大叫："羌北王在半空里！"而混敦兽都急速从高空冲下，以数道光罩追着地上奔驰而过的战车，士卒顿时灼伤无数，疼痛叫声与冒烟的草木遍地。

这时在半空，阮伯、邑姜和偬女三人裹在云雾里赶来，他们的任务本来是飞至阵前蛟龙和猛虎后方的骑兵里去袭击宗师的，却发现这黑压压的一大群骑兵都是犬戎，而且手中都没有兵器！犬戎千夫长告诉他们西羌人都在护送他们的族人离去，根本没有来战场，只留下一些龙虎兽群强行看住他们留此。阮伯等人听了都气愤上头，正要追赶，这时正好看到阵前高空有刺眼的强光，只好仅派遣兹氏、嬴媒两人带领随后上来的猫虎氏骑兵去追，邑姜等人则朝强光的地方飞去，要擒捉宗师。

那宗师突然看到地下阵中春寒气涌动，嘭的一下冲了上来，混敦兽群之间的光热被冲破。她急忙让兽群聚拢，无奈兽群之间怪风大作、长矛绳索乱舞，兽群互相拉扯住噗嗤噗嗤无法移动，而那股春寒气已经冲破兽群光热，到了高空。那宗师急忙也往高空退去，却看到一只金钩陡然跟随自己增速，化作金箍一下子箍住自己。金钩吸收她身上气血，使她现形，果然是羌北王蓐收氏，而借春寒气抵挡混敦兽光热的正是姜望，集合着阵法天地气压制了兽群。邑姜把羌北王收入羊皮袋，喜洋洋地飞过来，对父亲说："果然还是父侯神力高强！"

没有了羌北王，兽群吸收的聚集光热大大减少，地下虽然仍然强光刺眼，但却不那么热了，士卒一片欢呼。邑姜等人发动田阵以水汽爆裂把兽群裹住，绳索绑起来飞回地下，顺便欺近云雾里的女丑氏，把她们行动禁锢，收了去。众人仔细看时，这所谓的混敦实际上是一群巨雕。而此时既然蛟龙和猛虎群已经伤痕累累，犬戎军又全部投降，姜望与姬发便继续前进，占据西羌人族地。

此时猫虎氏所率领的申戎骑兵早已绕路到达西羌族地，却发现占据的是一座空营。猫虎氏随即带兵与兹氏一起追击。兹氏看猫虎氏骑兵虽然很快，但沃野上已经看不到西羌人车队的影子，估计应该是追不上了，"媒儿，我们去立个功吧，"他对女儿说，"现在可以出头了！"

两人随即御使展开一张大船般的巨帆，化作一只大如宫室的凤，驮着两人身体波浪般的扬起暴风往前飞去。猫虎氏在地上领兵追击，从地上被吸过去的疾风里感觉到高空有人在施法御风，"难道是兹氏？他什么时候能发动这么大的疾风了？"

他们飞过二三十里，即看到了长长的车队，随即扑了下去，护着车队的夆兹氏急忙命令众人紧抱身上的甲胄。这一下，兹氏与嬴媒运起的狂风居然把车队吹得歪向一边，也没能吹散车队，似乎士卒和戎马都被连接在一起了。

车队尾部的常羲氏取出一块铜壶大小的凸面天然白玉朝附近的湿地一抛，聚起大量水花光热，在阳光下闪着耀眼的光芒，逆着大风指着太阳方向的兹氏喷去。兹氏看竟然有人敢还击，即放出一群丹鸟，凶猛的扑翅带起一小股蕴含闭藏之气的干冷疾风，穿过水花即抵消其冲力和光热，顺便把被寒气冲飞在半空的白玉抓走。一只丹鸟又赶来抓在车上疾驰的常羲氏，她只觉一股寒气压制自己无法举动，眨眼间就被抓走。

贪兹氏回头看常羲氏被魂鸟抓走，急忙取出长索抛出，绕着疾风螺旋逆向而上，直追被抓的常羲氏。但嬴媒立即放出一只雉鸡叼住绳索，那原本在逆风里韧劲十足的绳索随即被锋利的剪刀切断，随后被鸟魂叼走。兹氏则把常羲氏收去宝玉、铜镜、耳饰、羊皮水袋等法宝，吸入扇贝里，示意嬴媒不要缠斗，二人一起飞回去了。

路上，兹氏停下来，放出常羲氏，这才看清原来是个容貌清丽、身材颀长的大美人，"你是常羲氏首领吗？"

"我正是常羲氏族后裔，现为本族宗子，你们若肯放了我，我保证与你化解仇恨！"

"现在西羌人式微，放你回去也没用，我是想让你在押解回营之后能够对我二人神力不要宣扬！"兹氏说。

"你既不愿放我，在周人手中我怎么做那就是我的事了！"

兹氏一笑："那你可别怪我……"话未说完，嬴媒就打断了他，"如果我们不把你交给周人又当如何？"她抢着说，"只要你愿意与我父伯联姻的话！"

不仅常羲氏，连兹氏都被这话震惊了。

"我是说你既为嬴姓少昊常羲氏后裔，而我父伯也为少昊后裔，跟你族同姓，为何不能用联姻来避免分歧？"嬴媒继续说。

两人听了都觉有理。常羲氏禁不住望向兹氏，觉得此人皮肤白皙、相貌儒雅，不同于通常的山猎游牧之人，有着一族首领的风范。兹氏也禁不住望向了她，但一遇到眼神她就避开了。

他们回到西羌人宗族时，猫虎氏已经到了，他没能追上西羌人，在众人面前骂骂咧咧的，而姬发则准备押着战俘来兵营，与诸侯伯一起审议。邑姜此时才放出之前抓捕的宗师，原来不是一人，而是两位双胞胎美貌女子，一问才知道是女丑氏族首领。

"羌北王，现在你属下的宗族首领在逃，我们可让你去追，命令他们返回，立下功劳，但你族人都不肯回来的话，那我们只能判定你在我周邦为奴三年，你们可有话说？"姬发首先发问。

羌北王猜魄氏已经告诉了他江疑与石夷氏不和之事，江疑一定会趁此逃亡夺取自己和常羲氏等部族的士卒，从石夷氏族独立出去，而拿兹氏与石夷氏也会参与瓜分，等三年后自己回去，怕是早已经无法撬动他们，夺回氏族联盟之王位了。她叹了口气，默然应允。

翌日，羌北王、常羲氏和女丑氏姐妹各以长啸借风传音，命令拿兹氏以及她们的族人返回，但果然毫无回应。她们只得丧气的回营，等待周人安排为奴。

就在姜望姬发军准备撤离羌地期间，兹氏即按照当地礼俗迎娶常羲氏。这是为了安抚当地没有迁走的西羌人，期望以常羲氏的威望把部分羌族人口顺服的南迁。众首领都聚起来，设酒宴祝贺。除了姜望等首领不敢多饮酒之外，邑姜、偃女两人都在一间私密的帐篷里喝醉了。邑姜为这些时候与召氏的纠缠却不能有所作为而苦恼，偃女却为情人是否能顺利回心转意而担忧，两人你一杯我一杯来回拼的不省人事。申妃看到，急忙让人扶邑姜回营休息，但姬发过来说他来照顾，她就放心离去了。姬发没有扶她回去，而是引导薰草草魂气进入她体内为其醒酒。

邑姜蒙蒙地感到有人在为她去除酒水，急忙挥手散去带着药味的魂气，并摆手说，"不要驱除我的酒意！"

"现在兵营，西羌人随时会反攻，你不能醉太久的！"姬发说。

邑姜听到是姬发的声音，更不耐烦了，"你别管！"

"那我扶你出去野地，帮你慢慢清醒吧！"姬发知道她沉醉于喝醉的心境，不愿这么快的从醉梦中醒来。果然，邑姜没有再说话了。

两人即飞出大营两里，姬发扶着邑姜坐在漆黑的茅草丛里。邑姜被冷风一吹，不一会就有些半醉半醒了，不过她倒并不讨厌这种半醉的状态，这样可以使她留些心思来窥探周围的人声细语，而不必全然蒙在鼓里，毕竟她不是因为绝望而被逼至宁愿长醉毫无知觉，撒手世俗不管的地步。

"你不如娶了羌北王吧，助她收复羌族，有她们支持，你一样可以稳固王位！"邑姜靠在姬发怀里，她之所以没有拒绝，是因为觉得她现在确实无力反抗她与姬发的婚姻，而姬发对她的坚持也令她有些感动，所以不好挪开，只好麻木地说了这么一句话。

"羌北王既然召不回其他西羌人首领，她就不能统领西羌人了，如她这样多个族人联合的王已经过时了，因为族群之间分歧越来越多，如果没有一个远超其他部族的强大家族，是不能统领这么多大小宗族的。"

"你真的是……"邑姜叹口气说，"看来你不但没法赢得我的心，其他女子的情意也没法得到！"

"我不是击败召氏，赢得了你的心了吗？"姬发突然发出极富挑逗和桀骜的声音，邑姜听了正要发作，但姬发滔滔不绝地说了下去，"召氏会败，不就是因为他纠结于你们申吕与各个邦君的冲突，却没能联合你们申吕甚至姬鲜与周氏，压制其他不服的邦君吗，现在反而被我抢先，不就是纠结于族群利益的失误吗？我让你看清了他对于情义和亲族得失过于纠结而不能冒险对你用情，你难道不该倾心于我吗？"

一席话说中了邑姜对于召氏最不满意的地方，使她陷入沉思。是啊，相比姬发，召氏确实过于计较族群得失，总是想妥协他们之间的情意与族群纷争，这一点，不但她自己看得很清楚，连偃女也跟她谈起过。但她以前都觉得这是人之常情，不能责怪，此时听得姬发之言，才觉得这确实不够宽大，尤其在纷乱的邦国倾轧之中不能游刃有余。

姬发看她此时默不作声了，就接着说，"你还不懂我的意思和心思吗，召氏的策略是不能解决渭水诸邦君的分歧的，所以一有人干预，就失去你了。"

"即使召哥哥策略不如你，不表示他为人就比你差吧！"邑姜不满他说的太多，咕哝着说。

"从这就可以看出他为人也不够宽大为怀，他没有及时把我族陷于偷袭沫城的事告诉你，使你族暴怒，不就是纠结他郜氏家族在渭水诸邦中的威望吗，若他敢于联合强大宗族的话，哪里还会在乎那些弱小邦君的指指点点呢？"

邑姜听了心头震动，这毕竟是她最纠结的地方，因为不同家族联姻，心胸不够一定会为父族和夫族利益偏向而争执的，她父母就是个例子，而姬发，他若为王的话，必然可以统领渭水诸邦，这样的话……她想到这里，就感觉湿润的嘴唇吻了上来，而她不但没有抗拒，反而有些羞涩。此时她的内心虽然不再抗拒姬发，却也没有完全接受，恰似这漆黑无声的夜晚一样，是神秘而等着她带着激动去发觉的。

第二天，她刚睡醒，偃女就来了。

"你跟二世子好上了吗？"她一进营帐就笑吟吟地问。

"是你告诉姬发我在跟你为召氏的事喝酒吧？"邑姜不高兴地说。

"我也是被二世子逼问的，你与他的婚约传开后，他就一直在问我你的委屈，我看他对你用情甚笃，一下就给说了。"

偃女听她改口称"召氏"，脸上和话语都藏不住笑意地说。

"你该告诉我的，"邑姜有些不满地说，"别让我们好姐妹都做不成！"

偃女听到"姐妹"二字，就知道她不是真怒，急忙坐下来，握着她的手，"好嘛，我也是不太敢跟你多提此事的，二世子问起你之事，我也是想等回去途中再跟你慢慢论及。"

"召氏现在何处，他有跟你提起什么吗？"

偃女迟疑了一下，还是说了，"其实召哥哥是让我看住二世子的，但你也知道，我昨晚真的醉了……"

偃女说了很多她昨夜的琐碎小事，为自己辩解，但邑姜没有再多听，她知道即使偃女没醉，她也不会去支开姬发。而如若昨晚姬发没有跟她说过那些话，或者迟一些才听到那些话的话，召氏会不会不顾家族名声来找她呢？

姜望和申妃安排把没能逃走的西羌人都迁到犬戎宗族，想让他们与猃狁杂居，除去西羌人的一些尊母不敬父的习俗。这样做还把羌地空了出来，留给在逃的弅兹氏和犬戎王、义渠王三方去争抢。申吕二国则只把势力范围止于靠近阮、吕、申三地的犬戎地界，留下猫虎氏和兹氏负责监守。

此前常羲氏虽然没有提起兹氏的神力，但猫虎氏已经有些怀疑，此前他自己所率领的申戎骑兵追了五十里地都看不到西羌人的影子，而兹氏却不但追上，还擒住了个首领，这让他大惑不解。归途里他问了兹氏，但他们父女俩却丝毫不肯透露半点神术。姜望听到猫虎氏传言，就猜想兹氏果然神术大有提升，他怕兹氏趁与大商交战叛逃去东夷，就跟申妃商量，把他留在犬戎地界作为犬侯。申妃则暗中叮嘱猫虎氏，让他监视兹氏的神术。

随姜望南迁的西羌人有五万之众，全是各族的妇孺，而没有战俘。西羌人虽然仍然是女子为宗族首领，但其实除了驯兽宗师之外，普通战力主要还是在依靠男子骑兵，因此在夆兹氏谋划一边抵挡，一边迁走的时候，就决定以带走青壮年男子为优先。

由于西羌人本身就是逐水草而栖居，随身物事不多，因而迁走这些妇孺并不难，但她们到了犬戎地界，却被当地各族所骚扰，袭击劫夺财货之事屡屡发生，使姜望、姬发等军不得不在犬戎地界停驻月余，以制止这些袭击。

姬发原本可以率军先回丰城的，但他说为了让檀氏兄弟协助姜望治理当地的暴乱，愿意暂时驻扎，而他也可以主持把犬戎战俘分配给参战的莘伯和阮伯。但其实，他分配好战俘后，大部分时间都腾出空闲陪邑姜至野地游玩。

这天，两人游玩刚回到军营，就看到嬴女飞奔过来，"二世子、小邑，你们怎么去玩了这么久才回来嘛！"她笑吟吟地说。

"嬴女，看来你是有好消息啰？"姬发问道。

"还是二世子眼光敏锐，我在本月二十八要借开春牧羊的时候，组织犬戎士卒和羌女在几个宗族附近私会，让士卒与牧羊女子互相来往，相中了的便令他们限期与婚。这样一来，西羌人和犬戎族人就不会互相敌对了！"

"你们父女俩就留在犬戎地界安抚各个宗族吧，"姬发说，"记住，男女盛会中不可令事端挑起！"

几天后的男女私会果然盛大，嬴媒让犬戎骑兵奔向各个羌族聚居地，有相中好女的就可带回，登记姓名生辰，并令其择日与婚。[①] 姬发和邑姜携手在沃野上骑马飞驰，看到各个聚居地的羊群遍野，牧羊女一群群的在其中翩翩起舞，大声作歌，而犬戎骑兵则如蚁群一般在各个牧羊女群里来往穿梭，人群中不断有笑声发出。由于半空中有猫虎氏麾下的从从兽监视，没有士卒敢斗殴来争抢

---

① 据《周礼》，春秋时期有媒氏负责登记未婚男女姓名，举办男女约会的盛会，为上巳节的一项活动。其来源于上古祭祀郊媒／高媒神的仪式，高媒即生育之神。

好女。两人看了都觉得欣慰甜蜜，拉手也不觉得更紧了。

当日，姬发宣布不继承王位，而是自命为太子发，奉西伯昌为文王，并谨遵其遗嘱，灭大商之后再受命为王，诸邦君都就地庆贺，最大的反对者姬鲜也只好顺服。在祭祀完上天和周祖后稷之后，随即大宴诸邦君。

宴席上，兹氏派遣女儿去结交各位邦君世子，他虽然不得已而在汾水以北做了监师，却仍然不忘借此来渭水的机会把自己调拨过来。嬴媒先到姬发的案几前敬酒，"太子，犬戎宗族的和亲盛会很受欢迎，有邦君提议是否能在渭水诸邦、甚至河东诸邦的宗族间定期举办这样的盛会，你的意思如何？"

姬发早听到过各宗族传言要在各地效仿嬴女，举办男女盛会，并知道是兹氏有意传出来，要为调离犬戎地界积聚人心。他看了看邑姜，只见她自在低眉缓缓地倒酒，就说："渭水诸邦的大族百姓本就来往甚密，少有不和的迹象，而只有河东邦国尚未平静，你可去问那些邦君，看是否有务必之需！"他看邑姜沉默，却又不想过于得罪兹氏，只好把她抛给周氏与姬鲜了。

嬴媒想这样更好，能结交的首领更多了，她欢喜的拜谢，先去找了周氏。周氏看嬴女扭动着硕大的胸脯向他走来，早知其意，即起身给她让座，"嬴女好窈窕的风姿！"他夸赞说。

"多谢世子夸奖！"嬴媒迎着他含笑坐下说，"此来是为了操办男女相会之事！"

"早听说嬴女为安抚犬戎和羌族立了大功，诸侯伯都夸赞不已呢！"

"正是，世子在虞国，如果有意的话，可即刻召呼我去！"说罢，嬴女喝下半口酒，然后朝周氏递上。

周氏大笑着，接过就喝，但还没等他喝完，他身旁的少姒妃就开口了，"我也听说了此事，可否在宴席后请教妹妹教我，我好回虞国照法举办？"

"可以，不过……"嬴媒有些语塞，她忍不住望向周氏，周氏正要说话，却被少姒妃倒满酒劝住，她一边劝酒一边对嬴媒坚持说："不管有多难，我一定会认真向妹妹请教的！"

"其实这样的盛会还蕴含一些神术由来的，"嬴媒不甘心，一急就抛出了底牌，"世子应该知道我少昊氏先祖以善于治理调解不同习俗的族群闻名！"

周氏立即挡开少姒妃，低声对嬴媒说："愿闻其详！"

但嬴媒却有些支吾，"这……我还没修炼好，但男女私会既然调解了犬戎和西羌人矛盾，就一定可以开拓出御使士卒的法阵的！"她这才记起父亲的叮嘱，暂时不能让人知道他们的神术已经大进。

"等你有了进展之后，一定要传音给我，我会邀请你来我虞国！"周氏抓住她的手，御使春气传出一股温热，盯着她的脸柔声说。

"嗯！"嬴媒诚恳地点点头，匆忙地起身离去了。周氏急忙又转身哄着放下酒盏、坐着一动不动了的少姒妃，喂了她一勺肉羹。

嬴媒一跐一提的离开，瞟眼看到召氏一个人在喝闷酒，就径直朝他走过来，与他作揖，"世子可曾听说诸邦君传闻的为大族百姓举办男女相奔的盛会之事？"

召氏还礼后，只抬头看了看她，就没有说话了，使得她一脸尴尬的站在案几一旁。"嬴女妹妹来此作甚？是为吕侯王女定情或是与世子商议她定情以后的打算呢？"

嬴媒回头看到偃女出现在身后，笑吟吟地望着她，而此时她面前本来在喝闷酒的召氏听了却止不住的大笑起来。嬴媒知道此事已经被邑姜传开了，只好羞红着脸，颓然告退。

偃女看召氏止不住的大笑，就把斟满的一壶酒递给他说："喝光它吧，喝完之后我扶你回去！"

召氏想，如果是邑邑在，一定会嬉笑着戏谑他说：喝醉之后别怪我对你无礼哦！果然，偃女与她相比就像自己的少保官似的，全然不能使自己提起精神，他想着想着，惨笑几声，端起酒壶就灌。

嬴媒则又去了给姬鲜敬酒，但她提起盛会之事时，姬鲜虽然满口答应，却一直只盯着她的胸脯看。她猜想这位世子应该只想把她调拨到自己的封地玩弄一番罢，于是，待敬完酒，她便走开了。其他侯伯世子大都要么如姬鲜一样只盯着她的胸脯，要么就如姬发一样待知道她的来意后就打发她走开了。只有豕韦氏族的王诚恳的待她，听完她的意思后，细细的询问，只是恨自己族小无力，不能干预周邦之事。嬴媒在宴会走了一圈，终于摆脱奚落或调戏，心中不觉泛起艰辛的酸楚，她又看这位豸韦氏族的王刀削般的面容上一双星眼闪烁，不觉有些脸红。

"我听说过与你同族的大商豸韦氏酒正官，不知你神力是否与他是同样的由来？"

"大商酒正官是自行开拓的酿酒术，我是不会的，我只会本族传下来的驯兽之术！"他诚恳地说。

"哦，你若是肯苦练的话，一定会如猫虎氏一样结合驯兽与田阵，建立功勋的！"她虽然一时有些心动，但一听驯兽只是普通神术，就立即平静下来，劝了几句就走开了。

宴席散了以后，兹氏听嬴媒说了情况，"暂时不用急着去给周氏透露我们的神术，听说他因甫桃氏偷习神术把她赶跑，这样的人即使联姻似乎也不能借助！"他叮嘱说，"只与他保持风师传音来往，先答应他纳采就是了！"

嬴媒听了虽然也顺从，却忍不住着急，因为自己有意误传召氏之言已经被邑姜和偓女传开了，在渭水诸世子中的声誉已经大不如前。难怪宴席上诸侯伯世子都盯着自己胸脯，而不认真跟自己谈，就连周氏也不过是听说自己要谈论神术才认真起来的。而如今如果与周氏的联姻都不能决定下来的话，自己的婚事恐怕在这一两年内是难以有着落了。

此时在大邑商，妲己在髻女的陪伴下入宫后，每日邀帝辛一起饮酒，并召呼乐师子延奏琴。这日，酒席将尽，帝辛和妲己都有些微醺，妲己又对帝辛耳语，两人随即嬉笑着躲入屏风之后，只留下髻女和子延在宴席上相对而坐。而此时子延弹奏的却是最撩人情思的《靡靡》，正在曲调珠玉乱撞的高潮之时，髻女突然大叫一声，脖颈上的珠串在雪白裸露的胸脯上闪动，而薄纱则已经脱落至胯下。子延急忙停止奏琴，帝辛和妲己从屏风后出来，忙问怎么回事。

"臣女也不清楚，"髻女惶急地说，"只是听到乐曲高潮，正自凝神激动之时，只觉身上薄纱突然被五音神术震落，使臣女不知所措！"

"确实非小臣所为！"子延俯身长跪。

"应该不是子延所为，"髻女怕他被惩罚，急忙下跪向帝辛拜求说，"可能是我一时激动，不觉共鸣了乐曲，致使服裳震动脱落！"

帝辛看鬐女宁愿揽过罪过，都要为乐师延辩解，不觉吃惊。妲己此时便附耳对帝辛说了鬐女对乐师延有情之事。"既然是这样，就没有什么可惊怪的了！"帝辛笑道，"乐师延，你先起来吧！"

"此事无论如何，与你二人脱不开干系，"妲己说，"只是即使你二人彼此有情，也不能趁我与大王不在，就一时被乐曲冲昏了头，这样传出去，一定有辱王宫威严，你们可理会得？"

帝辛一听妲己之言，就知道她有意为此二人联姻。子延说："为了维护王宫威严，我愿意聘娶雍女！"

"雍女，你也起来吧，你本来要与我作陪，刚才却自行掀起裙裳，现在念你与乐师延有情，就免去责罚吧！"帝辛说。

鬐女和乐师子延大婚前，妲己突然在嘉宾名册上看到王子录的名字，就问鬐女是谁邀请他来的，鬐女回答是子延邀请的。妲己会意，趁婚礼还未开始，与王后去到王宫上空相会，逼她答应不让王子录借宴席拉拢子延。

王后忌惮妲己神力和威望，不敢与她翻脸，只好赔礼应允。宴席上，王子录遵母命没有多说话，只陪在帝辛和王后身边。但在婚礼结束，嘉宾散去之后，他与司土官走在了一起。

闲聊几句，司土官看这位小王子冲着他一笑，才转身离开，知道这是他在示意自己接近乐师延无疑了。过了几天，他果然只身前去拜访新婚的乐师延。

"听王子说大人不但继承了老大史官的星辰神术，还自创了乐音变化的军阵，若是肯与我教象结合，必然可以使士卒的训练事半功倍！"

"早听说大人以教象授予士卒福禄，愿闻其法！"子延想既然是王子授意他来拉拢自己的，必然是为了与妲己抗衡，而自己正好不满于妲己设圈套，就有意襄助司土官。

"以教象严苛戒令，再结合赏赐，自然可以令士卒振奋，只是只有图画和军纪，难以令士卒心服，而琴乐既然能以情感动士卒，我想若是能配以我教象的戒令和赏赐为诗词，必然能激动士卒，甚至能使冲击变化无常，防备之命令也无法跟上！"

乐师延看他直言透露自己的法阵，心下甚笃，"大人与箕侯旨在教与士卒福禄之心，这与我的志向甚为符合，这几日待我稍作准备，必然会去大人军中，一窥大人练兵之法，不知大人是否介意？"

"恭敬之至！"司土官陡然兴奋，他没想到这么容易就劝动了这个不常露面的乐师。

妲己正在催促鬐女让乐师延随她去军中，但这日反而接到鬐女消息说子延反而去了司土官军中了。她叮嘱鬐女看好乐师延，督促他少去与司土官来往。

第二年春，妲己诞下一名女婴，帝辛得知消息大为懊恼，因为这样一来，妲己对于留在大邑商的念头会减弱，甚至可能效仿妇好，只留在自己的封地上为君。而王后则松了一口气，因为王子录继承王位应该没有什么悬念了。妲己自己则不以为然，毕竟她现在已经名震四海，实现了她父侯为她取字"妲"，愿她光照大地的希冀。而她既神力高强，又在河东河西都有声望，进可以再生育，扶植自己儿子为王，退可回到北方的有苏氏故土为君，逍遥自在。

少司命篇

而这时，姬发为周邦宗主已经一年有余，这一年里商周边地族群冲突不断，令帝辛忧虑不已。最近，西土又传来了之前被姜望赶走的西羌人和犬戎回到旧地附近的消息，帝辛立即与百官商议，要派人去劝西羌人和犬戎，鼓动他们骚扰周人后方，要尽量制衡周人。

"现在苏妃尚未恢复，又需要炼制法宝，必须扶持盟友，百官可有善言巧语的人选？"

"我儿费氏，熟悉赋税计量，又善于安抚百姓，而司命官有女，虽然刚成年，但神力高强，善于察言观色，可派他二人前往！"邮氏出列说。

司命官一听，就知道邮氏想与自己联姻，女儿的容貌可与苏妃媲美的传言在诸侯世子之中到处流传，他邮氏自然不想放过这个好机会，"我女得继承我神术，又能判断人事，派她一人去足矣！"他估摸自己女儿不会轻易喜爱某位世子，索性把这个机会留给她独自立功。

"司命大人之女毕竟年幼，而我儿在费地经营几年，赋税上交从来不拖沓，计量神术也纯熟，正好补子女之短！"

"可暂定这二人，若出发前还有人选，可适当增减！"司命官说话为女儿留下余地。

姐己也听说过司命官之女比宓妃年轻的时候还要美三分，她想自己麾下郁垒还没有妻室，以后跟着自己一定会传出谣言，就有意让他成就好事。

几天后，帝辛册命司命官女儿为少司命官，带领郁垒和费氏出使戎衾兹氏和犬戎王。但册命之后，郁垒和费氏一直在沫城等待，却不见少司命传来启程的消息，都大惑不解。过了两天，两人实在等不了，先后来问在郊野军营练兵的司命官，才知道少司命官得到册命之后就已经走了，说若是两人来问，就让他们原地待命。两人顿时气愤不已，想这个娇贵纨绔的女子，居然对他们这样的卿士君侯开这样的玩笑，当即都打定主意去禀报帝辛。但司命官提醒他们，大王的命令是以少司命统领他们，所以他们这样做毫无用处。两人忍不下这口气，想着这功劳不能白白让少司命官一人抢走，过了两天，也约定一起出发往羌地去了。

此时衾兹氏、石夷氏与江疑三位首领刚刚分别占据了犬戎以北的羌地故土，而驻扎在犬戎地界的猫虎氏和兹氏则在联络江疑，要与他一起攻打弇兹氏和石夷氏。当然，由于犬戎王和义渠王也已经在陇西徘徊，随时会进攻猫虎氏，要夺回被占据的族群聚落，因此猫虎氏他们请求了申妃带领申人骑兵前去援助。申妃原本打算与姜望一起前往，但他忙于为可能到来的商周之战练兵，没有答应。在姜望的想法里，草原骑兵始终不如农族士卒及其阵法那样心思精细，伸缩有余地，因此他不愿把精力浪费在与游牧族群的对敌上。申妃只好让邑姜随自己前往。邑姜自去年诞下一位王子后，就闷在镐城王宫气闷不已，因为太子姬发不愿意她过多的参与战事和政事，此时正好借口羌戎犬戎来袭，去往沃野了。犬戎和羌戎听说申妃来了之后，都暂时取消了联合西羌人进兵的计划。

因此费氏和郁垒先去拜访了江疑族，结果江疑要与二人强行比试来获得少司命的垂青，二人加速飞走。

两人接着到了石夷氏聚落，她则以实相告，说已经与少司命约定，等待周邦伐商，再与其他戎族联合出兵。

两人到了弇兹氏族后，又想套问少司命劝服她的经过，但也被拒绝。但在宴席后，弇兹氏单独留下郁垒问话。

"郁垒氏大人可就是谣言中妲己的情人少宗祝官吗？"

"我自为少门尹官，少宗祝官是我兄弟，不过那谣言应该已经被我王澄清了是误会而已！"

"可惜，可惜！"弇兹氏笑呵呵地说，"若是妲己在我羌族，必然是可以随意与悦己之人欢娱的！"

郁垒听了这话，倒是勾起了他对妲己的一片敬爱惧怕又恐慌的心思。弇兹氏看他陷入沉思，知道他必然也是妲己有情之人，"其实妲己的名望已经在我西羌人女子中传遍，是为她们心目中的王，以后她若在征战中，可招呼我前去，而我本身神术来由于麻纺，与她丝织之术相通，可交为私友！"

"一定把话带到！"郁垒急忙一拜说。

郁垒二人继续去了犬戎族聚落，问起少司命去向，犬戎王则说她与自己约定好就带着自己的信去江疑宗族回复了。

申妃率军到达犬戎不久，就收到一束荀草和一串绳结，她认得这绳结是东夷捕鱼族群惯用的记事方法，而荀草自然是作为宓妃的信物回赠她的，让她感念十年前赠礼的故友之情。姜望为了不让邑姜忘本，教过她东夷营地聚落传承的渔网结绳之法，因此她认得这渔网绳结，其意为若感念旧情，留在犬戎就可避免对敌，犬戎地界大河边与我女一叙。

两人赶到大河边，却不见少司命人影，而此时已经过日中，天上布满了乌云。

"这里河边草地上的水汽好像有些气闷呢！"申妃疑虑地说。

这时大河边却响起了少司命清脆的声音，"申女！你可答应我留在申地，不参加伐商之战？"

邑姜申妃寻声望去，虽然估摸其人就近在百步以内，却居然感觉不到其杀气和元气，真不知道她是凭依在什么上藏身的。"我可以留下，但我邑儿和夫君姜望一定会参战，怕是到时候与你父母终会有一战！"申妃如实说。

"好！那就别怪我先擒住你女儿了！"

少司命话音未落，邑姜已经以所蓄积的春气放出手腕玉瑗冲击，一道冲击朝发声处削去，但撞在河岸边灌木竟然如同撞上墙壁一样，发出嘭的一声，而河水突然暴涨至几丈高。同时，河岸出现了巨大的狂风，草地也都发出嘭嘭嘭的巨响，瞬间朝河岸撞击处掀翻，连同邑姜在内，都被推往河岸，朝河岸黑压压的树篱撞上去了。

此时邑姜的玉瑗已经被吸过去撞碎了，她本人也只因被金钩钩住地面草木而缓了一下，她立即激发另一只手腕上玉瑗，以切断不断朝她汇集的推力飞出去，但她刚一激发神力，脚下草土之气就嘭的松动，凌厉弹出，幸亏被她脚上玉瑗格挡。此时乱刺擦身，她脑袋嗡嗡作响，而她仍被强风推往河岸。眼看她就要撞上河岸边树篱，突然她只觉身上被金钩一扯，脚下草木泥土飞扬，裹着她加速直冲河岸边而去。原来是申妃，在她自己被吸往高空之后，急起以金钩开路，把自己和邑姜裹在草木里，顺风加速穿过了河岸。果然，她们凭草木保护安全穿过，没有与树篱里的利刃撞上，也没有遭到别的袭击。

两人强行逆势下河而去，在河里顺流游了几百步之外，才敢出水。

两人回去，即飞奔至吕国，告知姜望此事。

"看来是她事先在河岸边和天地气交汇处设下了神力屏障，等她一解开屏障，蓄积的天地之气就会逐渐加强、互撞，而她自然也是藏在了河岸屏障后的水浪中，以至于你们在岸上的时候看不到她，也无法防御攻击。只是不知她是依据什么引动这些的。"姜望摸着胡子说，"而草刺攻击可能是你们自己的杀气引起的。我早跟你们说过，我们的借法之术本是被动激发，顺势避开就行了，硬拼阻截对我们来说有害无利！"

两人都信服，姜望运用神力确实比她们更灵活，有他在的话，一定不会有躲在水下而逃的狼狈。"今后碰上司命官和须女，我们可要在一起互相援助了，今日若不是我，邑儿怕是已经被撞死了！"申妃此时仍然心有余悸。

"我去找召氏问问，他应该更懂运用仲春日的天地气碰撞！"邑姜满腹怨恨，一气之下就说出了要找召氏的话。因为自从她婚后，召氏也随即与偃女大婚，她当然借口没有去赴宴，之后两人从未碰面。但自从她跟随姬发在镐城，这里要么是姬发的人，对她毕恭毕敬，要么是姬鲜的人，总想着从她口中套话。这使她气闷不已，就想着去找以前的旧相识游玩，这些天来犬戎看望猫虎氏之后，就想起以前与召氏偃女一起在犬戎地界的旧时光了。

姬发听说邑姜差点被暗算杀死，亲自出镐城城外迎接她归来。得知情况后，姬发就劝她留在镐城，不要乱走了。但她却以即将到来的伐商之战为由，坚持要去找召氏。

"你有什么不放心的吗？"

"没有，你去吧，告知邵氏父子后，就嘱咐他们把司命官神术透露给周世子和三世子！"

"姬鲜不是要夺你王位的人吗？"

"没事的，河东河西这么大，怎么会容不下我和他呢！"姬发笑着说。

邑姜知道这绝不是他姬发的真正想法，因为他以前向自己倾诉过为政策略，那时他最想要的应该是四海一统的局面。不过她想：他对于自己去见召氏，倒是挺大方的。邑姜到了汭水，召氏即与偃女一起出来迎接。

"太子妃居然来此，真是荣幸之至！"召氏半真半假的说着，与满脸笑容的偃女互望。

"我自然是为带给你们司命官神术底细而来！"邑姜对于他们的软钉子很不高兴，就板着脸认真地说。

听了邑姜对于少司命神术的描述，召氏陷入思索。"分离、蓄积春气中的水土草木之气我也会，但却不能同时蓄积天地云雨之气，更不能激起杀气反噬，司命官这神术应该与辰时有关，因此能同时引动天地草木水土，而我邵氏是只能以草木蓄积的春气为要诀的。"

"那你能引动草木春气对抗、破解这法阵吗？"

"简单的法阵你用水流、草木都能破解，但若是碰上司命官本人，可能会通过杀气引动你身躯，到时候怕是你刚发出冲击就会被反噬，即使有田阵，恐怕也只能防御，最好不要主动攻击！"

"是了，我父侯也是如此说。"

"你别担心，一旦开战，必然有士卒掩护，你不会再如上次那般容易遇到危险！"召氏转而柔声说。

邑姜一听他果然早就得知自己差点被杀的传言，又看话里充满了关心，不由得有些笑意。

"夫君放心，即使开战，邑妹妹也会陪在太子左右，不会再涉险了！"偃女在一旁见状，急忙向召氏递上一杯酒。

"好啦，我不打扰你们了，"邑姜爽朗地说，"记着要告诉在河东的姬鲜与周氏哦！"

召氏点头，他暗想这二世子果然有雄心，居然连自己的对手都不计较神术情报，可又是什么使他有着如此底气呢？邑姜起身而去，召氏因为偃女在旁，不好送行，只得有些怀念的在大宫门口目送她离去。

邑姜从召氏处回到镐城，就跟姬发说要回犬戎地界，"你跟钱氏一起去吧，正好他要给嬴女帮忙，一起举办今年的男女私会，他至今未婚，你可留意他是否愿意与西羌人女首领联姻！"姬发知道留不住她，就给了她一个女子感兴趣的差事，以免她惹事。

"嬴女的盛会去年举办的好好的，钱氏去作甚？"邑姜想起这事有些蹊跷，"让他与羌族婚，你不会是想让他留在犬戎，换回兹氏吧？"

她知道兹氏嬴媒已经为周氏纳征，就快定下婚期了，周氏应该会把她一族从犬戎沃野换到富饶的河东。

"钱氏的神力你是知道的，因为他铸造铜币，现在总算阻止了在我们西土服役的东国之人逃走的势头，给他机会得到封地，他不会就是下一个兹氏吗？"

邑姜想这话不假。钱氏原本是从河东逃亡到渭水的豕韦氏支族，本以驯兽为神术根本，但不过一年多，就因为他所铸造的铲形铜币而被姬发看中，留在镐城任用。渭水西土本不像大商那样能铸造铜币，而只使用扇贝，但自从去年沫城逃亡之事发生，大商及其河东属国就禁止把产自东海的扇贝运往周邦，致使渭水及周氏与姬鲜属地货币短缺。而钱氏则向姬发建议自己另铸铜币，这样既可以弥补扇贝短缺，又可以使商周货币不通，阻止在周邦服役的殷人逃回。①

自从这铲形铜币大量铸造之后，河东迁居过来的氓隶百姓的财货就被强制换成这种铜币，果然使他们因为这种货币在大商无法使用，逃亡的人大大减少。

"你此去真的只是为了帮嬴女办盛会？"路上，邑姜与钱氏骑马并进，问道。

"不敢瞒太子妃，太子意在让我与西羌人首领联姻！"钱氏恭恭敬敬地回答。

邑姜看此人双眸闪亮，看上去一个很有灵气的人，却总是在人前人后毕恭毕敬的，不愿多说半个字，令她很不舒服。她心一大，干脆跟他开起了玩笑，"你不会有意于嬴女吧？她可是跟周氏有婚约了哦！"她嬉笑着说。

果然，钱氏脸一红，从他下垂的脸上泛起，连他那一向古板的表情都无法遮掩。

"男人有意就该去追求，你看我不就是你们太子从中作梗，抢来的嘛！"当然，这些旧事早已不如当初那么的沉重，而变得可以调侃了，尤其是在年轻动情的下属面前。

钱氏依旧垂着头，脸上红晕不止，但姿势上仍旧唯唯诺诺，不敢回话。两人到了犬戎之后，钱氏即跟邑姜说他先要去西羌人边野查看，随后再去找嬴女。邑姜觉得奇怪，但她也没多想，随即找猫虎氏戏耍去了。

过了两天，嬴媒才看到钱氏来会她。"听姜女说你两天前就到了，何故迟

---

① 钱氏族，传说为西周初的铸币官，善于铸造金属制的贝壳代替海贝为货币。

缓？"嬴媒不高兴地说。

"奉太子之命，留意羌戎举动去了！"钱氏弓着身，有意无意地瞟着嬴媒说。

嬴媒觉得奇怪，这个钱氏就是一年前在册命太子的宴席上对自己有意的豕韦氏，而这一年以来他突然神术有成，又成为了太子亲信，不断给自己来消息，倾诉有意与自己永以为好的信誓旦旦。但是，因为兹氏想着回到东土心切，要在河东得到封地，还是让自己向周氏透露了神术，从而得到了他的聘娶。可现在为何他如此迟缓的与自己见面，难道是宣泄他对自己选择周氏的不满？可从他的表情来看，又似乎仍然放不下自己。嬴媒也没有多言，毕竟她已经与周氏订婚，就不便多想。

过了两天，男女盛会正式开始，但嬴媒却不见了钱氏，心中暗骂，难道这小子真的在怨恨自己吗？她没想太多，毕竟监督盛会要紧。她一人飞在半空，在西羌人聚居地外的野地巡视，要监督看有没有士卒在偷偷地与多名女子在野地交合，或一名女子与多名士卒偷偷交合。

此时，她突然看到一位士卒高叫，"主君，这里有人在强行霸占多名女子！"她随即下来一看，果然是一名身材魁梧的骑兵仗着自己相貌英俊，相伴多名女子往野地而去。但她突然认出了揪住这个大汉的士卒，原来就是钱氏！

"你为何在此？"嬴媒吃惊地说。

"我在为主君分忧，你看！"钱氏依旧恭恭敬敬的，拿出一串铲形铜币说，"这钱币每位士卒在盛会前得到一串，在认妻的时候交给女子，这样就不会有多名女子认定一位良人，而其他士卒却只能空手而回的情况了！"

"你为何不早说？"嬴媒生气地拍着他的胸膛娇嗔，"害我今日早上独自一人巡视！"

"铜币尚未在此地流通，男女盛会前说是没有用的！"钱氏诚恳地说，"我只能先看看盛会男女私自乱交的情况再禀告主君了！"

"看你老实诚恳的样子，为何还在对我称主君？你又不是我族的臣属！"嬴媒娇嗔着，止不住脸上的笑，"别以为我不知道你想干什么！"

邑姜和猫虎氏此时已经在等候嬴媒清点定婚约的男女多时了，看她飞身回营，都忍不住抱怨。嬴媒只得扬起笑脸赔礼。邑姜此前虽然忌恨嬴媒，但时过境迁，两人已经相待如常，因此她也来相助监督男女盛会。这时，众人看见钱氏进来，都吃了一惊。

"怎么一天都没看到你？"邑姜盯着钱氏愁云密布的脸问。

"哦，我在西羌人聚落巡视百姓去了，"他拿出玉圭，换上一副笑脸说，"太子已经册命我在犬戎之地为方伯了！"

邑姜惊疑不已，"你之前两天不见，就是去找姬发要这个？"

"你这么着急干什么？换走嬴女一族吗？"猫虎氏更是快人快语，说得钱氏不知如何回答，而嬴媒立即沉下脸来，营帐内静悄悄的，气氛微妙不已。

"或许吧，"钱氏挤出笑容说，"不过太子并未向我提起兹氏大人一族要迁往何处。"

邑姜便盯着嬴媒看，她此时正埋头整理帛书名册，众人都看不见她的表情。钱氏即借口出去了。嬴媒等钱氏一走，即支开猫虎氏，只留下邑姜。

"妹妹此次来助我监督，实在是感激不尽，"嬴媒迟疑了一下，又说，"以前的事若是有得罪妹妹的地方，妹妹可尽管提起！"

邑姜看她第一次暗示提起一年前故意误传召氏的事，唏嘘不已，"没关系，过去的事，过去那么久了，我早已不计较了！"她大方地说。

"我想请太子妃为我在太子面前说情，看能不能与周世子取消婚约……"

"好！"邑姜高兴地说，"我过两天就回一趟镐城，你跟我一起去吗？"

"不了，"嬴媒急忙低头推辞，"我去怕太子多心！"

"怎么会多心呢！你就是在用情上太扭捏，若再敢做一些，可能连召氏都是你的了！"

嬴媒不觉脸红，虽然知道邑姜是无意提起召氏，自己却仍然因为那次的谎言而愧疚。"还有，这次钱氏能敢于飞马回去拿玉圭，促成你们的好事，你还要谢我呢！"邑姜拉着她的手得意地笑着说，"是我在路上跟他提起姬发追求我，才鼓励了他的呢！"

嬴媒听了心中长叹，想不到原来是邑姜鼓励，钱氏才明知自己和周氏有婚约，还孤注一掷的，自己以前误了邑姜的一段姻缘，现在她却在不觉之中坏了自己的婚约，果真是报应不爽吗？

邑姜到镐城，向姬发提起此事，但被他一口拒绝。"季弟的为人我知道，家族声望极其重要，他怎么能容忍一个刚出名的小臣与他争抢呢！"

"他们既然有情，你为何不能成全？你不怕嬴女和钱氏恨你，恨周氏吗？"

"不会的，"姬发笑着说，"既然嬴女没有亲自跟你前来，她自然是留有余地的，只要没有传出去，她依然可以嫁给季弟！"

邑姜知道此话有理，她随即传音给嬴媒，让她自己亲自前来。嬴媒一接到消息，就星夜飞马赶来了，两人一起去见姬发。

嬴媒退下后，他即对邑姜说："看来嬴女只是对钱氏有情而已，并不想惹恼我季弟啊！"

"是哦，她这样不尽全力，怕是很难劝动周氏的！"邑姜对嬴媒的做法既担心又不屑。

果然，两天后，周氏一口拒绝了姬发提议，坚持要把兹氏调拨到自己的封地。嬴媒听说了，只好谢了姬发邑姜，默然回去了。

姜望此时在吕国，正在考虑是否提前释放蓐收氏和女丑氏姐妹，让她们作为对敌大商的战力。他来到一个大户的宅邸，蓐收氏正在此处为奴。

"现在伐商之战在即，我有意提前释放你三人参战，只要立功，就可得到渭水或河东的封地，当然，因为现在弇兹氏等首领已经瓜分了你们的族人，在西羌人故地称王，你们是没法回羌地与她们相争了！"姜望直接说。

三人互望了一会，沉吟了片刻，其实伐商和弇兹氏回到故土的消息她们早已听说，也在一起商议了很久逃跑的可能，只是没料到姜望回提前释放她们。"我可以参战，助你们伐商！"蓐收氏说。

"很好，"姜望微微一笑，又转向女丑氏姐妹，"你们呢？"

"既然有我王助你们伐商，我们即可留在犬戎地界，为你们守卫，以防弇兹氏趁机入侵！"女丑氏说。

随后，姜望即率驻扎在吕国的两个师出发到镐城与姬发军会合。他们商议的进攻对策是：先以伐黎为目标，稳住殷人，待占领黎地之后，再直捣大邑商。

此时，兹氏一族也启程前往虞国，在周氏麾下为小臣。

帝辛接到姬发使者传信，说此次出兵伐黎，要把周人的小田农耕之制扩展到黎地，而只要殷人按兵不动，即可相安无事。待伐黎之后，商周共享四海。帝辛当然不信，当即就要把传信的丝帛撕碎，妲己阻止说："不可，此物在我们正式出兵之前，都是有用的！出兵之后再撕毁不迟！"

"还是爱妃心思缜密！"帝辛即命收起丝帛，赏赐来使，然后传令调集东夷的亚丑伯、司工官和金正官率军来此会合。

"东夷各族率军来此需要一个月时间，必然引起周人注意，何不只令首领前来相助？"王后问。

"是啊，比士卒数量的话，王畿各族，再加上黎人就足以应付，何必如此多调拨人马？"妲己也说。

"也好，那就只等爱妃的威望令首领顺从赶来了！"帝辛笑着说。

"这个自然！"妲己翘起嘴角，在帝辛面前都不作谦虚。

宓妃此时仍然在王宫，两天后才接到少司命出使回来的消息，她立即召呼她入宫与自己相会。

"你去了这么久，可曾揆测出渭水诸邦兵力，以及此后的战事吉凶？"

"西土诸国主战力是姜望、姬发军，再加上檀氏率领的原姬启军，每支兵马都有击穿城门之力，仅此战力，已经足以击败司土官和黎人的合兵了。若妲己军再不能制住周氏，别说黎地，恐怕连殷都王畿都不保。"

"嗯，不过你也别太担心，我已经看过王畿周围诸侯的战力了，仅坊氏麾下的阵法，就足以掀翻两里之内的土地，而泰逢等人虽然没有战阵，但他和他麾下弟子连一里地内的天地云雨气都可操控，仅此二族就足以让周人覆没。另外，只看云气的话，封父氏的阵法似乎战力可以接近周人，不过我也不敢定论！"

"这样一来，就算周人集合渭水邦君，也难以取胜了！"少司命浅笑着赞叹。

"对了，申女会不会出战？我让你给她的信她看了什么反应？"宓妃知道她一向很少说无用的赞叹，此时心疑，就问起传信之事。

少司命即说了自己布阵差点擒住邑姜之事。

"跪下！这不就把我们的神力告诉周人了吗？"宓妃一听，立即气的大骂，

"还有，你这一逼，姜望在战场上还会对我们念旧情吗！"

少司命应声而跪，垂头没有还嘴。宓妃骂了一阵，看她不说话，就知道她仍然不服，这一点跟她父亲简直一模一样，"你不说话就没事了吗？我知道你想说只要你擒住邑姜，就可扫除一个战力，还有可能威胁到太子姬发，可你知道吗，姜望擅长御使河水，申妃自然不会太差，你居然还在河边布阵，以卯时之气御使水土，这能不让她们逃掉吗？"

"我以为申女必然是擅长牧阵的，所以没敢在草地上布阵！"少司命知道自己失算，便开口说话了，这表示她承认了自己的失误。

"应该在空中布阵，但现在……"宓妃没有说下去，她心中在为这段旧友之情的就此丧失而惋惜，可知道眼前的女儿是难以体会的。她自小跟在司命官身边，性格跟他一样的乖戾不群，又很少跟大邑商御使、世子来往，没有经历多少友情，劝她相信战场上敌手仍然会顾及情义是很难的。

这时，妲己带着郁垒过来了，他们是听闻少司命出使回来的消息，知道她首先会来见宓夫人，就立即赶来了。此时他们隐藏身形，绕过小司命禀报，直接飞身闯了进来，一眼就看到一位美貌女子跪在地上。而宓妃只觉门口一亮，就看到他们进来了，"王妃为何自己破坏王宫律令，飞身入门，万一我把你们当做了袭击的人怎么办？"她有些恼怒说。

妲己没有理睬宓妃，只顾看着地上的少司命，看她双耳挂的玉锥闪亮，衬着刀削般的锥子脸，以及脸上的双眉微蹙和眼波流转，忍不住赞叹说："果然如传闻一般看了就动人心魄！"

少司命此时已经站起来了，虽然她已经习惯被人欣赏赞叹，但却不喜欢这种感觉，尤其是在这种自己受罚的时候，更是觉得有秘密泄了似的。但她也不敢小觑妲己，因为他们俩进来时，自己居然完全没有察觉。

妲己便推了推身旁的郁垒，"你说是吗？"她戏谑说。郁垒此时已经看呆了，尤其是少司命站起来的时候，身姿轻盈如烟从地上被吸走一般，而他看清她的脸时，那精致的下巴正好如吸走青烟的剑尖一般，轮廓锐利不已。

"王妃，你可在听我说话？"宓妃看他们竟然不把自己放在眼里，怒声问道。

"我们既然敢这样进来，自然就料到了你不会攻击，"妲己笑着翘唇对郁垒说，"对吧？"

郁垒经妲己提醒，知道自己在少司命面前卖弄神力的时候到了，"宓夫人息怒，"郁垒一拜说，"刚才我与王妃进门之时，是身裹门缝风气进入的，这对于屋内的人来说，除了觉得有通风之外，不会有任何感觉。"

"适才其实我已经察觉光暗变化了，但看母亲没有出手，也就不在意。"少司命这时说话了，她要借这两位闯入者平息宓妃对自己的怒气。

郁垒看她一说话，脸上顿时如阳光下的剑刃似的，一闪一闪，他竟然不自觉地垂下了头，"这确实是我们的不是了！"

"小女孩说话真是锐利，你可认得我吗？"妲己问少司命。

"王妃我自然认得，"少司命躬身一拜说，"记得小时候你还陪我玩耍过几天呢！"

"哦，你居然还记得我！"妲己想起自己那时正是与司命官分别之时，也就是因为那时自己没能理解他的情话，才有了后来的忌恨，最后竟然一气之下放弃了。想到这些，她唏嘘不已，对少司命态度也缓和了，"我记得那时你才八岁吧，而现今竟然到了嫁人的年纪了！"

"嗯，"少司命一脸乖巧地点头说，"不过我的婚事不由我父亲，而是由我母亲做主呢！"

妲己听了脸上立即沉了下来，想不到这小女孩竟然对人情如此精熟，刚才她提起自己并非为了亲近，不过是为了讥刺罢了！"这样也好！"她忍住气，想着不能废了正事，不能甘心郁垒这么快认错，走上前去仔细打量少司命，看她全身密不透风的铜皮犀甲外却裹着一层磕碰出许多伤痕了的荷叶，"只是不知淑女的这一身莲叶……能挡住刀斧划破吗？"她转向宓妃说。

"哦，这莲叶裹身是为了训练我儿神力的，让她时刻注意蓄气而已，要论保护当然要靠里面的甲胄！"宓妃一把拉过少司命说，女儿适才帮自己说话令她很满意，"二位到底何事来访？"

这话明显不通，荷叶如此娇弱，蓄气一次便会粉碎，又禁不起磕磕碰碰，哪里能一天下来都完好无损？但妲己看宓妃不肯再多透露神术，只好放弃，先说明来意，"我此来是为郁垒氏求亲的！"

"司土官、邮氏、田畯官都在向我家求亲，此事可不必着急！"宓妃笑着说。

"夫人认为他们能击败我吗？"妲己盯着她说。

"可王妃并非郁垒氏家人，连族人都不是，为何要这样说？"宓妃装傻。

妲己待要反驳，郁垒先沉不住气了，"不用王妃来问，我会击败众位世子！"

"好！"宓妃大笑说，"我等你们好消息！"

"可如前约，容我与司命官比试，再来讨论此事？"妲己仍然不放，因为她觉得此事不必太麻烦，只要自己与司命官比武，就算自己不敌，也一定可以用计逼他输给自己。

"那是用来决定婚娶之后，由谁家做主的，可现在求娶者众多，必须先互相求胜才是！"

妲己看说不过宓妃，只好与郁垒离开，"你干嘛要逞能，允诺能击败众位追求者？其他世子还好说，司土官之子杞娄氏，未成年就在助他父亲训练士卒了，据说现在就独创了编织之术，你有把握赢他？"

"可能不能取胜。"郁垒低声说，这倒不是他怕与杞娄氏较量，只是在他临走时，少司命连看都不看他一眼，这让他很沮丧，毕竟情爱是相互的事，自己与她初次相会没能使她动情，以后只会越来越难。

"你去偷看司命官练兵，看穿他阵法了没有？"妲己看他心情低落，只好转移话题。

"没能就近看到，田猎场周围都布置有风师，疾风一牵动法宝就会惊动司命官，但我从高空乘风，远远看到士卒都或伏在草丛里，或在树梢，或在水潭，似乎在训练伏击战！"

妲己听了也不在意，此时她让少宗祝准备的数把短剑已经在军营、田猎、牧场炼制了一年之久了，司命官神力再高，也不会高过她杀气累积炼制巨剑的冲击。只是，很久没有见到司命官，不能有机会与他较量，令她有些堵得慌，但她又不愿意找着借口去找他。

"如此安排，不就等于把女儿许给司土官之子了吗？"待妲己走后，少司命对宓妃说。

"你喜欢司土官世子吗？"宓妃笑颜如花地看着她。

"说不上有什么好感！"

"你不喜欢就打败他吧！"宓妃叹了口气，对女儿的回答很不满意，觉得她完全没有继承自己的浪漫多情，自己这样安排本就是想让女儿能够多亲近于人，多一些相信人的感情的经历，可惜她没能领会自己的苦心。"你放心，你还小，一定不用这么快就定下婚事的！"她又锲而不舍的补充一句。

"或许吧！"少司命应了一声，她明白了母亲的意思，但却没什么期待。

几天后，妲己接到消息，说帝辛命四位东夷首领前来，可司工官和金正官都没有到来，司工官认为自己过时了，举荐了飞廉氏之子方氏，而金正官则根本不理睬，暗示只要逼自己，就把帝辛之命传出去。帝辛怒气冲冲地对妲己说："你看看，虽然有你的威望在此，这些人果然还是不听我召呼吧，还不如以司命官之女相诱的好！"

"司工官就算了，毕竟他举荐了一人，可金正官则是早就有叛离之心了！几年前我与王后在姑幕的时候就表现出来了，只可惜当时被王后所劝，我没有拿下他！"妲己觉得这并不是自己威望不够的原因，只不过是金正官的问题，转眼间就把过错踢给了王后。

"金正官仗着自己有供应矿石之功，自然不肯前来，这次可让戏方出兵，引得周人进攻戏方附近的昆吾氏领地，一定能逼他与周人为敌！"王后只好把自己酝酿已久的，可以给戏伯亲近自己机会的计谋搬出来。

帝辛点头赞许，这下妲己也不好再继续责怪王后了。

此时，宓妃正与少司命在宫中屋顶巡逻，突然看到飞廉与一位年轻人跳了上来，恭恭敬敬地向她们问好。

"这就是刚从东夷主动请缨而来的方氏？"宓妃笑着应答，她看这少年比他父亲高大壮实不少，而取下鸷鸟面具之后，一副长方脸看上去挺忠厚可靠的样子。

"正是我儿，他原本封在东夷方地，当王命召唤，不敢不来！"飞廉介绍说，"而又听闻司命官之女貌若神女，即有意在此战中归为属下，若是有缘，还可与子女永结为好！"

"此事甚好，你与我夫君本就为大王左右臂一般，"宓妃呵呵地笑着，她本来对眼前这个年轻人很有好感，但此时却看到方氏不但直勾勾地盯着少司命，还不住地把眼睛往自己身上瞟，就有些不快，"不过，眼下求亲的人甚多，还是要经过与他们相约比试后才能确定！"她口气一转，便回绝了飞廉。

"各位追求者的实力应该都不够夫人看的吧，"方氏嬉笑着上前说，"不如看看我的神力如何？"他话音未落，握住花斑鹿皮上律管的手一扬，甩出一道极细的疾风，破空之声居然有如雷鸣，轰的一声从宓妃头上飞过。众人虽然都以元气散去余波，但宓妃仍然觉得脸上被风刮得火辣辣的，而那道疾风直冲云霄，从云层带出一道划过半空的长长轨迹，像长出了一只尖角。

连少司命都不觉有些看呆了，她想这一击既猛烈，又细小难防，怕是连自己的父亲都无法完全散去，只能减缓速度吧！宓妃虽然惊叹，但却愠怒不已，这方氏明显太过目中无人，想要越过自己的安排，炫耀神力直接让自己答应他，"神力虽好，还要比试了才知道！"她忍住脾气说。

"难道刚才我的一击不够夫人看吗，"方氏哈哈一笑说，就要上前，"真的还有能承受这一击的人？"

看到宓妃一脸不高兴，飞廉即喝止阻止方氏向前，"好了！我们就按夫人提议就是了！"

方氏依旧嬉笑着看着少司命冷峻的脸，"那我先送宝物给美人作为约定比试的信物吧！"说着，喝一声，猛地拉了下细线，一道细细的疾风，掠过众人，接着就看到方氏手中多了一只极细的玉鸟管。他飞近少司命，扬起手中玉鸟抛给她说："小美人，这玉鸟送你，危急时刻我听到玉鸟叫声，就会来救，如果是敌人打中这玉鸟，我还能推测出对手的战力！"原来他之前抛出去的是这玉鸟，一直以极细的线连系住，而刚才又把这玉鸟收回来了。

少司命看到此人如此力大，也来了精神，她在这抛给她的玉鸟急速袭来，快要砸到她头上之时，才闪开，而玉鸟则陡然晃动不稳，减缓，砸在屋顶草泥上，旋转滚落到屋下去了。方氏抚掌大笑："好个小美人，内里如此精怪，外表上真是完全看不出来！"

"好了！"宓妃蹙眉着钩起掉落的玉鸟扔给方氏说，"这下你的信物也用不着了！"她又转向飞廉说，"违反我定下的规矩，擅自讨好我女儿，我不会允许你儿子参与比试的！"

"小儿一时鲁莽，为何不能给他一次机会呢？"飞廉急忙劝解。

"你儿子既然打破我规矩，我还要你们来比试什么？"宓妃斩钉截铁。

飞廉看劝不动，只好灰心丧气地拉着方氏走了，方氏倒并不在意，他本是娶妻之人，只是放不下少司命的美貌而已，因而此时仍然留恋地盯着她。

过两天，郁垒即相约杞娄氏比试神力，邀请少司命前去作为公断。原本追求少司命的世子很多，但自从宓妃立下规矩，而又得知司土官之子杞娄氏参战之后，他们都放弃退出了，只有郁垒还想与之比试。

比试正是早上日出时分，少司命把他们俩叫来，确定没有人跟随之后，就进入了树林。少司命让他们俩休息一会，自己则去周围查看有没有人埋伏在林子里。她只在林中穿梭了半里路，就察觉身后一道急速的尖刺袭来，但被她周身的辰气保护，"嘭"的一声轻响甩飞，树上枝叶与地上落叶都疯狂扬起。她急忙转身一看，原来是方氏，正蹲在树梢对她嬉笑。

"谁给你的消息？"

"杞娄氏嘛！"方氏嬉笑着，化一道极细的风下来说，"他不靠我这种御风之术偷袭，怎么能稳稳地赢过郁垒呢？"

"他给你什么好处？"少司命想这方氏才到大邑商两天，居然就结识了司土官一族了吗，真是如飞廉氏一族的御风术一般行动如风。

"小美人真是快人快语哦！刚才你是怎么防御的，我这么快的速度应该很难有人能提前激发神力的！"方氏上前就要抚摸少司命的脸，被她闪开，转身就走，"你再不离开，这场比试就作废！"

"好好好嘛！"方氏急忙服软，"我不出手便是，反正我已经没了比试资格，我助杞娄氏完全是因为杞娄氏允诺送我一套教象法宝，呸！其实我若不是为了来看小美人，能看上他的法宝？"

少司命知道他这话也不失实话，也就没有叫人把他赶走，或取消比试，而是把他丢在一边了。她回到两人休息处，即开始让两人比试，她特地找了在密林遮住天空的地方，要防止方氏从半空中下来偷袭。因为树冠遮挡，再细微的疾风也不可能穿过树冠而不引起树枝晃动。

随即二人开始比试，杞娄氏逐渐落入下风。

正在杞娄氏觉得自己输定了的时候，他突然听到地下郁垒惨叫一声，杞娄氏定了定魂魄，抛出量壶靠近压迫，就要把郁垒罩住，突然少司命现身，扶起废墟上的郁垒，看他手腕被击穿，玉串散落在半空，只被他勉强收在手中，"方氏快快现身！"少司命大喊。

果然，方氏从半空中降下来，"郁垒氏怎么样了？"他不顾杞娄氏忿怒的眼神，一脸歉疚地问。

"是你偷袭的吗，为何破坏规矩，要帮助杞娄氏？"郁垒恼怒的质问。

"这……"方氏一脸无辜的环顾众人，看到杞娄氏的逼视，就说，"我只是在一旁观看，我本答应少司命官，不出手的，可刚才眼看杞娄氏魂魄要被玉串散去，不得不止住比试了！"

这下杞娄氏也不好再挽回什么了。郁垒则转向少司命，"少司命官，杞娄氏蓄意托人袭击我，虽然刚才事出无奈，但论理应该取消其比试资格！"

"刚才明明胜负未分，谁说我魂魄会被你散去了？我的编织之术还没有激发，你怎么知道不能挡住你的吸力？"杞娄氏据理力争。

"好！"郁垒怒道，"那就现在使出你的神术，看能否挡住我的玉串散魂！"

"现在你手腕受伤，先回去养好伤，可再来较量！"

郁垒大怒，起手聚起散在手中的宝玉就射出断针，但被杞娄氏举起五层竹篾盾挡住，竹篾盾被断针筋线缠绕，又要迷魂，但被杞娄氏御使其中一根竹篾片划断筋线，解开缠绕朝郁垒把断针甩了回来。郁垒又惊又怒，想要再攻击，却没有断针可取了，只好以青玉切断脚下断枝碎叶，扬起冲击，但被少司命以短剑划出一道疾风，扬起的断枝跟随青玉嗖的一下随短剑射飞了。这下郁垒和杞娄氏都惊讶不已，方氏则在一旁讪笑："果然小美人的神力深不见底！"

郁垒看少司命出手了，想自己宝玉的串绳被扯断了，又没了金针，可能一时不能击败杞娄氏，也就停手了。"那这场比试怎么算，到底谁赢谁输？"郁垒忍着痛问。

"当然不算，以后可以再约比试！"杞娄氏自信满满，他已经看穿了郁垒氏的神术和战术，想只要注意不被他偷袭吸魂，一定能赢。

倒是郁垒有些心慌了，"但杞娄氏有意请人暗中偷袭，这不该有些惩罚吗？"他无端被击伤，实在忍不下这口气。

"只是比试被中断了而已，你们再约比试就是，如果不想比了，放弃求婚便是！"少司命飞身走了，临走瞟了一眼方氏，看他正冲着自己嬉笑。其实她并非不清楚要算郁垒氏胜出才是公道，但她本无意他们俩分出胜负，胜者跟自己婚，而方氏打断比试正如她意，她怎么还会自己去再公断胜负呢！

两人听了这话，只好罢休，各自散去。郁垒回去，妲己得知情况后，愠怒不止，"我们少歇便去找飞廉氏与方氏问罪！"

"虽说如此，但方氏的那一击细微不已，少司命当时虽然一直在谨防他袭击，但还是没能及时阻止！"郁垒说着，把伤口给妲己看，手腕上血已经凝固，只留下一个针眼大小的红点，旁边是烧痕，虽然看上去不严重，而实际上他的骨头已经被击穿。

"飞廉氏父子的御风之术竟然已经能够如此细微了吗？"妲己看了也不免惊骇，她想象得出，即使是自己，恐怕也难以防备如此细微的穿刺。

"不仅如此，当时我脚下噗的一声响，那针刺冲击恐怕已经深入地底去了！"

"飞廉氏一向与王后亲近，要拉拢的话……"妲己想了一下，觉得若是遭到连续这样的袭击的话，似乎自己发动杀气追袭也来不及抵御的，便有拉拢之心，"听说方氏因炫耀神力被宓夫人取消比试资格，难道就是这神术令她觉得难以驾驭？"

"我也是这么想的，"郁垒丧气地说，"我觉得少司命对这种比试并不积极，她甚至只是在敷衍而已，我是不想再比了！"他想起少司命临走时的漠然，不觉心中惨然。

"随你的心愿吧，眼下最要紧的还是与周人之战，别让方氏、亚丑伯这些人给司土官和司命官给拉走了！"

他们俩正在谈论，突然小司命禀报说犁娄氏世子觐见。"是我在黎地的旧人，应该是来求情让我们出战的！"妲己笑着对郁垒说。

"但大王说要先稳住周人……"

"我理会得。"妲己便吩咐让人引路。妲己看一对少男少女轻快的入来，正是姒疑和姜菀愉。

"苏妃，故人来访，希望还记得在我们幼年时的往来之情！"姒疑一拜说。

"当然记得，不过我几乎认不出伊耆女了，居然长这么大，而且还是跟我一样的防御神术！"妲己看到姜菀愉，怕她会忌恨自己与她的杀祖之仇，又看她一身与自己相似的白绸飘然，就有意提起，以让她记得自己教她煮丝之法的恩情。

"我哪里比得上妲己姐姐，你的这身白衣还是那么的满堂光华！"姜菀愉双眸闪动，笑颜如花。

妲己看她说话还是那么的随和，就放心多了，"妹妹才是，天赋惊人，现在恐怕早就精通了丝织之术了吧！"

"嗯！已经能同时御使四丝了！"姜菀愉欢快的使劲点头，"但我没怎么练，以至于威力不大，"随即她的声音又有些萎蔫。姒疑看她一出口就把自己的弱点给说了，暗自摇头，却没有阻拦。

"苏妃！"姒疑着急的插嘴说，"我们怕是没有工夫留下了，如今周人大军已经朝河洛之地开拔，我们不得不回去守卫国土，这次就是来请动诸位上卿早日前去相助的！"

"大王怎么说？"妲己知道他们来朝拜之事。

"大王要遵循周人来使要求，按兵不动，但此是周人诡计，他们等占据我黎国，一定会毫不犹豫地出兵伐殷，黎城与大邑商只有一天的路程，他们怎么可能放弃这么好的地利不用呢！"姒疑急切的谏言。

"这……恐怕不是我能决策的事情！"妲己自然与帝辛想的一样，要等周人击破黎人，看周人战力如何，再决定是否与周人和解，毕竟周邦还有一位王女是为王子妃，周邦不好轻易攻伐的。

姒疑听到拒绝之意，想果然如自己父侯所说，殷人还是以保存实力为第一要务，上到君王，下到臣属，都如铜壁一样密不透风，"如此一来，我黎国怕是不保！"姒疑沉痛地说，连姜菀愉也被他伤痛之情所感，在一旁止不住的安慰。

妲己看此情景，只好劝解，"你可以去找飞廉氏父子，他们的御风之术细微如针眼，先请他们相助，周人便看不出来是何等神术！"

"可我与东夷上卿素无往来，如何请求？"

"我去帮你一问吧！"妲己叹道。

妣疑便要告辞，却被妲己止住，"姜菀愉何故不能在我这多留几日？"她还想着留下这个心思单纯的小女女。

但妣疑猜到她想留下姜菀愉，如今黎国边境战争在即，他不能被妲己抢了这个助力，就以犹疑地眼神看着姜菀愉，"这……妹妹要在大邑商的话，我就独自回去了！"

"不不，我随你回去！"姜菀愉立即说，妣疑即作势劝解一番，两人才匆匆告退。

姜菀愉也知道他在为迎战周人之事担忧，她站立了一会，鼓起勇气把自己的心里话说了，"我们为何不能投降周人，而非要一战呢，周邦太子不是允诺要改革我们的田赋，这不是坏事嘛，周人不就是凭此而振兴的吗？"

妣疑本来就有些焦虑，听了这话，更是怒从心起，给了她一个耳光，"你怎么敢说这种亡族忘祖的话！"

姜菀愉不听他言语，蹲下来只是捂脸痛哭，她的妣疑哥哥从未如此对待过她，更别说打她了，火辣辣的脸上伴随着心痛，令她一时间像失去所有了一样。过了好一会，妣疑才蹲下来掰开她的脸，向她道歉。"好了好了，你以后别再说这种投降的话了，你也是要上战场的人，如果那时说了这话，一定会动摇军心，到时候不是我打你，而是我父侯要赶你走了！"

但姜菀愉不肯听，她依旧认为即便如此，也不该打她。劝了好一会儿，妣疑不耐烦了，"你不走吗，我可要走了，我还要去找风婉，他们有仍一族一定要拉拢！"他说完，看姜菀愉仍然没有起身，站起来独自飞身骑马离去了。

妣疑与姜菀愉走后不久，方氏就来拜访妲己了，他早就听说过妲己容貌神力在大商无出其上，早就想首先觐见她了。

"你来得正好，你干扰比试，打伤我郁垒氏，应当如何受罚！"妲己大声呵斥说。

"此事的确不能怪小子，我只是救人心切而已，"方氏一脸无辜地说，"要怪就怪那些有恶意的人，就是那些传出谣言说少门尹官大人学过苏妃娘娘神术的嫉妒之徒！"

"这么说你知道是谁传出谣言的咯？"

"这可不是小子所能知晓的了，我才到大邑商数日，如何能识得那些人，只是，他们出于嫉妒，故意使杞娄氏紧张而要求我相助，不能不说是有着满满的恶意的！"

"可你打伤我臣属，总要有补偿的吧？"

"小子正是为此而来，"方氏垂头，眯缝着一双细眼，微笑瞟着坐上的姐己说，"若苏妃娘娘不嫌弃，我愿意为娘娘奴仆一天，供娘娘差遣做任何事！"

"大胆！"姐己还没来得及回话，旁边的郁垒就大叫了起来，"娘娘没有开口安排，你怎么敢说差遣一天这种忤逆之言！"

方氏看到郁垒氏脸红了一半，青筋暴起，不得不有些叫苦，没想到这姐己与自己的臣属都有染，刚才姐己呵斥要惩罚自己，这郁垒氏都没有做声，现在自己只不过委婉提及要与姐己欢娱，他就如一只斗鸡似的，恨不得吃了自己！"这只是小子的提议而已，如若王妃无意，小子就此告退！"

姐己止住郁垒，一脸似笑非笑，"看你已经年满二十了吧，为何在我前些年出征东夷时不见你来相助，此时又来提及只有一两天的为奴差遣，这能算什么真心实意的补偿？"

"小子那时确实已经成年，只不过恰逢生子，因而只有我父侯前去，自己却错过了随娘娘出征，只是这些年听得娘娘声望，今日又得见容颜，才懊悔不已！"

"王妃，这小子不但忤逆，还恬不知耻，不如拿下他送到他父亲那里去问罪吧！"郁垒作揖请求。

"小子确实仰慕娘娘神术和声望，哪怕只是随行在身边几日，也心满意足了！"方氏高呼道。

旁边的郁垒已经恨不得取出法宝了，姐己也知道了此人只是图一时欢娱而已，不太能为自己所用，"这样吧，你这些天就去黎地，帮助犁娄氏抵御周人，直到我大商出击为止，"她心生一计，话音到此转向暧昧，"犁娄氏世子姒疑，为人可靠，年纪轻轻神术就已经堪比大商司土官了，你们俩一定能好好合作制敌的！"

方氏一听，他想反正出征前少司命会在军营练兵，那里有司命官在，自己即使在沫城逗留也是不能亲近她的，不如先去黎地立功，得了威名再说。

姒疑回到黎国，就立即联络有仍任伯和风婉，要求拜会，但任伯知道是为了抵御周人之事，他是不愿意相助而惹火烧身的，随即严令女儿也不可回话。

此时，任伯经营北土一年，依旧在当地号称东君，以他的神术和在东夷海滨的捕鱼造船之术劝当地百姓侍奉自己，而他也已经有意与同在北土的唐尧国太师联姻。在他出使唐尧国的时候，这位太师曾向他显露图法之术，威力不下于司土官的教象，他便有意与之结好，巩固自己在北土的势力。无奈风婉想念的是年轻壮实的姒疑，对年过四十、相貌平平的唐尧国太师没有兴趣，因此一直很不情愿。而此时周人逼近，她知道自己与姒疑缘分将尽，只好暗地里送信给他，说除非他背弃黎国来此，否则就不需要再传信了。

姒疑看到风婉回信，倒不为遭拒而失落，只是为黎国孤立无援而忧心，也没有再去探望姜菀愉了。正当犁娄氏族忧心忡忡之时，方氏前来拜访，说是妲己委托前来相助，这方氏前些天在大邑商的神术传闻他们虽然略有所闻，却不知真假，而他又不愿意显露，这令他们不太把此人放在心上。

司命官扬威篇

此时姬发大军已经到了虞地，与周氏会合，并与众首领参加了周氏与嬴媒的婚礼。

在黎城，犁娄伯正与众人聚会商讨对敌周人集结在虞地的策略，但妣疑灰心丧气地说，只有盂地的雨师姜愿意共同抵抗，坊氏、秦逢都说要等到大商出兵，才会配合。上宫内众人沉默，一片哀叹之声。

姜菀愉也在其中，她与妣疑已经半个月没有说话了，虽然她此时也认为妣疑是忧心战事才打的她，她不应该过多责怪的，只是她仍然觉得妣疑应该要哄她才是。

而方氏则在商谈的时候一副作壁上观的悠然模样，丝毫不受到黎人军情紧急氛围的影响。他的封地在东夷，即使周人攻陷大邑商，也不会威胁到他，更何况黎地呢。但会谈之后，他看到姜菀愉黯然离去，即跟了上去。

"听说伊耆女一向不离世子，为何不留下与他谈论军情呢？"他一脸担心地问。

"我是女子，只会些许神术而已，他们谈的军情我不能懂的！"姜菀愉虽然已经见过方氏几面，但并不熟识，此时也不愿跟别的男子多话。

"可我就是见不得妹妹伤心憔悴的模样，"方氏一脸愁容地说，"世子也是，虽然忙于谈论军情，但居然没能察觉妹妹没有在身旁，也不出来呼唤一声吗？"

这话说得如此多愁善感，使姜菀愉再也忍不住了，眼泪无声地从脸上滑落，此时他们已经同行出了宫门，她正要捂脸飞走，被方氏化风忽的一下拦在半空。

"果然是这样吗？"方氏脸上变色，吼道，"妹妹放心，我有办法让世子重新升起爱护之心！"

姜菀愉趁捂脸吸走泪水，止住抽泣，一双亮亮的眼睛望着方氏询问。方氏随即收起忿怒，换作一脸平和，"妹妹不必担心，世子现在忙于军情，是因为没有得到大商援兵，只要妹妹献策得到大商兵马，世子一定重新对妹妹刮目相看，搞不好情意更胜往昔！"

姜菀愉惊喜了一下，随即收敛，缓缓地说："大人有什么方法可以得到大商援兵吗？"

"大商之所以不出兵，是认为黎国会为了保护众多城邑的百姓而与周人决战，而如果大部分城邑丧失，周人就会得到黎人铁器和百姓、百工而壮大，殷人便会焦急。所以要逼殷人出兵，必须先迁走黎城的百姓、百工，不留给周人半点铁器和冶炼工，再退到大商王畿边鄙与之决战。这样一来，殷人就没了等待的借口，而不得不在王畿边鄙与黎人共同对敌周人！"

"唉……"方氏心酸的捂脸抹泪说，"以前只是传闻妹妹痴情，想不到竟然如此使我……但只要妹妹高兴，我……"

"大人，看你外表粗壮，可内里竟然如此容易伤感……"姜菀愉心中知道他似乎在为自己而愁苦，但却有些不知所措。

"请别再叫我大人了，直接呼我的私名来吧！"嬴来幽幽地说，"这样虽然以后不能在妹妹身边，至少可以回忆起这段私下里的亲近！"

"我叫你嬴哥哥好了，"姜菀愉虽然此时被这话说得有些脸红，但想起姒疑的冷落又觉得解恨，但毕竟与嬴来不熟，实在不愿意称呼他的私名。

嬴来叹道，"我来教妹妹此策吧，但千万不要跟人说起是我教与妹妹的，只说是妹妹自己想到的就好，待妹妹说出之后，别忘了记得我的好就行了！"

果然，犁娄伯听姜菀愉说起此策之后，大声叫好，姒疑也不禁直勾勾地望向姜菀愉，但她一脸神气，只打量众人的赞叹表情，唯独回避姒疑眼神。但姒疑也没理会太多，他忙着与众人商议撤退至大商王畿边境再与周人决战的策略细节。

而周人这边，姬发大军刚刚开拔，就得到暗探飞马来报消息说黎国许多城邑的百姓都在出城往东而去了。姬发随即传令告知其余三路人马，让他们先以占据黎国城邑为首要目标，最后在大商王畿边境屯驻。

待渭水诸邦的三路大军占据黎国各个城邑，只发现大宗百姓的宝玉、金铜、粮食都被运走或藏起来了，这样一来，他们的军粮只能由郊野里的村落农人提供了。姬发即召呼周氏、邰伯、姬鲜等将领聚集在黎城，商议征伐之事，但只有姬鲜不来，借口是他的大军占据了盂地故城，此地后有苏国，南有洛地的泰逢虎视眈眈，不能随意离开。众人商议，既然黎人退到大商王畿的淇水去了，就不能施行之前稳住殷人的策略了。

于是，姬发命北路的邰伯继续率军去淇水，阻挡屯驻在殷都，有可能出兵救援黎人的司土官军，南路的周氏军去沫城南面，阻挡从沫城出发的妲己军，自己的中路军则迎战黎人的耕牛田阵，以及屯驻在淇水的司命官一军。而给姬鲜的命令则是让他率军北上，趁周氏与妲己军交锋之时，切断其退路，力争擒住妲己。

"其实我最担心的还是司命官的法阵，各位君侯世子可想到了什么破解之法了吗？"姜望提起说。

"司命官师从大史官，擅长借力星次和时辰，而这些也不过是依据阴阳变化之法而已，只不过我仍然想不出其变化所依据之法！"周氏回答。

众人看连他都没法看穿了，都摇头默然。"那只有先把我儿邑姜调拨到中军了，只有她看过司命官的法阵，可使她在军前试探，以防司命官带领其所训练的士卒突然伏击！"姜望说。

姬发点点头。

妲己此时已经出宫，到了沫城郊野的屯兵大营，她得知黎人放弃城邑，退到大商边境，而周人正准备追击的消息，急忙一面召集少宗祝和郁垒等人，准备出发去往淇水上游挡住黎人后退，另又让风师传令给苏子，命他只要姬鲜离开盂地，就出兵阻击。帝辛此时也传来命令，让她与坊氏和酒正官军会合以后，再出发前往王畿边地村落屯驻。

风婉此时本来在北地的黎国边地率军徘徊，听说黎国退走去了大邑商王畿，便向任伯请求去暗中查探战场，以窥探三方的神术。任伯虽然知道她其实是为了借机去会犁娄氏世子，但因总要有人去打探各国神术，自己的女儿去许是打探神术的最好人选，便同意了。

"但你决不能失了贞节，如果在婚礼时唐尧国太师发现你失贞，你可知道得罪他的后果？"

风婉只要他放行，哪里顾得上这些叮嘱，连声答应后就去了。她兴致很高，一路御气飞奔，在犁娄伯大军进入司命官驻守的淇城之时赶上了，但没能看到如疑，黎人大军和其运送的巨鼎就已经入城了。原来如疑已见过少司命，并受到了冷落。

"司命官不愿意相助，如之奈何？"路上，如疑忧心忡忡。

"他应该也只是碍于帝辛之命而已，只要我们败退至大商王畿边鄙，他不得不救！"犁娄伯惨然安慰他说。

他们正谈论间，就看到风婉飞身过来，妣疑看她来了，如同掉入冰窟里的人突然抓到一根救命绳索。"你怎么来了？是率军来襄助我们的吗？"妣疑喜道。

"我奉父伯之命，是来查探周人战力的！"风婉先正色说，她不想过早显露自己急切思念妣疑，让他太得意。

"你跟在我们后面吧，别碍事就行了！"妣疑收起笑容，用近乎呵斥的语调说，催动戎马就要与犁娄伯飞奔而去。

风婉急了，她怕妣疑就此丢下她不管，那可能真的再也见不到他了，"其实我是来相助你的，我虽然神力低微……可也……"她急忙追上去说。

但妣疑已经知道她根本没有带来人马，帮助不会很大，此时看她一脸着急，心就稍微软了，但适才被少司命冷落的情景还在堵着他的胸口，"你一人的助力能有多少，我们已经有司命官布阵为我们后援了，这事我在途中就与少司命约好了！"

犁娄伯大军出淇水，即守在太行山顶的翻山路上，开始沿着路旁山坡布阵。布阵完毕不过半日，犁娄伯就在半空中看到了从山下朝山上沿路上来的姬发与邰伯军。此时雨师姜已经用了三天时间征收了大量草刺，要如虞城之战时那样压制周人大军。犁娄伯则在阵前密林中以数百头耕牛拖动戎车藏在里面，他们也不首先发起进攻，只让耕牛齐头并进，居高临下拉着戎车在林中朝周人缓缓而去。

随着周人阵前一阵急骤的鼓点声和一声巨大的钟响，阵前黎人士卒顿时感觉一阵疾风刮面而来，草刺如雨。犁娄伯以耕牛定在地下硬抗，但明显，周人的冲击力更强。

犁娄伯在前军看倒了一片耕牛，跌足想果然只要有姜望的冲击倍加之术，无论怎样提升防御，都无法阻挡吗？在高空的妣疑看到不能取胜，抬出大鼎，变大为如宫室大小的巨鼎，倒出一大片木刺往周人阵地压下去。这乌云有夏气推动，比春气的凌厉更是强烈，搅动着乌云内部激烈的翻滚着。但此时，虽然他们俩仍然在空中，却不见周人攻击，只是从阵中飞出一群鱼鹰来。

"不好！我这乌云是以夏气推动，鱼鹰在这里没有攻击力，按理说不应该出动的，一定是郐伯他们藏在云中要趁机袭击我们，先撤吧！"姒疑醒悟，对雨师妾说。

雨师妾刚答应一声，就听到一声石磬的敲击巨响在云雾中回荡，不但周身云雾如沸腾似的急剧震荡，就连自己身上气血都在剧烈震动，使她只感到头晕呕吐。她急忙炸开一只扇贝，随着一声水雾爆炸，她即趁机附身在雨水上，悄无声息的下地去了。

姒疑虽然也受到云雾震荡袭击，但他有田阵护体，震荡都被聚拢在绳索挥舞中散去了。但这么一来，他的位置也暴露了，果然，随后他便觉得一阵冲击朝自己袭来，他挥舞绳索散开后趁机借着冲击扰动，附身其中一道疾风而走。可他刚随爆裂之气的散开掩护而逃，身体就遭到湿重气息侵袭，而眼前不远处云雾里站着一人，正是郐伯以利剑指住！

姒疑急忙再次激起夏气，调和侵袭气息，一边飞逃入云。郐伯正好迎着他追上来，他知道犁娄氏族的能随意调和分离各类四时气，所以要飞身过来攻击。姒疑听到刚才那连续不断的石磬敲击声还在持续，使他本身仍然震颤不安，他只好跳出云雾，却又被守在云上的邑姜随着一道夏气冲击发出飞针，而此时郐伯也已经到了他头上，正要发动蓄气一击。

正在姒疑觉得没法摆脱的时候，突然从脚下云层腾出一股风射来一层层毛皮革甲把他裹住飞走，他只觉身上一阵温暖熟悉，就知道是姜菀愉的纺织之法，便顺从的裹在里面而去。郐伯急忙对着飞速而走的素白毛皮一击，巨大的玉砂冲击碰上皮袍如入波涛，都朝四面八方的散射散去了，他待再要攻击，却觉得自己身上甲胄突然紧缩，一时间竟然被勒得难受。

郐伯以蓄积的夏气膨胀，蒸发掉附在自己甲胄上的水雾，才使甲胄不再紧缩箍住自己。"发现了藏在云中的人是谁没有？"他看到邑姜回来，急切地问道。作为宗师的郐氏，他居然不但被困，还连施法的人影子都没看到，实在羞怒不甘。

"没能发现救走犁娄氏世子的人，这能使人衣襟禁锢的神术难道是水雾之术么？"她看到郐伯身上仍有滴水，好奇地问。

郐伯看她盯着自己身上湿漉漉的狼狈，觉得她似乎在仗着前次有功，就对自己不尊重了，顿时没了好气，"你适才守在云上，似乎宝玉没有用夏至时节来蓄气，不然就凭那出其不意的一击就可射穿犁娄氏世子！"他故意提起自己的神术。

"我只在秋冬练了些节气蓄气之法，夏时的节气则一直不得其法！"邑姜刚冲口而出，就察觉了邰伯的语气有质问的意思，大概是在怪她没能嫁到邰氏族，却习得了节气之法的意思。

果然，邰伯听了脸上一沉，"春夏时节的节气凌厉刚猛，自然不适合女子修炼，其实女子只需指挥阵法就好，不应该修炼提升冲击力之法！"

邑姜听了虽然不是滋味，却又无可奈何，毕竟是自己僭越了渭水诸邦不成文的规矩：家族的神术奥秘绝不外传。节气之法连邰氏的臣属芮伯都不知晓，自己一个外族人却有幸修炼，实在有些不合情理。"刚才听云内一声巨响，应该是犁娄氏世子借夏气爆开附身逃跑吧，我对此法束手无策，但居然还是被邰叔舅拦下了呢！"她只好谄媚奉承。

邰伯听了这话才有些缓和，"夏至宝玉蓄气冲击是我发动的，我自然猜到犁娄氏会借冲击散开遁走"他又严肃地说，"你既然习得些节气之法，切不可在人前炫耀，以免被人看穿！"

邑姜知道他是想让自己保守神术秘密，不得外传，虽有些不快，却也只得顺从。

此时地上的黎人阵法已经散乱，士卒以覆盖在密林上的山雾掩护溃退，其耕牛田阵虽然能够化解周人的一击，却不能承受姜望指挥借法田阵的双倍冲击。

一个时辰后，坚守的耕牛法阵才完全被摧毁，而此时黎人已经撤退到了十里地之外去了。由于这一路上都有厚厚的山雾和乌云遮蔽，追击的邑姜和檀括都没能找到这些黎人士卒踪迹，甚至在云雾中，连各种气息都感觉不到。

周人整顿好阵势，清理好战场上的黎人伤牛，过了申时才踏着鼓点下山朝淇城出发。邑姜此时独自向前，一个时辰即下山，接近了淇水。她到山下时，总觉得这里的草木之气有些不稳固，连带自己身上的气血也有些飘忽，而不由得内心悸动不已。她正要飞身下地，细细感受地上泥土和草木，突然听到身后有人叫她名字。她回头看到一位面容妖媚、身裹紧致皮甲渔网玉坠的美人蹙眉望着她。

"你是？"她没能察觉这出现在百步以内的女子，有些心慌地问。

"我是须女，你父姜望的旧友！"宓妃回答，"我是来劝你回去告诉你父亲，让他若念旧情，便就此率军回去！"

"我们周邦率军追逐黎人，怎肯就此罢手？你若念旧情，可回淇城躲避，我以太子妃的名义保证，不会攻伐你们！"邑姜笑着说。

"你嫁入周邦才一年，居然就自称周人了吗？"宓妃慨叹说，"为何不能转而劝周邦太子向西称霸，遂你母族申戎的宏愿呢！"

"不论西土东国，放牧还是农耕，只要是牧马术或井田制未曾改进的，都应该接受我们的监督，而黎人顽抗，所以不得不伐！"邑姜骄傲的大声回答。

"你们这简直就是妄加干涉！你们怎么能不顾各族的习俗旧制呢！"宓妃摇头说。

"只有你一人在此吗，还是有伏兵在此？"邑姜又问。

宓妃没有回答，邑姜便靠近了一些，礼貌地把玉瑗定在身前，以示开战，这虽然是尊敬宓妃是故友，也是为了注意周围的动静，怕还有人藏在草木中袭击。但宓妃依旧不动。

邑姜立在空中，看对方迟迟不动也不说话，不耐烦地激起夏气与飞针刺出，自己随后跟上。但宓妃随即往后急退，眼看就要被夏气所推动的飞针追上，她突然身子旋转，卷起地上落叶迎击射过来的冲击和飞针。几转之后，猛烈的冲击顿时被一股激烈的旋风减缓。

而飞身跟上的邑姜则觉得自己被宓妃的旋转吸住，无法挣脱，且身上突然变得火烧火燎，使她急躁不已。趁她仍然没能摆脱旋风吸力，宓妃张开大网把她裹住。这大网压制住了她身上气血，使她几乎昏厥。

宓妃扯住裹住邑姜的大网，正要用身上葫芦收起，突然听到头顶一声大喝，自己被震得头脑嗡嗡作响，而半空中光罩也随之而下，顿时眼花缭乱。就这一下，渔网裹着的邑姜则被倏地拉到头上的一团云雾里去了。

她急忙蛇行要走出光罩的压制范围，突然觉得身后一阵树木折断的咔嚓声，猛烈的夏气冲击卷起落叶和断木朝她袭来。未及宓妃急退，一只金梭已迎着冲击抛出，冲击顿时被急速环绕的金梭止住，且卷起的草木和断木被金梭打飞，啪的一下瞬间甩飞，朝吊半空中的邑姜冲去。

宓妃知道是少司命出手了，她抬头一看，此时被大网裹住的邑姜已经被牵引朝山上飞走了，断木打空。她没有追，却看到少司命从自己身后一跃，朝邑姜追去。

少司命刚要追上，就看到空中薄雾里一人现身，正是召氏，他是担心邑姜安危而来的，却没想到已经有人在暗中保护她了，刚才他看须女被压制，就顺手一击，而此时为了阻止少司命追击，又现身把她拦了下来。不一会交手，召氏带伤逃走了。"不要追了！"宓妃跟了上来，对少司命说，"两军对阵，以歼灭士卒为上！"

救走邑姜的是魂氏，他是奉太子姬发之命藏在半空的薄雾中跟随她的，山中雾气颇重，因此不但邑姜，就连宓妃都没能察觉。这时邑姜身上大网早已去掉，恢复了神智，看着姬发和自己的父亲正在戎车里望着自己。

"宓夫人拦下的我！"邑姜起身说。

"魂氏告诉我了，救你的人也是他！"姬发说。

邑姜拉着姬发的手，冲着他直笑，却并不惊讶。这一年里，她已经习惯了这位大过她十几岁的男子的照料了，他平日里因忙于事务而不顾及她，却常常有出其不意的布置，来显示出他对她的关心和爱护。"对了，我似乎察觉山下路上的草木气息有些动摇不定，不知道是不是我太多虑了！"邑姜突然想起说。

"宓夫人应该不会特意过来劝解邑儿才对，难道山下有埋伏？"姜望对姬发说。

"下山就只有这一条路，不管有没有埋伏，我们都要边探路边往前！"姬发坚定地说。

偃女扶着召氏回到自己军中，他没去找邑姜和姬发，既然知道姬发早就暗中派魂氏跟随邑姜，他就不想再去见她，告诉她自己受伤的事了。

姬发和郐伯大军继续沿路下山，姜望姬发大军在前，逐渐到了山下的大路，也就是邑姜所说的气息飘忽的地方。姜望、姬发、魂氏和郐伯四人在前军，都感到了不但草木树木的气息在飘忽，山上狂风暴虐，就连自己的血气也有些游离，似乎要突破身体一样。

"我觉得身上血气在扰动，这应该不是快要与大商决战的不安吧？"姬发问其余的人。

"应该就是太子妃所说的气息不稳了！"魂氏回答。

这时姜望和邰伯去了路旁密林里探路回来，说是没有发现伏兵。就在此时，探路宗师回来报信，说是前方一里路处雾中守着一队人马，大约有一个师，是大商旗号。

"怎么只有一个师，殷人难道不知道我军有多少人马吗？"姬发奇怪地问。

"守在路上……可这未免也太张扬了！"姜望依旧怀疑，"这样吧，先让一个师过去迎敌，我们这些首领则在高空查看，你们以为如何？"

众人答应了。

姜望、魂氏与邰伯飞身到了半空，果然穿过山雾能看到一些人群挤在大路上守着，似乎有些散落，没有布阵。周人前军一个师布阵冲了上去，殷人立即不战而退，正在周人追击的时候，殷人阵中突然响起一阵铙声，并传来周人士卒的惨叫声。姜望等人在高空看到路旁的树木突然爆裂，而周人士卒被山上狂风吹下来的树木碎片刺穿，一排排的倒下，他们急忙飞身下地查看。还没接近地上，随着一阵阵刺耳的铙声，姜望等人都只觉他们体内血气翻腾，气血流动几乎要突破身体了，而本身也被一股吸力拉扯着下地去。

他们急忙回到半空，才止住气血沸腾，而此时大路上两旁的树木都摧枯拉朽般的粉碎，朝大路上的士卒扑了过去，士卒们大都只惨叫几声，就全身瘫软，或被如蜂群般的木屑碎片刺穿全身，血流出体外而亡。顷刻间，一个师的周人全军覆没。

回到高空的姜望和邰伯眼看士卒倒下，实在不能忍了，咬牙切齿地朝发出铙声的殷人冲击再次飞过去，魂氏也从侧面聚起云雾接近。但他们还没靠近，就听殷人士卒其中一人大吼一声"震击！"士卒们齐齐大吼，以长戈相碰，发出蹡蹡之声，朝半空疾飞而来的姜望等人甩出玉砂。不但蹡蹡之声在他们听来几乎要穿刺耳膜，体内气血还又是一阵沸腾。

而姜望则不同，他身上铜泡早已感应到长戈的震响所引起的波动，并在自己周围聚集着散乱的振动，扰乱了士卒的震响冲击，但也被聚集在周围的疾风吹得灼烧头疼。

郜伯以蓄积的夏至之气还击，但终究挡不住一大群士卒的战力，此刻他被飞溅的玉砂逼得急退，周身气血爆炸似的从喉咙喷出，浑身上下则凝聚着汗水，如同从河里出来一般。

魂氏以嘶吼及周身云雾反射冲击，但云雾被带着震响的冲击穿透，云团本身凝结为一团水花。而他躲避不迭，被数颗玉砂砸中脸部，口吐鲜血、失去知觉掉了下去。

姜望急忙甩出金钩，救起魂氏，跟郜伯飞速回去了，他们身后的殷人则急速追了上来。

殷人骑兵接近周人，就对着他们后退之势敲起了金铙，还没来得及撤走的后军士卒顿时遭到两旁的树木粉碎袭来，被刺穿身体而死。殷人看阵法奏效，就不再追击周人，又退走了。邑姜等人看殷人退了，也就不再后退，他们确定附近没有前路的那种气息飘忽了，才敢停下来休息，而这时他们看姜望等人赶来了，急忙接应。

此时魂氏口吐鲜血，脸上骨头都被击碎，昏迷不醒，而郜伯则不住的吐血，姬发急忙命令众人聚在前军，一起为他们救治，而由邑姜率领前军，试探着树木的飘忽气息前进。众人路过之前被殷人金铙振响所引动的阵法之地时，只看到士卒尸体不但七窍流血，还被汗水浸湿了，如同下了大雨一般，他们便怀疑这是水热术的神力所致。看着路上无数被木屑和血水浸湿的士卒尸体乱糟糟的遗弃着，邑姜等人都禁不住伤感起来。

而郜伯受伤，最是不能服气的，他伤刚稍微恢复，便叫上邑姜，跟檀括、大女丑氏、芮伯一起沿着路旁山坡飞了上去，要查探这阵法究竟是如何发动的。此时山坡上的树木草皮都粉碎了，只留下光秃秃的黄土和一些落叶，从空中看，像是整个山头秃了半块头皮。邑姜飞至树木没有损坏的山头上，对着一棵树以一丝夏气冲击，整棵树顿时炸裂起火，而三人都感到了火焰中散发出的散射冲击、寒暑之风和震动冲击。

邑姜拾起一块没有烧焦的木屑，细细地看，"这火起应该是我冲击的作用，但这棵树应该在我冲击之前就已经被分化为碎屑了，不然不会放出这三种气息！"她转向檀括说，"能如此大规模的聚合分离这些气息不是司命官就是妲己了！"

芮伯也以双铲劈开两棵树的阴面和阳面，果然也是一阵粉碎，却不再起火，"太子妃说的是了，"他有把握地说，"我的金铲只能分离树木的阴面和阳面，所以没有火焰，可这树仍旧粉碎，自然是早已被神术分化为三气的缘故！"

"既然有震动冲击，应该是辰气无疑，那些士卒最有可能就是司命官麾下了。震动冲击我用钟鼓也能御使辰气做到，但却不能随意分离或聚合，这树林一定是之前就被司命官分离为某些时辰的气息了，才会如此脆弱！"檀括说。

"不管气息怎么转化，最终效果不过也是消解冲击力而已，再遇到殷人，就以我部署的士卒在前，以我节气之法加上吕侯借法，加倍冲击一定可以取胜！"邰伯虽然不能懂得这阵法，却不愿意认输。

此时天色已经过了黄昏，邑姜等人一路慢行试探，却没有再发觉有树木的飘忽气息，直到快要走出太行山脚时，已经到了戌时。他们此时看到前方路上有一堆星星点点的火把，探路宗师来报说又是那一个师的殷人在前方燃起火把守在路上。

"我总觉得殷人士卒手里的火把绝对是阵法的一部分，他们既然刻意此时守住路旁，一定是胸有成竹，不如等到天亮再攻击！"姜望则疑虑地说。

"不必畏缩，这次由我训练的士卒在前面布阵，再加上姜望老弟的借法，殷人一定没法消除掉我们的冲击！"邰伯豪迈地说。

"是啊，我军一个师无端阵亡，此仇不可不报，我军只发挥最大战力便是！"檀括、姬高都附和邰伯说。他们年轻气盛，哪里肯就此认输。

姜望听了也就不再说话了。"那这样吧，我和邑姜先去路旁密林里试探，查探一下这次他们布置的阵法再说！"召氏说，他本来在后军监督，借此回避邑姜，但听说一下子损失了一个师的人马，只好又上前来了。

周人由姜望、檀括和邰伯在前军指挥，在接近殷人时，召氏邑姜回来报告姜望邰伯说，这次殷人在路旁的山头上也埋伏了一些士卒。

"这是殷人借用路旁树木布阵的新神术吗？"姜望目视邰伯说，以示不赞成再战的意思。

但郕伯仍旧坚信能够取胜，"不用多虑，先除掉那些士卒就好，即使放着不管，就凭我们的战力也不会输！"说着他看着召氏。

"确实如此，吕侯，相信我郕氏族节气之法的威力吧！"他对姜望说。

周人到达距离殷人百步之外时，仍然不见他们攻击，檀括就以钟鼓之声助威，郕伯则就着钟响发动了夏至之气的冲击，在姜望的指挥下，双倍的夏气冲击卷积着草木断树和泥土朝殷人袭来。但冲击还未起时，殷人就已经齐声大吼挥舞旗帜，随之而起的是山路两旁山头上遍地开花似的大旗飘扬。

邑姜召氏大惊，想自己不是已经除掉了山上埋伏的士卒了吗，怎么还会有大旗出现。而此时，他们正立在山坡的上空，只觉周围疾风陡然变成风暴，而山坡上冒出的旗帜也越大越多，他们想去收去那些旗帜，却被风刮得连连后退。

邑姜没法，只好引动地气切断风暴，随切断之地气上升，到高空去了。召氏正要以蓄积的夏气抵御风暴，不料刚发动夏气，身上就突然忽的一声火起，不但他周围的夏气都变成了热浪，他身上也冒出火焰，变成一团火在半空被暴风刮得急退！邑姜在高空听到他急声大呼，急忙伸出一只金钩朝那团火抛去，咻的一下把他钩出了风暴圈，所聚起的水雾也助他灭了身上火焰。

召氏到了邑姜身边，还没来得及激动地拥抱她，邑姜就指着下方痛惜的大叫。召氏回头一看，不但田阵发动的夏气冲击卷起的草木断树被点燃，火焰还顺着夏气一直后退延伸到了周人士卒阵中！殷人则齐齐射出了带着火的箭雨，堵截了夏气砂石飞刺的冲击。

这些箭雨还在半空，就啪啪啪啪啪啪的连声作响，都变得粉碎，而箭头上的火焰却反而忽地消失在夜色中。只听一阵隆隆之声，夜色中昏暗的箭雨碰上冲击，竟然把猛烈的夏气疾风卷起飞刺砂石扬起到半空中去了。

没等周人反应过来，夏气疾风就从半空卷起飞刺沙尘朝他们阵中扑下来，突然四处火起。不但发动冲击的士卒，就连他们身后的一排排士卒的身上都无端燃起了大火。士卒一阵阵的惨叫振响了夜空，阵中一片热浪滚滚，在阵中乱窜的鱼鹰及时喷出大水雾，但却哗的一下热浪反而随水雾疯狂蔓延，这些盘绕的灵物都被迅速烤焦，只喷了一会儿的水就被烧焦掉下地去。

邑姜召氏担心他们的父侯，急忙双双从高空下地而去，但他们刚接近周人阵地上空，就看到一面大旗在半空飘扬，而有一人立在上面。而此时，他们只觉被身后的疾风往地下推动而去。原来不止路旁山坡，就连周人布阵的上空、四面八方都有暴风往山路上刮去！

"退到山谷前，大旗之外的后路上去！"邑姜召氏立在半空朝军阵中大喊。

郜伯姜望檀括此时都身上火起，他们只觉四面八方的暴风都在挤压着自己，仿佛置身于容器中，几乎不能飞动。听到邑姜召氏大呼，他们各自聚起水汽吹飞了身上火焰，又各自用神术抵制住挤压的暴风。

中军后军此时在姜望檀括的呼号下急速后退，但士卒在夜晚不好行动，阵势有些紊乱，总算因为旗帜所激起的暴风范围不大，他们仅走出两百步就离开了四面暴风侵扰之地。

而殷人此时则踏过横七竖八着周人尸体的火海，挥舞着火把朝后退的周人追击，半空中御使大旗的那人也跟随着后退的周人在空中移动，继续引动高空刮来的暴风。立在半空的邑姜召氏看到那人跟随，就知道他还要配合殷人布阵。"宗师们在哪里，大家先不要用夏气竹木，一起努力把半空中的宗师除掉！"他们俩急声大喊。

而邑姜则被周围所聚起的暴风往下急推，几乎不能撑住，她只好飞身横移，缓慢躲开暴风范围。"只用水汽爆裂冲击！"姜望大喊，众人应声发动水火土爆。姜望则独自飞身持玉针疾上，引动水爆冲击加倍朝那人冲去。那人在半空只一剑划破大旗，顿时一道凌厉的戌时气水爆从大旗切口处朝姜望削去，被姜望以水雾迎着拦截、爆散。而粉末散去居然令姜望全身有些发痛，但他已经顺爆开风势移动到了那人一侧。

这时，众人的水爆冲击与被切开的两片大旗相撞，嘭的一声，大旗被撞得粉碎，四处的暴风终于凉了下来。

姜望借着月色一看，头顶有玉尺，浑身上下包裹黑色犀甲，果然此人正是司命官。

这次司命官不再追击，他附在剑上展开一面披风掩护，穿过众人的连续水爆夹击朝殷人阵地而去。众人在下面看到他横向穿过冲击时如鬼魂一般，居然悄无声息的就冲过去了，都有些目瞪口呆。

就在众人缠斗司命官之时，邑姜和召氏在司命官头上正要配合袭击，却反而遭到一阵极细的疾风网的袭击。

邑姜身上有玉瑗提前感应震动，数道细细的疾风都被她擦身而过，虽只划破了皮甲，仍令她惊恐不已，因为她只听到耳边嗡嗡声大作，而疾气又细又快，几乎不能辨别出袭击方向来。召氏则因为没有注意，第一击就被射穿心脏，但他忍痛顺着暴风急速坠下地去，总算躲过了大部分的丝丝疾风。邑姜被疾风网缠住了一下，就发觉袭击停了，而一个人影往地下追击下坠的召氏而去。她猜是召氏没有能够躲开袭击，急忙不顾与司命官缠斗，也跟着那个人影下到山坡密林里去了。

而殷人阵中的宓妃和少司命看到半空中的大旗被摧毁之时，就开始指挥士卒后撤。她们又听到刚才的一声巨响，知道这表示司命官已经用了全力，宓妃正着急要去半空中接应他，但接着就看到他飞回军中。三人率军顺着山路往东后撤。

此时夜深，众人从下午开始就被两阵惨败弄得疲惫不堪，也就不便追赶，而众人又听邑姜说召氏似乎被打伤坠下林中去了，都忙着去山坡上找寻。但只找了片刻，召氏就捂着胸口自己从山坡下出来了。而众人看他已经虚弱的说不出话来了，而脸上、身上、腿上都有如针孔般的血印，急忙一起用药草救治。邑姜则说起了自己遇到极细的疾风网阵袭击之事。

"看来飞廉氏操控风力的神力又提升了，"姜望叹道，"司命官也一定还会布阵守在出山的路口上，堵截我们，诸位侯伯世子如果没有办法破阵的话，不如先退回黎国吧！"

"挚壶氏，你从我这习得时辰神术很久了，你可看出此前我军士卒被阵法击中之后浑身汗水是怎么回事？可有破此法之术？"檀括看挚壶氏一直没有出战，有些不满地问。

"我已经久不用时辰术了，因此不知此阵为何会令人昏热、凝聚汗水，"挚壶氏缓缓地说，"不过由此倒是可以看出司命官运用各个时辰怕是已经到了随意消解冲击的地步了，不然也不会连我军最强阵势都不但被化解，还遭到反噬！如果再交战的话，恐怕仍然会遭到同样的败绩。"

众人听了都暗想这是实话，当下更是默然。"如此说来，殷人决意要守住太行山口的话，我们就过不了山了？"姬发开口激励说，他听出挚壶氏的话里有敬佩殷人之意，很不满意地追问。

"确实如此，"姜望说，"除非现在迅速连夜强行出山，才能成事，而进入淇水之后，也要回避司命官的师旅，只击溃司土官和黎人两军就已经是万幸了！"说着，他望向邰伯和檀括，询问他们的看法。

"司命官的辰气运用确实奇妙，何以他借动的戌时之气能激起夏气冲击反噬，使众人化为火焰，我实在是想不透！不过这也是一时之技而已，接下来是人定时分、夙夜时、晚夕时，殷人炼就的十二子气不一定再适合用来扑灭我军夏气冲击了。因此我觉得可照吕侯所说，连夜强行出山！"檀括说。

邰伯则只能点头附和，不敢多言，他这些年引以为傲的节气之法所训练的田阵居然如此不堪一击，实在是有些万念俱灰，因为他一向坚信冲击力强者为胜，不料现在冲击力却变得可以轻易地被转化消除了，这顿时使他一直以来毫不动摇的信念轰然倒塌。现在儿子又重伤未愈，他神情不觉开始变得有些恍惚。

姬发看三位首领都答应了，就下令连夜进军。幸运的是，他们这一路上都没有遇到伏兵了，经过一夜的慢行，终于在凌晨出了太行山，抵达淇水上游。

姬发邰伯大军一路虽然未再遇到阻碍，但他们仍然不敢靠近淇城，怕前面有司命官布下阵法，而只敢就地扎营，布下田阵堵在淇城与太行山出口的必经之路上守候。而邰伯邑姜檀括则率军往北，去堵截赶来淇城合兵的司土官军。司土官听说司命官军大胜，本来要进入淇城与之会合的，但又听得周人一军往北朝天邑商即殷都进发，便急忙掉头朝北去堵截。两军在野地遭遇大战。

此时已经是黄昏，邰伯与檀括军经过半夜奋战，又行军一天一夜，士卒都已经是人困马乏，只能勉强布阵迎敌。不料，冲击甫一发动，就听司土官军阵中一阵低沉的鼓声大作，原来是殷人齐齐打出飞砂，而他们脚踏脚下土石，居然发出了阵阵鼓声巨响。

结果，只第二击，双方冲击之后，余波便被殷人田阵防御住了，居然没有士卒受伤。而此时脚踏地的震动依然，使周人士卒对自己阵中的钟鼓号令居然也充耳不闻，以至于他们的第三击并不整齐，这次的对轰居然不分上下了。

　　邑姜和郤伯、檀括都开始焦躁起来，大声呼喊为士卒鼓劲。但接下来的一击，殷人却换上了弓箭手，随着拉弓的一片尖利的铮铮之声，冲击中带着鬼哭狼嚎似的尖声顿时击破周人冲击，余波刮起的暴风朝周人阵中袭来。

　　殷人的下一击则是连环击，冲击先随着一阵震动土地的鼓噪声而来，又以一阵尖利的拉弓声补上，周人虽然抵住了冲击，前排却有多行士卒下身麻木，头脑却气血爆棚，无法发力。郤伯只好下令退兵，但殷人紧追不舍，即使周人边走边守，阵势虽然未乱，可一路下来，后军士卒仍然有些损失。

　　殷人一路紧追，直到半夜，才由于士卒疲惫不愿意再赶路，退走了。郤伯大军得以连夜逃回太行山口。姜望与姬发商议，既然连司土官的战力都有了改进，再纠缠下去不会有战绩的，便传令告诉郤伯，让他率军先上太行山，撤回黎国前在山路上留下埋伏阵法，姬发军则殿后掩护。

　　此时黎人则已经点起所有兵马，从淇城附近出发，浩浩荡荡的朝太行山口奔来。但由于帝辛亲自下令，让司命官留住黎国百姓和百工，因而犁娄伯只被允许带军粮追击周人。犁娄氏族都对此感到不忿，因为这样一来他们就只能带着军粮与周人背水一战，而没有了百工，就不能再打造宝玉、兵器、盔甲，从而失去了在黎地与周人长期对峙的基础。

　　赢来也随黎人出战，他本来是在司命官军，还在太行山下布阵时偷袭了邑姜和召氏的，并想以此邀功，但司命官以召氏下坠可能并非为他所伤为由，拒绝为他记功。他看着少司命和宓妃的一脸冷漠，想到自己留在这是讨不到好的了，只好又去接近姜菀愉。

　　但是，自在太行山顶一战，姜菀愉隐藏在云雾中，从邑姜郤伯两位强敌手中救下姒疑之后，她与姒疑就和好如初了，此时两人在行军途中牵着手，形影不离，赢来完全找不到亲近她的机会。而风婉则遭到了姒疑的冷落，她本来也参与了太行山顶一战，但她赌气不愿意去天上帮助姒疑迎敌，所以只有姜菀愉因担心过度，独自去救了。结果等两人紧贴着双双归来，她才意识到自己错失了一个让姒疑重新偏爱自己的良机。

　　而就在黎人撤退之后，司命官军居然会神不知鬼不觉的设伏来救，这出乎于犁娄伯、姒疑的意料。面对风婉质问姒疑既然跟少司命有约定，为何还跟姜菀愉亲近时，姒疑只好说自己被姜菀愉舍身从三大高手中救出自己所感动，而决意选定她。

此时风婉又气又急，想她此次来这一趟竟然真的只是来查探战场的吗？她几次想接近姒疑提出让他留住对自己的情意等着自己，却每次都看到姒疑伊耆女两人出双入对，连见缝插针的机会都没有。对此，嬴来则看在眼里多时了，在行军途中，趁她落单时便飞马与她并行。

交谈一会后，嬴来看任女对自己态度缓和下来了，心中甚喜，他仰天长叹说，"我是一心要对付周人啊，黎人弃城退保大商王畿便是我谋划已久的策略！"

"黎人弃城不是伊耆女献计吗？"风婉瞪大眼睛。

"是我为了让伊耆女与犁娄氏世子复合，教与她此策的，可惜世子仍然放着这么好的女子不理！"

"太可恶了！"她随即大声骂道，"伊耆女看似单纯无邪，却怎么能偷取别人的计策自己居功自傲呢，我去帮你揭露她，让姒疑也认清她的为人吧！"

"这怎么行，你千万不能去说，我答应过伊耆女不说出来的！"嬴来一脸惊恐地说。

"嗯，你放心吧，我既会揭露伊耆女，又不会让你为难！"

结果，大军到达太行山出口时，众位首领中已经到处盛传黎人弃城而走非伊耆女之策，而是方氏教与她的，还说方氏为了追求伊耆女才主动献策。"是怎么回事，是任女散布的谣言吗？"姒疑听到谣言，问身边的姜菀愉。

"其实……"姜菀愉紧张地说不出话来，"确实是他教与我的……但其实我没有想接受的……"

"好了，我知道你的，"姒疑在戎车上搂着她说，"这谣言会不会是任女散播出去的，你把此事告诉她了吗？"

"她来找我说要挖出弃城之策的疏漏，之后是她自己猜出来的……"姜菀愉把自己与风婉的对话说了一遍，姒疑听了，却没能发觉风婉的问话里有什么破绽。"总之你不要跟任女多说话，也不要跟她比试谋略，"姒疑叮嘱说，"更不许接近方氏，此人其实与妲己、少司命都有牵扯！"

"好嘛！"

谣言传开以后，风婉就一直在等姒疑过来问她，可是，直到黎人追上姬发大军，姒疑都一直在忙于与雨师妾布阵，没有来找她。这时，嬴来来了，他也是听到谣言而来的，向她问起犁娄氏世子之事，才知道事情不顺。

"不如这次追击周人，我俩一起立功，助世子青睐于你吧！"他望着前方奔走吆喝布阵的士卒说。

此时黎人已经开始对姬发殿后的士卒发出猛烈的冲击，"可周人阵法严谨，就凭我俩，要怎么立功呢？"风婉疑虑地问，嬴来趁势拉住她的手就化一阵狂风送她上天，"随我来！"

虽然有姬发姜望联合发号施令，周人阵法冲击力也强过黎人，但他们因为连败，而又缺乏休息时间，因此不能持久。一个时辰的互相冲击之后，周人已经人困马乏，只能边战，边往山上退却。黎人虽然损失很大，却因为人多，不计伤亡的紧追不舍。空中有姒疑和雨师妾聚起的浓厚翻腾的山雾紧追后撤的周人而去，但被大女丑氏、檀括和麋伯拦住。就在一追一逃直至山腰时，黎人追过去的路上和两侧树木之间突然发出爆炸，不但路上炸开，土石飞溅，就连路旁的树木草木都被炸得粉碎，黎人士卒中被夏气水雾飞石笼罩，顿时大乱。

这夏气爆开自然是埋伏在此许久的宗师以蓄积了夏气的火炭引爆埋在地下的赤玉所致，黎人一直追击周人，没有防备他们的另一支师旅在路旁埋下了蓄积水泡的赤玉，而他们忙于与周人交战，自然也就没有注意到地下的异常气息。最重要的是，犁娄伯根本没有去想周人是否能够以蓄满水泡的宝玉伤人，才有此时的毫无防备。

等黎人恢复阵势时，周人已经退到了被密林遮掩的山路尽头去了。犁娄伯无奈，只得先命千夫长重新排好阵势，他偶然捡起地上爆裂留下的碎玉一看，发现竟然不是伊耆氏那种受激发爆裂的赤玉而是蓄积土草气的三角星形黄玉片！

犁娄伯心中暗暗吃惊：果然周人调和水土草气，已经能凭借元气，使战力发挥到击碎三颗宝玉之力了吗？这么说来，如果周人的田阵打出的石片，每一击都跟自己族人一样，不能击碎一颗宝玉的话，可一布阵，就可能有击碎三玉之力，而根据自己布阵战力只有周人三分之一来推算，周人激发的阵法元气竟然比自己布的阵高出三分之二！而且，若与周氏与姬发等能充分发挥元气的人对攻，自己应该不但要败，还可能连身上宝玉也抵消不了余波而被杀。此时他虽然心中萌生惧怕，但却不能不追击，因为现在趁周人疲惫，如果不追击的话，怕是以后就再也没法收复失地了。于是，他强压怯懦，下令继续追击。

此时嬴来和风婉已经到了周人后军，"我们来此有什么用，这里又没有神力高强的重要首领？"风婉问。

"这可不一定，不过就算没有找到首领，烧毁周人粮草也算功劳！"嬴来说着，就化日光风飞身出去了。此时莘伯和挚壶氏正一前一后的保护粮草，而碻氏、姬高等受伤首领都被送到郜伯军先走了，因此他们并不太警惕。莘伯听到山下爆炸声，知道埋伏的地弓黄玉伏击奏效，就大声呼唤自己的亲信，要让他飞下去看看山下情况如何。

可他话音刚落，就感到半空中下来一阵狂风贴地卷来，不但他脸上立即被风里的沙土草木划伤，还一下就把他身旁的运粮车都掀翻了。他急忙抛出手中玉璧散开为扇形，在草木后蓄积夏气，如层层树林一般，瞬间阻住了狂风。嬴来只在草木中左冲右突，只砰砰砰几声撞碎了几块玉璧，但莘伯却双手不停，不断抛出更多玉璧，阻住了他。

嬴来正要狂暴的化作细细的疾风突出，突然觉得身上被胶黏住了似的，居然手脚兵器粘滞不好举动。就在他一愣神的时候，莘伯挥出金钺洒出树胶把他劈成两半，化作两只胶团包裹着掉在地下。

风婉伏在草丛里看到，只得暗暗叫苦，当即就想先自离去，但想着可以趁这人不注意的时候，留下几颗蚌珠聚光烧毁粮草，也算功劳一件，就又留了下来。

此时挚壶氏应声赶来，"擒住了吗？"他看着被树胶封住的人形问道。

"看你是否认识此人？"莘伯想挚壶氏一族是殷人，可能会认识此人。

挚壶氏上下打量一番，只能摇头，"大概是什么二流宗师吧？"说着就要回运粮队伍的前端去。

"不可这么说，此人刚才掀起的暴风足以摧毁我军半个运粮队伍！而适才如果不是我用的漆树之气有黏胶之效，怕是我十多块玉璧连续撑起的灌木之气都会被他打散！"莘伯严肃地说，示意他留下来。

"我来问他，"挚壶氏以金铎震醒被分成两半的嬴来，然后问他，"你是哪个宗族的？殷人还是黎人？"

此时赢来的宝物这种另一团树胶中，强行冲破树胶一定会因行动缓慢被杀，而听得挚壶氏问话，就只好先维持意识，好与之对话。但他此时却只闭眼发出"唔唔唔"之声，一副说不出话的样子。

挚壶氏便以询问的目光看着莘伯，"可能是漆树之气过于密集，把他的嘴也黏住了！"莘伯说，但迟疑着不敢放开他，特别是看他被山形玉璧紧箍有一会了，却还能发出声音，就更不敢放松神力了。

"先放开罩在他头上的气息吧！"挚壶氏劝道。

此时不放，就显得莘伯胆小了，于是他挥手擦去了罩住赢来人头的树胶。

"哈哈哈哈！"赢来大笑说，"你是哪位宗族首领，居然能阻挡我的风力？"

"我是有莘国君，你是哪个宗族的？"莘伯答道。

"哈哈哈哈！我是杀你莘伯的人！"赢来话音刚落，莘伯就看到那颗人头在尘土化风中一下不见了，压制绑缚的玉璧被大量尘土撞击。而只听到嗡的一声，自己心脏已经被射穿，发出针刺一样的剧痛。他正要聚拢玉璧压制赢来，就看到山形玉璧砰的一下粉碎，接着自己心脏和头顶都是一阵针刺般的剧痛。他急忙驱使玉璧防御，退后了十几步。

但对方速度奇快，莘伯只听到耳边一阵嗡嗡声，自己心脏和头上就已经血流如注，连甲上的漆树粘胶都无法防御，"挚壶氏！"莘伯年老，经不起这样的受伤，附在草木上一边急退，一边大呼。

挚壶氏已经抛出一只金壶抛入半空罩住自己，拦在了莘伯前面。赢来发出的丝丝疾风便逐渐增多，扩大成疾风网，在一阵嗡嗡声中把金壶刺穿。幸好有罩住挚壶氏的水流消散消去冲力，他急忙附身水雾飞走。

赢来不去追他，而是直接来追莘伯，却看到此时附在草丛里飞奔的莘伯身后草木急速闭合，还散发着清香的气息。他挥出狼牙棒发出的丝丝疾风网都对莘伯无效。他只想了一会，就挥舞律管发出几束间阖风。果然，包裹着莘伯的背后防御顿时被间阖风击穿，连他身上也被击穿了几个手指大小的穿孔，扑地倒了。赢来停下来，站在莘伯旁边，欣赏着尸体上被间阖风穿孔冒出的寒气和霜露，抹了一把含在嘴里，顿觉一股凉意直透心底，于是他满意地把尸体收入葫芦，回大路上去了。

风婉在山路上放出聚光点燃粮车，并以火绳引导火势，蔓延出一条长长的火龙来，但接着她就遭到了挚壶氏一阵水流的袭击，不但火势被扑灭，就连她只被水雾侵袭，就觉得浑身无力，从半空掉了下去。

挚壶氏待要举起金壶收了她，却不防嬴来袭来，把金壶射穿，而他本身则因为有水流保护，躲开了袭击。嬴来拉着风婉化作一阵暴风往半空一走，瞬间无影无踪。

姬发姜望赶来，问了挚壶氏战况，而听说莘伯被此二人追击，却到现在都没有能够回来，姬发就知道应是凶多吉少了。他自己的母亲和大夫人都是有莘氏族的人，这使他郁郁不语，而莘伯一直以来都是自己协调渭西诸国利益的出面人，今后少了他，谁能在渭水积蓄足够的威望站在这个位置上呢？但现在不容他多虑，当务之急是回到黎国，站稳脚跟，才能有机会反攻和报仇。幸亏这时姒疑已经因为天晚而放弃以夏气推动云雾攻击，周人得以迅速赶上太行山顶，把在后追击的黎人甩开一段距离，并连夜下山朝黎城奔去。

黎人直到翻过太行山都没能追上周人，只好趁机收复了黎城以东的几个城邑，站住了脚跟。犁娄伯一安定下来，嬴来便让风婉来向他献功，他们约定，把功劳让给风婉，再配合其他办法分开姒疑和伊耆女。

此时妲己虽然很早就得知黎人与司命官军会合，但因为她要等与酒正官和封父氏二师会合，出兵慢了。三师会合，并召集了从东夷赶来的亚丑伯和水庸氏，以及孟津的坊氏从沫城出发时，姬发军为司命官军阻击战败的消息已经传来，她就放弃了相助司命官军的打算，转而南下阻击刚刚合兵的周氏姬鲜二路兵马。周氏渡过滴水之后，便占据了黎国南部的一些城邑，然后才翻越王屋山进入大商王畿。姬鲜虽然因为是沿着河水一路而行，没有大山阻隔，得以更快进入了大商王畿，但他却不与妲己交锋，偏要等与周氏合兵。

双方在雍地紧靠太行山的平野上大战。妲己则虽然隐约觉得自己的阵法怕是在战力上还不如周氏，却因为有封父氏和酒正官二师相助，这些年自己在四海的声望又达到顶峰，不觉有些飘飘然，就也没有细想，直接以自己下属为中军，其他二师为两翼出战了。

果然，与周氏军才交锋十几个回合，妲己军就支撑不住了，之后的每一击，前面几排的士卒都要纷纷倒下一批，遍地是死伤的战马和散架的戎车。

按理说，妲己麾下士卒有她的六刑三赏之术加以约束，潜能能够充分调动，并因互相监督而牵连成为一个整体，可惜的是，妲己、少宗伯等人都不擅长农作之事，因此训练不得法。而周氏军士卒的耕作经验则被钟鼓声充分调动，每一击都有击碎三块宝玉之力，其布阵战力就比妲己阵法高出许多。双方相持半个时辰后，殷人三路崩溃，妲己为了保留辛辛苦苦得来的战力，只得安排耕父殿后，其余宗师则率领人马逃奔。

妲己一行人一路惊慌，唯恐再有伏击，但幸好此去再无人追赶，而坊氏、封父氏等侯伯则退回了大河沿岸自己的封地里，紧闭城门。而这时坊氏又传来了耕父不顾殿后士卒独自奔逃，致使后军全部投降，而他自己则被昆虫氏偷袭致死的消息，妲己等人唏嘘了一阵，一路沿河到达了雍地。

这时，前面迎来了一彪人马，待人马近前，妲己一眼看到前面骑马的正是司命官，她顿时心中一阵发囧，头也不抬地吩咐少宗伯带着人马绕路。司命官急忙飞上前去问候。

妲己看他飞近，更是无地自容。

"王妃你没有受伤吧，战况如何？"司命官在半空中跟着慢行的戎车关切地问。但妲己低头不答，只对少宗伯使了使眼色，然后呼喝士卒继续绕行。少宗伯便留下来，就在半空中告诉了司命官战况，作揖后便匆匆跟着队伍去了。

周氏其实并没有安排人马追击，只是安排檀利收编了被耕父抛弃的妲己中师、后师的降卒，正准备继续往沬城出征，就听到暗探来报，说是一个师的兵马急速朝这边奔来，可能是司命官的人马。

"敢以一个师独自前来救援，应该是司命官的兵马无疑了，据说他在太行山上以诡异的阵法阻击了二哥和邰伯军，三战都不能破解，不如我们也退吧！"周氏与众人商议说。

"怕什么，我的聚魂田阵没有出战，怎能知道不能破解其阵？"姬鲜一向与周氏唱反调，便主张出战。

"我相信姜望邰伯，连他们都没法看穿的阵法变化，我们一定也没法突破！"兹氏说。

"是了，最怕的还是有苏国和泰逢在我们退路上，倘若他们趁机攻占挈城，那就糟糕了！"昆虫氏为了催促周人集中兵力攻伐洛城，也反对姬鲜。

这样，议定结果就是退兵。就在他们行军途中，就接到了暗探宗师来报，说是苏子与泰逢合兵攻取挈地和虞地未果，掉头占据了盂地。众人虽然忧虑士卒疲乏不能再战，但姬鲜最为恼怒，他刚刚夺取的盂地居然就被攻占了，留在当地的一千人马和上千宝玉自然也没了，于是他极力鼓动众人先夺取盂地，再灭掉苏国，以绝自己占据盂地的后患。

两军到了盂地城下，只见整座城邑都被一大片云雾笼罩，而半空中则因聚光而出现一道巨大的光罩，下起笼罩城池，上至消失在夏日高空的强烈日光下。

"泰逢的神力，一年前是能消解田阵冲击的云雨，现在则多了一道聚起日气的光罩了，兹氏、岳氏、少女丑氏，你们去破坏光罩和云雾，其余的人则随我军攻城！"姬鲜下令说，他最熟悉泰逢神力，最有发言权。

周氏便命令麾下的兹氏父女等人按照姬鲜说的去做。两军开始攻城，果然，冲击一触城门，就"嘭"的一声，推动云雾迅速翻腾而上，致使整个城邑上空的乌云都开始层层翻腾，城内开始下起了小雨。周人便停止攻击，等待兹氏等人吹走云雾。兹氏御使司二分的玄鸟鸟魂已经进入了城门前的云雾，使云雾内充满着寒暑气而交汇翻滚；而嬴媒则御使司启的青鸟魂渗入城内的云雾中，以减少云雾。随着云雾遭遇湿冷风大量凝结雨露，大雾开始消散，周人第二击随后而至，果然这次没了城门前的云雾，城门被木刺草泥冲击打坏，岳氏和少女丑氏此时则在一旁催动云散。

周人看到云雾开始消散，城门已经露出来了，放心的发动了第三击，但这一击虽然击穿一道城门，却如同撞上大地，发出一片低沉的隆隆之声，兹氏等人在半空中惊奇地看到城内水雾四处弥漫，似乎沸腾一般，须臾就使得城内又升起一大片云雾，汇聚成大雾笼罩城门，而光罩似乎也有所增强。"必是这光罩日气在催动云雨化成，不除去它，云雾必然生生不息！"兹氏对岳氏和女丑氏借风传音大喊，当然，周氏与姬鲜也听到了。

　　但城内立即冲出两人来，正是苏子和颛臾氏，突然箭如雨上，朝在半空牵引大雾而上的岳氏和女丑氏射去。可他们俩都是御使云气的能人，颛臾氏发出的弩箭根本一碰到云雾就被翻腾收去。两人正在云雾中安然继续牵引云雾而上，突然看到一把绳索钩挠飞了进来，虽然打空，却不但令云雾内迷魂气翻腾弥漫，就连岳氏和女丑氏本身都头皮发辣，感觉魂魄被钩住，要随疾风被拖下去似的。

　　岳氏大叫一声，凝聚云雾成雨滴，就趁周围云雾凝结、摆脱迷魂气的一瞬间，附在头上聚光里，射出云雾走了。而女丑氏则手脚刺痛的连火绳都没法挥动，一挣扎就感觉到周围水雾翻腾的电击。突然一道聚光穿过云雾，罩住女丑氏，日气驱散迷魂气对她的勾魂，把她顺着这道聚光吸出云雾。

　　女丑氏回头一看，她身旁的正是常羲氏立于云外，而柞氏也来了。他们俩是兹氏借风传音提醒之后，被周氏派来熄灭光罩的，正好听到岳氏在云雾里的大叫，就顺手救起了女丑氏。

　　此时柞氏挥舞双斧，大吼的朝发出钩挠、立在云下的苏子劈了下去。虽然相隔较远，苏子仍然感到劲风扑面而来，他不敢硬接，只好躲开，回身就用双刀一拍，铮的一声巨响，把刚劈出劲风的柞氏吓了一跳，随后竟然被震得精神有些恍惚。苏子看柞氏没有还击，大胆地上前以双刀合力打出一道飞玉，与柞氏随即劈出的两道疾风飞斧相撞，铛铛两声巨响，不但柞氏被震得恍惚，就连靠近的魂鸟群都被震散魂魄。

　　当然，苏子本身的蓄气还是比不上柞氏的双斧，如不是他心中有数，劈出之后就闪避，已经被飞斧撞上了。

　　"柞氏，你快与我夫人去高空破解光罩，我来对付这个人！"兹氏大喊。他说着，已经放出了一大群大鹰魂鸟，分散朝苏子和颛臾氏围了上去，嬴媒则御使司二至的伯劳魂气带着寒暑风朝他们俩扑去。但这两人都是凭勾魂摄魄为神力根基的，哪里会怕魂鸟？苏子牵起一群巨大的金铎朝魂鸟群迎击，一阵巨大的当啷振响，把大鹰和伯劳都震动得不停抖动，血雾翻腾的停滞不前；颛臾氏放出的弩箭如雨，使魂鸟群被移入金木，都如同砖块一样嗖嗖射飞。而从伯劳魂鸟的寒暑风则因苏子发动的钩绳击碎魂鸟而分散，朝两边射出去了。他们俩趁机牵起之前被岳氏和女丑氏拉走的乌云，又扯了回来，聚起在城内上空。

但他们俩突然听到昆虫氏一声大喝:"妲己的哥哥在哪里,快出来受死!"

苏子心中暗叹:自己妹妹的严刑峻法作孽啊,中土习俗不同,她怎么能像治理北土一样,对这里的人,而且还是一地之君施以严刑呢?他奋起飞出乌云,立在昆虫氏面前,"昆虫氏,我来降服你!"

昆虫氏此时身上的虫群立即散开,在两人之间嗡嗡飞舞,但他却不上前攻击,但苏子早知他曾用蛛丝线网吸收田阵冲击,就抛出一些金铎,围住虫群 振响。昆虫氏立即收回虫群。但他随即发现布置在他与苏子之间空中的蛛丝线网都随金铎振响发生脱节断裂,别说吸收金铎振动,就连蛛丝线网本身都承受不住震动而断裂。

"昆虫氏,服不服我的刑罚御使术?"苏子大喝说。

昆虫氏此时眼中只认定苏子是妲己哥哥,哪里肯服,待又要放出虫群布下蛛丝线网,突然他们听到颛臾氏在乌云里大叫,让苏子上去帮忙。

苏子抬头一看,原来是兹氏父女布置了鸟群牵起一张巨大的魂网,四下合围住了颛臾氏,要收紧把他捆住在乌云里。苏子知道颛臾氏虽然能移重物于魂网,但这会连他自己也跟着魂网坠下去。他抛下昆虫氏,以大小金铎木铎围住魂网振响,魂网顿时扭曲,散发的气味被震得紊乱,颛臾氏得以用玉圭切断魂网筋线、及时逃出。

兹氏父女急忙又放出一大群斑鸠魂鸟,随着斑鸠的尖利叫声几乎刺破耳膜,鸟群随即又牵动魂网血雾坚挺成形,又复展开朝苏子合围扑去。苏子没想到这斑鸠叫声居然与自己的金铎一样,也有削弱魂气之效,就以长戈把金铎串成一线,振响着朝魂网冲了上去,一下刺穿魂网,接近斑鸠鸟群。斑鸠叫声与金铎振响交响,斑鸠魂鸟立即互相碰撞,叫声也开始减弱,而金铎则因为串成一线,振响声齐,没有紊乱。

兹氏没法,只好又以鸷鸟群的凶猛疾风辅助冲击金铎。

这时在高空,常羲氏、柞氏和女丑氏三人四处寻找,都没能找到定在上空的聚光法宝。

"会不会就是那云层本身?"少女丑氏说,"魃氏既然能用云霞反射聚光,中土为何就没有高人用云霞聚光呢?"

　　三人随即飞近高空，看这一片薄薄的白云，确实是比普通白云要白亮一些，柞氏一挥大斧，刮出一阵疾风，就要把云雾吹走，但这云雾竟然纹丝不动。柞氏兴奋的大喝："就是这个了！"

　　他以斧形、亚形双斧分别劈出两阵疾风，一阵是刚猛的推力，一阵是柔韧的拉扯，顿时把这片薄云撕扯成两半。而被推走的那片云里面突然翻腾起来，还逐渐消失，竟然是在化作一阵湿风，朝三人扑来。

　　三人急忙各自用疾风、火绳和玉鸟引导水雾来还击，但只有柞氏的猛烈疾风把湿风"嘭"的一下推开了，而火绳和玉鸟一碰上湿风，云雾就散发腥味附在两人的法宝上，两人本身也凝结水滴，浑身沉重无力，像石头一样摔了下去。

　　柞氏急忙投出青藤把迅速坠下的两人裹住，送了下去，但突然有一道聚光罩住被青藤裹住的两人，顿时使青藤烧化，而两人身上的水珠也迅速沸腾起来，痛的她们大叫。柞氏则还在云雾附近大吼的乱挥大斧，却找不到发出攻击的人的气息。

　　兹氏听到自己夫人大叫，急忙送出两只大凤魂鸟，一拍翅膀，就到了两人身旁，把她们裹在鸟魂里，沸腾的水滴顿时在大鸟的体内调和。魂鸟把两人送回城外阵地。

　　而此时在城外，周氏看到高空中那片云一散，罩住城内的聚光就消失了，云雾也开始随兹氏布置的魂鸟被送走。周氏与姬鲜急忙命令士卒发起冲击。

　　果然，这一下冲击击破第二道城门，不再撞击出隆隆之声，而门外城内也不再有沸腾的水汽上升为云了。在城内空中与兹氏父女及其魂鸟缠斗的苏子和颛臾氏看到聚光消失，开始慌了，都丢开兹氏父女与昆虫氏，下地去指挥士卒迎战即将破城的周人。

　　周人两连击之后，两道厚重的城门都被洞穿，周人以小田阵法，各自为战涌入城中，与苏子和颛臾氏率领的军队在城门口混战。

　　苏子看涌入城内的周人越来越多，只好命令后军撤走，只留下前军殿后。他麾下士卒用的是小田阵法，因而能灵活进退，不会如妲己军那样受到井田阵将领的统一号令，后军千人得以从西门退走出城。

　　泰逢从高空下来，适才守住高空聚光云霞，拖住常羲氏的正是他，因为反被柞氏纠缠拖住，现在才赶来指挥士卒，但一来就看到苏子率其后军退走。

"苏子，你的士卒战力超过周人，快去消耗他们的兵力！"泰逢借风传音大喊激励。但苏子却不愿意再战，因为他苏国总共只有二师兵力，此次带出一个师若是都葬身于此，他哪里有兵力守住周人进攻。

"众人不要听苏人虚张声势，你们的阵法是最强的！"姬鲜此时也在借风传音鼓励士卒。周人受到激励，击退守在城门口的殷人和苏人前军的合兵，逼得他们往城内退去，随后占据了盂地。泰逢和颛臾氏丢下麾下士卒，只身逃走。周氏与姬鲜等人则入城议事，昆虫氏受到苏子神力欺压，极力主张回虞地和崇地时灭掉苏国。

"我军这些天接连作战，士卒疲惫已极，而从入城作战来看，苏人战力已经接近我师，不可再动干戈！"周氏不顾昆虫氏怒目而视，反对说。

檀利、兹氏等人也赞成周氏说法，姬鲜看众人都要休战，也只好妥协，"可在回去的路上试探攻城！"

但就在周人停驻盂地补充军粮的几天，周氏接到姬发风师传信，让他率军回黎地，管理众多的黎国城邑。周氏越过王屋山回黎地后，姬鲜也沿着王屋山往西回崇地，途经苏国时，他试图攻城，但果然苏人以阵法坚守，城墙城门受到冲击居然纹丝不动，他只得作罢。

任伯之死篇

此时姬发正要开始出征伐黎，不料却爆出了兹氏、柞氏的战法其实是周氏十二玉神术的变体。姬发跟周氏一合计，怕周氏娶的三家联合，就索性立少姒妃为正夫人，对其余两家严加管束。而此时司土官一军已经到了黎地，他们自从一战击退邶氏军以后，声名大震，再加上邮氏吹嘘不断，令司土官雄心爆棚，休整几天，就立即出征了。而邮氏一军则得留在殷都逃避战事。

司命官则接到帝辛赞赏，命他随后出征伐周，要把周人赶出黎地。司命官之前追击周氏与姬鲜军，却还没碰上就被他们撤走了，于是先仍回淇城卫戍。

得知司土官大军已到，而司命官二师已经在路上，姬发忧虑的召集众人商议。众人听了邶伯讲述司土官鼓弦声响彻战场的阵法，都认为不过是以不同的音调分别振响士卒魂魄和身体，使之不能协调而已。

当下就有檀括说可在士卒身上配上金铎，扰乱侵袭士卒身体魂魄的鼓弦振响，而邶伯则说当时不过是因为士卒疲惫，才会这么容易地被乐声消解士卒意志，再战一定能赢。但当姜望等人说起遭遇司命官阵法的诡异时，周氏等人都摇头，都说除非得知其神术由来，不然决不可破。

周氏回到驿馆，桃氏和嬴媒急忙迎上去，都以司命官出战为借口，要出征帮忙。

"其实我们此去北土，确实有所得，我们发现任伯与唐尧国太师有联姻，而任伯之女此时却在犁娄氏军中，与犁娄氏世子牵扯不清，我想只要我们北伐任伯，很可能会牵动黎人派遣部分士卒支援，这不就减少了黎人兵力了！"桃氏说。

"还有，我们还可以袭击箕国，司土官军应该不会坐视不理，这不就又调离了一批人马，任我们分兵击破了吗？"嬴媒补充。

周氏想也许分开黎人或司土官军，独自对付司命官军，胜局会大得多，就答应了。

姬发等人听得桃氏和嬴媒的建议，大都赞同，而在桃氏的软磨硬泡和十二璧之术的允诺下，姜望也答应带兵出征，在周氏军中配合布阵，以加倍冲击应对司土官军。他本来是不愿意北伐的，因为出征任伯其实不过是帮助了甫氏或兹氏父女夺取任伯之地而已，但姬发坚持认为至少可以引动司土官军离开黎地，他便答应了。另外，他觉得也是时候与任伯清算多年前在东夷伏击自己，欺骗未遂的恩怨了。

于是，甫氏兄妹和兹氏父女率领周氏兵马，与姜望的一个师往北土奔袭任伯而去。

甫氏和兹氏大军开始时行动迅速，但出了百里地之后，就开始慢行，这是姜望策略，有意要等待黎人出兵救援，这样就可以不用去北地，只在路上与之决战。

风婉回到驿馆，正好碰上赢来。

"周人奔你们有仍氏领地去了，你听说了吗？"他一进门就说。

风婉正在收拾什物要走，"让开！"她夺门而去，赢来看她气冲冲的，猜她不但知道，还见过姒疑了，于是一路尾随而去。

赢来御风快过风婉，一下就追上了她神力催动的戎马，骑在她身后。

"你想干什么！"风婉焦急的大喊。

"犁娄疑不肯帮你，我来帮你！"赢来从身后抱住她大喊，"你和你父侯都挡不住姜望和周人战阵的！"

风婉被他说中心事，哇的一下哭了出来，"他连派遣人马都不愿意！"她哭诉着说了姒疑拒绝帮助她族人守卫北边领土之事。

"我们劝你父伯逃到大商去吧，反正周人势大，很难阻挡，如果你实在不忿，我就亲自为你杀掉几个宗师，就算报了占地之仇了！"

风婉被说动了，微微颔首点头。赢来高兴地抱住她的身子，开始解开她的腰间束带，"你干什么？"风婉又羞又急地推开他。

"你都答应做我夫人了，还怕羞干嘛？"赢来手上不停，已经御风使她的束带嗖的一下射出去了，快得风婉都还没能反应过来。

"你也不能……"风婉急得大叫，"我父伯提醒过我，婚前不能失贞！"

"别怕，你早晚要做我夫人，何苦自禁欲火呢！"

风婉一急，刚要解脱，却被周身疾风压在马上，不能动弹。

赢来得逞后，他用一阵风把她牵引下马，"先去林子里小食一下，我饿了！"

因为有赢来的疾风，两人一路走得很快，姜望人马还没到达汾水，他们就到了祁邑。这祁邑本来是黎人在北土建的城邑，是向北扩张的据点，也是伊耆氏的故土，但自从周人进逼之后，黎人为了加强南土守卫，把伊耆氏族人口都迁徙到了黎城附近。而自任伯占据甫氏族地之后，姒疑为了讨好风婉、联合任伯，就卖个人情，把祁邑留给了有仍氏族。任伯占据了祁邑及其周围沿着汾水而上的多个城邑，仍然以捕鱼造船为主业，而荒废了甫氏的木植基业。他还仍旧自称东君，以东海来的宗师身份为当地人所膜拜。

风婉一见到自己的父亲，就大声哭诉自己受到姒疑的冷落，可她不敢提及自己在路上的事，也不敢借父伯之手除掉嬴来，毕竟现在大敌当前，嬴来神力还有用。

“女儿，你怎么现在才肯回来，赶快去唐尧国见太师去！”任伯焦急的催促。

“怎么了，父伯？”

“前些天周人中来了甫桃氏，她出使之后，唐尧国就谣言四起，说你至今都仍然逗留在黎人军中，还跟犁娄氏世子关系亲密，唐尧国太师听得消息，当即就要退婚，我劝了一番，他便说要你去自证清白，他才维持婚约，而现在周人来伐，他也不闻不问了！”任伯急切的倾诉说。

风婉一听，整个人都瘫软下来，没想到命运弄人弄得如此凑巧，自己不但失贞，还恰恰耽误了救急族地的唯一援兵！任伯与羲和氏看到她目光呆滞，着急的连声催促，但风婉只喃喃细语，无法回答清楚。

羲和氏则还在劝慰风婉，她哭了好一阵子，才说起是方氏强迫她做的。任伯怒吼一声，就要去杀掉嬴来，却被风婉拦住。

“你们恐怕杀不了他的，他的御风和化风已经细微到丝丝如针了，你们就算侥幸胜过他的疾气，他要走，也拦不住的！”风婉哭诉说，她想起嬴来偷袭莘伯的情景，实在害怕自己一族都遭毒手，只得劝说。

任伯怒气正盛，哪里肯听，已经冲出宫门，直奔外舍，羲和氏急忙带着风婉跟了上去。嬴来此时正在外舍房中小食，突然察觉门外风中有杀气传来，接着就有几只金箭穿过门缝射入，他急忙御风推开。而门被闯开，任伯以一张幕布聚风朝嬴来压来。嬴来冷笑，以一丝疾风把帆幕切成两片，重重地钉在地上和屋顶。这丝疾风继续往帆幕后的任伯切了过去，但激起他两边手臂的双桨盾牌发动，迅速迎上，咻的一声把劲风推至一旁。

任伯正要上前，却听到一阵嗡嗡声大作，他还来不及反应，面前的丝丝疾风就如大网朝自己罩了过去，但他双桨早已在自身面前展开风帆，丝丝疾风打在风帆上立即出现波浪状光亮，急速翻腾散去两边了，如同投入水中的石块一样，使冲击力消散得无影无踪。但扩散的波状风帆也随即打坏了房屋两侧的墙壁。

任伯待要继续发出金箭，却听到方氏已经在门外大叫："任女，我与你刚约做夫妻，你为何要埋伏人来杀我！"

他急忙出门，正看得羲和氏的聚光光束网在门外发动，地上墙上都出现烧焦的斑点，唯独不见方氏踪迹。突然羲和氏停下了御使聚光，站着不动了，她身旁的风婉一声惊叫，也似乎不能举动。嬴来则在她们俩身旁现形。

"任伯，你的夫人女儿在我手上！"他得意的大叫，"而你是抓不住我的！"

"氓隶！放了我家人！"

嬴来手一挥，一丝疾气划过地面，随着尖利的吱吱声，划出一道深不见底的痕迹，"你敢动，你夫人女儿都要如此切开！"他大喝道，虽然刚才任伯挡住他的丝丝疾风却没有受伤令他有些意外，但此时他手中有人质，便不怕了。

"父亲，不要跟他动手，女儿已经跟他相约为夫妻了！"风婉此时大叫。

任伯看女儿出声，又想这方氏疾风的确太过细微，就连自己，若不是事先激起水雾在周身防御，就已经惨遭毒手，"方氏，你虽然与我女儿私自订婚，却为何要毁她清白，我与唐尧国太师联姻，你若要得到她，必须先随我们去劝他放弃婚约！"

"小子来此，正是为了此事！"嬴来恭恭敬敬的作揖说，"不过婚约解除，任伯父可否答应迁徙至东夷呢？"

任伯沉吟半晌，当即就想拒绝，但看到女儿幽幽的眼神，只得软了下来，"好！你把她们放开吧！"

嬴来随即放开了羲和氏、风婉。任伯就让他先去宫外驿馆居住，待他准备好迁徙百姓之后，再与他一起护送百姓去东夷，途经唐尧国则与唐尧国太师解除婚约。看着方氏走后，任伯便带着躲入上宫内室。

"父亲为何要骗他，唐尧国太师已经要与我解除婚约了嘛！"风婉含泪问道。

"太师向挚只是听到谣言，让你去验证清白而已，当然，再与他婚是不可能的了，而这个方氏却又想把我族人口货贿带到东夷去，如今只有先哄骗他，借他神力逼太师交出图法，再反悔把人口货贿带入北地山林！"

正当任伯开始以士卒保护族人撤走，渡过汾水到达唐尧国境内时，姜望军队才刚要渡汾水。甫氏兄妹便要渡河，却被姜望止住。

"任伯得知我们大军压境，如不是退往吕梁山，就是要投靠唐侯，我们其实不必渡河，只要直接朝唐尧国边境进军就好！"

甫氏兄妹都称赞，大军于是调头往北而去，果然，行军不到百里，就有探马来报，说任伯队伍就在前方百里处，已经快接近唐尧国边境了。众人随即加快赶上，不多会就追上了任伯保护百姓撤退的士卒。

而姜望一人已经飞身跟上任伯队伍，"任伯，你我也是旧识了，不如你现在带着族人投降，我们会像兹氏一样给你封地！"他朝队伍大呼。但任伯根本不回答。

"任伯舅，我去袭击这个姜望，看看他是否名副其实！"赢来看到风婉眼神不住地催促自己，而他自己也有心要与强者一拼，就飞身出去了。

"你们先撤，我用阵法殿后！"羲和氏觉得此人似乎只是为了好奇神力，不可以倚靠他来防御周人阵法的袭击，就也飞回去阻击周人了。

姜望看任伯不答，知道东夷人倔强，是不会轻易讨人恩惠的，正要飞回罢手，就突然不自主的被一股感应到的斜风推开。

就在此时，丝丝疾风在姜望身旁大作，但自然已经无虞，而突然一股沉重的风压又在增强，把他逼开。姜望抬头，看到一张系满了五色玉坠的大网压下。他暗叫："飞廉氏，你终于等不及想要擒我了吧！"大网迅速压下，被姜望感应散风，用聚积风气的尖刺朝大网迎击而去，嘭的一声巨响，大网被撞得粉碎，而姜望也退到了几百步之外，自己士卒的阵法范围内。

周人则刚追上任伯队伍，就被羲和氏的聚光日气之阵包围，四周都是耀眼的亮光，但兹氏父女已经乘着大魂鸟飞了过来，这魂鸟身上发出一阵阵的寒风，推开了周围日气阵法的热浪，赢媒则放出一只巨大的丹鸟，魂气一直铺天盖地的扩张，一下就充斥着整片聚光之地。赢媒由此察觉到了羲和氏藏身日光中的位置，她挥手抛出一支羽箭，引动丹鸟体内的冲击魂风朝半空中某处射去，"在那里！"

羲和氏本来藏身日光，无影无形，但因为染上了丹鸟魂气，身上便被一股聚集的血腥气封闭，看上去就像被一股血红色的水雾黏稠裹着一样，此时后退动作缓慢，被羽箭随魂气追击，迅速赶上刺中。她立即感觉四肢如被鸟抓抓住了似的，沉重发冷而难以举动。

空中的常羲氏和大女丑氏各自放出迅疾的水花和火绳，朝被定住半空的羲和氏扑去，"留下羲和氏！"姜望大声说。大女丑氏听得姜望命令，摆动手中火绳，抽散水花尖刺，使这些水花射偏，而羲和氏也随即被火绳捆住，压制了身上法宝。

追击的周人被刺眼的聚光阻住慢行，待走出顺着山路的长长的聚光之阵时，任伯队伍已经出了山谷，进入唐尧国边境了。

"我母亲呢？"风婉看赢来一人飞回，担心地问。

"被擒住了，周人不但有姜望，还有兹氏的大魂鸟，以及甫氏兄妹的日月双璧，夫人日气之阵被破，一瞬间就被他们抓走了。"

"你怎么不杀死一两人镇住他们呢！"风婉着急地问，"你的针丝疾气不是最好袭击的吗？"

"被姜望提前避开了，连我的五色罗网法宝都被他破坏，其余的人我实在更没法应付了！"

"算了，看来方侯已经尽力了，多问无益，还是先来看如何夺得图法吧！"任伯坐在戎车上，面无表情地说。

"可母亲怎么办！"风婉焦急万分，"这次周人不会放过她了！"

"等夺得法宝，我们有了立身之所，才好营救！"

他们到达唐尧国境内，太师向挚已经在此布阵等候多时了。"我族被周人逼迫，愿意带着百姓货贿投降唐尧国，这些货贿百工可尽归太师所有！"任伯一拜说，"婚约也可随太师做主！"

向氏大喜："婚约不忙，任伯的敌人就是我的敌人！我会为你们保管财货人口！"

他们便进大营叙谈，不过一会，就听到传令官来报，周人已到边境，要求交出有仍氏族的人口财货。向氏便让传令官回报，可请周人将官前来议定如何处置财货。

"太师可有把握保住这些人口财货？"任伯问。

"放心，我这里有士卒近万人，又按照我的图法训练，可御使鸟兽草木、耕稼木植之法，就算不敌姜望的加倍冲击，总能使周人损兵折将，使他们得不偿失，只要稍微贿赂一下，他们自会懂得权衡！"向氏自信地说。

周人这边，便由姜望出使，与向氏协议讨回百姓人口。这两天，任伯父女一直在焦急的等待姜望来使，与向氏议事。

"我有一计，不知任伯舅是否肯听？"嬴来说。

"你尽管说！"任伯和风婉都盯着他。

"既然周人派姜望前来，我想不如趁他即将到来之时，夺取图法之后就杀死太师向挚，然后怪罪于姜望，这样既可以吞并唐人兵马，还可省去今后任伯舅与这个太师互相倾轧的麻烦！"

风婉一听，心中大骇，她没想到自己献身的竟然是这样一个心狠手辣之人。

任伯沉吟未决，他虽然很欣赏方氏的计策，但还是担忧情况会突然变化。当然，他知道方氏这样做，自然是怕自己反悔，把人口货贿就此留给唐尧国太师。"不可，姜望毕竟是我故友，我不忍害他，何况惹他恼怒，周人进逼死战，我们如何能逃离去东夷？"

"还是任伯舅有心计，那就等我去路上迎姜望，看他是否也布置了刺杀之人，以防他扰乱我们的谋划！"

"也好，不过一定早回，不可误了大事！"

嬴来此去，却没有去远，只是绕了一圈又回到了大营，他估摸着姜望快到了，就化旗影风进入了太师向挚的营帐，趁他背对，发动了丝丝疾风。不料向氏背后犀甲所刻着的三牢图案随即发光罩住嬴来，丝丝疾风大都在半空刺眼的光芒中射偏，顿时大半消解，部分射偏的冲击打在三牢铜甲上，向氏没有受伤。嬴来心思敏捷，立即以强风封住向氏的行动，再以一丝疾风推动，飞到了他头顶，果然这里的光芒不如他身前身后强烈。

向氏虽然有护甲挡住疾风，他本身却没法跟上嬴来的速度，还没反应过来，就被包裹头颅的强风压制住，并双脚离地，被提到半空，他喉咙被锁，挣扎的说不出话来。

嬴来舒了口气，"交出图法，饶你性命！"他靠近，用小网裹住他的头颅，切断了他头颅与身体之间的气血流动，顿时使他四肢无力，不能激发法宝。

向氏喉咙仍被强风压住，赢来一丝疾气刺穿他心脏，痛得他只能咬牙却发不出声音。"说是不说？"赢来又问。

"哈哈哈……"向氏勉强笑了几声，"原来你才是任女夫婿，其实我已经要与任女解除婚约了，你不必如此相逼，不如我们做个交易，你带着任女回东夷，我再给你图法，但你不能再给任伯！"

"我不但要带走任女，还要带走有仍族人并财货！"

"哈哈哈！"向氏笑得呛了，缓了缓说，"你受骗了！任伯不会让你带着人口财货去东夷的，他早就觊觎我唐尧国人口众多，要在此立足了！"

赢来心头顿时一震，他刚要说话，就看到任伯闯了进来。

"来儿，快逼他说出图法！"任伯低声喝道。

"方氏，你要信我！"向氏声嘶力竭地说。

任伯刚上前，就觉得几丝冬寒穿过他身前的风帆防御，这回没有推起帆布波动，就穿过了自己的头颅和心脏。他张口刚要说话，被赢来随即聚起疾风一击穿透嘴巴，瘫软在地。

"你为何要反而……"

赢来一击击穿他的头颅，让他不能再说话，他不想因为这事来使人质疑自己独断狠辣的行事。这一击的伤口覆盖在了刚才自己以一丝疾风击中的地方，看起来像是夏气炸裂的伤口一样。

向氏在一旁看了，吃惊的说不出话来。

"这下太师可以放心地把图法交给我了吧？"赢来上前对他说。

"你放开我的手，容我来取！"

赢来先卸下他刻有图案的甲胄，再放开他一只手，"别想乱动，我的细微疾风你刚才也看到了！"

向氏缓缓地从葫芦里取出一根金针，对着身后的屏风划开口子，随即就有一叠玉坠丝帛显现，并随金针到了他手上。赢来暗想：原来这图法是被他附在了屏风上，幸好自己刚才用强风封住了他的行动，若是被他靠近屏风，一定会被他取下屏风上的图法挡住袭击，那样的话，自己未必能擒住他。此时向氏刚要趁机稍微展开丝帛，就被嬴来御风吸走了。

"接下来就要拜托你继续与姜望会面了！"嬴来松了禁锢他的强风，只保留渔网裹住他的身体，此时向氏的图法在嬴来手中，嬴来自然不再担心他会再敢叫来士卒抓捕自己。

此时，风婉去找嬴来，没能发现他的踪迹，却在接近姜望和大女丑氏的时候，反而被他们发现了。女丑氏的火绳出手，直指风婉藏身的空中，使她慌忙逃走，却被姜望感应她飞走的聚风用一股迎面的强压堵住。大女丑氏赶上，以火绳捆住，压制了她身上的法宝。

"你是什么人？"姜望近前一看，是个刚成年的小女，却不认识。

"我是太师大人麾下亲信，来迎接吕侯！"

"你如此鬼祟，哪里有迎接之礼，必是另有所图而来打探！"姜望便吩咐大女丑氏收在羊皮袋里，待见过向氏之后才把她放出。

大女丑氏便借着灰蒙蒙的天色藏在小雨里，而姜望则被向氏邀请进入大营。"吕侯凭奇异神术闻名四海，不想今日终得相见！"向氏作揖说。

"任伯可在你这里，为何没有出来相见？"

"任伯正在我大营等候，他与吕侯有些嫌隙，今日便由我来调解！"

但两人刚进入营帐，就看到对面坐着一排手持刀剑的甲士，其中一人怒目圆睁，正是任伯。"姜望，任伯在此，今日便要了却仇怨！"甲士中一人大呼。

话音未落，姜望就看到任伯与这群甲士迎面朝他扑来，砍出的疾风扑面。但姜望已经看出这群甲士神力不高，就侧身让开，大叫："太师，这是怎么回事？"但却不见回答，而这群甲士一扑落空，竟然要围上来贴身肉搏。他顿时觉得任伯弱的奇怪，看立在角落的向氏，正要问起此事，突然任伯和几名未死的甲士朝他射出杀矢。姜望不耐烦的感应杀矢冲击，金钩飞舞，杀矢被回旋，正中任伯等人，把他们胸前射穿，倒在地上。姜望急忙上前查看，只有任伯头上，胸前都被刺穿，血流满地，其余的甲士都只是胸前被杀矢击穿。

"姜望，你为何不让任伯，要下杀手！"向氏大声吼道，声音如雷，恐怕连大营附近的士卒都能听得到，"营外守卫，快带任伯亲信前来！"

"我并没有对他头部攻击，何故有此伤痕，一定是你先下的杀手！"姜望怒吼道。

这时，一群士卒已经涌入大营，带来了几名任伯的亲信，他们一看，立即大哭，向氏即指认是姜望下杀手。姜望怀疑这些人根本不是任伯亲信，就出营帐，叫空中的女丑氏下来，放出捉住的那名女子，要让她去辨认。风婉在羊皮袋里被困着头晕眼花，但听到大营内外人声嘈杂，隐约听到任伯死的说话声，立即精神一振，急忙朝大营内冲去，果然看到一堆任伯侍卫中间躺着被击穿的任伯尸体。她立即扑上去大哭。

"姜望，这是任女，你还要抵赖吗？"向氏大喝道。

姜望与女丑氏互望，都有些不知所措。"任女，我只对你父伯出了很普通的一击，他便被击倒，你要想想，这里连营帐都没有损坏，你父伯哪有那么容易被杀，这必然是向氏事先下的杀手，要嫁祸于我！"

"姜望，我亲眼看到你杀死任伯，为何嫁祸于我，我若要对任伯下手，随时都可以，何必等到现在？"向氏大吼驳斥。

风婉止住哭声，默默地让任伯亲信把尸体抬走，她此刻听到二人辩解，即认定必然是他们俩其中一人下的杀手，但自己势单力弱，无论是谁都没法复仇，只得先离开回到自己族人大营驻地去。而姜望看自己没法自证，只好先提起带走有仍族人口货贿一事，但立即遭到向氏反驳。

"姜望，你既然杀死任伯，就算得到人口货贿，他们有仍族还会服从你吗？"

"事情原委尚未清楚，这要由有仍族人自己判断，你若执意不肯交出人口，就难免一战！"姜望丢下一句，就与女丑氏离开了。

过了两天，周人果然大举进逼，与向氏率领的唐人开战。唐人以图法训练，布置了田阵的中军以稳步推进，并以头戴虎豹面具、手持长矛的士卒一群群的在阵中穿插游走，激发士卒的围猎猛兽之力以集中冲击。

虽然唐人阵法有猛兽之力的聚集之效，却仍然挡不住姜望所指挥的加倍阵法冲击。但是，由于唐人阵中士卒穿的犀甲上都刻着牛伤草、鲇鱼等防御兵刃动植的图案，周人冲击虽然能击倒前排士卒，后面的士卒则由于士卒身体所受冲击都被转移聚集到了牛伤草等图案的坚硬皮甲上，而受伤不重。唐侯在中军监督，看到周人既强悍又能耐久，不到半个时辰，自己麾下族人，就连中军的盔甲上，牛伤草等图案已经开始被一道道的冲击刻画的花掉了。这意味着再对轰下去，伤亡会蔓延至中军，而仅仅为了有仍氏一族人口，这是得不偿失的。于是他大声求和。

两军嘶吼降下雨雾，各自退兵。两天后，风婉等有仍族被向氏送到周营，被迫带着族人和百姓货贿投降了周人。她到了周营后，就借口姜望杀害任伯，要求留在祁邑自立。甫氏和兹氏父女自然反对，他们一致要把羲和氏母女禁锢为奴，多年后再另封一地。姜望知道她们俩现在没有选择，但觉得这是个解除她们对自己的误会的好机会，就召呼她们二人，把自己进入向氏大营后所发生的事情跟她们说了一遍。

"不管你们答应不答应，都要先随军为奴，至于能不能回自己的封地，就要看你们自己了！"姜望故意如此说，自然是想要她们主动与自己化解误会。

姜望走后，羲和氏扶起风婉说："你为何还不信呢，我在渭水两年，姜望的为人我是知道的，他对于故友是决不会轻易下杀手的！"

风婉怒目圆睁，刚要反驳，但想到现在只有自己母女二人伶仃相依，不得不收起怒气，沉默不语。

安顿好有仍族和祁邑人口之后，姜望便与甫氏和姑幕氏商议，出兵绕过唐尧国，往箕侯的封地箕国而去。司土官此时正准备联合黎人往周人所占城邑推进，但得知姜望一军占据祁邑，逼退唐尧国，又朝箕国进军，便急忙要率军北上救援。犁娄伯听说，带着姒疑急忙赶来劝说。

犁娄伯近乎哀求。但司土官和箕侯坚持要带走所有兵马北上。

在座的乐师子延听出司土官和箕侯为了自己封地，更胜于与周人决战，就先有些不满，但他却只是个随军乐师，不好插话辩解。犁娄伯看司土官不愿意妥协，只好让姒疑姜菀愉前去迎司命官一军，要借他的威名劝说司土官。

姒疑二人立即快马赶往太行山，正好在山脚碰上司命官人马。

"只说让乐师子延率军留下即可！"这关系到与周人作战的总兵力，司命官当然要尽力留住司土官军。

"只怕我们黎人的话，司土官和乐师延不肯听！"姒疑便看着少司命说。

"好，就让少司命官与你们同行去劝吧！"

他们追上了已经开拔百里的司土官军。而虽然司土官与箕侯看到少司命到来，却仍然不肯松口留下兵马。

"箕侯司土官！你们虽然自有封地，但既然为大商上卿，就该以诸侯合兵决战为先，怎么能擅自离去，你们这样会为大商百官所不齿的！"少司命突然大喝说。

果然，乐师子延忍不住了，"是了，我这个乐师都知道诸侯需要合兵，才能战胜强敌的道理，箕侯为何如此不明？"

箕侯二人都有些无奈，"我们退走姜望就会回来合兵！"箕侯只得缓和说。

子延听了不屑的就要催马而走。

"就请大史官大人带兵留下！"少司命趁机说。

"两位可准许我率领五千兵马留下？"子延回头说。

"乐师大人虽然深通阵法，却不懂带兵，就留一个师吧！"箕侯说。

虽然有乐师子延的一个师被劝回，但犁娄伯和姒疑还是满脸愁云，因为没有司土官的万人突袭，自己士卒即使撑住周人进攻，也没有足够的兵马趁机围困阻截。而姒疑看少司命似乎没有教与自己星次神力的意思，猜想可能是顾忌男女之情，就让姜菀愉去相邀。

少司命看她不情愿的扭捏极其可爱，竟然忍不住笑出来了，"好吧，我随你去便是！"她不忍心再推辞，随她去了。

在少司命教姒疑神力时，她却看到姜菀愉只躲在林中以树叶遮掩偷看，她又好笑起来，"伊耆女，你若是要看，便留下来学我星辰之法，若不愿学，便可放心离去，我不会把你姒疑哥哥怎样的！"

姜菀愉将信将疑地出来，少司命抿嘴而笑，"我等会就去找你相谈！"她觉得这个思无邪之女值得交朋友，便善意的劝说。姜菀愉听了，做了个鬼脸离去了。

而就在司命官二师即将到达黎地之时，他和宓妃却看到邮氏飞身独自赶来。

"总宰大人此去辛苦，小子有法宝相送，可助你们如虎添翼！"邮氏一脸谄媚，笑呵呵地说。

"农正官大人请说！"

邮氏又转笑容，取出十二颗闪亮有棱角的玉珠拿在手上，"此玉名为天智玉，是我从竹侯那里买到，要损伤需要比普通宝玉多一倍的蓄气，现在我特意交给总宰大人，只祝愿大人能使神力冲击更加提升！"

司命官饶有兴趣地接过一看，只见这有棱玉珠在阳光下五色流转，闪闪耀眼，他随手指向鹑尾方向蓄气，然后对着宓妃取出的一颗玉珠一划，玉珠应声被切成两半。"果然是坚硬无比，"司命官笑着说，"不知大人从何处得来？"

"是我派人千里迢迢从孤竹侯处得到，竹侯原本以此宝为刀笔，在金石上刻画文字之用，因而留有教象之法的蓄气，大人只需自行琢磨修炼，就能炼成最多变化又最强力的法宝！"

"大人为何不多买一些，却恰恰只买了十二颗？"宓妃细心，因为外界只传言司命官神力为十二辰之力，而既然邮氏恰好送来十二颗宝玉，她便怀疑他与竹侯有串通。

"此事我也不知，但竹侯说他恰巧仅有十二颗，但只要大人说话，我可再派人多带此宝回来！"邮氏知道他们看出这种巧合，但只把事情都推给了孤竹国君。

"好！多谢邮氏大人了，我回师之后一定重谢！"司命官故作轻松，立在戎车上就请邮氏返回。

"呃……大人既然得到此宝，擒捉周人宗师恐怕也不在话下，而小子在淇水卫戍，已经久不顾及自己封地，以至于军粮无以为继，不知可否动用留在淇城的黎人货贿呢？"邮氏哪里会放过这么好的敲诈机会。

"不可，现在与周人胜负未分，不能动用那些奖赏军功之邦君的财货人口！"

邮氏看没法相劝，只得妥协，两人讨价还价，最后邮氏只被应允得到维持一个师的鱼粮，恨恨而去。司命官与黎人会师，即拿出玉珠交给少司命，让她去炼制御使星辰气的法宝，少司命拿来一试，果然一下即划开普通宝玉，她欢欣鼓舞不已。

正当她高兴地要炼制这些宝玉时，周人从黎城出兵，正面对黎人大举进攻，迅速攻占了多个城邑，她不得不先放下炼制宝玉之事，先率军出征。可司命官军一到，周人即退入城邑中，各军坚守不出，反而等黎人来攻。黎人以弱攻强，自然损失巨大，就连司命官也因周人有城池阻隔，神力布置无法深入城墙之内而无法攻取。

巨石下的五人篇

登场人物：

姒疑、姜菀愉、少司命、宓妃、子延与邑姜、周氏、柞氏

邑姜、檀括与姒疑姜菀愉、少司命

姬发、虞氏对犁娄伯、少司命

司命官对周氏、郘伯、召氏夫妇、柞氏

正当黎人无计可施之际，姒疑在空中巡逻之时，突然发现一男一女在城郊山头林中迅速移动，似乎在布置阵法，他便急忙叫人去召呼姜菀愉。此时姜菀愉正与少司命在一起谈论神力，她们俩自教与姒疑星辰之法的这几日以来，就开始彼此熟悉了。两人随即一起来围捕。少司命从半空仔细一看，那年轻女子身材窈窕，正以一只闪光的玉瑗在林中挥舞。

"此女是姜望之女、周人太子之妻姜女，我们如果擒住她，周人又没有姜望在此，阵法冲击必然减少大半，城池可破！"少司命兴奋地说。

"要不要请司命官前来？"姒疑说，他听说很多宗师都拿这个太子妃没办法，因而有些不自信。

"我们足够！"少司命自信的说，他们飞身下去，还在两百步之外，少司命就察觉了林中微震散发出来的未时之气，令人头晕目眩。"林中溢满了时辰之气，另一个人必然是檀括！"她低声对两人说，"世子与我突袭，姜菀愉看到他们逃走时再阻截！"

但他们在说话时已经被邑姜与檀括发觉，两人上了树梢，"黎人休走！"邑姜认出姒疑是犁娄氏世子，大呼着迎了上去，但少司命已经射出三支玉圭，往邑姜二人身旁擦过，射进了树林。二人只觉身前火热的夏气扑面，而背后咔嚓声一片，树木被旋风压得粉碎，他们自己则控制不住身体，被身前夏气猛推，身后未时气旋风包围，往身后裹胁而去。

"引动了时辰气，是少司命！"檀括看是头上那位窈窕的女子发出玉圭，立即猜到。他不敢用敲钟再来激发未时气还击，便射出振魂玉圭，要牵引自己破开推力而走。不料，玉圭刚出手，夏气里的巳时分阳气立即划破他手指，"嗷嗷…"他痛的大叫，不但他身上头脑昏重无力，刚射出的玉圭还因阳气猛烈聚集，啪的一声被风压折断，连旁边的邑姜都被午未气的心火逼得后退。

但此时，邑姜已经朝少司命甩出玉瑗，并发动水汽从玉瑗中急速贯入，突破未时气聚积的尘土禁锢，罩住了她和檀括。檀括被水汽笼罩，疼痛顿时减缓，只觉得被一把金钩钩住，急速抛离热浪包围。

邑姜刚以金钩甩出檀括，姒疑的夏气冲击就袭来了。这次擦过她身后，切断了她对玉瑗的牵引。玉瑗虽然破开姒疑冲击，却被少司命身前的旋风减缓抛飞，被姒疑接住。

这边邑姜虽然滑开避过姒疑的夏气冲击，却没能收回玉瑗，只好急速离开。而姒疑冲击又到时，却反而被她感应冲击之风，趁这冲击擦身而过时，附在余风上带着她加速飞走。

檀括刚被金钩抛掷到了前面，就觉得身上犀甲突然禁锢着自己，而眼前一团云雾迅速聚起困住他。他忍着浑身灼伤被皮甲挤压的疼痛，奋起对着云团抛出鼓槌，"咚"的一声打响，未时气的相撞把云朵样的网纱震的炸裂。而他身后的邑姜赶到，两人互相蓄气合力推动，加速飞走。

姒疑刚收起邑姜丢下的玉瑗，就听到姜菀愉在前面大喊"这边！"少司命则已经在前急速追赶。邑姜与少司命等人的元气蓄气上限接近，以至于他们始终没能追上。但追了五里后，邑姜与檀括突然一头扎进山谷密林。

"围住山谷！"追在前面的少司命对姜菀愉和姒疑大喊，她飞过山谷，立在了山坡的半空中守住。但直到姒疑和姜菀愉赶到，分别守住山谷两边，都没有看到两人出来。少司命即展开悬挂玉坠的大旗，蓄积未时气铺天盖地的压向整个山谷。但直到大旗盖住树梢，都不见山谷里面有任何动静。

她有些奇怪的想：我以未时之气加剧他们身上的亥时气与林木的卯时气，应该会立即使他们身上湿热，热风扑出才对，为何完全没有反应，难道他们连身上元气浮动自然发出的亥时气都能封住？

"进密林找吧！"少司命朝对面的姒疑和姜菀愉喊道。这山谷密林虽然深过百丈，却是不过几百步长宽而已，进入一搜寻就能察觉与草木不同的人魂气。

但他们三人刚飞身跳入密林，就觉得周围的树木陡然化作光秃秃的树干，三人都大惊，原来这根本不是树林，而是一片石林，怪不得少司命的神力不起作用！而之前他们所觉察的清香树木之气不过是地上草木所散发出来的。

他们立即各自要飞身出山谷，突然被头顶一股强压压制住，而抬头只看到周围山头上闪现十一把互相以光束连接的发光巨斧，并连接头上的一把巨斧发光。邑姜檀括此时已经飞身跳出石林要走，却看到头上突然多了十几尊巨石——就要朝她们滚落压下了。

邑姜急忙要感应巨石间隙的急速流风顺势而走，却看到山头的巨斧互相有光芒流风循环，把她感应聚起的间隙流风又疏散开去，散在了巨斧之间连系的光束网之中。

"柞氏！"邑姜被强压压制，只得以自身蓄气抵住迅速下坠之力，大声叫道。柞氏此时正在山头巨石后云雾里御使巨斧，却不但对邑姜的叫喊毫不理会，还操控谷外峭壁的十几把巨斧，逐渐推动如山般的巨石滚落。

眼看邑姜他们就要被十几颗巨石砸落，一阵云雾突然在巨石周围升起，发出一股推力把邑姜和檀括托起，巨石迅速压下之力迅速转换为一股朝外飞速流失的流云，把两人吸出山谷。

这流云是因十几块巨石强压而在谷底聚起的反力，因此连定在山头四周的十一块光束连接的巨石都能减缓下落。十一巨石下落减缓，虽然耀眼光束使流云急速散去，却仍然无法阻止流云裹着二人朝谷外流出。

可两人刚要被吸出谷外，就感应到了脑后疾风，他们回头一看，昏暗中少司命远远抛出金梭，要阻止他们出谷，而姒疑也带着姜菀愉，附身爆开的夏气急速射入流云里，他们也要争抢着从缝隙里出去。

邑姜急躁，借流云的急速上升使金梭射偏，撞在巨石上粉碎。这下她头上强压随之增强，把她和檀括两人一起推出流云。邑姜头上玉环感应到强压，及时滑开，但还是晚了。本来十几尊巨石因为与流云的急速外流之力牵制，而减缓了下坠之势，但少司命这一阻拦，巨石已经轰的一阵巨响，封住了山谷。邑姜、檀括和少司命等人只觉强压排山倒海似得往头顶压下，他们毫无抵抗的下坠，只能以蓄气护住身躯，不被碎石砸中。

谷外藏在树梢的魈氏看邑姜与檀括没能随流云出来，巨石就封住了山谷，急忙唤头上云中的柞氏下地。

"太子妃还在里面，你怎么就封住山谷了！"他责问说。

"我哪里能顾得了？我还以为他们已经出来了！"柞氏吼道。

"快掀开一块巨石，放他们出来！"

"已经不行了！"柞氏低头躲闪说，"巨斧一旦放出山石之气，就没法托住巨石了，这么重的巨石，怎么搬得动？"

魈氏待要质问，突然天上一声女子清亮的喊叫"女儿！"接着他们四周茂密的树木都被涌入的一股火热之气包围。

两人正待御使法宝，就立即遭到火热之气的急速渗透，全身顿时火起，他们急忙停止御气，转而延伸元气至前面草丛，附身草木走了。

而他们这才听到挚壶氏在高空大呼提醒"须女到了！"他本来是埋伏在山谷附近预警的，却此时才现身。

空中下来的正是宓妃，她与乐师子延听说少司命等三人一起去袭击城郊的布阵宗师，怕有埋伏，才赶来的。宓妃紧追被她以未时之气驱逐、被迫现形的两人，但才追了一里路，就碰上了前面半空中出现聚集的十二玉璧。

"须女快快投降！"前面半空中郜伯认出是宓妃，大叫说。

宓妃之前呼唤少司命没能听到回应，而看山头上乱石上下，草木零落，猜想一定是经过大战，三人被擒了，此时不追到逃走的二人，哪里肯退？她召呼乐师子延，两人一个在半空，一个贴地飞速来赶两人。但宓妃还是晚了一步，她被飞下来的十一玉包围。周氏此前在与妲己战中被夺去一只火玉，因而只剩下十一玉，此时围住宓妃即齐齐发出强压震击。

但宓妃周身则早已升起一阵尘土迅速扩散，反而包围了十一玉，并越来越多，如蜂群般不停的扰动着，火花四溅。这下强压震颤立即削弱，十一玉不能伤及宓妃。

周氏看神力不能透，急叫"郜伯、柞氏、魄氏！"

郜伯的猛烈夏气冲击已经发动，而柞氏也贴地挥出了双斧。宓妃阻住十一玉之后，驾驭水雾波浪从如雨玉藻处突破，顺手用大网收走了一些因水雾尘土附着而冲击减缓的玉藻。而三道猛烈的冲击已经从十玉两侧贴地而至，不料擦过十玉时也带上了水雾尘土，反而被引导射偏，撞上飞舞的十玉，呼呼呼的几声，被水雾朦胧的光束与疾风木刺玉砂相撞，蓄积杀气的玉斧和蓄积土石气的玉山利刃首先裂口，并升起了大量尘土，弥漫笼罩。

周氏此时已经从半空上前，收回剩下的八玉璧急退。宓妃刚退到半空，就召呼在半空守候的乐师子延一起，朝急退的周氏追去。但周氏已经退入百步之外，大喊"冲击！"宓妃只听地下众人大吼，从灌木丛里显现出一群戎车，而夏气冲击朝自己攻来。原来地上早已埋伏田阵！宓妃只觉劲风刺痛，压迫大大超过十二玉或邰伯柞氏合击的迎面疾风，便不敢再冲上前以神力化解，只能撒出木炭殿后，自己则借疾风推动顺势退走。

木刺冲击撞上一团木炭粉，顿时起火，但这是一个井田的士卒的合力冲击，宓妃的木炭粉点燃的玉粉不过三块巳午未气宝玉所制，如何能挡得住？火焰随着冲击朝四周喷出几丈，大部分木刺毫无减缓的朝宓妃与子延二人背后袭来。

但突然，冲击火焰里迅速发出一阵从宫调到羽调的音调渐高的啸声，一连串的震人心魄，冲击却稍微缓了。但宓妃和子延躲避不迭，还是被火焰冲击的余波穿过，两人身上顿时起火。

宓妃虽然早已用尘土大网包裹二人，凭借子丑二气散开了火焰和木刺，却还是无法止住木刺撞上尘土的刚猛冲力，都被震得吐血。而地上邰伯和柞氏的冲击又至，宓妃此时受到震击，若不是胸前软骨网坠承受冲击，心肺已经破碎，只能勉强全力飞走。子延则挥手抛出五丝木刺，朝冲击挥动迎了上去。冲击震飞五丝木刺，弹出一阵铮铮乐声。不过这次不再是音调渐高，而是因为柞氏双斧分别击出，化作二重奏。周氏跟了上来，心底暗暗喝彩，想司土官军的鼓弦乐阵最近才出现，难道就是这位宗师教的？

而这次冲击的余波也居然被这五丝消去大半，只剩少许余波朝两人刮来。宓妃再次甩出尘土挡住余波，却看到迎面一团云雾发亮，朝他们扑来。宓妃看这云雾亮的耀眼，一边有雾气散出，估计就是之前压制自己的神力、救走邑姜的光罩。

"别攻击了！"她对身旁的子延低声说，随即一边挥剑搅动，一边躲开云雾散发。周氏这时带着八璧与邰伯柞氏急追，"前面的乐官留下姓名，以后若是在战场相遇，我们可以手下留情！"周氏大声说。

但子延没有回答，与宓妃飞走了。众人追了一阵，看不能赶上，就回去了。路上，魂氏看挚壶氏才跟上来，就质问他，"你适才为何没能及时预警，挡住须女？"

"就是！"柞氏也大呼附和说，"挚壶氏，若不是你没能及时传音，我和魂氏哪里会被封住神力，还被打伤？"

"两位大人息怒！"挚壶氏赔笑说，"小臣神力低微，藏在云里没有被须女发现，已经万幸，哪有神力察觉她的行踪！"

柞氏虽然不知道，魂氏却清楚挚壶氏护卫粮草一战，遇到飞廉氏不死一事，那次连莘伯都阵亡，他的神力恐怕还在其之上。但他忍住没有质问下去。

宓妃两人飞出十里地，看身后没有追兵上来，就慢行下来。

"夫人不必着急，少司命官与世子等人不一定被擒，可能只是逃散了！"子延看宓妃一脸愁容，忍不住劝道。

"若是逃散，刚才我们对敌发出了这么大的铮铮之声，也应该赶来相助了！"宓妃悲观地说。

子延知道没法安慰住宓妃，而一下子少了三名将官，这仗恐怕要输了。"再等等吧，看看晚上他们会不会回来！"他还是用乐观的语气说。

"多谢乐师吉言了！"宓妃抬头看着子延一笑，"对了，刚才还要多谢乐师相救，若不是你暗中有乐宝挡住，我二人恐怕已经被那埋伏的周人阵法给击倒了！"

"不必多礼，也是侥幸而已，我这才体会到战场不但有残忍杀戮，还有互助！"子延会心的感叹说。

"我有一问……"宓妃有些迟疑地问道。

"夫人尽管说！"

"我听说柞氏双斧有十二玉之力，不知大人适才为何能以五丝中的五块玉坠合力挡住这双斧与郤伯的合击……"她夫君虽然与子延师出同门，但她却与之来往不多，此时打听神力，自然会自觉有些唐突。

"哦……其实我与司命官既然同门，又早知你们夫妻二人情比金坚，值得艳羡，夫人无需见外！"子延笑着说，"我的五丝既然以木刺配以两块玉坠拉直，但凡遭到冲击，必然弹回振动，因此而能同时激发两块玉坠的合力，加倍防御，这样，五丝其实蕴含了震碎十块宝玉之力！"

"真是妙法！"宓妃喝彩说，"我与夫君宝玉粉蓄气虽然威力巨大，冲击力却没法累再提升，现在被大史族子一言点醒，加倍冲击指日可待，即使姜望都不用怕了！"

"你们夫妇二人御使十二辰之气，难道还是没能突破时辰之间蓄气耗散的缺陷，不能达到击碎一块宝玉之力？"

宓妃点点头，"不过请恕我不能透露更多，现在我家的神术是大商支柱，不能轻易相告！"

子延点头表示理解，"夫人是否还在担心周氏的呼号，怕我被他劝降，投向周人吗？"

宓妃便看着他。

"放心，我虽然只是个不太理政事的乐师，但我大史官一族也世代受到大商册命，是懂得国族为大之理的，实在不敢投向异族！"子延说。

"好，我们这就赶紧回大营去吧！"她又担心起女儿来。

此时在山谷下，少司命在下坠时以蓄气击碎巨石底部，才得了个容身之处，而没有被巨石碾压。她蜷缩在地上，又持玉圭发动蓄气慢慢捣碎周围石壁，总算能摸着漆黑一片站起身来，接着她又以一根油绳指住巨石缝隙方向的风，再以玉圭指住发出短促的冲击，立即引燃油绳，照亮了容身的石窟。这时从巨石另一边传来了碎石声和姜菀愉的呼喊声，他们三人坠落时，少司命特意飞近了姒疑和姜菀愉，因而彼此相距不远，一呼唤就能听见。少司命以蓄气击碎了不到一丈的石壁，两边就打通了。

"褆妹妹还好吧！"姜菀愉急忙上前拉着少司命说。

"还好，有我们三人在此，就好出去了！"少司命笑着说。

"但我记得这山谷峭壁应该不下于百丈，要打通的话，凭我们三人身上宝玉似乎还不够！"姒疑皱眉说，"可这里草木又少，单凭宝玉根本无法展开蓄气破石！"

"我教你的借力星辰之法现在可以用了，待我们用完草木之后，只要以玉圭指住巨石缝隙，就可以一直补充蓄气！"少司命说着即以一把玉尺定在半空，指住鹑尾星次方向的巨石缝隙，开始冲击击碎他们头顶的石块。

"那我也可以帮忙吗，我也有丝织术蓄气的宝玉！"姜菀愉欣喜地握着少司命的手说。

"你的姒疑哥哥已经懂得了借力星辰，才不会太费力，你既然以只会丝织法，自然不能借力十二度！"

"哦……"姜菀愉嘟着嘴说，"可为何我的宝玉就不能借力星辰呢，夜空中很亮的星星这么多，只要指住一颗不就可以借力了嘛！我看天顶那几颗如织纤之人的星星就很好看！"

"像织布、像牛马的星星组合很多，但一定要懂得岁星在十二年间轮回一周天所划分的十二度，才能通过那些星星的方位借风或炼宝物！"少司命怪她天真，一边附耳探听石壁上的动静，一边漫不经心地答道。

"那几颗如织布人的星星现在不就是落在了鹑尾度之内嘛，为何不能用来辨识十二度之气嘛？"姜菀愉扯着少司命追问说。

"唉，你别烦我，去找你姒疑哥哥去！"少司命此时正绕着石壁静听里面传来的声响，不耐烦地说。

姜菀愉不高兴地丢开握着少司命的手，跑去找姒疑，"你看现在天顶那几颗亮亮的星看上去像不像织纤之人嘛！"她拖着他的手倔强地说，"只要我以丝织术炼制的宝玉凝神指住星辰，难道不能使我的宝玉蓄积石缝的风气嘛？"

"其实我也在考虑这个问题，"姒疑思索着说，"借力星辰不过也是为了借力石缝里的夏风而已，指住十二度之一其实不过是用来准确分辨方向，而让蓄积的夏气更加集中，而不至于还没蓄起来就受干扰，消散而已，这其实与我蓄积草木之气时顺着草木生长的方向炼制草藤是一个道理！"

姜菀愉高兴地蹦了起来，"褨妹妹，你听到了吗？"她往少司命这边喊着，"我姒疑哥哥都说我能行了！"

"你能行吗？别忘了你只能辨识丝织之星的方位，但只指住这一个方位是没用的，你也不可能马上就再懂得其余星辰方位吧？"

"少司命说的是了，你要么借助丝织星辰辩位，要么御使自己的丝织术元气，是不可能指住星辰发动你的元气的！"

"我就要这样！"姜菀愉赌气地说，她取出玉飞梭定在半空，指住天顶方向，然后以葫芦里的细丝不断缠绕其上，凝神对着空中几颗织女星的位置念咒，过了一会，她又调整飞梭的方向对准少司命开凿的缝隙，不到一顿饭工夫，她就起身，"炼制好了！"

　　姒疑此时正在以蓄气冲击头顶巨石，而少司命则在对着一处石壁蓄气冲击，他们俩惊讶地看着姜菀愉。她挥手召呼二人近前，以飞梭丝线感应石缝之风，蓄气对着头顶石壁发动金砂一击，"砰"的一声，碎石如雨掉落。二人在一旁只觉得一阵凄风过去，然后又换作一阵夏气的热风四散刮过。

　　"确实是夏气的炸裂之风，但之前的凄风是什么？"姒疑问道。

　　"是飞梭之气带起的凉爽风，既然我元气御使的是丝织气，自然先有元气护体，而指住星辰，感应夏气对我元气护体的侵袭方位，也就有了飞梭发动的护体之风了啦！"

　　少司命此时觉察那炸裂之风的四散力度，确实不是普通的四时之气，而有着一年十二分的集中力，这才相信姜菀愉所说非虚，禁不住瞪大眼睛望着她。

　　"这么说你这一击同时蓄积二气，可一下击碎二玉了？"姒疑惊喜地问。

　　"嗯！等一下一试宝玉看是否炸裂便知！"

　　"想不到你竟然这么快就领悟，不但炼制好法宝，还达至了蓄气击碎宝玉的上限……"姒疑喃喃地看着姜菀愉说，像是第一天认识她似的。

　　"这点神术算什么，你未来夫人可是伊耆氏后裔，你可要好好珍惜我哦！"姜菀愉噘着嘴，贴着他扬了扬手中宝玉说。

　　姒疑一把把她抱在怀里，"我一直以为你老是在修炼上、在政事上都不尽心，看来是我错了！"他想到就是眼前这个自己时常看轻的宅家女竟然先于犁娄氏一族练成一击碎玉的神力，而自己反而还不能练成，心中的惭愧窘迫便不断涌起。

　　"我是不想去做不愿意做的事嘛！"姜菀愉噘着嘴说，享受着姒疑的拥抱，"你知道我刚才凝神炼制法宝为何会这么快吗？"

　　"难道是在想有我在你身边？"姒疑对她脸上吹气，逗趣说。

　　"才不是呢！"姜菀愉翘起嘴唇，"你真不要脸！"

　　"那你想的是别的男人？"

　　"真不正经！"姜菀愉拍了一下他说，"我炼制法宝之前，把那形似织纤的星星想成我了，而把河汉西边那三颗星辰想成牵牛犁田的你了，而我们就这样对望着，不知道何时才能合为一家……"姜菀愉幽幽地说，"一想到这些，我就逼自己静下心来，决意要提升神力！"

　　姒疑听了，知道她在忧心周人进逼，可能会国破族迁的事，而这动乱一起，就算提升了神术，也不知能否来得及用上。他一想这些，便也沉默了，洞窟中突然静默。少司命此时已经躲在一边去了，但她却不由自主地停下了击碎石壁，而在凝神听这二人的情话，以至于静默的有些尴尬。

　　姒疑察觉少司命停下击碎石壁的沉静，急忙转移话题，"我们赶快先把身上带的宝玉尽力用掉吧！"他松开拥抱说，"对了，既然你可以金梭感应星辰的方位，那我是不是也可以把我的鼻环绕绳感应星辰方位，调和天地气冲撞鼻环而产生的护身元气呢？"

　　"是啦是啦！"姜菀愉蹦起来高兴地说，"就指着那三颗形似牵牛人的星辰吧！"她刚说完，就觉得有些脸红。

　　姒疑当然知道她在想什么，"我们等下就都指着星辰一起多炼制些宝玉吧！"

　　"嗯！"姜菀愉使劲地点头。

　　姒疑听到碎石声又响起了，便朝少司命回过头来，"对了，少司命大人，你为何一直要去击碎那边的石壁，这不是浪费蓄气吗？"他不解地问道。

　　少司命听了又好气又好笑，想你们俩甜蜜了这么久，这才想到要问问我在干什么了吗？"你们继续谈啊，不要停，我去别的地方看看！"

　　邑姜坠下山谷后，也击碎巨石得了一隅藏身。

　　"檀伯，你在附近吗？"她大声喊道，却不敢借风传音，怕少司命等人也在附近。

　　"我在这边！"邑姜听到了他的回答，但声音有些小，估摸着有几十步的相距。她立即开始朝声音传来方向击碎石块，用掉了十几块宝玉之后，终于击穿石壁，找到了檀括，他正半躺着用随身牛伤草为自己疗伤呢。

　　"你这是什么伤？"

　　"之前一战我一凝神激发神力，脑中就火起，现在一凝神激发神力就震颤不止，而眼睛也模糊了！"他有气无力地说。

　　邑姜看他蜷缩在石缝里，想必是用尽了凝神才勉强发动了一次冲击把头上的巨石打碎，得了个容身之所。"幸好有巨石阻隔，少司命他们不能击穿石壁过来，不然再对峙，我真的是没法看穿她的诡异神力了！"她感叹说。

"我记得少司命当时玉圭所释放的是蕴含未时之气的夏气冲击，只是不知她是如何让这未时气御使我聚在林中的未时气，反而断我们退路的，"檀括思索着低声说，"而为何我一激发神力，就会被夏气里的巳时气侵蚀呢？"

"现在想这些有什么用啊，这巨石有两百丈之高，我们哪里有足够的蓄气击穿石壁出去呢！"邑姜失神的叹道。

"嗯！"邑姜笑着拍了拍他说，"你先想着，我用宝玉击碎巨石开口，总不能坐着等死吧！"

"嗯！"邑姜笑着拍了拍他说，"你先想着，我用蓄气击碎巨石，总不能坐着等死吧！"

邑姜花了半个时辰，几乎快用尽了身上所携带的两百颗宝玉了，才不过击穿了几十丈的巨石而已。可就在这时，他们俩突然听到了一侧的石壁传来了巨石的碎裂声。"少司命！"他们俩人惊恐的互望说。

"别在浪费蓄气了，先对付少司命要紧！"檀括挣扎着站起来说。

"你跟我来！"邑姜抛出一颗宝玉定在石壁地上草木中，然后拉起檀括飞身上了她在头顶开出的隧道。

石壁另一边，姒疑正以宝玉开路。"怎么没有碎石声了，难道他们已经打通巨石了？"姜菀愉问。

"小声点！"姒疑说，"他们一定是埋伏起来了，等下一定会以夏气蓄气袭击我们，我来拦住化解他们的袭击！"他回头转向少司命说。

"果真不用我在前，消去夏气冲击吗？"

"还是我来吧，我能分离夏气的侵袭，还能使冲击转向！"姒疑想到身后这两位大美人，觉得这种纯粹力量对拼应该由自己来扛。

果然，姒疑一击破最后的障壁，只看到眼前一道闪光，地上"嘭"的一声巨响，夏气爆开的炸裂震得石壁砰砰砰的碎裂，碎石飞溅。但四射的夏气冲击撞上姒疑在身前挥舞的多支玉圭，虽然水土草三气侵袭被消解，飞石却竟然没有被偏转飞射，而是打断玉圭继续朝他身上袭来。

这隧道内避无可避，姒疑只能以身体承受爆炸的四射飞石。但他只觉被一阵水汽笼罩，似乎减缓了飞石的撞击力，而使冲击随水花朝隧道壁散去。一阵冲击过后，他才发觉自己身上被插上了细针，而自己血气正被细针吸取急速外泄，他顿时瘫倒。

水雾是少司命布置的，其中还有丝织网纱则是姜菀愉发动的。少司命已经飞身跨入了邑姜与檀括的藏身处，留下姜菀愉惊呼的在身后扶起瘫倒的姒疑，急忙拔去细针。

少司命不见邑姜他们人影和魂气，便以一面大旗裹住一团水雾朝巨石底部开出的隧道口扔出。果然，隧道口随即发出一声巨响，夏气冲击一下击碎了大旗，炸裂的冲击使窄小的石窟乱石飞溅。但少司命身前有水雾阻拦，裹着碎石的冲击立即转换成热流，水雾顿时沸腾起来，剩余冲击则被她高速转动身子。湿滑的皮袍把缓冲的石子散在了四周，使石壁哗哗的剥落。接着就是一片静默，少司命试探地从隧道口往上望，不能看到光亮，估计是他们没能打通巨石。

"姜女，快出来投降吧，你那些能炸裂的宝玉已经用光了吧！"她对着隧道大喊，却不见回音。一定是想等我上去，然后躲在隧道一侧洞窟内，再次袭击了，她想。

少司命连忙附在隧道口石壁上倾听，果然顺着石壁发觉了魂气浮动的位置，"以为不出来就没事了吗？"她大声恐吓道，然后以玉圭对准魂气位置猛地一击。石壁碎开，而隧道里面立即传来呻吟声。

少司命把玉圭定在石壁上，并散发禁锢元气激发的魂气，自己则飞身沿着隧道而上，果然在石壁上发现一处洞窟，黑洞洞的里面热浪四溢，且传来喘气声。可她刚要进入，就觉得动作受到风压阻滞，无法举动，幸好她反应迅速，已经一只手攀住了隧道口岩石。

"你们已经被我禁住神力，不能施法了，何苦挣扎呢？"少司命惊疑他们怎么还有神力阻止自己，又没法看穿这种神力，只好恐吓说，她虽然攀着岩石，却仍然没法进一步举动，就连攀岩的手指也难以有太大动作。

"你进的来就试试！"邑姜喘着气说。

"我要杀你们还需要进去吗？"这时玉圭就在少司命攀附岩石的手上，她不需要太大举动就可以朝洞窟里面冲击。果然，一阵碎石飞入，里面立即传来檀括的闷哼。少司命想大概只是刺中了檀括，姜女则是躲开了。

"你们打算就这样被折磨致死吗？"少司命手上不停，连接朝石窟里弹出数道碎石，但只听到檀括的闷哼，而姜女则只有喘气声。

"好了，我们投降了！"邑姜大叫一声，"你停手吧！"

只见洞窟里面飞出檀括来，少司命急忙弹出杀矢射中他，竟发出蹡的一声金属碰撞，他身上皮甲的铜皮即陷入皮肉。檀括顿觉身上僵硬，随即失去知觉，顺着隧道坠了下去。而邑姜已经趁机缩身在玉瑗后面，避开少司命的攻击之势冲出了洞口。少司命正待挥剑，却受到风压阻滞不能举动，而邑姜已经趁机绕至她身后以头上玉环刺入了她的头部，却被少司命双手顶住。

"你又不能施法，用宝物对准我又有什么用？"少司命攀在半空，手脚却前后左右都受到风压阻滞不能大动，只有脑后的辫子被风吹得晃来晃去，现在双手顶住了玉环，也不能取出身上其余法宝伤邑姜。

邑姜却只能在少司命身后逼住她，至于神力，只要稍微一凝神，就觉得要被聚在两人周围的卯时震击集在头部，使脑仁都因震颤侵蚀而丧失知觉，因此完全不敢过于激发法宝，而只能勉强维持玉瑗感应少司命举动，封住她身体举动，"你信不信我不激起身上蓄气也可以划开你的头！"她双手紧紧用力，威胁说。

"你敢用狠劲吗？"少司命话音未落，已经松开神力，呼的带着邑姜坠下隧道，掉入了姒疑和姜菀愉所在的洞窟。邑姜不能施法，只得被她带着掉了下去，"你再动我就划开你头了！"她在急速坠落中失去平衡，惊慌说。

但坠地的瞬间，她们就被守在隧道口的姜菀愉和姒疑看到了。姜菀愉刚要施法，就觉得自己手脚一动就会被疾风压住，往前往后都是如此，"呀！我这是被封住了吗？"她着急的大叫，作出挥动丝团的手势却变得无力了。

她身旁的姒疑也被封住，但他随即就懂得破解之法了，随着他抖动定在他身后地上的鼻环，大石被掀动滚落，发出一连串的炸裂声。这下他得以突破邑姜的玉瑗感应的气流聚积，飞身绕至她身后，以鼻环箍住了她的头部，顿时使她觉得身体沉重，委顿在地。

少司命觉得身子松开，缓了口气，满意的紧握了一下姒疑的手臂，让他和姜菀愉把两人送到他们自己的洞窟去。待把两人送到后，她便开始搜去两人身上的法宝。

"你快把檀伯救醒！"邑姜对少司命呵斥道。

"这些就是你用来施以加倍冲击的宝物吗？"少司命提着从她身上搜下来的玉瑷和玉环说，"但你能滑开你自己都没能反应的冲击，这用的又是什么宝物？"

"你会告诉我你伏击我们的阵法是怎么用的吗？"邑姜冷笑说。

"你不说的话，这个檀氏就要死在你面前了！"

"你杀吧，就算我不能为他报仇，我夫君也会为他报仇的！"

"你这个女子，容颜看上去让人觉得舒服，却没想到如此没人性，连臣属要死了都还这么硬气！"姜菀愉此时正在给妣疑疗伤，她看着皮甲下四处被夏气炸裂弄得皮开肉绽，心疼不已，这时听到邑姜硬撑拒绝，忍不住呵斥。

"你懂什么，檀伯若是为此战而牺牲也值，你们黎人就是因为过于放纵家臣，不思进取，不能革旧田赋，不能严行禁酒令，才会导致今日被我们逼迫！"邑姜义正言辞说。

妣疑听了霍然站起，"照你这么说，你入侵我黎国反而是在帮助我们喽！"他说着，一晃闪到了邑姜身边，少司命也只得先闪在一旁。

"当然！"邑姜正色说，"倘若你们黎国跟我族一样，减少田赋而严令禁酒，并定期在田里举行籍礼，使士卒遵奉自己的主君，哪里会有阵法完败于我军的窘境！"

"你！"妣疑居然一时说不上话来，"这么说你杀我黎人士卒的那些仇怨也可以放弃了吗？"

"当然应该如此，"邑姜高声说，"那是你们顽抗的教训，也是激励你们革旧田制的马鞭！"

妣疑再也忍不住了，一巴掌打在邑姜脸上，她此时被鼻环压制，刚借神力使身子后移，就被鼻环锁链牵扯，锁链钉在地下发出一声闷响，而她则仍旧没法移动。这一巴掌打在她脸上，嘴角顿时流血。"我现在就杀了你，为死去的两万黎人士卒报仇！"妣疑擎出镰刀，就要往她脖子上砍下。但看到她闭目待死，双眉紧蹙的娇容上一道泪痕划过，他不禁想起了以前攻入虞地时，周氏之妻面对他的威胁，也是一副既惊恐又不可侵犯的圣洁容颜。而眼前的周人太子之妻则少了一份惊恐，多了一份坚定。可能她是在周人的说教下，才变得有些是非不分的吧，他这样想着，举起的镰刀便放了下来。

"怎么又不动手了？"少司命在一旁冷笑说，"是看她美貌，要留她做二夫人吗？"她不太相信之前他与姜菀愉的缠绵情话能维持多久，因此话里带着讥刺。

姜菀愉听了，急忙跑了上来，不住的拉扯姒疑。

"她现在只是一个弱女子，不杀也罢，她原本是申戎，那番话应该是受周人蛊惑的吧！"他拍了拍身旁的姜菀愉，向她解释说。

"我并非受人蛊惑，我是真的认为你们黎人实在太守旧不思进取了！"邑姜吐掉嘴里的鲜血，轻蔑地说。

"世子，你听到没？"少司命继续冷笑。

姒疑第一次听到有人说他不思进取，只得有些无奈地笑笑，姜菀愉则在一旁一个劲地拉扯他。

"你来杀吧，我不杀没了神力的女子！"姒疑把镰刀丢给姜菀愉，走开了。

姜菀愉握着镰刀，紧张不已，"你还是自尽吧，你看你既伤了我姒疑哥哥，又对自己下属那么的残忍，还说了这些不义的话，你活着不是害人吗？"她有些不敢看邑姜怒目而视的眼神，站着不动说。

"哈哈哈！"邑姜大笑说，"小女孩，你怎么会来战场呢？这里可不是谈情说爱的地方哦！"

姜菀愉脸上发囧地跑开了。

"你们两人真的是一个比一个软弱！"少司命走过来，一剑插入檀括大腿，从上面挖下一块肉下来，拿到邑姜面前。

"不要！"邑姜声嘶力竭的大喊，泪水模糊了脸颊。少司命把血肉扔在她脸上，顿时染红双颊，"你再不说出神力由来，我就要割下一块肉了哦！"

姜菀愉捂着脸不敢看，就连姒疑都有些不忍，因为这种类似战俘献祭的血腥场面已经是百年前的事了，而且都是为了威服吃生肉、饮生血的蛮族。而现在只有为了惩戒反抗的战俘才会动用肉刑，没想到少司命一脸极致的美貌，却丝毫不犹豫地做出这样的事来了。

少司命又切下檀括第二块肉，他本来遭到重击，铜泡陷入肌肤，又被卯辰气镇住神力太久，陷入昏迷，但此时因为血气流失，卯时气减少，竟然从昏迷中被痛醒了，大声叫唤。邑姜听到惨叫，实在忍不住了，"我说，你别再这样了！"她哭诉道，"玉环玉瑗本身都有你说的加倍冲力的神力！"

"但我看你刚才似乎在用神力躲开世子的一巴掌，你身上甲胄也有法器吧？"

"是犀甲上的铜泡……"

"这些玉瑗和铜泡是怎么炼制的？"

"你还是杀了我吧，别动他就好！"邑姜目光呆滞。

"这周人女子并不像传闻的那么野蛮，反而有些人情味，相比之下……"姜菀愉小声对姒疑说，姒疑看邑姜脸上血泪模糊，也有些不忍。

"既然你为我们所获，折磨是免不了的，不如告诉我们周人阵法是如何蓄满元气的吧？"姒疑走近邑姜说，"这不是你申吕二家的奥秘，应该可以告知吧？"

"我刚才不是告诉你了吗？"邑姜轻蔑地说，"只要你们黎人降服，我们会教你们如何减轻田赋，如何举行籍礼，你们也就可有一击碎三玉之阵了！"

姒疑既愠怒又尴尬，但他此时却不得不认为周人的籍田礼确实做的比河东各族好，不但族人团结，各个兄弟宗族师旅也配合的好些，而不会如自己犁娄族这样，只想着依靠殷人、妲己、司土官等族。他父伯曾想过要模仿姜望布置战车幔革来加倍田阵战力，却连足够的皮革也收集不到，而即使如此，也从未想过壮大自身兄弟族。这可能就是这个太子妃所说的不思进取了。当然，现在反省似乎已经晚了，因为周人兵马临城，应该是不会让他们这些宗族首领主持革旧田制，重新变强大的。

"这个姜女其实说得不错，我们表明归附不就不用争斗了嘛？"姜菀愉拉着他问。

"别胡说！"姒疑立即正色说，"只要我们投降，我们这些大宗望族一定会被奴役！"他又转向身旁的少司命，"少司命，你这一时是不能使她屈服的，不如把她带回去为奴，慢慢逼问吧，这才是我中土诸邦都认可的做法！"他此时不愿意与周人结下深仇，而留下这位太子妃还可作为最后威胁周人的人质。

"是啊，是啊，妹妹不能如此狠心啊！"姜菀愉颤抖地说。

"好吧，先听你们的！"少司命收起了宝剑，"你们赶快各自去炼制法器，打通隧道吧，明日一定要出去了！"

"快给他止血！"邑姜大喊道。

姜菀愉急忙跑过去，用白药止住了血，又从葫芦里拿出丹木果为他补充血气，然后再激起自己的元气，充入檀括身上内衣里，以煮丝术的温软热气为他排除残留的气息侵袭。

"你还好吧！"邑姜一走动，就被定阵鼻环牵扯得身体撕扯，只得站在原地，关切地问檀括。

"多谢太子妃关心，我会撑下去的！"他此时双眼模糊，看不清四周的状况，只能颤声回应。

姒疑开始收集草藤宝玉，进隧道里，而姜菀愉则在隧道外继续炼制能借力星辰和玉梭的宝玉，三人打算轮换着冲击巨石。众人都安静下来，唯有一声声的撞击声和碎石声从隧道里传出来。少司命嫌这声音太吵，就在隧道口挂上几根木梆，撞击声陡然消失，洞窟内只传来几根木梆互相敲击的闷响。

邑姜心中暗想：这木梆大概也是司命官御使、转换时辰气的法宝了，不然何以碎石发出的声响震动被转换成了木梆敲响呢？她看少司命此时取下自己耳挂上闪闪发亮的三颗宝玉，一颗被热气环绕，一颗以绳墨缠绕，一颗指着头顶方向定在半空蓄气，然后她便坐在一旁念动咒语，不一会，三颗闪闪的宝玉之间就有火焰晃动，并沿着绳墨蔓延。

既然在念动咒语，她自然是在炼制法宝，邑姜兴奋地想，而这应该就是司命官阵法化夏气冲击为火焰，并消解冲击的来由了。只是，她只能察觉那指着头顶方向的宝玉应该是在蓄积夏气，其余两颗却不知是何种气息，而少司命念动咒语声音小，木梆声响又不断，使她难以听清咒语是什么内容。但她想这些人总要睡觉吧。到时候少司命一定会趁另两人睡着而炼制法宝的，那时没有了木梆之声，她就好静听咒语了！

等轮到少司命去隧道口击碎巨石时，姒疑姜菀愉二人则开始讨论炼制以田阵定阵宝玉借力星辰之事，由于他们俩议论声音很大，姒疑就要过来，打算用草枝插入她的耳朵，不让她听到声音。

"不要碰我！"邑姜喝道，"我有一击碎玉的神力，怎会在意你们那战力不到我三分之一的星辰之法？"

姒疑听了这话，更是愠怒，虽然他知道邑姜说的是实话，却不由得更想封住她，当下立即把她双耳插入草枝。邑姜被草枝封住，声响被蓄气阻断，到她耳边只剩下一阵沙沙的草木声。她懊悔不已，如果好言相劝，也许就不会被封住耳朵了，而这下她可再也没有机会听清少司命的咒语了。

魂氏一回黎城，就向姬发报告邑姜与檀括被困一事。

"我不是让你事先在山谷口布置神术了吗？"姬发说。

"主君息怒，小臣确实在谷底布置了云雾，巨石压下时也阻滞了其下坠之势，只是不见太子妃他们随流云出来，一直到巨石压住谷口，他们都没能出来！"

"你没有喝住柞氏，阻止他放下巨石吗？"

"小臣和太子妃都对他大喝了一声，但他置若罔闻，继续放下巨石！"

"果然……"姬发喃喃地说。

"主君怀疑柞氏有意如此？"

"人心难驯啊！"姬发感叹说，"挚壶氏当时在哪里？"

"他说他在半空，紧紧觉察周围的敌人，但其实是须女现身袭击我与柞氏之后，他才大呼提醒我们的！"

"算了！"姬发叹道，"你去叫周氏和柞氏来吧！"

周氏和柞氏一起来了，他们在路上就知道姬发要责问放下巨石困住姜女之事，周氏也只责问了柞氏一两句。姬发原本有大夫人莘姒妃，是莘族大女，也是自己的少姒妃的长姐。而她早已不满邑姜这个二夫人独宠于二哥，这次柞氏不等邑姜出来就放下巨石，很可能就是大姒妃授意。但他却不愿意多管，他刚决定要拉拢有莘氏一族，怎么好又去拆他们的台呢？

"听说太子妃在谷底叫唤了你，你为何还要放下巨石？"姬发先责问柞氏。

"当时我在半空，不清楚谷底的情况，而听到太子妃叫我的名字，我当是她要我赶快放下巨石，以免少司命逃走的意思。太子也应该知道，少司命的神力诡异，而还有犁娄氏世子和伊耆氏之女二人，我哪里敢不迅速放下巨石呢？"

"柞氏，你去准备把巨石搬走没有？"

"回太子，搬走巨石需要御使我十二把镶有玉山的大斧连起来，撬开巨石，这恐怕至少要一天一夜，我想不是有士卒守住嘛，便没有去施法……"

姬发转向周氏看着，周氏便点点头，他又安慰姬发说，"二哥不必着急，虽然太子妃他们可能在谷底不敌少司命等三人，但少司命他们总要花时间蓄气，击穿巨石出谷，到时候我们一起袭击，他们即使抓了太子妃，也一个都跑不掉！"

"那你还不快去守住谷口？"姬发突然起身对柞氏怒吼，"若是明日太子妃的尸体从谷口出来，我就把你的尸体带回渭水！"

柞氏急忙起身一拜，就连周氏也被吓了一大跳。

谷底少司命等三人轮换着炼制宝玉、等待蓄气恢复以及开拓隧道，一天一夜之后，终于快要击穿巨石到达地面了。

少司命嘱咐妠疑姜菀愉准备试探出谷，"等会姜菀愉先以云雾包裹我等三人，世子你再先把姜女送出，再随后附在她身上冲出，我则附身于檀括身上冲出！"

"你真够卑鄙的，我父母亲说起的司命官和宓夫人，都是外冷内热的大好人，怎么会生出你这样一个外表冷漠、心也如蛇蝎的女子呢？"邑姜骂道。

"我父母当年就是因为太顾及旧友之情，才会在东夷放走你父母，现在我是不会再让你逃走了！"少司命头也不回地回答，然后即催促妠疑姜菀愉继续击碎石壁去了。

随着洞窟最后被打通的石块碎裂声，在洞口守候的三人立即察觉到了十二种气息交汇的压迫力。

"糟了！周人果然已经埋伏！"妠疑低声说。

"别怕，身负姜女冲出去！"少司命故意大呼。

妠疑便第一个冲出，但刚出石窟口就觉得如负千斤似的，腰都直不起来，只得从邑姜身上下来，现身蹲在地下。但他已经察觉这股力只是大范围压制，而并不是猛烈的冲击。

"柞氏，只压制住他们，不要冲击！"姬发已经出了埋伏，到了半空，一眼看到石窟口一个男子身上负着的邑姜，着急的大喊。

但就在这时，他突然看到数把飞剑从头上飞下，分散朝围住石窟口发光连接的十二大斧射去。而一把剑就从他身旁擦身而过，他挥动玉圭就要挡开飞剑，但突然觉察只有带着三股气息的金粉而没有剑身实体，玉圭就扑了个空。不但他打空的玉圭缺口，埋伏在石窟口的柞氏和召氏各自挥出金斧和夏气冲击，也都打空了。

金粉剑影毫无阻挡地射在了十二大斧的附近石地上，只听当啷当啷的数声碰撞巨响，十二大斧都被震得铛铛铛一连串的碰响，钝口变形，之间的光束热风连接随即散去。

柞氏跳出埋伏，大哭的朝自己的兵器扑了上去，把还能用的两柄大斧收回。

"少司命菀愉，可以出来了！"姒疑看光束网熄灭，压力全无，立即大喊。

少司命一出来，就看到半空中的司命官，"父亲，我们有檀括和姜女挡住，周人不敢攻击的！"她兴奋地大喊。

地上的召氏被这话激得大怒，"少司命，你们再不放下姜女，肯定走不出山头！"说着，他大喝埋伏的士卒起来对空中冲击"举戈压制！"

在山头一动不动的埋伏了两天的士卒此时终于起身，拍落身上尘土，大吼着朝半空以长戈挥出。但奇怪的事情发生了，山头上黑压压地围着一圈士卒空刺出长戈，却只在空中发出梆梆梆的闷声乱响，甩出的木刺仅带起一阵疾风散乱，变得脆硬而互相折断。召氏暗暗叫苦，猜想既然司命官此时出现，一定是早就布置了阵法，以至于这些士卒早已被阵法困住，没法发出冲击了。

他也不多想，只朝正要飞身上半空的姒疑冲了过去，小暑之气的猛烈冲击立即压得姒疑透不过气来。但姒疑看出这阵疾风只是冲在他前面，挡住他飞身而上的去路而已，果然，有周人太子妃在，周人不敢下杀手！他稍微一退，躲开了从他头上呼啸而过的疾风，而召氏则趁着他这一缓已经接近。

看来他是想近身跟自己搏斗了，姒疑想着，便主动先用一道冲击阻挡。

而半空中的司命官此时已经飞身而下，朝姬发冲来，"姬发，你也随我去做俘虏吧！"他之前已经凭姬发出声记下了他的藏身，大喝着附在剑上飞刺而来。

但姬发此时一声不吭，往后急退，只往正在地上缠斗的召氏和姒疑身边而去。姒疑此时刚逼开要近身跟他肉搏的召氏，就碰上姬发牵动的一大一小两把金钺拦住飞走的去路。这两把金钺紧随姒疑，不断碰响，发出震击令他浑身发软，他只好在周身布下田阵散去震动。

但就这一缓，姬发已牵动双斧一前一后朝他抛去。看到双斧近身，姒疑怕被神力禁锢住，只好还击，但冲击被大钺承受，不但大钺没有被击飞，小钺反而被扯得飞更快了，迅速接近姒疑，虽与他擦身而过，却以呼啸声削弱他的魂气使他无法施法。

但此时，随后接近的姬发却遭到了身后司命官打出的玉砂冲击穿心。他只觉三种气息在身上蔓延调和，全身迅速僵硬，不能举动也不能出声，但还是忍痛凝神拔出砍在地下的小钺，牵起被小钺禁锢的姒疑往灌木中逃去。

之前，司命官本来紧随姬发要擒下，但被藏在半空薄雾中的魄氏拦住。可魄氏聚起的云团以及护身铜镜却没能反射司命官射出玉圭的玉砂冲击，玉砂打坏铜镜，耀眼的云团顿时灰暗，阻滞元气、反射热风之功顿时失效，被司命官轻松突破。

幸好魄氏善于借云雾活动，连连后退十几步之外。这虽然使他躲过司命官的利剑，却也使得姬发的身后毫无阻拦的暴露在司命官面前，以至于在两百步之外仍然准确的把姬发胸口刺穿，仅仅稍微偏向。

而少司命和姜菀愉往地上的逃奔则被周氏和偓女拦下，八玉虽然四围围住她们，但她们身上早已由姜菀愉布下了层层网纱。虽然这网纱只有击碎一块宝玉之力，但因为姜菀愉在不停地凝神以飞梭迅速展开层层网纱环绕她们，八玉的玉片切削只能缓慢推进，一时却仍然无法突破。

少司命看在八玉璧强劲冲击之下，网纱被切割的越来越小，想这样肯定撑不了多久的，"上面！"她低声对姜菀愉说，两人一起飞身出了八玉璧包围，但迎头即碰上偓女的多支金钻顺着她们的杀气直射而来。

少司命知道这种金钻能互相牵引紧随杀气，她只以宝剑快速搅动，即挥出无数利剑射出，偓女的金钻碰上这一团宝剑的金粉虚影，在一阵当啷声中被撞飞，缺口而失去了神力。她一听到当啷声起，就拉着姜菀愉，要冲过偓女的防御逃走。

"姒疑哥哥被定住了，我要先去救他！"姜菀愉突然甩开她的丝线连接，翻身往姬发召氏的方向去了。

这时周氏已经聚起八玉璧再次朝她们扑来，而从偃女这边逃脱是最好时机，可她偏偏要去救人！少司命心中一阵烦乱焦躁，想那里明明有自己的父亲在，有什么可担心的？可她一边暗骂姜菀愉多事，一边却还是不自主地跟在她后面去了。

但周氏已经跟上少司命了，他这次将八玉璧串成一线，要集中八璧之力直冲她身后。少司命急忙以钩挠牵在身旁的檀括迎向八玉一抛，迫使周氏急忙收力，御使八玉璧散开，往四周环绕，要再次围住她们。姜菀愉则已经接近姬发及其用小钺禁锢住的姒疑和邑姜，但她的丝线还没出手，姬发就已经带着两人急速下地去了。

少司命则也已经追到，正碰上姬发往下而去，她本就是贴地飞行，便就近追了上去。半空中的姜菀愉则被随后而来的八玉璧围住了，急的她用飞梭高速旋转放出大量网纱，就要摆脱而去救姒疑，无奈仍然被八玉飞散的玉片逼回。

此时司命官的冲击则被召氏挡住，他的猛烈小暑气息冲击迎上，两边对轰，竟然恰好抵消。而姬发在下地时却遭遇了一股来自草丛的藤索，他身体僵硬，未能事先察觉，这时连同小斧钺和姒疑邑姜一起被拖了下去。

地上则突然现出犁娄伯来，他是趁周人田阵失效，附在草木上悄然进来的，看到姬发下地，就突然拖住了他。但他正要飞上去以量壶收取，就被在吸力范围外的大钺顺势飞来，顿时把他逼开，而这大钺却与姬发和小钺都有牵扯，一下就把姬发甩出去了。

姬发还没牵引大钺收回，少司命已经急速飞至，她早已盯住了姬发大小钺的甩动轨迹，此时以宝剑发动一道金沙迎着大小钺的锁链劈下，"嗞嗞"一阵之后，锁链被磨断。她随即挥剑牵动被小钺定住的姒疑连同邑姜一起拖了过来。

姬发大急，怒吼一声，他虽然手脚不能动，但仍然旋转僵硬的身体，牵引仍被小钺定住的姒疑，把他拖了过来，但这恰好被少司命的锁链拉力抵住。这两人一拖，竟然相持，地上犁娄伯则趁机对姬发袭击。

姬发此时正在急速向被定住的姒疑靠拢，一边摆动僵硬的身体，御使大钺挡住了犁娄伯的袭击。虽然大钺与小钺的连系被切断，他身体僵硬，无法恢复这元气连系，可他还能凭元气操控大钺，勉强能靠着摆动身体来御使。

大钺虽然挡住犁娄伯的夏气冲击，少司命却趁机举剑直插已经到了姒疑身后不远处的姬发，他身体僵硬，血流过多，已经有些昏迷。这一击除了被小钺挡住一些之外，击穿了他的肩膀，而他立即感到与之前司命官那一击类似的气息侵袭，身体则更加僵硬沉重、呼吸不畅，如不是他身上元气在勉力维持，几乎就要从半空摔下去了。少司命看姬发摇摇欲坠，正要以量壶收取姬发等三人，突然觉得身体周围在聚集大量尘土，而她本身也在发热。

"勿伤太子！"虞隧氏从埋伏的士卒中间飞出，大叫说，但随后就有犁娄伯对着他发动一击，却只一下就被击碎，只剩碎片从半空落下。犁娄伯吃惊，估计是个人形土陶，就丢开虞隧氏再来与拦在姬发跟前的大钺对峙。

少司命觉察困住她的是土陶阵法，她急忙挥动玉尺发热，一下切开封住自己行动的尘土，并朝虞隧氏射出。这玉尺牵动大片尘土，引起一片风火，呼呼的朝下方半空中的虞隧氏射去。玉尺一下击中，但少司命却只看到碎片飞散，想看来又是击碎了一只人形土陶，虞隧氏真身怕是已经逃走。

果然，尘土中姬发连着姒疑邑姜被人影飞速带离，贴地飞走。

而少司命只觉手中宝剑一空，才觉察宝剑与姒疑之间的锁链连系也被阵法中的尘土飞溅切断了。这时她四周热浪已经被适才的风火一击带走，眼看姬发带着姒疑退走，便摆脱尘土，和犁娄伯在后面急赶。

姬发此时已经因血气流失严重而完全昏迷，只被虞隧氏护住，飞出了尘土弥漫之地，却冷不防姜菀愉从头上下来了，她看到周人拖着姒疑以及邑姜，急忙上前飞出锁链，但却不能绞断姒疑头上绑缚小钺的锁链。她的丝织之术此时虽然能一击碎玉，却正好与姬发的小钺蓄气相当，又因相距太远，因此急切不能切断。

她大急，在姬发身后急追，"你们带走姜女吧，把世子还我好了！"她大喊着，手上已经以纺锤急急抛出，四条丝帛缠住两百步开外的姬发邑姜姒疑之间的绳索，纺锤急转使四条丝帛一起发力，还没飞至就把在邑姜与姒疑之间的鼻环绳索绞断。

　　她此时的丝帛以妣疑的牛犁刀刃牵动，因此锋利的能划断绳索绑缚。可紧接着，她竟然御使纺锤，把拉回来的邑姜悬在半空，要作势抛给前面的虞隧氏和姬发。

　　"慢来！"在地上追逐的少司命和犁娄伯，看到虞隧氏就要回头来夺邑姜，齐声大喊。少司命往空中抛出玉尺，使之指住邑姜，一下把抛出去的邑姜推到半空去了。她随即转而飞身上了半空，以葫芦收取了邑姜，以及仍然贴身绑缚的檀括。

　　她既然收取了邑姜，就准备绕路逃走，只剩下犁娄伯仍然在地上飞奔，锲而不舍的要追回自己的儿子。而虞隧氏本来稍作停留，要以尘土旋风拉回被切断鼻环连索的邑姜，但被少司命抢先之后，就不敢再多停留了，继续飞奔而逃。姜菀愉则看到周人刚才根本不理自己的提议，又气又懊悔，要跟着犁娄伯一起继续急追，却被周氏八玉追了上来。

　　少司命则因为自己身负两人，肯定不适合追赶了，她想有檀括和邑姜做人质，丢了妣疑也无妨。

　　此时周人士卒已经开始离开山头，要往姬发退去的方向重新布阵，指挥士卒的柞氏和挚壶氏也去接应虞隧氏和姬发了。少司命估摸着没法再杀姬发或救妣疑了，她回头看司命官还在一人抵挡召氏、周氏、魄氏和偃女的围攻，急忙上去解围。

　　之前召氏虽然拦下司命官的冲击，却不敢再与之继续对轰，只以杀矢甩出数块宝玉挡住司命官去路，杀矢与这些宝玉互相激发，飞玉射出围攻他。但果然，这些宝玉射出，与司命官的冲击相撞，都发出帮帮帮的闷响，迅速散出尘土玉粉，冲击力随风飘散，就如埋伏的士卒的田阵冲击被封住一样。

　　司命官突破这些宝玉时，顺势收去，而他刚要朝召氏扑来，就遇上了偃女放出的数支金钻包围。他挥舞宝剑挡去这些金钻后，就来袭击周氏的八玉璧，要为被八玉璧围住的姜菀愉解围。

　　周氏看司命官的冲击来到，急忙撤走八玉璧，"魄氏！"他高声叫道，这时躲在众人头上薄雾中的魄氏会意，他随即聚起云雾，使围攻司命官的八玉璧都迅速裹上了云团保护。八玉璧的玉片从四面朝司命官射来。他急忙一手挥剑，一手挥动玉尺，在自己周围上下都布下了宝剑和玉尺的虚影。

裹着水雾的玉片撞上这些虚影，立即滑开虚影，但水雾却也因吸收了玉尺的疾风气息而发出闷响，乱流弥漫。

原来，司命官本身的神力虽然变化多端，却因借力星辰，仍然不能一击碎玉，在冲击力上不如八玉璧，适才他放出宝剑击损柞氏的十二斧，也只是靠同时偷袭单个玉斧而致使损坏而已。而现在是八玉璧远距离发动冲击，自然既不能同时抵挡这种四面围攻，更不能损坏玉璧。只由于他还布下了玉尺扰乱了水雾，这样，附在玉片上的水雾虽然滑开了虚影，却也阻滞了玉片的部分冲击力。

当然，这也仍然挡不住八玉的飞溅玉片，全靠姜菀愉这时布下的大量网纱缓冲，玉片嗖嗖射飞，才没有打在司命官和姜菀愉身上。但司命官想这样被围住迟早要受伤，而此时地上尘土弥漫，估计是姬发要跑，"这边突破！"他对姜菀愉低声说着，身上裹着云雾和虚影，集中蓄气拿宝剑顺着玉亚的方向迎着耀眼中的飞玉冲击而上，随着云雾和虚影中一阵铛铛铛的碰撞，虚影切断玉亚与其余各玉之间的吸力，玉亚本身的皮革啪的一声被剑刺的裂开。

司命官顺势把因裂开而失效的玉亚收了。姜菀愉得出包围，则立即朝地上刚脱出尘土弥漫的虞隧氏追去。召氏等人没有追赶，他们好不容易围住司命官，不能就此放走，他和偃女放出大量宝玉和金钻堵住了司命官去路。周氏看自己又损失一玉，痛惜转为怒火，他随即御使剩余七玉分两列，挥舞着先后从两面朝司命官突袭而来。

司命官神力本身就有冲击力小的缺陷，此时当然更是挡不住三块以及四块宝玉的合力一击，但他毫不畏惧，居然翻身朝召氏和偃女放出的宝玉和金钻扑去，而他身上则聚集了大量的月明珠粉，这些粉末因蓄积了足够的光热而耀眼夺目，并发出滚滚热浪。周氏远远看他身裹一团闪闪，怕他有奇异神力损伤自己玉璧，就收住了两列玉璧的接近之势，只敢在百步之外发动玉片切削。

果然，两列玉璧的冲击尾随司命官而至，刚撞上闪闪发光的月明珠粉，就开始减缓冲力，而金钻和小暑节气侵袭也被月明珠粉迅速吸来，两边相撞，只发出一阵当啷之声，并发出火花分两头蔓延，一边往两列玉璧而去，一边往发动小暑气飞玉的召氏蔓延过去。

"你们撤去法宝，我和魋氏来袭击他！"周氏看出了司命官在调动自己和召氏偓女的袭击中蕴含的时辰气，来消解冲击，而一旦他单独对付自己的八玉璧，一定是战力不及的。想到这里，他便对召氏和偓女大呼。等到两人会意，御使法宝退开，他立即调换玉璧，重新排列两列，又要朝司命官袭来。

"周氏受死！"少司命此时刚刚放弃追击姬发，她看父亲被八玉璧对准，急忙故意大呼，且出手分散周氏战力。果然，周氏觉察身后的冲击袭来，不得不把一列玉璧掉头去挡住身后的冲击，只以一列玉璧对付司命官。而少司命则不去迎击玉璧，却趁机迂回而上，要与司命官会合，她与周氏相距很远，玉璧的阻拦鞭长莫及。

"往天上走！"司命官看她飞的比平日里要慢，估计是葫芦里装了很多俘虏，就提醒她躲入此时满布天空的乌云里去。召氏和偓女也看出少司命飞得很慢，哪里肯就此放过，他们俩随即对少司命布下法器拦住她上天，但却觉得身后有疾风袭来。两人只得又调转法宝去挡背后司命官的袭击。

司命官如前一样，短剑甩出周身裹着的夜明珠粉去阻击周氏的那两列玉璧，两股力相碰，又是一阵当啷声和风火四射。司命官趁机飞至少司命头上，以玉尺指住天上鹑尾方向，吸住她加速，往高空云里飞去。

这时周氏聚起两列玉璧，召氏举起量壶、偓女撒出一群蛇行的长鞭，一起往二人逃去的方向追去。

"你们的太子妃与檀氏都在我葫芦里，你们再追，我就割下他们的头！"少司命大喊。

召氏迟疑了一下，不去追赶，转向往上直飞云里而去，但偓女和周氏则仍然径直追去。少司命看吓不到他们，就往后抛出一个葫芦，正迎上周氏的一列玉璧，葫芦被冲击得粉碎。

周氏和偓女惶恐，迟疑了一下，但他们随即看到被司命官以玉尺吸住的少司命并没能提速，就都心中暗骂，又奋力继续追击。但就这一缓，两人已经躲入乌云。此时仍然是日出的卯时，他们便在云里附身在卯时气上，因此得以隐藏本身的杀气和元气，周氏他们只觉察震颤一片，找了一阵就退走了。

犁娄伯和姜菀愉追击虞隧氏，本来一下子就追上了，却碰上柞氏和挚壶氏的冲击，他们一边追击一边还击，还击的草刺和丝线则自然慢了，以至于被柞氏、挈壶氏轻易躲开。而此时士卒已经退出了山头，战力又恢复了，卷起草木土石的疾风朝犁娄伯二人扑来。他们只得含恨退走。

虞隧氏送姬发回到黎城，周氏姬高等都来为他疗伤，他心脏和肩膀都被击伤，如果不是有十二章玉泡皮革护持，已经骨肉尽碎，而又因失血过多，血气极其微弱，众人不得不一起为其输入药物魂气。

"你二人为何不早出埋伏，接应太子，以至于此！"周氏斥责柞氏、挈壶氏。

"我痛失宝斧，哪里还有神力对付那些宗师！"柞氏哭丧着脸说。

"你身上的宝玉呢？虽然不能调和蓄气，累加冲击，应该也有一击碎玉之力吧？"周氏又问。

"我蓄满一击虽然能击碎单块宝玉，但既然不能累积多种气息蓄气，战力就连犁娄伯都不如，如何敢出头！"

"虞隧氏陶土阵法根本没有任何草木宝玉蓄气，他都敢上前护主，为何只有你二人退缩？"召氏厉声说，他正好把邑姜被抓走的怨气都发泄在此二人头上。

柞氏不能回答，只得默然不语。"我二人其实是在查看司命官究竟布下了何种法阵，竟至于士卒神力全失，所以才晚至！"挈壶氏开口辩解说，柞氏慌忙附和。

"那么你们看出什么了吗？"召氏厉声追问。

"我怀疑是司命官抛下的数道剑影带起的辰气所致，其中有酉时和戌时气，此二气凉燥阴杀之意最重！"

"这么说难道不是司命官事先就得知我们在山头埋伏，也不知道少司命他们被困在山谷里面了？"邰伯对周氏召氏说。

"小臣也认为不太可能，一定是他们在巡逻之时碰巧察觉了我们的埋伏，才猜测他们就是被困在山下的！"挈壶氏急忙附和说。

周氏召氏二人则摇头表示不信，"总之你二人既然没能破解司命官阵法，又救援来迟，都要受罚！"召氏说。

"我二人救援虽迟，但及时啊！"柞氏大呼道，"若没有我二人拦住伊耆女，怕是不但太子妃，就连犁娄氏也被他们吸走了！"

"是了，世子不可辱没功劳，"周氏自然归根到底是维护有莘氏族人的，他看两人辩解有理，便要见好就收，转而维护柞氏，"虞隧氏虽然首功，柞氏挚壶氏也算是次功，犁娄氏就交予我来看管吧！"

邰氏父子没法，毕竟此战全仗周氏八玉璧拖住了司命官，只得答应。召氏更是木然，此战姬发的大小钺其实只有两块宝玉催动，虽然有蓄满之气，但仍然不及自己以节气法调和的三块宝玉的战力，可他却奋力救回了邑姜，还抓住犁娄氏，若不是挚壶氏他们救援迟缓，邑姜已经无恙了，相形之下，自己却空手而回，这令他实在羞愧不已。

"那现在该如何救回太子妃和檀氏？"邰伯问。

"只有让姜望去劝司命官了，他们总算是故友！"周氏叹道。

周氏便命柞氏给妠疑头颈上以玉藻和玉斧锁住，这样既禁锢他神力，又使他气血不畅而虚弱，之后便送入自己府中为奴。他想倘若姜望换不回太子妃和檀括，妠疑就顺理成章的归他麾下了。柞氏到了周氏宫室，便唤来少妠妃和莘妠妃来商议。

"决不能让姜女换回来！"莘妠妃阴沉着脸说，"上次巨石没能把她压死，这次决不能再让她回来了，这是兄长夺取檀括四师兵马的好机会！"

"放心吧，姐姐，有殷人在，最多只能允许一人换得黎人的世子回去！"少妠妃拉着她的手说，她自然知道自己姐姐的纠结。

"可如果是这样，我们要换谁回来呢？"柞氏对莘妠妃的话有些摸不着头脑。

"当然是换檀括！"莘妠妃话一出口，就想起了自己刚才所说要夺檀括兵马的话有些矛盾，"……我是说，兄长你既然掌握十二玉之法，以后夺取檀括的军权有的是机会，但姜女则决不能留！我们要保证太子的子嗣是我们有莘氏族所出！"

"可去找殷人和谈的是姜望……"少妠妃提醒说。

"总之就是不能换姜女回来！"莘妠妃苦着脸说，"兄长、小妹，你们不知道我这些日子过得多么的辛苦，自从姜女来后，太子对我不仅冷落，竟至于全然不顾了，在镐都时每日早上我都去拜望，可竟然连他的面都见不着，直接被侍卫挡下，以前还能贿赂侍卫，打探些消息，现在竟然连侍卫都不能买通了，这段时间好不容易趁接父亲灵柩来到这里，他又……"

少姒妃和柞氏急忙打断她，阻止她抱怨下去，他们已经听过这些抱怨很多遍了，自然很不乐意再听，"小妹，你有什么谋划吗？"柞氏便看向少姒妃，知道平日里她主意最多。

"只能劝犁娄氏世子不回去了！"少姒妃说。

其余两人都瞪大眼睛望着她。

"没了邑姜，我们的师旅至少有一个师的战力会减半，最高兴的就是殷人了，相信犁娄氏世子也会乐于如此！而其实这个世子一年前放过我一次，这次我正好借报恩……"少姒妃解释说。

姒疑菀愉遭难篇

少姒妃便来到宫室附近的树林，一眼就认出了那个一年前在虞地宫中放走她的红脸大汉。姒疑正在此为苦力，砍树劈柴，他抬头看到少姒妃，记起了她，不由得瞪大眼睛。

"看来你还记得我呢！"少姒妃抿嘴一笑。

"你是周氏夫人，这次是特意来看望我的吗？"

"我是特意来劝你留下的！"

"断然不可！我为犁娄氏世子，黎人大宗，如何能屈居于周人之下？我听你一年前说的话振振有词，以为你是个明理的女子，没想到……"

"只是变通之策而已，世子你想想，你若被换回去，一定是换得邑姜和檀括回来，这样周人战力就会大增，你觉得你一个人够分量抵得上这两个人吗？"少姒妃打断他说。

姒疑沉思良久，想这话确实有理，为了黎人能胜，自己委屈些不算什么。

"你为何要反而为削弱周人战力出力？"

"我只是为了报恩，告诉你这条路而已，这其实与我没有利害关系！"

姒疑点点头。

邑姜檀括被擒的消息传到箕国，姜望忧心忡忡，立即和大女丑氏一起返回，此时司土官和箕侯率军不但没能夺回箕国都邑，反而折损了一个师的人马。司土官军之前对敌郐伯人马，都是因为周人疲惫才勉强取胜，这次碰上比郐伯军更强的周氏麾下士卒，又是攻城战，自然大败。

姜望一到，即派使者去殷人和黎人城邑，要求交换人质。但司命官坚决不愿意换回邑姜，只愿拿檀括交换姒疑，而姜望自然也不让步，犁娄伯哀求不过，也只能无奈消沉。抢回邑姜的一战，犁娄伯没有半点功劳，连从一个受伤的姬发手中都没法抢回人质，哪里还能说上话？姜菀愉在一旁安慰他，才使他想起总算姒疑已经领悟了田阵宝物借力星辰蓄气之法，在战力上超过自己了，算是为重振黎人留下了一点希望。

双方互不松口，僵持了几日，姜望终于答应用姒疑换回檀括，双方约定在黎人集中驻军的几城城郊互换人质。犁娄伯怕交换人质时突生变故，便邀请司命官一起去接姒疑，但司命官不愿意，他怕周人趁交换人质时偷袭自己麾下二师，便推托了。他和姜菀愉又哀求宓妃和少司命，宓妃想正好借机与姜望见一面，便答应了。少司命则碍于姜菀愉的情面，正要答应，却被司命官阻止，"你不用去，都去了，谁来防御周人偷袭？"

这样，在座的就只剩下嬴来了。他在有仍氏族投降后，就离开了祁邑，因为没能得到风婉信任，又得不到人口货贿，他就想回东夷去了，但想到黎地还有两位大美人在与周人鏖战，于是又转念来此了。此时他与风婉的风闻已经传到了黎地，姜菀愉自然不愿意再与他说话，犁娄伯也不愿意低声下气的哀求他，只稍微问了一声。

"犁娄伯既然有求，小子自当尽力！"嬴来恭恭敬敬的稽首，他本来不愿去，但此时姒疑被捕，他正好亲近姜菀愉。而且，他看众人对自己都不太友好，想必是听到了些他与风婉的闲话，而这正好是自己大显神力，找回名誉的好机会，就答应了。

这时，少司命正好路过，"怎么？谋人法宝、害人性命之后还这么有闲情？"

"冤枉啊！"他哭丧着脸大呼，周围的人都不禁侧目，"任伯是姜望所杀，如果是我所杀的话，任女和有仍氏族既然投降姜望，何不就此鼓动他拿我问罪？我哪里有机会到此？"

少司命不答，就出宫门飞走了。嬴来趁机赶上去跟随，少司命没有理他，但嬴来就不停地飞身随她聒噪解释，而他化风飞速又快，自己不能摆脱，只好停下来。

"你就说有没有得到嘛！如果有的话，我可以拿阴阳相冲之法与你交换！"

"什么是加倍冲击之法？"

"就是姜望家族的神术，太行山顶克制你御风的神力！"

"真的，你如何得到？"嬴来顿时两眼放光。

"你别管，你要有图法才能与我交换！"少司命打断他，扭头就走。

嬴来急忙拦住，"我有的，你把神术拿来交换吧！"他急切地说。

"你果真是谋宝害命了？"少司命笑道。

"不是不是，我只是为了堵住向氏诬蔑我害任伯性命之口，才不得已逼他交出法宝的，"嬴来叹道，"不过没想到谣言还是如此恶毒！"

少司命伸出手，"拿来吧！"

"你怎么能这样呢？"嬴来恼怒说，"你至少该说些那阴阳相冲的神术来由，才能以为信！"

"好吧，你随我来！"少司命把他带到了关押邑姜和檀括的土牢。嬴来一眼就看到一位明媚动人的少女立靠在墙角，"这位是？"他惊喜地打量着邑姜，"你不会说她就是姜女，你让我自己去向她问出阴阳相冲神术吧？"他猛省，恼怒说。

"她现在是战俘，而你连任女都能诱惑，难道还不能使她屈服吗？"少司命正色说。

"你们想都别想，我怎么可能把我家族秘密，大周的神术支柱泄露给你们呢！"邑姜大喊说。

"既然连你都问不出什么来，你让我来问又有何用？"嬴来愠怒不止，"图法我是不会给你的！"

"我是个女子，自然问不出来，你一个强壮的男子，如何不能使一个没了神力的女子屈服？"少司命含笑说。

嬴来嘿嘿会意，"好吧，你先出去，不要偷听偷看，神术要先我得到才能告诉你！"他急急地把少司命赶出去。

"你可要快，我母亲就快要来领檀括去交换了！"少司命笑意不止，任他推搡着出去了。

"畜生！畜生！……"檀括听出了他与少司命的意思，在一旁挣扎的大骂不止。

邑姜这才想起，原来那晚放出丝丝疾风的不是飞廉氏，而是这个年轻人，"你到底是谁？"

嬴来拉住她的手攥紧，"既然你就要为我夫人了，我也不瞒你，我就是飞廉氏之子，封地在东夷奄国的方城，称方侯！你以后随我去了东夷，我夫妇二人一起，何愁不能成为东南各邦共主？"

邑姜一口往他脸上啐去，却被他手指一钩甩去。"你别想了，这绝不可能！"她骂道，"而且只要你敢对我不敬，待我夫君和我申吕家族击破奄国，一定会将你活活烹煮至死！"

嬴来哈哈大笑，"现在周人连太行山都过不了，什么时候才能打到东夷去？"他兴致不减，"小美人，看来你要与我交欢之后，才会顺从我哩！"说着就开始剥她身上的衣裳。邑姜大喊，挣扎着用头撞，用脚踢，可是因为身子被脖子鼻环扯住，双脚也被地上扯住，无法动摇，她只觉身上一凉，外衣扯破，一下急得哭出声来。

门外少司命当然在偷听，想看方氏是否能有幸问出神术，但却只听到邑姜哭叫和檀括大骂，心中也有些不忍。此时宓妃赶到，远远听到门内有求救声，都来不及问少司命怎么回事，就化水冲入宅屋，撞向赤身的嬴来后背。嬴来正在兴头上，哪里能防住这迅猛的袭击，当即被撞得吐血，拿了地上衣裳，尴尬地看着宓妃。

"怎么回事？"宓妃问进来的少司命，"邑姜是我们的重要人质，怎么能如此任人羞辱？"她训斥说。

"我与方氏约好要交换他得来的图法，才允诺他来逼问姜女的！"少司命低声说。

"你贪图小小的图法，难道不知道得罪了姜望和姬发，他们与我们死战怎么办？大商如果因为这件丑事遭到报复，多少士卒要被残杀，你知道吗！"宓妃大骂说。

少司命自知理亏，不敢回话，嬴来则穿好衣裳，"这是少司命主动要与我交换的，并非我所愿，我先走了！"他趁机灰溜溜地走了。

宓妃便为正在哭泣的邑姜披上外衣，"邑姜你放心，你我虽为敌国，但你父母既然与我相交，我就会保你周全！"她又转向少司命说，"给邑姜换到我宫中去，穿上渔网封住神力就好，不可再用鼻环禁锢行动了！"

少司命低头答应，取下邑姜头颈上的鼻环，邑姜得脱，挥手就打，但她没有法宝，只能御使风气冲击，哪里能打到少司命，一下子就被少司命挥手散去冲击，然后给她套上一件渔网衣，立时封住双手与神力。

"邑儿，你虽然此时恨我们，但我们既为敌国，是不能放你回去的，至于刚才的羞辱，我会找机会补偿你父亲法宝或财货的！"

邑姜看宓妃说的公允，也不好再发脾气，毕竟有她及时赶到，自己并没有受到伤害。"你应该管教自己的女儿了！"她呵斥说，"在谷底她就要以檀括性命相威胁，要逼问我神力，这么心狠手辣的小女孩实在连边鄙蛮人都不如！"

宓妃只得再次道歉，"以后绝不会再逼问神力，只以你自愿归顺为是！"她当即保证。而少司命则仍然不服，推搡着邑姜走了。宓妃则押送檀括去与犁娄伯会合，交换姒疑而去。

"宓妃别来无恙！"姜望一到，就勒住马大呼，他身后则立着召氏、偃女，大女丑氏牵着形如姒疑的一人在后跟着。

宓妃看他有意用以前冯夷对自己的称呼，也不禁怀念与他一起身陷殷人软禁，之后又各自发展，站稳脚跟的那些年，但她随即抑制住旧情，"姜望，我虽然与你多年前曾相交，但我大商与你们西土之间既然为敌，就不会对你留情，当然，只要邑姜在我这一天，我就会对她如自己亲生般的爱护，这个你可以放心！"

"好！既然宓妃记得我们旧情，那是否可以劝犁娄伯归顺，你大商与我共同分得黎人人口和土地！"姜望大呼说。

"黎人为我友邦，恕我不能出卖！"宓妃朗声回答。

"那好吧，犁娄伯你就一起做我们俘虏吧！"姜望大喝一声，就凌空朝犁娄伯扑来。犁娄伯大怒，一边还击，一边大喝："姜望，你想不遵守约定吗！"

犁娄伯、姜菀愉和嬴来三人发出疾风宝玉，但被姜望瞬间躲开。犁娄伯更怒，一把牵过身旁的檀括，再加上一只鼻环箍住他，并紧紧扯在手里，然后吆喝士卒上前布阵。看到士卒齐步往前，猛烈的对半空冲击，姜望只得后退。但待士卒追出两百步，阵法冲击却突然减弱，且众人齐齐身子发软，一个个的开始瘫倒在地。

犁娄伯就在阵前，感觉阵中水气在急速增多，而他自己身上血气也在不稳，忍不住的头晕。他猜测是姜望趁他与须女说话时暗中布下了毒水，然后引自己指挥士卒踏入布阵的地方，人马才会突然都瘫软。而偃女又到了黎人士卒头上，开始撒放出一大堆棘刺，只要有百夫长挣扎着号令士卒，鞭笞就会顺着杀气打在他身上，不但受伤，还会浑身无力瘫倒在地。此时嬴来也躲在士卒群里，感到身上筋线松弛，冒出的水雾使血气不济，刚要挣扎飞走，就被纷落的棘刺划伤，只好先挥舞狼牙棒散开空中毒刺。

"宓夫人、姜菀愉，夺回我儿就拜托你们了！"这时就她们俩因在半空护卫而没有被困，犁娄伯一边对着她们大喊，一边挣扎挥舞旗帜，要散去阵中热气。

但此时姜望已经只身朝他贴地猛扑过来。宓妃朝姜望射出的尘土与姜菀愉射出的云雾从他两侧袭来，却被他伸出大刀感应出攻击路径，两道攻击陡然互相吸附，绞在一起扩散，减缓了攻势。他滑过这两股冲击接近犁娄伯之后，犁娄伯就觉得自己开始变得不能前后举动了。他此时血气尚未恢复，急忙对身旁的领胡牛大喝一声，那牛立即拦在犁娄伯身前，口吐疾风草刺迎击，但又被姜望闪过，然后射出金针，正中犁娄伯胸口和头部，使他身上血气急速被吸走，顿时萎靡在地。姜望虽然还在急速飞近，金钩却早已经出手，钩住犁娄伯身后的檀括往后抛出。

"嗷嗷嗷……"犁娄伯看到换姒疑的人质被抛走，青筋尽暴大吼不止，他身旁的领胡牛随即以头抵住他身后扶起了他，随着他身上的金针颤抖、脉络收缩，金针创口血气流失迅速止住，力量得到恢复。而他手臂上的血液流速愈快，力量倍增，血红着脸大吼一声，拔出身上的金针朝姜望射去。

姜望这时牵动金钩刚把檀括抛出，正凝神牵动另一只金钩揭去他头颈上的鼻环禁锢，因此完全没有想到身后犁娄伯能摆脱金针定住而还击。但犁娄伯这一击射出的金针和挥舞镰刀的飞玉都被姜望背后铜泡感应风气，推动他躲开。

姜望只好趁势翻身，发动一击，与犁娄伯挥动镰刀的连续冲击相撞，余波顿时压倒，一阵光亮耀眼的热浪朝犁娄伯刮去。姜望的宝玉蓄气，除了与犁娄伯一样的三气调和之外，还有羲和氏教与他的日气，而对手的冲击又被他左手感应，挥动短刀拦截，因而使冲击毫无阻碍的朝犁娄伯攻去。所以两下飞玉对拼，自然连余波也完全压向犁娄伯。

犁娄伯分冲击里的水土草三气被打回，自身反而遭到侵袭，他嗷嗷大叫，痛苦的一边加快气血流动调息，散去三种气息对身上的侵袭，一边大呼姜菀愉来救。但此时姜望已经接近他身旁，姜菀愉听到犁娄伯呼救，慌忙中以蓄气来攻姜望。

而嬴来则一直躲在士卒群里，跟其他士卒一样被地下水雾压制了血气。他好不容易才挣扎着借阵中旗帜化一阵碎风，摆脱如雨般落下的棘刺到了半空，总算身上血气恢复，却仍然头晕目眩。听到犁娄伯不断大呼，他痛恨自己一时心软，来此遭罪，不由分说发出一阵丝丝疾风网朝姜望和犁娄伯罩了过去。

姜望自然轻松躲开了风网和姜菀愉的蓄气疾风，到了半空，但犁娄伯却正在以鼻环定在地上，气息侵袭刚随汗水排出，却防不了丝丝的细微冲击，瞬间被风网射穿，又被姜菀愉的疾风划过头部。他嗷嗷一阵大叫，身上没能散去的气息又在继续侵袭，使他半身僵硬沉重，半身烧焦，当即撑不住，扑地瘫软。

他身旁的领胡牛也被丝丝疾风穿身，笨重的倒下，连附近的瘫软士卒都被射穿了。

"伯舅！"姜菀愉带着哭音大呼，飞身赶来，却只看到犁娄伯浑身冒血，头部被削去一块，在地上蠕动。姜望看姜菀愉飞来，又对她射出宝玉，其中暗藏金针，姜菀愉只有击碎一颗宝玉之力，虽然不如姜望，却能以身上裹着的网纱抵住，不断消耗玉坠网纱来散去飞玉和金针。姜望看一时不能拿住她，就用葫芦收起犁娄伯，飞身走了。

"姜菀愉，我来救你！"嬴来看姜望走了，急忙冲上前以数道疾风追击，并以猎钩扯住了要追赶的姜菀愉。

"小心姜望回头一击！"嬴来飞近她，大声说。就他们俩这一拉扯，姜望已经飞至宓妃与召氏偃女缠斗那里去了。

宓妃本来与姜菀愉在与召氏偃女和大女丑氏缠斗，早听到犁娄伯不断的痛苦大呼，但既然姜菀愉去救了，她也就留下了。召氏偃女显然目的不在于拿下她，而是尽可能的阻住她救犁娄伯，他们一个撒出宝玉，在半空中团团围住宓妃，一颗颗来消耗她蓄力，一个撒出金钻和锯刀，逼得她以水雾释放的玉坠还击。

宓妃挥出的身裹尘土水雾，被宝玉和金钻冲击撞得砰砰砰乱响，她冲入金钻与宝玉之间，猛地挥舞长针，放出大量热气急速蔓延，但却被锯刀接住拉断。

偃女在金钻后面牵动着锯刀旋转挥动,这下宓妃放出的热气虽然翻滚不停,却完全不能渗透进入金钻包围圈。而宓妃身上云雾尘土已经释放大半,她怕再撑下去自己的元气会消耗太多,只好先急退百步。

之前召氏偃女与司命官交战,有了经验,这次自然会防住宓妃再次用热雾缓冲他们的合击,所以偃女就用锯条挥舞散开了热气。这锯刀是刑断之物,专擅辨别各种气息,且能拉断各种金戈宝物。宓妃的热气被挥散,不能再以迷雾缓冲金钻与宝玉了。

宓妃刚退走,就突然觉得身下一股热气上来,居然使自己的护身尘雾变得如针刺一般。下面地上正是大女丑氏紧随她退走方向,挥舞金铲,搅动煮沸的腹虫汁液,射出一道热气连接了她的护身尘雾。

宓妃忙分离水雾中的辰时风气形成风震震散热雾。但却发觉有些头晕目眩,想应该是热气有毒的缘故,只好边退边以玉尺指住鹑尾方向,借丑时至阴气笼罩手臂,不但迅速排出侵袭身上的午时热毒,还恢复了力量。

"犁娄氏已经被擒,宓妃你也投降我吧!"姜望大呼着迎面一道冲击袭来。

姜望趁着宓妃阻挡这一击,已经接近,宓妃顿时觉得周身尘土水汽流动滞塞,情急之下,只好顺着水雾尘土中的丑时气附身弥散而走。

姜菀愉此时却仍然冲在前面,召氏偃女一起围住,使她只能以身上云团消耗蓄气来抵挡一时。嬴来看姜菀愉被动,便放出丝丝疾风射向召氏偃女。"小心!"召氏听到耳边嗡嗡声,记起自己在太行山顶被袭之事,大骇急声提醒。但偃女已经被射穿了肩膀,她看不清攻击来向,惶恐急退,而突然感到身子不自主的移动,滑过了随后射来的丝丝疾风。原来是姜望正要追赶宓妃,却听到召氏大喊,就转而以金钩助召氏偃女躲开丝丝疾风,并把他们往后甩出。嬴来看姜望上来,不敢逗留,刮出强风将姜菀愉连人带云裹住急退。姜菀愉虽然哭叫,却因不及嬴来力大,被裹胁往几城退去。

召氏被救,他正要上前屠杀,却看到前面尘土滚滚,宓妃率领的一彪兵马来了,她要凭人多布阵来阻拦姜望等人。四人急忙退走。

宓妃、姜菀愉率军刚看到四人远去,就有传令官来报,说周氏兵马已经绕至南门攻城去了,她们俩听了只好往回奔。但此时犁娄伯被擒的消息已经在几城城中传开，黎人只有雨师妾为将，她听说犁娄伯被擒，率领大军从东门突围，却正好遇上郃伯兵马围住，两军交战，黎人不但损失巨大，还没法突围，只好又退入城中。

"怎么办啊，怎么办啊……"姜菀愉看城中一片混乱，机械般地对宓妃重复着。

宓妃此时也无计可施，她司命官一族的兵马并不在此，她没有参与黎人阵法练兵，因而不能调动黎人的千夫长百夫长指挥列阵蓄气，"你留在这里与雨师妾氏一起抵抗，我赶去率领二师前来救援，"宓妃握住她的手说，"记住，你们一定要坚持至我师赶来，才能里应外合！"

果然，黎人没有能够撑到司命官军来到，就被攻破两面城门。城门刚破，雨师妾就让姜菀愉赢来率军抵挡，自己则借口去东门调兵，率领小部分人马从北门逃走。此时姜望已经到达阵前指挥，周人战力变得更强，黎人损失惨重。赢来看时机到了，就拉着姜菀愉，要她离开。姜菀愉自然不肯，而姜望周氏等人已经从半空中认出士卒群里的一团云雾，知道伊耆女就在那里，周人立即朝她这边的士卒猛攻，周氏还御使七玉在她头上半空盘旋。

赢来此时也在姜菀愉的护身云雾里，看到头上七玉，也开始有些着急，万一姜望也来，怕是就连他自己也要被擒，"快走吧，被七璧围住就连我都救不了你了！"

"现在黎人不断伤亡，你在此又有何用，这不是白白枉送士卒性命吗，这与杀人有什么区别？"他看姜菀愉仍然坚持指挥士卒，就开始大声呵斥。

姜菀愉听了顿时没了主张，只得捂脸哭泣，这时赢来安排的传令官过来报告，说是雨师妾氏从北门逃走了，姜菀愉听了差点晕倒。赢来扶住她，抱起她就要往空中飞走，她急忙挣扎着让他放开，"你别管我，就让我被周人抓去！"

两人飞到城郊，姜菀愉便让赢来放开自己，她要去迎司命官的兵马。

"不如你随我去东夷好了，现在犁娄氏父子不死也要为奴，黎地也被占了，司命官军只有五千人马，如何夺回？"

姜菀愉越听越难过，不理会直接往东飞走。

"现在司命官也挡不住周人了，你去找他们不等于是投降周人？"赢来化风赶上，在她耳旁缠绕说。

"降周正好与我姒疑哥哥相会，也比跟你一起好！"她带着哭音大喊着说。

嬴来想她果然与犁娄氏情意极深，可不像风婉那么好劝的。他立即以强风禁锢住她的行动，扯着她往路旁林子里而去。"你想干什么？"姜菀愉挣扎大喊。

"你我就在此合欢做夫妻吧，反正你杀了犁娄伯，犁娄氏世子也不会要你了！"他抱起被禁住行动的姜菀愉就走。

姜菀愉挣扎不起，开始哭泣，"你别怕，我神力你也看到了，跟我在一起可比你的世子要好多了！"嬴来开始放下她，但就这一放松风劲的瞬间，姜菀愉身上绸服立即膨大，里面暗藏飞梭展开衣裳，"嘭"的一声把嬴来震开，而她则急速穿过层层树枝，往林子深处去了。嬴来哪里肯放过，化一丝疾风急速追赶，可他虽然在平地上飞速比姜菀愉快，在这层层叠叠的林中却要受到灌木丛阻滞，没法保持极速。

姜菀愉听得路旁人声马嘶，猜是司命官援兵到了，急忙要迎上去，但她刚从树梢上冒出头看到司命官人马，就遭到一阵疾风压制，前后左右都没法举动，急的她借风传音大呼，"小褑，快来救我！"但她刚喊出这一句，就被一阵暴风呼啸送至树林里。

少司命在行军途中听到姜菀愉叫她，便对司命官请求要去林子里。

"最好不要，我们此去救援，正愁人力不够，而刚才的一声可能是周人陷阱，你不可为此分神！"司命官说。

"但我认得是姜菀愉的声音，应该是她，就算是陷阱，救了她也多个助力！"少司命听那一声似乎很急，就有些担心姜菀愉安危。

"你去吧，但如遇到姜望这一级别的强敌，可要及时退走！"宓妃鼓励说，她想好不容易女儿才有关心外人的心思，不可不答应。

少司命看司命官点头，就起身朝林中飞去了。

这时正好林中传来嬴来的说话声，她想起这个方氏对邑姜的猥亵，就明白是怎么回事了。"姜菀愉，你别往山上逃，往路旁逃就是了，我急着赶路，不管你了，方氏是抓不到你的！"少司命借风传音大喊道，"我走了哦！"

姜菀愉正在林子里慌不择路的没头乱跑，一听是少司命的声音，想都没想就喜极而泣地往声音传来的路旁奔来，双脚刚要迈步，就被地下一张玉坠网捆住，而一彪凤羽飞至，缠绕在她脖子上，顿时声音嘶哑的说不出话来。

赢来抱着姜菀愉穿过树梢，从空中往山头上去了。他翻过这座山，却看到山下是一片沼泽，想若是仍旧在林中，就算少司命在十步以内，自己都不一定能察觉，但在沼泽就不同了，这里视野开阔，只要她敢接近，就以一丝疾气给她一击，把她也抓回去！

于是他便故意往沼泽地深处而去，要在此引来少司命现身。到了沼泽深处之后，只见这里茫茫一片，只有几只水鸟在地上栖息，他就把姜菀愉放下来，放松她的脖颈。

"这下少司命不敢出来救你了吧？"他故意大喊道。

但姜菀愉只是抽泣，不能说话。

"跟着我有什么不好？我神力高强，连司命官都不敢来追，周氏也不是我的对手，你们族人再也不用受周人和殷人欺压了！"

"你快放开我，让我走！我死也要跟姒疑哥哥死在一起，我不想看到你！"姜菀愉着急的大哭说。

赢来听了愠怒不已，"现在由不得你，我先跟你合欢，你以后若不顺从我，就一辈子禁锢你为奴！"

他说着就解开姜菀愉上身的罗网，开始剥她衣裳。菀愉此时已被泪水模糊了眼睛，感到身上领口被拉下，顿时大急，但又发觉裹着自己的网罟松了，呀的一声尖叫，元气随织刀急切外放，松弛的网绳顿时丝丝飞出，如刀割一般划开了赢来的双手。

赢来大惊之下，急忙起身发出一道间阖寒风，要禁锢快要挣脱的菀愉。但她尖叫如同网绳四散的丝线一样尖利刺耳，放出大量热气软化网绳，间阖冻风顿时跟网绳丝线一样被四散而去，甚至他手中的律管都有些拿不稳了，只好飞退十几步之外。

"这次你会被我抓住，要怪就怪你太过依赖少司命的话了，你以后若是对我也百依百顺，就不会吃苦头！"他盯了坐起来的姜菀愉一会，就飞回来缓和的说。

但姜菀愉此时仍然脸上淌着泪，对他恨之入骨，哪里会去理他，只是坐起身来要挣扎飞走，无奈下身仍然被罗网绑住，无法使出全力，只跌撞下来、大口喘气。

嬴来看即使没有御使宝玉，这叫声也因为尖利而极具穿透性，恐怕少司命也能听得到，而如果少司命赶到，这小女子又再次爆发挣脱大网的话，恐怕自己不是对手。他等了一会，仍然没有看到少司命踪迹，想一定是惧怕自己，不敢在这开阔地现身袭击，但怕是已经埋伏在树林里了。他想只能缓和关系了，就运起大风扶起姜菀愉，带她穿过树林，回到大路上，要找匹骏马回大商。但他刚回到树林，就发觉有辰气笼罩，果然少司命猜到自己会回大路，一直在林中等，没有离开！

嬴来运起大风扶起姜菀愉，带她穿过树林，回到大路上，要找匹骏马回大商。但他刚回到树林，就发觉有辰气笼罩，果然少司命猜到自己会回大路，一直在林中等，没有离开！

"少司命，你还不死心吗？伊耆女已经是我的人了！"嬴来大笑说着，就御使三种风气极速穿过树林。但他刚擦过树枝树叶，就如同撞上木板，梆梆梆的数声闷响，虽然层层树枝被撞飞，但他化的林木风也被磕磕碰碰弄得东散西歪，不觉慢了下来。

"方氏，这次看你还怎么逃！"当啷的一声大响，嬴来半身的化风随即被这些气息笼罩，顿时僵硬，附在风上的姜菀愉也被一道吸力吸走。他急忙化飓风躲开，到了半空往下看到少司命现了形，临风立在树梢。

"哈哈哈！美人，你这么拼命救下伊耆女，可她已经与我有夫妻亲昵了，这下你连去几城救黎人的战机都耽误了！"嬴来大笑说。

"你受死吧！"少司命气极，挥剑就是一击，被嬴来轻松躲过，挥舞狼牙棒，随着一阵尖利的风啸，放出丝丝疾风网，但这次因为他手臂已经麻木，疾风速度不如平时，被少司命退入林中躲过。"我不跟你纠缠了，你再不去救黎人，怕是司命官就要多损失人马了！"他看已经拿不下少司命，就极速往东走了。

少司命回到林中，取下耳坠上的天智玉，几划就划开了一些五色玉坠，然后扯开大网，放姜菀愉出来。

"褆妹妹，你真聪明，一下就找到方法打败方氏了！"姜菀愉脸上惨笑着说。

少司命看她惨笑，心中想哭，她一直只认为方氏一定会穿过树林回到大路上去，只要守在林中就好，却没想到他居然就在沼泽地上对姜菀愉施暴了。而她却连去沼泽地上看一看的念头都没有，一直在林中琢磨着破解方氏风力的办法，想到了还在自鸣得意，真是太愚蠢了！"是我太对你不好了，如果我去了沼泽地，也不会使你受辱！"少司命扭过头不敢去看她满是尘土的脸，带着哭音说。

"不怪你，你为我守候在林子里这么久，我怎会不知道你的好呢？"姜菀愉往她怀里靠了靠，缓缓地说。

"我们走吧，我先送你回军中，然后我们一起进退！"

姜菀愉这才想起少司命是去救黎人的，而这下为了自己，竟然完全耽搁了，她不敢再往下想了，只捂着脸痛哭，"都怪我……害得……"

少司命知道她想说什么，只好安慰，然后扶起她慢行。她们到路旁时，发现少司命藏在路旁林子里的戎马也不见了，猜想应该是赢来抢去了，只好凭神术而奔。不过这里相距几城已经不远，她们只需半个时辰就可到达。可等他们到达几城城下时，只听到钟鼓大作，尘土飞扬，城门口全是周人兵马。

"糟了，一定是周人全部出动，团团包围，要困死我二师！"少司命焦急地对姜菀愉说，"我们从空中下去吧！"

姜菀愉应声跟随少司命从高空而去。但她们俩刚冲入半空，就有七玉盘旋在上空，挡住去路。周氏是看到一团云雾急速而下，猜测是伊耆女要来襄助，即刻发动法宝要擒住她。

"褆妹妹，你跟我来！"姜菀愉展开一团旋转的丝线，分四层包裹着二人飞速散开，七玉的飞玉散射撞上裹住二人的四层丝线，嘶嘶嘶嘶作响，散成微弱的光芒朝四面八方散去，两人则倏地一下穿过七玉包围，到了地上司命官军中。少司命惊异不已，"姐姐为何不早用这神力？"她一到军中，也不顾急着去寻司命官，先就有些不快地问。

"我一直没想到要用……"姜菀愉抱歉地说，"只是在被方氏……才突然想起……"她越说越哽咽，低头不敢看少司命。

少司命便一把把她拥入怀里，"别想这些了，我们先去想办法解围吧！"

"你们怎么才来？"司命官不满地说，"这里不用你们指挥，而现在所有周人都在这里围困，城中空虚，你们只想办法去鼓动被俘的黎人逃走就行！"

少司命便拉着姜菀愉飞走了，由于二人躲入云里而走，守在半空的周氏和柞氏不能追上她们。二人进入几城城中之后，果然发现城里除了围困司命官军的东门，几乎没有周人士卒了。她们在地穴聚落附近找到了大批黎人战俘，他们此时已经被卸下兵刃和宝玉，塞满了地穴及其周围的地上，横七竖八地蹲着坐着，被少数周人士卒所看押。须臾，少司命和姜菀愉就急速贴地飞过，各自用剑光和纺锤杀死上百名看押士卒，他们还来不及布阵就倒下了。

"伊耆氏和犁娄氏族人，我是伊耆氏宗子姜菀愉，你们赶快随我逃走吧！"姜菀愉红着脸大声借风传音道。

"黎人！我是大商少司命官，你们放心逃走吧，现在周人正与我司命官军僵持，他们来不及抓捕你们的！"少司命看他们犹豫，就补充了一句。

千夫长百夫长听说司命官军到了，都大为鼓舞，即刻开始组织黎人战俘逃亡，少司命和姜菀愉即领着这两万黎人，一路杀死周人士卒，从南门逃走。但城中戎马不多，他们大部分只能步行，刚逃出南门，就有周氏领军开始堵截。黎人战俘没有兵刃，只能束手就擒，少司命拉着姜菀愉，不顾她抽泣不止，硬把她拉走了。此时因为周氏军撤离，司命官二师和子延麾下一师得以突破周人三面包围，往东退去。

两日后，周人安顿好黎人战俘，果然开始大举围城，但这时候司土官军南下来解围了。箕侯和司土官本来围攻占据箕国的甫氏和兹氏，但却半个月都没法攻下，反而折损一师，他们想箕国都邑内粮食充足，再这样耗下去，他们自己先就会垮掉，而正好听说司命官军被围城，就南下解围来了。

司土官军虽然完全不能抵挡姜望指挥的周氏与姬发军，但由于有司命官军出城突破，周人没法两面受敌，被冲散。司命官二师得以突围。周人虽然被冲散，却仍然顽强的以井阵各自为战，咬住殷人不放，使得司命官军在退走途中又损失千人，而司土官军则损失了两个师的人马。但出城就是太行山，殷人沿着窄小的山路一路奔逃，总算得以减少伤亡。

而此时，顾氏已经从淇城带出大批军粮在太行山上守候，司土官司命官二军便在太行山顶关隘驻扎，居高临下阻挡周人。司土官军毕竟不是黎人，在关隘口往下对阵周人还是能够阻挡一时的，再加上司命官军趁两军交战，在山路旁开始布阵，使周人又如前次太行山之战一样不但被消解冲击，阵中不是起火就是士卒汗水浸湿。而雨师姜此时也走山上密林中到了隘口，她本想投降周人，却听说司命官守住了隘口，才又从密林中跋涉而来。有雨师姜在关隘布满风不能散的云雾，姜望更加无奈，只好撤回山脚。

此时姬发已经伤好些了，听说仍然不能破解司命官阵法，就提起换回邑姜。但等到周人使者回报，却说是司命官坚持要求以一万五千黎人战俘来交换太子妃，这随即在周人首领中激起一片不满，尤其是有莘族。

"括，你来说吧！"姬发咳嗽几声，他心肺遭到重创不能多说话，便让檀括说。

"我与太子妃被困谷底，我曾听到少司命在念动咒语，应该是在炼制法宝，而我当时察觉到寅时、午时、戌时三气，只可惜我眼睛模糊，不能看清她是如何激起这三气的！"檀括答道。

"你的意思是？"周氏问。

"太子妃当时是可以看到的，她既然目睹了少司命炼制法宝，自然可能窥破司命官阵法！"

这下众人都不做声了，"能不能说服殷人，用犁娄氏父子二人去换回太子妃一人呢？"郜伯此时出声说，结果被他身旁立着的召氏拉扯了一下。

"可惜犁娄伯其实在我长途跋涉，回到都邑时，已经因为失血过多身亡了！"姜望此时哀叹说。原来，犁娄伯自被姜望擒住之后，身上失血过多却一直装在葫芦里，因而没能及时得到救治，已经身亡，但姜望因为想到女儿还没能换回，而加上犁娄伯才够分量换回她，因而一直秘而不宣。

众人一片唏嘘，"好了，如果没人能窥破司命官阵法，就定下来，以黎人战俘换回太子妃吧！"姬发最后说。

过了两天，姜望与司命官宓妃在太行山脚会盟，约定换回邑姜，但只需送交万五千黎人，而没有拿出黎人的定阵宝玉和铁器。

"姜望，之前邑儿在我这，差点被那个方氏钻了空子，让她蒙羞，因此我让你们留下了宝玉和铁器！"宓妃抱歉地说。

"这么说你是在我儿蒙羞之后，才刻意在几城城郊向我保证保护邑儿的了？"姜望有些不满地说。

"确实是这样，"宓妃有些羞愧，"不过只是我没能想到我的女儿居然会为了换取图法，帮助方氏！她从小就因为跟随她父亲，为人有些冷血，实在是……"

"我能理解，其实只要少纵容就好！"

"话可不是这么说，"司命官在一旁听得两人在归罪于自己，有些不快，"每个家族都有自己的习俗来教化，我就以我女儿为荣！"

司命官看姜望随即沉下脸来，又补充说："不过姜兄放心，这个方氏已经得罪了你、有仍族的任女，以及伊耆氏女和我儿，只要他在大商，就不会好过！"

"好！老弟果然还是跟以前一样的犀利！"

"好了，先不多说了，如果以后我们能有幸和解，再来谈论吧！"

两人互握了一下手，就各自离去了。

"这一个月一定很委屈吧？"姜望在路上问邑姜。

"当时是挺委屈的，特别是在谷底被少司命那个小妖女逼迫时！"邑姜开朗地说，"不过过了就好多了！"

"如果不是太子提起你看到修炼，诸邦君世子恐怕还不会允许用万五千黎人换你回来呢！"

"他是怎么猜到的？"邑姜瞪大眼睛看着姜望。

姜望便告诉了檀括所察觉的少司命的修炼气息，"你去跟你夫君详谈吧！"

姬发此时虽然好些了，但是身体还是很虚弱，只坐在内室等邑姜。她一进来就扑入他怀里，心疼地抚摸着他的伤口。

"那个时候你不觉得疼吗，怎么那么拼命？"邑姜想起了山头一战时，姬发宁愿承受司命官背后一击，也仍旧从姒疑手中夺回了自己。

"疼倒是不疼，只是昏昏欲睡，不好作战了而已！"姬发举重若轻地说。

邑姜一听这话，泪水就静静地淌了下来，她当然知道姬发是因为被司命官辰气侵袭，意识都模糊了，才不会觉得疼的。"你真是太……"她抱着他不肯放。

"好了好了，你我能平安躲过这场灾难，这么快见面，已经是有天命护佑了！应该高兴才是！"

"嗯……"邑姜抹去泪水，"对了，我这次被擒也不算亏，我在谷底看到少司命炼制法宝了呢！"

接着，他们便找来了檀括，邑姜与他一合计，便推测出了少司命炼制宝物所用的十二子变化神术。

邑姜灰心叹气，"知道这些有什么用？我们又不知怎么消去阵法冲击所含辰气，总不可能不用田阵吧！"

"我看时辰气的合化似乎都是互相合化或相冲来造成损伤的，只要我们在冲击时混入一些时辰气，不就可以扰乱辰气的合化了吗？"

"只可惜我并不会从绳墨、玉粉等物中提炼出时辰气，更不会在某个时辰蓄积其他的时辰气啊！"檀括惭愧地说。

"唉，我当时又没能听清楚少司命的修炼咒语，不然我们自己就可以蓄气了！"邑姜叹道。

"那就先以分离的水土草三气冲击吧，虽然战力少了三分之二，至少可以奇袭！"姬发坚持说，"这两天就准备攻上太行山吧！"

果然，在攻取太行山关隘时，虽然姜望周氏组成周人最强战力，仍然不能击垮司命官守军。周人为了避免时辰气合化，特意选择在午时攻取，还分了水雾防御、土草气袭击，但这次冲击不但草刺因失去水雾保护干燥起火，土石还沉重的射往地上，击碎土块，砰砰砰的巨响，乱石飞溅。而阵中则依旧遭到气息侵袭，指挥发动蓄气的百夫长千夫长都热的七窍流血，其他士卒还都沉重倒地。而这回，阵内多了头顶上的光亮笼罩，造成的热压如山石一般，士卒连长戈都举不起来。

姬发在阵前看到实在不能攻破关隘，只得让周氏、檀括、邰伯三师准备南下，再让姬鲜军出犛城，准备在苏国边境会合，一起出征降服苏子、坊氏等侯伯。周氏便召唤甫氏兄妹随军出征，而主意让兹氏留守北地祁邑，只派嬴媒回来守住黎地，可少姒妃却反对。

少姒妃闷闷不乐，"说什么偏袒我有莘族，可怎么连有莘国临近的虞地都讨不到……"她碎碎念地说。

"我本就战事政事缠身，怎么你不为我考虑，总想着自己家族的壮大呢？"周氏不满地说。

少姒妃不敢再接话，她知道夫君一旦发脾气，十匹马都拉不回，这时也只好转移话题，"那可不可以让姒疑也参战，这样夫君又可多个忠心的臣属，牵制甫氏兄妹？"她和颜悦色地说。

"谁是姒疑？"

"就是现在为奴的犁娄氏世子啊！"少姒妃心中有些慌乱，镇定地说。

"不可，犁娄氏新降，至少要为奴一年，等殷人分化了黎人降卒，之后再看他是否能杀殷人宗师立功！"

姜望战水泽篇

周人放弃东进，转而南下的消息传来，帝辛喜忧参半，喜是司命官竟然以二师之力，抵挡了周人这么多次进攻，虽然战力不强，但守住大商王畿以西绝对没有问题，忧则在于周人转而攻取河水沿岸，自然是要开辟从河道威慑大商王都的战线，而现在妲己全军覆没，司土官要配合司命官守卫，要援助河水沿岸诸邦的话，只有调动王畿卫戍军了。

"前次几番去召呼苏妃，她都不来，恐怕即使她应允出征，也不会尽力，只有靠王后跟我亲自带领卫戍军出征了！"帝辛对王后说。

"大王不必担心，周人第一个要攻取的就是苏国，苏妃她不可能放着自己兄长和亲族不顾的，我到时候以此劝她便是！"

于是，帝辛命田畯官、飞廉氏父子和寝正官为将率领卫戍军，亚丑伯和水庸氏为随军宗师，再南下与封父氏合兵。而他派人去请水正官在禺谷的继嗣禺强和妲己来相助，却只见禺强到来，不见妲己。①帝辛恼怒，大军路过沫城时，命王后亲自借风传音叫妲己出来相见。

妲己自兵败之后，就只在沫城郊野埋头训练士卒，也不去王宫觐见，得到周人进犯的消息后，她便催促泰逢派兵渡河，助苏子守卫，可泰逢却要凭河据险而守，不愿意过河与周人对峙，这也令她很不高兴。但这时帝辛亲率大军相逼，她也只好出来拜见。

"苏妃，你为何不听我号令随军出征？"帝辛怒吼说，这是他第一次不称妲己为"爱妃"，而直呼称谓。

"臣女自兵败，只能练兵加紧恢复兵力，因此不能前去相助！"

"与周人战，酒正官、封父氏军都能完好撤回，只有你率领的一万五千人无一人生还，足见你练兵之法有缺陷，你如何能再练兵？速速随军出征，以见识其他首领的阵法！"

这话动了妲己自尊，令她更是恼怒，执拗不愿意随军，"我这次以我族熟练的牧阵练兵，无需见识其他首领阵法，恕臣女不能前往！"她说完，带着髻

---

① 禺强，出自禺谷附近的禺氏宗族，其所祭祀的商人先祖玄冥，是兴修水利、为民造福的北方神、水神。而他本身则为周初传说中的北方神、北风神、瘟神。禺强也可能是《史记》里的少师强。

女，转身就要离去。

帝辛大怒，正要叫左右拿下，王后急忙制止，"大王，苏妃兵败懊恼，千万不要跟她计较，况且她神力高强，我们这些人不一定能制住她的！不如等苏子遭袭的消息传来，再劝她出征吧！"

周人和殷人还未到达苏国时，苏子就开始恐慌，派使者渡河到孟城和洛城，请求坊氏和泰逢出兵渡河相助。可就在此时，偃女则已经先于周人到了苏国拜会他和自己的姐姐阮妃，要来劝降。

"容我考虑一下吧，不过我现在可以保证，不会在你们征伐时突袭！"

虽然周人从黎地南下到大河边，与殷人南下到孟城的路程差不多，但周人却赶在殷人之前到了孟城，而此时帝辛却仍然在为调动封父氏军而讨价还价。

姬发看河水水面上大雾弥漫日夜不散，知道有阵法，而昆虫氏虽然早已搜集到大量的渡河船只，但他恐怕帝辛大军会趁渡河时攻击，因此犹豫不决。

"是否先派人探阵，然后先送一部分士卒渡河？"他问姜望、周氏和郜伯。

"不如等姬鲜从河对岸到达孟城时，我们再一边守住殷人，一边趁坊氏和泰逢不备渡河吧！"郜伯说。

"不该是等姬鲜到达，而应该是让姬鲜配合我们大军，"周氏则说，"等我们击溃帝辛大军之后，再命姬鲜袭击洛地和孟城，以分散对岸守卫的兵力，那时我们再渡河！"他傲岸的解释说，似乎没把帝辛大军看作威胁。

"我也赞同先与帝辛大军战，但不是战胜，而是退守，只等帝辛人马开始渡河时，我军再趁机袭击！"姜望则说，"至于姬鲜，则命他以袭扰为上！"

三人都认为是，"吕侯好计策，这既可以令河面放开阵法，我们击溃帝辛也更有胜算！"姬发赞叹说。

由于只有姜望和岳氏熟悉御水之法，姬发便遣使他们去水面上探阵。姜望带着大女丑氏，以及岳氏三人到了水面上空，只觉云雾缠绕，而身子则越发沉重，无法举动。姜望御使日气推开身边云雾，大女丑氏以火绳缠绕护体，岳氏则本身有宝物能帮助身体化云雾，自然不受禁锢。

"姜望岳氏！你们别探了，我的阵法你们周人见过多次了，但绝对无法破解的！"泰逢隐于雾中大声喝道。

"泰逢老友，我们也算师兄弟，不如现在投降随我回去，可依旧封你为君！"岳氏大声说，"否则，现在就擒住你！"

"你们能擒住我不早擒了吗？"泰逢大笑说，"我不是来跟你们斗气的，你们赶快回去准备渡河吧！"

姜望试着朝声音传来的地方发出一道疾风，但果然一出手就在云雾中散去了，还使云雾周围凝结了水滴，而泰逢则没有再出声。

"坊氏应该也有布阵，不知为何没有对我三人发动！"姜望对岳氏说。

"吕侯少歇，我去河岸边看看！"他说完就化云雾从高空去了河岸。

"为何不跟着去，别让功劳被他一个人抢了！"大女丑氏急道。

"你先随我来！"姜望带着她下了水面，附在水面上过了河，他们在岸边看到一路绵延的堤坝，而不远处是一个堤坝围住的大水泽。

"就是这个了！"姜望对女丑氏说，"孟城田中的所有夏气都可以通过这个水泽汇聚入河，发出的冲击足以击溃堤坝，使我行军途中就遭到灭顶之灾！"

"我们赶快回去报告，以免丰侯争功吧！"

"争功不要紧，等一下如果岳氏回来，跟我说河道和大水泽都会有巨大的冲击，那么他就只是想与我争功，如果他说只在河道上有阵法冲击，而鼓动我率军去大水泽释放河道口，那么他就是要害我性命！"

大女丑氏听了心中暗赞，果然，岳氏回来，就说了堤坝口流入的河道一定是发出冲击的所在，而提议由姜望率军绕过堤坝口渡河，去大水泽毁坏堤坝口水道。女丑氏听了几乎要发作了，但被姜望眼神制止，三人各怀心事回去了。

二日后，帝辛军刚到达孟地河水旁，就接到泰逢和坊氏要求尽快渡河的求援。原来，马步数日前就率领小巫到达了洛地，他们用了几天时间在洛地和孟城散播痢疾，导致现在两地士卒大都生病，没法作战。洛地还好，只有守城士卒病倒，而他们能按田阵分发药草为士卒治病。可坊氏所据的孟城则因大水泽被投入大量棘鬼，阴湿的魂气顺着水渠漂流至百姓和氓隶的田地，以至于不但士卒，连普通耕夫和家眷都病倒了。而姬鲜大军则已经趁机开始试探攻击洛地，两位诸侯不得不请求帝辛渡河增援。但阵前就是数万周人，帝辛当然不愿意立即渡河，而要首先击败周人。

帝辛命寝正官和田畯官训练的士卒布阵，而封父氏的五千人马在侧翼待命，趁两军交战截断周人进攻。殷人以寝正官阵法定阵，在百夫长的指挥下，每一井士卒的田阵箭雨从篱笆防御后集中射出，而阵前巍峨的篱笆防御，则用于挡住周人冲击。果然，周人冲击不能攻入殷人阵中，猛烈的冲击只使得阵前发出嘭嘭嘭的巨响，每一阵冲击过后，殷人树篱下的泥地就"嘭"的一阵草泥飞扬，沟壑渐深，乱石堆砌，冲击都被转移到了地底深处去了。

"集中战力，与之相冲！"邑姜在阵前大呼。飞廉氏父子闻声，立即化风过来袭击，但邑姜周围早已有一个井的士卒在凝神备战，一阵疾风冲击顿时把他二人击退。周人随即以鱼鹰引导士卒冲击汇聚，与殷人对轰，总算能勉强击溃殷人士卒，但由于宫室阵法的开口只有三四名士卒之宽，殷人损兵极少。但此时，封父氏开始从侧翼袭击周人，这里没有邑姜指挥加倍冲击，周人竟然抵挡不住，开始撤退。邑姜看侧翼开始损兵，急忙又绕至侧翼指挥，并命令全军撤退。

周人刚退后一里，封父氏就看到黑压压的大群周人杀声震天地涌来，他急忙命令士卒撤走。本来周人居然不堪与自己对峙，封父氏就有些怀疑，因为此前对姬鲜时，周人虽然不至于击败自己，却总能越战越勇，并不似现在这般脆弱。但他也不多想，看一路追赶，地上躺着约莫上千周人尸体了，也算是得了小功了。

封父氏一回大营，就对帝辛说了自己的疑虑。

"比侯所言甚是，"水庸氏说，"此战与我们对敌的周人战力大概与周氏军相当，但这是加上了姜女的倍加冲击之法才有如此战力的，这样来看，此次的周人一定不是周氏麾下！"

"是了，周人应该是故意没有树立旗帜，而保留了实力，不然，凭周氏军出战，再有姜望或姜女指挥的话，封父氏可能难以击溃他们！"亚丑伯则说。

封父氏听了立即吹胡子瞪眼，"亚丑伯这话我不爱听，姜女随后去了侧翼迎击我军，结果还是没能挽回颓势，周氏麾下战力再强，不可能高过姬发、郜伯等麾下师旅倍余吧？"

"王子说的是，"帝辛为了鼓动封父氏尽力出战，特地尊称他说，"即使周人战力再加倍，只要有寝正官阵法护卫，就仍然能够挡住！"

"那么就请比侯与寝正官作为屏障，以护卫我大军渡河，解救洛地和孟城！"王后接着帝辛的话说。

"这……"封父氏听王后这话的意思是让自己士卒作为肉垒死撑，就又有些心悸了，"眼下我们最要紧的应该是击退周人吧，河对岸的洛地可等周人退走后再救不迟！"

"那不行，万一姬鲜大军攻破洛地，迁走人口货贿，我们岂不是白白送给周人这么多兵器和财货？而以后等我大军一退，周人复来占据洛地，下一个就是你比地了！"帝辛说。

"南土有戏方伯，飞廉氏曾送兵马给他，这次正好可请他先助泰逢御敌，还有昆吾氏、熊氏都可相助，以配合我师作战！"王后看封父氏仍然不悦，就进言说。

"嗯！特别是昆吾氏，这次请他若还不来合兵，击退周人后，我一定要改派将领驻扎昆吾！"帝辛便让飞廉氏出使。

"其实还可顺便调集荆蛮之地的霍侯、艾侯和邓侯，这些负责冶炼的诸侯已经久不向我大商纳贡，自己却蓄积了大量兵刃和宝玉，实在可以趁这次兵锋所指，督促他们合兵抗周！"飞廉氏则说。

帝辛允诺，第二天，便由封父氏和寝正官率军屏藩周人，水庸氏和亚丑伯随军护卫，王后则亲率大军开始渡河。

清晨，水面上云雾散开，让出一里宽的水面，王后先上船，率领士卒以七八百人为一排小船，浩浩荡荡地紧跟着，往河对岸驶去。可就在此时，周人开始发动袭击，封父氏军遭到姬发旗号的大军从正面突袭，而帝辛的后军则遭到周氏旗号的小股士卒突袭。原来，姜望趁封父氏击退周人之时，就已经率领周氏麾下一师轻骑速进，辗转到了殷人后军。早晨看到水面上雾气散去，他就知道殷人开始渡河，立即与阵前的姬发军配合发动袭击。殷人后排是帝辛所在，此时仅有田畯官护卫，士卒战力仅相当于黎人，宫室阵法的防御受到姜望的轻骑虎贲的木锥冲击，几乎一触即溃，嘭嘭嘭嘭的巨响中，尘土碎片飞溅，阵后士卒死伤无数。姜望指挥的周氏军为周人最强战力，就连城门都能一击击破，更何况是宫室阵法就地摆出的战车盾牌。

　　不过须臾，后军护卫帝辛的五千人马几乎被一阵木锥消灭殆尽，田畯官则已经飞骑护卫帝辛到了封父氏军中安顿。不用传令官报告，呼啸的疾风和泥土掀翻巨响就已经使寝正官和封父氏惊慌失措，寝正官看封父氏军中阵法还能撑住一时，便迅速回救去了。此时河面上王后和嬴来虽然已经到达河对岸，但大部分士卒都还在渡河，而中师主力则仍然留在河岸。王后看河对岸后排帝辛所在杀声震天，担心他安危，便派嬴来去看。

　　就在这时，云雾被清除的河对岸隐约显出一彪船队来，把正要渡河的殷人船只截断，双方立即开战，喊杀声顿起。王后焦急万分，殷人阵法只能朝前冲击，回头冲击则会导致船队停滞不前，而士卒也并未在船上训练过阵法，是一定挡不住周人各自小股为战的灵活冲击的。她急忙吩咐泰逢和坊氏负责坚守河岸，护卫到岸殷人船只，自己则去对岸护卫殷人渡河。

　　嬴来到了后军，迎面就看到周人骑兵冲杀过来，而地上遍地都是殷人尸体，他急忙化风避开冲在前面的骑兵冲击，但就这猛地一阵狂风，就被姜望军中的甫氏兄妹发觉。嬴来回头看到十二玉圈住一串八玉串朝自己冲来，急忙化暴风急速飞走。而中军则由于寝正官及时赶到，加强了宫室阵法，暂时守住了姜望的进攻。

　　"大王在这里吗？"嬴来找到寝正官问道。

　　"已经由田畯官护卫到封父氏军中去了！"

　　嬴来心中一恼，就要飞走，却被寝正官拦下，"你不在此迎击周氏军，要走哪里？"他喝道。

　　"水面上有周人船只出现，我要去助王后护卫！"他头也不回地化水雾风走了。

　　"王后，你快率领士卒退开，我要启动阵法阻止周人了！"泰逢借风传音大喊道。

　　"等周人上岸后，你们包围威胁就是，为何现在开启阵法？"王后急切的呵斥，她虽然不齿泰逢为了消去周人阵法冲击，不顾被困殷人的小人心思，但她为人宽厚，实在没能骂出口。

　　"不行了，等大雾合拢，我就要开启阵法，王后快命士卒散开！"

　　王后看劝不住泰逢，只好大声对水上殷人船只呼喝，命他们往两边分散。

但此时殷人大船都被周人绳网钩挠扯住，大船四周都有波浪振动，大船不能移动，根本没法散开。而她一人连飞下靠近水面都不能，更别说指挥士卒了。

"泰逢，殷人士卒都被我们困住了，你敢牺牲这些殷人士卒吗！"岳氏想一旦大雾开始聚拢，以殷人掩护渡河的计谋就失败了，于是躲在水里大喊道。

岸上，坊氏看到除了接近周人船队的殷人船只，其余士卒的船大都已经靠岸了，估摸着这超过五千人的殷人士卒应该足以抵御渡河周人了，"还是等周人上岸再包围吧，殷人渡河助我们对付周人，就这样连他们一起打，会让殷人心寒的！"他便对泰逢说。

"是啊，父侯，别说殷人，连我现在这里看着都觉得寒心！"泰逢之女在他身旁拉着他说。

"你小孩不懂！"泰逢训斥说，接着他飞身而上，眺望水面，估摸着被困的殷人船只排成一排，横亘绵延一里，大概有上百艘，两千士卒，"周人阵法冲击强悍你是知道的，况且那些被困的殷人已经缴械，即使上岸周人也会拿他们做挡箭牌！"他下来对坊氏说。

"父侯若是不愿意，就由我来率领他们抵御周人吧！"

"不许去！"泰逢御使一团发亮的云雾禁锢住庞女，趁机用绳索捆住说，"现在我洛地守军都病倒，而姬鲜的袭击可能就在今日，你怎么能在此时任性？"

"是啊，青儿，如果我没猜错的话，大商王后会代替我们留在此处，现在逢叔舅只需留下宗师看住，就可尽早回救洛地了！"一旁的武罗氏也劝庞青，他是泰逢之妻武罗王的族子。[①]

庞青被光亮的雾气困住睁不开眼，可即使她洒出霜雪，也只是使热雾凝水沉下去而已，她身子仍然被光亮的日气压迫住，湿热侵袭无法动弹。"父侯，快放开我！"庞青大叫说，"再不放开，我就借风传遍殷人说你要弃守河岸而去了！"

---

① 武罗为夏代人，也是《山海经》里的女山神，这里的武罗氏是夏代武罗族的后裔；庞青，杜撰人名，她跟她父亲泰逢都设定为夏朝射手逢蒙的后代，庞姓，设定为先秦传说中的霜雪女神、丰收女神青女。

泰逢大怒，旁边坊氏看他们这一家人拆解不开，想自己不能为这事浪费时间，"泰逢侯，我有孟城要守，既然你主张开启阵法，就由你留下向王后解释了！"说罢，他带领一彪人马飞驰而去。就在这时，王后下来了，她是看到泰逢不听劝，继续合拢两边大雾，就亲自过河来了。一到河岸，她就对泰逢质问，"泰逢，为何不听我劝？"

"王后息怒！"泰逢一拜说，"周人越来越多了，不能不以阵法阻吓他们！"他指着沿河对岸蜂拥而至，紧紧跟随投降殷人的周人船队说。

"你若不肯，便由我来领军包围周人，但现在开启阵法万万不可！"

"王后，我会留下助你！"庞青虽然被困半空不能动弹，仍然回头大喊说。

"这位是？"

"我的女儿庞女！"

王后看庞青平直尖利的浓眉大眼下一脸真挚，先自有几分喜欢，"好！就留下庞女助我，你们可先回去守城，我不会再追究！"她随即伸手抛出夜明珠，散去了困住庞青的光亮云雾，烧断了绳索。庞青看这位王后不但神力高强，还平易近人，欢快就在半空朝她拜谢，然后转而朝泰逢飞下来，"父侯，你快回洛地守城吧，阻挡周人就交给我和王后啦！"她有王后撑腰，底气也足了许多。

"逢叔舅，既然王后如此宽宏，那我们就先赶去守城吧！"武罗氏趁机说。

泰逢听了，也觉得王后这么轻易放自己而去，确实少了许多麻烦，而实际上他本想让武罗氏留下对敌，毕竟庞青是他的亲生女儿，但现在被武罗氏抢先劝说，也只好就此应允。"青儿，你神力未能纯熟，碰上姜望或十二玉等强敌一定要赶紧躲入士卒阵中！"他临走时不放心的嘱咐说。

庞青"好啦好啦"的大声答应着，而就在此时，她觉得一阵热烈的夏气疾风朝她袭来，风里面还布满了飞虫，逼得她急忙撒出霜露护住身子并挡住冲击，但一片霜露虽然使火热的疾风和飞虫变冷下沉，她却觉得身上开始被什么丝状物缠住，不但举动受限，就连蓄气发力也变得无力，顿时激不起浓雾流动神力。

第二阵夏风已经从庞青头上压下，她只觉头上有嵩高山压顶之力，整个人顿时被压垮，跟四周的士卒一起被压迫趴在地上却没法动弹，急的她大喊。这时，士卒人群里升起一群月明珠，连成光束网并发出光芒，头上疾风瞬间被光芒推散。

王后在不远处现身，以夜明珠发出一道光束指引着半空大呼，"冲击！"士卒齐声大吼发出一道疾风，但半空中却没能察觉任何动静。王后想一定是逃走了，就附在光束网上急速到了庞青身边，却被一团丝状物缠住，她牵着一颗夜明珠舞动，把丝状物燃烧殆尽，庞青和几名士卒才恢复行动。

河面上的周人船只已经靠岸，王后大声命士卒准备发出冲击，却看到到岸的殷人都站着不动，既不上岸也不趴下，而是等着后面一片周人船只接近河岸。

"殷人快趴下呀！阵法冲击就要发动了！"庞青在阵前看殷人不动，焦急大喊。一个殷人千夫长大喊回应，说是他们都被身后钩铙扯住了，没法行动。王后听了心中一凉，想要糟！她本想趁殷人上岸分开，袭击上岸周人的，这下怕就只能等制住俘虏的那些周人上岸，再胁迫他们放开殷人俘虏了。

可就在这几千殷人周人刚上岸后，一串十二玉和八玉呼啸而至，在阵前上空盘旋蓄力，姜望也在半空现身，大声喝令士卒准备布阵。他和甫氏兄妹本来在岸边与寝正官在中军布下的阵法相持，但既然水面上周人已经靠岸，他们自然要过来接应，而只留下大女丑氏和柞氏监督士卒逼住殷人。当然，因为姜望一走，周氏军就冲击减半，不能再击穿寝正官布下的土墙了。

王后看水面上随后而至的周人船只越来越多，焦急万分，再这样拖下去，自己麾下的五六千人就压制不住到岸的周人了。"快放开殷人降卒，我们以阵法公平对决！"她飞到阵内上空大呼。

"是大商王后吧！我们是不会放开俘虏的，如果要公平对决的话，我们会等上岸虎贲与你们兵力相当了，再丢开俘虏一决胜负！"姜望立在半空回应。

这下王后战也不是，不战也不是，只得命小股士卒上前肉搏，但随即就被殷人战俘身后的周人齐齐举戈架在前面殷人士卒身上挥出木刺逼回。而这时候，水面上的大雾已经合拢，庞青则到了河面上空雾中，她即命躲在水底的宗师启动阵法，"阵法启动了，王后快些绕至河岸！"看到云雾随即开始翻腾，她大喊道。

王后立即指挥殷人两边迂回往河岸而去，但随即遭到姜望指挥的阵法冲击。这些殷人刚到河岸，就被迫还击对轰，根本没有机会冲击云雾里的周人船只。庞青眼看周人虽然在雾中没有冲击力，却在不断靠岸，她焦急万分，只得亲自下到水面，以带着霜露尖刺的云雾冲击袭击周人，众士卒即使组织阵法，却刚发动就"嘭"的一下被散去到云雾里，凝结雨滴落下，而庞青的冲击则不但能借水雾流动扫倒士卒，还使伤者身上凝聚露水，沉重软倒在地，不能起。

庞青一击扫倒一片士卒，正兴奋地出了下一击，就看到冲击过去的云雾在急剧翻腾，"嘭"的一声，这回冲击被分散了。她正自惊讶，自己父侯在水面上布下的云雾是蕴含日气水气云雨气的一个连成一片的循环整体，牵动一处则动及一片，而这里只有她能御使，其他人除非以外面云雾支撑，不然不可能切分，更不能御使。

护卫士卒的魄氏一击不中，刚要去追庞青，就看到眼前一阵疾风网朝自己罩了过来。他记得这是方氏的神力，刚直冒冷汗，但却轻易躲过，只是身上湿漉漉的。他这才想起自己是身在泰逢布下的云雾中，既然自己不能发动神力冲击，方氏的疾气自然也被减缓了速度。庞青则刚飞到云雾顶端，就被一群尾随的飞虫急速赶上，她不能摆脱，只觉身上又如前一样被丝状物缠住，昆虫氏！她心里一惊，想不到他裹着夏气的虫群居然可以在雾中来去自如，不会被阻滞。但之前既然看到王后化解昆虫氏神力，这回她也知道如何破解了。虫群周围突然被头上阳光照得发亮，庞青周身玉粉闪闪发光，顿时使她身边热浪四溢，蛛丝线网被烧毁。她正自欣喜要脱身而去，就看眼前一道光芒袭来，她飞去晚了些，被光芒刺中大腿，剧痛立即袭来。

庞青忍住没有叫喊，附在云雾中藏身而去。昆虫氏也不现形，只带着一柄尖枪附在荧光中在云雾里巡回，探寻她的气息，但庞青此时已经沿着河道逃到云雾深处去了。

姜望看这位王后完全不懂指挥士卒，就放心的令士卒列队把殷人包围在中间，这下就以两千步卒包围了五千殷人马军，被围住的殷人左冲右突，却竟然不能冲破包围。王后看虽然被俘的殷人士卒已经四散逃走，可自己麾下六千人马反而岌岌可危了，顿时心急如焚，却又开始想着自己心软顾及降卒、阻止泰逢启动阵法是错了吗？

但此时已经由不得她多想，看被围住的殷人一排排的被击倒，甫氏兄妹已经驱使盘旋的十二玉和八玉对准在半空指挥士卒的王后下来了。"大商王后，你投降吧！"甫氏兄妹大呼。

甫氏兄妹正要下来收去大商王后，但两人身上突然光芒四射，耳边也嗡嗡声不断，接着背后就砰砰砰作响剧痛不已，令他们俩大为惊恐，回头一看，才知道是方氏在以风力从后面偷袭。幸亏有十二玉章护体，丝丝疾风都只击碎玉章上的宝玉而不能透；而一旦受到袭击，就会激发十二玉散出玉粉蓄气，部分攻击会射偏。而紧接着，本来压制地上士卒的十二玉也已经被二人抽回。二人恼怒的催动十二玉往头上疾风过处抽去，但哪里有赢来所化的暴风那么迅疾。但只听得赢来大呼一声"王后，我来挡住十二玉！"就察觉不到暴风的影踪了。甫氏兄妹一边不齿地暗骂这个只会偷袭贪功的小人，一边又催动十二玉往下找大商王后而去。

就因十二玉撤走这一缓，王后得以爬起来，一群飞虫从半空蜂拥而至，她身子虚弱，御使夜明珠发出光热慢了，已经被虫群围住身子，身上御使夜明珠的蓄气顿时松懈，刚发出的光热又黯淡下去。

"保护王后！"周围殷人士卒大喊，齐齐对半空虫群刺出飞沙，才阻断了源源不断的虫群袭击。昆虫氏正躲在荧光里持续放出虫群，士卒阵法冲击一来，也不得不放弃杀王后，"王后已死，殷人投降吧！"他狠狠地一边大喝一边飞走。王后曾拆穿他的暗谍身份，他一直对此怀恨在心，才会趁甫氏兄妹袭击时，冒险只身飞到殷人阵中偷袭。王后为了不使士卒分心，便藏身光中躲了，可虫群仍然紧随她的气息不舍。

在外围的姜望看殷人战力越来越低，就大呼劝降，但突然看到包围圈的远端尘土飞扬，一彪军马杀至。为首的正是戏方伯，他是得到飞廉出使请求出兵，而戏地离孟城渡口又近，才能这么快赶到的。而更因为听说王后要率领士卒渡河，飞廉刚走他就率军来了。

姜望大呼组织士卒冲击，顿时以加倍的冲击朝戏人骑兵袭去，但却嗙嗙嗙的几声大响，都被散在草木泥土中去了，而戏人骑兵虽然倒了一片，但部分人和马竟然没死，还能爬起来继续上马前奔，发出冲击。姜望细看，这一彪人马只有千人，旗帜上是戏方的族徽尊彝，而这些戏人骑兵身上都裹着厚厚的草木，并缠着大蛇，而头上还有鸟群跟随，怪不得能迅速把冲击散去到周围草木泥土里去。

此时王后正附身在旗帜上，并以阳光掩藏身形，甫氏找不到她。她听得是戏伯的声音，就以身上夜明珠朝戏伯这边发出一道微弱的光束，立即被他身上的夜明珠回射。她便顺着这光束附身过去。

函氏看戏伯到了，知道他已经找到大商王后，就吹响号角，命戏人撤走。他知道戏伯此次只是为王后而来，不会去在意殷人士卒的，而太过得罪了周人，他们戏方也会危险。姜望看蛮人退走，也不愿意多追赶，擒住殷人士卒、夺取宝玉才是更重要的事。"大商王后阵亡，殷人快快投降！"甫氏兄妹为了劝降，借风传音大喊，果然，殷人丧失斗志，开始丢下兵刃。

庞青在水面上的云雾里，听到周人大喊，心中大骂周人狠毒，连王后这么温柔的人都能杀死，却连抓捕都不肯。她越想越气，不顾腿伤，奋起在云雾顶端来回飞过，在河水两岸间撒下大量闪闪发光的玉粉。

"周人！你们就在这里给大商王后献祭吧！"庞青藏在云雾中大呼。魒氏刚上云雾顶端，要驱散玉粉，就感到一阵震颤，只得又急忙飞出阵外，从云雾外的空中聚起一团云雾追踪庞青冲击。但庞青且躲且飞，使魒氏每一击都落空。而阵内，渡河士卒看到头顶几道亮光闪现，忽地就有雹子急速下坠，众人没法发动冲击阻挡，都被砸倒在地。

随着一片片的炸裂，顷刻间，渡河的五六千周人受伤。姜望、甫氏兄妹听到河面上传来的炸裂声和喊杀声，知道是遇上了连魒氏都没法制止的攻击，急忙传音命令停止渡河。

在岸上的帝辛听到庞青呼号，惊疑不已，忙让传令宗师去水面上查看。

但等传令官回报，说是河面上的渡河周人确实顷刻间全部被雹子炸裂，五千士卒受伤。

"这么说刚才的女子呼号确实是我方之人了！"帝辛一呆，喃喃地说，"那王后……"

"不管王后生死，现在最要紧的是突破周人防御，或先与周人休战，这样万一王后只是受伤，也好归还！"寝正官说。

"休战？"他咬牙切齿地说，"确实要休战，就休战这一下我就要拿周邦姬发来为王后献祭！"

寝正官听了一惊，他从未看到过这位王如此张扬的直接说出自己的谋划，此时只有绝对听命才能平息帝辛怒气。

殷人便开始拉下天上云雾，示意休战。想到此次没有把握战胜殷人，姬发看到殷人拉下云雾也就没有阻挡。此时帝辛亲自在封父氏军阵前大呼。

"姬发出来说话！"他大吼道，"为何要一再侵犯我河内诸邦？"

"河东诸邦不敬天、不保民，田制混乱，使民争利，不得不伐，但只要接受我周人，训练出了如我周人战力的阵法，我们便会退兵！"姬发借风传音，比帝辛声音更加洪亮远播，殷人士卒听了都耸动，不敢多去细想此话真假。

"各个邦国有自己的邦君各定法令习俗，岂能容你西鄙小邦来干涉？"帝辛回头对封父氏等人大喊，"诸邦君，是不是这样？"

封父氏、亚丑伯、水庸氏等人都大呼应和，他们这些大宗首领都不愿意让周人进驻河内，由周人改进田制，因为这样一来，他们本族就会相对削弱，在当地的威望下降，甚至会被周人扶植的新宗族排挤。

"既然有些邦君仍然枉顾战力差距，偏要逆天而行，就不得不伐！"姬发强硬的出声。

"可你们现在仍然无法攻破我军阵法防御，这样下去一定两败俱伤，不如暂且休战，各自屯兵，随后再战！"帝辛大喝道。

"好！"姬发想正好等周氏部分士卒上岸后聚集兵力后再战，"既然如此……"他话还没说完，就突然看到前面殷人阵中有一道尘土猛烈地穿过大雾，在半空中划出一道弧线，呼啸的朝周人上空扑来。

虽然这道冲击似乎要从姬发头上飞走，他仍然觉得情况不妙，叫了一声"邑！"邑姜此时就在他身后中军，她看到这道尘土，正觉得奇怪，但听到姬发喊她，就擎着金钩在手，往前飞出。而就在这道云雾急速飞至周人上空之时，突然猛地转向，呼啸着朝姬发扑去。邑姜看到，大叫一声"夫君！"抛出的金钩立即钩住他，疾风被她金钩感应，使得他随着疾风近身而急速往上滑开。疾风扑了个空，斜射着撞击到周人士卒群里，"嘭"的一声巨响，士卒登时被撞飞，云雾散去，遍地插着草刺的尸体。姬发心有余悸的回头，才发现这道木刺飞石冲击是被数条系有玉坠的绳墨牵引，因此能够迅速改变方向。

但紧接着又有一道猛烈的疾风推动一道尘土急速朝半空中的姬发扑来，本在半空中督军的郜伯则已经挡在了姬发的身前，大呼地下士卒布阵迎击。但士卒毕竟行动缓慢，还没来得及布阵防御，这道冲击就已经呼呼的接近了半空中的二人。他们二人身后的邑姜惊吓的一声尖叫，她知道姬发旧伤未愈，此时没法急躲，便自己飞扑过来，牵起钩住姬发的金钩呼啸一声，擦过猛烈的冲击疾风，到了半空云雾中。

但郜伯却没有金钩牵引，只能御使身上盾牌抵挡刺痛的风压，而他自恃节气宝玉的蓄气比商族水庸氏、司命等人更多，也敢于大胆地在与疾风的硬碰中退走。随着大暑宝玉木刺冲击的一声弹开，郜伯附身于这道弹开的疾风急速朝后飞走，但却被扑面而来的层层疾风呼啸赶上，冲击相撞发出"砰"的一声巨响，疾风不但压倒郜伯退走之势，飞溅的草刺把他全身刺穿。

"唔！"郜伯闷喝一声，身体被划出弧线的疾风冲击到周人后军去了。此时邑姜才避开脚下呼啸而过的疾风，与姬发一起移动到了云雾中。而下面水庸氏已经牵着绳墨飞身朝他们俩扑来，"姬发哪里走！"绳墨牵引着的又是一阵极其猛烈的疾风。但此时邑姜既然已经到了姬发身边，就都不怕了。疾风被他们俩轻易躲开，回到下面周人军中去了。

水庸氏便顺势把疾风往周人阵中一引，正好与周人士卒的冲击相撞，"砰"的一声巨响，居然抵消！姬发邑姜看着骇然，都想原来这疾风竟然是多个井田的士卒集合起来的一束冲击，不然怎么会连郜伯也被击飞。他们俩飞近中军，这才看到刚才躲开的那一击击中了士卒人群里，而那里躺着数百尸体，周围士卒都惊慌失措。

"驱散云雾，冲击殷人！"在前军另一边督军的召氏忿怒大呼命令。檀括、姬高和少女丑氏等人已经到了半空，开始驱散云雾，而周人前排士卒则大吼发动阵法冲击，两军又开始激战。但没有邑姜在，周人阵法冲击减半，连宫室阵法都破不了，只能又与封父氏军陷入僵持。

"邑姜，快来阵前发动阵法！"召氏在阵前半空，回头一眼看到后面邑姜和姬发两人牵手立在空中，仍然在安抚士卒人群，就忍不住对他们怒吼说。

"你快去吧！"姬发对邑姜说，"我这里有虞氏保护就好了！"他咳嗽两声，接着召呼虞氏过来。邑姜也是第一次被召氏这样直呼喝姓名，她想到刚才没有用金钩救走他父伯，更是惶恐不已，这下急忙飞至前军指挥士卒。

此时邑姜到了阵前，"你快去看看你父伯吧，这里有我！"她特意飞近召氏喊道。

召氏看她到了，才一脸阴郁的往后军飞去。这时芮伯赶到，他看到召氏沉着的以身上蓄气激发药草为他疗伤，就急忙看视邰伯身体，却摸到心脏已经粉碎，全身僵硬了。

"世子，邰伯已经不行了！"他低声劝道。

召氏听了叹了口气，缓缓地放下拿着药草的手，有些呆滞。

"你去把父伯运回去吧，阵前交给我了！"他勉强打起精神，往阵前飞去了。邑姜看他飞来，便问："邰伯怎么样了，受伤了吗？"

"你别分心，只管发动阵法就好！"召氏不高兴地说。

这时檀括等人在半空一起围攻水庸氏和亚丑伯，但都没法攻破亚丑伯制空防御的大水团，反而被他射出饱含夏气与樟脑辣味的炸裂水花逼开。

"哈哈哈！"水庸氏看了大笑，"周人，你们不是说要帮助我们改进田阵吗？现在到底是谁帮谁改进呢？"

"我们的田阵只会是士卒与士卒对决，宗师与宗师比拼，绝不会暗中引千人士卒的战力来对付一个人！"姬高不服地大声回应。

地上召氏刚刚赶到，就听到水庸氏这话，他再也忍耐不住，身上大暑之气爆棚，直冲向水庸氏，但被绳墨引导一道冲击凌厉的袭来。冲击还未接近他，他就随着身上夏气旋风急速飞走，躲过了这道冲击。而就在他急速飞走，都来不及停住自身之时，就朝水庸氏射出了三颗宝玉。但宝玉冲击一接近，水庸氏身前定着的金规就旋转起来，不但急速朝召氏飞了过去，还使三颗宝玉弹飞。召氏则一直朝高空飞去了。

刚才躲开的檀括等人趁机朝亚丑伯攻来，却被他大吼一声，散出水团朝三人四射而来，檀括的大钟被击得穿口，但他趁机后退躲开；姬高则以绳墨引导避开了水团，只有少女丑氏没能避开，被打的吐血。水团把她裹住，顿时魂气减弱，挥出的火绳也没能把水团引开。亚丑伯一边飞逃一边回头，却认出了这火绳是他们斟氏族古老的求雨巫法，与他的浇灌求雨神术类似。

少女丑氏正挣脱不开之间，被姬高横过绳墨，挡开了亚丑伯的连续水线冲击。在下面的檀括便趁机以大钟抛出，振醒少女丑氏。少女丑氏一挣脱，就射出火绳追上丑氏，使他的护身水团热气沸腾。丑氏只好抛出葫芦收去火绳粉末，熄灭热气后加速逃入云雾。少女丑氏犹豫了一下，便没有再拼命追击。

商周大军一直激战到周人将近耗尽宝玉，姬发才命令大军撤退。帝辛待要追赶，却看到岸边又有一彪周人来到，这是周氏的麾下，这些士卒之前大都在渡河，或进入阵法被雹子打伤，或纷纷往大营方向逃去。周氏好不容易才搜集起残兵，让他们上岸来相助。帝辛看到是周氏旗帜，就有些退缩，就也退回去了。

魂氏与姜望会合，他一眼就看到岳氏早已到达，在与姜望、甫氏兄妹和昆虫氏商议。

"好了，五千士卒全军覆没的追究战后再说！"姜望看甫氏兄妹不说话，就打算先搁置此事，"你们先提议如何攻下坊氏的孟城！"

"吕侯明鉴！"岳氏谄媚地说，"去往孟城途径的大水泽必然有坊氏的聚力阵法，可由吕侯先率军截断大水泽的聚力，引导至别处，然后甫氏和吕夫人则率领军队迂回至孟城攻城，加上我与昆虫氏配合，必然可擒住坊氏！"

大女丑氏此时便扯了扯姜望，提醒他要揭破岳氏阴谋了，但姜望不理睬，"好！就按丰侯所说！"

"可先派人试探，以防万一！"桃氏看着姜望，意思是提醒他注意岳氏借刀杀人。

姜望对她点点头，他又转向岳氏微笑说，"我记得之前丰侯探阵时去过大水泽确认了，那夏气不会藏在水里了吧？"

"不会的！"岳氏保证说，"我都看过了，水里也没有蓄藏夏气！"

"还是从姬鲜军调派一个师过来助我们吧！"大女丑氏说，"万一碰上夏气炸裂，有了吕侯和姬鲜军的聚魂田阵，也可以抵挡！"她看连甫桃氏都在劝，姜望却仍然丝毫不在意，就有些急了。

"那这样吧，就由我去一趟洛地，说服姬鲜调拨兵马前来！"岳氏坦然说。

"还是我去吧，我本是三世子旧部，我去才能说服他！"昆虫氏急忙说，他要趁机留在姬鲜麾下，参与攻取洛城，好回到洛城为君。

"不可，既然丰侯提议，理应由他去！"桃氏说，"他若不能带来姬鲜士卒，就是他的过错！"战前周氏早已知会她，让她留意昆虫氏，不能让他投靠姬鲜，此时正好出声反对。

"好吧，那还是由我去一趟吧！"岳氏看昆虫氏不出声了，只好说，"待收到我罗罗鸟传信，就请吕侯出发前往大水泽！"

接下来，姜望带领自己下属的千人留驻等消息，岳氏则只身往洛地而去，而甫氏兄妹和昆虫氏则率军往洛地迂回，佯装往洛地进军。岳氏凭借云雾风催动快马，效果不如农师天地气催动，花了半日才赶到洛城。此时姬鲜大军已经趁泰逢士卒疠疾没能恢复，占据了洛城，庞青虽然赶来助战，也没能挽回败局，只能与泰逢、颛臾氏等率领族人百姓和士卒暂时退到洛城郊野。

"你借兵可是为了助吕侯攻取大水泽？"姬鲜不高兴地问。

"这……"岳氏有些惶恐，想难道他已经知道自己要陷害姜望，所以不愿意拿自己麾下士卒去陪葬？"确实如此，不过三世子放心，只是提前出兵往孟城去而已，大水泽那边相信吕侯一人率军就可以应付！"

"哦……"这下姬鲜明白岳氏的意思了，"不过大水泽我是不去的，我不能让我麾下士卒白白送死！"

"三世子放心，待吕侯破解大水泽之后，我才会率军接近！"

"你带兵我不放心，还要我臣属一起去，顺便要与你们会合攻取孟城！"

"由马步氏率军就好！"岳氏谄媚一笑，"他一定会有决断！"

"好！"姬鲜大笑说，"这我就放心了！"他当然知道密须人马步向来不服姜望独占密须之地。

姬鲜即召呼马步，让他带兵与岳氏一起出发。他们走后，桃氏即从屏风后闪出来。

"你可能多虑了，丰侯只是要陷害姜望而已，并没有要削弱我的意思！"姬鲜说。

"可世子不怕他要害你与申吕二族结仇吗！"桃氏一笑说。

"这没有关系，你也听到了，我并没有答应岳氏说允许我士卒接近大水泽，刚才也吩咐过马步了！"

"既然这样，我就先告辞了！"桃氏微笑不止。

"诶！"姬鲜叫住她，"你们兄妹俩什么时候投靠我，我会把洛城封给你们甫氏！"

"不急！你先有把握稳住昆虫氏再说，我们可不想与这个狂徒争！"

姜望这边收到岳氏送来的罗罗鸟，传信说是接近大水泽了，他便率领士卒出征。他与大水泽相距比岳氏近，自然先到。而他在接近水泽时，即命士卒排成散开的一队，以长戈刺地，齐声呼喝着推动长戈划过泥土草木，并排向大水泽推进。这样，士卒一直把沟壑推进了一里多路，才到达大水泽堤坝下面，用长戈抵住大水泽外围的土丘。这呼号声早惊动了坊氏，他临空一眼认出是姜望立在大水泽堤坝上空。

"姜望，看在你之前曾为我旧部的情面上，我提醒你，再多聚集些人马过来，不然你们是挡不住这大水泽所聚起的夏气炸裂的！"他立在高空对姜望说。

"坊氏，枉你记得曾是我旧识，何苦还要诓骗于我，诱使我方更多士卒葬身于此！"

"你本为大商将领，如今反叛反来围攻我族，我当然尽力要灭你！"坊氏大骂说。

"好！既然你这样说，我就给你个机会！"姜望说，"你尽管激发聚积的冲力，倘若我军阵亡，我不但不追究，还要放弃攻城！但如果我军无恙，你便弃城迁徙而走，如何？"

"我为孟城之君，尽全力守卫理所应当，为何要答应你弃城？"

"那你敢不敢答应一赌，使我放弃攻城呢！"

坊氏看姜望胸有成竹，想这大水泽高垒堤坝，聚积了几个月的水流冲击和夏气，难道他的那几排士卒真能抵挡？但他得到人面鹗传信说大水泽附近的周人只徘徊，迟迟没有靠近，就想应该是周人本就打算以这千人换取自己消耗掉大水泽的冲击，好直取孟城。这样一来，就等不到聚集那数千周人再释放冲击了，坊氏左思右想，还是决定要释放冲击。

姜望看坊氏一去到水泽对面，大水泽中就发出了震天的一声巨响，姜望等人只感觉大地都在晃动，水面上掀起百丈高如悬崖般的巨浪朝他们这边扑来，而除了姜望士卒抵住堤坝的地方外，坊氏对面被挖空的高高垒砌的堤坝轰隆的一下决开了数道口子，姜望麾下士卒周围都是一片土石巨浪顺着沟壑卷地而过。

树枝遍布的水浪轰隆隆的，把地上草木灌木树木都卷走，一直冲到两里外的地方去了。而姜望士卒死命抵住土丘和堤坝则隆隆闷响，但除了震动的土石跳动之外，安然无恙，他们身后划出的一里长的条条沟壑发出一连串的冲击声，土石草木飞溅，尘土飞扬，地下还传出阵阵隆隆声。

过了一会儿，扑向数道沟壑的如山巨浪才落下来，如一阵瓢泼大雨一样把地上士卒们淋湿，他们本来都被擦身而过的大浪吓得发抖，一直等到地下隆隆声停止，才高兴地欢呼雀跃，而他们身后则留下了数百条深不见底的沟壑，齐齐的摆列着，如数百条干涸的深渊一般。

"你早有办法破解，为何不说呢，害我担心半日！"大女丑氏崇拜地看着姜望说，一脸激动。

"其实我也不敢肯定此法能否保住众人，我刚才还在紧张一里地的石土阻挡够不够呢！"他此时脸上也眉开眼笑，止不住的兴奋。

"若是不够挡住，我们就死在这里吧！"大女丑氏脸上微微泛红。

姜望惊讶地看着她。"我是说如果我们都死在这里，就太便宜岳氏这个小人了！"她看到姜望表情不自然，急忙大声呵斥说。

到达水泽三里地的岳氏和马步领军，听得大水泽方向传来隆隆之声，而眼前不远处则一片积水，都想就算姜望侥幸躲过，他兵马也都阵亡了。

"走吧，我们先去孟城，攻城的头功就是你马步氏的了！"岳氏谄媚说。

马步咧嘴一笑，吆喝士卒往孟城飞奔而去。甫氏兄妹虽然也在孟城附近，但却相距不如马步军那么近，他们听到大水泽传来的震天隆隆声，看到如龙卷一样的破天水浪，都耸动不已，随即也率军往孟城而去。

岳氏马步到了孟城西门，立即发动聚魂田阵的冲击，但不料城门只发出隆隆闷响，却毫无破损的迹象。几次冲击都是如此，二人怀疑冲击是不是被城门吸收了，他们正待要退去，城门突然咣当的一声巨响，城墙上堆积巨木与一层土夯墙一起轰然塌下，门内的木锥冲击卷起石块和地上草木朝要退走的步军压来，顿时击穿阵法防御。风压呼啸而过，阵前的周人士卒中间被扫成了空地，只剩下左右师少数士卒得以逃散。第二道城门一开，坊氏率军从里面涌了出来，二人急忙率领残兵退去。而甫氏兄妹赶到，才阻住了坊氏的田阵。双方交战，坊氏抵挡不住周氏士卒的阵法，只得退去。甫氏兄妹一直追击到城门口，听说城门能够聚起冲击反冲，就不敢再接近。

众人便先在城郊扎营，却看到姜望带着一千人马来了。众人都诧异不已，尤其是岳氏，惊讶得合不拢嘴。

"你之前不是一口咬定没有蕴含夏气吗？你不是探查过吗？"大女丑氏连接质问。

"惭愧惭愧，我当时去查探大水泽时，确实没有发现夏气，应该是坊氏看我们渡河了，才从城内引出夏气充斥于水泽的吧！"

"你！"女丑氏气的一时说不出话来。

"好啦好啦，此事等攻下孟城再议，我们先去商议一下如何破城吧！"桃氏上前微笑着，拉着姜望就往大营去了。

"你究竟是怎么躲过大水泽聚积的夏气冲击的，我看那冲天巨浪足以毁灭一个城邑，就算你的阴阳倍加术也没法抵挡吧！"

"就是你所谓的阴阳倍加之术了，我让士卒把堤坝蓄积的冲击聚积到数条一里开外的沟壑下去了。"

"岳氏要借大水泽陷害你，你是知道的吧？我之前去找过姬鲜，是我力劝他，使他决定绝不让自己部下接近大水泽的，所以只要与姬鲜对质，就不但可以揭穿岳氏之前在我们面前所说的是谎言，还可告他一个拖延救援之罪！"

"哦，那你想我怎么报答你？"

"你至少要让我知道你神术的来由吧！"桃氏靠近他说，"更何况我现在与周氏陷入僵局，以后怕是可能会离开他……"

姜望摇头，"我最多给你一把金钩作为报答，能不能想出其中的奥秘就看你自己的了！"

桃氏不肯接金钩，只抱住他不放良久。"拿着吧，你有十二玉之法，以后会有好的立足之地的！"姜望说。

桃氏听了这话，才松开了他，拿着金钩默默地出营帐而去。

第二天，先由昆虫氏以虫群聚集在城门口，要布下阵，但随即就遭到城墙上投下火红的木炭，虫群和蛛丝线网顿时被烧毁，其中所含的夏气弥散开去了。

"放心，地下的虫网还在，吕侯尽管攻城！"昆虫氏对姜望保证说。

姜望便先命士卒拖动长戈在地上一路划出轨道，一直拖了百步，才让战车沿着轨道推动木锥开始攻城，几次加倍阵法冲击轰在城门上，巨响之后，依旧纹丝不动。又发动了数次冲击，估摸着城门周围内的土石快承受不住了，就不再冲击，随即大呼退军。

"连吕侯也没法攻破坊氏的大门吗？"岳氏惊讶地问。

"吕侯一击其实早已足够破门，只是我怀疑坊氏不止有城门聚力，还有城墙，可能乃至于城门附近的土石都在蓄力，所以即使大大超过攻破城门之力也无用，除非从城内布置，缠住聚积之力！"昆虫氏此时为姜望发声，他自己的蛛丝线网蓄力不够，只好称赞姜望来抬举自己未曾发挥的神力。

"混入城中我可以，只是虫网一下就会被火烧光，即使入城布置好，也是过一会就要被发觉的！"魍氏说。

昆虫氏等的就是这句话，"我的虫网刚才只是布置的不多，且因为没能布置在城内而没法作用而已！"

"会被发觉的！"甫丁说，"除非能在激战时立即布置！"

"那就等三世子过来，让檀利驱使鬼魂进城迷惑守卫，趁机布下虫网吧，那样的话，即使激战时也应该不会被察觉吧！"昆虫氏哼地说，他看甫氏阻扰自己立功，干脆就抬出姬鲜。

众人看魍氏摇头，只好决议去等姬鲜派檀利前来助阵。

苏氏兄妹分道扬镳篇

正当姜望等人去请檀利之时，姬鲜却在固守城墙，他本来打算出城消灭泰逢残兵的，却收到罗罗鸟传来暗探消息说霍侯、艾侯、戏伯三路兵马已经攻来了，只好又在城墙布下聚魂田阵。城郊外驻扎的泰逢自然也得到了消息，在聚起大量云雾，准备一战。这时，妲己与苏子也到了。妲己之前去了苏国，要她哥哥迁走族人至大商王畿，无奈苏子以没有足够兵马护送为由拒绝，只好就来洛地借兵了。

"王妃啊，你看我现在哪里还有兵马给你和苏子嘛！"泰逢唉声叹气说。

"你怎么战的，我路过孟城，坊氏都能坚守，大王也击退了周人，怎么就你丢了城邑？"

泰逢便把姬鲜趁自己不在放疠疾，以及自己因坚守渡口而晚归之事说了，苏子听了冷笑。

"总之，我这里暂时是没法分拨士卒了，不过霍侯、艾侯马上就到，飞廉氏也会来，王妃不如等他们帮我夺回洛城再让他们派兵吧！"

妲己只得应允，与苏子回营休息。"殷人实在是不能团结作战，就渡河一战来说，不是太过软弱，就是太过自保，完全没有大局！"苏子抱怨说，"迁入大商王畿还不如留在苏地！"

"你留在苏地不就等于是投降周人，你以为周人真会让你留在故土受封吗？"妲己圆睁双眼说。

苏子没有多说，但他显然不服，因为他认为大商诸侯伯不能团结一致，迟早要败于周人之手，可他不敢明说，怕一说就是与自己妹妹的决裂。他只想拖到周人击退帝辛大军，他就可以顺势放弃迁徙了。

半日后，霍侯、艾侯和戏伯就率领近万人到了，还带来了能治愈疠疾的薰草，为泰逢麾下士卒治病。

"多谢三位侯伯了，这次能聚集王妃、苏子，以及你们这么多侯伯为我夺回洛地，实在无以为报，战后一定散尽洛地财货！"泰逢故意在霍侯等人面前提起妲己、苏子，以壮声势。

"不必多谢，洛地是南下门户，如果被占据，我们南土大宗岂不是坐等周人入侵？"霍侯环顾众侯伯说，"至于财货，就不必耗费洛地百姓了，你们说是不是！"其实他们已经得到飞廉传达帝辛之命允诺财货人口，而既然洛地已经被周人占据，如何能有多少财货给他们？

泰逢急声言谢，"不过这位是？"他对着一位精瘦俊朗的年轻人问。

"是邓侯，他是我请来的！"戏伯说，"他其实也是大商册命的大侯，只是深入荆蛮之地，已经久不顾中土之事了。"

"我虽然没有带来兵马，但我看霍侯带来了龙姪，破姬鲜的聚魂田阵应该没问题，而只要有周人将领敢与我对面而战，我就可以消去他神力！"邓侯自信地说。

"聚魂田阵战力几乎与周氏阵法相当了，你为何说得如此轻松，还有，你说消去与你对敌宗师的神力是怎么回事？"妲己饶有兴趣地问。

邓侯看这位美艳的王妃果然名不虚传，得意地大声解答，"龙姪能治疗梦魇，在昆吾、荆蛮之地都是很出名的灵兽。但大部分人都不知道的是，霍侯驯养的龙姪不但能消除梦幻，还能制造幻觉，并削弱散去魂气，这不是正好可以扰乱聚魂之力吗？而我则能炼制蛊虫，使接近我之人被吸走神力！"①

众人商议好攻城策略，随即开始布阵。城门前先由霍侯率领龙姪在前，艾侯率领士卒在后骑着一种带着热浪疾行的高头豹子跟随，他们霍人和历人谓之移即。这些骑着移即兽的士卒都身裹泥土，不惧火烧，而移即兽口中则叼着火把，带出热浪滚滚。②而半空中则是化蛇和毕方，化蛇身上托着的也是龙姪。

妲己看这所谓的龙姪跟狐相似，不过头上多了一只角，还有凶猛的虎爪，确实令人惊异。她走近一头龙姪，稍微挥手发出冲击，就感到自己击了个空，而自己居然也不自主的随冲击朝前跌出。她想到这可能是狐制造的幻觉，急忙凝聚神智，激起玉串发光，定睛一看，才发现自己已经被武罗氏扶住，而那龙姪则已经闪到她跟前，要用爪子抓她。

"王妃小心！"他柔声说，并迅速带她到了半空。妲己想自己一个统领王

---

① 龙姪出自《山海经》，荆楚地方某些族群的一类狐图腾，九头九尾，虎爪，为九尾狐的名字。这里设定为霍族图腾。

② 移即出自《山海经》，红脸猛兽，是类似于红颊獴的一种能吃蛇、浑身刺毛、行动迅速的大型猛兽。

畿几十万人口的大邦之君，却被臣属泰逢一个支子扶住，顿觉丢脸，急忙推开他。

"王妃运气好，倘若这龙姪爪子上有刀枪，怕是就要无端命丧了！"不远处邓侯大声说着，以疾风牵动一串羽毛直至龙姪跟前，那龙姪才停止闷哼，嗖的一下朝邓侯奔去。

一个楚地蛮人首领居然敢如此对她呼喝，实在令姐已不得不伤感兵败失势的落差，"巫兽而已，下次再用就不灵了，你等还是想想如何一战赶走周人吧！"她想既然玉串就能定住魂气恢复神智，此巫术应该不难破解，就恢复威仪昂首飞走了。

三位侯伯开始攻城，龙姪兽群地上、天上如鸟群一样朝城墙扑来，还在两百步外，立在城墙上空的姬鲜、檀利就命令城墙上的士卒布阵冲击空中和地上的兽群。但冲击甫一发出，他们俩就看到士卒冲击全都打空，而龙姪兽群已经飞扑至眼前！士卒被龙姪弄的眼花缭乱，长戈长矛互相磕伤，姬鲜大吼着要定住混乱，却不但不能制止，自己反而有些头晕目眩，一时间焦灼万分。他想凝神会聚魂气不散，却只觉得飞鼠一般的影子萦绕周身，使自己魂气扰动，根本无法凝神聚集！

喝！姬鲜大喊一声，索性不顾一切往高空而去。但这时又有半空拦截的毕方和鱼鹰放出热浪和大水团朝他袭来，由于鸟群极多，以至于他凭借聚魂之体的敏捷都没能躲开，热流水流同时侵袭，使他半身瘫软半身灼伤。

他痛的长啸一声，硬是飞到云端去了。这里再没有侵袭，才使他缓口气往下看，却看到几人跟在几只龙姪兽后面朝云端急速飞上，而地下城墙上则已经被密密麻麻的兽群占领。他急忙躲在云中急速飞走，想这下完了，兽群都飞爬到城墙上，却还听不到士卒的冲击巨响，一定是被迷魂了，但他猜不透的是，这龙姪兽不是疗治梦魇的药材吗，难道还有致幻和散魂的效用？幸亏他及时定住了飘散魂气，不然可能还不能摆脱幻觉，以为在遭受那些猛兽冲击的裹胁！

姬鲜在云中绕了一阵，估计没人能赶得上他，因为担心自己麾下士卒，只好又回到洛城上空云里，他正要下地而去，就突然察觉身后云雾中一片炸裂声，杀气朝自己猛地袭来，迫使他急忙飞出云雾。而云雾外则是邓侯苏子和泰逢带着两头骑着化蛇的龙姪拦住去路。

"来啊！"他大喝道，仗着自己是聚魂体，发动夏气冲击朝众人攻来，苏子立即以金铎连成一串迎着他冲击。两下还未接近，姬鲜就被金铎齐声振响震得散去了一些魂魄，而聚魂宝玉也有损坏。

冲击相撞，砰砰砰的几声大响，金铎一个个粉碎，姬鲜则继续分别朝泰逢和邓侯发出宝玉冲击。苏子的金铎虽然有一击碎玉之力，却不能调和蓄气累加，因此无论多少金铎实际上都只有击碎一颗宝玉之力，姬鲜的数百聚魂体即使挥出一阵宝玉疾风，也远远不及，因此一下便被击破。

泰逢看姬鲜凶猛，只好留下云雾，自己脱身而走，冲击击中云雾，被消去，云雾化雨落下。邓侯则急忙以一只坩埚朝姬鲜甩出，冲击被收入坩埚，一阵急速的闷响，坩埚被冲击撞得一阵晃动，并迅速变得火红，随即"砰"的一声巨响炸裂。姬鲜穿过炸裂的坩埚追击邓侯，却感到一股火热的腥气从炸裂里扑面而来，他浑身以夏气旋风散发也挥之不去。邓侯则先自飞身退走下地去了。

姬鲜摆脱腥味，正接近地下，却感到一只龙姪嗖的一下从后面袭来，顿时觉得魂散，而行动速度也在减慢，幻觉又起作用了！但这回他已经有破解之法。随着他看清了龙姪爪子的动作，挥散急速扑来的气息，紊乱的魂气才恢复，又加速朝地下追击。

"姬鲜不要逃！"背后传来妲己的叫声，他扭头一看，一位窈窕身影推动一柄短剑，已经急速赶上他一路激发元气飞行所留下的杀气。他这才知道一直咬住不放，在他身后追踪的是妲己，怪不得之前能这么快就在云外堵截到了他。

妲己此次南下，不愿意过多牵扯战事，就没有身裹白绸了，而因为前次兵败被追击，她也不愿意再穿醒目的白衣，姬鲜这才没能认出她来。

但姬鲜此时身上仍然有足够多的聚魂宝物。为了避免一直被短剑追杀，他索性往身后抛出一些宝物。短剑赶上他抛下的魂气杀矢、宝玉，顿时火花、金粉四射，但也止住了追击。

"王妃莫追，姬鲜已经可被我清除聚魂了！"邓侯追上妲己说。

妲己稍微缓了缓，等他和泰逢等人赶上，再一起追击姬鲜，"被你的蛊虫之术吸走魂气吗？"她讥讽说，"难道他是怕被你吸光聚魂才吓跑的？"

"王妃你看好便是！"邓侯自信的取出一条手臂粗的腐烂大蛇，朝三人扬了扬，顿时冒出大量虫群，妲己嗅到一股刺鼻的腥气，急忙躲开。谁知邓侯抖手挥出一道疾风裹着虫群擦过她耳旁而去。这下妲己虽然没再回避，但脸色难看，只是碍于正在追击姬鲜，不好发作。而不多回，众人就顺着虫群射过去的方向听到姬鲜在下面哇哇大叫，都惊疑不已。

姬鲜此时已经驱散射过来的腥味虫群疾风，但无奈始终有零星虫子跟随，而他已经无法御使元气驱散，掉到了城墙上。他看到众人下来，立即飞奔混入城内人群。此时霍侯带领的龙娃群已经布满整个城墙，艾侯则以移即兽催动的热浪扫清抵抗的周人士卒，戏伯趁机率军破城，与周人混战。城内到处都是移即兽奔过带起的大火，或被大火围住的周人阵法。

妲己等人在混乱中找了一会，却没能找到姬鲜，只好又聚集在城内上空。

"王妃这回相信我所言非虚了吧？"邓侯抛掉金盅里已经被烧成木炭了的蛇，亲近妲己说。

"是刚才坩埚炸裂放出的腥气吗？"妲己想此法跟少宗祝的散魂术类似，却是慢性发作的，而她又一时不能看穿，对邓侯的语气也就变得缓和了。

"是了，其实姬鲜他们所谓的聚魂于一身也是因为服用了某些蛊，只不过用多种药蛊蓄气，累加了力量而已。"邓侯看她对自己态度缓和，就忍不住说开了，"不仅是聚魂于身，就连聚起草木魂气也是用的药蛊，而所谓厉鬼的刀剑魂气其实也是混入了药蛊的冲击，让人感觉刺痛，以及超出估测力量而导致的恐惧而已。"

"药蛊？"

"是了，所谓聚起魂魄，不过就是用药物长期磨炼自己筋骨、增强了能同时御使多颗宝玉的技巧和力量而已，只而要用相对应的散魂药蛊就能使其麻木、丧失毅力甚至知觉了！"

周人虽然兵败，姬鲜也没有亲临地上指挥，但由于有姬度在，下令周人士卒在东门死守，这才使大部分士卒得以带着洛城财货从西门逃出。姬度也得他哥哥教授聚魂术，练就了一身聚魂体，又在阵后目睹了姬鲜、檀利与众士卒被龙娃兽群幻觉困住的一幕，因此即使被泰逢云雾和龙娃兽群围住，仍然可以看穿迷惑，只身逃脱。戏伯、艾侯霍侯等追了一阵，看周人越追越远，只好返回。他们虽然依仗龙婕兽制造幻境取胜，在阵法冲击力上却依旧不如周人，因此也就追不上周人农师凭天地气催动战车。而等到追击姬鲜的宗师聚拢起来向泰逢汇报时，他才发现找到了四五个与姬鲜一模一样的人，却都不会神力。

霍侯挥手从这些人身上聚起些魂气来，"这些人虽然都不会神力，但他们亢奋的样子，应该是身体被姬鲜事先下了药蛊，以至于精神亢奋却不能自主行动，只能按照姬鲜吩咐的去做，而真正的姬鲜则应该是逃走了！"他有把握地说。

"是了，姬鲜应该没有多少魂气剩下，精力不可能会如此亢奋的！"邓侯则说，"而他会一直被虫群困扰，无法修炼锻体，应该一两年内都不会再来攻打了！"

泰逢听这两人意思，应该是没有想再去追击姬鲜的打算了，也只好忍痛作罢，总算能收复城池，得一两年安定的日子也好。他便一拜多谢了他们相助，随后在洛城上宫大宴诸位侯伯。宴席上，妲己便向他说起调拨兵马去护送有苏氏百姓人口迁至大商之事。结果无人愿意出兵。

妲己一走，邓侯就来找戏伯敬酒。

"你既然能下蛊虫，应该能疗治被蛊虫吸走神力的人吧？"戏伯猛地盯着他，急切地问。

"这个自然，怎么……"

"就请邓侯明日随我去戏地，为我施法救助一人吧！"戏伯恭恭敬敬地起身稽首说。

帝辛此前虽然击退周人，但却已经消耗了大量兵力，而他知道，一旦再与周人交战，周人士卒不会损耗，他们把宝玉蓄满之后来攻，己方又会损失大量士卒，这样一来，败退是一定的事。他训斥了前一战丝毫没有露面的禺强，而准备让他率军殿后，大军则边撤退边还击。这时飞廉氏来报说了霍侯、艾侯、戏伯不愿意渡河救援的事，帝辛忧虑不已。

第二日清晨，帝辛率军开始突破在东面驻守的柞氏及其率领的周氏麾下一个师。此时姜望已经渡河，这一彪骑兵虽然多了他来指挥，但毕竟人少，反而被如潮水般的帝辛大军围困。帝辛大军边退走边与周人骑兵对轰，很快就绕过了姜望柞氏的士卒。而禺强和嬴来所率领的后军则要堵住姬发、召氏和檀括三师的包围，顿时损失惨重。

而姬发得知帝辛已经开始撤退，就急命四军绕过挡在阵前的殷人，先去追击帝辛军。嬴来此时巴不得周人绕开，也就没有呼喝士卒排开阵势去拦，而禺强则只是大呼士卒冲击阵前周人，也丝毫没有阻击绕路周人的意思。待周人绕过去之后，姬发看这群殷后的师旅似乎并不太愿意阻拦，就放心的只留檀括的少数人马挡住他们回大商的路，命召氏周氏和自己麾下都去追击帝辛。

此时帝辛军刚要绕过姜望骑兵，就立即又被周人大军赶上，由于留下了三个师，剩余的主力已经不足万人，才被拖住、猛攻须臾，就不得不停下来布置宫室阵法。阵法一展开，殷人就没法移动了，只能死守抵住周人一番番的猛攻。不到一个时辰，殷人阵前就堆满了尸体，周人包围圈也缩小了。

这一仗邑姜被调拨到召氏军中指挥。她在前一战之后，得知了邰伯就在那一击中身亡之事，本想去安慰召氏，无奈他始终回避。为了安抚召氏，这一战姬发便安排她到召氏军中，让她指挥召氏麾下士卒，以帮助邰氏军加倍阵法冲击。这时她看殷人折损开始增多，想这些下去，一两个时辰，不用等到宝玉耗尽，就可以把殷人击溃得只剩一个师，而恐怕帝辛、水庸氏等首领就是在这期间要开始逃走。

"我现在去引出水庸氏出来袭击，你趁机偷袭，我们一起把他击杀好吗？"邑姜看士卒阵法冲击已经稳定，就飞近召氏说。

召氏没有回答，只是抬头望了望殷人阵中后侧，然后又血红着眼盯着眼前的草泥对轰去了。邑姜顺着他的视线看过去，殷人阵中到处弥漫着飞扬的尘土，随着一阵阵的冲击有节奏地扬起再散开降落，随后又被扬起，但只有对敌姜望、柞氏军的殷人右师后侧一处尘土扬起的节奏比别处要慢。她便跟在召氏身旁不离开。

果然，没过多久，那里后侧尘土的扬起节奏就突然变快，而召氏已经飞身附在尘土中，往河岸边去了。她急忙也跟在后面一起出了战场，往河水飞去。

召氏驾驭节气之法，比她飞得快，邑姜一下就落后到几乎看不到了。正当她不忿之时，却看到一道闪亮朝高空正南方向飞去，她知道那里正是大暑节气的北斗指向，高兴地往高空去了。

等她追上那道闪亮，才发现只是一块用于指向的弱光水玉，雕刻成了鱼钓之形，这自然是暗指她吕族的神术源头了。

邑姜一阵脸红，有些尴尬地收起水玉，并顺着水玉的指向去追。

召氏出了尘土迷障，藏身形在草木中疾行，到河水岸边时，果然察觉河面水雾中有人借雾疾行。他御使节气之法，飞的比御使普通夏气的水庸氏快，一下便追了上去。

水庸氏察觉身后一阵夏气炸裂之风，急忙往水里躲了。

召氏水性不好，没有下水，只立在原地上空不动，朝河面抛出一颗宝玉，牵住，紧贴水面缓慢飞过，往水庸氏追去。水庸氏则在水底顺流而下，他游出了一里多路，一边游，一边注意水面动静，看召氏一直留在原地没有跟上来，便索性游上水面，要出水飞奔。

谁知他跳出水面，刚聚起身上积水甩掉，就突然觉得身体行动有些滞塞。惊慌之间，他抬头一眼就看到邑姜破薄雾急速飞下。邑姜适才上了高空拿到召氏抛出的水玉后，就跟上了召氏元气激起的疾风，但等她飞近水面，却只看到一颗宝玉被牵引着贴河面飞着。她想这宝玉一边吸一边推被召氏牵引着，自然是用来察觉元气的，水庸氏应该是躲在水底无疑了。她便又躲入岸边百步之外的薄雾中随宝玉而行，果然在此等到了水庸氏露头。

水庸氏趁四肢尚未完全被禁锢，急忙朝邑姜飞下的方向抛出八爪绳秤砣。秤砣带起八爪绳索疯狂飞舞，邑姜感应秤砣风气刚一擦肩而过，就被飞舞的八爪陡然推动翻身，甩到一侧的半空去了。

水庸氏则刚觉得身体开始恢复行动，却又遭到身后一阵猛烈的疾风冲击而来。但幸亏他身后隐藏着的绳墨也被激发了，冲击呼啸一声，扬起他身后随身绳墨旌旗，擦身被导入地下草木中而去。

空中"砰"的一声巨响，这时的邑姜已经聚起反冲稳住被抛飞的身形，秤砣则被她散风反向冲击击飞。

水庸氏暗想不好，两位宗师在此埋伏，一定逃不了的，不如回殷人阵中借阵法冲击逼退他们。他这样思虑着，就急忙转身朝岸上战场方向飞去。

"老贼！还想借士卒阵法来抵挡吗！"召氏在他身后紧追不舍，大喝道。

水庸氏这才知道后面是召氏，特意跟着他出战场，找他报仇来了，"你我互为敌国，战场上难免死伤，何故要特意来寻仇取我性命？"他辩驳说。

"你不但卑劣凭人多偷袭，还贬损我周人神力，我刀族男儿岂能放过你！"

"你临阵抛弃殷人逃走，殷人也不会放过你，你哪有颜面称自己是为商国而战？"邑姜此时也从半空接近，大声说。

水庸氏只觉头上一阵呼啸，就被召氏追上，而宝玉已经朝他射来。

他刚抛出旋转的秤砣，要借秤砣冲力对冲散去夏气冲击，就被在他身后的邑姜赶上，感应从他抛出秤砣所激起的散风，使他只觉身后被猛地一推，不自主地扭曲身体，跟着秤砣被抛出。

这下他与秤砣都只迎面朝召氏冲击撞上，砰的一声，秤砣被撞得变形，和一团血肉模糊都被冲击抛飞到后面去了。召氏看着抛在地下压断灌木的变形秤砣和零散血肉，心中一阵失落，而抬头看到邑姜飞近那阳光的笑容，想起刚才与她心有灵犀的配合袭击，压抑顿时又舒缓不少。

此时在战场上，亚丑伯看水庸氏不再以绳墨汇聚阵法冲击，已经悄然而去，又看殷人损失将半，就也飞身要从高空逃走，但被飞廉氏拦住。飞廉氏是看到水庸氏所在的后军冲击减弱，才赶过来的。

"哪里去！"飞廉氏化风极速，亚丑伯还没反应过来就到了他身边。

"水庸氏跑了，我要去追他回来！"亚丑伯只好说。

"谁都不许离开，至于水庸氏，大王会在回去后对他用刑！"

亚丑伯看飞廉氏化风又细又快，自己的反应完全跟不上，只好放弃逃跑，继续操纵一片大水洒落，削弱周人战力，守住后军。姬发看包围圈越来越小，正觉得胜利在望，突然魂氏飞过来报告，说得到消息苏子已经率领百姓人口出城，应该是想要趁战乱逃到殷地去。苏氏去了殷地，殷人必然会重用他来加强军纪，姬发担心地想着，急忙让魂氏去找邑姜，自己则去找了周氏。

"现在是擒住帝辛的最好时机，怎么能调走兵马去阻截苏子！"周氏一听说姬发要调拨他麾下兵马去堵截苏人，急声说。

"殷王不会神术，且擒了王辛又会有王庚、王戌，而苏人迁徙必然有妲己在，若是截住他们可擒两位宗师！"姬发辩驳。

周氏一听姬发提到妲己，就想她此时没有兵马，而只有苏人的话，确实是擒住她的好机会。

姬发与周氏率士卒乘战车飞驰而去，而帝辛军这边看周人突然走了一拨，寝正官立即撤去宫室阵法，封父氏大呼士卒冲击开路。姬发麾下士卒勉强挡下封父氏阵法冲击，却不能阻止殷人突围。而召氏不在，他麾下士卒只有芮伯指挥，他没有参与训练田阵，不能及时调节攻势，只能在原地冲击殷人而不能阻挡。封父氏军趁机冲出包围圈而去。亚丑伯在后军看封父氏一军在前面突围走了，他自然不肯再坚守，当即御使大水包裹全身，呼啸一声朝天上冲去，不料正迎上女丑氏的火绳如蛇群一样缠绕过来。亚丑伯知道这是他遇到过的那个丑氏的法宝，就装作不敌，溅起水花推开袭来的火绳，穿插急速而逃。

两位女丑氏追了两里路，由于亚丑伯故意放慢，她们才渐渐赶上。突然，两位女丑氏被随后射来的两道水线击中。一股药味使她们抬不起手，浑身瘫软。亚丑伯赶上，用金壶罩住两人，以药水淋湿她们，使她们手脚沉重而不能动弹。

"原来你们是孪生姐妹！"亚丑伯看清了两人的清丽容貌，惊喜地说，"我便是夏后时的斟灌族，看你们法宝应该也是大夏后裔，都跟我回去做我夫人吧！"

少女丑氏有些犹豫，大女丑氏则破口大骂，"你想都别想！我们早已是西土一族之君，如何能跟你这个男子回去，反而做你仆妾！"

"看来你才是那时我擒住的人了！"亚丑伯呵呵笑着，不理大女丑氏，转而抚摸着少女丑氏说，"你那时知道火绳克制我水团，却没有趁机追杀，不是认出了我的神术是什么？"

少女丑氏更是低头不语了。"真是如此吗？"大女丑氏惊奇地说。

"哈哈哈！"亚丑伯大笑说，"她对我动情了，自然会羞于跟你提及啦！"

"你放了我姐姐！"少女丑氏喝道。

"这么说你答应跟我回东夷了？"亚丑伯惊喜说。

少女丑氏没有回话，只是低头含笑。

"可你去了东夷，不一样只能为男子附庸？"

"可我不想再供周人驱使了，这些侯伯世子神力高强之辈太多，都没把我当回事，之前要不是常羲氏救我，恐怕我已经被杀了，而那个岳氏却只顾自己不来救援……"少女丑氏越说越想哭。

"姐姐，你在姜望麾下也不会是什么好的出路！"

大女丑氏沉吟了，"吕侯待人宽厚，我离去实在不义！"她想起姜望明知岳氏要谋害自己却能不动声色，抬头坚定地说。

少女丑氏看她眼神除了坚定，还透着一股开朗，知道她可能是对姜望动情了，"那姐姐你一切都要如愿才好！我走后会时时传消息来的！"

少女丑氏依依不舍的与她姐姐分别，"快走吧，周人要追来了！"亚丑伯催促说。

苏子虽然出城早，但因为护送百姓人口和财货，行军很慢，被姬发与周氏士卒以鼓振训练术驱动戎车，不过一个时辰就追上了。

"留下吧，苏子！"姬发追上后，大喊道，"帝辛兵马已经被击垮，就算你迁徙到大商王畿，殷人也保护不了你，而你留在苏地，我会依旧以你为君！"

苏子还没回话，妲己就已经大喝命士卒向后布阵，"谁说保护不了？"她接着姬发的话说，"我来保护我有苏氏百姓！"

"妲己，你们的兵马一边要保护百姓，能挡住我的阵法吗？"周氏喝道，"你忍心看到你有苏氏百姓遭难吗！"

此时有苏氏百姓听到周氏呼喝，都人声鼎沸，几位大宗首领都跑来哀求妲己和苏子。妲己看势头不好，只得答应。苏子便率领队伍掉头，要穿过周人队伍而行。姬发和周氏此时立在阵前士卒头上，迎着苏人士卒前来。

"妲己，你这就随我们回苏国吧，帝辛溃败，你又丧失兵力，留在殷地恐怕也会只忍受他脸色！"周氏看妲己近前，心动不已，劝说道。

妲己听这话正好说中她最近的心事，心头一震，但随即缓和下来，"好嘛，世子厚意，不敢推却，不过我还是想先见识一下世子田阵，可否请世子以能蓄积士卒元气的定阵宝玉示我，与我的短剑试一试神力呢？"妲己笑靥如花的飞近他们说。

姬发听了急忙阻拦周氏，"现在可不是时候，只等有苏氏百姓通过了，苏女再与我季弟相谈！"

"没事的！"周氏说，"我就先给姐女看看无妨！"这定阵宝玉其实已经被殷人缴获很多了，但因为殷人士卒不能按此法练兵，又不知炼制之法，自然即使得到也没法参透宝玉的神力奥秘。

妲己趁周氏低头掏出宝玉，短剑已经朝姬发刺出，而她则嗖的一下穿过两人，朝周氏麾下士卒阵中射出了五柄短刀，散出大量在混乱的士卒中金粉纷纷扬扬。姬发其实看妲己飞近时的身形不自然，就早有了防备，但可惜他的大小钺挡不住能击碎六颗宝玉之力的短剑，而两人相距又近，一连串的炸裂迅速往他身上蔓延。此时周氏急忙抛出七玉。虽然姬发已经急退，但炸裂的火花也已经弹飞大小钺，蔓延至姬发身上，砰砰砰的几下，他伸出的手臂被炸飞。幸亏周氏抛出来的玉璧发动玉粉散去了金粉，总算防住了短剑，消去了火花。周氏则趁机上前收去了短剑。

"哥哥，快趁现在！"妲己此时已经飞到了周氏麾下士卒阵中，大声喊道，这些士卒当然还来不及布阵。但苏子听到妲己大呼却不动，反而还制止了苏人士卒上前。

"妲己！你怎么不讲信义！"周氏御使七玉朝她袭来。

"我没有不讲信义！现在就让你看看是你蓄满元气的田阵厉害，还是我的神术厉害！"妲己大喝道。

周氏御使的七玉璧朝她射出。但此时，她周围士卒已经扬起戈矛，扰动光亮，七玉璧的合击顿时随光芒扩散被压得射偏，打在地下，竟把前排一大片士卒都扯翻在地，周围的士卒更是因为这一下扰动激发了烤墨刑法，脸上被灼热舞动的金粉灼伤，惨叫声一片。

妲己本身则因为有玉串光晕的三赏神力，自然能够排开金粉，而不会被周围士卒的光芒所伤。

"其余人分散！"周氏借风传音大呼。周人训练有素，光芒之外的士卒都散去到周围十步之外，长戈对准了妲己周围的身上发光的几百士卒。

"周氏！赶快放我苏氏族走！难道你要与你族人自相残杀吗？"妲己在阵中大喊道。

"划地而钩！"周氏大声命令。

　　光芒外围散开的士卒齐齐大喝，以长戈划地，顿时划出一道道沟壑把水雾一直扩散至被光芒包围的士卒。光芒被水雾模糊，压制士卒的光热减缓，妲己挥舞的五把定阵短刀被雄厚有力的士卒冲击打飞，金粉纷扬逐渐消散。

　　妲己看阵法被破，惊慌起来，"哥哥快打！"

　　"世子，休要伤我妹妹性命！"苏子虽然着急大呼，却只是率领士卒退后，而不下令攻击。妲己一跃飞身出了士卒群，含恨往路旁山头上躲了。

　　周氏推动七玉飞入山头密林，却找不到妲己气息，只得返回。姬高则护住姬发，接起他被震断的双臂，吩咐宗师以药草输入魂气，要连起断臂。

　　"苏子，你过来吧，既然妲己已经逃走，只要你谨遵刚才的承诺，我们不会怪罪你的！"周氏对苏子大呼道。

　　"多谢世子，妲己的冒犯之责，我只能用留守苏国来还了！"他在半空中欠身一拜说。

　　此时后军飞来一人，正是邑姜，她与召氏为追击水庸氏，奔出了战场十几里路，而后又因想起旧事，与召氏一起慢行返回，所以直到现在才赶来。

　　"夫君！"她到了阵前，看到姬发双臂和胸前都血肉模糊，大哭上前，激起宝玉神力为他止血。

　　姬发睁开疲惫的眼睛看了她一眼，随即又闭眼撇过头去。

　　"太子妃，是妲己偷袭所致，这算是我苏子欠你们周人一份债！"苏子此时正要带兵穿过周人让出的路返回，看到邑姜恸哭，就飞上去致歉。

　　就在此时，苏子察觉身上挂着的金铎已经不能振响，自己手臂也开始滞涩，又看邑姜要越过他和姬高而去，急忙大喊喝住，"太子妃！放过我妹妹离去吧！"他喊声带着哀求，"我愿意以我的刑罚之术补偿！"

　　邑姜听到苏子提到"刑罚术"，回头又看他一脸难过，只好止步听他说下去。

　　"妲己虽然田阵不熟，却能与你们周人阵法抗衡，就是因为刑罚严谨，军纪严厉的缘故，我可为你们训练，助你们完备军纪！"苏子接着环顾她、姬高和下面的周氏说。周氏便飞身上前拦住邑姜，对她点头。

　　邑姜看到周氏姬高都在示意她，只好收起玉瑗，朝戎车飞下去，周氏则恭恭敬敬的邀请苏子下来，回到队伍中谈论刑罚之术去了。

姬发一路慢行，总算恢复了些精神，邑姜则陪他坐在戎车上，讲起了她与召氏袭杀水庸氏时，召氏以玉鱼为她指路之事，并信誓旦旦她与召氏间只是因为追杀水庸氏而耽搁，其他什么也没发生。

周氏军到了战场，果然封父氏军已经带着帝辛等人突围而去，而剩下的殷人兵马已经不多，则只能束手就擒。对阵檀括军的殷人则因伤亡太大而投降。本来，嬴来看到封父氏军突围而去，就飞过去让禺强跟他一起指挥士卒突围。但待他飞近，只看到禺强全神贯注躲在阵法中间大声吆喝鼓动士卒，全然不顾他在一旁的劝解。嬴来恼怒，只好独自率军突围，结果，嬴来一走，剩余的殷人都投降了，禺强也被擒。而经此一战，周人也损失很大，已经不足万人，只好放弃追击封父氏军，回盂地补充军粮去了。

戏伯率军撤回戏地后，就请邓侯来为王后疗伤。此时王后因为失血过多，又被蛛丝线网吸走血气，而她本身身子也弱，以至于仍然昏迷。邓侯看到戏伯寝宫里床榻上躺着一位容貌端庄不俗的女子，便问是何人。

"是我一位爱妃，来自大商的宗女，前次参战被昆虫氏吸走神力和魂气，以至于气血虚弱！"

邓侯上前看了一会，"幸亏你找了我！"他惊呼道，"你夫人体内留下了昆虫氏的活虫，如果不取出，会一直留在体内吸取她的精血气，这样的话，她会一直不能凝神激发宝玉的！"

戏伯听了，低头沉吟。

"如果一直不取出，会不会伤害身体？"戏伯突然问道。

邓侯惊讶地张大口，"她不是你夫人吗？怎么……"

"邓侯你也知道，我之前的一位来自大商的宗工就是因为神力太强，我没法留住，而被她借开采金铜带走人口，到巫咸国自立为王去了，我实在不想这位来自大商的宗女又如此对我！"戏伯一脸焦急地说。

"唔……"邓侯点头，"你的心思我明白，其实……活虫留在夫人体内是不会伤害身体的，只是会压制她的血气，没法凝神施法了而已！"

"那就赶紧请大侯为我夫人先压制活虫，恢复精血气吧！"戏伯一拜说。

第二天，王后才醒过来，看到戏伯在她床榻上，吃惊不小，"这是已经到了你这里了吗？胜负如何？"她着急地问。

"你放心，孟城和洛城都守住了，是霍侯、艾侯和我一起赶走姬鲜大军的！"

"多谢戏伯了，大王现在怎么样了？"

"可惜了，大王的军队败于周人，不过幸好脱困回大商去了！"

王后点点头，舒了口气，挣扎着要起来，"我也要回去了！"她正要凝神激起放在她身旁的月明珠发光照亮床榻，突然累得气喘吁吁，"怎么会这样！我怎么会这么虚弱？"她急道。

"我刚刚查看过你身上血气了，似乎你已经失去激发宝玉的能力了！"

王后又勉强起身，对着月明珠施法，果然只有普通聚光。她随即掩面大哭，"这可如何是好，我这样回去，还怎么帮助大王抵御周人！"

"其实……其实你最好不要回去了！"戏伯低声说，"你已经昏迷了半个月了，殷王得知你这么长时间都在我这，一定会怀疑你的贞节，还有可能加罪于我，要率军灭我戏方！"

王后顿时有些不知所措，"我是一定要回去的，决不能让大王担心！"

"现在不如先让殷王得知你还活着的消息吧，但恕我不能说你在我这，不然会给我带来灭国之祸！"戏伯一副愁容，"你把你最私密的信物交给我，我会以你的名义传信给帝辛！"

王后看戏伯一脸焦虑，心便软了，只好缓缓拿出一颗手臂大小的月牙形玉璜，"这宝玉名为'姮娥'，是大王迎娶我时特意选好玉为我琢磨的，你只说我一切都好，正在南土密林里炼制法宝，待神力更进一步就回去……"

"放心吧，小子一定把王后的'望舒'宝玉带到！"戏伯的南方口音把"姮娥"叫成了"望舒"。

"是'姮娥'！"王后看他的答应似乎有些随意，就忍不住纠正了一下。

"好了好了，这些你不必多说，我自有安排！"戏伯打断她的话，接过玉璜。他拿着玉璜出了门，随即命护卫宗师日夜守卫。把此物退还给殷辛，正好是个了结，他摆弄着手中玉璜，得意地想。

就在商周主力对阵的这一个月里，姜菀愉多次请求少司命与她一起潜入黎城，营救姒疑，但少司命怕姒疑回来会与他们争夺万余黎人战俘，不愿意答应。

"我们不去救了，他就会被周人关押为奴三年，出来后还会为周人而战，我们不就多了个敌人了吗！"姜菀愉急道。

"诶诶……可你现在与他相见，要说出方氏的事吗？还不如等这阵子殷人这边的传闻过去了再等他回来呢！"

"我不怕的！"姜菀愉坚定地说，"我相信只要我亲口跟他说，他不会怪罪于我！"

少司命看她黑白分明的眼眸发着光芒，心就软了，"好吧，我陪你去，但你暂时不必告知他方氏的事！"她怕姒疑知道此事后，会一怒之下倒向周人，而她仍然不信姒疑能对爱情忠贞。

她们俩刚到屋顶边缘，俯视横亘延伸至其他宅邸高墙的牲口棚，就被一队巡逻士卒发觉风响。"有偷袭！"士卒顿时齐齐持戈大呼，阵法冲击也随后呼啸而来。

牲口棚内闪出一人，果然是姒疑，他一眼认出屋顶上的姜菀愉和少司命，"我父伯是你伤了的吗？"他大呼道。

姜菀愉一听这话，就有些畏缩，"我不是有意的！"她带着哭音喊道，但随即被少司命拉着躲开了士卒阵法冲击。少司命划出一道疾风，刚消去冲击，化作一阵沉重的邦邦闷响，就看到一人大呼而来，"伊耆女、少司命留下吧！"

来人正是嬴媒，她周围的伯劳魂鸟群分两边朝二人袭来，头上则有一只阁楼大小的大雕魂鸟呼啸扑来。

但少司命只舞剑牵引姜菀愉扬起的丝缕厚纱朝鸟群射出，就把两边的寒暑魂鸟拦下，寒暑气在厚纱中嘶嘶聚合，顿时发出暖风四散，而凶猛扑来的大雕也被厚纱裹住，燃烧起来。

就在少司命挡下嬴媒时，姜菀愉已经朝姒疑飞扑下去，但却遭到士卒列阵拦住。猛烈的冲击撞上她以飞梭展开的四层厚纱，嘭的一下被拦截下来。冲击不但消去大半，透过厚纱的木刺还化作乱流，总算减缓冲击。

姜菀愉身裹白绸和双臂裹丝下充斥着衣裳护体之气，膨胀鼓起，在四散的木刺中狂舞，保护着她没有被冲击乱流划伤。可随着加入布阵的士卒越来越多，姜菀愉裸露在丝布外催动飞梭的双手迅速被震得没了知觉，可她却仍然硬挺，不断展开变得破破烂烂了的层层厚纱急速环绕飞舞，硬撑着。

姒疑此时在地上，由于士卒都在空地上布阵，没人看住他，可他却没有想到逃走，"姜菀愉，你要护住那万余黎人战俘，不要给殷人夺去了！"他对着在半空与阵法对峙的姜菀愉大呼。看到此时聚集在空地上布阵的士卒人数接近一个井了，他心中既暗赞又失落，只一月不见，姜菀愉的神力竟然已经能够与一个井的士卒阵法冲击相持了，这令他又酸又甜又气闷，滋味泛滥不息，竟至于没有想到翻过他身后的土墙就可以逃走。

"姒疑！你答应过我要留下来立功再封侯的！"这时宅邸内传来少姒妃的叫声，一位宗师牵着她飞奔到了牲口棚外的空地上。姒疑一犹豫，本来迈开的步伐也就停了。而少司命此时已经击退了魂鸟，她看士卒越来越多的涌入牲口棚外空地，就以玉圭对准鹑尾星次，把姜菀愉倏地一下吸到高空去了。姜菀愉本来就被士卒阵法冲击震得后退，被这星次之力一拉，立时就松了劲吸走了。嬴媒乘着大雕魂鸟变得如山头大小急追，却被少司命搅动云雾拦下。魂鸟被云雾侵袭，突然火焰蔓延。嬴媒只得后退。

嬴媒没有追赶，回到地上命士卒围住整座宅邸，严查神力的出入。这时她看到少姒妃仍然立在姒疑身旁，没有离去，就也过来了。"刚才来的可是伊耆女，世子既然保证要留在黎城，就不可被总角之情牵扯哦？"她软中带硬的对姒疑说。

"放心，我刚才没有逃走，不是吗？"姒疑冷冷地说。

"哦……这倒是，其实世子不必对我拘礼，你与伊耆女虽有情意，但既然这两三年都不可能再见，就应该放开情怀，寻找乐趣，别太沉溺于忧郁了！"她说着就挺着硕大的胸脯靠近了姒疑些。

少姒妃看姒疑盯着嬴媒的胸脯不能移开，有些生气地走上前去，"喂！你还不回去喂牛，现在就别想着她们会来救你了！"说着，她就喝令宗师拉着他回牲口棚。

"刚才你似乎是中了嬴女神术了，我下人说他察觉到嬴女散发了一股令人心痒难耐的鸟魂气，可能就是这种心痒令你有些魂不守舍！"少姒妃跟着姒疑进了牛棚，对他说。

姒疑恍然，"确实如此，多谢姒女解围，"他稽首说，"只是我与嬴女没有来往，她引诱我会是为了何事？"

"应该也是为了请你去训练耕牛阵法之事，我夫君传来消息说我军不能突破坊氏的聚力之法，姜望认为只有你的牛耕阵法能够破解！"

"确实，"姒疑点头说，他知晓坊氏以土石聚力、突然释放的神术，也知道自己的耕牛法就可以崩裂坊氏聚积在土石里的冲击力，"不过你说也，这么说你也想请我去练兵了？"

"我要你留在我哥柞氏麾下，帮我有莘氏族练兵！"少姒妃鼓着腮帮，没能藏住话里的骄纵。

"可我只是一介战俘……"

"这个你放心，只要你表明意志，我会安排我哥争取你的，等你练兵之后，就帮你摆脱为奴身份！"

姬发此时则仍然在盂地上宫会聚将领议事，姬鲜、周氏、姜望、檀括、召氏和苏子都来参加。姬鲜之前本来极其虚弱，但他躲在飞虫萦绕的尸体堆里，把兵器宝玉暂时埋在身下的青石下，才躲过宗师检查，在埋尸体时逃走了。

而檀利则是在出现幻觉后，觉得不可思议，就地把魂魄附在药草的香魂气中，才陡然清醒，察觉自己差点撞上周围士卒的刀剑了。随后，他察觉是阵前灵活飞奔的龙姪兽群在不断搅乱土卒魂气，才会导致幻觉。于是他便放出一群厉鬼刺激自己魂气恢复，然后潜入草丛中屏息，才躲开了龙姪兽与霍侯等人的察觉。

但虽然他们俩逃得性命，麾下士卒则除了姬度突围的一个师护送财货逃走了外，几乎全部阵亡。

"这一仗虽然击败殷人，但我军损失也大，又没能夺得城邑，只得到殷人战俘近万人，和洛城的财货，你们看该怎么分？"姬发首先说。

"财货是我军抢到，当然是归我麾下，战俘也得匀出一个师给我，没有我损兵折将护卫住财货，可能这一仗就白打了！"姬鲜理直气壮地傲视各位首领说，此战除了他得到财货之外，其他各位首领都没能攻破城邑，更是没能得到缴获。

"若非我军拼命阻拦殷人渡河，殷人早就大兵过河支援洛城了，而论损失我军最大，为何反而不能得到货贿充实？"周氏不满地说。这一仗下来他麾下只剩一个师了，不得不要多争取些战俘赏赐。

"没有军功，谈何赏赐？"姬鲜不屑地说。

"赏赐确实只该以军功论，但刑罚则应该凭军纪定，我记得我出征前说过众人不能违反我命，不得退缩，但现在有人密报我说姬鲜你与丰侯勾结，故意迟缓行军，不去大水泽救援吕侯，这已经违反我定的军纪，理应受罚！"姬发此时霍然站起来说。

"我早已事先对丰侯说过我士卒不会去大水泽，马步可以作证，如何说我违反军纪？"姬鲜怒声说。

"行军途中，我极力劝说马步去救援大水泽，无奈他坚持不肯，罪不在我！"岳氏此时已经瑟瑟发抖。

"混账！我说过我不会允许去大水泽的，行军途中怎能由你劝说？"姬鲜大怒说。

"这么说，姬鲜你是承认不愿意去救援吕侯的了？"姬发说。

"我当然不会去救，大水泽显然有坊氏聚起夏气在里面，谁接近都会被冲击炸得粉身碎骨，我怎么会这么蠢！"

"让我去大水泽是岳氏提议，看来是他故意要引我去那里，致我于死地了！"姜望此时出列说。

"岳氏，你还有何话说！"姬发呵斥。

"我那时真不知其中有夏气冲击的，姬鲜则明知此事还不去劝阻吕侯，应该治罪！"岳氏止不住发抖。

"不管怎样，岳氏与马步在行军救援途中退缩不前，违我军令，按军法要大辟死刑！"姬发大喝道。

岳氏、马步随即伏地哀求宽恕。

"甫桃氏曾在屏风后听到我与岳氏对话，可证马步是听从我号令不去大水泽的！而既然有她在，我自然不必再知会吕侯大水泽聚有夏气的事！"姬鲜看牵扯到了自己麾下将领，慌忙说。

"确实有此事，而我回去后就告诉了吕侯大水泽之事，"桃氏双眼发红地看着姜望说，"是吧，吕侯？"

姜望只好点头，他看桃氏挑衅的眼神，似乎有一股把她性命交在自己手中的冲动，便不敢不配合她，"这样的话，就只有岳氏需要问罪了！"他说。

"冤枉啊！"岳氏喊声如雷，"甫桃氏本就与姜望有旧情，而她本来率领师旅绕路去攻打坊氏，半途却暗中来找姬鲜偷听，一定是与姜望串通好陷害于我！要受刑除非让甫桃氏、姜望一起受刑，不然你姬发何以服众！"

他这话一出，众人都议论纷纷，甫桃氏与姜望的旧情自然是人尽皆知，而她暗中来找姬鲜，也是可怀疑的，很可能是姜望看出了岳氏阴谋，故意派她去的。但这些首领虽然心明眼亮，却都惧怕姜望、姬发威望，不敢出声言明，周氏则脸色铁青地立在队列中，也不愿意多管。

"各位可否听我一言？"苏子此时出列说，"现在的情况是岳氏有知情不报之罪和延缓救援之罪，而姬鲜则虽然知情，却既不愿意救助，又不去攻城，属于延误军机之责，也是该罚的，而甫桃氏既然坦承可为姬鲜作证，却没法自证清白，就要与姬鲜并罚，太子，你认为呢？"

"好！"姬发高兴地说，"岳氏违我军令，应该施以大辟，而姬鲜延误军情，虽然有甫桃氏作证，却没将此事透露给其他人知晓，就要受罚，姬鲜功过相抵，免除战俘封赏，甫桃氏则与击伤大商王后的功劳相抵，不赏不罚！"

众人议论了一番，都说没有异议，岳氏看到没人愿意出声，岳氏也只能垂头呆立，不知所措地被侍卫宗师用藤条封住神力，押了下去。

"岳氏既然伏诛，他在丰城的财货就都迁入吕，交给吕侯吧，而甫桃氏应得的封赏则转给周氏，众人可有异议？"姬发环顾众人继续说，最后看着苏子。

众人都赞扬了一番，"太子把赏、罚与人情结合的天衣无缝，令人佩服！"苏子赞叹说。

"而邰伯为救护我战死，虽然邰氏军不能得到更多封赏，但我愿意捐出给我的那份财货让给召氏，众人没有异议吧？"姬发又说。

随后，昆虫氏请求将苏国交予他来管辖，但姬发不允，他只好在人群里以眼神逼视周氏威胁，但周氏碍于苏子会帮他练兵，不敢得罪，便装作没看见。

众邦君里只有姬鲜支持昆虫氏，而大多数人都支持苏子继续为苏地之君。

几天后，姬发、姜望便率军一路往镐城而去，苏子也随行去先为姬发以赏罚之法练兵。

一路上戎车飞驰，"议事这些天的传闻真多，除了你季弟的，还有你的，把你气我迟来救你的事夸大得近于无耻了，说得我好像一个扫把星似的！"邑姜在戎车上靠着姬发娇娇地对他说。

但邑姜看他笑得有些太过自然，与平日里庄重的姿态不协调，就有些怀疑，"这些谣言不会是你传出去的吧？"她盯着姬发的脸说。

姬发立即止住了笑，表情顿时都没了。

这下邑姜更加确信了，"是为了拉拢召氏吗？"她接着问。

"不是拉拢，是化解你我跟他之间的纠葛而已！"

"还真是这样！"邑姜忍不住叫出声来说，周围护卫他们俩戎车的士卒，包括魃氏在内都忍不住侧目静听。

姬发急忙示意她小声，"你要信我对你绝对是真心的！"他急忙抱住邑姜说。为了平复邑姜对自己的不满，姬发一回到镐城，就借口把雍地封赏给有莘氏家族，而把莘姒妃送去了雍地。莘姒妃的两个儿子则留在了镐城，不许她们母子见面。邑姜虽然满意姬发言出必行和对自己的偏爱，但此事在她心中却留下了一块阴影，她不但觉得姬发的话变得难以相信，似乎也不太敢把全部真心都交给姬发了。

莘姒妃被迁入雍地之事传入黎城，少姒妃急忙来找周氏求他帮忙。周氏得到封赏离开盂地后，就先到了黎城，要在这里拉拢姒疑回虞地，让他为自己的士卒训练耕牛阵法，并决定甫氏兄妹的去留。

"这是二哥家事，我不便多过问，而且我二哥的子嗣留在了他身旁，我如何有借口助你们有莘氏族？"周氏推却说，他当然知道这与柞氏放下巨石要谋害邑姜有关，姬发只放逐莘姒妃而没有惩罚柞氏，已经是为有莘氏族留下情面了。

少姒妃看他一脸严霜，只好忍着闷气退下去了。甫氏兄妹入内，被周氏态度强硬的劝说，只好答应把甫丁留在黎城，桃氏则必须随周氏及其另外两位夫人回虞地。

姜望夫妇访孤竹篇

登场人物：

姜望夫妇

姜望夫妇与竹侯

姜望夫妇对妲己、司命官夫妇

妲己与弇兹氏

姜望回到吕国，在此等申妃回来相聚。此时申妃、猫虎氏等人已经击败了弇兹氏、石夷氏等西羌人与犬戎王的合兵，并与西羌人三大宗族达成和解，而犬戎王则率领骑兵往陇西逃走了。既然解除了边境骚扰，申妃便留弟弟马氏留驻犬戎，自己便和猫虎氏一起到吕国迎接姜望。申妃到大宫见到姜望，两人当即拥抱。

打趣一阵后，申妃走到案几后坐下说："我真怀念以前你在我申地，我们一起修炼，一起对敌，崛起于渭西的日子！"

"现在不好吗，我们两大宗族都壮大多了嘛！"姜望有些不悦，他觉得妻子说这些透露着把他一辈子留在申地，为她申戎向西壮大的愿望。

"嗯，可惜我族在渭西还是缺乏威望，这段时间让蓐收氏去陇西运盐，我按你的意思派人跟踪，却被她甩开，迷路在一片大海中了，而她回来后，也不愿意透露陇西的储盐之地在哪！"申妃听出姜望话中不悦，只好转移话题。

"她不愿意，还有弇兹氏嘛，"姜望坐在她身旁说，"现在大商封锁了我们西土的金铜、海贝和运盐，只能靠我们自己拉拢北土和南土的诸侯伯了！"

"你们这次之所以失掉洛城，不就是因为南土的霍侯、艾侯与你们为敌吗？这可如何拉拢？"

"南土除了这些大商封侯，还有庸人、濮人和蜀人，拉拢他们不但能攻破大商的诸侯，还可以抢到金铜矿！"姜望搂着她说，"不过这事不急，过些天我们先一起去北土拜访孤竹国君！"

姜望一搂住自己，申妃就知道他有事相求，"去这么远的地方干嘛，我还要催促弇兹氏运盐、平息犬戎申戎的百姓纷争呢！"

"过些时候我再慢慢跟你细说，到时候还可拉拢弇兹氏，她一定会感兴趣的！"姜望吻了一下她说。

帝辛的败兵一回到沫都，就收到了戏伯用移即兽送来的传信和王后玉璜，但上面却没有提及她回来的时候，而那只移即兽在送到消息的第二天，就全身腐烂死掉了。帝辛急忙让飞廉氏来看，但他也不知是什么神术。

"小臣曾在霍侯收复洛城之战中看到邓侯以一团黑火废掉了姬鲜的神力，会不会是类似于这种蛊毒的神术？"

"这么说来……"帝辛哽咽地有些说不下去了。

"大王不必太过忧心，信中既然提及了那王后玉璜，王后必然是知情的，只不过可能受困了而已！"

"这犬的死就是荆蛮人对我的警告，王后还回得来吗！"帝辛突然大怒说。

"如果一个月后，王后还不能回来，只好考虑立苏妃为正妃了！"

帝辛思虑沉重地缓缓点头。飞廉下去之后，王子录即从屏风后出来了。

"父王，现在商周正式敌对，要我参战，并废掉王子妃吗？"他拧着眉头，一脸杀气地说。

"不可，恰恰相反，你要护送姬妃去沙丘，把她好好安置在那里，万一周人攻破沫都和殷都，她可是救你性命的最后法宝！"

"父王怎么对我大商这么没有信心？"

"这次如果不是霍侯、艾侯神术奇特，周人已经占据洛城了，而恐怕这两年内他们就会顺流而下，到时候我沫城不保！"帝辛忧虑地说。

王子录只好退下，择日护送姬商去往邢国的沙丘。

一个月后，果然再没有王后的消息，帝辛只好派使者去试探妲己，提议册命她为正妃王后。果然，妲己虽然答应，却坚持要留在沫城练兵，不愿意回宫。就在帝辛使者无奈而去之后不久，司命官与髻女来了。髻女自帝辛出征之后，就奉妲己之命去找子延，留在太行山隘口，要套问他五丝乐法。而听闻周氏大军撤出黎地后，司命官和司土官才撤走往沫城返来，她也就跟着大军到沫城来了，只是妲己没想到司命官也跟着来找自己了。

"你怎么才来？向你夫君问到神术没？"妲己不理司命官，迎着髻女说。

髻女觉得司命官会尴尬，又不好不回答自己主君的问话，只好边说话边侧头望向司命，"王妃莫怪，夫君不肯教我……"

"我是来找你跟我一起去竹国求取天智玉的，你应该有兴趣吧？"司命打断她说。

妲己这才知道他不是来为帝辛说服自己回宫的，但她仍然不愿意爽快地答应他，"是郵氏所说比一般宝玉锋利倍余的宝玉吗？"她召呼髻女和少宗祝、郁垒坐在她两边，自己则坐宅邸大堂正中间，漫不经心地说。

"这对你的六刑之术可是大为有利的，你的短剑最多应该能崩碎六玉，且因为是调和六支短剑的金粉铸成，才有这么强的战力的吧？"

姐己暗自高兴，"你借力星辰，虽然能消去周人阵法冲击，但一种气息应该还不能有击碎一颗宝玉之力吧！"她翘起嘴唇说。

"不能，大大不如王妃神力！"司命一躬身，"这次以突袭竹侯，威逼他说出天智玉的获取之地为主，因此需要王妃的高强战力！"

姐己看他虽然尊敬自己，却没有向自己请教神术的意思，就有些不满，"我要练兵，我此次士卒全部覆没，哪里有空去这么远，帮你做这种细枝末节的事！"姐己没好气地说。

司命便用眼睛瞟着髻女，然后退下走了。

司命官一到沬城，帝辛便召集群臣封赏他，赐予他金钺彤弓为他立威，使他具有卜筮吉凶，决定征伐的权力，尊号为"大司命"。但诸侯伯都知道经此一战，帝辛直属师旅仅剩五千人，根本没有多余的兵力和宝玉赐给司命官，所谓赐命征伐的权力，越来越只是个名号而已了。而名为封赏司命官，他所获得的黎人财货却反而要用来接济帝辛直属的卫戍军，因为姐己不愿意交出王畿以南各个城邑的赋税，司土官军则因为箕国被劫掠，自身都困窘，这就只能依靠司命官的战利品了。司命官当然对帝辛的要求言听计从，可宓妃却很不乐意，因为他们麾下的万余黎人是没有宝玉装备的，而如果这一两年都搜集不到足够的宝玉，那就没有足够的兵力，实际上不能威慑到诸侯伯了。

司命官安排好少司命率军留驻淇城之后，就与宓妃，连同司土官和箕侯一起，往孤竹国去了。他们此行的目的除了探得天智玉矿之外，从竹侯手中得到宝玉也是原因之一。

司命官、箕侯等一行人到了孤竹国，这里的大宫和高台都是仿造殷都和沬都王宫建造的，只是规模小得多而已。司命官进宫一路看到士卒头戴铜盔，手持铜戈，想虽然竹国是偏远北鄙之邦，但毕竟是大商在北土最大的金铜贡赋侯国，才会有与大邦同样锋利的兵刃。竹侯与三位世子在大宫迎接箕侯和司命官一行。

"箕侯和总宰司命大人一起出使，是有什么急事吗？"竹侯笑容可掬地问。

"竹侯有礼！我们此行是为求取天智玉来的，而知道此物贵重，大王才特地遣使我们两位上卿来此！"

"这有何难，上卿只要少歇，即刻就可奉上天智玉十颗！"说着，竹侯即命世子允带人去取玉。

"慢着！"箕侯喊道，"我们已经知道竹侯有一处石矿可得到此玉，所以我们要的是千颗，而不只是少许贡赋。"他说这话后顿了顿，果然看到竹侯和他的三位世子脸上尽皆怒色，便又缓和语气，说了下去，"大王为了对敌周人，急要大量此玉，而我知竹侯训练士卒与司土官的教象之法类似，也是以文辞教化士卒，激励元气发动阵法，但你们士卒应该还不能一击击碎宝玉吧？而只要我们得到石矿，我和司土官可留在此处，直到为你们练出击碎宝玉的阵法为止，竹侯意下如何？"

竹侯和两位世子沉吟，但世子墨允则已经擎出大刀，上前一声呼号，十几名侍卫齐出拦住箕侯等人，"我们不可答应，天智玉是我邦独有宝玉，如何能轻易全部送人，而至于提升阵法蓄气，我们已经有了法门，无需求助，你们可拿了奉送的宝玉回去，我们还是大商属国，不然的话，我们大宫内的虎贲可不认你们！"

"竹侯！你不管管你的世子吗？"箕侯大喝道，"你应该知道不答应我们，大王兵锋一到，你这小小邦国就会被扫平！"

竹侯慌忙喝退墨允，但墨允不肯退，"父侯莫急，只要两位王使答应一声，我这就去取十颗天智玉奉送，不然的话，就送王使回去！"

"决不能少于千颗！"司命官上前说。

竹侯便看着墨允，"最多百颗，一颗都不能多！"墨允回头扫了一下身后的两位世子。

"我支持大哥！"世子墨达擎出短刀说，"这天智玉本来就很难找得到，都被殷人拿走，我们以后哪里能再提升战力威服息慎氏！"

竹侯急忙下拜请求司命官等人答应，但司命官、司土官和箕侯等人都只立着不动，也不做声，一时间宫内杀气暗流。

"你们后退！"墨允大喝，说着大刀横着一挥，朝司命官等人袭来。司命官以短剑扬起玉粉一边阻挡，一边后退，躲过了冲击。而司土官则早以金铎变大定在他和箕侯跟前，飞刀冲击撞上金铎，当啷一声巨响劈成两半。虽然冲击被金铎振响分散大半，但竹刺余波还是击中了挡在箕侯身前的司土官，把他的教象披风划破，幸好没有受伤。

司命官暗暗吃惊，刚才这一击居然除了天地气调和的水土竹三气，还有各种元气，或犀利，或炽热，或绵软，或沉重，难怪自己的十二子之法无法与之化合，消去全部冲击。就趁这一挡，竹侯和两位世子都各自擎出短刀和杀矢挥舞散开玉粉吸附，往大堂后门逃去了。

司土官护着箕侯，不好去追，刚看着司命官想要他去追，就看到他已经挥剑朝墨允刺去了。墨允刚发出斩击，就被司命官裹着巳时气躲开，并迅速一剑划出玉圭，砍下了他挥刀的手，然后抛出一只玉铎撞在他脖子上。墨允痛的大吼一声，刚要激发天智玉锥朝已经在自己上方的司命官刺去，就听到一声刺耳的玉铎铃振，而自己则全身震颤，脖子撞得流血，顿时昏了过去。

竹侯等人则刚逃到宫外要飞身而去，就扬起了周围树木上的萎蔫枝叶。随着枝叶啪啪啪的爆裂粉碎，他们各自的周身关节突然嘭嘭振响，举动也顿时僵硬，无法举手抬足，刚飞离地面就如石块一样都掉了下来。宓妃从树梢上露水中现身，在他们身上洒腐水淋湿，顿时使他们都手脚沉重，瘫软在地。司土官和司命官押着墨允出来，看到宓妃已经把众人禁锢，就都带着笑容把竹侯等人推倒在宫后空地上，而宫中侍卫也已经把他们团团围住。

竹侯急忙喝令士卒退到一旁。

"现在你们可以带着我们去石矿的所在了吧？"司命官朝竹侯喝道，"还不快去准备马车！"

竹侯只好颓然点头。"父侯啊，果然大哥是对的，王辛一次派两个王使来，一定有诈，如果那时听大哥的话布下了阵法，哪里会有今日之辱！"墨达沉痛说。

听了这话，竹侯更是哀叹，便向司土官请求先为墨允接上手腕，但司土官不理会，自顾着喝住侍卫首领，抢过他准备好奉上的那百颗天智玉。竹侯突然喝住，"慢着！我有事要禀报！"

"你说!"戎车上的司命官回头看着他。

"说了之后,可否少些天智玉?"

"当然可以,凭你所说是否重要而论!"

这时墨允却醒了,"父侯,不可再殃及他人!"他刚醒来就听到竹侯对话,大喝道,"殷人狡诈,不会放弃天智玉的!"

竹侯犹豫了一下,还是说了,"西土吕侯近日会来拜访,只要我们一起布下阵法,就可擒住周人的大将!"

"消息确实对我们有利,只可惜你们的神力不够擒住姜望,所以你们并不能襄助我们,还是要将你们暂时禁锢,等我们来擒住姜望,得到宝玉之后才能放你们!"司命官微笑着,然后吩咐宓妃发动神力御车。

竹侯和两位世子都大骂不已,就连宓妃也有些不快地望着自己的夫君,虽然她也认为谋夺战利无可厚非,但却嫌自己夫君太过心硬,不顾人情,这使她回想起多年前他对付冯夷的不择手段。

姜望申妃一路慢行,沿路过了唐尧国、箕国之后,进入鬼方之地遥看路上的树林、沃野,再往孤竹国而来。他们上一次一起游行,已经是十年前的事了,所以一路上说起了许多当年去往东夷途中的遇险和与宓妃会面的欢乐,不觉耽搁了许多时候。但他们此行本就只想劝竹侯留住天智玉,不要卖给殷人,所以任务不算难办,心情自然也就松弛了下来。

二人到了孤竹国,却没有等到弇兹氏。他们本来相约同行,但弇兹氏推说要等追踪犬戎王逃逸的暗谍回来报告,姜望只好与她约定在孤竹国相会。二人等了两天,等不到弇兹氏,只好先去了大宫,通报之后,却没有看到竹侯或世子来迎,而只有一位亲信侍卫来了,这令他们很不快。进入大宫之后,两人就察觉到说不出的异样,总觉得大堂里不是单纯的宅气,而是还混合了其他各种不明气息。果然,他们刚刚走到大堂中央,四周墙壁上的幕布就急速波动,顿时有杀气发出。

"快走!"姜望拉着申妃就往身后大门跑去,却看到门口多了一团光亮,铃声大作,而波动的幕布开始发出耀眼的光芒,顿时使他们二人眼花缭乱,不但阻滞了行动,还被头顶簌簌的木刺压制。

除了司命官，司土官也来了？姜望和申妃心中暗想，两人化作蛇行，要以披风破开亮光禁锢，躲开木刺雨强行飞身朝屋顶冲出去。而此时，他们俩刚一激发蓄气，就觉得脑内气血横冲直撞，差点晕倒。

"不要激发法宝了！"姜望低声喝道，"拉着我不要动就是了！"

申妃一直紧紧拉着姜望的手，此时就用力一握回应。姜望便抬腿一脚，他没有发动元气，居然也一脚踢碎了脚下石板。不仅如此，护腿甲胄上的铜泡感应着他面前石板一路土气，顿时发出砰砰砰连声大响，石地崩坏，裂出一条沟壑飞出泥土，尘土飞溅一直延伸了十步远。同时一阵土石冲击呼啸，嘭的一声扬起，冲开了四周墙上晃动的光芒和屋顶木刺的压制，屋内尘土弥漫。

而姜望已经拉着申妃趁着尘土掩护冲出了屋顶开口。司命官和司土官从附身的墙上下来，急急抛出量壶、射出玉圭，但还是晚了，姜望夫妇已经随冲击嘭的一下冲出屋顶而去。司命官冲出屋顶，却看宓妃立在上空不动，大怒不已。

"你怎么还在念旧情！"他大吼道。

"姜望此前放了你一次，这次算我们还他，"宓妃有些不抬头地说，"再见面就不用留手了！"她顿了顿，又说。

"这次有埋伏，下次你我凭什么擒住他？"司命官大怒不止。

宓妃没有回答，但她心里自然认为商周这些年都要忙着恢复兵力，再战恐怕也是两年后的事了。

"我们还是快押着竹侯他们去找宝玉吧，士卒阵法的对决才是决胜关键！"宓妃知道夫君仍然难以平复，就催促说。

姜望申妃飞出屋顶后，看宓妃立在半空，而又没有察觉到阵法，就多谢一声，飞走了。须臾，两人便飞至了城郊，与弇兹氏的约定会合处，解下皮甲。

"你刚才哪里聚起的那股土气，怎么会有冲破教象、冲散司命官十二子气的冲击力啊？"她眯着细长的眼睛问。

"跟你说过多少遍了，要学会从气息变化一开始就开始感应，这样才能借法十步甚至百步之外的气息！"姜望得意的帮她拂去额头上的汗珠说，"整个大堂的宅气当然被司命官的十二子气息布置，无法散去，但我往大门飞奔之时，已经一路以牛犁之法撅地，把石板下的泥土都松动膨胀了。只要稍微震碎石板，土石自然可以如利刃一样冲破石板缝隙，甚至于推散司命官的辰气！"

"就算我再扩大借法范围，也不学耕犁之法，我申戎勇士的人马草合一，不更如刀刃一般！"申妃把头靠着他，撇着嘴说。

姜望暗自感叹，这些年申戎独霸渭西沃野，申姜果然也变得更有底气了，"你不学耕犁，不怕碰上犁娄氏世子，被他牛犁之法破解么？我若是不从犁娄伯传授的牛犁法中悟出此法蓄力，恐怕以后一遇到他就会束手就擒！"

"他似乎还在为奴吧，我就不信我申族……"

申妃话没说完，就被一阵清脆的笑声打断，"嘻嘻！看来我迟来是对的呢！"

二人回头一看，原来是弇兹氏笑呵呵地从树梢上下来，都吃了一惊，想居然没能发觉，也不知她藏了多久，听到对话了没有。姜望申妃凭着铜泡感应周围气息，多年来习惯了，以至于卸下甲胄就没能察觉她。

"你是才到的吗？还是去查探过竹侯大宫了？"姜望起身问道。

弇兹氏笑容凝固了一下，"当然是刚到的，正好碰上你二人情意绵绵！"

"那走吧，司命官在此，我们见不了竹侯了！"申妃即说了刚才的事。

"不用走嘛！"弇兹氏听了笑道，"你说你们是被侍卫引入大堂的，说明竹侯可能被司命官要挟，甚至擒住了，而我们如果去解救，一定能拉拢到他，得到天智玉！"

姜望听了猛地一惊，想这么快的反应、这么肯定的猜想，难道弇兹氏已经查探过大宫了？他望了望申妃，她也是有些怀疑的模样。

"你怎么这么肯定，难道你去探访过，听到什么消息了吗？"申妃毫不掩饰自己的疑惑。

"哦，我只是刚才来的时候望见城头士卒慌乱，胡乱猜测而已，我们现在一去城内便知！"弇兹氏表情平静。

三人便又往城内大宫来了，姜望虽然怀疑弇兹氏似乎可能有与司命官勾结，擒住自己的企图，但还是去了，准备暗暗留意，随时出手擒住她作为要挟。他们到了大宫一打听，才知道竹侯等人果然被擒，刚被司命官等人带走，去找天智玉的石矿了。他们随即表明身份，让亲信侍卫带领骑兵追击。于是，姜望等三人先以神力驾驭快马，出城朝东追去。

司土官司命官战力其实不及姜望申妃，更不用说还要载着四个俘虏，所以他们以神力御使的戎车才出东门不久便被追上。

姜望知道司命官警觉，压住气息接近还是会因不能完全藏身于时辰气而被发觉，也就干脆与申妃从两侧毫无顾忌地直冲过来。他们朝司命官射出金针，但被司命官射出数道剑光拦下，铮的一声，撞上这些剑光玉粉的金针变形，毫无冲力的掉了下去。而司命官随即挥剑搅动，使这些剑光迅速扩散，要散成一道屏障拦住姜望。但姜望听闻邑姜说起过这些剑影内含气息有损坏兵刃之效。于是他一靠近就以身上铜泡感应出玉粉扩散，使其被一股散风吹散在半空，然后就要绕过剑影突袭。

突然，一道杀气炸裂的从头顶直插下来，姜望还没放开感应剑影，就被这道杀气滑开。而就趁那道杀气擦过的一缓，剑影瞬间恢复扩散之时，司命官已经举剑推动散开的剑影聚起来，集中为一道冲击直射姜望。铮铮铮几声响，姜望手中迎击剑影的大刀首先变形，而随着撞击扩散的剑影射中，他臂甲上的铜泡也都顿时磨损变形，失去了感应的效力。姜望只好凭借御气退出剑影包围，但妲己已经从他头顶御使一把短剑刺来。他铜泡失去感应能力，不能借法躲避，只好用大刀蓄气宝玉迎击。砰的一声撞击就在他跟前爆开，炸裂立即朝他蔓延过来。

姜望刚退出几步，就被炸裂的火花追上，正当砰砰砰的几声在他身上宝玉之间爆开之时，一副套索束着光芒四射的披风飞来，嗖地包裹住他，顿时使杀气追击扑空，短剑金粉也被弹开，套索牵住他往申妃那边拉去。这套索是申妃的法宝，她才刚冲破司土官的教象阻挡，听到身后炸响，回头正好看到姜望被逼退，急忙以套索套住司土官压来的一面教象，掉头往姜望抛去。

这套索为套马御马之用，被套住的人、兽和万物气息，只要气息不够冲破套索，神力都会凭御使者的熟练御使而任意转向、传导，所以这一下就累加了申妃、姜望和教象披风的旋转冲击，总算呼的一下巨响，推开了妲己短剑攻击里的杀气追袭。

申妃牵起姜望，感应滑开了司命官射来的剑影和妲己的短剑冲击，急速往后退去，却又遇上少宗祝和郁垒拦在半空的一片血腥气及夹杂在里面的断针阻挡。她不知这种神力的底细，只好又掉头朝头顶天上飞去。司命官和妲己正要追击，突然听到身后呼啸之声，回头一看，那团困住四位俘虏的玉粉高速旋转，正被一股巨大的绳索吸附。粗索旋转把四人捆住，还没等司命官回过身来，就已经往路旁密林里抛去了。

"你们去追姜望！"司命官对妲己大喊一声，然后与司土官进入树林追击去了。妲己等三人虽然战力超强，但哪里挡得住要逃逸的申妃？数道冲击被她轻易闪过后，她没有减速就直冲云霄去了。宓妃、少宗祝和郁垒都跟不上申妃，只有妲己能追上，抛出短剑直击申妃背后。

眼看短剑要接近申妃背后时，忽地撞上长长的套索，而炸裂也顿时顺着绳索往申妃袭来，绳上的玉坠都砰砰砰的在一连串的爆炸声中被炸裂，但也因此而延缓了金粉的追击速度。而申妃趁炸裂还未延伸过来，就索性抛出了套索的另一头，嗖的一下套住了射来的妲己短剑，炸裂随即被引在短剑周围，火花四射。

妲己要救下短剑，但刚从后面赶上，金粉就已被吸附延至短剑本身，砰砰砰声不断。眼看短剑就要被炸碎，她急忙朝短剑射出一支金箭，带着热气罩住短剑。随着热气光晕迅速在短剑上扩大，随即调和了金粉杀气，炸裂慢慢减少。但此时申妃已经走远。

救走竹侯等人的当然是弁兹氏，但她不善于在林地里飞奔，不能遮掩行动的气息，在林子里发出一路的窸窸窣窣，一下就被司命官发现踪迹紧追其后。

"前面左转有一株古树，树根下是个石窟，快去那里躲起来！"竹侯急声对弁兹氏说。

弁兹氏急奔过去，果然发现一株大树，她即把四人收在羊皮袋里，发出一支羽箭，一阵青烟随着羽箭急速射入大树底部的盘根交错中。看到烟雾测出洞口深度，她便让四人借藏身的羊皮袋进洞。五人在羊皮袋的保护下顺利滑入射穿的洞口，到了地下的洞窟，里面果然是个挖空了的宽敞地穴，有十几步长。

她先用石块小心地堵住树洞口，才点燃油绳，借火光照亮四人。竹侯等人坐在地上，看着这位身材高挑的美人仰慕的连声道谢。

"女宗师多谢了,不知宗族在何处,我们回去后,好前去拜会答谢!"竹侯盯着夋兹氏,仰慕地说。

"小声些!"夋兹氏低声喝道,"现在恐怕司命官还没有走远,如果被他发现,我们就都要葬身于此!"

竹侯等人都相视微笑,"刚才另外两位同来救援的宗师是何人,可否告知,我们好一并报答!"墨允便低声说。

这时地面上传来一声咔嚓声,原来是司命官心想这些人是在大树下消失气息的,怀疑他们藏在了树根下,就挥剑劈开了树根。之后没了动静良久,在树洞口倾听的夋兹氏才回过头来,"多谢不必说,只带我去玉矿采集之地就行了!"在淡黄的火光里,她一张端正的长脸却露出了昏暗的笑容。

四人听了都暗暗叫苦,"女宗师要天智玉的话,可以等我回去之后,亲手送上百颗答谢!"竹侯只好拖延时间,"只是不知女宗师要来是自己用呢还是用于士卒?"

"当然是用于士卒阵法,一百颗怎么够?"

竹侯想刚逃出虎巢,又入狼穴,只好疲惫地望向三位世子。

"好!既然女宗师救了我等性命,我们就带你去找石矿,不知女宗师打算何时前往?"墨允抬头盯着夋兹氏,下决心说。

"等一下就去!"

"刚才那两位宗师首领也一起去吗,我们多分给一些邦君好玉,也好多结识一些盟友!"

"不必了,他们二人并不是来求取天智玉的,而且既然受了伤,应该已经走了!"

"那先帮我们解除身上神力吧,这甲胄上的积水实在令我们困顿,尤其是我父侯年老,更禁不起这一路的奔波了!"

夋兹氏犹豫了一下,但既然竹侯等人没有抗拒自己,她也就不好不放开这四人。

"放心,我们身上早已没了宝玉,没法走远的!"墨允又补充说。

夋兹氏便以金壶吸走他们身上的积水,立即使他们恢复双手行动。他们坐在地上伸展了一下，互相望了一眼，都对彘兹氏下拜，"不知女宗师宗族地望何在，可否告知？"

"我现在只是周人的臣属而已，实在不好相告！"彘兹氏连自己身份都不打算暴露。

"司命官等人应该已经走了，我们这就出发吧，石矿地处朝鲜海滨，路途遥远，还可能会遇到亳人阻击，只能早去早回了！"竹侯对她说。

彘兹氏看气氛一团和气，就放心的化草丝到大树上感知，果然没有察觉到殷人的气息了。但等她再返入地穴时，火光已经灭了，而什么气息都没有了。她气愤的点燃油绳，却看到地穴泥土上竹根有被切断的痕迹，不用说，这些人一定是附身在巨大竹根的空洞里走了，而这些竹根是在地下四通八达的，根本没法追踪！她愤恨的返回到地面，立即往路旁飞去，要在竹侯找到赶来的士卒之前阻截他们。但等她飞近大路，却看到路上已经停满了竹国士卒，她刚要藏在路边，就被从密林里飞身而出的妲己拦住。

"少歇！"彘兹氏急忙低声喝道。

妲己便停下了挥动短剑的手，郁垒随即认出了她是之前自己拜访过的彘兹氏。

"我是西羌人首领，刚被周人打败，而我抓到的竹侯四人已经跑了，不必对我动手！"

"是了，我认得她是彘兹氏，她既然来到这显眼处，应该所言非虚！"郁垒在一旁对妲己说。

"虽然如此，还是把你抓回去先为奴吧！"妲己又要动手。

彘兹氏只好下拜，"其实我崇拜王妃很久了，如果留下我在西土，正好为王妃内应！"

郁垒便对妲己说了半年前她亲口所说敬仰妲己之事。

"哦？你不过是西羌人首领，与我大商还没有盟誓约束，也没有见过我的刑罚之术，为何会敬仰我？"

"在中土已经没有哪位君侯是女子担任，而王妃却能独自统辖十几个城邑，实在是我们西羌人首领的榜样！"彘兹氏当即又一拜。

"你起来吧！"妲己高兴地说，"我们先一起想怎么对付这些士卒吧！"

但此时，姜望申妃已经到了这些士卒中间，之前士卒听他们建议，才停在路旁等候龛兹氏把竹侯送来的，以免错过。姜望此时胸腹受伤，甲胄皮肉肋骨都几乎烧焦，只能由申妃扶着他在戎车上以随身药草输入魂气疗伤。而听说竹侯士卒都有司土官军的战力，她便不再担心会被赶上来的司命官偷袭。就在亲信侍卫焦急等候之间，路旁的竹林中一声咔嚓，竹侯等人化一道冲击冲出破裂的大竹，迎着侍卫过来。

"阵法对准这两人！"竹侯看到在路旁疗伤的姜望申妃，对族人大喝道。

墨允急忙拦住士卒，"父侯，这两人既然能留在此而不逃走，应该不是为了我们的宝玉而来！"他便对众人说了适才被一女子救了，又被要挟谋夺宝物之事。

"确实是，这二人就是在中土大名鼎鼎的昌侯申女了，刚才他们还在劝我们在此等候一位女子，可见完全不知情！"亲信千夫长上前说。

竹侯猛省，急忙上前对他们二人一拜，"刚才多谢二位冒死相救，只是不知另一人是何人，竟然要谋夺我邦的国宝？"

申妃正凝神帮姜望疗伤，头也不抬地说："西羌人龛兹氏，好了，既然你们被救了，就载我们回去，准备上好的药材为我夫君疗伤！"

就在士卒掉头准备返回之时，埋伏许久了的妲己等人和赶来的司命官宓妃齐齐对士卒发动了冲击，但"嘭"的一声巨响，被列阵盾牌化解大半，冲击都散去在士卒周围的泥土和草木中去了。墨允立即大喝士卒对着路旁密林袭击之处冲击。众人等了一会，没有看到废墟里有动静，而后面树林里燃起了大火，就知道没能杀死司命官他们，于是便急急的行军而去。

妲己看士卒掉头走了，就打算暗中追随，却被司命官拦下。

"算了，竹侯之后一定会全力以阵法守住大宫，我们怕是再没有机会偷袭了！"他对妲己说。

"没拿到天智玉，回去如何交代？"

司命未及回应，就被宓妃抢先说了，"我只听说王妃因为要练兵而不能来，不曾听说王妃缺宝玉吧？"

"你自己对姜望夫妇留手，居然还敢说得如此轻慢！"妲己立即反驳。

"这事就别再追究了！"司命看她们俩都往前一步，就快要吵起来了，急忙缓和气氛，"而如果没有王妃赶来，我们恐怕连击伤姜望都不能！"他又环顾众人，"那可就真的要无功而返了！"

少宗祝、郁垒、弇兹氏等人，除了司土官之外，都连声附和司命官称赞妲己。但这赞扬从司命官口中说出，妲己仍然会觉得有些讥讽她不告而来的意思，"其实我早就决定暗自突袭，为了不使你们分心，也就没有告诉你们！"她从容地说。

"理会得！"司命笑呵呵地端详着妲己凹凸有致的身躯说，"看王妃这一身顺滑的蛇皮装扮，就知道是为了不惹人注意，而专为袭击准备的！"

原来，妲己自觉得白纱惹眼之后，就以肥遗大蛇之皮裹住身躯，这身蛇皮前胸、双肩、小腿肚有突刺，威严肃穆；其余光滑黝黑，能防御热浪、滑开冲击，擦过丛林树木之间也会更加灵活。[①]她看司命盯着她的身子看，又赞她打扮，暗自高兴，但说话却仍然还是如常，"确实，我是为了不惹人注意才改装束的，以后都会穿这一身打扮，你们认得就好！"她笑着环顾众人说，"现在我们去哪？"随即她又转向司命。

众人都有些吃惊，这位桀骜的王妃居然会没有自作主张离去，反而先问司命来做决定，真是少有之事，宓妃则立即对司命移来犀利的目光。司命当然感到了不适，"王妃应该不知箕侯还在孤竹国边鄙林中等候吧？我们现在便去与他会合，一起回大商！"他便给了妲己台阶下。

妲己问司命的话一出口，她就后悔了，听了这话才安心下来。众人一行往大商而去。

箕侯听说此事，就劝众人缓一缓，让田畯官去应付竹侯的忿怒。

"我大商之中只有田畯官与竹侯交好，只有等他出使之时，我们才能安插宗师暗查了，而其实天智玉的采掘之地应该就在朝鲜海滨一带，我们也可自行派人去探！"

---

① 肥遗蛇是出自《山海经》里的蛇图腾，形似的有四脚蛇，也可以是鳄，这里作为鳄。

"但现在姜望救了竹侯，我怕连田畯官都没法进入竹侯大宫！"司命官说。

"就以防止周人谋夺宝玉为由出使吧！"

众人听了都认为是，弇兹氏随即告辞而去，并暗自允诺妲己，她会为大商提供情报。待她走后，司命把妲己叫到一旁，劝说："此女不可信，她为西羌人首领，不可能在中土封侯，也就不可能从大商获利，亲近你应该只是为了保全自己而已！"

"嗯……"妲己柔顺的答应着，"你之前提起的暗谍找到是谁了吗？"

"不是邮氏就是胶鬲氏了，邮氏其实并没有去孤竹国换取天智玉，而是胶鬲氏卖给他，他才把此玉告诉我们的，所以胶鬲氏也有嫌疑，"司命官说，"这次姜望居然会来此，自然是邮氏或胶鬲氏把天智玉的消息传给周人了，我会暗中监视这两族的！"

姜望在孤竹国休养了近一个月，才恢复了些，竹侯等人千恩万谢，用一百颗天智玉作为答谢，送他们二人出城。

"弇兹氏敷衍你们，又逼迫我们谋夺宝玉，你们以后一定要提防她！"墨允为他们送行，提醒说。

"放心，西羌人本性好利，我们会夺取她的兵马，严加约束的！"姜望回答。

"此事我竹人可以相助，而且我早听说渭水诸邦的族人在田阵里作战勇猛，有心相助，不日就会带着天智玉前往！"

姜望申妃稽首多谢而去。

二人回去后，申妃联合西羌人其他两族，一举攻破弇兹氏，并擒住了她。但果然，关于藏盐之地，她带人去寻了一番却是空手而回，只推说惹怒了西母神，没能找到。而蓐收氏也跟她约好了似的，自从上次她发觉有人跟随之后，就再也没能带回陇西之盐了。

申妃只好来找姜望问计。"此事暂时放在一旁吧，只好先从其他地方贸易了！"他没好气地对申妃说。

"好嘛，我留在吕国半年，助你主持国事作为补偿嘛！"申妃只好说。

之后半年，姒疑在虞邑为周人练兵，不但为周氏练出了一支御使牛耕作战的师旅，还教会了周氏御使耕牛之术。而在少姒妃的指使下，姒疑拒绝了教嬴媒和桃氏神术，却暗地里教会了柞氏。当然，周氏也不愿意嬴媒和桃氏学会御使牛耕，他看姒疑这半年来一直埋头练兵，没有出差错，就取消了对他的神力禁锢，给他一支黎人兵马到焦邑卫戍。

这焦邑虽然在南土，但却是北上通往苏国和孟城渡口的前哨，而姜望则刚刚释放羲和氏与任女，也派她们族人到南土、焦邑附近，征服了当地一支戎人。这是为了试探她们俩是否安分守住一地为君。周氏当然也是借这个机会看姒疑是否会与羲和氏任女联合反叛。

此时羲和氏以一千兵马征服了宣戎，然后自立为宣方之君。她这半年来几番训斥风婉，让她对周人效忠，不要再与殷人来往，但就在她们刚安抚好当地戎人之时，嬴来就来拜访了。

风婉本来在营帐外率领士卒严厉戒备，但嬴来却说有关于姒疑的事找她。她犹豫了一下，还是率领一小队亲信虎贲随他到了密林。她刚入林，还没来得及反应，就被嬴来刮起一阵暴风卷入密林深处，只留下一地惊慌失措、却望不到自己主君人影了的士卒。

"你抓了我也没用，我不会带族人随你去大商的！"她低眉沉脸地说。

"不带族人？你不怕我把你禁锢为奴直至折磨致死吗？"嬴来怒喝。

"我母族一定会为我报仇，周人也会借此与殷人提前开战！"

"你唬我？"嬴来笑道，"周人伐黎渡河一战损兵折将，恐怕还没训练出士卒来吧，如何能就为区区救你而开战？"

风婉看不能唬住他，只好抵死硬撑，"我怎么说也是一地侯女，商周知名，你若折磨我留下恶名，以后谁还敢降你？"

嬴来想这倒是，他这次来本来就是帝辛派遣，让他借着与风婉的旧情迁走羲和氏一族，以洗刷之前的恶名的，如果再加上虐待女宗师的恶名，以后恐怕更加无法在大商立足。"既然你不肯迁徙，那就帮我哄骗姒疑带队过来，我要伏击他立功！"

"我怎么可能帮你去对付姒疑！"风婉呸道。

"你果然还想与他复合是吧？"嬴来嬉笑着说，"我有一计，能立即让犁娄氏抛弃伊耆女，转而与你结合！"

风婉听了忍不住动容。

"是关于伊耆女的一个秘密，"赢来看她一脸的心痒痒，说得更加起劲，"你把此事跟犁娄氏说了之后，他会立即抛弃伊耆女，你想想，你现在屯驻在焦邑荒野的戎人聚落，而他在焦邑为将，何时才能看得上你？但如果我消灭他的兵马，他就会被周氏责罚，你便可趁机收他为麾下，你说是不是？"

"你哪里有兵马可用？"风婉被说动了。

"我在接近苏地的山下密林里驻扎了一百虎贲宗师，人人都有老虎之力，装备了神弓犀甲，犁娄氏区区一千人马，足以消灭！"

风婉暗暗吃惊，一百有虎力的宗师，如果组成田阵，又按妲己或苏子以刑罚之术累加战力的话，消灭一个师都不在话下，但她却又怀疑方氏说话是真是假。

"你把姒疑杀了，谈何告诉我秘密？"她反驳说。

"放心，我只求消灭周人士卒立功，不会杀他的！"

"不！你现在就告诉我，不然我不会帮你去引诱姒疑！"

"现在告你你不去找姒疑了怎么办？"赢来提高声音喝道，"不如我先告诉你另一个秘密吧，算是以为信！"

这引动了风婉的好奇和贪恋之心，而她既然拿方氏无可奈何，也就只能顺从，脸色也缓和下来。赢来便告诉了她最近周氏曾密会妲己，相约决斗之事，

"周氏如今一定刚回到虞地，且只剩下了十一玉，可为凭据！"赢来又邪魅的靠近她的脸笑着说，"如果姒疑不肯听从，你就把此事告诉他，他必定乐意传给周氏的夫人们！"

"他才不会是那种人！"风婉听这话意思是在诬蔑姒疑为了得到封地，会不惜讨好周氏神力高强的两位夫人，当然愠怒不已。

"那说不说随便你咯，我只是帮你别被流言牵涉，希望你少树敌而已！"赢来满意地走了。

风婉忐忑地赶去了焦邑，向姒疑说起赢来有一百宗师在山脚密林里，是用来助自己迁徙的，要他率轻骑过去消灭这些人。

"你与羲和氏麾下千人为何不去赶走他们？"姒疑得知自己麾下的万余黎人被司命官吞并之后，就对于商周之间的较量不太上心了，此时的他一心想立功得到周人允许再次立足于黎地。

"我当然是为你考虑！你刚摆脱为奴到了焦邑，正好立功，不是吗？"风婉对他的冷漠有些生气，"而我族既然在被方氏监视，当然不能轻易举动，不然那些宗师就从密林里跑了！"她有些底气不足，就又补充说了周氏密会妲己之事，说是方氏告诉她的。

"好吧，我会助你，周氏的事，我也会传出去！"

随后，姒疑立即点起全部人马，朝郊野的山下密林而去，而风婉则心中不是滋味地去了，她一回到营地，一气之下就解散了刚点起的兵马，这当然本来是为了助姒疑对付那一百宗师准备的。但兵马一散，她想方氏并不是守信之人，万一他把姒疑给杀了，那她可如何是好？羲和氏看女儿慌乱地把点起的兵马又解散了，忙问她怎么回事，她只好说了方氏的计谋。

"你说什么？你要助方氏反而来伏击姒疑？"羲和氏大怒道。

风婉一听这话，就突然顿悟，觉得确实是自己被方氏鬼迷心窍了。

"你怎么想的？怎么帮一个欺骗你的人反而来灭自己的心上人，还有，姜望好心的刚刚放过我们，让我们在此称君，你怎么反而恩将仇报，要谋杀周人士卒？"

一席话说的风婉惶急不已，"方氏说不会杀姒疑的！"

羲和氏啐了一口，"他的话你也信！"说罢，她即刻点起兵马，与风婉一起往山下密林而去。风婉焦急，嫌兵马慢，就自己御使鼙雀鸟先行赶过去了。

姒疑先独自隐在草木中进了密林，果然看到林中某地树梢上下都有人影飞动，却似乎不到百人，只有十几人而已。他犹疑了一下，还是率军入林了，还没接近人影，他突然觉得林中的风变快了，树枝由沙沙响动变成了呼啸声，自己的甲胄上开始出现如齿印般的风过划痕。他急忙命士卒停止前进，但已经晚了，前军士卒爆出哭喊声，随即瘫倒一片。他大呼指挥布阵防御，但此时呼啸声已经变成了轰轰声，阵法中聚合而起的树篱防御都被一道道干热的暴风吹散，使士卒都暴露在刀剑般的暴风中一个接一个的倒下，哀声一片。

"犁娄氏，你今日就葬身于此吧！"姒疑头上树林外的赢来立在半空大喊。

姒疑看士卒几乎要全军覆没了，惶急的飞上去对敌，突然听到任女在他身后大喊，"不要跟他较量，我们先退吧！"

姒疑看任女飞来，受到鼓舞，"我们一起上去擒住他，为我士卒报仇！"他说罢已经奋起飞身出了树梢，但立即遭到一阵细细的疾风网包围，虽然他身上头上手脚都套上了鼻环，鼻环绳索却无法聚集枝叶把这些细微冲击完全弹开。随着他周围噼噼啪啪一阵乱响，脚下的树木也嘭嘭粉碎，他自身也还是被贯穿了数道针孔大小的冲击。

"死吧！"赢来狂笑道，准备发动一道飓风给他最后一击，却看到树上突然光亮增强，姒疑消失了，不但元气，连杀气都察觉不到了。

他知道是任女把他藏在日光中了，"姒疑你出来吧，不敢跟我较量吗？伊耆女已经委身于我了，你也死在我手下吧！"他化风在树梢上乱窜，狂笑说。

果然，姒疑又从茂密的林中飞身出来了，"不但杀我人马，还敢胡说！"但他刚发出冲击，就撞上一股强劲的冲力。砰的一声大响，飞石余波一下把他胸口甲胄炸碎，而他身上手脚的胶质鼻环都承受不了冲击，砰砰砰的粉碎，他本身如石块一样被击落到林子里去了。一路上发出一连串的炸裂，一直延伸至他坠落的树林，炸出了一个大缺口。他的战力仅能打出击碎两颗宝玉的冲击，如何能抵消赢来的八种风调和之合力？如果不是身上胶质鼻环吸引、缓冲了一些力道，这一击的数颗飞玉就会集中在他胸口，把他贯穿。

赢来刚要对着树林开口下发出第二击，就看地上光亮一闪，姒疑又不见了。

"你们躲起来也没有用！"赢来故意激怒姒疑，"伊耆女的身上真香，自从在沼泽地里那一次之后，我现在都还回味无穷！"

啊啊啊！不远处传来一声痛苦的咆哮。赢来急忙化暴风朝声音传来的地方追去，却突然被一阵热浪围住，他周身也浮现了上百颗闪光，热浪和冷热风的压力把他压制了一下。待他冲过光网之后，一群魃雀鸟又围了上来，他发狠毫不停留的直撞过去，把鸟群撞得血肉横飞，但此时咆哮声已经沉入茂密的树下去了。而待他追进树林，咆哮声已经停了，也不能再追踪到杀气，只留下草木中横七竖八的周人尸体。等他出林一看，羲和氏的师旅已经开始往回飞奔了。

适才放出水玉光阵和甄雀抵挡嬴来的自然也是羲和氏，她麾下士卒一路护送风婉和姒疑到了营帐，使嬴来独身一人不敢追击。姒疑则被风婉怕他咆哮暴露，用犰狳气味把他迷晕了。风婉既得传羲和氏，能附身日气藏形，又得传任伯，能把杀气隐藏在水汽中，所以在她迷晕姒疑之后，嬴来就连杀气也追踪不到了。风婉把姒疑送回宣戎聚落，他一清醒，就大叫："我要杀了他，我要杀了他！"胸腹上本来凝固的伤口又因被他无意中激起神力，喷出一人高的鲜血。

"你别这样！"羲和氏大喊道，"你没能恢复，如何再去报仇！"她用一颗水玉把他笼罩在日气中，顿时使他如入火窖，周身干热封住了他的喷血，也使他沉寂下来。

"是你，是你跟方氏串通好了，诱使我去林中阵法的，是不是？"姒疑对身旁的风婉怒目而视。

"我如是跟他串通好了，又怎么会去救你！"风婉急忙面不改色的辩解。

羲和氏立即给了女儿一巴掌，"你现在还不承认吗？"她大怒说，"明明是你想方氏把他玷污伊耆女的事情传出去，你好接近姒疑，就因为这个，就出卖他，不是吗？"

风婉立即哭着跪在姒疑的床榻前，"我也是受方氏欺骗的，我那时要他保证不谋害你的，我其实是想尾随你的兵马，与你一起去剿灭方氏宗师的，你看我母亲不是带兵去了嘛，只是晚了而已嘛！"

羲和氏看到了这个时候，女儿还想维护自己在姒疑面前的好印象，叹了口气，先自出营帐去了。姒疑此时冷静下来，不愿意理会任女哭诉，只闭目想着姜菀愉，想着那千人士卒流泪不已。风婉想这一下姒疑恐怕再也不会原谅自己了，她心中恨恨地想着方氏，又想到伊耆女，突然又有了一个念头。

就在姒疑兵败的消息传来时，风婉散播的周氏放走妲己的夸大传闻也传开了，十二玉缺一玉的事实如此，周氏没法遮掩，三位夫人便趁机要挟周氏，让他尽快实现允诺，少姒妃要为柞氏讨要更高强的神术，桃氏要封地，嬴媒则要正夫人之位。周氏被搞得焦头烂额，所以正好把气都发泄在姒疑头上，以折损一千兵马之罪，不等他伤口痊愈，就把他鞭笞三百，并重新禁锢为奴，复送到牲口棚去喂牛。

但一个月后，不等奻疑的伤完全恢复，姜菀愉和少司命便来找他了。这个月里，不知怎的，大商沫城和王畿都在传闻方氏曾侮辱伊耆氏女一事，还传言与伊耆女婚约的犁娄氏愤恨的要杀此二人。嬴来听到传闻，知道一定是任女为了报复自己，也为了断绝伊耆女对奻疑的念想，才煞费苦心地跑到大商王畿来散播谣言的，而这下他的名声又要受损了。帝辛虽然此前就听到过嬴来的一些污名，这时传闻变得人尽皆知，他就不得不考虑暂时不派给他士卒了。

而由于姜菀愉的一再哭诉，少司命不得不再一次跟她一起暗探河内。她们找到周氏的上官，才发现他的踪迹。这时奻疑正在牲口棚旁边的麦地里炼制犁铧，偌大的空地上禾苗刚冒头，只有奻疑一人，一眼就被高空中飞过的姜菀愉和少司命发现。但她们俩飞下来时，立即触碰到了布置在田地里的阵法。虽然远处士卒的大喊使她们焦急，但这时空地上无人，她们也就索性不收敛气息，直扑下来，顺手散去了布置在半空中的一道道细绳树刺冲击。

"快跟我们走！"姜菀愉飞近他，低声喝道，而远处已经传来了士卒的喊杀声。

"我们一起去杀了方氏，凭你的防御力一定可以做到！"奻疑低声说。

姜菀愉一呆，他果然已经知道了此事，但喜悦随即涌上心头，因为他似乎并不在意自己失身。但旁边的少司命却发话了，"不可以，方氏可用来抵御周人！"

"少司命，你不应该干涉我和姜菀愉杀方氏报仇！"奻疑立在原地不动，怒视少司命说。

"我当然不会干涉，但我会告方氏此事！"少司命针锋相对。

"菀愉，你留在我这，我们一起修炼，准备随时去报仇！"奻疑便一把拉过姜菀愉，看着她说。

"不行，姜菀愉是我大商主要战力，不能留在周人之地！"少司命已经飞身过来拉扯姜菀愉。奻疑以三尖犁铧划地，嘭嘭嘭的三道土石冲击过去。但这时水雾旋风突然猛地扬起，使尘土射偏。少司命立即拉着不知所措的姜菀愉离开地面往高空飞去。

"我要跟姒疑哥哥一起走！"姜菀愉大哭道，但她刚抽出厚纱搅乱少司命的玉圭牵引她的疾风，就被少司命一剑劈下，厚纱随即燃烧，神力散失。少司命把她拖走了。姒疑此时手上只有犁铧，没有宝玉草刺，想飞身去追，但猛地想到会暴露少姒妃放开自己神力之事，又想起肯定追不上御气飞行的少司命，就又忍住了。

士卒们列队过来，急忙把姒疑团团围住，然后对着高空防御。而少姒妃的亲信也扶着她飞过来了，她急忙驱散士卒，姒疑便趁士卒们不注意，接过少姒妃手中的玉藻和玉斧，复又锁在自己脖子上。

晚上，少姒妃来了，"伊耆女不愿意跟你去报仇吗？"她动问道。

"不是的，是被少司命挡住了！"姒疑便说了少司命的威胁，他此时正独自坐在麦地里，却没有如平日里一样彻夜修炼了，而是在望着星空出神。

"那你还要去找伊耆女一起去报仇吗？"她试探地问。

姒疑沉默了一会，"一定要，伤好了就去！"他突然咬牙切齿地说。

这个答案令少姒妃暗自不快，两人沉默了一会儿，"你今晚没有修炼吗？对了，我一直忘了问你，你这是什么禾苗，似乎不是粟苗吧？"她为了化解沉默，就转移话题说。

"这是我族领胡衍来的一种禾苗，叫做冬麦或者冬来，一年两熟，冬日也可以生长，我想教会士卒种麦的话，冬时也可以感知天地气御使草木了！"

即使少姒妃不懂农事，也知道在冬日御使田阵，会因为缺乏草木、农夫不察天地气等原因而只能御使水土二行的合力，战力等于牧阵，但如果士卒学会种植冬麦，自然就能学会在冬日采集草木、听命顺应冬日的天地气发力，使战力大增。这样的人可不能让其他宗族，甚至殷人给抢去了！想到这里，她不由得在黑暗中像猎师遇到自己心仪的猎物一样，盯着他不放。

第二天，姒疑即被人转移到宫内为奴去了，负责在后厨劈柴。就在他无言的忙碌时，却看到少姒妃飘然而至，在众目睽睽之下走入后厨，把他召呼而去。一路上，姒疑都有些忐忑，以前少姒妃来找他，都是以亲信宗师叫走侍卫，并在一旁看守，才敢与他说话的，这次居然没有她亲信带领，就自个儿来了，难道她不怕看到的人说闲话吗？少姒妃带他走入一间挂满精美玉坠、摆满精致金壶铜盏的房间，他进去之后，一眼就看到房间内有一张大床，急忙转身低头就走。

"等一下！"少姒妃叫住他，"我有话跟你说！"

"这恐怕是主母的卧房，我不宜入内！"姒疑低头就要迈出门去。

"我可以为你解开神力禁锢！"

姒疑便转身回来，抬头犹疑地看着少姒妃。

她微笑着走近他，拉着他的手说："只是你要答应做我有莘氏族的臣仆！"

姒疑立即甩开她的手，转身就走。"刚才你在众目睽睽之下被我带走，进入了我的房间，我可是随时可以告知周氏，说你轻薄我的！"他背后传来少姒妃急促却自信的声音。

"你可是主母，有莘氏族的淑女，你这样告诉周氏，不怕毁了自己名誉，并连累有莘氏族吗？"

"反正我在周氏家族中没有地位，又被姜女嬴女欺负，不如拼一拼！"少姒妃的话语声清脆而坚定。

姒疑回过头来，看到一张不顾一切对他逼问的容颜，不由得想她可能真有鱼死网破，拉自己陪葬的打算。"那我不可能一辈子为你臣下吧，主君派我去镇守一方，我可能不去吗？"他便想暂时先稳住她。

"你只要在周氏面前答应为我哥柞氏麾下就行了！"

"好，我答应你！"姒疑满口答应，心中却想等此事一过去，在解除神力之时反口就是。

谁知姒疑刚回到后厨不久，周氏便派人来召唤他去大堂。他在那里看到不仅有周氏，还有柞氏以及嬴媒等三位夫人在。

"你确定昨日是姒疑主动拒绝随伊耆女少司命而去？"周氏满脸不快地问嬴媒。

"在场士卒都这么说，不过我们是不是该问问姒姐姐，对于姒疑，她恐怕比士卒们还知道得多哩！"嬴媒看了看姒疑，又看了看少姒妃，一脸坏笑地说。

"我来得迟了些，并不清楚当时之事，但现在我只提议让他恢复神力，入我大哥柞氏麾下！"少姒妃淡然说。

"姒姐姐若是知道昨日事情底细，把他归入柞氏麾下我无话可说，但既然她也与姒疑不熟识，为何要独独分给柞氏？"嬴媒则出言反对。

"是了，姒疑与我甫氏是旧邻，归入我麾下也未尝不可！"桃氏也争执说。

"好了，你们俩别说了！"嬴媒语带讽刺，周氏当然听得出来，但他不想把这样的风闻公开言明，就阻止了她们俩的争夺，"姒疑，你所愿如何？"

姒疑虽然没有看少姒妃，却能感觉到她的双眼逼视，他没想到解禁神力来得这么快，此时若不按少姒妃说的去做，一定会被她当即向周氏哭诉。"我是男子，不敢归在两位主母麾下，认柞氏为主君就好！"

这下嬴媒和桃氏都没法争取他了，周氏也随即应允。当晚，恢复了神力的姒疑得到柞氏允许，即来到少姒妃卧房的院落，看到她的亲信朝他招手，他便附在地上进入了卧房，一眼看到少姒妃正端正地坐在床榻上等他。

"我是来请求你最好不要在周氏面前谗毁我，以免毁了自己清白，而我现在就要离去了！"

"你凭什么认为我不敢在周氏那里谗毁你？"

"你今日应该没有向你夫君和两位夫人诬陷我吧？如果你陷害了我，恐怕我现在已经又被抓起来了！"

"确实没有，"少姒妃缓缓立起来，走近他，手指点着他胸口说，"但我以后随时都还可以提起此事，不是吗？"

"我今夜就要离开了，你以后再提起就是你自己受罪了！"姒疑强忍不忿，浅笑着说。

"那你是决意要抛弃故土投奔殷人吗？或者说你觉得殷人可以再帮你夺回黎地故土？"少姒妃压低笑声讥刺说。

"你信不信我现在就可以用水土草三气折磨你，直到你答应不再诬蔑我为止！"姒疑抓住她的手，低声吼道，绵软、沉重、黏稠三股气息开始朝少姒妃身上流去，顿时使她半身瘫软、半身酥麻、半身撕扯，被姒疑的大手扶着摇摇欲坠的腰肢。

"只要哪天你敢逃走，我就敢说！"她喘着气，强忍着痛楚，一字一顿地说。

　　过了一会，姒疑看她痛的泪水已流出，却还是不愿意改口，估摸着她能说到做到，只好服软。

　　当晚，他没有再提逃走之事，从少姒妃的卧房出来之后，就回了自己的卧房。

　　姬发担忧周氏故意放走妲己的传闻沸沸扬扬，以及他家族的纷扰会生内乱，就主意让周氏派出姒疑等臣属去立功，以功劳论赏赐。

　　"我们之所以被堵在洛城而不能进击，是因为南土霍侯等人神术奇异，现在又缺金铜，你可先派姒疑跟我邦宗师一起出使南土的庸伯、彭伯、濮人，最好能把大商的旧族邓侯也争取过来，他们那里的金铜丰富，之后就趁机把他们封在那边，为我们运送金铜！"

　　"但封地给他们后，他们凭借荆地密林与我们对抗怎么办？"

　　"当然要派虞氏、钱氏也去，作为牵制，至于大使官嘛……"姬发朝身旁的邑姜望去，看到她略微颔首，"就让吕侯与檀氏一起率领吧！"

　　"是了，庸伯等人只有我们的人来立盟约，至于甫氏、犁娄氏，只有先让他们运送金铜，与殷人冲突、立功之后才能给他们封地！"周氏当然不愿意他这些臣属都轻易得到封地，还没笼络就各自离开自立去了。

　　姬发默许，毕竟他也不愿意黎人降族参与盟约。

姜望访荆地篇

登场人物：

姜望、风婉、弇兹氏、檀氏与庸伯、巫咸王

少司命与邓侯、与嬴来

巫姑氏与巴氏 ⊖

姜望与巫咸王

巫咸王对嬴来

姜望、巫咸王、风婉与少司命、嬴来、邓侯、庞青等

姜望、巫咸王、邑姜、虞氏、钱氏等对司命官、妲己、嬴来、庞青等

⊖ 二人故事来源于《世本》里记载的一支巴人的首领禀君与盐水女神的传说。

为了避开草木茂盛难行的时节，姜望特意选择到第二年冬暮早春才出发前往南土，还带上了任女。风婉与羲和氏在宣方戎人中称君，但却一直有谣言说她要叛逃到东夷去，姜望对此不放心，这次就连她也带上，一起去往楚地，意在把她也封在南土。

他们一行人逶迤沿着密林中的山路而行，越深入楚地，水泽就越是遍布，路旁山峰越是陡峭，大雾弥漫更是连对面都几乎望不见人。姜望心想：即使说服庸人，但在这种山路上运送金铜，随时都有可能被袭击。之后他们乘船沿着水路顺流而下，虽然有蓄积波浪水气催动，但密林里的水路弯弯曲曲，也花了几天时间才接近庸地。远远才望到石山腰上的楼台，就看到路旁树林中枝叶弹动，有人在林中疾行。那人伸出头，等姜望等人下船一问，才知道是早先派使者传信过的姜望等人，急忙迎接，然后带着麾下十几名士卒指引众人往路旁密林中上山而去。那些人带着他们上了山峰平地，才停下来。

"你们这些人都是庸伯麾下宗师吗？"姜望问领头的人。

"不，只有我是驯兽宗师，其余这些奴仆都是士卒！"

四人互相对望，都暗暗吃惊，庸人居然连普通士卒，仅凭御使周身的树枝草木之气就能接近他们飞行了吗？这时众人到达的是山腰的一片平地，面前是几团树木，掩映着一道城墙和几排房屋，后面则仍然是高耸入云的峭壁。檀括走近城墙，摸着墙上土夯，竟然手中不留粉末。

"这城墙似乎是烧制过的，才能如此坚硬，且不留粉末！"他对姜望惊叹说。

"烧制土陶应该很脆弱才是，为何会如此坚硬？"姜望蓄气一戳，城墙才崩出粉末，但却没有裂缝。

"这怕是只有虞氏能解答，但我猜一定不是普通的泥土！"

众人进了庸伯上室，迎面看到一个矮小壮实的中年男人，带着两个同样矮壮的俊朗年轻男子上前迎接他们。

"西方大邑周吕各邦君请就坐！"庸伯呵呵地说，"我庸伯率猎师冥氏、司工凫氏在此！”①

"适才我在宫外看到的城墙似乎是烧制而成，来由是土陶之术吗？"檀括先问。

"不是的，是我庸伯在炼制金铜的时候，从烧制围炉之法中感悟出来的！"

"哦！我正好在周邦负责冶炼金铜，看来可与庸伯论及！"檀括笑呵呵的，取出一只玉钟放出时辰气化为大铜钟，轻轻敲响一声，顿时有荡然庄重在屋内回响，酒盏内的酒水和案几上的菜肴都有气泡爆出，金铜器皿颤动鸣响，众人都觉浑身振奋，而一道道辰时气嗖嗖地往四周宫外飞去。庸伯等人都震惊，他们自然从未见过能驾驭屋内所有事物，包括人身气息的铜钟。庸伯接过檀括抛过来的大钟细细抚摸，只见上面刻着一圈十二子的称号，四周则有郁郁的禾苗树木环绕，还有展翅的大鸟和雉鸡绕着树木图案。

"如此精细的雕琢我边鄙庸国实在少见，可否留下数名百工教与我族人？"庸伯稽首，不慌不忙地说。

"不但炼制大钟之术可教，还可教你使土墙蓄气，变得更加坚固！"檀括立起来，还礼说。

"好！大邑周如此有德，你们要的金铜我一定随时奉上！"庸伯听了立即红光满面的敬酒。

"庸伯果然坦诚！"姜望此时也起身说，"但可否请求由庸人士卒运送，我来的时候看到庸伯麾下普通士卒都极其善于在林中御气行走，实在是不可多得的人力！"

"我庸伯只能答应奉送金铜，却不管运输之事！"庸伯当即一口拒绝。

檀括与姜望互望，都有些不悦，他们自然知道这一路山高密林，又路途遥远，即使被半路劫走，都不知道是谁干的。"只要庸伯答应运送，我可再奉上宝玉作为贸易！"姜望回答，"如若不然，我们只好放弃了！"

庸伯看了看身旁的凫氏和冥氏，都有些神色凝重，但庸伯随即开朗，"不

---

① 冥氏出自《周礼》，"冥"意思是捕兽网，为"族有世业，以氏名族"的世代以捕兽为业的宗族；凫氏出自《考工记》，为世代铸造铜钟的宗族。

急不急，众位大邑高人来此，先请观赏歌舞！"说着他便传令。

一队身着五色纱、胸前裹着藤蔓的袅娜女子脚尖点地飞身进入大堂，为首的一人更是凌风翻腾，点着众女子的发髻嬉笑的飞入，发出一串玉铎般清脆的笑声。在一群青鸟的伴随下，她飞身入内，身材娇小如飞燕一般，手持弓箭绕着姜望等人的案几蛇行飞舞。

她飞近时，姜望看她星眼朦胧，冲着他甜甜一笑，娇小的脸颊顿时浮现一对酒窝，妩媚宛如。但他还没来得及与她交换眼神，她就伸出裸露的雪白赤足拉开大弓，嗖的一声把自己朝檀括射了出去。檀括只觉一道五色束帛拂面，风里清香四溢，接着就看到一段柔若无骨的纤细腰肢在自己眼前急速旋转，从腰间飞出五色鸟羽，朝大堂上空盘旋的青鸟飞去，被鸟群衔住。

"此女也是庸伯麾下宗师吗？"檀括看薄纱和藤蔓后露出一张姣好的面容和娇俏的身姿，就有些迷醉地问堂上庸伯。

庸伯还没来得及说话，那女子就主动搭话了，"我就是你们接下来要拜访的巫咸国主！"她此时才急速旋转，把周围鸟群衔住的鸟羽又牵引回到了自己身下那疾风鼓起的薄纱短裙底，然后躬身为桥架在檀括案几上，喘着气转过脸对他一笑说，话语声清晰。

看到檀括一脸惊喜和迷醉，巫咸王满意地将弯成弓状的身子从案几上立起，手持羽箭对准姜望，随着身子如竹条般"嘣"地一弹，羽箭嗖的一下在一道光芒中朝姜望射去，而她身上则在急速旋转。姜望笑呵呵的刚接住羽箭，就觉得一阵清香扑鼻，却发现羽箭上连着的藤蔓竟然就是缠在巫咸王胸前的细藤，此时被他拉在手上，她胸前几乎遮蔽不住，一袭薄纱里还透露着胸前背后的心口上各有一副文身，在雪白的肌肤下更是注目。这赤裸裸的诱惑使檀括有些不悦，巫咸王瞟了他一眼，咯咯笑的更大声了，随即赤脚点着青鸟落地，朝姜望、檀括款款一揖。

"原来是巫咸王，这支羽箭还是还你吧！"姜望当然注意到了檀括的不悦，他牵起羽箭扫过暖酒抛出。带着热气的藤蔓朝巫咸王身上缠去，他微笑着伸开双臂，任一道温暖的细藤在她胸前急速缠绕，使藤蔓复又裹满了她胸前。

"你就是在中土大名鼎鼎的吕侯了吧，这细藤绕身还是暖的，真是个细心之人！"巫咸王笑吟吟地说着，朝姜望眨了眨灵动的大眼。

姜望还未回答，檀括急忙拿起案几上的酒盏，挥手朝巫咸王抛出。她刚接过，就听到一声铛的脆响，酒盏与酒浆相碰震动发声，酒浆则如沸腾一般，"想不到巫咸国君竟然是位如此貌美，又神力高强的淑女，还特意屈尊为我等献舞，我又怎么能不施展我的御使辰时气之术呢？"他精通声律报时，所以才能在酒水中聚起一定的五音蓄气，使之撞击铜盏刚好能发出清脆声响。

"虽然吕侯神力体贴入微，但檀侯的神力也似乎是恰到好处，真让人动心呢！"巫咸王接着就给了檀括一个媚笑。

"诶诶，巫咸君，我看还是檀君神力与你的御使星辰之法来由接近，你以后就向他多多请教吧！"庸伯急忙插话说，似乎有意使她与檀括亲近。

"这个不急，等两位上邦君侯去我的巫咸国时，再慢慢相谈吧！"巫咸王似笑非笑地收起弓箭，穿上青鸟衔来的裘皮冬衣，坐在姜望等人对面案几后，恢复了一地之君的威严之姿，但一双娇媚的大眼仍然在对面的檀括和姜望两人间来回游移。

姜望此时只觉得巫咸王的眼神都是清香味的，竟然有些把持不住。

"巫咸王适才演的是开春祭祀高禖的舞戏吧，只有这类祭祀男女欢好之舞才会既取悦女神，又娱男人！"弇兹氏此时发话说，她在一旁被冷落已久，又看不惯巫咸王身为君侯，还要大跳取悦男子的舞蹈，就忍不住出声了。

姜望此时才猛然想起刚才巫咸王的舞中确实都是男女合欢的暗示，无论聚积鸟羽射入裙底，还是拉弓把她自己射出去，都有挑逗男子之意，而她却完全不顾及在一旁的弇兹氏和任女。"是了，巫咸国主不能仅仅取悦于我与檀氏二君，这两位，一位是上古天官羲族、和族后裔，擅长御水术和聚光术，一位是上古弇兹族，现西土弇兹氏族首领，二人都是神力高强之女主！"他定了定神，看着檀括说，后者顿时有些恍然。

巫咸王听了，笑容有些凝固，但随即恢复，"我刚才只是想在二位君侯面前显露神力，请求指点而已，因为并不知另外二位也是邦君，才会无暇顾及！"

"巫咸君说得对，吕侯应该早些介绍两位女主的！而她献舞与檀君侯互相示好，也是好事！"庸伯又插话调解说。他麾下的凫氏和冥氏立即起身，都朝弇兹氏走过去敬酒，与风婉相比，他们自然会首先被高鼻大眼、容貌殊丽的弇兹氏吸引。

弇兹氏本来不愿意搭理，但被姜望眼神逼视，只好接过酒盏。而两位首领如狼似虎的炽热目光还引动了她的虚荣心，便勉强以酒盏猛撞案几，展示了自己的取火加倍冲击之术。这下两人更是眼睛都看直了。

檀括则去了巫咸王案几前敬酒，"不知女王神力是否是继承自大商太保官、乐师巫咸氏？据说他是始创筮术之人，女王一定还得传了九筮之法吧？"

"我并没有得传九筮法呢，我们巫咸国在南土避世已久，九筮法早已失传！"巫咸王一脸委屈地说，"但我听说你们大周西伯和世子都擅长阴阳爻变化，尤其是那位吕侯，是吗？"接着她脸上突地变得明快，还挂着一丝娇笑。

"当然如此，我们以后可以慢慢言及，不过听说你曾与河下的戏伯有染，可为何后又带着他的土卒弃他而去呢？"檀括试探地问。

"哪里是如传闻一般！"巫咸王立即一脸幽幽地说，"我嫁给他时是不会巫术的，那时因为看到他以十二星次之法驱除妖鸟一两次，就学会了。但那以后，他便硬说我偷学，要废我神力，我只好带了些亲信族人，逃到这荒芜之地了！"她又转而愤恨，"戏伯如今又禁锢失掉神力了的大商王后，可见此人确实是个不能容人之人！"

"果然传闻不足信啊，只有亲身听闻过各种亲历之人的叙谈，才能知晓底细！"檀括感叹道，"对了，你真的只看了一两次就学会了戏伯的十二度神力了吗？"

"嗯！不仅止于借十二度名号画符，已经会用于草木鸟兽了！"巫咸王一双大眼睛笑的弯弯的。

檀括被这大眼睛吸住了似的，目不转睛。看一两次就会了，如果由我来教与十二辰之法的话，岂不是……他禁不住浮想联翩。

看他独自出神，巫咸王伸手调皮地朝他脸上扇出一阵热风，弄得他脸上发烫，忍不住叫出声来。看到巫咸王随即咯咯的娇笑，檀括更是心摇神驰。"国主，你不如跟我回渭水吧，我们缔结婚姻，一起在中土成就大业！"他禁不住伸手握住她的手，有些激动地说。

巫咸王也不缩手，"可我族人都在这里，不好迁徙嘛！"她娇娇的翘着本来就微翘的嘴唇说。

"这里我会派一个师过来驻守，他们可与你族人一起为我大周运送金铜，而你到了渭水，只需不时过来监督这边故土即可！"

"我终究有些舍不得我的族人……"巫咸王此时低头如一个羞涩的女孩一般，"不如我先带你去我国土一游，你跟我说说你们大周的筮术吧！"她突然紧握着檀括，跳起来说。

"好！我们本打算先去巫姑国，与国主商议贸易运盐之事的，我这便先去你的国土！"檀括兴奋地说。

此时，司命官派遣少司命，会同嬴来已经秘密南下。他们招来洛地的武罗氏和庞青，以及驻守杞国的杞娄氏，一起往邓侯所在的邓地而去。为了不暴露行踪，他们特意放弃走大商通往荆地的运输大路，而是翻山越岭越过树梢御气而行。这样一来，他们就不得不时常停下来休息。他们一路来到邓地，邓侯立即出宫迎接。少司命看这邓侯的上宫，与南土诸小邦简陋排列的上室不同，这宫室外有宫墙，内建连排宅邸，除了存储粮食之外，还有保管金铜的仓廪。

"你这里存储了这么多金铜，却还知晓大商正受困于兵刃短缺吗？"少司命轻笑着问邓侯。

"不曾知晓，不过刚才见到少司命大人来时，我就开始考虑此事了，现在大人主动问起，我便决意要恢复运送金铜到大商了！"邓侯目不转睛地盯着少司命清丽的脸颊，不由自主地脱口说道。

"我们进去说吧！"少司命看了邓侯一眼，却只淡淡一笑。

"我们此来其实除了要运送金铜，还要诱捕到达南土的姜望等人！"少司命入宫坐定，立即说。

"西土的姜望等人来了？"邓侯惊奇地问，"连我都没有收到消息！"

"嗯，不是在庸地就是濮人之地！"

邓侯沉思了一番，就走下堂前，大胆的拿起少司命的手握住，"金铜的事一定照办，而诱捕周人之事我也有了主意……"他目光如火的凝视着少司命，话也只说了一半。

"好大的胆子！你一个边鄙小邦君，怎么好轻薄大商王使！"杞娄氏再也忍不住了，大声喝道。

少司命在众人面前被他握住手不放，只觉周围目光如刺，"杞娄氏说得对，虽然君侯如此爽快地答应我，但我仍然不能许给你任何私情，因为我这些年都必须在太行山坚守，根本无法留在南土！"她虽然嘴上拒绝，但从邓侯手上和目光里传来的炽热情意却使她没有缩手，任由邓侯紧握。

"其实你不必对我那么好，我真的不能留在你身边的！"少司命趁与邓侯一起检视仓廪时说。

"你知道我的神术吗？"邓侯说。

"什么？"少司命不知他为何要转移话题。

"我的神术是蛊虫术，可以在千里外致人伤残或魂散，只要你学会了，就能损伤周人首领，攻伐周人的胜算也会大一些！"

"我听说过，姬鲜就是这样被你废掉神力的吧？不过以后周人都会在身边布下阵法，就算是气味也不能近身，你没法轻易下蛊的！"

"是啊，不过你愿意被我下蛊吗？"邓侯说着，伸手抚摸着她的长发，"把你的一段头发给我吧！"

少司命急忙护住头发，睁大眼睛犹疑地看着他。

"怎么，怕我施法害你吗？"邓侯一脸轻松的笑容。

"你要先教我蛊虫法，我才会给你头发！"

"蛊虫法下蛊用的都是毕方、鱼鹰、龙姪等兽的血肉，但从未用过人身之物的，其实我这次也是试一试而已！"

少司命睁大眼睛看着邓侯有些失望的笑容，竟也有一丝失落，"给你吧！"她突然取下耳环上的天智玉划断一簇头发递给他。

"你怎么这么信任我，不怕我害你要挟你留在南土吗？"邓侯惊喜地说。

"你要不要，别让我改变主意哦！"

邓侯急忙接过头发，"要！要！"他小心的把头发收在金盅里，"今日我就开始教你蛊虫法吧！"

"其实你不必为我做这么多，如果我对你有意，你什么都不做我也会与你婚，而对你无意，就算你下蛊我也不会留下的！"

邓侯看她原本清丽的尖脸此时却变得红晕泛起、娇艳动人，就忍不住凑过去，按在了她的红扑扑的娇唇上。

少司命除了父母之外，从未与人如此亲近，只觉如触电般的震动，却又全身喜悦流动，整个身躯顿时都酥软了。

良久，他们突然察觉身边有人在看，只好回过头来，邓侯看到他麾下头领巴氏在一旁待命很久了。"你刚刚来的？"他的心还没从少司命身上恢复过来，有些尴尬地问。

"来了有一会了！"巴氏低头一拜说。

"这是巴人头领巴氏，现在留在我这监管仓廪，对了，他与巫姑国女王交好，要谋夺巫姑国的盐泉就要靠他了！"

少司命有些惊慌的定了定神，"我大商边鄙滨海，不缺运盐，只要阻止周人夺取就好！"

"放心，有他去说服巫姑国主，一定不会让周人夺取南土的盐运！"

姜望等人此时已经到达巫姑国，与巫姑氏议定运盐到西土之事，只有檀括仍然留在巫咸国，没有同行，他们正要召呼他来，就听巫姑氏说，巴氏传信来了，说已经率领族人在迁徙途中。巫姑氏国小力弱，东依附于邓国，西依附于庸人，只好把此事毫不隐瞒的告知了姜望等人。

"这个巴氏是什么人？"姜望问。

"他是邓侯麾下得力宗师，也是巴人五个宗族的首领！"

"那不能答应！你放心，有我们在，再加上庸人的士卒，别说他巴人，就算邓侯亲率大军来袭，也一定可以帮你们守住！"姜望立即说。

此时，冥氏便附耳对姜望提起，巴氏是巫姑氏的情人。他和凫氏自然都是为了追求弇兹氏而来，顺便也监视姜望，怕他们与邓侯串通，暗地里谋夺盐泉。

"哦！"姜望笑呵呵的立即改变态度，"国主去迎接吧，先不要提及我们来访便是，我们会暗中为你预防不测！"

弇兹氏看姜望态度大变，便招手唤冥氏，冥氏当然有求必应，附耳也跟她说了。不料她得知后，脸上立即变色，"不可与男子共享国土！"她不顾巫姑氏颜面，霍然起身说，"男子，尤其是会神力的男子，一旦没有了管束，就会拉拢族人反叛，我西羌人就出了两个男子叛族，一个叛逃，一个趁乱自立，巫姑氏，这些你可要细想，不能再受骗丧国了！"

巫姑氏虽然有些认同弇兹氏的话，但尴尬大于疑虑，只不做声，姜望也一脸尴尬，只示意弇兹氏住口。

"我劝解的话在此，巫姑氏你可信可不信，但倘若被夺去了国土，也与我无尤！"弇兹氏不顾旁人，仍然一脸激动地说着。

"巫姑氏，你先去见巴氏吧，但切不可立即答应放他族人入国，只带他一人入室，还要卸去法宝！"姜望便说。

巫姑氏果然按照姜望所说，只答应把巴氏一人迎入上室，而巴氏族人都被留在国界外。

"这么多年，你不是盼着我迁入吗，为何如今还要猜疑？"巴氏进入上室时还被卸下法宝，不高兴的质问说。

"不是我……"巫姑氏刚想说起姜望等人，才又猛省，随即住口，"你突然迁徙，究竟为何，是有什么变故吗？"

"我不瞒你，其实是邓侯接到了大商命令，说是周人可能会来南土夺取盐泉，所以派我迁徙到此，守住盐泉，截断周人贸易路途！"

"还是等我禀报了庸伯，获得他们支持你再迁徙吧，我们两族就算有邓侯援手怕也不能抵挡神力强悍的周人！"巫姑氏犹豫说着，就摆脱了巴氏的拥抱。巴氏无奈，只得先回到了陷阱外围等候巫姑氏的消息。

"不可答应！"姜望听了巫姑氏的话，决断地说，"他既得知我们会来，何必让巴氏举族迁入？只安排殷人来偷袭不就好了，这些必定都只是为了独占你盐泉之辞！"

巫姑氏没了主张，便望向凫氏冥氏，他们都说吕侯说的是。她只好回去劝巴氏带着族人离开。

巴氏回到陷阱外围的族人营地，却看到少司命等人来了，问起了情况。

"你过两天再去劝说，巫姑氏应该会答应你的！"少司命笑嘻嘻地说。虽然这些天巴氏被拒令她有些烦恼，但她却不再如以前一样紧蹙眉头，对谁都是一副乐呵呵的样子。

"是有别的什么人劝服她了吗？"巴氏疑惑地问。

"哦，不是，我只是看出你与她似乎是真的两情相悦，我想只要你对她倾诉，一定会打动她的！"

巴氏走后，庞青在一旁对少司命说："我们这样隐瞒他，不会给他和巫姑氏的情意带来伤害吧？"

少司命笑呵呵地拍了拍她狐疑的脸，"不会的，他们这些小族，神力低微，周人不屑伤害他们的！"

姜望这边，巫咸王和檀括赶到了，他们是听说巫姑氏打算拒绝巴氏迁徙，特意赶来的。

"千万不要劝阻巫姑氏赶走巴氏，你们不知道他们俩本来就情意极深，只是碍于庸人和邓人的大国较量，才不得已没有合为一族的吗？"巫咸王动情地对姜望等人说。

"这些我们都知道，但现在情况不好哩，谁知道巴氏在此时前来有何目的？"冥氏不满巫咸王把事情归罪于庸人的言辞，甚至对她一味谈及二人私情都有些疑惑，怀疑她有没有被巴氏收买。

"哪里会情况不好，是情况正好才是嘛！即使巴氏族人迁入后反叛，只要有吕侯等人在，也可随时擒住他，不是吗？"巫咸王一脸崇敬地看着姜望说。

但姜望仍然犹豫不决，他想巫咸氏对她们这里的人情应该不会理解偏差，便点头答应了。彘兹氏则在一旁冷笑。

第二天，巫姑氏命士卒关上陷阱，立在一旁，巴氏族人立即如潮水一般，御使周围的草木和地上厚厚的落叶之气滑行，急速进入巫姑氏聚落。埋伏在聚落人群里的姜望等人看到这些巴人也与庸人一样，凭草木甚至落叶弹开滑行，都叹服不已。就在巴氏族人进入聚落之后，这些人中突然听到有人大叫："邓人士卒给我听着，卸下巫姑氏族人的兵刃，我们占据巫姑国！"立即有一群士卒，约莫百人齐声大吼回应，立即朝巫姑氏族人士卒冲了过去，双方混战。巫姑氏惊慌不已，大声质问巴氏，"你为何要欺骗我！"说着放出一大群飞虫遮天蔽日，她自己也附身其中，朝混战的邓人士卒冲了过去。

"我并不知情！"巴氏借风传音大呼，却有些不知所措，他并不知道有一部分邓人士卒混进了他数以万计的族人队伍里，也不知道是该帮助邓人还是帮助巫姑氏族人。混在巫姑氏聚落族人里的姜望等人都有些惊慌。

"现在赶快去擒住邓人士卒吧！"冥氏和凫氏对姜望等人急道。

"没事的，邓人似乎只有不到百人，也不见有厉害的神力出现，巫姑氏用盐粉驱使的飞虫足以灭了他们！"巫咸王反驳说。

"这不会是巴氏欺骗了巫姑氏吧？"檀括转头对巫咸王说。

"你怀疑我吗，还是觉得我太执迷于他们的私情了？"巫咸王顿时大眼圆睁，亮闪闪地盯着檀括。

檀括只好回避不语，这些天，自从他教会巫咸王十二辰神力，他们俩来到巫姑国之后，巫咸王就对他不太如以前一样眉目传情了。此时两人争吵，更是令他有些不安。

"我早说过男子不可信，更不可与之分享国土，现在如何，你们是去救还是不救呢？"弇兹氏则在一旁冷笑。

"别讥笑了，我们快去陷阱埋伏，以防有邓侯援兵突入！"姜望对弇兹氏喝道，然后带领众人往聚落外的陷阱飞去。

"都别打了！"在聚落附近的巴氏则已经命族人士卒朝混战的地方冲了过去。但他本人刚御风飞起来，就被强风禁锢住了手脚，整个人掉了下去，他爬起来一看，原来是那个从大商过来的方氏。

"你认得巫姑氏吗，现在快过去杀了她！"化风的赢来在日光里现形，低声对他吼道。

"不认得！"巴氏爬起来就飞身要走，却迅速被赢来超过，拦在跟前，而一丝疾气已经击穿了他的耳朵。

"下一次就是心脏了！"赢来连连挥动狼牙棒，巴氏还没反应过来，就被几丝疾气瞬间击穿了手脚。他又痛又慌，只得求饶。

"快去杀了巫姑氏，把姜望等人逼出来，你再不动手我就击穿你的心脏了！"赢来抬起狼牙棒恐吓道。

巴氏只好被赢来疾风牵着带到了双方混战的人群外围。"快用你的蛇毒箭，我知道它能破解巫姑氏的盐粉疗伤！"赢来催促道。

巴氏无奈张弓搭箭，却只瞄准，不射击。"快！只有这样才能引出姜望，让少司命大人擒住他立功，你也好去蜀地自立！"

巴氏只好对准飞虫群中有一团黑发的飞虫团射了过去，果然一声惨叫，巫姑氏现形从虫群中坠下地去，而如雾霾般的盐粉则开始飘散，本来在攻击邓人士卒的虫群也开始散去。

"巫姑王掉下去了！""巫姑王归土了！"已经所剩不多的邓人士卒大呼道，这令正在与之交战的巫姑氏士卒都不由得放下了手中的大斧和弓箭。姜望等人此时正埋伏在陷阱外围，却没看到任何援兵，反而听得邓人士卒大呼，他们急忙寻声飞了过来。此时盐粉和虫群正逐渐散去，邓人大呼是巴氏射死了巫姑氏，而巴氏则正独自跪倒在人群外围的空地上。

姜望正要飞过去问个明白，却突然看到刚散去的虫群又朝他们聚拢来了。姜望等人都是神力高强之人，当然不会让区区飞虫近身，而他们也没有刻意去驱赶，只是各自发动阵法或聚光，把飞虫推开。但突然，这些缓慢嗡嗡的飞虫却变得急速起来，一只只嗖嗖的朝姜望等人射来，姜望滑开了飞虫，只觉这飞虫急速的连他都没法察觉，而檀括则已经被飞虫击穿几处身体，剧痛不已。

"是方氏，你们快退！"姜望猛省，大吼道，可当他以金钩钩住檀括时，却发现只有风婉、冥氏和凫氏在空中，而弇兹氏和巫咸王则根本没有跟上来。

他眼看虫群越来越密集，而虽然飞虫无法伤身，但他脸上、甲胄上却已经被他感应聚起的过于凌厉的散风散虫划伤，这样下去可是撑不了多久的，他只好飞身冲破虫群，要从高空逃走。而他刚出虫群，就遭到高空中一阵针网似的雪花，光亮无比的急速刺下。他只好一路感应聚风，砰砰砰的一路撞击把这些大网似得尖利雪花挡了回去，而前方却是少司命挥剑舞起一阵剑影挡住去路。

不好！姜望心想，这又是司命官废掉他身上铜泡的那招！他急忙顺着原路的轨迹急退，压来的剑影和急速落下的雪花都被一阵砰砰砰的地气上升撞飞。少司命吃惊地看着姜望一路急退掀起的尘土。她还没反应过来，姜望就已经趁机再次上前，越过一片阻拦的剑影，飞出雪花射下的地带，身后少司命的一道袭来的剑影也被他感应的散风撞上抵消。

庞青和武罗氏押着抓到的冥氏和凫氏下来，"这都没能抓住姜望吗？"庞青咋舌问少司命。

"他已经可以随手御使周围的任何气息抵消冲击了，虽然我父亲教了我破他神术的方法，却侥幸被他躲开了！"少司命叹道。

"不用担心，檀括既然被方氏御使的飞虫击中，姜望似乎也受了伤，应该都会被飞虫气味侵袭，在身上留下吸引毒虫的蛊毒，只要我们再赶上，就能马上激起蛊毒削弱他们魂魄！"邓侯此时上来对少司命说。

"对了，方氏抓到任女，为何不见他上来炫耀？"庞青向地下张望说。

"方氏跟这任女有旧情，抓了自然不会拿出来给我们看！"少司命说。

"这就糟了，这方氏不会私自放走她吧？"邓侯说。

"有可能，不过……"少司命想起方氏竟然有办法怂恿任女，使她袭击她的心上人似疑，就猜方氏很可能会让任女记他不杀之恩而把她暗地里收为己用。但她觉得此事对大商有利，也就没有在众人面前点穿。

姜望一人独自借密林遮掩逃走，只觉伤口上发出一阵阵的血腥气，挥之不散。他猜测飞虫气息有毒，心中感觉不妙，随即急飞出树林，要全力御气往庸国而去，但刚出树梢，就看到巫咸王出现了。

"你为何在此？刚才去看视巫姑氏的时候，你为何不在？"姜望质问。

"我当时想着去这么多人也没用，不如留下来继续监视，看有没有援兵嘛！"巫咸王抱歉地说。

姜望缓和下来，"我要去庸国，向庸伯交代了，你回你国土去吧！"

"先别！你似乎被虫群击伤了！"巫咸王近前，不由分说就抚摸他脸上的伤口说。

姜望刚想躲开，就被她一声尖叫吓了一跳，"呀！你这腥气是邓侯的蛊虫术，再不赶快驱除，你就会被散魂了！"巫咸王急道，姜望只好让她近前抚摸。

"你有神力破解吗？"

"要先用蘑芜灼烧祛除你体内的虫魂，再用焉酸草解毒，但我现在身上没有带蘑芜，我们一边赶去我巫咸国取蘑芜，一边说吧。这蛊毒只是没再被施法者接近，发作会很慢的！"巫咸王拉着姜望就要下林，往巫咸国的方向而去。①

"会内气外放真好，飞过去一点风声都没有！"巫咸王说，"你把我拉近些，让我感受一下你的元气吧！"

"我可以教你以田阵蓄气宝玉之法，报答你这次的救命之恩，你可以此类推，以宝玉来修炼星辰、卜筮、草木等巫术，这样就可不必害怕冲击力不及大邦宗师了！"

就在两人快要接近巫咸国时，姜望突然觉得脑袋眩晕，魂气迅速减弱，而身上伤口开始冒出黑烟了。

"哎呀！你蛊毒开始发作了，来不及了，我还是就地帮你找蘼芜吧！"巫咸王尖叫道。

"冬日哪里会有什么药草？"姜望虚弱，勉强吐出几个字，人却已经不能蓄气，掉入林中。

"快随我下去休息！"巫咸王抱着他坐在干枯的落叶堆里，"这里离巫姑国已远，发作也慢，我先帮你去找蘼芜吧！"

不过多久，她就返来，笑吟吟地拿着蘼芜在姜望面前晃了晃，令姜望惊讶不已。"这真的是鬼神庇佑，而我就是鬼神派来救你性命的使者！"巫咸王欢快的点燃蘼芜，一边念动咒语，一边在姜望伤口上以蘼芜火焰炙烤，不多会，散发的黑气就变成了白雾。

"好了，蛊虫魂气吸出来了！"

"快去救檀括他们，他们身上被击穿，比我更严重，可能现在已经发作了！"姜望急道。

"庸伯麾下二人都被抓了，檀括虽然逃走，但是也被人追过去了，可能也会被擒的！"

"万一逃走了呢？他现在一定会去你巫咸国，我们赶去总是好的！"

"你跟檀君应该只是邻近的友邦吧，何苦这样拼命呢！"

"救人性命最大，再说檀括对你有意，你这样不是冷了他的心？"

---

① 《山海经》里有毒的焉酸可能是指黄菫，俗名断肠草类植物；蘼芜，各类香草。

"我跟他没什么的，其实我的情意都在你身上……"巫咸王靠近姜望，娇躯卧在他胸膛上说。

"这些以后再说，先赶回去救人吧！"

巫咸王无奈地站起身，带着姜望继续往巫咸国而去。他们到上室时，果然看到檀括在这里，而且已经浑身伤口冒出黑烟，虚弱的说不出话了，巫咸王便吩咐取来焉酸草和蘼芜，为他疗伤。姜望则自行以薰草魂气补偿丧失的魂魄，而没过多久，就看到巫咸王进来了。

"檀侯伤势没有危险了吧？"姜望问。

"放心吧，我帮他祛除蛊虫的气味了，只是他魂魄丧失太多，恐怕一个月都没法起身！"

"对了，为何你治疗蛊虫如此熟练，我记得连庸伯都不会此术的？"姜望疑惑地看着她。

"怎么，你怀疑我与邓侯有来往？"

"哦不不，你若暗通邓侯又怎会救我，我只是觉得很难得而已！"姜望急忙收敛疑惑。

巫咸王嫣然一笑，"是登葆山的登比氏教与我的，蛊虫术在我们这是很普通的巫术，可不止邓侯会哦！"[1]

姜望听了，心中的沉重才稍微放松。

巫咸王便笑吟吟地坐在他身边，"不过你可别把我为你和单侯疗治蛊毒之事传扬出去，这会给我带来麻烦的哦！"

这话却让姜望觉得有些奇怪，既然蛊虫术在南土极为普遍，为何她会怕传出去？但他也没有立即点穿，只先满口答应。

就在此时，室外传来巫咸族侍卫的大呼："有大巫闯进来了！"巫咸王急忙飞身出了门，抛下一句"床下是地穴，你躲一下！"姜望翻开床板，见下面是一条蛇道，便蛇行下去，盖好了床板。

---

[1] 登比氏出自《山海经》，为大舜的第三位妻子，据说就是巫咸，或首创群巫的巫祖。传说其后代封在巴陵，两个女儿是湘水神。

巫咸王以草木遮身到了大堂，附身在帐幕上，只听到大门外侍卫惨叫，不一会就看到一人冲破大门到了她跟前，高大的门板上被射出一个个小孔，而她附身的丝织帘幕也被击穿，致使她显形。巫咸王在姜望遭袭时看到过此人驱动虫群飞射，依稀认得他是殷人方氏。

嬴来看到巫咸王，倒吸一口气，"想不到巫咸女王是这么一个娇小的大美人，早知如此，就由我来跟你交涉了！"他嘿嘿笑着，就要上前。

"慢着！你是谁，究竟来此作甚？"

"我是商奄方氏，来此当然是为了擒住姜望、檀括等落魄逃亡之人！"

"他们没有来此，你去庸地找吧！"巫咸王顿了顿说，"放心，我早听闻你神力高强，以后还要有求于你，向你请教御风术呢！"她眼波流转冲着嬴来一笑。

"不在？"嬴来嘿嘿一笑，"那你现在就跟我回去学神术吧！"他说着就直接化一阵暴风冲了过来。但就在此时，大堂内顿时狂风四起，房梁上隐藏的伯劳、鹰鸠等群鸟都发出尖利的叫声在屋内盘旋，案几以及上面摆放的铜壶、尊彝、骨器、陶人，以及酒盏等都爆开粉碎。嬴来只觉自己的注意力被鸟叫声与气味牵扯住了，本应该猛烈发出的暴风居然慢如轻风，并伴有热流环绕、水雾聚起。而对面巫咸王已经搭弓上箭，一箭带着光芒朝嬴来射去。

嬴来此刻有些惊慌，他原本以为对付连蓄气都不能的南土蛮人，冲过去就可擒拿，但面对现在的情况，他只能现身，挥舞狼牙棒挡开了射来的发光木刺。但那光刺被挡开后，却没有落地，而居然拖着一根丝绳在大堂内群鸟之间飞舞。嬴来还没来得及惊讶，巫咸王的随后几箭已经射来，他只好猛地挥动狼牙棒，发出一阵猛烈的疾风网朝几支嗖嗖的羽箭扑去。

但这次丝丝疾风一碰木刺，就震动不已，还有火星热气伴闪现，使疾风迅速减弱，被巫咸王轻易躲开，疾风射在地板上也随之出现了树枝状的裂缝。而那几支碰上疾风网的光箭则被弹开，在屋内群鸟间拖着长绳乱舞。大堂内则又掀起一阵狂风，群鸟纷纷坠下，血腥气扑鼻，就连屋顶横梁和草泥也嘭嘭嘭的几下爆开掀翻，天井阳光使光箭更加耀眼，大鼓被风击打，隆隆作响，厚厚的木地板则裂缝越来越大，发出闷闷的雷鸣声。

嬴来看挥出丝丝疾风都化在大堂里了，刺眼乱舞的光箭也使他焦躁，大吼着就要猛地挥出一道暴风，巫咸王被吼声震得心慌不已，又急忙不停地射出了多支光箭。这些箭支迎面朝嬴来挥出的暴风撞来，而两人头上飞舞的羽箭也被牵引迅速朝嬴来袭来，砰的一声大响，多支羽箭与嬴来的狼牙棒挥出的暴风碎片相撞，呼的一声，而光箭被挡飞后居然都没有粉碎，而是再次在狂风中飞舞，大堂屋顶则嘭的一声被震的完全粉碎，屋内充斥着一片夺目的光芒，地板嘣嘣作响，水火在半空飞舞，一排大鼓都被撞击声震碎，一片狼藉。

嬴来在狼藉中找不到巫咸王和姜望，他估摸着这些光箭的一击有自己八种风合力的一半了，而这光箭的振动和飞舞似乎能吸收自己的冲击，这样如果被巫咸王暗处偷袭，自己可能因震动而不能完全挡开伤害。他想到这里，猛地抽身往门外飞走，而离去时的猛烈却已经不及他刚闯进来的时候了。总算身后巫咸王没有再发动袭击，他在一阵狂风中出门而去。巫咸王此时趁乱藏在地下木板裂缝后，已经有些颤抖，哪里敢追？其实倘若嬴来再回头猛然袭击，她大堂内布置的法器都已经粉碎，怕是绝无可能再防住那些丝丝如针的疾风的。

她瞪大眼睛喘着气，拉弓等了一会，不见方氏回来，才如释重负的赶紧回到卧房去找姜望。她把姜望从地穴里接出来，便扑入了他怀中，"刚才好险！好像是那个御使飞虫网对付你们的殷人！"她埋头说。

姜望听了大为惊讶，"来的人是殷人方氏吗？"

"我也不太认识，大概是吧！"巫咸王呜呜地靠扶着他，一脸娇弱地说。

"你是怎么击退他的？"姜望一脸狐疑，简直不敢相信眼前这个女人不过是个连元气蓄气外放和宝玉都不能御使的巫人。

"我这大堂本就四处都布下了巫术，只要有人发动神力，就会带动屋内金铜器皿、祭器、骨器、土陶、房梁，还有鸟兽身体里布下的巫蛊，丧失敌人冲击力，那个殷人看不能占到便宜，就退走了！"巫咸王转而又笑吟吟地看着他说，"我幸运吧？"

"是跟士卒穿行于树林，御使周围草木加速一样的神术吗？"

"嗯，由我来用自然更灵活！"巫咸王仰头冲着他一笑，"怎么样，我天赋高吧，你若再肯教我阴阳加倍之法，我一定可以在你左右，像今日一样护你周全！"

"我吕姜氏族的神力奥秘只有我嫡亲才能得传，就连我女婿，大周太子都没能学到。"

就在此时，侍卫报告说风婉来了，姜望急忙示意巫咸王放开他的胳膊。

"你不是被方氏抓去了吗？"姜望沉着脸问刚进来的风婉。

"后来我趁方氏不注意，藏在日光里逃了！"

"你没有中蛊毒吗？"

"那些飞虫有蛊毒吗，可能是被我的聚光烧掉了吧！"风婉瞪大眼睛。

"哦……这就好，对了，刚才方氏来了，幸好没被你碰上！"

"哦？方氏来了吗？"风婉又一次瞪大眼睛。

姜望瞟了一眼她的脸，"你先回去休息吧，过两天庸伯的军队就会到了，我们一起占据巫姑国！"

姜望瞟了一眼她的脸，"你先回去休息吧，过两天庸伯的军队就会到了，我们一起占据巫姑国！"

"庸伯来消息了？对了，你没有中蛊毒吗？"

"我虽然脸上被划伤，却是自己聚风对敌所伤，也似乎没有中毒迹象！"姜望说。

等风婉下去之后，巫咸王亲昵地靠着他，调皮地对着他脸上的划伤吹着炽热的风，"真想不到看你正直老实的样子，骗起人来居然面不改色，说庸伯快来了的时候我都完全不能反应过来！"

"庸伯应该真的会来，他的得力首领被捕，能不赶来吗？而弇兹氏又没有在此，必然是去找他去了！"

"嗯！你不但人好，神力也高，居然还这么可靠！"巫咸王摇着他的手臂，一脸娇媚地仰视他，"以后我就跟在你身边吧！"

由于姜望对风婉的恐吓，果然这两天方氏都没有再敢来偷袭了。而庸伯和弇兹氏也带着军队到了巫咸国，要跟姜望一起逼邓侯交还被擒的凫氏和冥氏。姜望自然带着歉意满口答应，他此时神力已经恢复，就带着庸伯和弇兹氏来看视檀括。檀括这时虽然已经清醒，却虚弱的不能说话。

"庸伯是否知道加快恢复的巫法？"姜望问。

"这可真不知道，我与邓侯长期敌对，他自然不可能把蛊虫之术透露半分给我，巫咸王能解此毒吗，为何不见伤势加重？"

"巫咸王只是以焉酸草镇住了蛊虫扩散而已，"姜望迟疑了一下，仍然按巫咸王交代他的话说，"只是不知除了她会镇住蛊虫之外，还有谁是知悉邓侯巫术的呢？"

"在我们汉水各个大宗，就数巫咸王与邓侯走的最近了，她本是河下戏伯的夫人，而戏伯本与邓侯交好，她与邓侯自然相熟，她刚到巫咸国取代前王时，邓侯还帮过她，不过这两年她转而向我庸国示好，我的暗探就没听说过她再与邓侯来往了！"

"我看庸人士卒个个都能御使周围草木疾行，可为何冥氏凫氏与殷人的强风对敌时，却没有用神术散去冲击呢？"姜望又问。

"借草木之气疾行是一回事，借圣物散去冲击又是另一回事，你怎可混淆，是要侮辱我大庸国的巫术吗？"庸伯怒道。

姜望心中恍然，急忙赔笑着送庸伯出去。

"你怀疑巫咸王什么？"弇兹氏问。

"也没什么，只是觉得她隐瞒了神术而已，此前方氏袭扰她的上室，却居然被击退，她说是室内有阵法布置才勉强击退，但其实如庸伯这样的南土大邦首领都只是停留在巫术上，而不能灵活运用，她一个十里小邦的首领，布置的阵法如何能抵挡方氏的风力冲击？"

"这有什么难想的，她能有比庸伯还强悍的巫术，自然是以美色亲近这些首领，学到了他们的巫法嘛，檀括，你一定也教了她你的十二辰之术了吧！"弇兹氏对着在躺着不能动的檀括说。

檀括顿时一脸愁容，却没法点头，只动了动嘴唇。姜望看了心中暗叹，他想起这些天巫咸王对自己格外亲近，可能是冲着借法之法而来，也难怪当自己提出要教与她蓄气和宝玉冲击时，她似乎并不在意，自然是已经让檀括教会了。

庸伯随即派使者到邓国让邓侯放人，却不但遭到拒绝，还被邓人增派士卒牢牢地占据着巫姑国。此时少司命等人仍然没有押着凫氏冥氏二人离去，他们本来要走，但听风婉传信给方氏，说是姜望没有中蛊毒，便暂时留下来，要准备再次袭击姜望。

庸伯被拒，焦急不已，就敦促姜望，要一起先占据巫姑国，再逼邓侯交人，但被姜望劝阻。

"占据巫姑国还不如设埋伏擒捉殷人宗师，可先由我和巫咸王混入巫姑国，制造骚乱，等少司命他们来的时候，再把他们引入荒野埋伏，庸伯可率领士卒与弇兹氏布置陷阱，一举拿下他们！为了防止疏漏，还需一人为我们传递消息，任女，你能藏身日光中，就由你来做接应吧！"姜望对众人说。

众人都称赞好计谋，满口答应，只有巫咸王眼睛忽闪忽闪了一下，面色有些不情愿，"我还是率我族士卒跟庸伯一起埋伏吧！"她眼睛扫过姜望，对众人说，"吕侯与弇兹氏熟悉殷人神力，你们俩去诱敌不更合适些吗？"

"不好，我和弇兹氏都不是濮人，不熟悉巫姑氏族言语习俗，而引起骚乱等待少司命他们到来至少要三四日，弄不好就会败露！"

"可我为巫咸国君，是不能轻易离开邦国多日的！"巫咸王面带难色看着姜望说。

姜望只好走近大堂中座，凝视着巫咸王，"没有你的话，一定会被巴氏族人或邓侯他们看出破绽！"他觉得这个巫咸王性情真的太变幻莫测，前些天她还私下里紧贴着自己，一副难舍难分的样子，可此时在众人面前却又对自己漠然，仿佛只是刚认识似的。

巫咸王满脸似笑非笑，虚视众人，闭口不理会姜望。

"巫王，看在我的面上，你就答应吕侯了吧！"庸伯急忙上前说。

"好吧，看在庸伯的份上，我就随你去！"巫咸王转过头对着姜望甜甜一笑。议事之后不久，姜望就要求巫咸王、风婉二人立即随他一起前往巫姑国，风婉则有些不情愿，但也只得慢吞吞地过来会合。

姜望让风婉先行一步。"你已经暗中告诉庸伯他们，你要利用任女传信伏击殷人，可你就是没告诉我，是不是？"巫咸王低声喝道，"还故意把我派到你身边，要监视我，是不是？"

姜望没想到她会这样点穿，看她一脸轻蔑的逼问不像是单纯为了争执，似乎还有幽怨，就只好缓和下来，"我是听庸伯说你与邓侯前两年有来往，为了防止泄密，只好先防着你……"

巫咸王听了闷哼一声，转过身去，没有再说话。

姜望骑上马，"走吧，至少我现在信任你了！"他催马一路飞驰而去，但巫咸王却没有赶上去。

姜望与风婉接近巫姑国聚落时，才看到巫咸王独自赶上来。

"女王，你怎么现在才到？"风婉看她一脸不快，又看到姜望看她的眼神满是犹疑，以为他们俩在为私情吵架，就恨恨地斥道，"你这不是耽误大计吗！"

"没事，我忘了一样法宝，回去带了！"巫咸王看到姜望直视相逼的眼神，轻松地笑着说。

"女王阵法能击退方氏，少了你的话，我们反被殷人擒住都有可能！"风婉挤出笑容说。

之后风婉便与他们俩分别，姜望与巫咸王躲在盐仓，风婉则藏身日光，全速往邓地去了。少司命等人得到风婉消息，便与方氏、邓侯等人全部出动，要合六人之力一举擒住姜望。他们接近风婉所密告的姜望藏身的盐仓，风婉去守住路口，负责待冲击声起之后去制止士卒混乱。武罗氏、庞青和杞娄氏则受命在屋顶埋伏，而少司命与邓侯、方氏则分别从门、窗、房梁冲了进去。他们三人一进屋，就看到盐撒的到处都是，似是刚战斗过一番一样，他们都踩在厚薄不均的盐堆上，却唯独没能发现姜望等人的气息。三人正犹疑之间，突然仓后堆积如山的盐堆里嘭的一声大响，脚下盐堆里也四处嘭嘭嘭声不断，周围的宅气突然变得稠密，使仓廒内如巨石逼仄一样紧迫，三人手脚顿时都被困住，难以举动。

"中埋伏了！"赢来首先大喊着，化一丝飓风就要往门外冲去，不料不仅变得缓慢了许多，到门口时还发出"砰"的一声大响，他的化风被一股与他冲力相当的劲风撞上，顿时头破血流的跌在地上，几乎晕厥。而屋内房梁、盐堆都蓬蓬震动，直到狂风从天窗呼呼而去。

少司命此时宝剑忽地化作无数剑影，冲击在屋内四射，她牵着邓侯说："走！"随即附身在扩散剑影的申酉戌三气中，要随之出门而去。但此时姜望已经从角落破墙而出，一刀斩击朝二人劈来，邓侯急忙挡在少司命身前以坩埚挡住，斩击劈中坩埚。锵的一响，坩埚却没能散去斩击，反而被斩击击穿，犀利的刀刃余波劈中了他伸出的手臂，上面系着的天智玉也砰砰砰的承受不住冲击而粉碎，手臂应声而断。

少司命此时刚到门口，果然布置在这里的感应铜泡已被申戌二气的玉粉冲击破坏，使她恢复行动、能够自如了。她以天智玉指住邓侯和星纪次方向，要把他吸了出来，但姜望已经到了邓侯身边，以金钩箍住了他。姜望控制住了邓侯，稍微放松的以余光扫射，却不见了在屋内与他一起埋伏的巫咸王，而此时方氏已经化风朝门口冲去，他就没多想，急着朝门口飞身过去。嬴来是看着在门口的少司命能举动了，估摸着门口的法阵松弛了，便急忙化风冲出门口，姜望还没来得及接近，就被他逃走了。少司命则仍然等在门口要救邓侯，她看姜望袭来，而自己四肢开始被封住行动了，只好又急忙退出门外，大叫："杞娄氏，炸了这栋仓癝！"

屋顶上的杞娄氏等三人各自施法，教象、電子、大网收缩，一起朝屋顶压下，但虽然電子把屋顶草泥炸得四处飞溅，三种神力却丝毫不能压垮房屋。眼看姜望追出门，挥舞大刀朝自己砍来，少司命凭借周身的寅时气弹开了斩击的飞刀，但也被迫退后了百步。而她刚要挥舞宝剑，就觉得从宝剑发出的剑影不自主的被旋风裹挟，就连宝剑本身也在不自主的转动扭结，几乎脱手。她只好急退，但被旋风裹挟的剑影朝她绕了过来，护体长袍的寅时气也在她身上收紧，失去弹开冲击的能力。而此时姜望已经收了邓侯，正飞身出门朝她袭来。

困住少司命的自然是弇兹氏，她趁少司命躲避姜望斩击，往她身后投出了一群飞针。叮叮叮几声，飞针撞上少司命的裹身剑影，火花闪现，忽地燃起火焰朝她身上蔓延，但被她护身的寅时气膨胀弹开。少司命继续飞快急退，躲开了姜望第二道斩击，又顺势朝弇兹氏撒出剑影。弇兹氏急躲，也不敢阻拦，看着她身上裹着一团火焰飞走了。

姜望则被从屋顶下来的杞娄氏等人的電子和教象拖住，等他聚起散风，击碎電子和教象时，杞娄氏等人已在遮天蔽日的无数電子碎裂飞溅的掩护下从高空逃走。

埋伏在仓癝不远处的风婉早看到方氏化狂风逃了出来，冲破弇兹氏的绳索防御，一路去了。她猜一定是事情败露，少司命他们反而中了埋伏了，就也要离去，突然看到她身下草丛里飞出庸伯，大吼着抛出两块木夹板朝她飞来。她觉得奇怪，自己明明藏身于日光，连杀气也被大雾翻腾遮盖了，怎么庸伯能这么准确的朝自己袭击？但夹板的强压不允许她多想，她急忙以水玉聚光罩住木夹板的方向，自己趁强光耀眼脱身。

但此时庸伯已经接近了她身下，手握两柄铜锤轻轻一碰，就是一声咚的闷响，风婉只觉两侧强压袭来，似乎要把自己压扁了，耳膜也似乎要被震的破裂了似的，使她不由得捂住耳朵。

庸伯趁机以铜锤夹住她，哈哈大笑地捉住她僵硬的身子，把她一手横抱。风婉气血都凝固不能流动，她脑袋轰的一声，想这下被擒不知姜望会怎么对付自己。

而她此时才发现，身边有一些飞虫在跟着庸伯环绕，无疑就是这些飞虫使庸伯发现自己的了。她还没来得及自怨自艾，就被庸伯收在了蛇皮袋里。

彖兹氏和庸伯拦住了赶来救援的巴氏及其士卒。庸伯则认得藏在士卒中射箭的巴氏，他两柄铜锤猛地一碰，几声咚的大响，地上百步范围内的尘土草木都嘭的一下震翻，一直延伸至百步外的巴氏藏身处。巴氏前排的士卒被强压震得双眼模糊，他只好急退。但彖兹氏已经穿过箭雨飞至巴人士卒头上，以纺轮正中他后背，并有绳索缠绕住他。他痛苦的大吼一声，双手牵出一根粗索，左右伸出百步，立即牵动百步范围内的士卒，站定而不倒。

"抓紧粗索！"巴氏大喊，他周围的亲信士卒齐声应和。但彖兹氏的纺轮旋转，绞住地下巴氏及其士卒身上缠着的绳索紧紧地勒住。但巴氏喝喝用力，竟然能得以在原地挺立，还反而使纺轮停止了旋转。彖兹氏看法宝力有不逮，只好投出杀矢，但被巴氏拨开。而他们这百人已经开始一起往后飞奔。只一晃，藏在奔逃人群中的巴氏就消失在彖兹氏的视野中。她急着想要飞近找到巴氏，无奈被带着草木之气的强弩如雨而至逼开。

姜望没能追到杞娄氏等人，回到盐仓外，正好迎面碰上巫咸王。

"你去哪里了？刚才我制住了少司命等人，为何不趁机抓住他们？"姜望对她喝道。

"我跟你说过了，我此前是凭我宫室里的阵法逼退方氏的，真动手，哪里能禁锢住他们！"巫咸王大眼睛瞪着他说。

"那你也不该离开，你留下至少能拖住他们，也不会至于只抓到一个邓侯！"姜望气恼地说。

这时庸伯过来了，他是听到两人争吵才赶来的，"吕侯不要责怪巫咸女，她之前是去布置飞虫，帮我找出任女的藏身之处去了！"他哈哈地说，"抓到邓侯了吗？这就好办了，他不换人就踏平他邓地！"

姜望转向庸伯点头，随即缓和，"那个叛徒抓到了吗？"他问道。

"抓到了！"庸伯拍了拍蛇皮袋说，"吕侯果然可靠，等这次换回我臣属，一定与你们周吕大邦贸易！"

不多时，庸伯就派兵占据了巫姑国，在他一番劝说下，巴氏果然放弃抵抗，自行投降。姜望便当众放出邓侯，让弇兹氏为他接上手臂，庸伯也把风婉押在空地上。

"任女，你沟通殷人，太子得知的话，一定会按军纪对你处以大辟死刑，你还有何话说？"姜望问任女。

风婉急忙扑通一声跪下，低头哭泣，"方氏威逼我如果不为他们传递消息，他就会随时偷袭我和我母亲，我实在是没办法，就……"

"你与羲和氏在宣地扎营，有士卒以田阵轮番日夜守护，怎会轻易遭他偷袭？"姜望质问说。

"方氏的疾气细微如针，你们都知道……只要我稍微离开阵法一下，就会被无孔不入的偷袭……我实在是被他吓怕了……"

姜望知道她曾被方氏威胁侮辱一事，心想可能也是有阴影了，只好叹了口气，说话也缓和下来，"就算你不为他做事，他不也会时时刻刻的要挟你吗？你不如就在南土受封自立吧，这里远离中土，又山高林密，方氏应该没法再偷袭到你了！"

"我还是回中土吧，我对这的巫术习俗都不通，完全没法应付！"风婉止住了抽泣，转着眼珠说，"中土嵩高山也有密林深处，在那里也可以躲避方氏报复！"

"吕侯！此女言辞狡猾，多半不是害怕方氏，而是与之有战利往来才告密的！"庸伯对姜望大声说，"不如留在我麾下加以管束吧！"他又走近任女，摸着她的脸说。此时他已经没法劝峁兹氏留下，任女容貌虽然不及峁兹氏殊丽，但毕竟是十几岁的少女，神术也不差，庸伯自然想留在身边。

"好，就交给庸伯了，"姜望此时也对任女的言辞闪烁不满，就决断说，"任女，你若再叛逃，休怪我对你母族下手！"

风婉只好伏地拜谢。

"吕侯决断确实明智，现在既然擒住邓侯，又收服了巴氏，那么巫姑国及盐泉离我国最近，就交给我来派兵管辖吧！"巫咸王此时笑着对姜望说。

姜望看她笑颜如常，似乎并不受之前与他吵架的影响，就望向庸伯。看到庸伯一口答应，他也没法拒绝了，"有巫咸王占据了盐泉，我想与我西土诸邦的盐货贸易应该会更顺利吧？"他笑着对巫咸王说。

"这是自然，只是我们依旧不负责派人运送！"巫咸王嘴唇翘起，挑衅地看着姜望说。

姜望听了心情复杂，分不清这个女人到底是真的在因情生恨，有意刁难，还是只是单纯维护自己利益而已。看到姜望无奈地答应，巫咸王满意地笑了，她笑的时候瞟了一眼邓侯，他也在微微颔首点头。

几天后，少司命果然一口答应拿二人来换回邓侯。姜望想如之前袭击犁娄伯一样，在交换人质时偷袭少司命，无奈树林中少司命的一侧都布下了阵法，众人稍微接近，一施法就感觉气血上头。姜望只好放弃劫夺，按约定把邓侯送入了阵法一侧。

接下来一连几日，姜望都没能打探到少司命等人的消息，也不知他们是否已经回大商了，他便令风师把檀括受伤、任女背叛的事情传给了姬发，并让他派士卒前来护送金铜和盐货。而就在他们督促巫咸王和庸伯准备金铜货物之时，邑姜却来了，还带着钱氏和虞氏二人。

"你们为何来此？"姜望跟着他们二人到了高空，问道。

"夫君得到消息，说十日后殷人的金铜护送兵马将到达邓地，会由少司命、方氏等五人率领，让我们在路上伏击他们！"邑姜接着便说了详细的到达、离去时间和交接地。

“从何人那里得到的消息，可靠吗？”

“姬发不肯说，他在大事上从来不肯迁就我！”邑姜噘着嘴说。

“太子所得消息一定可靠，吕侯大可放心，我们至今都未曾见过他失误吧！”一旁的钱氏看姜望犹疑，就插话说。

“好吧，不过你们注意不要向巫咸王暴露身份，只说是我仆从就好！这个巫咸王神术和底细都很神秘，我至今都没能看透！”

“就是这个巫咸王令母亲在渭水坐立不安吧！”邑姜冷笑说，原来檀括此时已经恢复神智，只是虚弱不能施法，他便通过风师把巫咸王骗取他神术又移情于姜望之事告诉了邑姜。

姜望顿时尴尬，“你们放心，我已经揭穿了这个女人的虚情假意了！”

“如果这个女人真的对你动情，你就不揭穿，打算瞒着我和母亲吗？”邑姜毫不留情的质问说。

“已经揭穿了，还有什么可说的！”姜望面露不快，掩盖着心中的慌乱，“对了，任女你们也不能告知，她不知为了什么利益，居然向方氏传递消息！”姜望随即移开话题。

“任女可能是为了报父仇才向方氏屈服的，一直都传言是方氏和唐尧国太师合力杀死了任伯，她一定是想借方氏之手杀唐尧国太师，再趁机偷袭方氏，所以只要让她相信我们这次一定能合力袭杀方氏，她是不会背叛我们的！”钱氏在一旁看姜望下不了台，识趣的接着话题说开了。

“确实有可能，”姜望点头说，“那么就由你去探问她的想法吧，她现在虽然不怀疑我了，但我总归与他父伯的死有关，不好出面！”

“好！吕侯放心，我一定劝她，使我们多一个偷袭的战力！”

钱氏便去找了任女，她此时被姜望禁锢神力，在巫咸王的水池边捕鱼。

“你是？”任女看钱氏来了，只依稀认得，却并不熟识。

“我是太子麾下钱氏，特地过来找你，过些天一起去偷袭少司命等人的！”

“哦，听说你是太子亲信，不离左右，你既然来了，那么太子妃必然也在，何故再多加我这个神力不济的人？”风婉有些惧怕地说。

“自然是因为你与方氏有杀父之仇，必然会死命助我们！”

"此事连我都尚无定论，你这个不相干的人如何敢这样说？"风婉闷哼了一声，埋头继续以鱼叉插鱼。

"此事之所以不明，是因为方氏与向氏都不愿意提及此事，而解开此事的关键则在于图法！"

"怎么说？"任女立即抬头。

"你想想看，有传闻说图法在方氏手上，如果这图法是向氏赠与方氏的，那任伯就是向氏所杀，他要以此国宝来堵住方氏之口，如果这图法是方氏抢去的，那杀人者就是方氏，他以此要挟向氏，你说是不是？"

风婉立即恍然，"你告诉我这个有什么用，我神力低微，根本杀不了他们任何一人！"她虽然内心杀意翻腾，却仍然一脸平静。

"你要相信我们，这次吕侯和太子妃都在，跟我们一起伏击，是你杀他、夺图法、解真相的最好机会！"钱氏为她鼓劲说。

"可我就要被姜望送去给庸伯，困守在南土了，哪里还敢奢望报父仇！"风婉顿时开始抽泣。

"哦，这个你放心，只要你随我们去，即使有掩护之功，我也可以劝吕侯放你回中土！"钱氏开朗的保证说。

"真的吗？"风婉贴近钱氏，抓着他手臂说，"你真的愿意帮我说情吗？"

钱氏感觉撞上了她胸部的柔软，急忙后退，"你别担心哭泣就好了！"他憨笑着说。

风婉看他一脸憨厚，与刚才细腻严密的推演比像完全换了个人似的，就噗嗤一笑，"想不到钱伯你对女子这么好，只要你肯帮我脱出这南蛮之地，我以后一定加倍报答！"她紧握着钱氏的手说。

十天后，姜望才召呼弇兹氏和风婉，聚集在巫咸国上室郊野密林，告知巫咸王他们要一起去探路，几日后才回。众人商议好伏击布置，正待出发，突然察觉十几步之外有飞虫盘旋。

"这难道是巫咸王探查气息的飞虫？"风婉首先惊道。

"邓侯不是也善于御使蛊虫吗，这会不会是他在监视我们？"邑姜忧虑说。

"你们四人在此搜寻，看能不能找到敌人，而我和弇兹氏则先回巫咸国，去看看巫咸王的动作！"姜望谨慎地对邑姜等四人说。

众人答应，弇兹氏朝虫群投出一把弯刀，一路飞过去，擦出火焰把虫群一下烧尽，但就在此时，巫咸王从山石后现身了。

"你们要去偷袭殷人，为何不算我一个？"她笑吟吟地说。

邑姜更不答话，已经飞身朝她扑了过去，巫咸王急忙搭弓一箭射出，带起周围枝叶颤抖，迎着邑姜急速射去，但在半空就被一阵怪风减缓掉落。邑姜则趁半空枝叶纷飞，闯了过去，一接近就使巫咸王前后不能举动。

"姜望！你忘了与我国的贸易之约了吗？"巫咸王气恼的大叫。

"这些天只能先委屈你留在此了！"邑姜用金钩套住她，压制她气血，毫不客气地说。

"我得知你们伏击，正好相助，我跟在你们身边又没法告密，为何不能信任？"巫咸王大叫说。

姜望便飞近，解开她身上的金钩，"你带了在大堂布阵袭击方氏的定阵法宝了吗？"

"倒是没带，这需要大量的法器，我的蛇皮袋装不下！"

"我刚才看你一击，似乎不到击碎一颗宝玉的力量，这对于我们没什么帮助，你不如还是受点委屈，留在这里吧！"

巫咸王缓了缓身上气血，哼了一声，"你们不过是怕我告密而已，但倘若我会暗中告密，刚才也就不会现身了，而我在密林中飞奔你们还真不一定能追上！"

"姜望，你若把我独自留在这荒郊野外，我回去后一定反悔盐运之事！"巫咸王冲着姜望叫道。

姜望看她娇容里透着一股倔强，想到若真逼急了她，与巫咸国为敌可就不好收拾了，"还是放了她吧，毕竟是一国之主，而她人都在此了，来不及告密的！"

"幸亏你们识趣，不然惹恼了我，你我互为敌国可就不好了！"巫咸王淡然笑着，已经完全没有了刚才的急切。邑姜便过去拿走她的弓箭，卸下了她身上的蛇皮袋，还有手腕脚腕上的玉串，就连头上凤钗和一对日月耳环也没有放过。

众人飞飞停停一日，在接近邓地通往大商的山路后，神色都开始变得凝重。

待众人接近山路边时，果然从高空发现了一队殷人戎车一路飞驰，他们便赶到前路，这里路旁都是嶙峋的石壁，夹着狭窄的崎岖山路，正好布下奇阵。趁邑姜、风婉等人在布置阵法，姜望便走近巫咸王，趁她不注意以金钩套住了她的喉咙。

"你……你要……"巫咸王被锁住喉咙，立即不能发声。

姜望随即提起她飞至路旁山坡背后，把她藏在灌木中，"你是一国之主，不好让你独自在荒郊野外数日，但委屈你在这路旁等我们片刻，你不会怪我吧？"

"小人……说好要相信我的……"巫咸王挤出嘶哑的声音说。

"是你刚学的十二辰之术真的对我们帮助不够，才不得不这样！"姜望把她的弓箭、耳环和蛇皮袋都放在了她身旁，然后就飞身去了路旁。

他们刚布置好阵法，突然听到远处一阵狂风的呼啸声由远及近，众人刚抬头朝身后路上望去，就看到山路转角处峭壁砰砰砰的乱石飞溅，一股暴风瞬息擦过碎裂的峭壁，卷起地上尘土草木，遮天蔽日的朝众人袭来。

姜望顿时觉得脸上身上如碰石壁，砰砰砰被风撞得连连后退，头也有些发晕，他急忙往众人中间抛出金钩，"牵住金钩！"他大喝道，而邑姜也已经以套索放出感应之气套住了自己和虞氏、钱氏。

就在尘土风暴如十几丈高的巨浪一般朝众人扑来之时，姜望他们也在往峭壁外急速上升。暴风接近瞬间，随着地下嘭的一声大响，姜望等人在如陨石坠地一样的冲击扶摇之下急速突出暴风。但邑姜三人刚出暴风最猛烈的范围，就觉得上升在减慢，他们这才发现周围都雪片飞舞，而自身也逐渐僵硬，被困在这一片白茫茫中！姜望则由于在暴风来袭、一路上升之时就开始聚暴风之力，所以金钩带着三人如薄刃一样刺穿聚集阻拦的雪片。随着他们头上雪片砰砰砰的被撞开，他们冲出了雪片区，而强劲的冲力仍没法减速，带他们飞向了高空。

等姜望他们止住身体，就发现脚下出现了杞娄氏、武罗氏和庞青三人，从三面朝姜望他们发出冲击，但自然被姜望的金钩提前感应疾风，滑开了冲击。风婉则已经在姜望和弇兹氏身上撒下水玉粉，顿时使三人都藏形于阳光中。

"别让姜望跑了！"庞青看他们隐藏了形体，着急的朝高空大喊，姜望等人立即发现他们被一串几百步长的玉串围在中间，周围旋风呼呼，使他们的冲击都减弱。而郁垒和少宗祝出现在他们周围，射出了断针和彩玉，在旋风的加持下，比平常更加急速。

这些都是追魂迷魂之物，因此就连能同时隐藏身形和杀气的风婉也会被气息追踪伤害。但弇兹氏放出的丝织之气早已扩散至周围十步之外，连发的断针和彩玉一接近她们，就搅动了丝织气，被绞结碰撞碎裂，失去迷魂神力。所以，当姜望带着她们俩滑开这急速的冲击时，就没有因被断针和彩玉气息扫过而意识模糊。而随着弇兹氏扩散丝织气，就连包围他们的旋转玉串也开始被搅动的丝织气晃动，旋风对姜望等人的压制开始减弱。

下面半空邑姜等人被困雪片云雾，庞青已经与武罗氏、杞娄氏飞了进去。此时邑姜他们都身体僵硬，稍微一激发神力就会觉得脑中如遭雷击，因为不能承受而七窍都开始渗出血液，都急的不知该如何是好，而庞青等人已经飞近他们，武罗氏抛出绳索，连成网罟罩住了三人。

但就在邑姜等人黯然绝望之时，钱氏大吼一声，朝武罗氏等人射出了一串铜贝，但被他们轻松拨开。而另一串铜贝则撞在了围圈众人的阵法宝玉上，铮铮连响之后，一长串宝玉都被飞速旋转的铜贝吸引聚拢，一个个撞碎甩飞；当然，部分冲击疾风也已经带着玉粉，顺着铜贝射出的杀气往回朝钱氏袭来。

但就是这一瞬间，众人周围的压制陡然减弱，邑姜和虞隧氏觉得自己能激发神术了，而他们发现身旁的钱氏身上宝玉则遭到一股时辰气裹挟杀气侵袭过来，防身金贝和宝玉砰砰砰的被击碎。他挥出的双臂则如遭电击，几乎昏了过去。

虞隧氏和邑姜看钱氏拼命射出了铜贝，就预感到他们接下来就能动了，随即果然觉得脑中也不再气血翻腾呼吸紊乱。虞隧氏立即放出大量散发着热气的尘土，不但网住他们的飞舞雪片融化，身体恢复行动，还冲出了飞舞的雪片干扰。

邑姜则已经朝武罗氏等人抛出套索。杞娄氏身前一直暗藏竹篾盾，套索只套住竹篾片，随着篾片飞出而套了个空。武罗氏和庞青则刚发出雪花冲击，就被套索顺着冲击散风套住了身体，而套索上的数条皮带金瑷收紧，把他们关节扭住，无论激发蓄气还是举动挣扎都被邑姜驾驭套索操控。

一旁的杞娄氏急忙以教象长袍卷起被套住的二人要拖走，但被邑姜以套索驾驭着二人手上挥动宝玉，长袍反而被飞玉撕破。

他只好丢下二人，先自出雪片阵法之外去了。

姜望因吸魂的飞针认出了是郁垒和少宗祝的攻击，想此二人既然来了，妲己可能也藏形于附近空中了，他又看到雪片阵中一团漆黑的尘土在急速飞出阵外，知道有虞隧氏大量的蓄气尘土保护，邑姜他们应该无恙了。

"分头走！"他就故意大声喊出，自己则已经先往地下而去，要为弇兹氏和风婉引开可能藏在半空中的妲己。果然，他这一声大叫后，就感觉到耀眼的太阳上有一股杀气急速朝他追袭而来，等杀气接近，他才看到刺眼的阳光中有一柄如高楼大的巨剑，且在迅速扩散成一大片剑影，尾随自身的杀气，加速袭来。

姜望想被这剑影冲击击中，自己就难以反击，即使滑开也不免被剑影擦过，还是会消去铜泡的神力。他便转身挥刀迎着巨剑发动一击，聚起了大量疾风冲击巨剑。

哗哗的一声巨响振聋发聩，巨剑和剑影都暂时被撞击止住，但姜望也被身边一阵阵会聚的疾风压制脱不了身。随着巨剑源源不断的释放金粉，一阵阵的撞击声越来越剧烈。姜望只好趁着这巨剑被阻挡一时，汇聚头上的日气照亮周围大片的疾风金粉，用一阵闪光护着自己朝峭壁后的山坡密林里飞了下去，他要去放开巫咸王的禁锢，放她逃走。

但还没接近灌木，一阵丝丝疾风网又朝他迎面扑来，使他不得不压缩身体，从缝隙中滑过，并躲开了赢来猛力的一道狂风，飞入了灌木丛里，看到了巫咸王一脸惊讶的表情。他刚解开巫咸王身上的金钩，就察觉到身后的杀气袭来，而灌木丛里也突然狂风四起，即使他凭田阵蓄气草木护体，仍然觉得周围的风如密密麻麻的针刺一样。

"拿好法宝！"姜望钩住巫咸王腰身，撬动泥土之气嘭的一下炸出一个大坑，阻断灌木丛里的狂风飞出，却正好迎上铺天盖地的剑影往地下压来。他凭着聚起土肥气扬起的泥土切断草木狂风的劲头，想着剑影只能损伤铜泡和大刀，还有宝玉可以感应周围气息脱身，就猛然朝剑影冲了过去，要强行穿过这片剑影。但这次，姜望刚借法绕开大部分乱舞的剑影，却不但大刀崩缺，而居然甲胄上用于感应的宝玉都磨坏了！

他顿时如坠冰窟，还没来得及多想，剑影忽地变作巨剑，朝他追击过来。宝玉都磨坏缺口，虽然还能蓄气打出，借法感应却不准确了。姜望大吼，拼尽全力挥刀射出自己全部宝玉，排成一列连珠一直延伸至地下。

"快去高空云里！"他一边顺着这一列宝玉往地下急退，一边把金钩牵着的巫咸王猛力抛出。巫咸王借这一抛往前甩到半空去了。

随着巨剑飞快地沿着这宝玉连珠追了上来，杀气撞上宝玉发出的一连串炸裂眼看就要追上姜望，他却在快接近地面时忽地折向，借力树枝弹跳，又往半空飞去了。但令姜望没想到的是，这巨剑居然一分为二，一柄顺着宝玉继续往地下飞去，一柄则折向朝姜望逃去的方向追去。

飞在前面半空的巫咸王一回头，惊恐地看着这巨剑分出一部分金粉急速紧追姜望，而此时姜望没了那一列宝玉殿后，巨剑尾随姜望一路飞过留下的杀气，已经使杀气侵袭蔓延至他背后，发出砰砰砰的小声闷响，估计姜望已经背后受伤。

巫咸王从未看到过巨剑这样的既猛烈又紧逼，几乎无法防御的法宝，想这下姜望一定会被金粉侵袭，粉身碎骨了。而更糟糕的是，司命官和赢来已经尾随巨剑朝姜望赶来，妲己则暂时下地，要取回追着宝玉插在地里、耗光了金粉的短剑本体。

巫咸王看尾随的砰砰砰火花声越来越大，而巨剑也就要追上姜望，也没多想，就又转身，急速御风朝姜望的一侧追去。她手腕和脚下玉串上的八种宝玉中冒出大量的赤黄绿青蓝紫黑白八色烟气漩涡，在这股强烈的天地气推动下，居然以不亚于赢来的速度赶到姜望身旁。

姜望看她回来了，大吃一惊，还没来得及反应，就看到她周身八色烟气已如风暴，飞身过来，牵起他就走。但此时巨剑也已经飞至，八色烟气被越来越剧烈的杀气引动，乱舞四射。虽然巫咸王的御风居然飞得比姜望还要快得多，但巨剑的速度也因她八色烟的杀气巨大而迅速加快，眼看就又要追上了，巫咸王猛地往身后斜下方射出一串玉串，哗哗一下撞上巨剑，八色浓烟四射，居然一下子迫使巨剑射偏朝地下飞去。

埋伏的嬴来和司命官都紧跟着遭杀气追袭的姜望，此时才先后飞近。

只见巨剑虽然还在追袭姜望，却已经迅速陷入八色烟气漩涡，浓烟朝四周扩散，而周围水雾尘土却在急速被烟气吸入。八色浓烟中，白色烟气亮得耀眼，嘶嘶不断散射排出巨剑金粉以及绿蓝紫三色烟，黄黑赤青烟气则发出嘭嘭嘭的闷响，阻挡了大部分的冲击。接着是嘭的一声响，巨剑终于穿透浓烟，但此时巫咸王已经飞远，只留下少量飞舞的金粉，闪闪发光。

嬴来和司命官一边继续急追，一边都暗自称奇，没想到那个巫咸王的巫术居然连妲己的巨剑都能挡住一时。妲己追了上来，眼看巨剑蓄气被白白浪费掉大半，心疼不已，只好停下来，以玉串光晕热气收缩巨剑金粉，还想再追。

此时在雪片阵法附近，邑姜等人由虞氏放出的尘土包裹，就要逃去，却被少司命拦住，邑姜只好发动玉瑗高速旋转，聚积大量尘土散射逼开少司命，往山坡急速飞去。少司命在他们身后发出一道道水雾，不但软化了玉瑗和尘土加倍冲击，还使得虞氏尘土遭到水雾冲刷，变得越来越少。邑姜飞行踪迹也明显了。其实，邑姜的蓄气与少司命接近，但加上俘虏的重量，还有不省人事的钱氏，就自然就不及少司命了。

眼看他们就要被追上，邑姜只好抛出庞青和武罗氏二人，迫使少司命收住了刚射出的水雾，恨恨地把这二人推到一旁，加速继续追击。但此时，邑姜借助虞氏剩余的尘土弥漫，躲进了山谷密林，终于没能追上。

司命官和嬴来在前、妲己在后，猛地追赶着巫咸王和姜望，但追过一个山头，都没能追上。光秃秃的石山一过，就是仍然长满绿叶的密林峡谷，巫咸王一带着姜望下去，司命官就停下来不追了，他们知道在密林里会受到树枝树叶的阻碍，是更加没法追上巫咸王的。

巫咸王篇

巫咸王带着姜望，无声息地滑过颤抖的枝叶，一路飞奔。在接近巫咸国境内之时，巫咸王带着他在峡谷深潭旁找到一处石洞，藏在里面了。

"这个地方很隐秘，周围又布满了瘴气，殷人应该不会找来了，我们先休息一下，再赶路吧！"巫咸王擦着额头上的汗珠，对姜望说。

姜望松了口气，心怀感激地看着巫咸王，"多谢女王了，没有女王，我怕是已经葬身妲己之手了……"

"你现在相信我不会暗地里沟通殷人了吧？"巫咸王哼着说。

"是我的不是了，既怀疑你，又还把你独自留在草丛里，幸亏你神力高强，才使我们二人脱困！"姜望低头说。

"其实你既然肯遵守诺言，在那种时候还赶去为我解开神力，我已经不怪你了！"巫咸王走近他，握着他的手说。

"此事是我小人之心，当然要负责，不过你的神术……也幸亏……"

巫咸王看姜望想问又不敢问，忍不住扑哧一笑，"你是想问为何我能有如此高强的巫术是吧？"她紧握着他的手，让他与自己坐在一起，娓娓道来，"你知道我巫咸氏精于八卦，自然能够把冲击中的激烈杀气、动气和长气在我的八卦宝玉里重新调和，被归、藏、生、长、动、育、杀、止各气吸收，而我既然学会了以元气蓄气，就能以炼制的天地木水风火山金八种宝玉释放蓄气，把激烈的冲击调和为宝玉粉末烟雾，这就可以持续散去如妲己大剑那样无止境的杀气释放了！"

"可我记得在通过司命官的剑影之时，我的法器和宝玉都裂开了，我也被压制了神力，为何你御使八色宝玉时，神力没有被抑制呢？"

"这个我也不知道缘由，我只知通过剑影时，我身上玉串里的八种宝玉都多少有些磨损了，大概是分散了那个人的时辰气吧！"

姜望陷入沉思，司命官此前的剑影只能损伤金铜，而此时连宝玉都受损，自然是聚积了能剥离山石的十二子气息了。但十二子气息如何既有压制神力的气息，又能损伤金铜，以至于山石中最坚硬的宝玉，就无从知悉了。而至于巫咸王，只能说某些十二子气息恰巧被八卦宝玉的互相调和分散了，"你既然学了十二辰之术，能懂得十二子气息如何互相转化吗？"想到这里，姜望急问说。

巫咸王摇摇头，"其实只要是你想问的，我会把我所知道的神术都告诉你！"巫咸王靠着他，把头搁在他肩膀上，睁着大眼睛凝视着他说。

姜望感动不已，适才她回头去救自己的一幕又浮现了，他急忙走过去坐在她身旁，抱住了她，"那时妲己巨剑那么危险，你为何要回来救我呢？"

"鬼神差遣的吧，让我这些天暗暗心动，救下了你这个不知好歹的男子！"巫咸王娇嗔的回头对着姜望吐出灼热的香气说。

这清香与他之前看巫咸王跳舞时的清香一样，竟然立即令他有些魂不守舍，只觉眼前的女子娇艳四射，在这暮冬里火热动人。巫咸王看他一脸陶醉，就伸手紧紧把他抱住，但这一抱，竟然使姜望痛的叫出声来。

"你怎么啦？"

"背后的伤……"

巫咸王咯咯娇笑地脱下姜望甲胄和外衣，看到他后背一片通红，鼓起的肌肉块上面有着散乱的炸裂伤痕，血块凝固在皮开肉绽之上。

"你等一下，这水潭里有疗伤的鲇鱼，我去抓来帮你治伤吧！"她说着就开始脱下兜甲，脱得只剩一袭彩绸裹身。

姜望本想说他身上带了牛伤草，但看到她娇小的身体薄纱里隐约可见，而清香愈发浓厚，就有些心驰魂荡，没有说出口。而她已经纤手一挥，把一面鼓顺水漂至岸边石壁，而她双臂成钩成抓，俯着身子御风急速在水面上漂过，一路啾啾学着鸟鸣，突然伸爪插入水面，带出一阵水花在阳光下闪闪发光，水波推动鼓面撞上石壁，随着她在水面上的每一舞而推一波，有节奏的发出咚咚声。接着，她弯身双臂伸出如钩状，如一只大虾一样把飞散在半空中的水花一口吸入，再在水面上急速旋转，喷出已然吸收日气、变得耀眼夺目了的水花，覆盖整个深潭的水面。这时，她回眸对看呆了的姜望一笑，就随即御风沉入水中。潭水则如早已为她准备好了一个深洞一般，在她入水时依旧平滑，丝毫没有溅起水花。不过一瞬间，就看到她露出水面，手中多了乱跳的鲜鱼，湿漉漉的秀发贴在她娇笑的脸上。

"好看吗？"她看姜望目不转睛地盯着她紧贴着胸前后背的抹胸，妩媚一笑说，"这是我族取悦水伯，祈求捕鱼收获之舞！"她御风如小鸟归林一样轻盈的飞到姜望身边。

姜望呆呆地点点头。她咯咯地笑着上了岸，一边烤着鲇鱼肉，一边激发宝玉使湿漉漉的身上冒出热气，蒸干积水。姜望在一片蒸腾的热气里，闻着陶醉的清香，还有一手的温软在怀，忍不住的开始吻她。巫咸王笑吟吟地放下鲇鱼和宝玉，揭开了身上的抹胸，姜望这才看清她心口上原来刻的是卦画的八种组合，旁边还有各种虫鱼鸟兽和日月金铜器皿。

"你这是……都能御使吗？"姜望稍微清醒，惊讶地问道。

"别管这些了！"巫咸王娇嗔着把他推倒在大石上，伏在他身上。

姜望抱着这一引温软，抚摸着她背后心口处的文身，"这文身是你巫咸氏传下来的吗？"

"嗯……"巫咸王伏在他结实的胸膛上，摆弄着他的头发说，"我巫咸氏本是巫女族，一直会文身猛兽以威吓蛇虫鸟兽的袭扰，而这八卦之象则是为了护住心口伤害才文上的，但我的八卦之气暂时只能御使鸟兽、骨器、草木，而金铜器皿，特别是祭祀法器则都还不能御使，刻在身上也就只能散去鸟兽、草木的冲击，对于御使祭祀宝器和器皿的冲击则没办法了……"

"但你之前不是跟我说你在大堂中布置有金铜器皿和祭器，才防御住方氏的风力吗？"

"哎呀……你也真是的，现在别管这些了嘛！"巫咸王耳鬓厮磨着他的胸膛说。

"其实你既然想学蓄气术，根本就不需要向檀氏骗取十二时辰震击之术嘛，而只要你巫咸国与我们贸易，过些时候我们就会在此驻军，自然就会把元气蓄气和内气外放之法教给你的！"

"嘻嘻，你不好受吗？"巫咸王娇滴滴地咬着他的耳朵说。

"我没什么不好受啦，只是觉得你不该这样随性！"

"你就是不好受了，还嫌我交好的男人太多！"巫咸王猛地抬头说。

"你都是我夫人了，我还有什么可计较的呢？"姜望只好紧紧搂住她，哄着她说。

巫咸王嘤了一声，缩在他怀里享受着浓浓的情意，"你快把你那阴阳倍加之法教给我吧！"

"我那真的不是阴阳倍加，是一种借神力阻击神力的神术，与阴阳爻没有任何关系，你要提升战力，就学周邦文帝创制的六十四卦名变化，其法定义了不止八卦，而是六十四卦的气息互动。如果你能照此炼制一年，就能把你归、藏、生、长、杀、止等八种气息扩展为六十四种气息，如果你能一一调和，就可能调和六十四种气息的合力，这样蓄力一年，即使一种卦玉蓄气不多，六十四种气息蓄气的力量累积起来，连妲己的巨剑都可一举击毁了！"

"六十四般变化是我先祖创制，但竟然不知道如何使其固定为六十四种气息！"巫咸王猛地抬头，盯着他说。

"这就要慢慢摸索了，六十四种卦，就有六十四般御使万物的气息，摸索一年，应该能全部推演出来。何况这六十四种卦都是相反相成的，很多都可以反推出来。而且，这些相反的卦只要按照一张一弛的方法合力，就能聚合为最大六十四种宝玉的累加战力。"

姜望看巫咸王凝神思索良久，就拍了拍她的头，"先回去再慢慢想吧，等押运队伍过来，你就准备迁徙族人，随押运队伍一起跟我回渭水！"

巫咸王回过神来，"可我不想就这么离开南土，我那些族人早已习惯了密林里的渔猎生活，就更不愿意迁徙了！"她适才想着如果照此修炼，一定能重振巫咸族，拒绝姜望有些不假思索。

"可你既然为我夫人，总要迁徙的啊？"姜望有些不快地看着她说。

"我在此地，为你们运送金铜，对抗邓侯，不一样是为你吕国效力，你这样说，不是仍然不信任我吗！"

姜望一时语塞，"那你我……"

"我知道你时常会想我，对不对？放心，我会时不时地借运输金铜去看你的，虽然我不迁徙族人，但这次还是会送你去渭水的！"巫咸王又恢复了笑容，抚摸着他的脸说。

姜望听了胸口如塞金铜，虽然他觉得把她留在这里不妥，但此地确实需要有将领守住盐泉和负责金铜的采集和运输，而如果强行让人来替换她，又恐怕她仗着神术高强，根本不听从自己安排。

司命官等人没能追到姜望，回去与少司命等人会合，知道她也没能擒住邑姜。而这时费氏所率领的押运士卒也到了，妲己便让他先率队飞马往殷地而去。原来，适才袭击姜望等人的那一股巨浪般的风暴就是嬴来御使地上尘土之风，导引着两里地之外这些士卒的田阵冲击转过山崖，顺着山路冲击过来的。

"我早就说那个巫咸王不可靠，巫术又诡异，现在说对了吧，少司命那时偏要听信她那推心置腹的邓侯，现在好了，人都被巫咸王救走了，一个人都没有擒住吧？"嬴来一路大声抱怨说，"还白白浪费我大商王后的巨剑蓄气，真是得不偿失！"

"王后，你刚才用的巨剑如果以我的十二子合化法来炼制，一定可以在追击姜望的时候就顺着杀气禁锢住他的神力，对不对？"司命官听嬴来抱怨实在难听，就突然对妲己说，"方氏，你觉得此法如何，你能挡得住吗？"他又转向嬴来说。

嬴来听了只好住口，他听人说起过司命官在孤竹国如姜望一样弹开冲击之事，估计自己偷袭他也很难一击得手，这时听他借着问话威胁，也就不敢再多说了。

"以后我有空再召呼你来找我吧！"妲己抿嘴笑着，暗自高兴，虽然司命官此时只是为了压制方氏才提出要与她一起修炼，但总算开始不得不倚靠自己了。

少司命则一路上默然不语，她一回去就与众人开始盘问邓侯。

"巫咸王这些年与我来往不多，我真的不知道她的巫术竟然到了能与王后对抗的地步了！"邓侯只好如实说。

"我只听说这个巫咸王是戏方伯的前任夫人，而你与戏方伯交好，在她迁徙至你们这里之后，难道没有来往？"嬴来嘿嘿笑着说。

"她根本不是戏伯夫人！"邓侯立即振奋，"此女本因她们巫咸族衰落，被殷王派往南土运输金铜的时候认识戏伯，戏伯想追求而不得，就让她看护戏伯王宫，但没想到不到一年就偷学了戏伯的十二星次术，趁运输金铜带领亲族到濮人密林中自立为王去了。我与她熟识也是与戏伯反目之前的事了，她一迁徙过来，就投靠我的死对头庸伯，只是最近才开始互相交换神术。而你们应该都知道，我其实是不能够蓄气于宝玉的，如何能反而教她？"邓侯一脸无辜地看着直视的少司命说。

"这次应该只是这个巫咸王隐藏了实力，怪不得邓侯！"少司命凝视邓侯良久，回头对众人保证说，"虽然没能擒住姜望，但下次我会直接废了他的神术！"

"哼，说得好听，姜望本来就连我和王后的神术都避得开，你如何能废掉他的神术哩！"嬴来一脸嗤笑。

"方氏，你应该听过我废掉姬鲜一身的聚魂吧？"邓侯为少司命帮腔说。

嬴来被少司命与邓侯夫唱妻和的一起反驳，恼羞成怒，朝妲己一拜，"王后，邓侯对巫咸王太软弱，不如派我跟杞娄氏、武罗氏去，我就不信她能随时提防住我的袭击！"

妲己想这次少司命等人三次袭击都没能擒住一个人，确实该压一压气焰，就对方氏点头，"嗯好，不过先要探得姜望不在才好下手，我们和周人都会定期到这里押送金铜，有的是机会！"

邓侯与少司命对望，两人正要反驳，却被司命官出言阻止。"褮儿，你先回大商，准备我交代你的事，以后废掉了姜望神术，再来南土向邓侯道谢！"原来司命官看少司命与邓侯一直在眉来眼去，而他觉得此时需要他们家族镇守太行山对付周人，不该过于留恋南土，就对少司命下了命令。

少司命没法，对她父亲的话不得不遵从，翌日便随众人一起回大商去了。

路上，妲己立在戎车上，对一旁的司命官说："这次回去你就先别回淇城了，先到我沫城来跟我一起炼制巨剑吧！"

"好！但我先要去办一件事，等完事后再去你沫城！"司命满口答应。

"什么事？是去追查泄露少司命押运金铜日期和路线的暗谍吗？"

"不，只是一些琐事，大王交代我的！"司命轻描淡写地说。

"什么琐事啊，不能告诉我吗？"妲己饶有兴趣地问。

"一些抓捕逃亡之人的小事，不值一提的！"

妲己听了这话，立即有些不快，司命显然在说谎：刚才他还提及是帝辛交代他的事，却又说只是抓捕氓隶，帝辛会关心这种小事，派大司命官亲自去抓捕吗？"这种小事比修炼巨剑还重要吗？如果这次我的巨剑既能追击杀气，又能损伤法器，姜望这次就已经被擒！"

"虽说是小事，但既然是大王吩咐，我不得不推迟与你修炼，你知道我这个人的脾气的！"司命一拜说。

妲己闷哼一声，便不再多话。

邑姜、弇兹氏等人看到姜望与巫咸王并肩携手而来，都神情各异。邑姜一脸不快，弇兹氏和檀括表情复杂，虞氏乐呵呵地看着，风婉则一脸幸灾乐祸。

姜望便向众人诉说了巫咸王拦下妲己巨剑，救自己性命一事，"你们不用惊讶，我这次打算带她回渭水，为我夫人！"姜望与巫咸王甜蜜地对视着。

"我当然不用惊讶，但到时候看你怎么跟母亲交代！"邑姜一转身，恨恨地走了。

姜望想起五年前甫桃氏之事，也有些为难，但巫咸王则仍然一脸笑容，姜望当然对她说起过申妃的情况，但她似乎丝毫不在意。

檀括回到自己的卧房，他这些时候虽然伤好了，却仍然虚弱不能激发宝玉，这些天听到众人议论巫咸王欺骗自己，令他本就烦乱，而刚才又看到姜望与巫咸王携手而来，更是烦躁不安。但此时他却看到巫咸王独自轻盈的飞身进屋。

"你伤好些了吗？"她轻声说。

"多谢了！"檀括不看她说。

巫咸王看他冷落自己，知道他在忌恨自己，"其实你错怪我了，你也知道我之前就能抵挡方氏的如针网一样的风力，现在又挡住了大商王后的巨剑，哪里需要骗取你的神术嘛！"

"好了好了，你别说下去了！"

"你好好养伤吧，不过别让人知道你是我救的就好……"

"你为何还要掩藏自己神术？难道还有下一个不愿意让他知晓你底细的人？"檀括歪着嘴讥笑说。

"你根本不懂！"巫咸王轻蔑地转过身去，"你知道在南土高山密林里，只要知道我的所在，偷袭是多么容易的事吗？我若把自己神术都暴露了，哪里还能有安稳日子？"她闷声说。

"你放心，我一定会为你守住神术秘密的，你这里的士卒确实缺乏阵法训练，不如我……"檀括话没说完，就看到姜望推门进来，一脸不快地看着巫咸王和檀括。

巫咸王急忙慌张地拉着姜望，"我来看看檀侯的伤势而已……"

姜望看她笑靥如花，心情放松下来，跟檀括寒暄了几句就被巫咸王拉走了。

两日后，渭水来的押运队伍两个师到了。姜望看到不但他派遣的大女丑氏来了，还有羌方王也到了。大女丑氏便附耳跟姜望说起这是太子要有意留羌方王长居楚地，为周邦输送金铜。姜望想这不是劝巫咸王迁走到渭水的好机会吗？

"我们不是约好了，我会留在这里看护金铜开采，等你们商周纷争了结，我就迁徙过去嘛！"看姜望复提此事，巫咸王不快地说。

大女丑氏一直跟在姜望身边，她听到这话，脸色顿时沉了下来，想这就是邑姜传信过来提及的巫咸王了，"此前听说吕侯反遭伏击，现在还没有查出暗谍，你巫咸国主倘若坚持要留下，就要受我监督！"

巫咸王听了，娇容满是怒色，忽地扬起手腕，玉串发出八色烟气，姜望慌忙拦阻，想果然如自己所料，巫咸王神力高强，一定不会顺从自己安排。他只好附耳跟大女丑氏提起了巫咸王击退妲己巨剑救下自己之事。没想到大女丑氏听了反而更加盛怒，待要继续斥责，但姜望早已把巫咸王拉走了。

有羌方王和大女丑氏分别驻守庸地和巫咸国，巫咸王也稍微放心，有了他们士卒的阵法，就不怕殷人报复自己族人了。风婉则因为此次没能立功，被姜望留在庸国，其余人则押送着盐货和金铜，往渭水而去。临行时，风婉声泪俱下的拜托钱氏，让他在姬发面前说好话，尽快把自己调回中土，钱氏看她哭得像一个小女孩一般，只好心软答应。

四日后，姜望等人还没接近渭水，邑姜就接到了姬发遣朱厌猴的送信，说是司命官会在崇地河水边，趁他们财货装船时袭击押运队伍。她急忙聚起钱氏、虞氏和姜望、檀括到高空商议，此时檀括虽然恢复，却仍然装作不能御气，就由邑姜牵着飞到高空。

"连我们装船的地点都知道得一清二楚，我们这里一定有奸细！"钱氏首先惊恐地说。

"其实奸细不一定只是在我们这的押运队伍里，镇守崇地，负责搜集渡船的麋伯和挚壶氏也有可能泄密！"姜望则说。

"胡说！麋伯与大商有灭族之仇，怎会泄密，至于挚壶氏，他本是大商将领，从崇地叛逃去洛地轻而易举，何必冒险做这暗谍的勾当？"檀括立即反驳，虽然他也觉得挚壶氏似乎不可靠，但他仍然不自主的反驳姜望。

"两位邦君不必争执，弇兹氏甚至巫咸王都有可能，只要我们圈定这些人，逐一试探就行了！"虞氏怕这俩人吵起来，就用些公允的话来平息。

但姜望看他提到巫咸王，登时面子上有些过不去，"其实也有可能是传消息的人本身在耍手段，前次我们袭击却反遭伏击，会不会也是那个人？"他便提起这一头，让众人注意力从巫咸王身上移开。

"这次消息是密告袭击，我们坐等殷人前来便是，怎么可能有问题？"邑姜没好气地说，"前次一定就是那个巫咸王泄密，你如果不看好她，以后一定会在她身上出事！"虽然她自己也对姬发的消息不太放心，但她宁可把事情都怪在巫咸王头上。

姜望当然不想跟她吵，"无论如何，我们这次都守在盐运货船上吧，盐运可不是金铜，掉入水中就报废了，一定会首先遭袭。我们都聚在那的话，既防止司命官调开我们，袭击盐船，又不怕他趁一些人守船，偷袭落单的人！"

众人这下都不做声了。他们行至河水边，刚装好盐船，布下水阵，就看到两人明目张胆地从河面上的雾中现身，水雾急速朝盐船袭来，里面还有无数剑影，来人正是司命官和少司命二人。但射来的浓雾还没接近盐船，就被姜望布置的水阵掀起一阵大浪，把数道浓雾都瞬间吞噬，而另一船上尘土飞扬，立即朝整个河面覆盖过去，虞氏则在尘雾中作法，使尘土一边旋转，一边卷入二人的身影。但等姜望等人飞过去时，虞氏已经逐渐收起了尘雾。

"怎么？司命官已经被你卷入尘土了吗？"姜望问刚从收缩的尘雾里出现的虞氏。

"没有，我才感到尘土范围内没有任何元气，估计那两人已经走了！"虞氏沮丧地说。

姜望沉思了一会，"糟了！"他叫道，"我们上当了，这次袭击恐怕只是为了引出那个暗谍而故意传出消息的！"

邑姜、钱氏等人都瞪大眼睛。

随后赶来的弇兹氏和巫咸王听了这话，也才明白原来姜望特意把她们叫在一起，是为了埋伏诱敌，但事先却没有告知她们。

"那我赶快告诉夫君，就说消息泄露了！"邑姜惊慌地回去布置传信的朱厌猴了。

姜望这时抽空望了一眼赶来的巫咸王，只见她脸色难看，显然是因自己不信任她很不满。但她这一路也没有多说，只如常与他有说有笑。姜望携着巫咸王到了吕国都邑，却看到前来迎接的是猫虎氏，他报信说申妃已经在城郊上空等他。姜望预感不好，就安抚巫咸王先回宫，自己则飞身去了郊野。

"怎么只有你一人，没带你夫人上来吗？"申妃嗤笑地问。

"我身为一国之君十几年，难道连续娶一位夫人都不行吗？"姜望不满。

"看来你把我跟你说的话和你的保证忘得一干二净了呢！"申妃脸色凄惨。

姜望想起她那时说如果他再娶就会使她爱意消退，有可能就此离开吕国回申地的话，"我没有忘记，只是那时你申戎未能称霸渭西沃野，可如今既然你们家族壮大，你弟弟又已经成人，你还有什么理由离开我吕国嘛！"

"你仍然不懂我的心思，我今日是来跟你说，只要你续娶，我就会迁到申地，猫虎氏也会跟着我离去！"申妃说完就飞身下去，姜望急忙拦住。

"续娶是壮大我吕国的好事，你怎么如此不能容忍！你忘了是我……"姜望话到嘴边顿了顿，说，"是我抓回的猫虎氏，你怎么能还把他带走？"他飞过来接近她身后。

"我就是不能容忍！"申妃吼道，猛地转身挥舞套索圈住十几颗宝玉，挥舞几圈之后猛然甩出。十几颗宝玉飞射，逼得姜望急退，"砰"的一声巨响，打在一棵树上，树枝余波把姜望逼退到百步之外。

两人对立良久，申妃才开腔，"我没有忘了是你教我神术，使我申人能够称霸渭西，但我也常常跟你说起，只要你敢续娶，我一气之下就会离开，不会再回来了！"她说完，就飞身下去。姜望尾随她下去，回到大宫，正好看到猫虎氏与巫咸王两人在说笑。

申妃一眼看到巫咸王，哼了一声。"猫虎氏，准备率领骑兵，我们回申地！"她抛下一句，扭头就出门，猫虎氏慌忙跟在她身后出去。

巫咸王看跟着进来的姜望脸色不好，也不敢上前劝解，果然姜望猛地喝住两人。"你二人趁我不在，难道有事？"他闷声吼道。

"得知你要另娶的时候我就跟他欢好了！"申妃扭头惨然一笑，"只许你另娶，就不许我这渭西诸戎的首领开枝散叶吗！"她牵起不知所措的猫虎氏的手，飞身就走。

姜望大怒，"你先留下说清楚！"说着飞身过来压制申妃与猫虎氏行动，却被申妃扭身抛出套索，圈住屋内巨鼎甩出。但这次，姜望有了准备，他先感应着迅速膨胀的风气急退，巨鼎随即被风气抛飞。"嘭"的一声巨响之后，大宫房顶被巨鼎击破，屋内什物飞溅，而他则在一片碎片里不沾身的直直切入，一瞬间到了门口，一举压制住刚飞出门外的申妃和猫虎氏，不能举动。

姜望近前，却看到申妃脸上无声地淌着泪，而猫虎氏则一脸慌乱，"吕侯，我跟申女之间什么也没有啊……她刚才明显是为了气你才这样说的啦……"

姜望扫过猫虎氏的脸庞，实在没能发现说谎的痕迹，又看申妃淌着泪，便缓和下来，"你刚才是在骗我对不对，我要你亲口说！"

但就在姜望一缓之间，申妃觉得对自己的压制松动了些，就立即以发髻上的玉环感应会聚头上日气，瞬间闪光耀眼。她则趁机一挥短剑震开她与猫虎氏身上的散风压迫，两人飞身走了。姜望才回过神来，他们俩周围的风气已变成了乱流没法再禁锢，只好放他们走了。

"刚才那个猫虎氏还跟我说起申女在你回来之前每夜睡不着，白日淌着泪，应该没有做对不起你的事吧……"巫咸王上来，试探的柔声劝道。

"你别担心，我们的婚礼照样举行……"姜望缓过神来，轻声抚着她的脸说。

"嗯，只要你答应婚礼不张扬，我是没什么的，不过你夫人也实在太想不开了……"巫咸王一个劲地点头说。

"她是渭西宗族的共同首领，自然怕失了威严，才会这样，等过一段时间就好了！"

第二天，申妃就带着猫虎氏，率领申戎骑兵开拔走了，弇兹氏竟然也不顾姜望反对，顺从申妃，跟着她去了申地。

司命官此时回到沫城，来找妲己，妲己才知道他之前所说的追捕逃亡之人指的是胶鬲氏。原来，司命官猜测姜望等人到了大河，一定会搜集船只运输，便让少司命先向胶鬲氏问起崇地的船只动向，果然得到了姜望到达大河的时间和地点。而他随后与少司命袭击盐船时，果然遭遇了姜望早已准备好了的水阵，这就可以确认胶鬲氏就是内奸无疑了。可等他和少司命闯入胶鬲氏在沫城的宅邸时，却发现他已经不知去向，还带走了重要的什物和财货。

姜望收到司命官和宓妃的罗罗鸟传信，说是知道巫咸王的神术底细，还要密告她在南土瞒着姜望等人的一些所作所为，让他只身到黎地叙旧。姜望便没有告诉巫咸王，要先去赴约，却在独自出城百里地后，被弇兹氏拦住。

"吕侯这是要往大商去吗？"

"你怎么知道我的行踪？"姜望喝道。

"我因为与邑姜约好，一个负责应对邓侯，一个负责监视你和巫咸王，所以能发现你的行踪！"弇兹氏便说了巫咸王治好檀括一事。

"此事其实我知道，她是从登比氏学到蛊虫术的！"

"你信她？"弇兹氏怒道，"你知道她之所以会劝诱你同意巴氏迁入巫姑国，就是因为有殷人在指使吗？"

"你是怎么得知这些事情的？"姜望盯着她说。

"我当然是暗中查探，听到了这些天大商王畿传出的流言了，"弇兹氏顿了顿说，"殷人司命官、妲己他们对此都一清二楚，后来我们反遭袭击也是她告密，你此去如果是去大商找殷人对质，虽然得知真相，也必定会遭到他们擒捉！"

姜望沉思，他想弇兹氏说的应该没错，司命官本就是个心狠手辣之人，他绝不会只为叙旧就空手而回的，到时候即使自己勉强逃回，也不免一番苦战。

"你若还不信，可等邑姜从南土回来，她会告诉你殷人勾结巫咸王的细节。"

"好，你随我去镐城，先瞒着巫咸王，只等邑儿回来！"

两人在镐城等了两日，邑姜才从大商王畿回来。她之前去找邓侯，自然碰壁，才又想到去大商王畿散播传闻，可等她到了，那里已经在传闻巫咸王之事了，她只好疑虑重重的回渭水，先去找姜望单独报告。

"虽然没能劝动邓侯，但巫咸王与殷人暗通之事绝对可靠，我问的是伊耆女，她告诉我，少司命亲口跟她提起是巫咸王告的密，就是这个女子传信说我夫君或我会去劫夺押运队伍，妲己和司命官才亲自赶来伏击我们的，而居然连她劝你们让巴氏迁到巫姑国，都是邓侯授意的！"邑姜愤恨地说。

"真是那个传闻单纯无邪的伊耆女说的？"姜望震惊道，简直不敢相信自己的耳朵，也不敢相信那个爱意炽烈的巫咸女那一番深情劝说竟然是假的！

"我回渭水途中，亲自暗访太行山关隘，幸好那时司命官和少司命都不在，我允诺伊耆女会安排她和姒疑见面，她才告诉我的，应该不会有假！"

姜望喃喃细语，一时竟然语无伦次。

"别想那个狡诈阴险的女子了，想想怎么向母亲赎罪，劝她回吕国吧！"邑姜不满地打了一下姜望。

姜望回过神来，"那弇兹氏说的是对的，走吧，我们回吕国！"

姜望正待下地去，却被邑姜叫住，"等一下，这次我还没到大商王畿，那里就有巫咸王的传闻了，我猜是弇兹氏与殷人有暗通，才会使殷人得到消息！"

"我之前也有些怀疑她，但想到她这次既然肯阻止我去大商，应该是更向着我们的！"姜望说，"走吧，我们会合她一起回去！"

三人出镐城，在接近吕国都邑郊外时，却察觉有强烈的气息弥漫，过去一看，正是巫咸王面无表情地看着他们。

"才几日，爱妻这就不舍得我，怎么居然出城来了？"姜望笑道。

巫咸王闷哼了一声，"姜望，你真是越来越不信任我了，宁可带弇兹氏去暗探也不肯带上我！"

"我走之前不是跟你说好了……"

"巫咸女，你别怪吕侯，其实是我求他给我个立功受封的机会的！"姜望话没说完，就被弇兹氏打断，她一边说，一边走近。

弇兹氏还相距百步，巫咸王就察觉她周围的气息突然变得韧劲十足，而这时邑姜也已经从另一侧朝她走过来。

"你们不要过来！"巫咸王大喝道，但她周围的气息已经令树木树枝都卷曲绞结着发出了嘎嘎声了，而邑姜则已经飞扑过来。巫咸王急忙搭弓朝一侧的弇兹氏一箭射出。一道亮光划过，弇兹氏打掉亮光箭支，还没反应过来，就被这道亮光上的玉粉冲击打中胸脯，而她只觉胸前一痛，全身顿时震颤无力，周身玉粉飞散，水火并起，亮光四射，热气直冒。

随着邑姜朝她飞来，巫咸王只觉身上举动逐渐困难，急忙御风往弇兹氏那边飞去，"你再动她就没命了！"巫咸王一近身，弇兹氏胸口上的亮光消失，一支羽箭被巫咸王手握着刺入。弇兹氏只看到自己胸前鲜血汩汩流出，而自己周身依旧水火热气直冒，没法举动。

"你特意在此布阵等候，看来你前些时候在南土暗通殷人之事是真的了？"姜望上前喝道。

"我是来跟你道别的！"巫咸王丢下一句，牵着弇兹氏就要飞身而去。

"没有我们士卒阵法保护，你不怕殷人报复你吗？"

"你们士卒应该要运输金铜，不会撤走吧？而我作为一国之君，自然也还会与你们贸易，只是我个人安危这些个私事你就别担心了！"巫咸王说着，已经带着弇兹氏飞身往南而去。

"如果你那时没有告密，这次就会答应迁徙过来吗？"姜望看她一路飞去，忍不住对着她的背影大喊道。

巫咸王猛地一震，泪水忍不住在眼眶里打转，她想答应一声，扑入姜望怀中，但一比较自己在南土为一国之君的逍遥自在，以及在渭水所受邑姜等人的冷落，最后还是忍住了。她随即拔出插在弇兹氏身上的利箭，箭上烟雾把她裹住，如一块冒烟的飞石急速朝姜望射去。姜望随后赶上时，急忙接住，大声质问，但巫咸王依旧没有应声，已经头也不回地一路去了。

"别追了，她不会与我们为敌的！"姜望对要飞去的邑姜喝道。

"你还信她？"

"她若是肯与我们为敌，我早被她杀了，现在也不会特意过来跟我们见面！"姜望飞近邑姜，压制住了她的行动。邑姜只好放弃追击，接过弇兹氏，两人一起下地为她止血。

三人一回到吕国，姜望便去申地求见申妃，她自然早已听邑姜说起了此事，便出来会姜望。

"怎么？被坏女人背弃，就想到我了？"

"这事就不要再提了，被玩弄的也不止我一人……"姜望黯然说。

"这么说如果你没被她欺骗，就不会来找我？"申妃盯着他的脸沉声说。

"不是这样的，我始终都希望你留下来——先别管这些旧事了，你回来吧，我们一起向东开拓！"

申妃走近他，抚摸着他的脸，还是与以前一样的熟悉手感，姜望随即握住了她的手，也还是一样熟悉的温柔，但她却总觉得姜望眼神里似乎多了些自己未知的坦然，就是这份坦然是她所不熟悉的，陌生的令她反感。"你回去吧，我要留在申地一段时间，暂时不会顾及东伐之事！"她转身回到案几后，安然坐下。

"你不是说只要我不另娶，你就回来吗？"姜望气恼地说，"现在怎么能又反悔呢！"

"我是说你另娶，我肯定不回去，现在你没有另娶，我自然有可能会回去，但什么时候就要另说了！"

姜望似乎有些理解她的心情了，只好默然转身离开。

司命官和少司命在黎地，虽然收到了姜望赴约的消息，却等了很久都不见他来，知道应该是有人已经泄密给他了，便愤然而回。司命官看胶鬲氏暂时没法找到，而原本按计划让少司命给姜望下蛊毒，又没能如愿，只好先到沬城找妲己合练。但他到宫门口，却被郁垒少宗祝挡住，说妲己不愿意见他。

司命起身就要硬闯，少宗祝、郁垒发动门阵却留不住他。司命在内室里没能看到妲己，却听到后院有响动，他飞身出去一看，只见妲己在水池里洗澡，几位侍女都惊叫，唬得他慌忙低头下拜。

妲己看他伏地害怕，骄傲顿起，索性喝退侍女，大胆地在他面前起身，故意缓缓穿衣，司命听到她穿衣的声响，更是不敢抬头。"你起来吧，你此去应该抓到姜望了吧，还来找我合练法宝干嘛？"她看司命丝毫不动，得意洋洋地笑着说。

司命便起身，看妲己已经穿好了衣裳，"姜望虽说赴约，最终却没有现身，我疑虑是有人提前把消息告诉了他，致使他在途中反悔了！"

"你不会又要怪我散播流言吧？"妲己顿时怒形于色，她本来看司命害怕，想揶揄一下他就答应与他合练之事，但一听这话，就又有些不快。

"不，我怀疑是弇兹氏，听邓侯传来消息，那时候邑姜还在南土，也没能得到任何消息，这样一来，最大的嫌疑就是弇兹氏了！"

"这不还是在怪我吗？你今日是来找我合练还是来问罪的！"

"我只是劝王后，以后就再不要相信这个弇兹氏了！"

妲己想起他以前就提醒过自己不可信任弇兹氏，而他现在又这样说，不就是在自夸他自己看人明智，而责备自己不会认人吗？"你别说了，我用人自有方略，无需你来教我！"

"那可否请王后告知合练法宝的时日？"

"你先回去，我想好了再告诉你！"

"王后，姜望一天没能擒住，我大商伐周就没有胜算！"

"说了让你先回去，你难道不信任我吗？"妲己听了这话，更加不满。

司命虽然觉得以妲己脾气，很可能会就此不跟自己合练，但她现在气头上，一个师的象队都拉不回来，也只得先退了。

自南土货运遭袭之事传开后，商周双方便开始互相责怪，诸侯伯则联盟出声，要求双方都罢免刀兵，相约不再互相袭扰，以至少保证积聚财货顺利。泰逢、坊氏等接近周人势力范围的首领，更是要求双方就此休战，就连霍侯、艾侯也开始劝和，在诸侯伯的一致反对声中，姬发与帝辛便先后出声，表明只要对方不挑衅，便不会开战。

但两个月后，邑姜记起答应伊耆女安排她与姒疑见面之事，而恰逢又要从南土运输盐货和金铜，就派遣姒疑去巫咸国，然后派罗罗鸟到太行山告知伊耆女，允许她在姒疑到达巫咸国接货时见面，并与少司命约定，不可阻止二人，或趁机袭击。

但姒疑在巫咸国装运货物的几日，却没能等到伊耆女出现。

"伊耆女现在没有出现，那么接下来途中随时会有事端，怎么办，我们现在就跟上去吗？"大女丑氏问蓐收氏。蓐收氏是被姜望吩咐，潜入楚地的，要与大女丑氏一起，暗中策应邑姜，以防止殷人趁姒疑伊耆女相会突袭。

"正是如此，现在七月，草木茂盛，即使接近跟随车队也不会被轻易发现，到时候只待神力撞击声起，就上前堵截漏网之人！"

"好！我先在地上追击，你则在适当的时候用混敦兽群下来突袭，也不用怕伤到我，我已经悟出避开司命官十二子合化的神术了！"大女丑氏自信地说，"还可用来抵挡一时的高热！"

蓐收氏有些疑惑地看着她，司命官的十二子变化就连深通阴阳变化的周氏都没法参悟，更别说她们这些摆脱巫术限度不久的西羌人了，更不可思议的是，十几头混敦兽包围，高热足以溶解泥土巨石，她的祭雨之法不过是以水护身散热而已，如何能持久挡住？"真的？你别逞能！"

"你放心好了！"女丑氏笑着说，"这次一定会让吕侯对我另眼相看！"

蓐收氏摇头，暗想这女丑氏服从男子之邦不过两年，就已经忘却那时绝不顺服男子的决心，已经对姜望有爱慕之意了吗？

但女丑氏刚飞出屯兵聚落十里，就看到林子里闪出巫咸王拦住。

"西羌人，商周已经言和，不要再去多生事端了！"巫咸王喝道。

巫咸王还没接近，就看到一个人影从女丑氏身后的附身水汽中现身，那人正是姜望。

巫咸王看姜望现身，有些激动，但也有些抬不起头。

"我可以多给你些财货交换盐货，你真的不必仅为了些战利就卷入商周争执，置身事外才是对你族人最好的保护……"

姜望还没说完，就被女丑氏打断，"不要跟她多说，她本就是个贪图便宜之人，不如现在就把她拿下！"她在一旁劝姜望说。

就在此时，姜望突然察觉地下有流动在聚积，且伴有闷声，他急忙带着女丑氏到了树梢。但突然嘭嘭嘭的几声，地下裂开，几股泉水已经从里面喷出，顿时在姜望周围形成水雾包围，之前遭遇过的十二子气息弥漫。而他和女丑氏身上宝玉吱吱响声不断，已经都裂开了，激发神力也变得迟缓。两人顿时被定在树上，既不能施法，又难以举动。

林子里不远处传来一阵笑声，"姜望，早就猜到巫咸王一有所行动，你就会现身，果然没错！"是司命官的声音。

"姜望，你不该来的！"是宓妃的尖细嗓音，"想不到你居然也会不顾申女的情意，伤害于她！"地下冒出一阵水雾，她随即从雾中现身，而司命官也从山坡后飞了出来。两人刚要上前擒住姜望，却被一股烟气飞射逼开。剑影和水雾一碰烟气，就化作犀利的青烟弹开散去。

"司命官，商周已经言和，你不可违约，抓捕姜望！"两人刚要强行突入，就被巫咸王拦在他们身前。她是听到司命官言语，才知道原来自己是被他们用来引出姜望的，当下虽然有些心动，但更是愤恨不已。

"我们只是拿他做人质，要挟周人不敢征伐而已，绝不会伤害他，你放心！"司命官一笑，就要提剑上前，"你若对他已经忘情，就不该阻止这桩美事！"

这下巫咸王也不好说什么了，再强行阻止，先说不一定打得过，也等于承认自己仍然残留爱意。司命官夫妇正要冲上去，突然听到女丑氏大喊："快出手，我自有办法救走吕侯！"

三人都朝四周望了望，却察觉不到任何气息和动静。司命官以为是女丑氏诈呼援救，正要上前，突然觉得越来越热，他与宓妃互望，都警惕的察觉周围气息。司命官猛地抬头，这才发觉并非越来越热，而是有一道炽热的日气从太阳方向下来了。他急忙与宓妃到了姜望和女丑氏身旁，准备拿他做要挟。只见太阳变得越来越大，突然从中一个接一个，分出了十几个太阳，炽热顿时笼罩住了整片林地。宓妃急忙激起数道泉水，保护着他们，巫咸王则发动玉烟罩住自己，日气和光热遇到烟气，顿时凝结成水雾朝四周林中蔓延。

就在司命官夫妇聚起泉水之时，女丑氏和姜望周身的水雾突然沸腾，包裹住头脑，两人顿时能御使周围热气了，急忙发力，往后急退。而司命官宓妃眼明手快，已经斩击、大网齐出，砰的一声砍在姜望背上。他背上四颗宝玉的皮革都承受不住而碎裂，大网罩下来，使他们俩扑地倒了。二人飞上前去牵起他们，这才抽空往空中望去，看清头上的太阳原来是一些混敦兽群，周身发出耀眼的炽热红光，林子里的树木也都开始燃烧起来。

"吕侯！"女丑氏被大网罩住，不能动弹，看姜望为保护自己受伤，已经昏了过去，失声痛哭。

但混敦兽此时已经接近半空，林中不但一片火光，沉重的日气也压制着众人睁不开眼。"快放开姜望，不然你们都会被烤死在这里！"巫咸王大喊，此时她周围树木早已八色烟雾笼罩，才把炽热分散引到了周围的林子里。

但司命官哪里肯听，"蓐收氏，快退开混敦兽，吕侯受伤了！"他不但不放，反而威胁说。

但既然女丑氏和姜望没有出声，蓐收氏当然不会退开兽群，随着兽群接近，林中的炽热火光也越来越激烈，一片红白刺眼中几乎看不到人影了。

"放他们走吧，不然我的水雾也快抵不住这光热了！"宓妃看周围汩汩冒出的泉水都在沸腾，虽然不停地被她分解为亥子丑三气冲散高热，却跟不上高热的侵袭，只好劝司命官说。

司命官在强光里受日气压制行动迟缓，又有巫咸王在，也觉得不如先退，反正已经击伤姜望，等一下再过来擒住他也无妨，便携着宓妃裹在沸水里附身地下积水逃离。宓妃附身前顺手带走了捆住姜望、女丑氏的大网，想让二人能行动自救。两人在地上缓缓地突出了光热压制范围。"蓐收氏，你快收去兽群，司命官已经从地下往南面走了！"巫咸王此时已经退到一旁，就大喊提醒。

"女丑氏、姜望，你们在吗？"蓐收氏此时藏身日光中，犹疑地朝地下大喊，她怕是巫咸王欺骗，不敢退开混敦兽，但却听不到回音。

等她退去混敦兽，从藏身日光中出来时，只看到地下遍布木炭，尘埃飞舞。她推去尘埃，才看到木炭堆里躺着一人，正是女丑氏，她周围则是仍然在沸腾的积水。她急忙过去抱起她，却发现身上已经僵硬，而地上一堆浮土，是挖掘的痕迹，以宝玉聚光吸出一看，从翻腾的泥土里翻出姜望来，仍然不省人事。她摸了一下脉络，知道他还有气，只是背上被劈开，失血过多昏过去了而已。

待蓐收氏为姜望输入气血，把他救醒后，他却一眼看到身旁的女丑氏一动不动地躺着。

"怎么回事，女丑氏……"姜望勉强地抚摸着一旁的女丑氏，却没能发现任何伤口。

"可能是被沸水烫死的，她应该是发觉沸水已经挡不住高热了，为了救你，就想把你藏在地里，可还没来得及把自己埋进去，就被烫死了！"蓐收氏伤感地说。

"你明知道……我们抵挡不住……光热……为何不及时退去……"姜望一

边咳嗽，一边断断续续的大喝。

"我在半空，哪里知道你们情况，女丑氏本来说她不但有神术破解司命官的水雾，还能抵挡住我的混敦兽高热，我自然信她，而刚才又没听到她出声，只听到巫咸王大喊，我哪里敢收手？"蓐收氏低声为自己辩解。

姜望心下黯然，有沸水热雾环绕，就能借以消除司命官十二子气的神力禁锢，引动天地气，这就是破解术了，她一定是因为自己屡次为司命官神术所困，就想到了此法。只是，神术干扰还在，结果仍然打不过司命官夫妇。

两人正自伤感，巫咸王出现了。"你还在？是要擒住我们吗？"姜望冷笑道。

"我好心好意过来看视，以防司命官趁你受伤突袭，你居然这样说我！"巫咸王生气地说。

"你只要忍住贪图一时便宜，不卷入商周纷争就行了，我个人安危的私事不用你操心！"姜望说着，由蓐收氏扶起，她从高空招来一群光热减弱的混敦兽，挑衅地看了一眼巫咸王，就带着姜望藏在日光里飞走了，埋伏在半空中的司命官夫妇看到这群混敦兽相随，也不敢追击。

此时姒疑正在押运金铜，在傍晚时分，看到姜菀愉从天而降，他有些警惕地看着周围，"没人，就我一人来的！"姜菀愉激动地说，于是两人紧紧抱在一起。

"你就跟在我身边吧，我们一起练兵，以求重新封在黎地！"姒疑对她说。

姜菀愉顿时面露难色，"小裋是让我来带你离开，一起找方氏报仇的，她还说如果我不回去，就会联合方氏与我们为敌！"

"别怕，我现在练出了冬麦阵法，一定可以助周人攻破殷地，到时候方氏逃不掉的！"姒疑自信地拉着姜菀愉说，突然扭头看到少司命和邓侯在山坡上的灌木丛里现身。

"姜菀愉，枉我好心答应你来此私会情人，你竟然会不顾与我之约，反而跟你的情郎回去，你怎么跟我交代？"她微笑着走近说。

姒疑就要上前攻击，被姜菀愉哭着拦住。

姒疑正被姜菀愉丝绳束缚住身上盔甲，挣扎不开，少司命一跃过来要擒住二人。突然，她头上一阵疾风而至，原来是邑姜到了。邑姜刚要擒住少司命，突然觉得一群飞虫朝自己袭来，急忙滑开，但却仍然没法驱除这飞虫里的虫魂气，邑姜顿时觉得一股腥气扑鼻而来。

"姜女，你中了我的蛊毒，快束手就擒吧！"邓侯在地下大喊道。

邑姜这一愣，就觉得自己身上魂气确实在飞散、意识开始模糊，而这下她凝神一松，被松开行动的少司命立即拖走了姜菀愉。而姒疑则用犁刀割断乱绳，恢复行动。

邑姜一阵头晕，就忍不住坠下地去，被藏在路旁的钱氏和虞氏飞身出来接住，收在葫芦里。但他们俩还没来得及退去，就看到山坡上一阵尘土急速掠过树梢下来。虞氏急忙放出尘土环绕，把钱氏和姒疑都藏在尘土迷障里。而那阵尘土风暴已经急速靠近，突然，虞氏布置在众人身边的尘土开始旋转加快，砰砰砰砰砰砰的火花炸裂声不断，暴风冲击顿时融入在旋风尘土中无影无踪。

嬴来看到自己的尘土风暴没能击垮虞氏尘土，有些不甘，他狠狠地化一道极细的狂风，往尘土中其中一人冲了过去，不料却撞上在尘土中飞舞环绕的铜币，铜币立即使尘土旋涡弥散到他身上的律管蓄气上。而他则不自主的被尘土吸附包裹。律管所蓄风砂冲击则遭到干扰，导致接下来的几丝化风猛地紊乱，嗖嗖嗖的数声尖响后，他的化风变得四散。

姒疑察觉是方氏的细微疾风，"方氏留下命来！"他大吼着以犁铧定地，拉动数条筋线，连接身上臂上的鼻环，发出一道宝玉猛击。这道猛击极快，居然连嬴来御使暴风也来不及躲开，被打中肩膀。虞氏通过尘土察觉到他位置，急忙驱动尘土凝聚，打在那人身上，使嬴来如一个陶人一样被砸在地上。少司命与邓侯看到嬴来被擒，知道虞氏尘土厉害，攻击只会白白浪费蓄气，只好带着姜菀愉先走了。

嬴来一坠地就被绳索绑缚。他因尘土消散而稍微清醒，看到少司命他们先走了，心中大骂不已。虞氏钱氏姒疑飞身下来，看着耷拉着脑袋的方氏，都很解气。姒疑便上前要一刀割了方氏的脑袋，嬴来急忙大呼饶命。

"诶……世子不必着急，先带他回去，交给太子发落！"虞氏拦住姒疑说。

"我愿意投降周邦，只要你们放过我，我愿意立功！"嬴来大喊道，"我身上藏着图法，可先献与你们，请求饶恕！"

"图法果然在你身上，是你从唐尧国太师那里抢来的吗？"钱氏立即喝道。

"是那向氏杀了任伯，又想诬蔑我杀人，我才不得已夺取这图法的！"嬴来哀声道。

"狡辩，分明是你杀人，怕向氏说出去才夺取图法的！"钱氏取出刀币上前，就要对他用刑逼问，被虞氏拦住。

"钱伯慢来，先取走他法宝，再慢慢逼问吧！"虞氏便要解开他身上封住的土绳，取出图法，被姒疑上前拦住。

"放心，土绳只解开腰部，他手脚不能有动作的！"虞氏说着，便松开绑嬴来腰间的土绳，上前钩铙一伸，钩出他身上的葫芦。就在此时，众人只觉得从前面的虞氏脖子上飞出一道嗡嗡声从他们头顶划过，钱氏急忙取出铜币散开护住他、姒疑与虞氏，就听到一阵散乱四射的疾风撞击，定在他们身前的铜币啪啪啪数声，疾风飞散而去，使二人惊慌的急退了百步。

"虞氏！"钱氏看只有虞氏仍然立在原地不动，着急的大吼。而此时嬴来原来已经借虞氏钩铙松绑，蓄力腰间筋线发出了疾风，而他还在与虞氏争夺葫芦，却被越来越多的尘土炸裂逼退。他看虞氏头掉了下去，居然还能御使周围尘土发热旋转，致使周围一片火花，只好吐了一口血，放弃葫芦，化山林风退走。

姒疑愤恨的以犁铧撅地，以防止方氏再次突袭。等了好一会，虞氏周围的尘土炸裂才逐渐停止，他便与钱氏一起上前，却看到虞氏头掉在地上，手里却还紧紧攥着夺来的葫芦。两人取出里面的图法，都叹息不已。钱氏则放出邑姜，看她仍然昏迷，便为她输入薰草魂气，总算使她清醒过来。

"太子妃好些了吗？"钱氏问。

但邑姜虽然清醒，却已经察觉自己身子虚弱，稍微一凝神激发蓄气，就气喘吁吁，"不能施法了！"她顿时黯然。

"太子妃别担心，总算少司命还算有人性，只散去魂魄使你虚弱而已！"钱氏安慰说，"我这就去找吕侯他们，让他去请巫咸王过来救你！"

"不要我父侯去请，你们去把她抓过来！"

"这……据说她连妲己的巨剑都能拦下……我怕……"

两人正僵持中，就看到蓐收氏扶着姜望下来了，他们听说了情况，蓐收氏便望着姜望说："吕侯莫慌，她巫咸王适才接受殷人贿赂，害死了女丑氏，即使让她来治伤我们也不欠她！"

但姜望仍然有犹豫之色，就在此时，他们察觉到身旁的飞虫越来越多了，"是蛊虫术！"姜望此时卧在戎车上，惊叫道。

众人正惊慌的要除去这些飞虫，却看到巫咸王现身了，她沉默不语的飞身过来，到了邑姜身旁，也不招呼众人就要扶起她。

"你是要做什么？"钱氏喝道。

"疗伤啊，你们不是要让我给她疗伤吗？"巫咸王头也不抬地回答，就开始用蘼芜点燃，灼烧邑姜手上划伤。

但直到蘼芜烧尽，邑姜仍然没有恢复，巫咸王凑近伤口，用舌尖舔着试探，然后叹了口气，"这不是我不想救你，是邓侯换了蛊虫，蘼芜已经没用了！"

"可你那时怎么一次尝试就把我和檀括治好了？"

巫咸王抬头看着姜望一脸不满，深吸了一口气，只好说了，"那时我确实暗通邓侯，劝你们准许巴氏迁入的，作为交换，当然也就让邓侯告诉了我避开那种蛊虫的药草！"

"这次若不是你，女丑氏也不会白白死去！"蓐收氏也愤恨的鸣不平。

姜望看钱氏与蓐收氏交换眼神，就要动手，急忙朝他们俩挥手制止，"不要为难她，那时她与我们连友邦都算不上，左右摇摆是她生存之道，不好强求的！"

钱氏和蓐收氏听了才缓下来。巫咸王看到姜望为自己的开脱里已经没有半分情意，心下有些失落，默不作声的飞走了。

钱氏便提起虞氏以命换来夺得图法一事，并传信给风婉。她接到消息，不过一日，就飞身赶上了押运队伍。

"方氏承认杀我父伯了吗？"她着急地对钱氏喊道。

"他说是唐尧国太师诬陷他，才不得已夺取图法自保的，但我看应该就是他杀人夺宝，以封住向氏之口的！"

"快把图法交给我，我去威胁唐尧国太师！"风婉急忙说。

"不可，这图法是虞氏以性命换得，必须交给虞氏之子妫满处置！"

风婉急忙望向一旁的姒疑，但他只撇过头去不理会，她只好又苦求钱氏。

"你在此等消息吧，我得到虞氏世子的允准后，会带着图法去找向氏，问个清楚！"

风婉急忙握着钱氏的手，"多谢彭哥哥了，你要我怎么报答你都行！"

钱氏急忙缩手，"没事，这个方氏荒淫无耻，我这不光是为你报仇，就算也为伊耆女、太子妃等人解恨了！"

一行人此后有蓐收氏混敦兽护送，没有再遇袭。回到镐城后，姬发得知邑姜失去神力，而虞氏阵亡的消息，就要趁机起兵伐商，被周氏和柞氏阻拦。他们俩提及姒疑的冬麦阵法，劝说最好在冬日征伐，这样殷人的田阵只能御使水土二气，而领悟了冬麦农事的话，即使在冬日农人也能搜集到合适的草木，可训练发动水土草天地气合一，一定可以击垮封父氏这样的强敌。

"好，那就依你们所言，等到冬时再起事！"

二人退去，邑姜便卧在姬发怀里，"就算等到冬时，我怕是也不能帮你出征了，只好让我弟弟姜伋给你带兵了！"

"没关系的，你就再等两个月，等我们攻下洛城，再会盟诸侯伯对殷人施压，威胁司命官给你祛除身上毒蛊！"

"司命官一家人都是倔脾气，不会受威胁吧！"邑姜摆弄着姬发身上兜甲，淡然说，她这一两个月以来已经安于没有神术和争斗的生活了。

"不行就拿城池交换，一定要让你恢复神力！"姬发狠狠地说。

邑姜甜蜜的"嗯"了一声，"我热，你快帮我从窗边引些凄风过来！"

孟城渡河篇

登场人物：

泰逢与庞青，与武罗氏、姬鲜

墨氏兄弟、庞青与姬发、姜望

须妃、少司命与姜望、坊氏、邑姜，与司命官

妲己、少宗祝、郁垒等对兹氏一家、甫氏兄妹等

姬鲜与羲和氏、风婉，与司土官，与飞廉、子延等

　　两个月后，诸侯伯对于大商堵截周人运输路线，杀死虞氏一事已经变得有些淡漠了，而坊氏和泰逢看周人迟迟没有征伐，都心安下来，不再派人日夜守城。而就在此时，周氏率领由姒疑教种植冬麦的士卒，并由他加以训练的五千人马，再加上姜伋带领的虎贲，一起朝孟城突袭而来。

　　直到周人接近孟城郊野，坊氏才发现突袭，开始亲自率领宗师布下定阵宝玉，并令士卒聚集守城，拆毁了护城河上的桥梁。这时虽然是初冬，地下到处都是积雪，但由于坊氏在河水入口布置了聚积水流的法宝，所以大水泽乃至于护城河的水仍然没有结冰，反而还比平日里流速更快。

　　而周氏所率领的周人士卒则已经在护城河边列阵，举戈持盾开始朝城门发动冲击。冬时气的冲击虽然因缺乏天地气的御使，而不如春时气的凌厉迅疾、夏时气的猛烈炸裂，或秋时气的柔韧细密，却是刚猛沉重的，如一堵峭壁一般刮下地上草木泥土往朝城门撞去。砰的一声巨响，终究木锥冲击是隔着河发动的，城门只有裂缝，却竟然纹丝不动。

　　周氏随即命后军从戎车上卸下渡河用的浮梁，由姬高组织士卒用系着宝玉的绳墨连系。这些浮梁是周人的渡河工具，他们吸取三年前渡河被困阵法的教训，用绳墨法宝连系为浮梁，成为稳定的阵法通道保护士卒悄无声息的渡过了河水，此时却正好用上。城墙上坊氏看到周人在忙着连系船只，靠近水面上铺设，便令放箭，但坊氏士卒的田阵战力当然不及周人，被一队队的周人士卒朝半空挥戈抵消箭雨冲击，掩护着铺设浮梁的士卒。

　　待浮梁铺好了城门周围百步内的护城河水面，周氏随即命士卒踏上水面，发动一击，只"嘭"的一声巨响，经过浮梁的哗哗水流顿时沸腾，而眼前的两道城门都被冲击粉碎，城门内则传来地下轰鸣声。周人举着盾牌一窝蜂地涌入城门，以沉重的冲击疾风击退守在城门口的士卒。

　　"不要再打了，我坊氏愿意俘虏！"坊氏在城墙上看城门被破，着急的大喊道。周氏随即命令暂停前进，坊氏士卒也不再阻拦，丢下了兵刃。

　　就在周人攻下孟城之时，姬鲜、檀利、昆虫氏等人则率军进攻洛城。不多时，城门即破。

　　"快布阵往后退！"泰逢庞青大叫着指挥士卒。但已经晚了，姬鲜士卒已经涌入城门，继续布阵以长戈划地，一道道的泥土积雪翻腾，嘭嘭嘭的破开了泰逢麾下的阵法防御，把这些士卒掀翻在地，顿时血肉模糊。而此时，妲己和司土官军的援兵才刚刚出征。这时传令官又来报，说颛臾氏已经率领麾下士卒先往城东走了，泰逢随即大骂不已。

"宗子，你快带着族人先撤走，我和青儿留下为你们抵挡周人！"武罗氏对不知所措的泰逢急声说。

泰逢便紧握住武罗氏的肩膀说，"妘侄，我把我麾下一个师的兵力分拨给你，倘若抵敌不住，你就只好牺牲这两千人马逃命！"他又转头对庞青说，"青儿，你为人莽撞，不适合掩护，随我保护族人去吧！"

"不，父侯，我留下来帮你们死守吧！"庞青圆睁着大眼睛，热烈地说，"我可以把气息隐在半空雪花里，再一边飞一边降下雪片乱砸，不会有事的！"

泰逢知道此女性情耿直，只好任由她，离开时千叮万嘱让她看到士卒被击垮就要飞走，庞青答应一声，就去叫上武罗氏，一起领兵去了。这时周人士卒的耕犁阵法冲击已经被武罗氏布下的陷阱阻断。

"我去降下雪片封住周人推进！"庞青说着就要飞身下去，就觉得身上被一阵热烘烘的温暖包裹，顿时被一阵带着火绳的网罟封住了手脚。

"你在做什么？"庞青扭头大喊道，她知道这火绳网罟是引诱猛兽的法宝，越发动神力就越会被网罟散去，导致冲击在身边四窜紊乱。果然，她才一刀划开网绳，手脚就都卡在网洞里，挣扎不起了。

"族妹，你也知道周人势大，如今只有早日投靠才能得到封地，你这就随我去了吧！"他牵起庞青就往下面飞去。武罗氏说着，就到了地下，命令泰逢氏族士卒放下兵刃投降。姬鲜听到武罗氏喊声，大喜率兵过来收去泰逢氏族人的兵刃和法宝。

姬鲜占据洛城，却没能追上已经逃出城去的泰逢和颛臾氏，就先留在城里庆功。武罗氏便献上被网罟捆住的庞青，她此时已经放开喉咙紧锁，可以出声了，便不停地破口大骂。

姬鲜本来一看此女容貌俊俏，年纪又轻，甚是喜爱，却被她一连串的大骂惹得不快。

姬鲜看她虽然怒容满面，但竖起的浓眉大眼居然还有些可爱，就也有些不舍得。武罗氏急忙劝庞青闭嘴，但她哪里肯听，继续大骂不止。姬鲜只好让武罗氏把她押下去为奴。

而此时，霍侯、艾侯的军队也已经到了洛城南门下，但这次他们虽然仍以龙姪兽群开路，却没能蛊惑守城的周人，使他们陷入幻境。霍侯只觉得城门外一片血腥气味，并随着嗖嗖的疾风如刀刃一般把开路的龙姪兽群切碎，使霍侯兽群损失惨重。艾侯急忙点燃艾草、杜衡草等物，放出滚滚的浓烟笼罩住剩余兽群和后面的人马，总算止住了如刀刃一般的疾风和血腥气，兽群也因为烟气的镇静作用不再狂吼了，霍侯兵马趁机退走。

周人不过两个时辰就连接夺取了孟城和洛城，迫使坊氏投降的消息两天内便传到各地，诸侯伯立即相约劝和。而竹国的墨氏兄弟此时也如约到了西土渭水。本来他们是来学习田阵的，但这段时间他们对双方的长期冲突听得多了，就开始为田阵的威力而不安，因而劝和的态度最激烈，甚至扬言要把带来中土的天智玉送给大商为要挟。本来诸侯伯只把从蛮荒北地来的这二人的劝和不当回事，但既然他们提起了天智玉，就不得不侧目了。

此时司命官军急急忙忙赶到大河边，开始要挟进攻苏国，但苏氏紧守城池，司命官军不能攻下。司命官只好暂时退去，进驻了苏地附近的温地。

妲己则还在途中，司土官军还在联络封父氏军一起出击。他们都接到了诸侯伯，包括霍侯、艾侯、戏伯、昆吾氏等的联盟劝和要求，而封父氏、雍氏等大商王畿诸侯也都明确回应不愿意出兵。妲己只劝得酒正官出兵，无奈之下，只好进驻温地，与司命官军会合。

数日后，姬发在孟城誓师，决定出征与殷人决战。但在孟城城门外出征的当日，墨允墨达兄弟却在冰天雪地里赤裸着上身，跪着挡住了姬发的大军。

"我二人就此誓言，只要谁先出兵，就交出所有天智玉，贿赂所有侯伯一起征伐，太子如果执意出兵，我二人就要如此行事了！"

"二位不必如此，是司命官不义在先，伤我妻子夺我金铜，不得不伐，你们不可为了姑息殷人，反倒赔掉了自己的国宝！"姬发笑着大声说。

"我二人没有说笑，我们已经把所有天智玉分别藏在了温地、昆吾的密林里，只要你们周人一出征，妲己以及南土诸侯伯就会得到藏玉之地的消息，你们如果不信，可以传音给戏伯、霍侯他们，打听我的使者是否已到了他们那里！"

姜望、檀括当然知道此话的分量，倘若殷人及南土侯伯得到天智玉，那么只要这一仗没有打败他们，下次就要对峙更强的战力了。姬发更是大怒，便要拿下此二人，"先把他们抓起来！"

姬高率领宗师飞身过去，正要擒拿，突然庞青跌跌撞撞地跑了出来，"你二人还在那里作甚，还不快飞走！"她一边跑一边大喊说。

但二人丝毫不动，随即被姬高擒住，定住神术。庞青过来，就要用力推开侍卫，但反被侍卫一下推倒在雪地里，举剑就刺。墨允看到，本来就激昂的心情更是化作了激愤，他大吼一声，一口咬断身上捆绑着的压制气血的绳墨，扑上去挡住了这一刺。瞬间，他胁下被刺穿，而因为强行把气血聚集在头上，才蓄气咬掉了绳墨，他本身脑袋也因为气血受激过度，一下子七窍爆出鲜血，昏了过去。

侍卫有些不知所措，杀死一个女奴无妨，但杀死了这个受邀会盟的竹侯世子，可是有些过了，他们便望着姬发。而姜望已经飞身过来，喝退侍卫，让蓐收氏和夎兹氏把墨允扶到军中医治，庞青也被带到后军去了。

在姬发与周氏军出发之时，司命官、妲己和司土官三师就已经在河水对岸列阵长达三里，只等宓妃率领五千水军逆流而上送来船只，准备乘船渡河。

"这水流怎么这么平缓，即使是冬时，也不应该水量如此之少啊？"宓妃率领大船一停靠在岸边，司命官就问宓妃。

"我才过来的时候也有些疑虑，但刚才一路在大河上游试探，却没有察觉到水底下有阵法！"

"坊氏善于拦截水流布阵，如果他是在洛水上游布阵，渡河可能会涉险！"泰逢便提醒说。

"我这就率领水军去洛水巡视！"宓妃对司命官说，"你们等我暗号！"

"你可要小心，坊氏的聚力法冲击极大，你的息土阵法不一定能挡得住！"司命官担忧地说。

"我也去吧，现在这里水面上既然没有发现有阵法，暂时就不会开战！"

少司命对司命和邓侯说。

少司命一人沿着大河支流洛水的水面先行，刚飞出两里，就发现这里的水流比下游急速多了，布置的阵法使得滚滚水面上的疾风如车轮般飞速旋转，带起的巨大激流使她几乎不能近身。前面则是大雾弥漫，没法再看清水流情况了。

"是风帆聚力！"她借风传音叫道。

而她刚要越过旋转的疾风水浪，就被疾风突然扩大把她卷入，任她激发身上蓄气加上以玉圭指向析木度方向借力，也不足以摆脱，而如果她不是事先化了水流裹身，怕是已经被绞肉般旋转的疾风激流撕裂。

水雾中司工官子任桓出现。正是他以风帆下的辘轳催动风帆急急加速，才使得旋涡加速、疾风突然扩大，把少司命不由自主，连人带水流吸了进去。这场战本来与在东夷的司工官薛族无关，但他看西边的族群越来越强，而为了留条后路，就派自己的儿子前来相助了。

但陷入旋风水浪里的少司命拼命顺激流漩涡朝水下辘轳射出大量玉针，牵动风帆的辘轳被啪啪啪啪地打歪。就趁水下辘轳被打歪冲走，这急转减缓、吸力松动的瞬间，少司命所化水流已经飞速脱出旋风而去。但她才飞不过十几步，就被姜望突然出现拦住，嘭的一声，急速飞过的水流被一股侧向的撞击拦截下来，少司命现形，她被撞得头晕眼花，倒坠下地去了。

姜伋过来一看，"是谁？"

"少司命！"姜望回答。

"还以为能吸引须女过来，没想到少司命亲自过来送死，这下你们的太子妃有救了！"任桓此时也下地过来，高兴地说。

"姜望，你不放了我儿，我这里的五千水师你是抵挡不住的！"此时宓妃已经带领水军接近。

"我这里有我御使的风帆阵法，你的水师再不躲开，恐怕要被疾风和水流碾压覆灭！"姜望喝道。

宓妃自然看到这水面上的高速旋转疾风和急速的水流，但也因此放心，只要没有坊氏拦河聚力，她便自信能够抵挡。她看了一眼一旁的顾氏，顾氏会意，吹响了犀角，这是宓妃与司命官的约定信号，只要没有察觉坊氏的水坝聚力，就吹响犀角催动大军一起渡河。

当然，在犀角吹响时，五千水师也开始呐喊着放出泥沙拦截在河面上，一阵阵的扬沙以锁链竹篓连起来，铺在水草上，顿时阻滞了整个水道。

任桓则开始布置新的辘轳，催动水上旋风，呼啸着朝在河道上翻腾密布的泥沙推去。但随着一阵阵哗哗巨响，旋风被沉重的泥沙减缓，泥沙后的宓妃自然也没有受伤。她看这阵冲击过去，便带着宗师拖动一大包泥沙朝岸边的姜望等人袭来，但还没触碰到他们，就被他们急速躲过，飞到高空去了。

"姜望，你以为这样多带一个人，还能一直躲得开吗？"宓妃着急少司命，大声喊道，"不如放下我儿，我答应保证救你女儿！"

"现在少司命在我手上，又有风帆阵法在此，我会怕你须女吗！"姜望借风传音大呼回应。

宓妃一愣，想风帆阵法自己明明挡得住，难道他还可以加速为更厉害的旋风？但事情不容她多想，姜望借风传音，分明是在传递消息召集援兵，她必须立即拿下姜望。她一急，就独自推动遮天蔽日的泥沙往姜望急飞过去，但姜望却只顾往远离河岸的方向飞走，似乎毫不在意水面上的战况。

宓妃带着泥沙沉重，飞奔一里路都没法追上姜望，而此时却听到河岸边的周人阵营传来鼓噪声，随即就是轰隆隆的水流巨响。宓妃惊恐的回头一看，只见上游的大雾中露出了几丈高的巨浪，哗哗不断，而自己麾下士卒则惊恐大叫不断。

糟了，坊氏布置的阵法只是被阵法后面的大雾掩盖住了！她脑袋轰的一声，急急地往岸边而去，"不要渡河，有坊氏的巨浪！"她一边飞一边借风传音大呼。

等她到了河边，泥沙已经几乎被大浪轰隆隆的冲散，士卒马上就要暴露在昏黄哗哗飞溅的巨浪面前了，"抛出所有泥沙，全力后退！"她还没飞近，就大喊说。

下游的五千士卒一边顺流而下，飞速急退，一边扯起锁链渔网扬起大量泥沙，但宓妃看巨浪势头，推测应该来不及了。巨浪来势极快，须臾便会接近五千水师，再不拦住激流，不但五千人马，就连渡河大军都要被冲走。她一咬牙，裹身水流急速飞奔到了水师之前，把身上所有渔网都定在了两岸。

她刚定住渔网，就赶上巨浪嘭的一下撞上层层渔网，顿时把巨浪顺着渔网变成数股，部分被导引往河岸边灌入地上去了。

此时渡河的三师士卒已经大都到了水面上，都惊恐地看着一里路外的巨浪发出的隆隆闷声，会合成一片鲜黄色的浪涛一路急速的冲击，一下子就灌入到几里地之外的树林里去了，而下游的船队仅仅随汹涌而来的水流冲退了几百步。

姜望飞近巨浪，看到浪花四溅，嘭嘭作响，知道是宓妃一人在岸边树下，御使着两岸的泥石树木拉紧网罟。此时她周身泥水嘶嘶飞溅，散去了激流冲击。而他一飞近就觉得激发蓄气受阻，气血冲脑，只好又急忙退开。

"宓妃，你不要逞强了，这巨浪不是你一人能挡住的！"姜望一边大喊，一边从葫芦里放出少司命，要让她看到这一幕，劝解宓妃。少司命被金钩箍住，却仍然清醒，她看到昏黄的泥沙和水浪从渔网中飞溅，周围寅卯辰三气护体，就知道是母亲在一人抵挡。

"母亲快退开，水浪冲击已经快完了，交给后面的水师去防卫吧，不要再独自抵挡了！"

姜望急忙封住少司命喉咙，让她不能再说话，"坊氏蓄积了半个月的水流冲击，哪里会这么快流尽，你再不出来就只能葬身你女儿跟前了！"姜望大呼道。

但宓妃仿佛没有听到似的，继续施法，不断散去水里的泥沙冲击，并聚起大量泥沙固定绳墨，使渔网阻住大浪。然而，听到少司命呼声，坊氏却有些忍不住了，他急忙飞近在半空一侧的任桓，"快想办法，聚起的水流冲击确实快要消耗完了！"

这拦河法宝是坊氏十日前利用备战期间布置的，并没有姜望所说的半个月之久，而即使有姜伋指挥士卒布下大量草木气推动水流加倍了冲击力，也不过一小会儿就会耗光。

任桓听得，就撒出了大量割刀，卷入大浪中，立即使巨浪长出巨大的兽牙，轰隆隆的扑向宓妃的渔网。激流中不断射出草刺和割刀，就连半空的姜望都被逼退，卷起的草刺与割刀如一道道圆形利刃一样迅速切断所有渔网，随着嘭嘭嘭的巨响，随即被突破，巨浪瞬间把宓妃的护身水流吞噬，在渔网破开时仅剩的些许导引作用下，这巨型激流有些偏向的顺着拉紧渔网的绳墨朝宓妃所在的岸边卷入草木土石，化作一副高楼大小的黄泥巨兽，一路呼啸地冲上岸去了。

"不要……啊！"少司命忍不住嘶哑着声音喊出，姜望则急忙牵着她追随巨轮往岸边而去。任桓则已经附身在浪头上，踩着水浪疾风加速跟上而去，激流失去动力，开始减速，涌出了一里地之外，才扑倒在雪地上。

姜望跟上，远远看到宓妃现形，身上的褐色网罟甲胄映衬着被泥水染黄的积雪，特别显眼。他和任桓上前，看到宓妃一动不动地躺在昏黄的积雪上，鲜黄色的泥水在她周围汩汩的流动，好似她的鲜血一般，急忙放下少司命，开始为她输入魂气与气血。

这时姜伋也赶到了，他和任桓看着地下的宓妃，知道这就是姜望故友，"不如等回去后再救治吧？"他和任桓劝姜望说。

但一旁的少司命已经急得泪水涌出，"若不救活我母亲……你们都要死……"她沙哑着声音说。

姜伋看到少司命跪倒在宓妃躺着的雪地面前，丝丝乱发后露出一张俏脸，咧嘴扭曲，头上积水也因丧失神力不能抹去，便有些不忍，立即出声阻止了姜伋与任桓的劝说。

姜望尝试疏通血气，但却发现宓妃身子已经僵硬，他只好起身看着姜伋和任桓摇摇头。但就在三人愣神之间，一阵杀气同时从地底下和身后半空中袭来，三人立即察觉地下冒出三股气息，空中则是一股锐利之气杀到，而他们自身已经不太能运用神力，腿上的宝玉和佩刀也开始啪啪崩坏。

趁地下气息还没有攀援身体上升，姜望急忙稍微晃头，头上玉环对准阳光感应的光热迅速聚焦，立即聚起一道火热的日气嘭的一下搅乱了时辰气。三人神力束缚解除，各自散开了。而空中杀气中一人现形，正是司命官，他铁青着脸，抱起地下宓妃就收在葫芦里，回头就走。但随即就有一团白亮的云雾急速朝他追袭过去，姜伋和任桓也急忙尾随追去。

"吕侯，不要走了司命官！"魓氏附身云团里，他回头看到只有任桓和姜伋来追，姜望却牵着少司命立在原地不动，就对他大叫。

不过百步，司命官就被这团白亮云雾的聚光追上，被一下子点燃了。魓氏近前，正要以强光罩住他，却猛然看到火焰里飞出一柄热浪滚滚的耀眼利剑，当唧一下切开自己周身的云雾风压,把自己刺穿,风压随玉粉四射散去。

司命官刚从附身的利剑上下来,还没来得及割下魄氏的头,就迎面有雪花飞溅的巨轮朝他碾压过来,而姜彶也发动了一道疾风从侧翼拦截。司命官看了一眼剑上的染血,杀性大发,大吼一声就滑开姜彶的疾风,一路飞奔,脚下十步之内的地下雪花都飞扬到了半空,顿时化作未时气旋风,直扑大雪轮。

这雪轮一碰上司命官,就被他周围聚起的大量未时旋风嘭的一声撞上,擦他而过,扫过积雪泥土飞溅的地面而去。而随着他飞奔加速,积雪旋风也在加剧,朝姜彶他们冲去。姜彶虽然腿上借法法宝都被损坏,但身上还有些感应宝玉,仍然能够滑开旋风,任桓却被旋风卷入,摔得吐血,在积雪大坑里一路滚了过去。司命官从半空飞下,利剑就要刺中在地上翻滚着的任桓,却被姜彶从斜刺里杀出,带着任桓滑开了利剑冲击。

司命官正要追击,就觉得身上行动滞塞,他这才知道那个少年是姜望嫡子,得传了神力,他闷哼了一声,不再去与姜彶纠缠,就飞身往渡河地点而去。但刚飞百步,他就被空中水雾急速朝自己聚集,使他减速。但他丝毫不惧,水雾一靠近他,就化作冷热疾风散开,反而为他推开了水雾的持续聚积,他则继续加速去了。

这水雾是挚壶氏聚起的,他看没能阻挡住司命官,就过来质问姜望,"刚才为何不阻止司命官,至于魄氏被杀?"

姜望此时牵着在一旁低头跪倒抽泣的少司命,只立着不动,这时才回过神来,"我刚才在琢磨司命官的神术似乎进步了,才没能反应过来!"他抱歉的回答。

挚壶氏哼了一声,就飞走了。

姜彶扶着任桓过来,看到父亲仍然在愣神,就为他鼓劲,"别难过,至少姐姐有救了!"

"我宁死……都不会……帮你们解毒……"少司命此时霍然起身,嘶哑着声音喊道。

"你不救,我现在就送你去见你母亲!"姜彶挥手掐住她的脸,靠近她说。两人都呼吸浓重地对视着。

"算了，少司命跟她父亲一样，都是不要命的人，你硬来是不行的！"姜望便劝解道。

两人牵着受伤的任桓往大军集结地而去，才接近大军，就听到对岸司命官如雷的大吼："大司命的宓妃已经为了挡住上游激流冲击阵亡，我们不赶快渡河为她报仇，更待何时！"

因为之前宓妃借风传音提醒，冯夷族五千水师与渡河殷人都退到了岸边，而滔天激流仅仅把少量船队冲走。此刻岸边顾氏出声大吼回应司命官，接着在邓侯等人的呼声下，渡河士卒都齐声应和，斗志昂扬的开始渡河。

而泰逢已经在水面上升起浓雾笼罩，并且持续在水上聚光，照得发亮的河水则不断升起浓雾，这补充使得大雾迅速往水面的上下游扩散。周氏在军中，眼看殷人船只靠近，大船上载着的是浑身兕甲、手持干戈的士卒。他便尝试的发动一击，果然只"嘭"的一声巨响，浓雾被冲击搅动剧烈翻腾，顿时整个河面都如一锅滚烫的沸粥一般，顺着河道延伸过去，四五里内的翻腾大雾里都开始下起了大雪。

周氏只好命令士卒后撤百步，只等殷人上岸。

泰逢看到岸上没了河水补充，大雾散的很快，就不敢上前，只留在河岸边继续聚起浓雾往岸上推动过去。

殷人借翻腾的浓雾成功登陆，一字排开，绵延岸边三里，妲己中师的一侧是司命官军开始在浓雾的掩护下上岸。但在岸上，大雾不够掩护殷人，而姬发军虽然只有二气田阵，却因为有姜望在阵前加倍冲击，战力依旧猛烈。司命官军则仍然只能勉强化解冲击，士卒们则也被困守岸边，无力推进。

这些司命官左师的先锋其实都是黎人，由伊耆女在阵前指挥，她在半空看到自己族人被阵前一阵阵冲击阻挡，僵持着丝毫不能前进，又隐约看到对面旗帜里飘扬着姒疑的犁娄氏"犁娄"形的族徽，就忍不住高兴地大呼，"姒疑哥哥，是你在对面吗，这里都是黎人旧部，你可以先退后让我们过去吗？"

姒疑听了大喜，这些士卒没有树立旗号，他本来认不出是黎人的，这时急忙交代姜望和姬发停止冲击，然后立即飞身到了阵前半空，"黎人听着，我就是犁娄氏族宗主犁娄疑，我现在已经劝服周人不打你们，快投奔过来吧！"听到这话，姜望、姬发也都会意的暂停了钟鼓，以及阵法的发动。

对面的黎人千夫长当然认得是姒疑的声音，又看到周人立即止住了冲击，就发声喊，吆喝士卒如潮水般朝周人阵地飞奔过去了。在后面岸边督军上岸的邓侯暗暗叫苦，急忙飞身过来，"伊耆女，赶快命令黎人停下来，否则你要受刑！"

姜菀愉看到士卒都不听自己指挥，往周人阵地飞奔过去，早已惶急不已，追了过去大声命令士卒停下，但他们只认姒疑旧主，对于以前既没有率领、这三年又没有训练过他们的姜菀愉，哪里肯听？都不顾后面邓侯制止，一路飞奔过去。

仍然在水面上监督自己麾下殷人的司命官此时咬牙切齿地飞身过来，对着一位黎人千夫长一剑刺穿，吓得正要上岸的黎人士卒不敢动弹了。"对着逃兵冲击！"他借风传音大吼着命令刚上岸的黎人说。

这些黎人听了都有些犹豫，毕竟在对面奔逃的是自己族人。但司命官此时已经双眼血红，他飞到半空，回头对后面殷人士卒大吼"听我剑响号令，如果岸边的黎人再不动，你们就发动冲击！"他借风传音很大声，就连奔逃的黎人士卒也听到了，他们虽然有些犹豫，却不自主的逃得更快了。

司命官身后的渡河殷人都齐声大吼回应。这下在岸边的黎人千夫长害怕了，看到一阵白亮的剑光撞倒一片奔逃的黎人，发出"铛"的一声大响，就都开始指挥士卒对逃亡者发动田阵冲击，嘭嘭嘭的巨响之后，还未及奔逃至周人阵地的黎人都被活生生的击倒在地。这些出击的黎人既会田阵，又训练出了十二子气息合化法，所以每一击都有共鸣震击，使得冲上去救援的周人即使阻挡了些，却不能防御。

不一会儿，奔逃的黎人就被消灭大半，横七竖八地躺在地下，急的姜菀愉就要上前去周人阵地找姒疑，但被邓侯拦住。而此时，姜望和姬发已经指挥士卒列阵上前猛攻，呼啸的疾风把在半空中逡巡的邓侯和姜菀愉逼退。

周人继续逼近刚上岸的黎人，而黎人人数已经不多，没法散去这么多强劲的冲击，被嘭嘭嘭嘭的一阵撞击击溃，大部分都措手不及地掉入水里去了。

司命官看到黎人士卒如碎石入海一般啪啪啪被击飞掉入河水里，而岸边二师，妲那边还击猛烈，自己这边阵前则已经都是尸体，不由得冷静下来了。

随后的五千殷人左师和宓妃麾下的水师也开始陆续登陆，急需他振作起来去指挥，但他胸口却仍然如压巨石，拖着身体飞过去，吆喝着伊耆女和邓侯，和他们一起指挥士卒上岸。

妲己中师也已经开始布满了刚上岸的山猸兽。这些猛兽身上兕甲包裹全身，口吐疾风配合阵法朝周氏军扑去。冲击虽猛，但它们本身却禁不起冲击，眼看一排排倒地不起的山猸兽伤亡远大于对阵的周人，妲己命乐师延和鬈女督军，按捺不住地叫上郁垒和少宗祝，以及雨师妾、郭氏、爽鸠氏和嬴来，要一起往阵前飞去。

"你二人的门阵能承受住两边阵法对攻的杀气侵袭吗？"妲己一飞身，就对身边的少宗伯官和郁垒喝道。

"只要不正面遭到阵法冲击，应该可以支撑！"郁垒说。

"试一下吧，有你的巨剑牵引杀气，应该不至于被集中的战力攻击！"少宗伯则说。

"但万一周人牵引阵法冲击绕到半空冲击我们，我们岂不是都要一击被杀？"郭氏和爽鸠氏怀疑道。

"这个你们不要怕，巨剑能顺着杀气变形，无论从哪个方向攻击都会被阻击！"妲己自信的安抚他们说。

"我相信王后的神力！"雨师妾说，"再说我也有新练成的霓虹阵法可以引开一些冲击！"她这些年跟妲己在沫城，被狍鸮兽群的战力所折服，对她的领兵十分放心。

"如果我们再不上前，用巨剑杀气牵动攻击，我们的人马一定会先损耗光！"少宗伯激励他们说，二人才有些放心。

"方氏！你应该更加不可推辞了吧？"妲己又转向嬴来问道。

"我自然上天入地都无妨，且无需跟你们躲在门阵里，只化风在半空逡巡吧！"嬴来一副满不在乎的样子，他对保护巨剑不感兴趣，只想着趁机偷袭宗师。

"走了！"妲己对众人大呼道，"成败在此一举！"她说话间，已经扬起巨剑化作两柄，如两条紧盯猎物的巨蛇一般定在两军对攻的阵前。这下，两边的箭矢冲击一放出，就把巨剑吸引过去。"嘭"的一声巨响，冲击在巨剑交汇之后，双方阵前顿时一片杀气炸裂，双方冲击都顺着巨剑三棱随金粉散射而去，双方前排士卒都不得不以盾牌挡住回弹的冲击。而在阵前御使巨剑的妲己等人承受杀气反噬颇重，但他们周围早已布满光晕热气，且包裹了少宗伯和郁垒放出的密密麻麻的藤索，受巨剑牵引所散射过来的冲击只使得这些系着彩玉的藤索断成两三段，杀气则完全不能侵袭。

妲己虽然能够以三赏之法御使巨剑，而使自身免受杀气侵袭，但此时巨剑用于平衡两方的猛烈相冲，被两边的撞击牢牢扯住，早已超出了她所能御使的力量，所以即使应对的是散射的冲击，也要在以玉串光晕保护之外，加上门阵防御。

透过藤蔓和扬起的尘土积雪，妲己看到自己的阵地虽然仍然倒了几排山狲猴，但比之前伤亡，总算稍微减轻。姜望慌忙命虎贲后退至四排之后，周氏则命士卒发动下一击，但这次阵前撞击巨响之后，只见尘土里若隐若现的浮现出两柄完好无损的巨剑，依旧横亘在两军之间，似乎两边根本没有发动过猛烈的撞击似的。

妲己发声喊，山狲猴在巨剑推移的掩护下，跳入周人阵地投出短矛骚扰。周人只好停止了对攻，因为这纯粹浪费箭矢长矛。

周氏忍不住对一旁的兹氏喝令："还不快召集宗师，袭妲己、除巨剑！"

兹氏、常羲氏与嬴媒此时在周氏中师，他们当然看出妲己巨剑似乎是散发玉粉金粉之类凝聚杀气而成，所以才会在两方如此猛烈的对攻中散去冲击，而依旧没有多少损伤，恐怕只有远距离御使他们所祭祀的鸟魂对付妲己了。

三人要争功，便没有再去招来甫氏兄妹和柞氏，而是召呼自己麾下一个井的士卒对着巨大的鸷鸟之魂发动一击。巨鸟包裹住大量箭雨，在一阵凄厉的呼啸声中，以圆弧划过半空，向下往巨剑之间的妲己等人撞了过去。

但这头灰蒙蒙的巨型鸷鸟刚接近妲己等人头上，就被两边的巨剑突然各自分化，多出两柄如巨岩一般的利刃交叉耸立。砰砰砰的一阵巨响之后，交叉的巨剑消失，只化作一片火花炸裂往横亘的巨剑前后飞溅过去，分别被阵前周人，以及殷人的山狲猴所承受。而包裹在妲己等人周围的藤索本来只断成了两三截，经过这一击，就啪啪啪的断成了五六截了。

"这从天而降的冲击引动巨剑的反应太慢，仍然会伤到王后，而再来的一击如果冲击力超过巨剑的话，巨剑就会被耗光蓄气，我们还是去半空中护卫吧！"郁垒回头对郭氏、爽鸠氏与雨师妾说。

"好，我有霓虹可以牵引冲击，你们二人也应该可以抵挡魂鸟吧？"雨师妾对爽鸠氏和郭氏说。

二人都出声应和，"你们四人去吧，我留在这里以门阵帮王后抵挡巨剑反噬！"少宗伯对郁垒他们说。

看到一击之后，不但巨剑没有消失，反而有宗师飞到巨剑上空护卫，兹氏只好暗叹，"不超过巨剑的蓄气，就不能攻破吗？"他对常羲氏和嬴媒说。

"再加上我们三人的十二玉合力吧，我就不信妲己巨剑能抵得过一个井田阵的士卒战力与三十六玉合力！"嬴媒说。

兹氏正在沉吟，就听到周氏大呼斥责，"姑幕氏，叫你们去召集甫氏兄妹合力，你们怎么好独自袭击？"

周氏这呼声很大，甫氏兄妹和柞氏早已从后军赶来，他们也看到了阵前的巨大魂鸟，自然会合到来，要争功。

"世子吩咐要找我们一起合击，怎么不出声招呼就打？"柞氏圆睁怪眼，哇哇大叫说。

"试探一下而已，现在殷人既然在半空保护，长距离冲击就会被事先布阵，牵引转向了，我们只好一起近前围攻吧！"嬴媒面不改色的微笑说。

郁垒刚飞到半空，就倾尽所有藤索包裹住众人布下门阵，而郭氏和爽鸠氏则一个放出血雾，一个放出巨鹰，都延展到藤索之外，包裹住众人。突然，郭氏和爽鸠氏觉得漂浮在外围的血雾和鸟魂正在被搅动散开。

"有人在附近！"他二人大喝一声，话音未落，左侧就有两道剑光射来，而右侧则是柞氏现形，大喝一声挥动双斧劈出两道利刃袭来，而前方和上方都出现了巨大的鸷鸟魂气扑来。

两道犀利的剑光首先穿过外围的巨鹰魂气和血雾，防御还没来得及散去，就已经被射穿。剑光则因魂气波动而只是稍微偏离，一下便射穿了郭氏和郁垒的肩膀。而双斧的冲击则因为不够集中，被鸟魂和血雾散去大半。但随即三只巨大的鸷鸟接近，会合之后，便由兹氏等三人牵引，展翅拨开血雾和大鹰魂气，一击猛撞在藤索门阵之上，"砰"的一声巨响，本来断成四五截的藤索全都因不能承受而瞬间粉碎。郁垒只觉如撞石壁，瞬间被巨大的压力压扁；郭氏浑身厚厚的刀剑防御也都瞬间粉碎，但总算带伤逃出了周围飞舞的藤蔓碎片。爽鸠氏则擅长分散聚合冲击之法，附身于分散飞射的数只小鹰魂鸟里的一只，顺着猛烈的疾风急退到后面去了，雨师姜周围则出现了一片七色霓虹，靠近她的冲力都在水雾霓虹中射偏，擦身冲入高空去了，她本人则瞬间消失在那道霓虹中。

在下面推进的妲己和少宗伯眼看一声撞击之后，漫天都是藤蔓碎片，都在为郁垒心急如焚。而对阵的姜望和周氏本来已经被击退了一里路，损耗了一半人马了，正觉得破敌无望，看到破解了巨剑的守卫，就又都兴奋起来。

"妲己守卫已除，快去袭击她！"周氏借风传音大叫，他不但要激励甫氏兄妹和柞氏等人，还要吸引姬发姬鲜军中好争功的宗师去对付妲己。

"我们快一起移到巨剑上空去，不然被超过巨剑蓄气的冲击击中就糟了！"妲己焦急地说。

"郁垒不知怎么样了，不如撤去巨剑先去击退头上的周人吧！"少宗伯则在为郁垒担心。

"不可！"妲己立即沉声否决，接着又提高声音大喊，"方氏，你们听着，只要我巨剑再撑一会儿，就可以令周人的冬麦阵法混乱了，到时候周人还不任我们宰割？"妲己借风传音大喝道。

这大呼虽然令雨师姜、郭氏、髻女等人振奋不已，但周人却在焦虑，甫氏兄妹更是已经对包裹妲己和少宗伯的藤索门阵发动了两道剑光。此时妲己二人刚移到巨剑上方，要保护巨剑不受集中的冲击，就察觉头顶上下来的剑光了。但他二人却发现剑光一接近藤索周围，就无声无息地扬起了一片七色霓虹，往周人一侧延展过去，迅疾的剑光也擦过藤索，朝阵地中间射去，嘭的一声，沿阵前沟壑两边散去，土石飞溅高达一丈。

妲己和少宗伯这才发现，原来雨师姜之前没有跟郁垒他们上半空，而是一直藏在藤蔓外的雾中，两人正自惊讶中，妲己才想起雨师姜有蜃气分身术，看来飞去头上半空的那个雨师姜就是蜃气所化了，只是那个蜃气分身是如何御使、躲避冲击则不得而知！

此时，周人一边的姬发召氏军已经把司命官的人马阻挡在岸边，丝毫不能攻入岸上。姬鲜军则在与司土官和酒正官的二军交战。司土官军一上岸就被姬鲜阵法冲击打回水面上的浓雾里，几乎没有多少人能上岸。

羲和氏、任女则在高空以一串宽达丈许的几百颗水玉和蚌珠对着太阳连成一片，发出一面激烈耀眼的聚光，划破浓雾，朝司土官军扫射，使殷人睁不开眼、损失惨重。

飞廉氏和杞娄氏飞近周人阵地时，姬鲜突然出现，对他们发动了一击。飞廉氏只从迎面疾风就判断出这冲击在他之上，只好挥出一阵丝丝疾风网阻拦，急忙往回急退。

姬鲜则被那阵丝丝的风网挡住，但他行动极其灵敏，居然躲过大半，只被几丝疾气扫中，划破了皮肉。他虽然三年前被邓侯废去聚魂身体，但慢慢地又以药草与上百死士宗师一起打熬筋骨，以众人的魂气重新炼制出体魄，已经有同时激起十几颗宝玉飞射的爆发力，战力相当于一个井田阵的士卒，这才能逼退飞廉氏，且有足够的敏捷反应躲开丝丝疾风。

看到飞廉氏退入云雾，他也只得返回，"虽然阻止了殷人上岸，但他们也就此不出来，如之奈何？"他回到军中对檀利说。

"我看妲己适才在高呼胜利，估计等一下这边的殷人一定会转而从妲己军那边登陆，我们只要等他们上岸切断他们就行了！"

"果然如此最好！我们只要这边仍然占住岸边，他们就不会怀疑！"姬鲜高兴地说。

姬度和马步此时则在围攻酒正官军。虽然司土官军不能上岸，但酒正官军已登陆士卒周围的云雾却没有被周人阵法冲散，反而在阵地上散发出了大量的酒香气，使周人战意下降。周人无论地下金锤震击还是挥戈的飞石冲击，冲击力都在下降。但酒正官军虽然上岸，却只有二师人马，一登陆就迅速被周人团团围住。虽然他们能以周围干草不断散发香气削弱周人，但本身的田阵发力只有水土二气可以蓄积，也就没法突破姬鲜军布下的棘刺防御。双方僵持。

嬴媒此时正与兹氏、常羲氏一起，与郚氏、爽鸠氏斗法，她往下看到巨剑上不断泛起七色霓虹，就猜到这种水雾光晕能令冲击射偏，甫氏兄妹怕是不能杀妲己立功了。

"我下去偷袭妲己，你们击退那二人应该没问题吧？"嬴媒对兹氏说。

兹氏应了一声，三人合力的巨型鸷鸟已经快要把二人包围了，就算没有嬴媒的御使，应该也不成问题了。嬴媒便急速飞下去，她趁甫氏兄妹在与雨师姜纠缠，取出三颗蓄气冬麦魂气的交蛇宝玉，缓缓地接近少宗祝放出的藤索门阵，呼的一下放出大量冬至节的燥土气，而就凭这燥土裹身，居然隐藏了大部分杀气，而未遭巨剑杀气追袭。

妲己正在阵前御使巨剑往周人推进，而少宗祝则源源不断地汇聚血腥大雾。此时两边对轰已经停止，阵前都堆满了山猙猴和士卒尸体，如果不输送血腥气振奋魂气，迫近周人阵前的山猙和士卒就会因大伤亡而惊恐，战意退缩。

两人此时正觉胜利在望，却突然觉得头上有一股暖湿的青禾芳香在缓慢渗入，这下不但藤蔓，竟然连周围的血腥气和激烈撞击的杀气都在散发芳香！他们俩正觉不妙，就感到周围的激烈撞击使自己激动发热，而各自身上暖烘烘的，却开始变得无力软弱。

"是中了檀利阳鬼的魂气侵袭！"妲己忆起这种胸中心痒痒的亢奋，又似乎缺少双手双腿一样，浑身使不上力的感觉，她虽然语气异常惊恐，说话声却不自主的变成了娇呼。

"这就是中了欲鬼的感觉吗？"少宗祝此时只觉身上燥热，而眼前弯腰娇喘的妲己似乎已经一丝不挂地立在他面前，就连整个遮蔽的藤索都似乎化成了铺满玉串的丝床，外面的嘭嘭嘭震耳欲聋的撞击则似乎是一阵阵的心跳。他忍不住就朝妲己飞过来紧紧把她抱住，似乎受到炙烤的人抱住了一块冰雪一般。

"你振作些！"妲己以短剑放出杀气把他推开说，她虽然浑身无力，但她御使巨剑的杀气有击碎六颗宝玉之力，而嬴媒放出的气息只能化击碎三玉的杀气为性欲，因此还能抵挡一时，但这一分神，催动巨剑的神力已经不够。

"髻女泰逢！"妲己虽然身上无力，但为巨剑推进已经停了下来而着急，就仍然强撑着借风传音喊道，而少宗祝逐渐受到巨剑杀气裹身，身上总算稍微清凉了些。但就在此时，藤索外已经传来鸷鸟的凄厉之声和砰砰砰的巨剑杀气炸裂声，接着“嘭”的一声巨响，藤索受到嬴媒巨鸟引着巨剑杀气追袭猛力一击，瞬间断成数段，如雨般在妲己与少宗祝四周纷纷落下。两人随即在玉串光晕的保护下往自己阵中退去，但嬴媒的巨鸟已经牵动着巨剑上的杀气，再次朝他们袭来。少宗祝知道嬴媒的鸟魂里有十二玉之力，再加上巨剑上的杀气追袭的话，妲己只凭护身短剑是万万挡不住的。他立即取出玉敦朝地下射出一道血腥气，然后呼哨一声，挡在了妲己身前。

“等一下！”妲己看他射出血雾，就知道他要转移冲击，着急的大喊。但已经迟了，巨象般的鸷鸟朝他们迎面冲了过来，正好撞上少宗祝血腥气引来的一群山獾犬射出的疾风，嘭的一下瞬间射偏，而炸裂一路顺着血腥气朝殷人阵中冲上来的山獾犬袭去，在一阵炸裂声中倒了一片。妲己强忍悲愤，以短剑散去余波，上前接住了因洒出血腥气被杀气追袭，击穿了的少宗祝。

“快随我下去御使巨剑！”妲己把少宗祝收在蛇皮袋里，对髻女大喊道。

“可荼氏他……”髻女犹豫地问。

“快走，护住巨剑要紧！”妲己暴怒斥责说。

髻女看她虽然怒火冲天，扭曲的脸上却淌着泪，立即看出了她在强忍悲痛，使她自己也忍不住哭了起来。

但她们俩刚操控巨剑继续逼退周人，就觉得周围似乎开始布满了充满韧劲的气息，就连巨剑下蔓延上来的啪啪零碎杀气炸裂也开始变少了。妲己认得这气息是丝织气，能减缓杀气外泄，可她并没有施术，这又是谁布置的呢？她正奇怪的要问髻女，就察觉身后的巨剑尾端突然一道杀气往上直冲，但突然又转向，划出一道弧线，近前往她二人身上扑来。

“是昆虫氏，快用火攻！”泰逢突然从半空飞至，对妲己大呼道。但妲己和髻女都在凝神御使巨剑，完全措手不及，不过这道杀气冲击在接近二人之时，突然被一道旋转的疾风撞上，顿时把炸裂的杀气散成三股，分别擦身从二人身边过去了。虽然如此，余波还是把她们的甲胄划破了。

此时她们头上出现了弇兹氏立在半空，“妲己，受死吧！”她说话间，已经有一道丝织气在二人周身收紧缠绕，柔韧的没法挣脱，但妲己本身就会煮丝之法，这不过几步范围内的丝织气缠绕对她来说只是儿戏。

随着她二人周围的光晕中开始冒出热气，束缚就解除了，而刚才使冲击散成三股的自然也是弇兹氏了。妲己想到这一点，立即感激地望了弇兹氏一眼，但二人喘息未定，就有三道冲击同时从巨剑上升起，朝她们扑去。这次妲己眼明手快，已经取出短剑，朝冲击射出三道热浪。她的一柄短剑其实仅够牵引一道冲击，此次分出三道热浪，短剑蓄气自然不够牵引之力。果然，即使热浪轰的一下烧去了牵引杀气的虫网，但杀气炸裂本身却只嘭的一声，稍微停留，就又开始逐渐剧烈，沿着妲己射出短剑的热浪朝她扑去。

"妲己，跟你的巨剑一起死吧！哈哈哈！"昆虫氏看妲己的短剑没法阻止杀气追袭，一想到她会被自己的神力所杀，兴奋地哈哈大笑道。

但此时妲己与髫女周围突然多了一片七色霓虹，杀气冲击就在附近被引开射偏，而一道冲击也朝笑声传来的半空中飞去。昆虫氏本来藏在光里，不露行迹，却掩盖不了杀气，这下才仓皇逃出百步，就迅速被杀气冲击追上，随着一串炸裂声越来越剧烈，接着一声惨叫，就看到河岸边半空的一片彩虹中有一具尸体坠了下去。放出霓虹和冲击的自然是雨师妾，她是听到妲己求救，又看到藤索阵法已破，才先用蜃气分身把甫氏兄妹缠住，再急忙飞来的。

"王后在下面怕是撑不住了，方氏又靠不住，我们再不奋力一击，恐怕也要遭到追杀！"郭氏对爽鸠氏说。

"好！博一下吧！"爽鸠氏热血上涌说，随即放出一群大鹰血雾急速绕着猎钩旋转。猎钩不断提速，带起的大鹰血雾如刀割一样使二人甲胄碎片纷飞，遍体鳞伤。他们俩本身都学得妲己御使杀气，又被地下巨剑四射的杀气激得杀心爆棚，舍命一击的壮烈顿起。郭氏取玉杵，透过血雾和魂鸟，隐约看准常羲氏猛地朝血雾猎钩撞去。这急速旋转的金钩在玉杵猛击中突然释放，穿过血雾和魂鸟时猛地带起一条血雾聚成的魂龙，呼呼地射向常羲氏。

常羲氏和兹氏还没能反应过来，就看到巨型鸷鸟内部的血雾翻腾不但更剧烈，四散射走的冲击也更频繁，还被一道猩红的血龙在一串激烈的砰砰砰炸裂中迅速射穿。兹氏只看到自己前面一阵猩红的魂气炸裂，周围宝玉刚刚亮起，就听到常羲氏一声惨叫，而她身上已经被一道血红击中。他看到常羲氏身子似乎被猎钩压弯一样，在支撑不住的瘫软，而两头鸷鸟也在脱落分离，急的猛然一声吼叫，过去扶住了她。他随即连声吼叫的牵动巨鸟冲上去，却看到巨鹰已经在散去，而郭氏爽鸠氏已经往河边逃去了。

兹氏还在查看常羲氏伤势，没来得及抬头，就遭到嬴来的数道锋利的斩击削了过来，幸好周身宝玉还在，把斩击砰砰砰几声散到鸷鸟魂里去了。

虽然他没有受伤，但却被这骚扰激起愤怒，头脑都要炸裂了，大吼着射出杀矢，牵动鸷鸟扑向方氏，但由于二人距离过长，被他化风轻易躲开。

这时嬴媒上来，放出魂鸟赶走了方氏，兹氏才得以喘息，一脸抽搐地把常羲氏收在扇贝里。嬴媒赶走方氏飞了过来，看到父亲脸上在颤抖，又不见常羲氏，就猜到了战况。

"我刚刚破了门阵，杀死了少宗祝，我们快一起下去杀妲己吧！"她急忙对兹氏劝道。

"不！快快随我去追杀那二人！"兹氏说着，已经重新聚起鸷鸟，朝郭氏爽鸠氏追去，嬴媒无奈，也只好跟在他身后飞去了。

此时妲己已经凭巨剑逼退周氏军一里路了，司命官和司土官军果然等妲己骑兵上岸，也尾随登陆。虽然司命官军一上岸，就遭到姬发军的围攻，但司土官军登陆的一侧则没有遭到姬鲜兵马的阻扰。姬鲜等司土官军大都上岸，才猛地撤走对酒正官军的围困，全力奔袭冲击司土官军。

司土官军还没来得及布下寝正官的阵法防御，而大雾也在散去，焦急万分，这时对面又传来姬鲜狂叫："我知道你们是司土官麾下，战力怕是连黎人都不如，现在效仿黎人投降还来得及！"说罢，他哈哈狂笑。

司土官当即大怒，跟飞廉一起破开云雾，朝声音传来的地方飞去。

姬鲜看到司土官飞来，一阵狂喜地冲上去，绕开飞廉的丝丝疾风，直冲向飞在前面的司土官。他有近一个井田的士卒聚魂，行动自然要敏捷于飞廉的八风合力，司土官刚以教象发出一阵光芒来压，就被他一击穿透，并随后咚的一声打飞了定在身前的玉铎，本人也被击穿胸甲。

在后面的飞廉大吼一声，飞至二人头上，发出数道锋利的斩击，但却被姬鲜挥舞两边绳墨旌旗，牵引飞刀偏向擦身而去。绳墨因承受不住这么强力的斩击，砰砰两下被拉扯断，旌旗划破。但姬鲜却仗着自己有聚魂，仍然不退，要飞来抢司土官坠下去的尸体。

"司土官已死，殷人速速投降！"他一边狂笑着对地下交战的殷人大喊，一边葫芦收起司土官，又朝飞廉袭来。但突然遭到冰冻、暑热、沉重、肃杀的四道旋风围困。对于他来说，这风的迅猛虽然都不足以伤他，但他却一时被这些风气所伤，连他的聚魂体都有些不能承受，变得半身麻木，半身冷热不调，半身刺痛。飞廉氏正要发动猛力一击，却冷不防被羲和氏的聚光从头上射下，饶是他闪得快，还是瞬间被灼伤头部，连铜盔也被融化。聚光扫射不除，免不了要受伤，他只好又飞身上去，一击把定在高空的一排水玉击碎，但耀眼中他不能察觉羲和氏元气，也不知道是否击伤了她。

利用飞廉飞身上高空的喘息，姬鲜已经急速突出旋风包围，他刚击败司土官，正好意气风发，就要上去杀飞廉，突然觉得周围的喊杀声和撞击声似乎迅速由小到大，骤然变得如雷鸣般在耳旁响起，而自己身上的骨肉居然也跟着巨响，不自主地发出咚咚的震动声，几乎就要掉下地去。他急忙低头查看，才发现自己盔甲上多了许多筋线横竖围困，正随着砰砰砰的巨响有节奏的震颤。他大怒一击扯断这些丝线，但就在扯断瞬间，自己身上骨肉关节猛地发出上下音调的振响，骨骼闷声如雷鸣，关节当嘟如玉石，牙齿铮铮如金铜，而脑海里则一片翻腾，几乎使他晕厥。他愤恨地四下张望，要找出布置埋伏之人，却刚好看到一人往战场外侧的地下飞去了。

那人正是乐师子延，他本守在妲己军中，让乐师擂鼓激励骑兵向前，但听到姬鲜大吼司土官阵亡，就飞来助战了。

他虽然不满在保黎之战中，司土官和箕侯不顾大局去救护自己封地，但毕竟为司土官练兵多时，也学到了些教训士卒的神术，终于不忍过来一看究竟。他在半空布下无数丝线，要把战场上的厮杀声都聚集在姬鲜身上，使他身体震颤而死。但可惜他只有五丝之力，震动发起后加倍也不过刚好抵过震碎十颗宝玉之力，自然没能杀死姬鲜。不过，他却因在各处布下丝线的颤动，察觉到了羲和氏的所在，就急速朝下面的震动之地扑去。

羲和氏虽然能在日光水雾里藏匿形体以及元气杀气，却没法遮蔽声响。她看到高空中布置的水玉聚光被击碎，正要回到姬鲜军中，却被子延布置丝线聚起巨响，身上有节奏的震颤不已，几乎不能移动。

子延飞身下来，判断出她身子振响发出的地方，一举以丝线捆住，使她现形。他正要问起司土官之事，就遭到头上一阵猛烈的疾风冲击而下，他也不惧，先挥手迎风扯直五丝，再牵起羲和氏在地上飞奔躲避。但就他这一缓，猛烈的木锥已经撞断了五丝，接着就嘭的一下打在羲和氏与子延身上。

子延与羲和氏身上都有筋线缠绕着与草木连接，被撞击之后立即发出大响，抵消了五丝断裂聚起的巨响，冲击也被散入周围草木。但这冲击虽然被五丝挡下，却含有散魂之气，羲和氏被困无法施法，当即被扩散下来的疾风散去了魂魄，瘫软在地下，而子延则因为身上拉起了五丝，他又从髻女那里学得妲己的三赏之法，五丝光晕保护他免遭散魂之气的侵袭，飞身走了。

姬鲜一击之后，身体立即遭到各种音调的震颤，身上各部位不同振音几乎要把他撕裂。他因为之前扯断丝线逃走时遭受过这样的冲击侵袭，所以这次攻击子延时，特意只御使了一半的蓄气。但果然还是令人难以忍受，等他缓过神来时，子延的气息已经消失在战场上的漫天尘土中了。

高空中飞廉适才也受到了些许丝线震动的侵袭，他年老，只觉骨肉都要粉碎了，支撑不住的化云雾风回去了。只剩下姬鲜愤恨的朝地下飞来，看了一眼躺在地下不动的羲和氏，就收起了她身上的丝线，要拿回去寻找破解这丝线的振响的神力。任女此时也飞过来了，她是看到高空中的一串水玉被毁，而羲和氏又迟迟不回，才担心的赶来的，却一眼看到地下躺着不动的羲和氏。

"这是怎么了！"她跑过去，却发现母亲已经僵硬，抽泣地望着姬鲜说。

"我是让你们母女二人一起来，怎么就你躲在军中不出？"姬鲜根本不在乎任女感受，反而要把刚才受罪的气发泄到她身上。

"我母亲怎么……是被散魂了吗？"任女没能找到伤口，立即省悟，对姬鲜哭喊着质问说。

"谁让你母亲这么没用，连散魂余波都避不开！"姬鲜轻蔑地说，"她没能拖住那宗师，死得其所，而你居然违抗我命令不出现，等着军纪受刑吧！"羲和族在他眼里不过是刚释放不久的东夷氓隶，所以对任女仇恨的眼神毫不在意，骂了几句就飞身赶到阵中指挥士卒去了。风婉含着泪水，她知道自己完全不是姬鲜对手，只能忍痛把羲和氏装在蛇皮袋里，默然要往姬鲜军中回去。可她一犹豫，突然觉得周人胜利的呼号声这时在她听来似乎是一种叫嚣，便只好又恨恨地飞到高空，要往周氏军中飞去，那里有她的心上人姒疑在。但她只飞了一会，就停下来了，姒疑这些年对她的冷漠涌上心头，她一转身，在日光护身下，往姬发军中去了。

飞廉还在半空，就碰上杞娄氏上来，他是听到姬鲜大喊，着急他父亲才赶来的，一问飞廉，才知道司土官已经阵亡，顿时就要上去杀姬鲜，但被飞廉以疾风压制住。

"你去了也打不过他，况且我军已经人心惶惶，再不督军就溃散了！"飞廉大声喝道。

两人正争执间，却看到妲己的山獋猴骑兵已经掉头冲击姬发姬鲜的人马了。原来司命官的一侧已经压制，姬发军仗着人多，开始进攻妲己军一侧，妲己腹背受敌，不得不停止追击周氏军，掉头要先阻击姬发姬鲜的人马。两人只好飞到军中，指挥士卒一边抵挡，一边往河岸边后撤。双方僵持了一会，就开始降下雨雾，意在各自罢兵。妲己看到雨雾下降到阵地上，士卒都开始退却，愤恨地叫来泰逢等人。此时她损失了大半山獋猴骑兵，又有折了郁垒和荼氏的怨恨，一下对着泰逢、髻女和子延全都发泄出来，"没有我的命令，谁让你们降下雨雾的？"

"苏忿氏此时已经击退了邮氏兵马，正屯兵在河对岸，我们若不留些兵力，怕是连渡河回去都不能了！"郭氏和爽鸠氏劝解说。他们俩在接力击中常羲氏的时候，激起猎钩蓄气过度，自身被高速旋转的血雾所伤，已经全身爆开裂缝，总算因为离阵法不远，靠进入水面上云雾而摆脱了兹氏追击。

"是啊，王后，郁垒氏和荼氏已经不幸，我们不能再任由士卒也伤亡下去了！"髻女也哭叫着劝道。

妲己看到郭氏和爽鸠氏身上兕甲全是划伤，脸上也裂缝遍布，凝固着血块，就咬牙哼了一声答应，让子延去呼喝停止骑兵冲锋。

随着一片雨水降下，周围视线越来越模糊，周人殷人都开始停止发动阵法冲击，似乎这退兵已经得到双方默认。

"快撤！阵外有剧烈的日气压制下来了！"子延飞过来对妲己说。

随着浓雾变薄，妲己抬头看清了大雾之上是十几颗越来越光亮的圆球。她认得这是西羌人的聚光之物，想这里已经是岸上，没法补充水雾，而现在这点小雨雾不一下就会被烤干，只好下令急速撤军。

大雾上方的蓐收氏看殷人骚动后撤，就要牵动混敦兽追击，逐渐靠近大雾，殷人阵中大雾开始消散。妲己愤然而起，飞出云雾，就要以巨剑把混敦兽击落，却没能察觉到这些兽群的杀气。原来，这混敦兽本身早已被驯服的温顺，只是忠心的抓住聚积的光热日气的铜盘而已，因而不会显露杀气。

妲己便把巨剑分成两柄，发出两道热浪，嗖的一下正好击中两头混敦兽，顿时使其融化在热浪之中，并被热浪倏地往高空延伸去了。妲己正要追击蓐收氏，却被周氏二十四玉璧拦了下来，巨剑撞上二十四玉璧包围圈，杀气顿时蔓延。但周氏看这次杀气虽然在玉璧之间激烈消散，却高亮耀眼，从混敦兽群引来了高热。他还没来得及收回玉璧，就被高热逼得后退，二十四玉璧瞬间融化。

退开的蓐收氏看妲己巨剑厉害，急忙牵动兽群往高空飞走。姬发姬鲜军这边听到骚乱和神力撞击，都又发动阵法开始再战。他们本来愤恨的要继续阻击殷人，但看到妲己独自立在大雾之上，周氏二十四玉璧又被摧毁，知道有巨剑在，再战下去也是僵持而已，也就慢慢退开了。

妲己、司命官、司土官残部退到河边渡河，果然发现对岸已经被苏忿氏占据。妲己御使巨剑飞身出来，对苏忿氏大喊，"哥哥，你要与我为敌吗？"

苏忿氏隐约看到巨剑从薄雾里透出，就没有做声，悄然撤兵。等妲己兵马渡过河，雪地上已经空无一人，而当他们率领兵马一路追击苏忿氏时，却直到苏地，才看到苏人已经在城墙上摆好阵势了。

"妲己，你要征伐自己的族人吗？"苏忿氏在城墙上大叫道。

"哥哥，如今我击败周人最强战力，你何不就此转投我麾下！"妲己大呼。

"恕我苏族勇士只能用于自保城池，不能用于征伐，当然，自然也不会用来袭击本族宗子的妹妹！"

妲己这才想到适才苏忿氏不但没有与自己交战，反而急速退走的用意——自然是不愿意被逼交战，导致被劝降之类的事情发生。既然知道了苏子的决心，她只好放弃攻城，率军回沫城去了。

少司命、宓妃篇

周氏等殷人完全撤走，才命令士卒放松阵势。此时姒疑麾下的五千操练冬麦阵法的士卒几乎损失很大，姜望的一排也全部阵亡，就连周氏麾下的先锋士卒也少了大半，自然没有力量追击了。姬发姬鲜军虽然伤亡不大，但却被这不过持续一个时辰的对攻弄得疲惫不堪，也无心再战，全军都开始往孟城撤退。

姜望喟叹不已，"若不是被妲己御使的杀气拖入了消耗战，此战也不会如此惨烈，以至于司土官、昆虫氏这些十年前为大商支柱的宗师都阵亡了！"他对一旁的申妃说。

"嗯，我看到了，妲己巨剑周围杀气追随，我根本不敢靠近，常羲氏则是被已经受困的殷人突然爆发，一击击穿的，我连想都没想到！"申妃与姜望骑马慢行，一边说。

"宓妃在抵御聚力水流时被卷入进去阵亡了，你看到了吗？"姜望突然想到当时她有可能在那里，就提起了。

"看到了，我本想去救，但实在还是不愿意去插手……"申妃有些伤感地说着，却猛地一瞥看到姜望在呵呵笑着望着她，她才明白一不小心就说出自己行踪了。

"看来你一直在暗中跟随我嘛，怕我受伤对不对？"

申妃不自然的吞吞吐吐，"我不过是……那时正好……"她说不下去了，转而低声，"宓夫人那时其实是不会让我们救她的，你不觉的吗？"她细细的低声说。

姜望想起她的套索应该有可能加和她与宓妃二人之力，强行把宓妃扯出来的，"这么说你那时用套索尝试救她了？"姜望惊问道。

"嗯，我当时附身在灌木丛里，伸出套索套住拉扯渔网的绳墨要扯断拦截渔网，但她既不放手，也不理睬，我就只好放开了……"

"为了救下她的五千族人和渡河殷人，想不到她会拼命于斯……"姜望喃喃地说。两人正说话间，姜侅协同任桓来了，催促姜望放出少司命，要立即审问她为邑姜解除蛊毒的神术。

姜望随即从葫芦里放出少司命，她出来看到不但有姜望等人，还有申女在场，就想起了自己的母亲，本来泪干了的眼睛又开始湿润了。

"你也别怪我们，你母亲其实是为了救渡河的殷人才阵亡的！"申妃看少司命阴沉着脸不说话，就主动劝说。

少司命一阵冷笑。

"你笑什么？你父亲那时都只对付袭击他的魂氏，而不肯主动对我们下毒手，你难道还要有怨言！"姜伋不满她的态度，斥责说。

"我既然被擒，当然服输，你们先放我回去，等我取了蛊虫就会为姜女解毒！"少司命冷笑不止。

"等你回去，我们还能解毒吗？"姜伋看她冷笑，认为她在说笑，大怒道。

"你只要说出制蛊所用为何物就行，解毒由我们自己来！"姜望便说。

"我就知道你们不愿意信任我，放我回去的，"少司命笑得更冷了，"恕我直言，这样的话，我也不会信任你们，我告诉你们蛊虫了，你们还会放我回去吗？"

姜望申妃等人看到此女巧舌如簧，都有些无可奈何。任桓冲上去就用玉环套住她的头部，"跟一个被擒奴隶说这么多干嘛？"随着玉环转动，少司命头部、颈部手脚都被强劲的旋转力扭动，只听骨肉咯咯作响，她浑身都被拧成麻绳一样，甚是骇人。

"再不说我就要扭断你的脖子了！"任桓喝道，但少司命松开咬着的牙齿，吐了一口带血的唾沫，丝毫不做声。姜望夫妇看到，急忙喝令任桓住手，"算了，她知道我们不会杀她的，而这点痛苦不可能令她屈服！"

少司命随后即被金钩和玉环镇住神力，关在孟城上宫后院，与众氓隶一起劈柴。

但这以后，任桓看少司命如此顽强，又想到妲己巨剑厉害，暂时也就不愿意封在西土。他跟姜伋回吕都大宫带上做质的亲族以及法宝，向姜望道别后就离去了。

原来，任桓父亲司工官是让自己的小儿子封在西土，为薛族血脉在西土留个小宗，以防帝辛或妲己征召薛族上战场导致族灭的。姜望看任桓带走了亲族，自然认为司工官族放弃了在西土封地的打算。

少司命随后即被金钩和玉环镇住神力，关在孟城上宫后院，与众氓隶一起劈柴。

任桓一走，姜伋就自己来审问少司命，他飞到上宫后院时，看到她正在狠狠地挥刀劈柴，似乎是在发泄不满。

"如果没有什么事，我就先下去了！"她就要下去，被姜伋拦住，在她手里塞了一块四节接合的玉符，就先独自走了。少司命看着手中精致的鱼钓玉符，猜想这大概是吕氏宗族亲信出入的符节。这一下子她居然有些迷惘。

这些天姬发在孟城赏赐立功之人，姒疑封在黎地的请求却遭到姬发、周氏、姜望等人的一致拒绝，被留在孟城，与檀括一起监军。他愤然拒绝，扬言非黎地不去。姬发等人立即联合诸侯伯对他施压，讨论结果是他继续归在柞氏麾下，助各个侯伯训练冬麦阵法。兹氏父女继续封在北土祁邑，而嬴媒则被周氏允准，可以自由巡察河下各国，监视洛地、戏地和霍国等。这令柞氏、甫氏兄妹极其不快，特别是甫氏兄妹，此战最为奋勇向前，却没能杀得一个首领立功，只能眼睁睁地看着姑幕氏族壮大。

而少司命这些天居然也出乎她意料的自由，始终没有发现姜伋派人监视她。这几天她谈起墨氏兄弟拦车之事，才得知鱼钓玉符是吕氏族亲眷之信物，左思右想之下，她索性去了俘兵营，找墨氏兄弟和庞青商议出逃对策，也为了试探一下姜伋的底线。结果不但一路没人阻拦，就连到了俘兵的劳役营地，也只是取出符节给守卫虎贲看了看就通过了。

"连你也被擒了吗？"庞青忍不住问，"可怎么还能来到这里？"

"说正事，姜伋虽然抓我为奴，却放我自由行动，我实在不清楚他的用意，就来见见你们，如果你们这些天没有受到盘问，我再来找你们商议逃出这里！"

"别太大意，我看周人都是些伪善之人，姜望一族也是些好战争地盘的徒众，利用人的时候防不胜防的！"庞青说。

"庞女啊，你这人虽然为人大方，怎么看人眼光却这么狭隘？"墨允呵斥她说，"周人好战其实不过是为了笼络中土各地侯伯，以帮他们革旧田制为借口，得到一片土地的而已，这其实不会对各地侯伯造成威胁，只是河东诸国有自己的习俗，大宗首领也要维持威望，既然他们的邦君不愿意与外族合作……"

"好了好了，听你说这些大道理就烦！"庞青打断他说，"周人这么好，为何会一看你阻止，就气的发狂要杀你？"她不假思索地伸手锤了一下墨允胸口，却正好打在他为庞青挡剑的伤口上，立即痛得他大汗淋漓，痛苦地蜷缩在地上。

少司命只笑吟吟地给庞青递上牛伤草粉末，"喏，给你的那个命里人敷上！"

"什么叫我的命里人！"庞青有些脸红地接过粉末，大声反驳说，"我才刚认识他多久啊！"

少司命笑着说，"你们俩是不是性命之交，会不会彼此相好，过两天就知道了：只要这两天姜伋没有为难你们，我便过来接你们一起逃离，到时候他应该不会再来追击我们了！"她随即又转而严肃，"但是，如果这两天有人走漏消息，那你们俩就不但不是性命之交，还要把我也给赔进去了！"

几天后，少司命再次去了城郊的俘兵营，把三人带出，说是要带回吕侯宅邸审问。俘兵营千夫长看到她身上的吕侯亲眷玉符，自然不敢阻拦，四人喘着气往城郊的密林里去了。但他们不过刚进密林，就看到姜伋飞下来，挡在了面前。

"我对你这么好，你还是要逃走吗？"他大吼说。

"当然，我跟你说了，我并不爱你，自然要回到我亲族和爱人身边去！"少司命肃然说。

"那你就等着一辈子给我做侍妾吧！"姜伋听到这话没法反驳，只好恨着飞身过来把他们牵住，丝毫不能动弹。

"等一下！"少司命喝道，"不如我们和解吧，我这就带你去找解毒药物！"

"你们不会又想趁机逃跑吧？"姜伋怀疑的扫过他们四人说。

"偏狭的小人！"庞青立即骂道，"我们若能逃，现在就会脱身给你一脚再走了，还要等你来怀疑吗！"

姜伋便带着四人，按照少司命的指引往洛地郊野飞去了。众人来到一座悬崖上，少司命便指着地下让姜伋挖蚯蚓。

"你是在诓骗我吗！"姜伋听说解蛊之物是蚯蚓，随即面带怒色，并往四周望了望，要看有没有埋伏，"蚯蚓到处都是，何必来此采集？"

"你既然能跟踪拦住我们，我这些天有没有跟人联络，你不一清二楚的吗，何必现在还在怀疑！"少司命针锋相对。

"算了，不要跟他多费话！"庞青在一旁恼怒地说，"我本以为他送你玉符，是真心爱你，信你，却没想到还是在暗地监视你，试探你，这种人根本不值得你跟他多解释！"

这一席话说得姜伋倒是有些理亏，他看到少司命一脸冷漠，更是惶恐，急忙低头捕捉蚯蚓。"其实吕侯世子应该是对你真的有意的，不然早就动刑强逼了，也不会对你这么宽怀，"墨允走过来对少司命说，"解毒之后，还望世子放少司命回去，相信她以后即使在战场上，也会对你留情的，而作为补偿，我们兄弟二人愿意留下为你西土之邦作战！"他又转向姜伋好生相劝。

姜伋还没回答，就被庞青抢先上前，推搡着墨允，"你要留下？"她睁着眼大叫说，"你不是跟我说要随我去建立一支师旅，攻击挑起事端的一方吗？怎么现在又要留下帮助周人？"

"只要是能避免冲突之事，我都会去做，他们这两大宗族本就是旧识，能劝和的话比什么都重要！"

"但你说好的跟我回去一起招募兵马，怎么能说反悔就反悔呢！"庞青一脸激动。

"那只能交给你与其他义士去做了！"墨允握着她的手臂说，"我相信你是我见过最有义气的女士，一定能做到！"

一句话把庞青噎得竟然答不上来，只好愤然掉头走开，坐在一旁生闷气，墨达则劝说墨允，让他过去对庞青好言相劝。

姜伋旁观者清，当然知道庞女对墨氏动了情，"你看，这两人其实都是互相有意的，只是没人愿意说穿而已！"他趁机转头看着少司命说。

少司命脸上微微一红，但随即又板着脸，"情意固然浓厚，但他们宗族各自一方，终究抵不过分歧，不是吗？"

"好吧，等你治好我姐姐，就放你回去，我们两不相欠！"姜伋正色说。

少司命轻轻一笑，欢快地答应一声，便开始教他制蛊之法。

"回去等解毒药草齐备再疗毒吧！"姜伋觉得在此悬崖峭壁的险要之地久留，总觉得有些不适。

"只能在这里点燃薰草制蛊，这里望向天空星纪度方向无遮无挡，所以也只有这里的蚯蚓药效最大，特别是对你姐姐这样拖延了半年的人，只有这样才能彻底清除毒物！"少司命面无表情地说。

姜彶有些将信将疑，想十二度之术是星辰天象，而蛊毒是南土邓侯所授，这两种完全不同源的神术怎么会有互相加持之效呢？但他也只得按照少司命所说，先以薰草点燃灼烧，然后以自己的鲜血混合泥土包裹蚯蚓，再激起水土之气环绕，顿时使得周围黑烟直冒，呛得他有些禁不住流泪。但正在他凝神往蚯蚓输入水土之气时，突然觉得自己有些头晕不能凝神，而随即开始散魂。"不好！"他急忙丢开蚯蚓，跳起来抓住少司命，"这不是解毒之术，是毒性发作之术吧！"他掐着她的喉咙大吼道。

墨氏兄弟和庞青要上前劝解，但姜彶仍然还剩下神力，被他一下震开，掐住少司命不放。看到少司命脸色苍白，他才稍微放松手劲，大声质问。

"你初次学得制蛊，当然会禁不住毒性，要丧失些魂魄，等多试几次就好了！"少司命咳着嗽，喘着气轻笑着说。

但姜彶随即头晕加剧，竟然有些立不住了，他身后庞青急忙跑过来拉扯少司命，"快，我们走！"

但她们俩还刚走了几步，就被姜彶飞身追上，瞬间扯住不能动弹，他此时虽然魂魄削弱，但还是能激发身上玉璧借法的。少司命看他还能支撑的住，就索性承认，"确实是我下毒，是我有负于你，我现在就去为你解毒！"她大声喊着，趁姜彶惊怒交集之间凝神松弛，掉头就往悬崖边上跑去。姜彶没注意，被她跑出了十步之外才追赶，却看到她拾起丢在地下冒着浓烟的腐烂蚯蚓，就放心地慢慢走过去。

就趁这一缓，少司命转身就往悬崖边上跑去，一纵身便往下跳，姜彶大惊地冲上去，也纵身往下一跳。他此时神力还足以支持体重，却已经不能支持二人的重量了，两人顿时急速下坠。眼看身上风声呼呼，就要坠落谷底，姜彶无奈，只好半空中凝神把箍住少司命脖子的金箍化作两套，一套箍住双手腰身，一套箍住双脚，少司命腰身以上的血气随即得以恢复。她立即凝神激发元气，带着姜彶缓缓掉入了谷底落叶堆里。姜彶从齐腰深的落叶堆里爬起来，正要发动神力制住少司命，却觉得脑袋充血，不能凝神施法。他慌忙往后急退，离开少司命身边，紧接着就凝聚气发动宝玉一击。

但他神力不够，退走太慢，少司命周围的落叶早已在她身边旋转起来，冲击撞上落叶被消解，而少司命虽然手脚没法动弹，但既然能凝神施法了，就仍然以落叶包裹身躯，冲了过去，消去姜伋的冲击，一下把他撞到压在落叶堆里。少司命身上的落叶水雾也在大量聚集，正尝试用十二支气息撑开金箍，落叶水雾与金箍摩擦发出咯咯作响，但却全然无效。

"把我放开，我就教你解蛊之法！"少司命喘着气，对身下的姜伋说。

此时少司命说话的脸几乎与姜伋贴面了，"你压着我，我怎么给你解除金箍？"姜伋趁机露齿而笑的调戏她说。

少司命这才觉得自己与他胸脯紧贴，都快要吻上了，只好脸红地从落叶堆里飞身立起。但就趁她这一松开凝神，姜伋飞身跳出，滑开了少司命落叶水汽追击，到半空中去了。她只好又回到落叶堆里，卷起十步之内的落叶纷纷炸裂，分化为弥漫的寅卯辰三气保护自己。这样虽然依旧不能动弹，但总算头上姜伋也被落叶打的骨头震动，没法接近她。

"你这样下去是躲不开我的！"姜伋在半空中大喊道。

"那好，你先为我解开金钩！"

"这样吧，我二人各退一步，你先告诉我解毒之法，我再为你解除金钩！"

少司命一想就算告诉他解毒之法，他也要飞去附近地方先制蛊，再以荣祭解毒，而自己神力恢复，完全可以迅速追上他这仅够缓缓飞动的人，便一口答应。姜伋听她说了咒语，就下来为她把金箍收去，复化作金钩。少司命恢复行动，伸了伸胳膊，倏地一眨眼急退了十步。姜伋本来魂魄散了一半，只剩下二流宗师的神力，反应自然完全跟不上，这下只觉周围百步之内的落叶水雾都在聚起旋转，瞬间就把他捆得如土陶一样，丝毫不能动弹。少司命笑吟吟地走近他，拨开他身上贴满了的落叶，用金钩化作金箍套住他的喉咙，然后取下了他身上所有法宝。

"你怎么不讲信义！"姜伋恼怒地问。

"你不是爱我吗？"少司命一边散去他身上的落叶水雾，一边细细的为他抹去脸上的水珠，整理好发髻说，"我这就带你回去，你以后就跟在我身边吧！"

突然，一阵笑声在半空中响起，只见马步氏从他们头上飞下。

"吕伋，你私自放走少司命、庞女等四人，该当何罪！"马步一边在半空布下大量鬼魂，一边大呼道。

二人只觉半空中阴森森一片惨烈之风，而他们身上已经开始发凉。姜伋知道这是马步氏独有的棘鬼魂气，能使人冷热不调致病，而少司命虽然恢复神力，却没有宝物，自己的借法宝玉和铜泡她又不能御使，一时间干着急。

"马步氏慢来，我也是为抓捕少司命他们而来，现在正好擒住回去！"他灵机一动地说，急忙对少司命使眼色，让她放开自己的金钩。少司命当然察觉到了这些阴森魂气和自己身上的不适，此时慌忙为姜伋解开了身上金钩。

"荒谬！我问过庞女了，你二人在此谷底已经半个时辰没上去了，明明是你看中少司命的美色，在此情意绵绵，如何骗得到我！"马步氏在尸腐魂气之上，只隐隐约约看到地下二人身影，所以没能发现少司命解开姜伋的举动。他原本是负责监视庞女，俘兵营的千夫长告诉他庞女被吕氏亲眷带走后，他便慌忙过来要人，但却从龛兹氏那里得知庞女和墨氏并没有入宅。他自知有变，猜测是吕侯族人要私放庞女等人，就一边派人去知会柞氏，一边不动声色的率领麾下亲信宗师追到城郊。他在空中看到悬崖上的墨氏等人，就急忙下来擒住，然后又追到谷底，但却忌惮姜伋神力，不敢轻易接近，只想一边故意问罪，一边等柞氏到来，一起擒住姜伋。

"我也是刚刚才擒住少司命，你放开魂阵，让我上去！"姜伋回答。

"不行，柞氏一会就到，你若有冤屈，跟我们回去到太子面前再说！"

少司命听了很着急，想等一下柞氏再来，她一定挡不住也逃不了，而姜伋则认为马步氏、柞氏与吕氏一向不和，会把少司命逃走之事夸大，加罪于他。两人互望一眼，互相牵着飞身就避开空中鬼魂，往谷外而去。

"哪里逃！"马步氏看这二人不去破解鬼魂，反而远逃，心中怀疑他们是否是受了伤才怕打不过自己，就急忙推动鬼魂追击。少司命则只聚起大量水雾旋风拦住鬼魂，使这些魂魄在水雾里打转不能前进。马步氏稍微强行凝神，就把水雾尽数散去。不过等他破开水雾遮蔽追了上来，却四下里找不到二人的身影和元气了。

"想藏在落叶里吗！"马步氏靠近地面，取出羊皮袋在空中炸裂，大片污水撒向百步以内的落叶上，顿时使落叶堆腐烂，一片落叶上如皮疹一样布满了黑斑，并还在如脓血一样不断扩大，周围顿时尸臭气弥漫。

姜伋此时正随化身水雾的少司命藏在地下，一时没有受到尸臭气的腐蚀，但他此时神力虚弱，屏息不如少司命，是不能持久的，不一会就着急的要冒出泥土，拨开落叶。但他一出地面，就被尸臭气侵袭，身体僵硬、头晕目眩，而落叶堆外响起了阵阵的嘭嘭嘭之声，不用说，那一定是马步氏在着急的冲击推开落叶，要试探他们的所在了。而就在这紧急时刻，一股血腥烟气突然把他笼罩，挡住了尸臭气的侵袭。而他只觉得这股烟气在朝他凝聚，为他恢复魂魄。不过须臾，他就开始变得有精神了。

"你不能借法躲开冲击，就在这里躲一下吧，我去赶走他！"姜伋感觉神力恢复，卧在落叶底层对身旁水雾笼罩的少司命说。随后，他接过少司命递来的金钩，嘭的一下冲出了落叶堆，以日水土三气突破尸臭气笼罩，朝马步氏冲击过去。

马步氏看尸臭气笼罩，都没人出来，就也疑惑他们俩是不是真的走了，正在不耐烦的以长戈冲击地面，开出一条条的沟壑。而姜伋突然冲出落叶，一击朝他袭来，自然就使他猝不及防。他本身只能御使尸臭气，战力不强，虽然周身有风气减缓冲击，但也只勉强闪过。他正惊恐的要转身逃走，却觉得身上飞动滞塞，被姜伋飞过去就用金钩套住了身体。

"吕伋，你不但私放少司命，还想要杀我灭口吗？"马步急得大叫。

"谁说是我放走的？"姜伋咧嘴笑着，"明明是你突然出现，害得我一时没能抓住少司命，让她给跑了！"

两人正说着，柞氏赶到了，"吕伋，你不但放走庞女墨氏，还敢抓捕马步氏吗！"

"他刚才还放走了少司命……"马步氏看到救星，急忙挣扎着大呼，但话说一半，就被姜伋收在了葫芦里。

柞氏大怒，"吕伋受死！"说着双斧一晃，就分出十二柄巨斧金片，从左中右上下五方朝姜伋围攻过来。姜伋只觉十二道不同的气息冲击扑来，而他身上带着马步沉重，没法迅速滑开，只好撒出天智玉锥感应疾风，这天智玉为五棱锥，能感应多面而来的冲击，因此一瞬间就从他身后五面聚起十二道金片散风，准确的把十二巨斧金片全部拦截下来，减缓掉在他身后。

"你把马步氏带走吧，我没时间跟你多费口舌，我要追击少司命去了！"姜伋抛出葫芦朝柞氏抛了过去，迫使他只得暂时停下冲击，接住葫芦，放出了马步。

"柞氏，我们一起上前擒住他！"此时马步氏已经脱身，挥鞭驱使一群棘鬼鬼魂上前说。

"算了，先回去报告，就说他走了少司命，你我都是见证！"柞氏自知没法降住吕伋，就翻身往悬崖上飞去。但等他与马步氏一起到了悬崖顶上时，却只看到地下躺着马步麾下宗师尸体，墨氏庞女都不见了。而姜伋此时也已经飞身上来。

"吕伋，是你指使少司命趁我们斗法把墨氏庞女放走的，是不是！"柞氏和马步齐声大吼。

"我早说过了，我本来已经抓到了少司命，是马步氏突然用厉鬼魂气侵袭，才使得少司命摆脱我逃走的，随后我又被迫跟你们缠斗，哪里有机会指使少司命带走他们！"

柞氏一时答不上来，恼恨不已，"你等着，找不到他们，到了太子那里你就准备受刑吧！"说着与马步氏飞走了。

姜伋此时当然心里恨得痒痒，适才一心软没有让少司命出来，这下又被她骗了，不但带走了庞女，就连姐姐的神力也没法恢复了。他怒气冲冲地往孟城飞去，但才飞出一里路，就有一只鱼钓玉符从高空飞下来，被他接住。他自然认得这是他给少司命的四符节之一，就反身往云中飞去，果然看到少司命笑盈盈地立在云雾里。

"你没有走吗？"

"我让庞女、墨氏先走了，他们都没有法宝，飞得比我还慢，不能再被你们抓住了！"

姜伋飞身过来就抓住了她，但她却毫不反抗，"你不要你姐姐恢复吗？"少司命笑道，"抓我回去的话，我可仍旧宁死不说的哦！"

姜伋只好放开了她。

"荆蛮之地有一种三足鳖，就是姜女下蛊之物，你制取蛊毒之后，在荣祭里念我的咒语为她解毒就好，这种三足鳖还可以为我们疗治适才马步氏放出的疠疾鬼魂！"

"这次你没有骗我吧？"姜伋仍然有些不信任她。

"信不信由你，反正你再抓我回去，我也只是宁肯自尽！"少司命没好气地偏转身子说。

"那你为什么会透露蛊虫术给我呢？"

"我只是觉得你人很好，告诉你这些回去报功，不至于因为我们逃走而受到刑罚，之前袭击你父亲，还给你姐姐下蛊，我实在是过意不去，不过也就此为止了！"少司命说着，把一截玉符递了过去，"好了，我就要走了，你若有心，就留下这玉符，我们各持两截，算是个念想吧！"

姜伋接过这香气萦绕的玉符，情欲涌动，一把拉住了少司命。

"说了你带我回去也没有用，我是大商大司命族后裔！"少司命不耐烦了。

"马步氏的棘鬼是慢慢发作的，我们先回孟城取解毒的药物吧，你没有法宝，怕飞得慢，这一路到殷地又远，而路上恐怕很难找得到的！"

"疠疾要三四天才会发作，这个我很清楚，你真的不必为了一时温存，如此留恋！"

"我听说马步氏不止能收放棘鬼魂气，他这些年还精于药草毒草，为戎马制毒解毒，万一刚才的腥气里还有其他毒物，你在路上发作可如何是好？"

"你越这样，我就越不愿意受你恩惠，你知道吗？"少司命语气缓和下来，但言辞和一张俏脸依旧冷漠。

姜伋看她眼神犀利，微翘的嘴角透着自信，就知道她这样的人自尊心极强，自己应该是留不住了，他手刚一松，少司命就飞身走了。

姜伋看她眼神犀利，就知道她这样的人自尊心极强，自己应该是留不住了，他手刚一松，少司命就飞身走了。

姜伋回到孟城，就派人去找到了三足鳖，为邑姜恢复了神力。既然邑姜神力恢复，柞氏和马步氏也没法在姬发面前责怪他放走庞女、墨氏和少司命等人了。

随后，各路大军开始撤离，姬发召氏回到渭水，周氏驻守虞邑，姬鲜独占洛城和孟城，而姒疑则依旧没能被允许在黎城驻军，而是改派了嬴媒驻守。

少司命、庞青等人一起回到太行山关隘，司命官此时正在忙着练兵，看到女儿平安回来，总算有些安慰，但也只是问了问逃脱原因，确定没有受伤之后就继续训练兵马去了。一旁的邓侯看到她回来，高兴地上前拉着她去了营帐，伊耆女也在那里等候。

"平安回来就好，伯父也稍微安心些！"

"我父伯他怎么了？我看他依旧忙于练兵、修炼，似乎没有不妥？"少司命奇怪地问。

"伯父他虽然每日都在练兵，但我看他似乎魂不守舍，时不时地打骂士卒，而稍微一有空就会取出绳结摆弄……"邓侯说了一大堆司命官的异常举动。

少司命这才想起母亲，"他把我母亲葬在哪里的？"她急问道。

"听说司命官在洛水上游附近大水积聚的深潭旁建了高台，应该就是葬在那里了！"姜菀愉急忙搭腔说，"伯父对夫人果然是爱得深沉，我平时都没有注意到他有什么不同，却已经在为夫人立祀了！"

少司命随即去野地找到练兵的司命官，他听了仰天长叹，"在洛水上游，你跟邓侯去就行了，我要练兵，走不开！"

"你这样一辈子都摆脱不了对母亲的魂思！"少司命大声说，其实她当然知道父亲是想忙于兵事，以使自己一时忘记，但仍然不忍大声呵斥。

司命官看着远方良久，才答应下来。三人一行去了洛水旁的一个深潭。这里虽然接近西土诸邦的领地，但因为常年有水患，所以是一望无际的沼泽，没人敢来，只剩下半空中的鹰鸠盘旋，也只有这些猛禽能在此潮湿之地捕捉到猎物。但这沼泽附近的林中，却是热闹非凡，顾氏正率领那五千冯夷族人在那林子里修筑房屋。

"这些冯夷宗族人要在此筑邑定宅？"少司命惊奇地问司命官。

"他们都是自愿报恩，要侍奉她的祭祀的！你母族须族的一些人口也会来此定居！"

少司命心中会意，这里虽然还没有开荒，但却是不会缺水的湿地，而又因为是经常泛滥的沼泽地，兵灾也不会波及于此，确实是个兴建聚落的好地方。

二人飞至沼泽边的高台，看到一些族人在建土封，而一旁的土台上郑重的供着宓夫人的牌位，上面却只刻了"宓妃"二字。

"为何不书母亲的私名、尊号、族号和日铭？"少司命问。

"她本来就是冯夷宗族的宗祝，神术也源于那里，虽然跟我学得十二子之法，但她最后最高的神力却仍然是息土阵法，还为了阻止洛水激流冲击她的族人而死，我想这大概是因为她始终是个念旧之人，才宁可牺牲自己也不愿意让那五千族人去拦截激流吧……"司命官缓缓地说，"但如果换作我……"

少司命当然心知肚明，如果换作父亲，一定会命五千冯夷宗族士卒把绳墨和泥沙布阵死守，牺牲他们换取自己和渡河殷人的安危。这就是她与父亲的性格冲突之处，一个只为大商，一个则既在意夫家，又爱护她一手训练的冯夷宗族水军。两人以前为了冯夷，为了冯夷宗族人的迁徙，以及为了决定要不要留在帝辛身边等等，数次分歧也源于此。

"……她既然不能一心为我为大商，我就不好徇私，刻上我亚微氏族尊号，只称她为洛水、大河之君后罢，也好使她的神术惠及后世……"司命官接着说。

"这下你不用再为战事担忧了吧，这里沼泽遍地，没有人敢涉险找你的族人寻仇，也没有人再来打扰你了……"他对着宓妃牌位喃喃自语说。

少司命只好走到土夯台上，拾起供奉在那里的一件葬品，是一串绳结，有"宓 **"三字，"这是母亲的私名吗？"她扬了扬绳结，对司命官说，要使他从怀念里恢复过来。

司命官偏头看了看，苦笑着点头。

"那么，这是你们那时合练织网术的法宝？"少司命又扬起了一只金梭。

司命官想起那时他教宓妃修炼飞梭在飞旋环绕中反向旋转，收取敌人宝物的神术，而他就是因为这神力激怒了冯夷，引起她拦在自己身前，挡下冯夷一击的。后来冯夷会死缠着殷人报复，大概也是因为那时的一怒，终于至于最后被自己设计杀死。他想到这里，高兴地哈哈大笑，居然一时都不能止住。

"他怎么了？不会出什么事吧？"邓侯在一旁问少司命说。

"没事的，他一定是想起那时杀死情敌的得意之举了！"少司命说，"这才是他本来的样子，只是他这人太不会表露情意，以至于不能发泄，这下我们应该可以放心了！"她双眉舒展，轻松地说。

"你以前还不是看谁都板着个脸，连个笑容都舍不得给！"邓侯摸了一把她的脸说。

两人嬉笑之间，突然看到妲己从悬崖上下来了。

"这地方害得我好找啊！"妲己笑吟吟的朝三人飞过来。

"你这么快就来了？"少司命冷笑看着她说，"连这么隐秘僻静的地方都不愿意放过吗？"

"小孩子退开，我找你父亲有正事要谈！"妲己呵斥着落在司命官跟前。少司命虽然不高兴，但想她贵为王后，一定不会无端过来的，也只得先与邓侯离开了。

"看来你恢复得不错哦？"妲己笑着对司命官说。

"合练的事等我回去再说，你追到这里终究不好！"司命官收敛笑声，面无表情地说。妲己一来，立即使他想起她介入的那时，导致他与宓妃的纠葛，这些心事反而又使他陷入恍惚。

"我是作为王使要你去殷都议事的，可不是为了与你合练！"

司命看她抬出帝辛，只得转过身来聆听。

"大王要真的开始制定新的盟誓了，三赏六刑之法要在征召王畿诸侯伯的时候施行，以争取到各属国的兵马，共同抵御周人！"

"三赏？此战只有你和你麾下将领立功，你这就要把他们封到各地去？"

"理所应当，我麾下泰逢保护渡河有功，雨师妾杀昆虫氏、郭氏爽鸠氏杀常羲氏，都是赫赫武勋，为何不能派到各地去接管师旅？"

"怕是没这么容易，封父氏在孟城一战之前就拒绝了你贿赂的天智玉，周人如果杀至，首先他就有可能不会抵御！而比地的族群都是由他训练，怎么会轻易让给你的那些东夷氓隶去率领？"

"这个你放心，只要你支持我，凭我二人在大商的威望，一定可以震慑那些士卒，把他们重新训练的能够拼死作战！"

经过此战，司命官对于妲己的神力还是佩服的，只是仍然不信她能威服诸侯伯，但既然是帝辛要改制，也只得顺从。他便留少司命邓侯在洛水督促营建，然后随妲己一起去了殷都。两人在路旁找到戎马，一路飞奔下山。

　　二人到殷都，就入宫与帝辛商议改制之事，与会的有飞廉氏、田畯官、寝正官等。

　　"奄国有飞廉氏和方氏作保，一定会出兵，韦城的酒正官仅善于防守，也无需监军，只需要泰逢驻军比地，雨师妾驻军昆吾，郭氏进驻杞国，爽鸠氏在邢国，以保证这些属地的师旅在周人入侵时积极来救。至于作战，就按照王后之三赏六刑之法去施行，先公布这个消息，看诸侯伯反应！"帝辛决策说。

　　"怕是诸侯伯不会让出贡赋，更别说师旅了，封父氏首先就不会接受把自己辛辛苦苦建立的二师让给别人！"田畯官首先说。他虽然长期在殷都为亚官，却也是邢地首领，如今退到邢国的王子录全由他所训练的士卒保护，是重要的后备师旅，当然不愿意分给爽鸠氏。

　　"刑律一经过盟誓，诸侯伯都要执行，谁不执行就拿来问罪！"妲己声如鹰鸠。

　　"我也赞成王后的意思！"司命官随即附和，接着邮氏也连声附和。

　　看到堂上一片肃静，田畯官只好答应下来。此消息传出，诸侯伯都震动，昆吾氏首先联合封父氏反对，接着禹强、杞娄氏、箕侯等人也一致反对。而妲己则在暗中让司命官监视这些侯伯动作，一边命爽鸠氏、泰逢等率领士卒，准备攻伐不服。

　　周人则加紧了与南土庸伯、巫咸王的盐铜贸易，要多制造兵器备战。但既然运输路线已经为殷人所熟知，檀括和羌方王的押运队伍就经常遭到袭击，不是有伤亡，就是被烧毁盐铜。召氏便建议出访蜀方，要从那里的险要峡谷里开辟一条货运的水路来。蜀方的国主杜宇氏虽然与昆吾氏有来往，但得知商周纷争加剧，而妲己又在威逼诸侯，他已经不敢与殷人来往了，得到召氏传信，立即一口答应。

偷袭沫城篇

而此时，妲己在沫城训练东夷氓隶已经长达半年，在郭氏、泰逢等人的分批训练下，五万的瘦弱氓隶已经被军粮养的壮实，体力接近虎贲士卒了。此时的沫城也已经是十万壮男，三万妇孺，总共十三万人口的大邑，且还在不断从各地送来氓隶。他们留下妇孺和一些新掳掠来的氓隶耕种，青壮年则只以从各地运来的粮草蓄养犬马，其余大部分时间都在接受六刑之法的训练。虽然氓隶底子差，训练时间又不长，没能达到孟城之战那些骑兵的战力，但却因为他们本身身份低贱，每日吃饱饭的恩惠就足以令他们顺服六刑之法，对妲己就更是敬若天神了。妲己一高兴，就把沫城改名为坶城，以示她为众勇士之母。

而既然能一战的士卒已经有五万，她随即开始了威服大商内服各个属国的征伐，第一个要威服的就是封父氏。直到妲己骑兵到达比地，封父氏才得到消息，而王畿的其他属国，酒正官、禺强等都不敢出兵襄助，就连之前与封父氏联合抵制的昆吾氏也没有动静。

封父氏出兵与妲己骑兵交战，虽然其阵法战力接近周人，而夏时又是冲击力最猛烈的时候，但却禁不住与妲己骑兵的消耗战。随着妲己巨剑在阵前相持，一片杀气如波涛一般蔓延至封父氏阵内，阵中人心惶惶。封父氏在阵前半空看到妲己阵中不怕死的氓隶前仆后继，战意丝毫不见减弱。他左思右想，终究不愿意损失族人，只得投降。

封父氏一投降，妲己兵锋到处，昆吾氏、禺强，以及回到杞国驻守的箕侯和杞娄氏等都相继被妲己押到沫城。但到了帝辛面前，封父氏仗着自己掌握阵法奥秘，根本不愿意妥协，反而要求妲己调拨一部分士卒给他，由他来训练。妲己自然不从，帝辛也决断不下，此时却从比地传来了封父氏族人叛乱，赶走了郗氏麾下驻军的消息。

"比侯，你还不快交出阵法奥秘，将功赎罪！"帝辛大怒道。

"宁死不屈！"

"大王，封父氏是对抗周人的利器，如果他一死，无异于自毁一臂，不可为了妲己的新刑律就枉害了重臣啊！"箕侯此时急忙进谏。

妲己听得箕侯直呼自己私名，很不高兴，而郭氏和爽鸠氏已经开始反驳，"大王，箕侯本身前次战斗就丧失司土官人马，现在还要抬高封父氏战力，以此贬低王后所训练的猛兽骑兵，实在是不知好歹，不可听信！"

帝辛便看着妲己。

"封父氏对抗王师，这是直接反抗帝命，可就地当施以踣刑！"她只稍微顿了顿，就开始宣判。

帝辛也只好缓缓点头，为了维护自己帝命的威严，只能以封父氏这个大宗首领作为牺牲了。封父氏当即被押到宫门外，妲己跟随出去，把短剑定在他胸前，砰砰砰的火花四射后，封父氏胸膛烧至焦炭，金粉四射地倒在地下。

禺强、杞娄氏、昆吾氏等人看到封父氏牺牲，都只得顺服，答应派遣嫡子留在沫城为人质，并传授神术，辅助新至的首领重新训练士卒，而箕侯也被关押。

此后一年，郭氏、泰逢、爽鸠氏、雨师妾等新邦君都在各地练兵，而昆吾氏、禺强等人则畏惧妲己在沫城的兵马人数众多，丝毫不敢反抗这些新邦君之命。司命官看妲己的刑律竟然得到顺利推行，也松了口气。这时，妲己便来太行山关隘找他，要与他商议收复黎地和箕国。

"黎地如今有周氏驻军，恐怕不那么容易击溃，而周人虽然撤离箕国，但兹氏仍然在其地西侧，要攻取的话，只能先联合唐尧国，再以轻骑推进，迅速剿灭兹氏的人马！"司命官献策说。

"也好，这次就我们俩去出使吧，唐侯有图法，我早就想看看这法宝了！"妲己站起来，轻佻的飞身坐在他身边说。

"好的，我们去的话，应该足以说服唐侯！"司命官仍然不露情绪。

妲己看他不太看自己，就主动抚摸他的脸，"你还在想着宓姐姐吗？"

"那倒不是，但你始终是王后……"

"但我现在已经拥有超越殷王的权力，兵力足以威服大商王畿诸侯伯了，你为何还要计较于王臣尊卑呢？"妲己看他仍然是用这样的话来搪塞，不由得想起之前二人擦肩而过的遗憾，忍不住靠近他的脸吻他。但司命已经飞身晃到了一旁。

"王后这话怕是已经有谋逆的嫌疑了，且不说你的兵权是大王赐命，一旦大王不在，你的征伐就会是无名之举，一定会遭到王畿之外诸侯伯，甚至周人的联合征伐！"司命板着脸盯着她说。

妲己立即霍然站立，"好！既然你提起王臣尊卑，那你现在听我调遣，是不是该听从我的命令，尽你身为臣下的职责？"

"按照王后的刑律，我只在作战时听凭调遣，现在没有外敌入侵，我自率师旅，就算违逆你命令，也不用受刑！"司命看妲己气得脸色发青，想多留还会激起她的脾气，就一拜之后下去了。

妲己传信给唐侯，却接到回音，说要邀请商周使者齐聚，为双方讲和。妲己想既然唐侯敢这样回音，一定是有周人撑腰了，她也不惧，带着髻女和子延去了，司命则为了回避妲己，派了少司命和伊耆女随妲己前往。妲己一到，就向唐侯要求借图法一观，但唐侯却说向氏已经带着图法逃奔到渭水去了。

妲己没法，只好一边派人去暗访向氏，一边等待周人会盟。第二天，周人使者到达，来的是周氏、兹氏，而因为与伊耆女约好，顺便还带上了姒疑。会盟时，姒疑跟姜菀愉在唐侯大堂上一碰面，两人就不顾旁人抱在了一起。

"诶诶……你们现在是使者身份，等会谈结束再聊不迟！"少司命在一旁低声劝道。

二人急忙分开，唐侯、周氏等人都知道此二人的情分，只做不知。在场的除了唐侯，还有微子。这微子虽然是先帝王子，但却因为是庶子，不但没能当上卿士，还被帝辛赶到这南鄙荒芜之地为宋侯，族兵也不过两千人，妲己自然毫不放在眼里。

双方接着谈起黎人归属，周氏当然针锋相对，不愿意让出一个宗族。妲己被激怒，但唐侯、微子一再相劝，唐侯还奉上了之前妲己拉拢诸侯伯贿赂他的天智玉，才使妲己罢休。

会后，周氏便偷眼望着妲己，然后绕至宫墙角落，嗖的一下附身日气飞到了高空。妲己莞尔一笑，也跟了上去。

"你要如十年前那样让我再拒绝你一次吗？"妲己笑吟吟地走近他说。

周氏看她离自己仅几步了，急忙退后拉开了距离。

"怎么，怕我袭击你，带回去要挟你们周人吗？"

"当然啦，不止我怕，你此前潜入莘国大宫袭击莘伯就有先例，唐尧国太师不就是害怕遭袭才逃奔我周邦的吗？"

"荒谬，唐尧国太师明明是惧怕你的威胁，才自行先去避难的！"妲己呵斥说，"现在我是大商王后，又是使者，怎么会再如以前那样总是找机会偷袭？"

周氏看她挑明无意袭击，才稍微放心。他想起妲己此时已经是掌握大商全部王师的将领，在大商内外服的声望到达了顶点，应该不会如以前那样为俘虏一两个首领而费尽心机了，"就算唐尧国太师不是怕你袭击，也可能是畏惧你对诸侯伯动刑才先走的，你的六刑之术实在是……"周氏说着，故意停顿。

但妲己听了这话立即觉得受到贬低，脸上一沉，"你要劝我什么就快说，不然的话，我就走了！"

"你御使杀气的战阵有一个弱点，就是让士卒过量承受杀气，会反而激起怨恨，到时候你的六刑怕是都没法约束这些士卒！"周氏看她要走，急忙接着说了下去，"而现在大商内外服诸侯伯也对你议论一片，这样下去迟早会人心惶惶，分崩离析的，不如我们相约，你保留大商王畿，我周邦占据其余诸侯伯之地，我们双方互不侵犯，你看如何？"

"阵法是我训练的，士卒有什么反应，会不会反抗我最清楚，哪里需要你来教？而大商外服诸侯伯如今显然更偏向于我，我凭什么还要与你盟约，把他们让给你小邦周？"

"我只是好言相劝，你的阵法确实有隐患，以刑律威服始终不如让士卒服从于王威，以道德礼法约束他们！"周氏越说越低声，脸上忍不住的一阵失望。

"我不得不说，你以王命威严训练的士卒确实很强悍，只可惜我不喜欢，我记得我跟你说过，我觉得天命、礼法很虚伪，而我要的是赏罚锻炼出来的坚强死士，不是一群在虚无缥缈的天威下战栗的人。这群人即使一时敬畏天命，但终究会看穿道德礼法的虚伪，而找机会你争我夺，因为人总是狡诈的！"

"可现在河东商族之所以不服殷王，就是因为你的刑律太霸道，而我还没有时间去制定礼法，只要制定礼法在诸邦推行，士卒就会受到王、邦君、师氏、族长的层层约束，各邦就会团结一心，而不会如现在的中土邦君叛服无常！"

"等你制定之后再说吧，但我已经说了，我不喜欢！"妲己转身就下去了。

姜菀愉此时正与妠疑依依不舍，但他们俩刚说上话，少司命就出现了。

"你要跟他回去了吗?"少司命问姜菀愉。

"嗯,姒疑哥哥说他很快就能封在黎地了,到时候我们两家就联姻,如苏忿氏一样,不再过问商周之间的纷争!"姜菀愉心虚地看着少司命,很怕她不答应。

"你跟他回去我不会再阻拦,但是我还是有些话要提醒你……"

姒疑和姜菀愉看到少司命居然会爽快答应,都有些吃惊。

"你是不是跟周氏的某个妃子有染?"少司命突然质问姒疑说。

这突如其来的一问惊得姒疑说不出话来,"你何故这样问?"

"你就说有没有?"少司命语气更加严厉,就连姜菀愉也看出了姒疑不自然的表情,死盯着他看。

"没有的事,我一直忙于练兵,在各地奔波,哪里会这样!"姒疑恢复镇定。

"那你敢不敢现在施法给你未来夫人看看?"少司命语气更加犀利。

姒疑一惊,随即呆住了,想果然是那次少司命留下的蛊毒余毒未尽,不然怎么她知道自己如果想着姜菀愉施法,就会有障碍,只是,她为何突然提起他的私情?姜菀愉看他呆住了,更是怀疑。少司命则一再催促。

"是你给我下的蛊毒对不对?"姒疑靠近,举起犁铧撞地,对少司命威胁说,"不然你怎么知道我会一动情欲就不能施法?"

少司命呵呵笑着,完全不惧,"我那次在他身上下了一种情蛊,不但会使他一动情就丧失神力,还对他是否移情别恋一清二楚!"少司命看着一脸狐疑的姜菀愉说,而姒疑已经目瞪口呆,他简直怀疑少司命是不是故意这样吓唬欺骗他和姜菀愉。

"你别信她,哪里会有这种蛊毒,会连被施法的人的举动都能察觉!"姒疑拉着姜菀愉就走,但被姜菀愉一把甩开。

"是前年我救你时,扶着宗师赶来的那个白衣女子吗?"姜菀愉幽幽地问。

姒疑急忙摇头,"你别胡思乱想了,根本没有这事!"

"好吧,我这就去跟周氏对质去!"少司命拉着姜菀愉就走,姒疑急忙上前拦住她们二人,一脸惊恐。

姜菀愉看到他脸上出现了从未有过的惊恐表情,就连被多名神力高强之辈围攻那次也都没有出现，眼泪顿时无声地流下来，"是真的吗？"她望着他的脸说。

姒疑只好点头，"你们千万别说出去……我只是一时……"

"她是谁，是上次我看到的那个白衣女子吗？"姜菀愉已经泪崩。

"你别问了，你只要知道我对她没有情意，一心只要和你一起回黎地就好！"

"这可不好说，我可是对你的动向一清二楚的！"少司命拉着姜菀愉就走。

"等一下，你先把我身上余毒清除！"姒疑急追拦住她们。

"姜菀愉说要我清除，我才会清除！"少司命翘起嘴唇说，"你回去等着吧！"

姒疑还未及阻拦，就被她二人飞走，他却也不敢施法拦住，因为他知道，此时施法，一定会全身抽搐，无疑会被诸侯伯看出端倪。

少司命带着姜菀愉到了半空。"你快告诉我是怎么回事，他是真的有相好了的吗，到底是谁？"姜菀愉挣扎着要摆脱少司命的柔韧末时旋风紧缚说。

少司命便取出一只带着虫腥味的鼻环，"你还记得你和姒疑在山崖下合练的这鼻环吗？"

"怎么会被你拿去了，你明知这是我与姒疑哥哥的信物，你怎么偷去了？"姜菀愉一把夺回，呵斥说。

"一旦姒疑带着这类法宝时激起了情欲，这鼻环就会有虫魂味萦绕，而倘若他运用的不是你们合练的神力，就仅有水滴，发动的丝织气就不会激起蛊虫发作，体内也不会发出虫腥味！"

"真的吗，所以你才猜测他已经有了相好？那你知道那女子是谁吗？"姜菀愉急问说。

"这就不知道了，但即使不是前次那个赶来的白衣女子，也可能脱不开周氏宅邸里的那些妃子侍妾！"

"那有水滴，又没有丝织气，这到底代表什么意思呢，为何不能知道是谁呢！"姜菀愉拿着鼻环反复看，急声叫道。

"我只是在姒疑身上留下了蛊虫，我自己又不是蛊虫，哪里能看得到他在对谁动情！"少司命嗔道，一把夺过鼻环，"你再问我就收去了！"少司命本来不想把鼻环留给她，怕她根据虫魂气味看出其中的关窍，但一想到她神术遭到禁锢，即使猜出了也不能把消息传出去，也就不怎么担心了。

姜菀愉急忙抢回，"可你就不能在他身上多留下一些蛊虫吗，那些能被别的气息激发的嘛！"

少司命笑着揪她的脸蛋，想这淑女虽然不机灵，却并不傻，一下子就想到了蛊虫的作用，"我暂时只会炼制能受丝织气激发的蚕蛊，但要炼制受激于魂鸟、十二玉等神力的其他蛊虫，怕是一时难以炼制，更何况万一他的那个相好不会神术，又该如何判别？"

"那你要给我恢复神力，我去看看他的鼻环！"

"真是的，一想到你的姒疑就变得这么聪明！"少司命无奈地说，"但我真的不能给你恢复神力，一来是怕你会施法逃走，二来你若是要看他的法器，必然会因为心软而帮他一起祛除体内蛊虫，对吧？"

姜菀愉犹豫不决地抚着手里的鼻环，她对之前的她姒疑哥哥自然很放心，但现在有了适才姒疑惊恐的表情，就没有再作声了。

"放心吧！你不必去看他鼻环，只在过一段时间打听他有没有御使纺织术就行了！"

姜菀愉听了心事重重，她真怕如果去看了他的鼻环，发现上面没有虫魂的气味，而他又一直没使用的话，那他就是真的要彻底摆脱对自己的情意，以至于连与自己合练的神术也要摒弃了。而不去看的话，她有急切想知道他到底打算投靠哪个宗族，跟那个宗女联姻了。

双方和谈就此结束，只达成了含糊其辞的盟约。而既然唐尧国向氏逃走不归，妲己就趁机留下子延和鬐女，要命他们为太师，夺取唐尧国的兵权，并顺便打探图法的下落。在妲己离去之前，微子却单独来拜访，说起了参与监视唐尧国的事。

"王后安排大史官和饕氏留驻唐尧国，恐怕不妥，如今唐尧国箕国与我微氏处在周人属国的包围中，而唐侯本身又摇摆不定，形势对我方极其不利。而听说大史官夫妇都是重德重情之人，恐怕不能约束唐人！"

这话说中了妲己心事，但她此时已经没有亲近之人派遣来此，"你的意思是你有足够手段，能监视唐人，或者说你麾下的一个师足以威胁唐侯？"她看不起这个被遗弃在北鄙的王子，就反驳说。

"小子兵力当然不足，但却会竭尽全力阻止唐人背叛，而我作为大商宗亲，怎么能眼睁睁看着河内土地尽数被周戎占据？"

姐己看这微子虽然形容畏缩，但提起大商宗亲时却仍然振振有词，想必还是不忘夺取殷人王家的主祭权。这样的话，至少他不会如唐侯那样投靠周人，姐己如此一想，就有些放心了，"好吧，我会告知大史官大人和饔氏，你要尽力为他们提供情报，不能忘却了先帝！"

微子郑重答应去了。

几天后，帝辛听到姐己回报，对与周人的口头合约仍然放心不下，就带着姐己一起去北地的邢国巡视那里的后备援军。这时邢国不但驻扎着三个师的兵马，还在沙丘为王子录重修了离宫。

姐己在戎车上，无人亲近的空虚却开始涌上心头。此时她看着一路上平坦荒芜的有苏氏故地，身边却没有人倾诉，惆怅不已。沙丘离宫是建筑在一块沙化土台上的宫室，这些沙土都是姐己从小就熟识的，不由得下车，亲切地捧起一抔沙土，细细的抚摸着。

"我要在此建筑一座苑台，要有水池、鸟兽和乐师舞人！"姐己对帝辛说。

"这里已经有宫室了，就算了吧，观鸟兽的苑台在沫城就有！"

"不行！我从北土迁徙到王畿已经十几载，现在才有时间回到故土，没有盛大的鸟兽之园，如何能让故土百姓知道我荣归故里！"

帝辛无奈，只得吩咐随行的田畯官安排，但他执意不肯，毕竟这里是他的国土，而他与来此一年的爽鸠氏一直不和。一旦争执，姐己自然会包庇爽鸠氏，而把费用都算在他头上。

"建筑苑台并非为我享乐，是为宴饮诸侯伯，你邢侯与我故土同在北地，应该知道酒醉聚集人心的酒德乡俗，怎肯拒绝？"姐己不高兴地训斥田畯官说。

田畯官顿时语塞，而帝辛当然知道酒桌上之义气聚拢姐己臣属还好，对于霍侯艾侯，以及亚丑伯这些外服侯伯是没有什么用的。但为了讨好姐己这个大商支柱，他还是强行命田畯官负责此事。

帝辛一到离宫，王子录就来拜见，"父王，现在周人既然没有动静，可以把巨桥大船上的财货都运回殷都了吗？"

"还不可，妲己虽然一战击退周人，但却是以大量兽群为代价的，我怕如果周人来攻，仍然会是一番苦战，我来此就是为了劝你保管好巨桥储备，并笼络好那位周氏王子妃，以备不测！"

因为妲己要建造苑台，帝辛也只好多留了些时候，但施工进展却缓慢，令妲己不快。她正愁舞人和琴师不能在水池边映照着跳舞，纠结不已，却听得爽鸠氏密报说田畯官侵吞建筑苑台的财货，以至于工期迟缓。她闻讯大怒，让爽鸠氏去彻查此事，结果果然从田畯官宅邸搜到些殷都派遣过来的工匠。依刑律，侵吞王室财货人口的侯伯当斩，在爽鸠氏的劝说下，帝辛与妲己都准许，将田畯官处死。他们自然清楚，爽鸠氏是为了除去这个当地威望之人，才有意设计陷害的，但只能如此。毕竟爽鸠氏神力远在田畯官之上，让他来管辖这仅有的大商后备王师以及后方物资储备，会更加有保障。

虽然周氏在唐尧国之会上没有表明任何威胁，然而不过半年，姜望就开始准备粮草装车，一拨一拨地往渭水上运输虎贲，申妃急忙过来询问。

"这次我们要突入的是大商王畿，可不比以前那些大商属国，此战恐怕会比孟城一战还要惨烈啊！"姜望怀抱她叹道。

申妃听了收敛笑容，"你放心，我虽然去黎地，但等你们接近沫城的时候一定会想办法去你身边的！"

征伐王畿的事自然没有透露给弇兹氏，她被调拨到申妃麾下，与石夷氏、猫虎氏、江疑氏一起，率领五千申戎骑兵，一路飞奔，出了渭水，跨过大河，进入了黎地。而申戎骑兵一到，周氏兵马则开始悄悄分批撤离，越过太行山，一群群地进入了苏地。

申戎骑兵本就善于游牧突袭，为了试探司命官军实力，这次更是不宣而战。天刚亮，就有一队队骑兵顺着山路喊杀着冲向太行山关隘。由于骑兵速度奇快，殷人暗探还没来得及报告守卫，骑兵的冲击就已经到了关隘跟前。两队绵延二里的骑兵周身裹着秋气、人兽元气凝聚的雾风，发出两道犀利的铁锥冲击，顿时使关隘前路上的土石和水雾飞扬。只听"砰"的一声巨响，撞击一下子就把厚达几尺的土夯关隘撞出一个缺口，就连土墙后面的士卒都被射倒一片，泥土石块漫天飞扬。

司命官此时仍然在大营安眠，却被这震天价的巨响震醒，急忙披甲来看。他在半空一边调拨士卒列阵前往关隘，一边飞近隘口查看。此时申戎骑兵已经进入了隘口，正在与士卒僵持。他心中大惊，想自己在关隘土夯布置的宝玉有上千颗，由一个师的人马激发，就连周氏兵马的战力也会被削减至只能崩坏土夯，没法击穿，怎么这些御使牧阵的骑兵却能两击突破？

喊杀声由不得他多想，他急忙命援军列阵，往半空中射箭。一时间箭如雨下，朝关隘口覆盖而去。这些箭上都带有一面小旗，在半空中迎风化作大旗，在初升的阳光下发出一片白亮的光芒，并迅速朝两队整齐突入土墙的申戎骑兵聚集压下。

这些骑兵正在凝神以犀利的冲击把殷人守卫冲散，不防空中的羽箭，抬头只看到这些箭雨如同被自己身上杀气吸引似的，猛然朝他们汇集过来。由于羽箭上小旗半空展开成了大旗，使羽箭缓慢下坠。大旗哗哗扬风招展，放出一大片遮天尘土，铺天盖地的遮在关隘外涌入的骑兵头上去了。而申人士卒只觉得窒息，人马都被灼烧炙烤一样难受，虽然能够发动神力，却已经变得难以举动。

在关隘内率兵的江疑氏则周身早已聚起大量浓密云雾，随着云雾剧烈散发，总算抵挡住了旗帜压迫，他不顾底下混乱的骑兵，转身御起疾风就从高空飞走。不料刚掠过关隘上方，突然被一道亮光照的他身上水雾通透。这光虽然白亮，却并不是聚集的光热，雾气也不见散发，只把他牢牢吸住。而江疑氏浑身抖动，似乎要融化在周身浓雾中似的。

申妃等人立在关外半空中，刚上前就听得江疑嗷嗷大叫，紧接着就掉了下去，似乎早已随风散去。

司命官赶到关隘上方，收起一面对着大火度方向的铜镜，又取出一只玉铎，背对天空大火度方向，朝申妃等人袭来。申妃立即大喝一声，她底下的骑兵应声一吼，一道强劲的合力冲击朝高空玉铎急速冲击而去。"砰"的一声巨响之后，玉铎顿时击碎，但申妃底下的骑兵只觉身上猛震，一片哀声中，一列骑兵都被震得瘫软，连人带马软在地上，只能缓缓强撑着爬起来。

众人骇然，申妃为了维护军心，只好呼喝着只身朝司命官飞去，要近身压制他，却看他又取出一面铜镜一边背对大火星次，一边朝申妃射出聚光。申妃借水雾模糊、滑开聚光，逐渐接近司命官抛出套索。嗖的一下，套索套住铜镜，但套索上的玉坠立即裂缝，套索锯齿变形。司命趁机猛地抖手，要摆脱禁锢力下降的套索，但被申妃驾驭套索猛然抖扯，锯齿划破铜镜，司命手指张开脱臼。铜镜脱手，倏地一下就申妃收在手里。

司命官丢了法宝，想一时也制不住她，就转身飞回关内去了。趁这个机会，猫虎氏等人急忙躲入骑兵队伍里，大呼撤退。

司命官重新占据关隘，他看着这申戎骑兵，认得是申女旗号，而这些骑兵都整齐列队，以套索前后连接，可随意松开或套住。看来刚才破开土墙的那一击之所以如此猛烈，就因为是这飞奔了两三里路的骑兵合力了。这么多骑兵的合力聚起为这么细的一束冲击上，难怪能爆发出比周氏田阵还要犀利的重击。

"我听说这十二子气息的合化只能损伤万物、削减冲击，可我们前次重击能够突破他们阵法，击穿土墙，之后却吹飞尘土都不能，反而还使自己勇士遭到炙烤啊！"回师路上，申妃对身旁的猫虎氏感叹说。

"我跟你都在西土多年，早已没与殷人遭遇了，哪里懂得司命官的法阵奥秘？"猫虎氏叹道，"但我们勇士以人兽草藤之气合一，前后一队一体，虽然勇猛，却一旦发动冲击就会全体投入，而对于天降尘土只要一乱，就会全体溃败混乱，我们勇士们身上的激烈气息自然就容易被合化为热浪了！"

"这么说，只要我们那时断开套索，就不会伤及整队士卒了吧！"

"咱就这么布阵吧！我们的集中战力连关隘土夯都可以击穿，就不信多试几次还不能击破这些旗帜！"

"还是算了，我听说司命官在一日的不同时辰会有不同的合化法，万一下次他合化的是土石之气或日光，那我们还是可能会全军受损了！"

"就这么退走了吗，关隘都击穿了嘛！"猫虎氏急声说。

"我们又犯不着与殷人死战，干嘛要冒险损耗兵力呢！"申妃此时却琢磨着司命官的诡异神力：适才热浪蔓延显然是因为士卒身上气息被合化了，而激起这合化的当然是那些遮天旗帜中的大量气息。可这只是猛烈的发作，如果司命官仅仅聚起某些气息缓慢侵袭，士卒又一直在激发某些元气的话，会不会逐渐合化气息，造成累积伤害、慢性发作呢？

申妃这一退，就没有再来进攻。本来姜望对她的期望就是牵制司命官军，而不是打败他，既然此时姬发还没有聚齐所有兵力，她便继续留在黎地吸引司命官军警惕，率领骑兵转而劫掠唐尧国去了。此时子延和髻女已经在唐尧国一年，由于没有向氏领兵，兵权就落在了他们二人手中，且已经以五丝乐阵重新训练了士卒，令邻近的兹氏这样的神力高强之辈都不敢侵犯。

申妃骑兵一接近唐尧国，就遭到了子延髻女率军抵御，两军对攻。虽然子延训练的士卒有五丝散去冲击，同时这种音调低伏高启的振响还能令士卒愈加振奋，但却始终挡不住绵延数里的骑兵以木锥集中重击，被击穿也是自然的事。原本因为这冲击过于集中，士卒损失不大，可以继续与申人对抗，但子延却太过怜悯士卒伤亡，不愿意再战，急忙高呼和解。

申妃答应，便过来阵前上空，与子延和髻女二人议和。就在子延起身要飞到半空时，突然他身后士卒群里冲出一人，正是向氏。一副玉坠丝帛制成的图法卷幅在子延头上展开，一下子便聚起十种气息在他身边环绕。这图法包含驯兽法、射鸟法、捕鱼法、牧法、织纴法、农法、平准法、土陶法、冶炼法和历法等十种大法教象，各种技法都衍生出不同的气息在子延身边四窜，使他身上的五丝铮铮铮响个不停。而由于这十种气息对五丝的撕扯，他周围十步以内水雾火焰热气嘶嘶振响齐发，被空中日光聚起照得发亮，地下草木土石嗙嗙震动喷出，周围人马不自主的感觉震颤不已，嘶鸣不断。子延嗷嗷嚎叫，还没来得及回头反击，五丝就铮铮齐声被绞断，他身上也被图法裹得完全不能动弹。

向氏刚把子延收在葫芦里，便对着背后士卒大喝不要动，唐人士卒当然认识他的呼声，任凭髻女喝令，也没人敢列阵冲击。但髻女看夫君被擒，也顾不上自身安危了，尖叫着就朝向氏扑了过去，却被图法扑上前拦住。她顿时觉得周身被气息侵袭，撕扯不已，而随后"砰"的一声巨响，她手中玉勺崩断，退到了百步之后。

髻女只好大呼唐侯，此时他正在后军监督，早就听到了阵前的神力撞击，知道是向氏发难，要把全军都拉到周人那边去。他犹豫了一下，思索着全军就此奔周，他什么都得不到，还不如等商周互伤之后再决定投靠哪一方。唐人士卒听得唐侯亲自借风传音大呼，才开始对向氏发动攻击，但早已被他逃到高空去了。申妃则已经率领骑兵冲击，但就在唐人抵挡不住，边战边退之时，微子人马从附近的微氏族地疾驰而至，掩护唐人撤退。微子士卒也是以图法训练出来的田阵布置，但因为图法为子姓唐氏宝物，他们子姓微氏只是旁支，就只习得图法中各法的粗略，因此战力不及唐人。但就因为这一个师的突然冲杀，申妃竟然就此不追，转而率军去劫掠周围几个小邑了。

申妃与向氏擒得子延，便带他入营。

"乐师官大人，你自诩五丝之法能抵挡方氏的飓风，前次又困住姬鲜，但如何，终究不如我的图法之术吧？"向氏得意地看着子延说。

"确实不如，但我也不会投降，因为这图法是上古帝尧异宝，经过我大商一代代发扬光大，并非你一族所创，不能使我屈服！"子延当然认为这图法确实奇异，其攻击并非如别的神术一样是宝玉蓄力发出一道道凌厉的冲击，却能化作一种撕扯旋纽之力，这才使他的五丝不但不能振响，加倍为震碎十玉之力，反而还被扯断了。但他并不齿向氏背叛大商的所为，因此不愿意屈服。

"听说你本就对妲己的刑罚有怨恨，而既又不愿降周，为何不转而为我西土之人效力呢？"申妃对子延说，"去我们渭西沃野，你就不用牵涉商周纷争了！"

"早听说王女统一西土诸戎，武功赫赫，却想不到还能心思缜密，猜透我的心思！"子延一拜说，"但我世代为农族，虽不喜纷争，却也不愿意旁观，更是不能背弃我宗族的！"

"那你既然不肯投降，为了保你性命，你只有暂时委屈为我勇士骑兵服役了！"申妃一边说，一边朝向氏摆手让他退下。

向氏当然本意想收子延为麾下臣属，但看他被申戎王女带走，自己又不好与她对敌，只好作揖下去了。

司命官在太行山关隘，不但没能等到申戎骑兵来犯，反而听说他们劫掠唐尧国去了。他心中疑虑，又听说周氏人马却没有前往劫掠，更是奇怪。"难道周氏人马被调走，去河水袭击我王畿了？"他疑虑重重地想着。而少司命、伊耆女与邓侯闻讯，也从淇城赶来助战。

"邓侯，你跟伊耆女留在这里守卫，我跟少司命先去一趟王畿！"

"现在这时候去王畿？"少司命和邓侯惊问。

"我猜测周人有大军聚起在孟城，不只是征伐南土，还随时会渡河北上，不得不在王畿大路上布下阵法！"司命官扫了一下众人。

"啊……这……"伊耆女禁不住露出无奈。

"伊耆女，你有何话说？"司命严厉的盯着她。

"姜莞愉是想带我去找姒疑，向他问起促生育的药草，以换取解除他身上的情蛊。我与夫君一年多了都没有妊娠的迹象，这些时候问过沫城的医人官也都不解，只好……"少司命答道。

"不行，此事暂且搁置，我们现在这个时候决不能出现在孟城或黎地！"

姜莞愉只好泄气地垂着头。

司命官随即与少司命一起，去了王畿的雍地和龚地。此二邦是孟城北上通往沫城的必经之路，他便在此布下阵法，并派出宗师暗探守卫，不允许任何邦国的师旅通过。接着，他便顺路北上沫城去觐见帝辛，对诸侯伯发布禁令。但等他到了沫城，才得知帝辛在沙丘离宫，正在与妲己一起，宴请爽鸠氏、郭氏、泰逢、颛臾氏等各邦诸侯。

他一想正好，便动身去了沙丘。离宫外的虎贲侍卫看到是司命官来了，不敢阻拦，就直接放他进入了。他入宫一看，只见一大群人赤露身体追逐着歌女舞女，而他们身旁则是几大缸酒坛和一排肉食，延伸至百步之长。帝辛妲己赢来歪倒在案几后，爽鸠氏郭氏等侯伯则半躺坐在案几前，东倒西歪地互相倒酒。虽然他从小便看惯了帝辛宴饮的奢靡之风，但却从未见过如此大规模的飨食宴饮，便急忙上前拜见帝辛。

"此时周人蠢动不已，大王不可如此浪费粮食造酒！"

帝辛未及说话，他一侧的妲己就已经抢先说了，"这些都是孟城之战最为勇猛的将士，我不隆重宴飨他们，我的三赏六刑谁会当回事？"她此时坐在帝辛身旁，披着锦衣，身体扭动如蛇，醉醺醺半睁着眼睛说。

"这些人都是王后新赐命的首领，其他未被邀请的侯伯未必肯服，宴席欢娱若耽搁时候太久，各地大宗首领趁机叛逃造反都有可能！"

"大胆司命官，居然敢忤逆大王和王后的意思，还不快认错！"帝辛另一侧的嬴来则趁机站起来训斥。

姐己被他吵得酒醒了些，立即不悦地朝他挥了挥手，嬴来急忙低头坐下。泰逢看到姐己阻止，会意的笑呵呵走上前，"司命官别太持重，这些勇士和宗师都是需要重赏的，你也知道大商最看重酒德，如没有此等共乐享受，哪里会有拼命的壮士？"

"酒德是一回事，沉溺于酒是另一回事！"司命官冷冷驳斥，他对姐己拉拢的这些旧邦逃亡臣属一向态度冷漠。

泰逢立即不快，碍于他是姐己亲近之人，没有当场发火，只是没趣地走开了，酒正官急忙上来劝和，"大司命官说的不对哦，沉溺于酒并非没有好处，我族人若不是在沉溺中练出酒胆，哪里能布置出能削弱周氏这些强敌战力的阵法呢？如果不是我拿酒训练他们，他们自己就先被酒香阵法撂倒了嘛！"他笑呵呵的环顾众人，立即引来一片叫好，"而酒德也都要靠先练酒胆才能有的嘛，你说是不是？"

司命官听了没法反驳，他酒正官麾下那两个师确实连周氏阵法也没法冲散，而那些酒香不但能削弱冲击，还能提升士卒元气，使酒正官自己的士卒冲击相对提升，这使他不敢随意反驳。

"小臣察觉周人似乎在孟城有所聚集，就已经在孟城到沫城的一路上布下守卫，严厉禁止各邦侯伯师旅派兵往来，就可避免周人暗自偷袭，还请大王宣布禁令！"因为这里有小臣和氓隶在场，他就故意隐去布下阵法一事没有提及。

"我看过你的传信了，但此禁令施行，似乎使我们也没法会合诸侯，南下征伐嘛！"帝辛不太信任地说，他不满司命官只善于守卫，战力却不足。

"我倒觉得可行，我来此之前就已经探得周人在孟城有所聚集，但听说他们是去征伐南土的霍侯艾侯等邦君的，我们大可不必担忧！"泰逢进言说，他此时守卫比地一年多，能不去勤王伐周当然就不愿意去了。

"但周人开始征伐南土，我们总不能坐视不管吧？"雨师妾急忙进言说，她驻守的昆吾矿区的都邑就在戏地附近，自然怕遭到征伐。

"可等周人出兵时再撤去禁令，南下袭击孟城不迟！"司命官进谏。

但雨师妾立即极力反对，使帝辛也不好决策。"好吧，就听司命官的意思，我在沫城骑兵十五万，就算周人真的偷袭到王都郊野都不怕！"妲己看到局面僵持，就开口答应，说着还对司命媚眼如丝的一笑。

妲己刚飞回离宫，就碰上髻女和麋伯过来禀报，哭诉着子延被擒一事。

"我看大史官倘若投靠申戎王女，还可不用为奴，若是被周人带走，一定会被禁锢神力，但我猜测此时周氏兵马其实已经暗自去了孟城，合兵征伐南土去了，所以他应该是归附了申女，王后大可放心！"微子此时劝说。

髻女便附和着点头，"我相信微子，如果不是他及时阻击申戎骑兵，我们连回城都不能了！"

"我猜测周人既然聚集在孟城，就不可能只征伐南土，迟早会回师往王畿沫城而去，我麾下兵马虽寡，却愿意调拨到王畿，现在饕氏没有兵马，可让给她率领，协助王后抵御周人！"微子趁机说。

妲己皱眉，她始终不太信任这个庶出的王子，认为他主动带兵过来不过是为了求得封在王畿而已，就不愿意理会。无奈髻女已经在一旁开腔相劝，"微子为人很好，如果不是他一路开解，我为夫君都要把泪哭干了！"

妲己看着髻女一脸恳切的感激，就心软了，"好吧，你可以派兵过来，不过到了后要先交给我来巡视！"

等到十几天后宴席快要结束时，却从南土传来了昆吾氏叛逃的消息。帝辛这才匆忙结束欢宴，让各个邦君、将领士卒各自回去，雨师妾也火速回到昆吾，制止了人心惶惶的昆吾兵马，积极备战。

但此后两个月，都没有得到周人进兵的消息，转眼间到了孟春，申妃仍然驻军黎地，虽然与司命官时不时地有交战，大的冲突则被有意避免。而姜望则已经与渭水侯伯暗中潜入孟城，参与姬发主持的会盟。他一到，才知道不但有渭水诸侯伯，就连蜀方王、庸伯，甚至巴氏这些人也率人马到了，当然，人群中他一眼看到了巫咸王。

"你怎么也来了？"姜望吃惊地问她。

"渭水诸国我又不是只有你一人可以来往，我为何不能受邀而来？"她似笑非笑的朝不远处的檀括看了看。

　　檀括看到两人走近，立即上前，"吕侯，是我邀请巫咸女前来相助的，她会在我麾下从旁袭击宗师，看在我的面子上，你不必为女丑氏的事与她争执！"檀括故意提起女丑氏之死。

　　巫咸王则靠近檀括，亲昵地抚着他的脸，"这些天我们养足精神，才好有力气痛痛快快地战一场哦！"

　　姜望顿时觉得碍眼，只好一声不吭地转身就要离去，但却被身后的申妃拉住，"遇到故人就多聊一下，不然不能舒畅！"

　　巫咸王听到这话先有不悦，又看到申妃面色如常，举止大方，便迅速停止抚摸，"只说申女在渭西沃野，誓言不再过问河东之事，为何会相聚在此？"她讪笑着。

　　"当然是为襄助我夫君而来，不得不违背誓言，如此行事！"

　　巫咸王只好笑容凝固地拉着檀括，互相偎依走了。

　　姬发聚起诸侯伯，做了大誓宣讲，与诸位邦君和将领盟约，以杀帝辛及妲己、方氏等逆臣，颠覆妲己所立东夷降臣等为出师之名。周族士卒特意在颈项、手臂、双脚的甲冑上裹着白纱，以示为报殷王杀王历、囚西伯之仇。周人士卒群情激愤，诸侯伯也大都附和。众邦君里只有苏忿氏没有到，他为了避免与妲己冲突，就拒绝了姬发的合兵征伐要求。当然，姬发也怕他因为与妲己兄妹情谊而去告密，就没有告他此次会盟的真实意图。而此时的周人三路大军不但都已经由姒疑训练了冬麦种植法，还被苏子严令了军纪，士卒人人身配弓形金铎。这金铎不但能响应进军钟鼓，使之振奋，在士卒退缩、尽力不如周围士卒时，就会聚起阵内杀气反噬，震得他们双耳流血以示惩戒。这样，就算没有苏氏带兵，周人战力也会比孟城一战有所提升。

　　姬发当即命妫满、柞氏、甫氏兄妹、姒疑、钱氏以及弇兹氏为师长将军，各带五千兵马留在孟城，作出袭击南土霍侯艾侯、戏伯、昆吾和封父、杞国，以及东南陈地之势，以迷惑殷人。而姜望则被命为太师，率领姬发、召氏、周氏、姬鲜四军，共三万五千士卒，以及庸人蜀人、申戎羌方共一万，北渡河，进击殷都。

　　姜望听到师氏将领中居然有弇兹氏，不觉有些吃惊，他原本怀疑弇兹氏会暗通殷人，摇摆不定，而没有让她带兵，因而不知她麾下五千士卒从何而来。

"是姬鲜，他一向谋划拉拢你身边的宗师，而弇兹氏又不傻，她不可能留恋一段没有结果的情缘的！"申妃低声说。

"还是收了她吧，若被姬鲜拉拢了去，不但少了一位臣属，还……"姜望以征询的目光看着申妃的脸，劝说道。

"我就知道你会这么说，你去找她吧！"申妃叹了口气，"我等一下就回黎地去了，你北上进入殷人禁止来往的路段时，要注意御使神术一会儿就要休息一下，以免被司命官神术所困！"她贴近自己的夫君说。

"你是说那段禁行的路上会有司命官阵法埋伏？"姜望有些吃惊，因为就连姬发在大商的暗谍都没有得到此消息。

"我也说不好，但我跟司命官军交过手，因为套索连接了一队的骑兵，竟然害得我整队都受伤。我想要避免他合化你身上气息，只有间歇的激发神术，十二子气息合化才不会累积过重，郁积在体内不散而使你受损！"

出征那天，姬发命周氏、檀括、檀利率三师渡河，让姜望、召氏、姬鲜、兹氏等人随他先于大军往前探路。

"你为何也要去，万一路上遇到敌军激斗，旧伤复发怎么办？"邑姜劝道。

"魄氏那时被杀太可惜了，又只有我学得了他的遥望云气辨别阵法埋伏之法，我不做表率去为大军开路，如何能让庸蜀申戎安心服我？"

邑姜听他脸上似乎有责怪姜望那时袖手旁观，不阻止司命官之意，也就低头，没敢再劝。

众人出了苏地，一路袭击了一些守卫和暗探，姬发看云雾如常，既没有杀气上升的搅动，又不见云雾因阵法气息聚积而变色，只有几处烟气浮动，那自然是屯驻的守卫或暗探在生火煮食之故。姜望等众人分头回来，都说没有阵法埋伏，就松了口气，觉得应该是申妃多虑了。

大军渡河后，由于有风婉在一路行军上方聚起日光遮蔽士卒身形，前方百步以内都看不到大军的人影，只能听到战车和士卒路过的步伐振响。挚壶氏则跟在后面，以长长的绳串水壶跟随队伍，操控着水雾弥漫，缓和行军激起的疾风，使大军在迷雾里前行。

但大军一进入雍地，却遇到了路上积水，士卒一路御使阵法飞驰而过，冒出的水却越来越多，顿时使道路泥泞难行。周氏以为是前日刚有雨水，所以没有多怪，行军不过一个时辰，他看已经过了黄昏时分，就命士卒原地休息。而就在士卒松弛阵法催动，减缓戎车停下来时，他们身后突然积水猛涨，如泉涌一样哗哗奔来，过膝的激流如飞刀般急速在士卒队伍里唰唰的猛烈擦过众人双腿。随着士卒惨叫连连，一长队士卒都或被划伤腿脚，或整个双腿，扑地倒了。

"快布阵！"周氏、檀利、檀括等人都在大呼。士卒们慌乱的布下车阵，避开了嗖嗖而过的激流，以及其中暗藏的尖刺。等姬发等人探路回来，发现地下积水齐膝，而大军已经凌乱不堪，艰难的在积水里驰行。

"难道真有司命官布下的阵法？"姜望问众人道。

"我看这激流应该是从我们经过的汜水过来的，而看之前积水的冲击方向，应该是有人在汜水布阵聚力的缘故！"坊氏进言说，"只是大水从我们身后而来，而我们一路过来却并没有发现埋伏布阵，这种聚力阵法是如何发动的呢？"

"除了你，还有谁会聚力阵法？"姬鲜问坊氏。

"司工官应该能筑坝聚力，雨师妾、泰逢也可能以聚积云雨一样来聚积水流，而司土官虽然不在了，但不能说他的子嗣不会！"

"应该不会！"姬发摇头说，"倘若是他们，我们早就被趁乱袭击了！但我刚才一路看了周围，并没有发现士卒！"

"那应该就是司命官了！"姜望急忙说。

"怎么可能是他呢？他远在太行山关隘，哪里会不顾守卫重责，埋伏在这里？"姬鲜、周氏都说。

姜望也觉得不太可能，以司命官的为人，突袭之后必然会袭击宗师，但此时已经是夜晚都不见来袭，就应该不是他，而甚至可能还没人发觉这里的四万大军。他这样一想，便觉得申妃之前的叮嘱应该是多余的了。

"会不会真的是司命官，申夫人之前提醒我说这里可能会有司命官阵法，让我不要激发神力太久！"蓐收氏此时便低声问姜望。

姜望一想，原来蓐收氏已经被笼络了，怪不得自己夫人会如此放心地答应他与巫咸王或弇兹氏来往！"还是听她的吧，多注意些也好！"他安抚着说。

周人连夜行军，第二日天亮就接近了邢丘，而此时姬发等人正在邢丘探路。他们根据炊烟找到了暗探埋伏地点，随即展开围攻。这些暗探不过十几人，但居然有些还是能御使元气而飞的一流宗师，反应也灵敏，一听到姬发等人在百步外的动静就四散而飞。

众人急忙一边发出冲击一边追赶，瞬间就有几人被杀，而姬发最为着急，只要走漏了一个，殷人就会提前布阵阻击大军。他挥出大小钺一下就连杀两人，但只听铮然一声，铜泡居然如玉石一样粉碎，而大小钺及至于双手都震动了一下。难道这些人都是司命官或乐师子延麾下？但他此时杀得性起，就没想下去，又连杀了数人，但就在他凝神激发大小钺连续击杀时，突然脑中咣当一声猛震，大小钺的冲击突然反噬，使他双手顿时骨碎，双斧还没来得及飞出，他就失去知觉掉了下去。

召氏看到，急忙飞来看视，但见他七窍流血，不省人事，姜望则去杀了那个逃走的宗师。众人回来，用上薰草之后，姬发才稍微清醒，却说自己视力模糊了。

"适才我用魂鸟追击时，发现每一击，我的魂鸟都要震散一些，我本身也要震动一下，逼得我只好放开魂鸟牵引，让其追踪魂气袭击，这难道是司命官的神力？"兹氏问众人说。

"我也是，才疑虑着而没有多杀人！"召氏便转而望着姜望。

"应该是司命官在这些人护身玉泡上布下了神术，只要遭受玉石飞溅又连续震动，就可能使人遭到反噬，我夫人提醒过我，我才每杀一人就停下来一会，才继续激发元气再飞，这样似乎就不会积累受伤！"

"吕叔舅既然知道，为何不让我们知晓？"姬发此时有些不忿地说。

姜望还没回答，就被姬鲜抢着说了，"吕侯莫不是认为我们周人各个大宗是外姓，故意隐瞒不肯提醒？"

"当然不是，我侯女就是太子妃，如何会有意隐瞒，自阻眼看就要完成的大业？"姜望立即反驳。

"吕侯既然知道我大业将成，就不该隐瞒，这样的话，我们周族才不会把申吕当做外族！"姬发此时虽然半躺着满脸是血，但说话声依旧振振有辞。

召氏兹氏和嬴媒都没有作声，他们不愿意与姜望姬发任一方冲突，但令他们稀奇的是，姬发竟然会对姜望出言呵斥，就连称呼都变了。

"我认为吕侯隐瞒此事不报，致使太子受伤，应该记下罪过，等到此战结束，再以功劳论赏罚！"姬鲜趁机说。

"好了，此事就这么定了，我们齐心征伐最为重要，不能因小失大！"姬发喝止说，就让召氏和姬鲜扶着他飞回去了。

大军继续加速前行，不料却遇上了大雨，地下积水齐膝，即使有阵法催动戎车，也不得不慢了下来。邑姜正在戎车里照顾姬发，以蓑衣定在头上布下田阵散去头上雨水。她刚从召氏那里得知姬发对自己的父亲颇有微词，正要劝解之时，却看到姬高领来一个穿着蓑衣的蒙面大汉来了。姬发便示意邑姜先回避。

"我也要回避吗？"邑姜顿时不高兴。

"太子谨慎，小臣敬佩，但想太子妃为吕侯之女，应该不算外人吧？"那人鞠躬说。

"那好吧！"姬发便点头，邑姜没好气地拍了一下戎车护栏，立在一旁。

"现在大雨滂沱，又得知太子受伤，不知大军是否能如期到达沫城？"

"一定会以约定日期到达！"姬发肯定说。

"如此小臣便可放心，先走了！"那人倏地一声消失在雨水中，留下一些玉粉隐隐约约的洒落在地。邑姜即使飞近前，也没看出他用的是什么神术遁去的。

"别看了，专心想想两日后到达沫城的布阵吧！"姬发说。

"你现在对我越来越冷漠了，刚才还训斥我父侯，现在又不告知我这个暗谍的身份！"邑姜飞回戎车，呵斥说。

"当时姬鲜在场，他明摆着要挑拨我跟你吕氏的关系，怎么能不做做样子呢，而这个暗谍身份隐秘，怎么能在路上这么多士卒中说出呢？"姬发低声劝说。

"好嘛！"邑姜依靠着他说，"但听召氏说你似乎要把我四岳吕氏作为外族划清界限，我当然会害怕，你可不能不顾我的感受啦！"

由于姬发受伤，只好由召氏派遣芮伯代替去探路，他跟莘伯一样，熟悉山野树木之气，能敏锐地发现林木里夹杂着的人魂。众人除掉埋伏的暗探之后，却看到这一带的大路两旁都是怪石嶙峋的峭壁，而一些峭壁上的灌木居然在颤动。

"这些峭壁难道也被司命官布下了阵法？"姜望飞近一些颤动的草木说。

兹氏和嬴媒急忙沿着这些颤动的草木飞了过去，"在这里！"他们俩在前方招呼说。

等众人飞近，才发现峭壁上有一块如土丘般的巨大岩石突起，附近则有隆隆的闷声传出。

"糟了，"姜望说，"这必然是如司命官之前留在那些暗探宗师身上那样的反噬法，震动累积就会使这巨石飞袭我大军！"

召氏听了急忙飞到峭壁后去查看，却没能发现任何埋伏或阵法气息，"这震动是哪里来的？"他飞回来问众人。

"不管怎么样，我们先合力定住巨石，等大军过了再说！"嬴媒便劝道。

众人于是合力，以十二玉之力、水土草日四气合力、节气之法、林木之气等神术，使一圈宝玉塞住巨石，但隆隆声仍然不止。不一会，大军就到了，周氏、檀括等人都来帮忙定住巨石。经过此地时，众人都急得出汗，但总算平安，直到大军接近峡谷出口，都不见这巨石有动静，只是里面的隆隆声越来越大了。

"糟糕！"姜望与身旁的蓐收氏互望，都惊叫一声，"这隆隆声莫不是大军路过累积的震动？"他们俩齐声对众人说。

众人都恍然。"很有可能！"坊氏急忙说，"这震动累积应该类似于我的聚力之法，只不过我的聚力需要用玉圭拉直一路埋伏在士卒走过的地下，引导收集零散的战力，这巨石不知何故，竟然可以远距离直接汇聚气息！"

"那还不赶快让大军停下来！"邑姜急道。

"不，不能停，行军震动虽然共鸣为巨石累积震动，却也在发动元气顶住巨石脱落，现在一停，恐怕巨石立即就会脱落，朝大军一路前行的方向吸了过去！"坊氏立即说。

"那我们来一起擂鼓，转移巨石的袭击方向吧！"姜伋进言。

"恐怕力有不逮，我们这些人别说击鼓，就算擂地，也不够四万大军一路累积的震动吧！"召氏说。

"现在你们都听我号令，一起合力把这巨石稳住！"姬鲜仗着自己战力最强，大声命令道。

"怎么可能，这巨石有百步长宽，如何能凭我们几个人就稳住？"周氏反驳。

"只能等巨石脱落，用绳墨把它引开了！"姜伋说。

"无知小子，招风绳墨牵引一个井田阵还差不多，这等巨石如何够？"姬鲜骂道，"我一个人的战力就抵得上一个井田阵法，但丝毫不能举动这巨石！"

"好了好了，我们一起合力牵引这巨石转向吧！"召氏劝和说，"现在大军已经走了，只要在巨石被踏过的震动引动，在一路追袭时使之稍微偏移，就不会有损我士卒！"

于是，姜望率领所有宗师，包括邑姜、巫咸王、庸伯、檀利等，各自以宝玉长戈在峡谷上空到地下一路排成横斜或绑缚或定地，以此来推动巨石偏转。

众人纷纷布置护身宝物，巫咸王则看着姜望走过来，"你立在我这边来吧，我有八色烟气保护，只有承受不住巨石撞击之力时，才会被逼退开，不似你的借力术那样一有感应就会不自主的退开！"巫咸王对他说。

姜望便取下头上玉环和身上宝玉甲胄上的铜泡，"我会坚守法宝，直到巨石掠过，不会用借法自动躲避的！"他把法宝丢在地下说。

巫咸王听了转身就走。

"等一下，"姜望叫住她，然后招呼蓐收氏过来，"你带上蓐收氏吧！"

巫咸王本来不想理会，但一回头看蓐收氏有些尴尬地飞过来，就转而一笑，"要我帮你的新情人吗？"她故意说。

"主君，我还是留在你身边吧！"蓐收氏哪里受到了这样的轻蔑，不肯上前地急声说。

姜望无奈，只好收起蓐收氏定在上空的皮鞭递给她，劝她退下，"你还是别参与阻拦巨石了，你的聚光推力不大，去追上大军传信吧！"蓐收氏当然知道自己光热有余，论力量则全不及甫氏周氏首领，也就答应一声，追赶大军报告情况去了。

檀括急忙上前跟着巫咸王，"你的八色烟气应该可以护卫多人吧！"他一边向姬高、邑姜、姜伋和挚壶氏招手，一边谄媚地问她。

姜伋邑姜当然听到了巫咸王与姜望的对话，坚持不肯受惠于她。"跟我来！我母亲的法宝比那个南蛮女好用得多！"邑姜取出套索，对姜伋、姬高说。

姬高姜伋便跟着邑姜到了姜望身边，邑姜又招呼召氏偃女过来，六人一边用套索相连，套索另一边则拉长套在了几百步范围的大树。这样一来，巨石的撞击疾风就会有一半散在他们身后的大树上去，而不会令他们受伤。结果只有挚壶氏跟着檀括，守在了巫咸王身边。

等众人布置好法宝不久，果然听到峡谷内巨石发出轰隆之声。众人守在转向处一旁，只见如山大的巨岩呼啸的如一堵冲天石壁一样朝众人压了过来，闷痛的疾风唬得庸伯、杜宇氏等神力低微的人急忙散开，而众人的法宝砰砰砰的数声全部被撞得粉碎。

兹氏、嬴媒的魂鸟被拉扯如裂帛一样轻易粉碎，但兹氏、周氏等人因为躲在魂鸟里，总算没有受伤。而巫咸王、檀括等前面的戈矛被强压撞得烟气炸裂、光雾四射，但却只是戈矛断裂飞溅，三人也完全没有受伤。

挚壶氏只觉彩烟四射之中，被巨石撞上如仅被丝麻紧箍了一下似的，而就连姑幕氏的魂鸟都被撞到百步之外，他们却仅退了几步，他不由得暗暗吃惊巫咸王宝物的战力究竟达到何种地步了。坊氏御使的土封也是仅被巨石压平，他悠然顺巨石之势撒出玉砂，"轰"的一声巨响，巨石撞击力便随玉砂滚动消解掉了。

只有姬鲜姬度与芮伯等没有保护、又坚守戈矛的人被疾风掠过推开撞倒摔在地下，不过只有芮伯、巴氏等人被摔得吐血，姬鲜姬度姬处都是聚魂之体，摔在地下跟没摔过一样。但巨石掠过众人兵器宝物集中的地方，几乎没有转向，就弹跳着直对大军呼啸着砸了过去。

"众人快跟我去救护伤兵！"姬鲜跳起来，牵起摔在地下的芮伯、巴氏等人，大呼道，姬发不在，他自然要充当宗主，顺便也显示了他不惧撞击受伤的勇力。

大军这边有蓐收氏、任女和姬发，他们早就命大军停下来躲在一侧的山坡上等待，此时听到峡谷那边的轰隆巨响，就鼓励士卒上山，却因为陡峭而大都爬不上。

此时士卒都缩在山坡一侧躲避，就感觉一片阴影袭来，只见半空的巨石砸了下来，一路沿着大路滚过士卒对面的陡峭山坡。哗啦哗啦的一阵巨响过后，巨石碾过大路草木与士卒对侧的山坡，在众人前方大路上嵌在泥土里，不动了。

姬发此时视力稍微恢复，急忙让麾下亲信去救治伤者。姜望等人赶到，看到路旁斜坡上突出一块横亘百步的巨石，颤巍巍地悬挂在众人头顶，而地下的伤兵则哭叫着在地上拼命乱爬。待救起伤兵之后，清点人数才知道只少了不过千人，之前的转向牵引还是有些作用的。

邑姜扶着姬发，命大军原地休息，然后聚起诸侯伯将领商议。

"现在被这巨石耽搁了这么久了，不赶快行军，还商议个什么？"姬鲜不满地对姬发叫道。

"不必着急了，我打算先留宿一夜，等士卒养足精神再走！"姬发缓缓地说，"刚才这巨石的轰轰声恐怕几十里地的人都听得到，就算路旁的暗探被除掉了，但附近的殷人聚落应该会来查看的！"

"这样的话，妲己他们会不会出来袭击我们！"邑姜问。

"不会了，此去沬城不过一日路程，他们准备一日就会在城郊与我们交战的，出来袭击的话，反而会准备不充分！"姬发一边抚着邑姜，一边对众人说，"无论如何，我们需要对付的只是妲己的十五万骑兵、邮氏驻扎在沬城的一万王师，以及韦地的酒正官军、禺强兵马，太行山的司命官、比地的泰逢，以及邢地的爽鸠氏是来不及救援了！"

"我军战力虽然能以一敌三，但恐怕也消耗不完十五万骑兵，太子果真有神术破解妲己的御使杀气之法？"姜望疑问。

"太师放心，击败妲己的兵马就由我来作保，太师尽管全力对付妲己，季弟三弟则分头对付援军！"姬发自信地环顾众人说。

此时司命官已经收到风师传信，他除了在路旁安排了暗探和守卫之外，还在附近的殷人聚落留下了风师，嘱咐他们一听到巨石轰隆声就传信给他。

"周人大军已经到龚地了，除了伊耆女留守之外，你们俩都赶紧率领一万兵马下山，两日内一定要赶到沬城！"司命官急声说，"我这就先去了！"

"仅凭巨响的传音，恐怕不能轻易断言吧！"邓侯疑虑说。

"我刻画的巨岩长达百步，耗费了几十只玉铎反复探查，应该是足以累积三万士卒的阵法震动，一旦崩塌，应该是周人全军来袭无疑了，而且龚地与沬城不过一日路程，恐怕除了韦地的酒正官，比地、邢地和你们等的师旅都赶不上了，你们争取去沫城救援吧，不然大商亡矣！"司命官说到最后时忍不住脸上抽搐，一说完转身就飞身出营帐而去。

"一定要回淇水看望母亲！"少司命追出营帐喊道，眼里闪着泪花。

妲己此时在沫城，刚收到司命传来的借风传音，正在传令调集酒正官、禺强的兵马，却又看到髳女来报说一个庸人士卒暗探潜入，说要报告周人兵力。她立即唤士卒觐见，听那士卒报告了周人的兵力和行军情况。

"想不到周人居然把庸伯、蜀方这些蛮人都召呼来了！"妲己笑着，顿了顿说，"却只有四万人，哪里够我十五万骑兵一击？"

此时，微子觐见，要求报告军情。

"我得到情报，得知周人会于二十七日既生魄日到达沫城郊外！"

"你哪里得到的情报？"

"龚地小宗的一个聚落听到巨石轰隆声，我的一个宗师亲信正好在那里守卫，打听到消息就赶来报告我了！"

"好了，你明日把士卒交给饕氏率领就行了，下去吧！"

"明日会战，我愿意与饕氏一起率军作为中军抵挡周人！"

妲己觉得奇怪，一般人遇到这种消耗战，都会把自己的士卒安排在后军，从未有过如这个微子这样主动要安排在中军的，"不行，明日有我亲自安排布阵，你下去吧！"

"王后慢来，我士卒人人带有蚩鼓，可以受杀气撞击激发鼓声，振奋士卒，安置在中军正好激励前军拼命，后军不惧流血！"微子着急上前说，"而今晚我会连夜操练他们，以备明日之用！"

"不可，我说了我来安排你还敢进言？"妲己看他着急，更是不信，呵斥他退下。

微子快快一退，髳女就上前进言，"我倒是觉得微子的想法很好嘛，娘娘何必拒绝？"

"你什么都不懂，你刚才没看到他着急的样子，他一个落魄多年的庶子，哪里会为大商存亡着急到那个程度，必然是另有所图！"

"可我刚才用玉勺分辨过气味了，微子身上散发的魂气是先祖成汤的玄鸟之形，而非他在南土宋地祭祀祝融的火之形，应该是没有联合南土土著谋反的私心的！"

"你的玉勺不过能判断他继承大商祭祀的公心而已，但帝辛若死换他为王主持祭祀，不也是为大商的公心吗，这你如何能分辨？"

髻女哦一声，顺从地陪着妲己出宫去召集士卒去了。司命官连夜激起十二天智玉引天地气御马飞奔，虽然他一种气息仍然不能碎玉，但也足以达到飞廉飓风的战力了，两天的路程，他一日夜就赶到了沫城，入宫觐见帝辛。

帝辛此时早接到妲己风音，正自木然，看到司命官气喘吁吁的，不经通报就飞入他寝宫，就也不怪罪了。"你不用来此了，这边我已经派寝正官和邮氏费氏父子率军出城救援去了，你也直接赶去襄助王后吧！"他神态如常说。

"邢地的爽鸠氏出兵了吗？"

"我吩咐王子让爽鸠氏按兵不动了！"

"这是为何？"司命官急躁不已。

"这是一条退路，王子录与周人联姻，只要他不参与征伐，周人一旦破城，便不但没有借口杀他，还要立他为新王，这也是对爽鸠氏是否肯出兵的试探！"

司命官看帝辛此言深谋远虑，就顿时放心下来，一拜之后就要告辞。

"好，你去吧，与妲己一起努力，至少要争取一天！"帝辛紧握他的手臂说，"我有方氏护送，今晚就到，你不必担心！"

司命官看帝辛对自己下令不称王后改称妲己，当然立即领会其意。看来帝辛是把此战看作与周人决胜负的最后一战，打算舍弃一切了。今年年祀的征兆是烟祀染黑云层暴雨，预示着有大量伤亡，而这伤亡能否打败周人，就看明日一战了。他顿首谢了王恩，急飞往沫城而去。

沫城南门外，妲己安排好士卒列阵，阵列于沫城南门，延伸十里地到郊野，等到黄昏才让士卒回城，顺便去迎接刚到北门的邮氏方氏的师旅，以及即将到达的帝辛王车。但就在她率军进城门时，却看到司命官一人飞下来了。

"我已经与大王商议过了，救援明日就会到达，你再把几个师的兵马调拨出城布阵，由我来训练一些神术吧！"

"我已经布置好了，无需你再来插手！"妲己不高兴地说，她累了一天了，想回营休息。

"西羌人的高热混敦兽，你能以杀气追袭吗？"

妲己当然知道司命官能把火热分化为巳午未三气，这样不但削减了热力，还能壮大士卒的元气，但她就是不满司命质问的语气，"你现在才布置会不会晚了些？"她不耐烦地说。

"我的阵法不但可以避免高热灼伤，还能振奋士卒！"司命官坚持说。

妲己没有搭理他，就催马前行了，她想着明日由她出手即可，就算让髻女用大鼎，也可挡住大部分的光热，不足为惧。司命官便稍微凑近她，装作有密报要说的样子，就在妲己歪着头靠近时，却察觉突然周身聚起了卯气，顿时颤抖僵硬。

"你……干什么……"她嘴唇僵硬的抖动着。

"快调拨两个师给我，我来布置法宝！"司命官稍微散去环绕在她头上的气息，松开她的嘴唇喝道。

妲己偏偏闭口不说话，她料定司命不敢伤她。

"快下令，我的人马要两日才能到，只能临时训练一支队伍了！"

"我若不听，你难道还敢杀了我不成？"她翘着上唇说。

"这样如何？"司命一剑划开了妲己胸前的肥遗皮甲胄，缝隙里顿时露出了里面高耸的灰白绸服，周围士卒顿时哗然，却又不敢上前。

髻女在一旁本来觉得高兴，她巴不得这两个人暧昧的缠斗不休，但看到司命竟然真的划破了妲己甲胄，才开始着急。她当然清楚，妲己最在乎的是自己的威望，本来在一片氓隶拥簇的威严中，却突然赤身，这是最令她羞辱之事，"娘娘你快答应司命大人吧，调拨两个师的兵马而已，一会儿的工夫啊！"她着急地喊道。

虽然此时妲己感到周围士卒的视线都集中在自己的胸口上，议论纷纷一片，但她一狠心，坚持不下命令，"不调！"她喊道。司命只好对髻女看了一眼，髻女急忙呼喝着还没进去的骑兵掉头，由她率领往城外飞奔。司命看出城的人数够了，才放开妲己，飞身往城外去了。妲己觉得身上一松，就立即发动短剑以杀气追袭司命。地上众士卒一片惊呼，只见一路炸响尾随司命而去，追上之后则发出一片水雾射出，而随后就看到短剑随水雾飞去，司命官则像块石头一样坠了下去。

妲己本来已经忿怒的擎出了巨剑，变得如阁楼大小飞身追赶，却看到司命如石头一样坠了下去，就忍不住扑哧一笑，立在半空没有追击了。在前面领兵的髻女也笑呵呵的飞身过来，扶起掉在地上的司命，带着他去赶骑兵去了。她当然也知道，司命已经轻易引开短剑的杀气追袭的，应该是为了博妲己一笑，才故意摔下去的。最重要的是，氓隶士卒们看不懂这神术高低，会以为是他们的主君把司命官击伤了，而这正好为妲己恢复了威望。

"你们俩站住！"妲己肃然飞身上前拦住司命官和髻女说。

"就让司命官大人布置法宝吧……"髻女看到妲己又追上来了，害怕的哀求说。

"不行！"妲己喝道，"你不知道哪些骑兵是可以用于配备法宝、承受高热的，还得由我来安排！"

这下司命和髻女都松了口气，接着妲己便挑了些身强力壮的氓隶，由她列队飞奔往郊野而去。到了郊野停下来后，髻女便要陪妲己回城。

"你先回去吧，我要在此监督，以免他的法宝扰乱我勇士的战意！"妲己回答说。

髻女会心一笑地走了。妲己便陪在一旁，司命则为每位士卒配上水玉，教会百夫长咒语之后，才让他们一遍遍地默念，训练御使士卒激发水玉吸收光热。两人随后在树梢监督。

"你这么着急赶来，是怕我会承受巨剑杀气受伤吗？"妲己看头上月光皎洁，忍不住把头靠在了他的肩膀上。

司命一天一夜赶路，现在感觉到妲己的温软，禁不住就松弛下来，便从半空降下来，两人靠着坐在了树梢上，"确实是怕你受伤，怕周人战力有了意外的提升！"他有些忧郁地缓缓说。

"不用害怕的，除非周人战力达到了封父氏军的倍余，不然是挡不住我四倍余他们的士卒的！"妲己一边抚着他的脸，一边动情地握住他在这春暖中火热的手，从自己胸前那划开的皮甲里伸了进去。

司命急忙缩手，"王后！"他沉声说，铿锵有力。

"你怎么还是这样？"妲己抬起头皱眉看着他说，"这一仗之后，我的功劳怕是超过妇好了吧，那点王臣之礼与此相比算什么？帝辛能把我们怎么样？"她激动的呵斥说。

"但至少现在不是时候……"司命满脸忧郁，话语低沉。

妲己看他确实很悲戚，就没有呵斥下去，"原来你是怕我输了啊，"她缓和说，"那你就更应该答应我了，也许今晚就是你我的最后一会了哦！"

司命听她说话声中没有伤感之情，就有些不快，"你真的对这十几万东夷族有信心？"他质问说。

"孟城一战就是明证！"妲己翘嘴唇说，"周人这两年提升，难道我的兽兵士卒战力就没有提升吗？"

司命知道她指的是氓隶比起国人更加能吃苦耐劳，意志力就比起孟城之战的那些士卒更加坚定，承受杀气自然也更持久，以此来拖垮长途奔袭的周人。而看她仍然沉浸在荣耀之中，他就不愿意去驳斥，毕竟如果没有这份信心满满的战意，明日一战怕是会更糟。"既然你这么坚信，我也就放心了！"他轻松地说，"等击退周人之后再说吧！"说罢，起身就要飞下树梢，却被妲己吸住。

"你是在敷衍我吗？"她恼怒的不断增强短剑吸力说。

"现在是战时，等战事结束再说！"司命铮然一声大响震动，摆脱她的吸力下去了。但他立地未稳，就被封在地下的泥土草木中，一激起神力就遭到飞扬的草木鞭笞，啪啪两声之后，他忍痛没有反抗，暂时立住不动。

"你既然知道是战时，就该知道不听从我的军令，我会依据刑律对你施用鞭刑！"妲己吼道，"你一年前就……"她说到这，突然脸微微一红，没有说下去。

司命虽然在黑暗中看不清她的脸红，却才记起一年前他与妲己就有过这样的对话，那时他因为抗拒妲己高高在上的姿态，借口不是战时拒绝了她。他顿时有些感慨，而林子外已经传来练兵士卒们的嘈杂声，他们自然是听到林子里的声响，才过来的。司命随即咧嘴一笑，"好吧，王后要我做什么？"

这下妲己反而不好意思起来了，"你早乖乖听我的话，不就好了？"她轻松下来，飞身接近司命。

但只听司命周围草木亮光四起，突然哗哗燃起火焰，司命顿时摆脱朝妲己扑去。妲己本以为他顺从了，刚反应过来抽出短剑，就听得噗的一声，短剑第一声炸裂成了闷响，不但没有蔓延，反而把她身上裹着的肥遗皮撕裂。妲己只觉自己被一股猛烈的推力挟持，擦过浓密的树林一路飞过，使她忍不住惊叫起来。在林子外训练的士卒看到林中火光，都在惊慌地大喊着接近，但司命已经吻住了妲己惊叫的嘴唇，飞往林子深处去了。

听得士卒喊声已经渐远，司命才停下来，两人相拥在树梢上。"你这是怎么了？"妲己身上衣不蔽体，而面前又立着她日思夜想的司命，不觉有些羞涩和惊惶。

司命没有多话，只是猛地一下从甲胄里跳出，并激发身上药石发热，使自己浑身发热，冒出热气，这样的火热可以减小他因不安而不住的发颤。毕竟眼前的是他十年前遗落的一颗天智玉，虽然闪闪夺目，却又一直是棱角分明。

妲己抱着他，只觉这一切来得太突然，竟至于不可思议。她禁闭双唇，不敢发出一丝声音，就好像周围是一群人在盯着她修炼巨剑一样。

"这里应该没人能听得到声音了！"司命沙哑着干燥的喉咙说。

妲己嘤了一声，欢快的大叫着，两人周围的树枝都在月光下不住地颤动。

"你为何会突然这么粗鲁？"妲己懒懒的激发光晕在司命胸膛上划过说，光晕在洒满月光的树梢上，如萤火一般在游动。

"为了明日我们能并肩作战，不留遗憾！"

"这么说你只是为激励我作战才这样？"妲己在树枝上坐起身来，"你不会真的以为这是在执行我的命令吧？"她不无讥笑地说。

"不，也是为了振奋我的战意，让我能不再有顾忌的为你死战！"

妲己喜极，安心地蜷缩在司命怀里，两人就这样缩在树梢上，没有一个人愿意开口，打破这十年前曾体会过的那份沉浸。但不一会，这沉浸就被空中映出的火色打破，他们俩警惕地看着映在半空雾气中的摇曳火色，飞到高空一看，果然远远看到百二十里地之外的大路上一条火光朝这边疾驰过来。

"果然是明日抵达，微子还有点心思！"妲己笑着说，便对司命说起了微子要求布置于中军之事。

"一得知禁令，就能在聚落安排好风师，看来这个王子确实是个人才！"司命看有人竟然与他的布置不谋而合，不得不有些佩服。虽然他也出自西北微城，但他太史族封在微国历史悠久，而微子不过是这一代才在微城封君的，因此不愿意称这位庶子为微子，"你答应他了吗？"

"当然没有，他以前从不合兵勤王，现在突然来此，我怀疑他不是要讨个封地，就是与周人有暗通！"

司命点头，这时天上突然开始下起了小雨。

"走吧，我们先回去睡个好觉，以备明日之战！"话说到这里，两人的甜蜜已经被打破，妲己虽然感怀温馨短暂，也只好就此放下。两人拉着手并肩，飞回去率领士卒入城了。

决战篇

第二天一早，酒正官的兵马就到了，看来是连夜赶路来的，而妲己和司命也已经开始在城郊摆好阵势，只不见禺强兵马到来，而嬴来已经被帝辛派去催促了。这时，嫥女和微子来了，又要找妲己说安排这一个师的人马到中军。

"娘娘，我仔细检视过了，微子麾下士卒人人只带了些宝玉和'蚌鼓'法宝，这鼓确实有应杀气而振奋魂魄的神力，而且是玄鸟之象的魂气！"嫥女低声对妲己说，"跟我家夫君的乐法类似的由来！"

"我看过再说！"在微子嫥女的拥簇下，妲己看了些士卒身上的蚌鼓和宝玉，果然只是些祭祀时振奋魂气的法宝，就放松下来。

看到妲己舒展双眉，微子急忙对士卒大呼："扬王己休！"但妲己这如帝女般的美人英姿飒爽地立在这些士卒头上半空，使这些士卒都一时不敢举动，竟然半天都发不出呼声。"众人要抗命吗，快呼唤赞颂王己！"微子怒吼地对千夫长说。

千夫长此时正呆呆地望着妲己，听到责骂才呼喝起来，众人这才齐齐跪地，一排排的朝妲己起起伏伏的连拜，口称："扬王己休~"

"这些北土边鄙氓隶大概是没见过王后这般天女，才会反应如此迟缓！"微子抹着头上汗珠汗颜说。

"好了好了，我知道了，你和饕氏一起率这些兽兵勇士去中军逡巡吧！"她笑着说。

微子咧嘴笑着与嫥女去了，妲己面带笑容转身离开，她一高兴，就要去看此时正忙着训练昨夜那些士卒的司命。自从昨夜以来，她心情好多了，不仅是这两年来的孤单和气闷，就连临战的戾气，也不经意的小了许多，刚才对微子才会宽松了许多。这时来报说对面周人已经布置好阵法了，妲己便对周人借风传音大喊约定辰时开战。

对面姬发一口答应，他们昨夜连夜冒雨布阵，有些仓促，而既然日出之后对自己士卒准备磨砺草刺更有利，妲己的牧阵却无需蓄气准备，他自然欣然应允。姜望正要趁着这个空隙去殷人阵前致师，却看到申妃和猫虎氏飞来。

"你们为何会这么快赶来？"姜望看他们居然还带来了一个气度不凡的男子，依稀认得是大商的乐师。

"我早听说你们在汜水遇到了袭击，就知道司命官布置了阵法，你没有受伤吧？"申妃说。

"嗯，你之前猜对了，果然要间断施法，才能避免心脏、气血的辰气累积！"姜望近前，拉起申妃的手。

"这就好，这一仗打完再说吧！"申妃笑吟吟的。

"这个人……"姜望看子延身上没有被禁锢神术，有些不放心。

"吕侯勿要怀疑，我是来劝走髫女的，她并非好战之人，不该在姐己的残酷布阵中受到熏染的！"子延一躬身说，"我也不会逃走，我已经把五丝乐法的奥秘告诉你申女，就算逃得了这次，也逃不了下次了！"

"夫君放心，子延确实为了避战而来的，他对他夫人尤其怜悯爱惜！"

姜望便让他们先埋伏在高空，等大战过后，双方士卒决出胜负，再去寻饕氏，因为只有那时才会开始互相擒杀宗师。

而姬发则趁着这个空隙，对着数万人借风传音大声盟誓，其中自然不乏责骂帝辛、姐己的言语，誓师中称帝辛为"独夫"，对姐己则直呼其名，气的这边的姐己和司命浑身不舒服。

"别受周人挑衅，我们去看看邮氏的兵马布置吧，我对这个小人不放心！"殷人阵中，司命对姐己说。

姐己本来对姬发的誓师恨得咬牙切齿，就要飞身上去责骂，这时被司命提醒，总算稍微消气，两人往士卒头上飞过。就他们俩在飞过中军时，却看到髫女和微子呼喝骑兵穿梭。"怎么回事？你不是说没有安排微子兵马在中军吗？"司命问道。

"没事的，我看过微子士卒法宝了，只有一些田阵宝玉和一种腰鼓而已，不过是类似司土官和子延的一些振奋士气的小伎俩而已！"

"不是这个问题，我听邮氏说他本想安排微子到他麾下的中军，但微子执意不肯，而如今非要安置于你的兵马之间，必然有诈！"

"这有什么，邮氏的兵马有寝正官阵法防御，阵中气息凝固，振奋战意的法宝没法起作用，他当然要到我的勇士骑兵里来！"

"我要看看再说！"司命松开姐己的手，喝住微子，随即开始检查士卒法宝。妲己不快地跟着他下去了。司命拿起蚩鼓和定阵宝玉反反复复地看，却也没能发现什么，只察觉水土草三气及相当于辰时气激起寅时气的击鼓振奋人魂而已。

"你这师旅既然有鼓乐振奋，只能安排在前军，以搅乱周人的战鼓！"司命对微子说。

"万万不可，我族人都是边鄙贪图安乐之人，哪里能如王后的勇士那样经得起杀气反噬，实在不能没有掩护！"微子惶恐低头说。

司命虽没能看出破绽，望气术的经验却告诉他此事不妥，邴氏费氏是大王的人，髻女是妲己的人，方氏没有提领兵要求，而突然间冒出个平日里远在边鄙、无足轻重的微子布置在大军核心，似乎不可不防。更重要的是，战场上的气息会互相影响，他早已算计好申酉戌等气息可能的合化，以及子午二气的阴阳明暗、寅卯辰气的分化，而突然间多了微子腰鼓的辰寅气的合化，弄不好就会削弱他布置好的战局。"你既然不听我安排，就只能跟酒正等卫戍族一样，布置在侧翼辅助，不能在中师！"司命喝道。

"不是我爱惜士卒，实在是我麾下族人战意不足，邴氏军的宫室阵法早已被姬鲜破解，倘若我士卒田阵飞石搅乱阵列，哪还能为中军的勇士们助威！"

"是啊，司命官大人，我看过了，这蚩鼓真的就只是类似我夫君的乐阵法宝，我都能懂得御使，根本不必多虑！"

"我说了不行，微子立即撤走人马，否则动刑！"司命喝道，微子只好黯然的开始呼喝士卒离去。

妲己在一旁早已不满，司命完全没把她这个十五万士卒的主君放在眼里，就擅自呼喝撤走自己安排的人马，"微子留下，我说的！"

司命看妲己动怒，只好把她拉到半空，"微子本不是我大商王畿诸侯，而他三番两次要求留在中军，必然是想等输赢一定，或立功，或暗通周人反叛！"

"我难道没想过吗？其实不过是一个庶子要来勤王，借此战得到封地而已，就一个师怎么在十五万骑兵里反叛？"妲己圆睁媚眼，"这么小的事，能让你调拨来调拨去吗？"她说着转身走了。

司命无奈，想到马上就要开战，确实不宜调动人马，只好作罢。而此时嬴来押着禺强及其所率士卒来了，妲己看禺强被赢来用两只虎爪金钩压在双肩上，耷拉着脑袋过来了。

"王后，禺强被我抓了，依据六刑，迟来合兵者应受肥遗之刑，请处置吧！"赢来呼喝着对妲己说。

"禺强，你既要受刑，还有何话说？"妲己喝道。

"现在即将开战，看在战况紧急的份上，请求王后让我戴罪立功！"

妲己正要说话，司命飞了过来，"战前不宜用刑，只等战后以功过论赏罚！"他对妲己一躬说。

"按王后定下的六刑，迟来者只有交出兵权才能减刑，不然需立即受刑，以正刑律威严！"赢来对司命大声驳斥说，"王后，若不在阵前对禺强动刑，恐怕十五万氓隶不肯死战！"他又转向妲己说。

"对！把禺强押到阵前，当众用刑！"妲己喝道。

赢来听了立即呼喝着让麾下宗师带禺强上前，司命随即飞过去拦住，"减刑为烤墨，会毁了禺强容貌，使其无法在自己臣属面前抬头，万万不可啊！王后不记得昆虫氏的背叛了吗？"他激愤地大声说，令士卒里的千夫长百夫长，以及不远处的酒正官等人都不禁为之动容。

妲己听了大怒，现在千夫长、诸侯都在，司命却大呼提起违拗新盟誓的昆虫氏，这不是有损她盟誓六刑的威望吗？"昆虫氏是叛逆，谁敢反叛就如昆虫氏那样被杀的下场！"她不理司命，一跃飞身在空中对阵前大呼，"把禺强带入阵前用刑！"

赢来随即推开无可奈何的司命，把禺强带到十几万骑兵的阵前，借风传音大声宣扬禺强罪过，妲己便飞过去，以短剑聚光罩住禺强的脸庞。随着一阵阵的惨叫，禺强虽然不断挣扎，但双肩被虎爪金钩压制，根本没法举动，只好挣扎直到脸上被光热烤得皮焦肉炭，阵前士卒都骇然噤声。

禺强受刑之后，才被赢来带到后军，解开双肩的虎爪，他身上顿时刮起一阵疾风，接着身上一松，瘫软在地，捂脸跪倒。赢来自然得意洋洋地去接收了禺强麾下的一个师。

"随我去阵前吧！"妲己看了看心事重重的司命，不高兴地说。

"禺强如果不好言允诺赏赐，一定会有叛心，趁激战时投敌都有可能！"

"他们水正官一族世代为大商近臣，怎么会反叛？"

"别说他一个近臣，此战如果周人得胜，就连王子微子都有可能叛变！"

"去阵前吧！"司命没有多说，便往阵前飞去，妲己虽然跟了上去，却没有再与他并肩而飞了。

太阳初升时，周人阵前开始钟鼓齐鸣，而妲己这边也吹响号角，在绵延三里长排的山猓猴骑兵一片呼声中，四柄巨剑架在蒺藜上横亘阵前。双方开始互相接近对轰，草刺土石箭雨带起一片涨潮般的疾风和尘土，冲向了双方中间的四柄巨剑。在砰砰砰砰砰砰的连声炸裂中，巨剑后的东夷骑兵被压制在地下爬不起来，而周人阵地也是呼啸一片，草木尘土四溅。

但这次周人长途偷袭，哪有因巨剑拖延时间而退走之理？多次冲击之后，两军阵前就出现了几道几步宽的沟壑横亘。而随着冲击越来越多，沟壑越来越宽，如果再推进就会陷在坑里被敌人冲击，结果两军都守在沟壑边累土为墙，不愿意首先越过沟壑。

妲己正要收回巨剑，后撤引诱周人入坑，突然看到周人阵前涌出一些全身挂满草木石块、手持铜锤的步卒，在一片大喝声中以铜锤击打土堆，阵前沟壑内的土石草木都被震得飞扬，在沟壑旁堆积出土坡来，而周人战车已经随着钟鼓声开始推上土坡。

妲己有些吃惊，战车上了土坡只会遭到更猛烈的攻击而已，不知道周人此举何故。

她忙令山猓猴骑兵发动冲击，却开始觉得周围在逐渐变热，头上的太阳也开始变大，她知道是羌北人的混敦兽到了。而她身后的司命已经擂鼓命士卒激发阵法，一队队士卒在中军来回穿插，百夫长身上的水玉交相辉映，把高空传来的混敦兽高热都收在水玉上去了。

而阵前山猓猴骑兵的猛攻却只掀起了沟壑外的土石飞溅，阵前一片遮天蔽日的尘土，掩护着后面的戎车冲到沟壑的另一边，就地借土为墙，躲在墙后。妲己士卒的长矛和箭雨冲击因为被周人土墙战车挡住，只扬起尘土草木飞溅，暂时没法透过。

庸伯此时正在阵前率领他族人铲土垒坡，"快些冲上去，我的人快撑不住了！"他忧心忡忡地对檀括说。此时那些在加固土夯的士卒身上挂满的土石人偶正在一块块的炸裂，有些士卒已经因东夷人长矛冲击，而被杀伤。这些庸族人正是檀括和姬高所训练的，庸伯士卒本身就擅于夯土垒墙，只是不懂布阵号令而已，为他们俩训练阵法后，就能以钟鼓布阵了。

"等聚集在沟壑前的人马足够了，我就会下令！"檀括沉声说，在人群里密切注视着不断向沟壑汇集的戎车。

姐己这边的士卒虽然凭借巨剑抵消双方冲击为掩护，能够以箭雨突破到沟壑前，但不能越过这堆积三米高的土坡。就在山獋猴骑兵因消耗了箭支而退后之时，檀括一声钟鸣，庸伯立即大呼命士卒爬过土夯，而周人戎车则顿时振奋，一排排冲上土夯坡，总共分成三排士卒，居高临下同时发动冲击。这自然是姜望冲击倍增术，战力由从前的翻倍增至三倍。

不过一会，阵前就堆满了山獋猴和氓隶尸体。空中血腥弥漫，热气蒸腾，尘土夹杂着血雾则令东夷骑兵更加狂热，冲击也变得更加猛烈。而在半空，混敦兽已经接近半空，如十几个太阳一样围绕着殷人阵地，不过却没有什么光热威胁，东夷人骑兵队伍中千道光束摇曳，混敦兽发出的高热都被热风吹散，没能往地下阵法里蔓延。

蓐收氏无功，正要带领混敦兽撤退，冷不防觉得混敦兽光热在减弱，而自己周围却多了光热水雾环绕，使她头部膨胀，似乎要爆炸了似的。

她猜是司命在调动十二子气，便急忙带着混敦兽往高空急退。但来不及了，她下面的混敦兽一个个的开始厉声大叫，它们爪子上厚厚的土范被光热穿孔，身上被高热烤的血液沸腾、尘土血雾弥漫。她看着辛苦驯养的兽群被杀，热血上涌，大声召呼在她头上护卫的石夷氏，并以铜镜照亮周围的云层发出热压，想要驱散尘土水雾。而石夷氏也已经刮起一阵白亮的云雾疾风弥漫。

她们正在后退，突然发觉各自身上都出现了一道射向太阳方向的光芒。她们俩都觉得奇怪，尤其是蓐收氏，她被西羌人尊为"红光"，望气术、聚光术得心应手，但却猜不透这没有任何感觉、任何气息侵袭，在身上凭空出现聚光是何道理。二人没有发现任何异样，只是在穿梭云际时被迎面而来的水雾疾风吹得有些发颤。

蓐收氏猛然想起申妃的提醒，这才想起与自己对阵的是司命官，她急忙暂停激发神力，藏身日光里，"快停一下再飞！"她对石夷氏大呼。

但石夷氏哪里肯听，她当然知道蓐收氏能藏身日光掩盖元气，但她却难以掩盖魂气，只能化日光风急飞。所以，蓐收氏说这话只让她怀疑她如此说是为了让自己去送死，好转移司命注意力。然而，就在她全力而飞不过片刻之后，护身云雾尘土就扰动加剧，全身也猛然震颤，心力衰竭坠落。蓐收氏看到了之前在太行山隘口所看到的类似一幕，藏在日光中胆颤不已，庆幸自己总算没有被司命发现踪迹。

司命消灭空中威胁，才松了口气，却在飞近地面时听到漫天尘土下的惨叫似乎要盖过冲击撞击声了。他急忙拨开尘雾，隐隐约约看到地上周人已经在土坡攻击的掩护下越过沟壑，开始朝巨剑匍匐逼近。而巨剑虽然还在吸收双方对冲，但往殷人阵地四散的杀气冲击似乎更多了。

"姐己要枉杀我们这些退后者啦！"这时中军传来连声疾呼，"快逃散吧，我们抵挡不住啦！"这是借风传音，显然是士卒里混入了神力高强的暗谍在大呼。

"不要听信谣言，这是微子在惑乱战意！"这是姐己和髻女的大呼。

此时的她们俩，姐己在前军独自御使巨剑，这巨剑是她与司命合练，因此能分化出寅卯辰三气保护她，再无需惧怕巨剑追袭她身上的杀气，使她遭到反噬；髻女则在中军，身上光晕扩散，一边命令东夷骑兵向前，一边追袭一些穿梭于中军的微子骑兵。

司命往下急飞，刚接近中军上空，就看到弥漫的尘土似乎在随着一种哗哗如海浪般的鼓声震荡，而他身体也已经被这峄鼓震击侵袭而不觉有些僵硬。因为这时士卒身上弥散出来的并非如他所料是振奋人魂的辰时气，而是震颤人魂的卯时气！

等他拨开尘土时，才察觉是一阵阵尸臭气穿透尘土弥散，而灰尘都僵在空中跳动，就连他用戌气厉风也只能吹开不能吹散，只是被撞击得在原处翻腾不已。

司命附在剑上，迅速穿过尘雾，才看清姐己大部分中军都连人带马僵立在原地，行动缓慢畏缩，后军一些士卒则似乎在瑟瑟发抖。最惨烈的当然是前排骑兵，由于周人越过沟壑逼近，冲击越来越猛烈，巨剑杀气在往殷人阵地四射，许多人被击碎手脚，惨叫不断。

最糟糕的是，四柄巨剑已经被周人在土墙上居高临下的冲击逼的退后，剑上大部分的零散冲击都散开在东夷人周围，划伤他们手脚，而妲己也只得随着巨剑后退。对面周人阵中则是一片身上头上手臂上缠着白纱的士卒，阵前上空的血雾虽然也笼罩周人阵地的前排，但这些士卒却似乎没受到鼓声影响，战力丝毫不减。

"方氏，快来中军追击微子，是他的人马在惑乱我师！"此时前军又传来了妲己的呼声，后军则传来嬴来回应，他本来负责守护帝辛，但帝辛听得妲己呼声，自然放心不下，命他赶过去。

司命飞近前军，此时地上堆叠着东夷士卒尸体，只要有伤亡，就会有血雾被鼓声震荡从伤口中逼出。空中则早已弥漫着随鼓声哗哗震荡的血雾，这更加重了妲己阵中尸臭气的弥漫。他飞近一骑从他身下飞身急速而过的骑兵，士卒身上带着一彪从四面八方汇聚而至的血雾，身上鼓声震荡不断，而这骑兵飞驰之快，居然连他都有些不能跟上。但这骑兵既然恰巧从他身旁飞过，就被他眼疾手快，热浪击出，顿时使那骑兵身上火起，而火焰迅速蔓延至此人腰上衅鼓，"砰"的一声大响，炙烤使衅鼓爆裂，那士卒本身也被炸伤，倒撞下马来。

此时，司命已经看出了微子阴谋了：这些穿梭飞驰的微子骑兵人人带着衅鼓，这鼓平日不过只是振奋战意的乐法之宝，可一旦有血雾弥漫，尸体堆积，就会吸收士卒亲族的血气和尸臭，汇聚在鼓上。此时发出的振响就反过来是压抑战意、引起恐惧、散去冲击的。他本来也想到了这一点，才执意要把衅鼓安排在前排，但既然不好临阵调动，他想即使安排在中军也无妨，毕竟这些东夷人驻扎沫城卫戍十几年，早已顺服大商天威，且有妲己以严刑峻法约束，不会轻易退缩。

可他千算万算没能算到的则是这衅鼓是献祭商祖上甲微魂魄时聚积魂魄的宝物，而士卒则是作为上甲微祭品的东夷人！原本衅鼓是聚积辰气激起士卒的人魂气，现在因为东夷人被亲族尸臭压抑而体内聚积阴寒气，使得鼓声辰气遇到阴寒气而在他们身上转化成了震颤魂魄的卯气！

他越想越急，担心的事情还是发生了，微子不但是周人暗谍，还与周人策划了精密的计谋，并练出了克制妲己御使杀气的法宝了！御使杀气的训练虽然能迫使士卒无畏的爆出体内杀气，并承受住杀气反噬，但这种神术的最大弱点就在于随着冲击持续，阵地上的尸体也堆积的越来越多，尸臭气一旦被法宝聚积利用，就不但会阻碍骑兵体内的元气爆发，卯气震动还能削弱骑兵们的意志力。

最可怕的是，东夷人尸体只会越来越多，这意味着只要没能消灭微子那一个师的骑兵，岬鼓震荡尸臭气的僵化神力会一直压抑骑兵们的战意。到时候，就算这些士卒因为接受过六刑之法的训练，仍然能够爆发出体内元气，却已经意志崩溃，只能被动还击，没法主动阻拦周人了。

"癸亥师勇士，午定、未执！"司命只好先下命令让士卒散去血雾，他借风传音命令他所训练的那一个师。此时混敦兽群已除，那些百夫长身上已经不再有光束聚集，这些人也因为在人群里穿梭，已经散在几万士卒里，司命一时不能聚起。

这些士卒因水玉聚起了大量午未阳燥气，且本身已被激起元气，他们随即在百夫长的喝令下戈矛旌旗挥舞，放出大量阳气热风。果然，周围空中血雾随即发出嘭嘭嘭之声，随半空扬起的尘土坠落或飞散无踪。只可惜这些骑兵不过训练了一晚，神术不精，只能散去他们周围的血雾，使他们自己能活动自如而已。

"方侯大人，快去追击微子骑兵，是他们在震荡血雾，破坏我阵法！"髻女此时早已扬起巨鼎气息，要吸收周围震荡的血雾，不过她巨鼎虽然巨大，却释放气息有限，哪里挡得住这一个师催动的鼓声振动？巨鼎放在中军许久，酒肉味被血雾杀气冲淡，不过只振奋周围士卒，根本无法消除如巨钟般笼罩在近五万士卒头上的血雾。

而髻女刚叫出这一声，还没来得及换藏身位置，就察觉到人群里一道光芒斜射过来，罩住了她和大鼎。她虽然每召呼士卒一声，就要换个位置附身，但却只附身在巨鼎上，没有远离，此时被光芒罩住，顿时觉得身上被热风黏住了似的，手脚沉重。

接着，巨鼎当啷一声，被一道金锥打得变形、热气直冒，就连髻女本身也被这一震震伤。髻女只觉身上僵硬，贴着巨鼎的背部脊椎也被震得骨折了，而手上玉勺也出现了一道凹痕，也是热气直冒、尘土缭绕。

髻女紧贴巨鼎坐在地上，却不敢再吭声，她怕再被袭击，也怕呼救使在阵前御使巨剑的妲己分心，只忍痛琢磨着这冒出热气又能撩动尘土的元气是什么神术。

"商，快去救髻女！"妲己呼唤着司命官的私名，她虽然在阵前，当然察觉到巨鼎那边的冲击，她想到一定是混在微子士卒中的宗师忍不住出手了，咬牙竖眉愤恨不已，若不是她背负着巨剑威力，就要飞回去，一剑杀了微子和那些周人党羽！司命此时听到妲己呼唤，又听到冲击巨鼎声，应了一声，就飞扑过去，却被一大片尖利的魂气拦下，身上顿时如刀剑划过一般疼痛。他迅速聚起尘土，嘭的一声震散这些锋利的金沙疾风，直冲巨鼎的方向，却察觉一股猛烈的锋利魂气朝自己刺来，而人群中也多了一个微子族士卒打扮的人来。

他周围护身的卯时气早已砰砰砰大响，"方氏，快去救饕氏！"他一边大喊，一边凭着未时气的漩涡，滑开了这道犀利的戌气土石风冲击。

嬴来此时正挥舞狼牙棒，牵动地下士卒牧阵攻击射出大量的疾风，大范围地冲击着在空中震动的血雾。他要散去血雾，恢复东夷人战力立功，丝毫不肯听司命官的求救。

司命看方氏仍然在后军呼啸飞过，没有上前的意思，只好亲自奋起飞往巨鼎攻击处。但接着又有两道锋利的魂气陡然从人群中袭来。这次的鬼魂气又快又近，他刚察觉疾风发动，护身卯时气就被撞得乱射，脸上也被划出了血。这就没法完全躲开了，他附身剑上，以十二支玉引动天地气加速，迎着两道魂气横向闪过。在滋滋滋滋连声尖响中，他裹着午申酉戌四气的耀眼光芒，在闪过魂气时散去了大部分的尖刺、碎石和阴毒魂气，总算安全擦过了两道魂气的边缘。但由于这两道魂气太过猛烈、锋利，躲过冲击之后，他和他的佩剑被疾风斜推了十几步。

司命从剑上下来，觉得身上除了之前的脸上划伤，却无大碍，而经过这次袭击，司命已经看穿了发动冲击者的藏身位置。他不等从剑上下来，就直接以聚光生出十二子气合力，催动佩剑朝身下人群某处飞刺过去，那里正聚着大量刚死士卒的血雾，是由大量弥漫的骨粉玉粉从周围死尸上吸取过来的。嗖的一声，他的飞剑到时，只"叮叮当当"的巨响，刺穿了锋利的魂气防御，而御使者的魂气已经察觉不到了，只剩下撞击余波所发出的阵阵热浪飘在空中。

司命只好转身赶去巨鼎处，正好看到一人现形，在收起髻女。他来不及过去，即坠下人群里，猛地以玉刺刺地，辰时气震动迅速传至那人脚底。那人刚拿出葫芦，就被脚下冒出的辰时气震得身体震颤，一时僵化。

"百夫长，快来这里！"髻女此时虽然不能动弹，仍然对周围的东夷人大喊。

而司命看得手，刚要借人群掩护袭击，就看到那人周身放出四道光芒，照住了周围士卒射过来的箭雨。不但箭雨滑过他身上钉在脚下，他还就此恢复行动，而光芒罩住的人群反而震颤畏缩了。收起光芒后，他转身飞过去，要擒住髻女，却不防司命的一团剑影已经扑来。那人手中扇贝还没来得及收去髻女，就被剑影切断光芒，只得转身往人群里逃去。

司命往髻女这边飞来，察觉到残留玉粉所散发的杂乱魂气，而刚才那人以午气热风滑开箭雨的振动通过他脚下的水土震颤四散到了周围士卒身上。他猜想应该是魂气置换术。而能够御使贷贝术、置换术之类的除了钱氏，就是那个消失已久的胶鬲氏了，无论是谁，这次都是微子帮助混入妲己东夷族的，只可惜刚才一闪身，那人就混在人群里找不到踪迹了。

司命略微一想，便有了主意，他吸住一个死尸举起，拨开血雾和血腥气飞到半空，"胶鬲氏，微子已被擒在这里，再不投降就杀了他！"他举着死尸飞过人群，一边借风传音大喝道，也是为了要震慑周人、安抚东夷人。

果然，东夷人阵中一道急速逆行的魂气停了下来，附在一个骑兵身上略微现身，就在这一瞬间，司命已经聚起空中血雾朝那人发出了一束冲击，急速而去。只见一阵光芒过后，冲击四散倒了两个士卒，而那人复又藏形看不见了。

这边那人一边急退，一边扬起了珠贝定在身前身后，发光压制周围血雾的震颤。但他刚要转身加速飞走，就在转身瞬间，突然觉得背后的护身珠贝与他身上的宝玉猛然跟着周围血雾自发震颤，那人被震得脚下一软而倒。

司命迅速飞近，早看到他手中扬起的珠贝，想自己的猜测果然没错，应该是胶鬲氏无疑，因为听说钱氏用的是铜贝和铜币，只有出身东海的胶鬲氏会御使蚌珠和扇贝。

那人爬起来刚要逃走，就被司命射来一只玉圭，击中没入他的背部。那人痛的一声惨叫，捂住伤口挣扎着要逃，却只觉周围的血雾尘土疾风突然变得凉飕飕的，一飞动就震颤伤口，似乎要把心脏肾脏都震出来了。

"胶鬲氏，快说混入我阵中的周人还有谁！"司命飞到他跟前，喝道。

胶鬲氏蜷缩在地下痛的大声叫唤，"就在前面，你放开我，我可以带你去！除了我还有……"他越说越低声，司命正凝神细听，突然被他扭头射出一支玉和数颗宝玉在自己脚下。

司命刚要激发戌时气爆开宝玉，他与胶鬲氏之间就"砰"的一声巨响，一阵玉粉爆开，一股猛力一下子就把胶鬲氏送出到十步之外，而司命则被地下半只断玉、数颗宝玉以及身上所有的宝玉发出光芒禁锢住，完全没法动弹。司命只觉身上宝玉和手中短剑仿佛黏住了自己，而自己仿佛已经变成了宝玉一样，就如他二十年前在东夷与宓妃一起偷袭时，被逄伯定住一样。

胶鬲氏此时身上也是所有宝玉发光，他刚站定，就忍痛大喊一声，拔出身上半截玉圭，随即举起锋利的扇贝边刃，朝不能动弹的司命就近挥下，发出一道利刃般的疾风朝司命头部切去。

司命记得，他被这质剂之术定住之时，自己与宝玉的魂气混合这只是幻觉。在危急中，他沉心凝神，却发现手脚确实沉重不少，而扇贝利刃已经削来。他只好大吼一声，削过来的疾风利刀遭到血雾震击，嗖的一下擦过他耳鬓，射偏飞入四周血雾。

胶鬲氏看元气攻击无效，正要近前手刃，却因震颤的血雾抖了一下。他急忙以珠贝光芒推散血雾就要挥刀，却看到眼前大量沸腾的血雾已经聚起在司命身上。他猛地声震跺脚，脱开了宝玉粘滞，吸在剑上直刺过来。

胶鬲氏急忙射出数颗宝玉，掩护自己往高空急飞，"司命官，在东夷我曾救你夫妇性命，为何今日要抵死相逼？"胶鬲氏一边急退，一边大呼。

"只要说出其余人下落，还可饶你不死！"司命大叫回应，但飞剑却在变快。胶鬲氏则只顾急飞而不答，他深知司命官的性情，一旦擒住自己就会立即翻脸不认人，而就算他会为自己求情，殷王也决不会饶过自己，还不如倒向周人。

司命看他不答，知道此人应该是准备死忠于周邦了，于是激起剑上一束反光，震动血雾射向混入东夷人群的胶鬲氏。不出百步，胶鬲氏就震颤不已。他正暗自惊慌，就被司命赶上，一剑刺穿头颅，掉下地去。

司命把胶鬲氏人头抛向后军，那里有宗师飞身到半空，专门以金锁链收起被俘或被杀的首领，吊在王旗上，用来聚积阵中杀气，提升士卒战力。他正要反身回来看鬐女，却听到了鬐女骂禹强的呼救声，而巨鼎那里已经聚拢了士卒。

禹强本来被妲己安置在前军冲杀，但他却只留了自己宝玉与魂气在与他相似的一个人身上，那人在阵前冲锋里葬身之后，妲己便以为他已死，没有再关心。而他本人则只混入中军人群，要看战斗形势，好决定是否偷袭宗师去讨好周人。

待到震动的血雾弥漫之后，他估摸着妲己要败，就接近巨鼎这里了。看到鬐女半躺在巨鼎旁，他脸上狰狞一笑，立即过来喝退保护士卒，问鬐女的伤势。

"多谢禹侯，这巨鼎的肉香反被血腥气镇住了，你可知破解？"鬐女以为他好心，和蔼地与他聊着。

"当然知道！"禹强歪嘴一笑，手中玉圭朝降娄度方向聚力，猛地刺向鬐女，不料刚擦过鬐女手中玉勺，就嘭的一声响，玉圭被尽数散去，而玉勺只晃了晃，丝毫无损。

禹强大怒，想没可能连个受伤不能动的女人都伤不了，他取出祭祖用的玄鸟之玉，催动一柄短刀刺向她的胸口，却只邦的一声，短刀被玉勺拍飞，他也被震得后退，而从玉勺的小孔后随即显出玄鸟图案呼啸着散去，不过多了一道凹痕。

"禹强，你要做什么？"鬐女这才反应过来，似乎是要杀她。

禹强看这呼声惊动了周围士卒，想必须尽快解决她，"莫慌，我只是要试试巨鼎神力！"他口中说着，已经挥出一副大常旗慢慢覆盖在鬐女身上，顿时使她散魂。而这回玉勺对于散魂气却挥之不去，在后面显出玄冥黑龙之形的魂气，慢慢散去。

原来这玉勺对于元气激起的疾风神力，能自动把部分气息再次凝聚为族魂，因而只会承受一半冲击，其余则会聚成祖魂气；而对于刀刃冲击则要御使者挥动才能散去。大常旗为给先帝玄冥招魂的招魂幡，发出的散魂风虽然会再次凝结为玄冥图腾，散去一半，另一半却没法自动散去，而就这一下的散魂风气滞留，嫮女便被散去了魂魄。

"夫子们快来，禺强要杀我！"嫮女虽然虚弱，却还是拼命大声一呼。周围士卒本来在对着升起的玄冥图腾恭敬膜拜，但听到主君呼救，才想情况不妙，急忙围了过来。禺强看嫮女叫声虚弱不少，就喝退嫮女的家臣，收起玉勺。果然，没了嫮女神力御使，玉勺匕首的玉首一掰就断。他收起断截玉勺匕首，要留着向周人邀功，不顾嫮女麾下宗师阻拦，闪身飞走了。

等司命呼啸而至追来时，禺强已经把自身元气隐在旗帜里，藏入人群了，留下嫮女半躺着，握着半截玉勺的手逐渐僵硬。司命看她魂魄在风中飘散，还未散尽，急忙朝她射出一块引魂玉璧打在经脉上，总算为嫮女聚积了些许气血，魂气也恢复了些。

他愤恨要追禺强，却看到空中尘雾里降下三人，正是申妃、猫虎氏，还有子延。申妃他们本是为救蓐收氏上去高空的，却透过尘土听到巨鼎破坏声，子延担心嫮女安危，就请求申妃一起下去，并允诺强行把嫮女带离战场，他们才又下来的。

司命对士卒喝令，朝申女等人攻击，一边要摆脱他们朝禺强急追，却被申妃和猫虎氏抛出一端套索把列队骑兵的冲击啪的猛抽，偏转射向高空去了。司命则被套索的另一端拦住。

司命当然不敢多纠缠，他知道这套索能束缚比施法者战力低的神力。既然有二人拦他，他便想即使腐蚀了几根套索，力量怕也不够挣脱，而又不能与他们斗法耽误时机，就转而下地，要混入士卒元气而走。就在此时，巨鼎那边却传来子延的大呼，"司命官，你连自己人都要杀吗？"

"嫮女是那个与方氏缠斗的人和禺强杀的，我正追击禺强，我怎么可能杀妲己的姐妹！"司命趁机指着后军大呼，那里有人在与嬴来缠斗，要阻止他吹散血雾。

司命这样做既可以分散申妃的注意，顺便也让子延去帮助赢来杀那暗谍。那个周人暗谍神力高强，激起的一片血雾居然能与赢来的疾风对轰，不落下风，不多一个宗师怕是拿不下的。

果然，听到这话，又看到司命已经化草木之风藏身地里，申妃便放心的收起了套索，不再去追击他。他们俩飞到子延身边，看他正扶着奄奄一息的髻女，为她点燃蘼芜恢复魂魄。

"是大常旗的散魂风吗？"

子延沉重地点着头。

申妃与猫虎氏对望，都叹了口气，他们知道中了大常旗的散魂风，一下子就会把魂魄散尽，即使如这样加强气血，也只会逐渐丧失神志。这时，周围的东夷人已经开始列阵对他们围攻，申妃着急的劝他带着髻女离开。

"不，我要留下……我要看娘娘最后一面……"髻女清醒了些，听到对话后，半睁着眼执拗地说。

"你快把她带走吧，东夷人快要布好阵了！"申妃和猫虎氏一边以鞭绳打飞周围围上来的骑兵的冲击，一边对子延说。

子延焦虑地看着半合着双眸的髻女，又看到周围聚集的东夷人越来越多，嘭嘭嘭的冲击越来越猛烈，"我要先去杀了那偷袭的小人！"他脸上扭曲，说着不顾申妃，就奋起朝赢来那边飞去了。

"要去追吗？"猫虎氏一边御使绳圈转移冲击，一边对申妃说。

"算了，我们沃野族帮助周人杀殷人又没好处，不必太计较！"申妃说，"先去对付妲己吧，髻女自有这些东夷人保护！"她看套索挥舞格挡的冲击已经使地下轰隆剧烈，泥土草木喷出一丈多高了，而套索上的宝玉也开始开裂，只好先躲开周围牧阵骑兵的围攻。

此时妲己正在一片血雾里御使着巨剑，却不得不后退，因为虽然巨剑还能消耗不多的抵挡冲击，维持均势，但妲己这边的士卒所承受的杀气余波却越来越剧烈，在血雾中越来越僵硬慢行。她也只好后退更接近士卒，近距离施法强制激起他们的杀气。

"不要退后，不要听信叛徒谣言，方氏已到，血雾会被吹散的！"她一边以巨剑所散发的剧烈金粉冲击推开弥漫的血雾，一边激励因鼓声畏缩的士卒。

"我们已经有五位首领混入东夷人，妲己你快投降吧！"

这时阵前却传来借风传音一呼，妲己抬头一看，原来是姜望与姜女、巫咸王等六人立在她跟前半空，却没敢下来接近巨剑。

"你们也就只会呼号扰乱我师士气而已，敢真的接近我巨剑吗？"妲己借风传音大呼，顺便鼓励夷人士卒。

"妲己能立在这两军冲击焦灼的地方而无需门阵保护，必然是修炼了新的神术，巫咸王，你去试探一下吧！"姜望环顾众人，对巫咸王说。

"为何要我去，这巨剑在吸收两军的冲击杀气，又不是普通的巨剑，我哪里挡得住？"巫咸王不满的不看姜望说。

"你的六十四卦变化法应该练成了吧，就算接近应该也能僵持一会吧？"

但巫咸王听他提起六十四卦，便认为他是在讨要指点卦术的回报，就更不愿意被他驱使上前了，"我可不愿意单独冒险，要去就让你的宝贝女儿用你夫人的套圈连接众人，一起上前吧！"她瞥着邑姜说。

"不要她去了，她此次来就是为了趁乱偷袭宗师邀功的，哪里会肯主动冒险！"邑姜大声呵斥说，当即取出套索，就把挚壶氏、姬高、巴氏连起来。

"等一下！"姜望阻止她套索连接，聚起了一片水镜抛出，"你们先不要冒险，我一试便知！"接着他对着妲己抛出了一只金钩，并随即抛出了水镜。

就这一抛，金钩刚接近巨剑，自然引动了剑上的杀气追袭，而金钩也聚起了对撞之力。"砰"的一声巨响，杀气冲击正要沿着对撞的疾风朝姜望等人追袭而来，就被水镜挡住，随即又是砰的一声响。不过这一撞之力小了很多，因为水镜随即被撞碎，水花四散，把冲击连带杀气都散去了。

而且，这些水花都有感应对冲之法，就在金粉散射追袭时，水花也在聚起的反向冲击啪啪啪啪啪啪连声炸裂，原本就已经被分散的细微追袭冲击，这一下都被拦截下，逐渐减弱消失了。众人在后面半空，只觉眼前如雨点般的无数水花炸裂中除了有杀气弥散之外，明显还有另外一些气息。

"果然！"姜望对邑姜等人说，"妲己的巨剑不但是杀气凝聚，还有申西戌三气，司命官教与她十二子合化法了！"

"那我们怎么办，一过去，一定会被十二子气息损坏宝玉、压制神力！"邑姜着急地问。

"巫咸王，我们俩一起去试探一下，其他人随后接应吧！"姜望对巫咸王说。

但巫咸王翘起嘴唇，昂着头并不理会。

"你们别费心思了，没有人能就近承受巨剑威力的！"这时妲己又在对面大声威吓，以鼓舞东夷人士气。

"不试一试怎么知道！"

就在此时，妲己听到身后传来申女的叫声，紧接着就有一道猛烈的冲击朝自己身后袭来，但当然立即被巨剑上的杀气追袭拦下来，"砰"的一声巨响，两道撞击胶着。

但申妃和猫虎氏此时立在殷人阵前半空的血雾里，身上裹着大片血雾，可借以抵消杀气追袭，而他们还拖出了身后的一队东夷人支持，这些人都被套索强制连接拖过来的，他们在血雾里本就变得畏缩，与周围夷人又并非同族，因而被拖出队伍也不挣扎，总算凭借这一圈盾牌一时挡住了巨剑杀气。

"快逃，巨剑上有申酉戌三气！"这边姜望听到申妃的声音，已经凌空飞身越过巨剑，往妲己身后而去。巫咸王看姜望居然敢一人接近巨剑，不由得的也以彩烟护体，飞身跟了上去。邑姜等人也急忙催促挈壶氏张开一副巨大的漏斗形竹篾，往下方的巨剑推进。姜望和巫咸王则一飞近妲己，巨剑上就发出两道杀气追袭二人而去。

而申妃这边果然快支撑不住了。巨剑上发出的冲击有双方对轰的杀气补充，是可以源源不断的，而东夷人则都是血肉之躯被套圈强行逼迫冲锋，哪里抵挡得了与杀气的持续碰撞？随着他们接近巨剑，越来越强的杀气把盾牌冲翻，夷人一片惨叫，纷纷双臂震颤倒下。

申妃与猫虎氏手上套索也嘭的一声，因失去东夷人盾牌防御而顿时被击碎，手骨也被震脱臼。而他们还来不及惊惶急退，身上宝玉刀剑就随着金粉袭来而磨破，冲破骑兵身体套索的杀气也朝他们二人扑来。

巫咸王虽然周身有彩色烟气护体，但被杀气追袭撞上，立即发出嗖嗖嗖四下里乱射的彩烟、疾风、热气、光束等，大团裹身彩烟也随流窜的金粉玉粉变幻不断。而就这一下阻击，杀气炸裂就使这一大团彩烟随着嗖嗖四散的烟气而开始分崩减少。她虽然不敢再飞近，却被巨大的吸力扯住，不能逃开了，急的忍不住大呼。

邑姜、挚壶氏等人则躲在竹篾里，杀气追袭嗖嗖嗖的击穿漏斗形的大水雾，分散为一道道细细的冲击散射。虽然这冲击已被大漏斗流动的气息压制成一束束慢了许多的疾气，众人能轻易避开，但他们身上的金铜法宝，包括挚壶氏撒在水雾里的金粉，却都被冲击所弥散的申酉戌三气破坏。挚壶氏急忙后退，不敢再更靠近上前去救巫咸王。

姜望当然也听到了巫咸王的大呼，但他似乎没听见似的直扑殷人阵地，身上发出的两副玉坠金钩已经射向巨剑，一副金钩砰的一声把追袭他而来的杀气拦截下来，另一幅金钩则拦下另一道杀气的冲击。

虽然金钩玉坠都被弥散的申戌气损坏，但金钩飞动却仍然成功牵制住两道杀气追袭，在巨剑上方划出一道圆弧，砰砰连续巨响，撞在两侧地下去了。妲己急忙挥出短剑，挑动巨剑上又一股杀气追袭拦截姜望，但被他留下一面水镜抵住，而他手中聚起的圆柱水团已经朝申妃和猫虎氏射出。就在水镜被击碎，杀气追袭四散，雨点般的被拦截的空隙里，他也已经倏地一下越过了妲己。

此时巨剑的申戌气已经追袭到申妃与猫虎氏身上，两人虽然已经往高空急退，但追袭更快，立时赶上，二人身上的护体套索劈啪作响，血雾也被杀气炸裂驱散。但此时姜望射出的水团也已飞至，如大钟一般罩在火花前面，"砰"的一声巨响，追袭的金粉顿时雨点般的四散，并啪啪啪的如漫天暴雨一样被拦截下来。

申妃本来已经双手手指骨折，气息侵袭使身子僵硬，绝望待死，却突然被身后一股水柱猛地切断了急追杀气的压迫巨力，顿时感觉轻松。

她僵硬的身子稍微松弛，就被一股熟悉的金钩吸力拉到了姜望身边，她看到水团一下子就把那恐怖的杀气追袭拦截下来，而猫虎氏也在一阵雪花似的点点炸裂里逃去，顿时喜极而泣，"夫君，快上天去！"她扭头对姜望喊道。

但姜望只金钩钩住她往高空一甩，就又聚起水镜朝被吸在巨剑上方的巫咸王飞去。此时巫咸王周身烟气已经被四散射出不少，迟早要耗光，而妲己又以短剑挑起巨剑上另一道杀气追袭朝她袭来。就在她心凉如水之时，突然被身后一股水团泼下在身前，接着"砰"的一声巨响，水花炸裂四溅。吸力猛然减小，使她总算能够摆脱吸力了，随即在雨点般的炸裂里蛇行，而此时姜望金钩也到了，只一甩就把她甩出了巨剑追袭范围。

"我根本无需你来救！"巫咸王被金钩吸力拉扯，就知道是姜望，她羞愤交加，扭头吼道。但等她扭过头来，却只看到身后的人影一晃，已经往高空申妃的所在飞去了，竟不知听没听到她的发泄，这使她顿时更加忿怒，而且是无处发泄的忿怒。

申妃和猫虎氏正往高空急退，而另一边一道狂风朝他们袭来，正是飞廉所化，他原本负责保卫帝辛，但方氏增援之后，他看到血雾迟迟不散，巨剑所在巨响连连，就也过来逡巡了。申妃猫虎氏此时身子仍然僵硬震颤，不太能活动，只能迎风急速退后。姜望接近二人，金钩先到，而飞廉立即通过周身之风察觉他的狂风冲击被巨力对撞拦下，就急忙收敛，转而发出一阵疾风网，并挥旗挡开变弱的对撞余波。

有玉坠金钩定在申妃猫虎氏跟前，总算拦截了大部分丝丝疾风，二人眼看嗡嗡的疾风擦身而过却没法躲避，惊出一身冷汗。飞廉看原来是飞来的一只金钩挡开了疾风，便不足为惧地再要上前擒杀申女和猫虎氏，但邮氏阵中突然传来呼声："飞廉伯大人，快来襄助我师，不然大王危矣！"

他回头朝妲己右侧的右师邮氏军望去，只见阵中混乱，已被周人冲破防御，虽然一时危机不到在后军的殷王，但总归不得不早些去救，只好一边暗骂邮氏不中用，一边疾飞走了。

姜望看一阵疾风呼啸走了，松了口气，飞至申妃这边就把头上玉环和几副金钩给了她。申妃一把抢过，"你快去帮巫咸王对付妲己吧，管我们这些累赘干嘛！"她仍然记惦着适才他不理自己去救巫咸王。

"无需死斗了，我们下去看坊氏破解巨剑吧！"姜望笑着说。

二人这才知姜望已有布置，他们跟着他下去，隐在日气里埋伏。妲己此时看走了巫咸王和申女，心中阴郁，而等她注意力回落在巨剑上，才发现巨剑调和双方冲击的作用小了许多，而身后的东夷人伤亡更大了！她正自犹疑，突然觉得巨剑下方的土石沟壑中有疾风逆袭而上，预示着有一路聚力沿着沟壑猛烈冲击而来，不但她身上开始疾风刺骨，就连杀气凝聚的巨剑都已经被刮得变形！

糟了！她估摸着这沟壑里的聚力超过整个巨剑玉粉金粉的蓄气了。而一声尖叫未落，她刚把玉粉收起，缩小巨剑，还没来得及撤离壕沟上方，巨剑就轰隆一声巨响，被一股土石飞扬的疾风吞没。

在刺骨的飞沙走石之中，砂石与妲己身上护体的申酉戌三气撞出火花四溅，铮铮铮不断。这股巨浪般的冲击一过，她已经被轰击推到双方对阵之外去了，但她有三气和三赏光晕保护，又是擦过冲击边缘，总算没有受伤。

"啊！"妲己看自己与司命合练一年多的两柄巨剑顷刻间被冲击吞灭得无影无踪，忍不住大喊，"子商！"她原本不愿意让司命过来助她的内心也崩溃了，呼喊声不由得带上了哭音。

司命此时因为没能追上禺强，正与嬴来一起在后军驱散血雾，并呼喝行动恢复的东夷士卒追杀身上带着蚌鼓振响的微子骑兵。随着微子的飞骑被一个个清除，蚌鼓声也逐渐消失。

这些微子骑兵本来混杂在东夷人里飞驰，很难被追上，但却被子延发出数百道琴丝跟踪蚌鼓振响逐一追上，一个个的缠在他们甲胄上，迫使蚌鼓振响把他们自己震倒。

子延本来是去杀与嬴来缠斗的人，但那人听到琴丝的高声振响，立即急速冲破血雾走了。其飞动比子延快得多，使得他没能追上。子延下地来，杀意无处释放，一狠心就去追杀微子骑兵了。他看到少了蚌鼓的振响凝聚作用，血雾散的很快，东夷人开始恢复战力，总算舒了口气，但一想到之后的激战会更为激烈，这些得以恢复行动的氓隶不过延长一时之命而已，他又心下沉重。

髳女此时仍然是靠缭绕周身的鸥鸟羽翼与熏草烟雾维持残魄，子延飞身过来她身旁，看她虽然魂魄又散去一些，更虚弱了，但总算还有一口气在，就把她带到高空去，要避开战场上的喧嚣，在那里撑过生命的最后残烛。

而那个与嬴来纠缠的人则仍然躲在东夷族群里，他看到血雾即将散去，就在空中逡巡大呼："妲己巨剑折损，大商败了，何必再拼命侍奉，都逃散了吧！"

而那边又有人大呼附和，"饕氏被我杀了，没人在此监督你们为妲己送死了！"这呼声自然是禺强。

司命听了这呼声，而阵前又传来妲己对自己的呼唤，相信巨剑确实已经被消灭，他心下如猛坠深渊，想着要再去追击这些躲藏的暗谍怕会是徒劳，眼前最重要的只能是保护这仅存的五万后军战力了，"不要听信周人暗谍谣言，血雾已经被大史官驱散，你们可以与周人堂堂正正的决战了！"他从半空急速飞过，一边喝令士卒。

后军东夷人虽然齐声大吼回应，但却随即被对面和两侧周人的鼓舞胜利的大呼给搅乱，因为此时妲己大军左师的酒正官已经被逼后退，右师的邮氏万人则已经全面崩溃。司命正要去阵前帮助妲己，但右侧邮氏已经被姬鲜攻破，他立即指挥士卒向围攻上来的姬鲜人马冲锋。

虽然酒正官师旅没有树立旗号，但由于周氏兹氏在战前察觉到了这些士卒不经意挥动长戈时附近草木散发的酒香，猜到了在妲己左翼护卫的是酒正官人马。姬发随即把没有姜望一族加倍冲击的周氏一翼调拨到左翼对付酒正官，而让御使聚魂阵法、战力超强的姬鲜师旅对付右翼的邮氏。

姬鲜的聚魂阵法以地下、地面同时冲击，一阵阵长戈飞速卷起阵前土石飞扬，碎石草木击破了战车防御，前排殷人纷纷惨叫，衣裳破裂倒地。而周人则竖立战车盾牌抵消着殷人的攻势缓慢推进。这样一来，周人完全没有损兵折将，殷人却损失不断，只得迅速溃退。

"不要退后，王后不退，后退者斩！"帝辛虽然不能借风传音，却仍然中气十足的大吼。他平日里曾多次对邮氏率领的王师盟誓训话，士卒自然都认得他的话音，只好拼命死战，但随着周人缓慢推进，殷人伤亡却有增无减。而此时，妲己麾下东夷人中传来巨剑被毁的呼号声，众千夫长听得妲己呼唤司命官带有哭音，都猜测此呼声非虚，百夫长们都不自主的默许自己的族人后撤，任由邮氏麾下宗师大呼阻止都不听。

司命官篇

而此时传来呼唤飞廉氏的求救声，姬鲜姬度认出这是邮氏的呼号，又看到邮氏师旅混乱撤退，杀心狂热，仗着身上聚魂，一起飞至邮氏阵法上空。果然，百夫长们连组织士卒迎击他们的战意都没有了。他们俩朝呼号的地方发出一道冲击，半空中的那人好像根本不能分辨他们俩藏身风中的元气似的，被冲击击得粉碎。

此时邮氏急忙飞至后军。

"你来我这里作甚？"帝辛看他不去指挥士卒，却跑来后军，大怒不已。

"我听大王激愤大呼，恐怕引来突袭，特地来护主！"邮氏惶恐说。

"我这里不用你保护！"帝辛满脸杀气的飞身移动了位置，"快去鼓励士卒守住阵前！"

邮氏正要飞走，就看到姬鲜兄弟飞身接近这里，他们俩敏捷地穿过一道道殷人挥戈刺出的呼啸疾风，如入无人之境。邮氏急忙翻身躲入人群，帝辛正自暗骂，就觉得眼前"嘭"的一声巨响，土石喷出一丈高，而周围疾风聚集一束，从自己头上呼啸而过，被阵法牵引往身后去了，疾风则仍然刺的他脸上发痛。原来是姬鲜兄弟二人的冲击撞上了寝正官事先布置的宫室阵法，才挡住了这一击。

"周人莫狂！"寝正官已经循着撞击声赶来，发出一串玉圭挡住姬鲜兄弟，两人不理，继续飞近帝辛，但却觉得周围旗帜妨碍，飞动居然变成了滑动，失去平衡的在半空中不住翻滚。而此时突然周围又丝丝疾风大作，他们俩不得不认真躲闪，一口气跃出了疾风网的范围，到了高空一侧的尘雾里。

"周人留下受死！"被迅速破开的尘雾里响起了飞廉氏的叫声。

姬鲜兄弟早知是飞廉氏或方氏到了，自知不好再纠缠下去，他们俩在飞回的半空中，却听到寝正官大呼："邮氏，还不快去止住你麾下士卒的后退！"这自然是帝辛嘱咐寝正官，要问罪于邮氏的。

邮氏此时刚逃到人群里，听到呼声，禁不住一身冷汗的一回头。而就这一回头，使空中飞过的姬鲜兄弟认出了他。两人立即合力一击。邮氏只觉半空里一道迅疾的疾风下来，周围士卒都被压倒在地，慌忙抛出金杵变大迎头撞去，"嘭"的一声巨响，这相当于两个井田阵的木锥一下子撞上金杵，使之一边飞速旋转，发出凌厉的四射疾风，一边猛地坠落。嘭的一声，金杵砸在地下，立即压死了几个士卒。而由于金杵高速飞舞旋转撞地，放出疾风四射扫倒了周围大片士卒。邮氏还没逃出疾风四射范围，就被疾风飞石击中脖颈倒下。金杵隆隆地翻了几下之后，咔啦一下崩裂不动了。

看到姬鲜兄弟飞下，百夫长大喝命令士卒朝空中迎击，但被二人一挥盾牌，"砰"的一声巨响，不但挡住了一个井田阵的合力一击，还扫倒了这群士卒。其余殷人都大骇不敢再向前，他们从没见过一人之力能抵挡一个井田阵的战力，都呆住了。

"原来这才是真的邮氏，我说刚才那个怎会这么不堪一击！"姬度飞下来，不慌不忙地说着，两人把邮氏首级收入，连声大呼邮氏阵亡。周围士卒这才反应过来，再次合力冲击他们俩，但却不及二人行动敏捷。闪过数道冲击，他们俩大摇大摆地飞走了。邮氏阵亡的呼声在殷人阵中传开，而军中又只剩费氏一人指挥，根本管不住只顾后退的殷人。邮氏王师不一会就被周人攻破，四散逃走。姬鲜随即占领了妲己的右翼阵地，并立即与司命和方氏所率领的妲己后排士卒对上了。

姬鲜阵法发出的棘刺冲击一冲破到殷人阵前，就被司命阵法拦截，沟壑前嘭嘭嘭地喷出大片申酉戌疾气带起的火焰砂石，一直窜到几丈高，这不但维持了攻势，还能把士卒挥戈刺出的棘刺给冲散了些。

与此同时，左翼的酒正官二师虽然凭酒香气笼罩，抵住了周氏攻势，但其本身战力不高，抵住周氏残余冲击之后，就几乎没有多少杀伤力了。双方陷入僵持。周氏看一时没法攻入，就围住了酒正官师旅的两侧，只留一条退路，要逼他们撤走。但酒正官看妲己仍然在坚守，不敢先撤，只仍然固守。就在此时，他发现后方杀来一彪人马，把退路给封住了。

"酒正官师旅快快撤退！"领军的弇兹氏大呼道，"若等到我师对垒受损，你们就走不了了！"

周氏顿时觉得奇怪，弇兹氏应该是被姬鲜留在孟城，用来对付南土诸侯的，怎么来了这里？但既然酒正官已经被堵截退路，就只有趁机全力消灭他们了。在兹氏和嬴媒的催促下，周氏率领二人飞至酒正官军上空，以四十八玉聚成四束合力对着殷人扫射，顿时使阵内酒香气爆棚翻腾，但被扫中的殷人士卒却依然惨叫声连连。

"王后，我师已经被堵住退路，不如先撤吧！"酒正官无奈对着妲己那边大呼。

"命令士卒不许溃散，前后抵敌！"妲己在阵前大呼回应。她此时刚丧失巨剑，司命又不应她呼唤，只顾在阵后指挥士卒抵挡一侧姬鲜的围攻，虽然这也是为了助她抵住周人攻势，但这样的帮助对于他们俩之间的情意来说，却是远远不够的。"我丢了巨剑，被七八个宗师围攻，他居然连看都不来看我一下！"妲己恨恨地想，愤恨交加之下，她奋起朝沟壑延伸、发出聚力冲击的那边冲了过去。她猜适才发动聚力击毁巨剑的坊氏必然是躲在沟壑消失那边。

姜望立即追寻妲己杀气下去拦截，邑姜、挚壶氏等人也拨开滚滚尘雾，以套索连接，合力甩出一道重击，朝杀气急速移动的妲己堵截过来。妲己虽然没了巨剑，却也不惧普通冲击，她挥动短剑发出一道杀气疾风，拨开了这道重击擦身而过，毫不减速的接近阵外的沟壑，果然发觉有元气附在沟壑旁。

但她刚以短剑刺出杀气追袭，就察觉背后有物袭来，她摸不清是什么法宝，只随手挥出两道冲击拦截，但只听身后嘭嘭两声响过，接着就是啪啪啪的无数撞击，而一副鱼钩已经赶上了她，顿时令她行动滞涩。她眼前则是"砰"的一声巨响，刚刚刺出的那道杀气被一股巨力拦截下来，杀气被反推，朝自己这边弥散。既然行动已然滞塞，她索性挥舞短剑，插在地下，顿时一片金粉光芒扩散，而她自身也在挥舞的金粉中猛然坠地。

推回杀气的巨力冲击还没到，就在披着阳光的金粉中嗖嗖的被分散为无数丝丝杀气冲击，转而往地上草木蔓延。嘭嘭嘭嘭的炸裂声不断，巨力往四面八方蔓延开去，百步范围内的泥土都被掀翻，殃及在附近对阵的殷人骑兵，也连人带马被这散去的巨力震得人仰马翻。

定住她的金钩也在草木光芒中甩飞，可还没等她从漫天尘土光芒里逃开，被姜望稳住的金钩就已经从她头上追袭而来。她挥手射出一道申酉戌三气冲击，损坏这金钩法宝之后，她随即行动自如。而为了阻止姜望再一次接近、压制自己行动，她挥舞短剑放出大量剑影，以酉戌气保护着蛰伏在地下。

　　刚才聚力的风沙超过一个井田阵了，不是坊氏放出还会有谁？聚力放出后必然要再重新汇聚风力才能再次发动，此时不杀他报毁剑之仇更待何时？妲己一边想着，一边以短剑再次发动杀气追袭，却被姜望飞下，聚起一面水镜拦住，嘭的一声散去。

　　"妲己休躲，速速就擒！"邑姜、挚壶氏、姬高等人都厉声高叫着飞近，而半空中姜望又聚起一面水镜急速靠近，来压制她。妲己从司命那里学得的是申酉戌合化炼制巨剑之法，却不懂如何分解水流取得气息，因此没法消去水镜的借法散气。此时她只觉身上沉重、举动僵硬，再不袭击就连自身都难逃！妲己一边想着，一边深吸地迎着被姜望水镜逼近的压制，滞塞的以短剑挥出，发出了两道细细的杀气分别追袭姜望和坊氏。

　　姜望本来觉得压制了妲己，胜利在望，正要靠近擒住，突然一道杀气击穿水镜，破空直射而来。由于有水镜感应，他自身铜泡宝玉感应太晚，虽然滑开了杀气冲击，他脚上甲胄的铜泡却被先于冲击而至的申酉戌三气损坏，急退到了高空。而水镜则罩住妲己，但没有姜望御使，被她击碎，她趁炸裂的水花躲避身形要逃。

　　坊氏与麾下聚力宗师则躲在沟壑外，早已察觉顺着沟壑中的隆隆杀气，他们急忙跳到半空，一边举起铜镜映照，一边就要飞走。而杀气冲击跟着他铜镜映照光束急来。嘭的一声火花，冲击被铜镜收去以后，金粉却继续朝他们身上撞击，双手、腰间砰砰砰的几声炸裂之后，坊氏等人应声长啸倒下。

　　邑姜等人听得呼声，急忙由巴氏留下去壕沟那边，其余人则继续追击妲己。但此时听到坊氏那边传来惨叫，妲己就迅速飞走了。

　　等妲己回到军中时，殷人骑兵虽然没有撤退，却已经前仆后继，消耗了大半，就连司命嬴来指挥的右侧后排也在猛攻下开始后撤。酒正官得知邮氏王师溃散，更加焦急，他的人马虽然能抵挡周氏阵法冲击，却抵不住周氏三人的十二玉从头上冲击，士卒损失也颇大。就在此时，侧翼传来泰逢大吼，一阵大雾弥漫翻滚急速而来。

　　"王后，我泰逢氏来援！"

　　"勇士们撑住，我这就给你们助阵！"这是庞青大呼。

"周人！大商勇士不可杀，不可辱！"这是墨氏兄弟的虎啸。

大雾翻滚而至，从雾中的冲击也朝夽兹氏人马奔袭而来。虽然夽兹氏麾下的兵马都能御使聚魂阵法，一下击破泰逢的冲击，却破不了笼罩士卒的大雾。双方顿时相持。而由于泰逢的到来，酒正官觉得后撤是没有问题了。

"王后，泰逢氏来援，我们可以后撤了！"酒正官大呼道。

妲己看到自己麾下十五万卫戍已经只剩下不足三万，胸中既翻滚又郁结，一时竟不知该如何应答，而帝辛那边已经由飞廉氏借风传音大呼撤退，司命和方氏也因士卒损失颇大，在大呼撤退，她也只好一边派宗师去搜集死尸身上的宝玉，一边撤退。但周人却趁势猛攻。

帝辛看了大骂。

"看来周人是不愿意讲和了，我们还是先回沫城保存兵力吧！"飞廉氏在一旁说，"我看那周人先锋人人身上缠着的白纱都已经染红，看来就是这白纱使他们没有受到微子聚起的血雾影响！"

"想不到我这辈子从来都看不起的那个庶兄微子，如今不过卑微地从北鄙边疆回来，而一回来就反咬住了我的脖颈！"帝辛恨声太息说。

飞廉听到殷王提起"这辈子"时在咬牙，便隐隐约约觉得有些不妙。

几名周邦宗师正在半空驱散云雾，留在高空抱着髻女的子延看到，愤恨地抽动数道筋线滋滋滋的延伸过来绑住，扯动金钩只铮然几声，就把这些人震得七窍流血而死。

"我第一次看你如此狠辣……"髻女在他怀里，虚弱地说。

"对于破坏止战的人，我会毫不犹豫地下手！"他此时已经气得发抖，忍不住借风传音对地下大呼道。

"你这样会引来周人宗师的……"

"我这就带你去殷都！"

"不，我要留在这里，我要见王后娘娘……"

"你还要见她，她就是使这么多士卒白白拼死的罪魁祸首！"子延忍不住大骂道。

髻女一看他激动，焦急地忍不住咳嗽，"见她最后一面……"她说完就昏了过去。子延仰头长啸，想自己一生避战，不愿意参与争斗，想不到不仅糊里糊涂地娶了妻子，糊里糊涂地动了怜爱，最后又糊里糊涂的背负了丧亲之痛，果然是天命弄人吗，还是自己碰上的时运本就如此？他愤然怀抱髻女，一路藏在半空而飞，寻找姐己身影。

此时，地下周人戎车已经把撤退的殷人冲击得四散，就连姐己、司命、方氏等人也禁止不住。姐己麾下骑兵虽然在冲锋时爆发杀气勇猛，但在撤退时则顿时士气猛降，根本没法边走边战。而他们接受六刑之法根深蒂固，一时没能想到投降，大都被周人冲击追袭而死，一时间尸横遍野、血流漂橹。酒正官二师与泰逢的三师也被周氏召氏二军围攻，不得不一边掩护殷人骑兵撤退，一边制止自己的士卒逃散。

"我周邦只追杀姐己和帝辛，其余人只要交出宝物，无需惊慌逃跑！"此时周人阵中传来一阵阵的呼喝劝降声。

姐己此时本来已经率领万余虎贲骑兵奔逃数里地，连搜走宝玉都没来得及。而此时她听得这一阵阵劝降，每一句都有骂她的话语声，又看到地下一路的士卒尸体，实在忍不住。她喝令千夫长率队先走，自己则留在路旁，附身草木里，要袭杀几个周人首领予以震慑再退。

正巧杜宇氏、鱼凫氏和巴氏率领蜀人的二师追杀殷人而来，他们本以为劫掠强大的有商氏，必然是一番苦战，却没想到周人战力强悍，不过一个时辰就打败了十几万殷人卫戍。[①] 而现在，追击这些战力大大下降的殷人骑兵，竟然能如野火烧荒一样容易。

杜宇氏等三人正兴冲冲地飞在半空，吆喝兵马追击，冷不防从草丛里射出一道杀气追袭，直冲三位大声吆喝士卒的首领。杜宇氏急忙命士卒挥戈拦阻冲击。这些蜀人士卒御使稻禾阵法，由于召氏训练，此时能同时御使草木的春分、始西二气，战力接近周人。由于冲击相距蜀人在三百步之外，阵法冲击轻易把姐己的短剑杀气拦下，"嘭"的一声巨响后，还把姐己藏身的草木夷为狼藉。

但姐己早已趁机接近蜀人队伍头上，刺出三道金粉，追袭三位首领发出的

---

① 都是传说中先蜀的王，杜宇氏族善于耕犁，鱼凫氏族善于捕鱼。

杀气。三人此时都在半空树梢，杜宇氏和巴氏善于田阵，根据树枝震颤早察觉金粉，大叫不好，飞身到了士卒人群里。

但鱼凫氏为蜀人宗伯，不懂木植，等察觉杀气时，气息已经窜出草木。但他骑着的鱼鹰却早察觉杀气，甩开他一口吞下杀气就飞走，但却没飞多远，就被杀气笼罩，一阵炸裂声之后，双翅抽搐得羽毛飘散。鱼凫氏被鱼鹰甩开，刚心有余悸的飞到半空，就被埋伏在半空中的妲己悄悄挥出一道热浪追袭。混在士卒里的杜宇氏和巴氏看到半空中鱼凫氏嗷嗷一阵大叫迅速下地，但没多久，他双脚宝玉之间热浪四溢，直至整个人倒在飞奔的热浪之中。他们俩急忙大声命令士卒对半空冲击，但妲己早已离开，到了地下。

子延在半空看到斗法，就飞身下来，"王后，髻女受伤在此！"他不顾蜀人挥戈冲击，仍然大呼道。

妲己自然也不惧被蜀人发现行踪，飞身上去，看着子延怀里的髻女正吃力地睁着双眼，身上蘼芜烟雾缭绕。

"为何早没给她留住魂魄？"妲己大吼说。

"我来晚了一步，如不是司命及时为她吸住残魄，恐怕已经……"子延低头自责地说。

"是谁做的！"

"是胶鬲氏和禺强！"子延双眼无神，缓缓地说，"不过他们一个被司命官所杀，一个被你毁了容貌，就别再追究了吧……"他这一路带着髻女飞来，想起如果不是妲己刑罚禺强，令他颜面尽失，髻女也不会遭到报复，这样一想，他复仇的怨恨就淡了许多。

"这些人就是混入微子士卒的暗谍吗？衅鼓振响就是他们干的吧！"妲己似乎没有听到子延后面半句话一样，咬牙切齿地骂道，"你跟我一起一路暗随周人追兵，我要一个个的把他们都给杀了……"

这时髻女被妲己的一阵大骂给惊醒了，她使劲捏着子延的手，以示她有话要说，子延急忙制止妲己大骂，又弹起琴丝，振动髻女身子，令她振作了些。

"娘娘，不怪这些人，只怪我太容易轻信看起来很好的人了……如果我那时不是对微子哭诉夫君……讨他安慰，就……"

"这不怪你！"妲己厉声打断她说，但她看髻女急的忍不住咳嗽，话语声随即又缓和下来，"他们都是些为了自己宗族不择手段的卑鄙小人，哪里会顾及你的柔软心思！"妲己此时想到她自己也是因为髻女在一旁的请求，才一时心软，放微子置于中军的。虽然追悔莫及，也不由得怀疑自己这一年来是否太沉浸于万人仰慕，以至于轻信了身边的人，违背了自己战前定下的刑律而不自知？

"王后，我们快走吧，刚才斗法，一定会吸引大量周人宗师过来！"子延看妲己有些发呆，急忙提醒说。

就在此时，两人察觉下面有杀气接近，直到近前才发现是一束金粉剑影，妲己顿时安心下来。司命现形，他本来率领所训练的二师掩护妲己骑兵撤退，但这些士卒终究不过只练了一晚，阵法不精，不一会儿就全军覆没。他正要飞奔回沫城，却听到了妲己神术才能发出的杀气炸裂声，猜想她是要为这十几万卫戍族之殇报复，忍不住截杀周人首领，怕她有失，就迅速赶来相劝了。

"赶快带着髻女走吧，到沫城还可据城而守与周人一战！"

妲己一个时辰之前还是威服诸侯的首领，现在却只剩下些任人追击的残兵，心上人出现则使她再也忍不住了。她哭着扑入了司命怀里，"你怎么现在才来见我，那时候你去哪里了？"她如一个小女孩一般紧抓他肩膀，十指深陷长袍，似乎要强行把自己的重担移到他肩上去担负一会儿。

"我都知道，你凭巨剑抵挡挚壶氏那些人我知道，杀坊氏我也知道了，我当然也是在后军掩护你的骑兵，抵住突破侧翼的姬鲜嘛！"司命本想喝住她，劝她赶快离去才是，但第一次看到这个万人仰慕的王后哭得像个小孩，顿时软下来，安慰她说。他虽然在阵后驱散血雾，但挚壶氏的斗形水雾太过显眼，他一眼就看到，而后又打听到了妲己凭一人之力在姜望等人的围攻下杀了坊氏。

"你那时为何不来相助？姜望的神力又提升了，只凭一面水镜就能封住我，你如果听我的话，以玉粉化掉水里的丑气来助我了，别说一个坊氏，就连姜望父女都要被我们除掉！"妲己此时推开司命拥抱，又恢复了威仪，呵斥说。

"回沫城再说，姜望这些人恐怕已经赶来了！"

"让他们来吧，我们俩正好合力，为我的十五万卫戍族报仇！"妲己虽然痛失辛苦训练的十几万人马，但司命既然到了，就又恢复了些信心，报复欲也更强了。

这时子延抱着鬙女，无声的靠近妲己，他当然反感妲己的快意报复，就想要鬙女劝她，"娘娘快走吧……其实本不该要夫君来……但就是忍不住……现在看到你……司命官大人，已经很满足了……"鬙女勉强挤出声音，她此时更虚弱了，说话声如从喉咙里直接发出的一样。

妲己知道她是不想让自己分心，心中顿时一酸，司命则在一旁催促，"再不走就辜负鬙女的一片心意了！"他急声说，担心周人先到沫城城门，那就会连最后的堡垒也丢弃了。

三人刚要从云层出来下地去，就听到几声大呼，"妲己休走！"这时云雾下面已经多了数道杀气，而云层几乎通透，一下子就被宝镜和水玉照亮渐渐散去，宝镜旁则出现了多人，巴氏、杜宇氏、巫咸王、庸伯等人，刚才自然是他们合力以阵法把云雾照亮散去了的。而另一侧的云块则化作了一片漏斗状，朝三人接近，正是挚壶氏的神术，而没了云块，蓝天下的妲己等人无处可藏。

看到这些人从两侧各自发动冲击，司命大吼着浑身散发玉粉，聚起一片白亮的聚光，随即爆出一股水火风烟涡流缓缓绕着三人。接着就是砰砰砰的一阵在这涡流上炸裂，涡流顿时变成急速的漩涡，水火风烟四射而去，把攻击散去大半，余波则在妲己划出的一道护身杀气上爆开，接着是子延身上铮铮铮的琴丝振动大响，总算拦下了众人的合力一击。三人在一片炸裂中飞身而下，要在地上与众人相斗。但他们刚接近地下，就觉得身上行动滞塞，而周围则有一些宝玉飞快地朝他们聚拢。

"妲己留下，饶你不死！"邑姜姜伋从草木里飞身而出，他们自然是早就到了，也料到妲己会选择在地上斗法，就在半空埋伏下了法宝。申妃猫虎氏也在一旁现身，他们也是听到斗法撞击声赶来的，身上已经祛除了申戌气，不再僵硬了，只是双手仍然脱臼，不够灵活，就想先观战，等到最后再出手。

司命妲己虽然被禁锢行动，但神力还在，护身剑影射出，顿时使宝玉失去神力，恢复了三人行动。"周人，你们已经战胜，何苦紧紧相逼，放他们走，我留下吧！"子延大呼道。

"我西土诸邦大誓，要擒住妲己、帝辛受刑，其余人可以先走！"邑姜喝道，与姜伋不断射出宝玉，要压制三人行动。就在司命妲己挥动剑影抵住下方压制之时，不防身后上空两道壮阔的魂气急速袭来，却是兹氏和嬴媒的大魂鸟。三人都知道这魂鸟每只都有十二玉之力，不敢怠慢，一边后退一边打出石磬、短剑杀气和剑影齐出，"砰"的一声巨响，总算勉强拦了下来。

但这样一来，他们对于身后庸伯等人的田阵冲击以及巫咸王的彩烟冲击却来不及阻击了。轰隆几声，这些冲击撞上司命布置在周身的水火风烟涡流。

庸伯的炽热铜水战力最弱，一触涡流即散，化作一片热气，杜宇氏巴氏的水土春秋草四气则被妲己短剑挑动，以杀气牵引转向地下去了，只有巫咸王的彩烟冲击最为猛烈。

这一重击是三十五卦按照正反卦重新排列的累加一击，冲击未到就令子延的护身十二律管呼啸出十二音调的巨响，等三人反应过来，已经嘭的一声把众人外围的水火风烟激流撞得弥散，哗啦一下烟雾随即迅速扩散笼罩，砰的一下又击碎妲己定在身后的短剑，铮铮铮几声扯断子延布置的筋线网，重重地撞在飞身扑到了妲己和子延身后的司命身上。

就在"嘭"的一声巨响在司命身上响起的时候，彩烟已被妲己身上的巨大的光晕罩住往地下而去。在一片哗啦声中，地下尘土一片炸裂，草木野火疯长、热气弥漫。而司命浑身也陡然无数道杀气四射，击穿甲胄长袍，鲜血喷出，瞬间多了无数个灼烧孔眼。

妲己还没来得及转身，就觉得如被巨岩压身一样，被撞得一阵眩晕。但她身上玉串在遭到撞击之前就合化了司命身上爆出的杀气，在嘭嘭的一阵闷响中，帮助司命与自己周身抵制冲击压迫，终于使彩烟冲击射偏往身后草木去了。妲己只觉得不但被如巨岩般的推力牢牢压住，还感到司命释放的杀气也紧紧吸住了自己，如不是她身上有三赏之法的玉串调和，就连她自己也会元气被动激发、浑身杀气穿孔。在滋滋滋声的暴响中，这道彩烟猛击里的水火风烟四射，罩住彩烟的光罩则在减弱，三人不自主的被推向地下的尘雾中，撞入路旁林子里，一路翻滚。

邑姜姜伋和申妃猫虎氏都在一旁大骇，他们都没想到巫咸王的真正战力居然达到了这种地步，刚才那一重击接近周氏二十四玉璧的倍余了，而姑幕氏父女的十二玉合力一击也只被这三人轻易化解，完全不能把他们逼到这种地步。

兹氏和嬴媒也惊呆了，"巫咸王，快上前擒捉，他们应该被你击伤了！"他们此时已经不敢轻易上前，因为看到刚才这种重击之下，三人还有余力以光罩射偏冲击，若他们贸然上前，遭到出其不意合力一击，必然会难以抵挡。

巫咸王虽然因为众人称赞而暗自高兴，却也不敢放松，对手毕竟可以算是大商最强的三个战力了，而刚才自己最大的合力冲击也被射偏大部分，她当然不敢轻易独自上前，"你们跟我一起上！"她对庸伯等人叫道，一边取出玉串，发出一团彩色烟气，朝尘雾里缓慢飞去。

"用我的套索连系，我们大家一起合力一击吧，这样就算遭到司命的诡异神力，也不会因战力不够而被压制！"申妃飞上去对众人说。

"我想我的战力应该够了，你们认为呢？"巫咸王不理申妃，环顾庸伯、巴氏、挚壶氏等人说。

众人慌忙点头，他们此时当然更相信巫咸王。巫咸王看了申妃一眼，带着众人往前飞去。

"我来为女王掩护！"挚壶氏觉得有巫咸王这样的战力，大商不但战败定局，就连神力高强的宗师也会被一个个的偷袭，朝不保夕，就赶紧上前谄媚。兹氏和嬴媒仗着能够御使魂鸟，便不接近，而是躲在高空，只牵引魂鸟去接近地下尘雾。

众人正在接近，却从一片喊杀声里传来呼唤司命的借风传音，还有一只罗罗鸟在空中盘旋喉叫。

"大王遭到围攻，司命官速速前来守护！"沬城方向传来借风传音的呼声不停。庸伯听得不耐烦，铜锤挥出一道热浪，把那鹰鸠烧死掉了下去。

司命听到这呼声，有些焦急，他知道不能在此耽搁太久，不然不但不能守住最后的沬城，就连帝辛也会遇险。

"我们赶快突围，不然大王和天邑商不保！"他对身旁的姐己和子延低声说。

姐己此时正心疼的为他身上洞穿无数的甲胄以肥遗皮包裹，听他语气，就有些不满他着急帝辛和大商胜过于自己，"帝辛身边有近百宗师，你怕什么？"

她圆睁媚眼说。对于妲己来说，大商胜败似乎比不上她丧失十五万卫戍的痛苦，而此时她既然已经战败，没了兵马大权，反而平静下来了。

"那是大王爱宠的风师鹦鹉，不轻易不出，一出即是性命攸关之事！"司命有些激动的喝道。

"髻女不行了！"子延突然说。

妲己急忙回身抚摸子延怀里的髻女，手中全是僵硬。这自然是刚才重击之下，把维系残魄的蘼芜烟雾吹散了的缘故，她心中顿时酸楚弥漫，也没回答司命。

司命看他们俩都不回答，就身裹时辰气悄悄接近尘雾边缘，看准领头飞来的巫咸王拿铜镜一晃，一道聚光立即把她神术禁锢，聚起的彩烟正要爆发，就被强光扰动散去。巫咸王冷不防被聚光罩住，只觉得一激发神术，头脑里就如火焰焦灼一般，灼痛不已，不由得叫出声来。

"大家快连上套索！"申妃和猫虎氏都大呼，手中套索嗖嗖几声抽动，就近扔给了巴氏、庸伯、挚壶氏和杜宇氏，以及不远处下方的邑姜和姜伋，另一端则套住了被光罩住的巫咸王。

申妃二人是见过司命官的光罩的，知道此宝能禁锢神术，光束热风中辰气耀眼，使人很难躲闪，就急忙呼唤众人，其余人看到巫咸王痛苦大呼，自然都不敢不听了。

司命正把铜镜聚光扩大，罩住了离巫咸王身后不远的申妃等人，但他们已经在激发神术。虽然巫咸王神力减弱，但既然此时套索罩住了巫咸王，自然就能摆脱光罩了。巫咸王只觉套索猛然发力，就被众人合力甩出光罩，日气激发的十二辰气息也被一股旋风吹散。还没站定，巫咸王就觉得已经能够激发神力了，她挥舞三十五律管连成的皮鞭只一鞭，啪的一声震天动地，一团噗噗噗作响，不断跳动的彩烟立即在她身前汇聚成团。

司命知道这下再也不能压制住巫咸王，也难以擒杀得手了。在巫咸王发现他之前，他就已迅速回身穿过尘雾而下，"我要先走了，你们若被困，就对他们提起挚壶氏，他就是大商的暗谍，神力也是我教的，姜女被困谷底、袭击运粮队伍都是他报的信，应该能有一瞬间逃走的机会！"他一边说，一边化身草木之风，妲己还没来得及回答，人影就消失在灌木丛里了。

"你怎么能在这个时候……"妲己立即大喝，她本来还想说丢下我，但由于激愤过度，反而收住了没说。

"王后莫怪，司命官是以王室为重才会如此，我也会制造机会让你逃离的！"子延神色淡然，刚才的罗罗鸟是帝辛御鸟，不到紧急关头不会放出，他也已经感到了大商存亡的脉息，而既然去留都是亡国，多救一命是一命。但妲己此时哪里听得进去，她认为司命在此时不顾自己离去就是背叛，背叛情意、背叛忠诚！

但她刚要反驳，子延已经飞身出尘雾去大呼了，"可否容我把髻女放下再战？"他对围上来的众人说。

但巫咸王哪里肯听，不顾申妃大喝阻止，激起那团彩烟就要冲击。但她此时身上套索未解，而申妃和猫虎氏立即收紧套索神力，结果使众人一时不明所以，也跟着收紧套索，巫咸王胳膊被套索锁住，刚爆出的烟雾也被申妃集合众人蓄气压制，她胳膊被皮带勒住。激烈噼啪作响的彩烟顿时缓和，一道只有几颗宝玉的冲击朝子延而去，被他五丝化解。

"申女！你是在帮助殷人吗？"巫咸王怒喝道。

"子延是我放出的，由我来拿下他，你们快去拦住妲己！"申妃大呼。

巫咸王看说不倒申女，趁她放手，一气之下爆开身上套索，穿过尘雾下去，但已经感觉不到妲己元气了。

"哈哈哈！妲己，你逃不了了！"这时不远处地上却传来姬度的笑声。

"受死吧，妲己，我就不信这么多人都擒不住你！"是禺强的怪声。

妲己本来要趁子延露面逃走，却没想到姬度和檀利、禺强早已守在附近，他们是听到巨大的撞击声，猜想这里一定有宗师首领对垒，才赶来埋伏的。

子延本来要拦住巫咸王等人，但却听到妲己大呼："带髻女过来我身边！"他听这呼声自信有力，就飞身过去，申妃、巫咸王等人，以及高空的兹氏父女也飞了过去。此时尘雾被吹散，妲己咬牙切齿地看了一眼躲在檀利姬度身后的禺强，猛地蹲在地下草木里，挥舞四柄短剑发出金粉射往四方，一直覆盖着照亮了周围几百步范围内的树木草木虫群，而杀气的张力使得这些草木树木的枝叶尖端都在颤动不已。

司命官篇

“糟了！”檀利对姬度说，“我忘了周世子提起过妲己不但会扩散金粉追袭敌人，还会以杀气引动、聚起元气，而且是能聚起动植万物流动的元气！”

“无妨！”姬度不屑地说，“这里这么多人，难道还会怕她这几百步内的草木风气吗？”他说着扭头往身后看了看，见申女、巫咸王等人，以及兹氏父女都聚拢来了。

“不是这样的！”檀利大声说，“一旦她聚起地下的足够草木泥土风气，就能操控地气卷入我们部分人的话，那些人身上杀气就会为她所用，反过来对付我们其他人！”

姬度有些转不过弯来，“那……要不……”

嬴媒反应最快，她拉着父亲就退，“都退开，不要靠近妲己光芒头上三百步以内！”

巫咸王也退开了，但申妃却大呼众人一起靠近，“不要退，我们一起上前，妲己就压制不住我们的合力的！”

檀利也大呼应该靠前，但姬度和禹强都不肯上前，与庸伯挚壶氏等人一起，跟着巫咸王后退去了，结果只有邑姜姜伋和申妃猫虎氏四人与檀利在前。这下后退的跟上前的都愣住了，大呼让彼此到自己这边来。

“申女，你要带大家被妲己御使杀气致死吗？”巫咸王大喝，“现在你们几个人的战力明显不及这五百步以内的地气！”

申妃等人刚要退后，地下草木突然发出一片噗噗噗的炸裂之声，五百步范围内的地面光芒笼罩内旋风大爆。申妃他们也在光罩范围内，几乎没法借法躲开，而身上已经被旋风神力扯住，不能后退。

“我们被吸住了，快上前来！”申妃、檀利、邑姜等人大叫道。

巫咸王没有动，姑幕氏父女则缓慢上前，但看到巴氏庸伯上前了，也迅速跟上去了。“且慢！万一妲己还能加大光芒范围，我们都去了也挡不住了怎么办？”挚壶氏大呼道。

“竖子还不快过来！我们在这里都没看到她加大光芒，怎么还能扩大！”姑幕氏父女此时刚与申妃等人的套索连系，加入挥舞套索的行列，但光芒中的杀气膨胀还在与他们挥舞套索带起的旋风剧烈冲撞，他们俩又看到巫咸王、挚

403

壶氏还没进来，着急的厉声骂道。邑姜姜伋也不住的附和骂挚壶氏，他们都知道此人对他们吕族有敌意。

"哈哈哈！"妲己笑道，"你们知道挚壶氏为何会如此说吗？"

"你尽管说！"申妃、姬度等人喝道，这时所有人都进入了光芒范围，已经能凭合力挥动套索，产生了巨大的旋风，光芒中的玉粉被反推四散，知道应该可以制住妲己了。

"他就是暗通大商的暗谍，多年前你们的太子妃被困谷底，就是他报信引司命官伏击的，而后来告知司命官袭击盐铜的也是他！我想他不但恨着申吕氏，还想着随时变卦投靠我大商呢！"

"混账！我已经定居渭水多年，而现在诸邦合兵伐商，我哪里还会投靠殷人！"挚壶氏大骂道。

"这么说如果我们没有伐商，或者败了，你就会投靠了？"邑姜质问。

"太子妃莫信妲己胡言乱语，她只是要拖延时间而已！"挚壶氏急忙辩解。

"挚壶氏的滴漏计时法就是司命官教的，不然他也不会为大商传递情报，你们若不信，看司命官会不会挚壶氏的水雾漏斗之法便知！"妲己又叫道。

"挚壶氏，你还有何话说？"邑姜厉声高叫。

"姜女你吵什么？现在最要紧的不是该拿下妲己吗？"巫咸王止住他们说。

"太子妃莫要此时发难，等擒住妲己再问罪不迟！"嬴媒也劝道，众人便一边一齐呼喝，准备合力甩出套索。

"慢着！既然我要被擒，你们是否可以告知是谁混入我的十五万卫戍族，致使我师大败？"妲己喝道。

"是我，还有马步氏、胶鬲氏，我们早就混入微子士卒了！"檀利朗声说，"你还是收起光罩吧，不然的话，这地下不但要寸草不生，还会多留下一具美人尸！"

"是啊，妲己，如此美貌之人就这么死去，太可惜了，我庸伯一定会全力保你在南土立国，周人不会怪罪你的！"庸伯舔了舔舌头说。

妲己冷笑一声，对身旁子延低声一句，"快以筋线网护住我二人！"子延急忙展开丝网环绕。

"就凭你一个蛮人也配低头看我？"妲己清脆一笑，聚起空中飞扬的金粉旋风，光罩旋风随即聚成一束指向东北的沫城方向上空。

"不好！她是要用聚力旋风护身逃跑！"巫咸王大喊。她话音未落，妲己与子延就随着光束旋风呼啸一声朝沫城上空飞去。这时众人齐声大喝抛出了套索，但被急速的草木旋风滑开。众人收不住力，一阵混乱，而妲己二人已经消失在众人的视野内，天空中回荡着他们俩所驾驭的疾风激振丝网的一阵乐音，地上则留下一片压断粉碎、烧焦的草木树枝。

与此同时，帝辛有飞廉、嬴来和寝正官护送，早已到了沫城城上，随后是妲己的万余骑兵，他们虽然逃跑时没法还击，但人兽合力的往前飞奔仍然比周人的戎车快，因此能迅速赶到。但周人追兵不多会也到了，此时帝辛却看到费氏一人从空中下来。

"你的人马呢？"帝辛大喝道。

"都在路上被追上俘虏了，不过其实大都是战死的，逃走的本就不多！"费氏惶恐的唯唯诺诺说。

"宝玉呢？你没有收起他们身上宝玉吗？"

"周人阵法冲击的尘土遮天蔽日，千夫长百夫长都不敢上前搜集！"费氏说话声更弱。

帝辛勃然大怒，抓起他就摔在地上，费氏也不敢施法硬撑，被摔得关节脱臼。

"现在定阵宝玉都被周人拿去，我们百夫长抵挡周人如何号令？"飞廉大骂。

此时东南方向尘雾飞扬，轰隆声不断，想必是泰逢氏和酒正官师旅还在与周人对峙。寝正官搜集妲己麾下骑兵身上的宝玉，在城门下布置好，"一定要把周人拒在五百步之外！"他大声激励妲己骑兵说。

就在帝辛在城墙后鼓励士卒时，却看到半空中多了一些疾风，数道冲击随后袭来，幸亏被飞廉氏和嬴来以射法生出飞箭疾风阻挡来路。

他们迎上去一看，原来是姜望、周氏、姬鲜三人到了。飞廉嗯哨一声，城墙上的旌旗里立即飞出近百宗师，"农法、射法！"嬴来大呼道。

这些宗师立即大喝，朝三人齐齐射出杀矢，一阵轰轰轰声，宗师群里爆出一道猛烈的冲击。三人察觉扑面疾风划破脸庞，估摸着这阵风有十几个井田阵的威力了。原来，这些宗师是护卫在帝辛身边的必死之士，原本都是些各地侯伯麾下的宗师，因与他们的主君不和，逃亡到大商，就被帝辛收入麾下，由侍卫总长寝正率领。

经过妲己、寝正官、飞廉氏的精挑细选，这些侍卫宗师个个都忠心可靠，又是能御风的一流宗师。他们首先都能御使田阵，每一个井田的行长都佩戴二十七颗宝玉，九人就能发动一个井田阵的威力。不仅如此，他们还由妲己训练了六刑之法，能爆出自身杀气发动接力合击，嬴来则教了他们图法中的一些神术。

看到冲击猛烈，姜望急忙以金钩牵住周氏滑开冲击，而姬鲜则凭着自身的敏捷远高于姜望和众宗师，早已移动到百步之外。但姜望周氏刚逐渐滑开冲击，这道猛击在半空中就分了十道冲击，朝姜望周氏，以及远处的姬鲜追袭而去。这些士卒既然有嬴来按图法训练，自然会射法，也就能接力发出木刺疾风连续追击。

姜望当然不惧，他身上铜泡和宝玉借法感应，呼呼呼的数声巨响，几道袭来的冲击都被他闪过；周氏则看只有两道冲击追袭自己，也不惧，御使二十四玉璧包围自己，砰砰两声闷响，把冲击偏转在光束流动的十二玉皮革之外。只有姬鲜，要飞身躲避闪过冲击，就看到那些冲击似乎长了眼睛，一道接一道的朝他要往前飞去的方向射去。

他正嗷嗷大叫，突然看到周氏的二十四玉璧飞来，嘭的一声偏转了一道冲击，他才信心大增，挥刀砍出一击，砰的一声巨响，格开了另一道木刺冲击。

这边飞廉氏和嬴来看周氏后退，只剩姜望一人在前。他们俩一边大吼命宗师再次发动阵法，一边父子合力发动了一道细细的疾风朝姜望扑去。姜望面对刺骨的剧烈冲击，一下子抛出了十副玉坠金钩，面对冲击撒出去，自己则滑开了飞廉氏父子的合力一击。

木刺冲击迎上金钩，就发出滋滋滋的一阵尖利刺耳的摩擦声，被十副金钩牵引着，就在姜望身后绕着他划出一道大圈，呼啸着返回朝众宗师扑去。众宗师群立即骚动，一片惊慌。四周的田阵草木土石防御则随着十道冲击接近急速抛出。他们虽然合力强悍，但毕竟反应不如姜望这样的宗师敏捷，大多数还没来得及发动反击，就被木刺撞上，只能靠自身爆出杀气硬撑，但终究抵不过一个井田阵的猛烈战力，被刷刷刷的打中。有些浑身是伤，有些则因爆出杀气挡开了部分冲击，还能支撑，另一些则及时以盾牌挡下。而阵势则顿时被冲散。

姜望就趁嬴来和飞廉氏一时惊呆，迅速接近众宗师，嗖嗖嗖飞出数十道金针，瞬间刺中几十个受伤的宗师，被吸去血气倒了下去。

"剩下的人还不交出宝玉随我去阵后投降，更待何时？"姜望立在宗师之间大喝道。

但这些都是对大商死忠之士，哪里肯投降，当场就有几人爆出杀气，浑身杀气膨胀，一组组的就近对姜望合力发动长矛冲击。但自然又被姜望金钩牵住，冲击长矛在一片刺耳的刮擦声中急转朝他们射回。砰砰砰的几声炸裂之后，城墙上响起寝正官让他们退回的呼声，其余宗师都往城墙上退走。姜望追击，瞬间又射中几人。

飞廉氏和嬴来回过神来，正要朝姜望发动冲击，但却被周氏的二十四玉璧拦住，飞廉氏父子自知难缠，急忙飞回城墙。

"殷王百人亲信战死，快来擒杀！"姬鲜一边借风传音大呼，一边如入无人之境地迎着城墙上密密麻麻的士卒闯入。士卒此时正一刻不停地发动箭雨，阻止周人靠近，无暇合力对付空中，姬鲜得以就近一道冲击。但这道猛攻却在击穿城墙上方的旌旗后突然转向，呼啸着随着箭雨往周人阵地去了。姬鲜还没来得及惊讶，寝正官已经飞身半空，随即剑指指挥士卒发动冲击射向姬鲜，把他逼退。

飞廉这时只好放出帝辛罗罗鸟，要招司命火速过来护主。而残余的二十几个宗师则与千余士卒一起，在嬴来指挥下，朝半空发动阵法冲击，威力相当于十几个井田阵，总算一时阻挡了姜望等人的接近。这时，应姬鲜呼声，召氏偃女和蓐收氏向氏芮伯到了，昆吾氏也在高空查看。

"先请吕侯散去飞玉冲击，再由我来领头，大家合力一击，一定可以把那些士卒打散！"姬鲜看多了些人，就呼喝命令说。

"先不破宫室阵法，如何能击溃士卒和宗师？"周氏不满姬鲜发号施令，质疑说。

"季弟勿忧！我有绝技可破宫室阵法！"因为周氏适才救了他，姬鲜也不好顶撞，就缓和笑着说。

众人答应一声，姜望周氏则先靠近城墙上方，立即迎来一阵狂暴的冲击。飞玉周围尖利刺耳的滋滋滋滋声几乎要盖过双方在城门下的对轰撞击声了，只见这道如巨岩般的碎石冲击上分出十道冲击呼啸射偏，不可阻挡的擦过姜望，划破天际而去。

姜望估摸着这猛击有十几个井田阵合力，便不敢强行再以金钩借法牵动。他滑开疾风时，周身聚起的散乱水雾疾风如刀般急速流动，化解着冲击余波，不自主的被余波刮得急退百步。周氏则挥舞二十四玉璧护身急躲，但仍然勉强擦过猛烈的疾风冲击，砰的一下被裹胁到几百步之外去了。两道以射法发动的追踪冲击也撞在他的护身十二玉章上滑开。

就在城上士卒和宗师刚发动冲击，还没来得及发动第二击的间隙，姬鲜与众人已经趁机到了城墙内侧的上空，他一声号令，召氏芮伯等人的田阵冲击，以及蓐收氏的聚光会聚为一道白亮的冲击，斜斜地冲向城墙上拥挤的士卒。

拥簇帝辛的士卒宗师还没来得及转身，只有守卫在靠近城墙内侧的一群士卒之前就察觉有人飞到头上的呼啸声，对姬鲜他们发动了乱石一击。

这道冲击没有被宫室阵法阻拦，砰砰砰砰的连声大响，女墙内碎石飞溅，热浪四散，守在女墙内的士卒都在热浪中惨叫而死，跳到半空的众宗师都有些抵不住热浪侵袭，嗷嗷大叫，帝辛则被寝正官带到半空，"墙内！墙内！"他一边大呼，一边挥舞王旗立在中央，聚起在城墙内四溢的热浪，汇聚起来从旌旗上方排出，总算没有使帝辛受伤。

而这下，刚发动一击的召氏、芮伯等人却来不及阻击士卒的还击了。"散开！"姬鲜高叫一声，就凭借早在身前挥舞的荆棘盾令冲击射偏，他的敏捷远在众人之上，自然毫无问题，冲击却射偏往上朝众人袭来。召氏等人脸上身上被疾风划破数道，但他与偃女、芮伯离得近，三人周身有宝玉定阵，冲击刚撞上这些宝玉，就随之斜射飞出，在一阵砰砰砰的宝玉碎裂声中，使大部分冲击都散射了，而余波撞在三人身上，口吐鲜血。他们身后的向氏则有图法护身，冲击还没近身就被多重气息拉扯四散而去。蓐收氏则由于离得远，躲开了这道冲击。

"姬鲜！你为何不助我们阻拦阵法冲击？"蓐收氏飞身上了骂道。

"我已有提醒，让你们躲开的！"姬鲜嘿嘿笑着。

"不是谁都有你这样的神力，能轻易躲开，更何况你既然要转向冲击，就应该出声，我们才好早做宝玉布防阻击刚才的猛击！"蓐收氏继续大骂，"你只顾自己立功吗？"

"大家都是在为击溃殷人努力，何苦计较这点得失！"姬鲜立即脸色下沉，"你主子姜望不也是为了自身性命，牺牲女丑氏了吗！"

蓐收氏看他歪曲事实，大怒不已，正要反驳，却被召氏挡住，"蓐收氏少歇，三世子本意其实是好的，大家都是为了伐商大业嘛！"他安抚局面说，"这事也不要传出去了，不然下次没有三世子的带领，如何破得了这宫室阵法，如何齐心合力取胜？"

姬鲜心中一震，想召氏说得没错，此事要是传出去了，恐怕一定会落得个牺牲他人立功的恶名，到时候就没法树立威望服众了，"是啊是啊，蓐收氏，我与你羌北族的彖兹氏交好，你看在她的面上，就少说两句吧？"他立即缓和下来，赔笑说。

蓐收氏当然听得懂他的话中之意，他是怕自己把此事传出去，要允诺如彖兹氏那样给自己一彪兵马，来贿赂自己。想到此事大有回旋余地，她便也报以微笑，答应了。

此时城墙开口，周围尸体堆积，寝正官和帝辛正在大喝殷人列阵守住城墙内侧，防御空中立着的姬鲜等人。寝正官正要带着帝辛下地，突然看到城墙缺口、地上裂缝里正冒出大量蓝色火焰的炭粉，并发出嘶嘶热气，他刚对宗师命令"聚起热气！"这些炭粉就汩汩如泉水一样喷出，并有火红刺眼的炭砖飞出，顿时使城墙范围的阵法内热浪四溢，靠近女墙的士卒都被炙烤而死。

宗师则大喊着开始聚起、引导阵内热浪从城墙上方的旌旗缝隙外喷出，要散去热浪，但突然看到宫室阵法的旌旗飘扬上方有人在御使坩埚倒出热浪。

"是昆吾氏那个叛逆，虎贲宗师快去袭击！"帝辛大叫道。

城楼下的守门宗师早就开始与潜伏在城门上方的昆吾氏缠斗了，但被他的赤铜大刀挥动过处，连人带散魂大旗都被切开。他附身赤金大刀，行动极快，门洞里的骑兵们只看到一柄金刀嗖嗖闪过，瞬间就把十余人砍倒。昆吾氏的虎头赤铜刀以宝玉蓄积犀利的金杀气，薄刃锋利无比，削出的每一道金气疾风都有击碎一颗宝玉的战力，又敏捷又狠厉，普通宗师和士卒哪里挡得住？

寝正官听得城墙下的惨叫声，就索性让士卒以干戈划开土夯地面。随着一阵哗哗声碎石乱窜，干戈划过，把喷出的炭粉逼下城门，流下地去。裂开的女墙上飞溅下来的碎石也如雨针一般犀利，足以射穿地面，躲在城门洞下的昆吾氏只好又退到高空。

但是，此时城墙上已经如被盖住锅盖煮沸的肉羹一样密不透风，寝正官要暂时撤去阵法散热。

刚撤去阵法旌旗，寝正官就恨恨地挥动木梆一击，把御使坩埚撒下热浪的昆吾氏给震退了。城墙内侧的士卒则以草木挥散了城墙内的热浪与炭粉，热浪冲击还逼退了要趁机接近的姬鲜、召氏等人，使他们只能退往高空。

"昆吾氏，你既然在东夷自立反商，何故还要来袭击大王，加重罪孽？"寝正官看退往高空的姬鲜等人身后有一人身上红光四溢，认出了就是昆吾氏。

"帝辛听信妲己，夺我昆吾宗主之位，我当然要助周灭你们！"

"昆吾氏，你连世代为殷臣的金正官大宗都不认了吗？"帝辛大怒喝道。

"我族是己姓的昆吾，与你子姓殷人何干？"昆吾氏说着随着姬鲜等人一起急飞接近城墙上空，"宫室阵法没了，快一起上，擒捉帝辛！"在姬鲜的吆喝下，召氏、向氏等人又如前法，合力猛攻过来了。

但突然四十几支玉圭、八十多旌旗唰的一下又布满城墙灌木丛中，一片士卒在旌旗的掩护下暗自汇聚为一股，推动一根长长的木刺直直的冲向姬鲜等人身后的昆吾氏。

"砰"的一声大响，昆吾氏手中的青铜大刀和甲胄一下被击得粉碎，整个人被击飞到天际，散落在风烟中。

姬鲜等人即使被这股重击掠过，也不得不在发热的疾风刺痛中急退，心有余悸的掂量着这束十几个井田阵法集中起来的猛力。当然，既然殷人士卒的阵法冲击都集中一击了，姬鲜等人的合力一击则毫无阻挡地打穿空中密布的旗帜，在士卒人群里扫过，城墙上"唰唰"巨响连连，大多数士卒还是没有防备的被击倒，土夯城上堆满了尸体。

姬鲜等人急忙又退往高空，他们都知道，从刚才来看，寝正官的策略改为了即使任虎贲宗师暴露在众人的攻击下，也要集中冲击一个个的除掉他们。这下他们都不敢再上前，因为即使是姬鲜也挡不住十几个井田阵集中在一束上的猛攻的。

"姜望在此，大家随我向前！"这时姜望和周氏往这边飞来。他们俩本来一直在与飞廉和嬴来缠斗。但飞廉氏父子依靠着城墙上的士卒阵法，使姜望周氏根本没法靠近。他们俩看到这边一群人在猛攻一个位置，估摸着是帝辛在那里，就干脆赶来，先威胁帝辛。

寝正官看到姜望靠近，当然首先喝令士卒袭击他。一根巨型木锥在几十队布阵士卒的合力下急速朝姜望飞去，但嘭的一声，只击中了他飞射出的十副金钩。这束重击随即在尖利刺耳的滋滋滋声中射偏。姜望躲过那道嗖的一下擦身而过的冲击后，就飞快地向前。

"叛徒姜望，下一个受死的就是你！"寝正官看姜望居然还敢继续飞近城墙，大怒吼道。但此时士卒已经来不及再发动阵法，便御使玉圭从旌旗后呼的一下迎着姜望飞去。但此时姜望周身已经从头上聚起一道聚光罩住旌旗点燃，毫无畏惧的闯入了旌旗之间，聚光中的日气搅混旌旗流风，使他滑开玉圭，呼啸一声闯出宫室阵法，而他挥刀发出的斩击已经朝寝正官袭去。

寝正官没料到姜望居然敢飞入旌旗阵中，慌忙中挥动木梆格挡。邦的一声闷响，飞刀冲击撞上木梆，一边震散冲击，一边顺着冲击朝姜望传来震击。但紧接着就砰的一声，这道木梆震击被疾风冲散在了两人之间。因发动感应冲击，姜望飞身过来时停下了一瞬，寝正官就已经甩动了十几支玉圭。这回姜望没有停留，早已发出一道充斥着日气的冲击。

寝正官刚甩出十几支玉圭，一道白亮刺眼的冲击就朝他袭来，邦邦邦几下撞飞玉圭之后，他随即被飞近的姜望禁锢举动，不能再挥手调动剩下的玉圭了。紧接着，他腹部被刺中，顿时觉得血气在急速流失。此时虽然姜望已经接近城墙上空，但底下士卒看到寝正官在那里与之斗法，没人敢就近发动阵法冲击。

姜望刚要以葫芦收起寝正官，就听到嬴来大呼在士卒发动冲击。而就在此时，突然高空中下来一道聚光把自己和寝正官罩住，他身上宝玉和铜泡，以及手中大刀顿时裂开，丧失借法的神力，而激发蓄气也遭到压制。

"是司命官，吕侯小心！"蓐收氏看到过司命官的这种禁锢神力的聚光，在高空上急忙大呼。

"随我去擒杀司命官！"姬鲜听说，高兴地嗖的一下朝聚光的方向飞上去，众人也都跟了上去，要一起杀司命官，只有蓐收氏担心姜望安危，往城墙上空赶来。砰的一声，姬鲜的冲击一下子把高空中聚光定住姜望的铜镜击碎。但他到了高空，却没有察觉到司命官的元气。就在他犹疑之时，下面赶上来的众人突然遭到身后一片剑影的笼罩。

召氏偃女善于分辨元气，搅浑剑影的申酉戌三气四散射去，往高空逃去，且他们记起姬发在邢丘受伤的教训，飞一下就停下来缓和，以免遭累积伤害。芮伯则不能分辨三种元气，只搅浑申酉气，散去其火花和腐蚀，但却被无形爆开的戌气侵袭，震得全身都痛。召氏急忙飞近，帮他以木刺击打脉络，振动身体逼出了侵袭的气息。向氏则是以图法裹身，轻松以历法把申酉戌三气与水雾尘土调和，逃到高空去了。

这边嬴来看到士卒都碍于寝正官被姜望制住，不敢攻击，他便亲自发动一道御使虎豹之风朝姜望袭去。但此时恰好高空铜镜被姬鲜击碎，姜望随即解脱，聚起水镜，迎着如刀牙撕咬般的狂风滑开。嘭的一声，因血气虚弱，没法发动玉圭全力的寝正官顿时被狂风撕碎，在一片血雾里被风吹散。

嬴来看没能得手，只好又退走。

"方氏，你再敢撤退就先杀你！"帝辛当即大骂，唬得他只好又硬着头皮挥出一阵丝丝疾风缠住姜望。

而高空中召氏等人刚躲开剑影笼罩，看到不远处下方空中立着一人，似乎是司命官，向氏、召氏姬鲜芮伯等人就都一起飞近，合力发动一道冲击朝那人袭去，却不觉身上聚光笼罩。但就在发动冲击的瞬间，芮伯的双铲刚激起冲击，他身上甲胄与双铲之间，双铲与冲击之间就砰砰砰砰四声，双铲折断，他本身也被炸得甲胄碎裂。召氏偃女看到都叫苦，这必然是司命官的累积反噬法了，只是没想到之前逼出了戌气，体内残留遇到司命光罩的话，还是会累积杀伤。

众人见状，还来不及救，就听到向氏这边也是一声震响。他也是刚发动冲击，裹身图法上就嘭的一声爆出闷响，随即他只觉全身震颤无力，而发出的冲击也因震颤射偏，歪向高空飞去了。幸好他有图法披身，在他与刚发动的冲击之间的冲撞刚一生出，就被御兽法的筋线弹散，震动也被农法水雾疏散开了。他虽然不知司命的反噬累积神术，但却大概了解十二子气的属性，急忙退开了光罩。召氏飞过去，把芮伯接住，眼看没救了，只好往周人阵地射出，那里的高空有宗师负责接住。

而众人冲击则被司命官轻易闪过。姬鲜看司命神力诡异，怕再追击下去会纠缠很久，又看到寝正官阵法已破，就索性放弃，大呼的飞下来袭击帝辛，"太师留下追击司命官，其余的人随我去袭击殷王！"

姜望刚摆脱聚光，就看到蓐收氏接近，"我去掩护三世子他们，周世子，你去拦住飞廉氏！"他对周氏大呼，"你也去随姬鲜袭击殷王吧！"他随即又转向蓐收氏说。

周氏应了一声，心想刚才姜望鱼钓牵引冲击之法纯熟，由他抵御士卒阵法，掩护众人是最好不过的了，便展开二十四玉璧，一下切断赢来的疾风网，把他拦在姜望身前。

向氏听到姬鲜呼声，定了定心神，散去身上气息侵袭，就展开图法拦住了司命官的去路。司命此时听到姬鲜大呼要去袭击殷王，正要绕开他们去城墙上空，却被图法上发出一股多重气息笼罩而来。他察觉这些气息既驳杂又有韧劲，不敢硬闯，便索性朝图法后的向氏本人一道聚光罩住。

向氏甫一被聚光罩住，他身上宝玉就发出光芒应和图法上的亮光。此次不如前次，向氏的图法早已在自己周身布满了水雾尘土旋风，聚光里的十二子气息没有一种能够侵袭，自然也就伤不了他了，而这十二子气息紧接着就被多重法阵散去。

"传闻你司命官神术诡异，想不到战力如此低下啊！"向氏大笑着，推动展开的图法朝他卷来，顿时弹出大量宝玉飞射。

司命看自己日气所聚起的十二子气息都没法伤到向氏及其法宝，估摸着图法蓄气的宝玉在自己的十二子气息合力之上，就不敢冲上去格挡，只好退开。

而此时城墙上传来了士卒惨叫和方氏大声吆喝，要他前去保护大王。他沉下心来，开始激起身上杀气，一阵突突突的连声闷响之后，他附在剑上，直接朝向氏刺去。

向氏通过刚才一击，估摸着司命最多不过能击碎累计七八块宝玉的战力，是敌不过自己图法的一击碎十玉之力的，根本没想到他还敢拼死一搏，正面进攻自己。他看到眼前一道犀利的光芒闪过，杀气随后袭击，便急忙展开图法阻拦。但接着噗的一声闷响，司命的利剑已经趁机刺在图法上，一下便刺穿皮革。但是，这十二子合力的一击随即嗖嗖嗖的被图法拉散，使利剑僵持在图法上，不能破开图法而出。向氏正要抖动图法，弹射尖刺撕碎司命，突然察觉剑上再次爆发杀气，朝图法后顺着法阵的杀气朝自己吸了过来，砰砰砰的一阵大响，向氏周围的护身水土旋风一片爆裂，他本人也全身震颤灼伤穿孔，御使图法伸出的手臂被震断，大吼以断臂勉强御使图法急退。

虽然图法在后撤，但司命也难以再马上聚力发出第二击，他已经两次发动金粉，全以身体爆开杀气压制对手冲击，心脏早已损伤，身体近乎麻痹，甲胄上密密麻麻的孔眼又开始流血了。他从剑上下来，看到向氏以图法殿后，飞身往周人阵地去了。司命不追，而连甲胄穿孔中鲜血喷出也顾不上，就一边以亥时气止血，一边已经朝城墙上赶去。因为他已经瞥见城墙上卫戍士卒不过千余人，却要遭到姬鲜冲袭，帝辛危在旦夕。

"方氏，不要调动士卒去袭击周氏了，你难道不敢独自与周氏死战吗？"城墙上传来帝辛大吼。

司命听了热泪盈眶，这自然是大王为了留下足够的士卒逼退周人进攻，宁可不要士卒保护，以身犯险独自面对姬鲜等人的威胁。而此时大王还不肯由飞廉保护着退往殷都或邢地，恐怕是为了鼓舞士气，有带着国族宗主的尊严，与周人死战的决心了。这样的大君不能让他就此死在这里！他念咒般的反复想着，及至飞近城墙上空，突然奋起朝姬鲜等人扑去。他知道，只有先击杀姬鲜，才能消除对城上士卒和帝辛的威胁。

司命以一道日气聚光护身，朝姬鲜、召氏和偃女蓼收氏飞去。离他最近的蓼收氏刚回过身来，发出一道高热聚光，就被他射出一道玉粉，把她聚光里的高热化作热浪散射出去。蓐收氏还没来得及逃开，就被这道发着火焰的玉粉罩住，顿时不能激起神力。姬鲜等人刚发动一击，一回头就看到司命已经把蓐收氏擒住。

"来得好！"姬鲜转身大喊一声，"司命官你是来送死的吗？"

他话音未落，司命便把蓐收氏以一道聚光推动，并罩住姬鲜，呼啸着朝他射来。但姬鲜根本不顾蓐收氏死活，他转身时就已经激起宝玉，一道猛击早已迎着聚光和蓐收氏发动。"砰"的一下巨响，这道冲击轻易破开聚光里的十二子合力猛击，把蓐收氏撞回，朝司命这边射来。但既然这道冲击是顺着司命聚光袭来，自然就带上了聚光的十二支气而被扰乱，而撞上司命时，他手上剑上就已经生出一道朝地下射去的光束。这冲击在司命双臂间连撞击声都没有发出，只哗的一下射偏，就呼啸着被裹在光束里，斜向地下去了。由于姬鲜战力几乎是司命倍余，司命接下冲击的双手手骨还是顿时脱臼。

"姬鲜！"姜望这边正以十几副金钩牵动城上士卒冲击转向，一眼瞥见蓐收氏被司命射出，又被姬鲜紧接着一击撞飞，射入地下去了，不由得愤恨大骂。

姬鲜毫不理会，"召氏夫妇围攻！"他大吼命令着，抽身跳出聚光，就要发动第二击，但司命此时已经飞近他们，手中也射出更多的天智玉粉，使聚光及十二气增强不少。光罩跟随姬鲜移动，又把他罩住。

而这次，姬鲜刚发动冲击，就察觉这聚光压制神力的作用在加强，饶是他有聚魂，意志力强悍，也在激起宝玉时气血翻腾，难受不已，冲击力也似乎要变弱。果然，这道冲击没能达到刚才那样一个井田阵的战力，在聚光中又被十二子气息侵袭，化作一道道水火风烟射偏。光罩只在司命周身一闪，冲击就砰的一声，被他轻易接下，撞击余波在闪光中被他周身水火风烟漩涡散去。

而就在姬鲜吃力地再要跳出聚光之时，光罩突然收缩为一柄剑形光芒，就要往他心口集中，但被他身上聚魂旋风推开一下，集中在他下腹上。就在他被这剑形光芒吸住，行动滞塞之时，一柄飞剑在光束内的十二支气息合力的推动下，顺着光束急速袭来，当啷一声，撞在他腹部，顿时射出一片沸腾的鲜血。他浑身一僵，如石块一样坠下。而这飞剑早已分作申戌二气在他身上扩散。他只觉身上就要炸裂了似的，坠地时奋力疾飞，在一阵嗷嗷大叫中逃到城墙外的郊野去了。

司命知道还没能杀死姬鲜，但他刚射出金粉，已经虚脱，而召氏偓女的冲击已经打在了他的聚光上，虽被挥舞一阵水火风烟的漩涡散去，却也费神费力。而更糟糕的是，姜望丢下与城墙上士卒的纠缠，聚起一面水镜朝他袭来。司命急忙以聚光罩住偓女，要如前一样，抓住她去阻挡姜望。偓女忽地被光罩住，但她扬起锯齿唰唰几下散去绕身玉粉侵袭，只呼啸几声，十二子气息顿时被散去三道。她已经学得召氏的节气法，能凭四时分辨六节，因此也就能凭借此时的冬时气散去三种十二子气息，使之不能完全压制天地气。司命看她居然能在聚光里御气急退，有些吃惊。而召氏也已经在助她散去这三种十二子气息，把她扯出了光罩。看到没能抓到人，司命只好往高空急退，先避开姜望的攻势。

"司命官，不要死战，王后到了，快到城墙上少歇！"这时城墙上传来帝辛大呼。

此时城门外的妲己精锐骑兵此时已经被消灭大半，剩余士卒看到头上一团光晕，知道是他们的主君到了，都齐声大吼如雷。

"甲子师列阵出战！"妲己还在半空，就下了命令。

甲子师是妲己十五万卫戍里的精锐，百夫长都是御使元气能有虎力的宗师，但他们是昆吾族人，只听妲己调遣，此前帝辛都没能调动他们，因此一直没有出击。此时听到妲己令下，都骑着虎豹从城门后冲出。在一阵呼啸声中，列阵的骑兵猛然冲击力大增，一队骑兵冲入逐渐推进至两百步的周人阵地，在一片剑雨中，周人立时损失三百。

姬发在阵前，本以为这一推进就可以击破沫城，却没想到妲己还有一师精锐，战力似乎超过申戎骑兵了。再不震慑一下稳住士气，恐怕就会陷入鏖战，甚至拖到太行山隘口的师旅赶到，救下沫城也都有可能。他立即唤来马步氏，让他去阵前布置。马步率领麾下十名宗师便开始挥舞旌旗，在阵前双方对轰的上空化作一大片旗帜展开，立时就有尸体上冒出大片血雾，一道道的绕开对阵掀起的疾风，被吸入半空旗帜上，就连双方对阵激起的散射冲击都没法吹散。

等到这些旗帜吸收血雾变得通红欲滴，马步氏等人则开始收回，飘扬在周人阵前，在疾风里扬起一片血雾。砰砰砰砰的一阵金石冲击在周人阵前爆发之后，除了前排，其余士卒几乎没有多少损伤，又恢复到了之前周人压制妲己骑兵的局面了。

"费氏快去撕碎阵前旗帜！"妲己大喝，她此时正在中军列队，子延则飞速移动，在骑兵里拉伸大量五丝，拦截冲击余波，唯独费氏虽然身在前军，却背着量壶藏在战车后面，只吩咐宗师出声鼓励士卒，自己则丝毫不肯努力。

这量壶是为帝辛向各地邦君收取租赋米粮之物炼制而成，能在两军激烈冲击时缓冲剧烈的余波，这就保护了他不受冲击侵扰。眼见前军冲锋骑兵一排排的倒下，唯有费氏背着量壶随战车从容后退，看的妲己咬牙切齿。邮氏费氏父子本来不合她的刑律，只是帝辛一力保他们，她才没有对其发难，但现在看来，这二人果然不适合安排在前军冲锋。

看到妲己亲自飞至前军监督，费氏不得不命千夫长们抛出量壶，随着身后骑兵的一道长矛冲击，呼啸着飞至阵前上空。破裂的量壶口中喷出大量草刺疾风，把定在阵前吸收血雾的大片旗帜击碎了几面，尖利的碎片如雨点落下。

这量壶本来是邮氏费氏放置在自己军中，用来监督士卒的。每个百夫长背负一只，一旦士卒中间有谁出力没有达到一定的战力，量壶开口的呼呼冲击声就会减弱，而倘若有些士卒战力超过规定战力，量壶的呼呼声就会加强，还能吸去多余的水土草三气发动钟声，敦促一个井田阵的族人发奋。现在自然已经收取了大量草木泥土冲击。

费氏看姬发来了，大喜急忙把量壶挥舞对准他猛攻，而姬发手中大小钺也已经朝他飞出。砰的一声，量壶的冲击正好击中姬发及其身前的王旗，王旗随即炸裂。姬发本身则躲开了草刺冲击。朝费氏飞出的大小钺因被姬发牵引，只格挡量壶震动一下，没有偏向直直朝费氏砍下。

费氏本以为自己在阵内，有士卒防御，姬发必然被持续冲击刺死，却没想到被他轻易躲开，更没料到这双斧还会被他御使砍向自己。他一边急退，一边措手不及的取出一尊春臼，要把双斧冲击收去。大钺先至，咚的一下被吸附在大臼凹槽里，但却没有被石臼收去，还在被小钺牵引而颤动。小钺则飞至费氏头上。砰的一下，费氏觉得不妙，刚转身以金春格挡小钺，就被大钺飞过来砰的一下砍断金春，又砍碎他的护身宝玉，血肉模糊的掉了下去。

姬发飞近，御使小钺一斧劈下，把费氏的头拍飞，嗖的一下回到他手中。量壶则还在有宗师御使，对他放出冲击。姬发便飞近量壶上方，御使大小钺劈在量壶上，却一声炸裂，从量壶变形的底部射出一些金刺。而姬发躲避不及，被大量金刺顺着姬发御使大钺的杀气袭来，不但击碎护身宝玉，胁下也被击伤。幸亏他有函氏制作的六层缀皮甲胄，挡住了大量雨点般的冲击。

费氏的量壶本是帝辛命邮氏制作，用于收取田赋粮米之物，炼制法宝之后，就是帝辛王室和诸侯族室的分利权重之宝，因此蕴含王族和公族的元气，总共蓄力能击碎两块宝玉。但费氏狡诈，他所制定的量壶中空，因而能为王室多收些粮米，炼制的法宝也就蓄积了金刺。这样，只要量壶被击破，就会有一些蓄积金刺顺着一道冲击反噬，姬发不防，才不但丢失双斧，还被击伤。

姬发既然知道这法宝本是量取田赋之物，当然猜得到这道暗袭的关窍，"殷人量壶都敢暗藏中空，诸侯伯你们值得为这样的王效命吗？"他趁机借风传音大呼。

城墙上的千夫长百夫长都是必死之士，对此都置若罔闻，而众首领也只有子延暗自叹息，王族飞廉、嬴来都毫不理会。而妲己看费氏不济，已经奋起刺出一道杀气朝姬发追袭而来，但姬高、檀括看姬发被击中，已经飞至，赶来接应。妲己的杀气追袭撞在檀括的巨钟上，锽锽锽的连声振响，把杀气与冲击都四射散在血雾里了。

"太子已经擒杀费氏，殷人速速投降！"马步氏在阵前上空借风传音大呼。

姬发则把费氏人头抛给他，由他挂在王旗上，顿时聚起大量血雾，不但周人阵中尸体，就连殷人阵前的尸体上也冒出一道道血雾被这面王旗招去。周人阵中血雾弥漫愈浓，使士卒更加振奋，齐声大吼回应马步的呼声，发动了更强的一阵猛攻，而这大吼声还令殷人士卒大都浑身震动。

妲己看到阵前自己人的血雾被吸去之后，不但周人战力提升，自己骑兵居然也会因大呼有所震动，觉得不妙，忙问从城墙上下来助战的飞廉氏怎么回事。

"应该是马步氏，他擅于御使血腥气，而敌人的血腥气则可用来振奋己方士卒，刚才那一呼和周人的吼声应和应该就是激起人的元气之术！"飞廉随即又有些黯然，"而我们的勇士也会被震动，恐怕是因为刚才姬发揭穿邮氏量壶中空的呼号……"

"又是马步氏！我这就去偷袭杀了他！"妲己刚要上前，却被飞廉氏拦下。

"王后不可，现在只能先激励我勇士坚持抵住，拖到太行山的大军来援！"飞廉顿了顿说，"如果王后执意要行事，可召呼司命官一起袭杀，他此时正在城墙上护主！"

"我们先去稳住军心吧！"妲己飞身回中军去了。她还在忌恨司命不顾她先走，而宁愿凭自己和自己训练的精锐骑兵抵住周人，撑到援军到来。

姬发回到前军，看殷人骑兵虽然有些损失，但由于布下了五丝阵法，每次交锋，阵地上都会有一阵琴音巨响，音调起伏不定，从宫调到羽调都有，这自然是冲击被子延布置的五丝网散射乱流所激起的。

"据说妲己用的都是不通音律的东夷氓隶，怎么会能凭着如此复杂的曲调激起战力？"姬高在一旁问姬发说。

"应该不是为了激起战力，只是子延情急之下，布置的一种复杂的乐阵，用于引导分散我师阵法威力！"姬发答道，"幸好妲己骑兵都不懂音律，不然倘若受到这样复杂的乐阵训练的话，不但能轻易散去我师冲击，还可能牵引汇聚加强了的冲击反击！"

"幸好那个乐师与妲己不和，不愿意参与战事，不然……我们还不一定能击败殷人吧？"

"是了，你现在快让周氏、檀括师旅去西门淇水岸边埋伏，我猜太行山的兵马就要赶到了吧，这是我们最后的威胁了！"姬发下令说，"这里有我对敌，消耗掉这一个师无需这么多人马！"

此时城墙上空只剩下周氏仍然在与嬴来缠斗，嬴来虽然攻不破他的二十四玉璧防御，但他索性以八种风气散射为疾风网包围周氏和他的二十四玉璧。虽然这分散的八风力量比合力一击更弱，又会在挥舞的二十四玉中迅速减弱，但却能以风气慢慢渗透，侵袭周氏。战不过一会，周氏就脚下冻僵，双手冒火，而半身僵硬脱水，肩膀刺痛，而头则变得难以抬起来了。少了姬鲜，召氏偃女在一旁根本不敢靠近城墙，只能在高空监视姜望与司命的激战，好找机会偷袭。

司命听说妲己赶到，本来想先退入草丛止血，但无奈姜望已经追上了他，他便发动一道聚光，罩住姜望。姜望虽然被光罩住，但已经凭身前水镜借法，"砰"的一声巨响，阻击了光罩里的十二子冲击，十二子气息也被水镜挡住没法侵袭。

"司命官，你若现在投降，还可饶你，不然我就要为蓐收氏报仇了！"姜望一边大喝，一边疾飞绕过光罩。司命当然知道他要欺近作战，一举压制自己行动，而只有凭聚光远距离袭击，才能有胜算。他大喝一声，"不可能！"手上的一团耀眼的天智玉粉里已经放出疾风、短刀两道冲击。

姜望刚以水镜闪过，就看到眼前又有两道冲击，一道仍然是短刀，一道则是激流。他正又要滑开时，却觉得身旁吸力猛增，闪在身后的两道冲击又被他感应到的散风吸回来了。而他刚在身后打出水镜，就砰砰两下，背后冲击在他近旁爆开。同时，眼前射来的激流与疾风互相吞噬，散出大量水花击碎姜望布置在身前的水镜，而后至的短刀则在水镜碎片之前就散出了大量刀影。随着水花碎片如雨针般从姜望身旁擦身而过，刀影中弥散的时辰气使他头上气血混乱，七窍流血，手上颤抖，对司命发出的冲击也倏地一下射偏了。

急退十步后，姜望才匆忙聚起水镜，全身覆盖涨成一个越来越大的水球，把侵袭的十二子气息从身上推出去，水球则因被十二子气合化，而或爆开、或浑浊、或沉重散去，丧失了很多。而司命已然趁机聚光把他罩住。但既然水球已成，借法之力就已经发动。只是，这球面水镜已经被聚光烧沸，咕咕作响的水镜使得水气感应混乱，这样一来，从光罩迫近的十二子冲击被往不同的方向折射，化作万道疾气嗖嗖乱射，总算散去了攻击。姜望则在水球迅速丧失变小的时候脱身，退了十几步后又从葫芦里重新聚起水球。

司命看自己最巧妙的神术也拿姜望没办法，就要往城墙上退下，但不防召氏的冲击袭来拦住去路，他刚挥动玉粉，阻住袭击，就察觉到身后一丝杀气。他刚暗想不好，就察觉周围环绕的涡流被分离出几种十二子气散射掉了，接着背上一痛，被击中腰腹。他急忙挥舞，护身涡流顿时化作漩涡激流，击中他的法宝也被激流扯出，原来是偃女飞旋的短钻。

偃女趁他敌对召氏，没法分神加速护身的时辰气涡流，这法宝穿过涡流，便就化开一些十二子气息，只稍微射偏，仍然击中腰腹。召氏夫妇看紧密配合得手，各自布下大量宝玉和短钻，正要围攻，却看到司命周身光亮陡然增强百倍，光罩里急速流动的十二子气把射来的短钻和宝玉都砰砰砰的损坏射歪。

"司命，申女到了，大王危险！"这时城墙上却传来飞廉氏大呼。

司命在云雾里一看，城墙上来了一群宗师，而撞击声也更震撼了。他心下一缩，知道是围攻妲己和自己的申女庸伯那伙人到了。申女等人倒没什么，那个巫咸王的战力可是相当于几个井田阵的，若让她接近城墙，殷王哪里能活过片刻！他没有再多想，以一道聚光中的十二子合力推动自己，极速朝城墙上空下去。但姜望哪里肯放，射出一面水镜急追，借法压制立即使司命变慢。而城墙上传来的巨响，上方尘土飞扬的视线遮挡，以及士卒的一阵阵惨叫则令司命心下更急。

但他刚接近城墙上空，就遭到埋伏在半空的姬度一道猛击撞上，但砰的一下，这道猛击被裹在数道光束里急转射向地下去了。

"司命官是我的战利品，你们去袭击帝辛！"姬度高兴的飞上前，但刚追上被击飞的司命，就被聚光罩住。他慌忙反击，却察觉战力在逐渐变强的光罩里小了许多。他只觉自己被强光压得震颤，能发动的宝玉不到十颗，刚暗想要糟时，司命已经飞近，一道锋利的刀刃随申西戌三气劈出，砰的一下，饶是他在百人聚魂修练场磨炼了铜头铁额，也被击碎肩上聚魂玉泡，肩膀到腰切开一道口子，哇哇大叫。

但巫咸王的彩烟冲击此时已到，司命急躲，却才翻身聚光，就砰的一下，这相当于几个井田阵战力的冲击撞在司命身上，只在聚光中稍微射偏，便嘭的一下把司命双腿吞没，射入地下。而没有被聚光偏转的风烟则随一道光罩把他的上半身一直撞飞到城外去了。姬度看到司命被一阵耀眼的彩烟轰到城外去了，觉得他一定是活不成了，一边借风传音大呼："司命官被我杀死了！"一边兴奋地去追飞出去的那上半截身躯，姜望、巫咸王也紧追而去。

城门外在骑兵冲锋中的妲己听到姬度大呼，虽然还在凝神御使大短剑，守在阵前聚集精锐杀气，可眼泪却忍不住掉下来了。

"王后，你去看看司命官，我来用五丝乐法守住大剑！"子延在中军大呼。

"勇士们听令，不许后退，战至最后一人！"妲己不答子延，借风传音大呼。

姬度等三人还没接近司命飞出去的上半身坠落的丛林，就远远看到林中正在聚起一道耀眼的强光，光柱直通高空，似乎要把夕阳的余晖全都聚集过来似的，而旁边的树林开始燃起大火，光柱气息扰动与周围火焰和烟尘乒乒乓乓的零碎撞击声不断。

"林中有阵法！"姜望低声对身旁的巫咸王说，但他随即喃喃，"就算是蓐收氏的聚光也不过如此吧！这样的大火用来聚起十二子气息的话，那么十二子合力……"

"糟了！这是想如妲己那样逃走，快去拦住他！"巫咸王大喊，三人急忙飞近，果然看到丛林里呼啸着照出一道强光。姬度眼明手快，首先发动一道冲击拦截，但这强光光柱由充足的未时旋风聚起，一遇上冲击就迅速移开。只见光柱在冲击一旁重新聚起。随后，十二子气推动着司命呼啸而出，但却又撞上巫咸王射来的一团烟气，"砰"的一声大响，光柱被拦截大半，只剩下一束光带着司命朝沫城城墙飞去。

申妃、邑姜等人此时正忙着清除城墙上最后一拨士卒和宗师，帝辛则由飞廉氏牵引到了半空，以疾风网逼开了姜伋、檀利等人。他们正酣战间，突然看到高空大梁星次方向一束强光射下，并传来司命嘶哑的虎啸："大王随我走！"

飞廉氏一惊，才知道那光束就是司命。他急忙引来一道底下宗师士卒的阵法冲击，朝上空发动一阵旋风，逼退围住光束的檀利等人。此时这道光束仍然在不断加强，变得更加耀眼，司命的半截身躯随即在强光中十二子合力的推动下飞至。他以长袍裹住帝辛，紧接着挥出几道聚光。聚光中一声呼啸，啪的一下破坏姜伋的玉环，又在檀利的厉鬼聚集一击的拦截下，"砰"的一声巨响震荡滑开后又重新聚起光束，随后洞穿挚壶氏布下的水雾，使得这被光照亮的水雾激起旋转，反而推动他们加速，在地下强光的保护下，往城内飞去了。

"那个半截身躯是司命官吗？"邑姜和姜伋惊讶地问申妃。

"这道强光恐怕抵得上羲和氏的十几颗水玉的光亮了！"申妃看到这道光竟然破坏姜伋的借法玉环后，又勉强避开了檀利那接近一个井田阵的聚魂一击，穿破挚壶氏的水雾阻滞，不禁有些喃喃，"不过那个半截身躯……"

"大王被司命大人救走了！"殷人高兴地大呼。

"司命官只剩半截身躯，必死无疑！"这是庸伯、禹强在呼喝。

"城墙已经被占，妲己快降，以免戮身！"这是申女邑姜等人的劝降。

妲己听到撞击声，回头正好看到一束强光在接连撞击中往城内方向去了。"你连失去双腿都不肯来助我，而要先护主吗？"她一边想着，一边看着周围一片尘雾，只剩下几百余人拥簇在自己周围，在蒙尘的疾风中大喝射箭，神情惨淡。而想到他居然真的会死，她泪水禁不住的涌出。

"周人放过这些士卒吧！"子延看到阵前尸横遍野，忍不住大呼哀求。

"我是太子姬发，只要你们献出妲己头颅，其余人不但无罪，还要封爵！"姬发飞身到半空大喝道。

妲己听了大怒，她本以为即使殷都被攻下，大商也不过另换继承人，自己也不过是迁徙到北土或到苏国与自己哥哥分立而已，却没想到姬发竟然会要自己性命，"周人不仁，众勇士给我死战到底！"她大吼道，周围拥簇骑兵立即狂啸应和。

"勇士们不要听信周人，王后是我大商支柱，没有她，你们都要再次为奴！"飞廉氏借风传音大吼。他化狂风飞下，御使一道猛兽之风朝姬发斜射过去，姬发躲开后，轰隆的一声，刃牙般的狂风乱舞，顿时把在发动阵法而没来得及防备的十几名士卒撕碎。

姬发一边忿怒地召呼城墙上的邑姜、姜伋，一边大呼士卒猛攻。就在此时，东南向突然刮来一阵寒风，把浑身大汗的阵前周人士卒冻得刺骨。紧接着，姬发就看到一阵夹着雪花的寒风朝周人侧翼灌入。千夫长大喝反击，但士卒刚发动冲击，就被这阵雪花狂风卷起草刺冲击，在一阵隆隆声中呼啸到半空去了。阵中士卒被寒风侵袭，人人身上和兵刃上都开始结霜。

"说得对！不要听信周人巧言诓骗，太行山的援军就要到了！"寒风中传来庞青鹤唳般的尖叫。

"周人罢手吧，太行山、邢国还有大商万余兵马，难道真的要死拼到只剩下几千残兵回西土吗？"这声如洪钟，是墨氏兄弟的呼号。这兄弟俩本来与庞青一起在比地为泰逢练兵，赶上阻击周人之后，看到城门这边妲己的呼喝和激烈的撞击声，放心不下就赶来救援了。泰逢虽然不满他们不顾自己的人马而去救妲己，但知道女儿的一腔热血，只好放他们过来，自己则留下与酒正官军抵御弇兹氏和姬鲜师旅的猛攻。

“城墙已经被我们占据，墨氏兄弟再不退开，与妲己同罪！”邑姜姜伋大喝着，以玉环挥舞，引动妲己骑兵对他们的冲击一声呼啸到高空去了。

妲己回头看到城边一团彩烟急速飞至，知道是巫咸王到了，再不奋力一搏，恐怕残余的百余精锐不过一顿饭工夫就会全部阵亡，根本没法撑到太行山的援兵到来。而此时正好周人阵地的尘雾中多了一片寒风冰霜的笼罩，她知道逢女的霜风能抑制春气或秋气田阵的战力，便决定孤身闯入。

妲己飞身出了阵中，一边挥舞短剑射出金粉，一边飞身接近周人阵地，又另射出两支短剑金粉，随即使光芒迅速从殷人骑兵朝周人阵地扩散而去，光芒到处，旋风中一片噼噼啪啪的杀气扰动。

“子延，快率领勇士们入城对付城墙上的宗师！”她一边大呼，一边飞身朝周人阵地而去。

这边姬发刚下令发动一击，却“砰”的一声巨响被拦截下来，而疾风尘雾中的殷人骑兵几乎没有损伤。他这才知道这覆盖在士卒身上的不化霜雪对士卒元气有着压制力，“邑姜姜伋，快先去对付逢女！”他大声喝道。此时逢女与墨氏兄弟隐在半空的持续寒风中，不能察觉位置，而看这寒风是由战场外的一股旋风发出的，那里更可能有飞廉氏藏身其中，只能派这二人才能对付。

但他刚发出喝令，就看到妲己从阵前的一片光芒上方飞身过来，他还没来得及命令士卒袭击，周人前排士卒身上就都被纷纷扬扬的光芒覆盖。

“快退开到光芒范围之外！”姜望和巫咸王一边后退，一边大呼道，“这光芒有御使杀气元气的神力！”

就连还在半空缠斗的周氏和嬴来也都觉得不妙，两人松开疾风与飞玉的纠缠，都退往高空了。但在姬发这边，阵前的前排士卒却已经在光芒互相牵制，耀眼的身上与干戈上的杀气辉映，握戈的双手不自主的吱吱作响，没法摆脱，顿时混乱。他只好大喝后排士卒一边攻击妲己，一边命前排士卒慢慢退出光芒辉映的范围。

此时妲己已经移动到周人阵前上空，士卒一片混乱，没法袭击她。周人后排士卒组织一击朝她袭来，却在半空耀眼的光芒中散射而去，都从她身边射偏去了。而她已经大呼昆吾骑兵逼近冲锋。紧接着一阵巨响，昆吾骑兵发动的疾风箭雨已经顺着妲己呼喝朝正在后退的周人撞上去。前排数百名士卒都被箭雨疾风笼罩，后退的周人前军都在沙尘中惊慌奔走，一时阵势混乱。

姬发、姬高、檀括开始钟鼓齐鸣，催动士卒重新布阵，但妲己已经独自飞身混入周人前排阵地，她短剑光芒耀眼，周围士卒还没来得及对她袭击，就被光芒中的杀气牵扯制住。而沙尘也已经扬起，这些士卒彼此都不能相顾，身上一爆杀气就气血上涌，躁动的忍不住狂啸。

姬发只好再次大呼喝令光芒沙尘外围士卒急退，而姬高则已经用绳墨从中军牵引一阵草木冲击朝妲己头顶猛地灌下来。他不知妲己神力奥妙，以为这样就不会被光芒中的杀气牵扯，结果冲击刚接近妲己，冲击里的水雾早已发出耀眼的亮光，偏移打到下面周人阵地去了。周人士卒已开始被头上强风草刺压得趴倒在地，哀声一片。

就在妲己避开草刺冲击的时候，昆吾骑兵已经再次逼近突袭，杀矢在周人阵中嗖嗖乱射，在一片惨叫声中又倒了一片士卒。

庞青在周人侧翼的上空看到妲己只身一人闯入周人，光芒到处，一下子就击溃几百士卒，忍不住狂笑，"周人再不退走，就是自取其辱了！"她一边大叫着飞至周人后军，一边往飞廉氏生起的旋风中撒出大量霜雪和聚光玉粉，汇聚为一阵白光闪闪的疾风，由墨氏兄弟激发推动，转而朝周人中军刮去，要趁他们后撤慌乱，开始削弱中军战力。

"周人放弃吧，大商王后勇猛，你们再不退就要拖到太行山援兵到来了！"墨氏兄弟呼喝着，他们看到周人前军混乱，也换了藏身位置，射出大量天智玉粉推动疾风。虽然他们俩战力低微，但毕竟用的是天智玉，这些玉粉只要渗入阵内散成疾风乱窜，对于战力弱化的周人士卒也有杀伤力。

周人侧翼的士卒虽然一直在反击拦截飞廉氏的疾风，但仍然不免被寒风侵袭，阵中则虽然有麋伯御使鱼鹰上下翻腾，吞吐出大量春暖水汽，却没法缓解阵内霜雪寒风。因为这是天智玉粉凝结的细小冰霜，再加上飞廉氏生起的旋风带有织纤法所散布的丝织气，使得寒风变得极为柔韧，不仅在遭到拦截后还能渗入，还很容易就渗入士卒甲胄不散。

"逢女墨氏，你们不要再妄想太行山的救兵了，姑幕氏已经率领周氏麾下万人去堵截，他们过不了淇水的！"姜仅此时已经接近寒风源头，对风中的庞青和墨氏大吼道。

"姜仅，你别妄想再诓骗我！"庞青叫道，但她话音未落，已经感到杀气接近，而自己身上行动滞塞，她这才明白姜仅是在诱她搭话。她立即聚起寒风朝杀气方向冲去，但却只觉得杀气毫不停留的接近，一只玉环飞旋接近，顿时把自己压制住，举动缓慢，来不及格挡就被玉环削过头顶，头发飞扬。而邑姜趁她还没缓过神，收回玉环套住她脖子。

而邑姜才在一旁现身，就有左右两道冲击袭来。她滑开左侧冲击，顺着余波飞入水雾，又用玉环把墨达制住。正当她要再去擒捉墨允时，飞廉氏的八种风气已经嗖嗖散射袭来，逼得她急忙丢下墨达和逢女滑开，退后百步。

飞廉化水雾风飞至，察觉敌人的元气已经退走，就来抢邑姜丢下的墨达和逢女，但姜仅已经盯上了他，大吼一声一道冲击尾随他袭去。砰的一声，飞廉氏疾风被消散后，姜仅的金环袭击穿过飞廉护身狂风，削掉他的腰甲，几乎使他丧生。但飞廉忍痛迅速聚起狂风成为长长的一丝，不等姜仅飞近压制就瞬间逃开。姜仅没能再察觉到飞廉氏的魂气，只好先牵起掉在地下的逢女和墨氏。

"王弟，我先要去淇水援助殷人师旅，恕我不能救你们出来！"不远处传来墨达的呼号声，吕氏姐弟才知道墨达发动袭击后就逃走了。

没了庞青降下寒风，姬发迅速止住了周人混乱，开始布阵合围妲己及其附近的圆形一片光芒。他们趁昆吾人一击击溃外围的周人士卒间歇之时，在光芒外围以盾牌竖地，布下了百步宽的防御。妲己此时撒出玉粉激发光芒时，就发觉尘土扬起在减少了。

她只得立起身，回头看到冲锋一阵的昆吾勇士们被空中的宗师缠住了，但他们凭五丝大网的防御，抵住了巫咸王等人的猛攻。她拂去脸上的蒙尘，顿时又如白玉一样光滑诱人，虽然没能撑到救兵赶到有些遗憾，但只要自己逃离，周人应该就不会为难那些奋战的勇士们了，而她则可趁周人尚未攻入沫城，去鹿台救治司命。刚才那道光束移动方向正是鹿台仓廪，也只有那里有三重阵法和小司命的卫戍，足以抵挡宗师一时。

想到这里，她紧绷的心才稍微释怀，而周围横七竖八的近千周人尸首和一片恐慌声也令她解恨。随即奋起一跃，她就要飞身往高空城内方向而去。不料刚飞到半空，她就觉得身上滞塞，抬头一看，只见头上一面巨大的水镜云雾，聚光强烈，拦住了自己去路。

水镜前立着有姜望、姬度、庸伯，而此时侧翼也有了邑姜姜伋，背后则是姬发、檀括和姬高立在半空呼喝士卒准备冲击，城门上空是申女和猫虎氏、禹强，合力挥舞着一个巨大的套索等着她。

"妲己，现在再不做俘虏，就是身首异处的下场！"姜望、姬度喝道。

"别跟她多话，吕侯快用这大水镜压制住她！"禹强在下面着急的怂恿，很怕她突然朝自己这边袭来拼命一击。

妲己一看阵势，姜望的大水镜云雾足有十几步长宽，随时可聚积成水团压制自己行动，自己只要往头上飞就再快也躲避不及，而身后和侧翼的士卒正在准备阵法冲击，凭一己之力是肯定没法突破的，索性冒险从城门方向突破了。她还没来得及想下去，就听身后一阵隆隆呼啸，姬发已经迫不及待地发动长矛冲击了！

她愤恨挥出短剑金粉殿后，一边急速朝申女和猫虎氏、禹强飞去。周人的冲击在一声尖利的呼啸中，被金粉闪光牵引杀气射偏，从妲己下方迅速擦过她迅速下坠，嗖嗖嗖钉在城门前地下。妲己则已经飞至她的骑兵上空，挥出一道金粉，这些在激战的骑兵们顿时振奋投出长矛。与骑兵交战的巫咸王、召氏偃女、周氏和杜宇氏、挚壶氏等人急忙退后。但妲己却没有指挥骑兵突击他们，而是一跃飞出昆吾人头上，数道长矛随着一阵光芒四射朝申女和猫虎氏、禹强这边扑去。

"糟了！她集合士卒战力来御使我们！"申妃大呼，三人立即往后急退，也不敢贸然攻击妲己。此时妲己身上的光芒似乎是与地下的百余士卒有杀气相通的，此时攻击她，无疑会因为战力弱于昆吾人反而被金粉追袭所伤。

但姬发那边却迫不及待的发动一道猛烈的冲击朝妲己袭去。他们由于相距妲己太远，也不了解她神术奥妙，只看她飞身上了半空，以为没人挡得住她，就没顾得上多想。

果然，这阵猛烈的长矛疾风碰上昆吾人头上光芒就逐渐低射，呼啸的长矛被阳光照亮，宛如巨大的光柱从妲己头上横贯而过，扑向申妃他们的一侧。申妃等三人还没来得及急退，就感觉一股吸力把他们推向这耀眼的光柱。

但幸好申妃提前感应冲击，借法发动，带着三人滑过这阵长矛。随着光柱划过，他们也止住了身形。但就这一瞬，从光柱上分出的一阵玉粉已朝他们的杀气蔓延过来，带起的一支长矛猛击也朝他们撞来。

眼看眼前一道激烈耀眼推动复杂的气息袭来，恰巧立在申妃和禺强之前的猫虎氏大吼一声，抛开与申妃相连的套索。大刀斜斜的飞出，"砰"的一声响，把长矛逼开。但金粉撞击却仍然袭来，猫虎氏被这道耀眼的杀气猛击击得浑身爆裂，火花四射，但大部分金粉总算被他一吼震开，他身上被冲击打断手臂，吧嗒吧嗒一阵血肉如雨扑来，染红了申妃和禺强身上的甲胄。

申妃心头一震，尖叫声如鹰鸠，猛然丢开与禺强的套索连系，飞身对掠过他们而去的妲己刺出了金针。妲己此时只听得冲击急转之声，而瞥见漫天血雨，以为禺强等人不死也重伤，已经放心的飞身到了十步之外，但却遭到巫咸王的烟气袭来，不得不慢一下。冲击迎着光亮射偏，轻易被她短剑引开。她这一停，刚要转而潜入城内地下，就被尾随她，借她元气加速而至的金针赶上。她刚射出短剑引开猛烈的烟气冲击，还没摆脱刺骨的疾风，就觉得飞动有些滞塞，倏地一下被金针刺中，血气开始流失。

妲己想以玉串光晕推出没入腰腹的金针，却只觉血气迅速流失，便不敢拔出，而一阵疲劳和眩晕袭来，她便瘫倒坠下了。

坠落时，她模模糊糊地觉得玉串在颤动，似乎是在与别的玉串元气相吸。可她记得除了与髻女有玉串连系，能够在一里路之内互相感应元气，就再没有别的人了……

申妃尖叫着赶上，立即以套索把变得虚弱的妲己捆住。但她还没来得及押着她飞走，就突然听到姜望飞近大呼："小心上面！"

她还没抬头，就察觉到逐渐变大的杀气从头上灌下，而等她抬头看时，已经被一束光芒罩住了她和一旁的妲己，顿时感应宝物损坏，神力被压制，身上变得僵硬沉重，手脚也无法抬起。而没入妲己腰腹的金针则被光罩里巳未戌气损坏、打掉，顿时鲜血迸流。

申妃要以套索挥舞突破光罩，无奈神力丧失大半，根本无法突破光罩里的未时气生成的强烈旋风。而此时她才看到罩住自己的强光是与高空中三道正在变强的光柱汇聚交接的。这三道光柱，一道指向夕阳，一道似乎指向城内的一处大火，卷起狂风往那边移动，还有一道则似乎指着大梁星次。

姜望等人还未飞近，裹挟申妃和妲己的强光旋风就迅速增强到如阳光般刺眼，如之前司命官御使救帝辛的那道一样，砰的一声把飞来拦截的大水镜边缘击碎。

虽然就这一下阻击，强光顿时被阻，大部分十二子冲击都被水镜碎裂的水花散去，啪啪啪响成一片。但随即又有一道从高空三道光柱交会处发出的光束在变强，重新形成一道避开水镜、斜射过来的光柱旋风，罩住妲己和申妃裹胁着二人急速卷起地下尘土飞走，周围狂风肆意、无人敢近。

但巫咸王眼疾手快，已经对着高空三道光柱交会处发动了一道彩烟，砰的一声闷响，水火风烟四射，但如刚才的光束一样，这三道光柱刚被冲散消失，又有三道光柱在冲击一旁迅速变得耀眼，激起光束擦过彩烟罩住二人。而光束再次不减弱的洞穿挚壶氏的水雾漏斗，水雾本身也被迫旋转。

待姜望等人刚要转而往那道光罩赶去，却看到光罩在变弱，高空中指向地下大火的光柱则亮得耀眼，光罩偏转，裹着二人呼啸着往沫城地下去了。姜望等人一边急追，一边遥望，那里正是鹿台方向。

"你们留下阻止飞廉氏和方氏，有我们去追击就够了！"姜望回头对赶来的吕氏姐弟喝道。

吕氏姐弟便停在城墙上，看着姜望巫咸王和姬度，以及周氏禹强去了，而阵前周人赶来的城门前则是两道狂风呼啸盘旋，卷走了大量遗留在千夫长百夫长尸体身上的宝玉。姬发也看出这是飞廉氏父子在收集宝玉，喝令士卒猛攻，才把两道疾风逼到空中。而上空有吕氏姐弟的玉环盘旋，飞廉氏父子不敢从高空逃走，各自发出一丝疾气，嗡嗡两下从一侧逃去。

妲己和申妃被那道强光旋风送至鹿台，被小司命接住，送入宫内躺在席上。她们俩此时身上都仍然身披光芒，妲己是血气被金针吸走大半，面如白纸、浑身无力，近乎昏迷。幸好这罩住她的光芒虽然微弱，却含有卯辰二气助她加快残余血气流动，总算还能维持神智一时。而申妃则是被之前强光中的申酉戌三气缠身，虽然清醒，却被压制神力。而她此时仍然无法摆脱这些压制气息，一凝神就脑中气血涌动，还在火光中被震得心力衰竭，以至于手脚沉重。此时，她们身上的压制、振魂光芒都是从不远处的一具发光尸体上照出的。妲己稍微清醒，咬牙爬过去一看，果然是子商的半截身躯，却已经早已断气。

妲己立即放声大哭，"你都死了，救下我对你来说有什么用！"她忍不住对着尸体大吼。这时，门口飞下两个小司命。他们有的在沫城城门口高空，有的守在光柱旁边接应，这时候看到自己主君醒了，才又过来看护，为她止血。

"王后莫慌，我等一定誓死保护，直到离开险境！"小司命们大呼道。

妲己止住哭泣，她不愿意被司命的臣属看到自己的丧气样，"你们怎么不救自己的主君！"她厉声喝道。

"司命大人送大王过来之后，就已经断气了，但这尸首一直在逐渐累积强光，并向着高空的日、月、岁星三统借光，我们则在附近燃起大火加强旋风，使光柱相连直通城门，刚才居然还把大王送来，连我们也不知道为何会这样！"两个小司命低声说。

妲己没有再说话，空中的三道光柱把她送到这里之后就熄灭了，在这之前，自然是司命官残留的魂魄还一直在借日月星三力而维持不散，才致使即使断了气还能激起大火旋风阵法，发动日月星之力聚起强光，生出十二子气把自己送过来。只是，为何他留下的魂魄能够察觉到自己被金针击中，光柱为何又会恰巧在他被击中时增强聚光，又如何使光柱恰巧罩住自己，送到这里来的啊！

她猛然想起自己在遭到金针袭击之后扰动的玉串在共鸣，难道是他暗中修炼了自己的三赏之法，炼制了玉串，才感应到自己遭袭？"王后快走吧，周人马上就要攻占这里了！"这时小司命的催促打断了妲己思绪。

但妲己神情恍惚，仿佛没有听到似的，商……你为何要在死后去费尽心思救我？对你而言，我始终不过是大商的一个重要战力而已吗？她陷入了反复的沉思中。

这时从鹿台旁的宫室里又飞出几个小司命，他们是负责看护台上的防御阵法的，察觉到有敌人杀气接近在这防御，就赶来劝了，"王后，快些走吧，跟大王分开逃跑才好护你们周全！"这些人一起催促说。

但妲己置若罔闻。

"妲己！现在大商夷灭，你若是主动俘虏，我一定会在周人太子面前说情的，即使他周人不放过你，还可以去我渭西沃野！"申妃嘶哑着声音说，她看妲己僵住了，知道她在伤心司命，就有些不忍。

"王后，这个女子要杀了吗？"另一个小司命飞过来提起申妃，大声说。

"别动！殷人小司命快快投降！"这时半空响起了姜望的呼号，接着一道烟气强光冲击袭来，"砰"的一声巨响，这道猛击被鹿台上空的土夯宫室阵法阻挡和田阵草泥疏导双重防御拦截下来，鹿台屋顶暴风呼啸，屋架砰砰砰地碎裂，水雾和尘雾乱流中闪出巫咸王等人的身影。

妲己这才被惊醒，而小司命已经把三支猎钩钩住了申妃四肢，以申酉戌三气困住她，对半空大喝，"不要过来，不要袭击，否则她就要被撕碎了！"

姜望听了更是着急申妃，他急忙在鹿台屋顶聚起水环，"对准水环攻击！"他低声对众人喝道。

姬度周氏巫咸王等人虽然都是战力高强之辈，但这鹿台屋顶有无数宝玉定阵，周围一丈厚的土墙足以挡下一个师的猛攻，他们当然没法突入。听到姜望呼喝，众人虽然不解其意，但却相信他的神力，三人各自发动自己的最强战力，三道呼啸会聚于不过几步宽的水环里。"砰"的巨响之中，水环被炸得粉碎，水花嗖嗖嗖嗖往四周四射而去，而冲击则呼啸穿过阵法防御，嘭的一下把鹿台屋顶击穿一个小坑。

不过这次，台上却只弥漫着屋顶被击穿的尘土，屋顶四周则不再如刚才那样水雾尘土暴风呼啸，而只是发出一些玉璜碎裂和隆隆声。

台上小司命都慌忙朝冲下来的众人阻击，只有妲己半躺在司命尸首旁边，接受一个小司命在玉敦里装满血肉喂她补充血气。她知道有姜望的诡异神力在，击破这防御不过就是一两次攻击的事，也就不再多管，只呆呆地抚摸着司命的尸身。

众人挥手击飞几个小司命，姜望则刚径直接近尘雾里的微弱光芒，就听到那里传来小司命的大喝："不要朝这边袭击，不然你们自己就会把申女给撕碎了！"

姜望惊惶的寻声而去，果然，申妃被困在那里，她四周散发着申酉戌三气，只要四周气息受到杀气惊扰，就会使猎钩钩住她身子一起被撕裂。但他刚要喝止众人攻击，就看到一道彩烟朝申妃旁的小司命直射过去。

"不要袭击！"姜望焦急的飞身甩出一面水镜，但却赶不上彩烟了，只聚起冲击一侧的散风，"嘭"的一声大响，彩烟冲击被推开射偏，哗啦一下如一副缭乱的巨画在台上翻腾展开。冲击擦过申妃周围的微弱三气时，铮铮然发出火花，砰的一下把台上击穿三十五道整齐的扇形沟壑，却居然没能击断横梁，沟壑间横梁下则露出了下面储存的盐铜金玉。

"再袭击我就撕碎她了！"小司命大喝道。

"不要再袭击了！"姜望急忙张开一面大水镜，拦在了巫咸王和姬度等人的面前。姬度等人哈哈两声，便立在半空不再向前，巫咸王哼了一声，没有说话。

"妲己，你还不命你的臣属投降，一定要与我夫人同归于尽吗？"姜望看妲己虽然立起身来，但似乎有些摇摇欲坠，就准备水团缓慢向前移动，要随时聚起大水镜袭击，伺机制住她。

"王后，带上吕侯夫人一起走吧，也好一路保护我们周全！"小司命劝谏说。

妲己便朝小司命挥手致意，她不肯开口说话，以免让姜望等人看出自己的虚弱。小司命正要牵起申妃和妲己而飞，却被巫咸王和禺强一晃身到了鹿台边缘，拦住了他们的去路。

"你们要她死吗？"小司命大喝。

巫咸王便伸手弹出一道风轻轻打在禺强身上，他当即会意，"吕侯，妲己多罪，不可就此放跑！"他哀声大呼道。

"妲己，你已经虚弱的无力说话了吗，你这样是逃不了的！"姜望急忙飞过去拦住他们，对妲己喝道。

"夫君，去杀殷王，他应该就在鹿台下的仓瘿里面！"申妃嘶哑着声音说。

守在上空的姬度和周氏二人急忙嘭的一下把鹿台地上沟壑扩大为窟窿，不料仍然没能击断房梁，而鹿台旁边的宫室立即冲出十几个小司命，飞射出十几道剑影缠住飞下的周氏姬度。突如其来的袭击令守在申妃身旁的小司命也禁不住往那边望去。

就在这一瞬，一面大水镜飞快地接近了地下的申妃和小司命，立时把小司命禁锢行动。而姜望也飞身赶到，转身分出一层水镜来制住妲己，却只有一声响，一道不足三分之一宝玉之力的玉粉冲击被水镜拦截下来。他回头一看，原来是小司命的一击，妲己则已经脸色发白的虚弱摔倒。他这才松了口气：妲己果然已经无力攻击了。随后，他顾不得申妃周围的三气尖利震手，小心翼翼地挥动三副金钩，牵引着她身上的猎钩缓缓抽走。这三把猎钩随申西戌三气刺在申妃身上，稍有不慎激起了乱流，就会在申妃身上撕下一块肉来。姜望牵动着金钩，脸上止不住的流汗。巫咸王和禹强则已经飞快地过来，把妲己以一块有八卦金玉镇住的木枷锁在她头上，使她手脚瘫软，被禹强牵起。

周氏此时正在以二十四玉璧冲破小司命布下的剑影，一眼瞥见妲己被禹强抓住，不由得有些不放心。因为姬发与诸侯伯盟誓，要取妲己人头作为本次出师之名，他为了避免之前与妲己的纠葛传闻再起，没有接近她，但看到妲己居然落在了禹强手里，即使不死，恐怕也要受尽折磨了，不由得暗暗忧心。

他和姬度散去剑影，十几个小司命被姬度先后射出两片薄刃般的疾风毙命。周氏随后御使二十四玉璧金片切割房梁，砰的一声虽然切断，但他二十四玉璧里的一对玉钺、一对玉藻和一对玉百米却都崩碎、断散。周氏看切断的房梁的装饰孔洞后显出周族的凤鸟图腾和钺形气息来，不禁叹息：殷人有很多能人可以轻易炼制分辨、聚积元气、祖魂的法宝，只可惜却没有受到重视，以至于淹没在御兽、田事、百工、酒乐等众多神术和宝物中，实在是一个重大的失误。他们俩正要跳入仓廪，却被窟窿里放出数道剑影给逼开，两人都没想到。姬度敏捷，躲了去，周氏却收回其余玉璧慢了些，一对十二章皮革又被剑影划开裂痕，削弱了神力。

此时鹿台下的财贝仓廪里，小司命正拥簇着帝辛端坐在土夯台的草席上，飞廉氏父子则在仓廪暗处搜集库藏宝玉。

"大王，现在可以走了吗？"小司命急促的劝说，"司命大人和饕氏的阵法挡不了多久了！"

"我只等太行山援兵消息!"帝辛木然说。

"宝玉收集,一共是两万七千颗!"飞廉氏过来说,"来不及多收集了,我们走吧!"他看到房梁已经被击断,知道守不住了。

"再等等!"

就在此时,众小风师飞入,报告帝辛说是淇水来消息了,风师拿出旌旗解读密图,说出几个字"阻于淇水"。

众小司命默然让开,帝辛坐着不动,看清楚了这几个字,惨然一笑。

"快走吧,再不走来不及了!"飞廉氏父子催促说。

"你们先走吧,把宝玉带到东夷之后装备奄国和薄姑的勇士,这些就是复国的利器!"帝辛眼神里突然恢复了些神采。

"大王跟我们一起吧!"飞廉氏极力劝道。

帝辛猛然立起,挥手撒出夜明珠粉,发出一道聚光,立即点燃了仓廪里的财贝,"你们二人先走,此时带上我,一定会被姜望这些人追上!"他一边飞奔,燃起大火,一边又对众小司命喝令,"都随我燃起大火,一定要把所有的财帛金玉都烧光,一片也不留给周人!"他呼号声里充满了恨意和狂热,小司命也都一片狂热,各自射出火焰,仓廪顿时一片火海,台下鹿群汹涌四散。

"父侯快走,姬鲜姬度,还有那个巫咸王战力都在我们之上,再不走,就连我们也会被追上!"嬴来在一旁急声劝说。

"大王快走!"飞廉不顾嬴来,化风追上帝辛,急声劝道。

但帝辛只飞身掠过他,对他的劝说则置若罔闻。嬴来猛然化风过来,卷起飞廉的化风就冲出仓门而去。等周氏姬度驱散剑影,却有兵刃都融化的高热喷出,只发现仓廪里一片火海,丝毫没有了人的气息。

"走吧,帝辛不是逃走就是葬身火海了,我们先上去押解俘虏!"周氏对姬度说。

"不行,这鹿台仓廪是殷人所有积蓄,应该能剩些没有烧尽的宝玉!"姬度来此,既没能擒住妲己,又没能抓获帝辛,只好要俘获些宝玉,好去请功。

周氏没等他说完,就飞身上去了。

鹿台上，姜望正在给申妃驱散申酉戌三气，使她身子逐渐恢复柔软。禺强则大骂妲己。

"你也有落在我手里的一天！"禺强骂道，"我今日就要为我这张脸报仇！"他说着，把自己脸上残余的血痕涂抹在妲己光滑白净的脸颊上。

"滚开，你这怕死怕痛的孬物，连刑罚都不会用吗？"妲己骂道，铿锵的声音完全不像是从一个气血尽失、脸色煞白的人喉咙发出的。

禺强大怒，葫芦里放出一股血腥味就刺入妲己胸口，顿时使她心内如刀绞。

"怎么样，不敢说我软弱了吧？"禺强狂笑说，"这血腥里的厉鬼如刀割一样锋利，会让你产生心如刀割般的剧痛！"

但妲己虽然额头上黄豆大的汗珠滴落，失血的脸上更加煞白，却一声不吭地低着头，也不回答。这痛楚正好与失去司命的痛苦互相抵触，居然还有一种畅快淋漓的感觉，想到这里，她居然脸上带了些笑意。

申妃看妲己忍痛居然能一声不吭，不得不佩服此女虽然对人行事狠辣，刑罚严峻，自己果然也是坚忍得很，身子气血如此虚弱，又在这样的折磨下，居然还能畅快一笑，她便对姜望看了看。

"禺强，妲己要交给太子处置，怎么好让你下手！"姜望会意，呵斥禺强说。

禺强急忙躬身一拜，吸盘一勾手把厉鬼魂气从妲己胸口上抽出。尖利的魂气刚一抽走，妲己就止住了剧痛，身上一软，瘫倒在地下。禺强便又走近巫咸王，"巫咸女王，妲己就由我带去交给太子吧，我能聚起一种阳鬼魂气，比瑶草的麻醉效果还要厉害，女王有需要，小臣一定奉上！"

巫咸王眼睛一亮，"真的？瑶草可是能以气味侵袭人身哦！"

"哈哈哈，阳鬼是能直接与人魂交缠，刀割都分不开的！"禺强大笑道，"这个妲己本身可是最清楚的哦！"说着，禺强一脸淫荡地看着妲己。

"无耻小人，我就算死也不会跟你这卑贱之人合欢，你就等我报复吧！"妲己愤然骂道。

"哈哈哈！你没听过周邦太子誓师的传闻吗，你和殷王是第一和第二个要被献祭的！"禺强狂笑。

"禺强！把妲己交给我，我来交给太子！"周氏此时从地上洞窟飞上来了。

禺强张开大口，不能做声，急忙看着巫咸王。

"既然周世子要人，我们这些外族人哪里敢拒绝呢！"巫咸王一脸媚笑对周氏说，一边走过来抚摸着周氏手臂，"需要我的药草帮助吗？"

"我有些药草，够用的！"周氏呵呵笑着抚摸着巫咸王光滑的手，看了一眼妲己说。

妲己此时只与周氏双目交会了一眼，便低头，她凝视着司命的尸首，心下一片凄凉，不愿意纠缠于这些俗事。

姜望和申妃此时正在司命尸首边太息，两人把尸首收入葫芦，一边在询问被擒的两个小司命，让他们说出司命官临死之前的情况。而他们自然也听到了禺强和妲己对话，猜到了这所谓"瑶草"的用途，姜望便扶着申妃朝巫咸王飞过来。

"这瑶草女王也是常用来对付男子的吧？"姜望盯着巫咸王说。

巫咸王这才想起自己说的太多，不小心在姜望面前暴露了自己能用瑶草激起情欲之事，而其实她正盘算着抓住妲己的功劳能换得周人多少财货人口，根本忘记了姜望在场了。"是又怎么样？"她冷冷地说。

"看来我本不该与你有这段情缘的吧，记得有三次，每次都是因为一阵清香……"姜望顾及身旁的申妃，没有再说下去。

"你接着说啊，为何不敢说呢？"巫咸王挑衅地扫视着他和申妃说。

"看来你刚才不顾小司命警告，对我一击，也是有意的咯？"申妃抢着说。

"申夫人想多了，我也是为了救下你，心急了些而已，我自信在战力上，击飞一个小司命还是足够迅疾的！"巫咸王翘着嘴，遮不住的骄傲。

"看来等我好了以后，要与你比试一番，才能使你心服口服呢！"

"呵呵，我手重，怕会控制不住伤了夫人呢！"巫咸王手中扬起一团彩烟，急促地笑着说。

姜望不放心地看着申妃，申妃则回望他，"放心吧，你夫人威服渭北沃野多年，不会有失的！"

禺强这边眼睁睁地看着周氏取下八卦玉交给巫咸王，牵走了妲己。等他一走，他就急忙来问巫咸王，"女王大人，一定要让世子把妲己交给我一下才好，不然我的阳鬼无处可用啊！"他哭丧着脸说。

"滚开！"巫咸王现在听不得"阳鬼""瑶草"这些，没好气地一扬手，把烟气打在禹强身上，他的甲胄顿时被四射的烟气撕得粉碎，倒撞在地，她一跃就飞身走了。

泰逢和酒正官在庞青等人走后，就撤退回到韦地去了，周人也不追赶，此时阻击酒正官的召氏、姬鲜军不到三师，而攻城的周人被妲己搅乱阵势后，只剩下一个师了，是没有多余的兵马去追击的。黄昏时分，四师在姬发率领下击破了沫城城门。子延看大势已去，就让妲己百余骑兵投降，而他则飞身去了淇水，要去帮助大商最后的战力攻破阻击，救援沫城。姬发先率军包围王宫和鹿台，却只听得报告说帝辛已经葬身火海，而鹿台下的仓廪也化为灰烬了。姬发愤恨不已，带领姬高周氏与姬鲜檀括等人闯入王宫，此时小司命都被清除，虎贲侍卫也做了俘虏，只有一群女妾拥簇着莘妃在卧室中。

"小发，看在你我儿时的情分上，饶了殷王的性命吧！"莘妃率领女妾跪下，袒露着左胸，手持宝盘，装着天智玉和玄鸟玉璜奉上。

姬发不答，周氏则替他回答，"帝辛已经自焚葬身于鹿台下的仓廪，你不用再为他求情了！"

莘妃听了，举着宝盘的手顿时下垂，目光呆滞，"他怎么不到我这里来，是来不及了吗……"她喃喃地说。

"莘女你也是真傻，殷王从来就没有把我们西土的女子看在眼里，怎么可能真心待你呢？他其实直到鹿台都还有机会逃走的，只是不把你当回事而已！"姬鲜忍不住可怜她说。众人中只有姬发姬鲜年龄与莘女相仿，自小与她熟识，此时看她一脸呆滞，便有些不忍。

"原来是这样，看来我早已是个无用之人了，在商周宣战后就是这样了吧！"莘女挤出一丝笑容说。

"有莘氏，你既然是殷王之妃，就要与之同罪！"姬发说着，让姬高送上白绫。姬鲜、周氏等都瞪大眼睛盯着姬发，他们都以为他会借此机会将这个有着总角之情的莘女夺回，而不敢相信居然反而会要她性命。

"莘女自小与二哥你……"周氏此时低声说。

"儿时的情意，怎么能抵得上诸侯伯的忿怒，我们此次伐商是锄奸伐暴的义举，帝辛不但无德，更是无义，我身为诸侯盟主，怎么能偏袒儿时伙伴而辜负大义？"姬发立即大声呵斥说。

周氏立即唯唯诺诺，姬鲜则哼了一声，他认定姬发如此大声不过是做给这些人，特别是他这个三世子看，好巩固他宗主、盟主之威望的。

"哼哼哼……"莘妃干笑了几声，"我还以为我能为大王说情，原来我连自己的性命都保不住了！"她缓缓接过姬高手中的白绫，站起来被女妾扶着到内室去了。

姬发没有立即转身就走，而是跟众人一起，沉浸在一种悲凉的气氛中。而最不自然的当然就是周氏了，妲己此时在他手中，自然是要拿来献祭的，而在这样的悲凉无奈的气氛下，他甚至都不好向姬发求情了。

"帝辛的尸身找到了吗？"姬发终于开口，问姬高说。

"没能找到，火海里连宝玉都融化的变形了！"

"那只能找来他的衣冠，再找一个容貌相似之人顶替，献与祖庙了！"

"已经准备好了，二哥放心！"

"妲己的头颅呢，明日之前一定要备好！"姬发又转而问周氏。

"二哥勿忧，有我法宝禁锢，不会出什么岔子！"周氏急忙回答。

恩怨了结篇

登场人物：

少司命、邓侯、子延、姜望

嬴来、飞廉，与风婉，与姜望父女

姜伋、子延、畚兹氏

少司命、邓侯、姜菀愉、姒疑

之前在淇水岸边，顺流而下的太行山师旅在少司命、邓侯的带领下接近了沫城，却在淇水渡口上岸时，遭到了兹氏父女率领的周氏人马阻击。

僵持半个时辰，周人伤亡却只有千人。少司命正焦急中，突然看到天上下来二人，她认得是墨氏和子延。子延一到，就射出大量筋线在岸边，拉伸到周人之间的草木中，他一边施法一边召呼少司命，"沫城快要被攻破了，不如你们退保殷都吧！"

"不行，大王还在沫城，我父侯也在那里坚守，不能退走！"

"我来之前，司命官就被轰得只剩半截身躯了！"

少司命一听到噩耗，整个人就一阵头晕，幸亏邓侯在身后扶住，"怎么会？不可能啊！"她扶额，摇着头说，她想着父亲已经能在强光中随意生发十二子气息了，就凭十二子气息合力推动，怕是连方氏都追不上，怎么可能逃不走呢？

子延暂停射出筋线，"司命官虽然战力高强，但那个巫咸王一人就有几个井田阵的战力，再加上姬鲜、姜望、周氏等人的围攻……"他没有说下去，因为看到少司命已经晕倒在邓侯怀里，子延既然提及这些战力高强的宗师，她自然有理由相信所言非虚。

这时墨允正射出大量天智玉，分给殷人中的百夫长，大吼鼓励众人。而双方冲击激起的余波对殷人造成的飞石伤害则被水中密密麻麻拉伸的筋线阻扰，发出高低起伏连续不断的铮铮声。因筋线拉伸一直延伸一里，随着草木被筋线振动撕碎、大树枝桠隆隆作响，大部分的散乱飞石总算被散去，减少了些伤亡。而周人阵中则是一片斑鸠的惨叫，琴音震动顺着草木传过去，这些鸟群都经不起振动，被震得都掉下来。而由于筋线藏在草木中，连斑鸠也无法分辨找到。

但不过一会，子延等人就听到岸上周人阵中士卒在随着筋线的声调"咿咿呀呀啊啊"的作歌，喊声高低起伏不定。子延飞身上半空细看，士卒头上又多了些斑鸠在盘旋，而被筋线振动反噬的周人士卒伤亡开始减少了，显然是这些附和琴音的呼号声抵消了琴音对于周人的杀伤力。附和琴音的士卒都是巴氏带来的濮人，他们天生就通音律，极其善于附和乐音起伏，平日里就常常能齐声高唱抵消冲击疾风的身体伤害，这时正好抵消了琴音对于鸟群的振动杀伤。

"我们的人啊，都努力唱跳！"巴氏在前排上空的疾风里鼓励濮人，濮人齐声应和，激动地冲上阵前，整齐的附和着琴音音调高低，身体也展臂上下挥戈，筋线振动散出的震动余波便顺着这些人的挥戈舞盾被震散，前排伤亡迅速减少。

子延在半空中看到这些跟中土氓隶一无二致的西南蛮人对音律的感觉居然胜过中土之人，不由得汗颜。他原以为这些刚刚把兵器从石斧石刀换成金铜的蛮人是不可能有乐感的，但实际情况是，他们早已掌握了以起伏的音调抵消声响振动的作战方式。周人就是这样传授这些蛮人神术，以换取他们支持的吗？难怪周人敢义正辞严地号召诸侯兵伐中土各地，甚至征伐大商的出师之名。只是，如果周人把田阵诀窍传授给中土各邦，各地兵马阵法进步，强大到足以与周师对抗不过是几年的事，到那时周人不就仍然要被迫从中土各地的占领区撤走，什么都得不到吗？难道姬发还没有想到这些？

兹氏看伤亡虽然减少，但知道乐师一到，这下就更加难以击败殷人了。

而少司命也被琴音巨响惊得清醒，"众勇士，随我全力上岸！"她咬牙切齿地大喝道。

"少司命不可意气用事！这些人既然攻不破周人阵法，不如让他们退回，沫城有我们飞过去就行了！"子延又极力劝说。

这时，他们却听到周人阵中一阵欢呼。

"帝辛身死了！"

"占据沫城了！"

"击败殷戎了！"

原来是沫城沦陷的消息传来了，"少司命，我们要回沫城了，你们还是回去吧，我们保证不追击！"周人阵地传来兹氏的高叫。

"不要听信周人谣传，誓死保卫沫城！"少司命不理会兹氏，激励士卒说。

但这些士卒都有些犹疑，有些不知所措，而此时，他们看到周人真的开始退兵了，少司命便奋力让士卒上岸追击。结果，殷人士卒一些人马刚上岸去，就遭到周人的猛攻，顿时损失千人。

"殷人听着，我们现在要退回，你们若不听劝，再敢上岸，就如刚才下场！"嬴媒大喝道。

"少司命、邓侯，你们退回吧，我们是真的要撤退回沫城了，周邦太子誓师之时说的是只向帝辛、妲己讨罪，你们只要不过淇水，我们是不会主动攻伐的！"这是巴氏的高声劝说。

"现在这种情况，上岸接近沫城也没有用了，我们这不过二师人马，只要一接近，就会遭到周人大军的围剿！"邓侯说。

"是了，快把师旅带去殷都吧，沫城是救不了了，我们几个人去会合泰逢氏，助他们退守韦地，保住一地是一地吧！"子延急声劝道。

"我们三人现在就去沫城！"少司命恨声说。

邓侯便让墨达与千夫长率领二师往对岸退去，而对面的周人看到殷人上了对岸，也就退走了。沫城城内，姜望正在殷王的天宫与邑姜姜伋正商议追击飞廉氏父子，任女飞身来了。

"快去追击方氏吧，我之前埋伏在鹿台附近，察觉到他们父子俩是往东方去了！"

"不急，他们一定是去会合亚丑伯和奄国师旅，一定会再随军打过来的！"姜望呵呵笑着说。

"本来如果有挚壶氏拖住飞廉氏父子的强风，我们就可以阻止他们逃去，可我刚才去请求，他却不愿意前来相助，吕侯就不能再去劝劝巫咸王嘛！"任女露齿而笑地说。

姜望面露难色，他自然去求过巫咸王随他出兵，但被她一口拒绝头也不回地走了。他知道在鹿台时与她争执得罪了她，是很难再得到她的襄助了。

"之前妲己说挚壶氏就是沟通殷人、密告我被压在巨岩下的人，他当然不会再来助我们了！"邑姜看父亲尴尬，就为他打圆场。

风婉听了脸上一变，口中心不在焉的随声附和。

姜望等人以为她是在担心抓不到方氏，"她在檀括那里呢，我不好再去找她，"他为了解除任女担忧，便直言相告，"只要我们这次与东夷三国订下和约，就算抓不到飞廉氏父子，他们也不敢再来中土了！"他又盯着风婉，补充了一句。

风婉回过神来，心下骂了一句，姜望明知自己想要方氏的性命报仇还这样说，这不是逼自己想办法擒住他们吗？但看样子姜望是真的劝不动巫咸王了，她便趁势提出了自己酝酿已久的围攻计划。

众人刚商议了一会，就听到宫外虎贲大呼："有宗师偷袭！""是少司命的蛊毒！"

姜望知道她是来找司命官尸首的，就故意出声大呼，"少司命，你父侯尸首在我这，只要你发誓不发兵侵扰，才会还给你！"他要引少司命过来，"你们赶快到我身边来！"接着他对邑姜等人喝道。

吕氏姐弟与风婉便靠近姜望，顿时被姜望聚起一只水球拦截。而果然，嗖嗖两下从房顶射下两道申西戌三气，冲击还带着一股腥臭味，被水球格挡。姜望感应这两道从屋顶上下来的残留冲击的余波在回缩，估摸着少司命中了冲击的散风在收力，就御使水球金针顺散风嘭的加速穿过屋顶。但刚破屋顶，就听到铮铮铮数声，水球被埋伏在屋顶上的五丝震破，金针则穿透加速射了过去。

当然，五丝也被水花加强的震击自行震断，姜望得以迅速聚起破碎的水球。众人抬头一看，除了躲开金针，才稳住身形的少司命和邓侯，还有另一人。那人铮铮几声挡开金针，拖动二人急速往高空飞去。另一边，则已经有兹氏父女的魂鸟紧跟着他们高飞追去。紧接着，云中传来砰砰两声巨响和一阵乐音，估计是魂鸟被少司命他们击破了。

"少司命，司命官是遭围攻阵亡，你可堂堂正正的来取走你父亲尸体，不必偷偷摸摸的一个个追讨罪责！"姜望到了高空，对他们逃去的方向大喝。

"这个不必你说，我会向你们西土之邦报复的！"高空传来少司命的借风传音大呼，她这自然是对整个渭水诸邦宣战了。

吕氏姐弟一阵唏嘘，姜望收起水球，风婉怕少司命再来袭击姜望，使自己遭到牵连，当下急急的告辞而去。

"连我们收力的瞬间都能御使，司命伯父败给这样的人，应该没有遗憾了，我们别再纠缠，与整个渭水诸邦为敌了吧！"邓侯便转而劝少司命说。

"你放心，我很清醒，我不会再追杀宗师了，但会让渭水诸邦互相攻伐！"少司命阴沉着脸说。

不仅邓侯，就连子延也忍不住寒噤，他只是志在让周人退去就好，但却绝不会想到挑动渭水诸邦内乱，因为这样会让河内的大宗小宗更不能安宁。

姜望等人回到大堂后，正在闲聊司命官、妲己和宓妃的旧事，不久就看到弇兹氏飞身进来，"姜望，快把你麾下虎贲调拨一千给我，我要去韦地征伐酒正官和泰逢氏残余！"

"你既然投靠姬鲜，就带着姬鲜兵马去征伐就是，何必来问我们！"邑姜讥刺说。

"姬鲜那五千人马只是借给我而已，打完仗就会给姬鲜收回，我依然还是吕侯臣属！"弇兹氏欠身说。

"谁信你！等你立功，投靠了姬鲜我们也没法追究！"邑姜依旧不依不饶。

"姬鲜不会信任我的，你明白吗？我一击退泰逢氏，他就把我所率士卒的戎马都收走了！"弇兹氏有些气恼的睁着眼睛说。

"所以你才又想到我们了？看你一脸理直气壮就不舒服！"邑姜骂道。

姜望急忙把她拉到自己身后，"伋儿，你去率领虎贲助弇兹氏吧！"他忙命姜伋带走弇兹氏。

姜伋领命，带着弇兹氏下去了。

"不会就她这样虚情假意一说，你就真的相信她了吧？"邑姜质问。

"好好好，巫咸王已经不愿意助我追击飞廉氏，总不能再疏离弇兹氏吧？"姜望无奈的劝邑姜说，"快准备一下，随我去迎击东夷师旅吧！"

第二天，姬发、姜望率领二师，邑姜、檀利、风婉随从，出东门而去。他们出了百里地，就遇上了东夷三邦的人马，他们是前两日被妲己召呼过来的，但东夷距沫城实在太远，他们两日才聚起兵马、过了大河，第三日才接近沫城。

"东土的薄姑、宿卫、东奄，沫城已破、帝辛已死，你们不必再来勤王了，我们安抚好殷地之后，就会把帝辛妲己的头颅献祭宗庙，其余大宗小宗百姓都不会侵扰，倘若你们不信，可以这就随我回沫城，我们一起在那里驻军！"姬发大声说。

亚丑伯听了便有答应之意，但司工官则有些不忍，"帝辛既然已死，妲己便可无罪释放，何故追究她一个后妃？"

"呵呵呵，妲己可不是普通的后妃，她是大商新盟誓的制定者，司工官，你去问问大商王畿，以及邢国、比地、洛地的大宗，哪个没有受过妲己派过去的将领欺压？"姬发大声回应，"哪个宗族百姓不是说爱我者我为心忧，虐我者我为寇仇，你们要与中土诸邦大宗为敌，赦免他们的寇仇吗？"

司工官看他抬出大义，便不好再为妲己求情了。

"姬发，我是水庸氏之子隍氏，你交出我的杀父仇人姜女和郜氏，我马上掉头离开！"奄国侯隍氏大喊道。①

"姜女是我太子妃，怎么能如你所愿？"姬发喝道，"要战便战！"

两军随即交锋，有姜望加倍冲击，一阵猛烈的疾风在阵地上激起几十丈高的尘土。而木刺土石余波尘雾不仅在两军之间呼啸着，使前排周人都卧倒在地，不能抬头，居然还有沉重的飞石，这明显是有土夯类的布阵才能打出的了。最不可思议的是，三邦联军阵前仅仅倒了几排士卒，姜望透过逐渐散去的尘雾望见百余尸首后的东夷人又从厚重的皮革后站了起来，惊讶这些不会布置田阵，又没有猛兽杀气助阵的士卒如何能经得起周人最强战力的一轰。

但此时司工官和任桓却招来了大片雨云，以示议和，就连隍氏也在大呼士卒停止布阵。"不用降下雨雾，你们只要信任我姬发，这就可随我去驻军沫城！"姬发大呼道。

对方果然停止了降下云层，姜望则藏在日光里，一路飞到了三邦的后军。此时尘土散去，他才发现不止阵前，这些士卒周围也被划出一道道深沟。看来东夷宗师借土为沟，才会保护后排士卒躲过大部分木刺。

看到三位首领就要领兵随姬发而去，藏在前军的飞廉氏父子喝住他们。

"三位邦君，你们不要宝玉了吗？"飞廉低声喝道。

"我们不急，飞廉伯可先留着！"亚丑伯露齿而笑说。

飞廉暗恨，知道这些人既想从周人那里分得殷地的财贝，又想等回东夷后逼自己把宝玉交给他们，因为现在周人势大，这些宝玉最后只能装备他们的士卒。

三位邦君正在领兵上前，突然被空中风婉拦住去路，"你们可曾看到方

---

① 隍氏为杜撰部族名，隍即城外的护城沟渠，这里设定他为鲧的后裔，鲧是城郭，即内外城的首创族。

氏？"她立在空中大喝。

"不曾看到，任女可以去东夷找他们！"司工官不愿意得罪飞廉氏父子。

"方氏昨夜才从沬城逃出，现在一定藏在你们军中，你休要瞒我！"风婉喝道，独自飞身上了半空，对着一路经过的队伍大呼，"方氏出来，你我一战，了结恩怨！"她边飞边大呼。

藏在后军的嬴来便要飞身上去擒住任女，却被飞廉挡住，"不可再多生事端！"他以强风禁锢住他说。

"反正我们要回东夷了，抓了任女，多俘虏个宗师，对我们以后起事也有助力！"

飞廉看他提起以后举事，便不好再阻拦，任他化一丝疾风往任女而去。但嬴来刚接近，就撞上了如刀刃般的一团魂魄，铛的一声被阻挡下来。这不是之前在妲己血雾阵中跟自己交手的那人的神术吗？他心中暗想。而任女当然已经受惊，退到高空去了，那里有一大团水雾如漩涡般在急速盘旋。

嬴来心想那人战力在自己之上，就准备转身回去，却听到风婉在他背后大呼，"方氏，你敢与我新修炼的大漩涡一战吗？"

"你想埋伏我，我才不上当！"嬴来转身就要化风飞走，却听到邑姜飞身到了半空大呼，"任女快来会合，不要再与东夷人纠缠！"

嬴来听到这话，心里发痒，想就算有那人相助，自己拿不下任女，大不了逃走就是，不怕的！他想起任女的滋味，欲念四溢，化一道疾风急速接近，并发动一丝疾风射向仍然逗留在大漩涡里的任女。嗤的一声，这一丝疾风射中水雾漩涡，顿时被散去。他野性四溢，大吼着以捕鱼法发动了一阵网状狂风，"嗙"的一声巨响，风婉周围的水雾漩涡顿时被网状狂风搅乱，四散射去。看到任女尖叫着急退，嬴来狂笑着正要擒她，却突然身体活动遭到禁锢，他惊慌一抬头，看到风婉身后多了一面水镜，原来姜望早已埋伏在日光里了！

他正要以渔网法化风挣扎着四散逃去，就被侧面几道激烈锋利的薄刃聚魂袭来，嗖嗖嗖的几声，把他刺穿，把他四散射出的宝玉打飞。他的魂气也被火辣辣的魂气压制。风婉兴奋地止住自身急退，放出蛇蜕，倏地两下，把嬴来化风分为宝物兵器与本体收在两条蛇蜕里封起来，连他臂甲上的筋线也割断，以免被他空手发动细微疾风。

飞廉氏听到上面巨响，而嬴来又没有回来，知道出事了，他大吼着飞身而上，却被邑姜拦下来，二人缠斗。

嬴来在蛇蜕里挣扎大喊，"任女，你放我出去，看在我们的旧情上，饶我性命，我会为你奴仆！"

"你杀我父伯，我恨不得现在就捏死你！"风婉对着手上蛇蜕吼道。

"要我一死，反而痛快！但你不如禁锢我神力，留我做奴仆，也好慢慢折磨我为你解恨！"蛇蜕里又传来嬴来闷声哀求，"要快，再不放我，我就闷死了！"

"不要管方氏，我们先下去，再一起问罪！"姜望此时收起水镜就飞身下去，但风婉却有些相信嬴来的话。现在她只剩下母仇要报，但姬鲜神力高强，若方氏真的能被像巫咸王、少司命那样的蛊毒威慑，为奴供她使唤，她杀姬鲜就有把握了。她这样想着，就开始有些担心，便先把蛇蜕扎一个眼，要给嬴来透气。想到他没有法宝，应该不至于化风冲击。但她刚扎眼蛇蜕，就看嗖的一下眼孔嘭的一声炸裂，蛇蜕粉碎，嬴来化风嗖的一下逃走。

姜望猛地回头，射出一道激流尾随那道疾风追了过去。被激流借法的散风扰乱，嬴来的水雾风随即减慢。风婉因受骗恼恨至极，忿怒挥动几颗水玉漩涡，追上嬴来化风朝他甩了过去。一道耀眼的漩涡被风婉甩出，罩住变慢的嬴来，呼啸一下卷走他的风魂。风婉飞身赶过去，愤恨的用力对着旋涡撒出刀刃，"呲呲"的猛响过后，旋涡化作一片耀眼的血雾四射而去。姜望这边则已经以金钩把嬴来从旋涡里拉扯回来，以金钩紧箍脖子，使嬴来现形，撕断了双腿气喘吁吁。

此时飞廉氏仍然在与邑姜对峙，但檀利一边大呼方氏被擒，一边赶去助战，他只好怒骂两声，化一丝疾风射入了地下草丛，檀利和邑姜飞快地接近地下，却完全看不到草丛中飞廉氏化风一路飞过的扰动，根本没法追踪，只好返回。

"吕侯，只要你肯放了我，我便劝降我父侯，他正要带着大商的数万宝玉，密谋在东土起事！"嬴来此时虽然失去双腿，但为了性命，也只好忍着剧痛哀求。

"你作恶多端，名声极坏，莫说别人，就在这里的任女也不会放过你！"姜望喝道，带着他飞下去了。

风婉忿怒已极，挥手搅动一道耀眼的漩涡就要把嬴来绞杀，但被姜望眼疾手快，金钩一出，把漩涡嗖的一下牵引到半空去了。"任女莫急！还要留他给伊耆女姒疑解恨！"姜望一边说，一边伸手收回飞到半空了的金钩，"那你杀任伯的事呢？赶快招出事端！"他转向嬴来喝道。

"任伯是他要密谋杀你吕侯，还有任女……"嬴来此时挣扎着大喊。

"还敢诬蔑我！"风婉扑了上去，手上握住一道漩涡催动尖刺刺入嬴来胸前，"慢来！"姜望大喝，邑姜和檀利便冲上去，一个挥动玉瑗压制风婉行动，一个把嬴来往后推。但只听嘭的一声响，嬴来身躯已经被体内尖刺绞断，冒出一大片血肉，而檀利以聚魂之力只推走一个头颅。

"你怎么把他给杀了，伊耆女姒疑他们还等着报仇的！"姜望此时刚收起半空中的金钩，责备她说。

"这人又可恨又狡猾，最好不要久留！"风婉此时脸上阴晴不定，掩盖着心里的隐忧。虽然此时杀了嬴来没能得知他杀任伯的事端，但为了不招致姜望对自己的怨恨，也只好下杀手了。

"刚才方氏说任伯要谋刺我父侯，是真的吗？"邑姜质问风婉说。

"是他在狡辩，我父伯只是要趁吕叔舅与唐尧国太师会盟，夺取图法而已！"风婉慌忙辩解，"此人刚才还欺骗我把他收入一条蛇蜕，结果却趁机逃走！"她恨恨地说。

姜望与邑姜互望，觉得虽然任伯可能确实有谋刺之心，但既然此事过去已久，任女又是个可怜人，也就没必要再逼问了。

姬发回到沫城，邑姜就来劝他抓捕挚壶氏，以报谷底告密之恨，但不料却被姬发一口拒绝。

"挚壶氏向我密告了任女暗中向妲己提供情报之事，我们偷袭沫城途经邢丘时庸人逃亡就是她安排的，这足以将功抵过，赦免他为我做事算了吧！"

"你怎么能这样呢？你之前不是还誓言要找出密告谷底位置的暗谍吗？"邑姜不高兴的呵斥说。

"此时不一样了，我正在用人之际，而挚壶氏远比任女老实可靠，两者取其重，自然是优先保留挚壶氏！"

"但我在与任女商议追击方氏时，无意间把挚壶氏是暗谍之事告诉任女了！"邑姜嗫嚅着说。

"你怎么这么不小心！"姬发骂道，"是不是仗着我宠着你，越来越没心思了？"

邑姜哪里受过他这样的训斥，哇的一下就哭了起来，姬发只好安慰她，"你如果再这样行事不可靠，我会考虑要不要让你卸下军务了！"

"你要夺我兵权吗？"邑姜止住哭泣，推开他说。

"只是让别人接替你一下而已，过一段时候再继续让你带我的二师嘛！"

姬发随即派挚壶氏和姬高去抓捕任女，果然已经找不到人了，侍妾说任女在追击方氏回来之后，就说有事先回宣地去了。姬发急忙以风师传信给孟城的诸师氏将领，让他们带兵攻伐宣戎。此时孟城的妫满已经率师攻伐霍侯艾侯去了，而柞氏去了昆吾旧地攻伐雨师姜，姒疑攻伐杞国，甫氏兄妹正在与戏伯的师旅交战，只有钱氏还在。他便领命，整顿师旅往宣地而去。

沫城这里，姬发让周氏与姬鲜召氏三师稍微整顿，就开始朝殷都进发，而爽鸠氏的三师也从邢地到了殷都，与墨达跟随、王子录率领的司命官二师会合。周人兵临城下，墨达便要一战，但爽鸠氏则只答应先交锋一试。

果然，双方刚一对峙，爽鸠氏便收兵，墨达无奈，只得答应双方就在阵前达成协定：爽鸠氏兵马退回，司命官人马驻扎在殷都，然后把巨桥的存粮顺流而下，运到沫城附近，大部分交给周人保管，少部分分配给了东夷三邦。墨达还督促姬发一定要遵守誓师时的诺言，在殷地立下储君之后，留下的驻军就不能再骚扰百姓，而两年后就要撤兵回西土，姬发等人都一一答应。和约一定，爽鸠氏便把周人师旅迎入殷都，姬发等人便在王宫接受王子录的请降。但王子录尚未到来，姬发等人却看到微子袒露胸膛，口衔玄鸟玉圭，跪行进入王宫。

"微子你作为内应有大功，完全不必如此！"姬发连忙下去扶他起来。

"内应是我麾下马步氏和檀利，没有他们炼制的蚩鼓，只凭微子哪里能击败妲己！"姬鲜此时便轻蔑地丢下一句。

"三世子说的是，正是因为我没有功劳，才惶恐过来请罪，二世子勿疑！"看到场面一时尴尬，微子急忙主动缓和气氛。

但姬发脸色仍然难看，"三弟不能这么说，没有微子，我们的人和法宝怕是连混入妲己骑兵的机会都没有！"

姬鲜立即霍然站起，"如果微子连这个都做不到，早就跟王畿诸邦的那些甲小子一起俘虏了，还能在这里接受赦免吗？"

周氏召氏在一旁都没敢说话，此战能破妲己的十几万骑兵，全凭那一个师的毳鼓，他们自知功劳低微，不敢再挑衅姬鲜，姬发与他们俩交换眼神，便也没有再说话了。这时，王子录和姬商前来请罪。

"王子来了，快请就坐！"姬鲜高兴地让侍卫请他二人坐下，并与姬商对视了一眼。

"罪臣录子知道先帝多罪，但自我先汤建立功业至今六百祀，从未断绝，罪臣乞求能让我继承先祖之祀，以抚平殷民的猜忌，制止殷地的内乱！"

"这个是当然，王子本就是先帝长子，于礼于法都应该继承先祖之祀，你们有什么看法？"姬鲜又转向姬发与周氏召氏、姬度姬处。

"王子录虽然继承殷祀合乎礼法，但却无功，怕是不能体会妲己和殷辛之罪！"姬发立即反驳。

"侍奉殷祀哪里用得着军功，二哥你这话是在开玩笑吗？"姬鲜手一挥，吼声如雷，震得堂上陡然一片安静。他刚一吼完，才发现自己说得太过了，这样太过直白，怕是会反而激起殷人的不忿。

堂下王子录双拳在案几下紧握，默然不语，姬商不由得紧抓住了他握拳的手，"其实三哥说的好，我也不想我夫君再去管征伐之事，我们夫妇二人在沙丘的时候，每日捕鱼狩猎，日子过得就很好，哪里有那些俗事的烦恼！"

"哈哈哈！小妹说的是，五弟六弟，你们认为呢？"姬鲜哈哈大笑地问。

二人都极力称赞，"妹妹一句话，胜过我等粗劣之人雄辩的百倍！"

既然姬鲜把自己的小妹搬出来，姬发与周氏此时也没多说了，微子则识相的告退，说要率兵回南鄙宋地，姬发便让姬高分配给他一些巨桥的鱼粮，以表谢意。王子录则下令，让姬鲜接收了司命官麾下的二师，交给墨达率领，他和姬商便回到了母族邶地安抚，爽鸠氏撤兵回邢地。亚丑伯、司工官等得到巨桥鱼粮后，想着既然连爽鸠氏凭三师都不敢与周人作战，凭他们二师兵马也不会有作为，就率师离去了。

弇兹氏和姜伋率军攻伐酒正官的驻地韦国，由于有姜伋的虎贲加倍冲击，酒正官和泰逢师旅都没法抵挡。才两次猛击，姬鲜士卒发动的耕犁冲击就使城门下的泥土裂开，逐渐崩坏，笼罩城墙的浓雾只能防御疾风的冲击，对于地上的沟壑崩碎毫无办法。

泰逢与酒正官便商议着要如爽鸠氏那样议和，却被少司命喝住。她和邓侯、子延来助韦地守城，当然不愿意看到这两支人马轻易投降周人，特别是听说王子录把司命官二师交给姬鲜之后，更是要尽全力保存这支人马。少司命便建议往比地退去，要从那里过河去南土，与雨师妾和杞娄氏会合。

本来弇兹氏麾下姬鲜士卒战力强悍，可以轻易追上酒正官和泰逢，但可惜沫城一战刚结束，弇兹氏所率士卒的戎马就被姬鲜带走，这使得他们只能凭阵法步行追赶。

子延正要带领士卒搭浮桥过河，就遭到弇兹氏的袭击，迫使他们只好继续沿河南下，要改为搜集大船渡河，这样才能一边渡河一边还击。由于周人紧追不舍，殷人不得不一路往南，想多拉开些距离，为搜集渡河船只多争取些时间。直到抵达濮水后，二军刚搜集到船只，就被弇兹氏赶上了。

双方交战，殷人阵法冲击被酒香气弥漫加强，殷人损失减少，但周人的防御因为疲惫而变弱被殷人击破，损失则增大。这战力一增一减，疲惫的姬鲜士卒居然被迫与殷人陷入鏖战。

"周人少歇，再这样下去我们会陷入消耗战，不如你放我们渡河，我们则保证不再涉足中土！"少司命大呼道。

"少司命官是在开玩笑吗？明知你们要渡河，这么好的袭击机会，我们怎么会放过？"弇兹氏飞身上阵前半空笑道。

"你们可否都听我一言！"子延这时飞身到了阵前，"周人，你们既然在誓师里说只伐帝辛妲己，不追究其余诸侯，为何还要追击我们不放？"

"我西土诸邦要助中土各地各邦训练出强悍的阵法，对外可抵御蛮人劫掠，对内可使大宗小宗百姓安分守己，现在独夫帝辛夷灭，正好推行我西土诸邦的田制，只要你们现在放下兵刃，把兵马交给我们训练，接受我们西土族人在中土各地驻扎，就立即停止追击！"姜伋飞身出阵，大声回应说。

"那倘若你们助各地练兵，等过几年，他们的田阵战力跟你们一样的时候，再找你们西土诸邦报仇，你们该怎么办？"

姜仪顿时有些脸红脖子粗，竟然有些答不上来，"这个不是你一个乐官该计较的事，到时候自然有能人首领调解，你看我西土诸邦，这几年可曾有战祸吗？"

"姜仪，你不要再拿你和姬发的那一套说法来糊弄了，我是绝不信的！"少司命大喝道。

这时对面却传来弇兹氏的呼声，"听到子延的说法，我弇兹氏恍然，我本身是羌北首领，犯不着去与你们死战，这样吧，就如少司命之前的提议，放你们渡河后，我们就不再追击了！"

少司命答应一声，周人便开始后退，放殷人渡河。哪知，正当一半殷人上船之时，岸边峡谷里却传来杀气，少司命觉得不好，赶紧催促士卒渡河，酒正官也赶来布阵。但已经来不及了，姜仪带领周人已从峡谷里御使阵法飞奔而出，猛烈的冲击随即如潮水一样卷起泥土撞在子延刚布下五丝阵法上。这次居然没有再发出铮铮铮的乐音，随着一些琴音闷响，纵横交错的筋线网就被这阵猛烈的尘土疾风扯断或搅在一起，士卒惨叫着倒了数百人。

已经在船上的少司命早已察觉刚才的一阵冲击弥漫着丝织气，猜想弇兹氏一定是临时布置了法阵，早有预谋要以柔韧的刃索绞断子延的五丝。

"子延快退，那里有丝织气！"她大喊着飞身赶来相助。

"是我的责任！"子延大吼一声，热血上涌重新拉伸出大量筋线网，要为殷人挡住猛攻，但藏身丝织气的弇兹氏已经顺着声音急速接近他，吱吱吱几声，子延身上和手上的筋线顿时被散乱的绳索纠缠在一起，反而把他绑住，丝毫不能动弹。虽然子延御使筋线互相振响，崩断了数根绳索，但筋线已经被丝织气绞紧为一团乱麻，而且是死绳结，他根本没法御使这混乱的筋线振响相冲。

弇兹氏刚要擒住子延，但少司命已经赶到，此时是申时，她得以轻易聚起大量申时气笼罩半空中的一团乱麻，其中火花四射。子延顿时觉得这些筋线似乎在一齐震颤，但他稍微凝神猛然一震，就嘣的一下震断了乱麻似得绳索和筋线。而飞近的弇兹氏则觉得手上绳索似乎反而黏住了自己似的，震颤不已，就这一缓，她便被子延射出筋线金钩捆住。

"周人再不后退，弇兹氏性命不保！"子延牵起弇兹氏，从空中接近周人阵地。不料嗖的一下从周人中飞出一串连环套索箍住的木锥，随一道猛烈的疾风，近距离朝他袭来，铮铮铮几声，他身上五丝乱响，"砰"的一声大响，连带弇兹氏都被冲飞到水里去了。

上空飞出姜佽，他手中牵着从周人队伍里连系过来的套索，刚才击飞子延的就是士卒阵法的合力一击。酒正官、泰逢大怒，一道酒香勺匕、一道水雾猛地朝姜佽袭来，但被他大喝一声，牵引身后数百人、十几个套索甩出的一根木锥挥舞冲了过来。挥舞的木锥使冲击唰唰乱舞，把这些酒香和水雾都撞击四散了，地上草木顿时枯萎，泥土变得暗红，酒正官他们急忙飞身躲开木锥。

姜佽正要趁势攻击酒正官，冷不防少司命的一道剑影已经迅速飞近把他笼罩，啪啪啪几声，把他身上的护体套索的玉坠打碎，他整个人也被剑影嗖的一下击飞，往大梁星次方向，到峡谷那边去了。

"你们的首领都被杀了，周人快快投降！"少司命大喝。

但这些都是姬鲜族人，哪里顾得上弇兹氏和姜佽，他们在千夫长的带领下，继续朝上船的殷人猛攻。

被击飞掉在水里的弇兹氏发觉自己居然没有受伤，回想起来，才忆起刚才其实那个乐官有机会把自己挡在攻击之前的，但他却没有这么做，登时有些汗颜。但此时一道散魂风朝她袭来，原来是在水面上护送士卒的颛臾氏看到她掉到水里，要趁她受伤擒捉。弇兹氏愤恨，搅动散魂旗帜扭结在一起，猛力往颛臾氏回甩过去。颛臾氏身上有移来的厚厚的刀剑盾牌，又觉得这阵冲击并不猛烈，就不害怕，挥刀迎了上去。铛的一声，这团被纺织气扭结的散魂旗打在颛臾氏身上刀剑，立即擦出火花。而颛臾氏随即觉得身上刀剑盾牌似乎变软了，居然被旗帜扭结起来，连自己也被缠住。他还没来得及呼救，弇兹氏就飞身扑来，一刀砍下他的头颅。

"殷人快快放下兵刃，你们的首领已经被杀！"弇兹氏一边大呼，一边躲避着殷人冲击，穿过水面上的大雾飞回岸边，敏捷的藏入草丛。

"夫子们快上船，我来为你们挡住周人袭击！"这时水里传来了子延的呼声，他从水中一跃而起，又开始射出筋线，布置在阻击殷人渡河之的周人中。本来因为留在岸上的都是泰逢麾下士卒，酒香又布置的不够，没法抵挡周人冲击，但随着数百道筋线网迅速在草木之间穿插，定在地里，土石草木飞扬在铮铮铮闷响中被止住，伤亡又开始减小。

"子延，你的伤不要紧吗？"少司命从半空飞近阵前，看到拉扯着数百道筋线的子延身上其实已经甲胄破裂，胸口贯穿了！她嗖的一下射出了一些牛伤草叶蒙在他胸前的伤口上。

子延没有回答，他口中淌着血，却仍旧对士卒大呼："快些跟上，我快支持不住了！"一边还在随着士卒撤退不断拉紧琴丝，又不断把琴丝射入地里。

等到殷人士卒全部离岸，周人的土石冲击便没有用了。周人千夫长看水面上已经浓雾弥漫，也只好识相的喝令士卒收起阵法冲击。在空中的子延紧扯最后一道射入地里的筋线，看到周人停下了冲击，咧嘴一笑，整个人掉下水里去了。少司命和酒正官慌忙朝濮水里射入金钩，把他牵扯上来，但已经断气了。

"那个乐官还有救吗？"这时，躲在岸边草丛里的弇兹氏飞身出来，大声问渡河而去的少司命。

"这用不着你担心，反正我们已经如约渡河而去，你应该不会再次反悔了吧？"少司命讥刺说。

弇兹氏没有恼怒，她此时回想起子延之前对姜伋的质问来，反而觉得有理，周人说是要帮助各地邦国改制田阵，但实际上这反而会引起争斗，不是周人再次击败另一些商族，就是各个邦君势力增强，把周人击败。而她，一个来自沃野的羌北人，何必要为这无止境的争斗得个立功受赏呢？最重要的是，现在渭北沃野的羌地已经被犬戎申戎大宗渗透，她要建立如以前一样的女子为王已经不太可能……

"你刚才怎么没有再次发动纺织气冲击殷人？"这时姜伋来了她身边。

"刚才那个乐官救了我一命……"

"刚才少司命也没有伤我性命，她那剑影里外围锋利，里面却是松弛的丑时水雾，削减了玉粉杀伤力，只是把我打飞了！"

"只可惜少司命太遵循夫妻之礼了，你是不是在这样想？"

"这我倒不怪她，刚才那一击，我知道她心里有我，就心满意足了！"姜伋微笑着，催促弇兹氏去率领士卒，但她却只凭风呆立在半空不肯动。

　　而此时，姬高已经找了一个与帝辛模样相似的人头献给姬发，周氏也献上姐己人头，与莘妃人头一起奉上。姬发把头颅挂在王旗上，在沬城祭祀了上帝和文王，之后便与姬鲜等人聚集在阑地，这里是殷王祭天的圣地，他们要在此接受五路南征人马归来献俘。

　　之前，五路南征的妫满一队率领姬鲜麾下二师攻伐历地的霍侯和艾侯，但他们一听闻周师从孟城出征，就与在昆吾的雨师妾把士卒都聚集在浊泽了。妫满听说这浊泽其实是个大沼泽，不敢独自进兵，便先与追击雨师妾的柞氏合兵一处了。果然，霍侯等人先以龙姪兽诱使周人进入沼泽地，要使他们的田阵因为沼泽含水过多而威力下降。而沼泽里还有霍侯臣下壶涿氏布下的蜮虫，能在水底下根据水面上的倒影朝士卒喷射毒箭，令人防不胜防。[①]周人进入沼泽追击，立时便不能发动耕犁阵法，但因为妫满在士卒阵前布下土陶阵法，周人冲击含有大量沙土。水泥冲击的战力虽然下降，杀伤力却没有减弱。几番交锋之后，双方士卒都伤亡惨重。

　　但不过对峙一时，壶涿氏便倒戈，撤掉了水下的蜮虫，他在两年前姜望出使南土时便与西土诸邦有贸易往来，战前则与妫满约定，趁双方鏖战时倒戈。沼泽没了毒箭阻碍，周人战力恢复，三邦士卒顿时大乱。由于妫满在三邦后军布下尘土，雨师妾的蜃气分身被他发现，一阵冲击顿时激起一道七色霓虹。冲击在霓虹中稍微射偏，雨师妾正要趁机逃走，却被尘土聚拢附在她身上不能脱落。这些尘土并非急速的冲击，只是些缭绕粘附，因此霓虹不能散去。不一会，雨师妾就因尘土负重，火花爆裂，行动变慢，被妫满发动一击飞玉击中掉了下去。妫满提着雨师妾人头大呼，在柞氏双斧的强悍战力威逼下，霍侯艾侯也随即投降。

　　甫氏兄妹攻伐戏伯，却在密林里一时找不到戏人，直到晚上才遭到戏伯袭击。甫氏兄妹麾下是周氏训练的士卒，戏人则用的是王后训练的月相阵法。此阵每一阵由两颗宝玉定阵，一颗宝玉由旁死魄日到旁生魄日共十日的人元气驱使，这是士卒元气最强的十日；一颗宝玉由既生魄日到既死魄日的拜月元气蓄

---

　　① 蜮虫为《山海经》里传说中能躲在水底对水面的人影含沙射影的动物。实际上可能是水弩。

气发动，士卒在这二十日拜月时的人元气最弱，能用于炼制压制元气的宝物。本来甫氏兄妹所率士卒一进入密林追击，就会被从月亮上打下来的宝玉压制元气，消去三分之一的战力，但他们早已得到消息，甫桃氏率领宗师飞身在树木间以月璧感应宝玉振动，把定在半空、藏在树干里的数百颗拜月宝玉都找出来收走了。

戏伯看到精心准备的埋伏顷刻间就化为乌有，大吼着亲自来救，"是谁出卖我？"他吼声未落，就被甫桃氏聚起一串十二玉的合力，甩出十几道飞剑刺死，周围护卫宗师也全部被乱剑所杀。戏人顿时大乱，他们此时战力虽然因宝玉而提升，但仍然不是周氏麾下士卒的对手，函氏的甲胄虽然能帮助把冲击散去到周围土石草木里去，但依旧挡不住周人猛攻，不过一顿饭工夫，就大都被俘虏，或逃走。

"找到大商前王后的下落了吗？"桃氏问率兵迟来救援戏伯的函氏。

"到处都找不到！戏伯这人太狡猾，在你们到达孟城的时候，就把上室拆了，与士卒们同住在密林里，把鱼肉都藏在山洞里了，那个王后也必定是藏在了某个放鱼粮的洞窟里了！"

"可惜了！我还想着拿她首级去立功呢！"桃氏媚笑抚摸着函氏的脸颊说，"那今晚就由你来为我庆功吧！"

函氏摸着她的手狂吻着，两人一阵嬉笑。

姒疑率领有莘氏族麾下兵马讨伐杞国，与杞娄氏交战。但杞娄氏坚守不出，耽搁了一段时候。就在僵持之时，少司命已经南下，率兵渡河来堵截姒疑后路。但周人当然早就得到酒正官和泰逢氏败兵南下的消息，姒疑放弃攻城，转而在河岸边迎击两军。冬麦、稷禾二阵的猛烈草刺冲击，再加上牛犁的耕犁阵法聚力破开土石冲击，使殷人只能躲在酒香气和浓雾里防御，几乎没法上岸。少司命眼看连黎人都能阻击自己一时，沉不住气，就与酒正官上来袭击姒疑。

"姒疑，你的姜菀愉在我军中，我父侯已死，大商危急，你若再不放我们南下，我是会一剑杀了她的！"少司命临空对阵喝道。

"你真的忍心杀你姐妹吗！"姒疑飞身而出，主动接近少司命与酒正官说。

少司命一挥手，邓侯在阵前牵出一名女子，哭声极似伊耆女。

"你要干什么！"姒疑大吼着甩动鼻环发动纺织术飞出绞索，却刚飞出几步就坠下地去了。少司命早料到他会用纺织术，得意地飞奔来擒捉，一道剑影已经出手。但就在剑影飞近地下的姒疑时，他突然敏捷爬起来闪过，朝少司命射出水土天地气御使的木刺。而少司命则刚飞近地下，就被埋伏的猎钩扯住往下拖。她猛省尖叫一声，声如鹰鸠，周身生出水雾漩涡击飞木刺，举出的玉圭则指住了大梁星次方向，要摆脱地下拖扯逃去。但地下顿时一连串的土石碰撞炸裂，爆出一道沟壑一直迅速延伸至殷人前排的耕牛身后。原来这地下阵法是连通了耕牛阵法的，少司命哪里摆脱得了？嗖的一下被拉到地下，埋入土里爬不起来。

酒正官和邓侯急忙来救，姒疑却已经收去少司命法宝，用鼻环把她定住了。随后飞至的酒正官和邓侯则被耕牛领着士卒前奔突袭击退。

"姒疑，你不要伊耆女性命了吗？"邓侯大喝道。

"我早探的她一直在太行山，怎么会在此呢，你们还想欺骗我吗？"

酒正官和泰逢无奈，只得放弃渡河，回头望封父国退去，但此时姬发大军已渡河到了阆地，随即与酒正官军交锋，逼得他们只得投降。

姒疑则乘胜继续攻城，以损失大半士卒、全部耕牛的代价，拖坏了城门，攻破了杞国都邑。郱氏、杞娄氏从南门逃走，被姒疑、柞氏埋伏截杀，郱氏发动的蛟龙杀气追袭被柞氏化解，而他虽然身披蛟龙甲胄，能移来厚厚的盾牌防御，但却被姒疑水土天地气发动的水雾棘刺渗入盾牌缝隙，侵袭了身体。他甩开二人，没飞多远，就只觉半身没有知觉、手脚沉重、头上气血僵硬，腹部则膨胀，顿时从空中倒撞下来，被二人擒住。

但杞娄氏则以十几层竹篾抵消了二人冲击，逃走了。

钱氏率领姬发二师攻伐宣戎，风婉此时麾下的戎人使用金铜兵刃不多，只能以其旧有族人虎贲驾着戎车三十辆为主力出战，不一会就被钱氏包围，全部生擒。

"不要带我去周人那里，我只不过忌恨姬鲜杀我母亲，一时激愤做错了而已，你怎么好来讨罪？"风婉被抓到钱氏营帐，她看到钱氏一脸怜悯地看着她，趁机大呼。

钱氏便让她坐下，"我当然知道，只是碍于太子王命，不得不来讨伐，你且宽心，我会为你在太子面前说情的！"

风婉立即神色放松，随即又直勾勾地盯着钱氏，"彭大哥之前就帮我获得了父仇真相，如今又要帮我求情，可你我情分似乎还没有到那个地步吧……"

"哦，任女不要误会，我只是觉得你每次都是因为父母家族仇恨而做错事，你本不该受到罪责的！"

"即便如此，如彭大哥这样的好人真的不可多得！"风婉走近他说，"我如今无依无靠，只要大哥愿意，我愿意做你夫人，助你们钱氏宗族得到更多人口！"她说着就似骨软了似的，就要偎依在钱氏怀里，却被他一把推开。

"任女不必这样做！你们有仍氏族完全可以在河东依附于大宗立足，无需跟我去往西土渭水！"

"算我与大哥无缘吧！"风婉叹了口气，"但以后你二人若有我帮得到的地方，哪怕是要我帮忙搅浑传闻，我都会全力以赴！"她凑近钱氏的脸说。

果然，任女被押送到姬发那里，钱氏一提起姬鲜杀羲和氏之事，姬发立即赦免了她的罪责，把她复又安置在宣地了。而酒正官、泰逢氏、少司命和邓侯等人也被拘禁，然后得到赦免各归其族地，杞娄氏则护送其族奔逃往东南方去，然后返回得到了赦免。

封神立祀篇

姬发在阑城会盟诸侯伯，决定大商各族都要裁撤兵器马匹，而只留下农具礼器，但每个宗族都能私有家臣百人，作为虎贲持有重兵和玉器。而西土只保留六个师，由姜望、召氏、周氏等人率领，中土的王子录、姬鲜等人则作为四监，允许保留八个师的兵力，率领各族人马调解纷争，其余诸侯则在东方要地驻守，以防备外族入侵。

各个宗族邦君听了，碍于周人势大，都不敢反抗，细细质问了一些裁撤细节和各个臣属的兵权，争吵了三个时辰，总算勉强达成和解，各自散去。

随后，苏侯、麋伯、柞氏等旧邦君，以及兹氏、甫氏等新邦君的麾下兵器马匹都被解散，族人复归为民夫从事农事，而周人多余的戎马和耕牛则被带走，准备放归在河东河西交界的华山和桃林等崇山峻岭的牧场中。姬发安置好姬鲜兵器马匹之后，就把巨桥的鱼粮都分配给了苏侯、柞氏、麋伯等心有不满之人，以及封父氏、昆虫氏、昆吾氏的旧族，然后便率领人马回渭水去了。到六月，大军裁撤兵器马匹后，姬发抵达毕城，奉上帝辛妲己和莘妃人头，并雨师妾、郭氏、颛臾氏等妲己臣属，方氏、邮氏、费氏等帝辛臣属的人头，告祭于上帝。

姬发在祭天仪式后便称王，告祭于太祖和文王，而在郃氏族人的建议下，后稷不但被尊为太祖，配享于上天，还被定为谷神，立农祀，以郃伯配享，以纪念从他开始，把一年四时扩展为十二节的功绩。不仅宗周王畿，河内小东大东的姬姓同宗都要立稷祠，并尝试以郃伯划分的节气来制定月令，教化农夫以观察物候来决定农事。[①]

姜望认为上天上帝之命在时下有了重大的变革，那就是上天生人，人生阴阳。正是因为人对于上天有阴阳之辨，天地四时规律，以及山川鸟兽才会为我所用，人情伦常也时刻都在蓄气，而且是不拘泥于自然四时交替的。西土诸邦正是自文王开始施行仁德，才能形成既重视天命，又重视人伦的风俗，而周氏的田阵正是凭借仁德的农政发掘了夫子们的元气，才使田阵发挥出了远超殷人的战力。虽然凭借人的元气改变天命的后天之法是文王首倡，却是伊耆氏首先

---

① 十二节气可上溯到西周的《七月》，那时候已有一年十二节气以及每节的虫鱼鸟兽等物候，但不知是否有二十四节气。

以农法为基础创立神术，以日气催动四时变化随心所欲，所以祭祀上帝应该以伊耆氏配享，并在各个农族立祀，以昭扬他的变换四时之功。但姬发不允，他仍然以文王配享上帝，以稷配天。当然，由于周人其实只是在一些地方屯兵，既没有传授田阵，也不干涉各地习俗，各地百姓都仍然是各自祭祀自己的先祖。

姜望随后聚起风婉、兹氏、少司命、禺强等人，议定为羲和氏、常羲氏、大史官、太保官等人立祀。羲和氏首次运用水玉、蚌珠等阳燧聚光，使伊耆氏的日气之法传扬开来。虽然她没能运用日出日落、日夜长短规律发挥神力，但上古传下来的早上祭日出、黄昏祭日落之祀值得继续探究，应该延续而不可废；常羲氏族发明的十二地支计时法源远流长，虽然如今的常羲氏本身没能将其发扬光大，却首创以水取月，以玉为镜聚光之法，凭借以水配月发扬了阴柔之法，值得传扬。[1] 而大商王后虽然不是常羲氏族后裔，但她曾为王宫的常羲天官，继承了太保官世族世代传承的月相计日法，首创以宝玉蓄积望月的生魄人魂以及正朔的死魄人魂。虽然因为王后失踪，其法不可得，但大商传承的月相记日法以及拜月习俗仍然在广为流传。[2] 太保官一族观察岁星，一直沿袭着十二度之法，祭祀岁星也不可废。大史官首创十二辰计时法，使一天十五个时辰精简到一日十二辰，以对应十二支的阴阳消长。之后司命官以宝玉蓄积十二子气息，用来推演人事，但因为少司命官不愿意透露神术，所以只能增设祭祀时辰之坛，而无法举行仪式。[3]

由于少司命的极力敦促，姜望决定为大司命官立国祀，从大商到东夷，渭水到南蛮，大小侯伯都要祭祀。大司命官继承大史官的十二辰之法，首创十二子合化及相冲之法，并以日气聚光运用的随心所欲。而其发现的十二子气息累积反噬奥妙无穷，更应该加以昭扬。姜望等人想要少司命传扬十二子合化、相

---

[1] 《周礼》有司烜氏，为宫廷近臣，职责是用凹面铜镜聚光生火、用铜鉴盛水为镜子。而铜鉴、铜镜在西周已经很普遍的用作辟邪之物。

[2] 月相记日法，通过月亮圆缺区分一月之内的时日，比上下旬区分更细，最早出现于甲骨文。

[3] 殷商中期的记时辰法为一天15个时辰：用旦、昧、大食、日中、小食、夙等自然或人事情况命名；子、丑、寅、卯等十二地支虽然殷商就有，但十二时辰的计时晚至西周，且直至后世一直继承殷商计时的一些名称。这里杜撰为殷商晚期创制十二时辰计时法。

冲、累积的奥秘，只可惜她不愿意说出，只告知了干支历法中的十二月建，列出了哪些是吉日，哪些是凶日，哪些是平日，嘱咐姜望昭扬于各地的司命祠，让百姓民夫在祭拜司命时遵照这些吉凶时日，及时避开灾祸。而因为大司命官是继承大史官的十二辰之法创制的十二子合化相冲法，因此将北斗魁前六星中的二星命名为司命星，祭祀司命的各地邦君百姓只要仰望星空，就可效仿大司命官生前孝敬师长（六星前二星）、忠于帝辛（北斗魁）的星象。

少司命又提议把北斗魁前六星中的另二星命名为司中星，以单独追忆大史官族子延及其族人的功绩。[①] 乐师延在当世独创五丝乐阵，以宫商角徵羽五音布阵，并利用筋线韧性，以阴阳之辨使五丝阵法的战力加倍为十倍碎玉之力。[②] 五丝乐阵不但战力强悍，还有教化民夫，把人情世故寄托于乐法乐理之功。虽然各地邦君百姓不用祭祀乐师，但只要仰望司中星，就可追忆子延的乐法，各地邦君则把当地乐曲根据五音加以区分，并传授五音所代表的乐理和人情。

大商寝正官一族传承宫室阵法，御使宅室气，沟通门户与中雷，化解攻击，因此各邦立中雷之祀。大商门尹官一族首创大门屏风，并凭此技传承、革新门阵，借宝玉加固土夯围墙，使此法被各地宗师效仿，因此各邦立国门之祀。[③] 行人官一族御使旌节旗帜，以宝玉绳索勘测路面，规划大路以利行走，以绳墨旌旗的风动察觉山泽中的埋伏杀气，指引安危，因此各邦立国行之祀。宗祝官一族主持祭天祭地祭祖，其先祖首创以宝玉和王旗聚起魂魄之礼，用于招魂散魂，因此周邦继续效仿殷人立泰厉之祀，各地各邦也沿用殷制立各自的族厉之祀。

上古传承下来的金木水火土五祀也不可废。大商的金木水火土五行正官虽然神力低微，但各自大族的神术都是为御使万事万物为民所用的基础。金正官家族传承风橐冶炼、筑墙围炉之法，传承的炭砖高热可熔解玉石，这是司工官

---

① 司中星的祭祀对象是谁没有定论，可能是主管调解族群纷争、主持会盟的部族，这里杜撰为乐师兼史官族裔。

② 殷商晚期已经掌握包含宫商角徵羽五个音阶的十二音阶律法，乐器有五孔陶埙，所以这里设定有五音琴。

③ 屏风始用于商代。

炼制金铎、虎头钟，檀括炼制报时大钟的基础，而他的淬火锻造法和陶范铸造法也是黎人、甫桃氏炼制铁刃、利兵所需模具的技术基础。木正官的伐木开荒术是田阵的发端，也是莘伯、芮伯区分阴木阳木的基础；准绳、规尺平准法是水庸氏、姬高等人以绳墨转移冲击的基础。水正官禺氏族传承的挖沟渠排水运水之法是姜望水阵、冯夷息壤堆积阵法、挈壶氏壶漏法的基础，仍祭祀玄冥。火正官传承的观察火星运行法是大司命官领悟十二子合化法的基础之一。土正官传承的烧土技术是伊耆氏、妫姓虞氏一族尘土蓄气、土陶阵法，以及司工官制作瓦瓷器具的基础。因此这些五祀不但要保留，各地还要设立司职，总管教化当地的百工。

除了这些大商传承的祭祀之礼，还有郁垒氏和荼氏二人分别继承了门尹官和宗祝官，首创了符节以节制门户通行，他们的藤索分节门阵能挡住调节两军对轰的巨剑杀气，又首创以血腥气聚散杀气之法，对自己的主君忠心耿耿，因此增立户祀。①孟侯首次把宝鼎宝盂及其煮食之气用于激励士卒，而饔妇髻女极为善于辨别魂气，炼制的玉勺法宝不但能够使祖魂显形，还能分辨族魂和人魂，因此增立灶祀，并奉饔妇亲族世代为监督食物种类品级的厨官，而先炊的祭祀也因得到发扬。髻女余下族人都迁入镐京，为王室侍奉炊事。户和灶各地百姓每家每户都应该祭祀：宫室、明堂、大户、土牢都要侍奉荼氏和郁垒氏，以保佑除去冲撞门户的疬病气与恶人杀气。侍奉饔妇以感恩煮食来之不易，并效仿饔妇分辨人的元气，自查家户、小宗、公族之别。②

由于杞娄氏极力进谏，各地原来的土社祭祀都不废止，周邦立王社，各地立侯社，监察各地的风土人情，保佑当地水旱不发。而大商司土官传承了以田表在林间布阵、限制敌人行动的田表阵法，并独创教象法，光芒威力可以压制任何人事的魂气和动植物的元气，削减其战力，其炼制的金铎木铎可以振奋人魂，提升作战士气。因此，姜望在各地传扬继续沿用司土官的教象和金铎，鼓励设立祭祀大禹的社祭，以保证各地教化当地民夫劳作而不懈怠，但周族仍然

①　各类符节或春秋时期才有，《周礼》记载不可信。这里根据的是《六韬》等，商代应有符节雏形。
②　灶神最早在战国时期有了监督百姓一家是否有恶行的神职。

侍奉自己的先祖后稷为社神。①

各地可自行祭祀东南西北四方的风师，如宗周祭祀来自羌北的风师石夷氏族，大商王畿与东夷诸国则在暗中为飞廉氏族立祀，传扬他飞廉氏一族发动阊阖风、厉风、凄风、熏风、滔风、巨风等八方风气的神术。教化民夫分辨这些风气可以用来观察物候，预知冷暖变化，有利于农事和渔猎。

各地祭祀各地的雨师，宗周王畿祭祀毕星，本来是为祭祀岳氏，但因为他被斩留下恶名，就改祭祀毕星。而岳氏先祖创立的山岳祭祀仪式则被姜望继承下来。他让申吕两国都要在自己国土附近祭祀高山，为民向天帝祈求风调雨顺，而以后每迁徙一地，都还要祭祀新的山岳。西北祭女丑氏为雨师，并按照她的火绳舞蹈之法求雨。河内诸邦以及东夷祭祀云中神，即雨师妾族，雨师妾氏传承东海雨师禺号的风云化雨之术，以风云雨化针的攻击，曾一夜之间击溃万人，而她首创的蜃气假身可以操控一里地以外的人事，霓虹水雾则能偏转击碎七颗宝玉之力的攻击。祭祀云中可以教化民夫察觉云气光晕，预知雨雾，雨师妾曾屯兵的附近河内诸城都对云中祭极其虔诚。

河内的祁城与东夷除了祭祀雨师妾之外，还祭祀东君神，即日神太昊。这是因为太昊后裔任伯曾在祁城教百姓建筑大船、观测风向航行，以及驯养水生之物，并常常炫耀其聚光之法，因此得到崇拜。风婉则奔走河内、荆蛮各地，极力劝说两地各个邦君侍奉她的父族任氏太昊族为东君神。她甚至不惜透露了驯养灵兽之法，以及蚌珠聚光之法，力证任伯得传为真正的太昊之法。

除了东君、云中这两个新立的神祀，其余神祀各地则沿用当地的山川湖泽之神，继续侍奉。如有苏氏部分族人继续在霍太山祭祀北岳，纪念苏侯传承的训练狍鸮等灵兽之法，以及用金铙、金铎等法器聚散意志之法。东夷的斟氏、须句以及任伯的后裔则祭祀泰山，纪念斟氏传承于上古宗祝的烟祀祭天与玉祭山魂之法，而他由此发展的招移万物和招魂散魂之法曾在东夷大战中传开，是

① 社祭是农耕部族夏族所创，农牧文化结合的商族人没有立祀大禹，而周初的农族周人虽然推崇大禹，也没有祭祀。只有首创农耕文化的夏族人立社祭，全国性的以大禹为祭祀对象的社祭汉代才有。因此，社祭为以农耕为主的夏族人创立，原本是辨别地利、祈求水旱不作，后来扩展到了祈望旱涝保收、土地物产丰富。

为荼氏郁垒氏，甚或为商人宗祝的大常旗魂术的基础。

大商各部族以嵩高为"岳"，应该归咎于岳氏、耕父、泰逢氏一族所传承的聚散山雾之法。岳氏、耕父等族本就在嵩山附近，此时继续祭祀嵩山，这些部族首创观测、调节风雨水旱之法，可教化族人通过观测田间水土、光热，改善青禾的生长状况，并带领乡民向上帝祈求风调雨顺。

此时冯夷族已经在洛水上游的沼泽地里建立聚落，自号河宗，而由于少司命奔走，河内东夷两地都侍奉冯夷宗族为河伯，纪念其族人传承的化水术和息土阵法。虽然洛水上游河水经常泛滥，冯夷族也没有怨言，他们在那里祭祀河伯，教化百姓民夫捕鱼、挖河沙筑墙。

姜望奉华山为太岳山，让莘伯族、柞氏、甫氏族在华山以岳祭祭祀天神。这些族传承的木植之术能分辨阴木阳木的木材之用，是文王阙分阴阳的启发，独有的果实之气能凝聚浓厚凝缩的水土草之气，至少能承受三颗宝玉的击碎冲击，这是连田阵都做不到的。祭祀太岳可用于教化百姓桑麻漆枣等树木种植法，以及山野放养的牧法。[1]

除了这些大邦侍奉的天神山神，南土荆蛮的各个部族也在山高密林里各自祭祀帝神山神水神，如各个部族传闻的登葆山神登比氏的巫蛊法也是这样发展传开的。而蓐收氏族则因熟悉西土的地理气候而被封为西方神，并以魍氏为配享，是蓐收氏族传承了西羌人观察日升日落时的云气，以辨别时辰之法。他们所祭祀的少昊金天氏则也被封为西方神，西土部族都要祭祀。

犁娄疑和伊耆女又向姬发姜望进谏，要把伊耆氏族的蜡祭推广至各地各邦，并尊伊耆氏族为侍奉蜡祭的先祖。随后，姜望又制定了各地农夫侍奉蜡祭的典章。首先祭祀犁娄氏族训练耕牛、制作犁铧的功绩。只可惜犁娄氏族人不愿意透露牛耕神术，因而牛耕也不好普及，大部分的牛群仍然只用来拉车，愿意祭祀犁娄氏的部族便不多，很多河内部族都仍然只奉伊耆氏为先农神。犁娄氏首创的以四时之气调和水土草三气之法也因为战力不及后来郤氏所创的节气

---

[1] 不一定只有有莘氏族、甫氏族祭祀华山山神，临近华山的部族都有可能在华山祭神，但封华山为太岳传说为姜姓四岳氏后裔所创。

调和三气之法，并不被推崇。这样，姬发尊奉后稷为司稷神，推广一年十二节则变得更有实际意义。这样，蜡祭的先稷神则不再是炎帝伊耆氏，而是率先种植稷的炎帝烈山氏农官柱，而司农神则变为了发现并种植稷的周邦先祖后稷。而后稷也成为周邦社神，后稷之子叔均则因善于耕犁而被奉为田祖。

祭祀农田沟洫，以纪念水庸氏传承的绳墨引导冲击的进攻和防御阵法。这是各邦所有田阵所共有的基础神术。祭祀水庸可传授农夫挖沟、丈量、保持水土等农事，还可昭扬他的水渠围城之法，使城内百姓有了城池作为防御，令民夫学得修筑沟壑、河道引水、洁净水源之法。

祭祀首创田间路和邮舍的邮氏族和封父氏族。虽然邮氏费氏因为帮助帝辛搜刮各地邦君大宗的田赋，没有什么好名声，但他们为了派人监督农夫而在各地田间建造的邮舍则可供农夫休息。这样的田制无疑为农夫提供了便利，可以继承。封父氏原本继承了田间纵横路的土夯之法，但他首创了一套田间农作法，以此调和的水土草三气，其战力高于犁娄氏以四时调和水土草三气，和邮氏以节气调和水土草三气，仅次于周氏训练的士卒。祭祀田间道路可以督促民夫爱惜禾苗、勤于农事。

祭祀、设立田畯官。田畯官邢侯一族传承的井田阵法是各邦农田阵法的基础，无论是殷人、黎人还是周人改革的田阵，都是由此发展而来。田畯官本身虽然没有创制新法，但井田之制能令大族收获丰足、小族有劳役可用、民夫不敢懈怠，各地本就或多或少在沿用此法，因此设立此祭祀，用来昭扬田畯官之功、井田之礼。

祭祀坊氏。坊氏东夷一战击败大鹏之阵、渭水一战击破邮氏的田阵、沫城之战击破妲己巨剑，战功赫赫，使他的筑坝蓄水之术名扬天下。姬发不但决定要祭祀，还想把坊氏一族迁徙到渭水，专门负责组织民夫修筑水坝，防止水灾。而濮人巴氏也对坊氏的聚力之术深有兴趣，他特意逗留孟城多月，缠着坊氏族人百工讨教水坝修筑。

祭祀猫、虎。猫虎氏继承驯养猫、虎之术，独创了以自身元气吸收、释放水土草三气的侵袭之法，一度成为田阵的克星，也是后来申戎王女创制套索骑兵，聚积人马草兵四气合力的基础。祭祀猫、虎能教化农夫感激猫捉田鼠、老虎驱赶田猪之功。

祭祀昆虫。昆虫氏继承祖传附身荧光、驱使飞虫之法，还独创了虫网阵，能振动吸收、释放水土草各气冲击。祭祀昆虫能教化民夫感激昆虫互相侵食，并辨认各种虫鸟、感恩它们对于青苗生长的帮助。

除了这些大祀之外，还有一些各地小祀，如东夷诸邦为了纪念逄伯、胶鬲氏得传的通财之法，宿沙氏一族传承的煮盐之法，在当地为他们立祀侍奉。少司命与姜望议定祭祀典章之后，就启程回殷都了，姜伋便为她送行。

"你这就走了，不在渭水留驻一段时日吗？"姜伋依依不舍地问。

"不了，我要回殷都侍奉录子，继承我司命官一族侍奉殷商王族的使命！"

"可听说你至今仍然未有妊娠，不如留下来，我帮你找西土异人诊治吧？"

"不好！你若真心帮我，得到好的药草告知我便是，我会与我夫君亲自到渭水，以重礼道谢！"少司命满脸的笑容上一双眼神犀利无比。

姜伋看她密不透风，只好脸上松弛，准备道别。

"你最近过得可好？听说姬发削减兵器马匹之后，你只得了个王宫虎贲之职？"少司命看他无奈作罢，便换上笑脸问他。

"这是父侯的安排，我倒不介意，王宫卫成虎贲都由我来统帅，这样才能保我姐姐的安全！"

少司命当然知道，姜望虽然掌握王师的指挥权，调动权却在姬发手中，而掌握了王宫虎贲，自然就等于握住了姬发的性命。姜望果然还是一如既往的深谋远虑，但她也不说穿，只笑了笑。

"你去殷都，不会帮助王子录再次复兴殷邦吧？"姜伋倒是直接。

"不会啦！"少司命笑着，轻松地摸了摸他的头说，"我走了，以后再来看你！"她此时仍然不会与他透露心事，因为这关乎她搅乱周邦的复兴大计。随后，她便为伊耆女恢复神力，但此时伊耆女跟姒疑一样，作为战俘被金钩箍住脖子，套索箍住腰身，禁锢着神力，解除蛊毒跟没有解除区别不大。

"听说是你传信给姒疑，使他在周人潜入王畿之前就得知自己中的是蚕蛊？"少司命问姜菀愉。

"嗯……你不会怪我吧？"姜菀愉有些害怕，她本来只想帮妣疑恢复神术，但不料妣疑却利用这一点欺骗少司命，反而抓捕了她，而如果少司命不被抓，酒正官和泰逢氏就有可能退到荆蛮之地，为大商保留一支人马。

"那次我记下了妣哥哥的虫魂气，在关上找到了那种飞虫气息，就猜测关下百里外的妣疑哥哥那里会有克制的虫。我顺着虫魂去找，果然发现了这类虫群的所在，也发现了克制这蛊虫的虫群是跟着这蛊虫往田地里迁徙的。一年以来，我每天晚上都去聚起克制这种蛊虫的飞虫喂养玄鸟，以祈望关隘外妣疑哥哥那边宫室下的玄鸟都能染有这种虫魂气……能明显一些也好，但其实我也不知道妣疑哥哥是不是恢复了……我只是祈求而已，我也很担心……我问了他，才知道大概正好在周人偷袭沫城的时候吧……但我真的没想到……"姜菀愉怕少司命怪她，就滔滔不绝，说了一大堆话。

"情蛊终究制止不了有情人啊，那么，就更加制止不了仇恨了吧……"少司命一阵失落的喃喃细语，便与妣疑姜菀愉二人拉了拉手，拜辞而去。

结局篇

　　姒疑和伊耆女拜别少司命之后，就到了毕城郊野，此前由于姬发裁兵，姒疑被剥夺族人和封地，仍然只能为臣属。而他们俩也是直到这次议事，才得以见面。此时已经是黄昏，两人便偎依在渭水边，追忆这些年的往事。

　　"你的那个情人真的就是周氏的少姒妃？"姜菀愉痴痴地问。

　　"是了，不过以后我既然为周氏家臣，又只负责练兵，应该不会再跟她有来往了。虽然我这次没能如愿得到黎地，但既然战事已毕，你在我身边了，我也算了了一桩心事，我们过些天就成婚吧！"

　　"嗯……这回总算没人阻止我们了吧！"姜菀愉嘻嘻笑着冲着他说，"你还记得吗，其实自黎人败退以后，我们每年都是仲夏时节见面的，而且每次都是那么匆匆……"

　　姒疑恍然，才忆起确实是这样，去年是在唐尧国出使时，因少司命说出自己的情人而打断，再前年是在押运金铜途中，敌不过殷人围攻而被迫分开，再往前两次都是在周氏宅邸，一次因自己记恨父仇而没有随姜菀愉而去，一次因自己一时犹豫会给少姒妃带来麻烦而主动放弃。"那次是为了少姒妃没有离开，那时就对她动情了吗？"姒疑不由得想得出神。

　　"喂喂，你在想什么呢？不会还在想那个少姒妃吧？"姜菀愉打断他说。

　　"哪有，我在想与你炼制牵牛星与织女星聚力宝玉的事！"姒疑急忙抬头指着空中闪亮的两颗亮星说。

　　"嗯……那时候真是我们俩最好的时候了，只可惜太短暂，之后我们就每年都只能匆匆见面一次了……"姜菀愉偎依着他，遥望他们俩约定的牵牛星与织女星轻轻地说，"今晚你别回去了，我们就在这里看一晚上星星吧！"

　　二人偎依在仲夏夜的渭水边，直到天亮，才被一阵马蹄声惊醒，他们一看，为首的正是一袭白绸的少姒妃，轻盈地在马上飞驰而来。

　　少姒妃带着姒疑一回到周氏宅邸，就迎面看到周氏过来。

　　"我刚听你的提议，改派姒疑负责接待嘉宾，你就去抓他了？"周氏有些怀疑地说，姒疑与少姒妃的风闻虽然没有证据，但多多少少他都听到些。

　　"怎么，我有莘氏族跟你们周族两代联姻，最后落得个连兵器马匹都没有了的下场，难道连拉拢一个家臣都不许了吗？"少姒妃高扬清脆，大声发泄说。

"让姒疑接待嘉宾本就浪费，他本就应该负责操练，看来我还是现在就把他收回算了！"周氏看少姒妃居然为了姒疑争得脸红，很不高兴。

"世子不能这样待我有莘氏族！"柞氏大吼飞身进来了，"姒疑要用来训练我柞氏家臣虎贲，再不答应我可要翻脸了！"他须发倒竖的吼道。

看到周氏脸色难看，少姒妃急忙打圆场，"夫君，你答应我有莘氏族的威望呢？如果今日你连个家臣都不让，如何为我兄长南征功劳封赏，别人也许不说，但甫氏兄妹和姑幕氏父女这些被剥夺兵器马匹的人可能又要借机兴风作浪了吧！"

"好吧，不过你们可不能再要别的赏赐了！"周氏看她抬出了甫氏和姑幕氏，只好低头，让出一个家臣能换得有莘氏族支持的话，至少他可以全力应付甫氏和姑幕氏的不满了。

"世子决定起来还是那么痛快！"柞氏大笑道，"你们家有我妹妹支持，甫氏和嬴女的那些个风流韵事都可以挖出来！"

周氏立即脸色一变，而少姒妃急忙给了柞氏一个犀利的眼神，柞氏才意识到一时兴奋过头说错话了，急忙住口。但周氏也无可奈何，这几个月都在传闻甫氏能攻下戏地全靠函氏做内应，而函氏之所以愿意做内应，是因为与甫桃氏有染。虽然在周氏耳边，传闻捕风捉影，但他们俩一个负责锻打宝剑，一个负责制造甲胄，自然常常会有交集。

而钱氏夺取宣地之后，突然又远征淮夷，去攻伐厉伯，则是嬴媒提供的情报，由此推测，这二人之间的私下来往恐怕也不少。但苦于没有证据，周氏是拿她们没有办法的，而由于姬发裁兵，这两大家族都对他没有好脸色，以至于根本不理睬他的暗示性警告。

这些烦心事令周氏在郁郁的送走柞氏后，就独自飞身到了镐城郊野，深谷密林里的一个废弃的地穴，这原本是周氏修炼、储藏法宝的地窖，但此时他已经把法宝转移了。他一进去，就看到裹着一身虎豹皮毛的妲己在墙上刻着字。

"你还好吧？吃的够吗？"周氏问她，却一眼看到墙上刻的是记事铭文，包括了妲己一生的重要事情，而大多数却都是与司命官相关的，看得他随即嘴唇禁闭。

"你把我关在这里要关多久？是还没有决定要不要杀我吗？"妲己看他紧

闭嘴唇不再说话，就坦然说。

"不是，妲己已经被斩，人头早就祭祀祖庙了，过一段时间，我就会对外宣布，因为我梦中有即将获得一个神力高强堪比妲己之女的预兆，决定与一个苏族的宗女婚，那个人就是你！"周氏说得很快。

"原来你都安排好了！"妲己笑着说，"你为何这么爱我，是看中我的神术了吗？我应该不可能再显露御使杀气之法了吧？"她笑容中带着一丝揶揄。

"当然不能，你会被禁锢神力，直到我觉得你完全属于我的时候，我才会教你十二玉之法！"

"那是什么时候，十年？二十年？你不记得我说过，我不喜欢你的神术修炼门路吗？"

"你为何要如此倔强呢？被禁锢的滋味不好受吧？对于一个曾经驰骋四海的人来说，失去神力的滋味不好受吧？"周氏急着冲着她说。

"好吧，我考虑一下，反正我现在本来已经死了！"妲己苦笑，"可你为何要留着我呢，把我废去神术，放逐到莽荒之地不好吗？"

周氏近前，抚摸着她光滑的脸和秀发，"其实我知道你跟司命官的情意，那时看你一直盯着他的尸首就知道了，还有这些铭文，你能爱他十年，说明你跟我那些庸俗的女人不同，是一旦爱上，就不会放手的人，难道这还不值得我留住你吗？"

"呵！也许吧！"妲己轻笑着，她对这不一定能成为现实的推断不太有兴趣，"对了，听说你有三位夫人了，难道她们都是俗人？"她饶有兴致地问。

"她们都爱惜自己的宗族，不愿意为自己的夫君出力！"

"原来如此，你是看我不能有宗族支持了吧？"她脸上揶揄不止。

"也不尽然，其实你可以得到苏子支持的，而那个顶替你的女子其实就是你兄长在温地你们的亲族里找到的！"

妲己释怀地笑着，在地窖的这些时候，她虽然已经在心里默念暗骂了千遍她哥哥，为何在她临死前连来看望她都不肯，这下总算释然。"好吧，如果我与你婚之后，真的如爱上司命官那样爱上你了，我会帮你主持家事的！"妲己笑得很轻松。

周氏急忙动情地握着妲己的双手，激动的吻着她，却被她躲开。"你用不着这么激动嘛，好像多久没有碰过女子似的！"妲己嗔道。

"唉，你不知道，家里三位夫人都只会争权夺利，不然就是跟将领传出风闻，使我心都冷了！"周氏一发泄，就把少姒妃争姒疑之事告诉她了。

"这个好办，你可以多争取一些将领纳入到自己麾下，如弇兹氏这样的，本身既是大美人，族人又不在中土大邦！"

周氏看她竟然主动提议纳入弇兹氏，却丝毫没有妒火，就有些怀疑，"你似乎并不在考虑与我婚、为我主持家族的样子！"

"不是啦，我只是需要一个帮手而已，利用她之后，就会把她踢出去，到时候你会站在我这一边吧？"妲己媚笑着靠近他说。

周氏连声答应，"只是弇兹氏亲近姜望，怕是不愿意归附于我，你应该就更不可能劝服她了吧！"他对妲己放心大半，就开始取笑她。

"孟城一战，昆虫氏挑动巨剑杀气袭击我时，可是她主动救我的哦！"妲己翘唇，针锋相对。

"原来她也是个暗谍！"周氏呵呵笑着，两人亲昵了一会儿，他就去找弇兹氏了。过了几日，等他开始宣扬自己的梦中所见之后，就张罗着把妲己接了出去。随后，他邀请诸侯伯，宣布自己大婚，迎娶有苏氏族女为四夫人。苏子此时被封在温国，占有原苏国与温国的土地，仍为苏忿氏。得到周氏消息后，他就急急的护送一位貌似妲己的族女，以及一些族属家臣到了镐都。他一赶到，就暗地里把姬发裁兵、录子即位、姬鲜监军之后，弇兹氏、甫氏兄妹以及姑幕氏等诸侯伯的不满反应都告诉了自己的妹妹。妲己听了没有着急插嘴，只是点头微笑。

"你麾下的虎贲士卒呢？快让他们合力，给我除去身上的二十四玉禁锢！"苏子一说完，妲己就着急的拉开衣襟，露出了脖子上的二十四玉玉串，上面还缠着缨带。

"姬发裁兵后我就只剩下一百虎贲宗师了，布阵的话肯定会被发掘，而且又不能带到河西！"苏忿氏苦笑，"现在我虽然保住了苏国的十几个城邑，却不过是个统领司士官，训练他们捕盗办案的小臣而已！"

妲己丧气的默然，想着只好求助于弇兹氏的丝织气了。

"你在为复兴大商忧虑吗？"苏忿氏试探地问。

"不会的，我摆脱神术禁锢后就要跟弇兹氏西去蛮荒之地，听说那里的百姓仍然以女主为尊，我宁愿去那里都不会留在中土，更不会再扶助殷人了！"妲己正视着自己的哥哥，坦荡地说。

看到妹妹神色坚定，苏忿氏便点着头，放下心来，"周氏真的是等不及，还没迎亲就给你带上项缨了！"他看到禁锢妲己神力的玉串上还系着项缨，就忍不住取笑她说。

妲己便以双眼逼视着他。

"你为何偏要离开周氏，就留在他身边不好吗？"苏侯只好正色说。

"我预感我跟他不会相处的好……"妲己无奈地叹了口气说。司命官虽然一心为大商，但却会为所爱留下一片私密之地，暗自呵护，直到他死后仍然是这样，可周氏……却是个胸怀四海且仅有四海之人，他只需要多个女子助他实现理想而已，而这个理想却与妲己专有的修炼门路不合……

"哥哥，我虽然执意要走，其实还是放不下族人，待我到了极西之地，你便去一趟温地我的食邑那里，试探我从前保母家奴的族属，如果有愿意西去的，就给我传信，我会迁徙他们过去！"妲己看自己的哥哥一脸不舍，就拉着他的手，悠悠地说。

"其实最近时局动荡，有一部分温人一直在往极西之地迁徙，据说已经在弇兹氏的族地建有乡邑了，传说最近我治下的温人也要迁徙，"苏子抚摸着妹妹的脸，有些不舍地说，"我可以让一部分我们在温地的族人陪伴你的亲族迁徙到西羌。"①

妲己含泪点点头。

几天后，婚礼如期举行，不但渭水诸侯，河东的姬鲜姬度，甚至录子和姬商夫妇也以周邦亲族的身份赶到了，少司命也作为殷都的虎贲首领到了。姜望

---

① 据说商末周初有己姓昆吾族聚居的温人一直在往西部迁徙，到周初已经迁徙到了甘肃。后来的西域温宿国就是迁徙的多支温氏部族所建立。

与申妃自然到场，他一眼看到弇兹氏在跟周氏说话，就急忙上前。周氏看到，便紧握了一下弇兹氏双肩后，就走开了。

"你说过对我忠心不二，怎么又跟周氏走近了？"姜望质问。

"我要的是做你夫人！"弇兹氏说话短促。

"这个……"姜望回头看了一眼，申妃正冲着他笑，"如今形势不同，你容我问问我夫人吧！"

"不用多问了，如今姬发裁兵，我就算得到封地，也不会有自己的人马，若不能得到你，你我就没有瓜葛了！"弇兹氏爽朗地说，她知道如今姜望做了周邦太师，要与姬发、周氏、姬鲜等人争锋的话，唯有依靠申妃麾下的万余骑兵，在她面前就更没有底气偏护自己了。而申妃自然不会放过这样的好局势，即便她弇兹氏真的做了姜望夫人，恐怕也会如周氏那些夫人一样，遭到申妃欺压而争斗不止。这段时候左思右想之下，她就做下决定，要准备逃奔陇西，聚起西蛮重新为王。

两人默然之间，苏忿氏和妲己却过来了，"吕侯、弇兹氏，这是我的族妹！"苏子介绍说。

姜望和弇兹氏都瞪大了眼，这个女子不但与妲己容貌相似，在婚服的映衬下还似乎更为妖娆，"早听说过弇兹氏为西土女主，神力高强不输于大邦邦君，为我们侯女争相效仿，小妹自己也艳羡的很！"妲己款款下拜说。

"苏侯，你这个族妹跟妲己真像！"弇兹氏与妲己见礼，就转向苏子说。

"这是太傅梦中寻得此女，告诉我之后，我按他所说去找，果然发现我小宗宗子的一个幼女与先妹极为相似，这次联姻，也算让我对妹妹的思念有了寄托！"

"周氏真的是个痴情之人！"弇兹氏一边说，一边瞟着姜望。他自知没趣，就先找申妃相劝去了。

"看来羌北王似乎对太师大人有怨，不会一怒之下逃避到故地去吧？"妲己突然出声问弇兹氏说。

弇兹氏猛地震惊，虽然自姬发裁兵，都在传闻她弇兹氏、甫氏和姑幕氏都有逃走或投靠姬鲜的打算，但此话从一个普通女子口中说出，却令她不得不吃惊。她死盯着眼前这个妲己，看她一双媚眼透着锋利，越看越不像是个没有神术的普通女子，"你是……"

"我就是妲己！"妲己低声短促。

夆兹氏惊讶地合不拢嘴，苏侯便简短地跟她说了。夆兹氏看他们兄妹俩一脸殷切，猜想是要拉拢自己，"既然你们兄妹对我如此放心，我自然会全力为你们效力！"她一躬身说。

"你如果只是一个家臣的话，会去尽全力吗？"妲己笑吟吟地说，"你既然在沃野有自己的族人，还不如去那里自立为王来的自在！"

夆兹氏会心一笑，终于明白了妲己和苏侯的意图，此时嘉宾环绕，稍微近前的都看清楚了这个新妇的容貌酷似妲己，惊讶地窃窃私语。这样一来，三人也不好拉手致意定下盟约，只互相对视，以默然微笑的眼神确认。

"微子、檀利和马步氏到了这里没有？"妲己又一边平静地环绕宾客，一边低声问夆兹氏和苏子。

"只有马步氏随姬鲜到了，檀利与微子都没有到！"苏子回答。

"你帮我盯住马步氏，我解除禁锢之后有事找他！"妲己阴沉地说。

夆兹氏与苏子互望，都猜到了她要做什么。

当日傍晚，夆兹氏趁迎亲之时，把妲己收在羊皮袋里飞身到了镐城郊野，她解开妲己衣襟，看到她脖子上挂着一串项缨玉串，正好二十四粒宝玉，已有磨损在上面。这是这些天苏侯发动妲己传授的巳酉丑三气以玉砂冲磨，使周氏封住妲己的二十四玉与锁链磨花了。但虽然如此，二十四玉璧合力仍然还在，苏侯神力不够，不能解开，这才求助于夆兹氏。

夆兹氏便让妲己置身密密麻麻的灌木丛，以四副纺轮扯出筋线定在她玉串上绞住。随着纺轮一边紧紧扯住妲己颈项上的玉串，一边绞住灌木丛。过了良久，四周五百步范围内的草木才逐渐绞紧。妲己颈项上的锁链则越绞越紧，终于嘭的一声锁链绞断，五百步范围内绞紧的草木立即都嚓嚓嚓嚓断成碎片。

妲己解除二十四璧禁锢，飞身到半空双臂双腿一振，周围茂密的树叶被一阵杀气击碎。她脱下婚服和五色披风，换上夆兹氏为她准备好的裹身豹皮，抬头望天舒了口气，感受着恢复神力后身子的轻巧和完满，而一旁的夆兹氏随即着急拉着她要赶回去。

"等一等，我不但要杀马步氏，还要你帮我去探问姜望，找到司命临终前守护的两个被俘的小司命！"妲己一边说着，一边抽出弇兹氏的短刀，默念咒语，顿时分化作申酉戌三气。

"那要快！不然我们的异动被宾客看穿，就会连累你哥！"弇兹氏无奈地说。

二人飞身回到婚宴上，弇兹氏便先去找姜望俘虏的小司命，他们俩虽然被俘，但被姜望优待，且这次也被姜望带来，向宾客们宣扬司命官临终前的战绩。看到弇兹氏探问，二人便随她出去了，而一到宫外，他们二人就被现身的妲己制住。而察觉到熟悉的申酉戌杀气，他们二人都立即认出了妲己，便顺从的随她藏起。

弇兹氏看到三人附身草木，就又转身回宫，把马步氏勾引出去，马步氏以为她要跟自己商议投靠姬鲜的事，便放心随她出去。不料一到院落，就被草丛里埋伏的纺织术发动，从头到脚被藤条捆住。马步氏刚要喊叫，就被妲己从墙缝里冲出，发动短刀上的申戌气把他罩住，使他顿时震颤僵硬。

四人带着马步氏飞快地出了镐城，却被身后一人叫住，"你们要走为何不带上我？"

妲己和弇兹氏吃惊的回头，却察觉不到任何气息，随后一身袅娜在几十步之外现身，原来是少司命。

"慢动手！"看到妲己把三道金粉射入自己周围地上，周身草木光芒蔓延，少司命自知抵挡不住，急忙喝止，并飞身上了树梢。

"你不会真的以为我会信你，让你跟我们一起逃走吧？"妲己看她没有飞走，相信她并无恶意，就收起了神力，蔓延至树枝的光芒随即黯淡。

"看来你真的是妲己了，之前献祭的妲己是假的？"少司命疑虑说。

"是了，少司命你与王后虽然有隙，但无仇恨，应该不至于报告此事吧？"弇兹氏也收起了刚刚取出的纺轮。

"当然不会，但是妲己身为大商王室，如果要随你逃亡西鄙却不肯留在殷都扶助大商，那就难说了！"少司命故意提高了声音。

"现在连你也在周人的镐京作客，还扶助大商做什么？"妲己笑道，故意如此一问，要把这话说给身旁的马步氏听。

还没等少司命回答，马步氏就抢先答了，"少司命官救我，我会劝我主君全力襄助录王！"他急叫救命。

"谁也救不了你，再敢叫大声我现在就杀了你！"妲己恨恨地挥出一道申戌杀气劈在马步氏身上，使他脱水僵硬到几乎说不出话。

"少司命你现在还未能有妊娠吧？只有我可以解你身上之毒！"马步氏不顾妲己威胁，嘶哑着说，"你现在去叫人我就告诉你治疗之法！"

"什么毒？是你追捕我跟吕伋那次下的毒？"少司命喝道，也立即恍然，原来那次姜伋的猜测是对的，这两年未能获得妊娠的愠怒郁积使她忍不住厉声大喝，"快说！"

"你现在只要借风传音大喊，我立即告诉你解毒之法！"马步氏奋力嘶叫。

"别听他的！"弇兹氏喝道，"渭西能致使不孕的毒草不过就是菁蓉草而已，而且被这种草侵袭如果一年以上还不拔除，就不能再生育了！"①

"我用的不是菁蓉草，你要信我，快叫人追捕妲己！"马步氏声嘶力竭。

看到少司命犹豫，妲己猛地把马步氏一推，呼的一下把他推到少司命身旁，"给你们一个时辰在此解毒，如果不能，我就杀了你！"

少司命自然立即领会妲己心思，她带着马步氏，是肯定飞不过妲己的，当然，只要她不立即借风传音叫喊，妲己就不会为难她。

"快把我松开，我跟你回去解毒！"马步氏着急大喊。

少司命射出寅卯辰三气笼罩马步氏，发出的震荡一下把他身上的申戌二气驱散。马步氏颤抖稍微缓和，但乱麻般的捆绑仍然没有解开，他仍然全身发软，而且没法施法。"这大概是纺织术，我没法解除，先带你去找吕伋吧！"说着带着他飞走。

弇兹氏看到就要追赶，却被妲己拦住，两人只飞身上了树梢。

"不要找吕伋了，赶快借风传音叫人！"马步氏被她牵着飞出，虽然身后妲己没有跟上来，却仍然急得大叫。

---

① 菁蓉出自《山海经》，可能是重楼类植物，有避孕的药效。

少司命回头看妲己远远立在树梢没有动，又看到马步氏急切的异样，就索性停下来，"你要是怕被追上，现在就为我解毒！"

"赶快叫人吧，只要你叫人，妲己就不敢再与我们缠斗了！"这一停，马步氏更加着急，像一根被绑在棍上的蛇一样不住地扭动。

少司命没有动。

"你要相信我，我一定可以给你解毒的，你现在赶快叫人，不然我就……"马步氏话没说完，就被少司命一剑劈下一只手臂。

后面妲己飞身上来扯住被抛来的马步氏身躯，"少司命，我诅咒你一生都没有……"马步氏话没说完，就被妲己砍下头颅。

"你怎么把他还给我们了，不要他给你疗毒了吗？"弇兹氏笑着问少司命。

"我还是更信你们，你们要杀他，自然少不了我的一份！"少司命虽然一脸坦荡，但却神色沉重，释怀不起来。

"虽然你身上的毒解不了了，但以后可以慢慢拜访四方名师，也许还可以怀上孩子！"弇兹氏劝说。

少司命脸上稍微恢复了些神采，"你们真的宁可西去蛮荒都不愿意留在殷地复兴大商吗？"她收起短剑，飞近妲己她们说。

三人回到林地里，少司命看到那两个小司命也从草木里现身，就有些气恼，"连你们也不顾主上的宗族之命，要逃到蛮荒去吗？"

这两人是司命官的亲信，被少司命训斥，立即伏地不起，不知所措。

"你不要怪他们，是我要带他们走的！"妲己挥手把他们抬起。

"你应该知道我父侯的宗庙已经在四海之内兴建了吧，这二人可是守祀的最好人选，你怎么能为了自己的爱念感怀，就把他们带走？"少司命呵斥妲己说。

"我还有些事情要细问他们，过些年再把他们送回就是！"

两个小司命此时听妲己说了，便取出一副玉串朝妲己奉上，"这是主君生前用以激发光柱后留下的宝物之一，我二人好不容易才从吕伯那里拿到！"

妲己接过玉串，正是髻女之物，看来是司命官在髻女受伤之时，就从她那里拿过来了，"你那时就预料到我会遭到围攻无法脱身，却一直要利用我为殷王死战，连提醒我一下都不愿意吗！"她猛地厉声尖叫，声如鹰鸠，惊飞一丛乌鹊，手中玉串被她手上杀气射出，啪啪啪几声碎了半边，掉在地下。

"君后不要为这样的男子伤怀，不仅是司命官，就如姜望这样爱惜夫人的男子，也是以宗族、国族利益为重，不会偏爱女子的！"弇兹氏此时在一旁愤恨的为妲己不平，"女子对于中土大邦的君侯来说，不过是帮助他们成就霸业的棋子而已！"

"你带走他们吧，确实是我父侯欠你一份情！"妲己这声疾呼让少司命五味杂陈，既伤感父侯，又感怀家族世代继承的王命，还敬佩妲己的深情。

"主君其实也是深爱君后的，不然也不会藏起这玉串，直到身亡还以魂魄守住玉串，这才能及时探知君后的安危！"两个小司命此时躬身对妲己说。

妲己默然捧起只剩一半的玉串，细细地看着，缓缓收在怀里。

"我们这一别，还望少司命官不要透露行踪！"弇兹氏对少司命一揖说。

"妲己与我亲如母姨，我怎么会透露自己亲族人的行踪？"少司命说这话时，脸上肃然，没有一丝玩笑的意思。

妲己知道少司命是在承认她与司命官的爱意，高兴地上前与她拥抱，两人感怀地拉了拉手，都随即笑着释怀。

随后，少司命与二人道别，"我母族现在太行山关隘为我母亲须女守墓，等你们在极西之地立足后，我就把那五千冯夷宗族人随你们迁徙过去！"

"那里这么清幽，为何不就留在那里呢？"妲己奇怪地问。

"我怕姬鲜征召人马，迟早会找到那里的！"少司命望着西边的高山，悠悠地说，"只有极西的沃野才足够安宁吧……"

妲己若有所思地答应着，二人带着小司命飞快地出了树林，驾驭准备在那里的驲吾马，飞奔往西而去。

"你不再去看看你哥和你的有苏氏族人吗？"飞驰一夜后，弇兹氏估摸着即使追兵发觉，也应该追不上了，就缓慢而行，问妲己说。

"我哥告诉我现在温地有我有苏氏族人迁徙到了你们羌北，而他已经安排我亲族从温地迁徙过去，我只要在羌北等着我族人就行了！"

"我们此去不会留在我的羌北族地了，而是会去荒无人烟的弇兹山！"

"弇兹山？"

"只从那里到羌北的路程就相当于从渭水到我羌北了，又没有可供戎马飞驰的道路，不但你苏人亲族没法找到，恐怕就连你也不会常有机会去大商故地了！"

"为何不去羌地，你族人怎么办？"妲己睁大眼睛。

"羌北人故地如今已经与犬戎、申戎混居，我的旧部支族也不再崇奉女子为王了，只有我的亲族弇兹氏族还在支持我，但这段时候周氏一定会去我族人那里搜寻，我们只好等风头过了再去迁徙族人！"

妲己默然，她以为只是留在羌地，如果等几年后少司命真的击败周人，也许她还可以更名换姓，重回故地夺得一片封土，却没想到去的是渺无人烟、与大邦不通消息的极西之地。

"那里有山高峻极于天，还有平地可造房屋，你不用担心我们的聚积货贿鱼粮遭受劫掠，"弇兹氏看她沉默，就补充说，"而你若不愿意，还可以回去，其实既然现在你的神力已经恢复，就算在周人殷人面前现身，他们也抓不到你！"

"周氏对我很好，我不想让他背负罪孽！"妲己凝视群山，悠悠地说。

弇兹氏看着她一双半睁的媚眼此时已经完全被西面那峻极通天的高山所吸引，就没有多劝。既然得知姜望在为司命官、郁垒氏、荼氏和髻女在各地立祀，留给妲己去做的事情自然就没有了。二人秀发飞扬，御使神力破开身边云雾，马蹄飞奔，急速往那白皑皑的群山飞奔而去。

周氏看到迎亲队伍的马车里空无一人，立即质问苏子。两人随即查点人群，只发现宾客里少了弇兹氏和马步氏。周氏也不敢声张，只暗地里派人去羌地搜寻，苏子则立即为他换上另一位族女，继续举行婚礼。

第二天，搜寻的家臣回来报告说羌地没有找到弇兹氏，只在郊野发现一片粉碎的草木，而那里还躺着马步氏的尸体。周氏这才恍然，原来妲己早就预谋只有弇兹氏能破解二十四璧的禁锢，又谋划跟她逃走到蛮荒之地，才会提议自己拉拢她的。

姬鲜得知臣属爱将马步氏被杀，大怒向姜望、周氏问罪，但因为明显是弇兹氏杀人逃亡，又找不到姜望指使的证据，他只好愤愤而去。但不过数日，就有禺强来到镐城，觐见姬发，说要为马步氏下葬，并招魂以追查行凶之人。姬发只好安排檀利主持葬礼，以防禺强在葬礼上做出挑衅之事。檀利命令禺强按照周人习俗招魂，让他带着昆虫氏和比族人，要带着熊皮面具并招魂旗、衅鼓等物完成仪式。但禺强把面具眼睛涂血，在马步氏灵柩前行却不按葬礼舞蹈，反而一路上大骂弇兹氏、妲己。

丧礼完毕，禺强便率领招魂之人宣称他们的咒骂是马步附身所致，马步氏是弇兹氏和妲己所杀，要责问周氏的放走妲己之罪。但姬发、姜望、周氏以及诸侯伯都清楚，招魂旗和衅鼓只是普通的扰乱魂气的法宝，如何能召回身亡已久的马步氏魂魄？不过是禺强在借机集合被妲己虐待的昆虫氏、比氏亲族，要挑衅而已，很可能还是姬鲜在暗中指示。

姬发无奈，便决定为马步氏立祀，以高扬其族人传承的疗治疠疾之法，与先牧氏族、臧仆氏族的祭祀，以及渭水侍奉马祖的传统一起，传扬到大商各地。祭祀马祖以高扬程伯一族所传承的圈养驯化野马之术，又首创围猎牧阵。祭祀先牧氏族以高扬其族培育骡马、骀吾之功，并宣扬姬鲜聚魂阵法的由来其实就是骡马的驴马聚魂驯养，以及虎马的聚魂驯养。祭祀臧仆氏以高扬其族驾驭马牛车之功，以及高超的驯马术，只可惜其神术还没有发展为更高强的战车神术。

禺强等人被姬发劝服回去之后，姬发与姜望商议，怕姬鲜借口扩张兵器马匹，就打算往东暗中探访监视。恰逢此时，飞廉氏在东夷聚起兵器马匹自立的消息传到了镐城，姬发便与姜望商议，准备东伐，他召呼巫咸王过来，并姜望申妃一起往东而去。

"为何把巫咸王召呼过来？"他们此行有申妃随行，姜望很怕她与巫咸王再起冲突，不解地问姬发说。

"我看你是劝不了你夫人了，这回由我做主，让你夫人接受巫咸王了吧！"

姜望会意，他知道姬发要拉拢战力极强的巫咸王为周邦效力，只有先劝服申妃，而多了一个这样的强悍战力，申妃也会受到制约。

三人到了孟城，果然从庞青和泰逢氏那里打听到姬鲜正在这里往南土各族招募民夫，要扩张兵力。他们四人便在此等候姬鲜到来。本来，姬鲜打听到姬发姜望等人独身来此,就要会聚士卒一举抓捕三人,但等他领兵闯入孟城上室,却发现巫咸王也在姜望身旁,只好灰心丧气的喝令士卒退下。

"姬鲜,你带这么多虎贲入室,要谋刺吗?"姬发大吼道。

姬鲜不答,只挥手退去虎贲。

"看来阆伯只是勤于日夜操练士卒,扩大兵力准备东伐呢!"巫咸王柔媚地笑着说,姜望便看了她一眼,制止她说这些挑起争斗的话。

"哪里哪里,勤于操练士卒是真,但扩大兵力之说,纯属谣言!"姬鲜盯着姬发等人说。

"这里有泰逄氏和庞女为证……"姬发话没说完,庞青就抢着说了,"姬鲜在南土历地和昆吾旧地布置了十几所炼炉,又招募了上千人,这不是扩充兵力是什么!"

"那只是为了对付自立的飞廉氏,难道不该多打造兵刃吗?"姬鲜听不得庞女的呵斥,激怒的针锋相对。

"姬鲜,你违背禁令,如何服众,现在我就要撤下你在殷地监军的职务!"

"王上莫急,阆伯只是为了对付飞廉氏,临时增兵而已,只要消灭飞廉氏,立即解散兵器马匹!"檀利在一旁急忙缓和气氛。

"是了,只要王上不撤下我,我现在就可以解散招募的民夫!"姬鲜虽然嘴上服软,却仍然死盯着姬发等人不放。

双方随即达成口头协议,姬鲜保证不再扩充兵器马匹,姬发不撤销他的职务,而姬发东征的师旅则从姬鲜麾下调拨一师。随后,姬鲜退出,调拨族人去了。

"庞女不畏监军权威,胆敢直言,实在令朕佩服!"姬发对庞女连连称赞。

"我只是不想你们互相征伐,以暴易暴,再使我河洛百姓遭殃而已!"庞青没好气地说。

"庞女真是快人快语,"姬发有些尴尬,便转向泰逄氏,"对了,你的侯女为何还没有许给河内侯伯,是没有中意的吗?"

泰逄氏猜姬发要把女儿带到河西婚配,正要应允,却被庞青阻止,"这不用你管,我自有打算了!"

"庞女是有意于墨允吧，为何此时不在？"姜望插话说。

庞青一听这话，眼泪就出来了，转身飞出了大堂。

"唉，吕侯既然提起，我就说了，这墨氏兄弟自那次阆地裁撤兵器马匹之后，就带着亲族逃到了孟城西边的首山上，扬言说不再吃周邦种植的谷物，庞女屡次去劝，他们俩都不肯下山，每日只与族人作歌唱以暴易暴，枉为四海主这些。而两人只以蕨菜为食，以至于前些时候终于坚持不住，病死了。前两天女儿才过去把他们俩的尸首运回孟城，要择日送到孤竹国去安葬……"

姬发姜望申妃等人才知道庞女能说出以暴易暴这样的话，是受了墨氏兄弟的熏陶，顿时都唏嘘难过，只有巫咸王的喟叹里充斥着不满，"这墨氏兄弟真是太过迂旧，不顾这么一个大美人的情意，偏偏要守节寻死！"她喃喃自语说。但随即遭到姜望申妃二人齐刷刷盯着她看。巫咸王虽然收敛，但却很不好受，尤其是刚才姜望申女目光的不约而同，令她愠怒。

姬发在孟城聚起兵器马匹的几天，陈侯妫满赶来了，他是应姬发之邀过来的。姬发接见他，安排他留在孟城监视姬鲜，而等他们东征一回来，就打算把女儿大姬许给他婚配。陈侯此时在东鄙，负责以二师守卫淮夷，姬鲜招募兵器马匹则是为了西征渭水，不会有求于他，姬发一拉拢，他自然欣然答应。

姜妲此时深藏在南蛮的密林山洞之中，正与熊绎一起费力的搬动着藏在洞里的鱼粮，要转移到荆蛮去。这些天因为姬鲜招募南蛮民夫，四处采矿，他们担心迟早要搜到这里来，只好南奔而去。

"还在想着戏方伯吗？"熊绎朝她露齿而笑说。

"听说姜望在各地为司命官立祀，把北斗魁星当作殷王，真的是这样吗？"姜妲望着黄昏天空中的北斗七星说。

"我也是听得传闻，说少司命建议，要传授百姓，把北斗魁星前的六颗星分别当作大史官、太保官、司命官和乐师延，那么推断起来，北斗魁星自然就是帝辛了！"熊绎咧嘴笑着说，"不过我猜他们应该不敢明说的吧！"

姜妲听了，只幽幽地望着天空回忆往事，竟然忘了回话。

"我们走吧，戏伯把你交托给我熊氏，自然是信赖我族了，我们一起去江汉之地，那里的百姓都是些淳朴顽强之人，只要我们待他们好，他们就一定会拥戴我们！"

姜姬望着这个热情乐观的年轻人，不由得也呵呵笑开了。他们架着一队柴车往高山峻岭深处去了。

录子在殷都，听说姬发要加罪于姬鲜的传闻，立即按捺不住，急忙召集少司命过来商议复兴大计。但等少司命议定离开，录子就看到姬商进来了。

"你们在商议什么？是王上调拨阆伯兵器马匹之事么？"她直勾勾地盯着录子，问道。

"爱妃多心了，只是跟她约定，一起去孟城田猎而已！"

"少司命的神力这么高强，狩猎追击你如何跟得上她？"

"当然是靠她……"录子刚随口一说，就被姬商打断，"你半年前留在沙丘卧室的那个手掌印还在吗？"

这回轮到录子直勾勾地盯着她了。

"其实我早就怀疑你暗地里修炼了高强的神术了，而你……"

"我那时确实有复兴之意，但现在……"

"你还记得姬鲜训斥微子，说侍奉殷祀不需要有军功的那时候吗？"姬商又一次打断他说，"那时候你可能忿怒的连我握住了你的双拳都没感觉了吧！"

录子这才想起那时候好像自己确实处于极度忿怒之中，可是却想不起姬商曾握住自己，"我毕竟是殷人王子，你要体谅！"他低头遮蔽着目光闪烁。

姬商看他恍然之后的举止无措，顿时扑上去把他抱住，"其实我不会阻止你修炼神术的，只是等到最后关头，一定要施法带我走！"她含着泪抽泣说。

录子感受到这拥抱的浓浓情意，把姬商抱得更紧，"这些年苦了你了！"他回想起这些年姬商一定是早就在猜疑自己在暗中修炼了，可她却从未点破，反而还在姬发和姬鲜面前为自己谋得了继承殷祀之位……他越想越激动，"我这就把少司命叫回来，我们就在殷都，什么事都不管了！"

三日后，姬发姜望的一个师过河到达了东奄北鄙的方城，这是奄侯隍氏安抚飞廉氏与嬴来亲族子女，留给他们飞廉族的采邑。商人的东夷三邦听说姜望、巫咸王来了，都不敢来救。但飞廉氏早已得知姬发到来，已经开始组织人马逃散。

姬发等人在高空看到城内一片惊慌，而一彪人马飞驰往东北而去，急忙御使神术全力紧追，他们接近骑兵队，果然看到带队将领朝他们扔出一只石球，划过骑兵队伍上空发出尖利刺耳的滋滋声，朝众人扑来。巫咸王要卖弄功劳，一道猛击击碎了石球，然后朝化风逃走的飞廉追去。姬发正要拦阻骑兵逃散，却看到这些骑兵在那一阵滋滋声中大声呼喝，居然猛然加快戎马速度，往路旁山坡上逃去了。姬发只好一边追击一边吆喝，要把一师调拨过来追击。

巫咸王在前追击飞廉，姜望和申妃在后跟上，但他们俩跟不上飞廉和巫咸王，十几里地之后，就望不到巫咸王的身影了。但巫咸王一路上留下了聚起的彩烟，二人总算勉强跟上。

两天后，姜望申妃到了海滨，他便不慌不忙的取出金钩，停下来开始炼制法宝了。

"怎么不追了呢？别把功劳让给巫咸王啊！"申妃有些着急。

"不怕，飞廉氏既然到了海滨，必然是要藏身海风海浪，你们分辨不出海上的风浪海物的混合气息，是难以发觉他所在的，而我也必须炼制能借法海水的金钩，才能在波涛中追捕！"

申妃安心下来，她的这个夫君总是在别人惊惶急躁时，仍然一副胸有成竹的样子，而最后一定会有巧计打败敌人。想到这里，她放心地坐在沙滩上，吹着海风。"你还记得吗，那时我们被困海滨，也是一起慢慢试探，才琢磨透了鸥鹑伤人的奥秘！"她缓缓地说着，心中浮现了和姜望一起飞翔海面时，他说过只要神力足够高强，就可以御使这片海上所有风烟水浪生灵的豪言壮语。

多年后，他们俩果然已经到了随心所欲御使万事万物的境界，只不过，两人似乎再也回不到当初的亲密无间了……她看了看正凝神招来海风水雾的姜望，可他似乎没有听到自己的问话。

姜望炼制了三个时辰，才起身试了试金钩，嗖的一声便借一阵海风，把百步之外的申妃拖扯回来。

"怎么样，在海风中你是躲不过我的借法的吧？"他得意地抱住动弹不得的申妃说。

"我有些气血淤积酸痛了……"申妃趁机哎哎叫痛，姜望便收起金钩神力，把她松开，申妃便身子一软，扑在他怀里。

"好了好了！"姜望扶起她说，申妃当然能自行调节气血，不会在意这点气血不畅的扭伤的，"我们赶快去找巫咸王吧！"

申妃脸色难看的立起身，两人便往海面上飞去，不过多会，就看到巫咸王一人在海面上逡巡。

"失去飞廉氏的踪影了吗？"姜望一边问，一边抛出金钩驾着海浪呼啸而去。

"我从来没有碰到过这种极少间断、连成一片的风气和水气，实在分不清飞廉氏的魂气藏在哪里，这咸涩味也使我难受！"

"藏在日光里，跟着我的金钩吧！"姜望说着，跟上金钩而去。

"飞廉氏还会在这一带吗？"巫咸王虽然知道姜望出身海滨，熟悉海面气息，但她觉得飞廉可能会去东海深处。

"会的，他对我们仇深似海，哪里会不趁我们落单下手袭击呢？"姜望追上金钩，又往前一抛，让金钩驾驭海风海浪急速而飞。

三人飞了半日，姜望便看到金钩被杀气擦过的铮铮声，而千步之外则有铮铮回应。"在那里！"姜望一道冲击朝金钩指向的海上半空射去。他话音未落，巫咸王就已经彩烟爆棚，迅速越过姜望，扑了过去。申妃不甘落后，也随后追击。

飞廉急忙化一丝疾风飞走，但这海面无遮无挡，他的一丝疾风迅速被巫咸王赶上，嘭的一声撞在了彩烟上，只好又在一阵嗡嗡声中贴近海面转向一侧射去。但他这一转，却被申妃赶上，开始接近压制他的行动，使其变慢，但他干脆射入海水中，魂气也陡然消失。

"申女不要来碍事！"巫咸王元气范围内失去了飞廉氏魂气的踪迹，怒喝。

申妃气愤已极，赌气的扎入水中追击。姜望看这二人不但不好好配合，反而互相迁怒，只好奋起把金钩射入水中。金钩在水中比飞廉氏化水的游动要快，不但能迅速借海水流动感应他的踪迹，还能聚积洄旋水流令他游动缓慢。

"你们快下水擒捉，我定住他了！"姜望喊道。

巫咸王本来不屑于跟申妃一起下水追踪，但听得姜望呼唤，怕功劳被申妃抢走，急忙扎入水里，一阵咕咕咕声，彩烟浑浊就为她急速旋聚海水，带着她迅速超过申妃，赶上金钩。她看到顺水滑动的金钩指着海水中的一处摇曳，就汩的一声，射出一道彩烟冲击。嘭的一声，摇曳处水泡滋滋四射，数道血红的水柱冲上水面一丈多高，扬起一片血腥风。

姜望这边只觉得金钩一轻，又看到海面被染红一片，知道是飞廉被击中了。接着巫咸王和申妃一跃而出水面。

"你把他给杀了？"姜望质问巫咸王说。

"我不知他那么不禁打，只发动蓄气用了八颗宝玉……"巫咸王此时身上绸服湿漉漉的贴着胸口腰腹，胸口文身依稀可见，但她为了吸引姜望，故意也不拂去积水。

"你不知道在水里攻击，水击的冲击会更沉重吗？"姜望不满的呵斥，"我已经定住他了，你还杀他作甚？"他此时惋惜飞廉氏被杀，没有去注意看她的身子。

巫咸王不高兴地挥手散出一阵风烟，呼啸一声，把身上积水聚起抛下，扭头就走。申妃便拂去身上积水，过来拉住姜望，"你也别出口伤她了，这功劳就让给她吧！"她拉着姜望，大方地说。姜望的呵斥使申妃很解气，而把功劳让给巫咸王，还可以显得她是为了功劳而来。

三人在海滨等了一日，姬发就来了，听说姜望在责怪巫咸王重手杀了飞廉氏，就劝解让姜望和巫咸王握手言和。

姜望和申妃便朝巫咸王拜了一拜，说了些佩服的话。可她却只是浅笑，没有过多的表情。

"其实大商巫咸氏在咸地就有后裔聚落，巫咸王如果不肯在渭水封地，可去咸地的巫咸氏聚落，训练他们阵法，正好可以在我周邦与河内殷人双方中立威！"

巫咸王当然知道咸地有巫咸氏后人，不过早已衰落，而人口也不过千人，实在不愿意让仅剩的族人卷入争斗。她也不多回答，只瞥了一眼姜望，没看到他有任何反应，就告辞飞身而去，留下姬发一脸尴尬地立着。

姜望回到渭水之后，就把事情都交给姜伋和邑姜，离开镐京去了渭西沃野，与申妃在一起。此时他既然没了六师的调动权，只剩下吕国一师，自然就不愿意再多操心兵事了，而申妃麾下的万余骑兵则是他可以倚靠的势力。

"这里的沃野又不像河内姬鲜与周氏那样剑拔弩张，你不在镐京为周人献策，来我这里干嘛？"申妃故意讥笑他说。

"诶诶诶，我前些日子还听说苏国温城的一支族人迁徙到了羌地，而那里居然还出现了温族的旌旗，我怎么能不来此呢？"姜望故作认真地说。

"你真不要脸！"申妃娇嗔地揪着他说，"他们可能是妲己的族人啦，一定是受到河内三监的欺压才迁徙的，那点人马如何还能反攻我族，你何必故作惊讶！"

"谁说我在怕他们袭击申戎了？我是要等着为弅兹氏做内应而已！"姜望随即大笑。

申妃笑靥如花地揪着他不放，两人咔啦一下撕破营帐冲到半空，宛如一对鹰鸠飞去。

附录 "气"运动观与神力设定

万物元气：世界里万事万物的充盈和互相作用，既包括物质的形变，也包括声音、光在内的物质流动、变化和波动

血气：人兽气血流动

人兽魂气：精神力

人兽的神力设定：动物主动激起的物质运动，兽类以行动发动，人类不仅以行动发动，还能以精神力化神力，即雷电之力，在身体任何部位蓄积气息以激发物质相互作用，使身体附近的物质流动和波动以一定的方向加快。结果既可以是加强万物元气又可以是抵消周围的元气流动。精神力化神力时产生的电荷辐射为杀气。

日光之气以及六天气变化

阴气冷聚

阳气热散

阴云日气障眼，减缓冲力翻云化雨

阳云日气刺眼，风压减缓＼反弹冲力

风气迅猛

雨云气粘滞

风云气障眼，风声震魂

风雨霜雪气障眼，冲击锐利

冰雹阳气刺眼锐利

阴阳日气障眼

晦明日气刺眼

晦气安魂镇魂

明气振魂爆魂

六天气混合即为四时各月天气

发动：神力催动六气加速流动

或激发六气互相转化

或神力察觉万物元气流动，指引珠贝金铜聚焦光热追踪元气

或神力催动各类宝玉片，产生高能态灼烧以及震击

或神力催动各类玉粉金粉缓冲冲力、追踪杀气、扰乱神力等

五地气蓄积的物理和生理杀伤力

金行气形塑，杀伐味辣\沉降，疼痛昏厥

木行气形变，绷紧味酸\扩散，针刺虚脱

土行气发育，固着味甘\聚积，麻木窒息

水行气渗透，浸润味咸\寒凉，湿重蓄毒

火行气上升，灼烧味苦\温热，心火爆裂

五地气混合即为四时各月地气

发动：神力催动五行各类元气聚积

黄道十二度变化：

十一月子天地阴气闭合　力弱，

十二月丑阴气扭动，力中

正月寅阴气动荡天气生　力强

二月卯天阴气地阳气激荡　力强

三月辰地阳气冲破天阴气　力强

四月巳天地阳气闭合　力中

五月午天地阴阳气激荡　力强

六月未天地气激荡　力强

七月申天气降地气退　力中

八月酉阴气降阳气退　力强

九月戌阴气杀阳气尽　力强

十月亥天气退地气闭合　力弱

发动：神力察觉星纪、鹑火、鹑尾等十二度方位的天地气流动，神力催动天地元气流加速

田阵三气的各类杀伤效果

水土草三气：草刺凌厉轻巧、泥砂草团猛力、箭雨杀伤精确、草泥牵绊力大

水土二气：冻土沉重、泥沼＼冻土陷力大、干沙遮蔽、湿砂密集、泥水陷力最大

田地沟洫天地气：水雾循环风攻防一体、疏导或撕裂冲力

耕稼元气：戈击飞石，锤击震动，次声波蔓延，五脏碎裂

四时气催动三气合一的杀伤力：

春气合水土草：脆刺干砂湿风犀利远攻近攻，使人魂气旺，或冷热不调、疼痛，人气压制

夏气合水土草：韧刺湿砂暑风炸裂近攻，使人魂气强，或全身灼热头疼

秋气合水土草：脆刺干砂干风轻巧远攻近攻，使人魂气旺，或全身发软

冬气合水土：砂石湿重寒风浑厚近攻，使人魂气聚积，或全身发冷，人气压制

发动：三玉下令、指向

或神力打出草藤砂石风雾合力

节气蓄积的生理杀伤效果举例

春八节：地气发（立春）地气上升使人风寒瘫软、小卯、天气下、义气至、清明（春分）天地气互撞风湿木干使人冷热不调、始卯（清明）地气上冲土气松

木气坚韧使人风热头晕、中卯、下卯。

夏七节：小郢、绝气下、中郢、七月中绝、大暑至（夏至）天地气交汇阳气爆木气韧使人心火暑燥、八月中暑、小暑终（小暑）天地气互撞阳气爆木气坚韧火气大燥使人阴暑昏重。

秋八节：期风至、小酉、白露下、复理、始节（秋分）天地气分离风干木干冷热不调、始酉、中酉、下酉。

冬七节：始寒、小榆、中寒、中榆（冬至）天地气互渗阴气聚木气脆冻土气坚硬使人阴寒风伤、大寒、大寒之阴、大寒终（大寒）天气下降阴气聚木气脆冻土气坚硬使人湿重关节麻痹。

发动：三玉下令、指向

或神力打出草藤砂石风雾合力

五鸟时令与五鸟政令的血雾风魂气效果

凤鸟魂补充血雾，玄鸟魂冷热合击，青鸟魂湿冷攻击，丹鸟魂干冷攻击，伯劳鸟魂冷热分击

斑鸠鸟魂旋风缓冲攻击、大雕鸟魂疾风分击合击，爽鸠鸟魂阵风分击分防、雉鸡鸟魂绳引偏转攻击、布谷鸟魂补充血雾

发动：神力觉察天地气流动，甩动多律管喷雾

或神力觉察天地气流动，操控丝帛筋线钩爪引导高空雷电、束缚人体、侵袭人魂

牧阵四气效果

人马血气合一：速度快、灵活性高

人马兵刃三气合一：速度快、灵活性高、攻击力一般

人马草兵刃四气合一：速度快、灵活性高、耐力久、攻击力强

发动：人力投掷长矛合围，马力冲撞

或草藤捆绑人马合力弓箭远射，草藤挥舞兵刃

或多人马合力打出木锥

或神力催动带刃钩、带玉坠的套索捆绑 \ 操控人兽

或多人合力挥舞打出套索

月相各时段的人魂气变化

望时朔时：提升人魂气，发动早晚潮汐

既生魄：提升人魂气

旁生魄：削减人魂气

发动：二玉下令、指向

或神力觉察潮汐流动，引导潮汐力聚积

或从月亮上打出无数宝玉，操控人魂气聚积 \ 消散

八方风变化效果

东北炎风湿暖 东方滔风干暖 东南熏风湿热 南方夸风干热 西南凉风湿凉 西方韦风干凉 西北厉风干冷 北方寒风湿冷

发动：或神力察觉风气流动，绷紧筋线打出风砂

或神力察觉风气流动，混合多股风气聚合暴风

或甩出律管内藏某种玉粉发出某类风

或挥动狼牙棒打出某种风砂 / 宝玉

或发动八风气合力：舞动使某些律管甩出，神力催动这些小律管里的磷粉同时高温炸裂，八股风汇聚成一股风

十二时辰气蓄积的生理杀伤力

24-1 子至阴湿人气弱　身体发软呼吸压制，

2-3 丑至阴火人气弱　心火灼烧头晕目眩，

4-5 寅至阴燥人气强　相火灼烧身体沉重窒息

6-7 卯分阳寒人气强　身体僵硬人气压制

8-9 辰分阳风人气强　全身疼痛人气压制

10-11 巳分阳热人气强　身体灼烧头疼

12-13 午至阳湿人气强　身体沉重呼吸压制

14-15 未至阳火人气强　心火灼烧头晕目眩

16-17 申至阳燥人气弱　相火灼烧身体沉重窒息，

18-19 酉分阴寒人气弱　身体僵硬人气压制，

20-21 戌分阴风人气弱　全身疼痛人气压制

22-23 亥分阴热人气弱　身体灼烧头疼，

十二时辰气蓄积的物理效果：

24-1 子至阴寒水，二寒、地气凝

2-3 丑至阴湿寒土，三寒，土石地凝

4-5 寅至阴暖木　一暖，阴水凝

6-7 卯分阳暖木　二暖、风动

8-9 辰分阳湿暖土　三暖、土气长木气冲

10-11 巳分阳热火　一热、火气上升木气聚

12-13 午至阳热火　二热、火上至极

14-15 未至阳燥热土　三热、火气聚闷烧

16-17 申至阳凉金　一凉、阴气下降风杀

18-19 酉分阴凉金　二凉、阴气聚金气杀

20-21 戌分阴燥凉土　三凉、土石聚阴气围杀

22-23 亥分阴寒水　一寒、地气降

发动：

十二子各玉下令、指向举例：

建 天降瓷粉硝石

除 炭粉瓷粉水雾蔓延

满 藤蔓攻防

平 顺风共振

定 土石共振

执 藤蔓顺风攻防

破 旋风攻防、火旋风攻防

危 火攻、毒雾喷洒

成 天降闪电

收 山谷腐蚀旋风、水湿防御

开 谷口毒风阻击、顺风磷粉

闭 天降沙尘

或神力＼光罩催动某种＼某些十二子气聚积＼加速＼波动：

子暗

丑弛

寅紧

卯电震

辰声振

巳疾

午光

未旋聚

申电火

酉润

戌爆

亥固

或神力催动十二子气合一：短剑飞旋带起水雾黑沙玉粉振动涡流

或神力催动光罩聚合十一气集中爆发一气：火旋风、强闪光、雷电、强声波、冲击波、水雾充盈、尘土充实、电震充盈、元气膨胀

五味的人魂气效果举例

木材人事的酸味：偏转冲力、标记测量人魂、操控

土材人事的甘味：分辨欲求魂气、饮食、丰收

火材人事的苦味：聚散哀怨魂气、暑热火灾、战败

金材人事的辣味：杀气散发、勤劳忙碌、决策

水材人事的咸味：疲乏、化解水冻、调节水雾、采集、运输

发动：
神力觉察、催动万物所含有的某一味的元气流动，以聚积 \ 扰乱人魂
或催动五味互相渗透 \ 促进，造成魂气扰动
或匕勺过滤 \ 消解各味元气

鸱鸮、宫商角徵羽五音、虎啸的人魂气效果
虎啸 震魂，震击杀伤
宫调 聚集魂气或浑厚镇压魂气、头晕震颤
商调 舒缓镇静魂气或压抑魂气
角调 扰动魂气
征调 高昂刺激或提升魂气
羽调 警报惊动魂气，恶心呕吐
鸱鸮 伤魂，恶心呕吐
发动：驯养灵兽或模仿发动
或五玉下令、埋伏绳网金石
或蓄气打出 1 玉振击
或布置 2 玉筋线连接万物、共振万物

五鬼魂气的杀伤效果
厉鬼魂气 辣痛刺痛
棘鬼魂气 阴寒气、累积不散
丘鬼魂气 硫化氢腐败物气息、腐坏累积
阳鬼魂气 大麻、灵芝等兴奋、致幻媚药
哀鬼魂气 镇静麻药
发动：神力催动各类魂气随各类元气流动

一些人事的元气效果
钩钓术察觉万物元气流动，加强或聚合这些流动为风阵、水阵、草藤阵等

息壤阵法以飞扬的尘土困人，在沙尘里制造乱流、电击、窒息、沉重

海盐淘沙阵利用天地气流动制造沙尘旋风

屋宅风气利用万物聚积热量，在空间里制造压制、窒息、抬升，中留宅气在空间里制造宽窄风道，干扰、分割、减缓\加快万物冲击

财贝散发灵芝粉昏沉迷魂，财贝聚日气石英片飞射灼烧、闪光伤眼

纺织\编织术线绳绞缩、凝聚、搅动、分散、疏导冲力，纺织物解体疏散冲力

春火湿柴烟火青黄，夏火冶炼炭粉蓝焰青白，秋火干柴黄白

图法围猎术以藤索蓄力整片树林弹射发动林木散风乱流、群鸟之风飞叶，弹射骨牙金石发动兽群之风撕咬、沙尘之风飞刺

漏壶术利用六天气流动制造乱流，分散、减缓冲击

虫魂精气 百虫气味或提取物，追踪、标记、磷火、下蛊解蛊等

草木魂精气 百草药粉、汁液或气味聚积，迷魂、致幻、提升气血、胶黏禁锢、增强筋骨、下蛊解毒等

酒醋魂气 热浪释放酒精灰醋精灰醉人、腐蚀草木；大麻曲蘗灰香气振魂、提神；毒菇粉酒浆迷魂或杀人，效果为呼吸困难幻觉昏死

血腥气 毒虫血雾窒息、人畜血雾窒息振魂压魂；尸臭气磷粉或硫化氢熏人振魂压魂，效果为恶心呕吐昏死

饭食魂气 振魂或削弱魂气

十二皮革玉章的各气效果

燧石石英砂日月双璧气：高能态灼烧；震击

燧石石英砂玉星气：散射并有高能态震击

翡翠片玉山气：飞旋反弹冲力

律管玉水玉火气：烧碱粉白磷粉发动水火冲力

律管玉龙气：聚集水雾冲力；调节水气

律管玉虎气：聚集风力；调节光热风气

玉砂串玉百米玉藻二气：突袭围攻；提升或镇压魂气

挥舞绳牵玉片玉亚气：旋转循环分散冲力；分散杀气

玉柄投掷玉片玉钺气：集中冲力或杀气

发动：

十二章玉璧包围：皮革弹射飞玉片压制

合力：挥舞射出封闭的龙虎双律管，内藏烧碱磷粉玉片，外连丝线接大量玉片——攻击力提升至 10 玉粉碎力以上，攻击速度为音速、爆炸效果、切削 \ 烧烫 \ 腐蚀 \ 震击

或挥舞巨斧打出连串 12 金斧片

或挥舞刀剑打出无数飞剑

归藏八卦玉各气效果

藏燧石粉石英粉地藏卦玉律管 发动高能态灼烧，调节雷电之力

春翡翠夏烧碱秋磷粉冬硝石天归卦律管 发动、调节阴阳风雨明晦六天气

藏磷粉炭粉风动卦律管 发动风压冲力，调节振动之力

青玉包裹磷粉骨针木生卦律管 吸收风雨气、爆炸加强杀伤力、调节土行气

黑玉胶粘硝石水育卦律管 吸收暑气、发动黑玉烟凉雾冲力、聚积水雾、调节火行气

赤玉胶粘炭粉火长卦律管 吸收寒气、发动赤玉烟火焰冲力、维持高温、调节水行气

绳牵炭黑包裹白磷山止卦律管 挥舞旋转发动黄玉烟分散冲力、调节金行气

金铜杀矢藏白磷粉金杀卦律管 发动白烟散射、调节木行气

发动八玉六十四气合一：挥舞强弓牵定的 34 节皮革律管一节翡翠律管，内藏燧石磷粉烧碱炭粉盐粉金铜粉——攻击力提升接近 40 玉粉碎力，攻击速度超音速，音爆、爆炸、令金铜玉粉蒸发的高温、烧烫 \ 炸伤 \ 震击杀伤

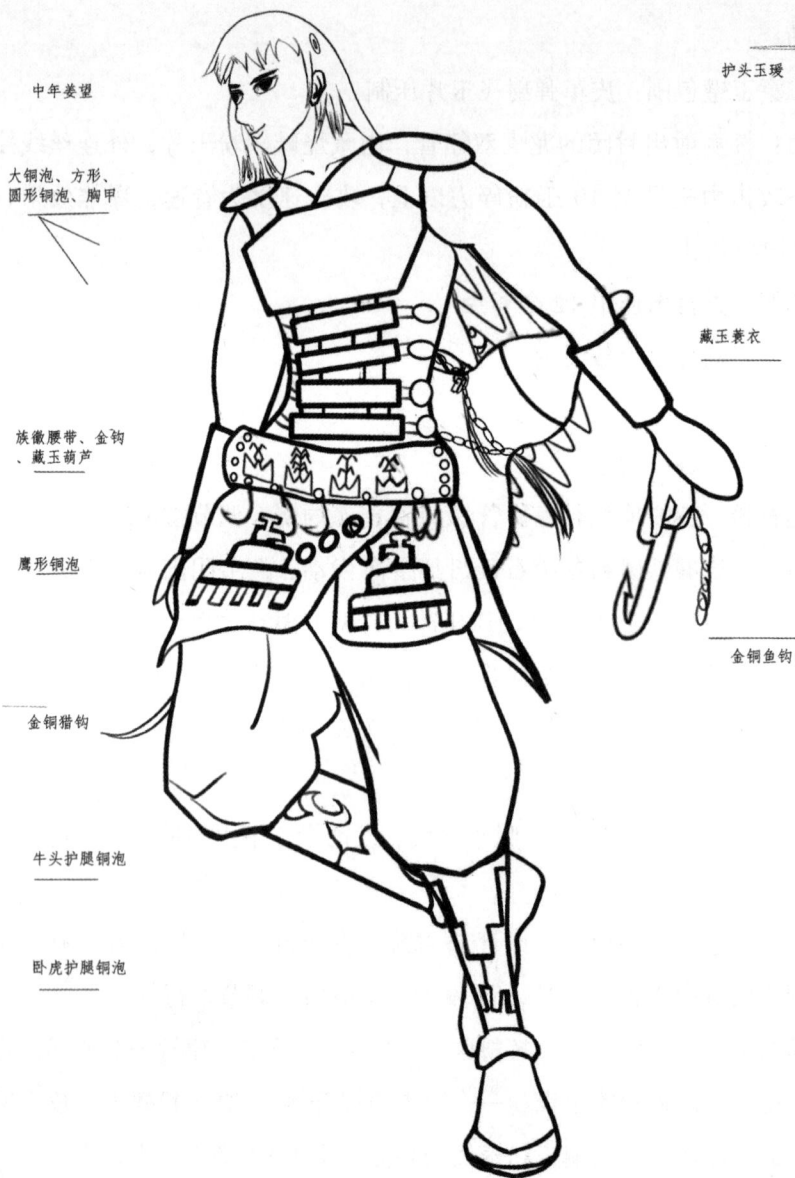

护头玉瑗

中年姜望

大铜泡、方形、
圆形铜泡、胸甲

藏玉姜衣

族徽腰带、金钩
、藏玉葫芦

鹰形铜泡

金铜鱼钩

金铜猎钩

牛头护腿铜泡

卧虎护腿铜泡

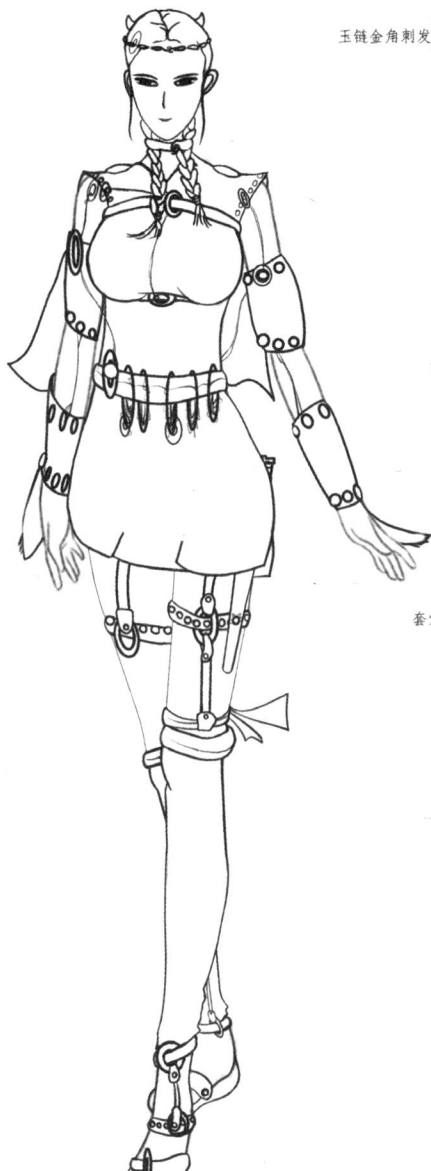

护头玉瑷

中国宗师、中年姜襞女

腰带、套索

尖刺护臂、金针袋

护身套索

玉链金角刺发簪

吸水短披风

铜泡

护臂套索

配剑

套索皮带、铜泡

藏玉丝袋、绑带

中年司命

铜盔

遮身长袍、内有收纳物

金粉羽饰

藏玉头巾

玉圭、玉璋、玉璇等

十二辰玉：
玉卵、玉琮、玉表
玉鼓、玉圭、玉蝉
玉龟、玉盉、玉勺等

面具

玉粉绑带（内卷旌旗）

玉琮、玉圭

天地之璧

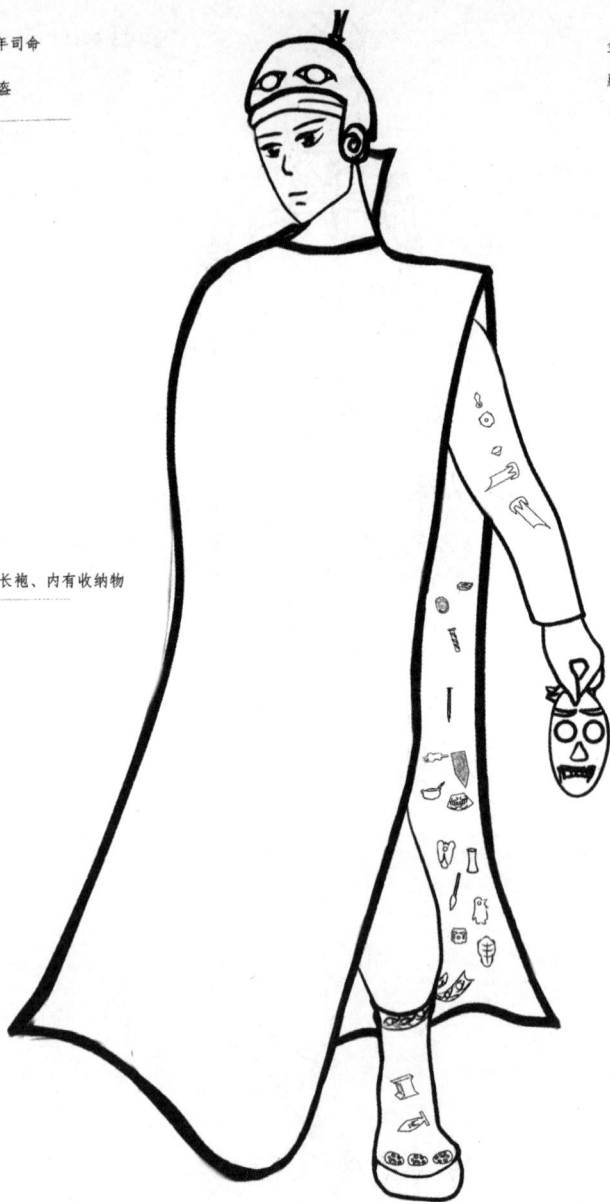

双头玉虎发簪

护颈三赏宝玉

肥遗兽皮软甲

墨鞭

青年妲己、大商王后

六刑宝玉

三赏宝玉

钺首三棱巨剑

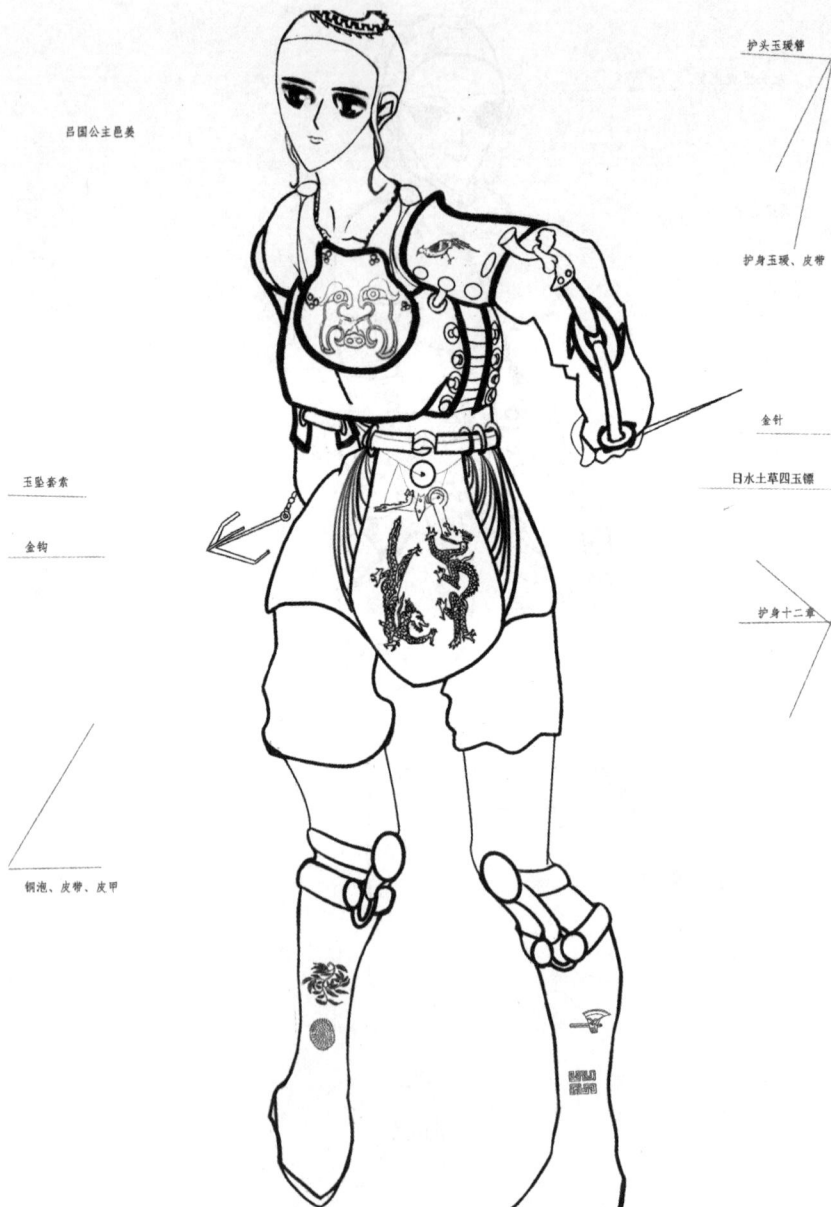

护头玉暖簪

护身玉暖、皮带

吕国公主邑姜

金针

日水土草四五镖

玉坠素索

金钩

护身十二章

铜泡、皮带、皮甲

大商少司命、占术师子褪

玉坩埚内藏炭砖玉粉

护头玉瞳玑发鑲

天智玉刺

玉龙、玉凤、玉粉丝绳

揭药玉杵

玉盘、玉蝉

占气荷叶

遮身长袍内藏十二层玉

装人葫芦

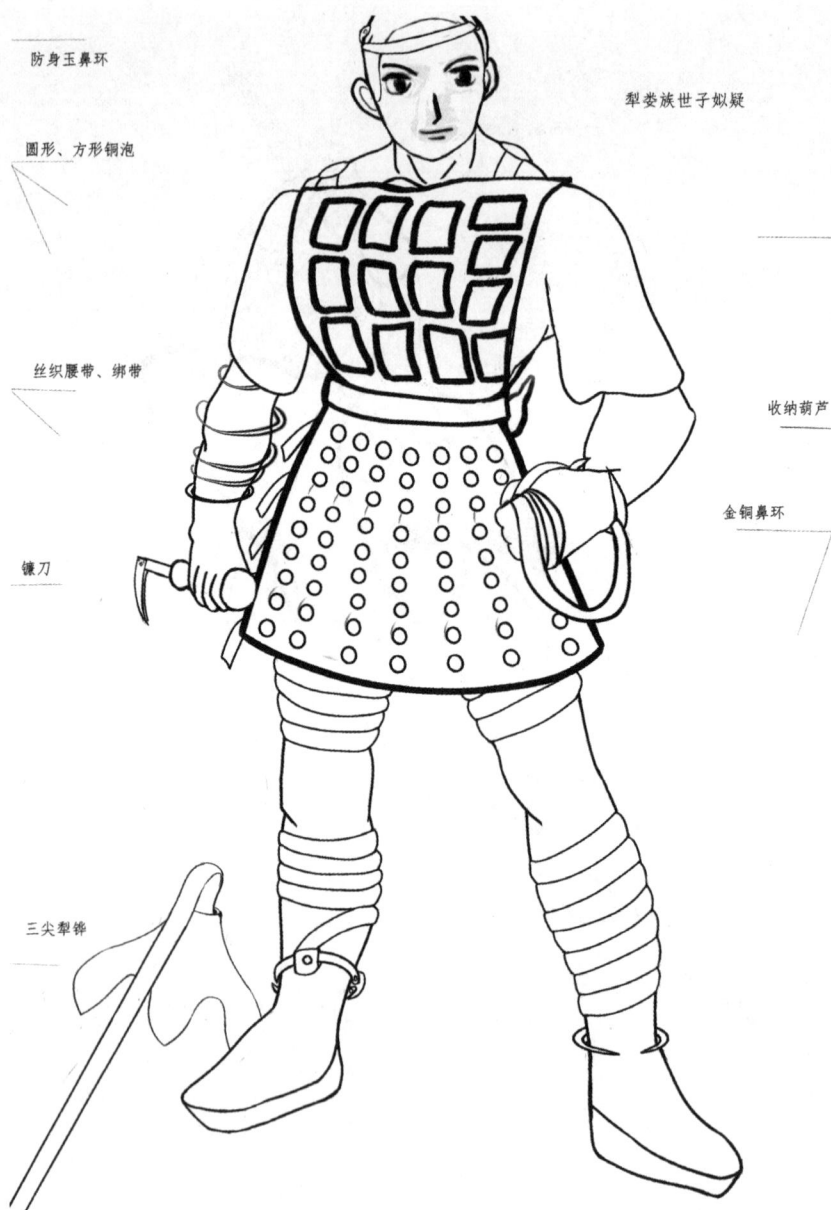

防身玉鼻环

圆形、方形铜泡

丝织腰带、绑带

镰刀

三尖犁锦

犁娄族世子姒疑

收纳葫芦

金铜鼻环

金针玉桑发饰

透明面纱（前期）
玉粉面纱（后期）

玉蚕、玉织刀、玉针等

族徽腰带
藏玉丝袋

耆伯孙女姜菀愉

玉梭耳饰

防御斜纹纱布

玉扣丝裤、
千层底丝麻靴

濮人巫师、占术师巫咸王

日月耳饰

火长卦玉镖
风动卦玉律管
金杀卦玉镖等

杀矢

七十二物候宝玉

箭袋 枉矢

六十四卦玉长鞭

薄纱舞披

山止、木生、地藏、天璇等卦玉律管、玉镖